한국현대문학사탐방

김 용 성

국학자료원

■ 머리말

　우리 모두가 그토록 경애하던 남현 김용성 선생님을 저 먼 곳으로 보내드린 때가 봄 꽃 화사한 4월이었습니다. 그런데 무심한 세월은 유수와 같이 흘러 어느덧 만산 홍엽의 11월이 되었습니다. 오고 또 가는 계절의 변환은 예나 지금이나 마찬가지인데, 정작 남 현 선생님은 우리 곁에 계시지 않습니다.

　선생님은 우리 시대의 여러 모습을 강력한 사회의식으로 소설이라는 그릇에 담았으 며, 그로 인해 작가의 길이 어떠해야 하고 독자와 어떻게 만나야 하는가를 모범으로 보 여주셨습니다. 뿐만 아니라 글이 곧 그 사람이라는 언사를 증명하듯, 올곧고 참된 품성 으로 많은 사람들에게 선한 기억의 자취를 남겨 놓으셨습니다.

　이번에 함께 펴내는 김용성 연구, 김용성 에세이, 그리고 재 발간하는 한국현대문학 사탐방 등 세 권의 책은 기실 남현 선생님께서 아직 이 땅에 계실 때 서둘러 상재하려 계획을 했습니다. 그러나 너무도 황망히 떠나시는 바람에 우리 모두 망연자실 손을 놓았다가, 이제 다시 기력을 찾아 유고집의 형식으로 선생님 영전에 바치려 합니다.

　김용성 연구는 그동안 여러 문인과 연구자들이 작가 김용성의 문학에 대해 쓴 작가 론, 작품론, 작품 해설 등을 한데 모은 것입니다. 한 시대의 증언자로서, 그리고 우리 사 회와 역사에 대한 새로운 시각의 발화자로서 그의 소설이 어떤 의미와 지위를 갖는 것 인가를 가늠할 수 있을 것입니다. 미상불 이 책은 앞으로 김용성 연구자들에게는 긴요 하고 친절한 길잡이가 되리라고 봅니다. 그런 점에서 이 책이 보다 일찍 묶여졌더라면 하는 아쉬움이 큰 터이지만, 동시대를 치열한 문제의식과 함께 조망하며 여러 걸작들을 생산한 한 작가에게 친숙하게 다가설 수 있는 통로가 되기를 바랍니다.

　김용성 에세이는 생전에 남현 선생님께서 여기저기에 쓰신 소설 이외의 산문들을 한 데 모았습니다. 그렇게 많은 작품집을 낸 작가이건만 산문집으로서는 처음이자 마지막 인 셈입니다.

　이 책에는 작가의 문학에 대한 생각을 담은 문학론, 자전을 포함한 에세이, 그리고 문학 좌담과 선생님의 사후 문우 · 벗 · 후배들이 쓴 추도사 등을 실었습니다. 인간 김용 성을 가장 가까이서 볼 수 있는 좋은 자료집이 될 것입니다. 작가의 진솔한 생각과 육성을 있는 그대로의 모습으로 관찰할 수 있는 기회가 되었으면 합니다.

　그런가 하면 이번에 세 번째로 발간하는 한국현대문학사탐방은 작가 김용성의 명성과 함께 널리 알려졌던 대표적 저술을 새로운 편집과 장정으로 다시 세상에 내놓는 것입니다. 일찍이 선생님의 한국일보 기자 시절과 그 이후의 증보 단계를 거치면서, 1973년 국민서관 판 및 1984년 현암사 판이 발간되었고 이제 결정판으로 국학자료원 판을 발간하게 되었습니다. 작가의 성실한 발품과 정밀한 손끝에서, 한국문학사와 주요 작가들의 문학이 숨 쉬는 현장을 발견할 수 있을 것입니다.

　이 세 권의 책이 아직도 더 큰 결실을 추수할 수 있는 날들을 남겨두고 너무 일찍 떠난 남현 선생님께 충실한 조의를 다할 수 있다고 보지는 않습니다. 그러나 이 가운데에는 그분을 존경하고 사랑하던 우리 모두의 깊은 그리움과 안타까움, 그리고 뛰어난 작가로서의 평가에 대한 절실한 바람이 담겨 있습니다. 선생님을 떠나 보낸 지 반 년을 넘긴 이날에 거듭 옷깃을 여며 명복을 빌면서, 세 권의 책의 모양이 이루어지도록 애써주신 분들께 마음을 다해 감사드립니다.

2011년 11월

남현 김용성선생 유고집 출간위원회

오늘날 문학작품 연구에 관한 다양한 비평방법이 제각기 특징적인 모습을 띠고 존재하지만, 궁극적으로 작가의 생애와 사상과 관련을 맺지 못한다면 문학사 전반을 총체적으로 파악하기에는 어려움이 따를 것이다. 한 편의 시나 소설을 철저히 분석, 그 결과에 대하여 유기적으로 재구성하고 나아가 그 작품의 정신을 도출해 내었다 하더라도 그것이 한 편의 논증으로 성립될지언정 그 이상은 아닐 것이다. 왜냐하면 그러한 작업은 실제에 대한 확인의 과정 내지 당대 현실에 대한 대응관계의 탐구가 결여되고 있기 때문이다. 이 책은 이러한 전제를 염두에 두고 쓰여졌다.

그러나 이 책은 학문적 연구의 목적으로 다루어진 것이 아님을 밝혀 둘 필요가 있겠다. 이미 작고한 문학인의 작품과 생애를 추적하되 일관성 있게 어느 한 방법론에 의거하여 서재에서 집필된 글이라기보다는, 작가와 관계가 있었던 친지들과 유가족들을 일일이 찾아다니고 당대 작품의 현장을 답사, 확인하면서 그들의 사상이 오늘을 사는 우리들 피부에 좀 더 가깝게 느껴질 수 있도록, 발로 쓴 글이라 할 수 있다. 문학과 문학작품에 관한 해설임과 동시에 인간 탐구의 이야기이다. 한 시대를 고뇌하며 살았던 인간의 생애는 그 개인의 역사만이 아니라 민족사의 구성인자가 된다는 점에서 그 각 개인을 조금도 소홀히 할 수가 없다. 이 책은 비록 개인별 항목으로 서술되고 있지만 다소 유의 깊게 살펴본다면 당대 동시대인들에게서는 횡적인 공통점을, 전시대와 다음 시대 사이에서는 종적인 맥(脈)을 파악하게 될 것이다. 그 공통점이란 시대적 상황과의 대결이며 하나의 맥이란 암울했던 역사이다. 그런 이유로 문학은 문학으로서만 존재하는 것이 아니라 당대 사회를 포용하는 한편 당대 사회 속에 용해된다는 상식을 다시 한 번 음미하게 해준다.

여기에는 작고하거나 납북된 72인의 문학인이 수록되어 있다. 1972년과 1973년에 걸쳐 한국일보에 45인의 문학과 그 인간궤적을 연재한 이래 10년 만에 다시 27인을 같은 지상에 다루었던 것을 합쳐, 문단 등단 순으로 재정리하였다. 그러므로 이 책은 1973년에 출간했던 「한국현대문학사탐방(韓國現代文學史探訪)」(국민서관판)의 증보판인 셈이다. 필자는 이 과정에서 잘못된 사항을 바로잡고 미비한 점을 보충하는 등 정확과 충실을 기하려고 노력하였다. 그러나 우려되는 바는 1972년, 1973년에 걸쳐 취재되었던 문학인은 당시의 시점(時點)에서, 나머지는 1982년의 시점에서 다루어지고 있기 때문에 독자가 문맥상 시간적인 혼란을 느낄지도 모른다는 것이다. 그러나 이는 답사라는 시간적인 성격에 기인하는 것이므로 독자의 양해가 있기를 바란다. 또한 이 책에 나오는 모든 인물의 연령은 통념상의 나이 숫자가 아니라 만(滿)으로 확산되었음을 일러둔다.

비평이 아니라 탐방이라는 점에서 전문가보다도 초보자들의 입문서로, 교사들의 참고서로, 일반인들의 교양서로 이 책을 활용하도록 필자는 될 수 있는 대로 평이한 문장으로 썼으며 객관적인 관점에 입각하여 많은 인용문과 사진들을 수록하여 이해를 도우려고 하였다.

이 책이 미미하게나마 빛을 보게 된 데에는 여러분의 협조와 지원의 힘입은 바가 컸다. 연재 지면을 할애해준 한국일보사의 지원과 수많은 유가족 및 친지들의 협조가 없었다면 탐방 작업은 불가능하였을 것이다. 또 거의 2년에 걸쳐 변변치 못한 글을 철저한 교정을 거쳐 책으로 마무리를 지어준 현암사에 심심한 사의를 표한다.

1984년 10월
김용성

목 차

崔 南 善

(시인 1890~1957)

1. 소원(素園)에 새겨진 조선심(朝鮮心)

"우리 대한으로 하여금 소년의 나라로 하라. 그러하려 하면 능히 이 책임을 감당하도록 그를 교도하여라." 이미 나이 18세에 이렇게 외치고 그 지사적 풍모를 몽매한 민중에게 떨치고 나섰던 육당(六堂) 최남선은 우리나라 신문학의 개척자요, 동시에 저널리스트, 사업가, 그리고 대학자였다. 1908년 신체시 「해(海)에게서 소년(少年)에게」로부터 1926년의 대표 시조집 『백팔번뇌(百八煩惱)』에 이르는 문학적 공헌은 작품으로서 기초 반석을 이뤘을 뿐 아니라 1920년대로 이어지는 문단 형성의 기틀이 되었다는 점에 있다.

백운대가 바로 눈앞에 올려다보이는 골짜기에 육당이 살던 '소원'이 있다. 서울 도봉구 우이동 5번지는 시내가 흐르는 산골과 포장된 도로 사이에 길쭉이 자리 잡았다. 5천 7백여 평이나 되는 넓은 대지이다. 그때는 논이었다는 곳에 벚나무, 느티나무, 향나무, 단풍나무들이 울울하게 들어섰고, 그 안에 육당이 한때 칩거하여 사서(史書) 집필에 몰두하던 소원은 한가롭기만 하다.

육당이 살림채와는 따로 논둑 외길 끝에 사색과 집필을 위해 지었던 초가집은 6·25 사변 때 불타 없어지고, 그 자리에 '육당 최남선 선생 기념비'가 세워져(1959년), 새겨진 생애와 「독립선언서」가 보는 이의 눈길을 끈다. 육당이 고문헌 보존과 고문화 선양을 위해 1910년 창설했던 조선광문회(朝鮮光文會)가 헐려 없어지게 되자, 아들 한웅(漢雄)이 부친의 충정을 기려 광문회의 대들보, 기왓장, 벽돌 하나씩을 가져다 이 기념비 주변에 묻었다.

> 텨-ㄹ썩, 텨-ㄹ썩 텩 쏴아*
> 따린다, 부슨다, 문허바린다,
> 泰山 갓흔 놉흔 뫼, 집채 갓흔 바윗 돌이나,
> 요것이 무어야, 요게 무어야,
> 나의 큰 힘 아나냐, 호통까지 하면서,

따린다, 부순다, 문허바린다.
터-ㄹ썩, 터-ㄹ썩, 턱 퓨르룽 쾅.

「해(海)에게서 소년(少年)에게」 1연

1908년 육당은 『소년(少年)』지를 창간하여 그 첫 호에 이 시를 실음으로써 우리나라 문학사상 신체시의 햇불을 들었다. 내용은 다분히 목적의식적이지만 그 형식은 종전에 보지 못하던 새로운 것이었다. 이 시는 6연으로 구성되어 있고 아무것도 무서울 것이 없는 바다가 꼭 하나 사랑하는 일이 있으니 그것은 담 크고 순정한 소년들, 그들에게는 입을 맞추겠다 하는 것으로 끝맺어 있다. 소년이야말로 18세의 육당이 민족의 앞날에 걸었던 희망이었다.

1890년 고종 27년 4월 26일 육당은 철원 최씨 헌규(獻圭)와 강씨 사이의 6남매 중 차남으로 서울 인왕산 밑 누각골 지금의 누상동에서 태어났다. 위로는 형 창선(昌善), 아래로는 동생 두선(斗善)을 두었다.

그는 어려서 나중의 신문관 자리인 전 내무부 건너편 골목 초입의 을지로 2가 22번지로 이사하여 살았다. 부친 헌규는 구리개(銅峴)에서 한약방을 경영하면서 학부 관상감을 지냈고, 학부대신 이재곤(李載崑) 때는 학무국장도 지냈다 한다. 헌규를 가리켜 그 손자 한웅은 "우리 집안에서는 고려 말 최영(崔瑩)장군 다음가는 중흥지조(中興之祖)라고 존숭되고 계신 분"[1]이라 했다.

"조부께서는 건재 약방을 하시면서 중국과 당초제 무역을 하고 대구 약령시장에 손을 뻗치며 사업을 늘려 재산을 보았다. 상업 금융가랄까, 그것도 저절로 되었고 30세가 몇 넘었을까 할 때는 돈을 다 벌었다고 볼 수 있다. 내가 선친보다도 조부를 더 존경하는 것은 18세밖에 되지 않은 아들에게 16만원이란 거액을 선뜻 내놓는 개화, 계몽의 탁견이 있었다는 것이다."

아들 한웅은 이러한 환경에서 육당이 그의 꿈을 펼칠 수 있었다고 전한다.

육당은 5세에 글방 공부를 시작하여 장교동, 관철동 등의 서당을 전전하다가 9세에는 「춘향전」 등의 이야기책과 중국소설을 구독하고 제중원(세브란스 전신)에 가서는 성경과 「천로역정」 같은 것도 가져다 읽었다.

그는 나이 11세에 현정운(玄晶運)의 6녀, 14세 신부와 결혼을 하고 그 3년 후 10월 황실 유학생으로 선발, 소년 반장이 되어 11월에 일본 동경 부립제일중학교에 입학하였으나 나이 연장인 유학생들의 몰지각한 행동에 견디다 못하여 그해 12월에 퇴학하였다.

---

1) 崔漢雄, 「아버님 回想」, 『現代文學』 1960년 10월호.

2. 구국의 의지, 『소년(少年)』

그 이후의 학업으로는 1906년 조도전대학(早稻田大學) 고사부(高師部) 지리역사과에 입학한 것이 있다. 그러나 이듬해 '조선왕 내조(來朝)'의 학교 모의 국회 사건으로 그것도 그만두고 1908년 귀국하고 말았으니 거의 독학으로 실력을 쌓았다.

"나라가 다 망하게 되었습니다. 일본학생까지 깔보고 있습니다. 이제 젊은 사람들을 교육시켜야겠습니다. 민중의 정신을 일으키는 것이 선결 문제입니다."

돌아와서 부친 헌규에게 청원하여 16만원이라는 엄청난 금액을 받아 인쇄기를 사들여 출판사 신문관(新文館)을 차리고 『소년』을 꾸며냈다. 문예, 지리, 역사, 과학 등 다방면에 걸쳐 육당이 홀로 쓴 『소년』은 인기가 대단하여 "한 권을 10인이 돌려 보던 책"(김팔봉 회고담)이었다.

> 나는 꽃을 질겨 맞노라
> 그러나 그의 아리따운 태도를 보고 눈이 어리며
> 그의 향기로운 냄새를 맡고 코를 반하여
> 精神없이 그를 질겨 맞임아니라
> 다만 칼날같은 北風을 더운 기운으로써
> 人情없는 殺氣를 깊은 사랑으로써 대신하여 바꾸어
> 뼈가 저린 이름 밑에 눌리고
> 피로 어린 눈 구덩에 파묻혀 있던
> 億萬 목숨을 건지고 집어내어 다시 살리는
> 봄 바람을 表象하므로 나는 그를 질겨 맞노라.

> 「꽃두고」 1연

이 같은 시를 『소년』에 거의 매호 실어 글자 수에 얽매인 정형시의 형식을 깨뜨리고 자유시의 새로운 형식을 시험하였던 것이다.

우리나라 신문학은 여기서 싹이 트고 1914년 10월에 창간된 『청춘(靑春)』에서 춘원(春園)과 더불어 '문단 2인 시대'를 출현시키며 시조, 한시, 잡가, 신체시가, 보통문, 단편소설 등에 걸쳐 '현상문예쟁선응모'란 독자 투고란을 만들어 문사(文士) 계발에 박차를 가했다.

『청춘』은 1918년 3월 제12호를 낼 때까지 많은 독자 투고를 얻었다. 이때 이광수(李光洙)는 『청춘』이 원하는 바가 무엇이며, 어떤 방향으로 문학을 개척해 가느냐 하는 것을 독자들에게 알려 줄 필요성을 느꼈다. 그것이 바로 이광수의 「현상소설 고선 여언」이다.

1. 純粹한 詩文體로 쓸 것

2. 藝術을 餘技로 보지 말고, 宗敎의 聖徒와 같은 敬虔하고 엄숙한 열성으로 대할 것.

3. 傳襲的·敎訓的인 舊套를 脫하고 勸善懲惡을 피할 것. 嫉妬를 材料로 하되, 반드시 忠孝를 장려하자는 意味로 하는 것이 아니라 嫉妬라는 감정이 根本이 되어 人間生活에 어떠한 喜悲劇을 일으키는가를 如實하게 描寫하여 萬人앞에 내놓으면 고만이다.

4. 古代文學은 理想的이었던 것이 現實的으로 된 것.[2]

뒤에 이광수는 문학을 여기(餘技)로 삼았던 적이 있다고 때때로 말하지만 『청춘』에 고시한 이 조건은 1920년대의 신인문학을 조성하는 데 기여하였고, 동시에 육당의 이 같은 문화 활동의 힘입은 바 결과이다.

1919년 1월 파리에서 강화회의가 열리고 고종황제가 붕어하자 민중의 울분은 극도에 달했다. 3·1 독립 운동의 기운이 무르익어 가고 있었다. 이때 육당에게 주어진 과제가 「독립선언서」의 기초였다.

> 吾等은 茲에 我·朝鮮의 獨立國임과 朝鮮人의 自主民임을 宣言하노라. 此로써 世界萬邦에 告하여 人類 平等의 大義를 克明하며, 此로써 子孫萬代에 告하여 民族自存의 正權을 永有케 하노라.

이렇게 시작하는 「독립선언서」는 인류평등의 대의에서 출발하여 민족의 자존과 자유발전을 위하여 독립을 주장하고 있어 전투적이라기보다는 당위성의 불변하는 신념을 표현하고 있다.

「독립선언서」의 낭독이 있던 3월 1일의 이틀 후인 3일에 육당은 체포되었으며 1921년 10월 8일 가출옥하여 세상에 나와서는 '천하의 거인'으로서의 명성을 누렸다. 주간지 『동명(東明)』을 내고 또 1924년 3월에는 『시대일보(時代日報)』를 창간하기도 하는 분주한 나날을 보냈다. 동아일보를 누르는 2만 부의 부수였으나 그것도 한때, 얼마 후 총독부의 강압과 경영난으로 퇴진하지 않으면 안 되었다.

> 그는 냉랭한 의지의 사람, 의지의 사람인 듯하면서도 기실은 속에 따뜻한 눈물을 품은 시인이다. 그가 흔히 '時代의 犧牲'으로 자처한 것과 같이 그는 정의 사람이면서도 그것을 의지의 멍에와 이지의 채찍으로 누르려 하였다. … 그가 『東明』을 시작하고 『時代日報』를 시작함으로부터 오늘에 이르기까지 세속적으로 보더라도 불행이었다. 그의 명성은 떨어졌다. 세상에서는 이 때문에 그를 비웃는 자도 있다.[3]

2) 春園生, 「懸賞小說考選餘言」, 『靑春』 1918년 3월호.

이광수가 지적하였듯이 1925년에 육당은 얼마만큼 세속적으로 또 경제적으로 곤경에 빠져 있었던 것 같다. 그러나 그 해「심춘순례(尋春巡禮)」,「단군론(檀君論)」을 발표하고「불함문화론(不咸文化論)」을 완성하는 의욕적인 집필을 했다.「불함문화론」은 일본 학자들의 단군말살론에 맞서 단군긍정론을 보여주고, 세계문화사 속의 한국의 위치를 확인하는 것으로, 그의 사관(史觀)과 조선주의를 천명한 논문이다.

그리고 그 이듬해 12월, 그의 이러한 사상을 문학에 심은 시조집『백팔번뇌(百八煩惱)』(한성도서 간행)가 세상에 나오니, 오늘날 그것은 시조의 고전처럼 되었다. "정관적조(靜觀寂照)와 우흥만회(遇興漫懷)와 사사망념(邪思妄念)을 아무쪼록 그대로 시조라는 한표상에 담기"에 힘쓴『백팔번뇌』는 그의 번뇌를 시조 108편에 담은 것이다.

위하고 위한 구슬
싸고 다시 싸노매라

때묻은 이 빠짐을
님은 아니 탓하서도

바칠제 성하옵도록
나는 애써 가왜라

「궁거워 其一」

<사진 1> 6·25사변으로 심신의 타격을 받고난 1950년대의 모습

3. 백팔의 번뇌

이 시조집에는 '님'이라는 낱말이 많이 나오는데 홍벽초(洪碧初)가 발문에서 그 님의 이름은 '조선'이라고 밝혔듯이, 번뇌 역시 '조선주의'에서 나온 것이라는 것이다.

「百八煩惱」의 百八篇은 님을 사랑함이니, 대체 六堂의 '님'이 누구인가, 이것이 問題다. 六堂이 스스로 말하지 아니하므로 여러 사람의 推測이 가지 각색일 것이다. (中略) 六堂은 '님'이 있다. 애틋하게 사랑하는 '님'이 있다. 12, 3歲 때 사랑의 싹이 돋은 뒤로부터 나이 들면 들수록 더욱 戀戀하여 차마 잊지 못하는 '님'이 있다. 六堂의 '님'은 究竟 누구인가. 나는 그를 짐작한다. 그 '님'의 이름은 '조선'인가 한다. 이 이름이 六堂의 입에서 떠날 때가 없건마는, 듣는 사람은 대개 그 '님'의 이름을 부르는 것을 깨닫지 못한다.[4]

---

3)李光洙,「六堂 崔南善論」,『朝鮮文壇』1925년 3월호.
4)洪碧初,「跋文」,『百八煩惱』, 東光社刊, 1926년.

1926년에 들어서 육당은 『단군론』, 『심춘순례』 등을 단행본으로 발간하고 여름에 박물탐사단에 편승하여 백두산 일대를 두루 돌아보고 돌아왔다. 동아일보에 연재한 「백두산근참기(白頭山覲參記)」는 그 소산이었다. 그에 대한 세상 사람들의 의혹은 1928년 12월 조선 총독부 조선사편수회 위원이 되었다는 사실에 있었다.

4. 선각자의 비애

"시대일보 편집국장에서 물러나 일본으로 가 있을 때 조선사 편수 위원을 맡았노라는 편지가 왔었다. 조선사자료, 심지어 개인 족보까지 총독부에서 거둬들인 때 도저히 개인으로서는 조선사를 정리할 수 없었고, 그들이 만든다 하는데 누구든 들어가 왜곡된 점을 고쳐야 된다는 그 나름대로의 신념이 있었던 것이다." 『동명』 주간과 『시대일보』 편집국장을 지내고 육당과는 가까운 사이였던 순성(瞬星) 진학문(秦學文)은 이렇게 전제하고 선각자란 항상 비애가 쫓아다니는 법이라면서 비난받을 점에 동정이 간다고 했다.

이에 대해서는 자기의 학설인 단군론을 주장한다는 것이 주된 목적이겠으나 당시 그의 개인적 사정이 작용했을지도 모른다는 추정을 내려 볼 수도 있다. 이런 추정이 그를 비난하는 주요 대상이 되었던 것 같다.

> 『時代日報』를 그만두고 나서는 생활은 정말 곤란해졌다. 신문관을 시작한 뒤 『時代日報』를 그만둘 때까지 쓴 돈이 16만원이었다고 하는데, 그 때 16만원이란 진실로 막대한 돈이다. 문화산업을 위해서 그만한 큰 돈을 쓰고 거기다가 빚은 그만큼 져서, 1926년에 식산은행(殖産銀行)에 진 빚이 17만원이었다고 한다.[5]

일제의 침략적 야욕은 1931년 만주 사변을 일으키고, 허수아비 만주국을 세우기에 이르렀다.

오족협화(五族協和)의 목표를 내세운 일제는 건국대학을 설립하고 학생과 교수들을 일본, 중국, 조선, 몽고, 백계로(白系露)에서 뽑아갔는데, 조선에서는 1939년 육당이 뽑혀 장춘으로 갔었다.

그러나 1942년 11월 돌아온 그를 친일자라는 비평에 대하여 뒤에 김팔봉은 이렇게 썼다.

> 절대로 선생은 친일을 한 분이 아니었다. 그는 일본인에게 우리의 존재를 올바르게 인식시키기에 힘썼을 뿐이다.[6]

---

5) 趙容萬, 『六堂 崔南善』, 三中堂刊, 1964년.

<사진 2> 1954년 파고다 공원에서 옛 독립선언 시
절의 친구와 함께 있는 어느 날의 모습

육당은 1944년 거처를 우이동 소원으로 옮
겼다. 이 무렵 그는 두문불출의 나날을 보내고
있었다.

"그는 『별건곤(別乾坤)』에 짧은 소설을 한번
실은 적이 있었는데 1944년 여름 우이동을 찾
았을 때는 제임스 조이스의 『율리시즈』를 읽
고 있었다. 그는 여름에 당음(唐音)이나 읽는 셈
치고 읽는다고 하면서 이만한 소설이면 한번
써 보고 싶다고 한 것이 꽤 인상에 남는다."

1933년 매일신보 학예부장 시절에 만나 후
학으로 지내고 1964년에 이르러 『육당 최남선』
을 쓴 작가 조용만(趙容萬)은 육당이 소설도 쓸 욕심이 있는 것을 보았다면서 그가 자신의
오점에 대해 변명하지 않은 것이 특기할 사실이라고 했다.

육당은 소원에서 사학 관계 집필을 계속하였다.

그러나 1949년 반민족 행위 차단법에 걸려 불행을 겪고 1950년 6·25사변 3년간에
그는 크나큰 심적 고통을 당했다.

큰딸 한옥(漢玉)은 공산 폭도에게 학살당하고, 막내 한검(漢儉)은 행방불명, 큰아들 한
인(漢因)도 피난 중에 사망했으므로, 그 상처는 쌓이고 쌓여 갔다. 게다가 트럭 7대분의
장서마저 서재와 함께 회진되었다.

육당은 환도 후에 부인 현씨가 지키고 있던 묘동집에 돌아온 후 육군 대학에서 국사
강의를 나가고 있었는데 1955년 4월 강의에서 귀가한 후 쓰러져 가벼운 중풍증상을 일
으켰다. 그로부터 자리에 눕고 필생을 두고 써 온 역작 「조선역사사전」을 끝맺지 못하
는 설움을 안았다. 그 해 11월에 천주교 세례를 받았다.

그리고 2년 후인 1957년 10월 10일 하오 5시 묘동 자택에서 67세로 파란 많은 생애
의 막을 내렸다.

6) 金八峰, 「六堂의 詩 百八煩惱를 中心으로」, 『現代文學』 1960년 10월호.

◆ 연보

1890년	4월 26일(음 3.8) 한성 인왕산 밑 누각골(樓上洞)에서 부 철원 최씨 헌규(獻圭)와 모 강(姜)씨 사이의 3남 3녀 중 차남으로 출생. 어려서 상리동 21번지(현 중구 을지로 2가 22번지)로 옮겨 성장함.
1895년	(5세) 서당을 전전하며 한문을 배움.
1901년	(11세) 황성신문에「대한흥국책(大韓興國策)」등 논설을 투고, 4월 현정운(玄晶運)의 6녀와 결혼. 3세 연상으로 후에 현마리아.
1902년	(12세) 경성학당에 입학. 3개월 만에 졸업.
1904년	(14세) 10월 황실 유학생으로 도일. 11월 동경 부립제일(府立第一) 중학교 특설 한국위탁생과에 입학. 12월 퇴학.
1905년	(15세) 귀국. 황성신문 필화로 1개월 구류.
1906년	(16세) 9월 동경에 재차 유학, 조도전대학(早稻田大學) 고사부(高師部) 지리역사과 입학.『대학유학생회 학보』편찬원.
1907년	(17세) 3월 모의 국회사건으로 퇴학.
1908년	(18세) 귀국. 신문관(新文館) 설립. 인쇄 출판업을 함. 월간지『소년(少年)』을 창간. 신체시「해(海)에게서 소년(少年)에게」를 실음. 안창호(安昌浩)와 전국 각지 순회강연. 장녀 한옥(漢玉) 출생.
1910년	(20세) 삼각동 굽은 다리로 살림을 옮기고 조선광문회(朝鮮光文會)를 설립. 20여 종의 육전소설(六錢小說) 발간.
1911년	(21세)『소년(少年)』폐간(총 23호).
1912년	(22세) 7월 월간 소년 잡지『붉은 저고리』창간.
1913년	(23세) 6월 총독부 명령으로『붉은 저고리』폐간, 9월『아이들 보이』창간.
1914년	(24세) 8월『아이들 보이』폐간, 가을에 금강산 탐방, 10월 월간『청춘(靑春)』창간.
1915년	(25세) 장남 한인(漢因) 출생.
1917년	(27세) 차남 한웅(漢雄) 출생.
1918년	(28세) 9월에『청춘(靑春)』폐간(총 15회).
1919년	(29세) 2월 하순「독립선언서」집필. 3월 1일 독립선언서 낭독. 이틀 후 3일 체포, 서대문 감옥에 수감.
1920년	(30세) 9월에 2년 6개월 형 언도, 복역.
1921년	(31세) 10월 가출옥. 시조「기쁜 보람」(개벽 11월호) 발표.
1922년	(32세) 3월 삼각동에서 분가, 종로 6가 양사동으로 이주. 7월 신문관 해산. 9월 동명사(東明社) 창설, 주간지『동명(東明)』창간. 3호부터「조선역사통속강화」연재.
1923년	(33세) 6월『동명(東明)』폐간(총 23호).
1924년	(34세) 3월 31일『시대일보』창간. 9월 1일 사장 최남선, 편집국장 진학문(秦學文) 사임, 남한 유람. 차녀 한기(漢己) 출생.
1925년	(35세) 동아일보 객원으로 사설 집필.「심춘순례」,「단군론」연재. 12월「불함문화론」완성. 고시조집『시조유취(時調類聚)』발간. 박승빈(朴勝彬)과 계명구락부 만듦. 학술지『계명』에「삼국유사해제」발표. 모친 사망.

1926년	(36세)『단군론』,『아시조선(兒時朝鮮)』,『심춘순례』간행.「백두산근참기」동아
	일보 연재. 시조집『백팔번뇌』발간.
1928년	(38세)『금강예찬』,『조선유람가』간행.『조선급조선민족(朝鮮及朝鮮民族)』, 제 1집
	에「불함문화론」일문(日文) 발표. 5월 대중지『괴기(怪奇)』발간.『조선역사』간행.
1932년	(42세) 중앙불교전문학교 강사.
1933년	(43세) 부친 사망.
1934년	(44세) 양사동에서 효제동으로 이주.
1936년	(46세) 만주국 만몽(滿蒙) 일보사 고문.
1939년	(49세) 만주국 건국대학 교수.
1942년	(52세) 교수 사임, 귀국.
1944년	(54세) 우이동으로 이주, 이 집을 '소원'이라고 함.
1945년	(55세)「조선독립운동사」,「국민조선역사」,「천만인의 상식」집필.
1951년	(61세) 우이동 소원의 17만권의 장서 회진.
1952년	(62세)『국난극복사』완성. 필생의 역작「조선역사사전」집필 착수.
1955년	(65세) 육군대학 국사 강의. 서울시사(史) 편찬위원회 고문. 뇌일혈 발병. 천주교 세례.
1957년	(67세) 10월 10일 하오 5시 묘동 자택에서 사망. 14일 양주 온수리 선영에 묻힘.
1959년	소원에 기념비 건립.
1973년	가을 16주기를 맞아 고대 아세아문제연구소 편찬『육당전집』(현암사) 15권 간행.

◆ 도움말 주신 분(1973년 현재)

崔漢雄 56 · 아들 · 서울의대 · 교수 · 의학박사.

秦學文 80 · 친구 · 언론인 · 서울 서대문구 홍제동 335의 1.

趙容萬 65 · 후학 · 작가 · 고대교수.

金八峰 70 · 작가 · 문학평론가

◆ 관계문헌

趙容萬,『六堂 崔南善』, 三中堂刊, 1964년.

李光洙,「六堂 崔南善論」,『朝鮮文壇』1925년 3월호.

金鍾武,「文化救國의 先覺 崔南善論」,『思想界』1966년 11월호.

李鐘桓,「六堂先生을 回顧하며」,『朝鮮日報』1957년 10월 17일자.

趙演鉉,「六堂 崔南善論」,『東國文學』, 東大刊, 1955년 11월.

洪曉民,「六堂 崔南善論」,『現代文學』1959년 6월호.

金八峰,「六堂의 詩 百八煩惱를 中心으로」,『現代文學』1960년 10월호.

洪一植,「崔南善研究」, 高大大學阮刊, 1964년 1월.

김 현,「韓國開化期文學人」,『亞細亞』1969년 3월호.

黃良秀,「六堂의 百八煩惱考」,『東岳語文論集』, 東大刊, 1969년 10월.

李 光 洙

(소설가 1892~?)

1. 풍류객 만득자(晚得子)의 민족의식

　외세 침략으로 강점당하는 비극의 소용돌이 속에 태어나 1910년에 입신하였던 춘원
(春園) 이광수는 육당 최남선과 거의 같은 길을 걸으면서 애국자와 변절자의 대명사를
동시에 지닌 영광과 굴욕의 작가요, 시인이요, 저널리스트요, 논객이었다.

　1917년 우리나라 최초의 획기적 장편 소설이라 일컫는 「무정(無情)」을 발표함으로써
그의 계몽주의적이고 이상주의적인 문학을 본격적으로 시작하게 된 것이다. 정치가, 사
상가, 교육자가 되기를 위해 문학을 여기(餘技)로 취급한데다가, 처했던 시대가 계몽기
였으므로 그의 수많은 작품은 문학적 가치보다도 사적(史的) 의미가 더 강하게 작용하고
있다.

> 　앞의 洗劍亭 개천의 흐름이 보일뿐더러 물소리도 들리고, 北으로는 北漢의 釋迦
> 峰, 文殊峰, 觀音峰이 보이고 正面으로 仁旺의 背面이 靈鷲가 날개를 벌린 모양으로
> 雄壯하고도 神秘한 모양으로 앉았고, 또 彰義門外 가장 아름다운 水石이라고 할 백사
> 슬의 瀑布가 나를 向하고 날아드는 景이 있음이었다.[1]

　춘원은 1934년 금강산을 주유하다 돌아와 지은 자하문 밖 홍지동 40번지의 산장
154평 터자리를 수필로 이렇게 엮어나갔다.

　그러나 1972년 그 수필 속의 집은 헐리고 다시 지어졌다. 집주인(김재철)은 춘원의 뜻
을 살려 복원했다고 하지만 건물규모가 커졌다.

　뜰에는 춘원이 심었다는 하늘로 솟은 10미터 높이의 향나무가 파랗게 물기를 머금었
고, 감나무 세 그루가 설익은 감을 달고 있다. 그 옛날에는 홀로 외떨어진 글자 그대로
의 산장이었으나 지금은 사방에 주택들이 들어차고 탁 트인 앞으로 인왕과 북악이 내다
보이는데, 그 사이로 벋어간 외줄기 아스팔트 길이 문명도 새롭게 옛 성 안으로 통한다.

　춘원이 세상에 난 것은 1892년 음력 2월 1일 평북 정주군 갈산면 익성동 940번지에

---

1) 「成造記」, 『三千里』 1936년 1월호.

<사진 1> 1927년 동아일보 편집국장시절의 모습

서였다. 그는 만득자로 그의 부친 종원(鐘元)은 당시 42세였고, 그의 어머니는 삼취(三聚)부인 충주 김씨였다. 그리고 그의 조부 건규(建圭)는 풍류객으로 널리 알려졌는데, 중년에는 기생첩을 얻어 주막을 내고 술장사를 했다. 그의 부친은 대소과(大小科)를 실패하고 역시 술 먹기로 지내니 춘원의 유년시절의 가세는 더욱 궁핍하였다고 한다. 그는 세상에 나서 2개월 만에 풍병으로 기절하였고 5, 6세까지도 몸이 허약하여 잔병을 많이 치른 것으로 알려지고 있는데, 그의 약질은 그의 인생과 깊은 관련을 맺게 되었다.

어려서 서당에서 한학을 배웠으나 살림이 어려워 그만두었다. 10세 나던 해(1902년) 전국을 휩쓸던 호열자로 부모를 졸지에 잃고 3남매가 고아가 되었다. 남매는 뿔뿔이 헤어지고 11세에 정주지방의 동학도 박 대령(大領)의 집에서 서기 노릇을 하며 동경과 서울서 오는 문서를 베꼈다.

동학도 탄압이 심해지자 1905년 부모의 유산인 세목 2필, 명주 3필, 광목 1필을 70냥에 팔아 노자를 만들어 평양을 거쳐 진남포에서 화륜선을 타고 제물포로, 그리고 서울로 상경했다. 이 해 광무학교가 설립되자 학생이 되었고, 8월에 일진회(一進會)의 유학생에 선발되어 구국의 웅지를 품고 도일했다. 이로부터 수차 일본을 내왕하면서 대성중학, 명치학원 보통학부, 조도전대학(早稻田大學) 부속 고등예과(高等豫科), 조도전대학 문학부 철학과에서 1919년 2월 조선청년독립단선언서로 퇴학당하기까지 수학했다. 그가 최초로 소설을 쓴 것은 1907년 홍명희(洪命熹), 문일평(文一平) 등과 동경에서 만들어 내던 회람지『소년』에서 발표한「방랑(放浪)」이라고 한다. 그러나 활자화된 것은 2년 뒤 명치학원 동창 회보『백금학보(白金學報)』에 발표한 일문(日文) 단편「사랑인가」이다.

열 여덟 살 적 즉 16년 전이다. 일기를 보건대 융희 3년 11월에「虎」라는 것을 완성하였다고 썼다. 그리고 대단히 만족한 뜻을 표하였으나 只今 남지 아니하였다. 그와 거의 동시에 일문으로「愛か」라는 것을 써서 내가 다니던 明治學院의『白金學報』에 내었다. 내가 지은 소설이 인쇄가 되기는 이것이 처음이라고 기억한다.[2]

2)「첫번 쓴 것들」,『朝鮮文壇』1925년 3월호.

21세 되던 해에 그는 명치학원 보통학부 5년 졸업 뒤 4년 동안 봉직하던 오산학교를 떠나 그 후 1년을 구미로 가려는 목적으로 중국 시베리아를 떠돌았으나 제1차 세계대전으로 그 길이 막혀 다시 귀국하였다. 이 때 최남선의 『청춘』지가 창간되어 여기에 많은 글을 써 그와 더욱 가까워졌다.

2. 유정(有情)을 이상으로 한 「무정(無情)」

그 이듬해인 1915년 9월 인촌 김성수(金性洙)의 후원으로 조도전대학 부속 고등예과 2학기에 입학하고 1916년 9월에 다시 조도전대학 문학부 철학과에 진학했다.[3] 그리고 1917년 일본에 있으면서 현대문학 최초의 장편소설인 「무정」을 매일신보에 연재하기 시작했다.

> 내가 「無情」을 쓸 때에 意圖로 한 것은 그 시대 조선의 新靑年 이상과 고민을 그
> 리고 이울러 조선 청년의 진로에 한 암시를 주자는 것이었다. 이를테면 一種의 민족
> 주의·자유주의 이데올로기를 가지고 쓴 것이다.[4]

「무정」의 주인공 이형식은 경성학교 영어 교사로 교회 장로의 딸인 선형의 가정교사가 되면서 작품은 시작된다. 원래 이형식은 어려서 부모를 잃고 우국지사인 스승 박진사의 딸 영채와 장래가 약속된 사이였다. 이형식은 선형과 영채와의 삼각관계에서 괴로워한다. 옥중에 있는 아버지를 위하여 기생이 된 영채는 전형적인 한국의 열녀상으로 주위의 유혹도 뿌리치고 오직 이형식만을 생각한다. 사랑에 매여 고민하던 이형식은 영채를 찾았으나 허사가 되자 결국 선형과 함께 신혼여행 겸 유학하기 위하여 부산행 열차에 몸을 싣는다.

이 때 영채도 친구 병옥의 권유와 도움으로 일본에 신학문을 공부하러 가는 도중이었다. 이 작품의 대단원을 이루는 삼랑진 수해 사건이 일어나 열차는 정지하고 여기에서 새로운 희망에 부푼 네 젊은이가 만난다. 그들이 음악회를 열고 수재 의연금을 모으는 등 계몽활동을 벌인다.

> 우리는 우리의 힘으로 밝게 하고, 유정하게 하고, 즐겁게 하고, 가멸케 하고, 굳세
> 게 할 것이로다. 기쁜 웃음과 만세의 부르짖음으로 지나간 세상을 조상하는 「무정」
> 을 마치자.

---

3) 白川 豊. 이 연대는 「大韓近代文學草創期의 日本的 影響」 1981년 東京大學校大學院 碩士學位論文에 의거함.
4) 「文壇生活 30年의 回顧」, 『朝光』 1931년 5월호.

이와 같은 외침으로 끝을 맺고 있는 「무정」은 김동인(金東仁)의 「춘원연구(春園研究)」를 빌 것도 없이 설교적이고 계몽적이며 이상주의적이라는 데 평가가 일치되고 있다. 그는 기회가 있을 때마다 문학자가 될 생각은 없었고 정치가, 사상가, 교육자가 되려 했다고 말하고 있는데, 그가 최초로 문학자에 약간의 미련을 보인 것은 17세 나던 해였으니까 「무정」보다 7년 전의 일이지만 그의 문학은 무엇이 되고자 했던 욕망이 뒷받침되고 있는 것으로 보인다.

> 전차 속에서 나는 文學者가 될까, 된다 하면 어찌나 될는고, 조선에는 아직 文藝라
> 는 것이 없는데 日本文壇에서 기를 들고 나설까 — 이런 생각을 하였다.[5]

춘원은 1918년 가을에 들어서 19세에 결혼했던 백혜순(白惠順)과 이혼하고 허영숙(許英肅)과 북경으로 애정 도피를 했다.

이듬해 그는 일본으로 건너가 유학생들의 2·8 독립운동에 가담, 그 선언서를 기초하고 배포의 책임을 지고 상해로 탈출, 임시 정부의 독립신문 주필이 되었다.

그는 안창호(安昌浩)의 흥사단에 입단하여 1920년에는 임시 반장으로 활약하였으나 독립신문은 재정난에 봉착하고 그의 건강은 날로 악화되었다.

1920년 2월에 허영숙이 상해로 찾아왔다. 그러나 일주일 만에 허를 귀국시키고 번민에 사로잡혀 안창호의 만류에도 불구하고 3월에 만선으로 상해를 떠났다. 천진, 봉천을 거쳐 압록강을 건넜으나 선천에 이르러 일본경찰에 체포되었다.

그러나 그는 곧 자유의 몸으로 풀려 나왔고 드디어는 허영숙과 결혼했다.

"한국으로 돌아올 사람의 입장이 아니었다. 연애 사건으로 매달리는 바람에 온 것이며 회유책을 쓰던 총독부는 과거를 묵인해 주었다. 이 사실을 모르고 우리『백조(白潮)』멤버는 창간 1호 동인으로 그를 맞았다. 현진건(玄鎭健)의 중형 현정건(玄鼎健)이 상해로부터 훼절귀순한 사람을 동인으로 하였다는 힐책의 편지가 와 그로부터는 그를 뺐다. 그 자신을 더욱 곤경으로 몰아간 것은 1922년『개벽(開闢)』지에 발표한「민족개조론(民族改造論)」이었다. 당시의 시대적 상황으로서는 그 논문이 독립 운동을 해서는 안 된다는 요지로 여겨져서 그는 사회의 비난의 대상자가 되었다"(박종화 회고담).

3. 희망과 끓는 정성

게재한 개벽사(開闢社)가 청년들의 습격을 당하는 화를 입고 춘원을 일시 집필진에서 제외되게 한 문제의 「민족개조론」은 1922년『개벽』5월호에 발표되었다.

---

5)「十八歲 少年이 東京에서 한 日記」,『朝鮮文壇』1925년 4월호.

나는 많은 希望과 끓는 精誠으로 이 글을 朝鮮民族의 將來가 어떠할까, 어찌하면
이 民族을 衰頹에서 건져 幸福과 繁榮의 將來에 引導할까 하는 것을 생각하는 兄弟와
姉妹에게 드립니다.

　　그 머리글 변언(辯言)에서 그는 이렇게 전제하면서 그 내용은 일체의 정치적, 혁명적
색채를 배제하고 있다.

　　"1926년 1월 동아일보에 그의 문학관 「중용과 철저」를 읽고 내가 조선일보에 「철저
와 중용」으로 반박했다. 별식이나 창기처럼 특수한 것은 금방 물리나 평범한 말과 평범
한 아내와 평범한 생활처럼 문학도 그렇게 해야 한다는 데 반해, 나는 당대 사회란 현실
을 혁명적이고 데카당한 것이어야 한다고 주장한 것이다. 앞서 그는 「민족개조론」을
써 서춘(徐椿)에게 반역자로 몰려 매를 맞은 적이 있다. 그의 성격은 양심적이나 약하여
그 시대의 폭풍우에 견뎌내지 못한 셈이다. 공식적으로 그를 변호할 생각은 없다. 위선
자라면 인류와 민족을 내건 위대한 위선자라 할 수 있다" (양주동 회고담).

　　以前에 東京서 두어 번 보던 李君이 아닌 것 같았다. 작지도 않은 그의 몸집이 둘
이나 안길 만한 커다란 手木周衣에 僧侶 같이 버선을 위로 신고 왕굴 짚신을 신은 것
이 눈 서투르기도 하고, 서성서성하는 양이 보는 사람에게 不安을 느끼게 하였다.6)

　　1923년 사회에서 냉대를 받던 시절의 춘원의 모습과 심정을 이 글은 잘 말해 주고 있
다. 춘원은 「민족개조론」을 씀으로써 받았던 수모를 후의 「나의 고백(告白)」에서 이렇
게 술회하고 있다.

　　<사진 2> 1943년 11월 춘원은 육당 최남선과 함께 조선총독부의 강권으로 조선인 유학생 학
　　병 권유차 일본에 갔었다. 왼쪽부터 윤석중, 최남선, 이광수, 마해송(馬海松), 김을한(金乙漢).

6) 廉想涉, 「文人象互記」, 『開闢』 1924년 2월호.

이 글은 많은 반향을 일으킨 모양이었다. 그 중에도 「民族改造論」이 민족을 모욕한 것이라 하여 일부 독자의 분격을 산 모양이어서 칼을 가진 오류인 청년의 일단이 밤중에 내 처소를 찾아와서 내가 상해에서 돌아온 것과 「民族改造論」에서 민족을 모욕한 죄를 묻고 나를 죽인다고 위협하였으나 폭행은 없었고, 그 길로 개벽사를 습격하여 기물을 파괴하였다. 그러고는 나를 宗學院의 교수로 초빙하였다고 최린의 집을 습격하였다. 이 글들 때문에 이광수 매장론은 글로, 말로 여러 곳에 나타났다.

그러나 송진우(宋鎭禹)가 베푼 정의는 춘원에게는 고마운 것이었다. 비록 Y생이라는 익명이기는 하지만 「가실(嘉實)」이란 단편을 동아일보에 실어 주었고, 안창호를 모델로 하여 쓴 장편 「선도자(先導者)」를 장백산인(長白山人)이라는 필명으로 연재토록 했던 것이다. 어쨌든 1923년의 문단에서의 냉대는 여전하였다.

이듬해 10월에 들어서 『조선문단(朝鮮文壇)』의 창간은 그를 다시 문인으로 활약하게 한 원천이 되었다. 방인근(方仁根)의 출자로 이광수가 이 잡지를 주재하였는데 초판 1천 부가 나갔고 2, 3호를 내는 동안에 3천부로 뛰어오르는 인기가 있었으나 이듬해 건강이 나빠 『조선문단』을 사퇴하였다.

어쨌든 그는 다시 소설 집필에 박차를 가하여 1924년 11월부터 1932년까지 동아일보에 「재생(再生)」, 「마의태자(麻衣太子)」, 「단종애사(端宗哀史)」, 「혁명가(革命家)의 아내」, 「흙」 등 일련의 작품을 계속 발표하여 독자들로부터 그의 인기를 다시 회복하였다. 그는 공식상으로는 1927년까지 동아일보 편집국장을 지내다가 1933년부터는 주요한(朱耀翰)의 권고로 조선일보 부사장이 되었고 이듬해 부사장직을 물러났다.

그러니까 일체의 공직을 버리고 내금강(內金剛)을 주유하다가 돌아와 자하문 산장을 지은 것이 이 무렵이었던 것이다. 산장의 생활은 거의 칩거에 가까웠으며, 주로 불교에 관심을 기울이면서 독서와 명상으로 나날을 보내었다.

> 아주 세상을 떠나 버릴 생각을 하였던 것은 그대도 잘 아는 것이 아니오. 나는 아무도 모르게 산에 들어가서 일생을 마칠 생각으로 금강산으로 달아났던 것이 아니오? (중략) 그때 한 가지 뉘우침이 있다면 제 죄를 뉘우치는 생활을 하면서 내가 평생에 해를 끼친 여러 중생, 은혜를 진 중생을 위하여 복을 빌자는 것 뿐이었소. 그러나 내 인연은 아내와 어린 것들의 손을 빌어서 나를 도로 이 세상에 끌어오게 하였소. 이 모양으로 끌려와서 시작한 것이 이 집을 짓는 일이었소.[7]

그러나 춘원의 명상적 칩거의 생활도 1937년 수양동우회(修養同友會) 검거 사건이 터지자 그도 일본에 협력하지 않는다는 죄명으로 끌려가 이듬해에는 징역 5년의 언도를

---

7) 「鬻庄記」, 『文章』 1939년 9월호.

받았다. 이 사건은 결국 1940년 8월까지 끌고 가다가 피고들은 모두 무죄 석방되었다.

춘원은 그 동안 임상 심문을 받으면서 대표작 중의 하나인 중편 「무명(無明)」을 써 1939년 『문장(文章)』 1월호에 발표하였다.

춘원의 변절자로서의 지칭은 이 무렵에 북지황군위문단에 관계하고부터 시작된다고 보아야 할 것이다. 그는 직접 위문단에 끼어 북지를 간 것은 아니지만 1940년 2월에 창씨 개명에 앞장선 인물이 되었다.

4. 훼절(毁節)과 고백

그의 창씨의 '향산(香山)'은 우리나라 명산 묘향산에서 얻은 것으로 월탄(月灘)이나 팔봉(八峯)은 말하고 있는데 『친일문학론』(임종국)은 매일신보 1940년 1월 5일자 「지도적 제씨의 선씨고심담(選氏苦心談)」을 인용 "지금으로부터 2천 6백 년 전 신무천황께옵서 어즉위를 하신 곳이 강원(橿原)인데 이 곳에 있는 산이 향구산(香久山)입니다. 뜻 깊은 이 산 이름을 씨로 삼아 향산이라고 한 것인데"라고 밝히고 있다.

그의 친일문학으로 「가천교장(加川校長)」, 「원술(元述)의 출정(出征)」, 「그들의 사랑」, 「봄의 노래」, 「40년」 등이 있으며 그 사이 1943년에는 일본 한국인 유학생 징병 권유차 최남선과 도일했었다.

1944년 3월께는 경기 양주군 진건면 사능리 520번지로 소개를 떠나 농사를 지으며 살았다. 1945년 조국의 해방을 맞았으나 그는 친일파로 지목받아 사회의 비난을 받았으며, 그 후 양주 봉선사로 들어가 수필집 『돌베개』, 『나의 고백』 등을 썼다.

> 내가 '조선신궁'에 가서 절하고 香山光郎으로 이름을 고친 날, 나는 벌써 훼절한 사람이었다.
> 전쟁중에 내가 천황을 부르고 내선 일체를 부른 것은 일시 조선 민족에 내릴 화단을 조금이라도 돌리고자 한 것이지마는, 그러한 목적으로 살아 있어 움직인 것이지마는, 이제 민족이 일본의 기반을 벗은 이상 나는 더 말할 필요도 안 말할 필요도 없는 것이다.[8]

「나의 고백」은 친일의 이유를 해명하려는 의도에서 쓰여졌지만 명확한 해답을 얻을 수 없다. 1949년 최남선과 함께 반민 특위에 걸려 형무소에 수감되었으나 병보석으로 출감되었다. 1950년 들어서 고혈압과 폐렴으로 병상에 누워 신음하던 중 6 · 25사변이 터졌으며 7월 12일 납북되니 이것은 민족의 비극이요 그의 파란 많은 생의 연장이었다.

---

8) 『나의 고백(告白)』.

◆ 연보

1892년   음 2월 1일 평북 정주군 갈산면 익성동 신리에서 전주 이(李)씨 종원(鍾元)과 충주 김
         씨(金) 사이의 외아들로 출생. 아래로 누이가 둘 있었음. 아명 보경(寶境), 아호 고주
         (孤舟), 외배, 을보리, 춘원(春園). 필명은 본명, 아호 외에 경서학인(京西學人), 장백
         산인(長白山人) 등을 썼음.
1902년   (10세) 8월 호열자로 부모가 8일 사이에 차례로 사망함.
1903년   (11세) 정주 지방의 동학도 박찬명 대령집에서 서기일 봄.
1905년   (13세) 동학 탄압, 상경, 일진회(一進會)의 유학생으로 도일.
1906년   (14세) 대성중학교 1학년 입학. 학비 미조달로 귀국.
1907년   (15세) 재차 도일. 명치학원 보통학부 3학년에 편입.
1909년   (17세) 11월 일문(日文) 단편 「사랑인가」를 『백금학보(白金學報)』 19호에 발표.
1910년   (18세) 단편 「어린 희생」(소년), 「무정」(대한흥학보), 시 「우리 영웅」(대한흥학보)
         등을 발표. 3월, 명치학원 보통학부 5년 졸업, 제일고등에 합격했으나 조부 위독
         전보로 귀국. 오산학교 교원. 조부 사망. 백혜순과 중매 결혼.
1915년   (23세) 인촌 김성수의 후원으로 재차 도일, 조도전대학 부속 고등예과 2학기 편입.
1916년   (24세) 7월에 예과 수료. 조도전대학 문학부 철학과 입학.
1917년   (25세) 1월~6월 장편 「무정」과 「개척자(開拓者)」 매일신보에 연재 발표.
1918년   (26세) 단편 「윤광호(尹光浩)」(청춘 4월호), 논문 「자녀중심론」(청춘 9월호), 「신
         생활론」(매일신보) 발표. 백혜순과 이혼. 조선청년독립단 결성.
1919년   (27세) 조선청년독립단선언서(2·8 독립 선언서) 기초. 이를 영역(英譯), 상해로
         탈출. 조도전대학에서 퇴학당함. 3·1운동 일어남. 임정 기관지 독립신문사의
         사장 겸 편집국장.
1920년   (28세) 흥사단 입단, 활약. 허영숙과 결혼.
1922년   (30세) 『백조(白潮)』 창간 동인, 수양동우회 발기. 논문 「민족개조론」(개벽 5월
         호)을 써서 사회 물의를 일으킴.
1923년   (31세) 단편 「가실(嘉實)」(동아일보)을 익명으로 발표. 동아일보 객원. 장편 「선도자
         (先導者)」(동아일보 연재) 발표. 총독부 간섭으로 중단.
1924년   (32세) 동아일보 사퇴. 『영대(靈臺)』 동인, 『조선문단』 주재. 장편 「재생」(동아일보
         연재) 발표.
1925년   (33세) 장편 「천안기(千眼記)」, 「마의태자」(동아일보 연재) 발표. 동아일보 편집
         국장.
1927년   (35세) 차남 봉근(鳳根) 출생(1934년 사망). 신병으로 편집국장 사임. 편집 고문.
1928년   (36세) 장편 「단종애사」(동아일보 연재) 발표.
1929년   (37세) 『3인시가집』(삼천리사) 간행.
1930년   (38세) 3남 영근(榮根) 출생. 「혁명가의 아내」, 「사랑의 다각형」(동아일보 연재)
         발표.
1932년   (40세) 장편 「흙」(동아일보 연재), 「도산론(島山論)」(동광 6월호) 발표.

1933년	(41세) 조선일보 부사장. 장녀 정란(廷蘭) 출생. 장편「유정」(조선일보 연재) 발표.
1934년	(42세) 장편「그 여자(女子)의 일생(一生)」(조선일보 연재) 발표. 조선일보 사임. 자하문 밖 홍지(弘智) 산장에 기거.
1935년	(43세) 차녀 정화(廷華) 출생. 장편「이차돈(異次頓)의 사(死)」와 자서전「그의 자서전」을 조선일보 연재 발표.
1937년	(45세) 수양동우회 검거 사건으로 서대문 형무소 수감. 신병으로 병감에 옮겨짐. 병보석으로 출감.
1939년	(47세) 중편「무명」(문장 1월호) 발표. 이른바 북지황군위문단에 협력. 『이광수단편선』(박문서관) 간행.
1940년	(48세) 『모던 일보』주최 제1회 조선예술상 문학부문 수상. 수상작품은「무명」.
1941년	(49세) 수양동우회 사건 피고들 전원 무죄 석방됨.
1942년	(50세)「원효대사」매일신보 연재.
1943년	(51세) 11월 조선총독부 강권으로 조선인 유학생 학병 권유차 도일.
1944년	(52세) 경기 양주군 진건면 사능리 520번지에서 집을 짓고 농사.
1946년	(54세) 5월 허영숙과 법적 이혼.
1947년	(55세) 양주 봉선사에 있으면서 광동중학교에서 강의.
1948년	(56세) 수필집『돌베게』와『나의 고백』간행.
1949년	(57세) 1월, 반민법으로 서대문 형무소 수감. 2월 병보석으로 출감, 8월 불기소.
1950년	(58세) 『사랑의 동명왕(東明王)』(한성도서) 간행. 고혈압과 폐렴으로 병상에 누움. 6·25 발발. 7월 12일 납북.
1963년	『이광수전집』(삼중당) 20권 간행.

◆ 도움말 주신 분(1973년 현재)

朴鍾和	72·작가.
梁柱東	70·학술원 회원·시인·평론가.
金基鎭	70·작가·문학평론가.
金在喆	46·서울 서대문구 홍제동 40번지 홍지산장 주인.

◆ 관계 문헌

金東仁,『春園 研究』, 新丘文化社刊, 1956년.

李光洙,『李光洙全集』, 三中堂刊, 1963년.

金聲近,「春園의 文學現實」, 文藝月刊 1932년 1월호.

金烈圭,「李光洙文學論의 展開」,『韓國近代文學研究』, 西江大 人文科學研究所刊, 1969년.

鄭明煥,「李光洙의 啓蒙思想」,『省谷叢書』, 省谷學術文化財團刊, 1970년.

金宇鍾,「春園文學研究」, 忠南大論集 10월, 忠南大刊, 1966년.

白 鐵,「春園의 文學과 그 背景」,『自由文學』1960년 11월호.

鄭泰榕, 「韓國的 동키호테像」, 『現代文學』 1960년 6월호.

李和珩, 「春園小說에 나타난 佛教思想」, 『語文論集』, 高大 國語國文學研究會刊, 1967년 7월.

宋敏鎬, 「無情」, 『韓國의 名著』, 玄岩社刊, 1969년.

金允植, 「(속)韓國近代文學作家論攷」, 一志社刊, 1981년.

韓 龍 雲
(시인 1879~1944)

1.「님의 침묵(沈默)」의 산사(産寺)

한국의 간디며 타고르라 불리는 만해(卍海) 한용운은 한말(韓末)의 혼돈 와중기에 태어나서 일제의 암흑기를 살다가 그 시대에 가버린 근대사의 절고무비(絶高無比)라 할 혁명 지사이며 승려요 시인이었다.

'님'으로 시작해서 '님'으로 끝나는 그의 민족애적 시 정신은 '님'을 애타게 기다리며 찾는 메아리 없는 절규로서 시종한다.

무겁게 드리운「님의 침묵」의 시대에서 낭랑한 님의 목소리 한마디 들어 보지 못했으나 그 목소리가 반드시 들려오리라는 신념과 높은 지조로써 예순 여섯 평생을 싸우며 방랑하고, 때로는 선(禪)에 돌아갔던 만해는 불우하면서도 위대한 민족의 큰 빛이요, 혼이었다.

> 독자여, 나는 詩人으로 여러분의 앞에 보이는 것을 부끄러워합니다.
> 여러분이 나의 詩를 읽을 때에 나를 슬퍼하고 스스로 슬퍼할 줄을 압니다.
> 나는 나의 시를 독자의 子孫에게까지 읽히고 싶은 마음은 없습니다.
> 그때에는 나의 詩를 읽는 것이 늦은 봄의 꽃수풀에 앉아서 마른 국화를 비벼서 코
> 에 대는 것과 같을는지 모르겠습니다.
>
> 밤은 얼마나 되었는지 모르겠습니다.
> 설악산의 무거운 그림자는 엷어갑니다.
> 새벽종을 기다리면서 붓을 던집니다.
>
> — 乙丑 8月 29日 밤 —[1]

1925년 시집『님의 침묵』은 설악산 깊은 암자로부터 이렇게 세상에 바쳐진 것이다.

인제에서 속초로 가는 길에 용대리라는 곳이 있으니, 여기서 내설악 심산유곡을 굽

---

1) 시집『님의 沈默』의「讀者에게」.

돌이 휘돌기 25여 리, 바위를 타고 넘는 물소리, 천년 숲 속을 스치는 바람소리뿐 백담사는 적막에 묻혀 있다. 다시 골짜기로 20리, 물을 건너고 낙엽이 쌓인 재를 넘어 만경대 기슭에 이르니, 아직 칠도 하지 않은 암자 하나가 나타난다. 오세암(五歲庵)이다.

『님의 침묵』의 마지막 붓을 던졌다는 암자는 전란 통에 불타 없어지고 그 자리만 남아 있어 이미 해는 서쪽 봉 너머로 기울고, 스산한 바람이 감회를 깊게 하는데, 동자 말이 스님마저 시주를 나가고 없다 한다.

> 님은 갔읍니다. 아아, 사랑하는 나의 님은 갔읍니다.
> 푸른 산빛을 깨치고 단풍나무 숲을 향하여 난 작은 길을 걸어서 참아 떨치고 갔읍니다.
> 黃金의 꽃같이 굳고 빛나던 옛 맹세는 차디찬 티끌이 되어서 한숨의 미풍에 날려 갔읍니다.
> 날카로운 첫 키쓰의 추억은 나의 운명의 지침(指針)을 돌려 놓고 뒷걸음쳐서 사라졌읍니다.
> 나는 향기로운 님의 말소리에 귀먹고, 꽃다운 님의 얼굴에 눈멀었읍니다.
> 사랑도 사람의 일이라 만날 때에 미리 떠날 것을 염려하고 경계하지 아니한 것은 아니지만 이별은 뜻밖의 일이 되고 놀란 가슴은 새로운 슬픔에 터집니다.
> 그러나 이별은 쓸 데 없는 눈물의 원천(源泉)을 만들고 마는 것은 스스로 사랑을 깨치는 것인줄 아는 까닭에 걷잡을 수 없는 슬픔의 힘을 옮겨서 새 희망의 정수박이에 들어 부었읍니다.
> 우리는 만날 때에 떠날 것을 염려하는 것과 같이 떠날 때에 다시 만날 것을 믿습니다.
> 아아, 님은 갔지마는 나는 님을 보내지 아니하였읍니다.
> 제 곡조를 못이기는 사랑의 노래는 님의 沈默을 휩싸고 돕니다.

「님의 沈默」 전문

만해는 후세에 가면 자기의 시를 읽는 것이 "늦은 봄의 꽃수풀에 앉아서 마른 국화를 비벼서 코에 대는 것과 같을는지 모른다"고 했지만 그가 간 지 30여 년이 가까워 오는 이 때, 오히려 마른 국화밭에 앉았을망정 봄의 꽃수풀 냄새를 맡는 것과 같다. 미상불 그는 한국 근대사의 걸물일 뿐만 아니라 문학사에서도 시공을 초월한 인물이다.

2. 의인 걸사(義人傑士)의 길

1879년 충남 홍성군 결성면 용호리에서 한응준(韓應俊)의 차남으로 태어나 여덟 살에

『서상기(西廂記)』를 독파하고 열 일곱에는 동학란에 가담하기도 했었다. 그의 불도(佛道)와의 인연은 그 난이 실패로 돌아가자 몸을 피하기 위한 방편에서부터 시작했다고 하지만, 「서백리아(西伯利亞) 거쳐 서울로」란 짤막한 그의 수기에는 1903년 24세에 그가 고향을 떠났음을 밝히고 있으니, 동학란이 어느 정도 진정된 뒤로 볼 수 있다.

<사진 1> 오세암의 본사가 되는 백담사 전경. 만해는 1905년 이 절의 김연곡 화상에게서 부처의 제도를 얻었다.

그의 부친의 교훈을 한두 번 듣는 사이에 "가슴에는 이상한 불길이 일어나고 그리고 '나도 그 의인 걸사와 같은 훌륭한 사람이 되었으면' 하는 숭배하는 생각이 바짝 났었다"고 했다.

여러 날 생각 끝에 그는 "산골에 묻힐 때가 아니다"라는 결심을 지니고 어느 날 아침 "담뱃대 하나만 들고 그야말로 문자 그대로의 폐포파립(弊袍破笠)으로 집을 나섰던 것"이니, 서울을 향하지 않고 "백담사에 이름 높은 도사가 있다는 말을 듣고 산골길을 여러 날 패이어 갔었다"고 적고 있다.

이것이 김연곡화상(金蓮谷和尙)에 의해 부처의 제도(制度)를 얻게 되어 그가 처음으로 스님이 된 연유이다.

1908년 나이 29세에 일본을 돌아보고, 그 후『조선불교유신론(朝鮮佛敎維新論)』(1909년),『여자삭발론(女子削髮論)』(1911년),『불교대전(佛敎大典)』(1913년) 등 저서와 편찬서를 내놓고, 불교계와 사회에 두각을 나타내는 한편, 항일 투쟁에서도 혁명가로서 그 이름을 떨치기 시작했던 것이다.

"작달만한 키에다 조그마한 얼굴, 박박 깎은 머리가 벌써 보통 사람과 다른데, 자세는 바르고 말 마디가 독하고 담대하여 감히 가까이 대할 수가 없었다."

당시 강연장에 따라다니며 가까이할 기회를 얻었던 후학 김관호(金觀鎬)가 말하는 만해의 인상이다.

1918년에 들어서 그는 서울 계동 43번지에서 월간『유심(惟心)』을 발간한 바 있는데, 그의 문학적 정열과 그 깊이도 이때에 이미 완성에 가까웠지 않았는가 보는 설도 있다. 『님의 침묵』이 발간되기는 이후 8년이 지나서이지만,『유심』지에는 시집『님의 침묵』에 수록된 시들이 발표되기 시작했던 것이다.

실제 작품 활동의 면에서도 만해가『創造』(1919년) 등의 동인지보다 앞서고 있음은 명백하다.『님의 沈黙』(1926년)에 수록된 詩들을 그가 자신이 발행하던『惟心』지에 발표했다는 사실은 趙演鉉의『韓國現代文學史』(1956년)에 암시되어 있고,『韓龍

雲研究』(1960년 · 박노준 · 인권환 공저)에서도 확인되고 있다. 그러나 그가 한국 최초의 근대 시인이라는 사실은 이러한 연대적 선후 관계에 이유가 있는 것이 아니라, 주권을 빼앗기고 남의 나라 식민지로 떨어진 민족적 현실을 진실로 뼈아프게 느끼고 그 아픔을 처음으로 詩 속에 구체화했다는 데 근본적 이유가 있는 것이다.[2]

문학평론가 염무웅(廉武雄)은 암흑기의 민족 시인으로서의 문학사적 가치를 이렇게 내리고 있다.

그는 '님'을 휩싸고 도는 사랑의 노래를 죽을 때까지 불렀는데 '님'의 정체를『님의 침묵』의「군말」에 간단명료하게 표현하고 있다.

> 님만이 님이 아니라 그리는 것은 다 님이다. 衆生이 석가의 님이라면 철학은 칸트의 님이다. 장미화의 님이 봄비라면 마시니의 님은 伊太利다. 님은 내가 사랑할 뿐 아니라 나를 사랑하나니라.
> 연애가 자유라면 님도 자유일 것이다. 그러나 너희는 이름 좋은 자유에 알뜰한 구속을 받지 않더냐. 너에게도 님이 있느냐, 있다면 님이 아니라 너의 그림자니라.
> 나는 해 저문 벌판에서 돌아가는, 길을 잃고 헤매는 어린 羊이 기리어서 이 詩를 쓴다.

그렇다면 그의 '님'은 일제에 빼앗긴 조국이다. '님'은 멀어져 가려하고 침묵을 지키고 있지만 그 언저리를 떠나지 못하고 맴을 도는 만해는 때로는 그리움에 자신이 '님'이 되기도 하는 혼연 일체의 조국이다.

> 타고 남은 재가 다시 기름이 됩니다. 그칠 줄을 모르고 타는 나의 가슴은 누구의 밤을 지키는 약한 등불입니까.
>
> 「알 수 없어요」끝연

1920년대 소위 문화정치라는 배려에 힘입은 바 되어 우후죽순처럼 돋아나온 유명 무명의 동인지 사태 속에서『님의 침묵』은 홀연 높이 솟아 오른 민족 정기의 등불이었다.

이미 1919년 3 · 1독립선언서에 공약삼장을 첨가하여 그 요지를 집약했던 그이니만큼, 최린(崔麟), 최남선

<사진 2> 1939년 회갑 직후의 만해

2) 廉武雄,「님이 침묵하는 시대」,『나라사랑』제2집, 1971년.

(崔南善)이 일본 관헌의 취조에 발뺌을 하고 있을 때 그는 감연히 그 책임을 혼자 지기로 했다 한다.

"재판 때 다른 사람들은 다 대답을 하되 만해만은 묵묵부답인지라 어째 대답 않느냐 하니까 그제서야 오척 단구이나 천근 쇠 덩어리를 세워 놓은 것처럼 딱 버티고 서서 '조선 사람이 조선 독립을 했는데 어찌 일본 관헌이 재판할 권리가 있겠는가'라고 큰 소리로 대답하니, 마치 독립선언서를 다시 한 번 읽어 준 꼴이 되지 않았겠는가" 조종현(趙宗玄) 스님(시인) 또한 이렇게 그 인품을 전해 준다.

3. 조선독립의 서(書)

그는 3·1 독립운동으로 일제에 잡혀 들어갈 때 이미 마음속에는 어떠한 곤경에 처하더라도 변호사를 대지 말 것, 사식을 넣지 말 것, 보석을 요구하지 말 것 등을 정하고, 주위 사람에게 이것을 명심하도록 했다. 춘원 이광수의 경우, 수차에 걸친 투옥 사건 때마다 기묘하게도 항상 병보석으로 출감했던 사실은, 민족의 지도자상의 한 단면으로서 좋은 대조를 후세에 남겼다.

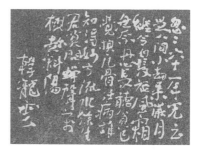

<사진 3> 1939년 회갑때 방명록에 적은 친필.

옥중에서도 검사가 독립 선언을 하는 까닭을 물으며 답변을 요구하자, 그 때 그는 「조선 독립의 서」를 써 답변에 대신하니 오늘날 육당의 「독립선언서」와 쌍벽을 이루는 문장이다.

> 自由는 萬有의 生命이요, 平和는 人生의 幸福이다. 故로 自由가 無한 人은 死骸와
> 同하고 平和가 無한 者는 最苦痛의 者라. 壓迫을 被하는 者의 周圍의 空氣는 墳墓로
> 化하고 爭奪을 事하는 者의 境涯는 地獄이 되나니 宇宙의 理想的 最幸福의 實在는 自
> 由와 平和라. 故로 自由를 得하기 爲하야는 生命을 鴻毛視하고 平和를 保하기 爲하야
> 는 犧牲을 甘飴嘗하나니 此는 人生의 權利인 同時에 또한 義務일지로다.

자유를 위하여는 목숨을 버리겠다고 그 굳굳한 의지로 시작되는 「조선독립의 서」는 독립의 이유를 설파하되 1. 민족 자존성, 2. 조국 사상, 3. 자유주의, 4. 대세계(對世界)의 의무라 하였고, 기필코 일본은 패망하고 조선은 독립한다는 만해의 자신에 찬 신념으로 일관하고 있다.

그러니까 「님의 침묵」은 3년간의 옥고를 치른 후 2년 뒤에 세상에 나왔으므로 그 동안 깊이와 무게가 더 가해졌으리라 믿어진다. 그는 이 때 정신의 최정점의 경지에 도달한 듯싶다.

"그 이듬해 나온 『십현담주해(十玄談註解)』는 자유중국의 최고승 태허법사(太虛法師)도 후에 보고 너무 심오한 경지에 이른 것을 알고서 말문을 열지 못하였다."

조종현 스님은 만해가 오세암에서 탈고한 이 주해야말로 감히 아무도 손을 대지 못하는 것이라고, 도통의 경지를 높이 평가하고 있다.

어느 해 여름 오세암의 샘이 말라 있었는데 만해가 참선하고 있자니까 밖에 나갔던 주지가 놀라 들어와 알리기를 샘에 물이 솟는다고 했다는 것이다.

"내가 알기로는 외설악의 신흥사에 들어왔다가 본산인 고성 곤봉사로 가 학암(鶴庵) 스님 밑에서 수학하고 오세암에 들어왔다. 동냥중일 때에야 어디 한 곳에 머물러 있을 수 있는가. 한때는 낙산사 굴암자에도 3, 4년 있은 걸로 안다."

일찍이 26세에 입산하여 만해 뒤를 이어 백담사에 몸을 담고 주지까지 지냈던 김기태(金基台) 대처 스님은 벼 타작의 일손을 멈추고 옛일을 더듬으면서 그가 알고 있는 일화를 털어놓았다.

"굴암자에 있을 때 일본인 양양 군수가 순시 차 절간에 왔다. 수행원이 밖에서, '중 있는가' 하고 찾았다. 분명 짚신 한 켤레가 나란히 놓였는데 대답이 없었다. 문을 와락 여니까 중 하나가 고요히 선(禪)에 몸을 맡기고 앉아 있는 것이 아닌가. 수행원은 '군수가 왔는데 중이 건방지다'고 했다. 그 때 만해가 '어허, 군수면 너희 군수지, 내 군수더냐? 나의 군수는 없다네' 하였다. 그대로 돌아간 군수는 후에 만해라는 것을 알고 사과했다고 전해진다."

6 · 25 전만 하더라도 오세암에는 매월당 김시습의 초상화가 고이 걸려 있었던 유서 깊은 곳이었으나 지금은 만해의 '님'을 향한 마음처럼 끊임없이 그 샘만이 넘쳐흐르고 있다.

오세암은 6 · 25사변을 겪으면서 불타 없어지고 그 유지 바로 오른쪽에 새로 암자가 지어져 있어 산을 찾는 사람들의 휴식처가 되고 있다.

4. 선사(禪師)로서 입적

당신은 나의 죽음 속으로 오세요. 죽음은 당신을 위하여 준비가 언제든지 되어 있읍니다.

만일 당신을 쫓아오는 사람이 있으면 당신은 나의 죽음 위에 서십시오.

죽음은 허무와 만능의 하나입니다.

죽음의 사랑은 무한인 동시에 無窮입니다.

죽음의 앞에는 군함과 砲臺가 티끌이 됩니다.

죽음의 앞에는 강자와 약자가 벗이 됩니다.

그러면 쫓아오는 사람이 당신을 잡을 수는 없읍니다.

오서요. 당신은 오실 때가 되었읍니다. 어서 오서요.

「오서요」 끝연

<사진 4> 파고다공원에 자리 잡고 있는 '용운당 대선사비'. 비문에는 그의 업적이 새겨져 있다.

이제 만해의 '님'을 향한 마음은 죽음으로 다져지고 그 죽음을 방패로 애끊는 호소와 절규가 우리의 심금을 울려가는 것이다.

그는 『님의 침묵』을 전후해서 생전의 미발표 중편 소설 「죽음」을 탈고한 것으로 알려지고 있으며, 장편 「흑풍(黑風)」(1935 조선일보 연재), 「후회(後悔)」(1936년 조선중앙일보 연재 중단), 「박명(薄命)」(1938년 조선일보 연재) 등을 썼으나 시의 경지에 이르지 못한다는 게 정평이다.

"마당의 눈을 쓰시다가 갑자기 졸도하셨다. 그 길로 반신을 못 쓰시고 고통을 겪으시더니 어느 봄날 밤에 혼수상태에 빠지셔서 한 마디 말씀도 없이 다음 날 하오 세상을 떠나셨다."

부인 유씨와 딸 하나를 두고 눈 감을 때의 당시를 딸 영숙(英淑)이 전한다.

1944년 5월 9일 성북동 심우장(尋牛莊) 자택에서 춘추 65세, 법랍(法臘) 40년 만에 그다지도 기다리던 「님의 침묵」을 깨뜨려 보지 못하고 사바를 떠나 입적했다.

정인보(鄭寅普), 이인(李仁), 김병로(金炳魯), 김관호(金觀鎬), 박광(朴洸) 등 지기지우와 후배들이 홍제동 화장장에서 다비를 받들어 항아리에 습골하고 망우리에 안장하였다. 그때 5월 주고 깎아 세운 보잘 것 없는 '한용운지묘' 비석 하나가 망우리 높은 곳에, 굽이 도는 한강을 바라보며 서 있어, 누군가 가져다 놓은 국화송이 한 다발 비에 젖으며 '님'을 향한 넋을 잠재우고 있다.

韓國末年에 山中佛敎를 都市로 끌어내어 大衆化라고 아울러 衰亡하는 國運을 挽回하여 民主社會를 實現하려던 指導者가 있었으니……

1967년 불교 단체, 후학, 제자들이 힘을 모아 세운 파고다 공원 '용운당 대선사비(龍雲堂 大禪師碑)'의 머리는 이렇게 시작하여 그의 면모를 빛내며 오늘도 서 있다.

◆ 연보

1879년	7월 12일 한응준(韓應俊)의 차남으로 충남 홍성군 결성면 용호리에서 출생. 또는 성곡리라는 설도 있음.
1887년	(8세) 『서상기(西廂記)』를 독파, 신동으로 불림.
1892년	(13세) 처음 부인 창성 방(方)씨와 결혼.
1896년	(17세) 동학란에 가담, 홍성호방 습격.
1903년	(24세) 백담사 오세암에 입산.
1904년	(25세) 장남 보국(保國) 출생. 6·25사변 중 사망.
1905년	(26세) 백담사 김연곡 화상에 의해 스님이 됨.
1908년	(29세) 일본 동경 및 경도(京都) 등지를 돌며 신문물을 배움. 일본 화천(和淺) 교수와 교유하고 유학중인 최린(崔麟)을 사귐.
1909년	(30세) 『조선불교유신론』 저술.
1910년	(31세) 국치(國恥)로 중국 동북삼성(東北三省) 망명길에 오름. 이시영(李始榮), 신배구, 윤세복 등과 민족 광복운동으로 회인현(會人縣) 소야하(小也河)에 의병 학교를 세움.
1911년	(32세) 송광사(松廣寺), 범어사(梵魚寺)에서 승려 궐기대회를 갖고 민족 불교를 일본 불교에 예속시키는 것을 비판하고 민족 불교의 자존과 승려의 독립 사상 고취.
1913년	(34세) 『불교대전』을 국한문으로 편찬.
1915년 ~16년	(36세~37세) 영남·호남 지방의 사찰 순례 강연.
1917년	(38세) 12월 2일 밤 좌선중 문득 깨침.
1918년	(39세) 서울 계동 43번지에서 월간 교양지 『유심』을 발간, 여기에 시 「심(心)」과 논문 「고학생」 발표, 문학 창작에 정진.
1919년	(40세) 기미 독립운동 33인으로 주동적 역할. 3월 1일 거사 이후 체포, 8월 9일 경성 지방법원 제1형사부에서 공소 불수리 판결을 받고 이후 3년간 투옥. 독립운동 이유의 답변으로 「조선독립의 서」를 제출.
1922년	(43세) 3월 출옥. 5월 기독교 청년회관에서 「철창철학(鐵窓哲學)」 강연, 10월 천도교 회관에서 「육바라밀(六波羅密)」 강연.
1924년	(45세) 미발표 중편소설 「죽음」 탈고.
1926년	(47세) 시집 『님의 침묵』(회동서관) 발간, 시 88편 수록.
1927년	(48세) 신간회(新幹會) 설립 중앙진행위원, 경성지회(京城支會) 초대 회장.
1930년 ~31년	(51세~52세) 『불교』지 인수. 승려 독립투쟁 비밀결사 '만당(卍黨)' 영수.
1933년	(54세) 독신 생활을 청산하고 유(兪)씨 (1966년 사망)와 재혼.
1934년	(55세) 딸 영숙(英淑) 출생.
1935년	(56세) 장편소설 「흑풍」(조선일보 연재).
1936년	(57세) 장편 「후회」(조선일보 연재 중단).

1938년   (59세) 장편「박명」(조선일보 연재).
1939년   (60세)「삼국지」(조선일보 연재 중단).
1942년   (63세) 일제의 대한인 학생 출정 및 창씨개명의 회유책에 불응.
1944년   (65세) 5월 9일 성북동 심우장 자택에서 65세를 일기로 입적.
1970년   유작 중편「죽음」을 비롯, 시·시조 47편『월간문학』에 발표됨.

◆ 도움말 주신 분(1973년 현재)

金觀鎬   66·후학·서지가.
韓英淑   39·딸·명륜동 2가 62의 9.
趙宗玄   67·후학·시인·원주시 불심사 불교 연구원장.
金基台   67·전 백담사 주지·인제군 북면 용두리.

◆ 관계 문헌

鄭泰榕,「現代詩人硏究―韓龍雲의 東洋的 감상성」,『現代文學』1957년 5월호.
趙昇元,「韓龍雲評傳」,『鹿苑』1957년 통권 1호.
洪曉民,「萬海韓龍雲論」,『現代文學』1959년 8월호.
金相一,「韓龍雲」,『現代文學』1960년 6월호.
金宇正,「韓國詩人論―韓龍雲論」,『現代文學』1961년 5월호.
張文平,「韓龍雲의 임」,『現代文學』1962년 4월호.
高 銀,「韓龍雲論」,『現代文學』1969년 6월호.
崔元圭,「韓龍雲 詩의 理解」, 忠南大 大學院 論文集, 1969년.
朴堯順,「萬海의 祖國愛와 님의 沈黙」,『韓國學報』, 全南大 國文學硏究會刊, 1959년.
朴魯埻,「韓龍雲의 '님의 沈黙'」,『思想界』1967년 1월호.
_____,『나라사랑』제 2집 만해 한용운 선생 특집호, 1971년.
金永琪,「님과의 對話」,『現代文學』1965년 12월호.
金禹昌,『궁핍한 시대의 詩人』, 民音社刊, 1977년.
崔東鎬,「韓龍雲詩와 기다림의 歷史性」,『慶熙語文學』제5집, 慶熙大 國語國文學科刊, 1982년.
金興圭,『文學과 歷史的人間』, 民音社刊, 1980년.

金 東 仁

(소설가 1900~1951)

1. 기독교 대지주의 차남

어려서 가슴 속에 뿌리박힌 유아독존적(唯我獨尊的) 사고 방식은 그의 인생뿐만 아니라 문학에서도 커다란 골격을 이루고 있다. 예술이 생겨나는 요소를 '아무 사람에게도 가득 차 있는 에고이즘―즉 자아주의'로부터 비롯된다고 20대 초에 주장했던 작가 김동인은 우리나라 최초의 동인지 『창조(創造)』를 통해서 그 지론대로의 문학을 시작했다. 그래서 1932년까지 많은 단편들을 발표하며 인형의 주인이 자기 마음대로 인형을 손바닥 위에 굴리면서 놀리듯 작품을 써 갔다.

오만과 재기와 방종과 파산…… 그리고 뒤미처 닥친 불면증의 고통 가운데서도 현대 문학 수립의 선도적 작가라는 평가를 받으면서 적지 않은 사람들에게 적대감을 사기도 했다.

아무튼 그의 문학은 염상섭의 그것과 더불어 한국 문학의 큰 기점이 되었고 오늘날까지 한 맥락으로 이어져 오는 데에 그의 큰 업적이 있다.

> 그 숱한 기대와 희망과 계획을 가지고 들었던 집에서 쫓겨나서 한 오막살이를 구
> 해 들었소. 너 나 할 것 없이 모두 亡國人―망국인에게는 이 오막살이나마 과남할지
> 모르나 적어도 내 있었던 집을 빼앗은 사람에게는 그렇게 보일 것이오.[1]

1945년 광복과 더불어 얻었던 4백여 평의 약수동 적산 가옥을 미군의 점거로 내어놓고 바뀌들어, 그가 비통한 최후를 맞이했던 오막살이라던 서울 성동구 홍익동 353번지는 아직도 그의 부인 김경애(金瓊愛)가 지키고 있다. 마당 한쪽에 새로 간살을 붙이고 길가로는 세를 준 가게(동원식품)가 났지만 본채는 예전 그대로의 구조다.

조그만 응접실에는 동인의 사진이 걸렸고 탁자에는 어느 출판사의 인지가 도장 찍히기를 기다려 동인의 집임을 실감케 했지만, 6 · 25 통에 그의 죽음과 함께 서재도 없어져 어디서고 그의 체취는 풍기지 않는다.

---

1) 「亡國人記」, 『白民』 13호 1948년 3월호.

나는 그때 소년다운 야심이 만만하던 시절이라, 더우기 나의 아버지가 나를 기르실 적에 唯我獨尊의 사상을 나이어린 머리에 처박았으니만큼 일본문학 따위는 미리부터 깔보고 들었으며 빅토르 위고까지도 통속 작가라 경멸할이만큼 유아독존의 시절이었다.2)

하고 말할 수 있었던 동인의 오만은 아마도 선천적이기보다는 자기모멸을 모르는 유복한 가정환경에서 얻어 후천적으로 형성된 기질이었는지 모른다.

그는 1900년 10월 2일 평남 평양 상수리에서 기독교 장로며 대지주인 김대윤(金大潤)의 차남으로 세상에 났다. 독실한 기독교 가정인데다 기독교계 학교인 숭덕소학교를 나왔으나 그에게서는 신(神)에 대한 경의심은 별로 발견할 수가 없었다.

그의 문학수업의 길이 열린 것은 동경 유학이 이뤄진 14세 나던 1914년의 일이었다. 당시 부유한 집안에서 자식들에게 바라던 바와 마찬가지로 동인의 부친도 그에게 장차 의학이나 법률학을 공부시키려고 보낸 유학이었다.

한 해 먼저 와 있던 주요한(朱耀翰)의 명치학원을 피하고 동경학원을 택했던 자존심의 소년이었던 그는 뒤에 동경학원 폐쇄로 결국 요한 밑의 학년이 되어 명치학원 중학부를 다녀야 했다. 그러나 그는 은연중 요한을 따라 문학에 동경심을 가졌었다. 1917년 부친이 사망하자 그는 학교를 중퇴하고 일단 귀국했다.

"부친상을 받자 고향에 와 있던 아버님은 이듬해 4월 대동강가에서 꽤 큰 어물상을 하던 부상의 딸과 결혼을 했다. 그이가 내 생모였다. 겨우 소학교를 나온 분으로 아버님과는 동갑이지만 구습의 교육을 받은 분인 것 같다"

이제 동인의 생애보다 더 많은 연륜을 지낸 장남 일환(日煥)은 어린 시절을 돌이켜 눈가에 주름을 잡으며 소탈하게 웃는다. 부친이 거만하다는 말을 사후에도 많이 들어온 터라 자기만은 그런 말을 듣지 않으려고 안간힘을 쓴다고 하지만 남과 말하기 싫어하는 것은 어쩔 수 없이 부친을 닮았다는 이야기다.

1917년 이후 동인에게는 새로운 세계가 열렸다. 가을 추수한 곡식을 산같이 쌓아 놓으면 밤에 도둑이 들끓어 전전긍긍하며 행랑채에서 밤을 새워야 하는 방대한 토지를 유산으로 받은 데다가 결혼까지 했으니 단순한 소년만은 아니었던 것이다. 부친이 타계했으므로 법률이나 의학을 공부해야 한다는 부담도 없어졌다. 여기서부터 동인의 다채로운 문학 행장(行裝)이 시작되고 다른 한편으로는 새로운 한국 소설의 한 패턴이 열리게 된 것이다.

---

2) 「文學과 나」.

2. 동인지『창조(創造)』창간

결혼하던 해 가을, 그는 예술에 대한 동경과 문학 욕망을 채우기 위해 일본으로 다시 건너가 천단화(川端畵) 학교에 입학하였다. 결코 그림을 배우고자함이 아니라 "미학에 대한 기초지식과 그림에 대한 개념을 얻는 것"이 목적이었다.

1918년 12월 주요한, 전영택(田榮澤), 최승만(崔承萬), 김환(金煥) 등과 더불어 의기가 투합하여 우리나라 최초의 동인지『창조』발간을 서두르게 되었다.

> 그 옛날은 모르지만 漢文이 이 민족의 글로 통용되며 模倣漢文學으로 민족의 문학욕을 이렁저렁 땜질해 오던 이 민족에게 그 '문학갈증'의 욕구에 대응하고자 우리 몇몇 젊은 야심은 움직이기 시작한 것이었다. 잃어버린 國權을 회복하려는 '3·1운동'의 실마리가 표면화하기 시작한 것이 1918년 '크리스마스' 저녁이요. 민족 4천년래의 신문학 운동의 봉화인『창조』잡지 발간의 의논이 작성된 것이 또한 같은 날 저녁이었다.[3]

『창조』창간호가 나온 것은 1919년 2월, 그의 표현에 따르면 신문학 운동의 봉화는 기묘하게도 3·1운동과 함께 진행되었던 것이다.

여기에 동인은「약한 자(者)의 슬픔」을 발표하고 곧「마음이 옅은 자여」,「배따라기」 등의 작품을 세상에 내놓으며 일약 춘원 이광수의 뒤를 잇는 대가로 군림했던 것이다.

동인은 1919년 귀국하여 아우 동평(東平)의 등사판 지하신문을 위해 격문의 초(草)를 하였다가 3월 26일부터 6월 26일까지 3개월간 경찰서, 구치소를 끌려다니며 고초를 겪었다. 그 후 건강이 나쁘다는 의사의 만류도 뿌리치고 미술학교 시절에 알았던 만조사 (萬造寺) 아끼꼬라는 일본 여인과의 정사를 찾아 동경행을 했던 적이 있었다.

> 하늘에서 타고난 무서운 자신과 자부심을 가지고 있는 나는, 어찌하여서든 그를 찾아내려 하였다.[4]

그러나 그 여인은 없었다. 실의를 안고 돌아온 동인은 1921년부터 김옥엽, 황경옥, 세미마루, 노산홍, 김백옥 등 기생의 품을 의식적으로 거쳐 갔다.

"소시민적인 조심성이 없던 그가 화류계 사회를 알고부터는 낭비벽이 더욱 심해졌다. 사치, 도락을 즐겨서 백금 시계줄을 차고, 음식을 사먹되 최고급이 아니면 상대를

---

3)「創造 同人誌의 發刊」.
4)「女人」.

하지 않는가 하면 또 경마에도 손을 뻗치고 한때에는 경마를 사서 붙이기도 했다" 하고 주요한은 회고하고 있는데 그의 취미는 다양하였다.

> 낚시질이 一手이고 木刻이 能하여 남에게 질 것이 없고, 寫眞術에도 自信이 있어
> 가끔 友人의 얼굴을 복사하며 그 밖에 時計니 蓄音機니 洋服이니 하는 것에도 專門家
> 에게 손색이 없을 만한 自己式 言說을 주장하였다.5)

이 인상기를 보더라도 당시 그가 누릴 수 있는 최상의 생활을 영위하고 있었음엔 틀림없었다. 서울에 오면 패밀리 호텔에 투숙하거나 명월관 등의 기생집을 전전하였고 동경 여행을 산책 삼아 다닌 생활이었다.

그 가운데서도 문학에의 집념은 여전하여 『창조』 후신격으로 1924년에는 『영대(靈臺)』지를 내었다. 그리고 1925년에는 그의 대표 단편 「감자」를 비롯하여 「명문(明文)」 등을 발표하여 그의 오만과 재기를 과시했던 것이다.

작품 「감자」는 복녀라는 가난하나 정직한 농가에서 규칙있게 자라난 한 여인이 도덕적으로 타락하고 부정적 윤리관에 이르게 되는 과정을 그리고 있는 단편이다.

복녀는 남편이 있으면서도 인부 감독과 중국인 왕서방에게 정조를 바치고도 그 가책보다는 유쾌감을 맛보며, 게다가 쉽사리 금전까지 생기고 보니 인생이 꽤나 즐겁게 느껴진다. 남편도 돈이 생기므로 "결국 좋은 일이라는 듯이 아랫목에 누워서 벌신벌신 웃고" 있는 것이고 이듬해 봄이 되어 왕서방이 돈 백 원으로 사온 어떤 처녀에 대한 시샘으로 복녀가 왕서방에게 낫으로 죽음을 당했을 때도 돈 몇 푼으로 그녀의 죽음을 자연사로 꾸며 주는 짓마저 하는 부정적 인물이다.

<사진 1> 1942년 동인은 삼천리사에 들렀다가 동인의 대화 중 한 마디를 엿듣고 있던 청년이 고발하여 '천황불경죄'로 3개월간 옥고를 치렀다. 그 때 동인이 부인 김씨에게 보낸 집안 걱정의 편지.

---

5) 金億, 「金東仁」, 『朝鮮文壇』 1925년 6월호.

복녀의 송장은 사흘이 지나도록 무덤으로 못 갔다. 왕서방은 몇 번을 복녀의 남편을 찾아갔다. 복녀의 남편도 때때로 왕서방을 찾아갔다. 둘의 사이에는 무슨 교섭하는 일이 있었다. 사흘이 지났다.

밤중 복녀의 시체는 왕서방의 집에서 남편의 집으로 옮겨졌다. 그리고 시체에는 세 사람이 둘러앉았다. 한 사람은 복녀의 남편, 한 사람은 왕서방, 또 한 사람은 어떤 한방 의사—왕서방은 말없이 돈주머니를 꺼내어, 십 원짜리 지폐 석 장을 복녀의 남편에게 주었다. 한방 의사의 손에도 십 원짜리 두 장이 갔다.

이튿날, 복녀는 뇌일혈로 죽었다는 한방 의사의 진단으로 공동 묘지로 가져갔다.

소설 「감자」는 이렇게 끝이 나고 있다. 그의 묘사법은 작가의 주관이나 군소리가 완벽하게 절제된 객관, 정확을 시도하여, 이광수 문장에서 볼 수 없었던 세련된 맛을 풍겼으며, 동인은 「감자」나 「명문(明文)」으로 자연주의적 작가라 지칭되고 있다. 그러나 1930년대의 작품에 이르면 현실의 비정, 폭로라는 주제를 떠나 일체의 가치관을 부정하려는 점, 또는 환상적 분위기의 유미적 승화를 볼 수 있으며 신의 위치에서 인간을 꼭두각시로 보는 애초의 그의 오만한 태도가 무척 강하게 작용하고 있음을 알 수 있다.

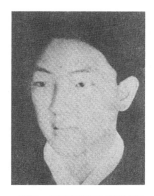

<사진 2> 1918년 동경유학시절의 동인.

그러니까 후의 「광염(狂炎) 소나타」나 「광화사(狂畵師)」는 일반 사회의 통념, 상식, 가치관을 부정하고 있는 작품으로, 예술적 기교가 능하다고 보는 것이 그것이다.

그러나 「감자」나 「명문」은 자연주의적 작품이고 「광염소나타」나 「광화사」는 탐미주의적이라고 보는 해석, 즉 '주의' 부착의 오류에 대하여 문학평론가 김치수(金治洙)는 다음과 같은 요지로 자기 주장을 내세웠다.

그는 먼저 「명문」의 경우는 "식민지 시대의 한국인의 정신적 상황에 관한 것이다"라고 전제하고 정신적 풍속과 외래의 이질 문화와의 상충과 모순을 그린 부류에 속하며, 다음 「감자」의 경우는 식민지 조국의 현실을 부각하여 생존권이 박탈당한 식민지 백성의 비극을 극명히 드러낸 것이라고 보았고, 마지막으로 「광염소나타」, 「광화사」의 경우를 이렇게 설명했다.

匠人의 세계에 있어서 하나의 작품을 만드는 데 필요한 고통의 세계이다.[6]

6) 金治洙, 「東仁의 唯美主義와 리얼리즘」, 『文學思想』 1972년 11월호.

이러한 주장은 문학 자체에 국한시키지 않고 문학외적 흐름까지 포함시켜 문학작품을 파악하려는 노력의 일단이다. 이처럼 동인 작품에 대한 여러 가지 견해는 우리에게 그의 작품이 오늘날까지도 문제를 야기시킬 수 있는 가치를 지니고 있다는데 흡족함을 선사한다.

개인적으로 동인은 「감자」, 「명문」 이후 「광염 소나타」, 「광화사」 사이의 5, 6년간을 방탕과 파산의 연속으로 보냈다.

3. 파산과 불면증

술과 계집과 낚시질로 세월을 보내는 동안 정신을 차리고 보니 재산 상태는 말이 아니었다. 1926년 1월 그의 재산을 정리하니 1만 5천원이었다. 이것으로 그는 보통강벌에 관개사업을 벌여 그 수세(水稅)로 생활을 이어가려 했으나 당국의 불허가로 실패, "더구나 그 해에는 홍수까지 나서 양수기마저 건지지 못하고 녹슬어 버렸다"(주요한 회고담)고 하니 그는 마지막 가산 정리를 부인에게 맡기고 서울로 가 중학동에서 마작으로 반년 세월을 보냈다.

거기다 1927년 부인마저 가출하고 말았다.

"어머니는 나의 여동생을 데리고 서울 친척집에 잠시 들렀다가 일본에서 여의대(女醫大)를 다니던 6촌뻘의 박모라는 여인을 찾아 동경으로 건너가 버렸다. 부상의 딸, 부농의 아내는 집안이 졸지에 망하자 큰 충격을 받은 것이다. 신문화를 배우겠다고 간 것이었지만 그 나이에 이미 때는 늦은 것이었다."

아들 일환(日煥)의 증언에 의하면 그 때 여동생만은 다시 데려왔으나 부인은 영 행방을 감춰 버렸다. 동인은 뒷날 평양역이 된 일대의 땅만은 후일을 위해 남겨두려 했으나 그것을 부인이 5백원에 팔아 가져갔다고 한다. 「광염 소나타」, 「광화사」 등은 이러한 충격 뒤에 나온 것이다. 그는 불면증으로 고생하기 시작했다. 그의 친구 유지영(柳志永)은 그 「인상기(印象記)」에서 벌써 25세를 전후하여 다병객(多病客)이라 보았고, "1년이면 6개월은 칼슘과 기타 주사와 보약으로 보낸다" 했으며 그가 2, 3차 다녀간 곳에는 반드시 단골 병원과 상당수의 의사가 있었던 것이니 그에 겹친 불면증은 일생을 두고 고질화되었다.

그러나 그는 어떻게든 재기하려 했다. 그 결과 1930년 4월에는 평양 숭의여고를 갓 나온 20세의 재원 김경애(金瓊愛)와 중매로 재혼하여 새로운 출발을 보였다. 이듬해에는 신혼기분으로 방인근의 소개를 얻어 서울 서대문 행촌동 210의 96 월부집을 들었고, 「아기네」를 일거에 써서 그 고료로 월부집을 사서 자기 집으로 만드는 의욕을 보이기도 했던 것이다.

<사진 3> 1946년 전후 신문 소설취재를 위하여 화가 이승만(李承萬)과 함께 백마강을 답사하러 갔을 때 고란사에서의 동인.

"나는 봉건적인 사람인데다가 한 번 결혼에 실패한 그이였으므로 마음이 내키지 않았으나 그이의 채근에 지고 말았다"(부인 김경애 회고담). 그러나 그의 결혼 생활은 원고료로만 유지해 가는 것이어서 무척 고생스러운 나날이었다. 이 무렵부터 「운현궁(雲峴宮)의 봄」을 비롯하여 신문에 역사물이 등장하게 되는 것도 생활을 위한 궁여지책이었다. 엄격한 의미에서 1932년의 「붉은 산」을 마지막으로 동인의 재기 넘치는 단편 문학은 끝이 난 것처럼 보인다.

그는 같은 해에 40여 일간 방응모(方應謨)가 잡은 조선일보의 학예부장으로 있은 적도 있었으나 글을 쓰지 못하는 것도 그러려니와 생활이 안 되어 박차고 나왔다.

1939년을 전후하여 좌절감에 빠져 있던 그의 모습을 다음 글에서 볼 수 있다. 춘원과 비교하여 춘원의 용기를 부러워하고 있다.

나 亦是 最近 3年間은 죽음의 한 걸음 밖에서 헤매고 家族들까지도 絶望 · 斷念할 수 밖에 없도록 惡化되기 무릇 4, 5次─그 3年間을 나는 明年事를 생각할 흥미를 잃고, 석달 뒤 내지 한 달 뒤의 일도 생각할 흥미를 잃고 지냈다. 年年이 단 몇 그루씩이라도 심고 하던 花草는 昨今 兩年間은 中止하였다. 왜? 내가 그 花草의 開化를 능히 볼 수가 있는지 어떤지가 의심스러우니만치 심은 努力이 귀찮기 때문이었다. 換衣節에 冬服이나 夏服을 잘 손질을 하여 간수하는 아내를 볼 때마다, 내가 저 옷을 다시 입을까 하고 탄식하고 하던 나였다.

이러한 3年에 내게 배양된 사상이라 하는 것은, 春園에게서와 같은 '慰安處를 얻으려는 努力'이 아니고, 그 반대로 '세상이란 그렇고 그런 것이라'는 斷念이었다.

春園은 結論的으로는 '宿命'에 到達하고도 思想的으로든, 結論的으로든, 宿命의 不可抗力을 믿었다.

春園의 그 勇氣가 부러운 바다.

勇氣를 잃은 나─생각하면 한심스럽고 딱하다.

무슨 소리를 썼는지 알 수 없다.

防空 연습의 '空襲警報'의 사이렌이 연하여 운다.

十月 二十五日.[7]

7) 「身邊雜感」, 『文章』 1939년 2월 창간호.

그 때 몇 집 건너 살던 장덕조(張德祚)는 자주 오가던 사이로, 동인의 기억으로 남는 것은 "수면제에 대한 해박한 지식과 부인과 아이들을 끔찍이 위하는 가장"의 모습이라고 전한다. 그가 아끼던 수면제는 포수 퀴로랄이라는 손에 닿기만 하면 허물이 벗겨지는 아주 독한 것이었다. 2그램, 모자라면 4그램의 복용이었다.

그는 1939년 박영희(朴英熙), 임학수(林學洙)와 더불어 소위 '북지황군(北支皇軍) 위문'에 나섰다. 돌아와 종군기를 쓰라 할 때 오는 도중 기억을 상실했다고 했는데 그런 건강 상태에서 그것이 사실이었을지도 모른다.

그의 또 하나의 취미는 경마였다. 다음의 글은 『삼천리문학(三千里文學)』 1938년 1월 창간호에 실린 「문인풍경(文人風景)」란의 동인에 관한 부분이다.

> 스틱이 오늘 밤엔 더 외롭구려. 돌아보니 人力車도 기어가지 않는 밤. 길바닥엔 아모 情거운 것도 없다. 情熱 잃은 街路樹 그도 늙었다. 붉은 테 감은 말이 快하게 옆으로 달린다. 내일이 아차, 競馬 大會로군. 東仁영감 잠깐 흥분하여 스틱을 함부로 두룬다. 흐—그 놈의 말이 뛰긴 뛰는데 내일은 아마 몇圓 들어오갔디.

그는 육식을 좋아했지만 나이 40에 틀니였다. 이미 그는 술은 못했고 군것질만을 좋아하고 있었다. 1945년 그에게도 감격스러운 광복이 왔다. 적산 가옥을 얻어 약수동의 4백 평짜리 집으로 이사 가는 행운도 얻었고 다시 집필할 수 있는 기회도 있었다. 그러나 불행은 그를 놓지 않았다. 집필은 뇌막염으로 중단되고, 적산 가옥도 미군에 넘긴 후 홍익동으로 이사해야 했다.

1948년 막내아들 천명(天明)이 백일이 지난 어느 날, 밖에 나갔다 돌아온 동인은 동맥경화증으로 몸져눕고 말았다. 그의 몸은 점점 굳어 갔다. 마침내 눈동자는 한쪽으로 몰리고 기억력과 의식이 없어졌다

그렇게 앓기 3년, 6·25사변도 의식이 없는 상태에서 맞았으니 부인이 가족 때문에 어떤 고난을 겪었는지조차 그는 모를 수밖에 없었다.

가택 수색으로 집안은 풍지박산이었다. 다시 동장군과 함께 온 1·4 후퇴 때는 한강까지 나가 쪽배를 구했으나, 동인은 이미 몸조차 가눌 수가 없어 집으로 돌아와 1월 5일 저녁 마지막 비극을 맞이했으니 한때의 영화가 이토록 물거품같이 사그러질 줄 그는 예측이나 했을까.

그의 나이 51세, 한때 그의 상대적 입장에 있었던 김팔봉도 "신문학에서 현대소설이 자리잡히기는 동인과 상섭의 소설이 나오고부터였다"고 하는 것처럼 개인적인 비극에도 불구하고 동인의 문학은 한국 문학사와 함께 길이 남을 것이다.

◆ 연보

1900년　10월 2일 평안남도 평양 상수리에서 기독교 장로인 전주 김씨 대윤(大潤)의 3남
　　　　1녀 중 차남으로 출생. 모친 옥씨(玉氏)는 후실로, 전실에게서 장남 동원(東元)이
　　　　있었고 동인(東仁), 동평(東平), 동선(東善)은 옥씨 소생임.

1912년　(12세) 기독교계 숭덕소학교 졸업.

1913년　(13세) 숭실중학교에 입학했다가 중퇴.

1914년　(14세) 도일, 동경학원 중학부 입학. 이 때부터 유아독존적 존재로 자처.

1915년　(15세) 명치학원 중학부 2년 편입.

1917년　(17세) 명치학원 중학부 중퇴. 부친 김대윤 사망, 귀국.

1918년　(18세) 4월 김혜인(金惠仁)과 결혼한 후 도일. 동경 천단화(川端畵) 학교 입학.

1919년　(19세) 2월, 일본 횡빈(橫濱)시 복음인쇄소에서 인쇄한 동인지『창조(創造)』(발
　　　　행인 주요한) 창간호에 소설「약한 자의 슬픔」을 발표. 천단화학교 중퇴, 3월 귀
　　　　국. 출판법 위반으로 3개월의 고초 후 6월 집행유예 2년의 형을 받고 나옴.

1920년　(20세) 중편「마음이 옅은 자여」(창조2~6호) 발표. 장남 일환(日煥) 출생.

1921년　(21세) 단편「목숨」(창조 8호),「배따라기」(창조 9호),「연산군」,「전제자(專制
　　　　者)」(개벽 3월호),「딸의 업을 이으리」등 발표.『창조』는 9호로 폐간. 봄부터 명
　　　　월간 기생 김옥엽 등과 관계를 맺으며 방탕한 생활을 함.

1922년　(22세) 단편「태형(笞刑)」(동명 16~17호) 발표.

1923년　(23세) 창작집『목숨』(창조사·평양) 간행. 단편「이 잔을」(개벽 1월호),「눈을
　　　　겨우 뜰 때」(개벽 7~11월호) 등 발표. 딸 옥환(玉煥) 출생.

1924년　(24세) 8월『창조』의 후신『영대(靈臺)』를 주재 발간하고 창간호에「유서」를 발표.

1925년　(25세) 1월『영대』가 5호로 폐간. 단편「정희」(조선문단 5월호),「명문」,「시골
　　　　황서방」,「감자」(조선문단 1월호),「눈보라」등 발표.

1926년　(26세) 단편「원보 부처」(신민 3월호) 발표. 보통강(普通江)벌 수리사업에 착수하였
　　　　으나 당국의 불허가로 실패. 이 때의 차용금으로 전재산을 방매, 파산. 이 무렵 여동
　　　　생 동선 소유의 평양 하수구리 집으로 이사. 서울 중학동에서 6개월간 하숙생활.

1927년　(27세) 부인 김혜인 가출.

1928년　(28세) 영화 흥행에 손을 대어 정주, 해주, 선천, 진남포 등지에서 흥행함.

1929년　(29세) 단편「여인」,「송동이」, 장편「젊은 그들」(동아일보 연재),「대평행」(大
　　　　平行)(중외일보 연재, 폐간으로 중단), 평론「근대소설고」발표.

1930년　(30세) 단편「여인」(별건곤 3, 7, 8월호)「죄와 벌」,「배회(徘徊)」(대조 3월 창간호,
　　　　2, 3호),「증거」(대조 6호),「순정」,「구두」,「포플러」,「신앙으로」,「광염 소나타」,
　　　　「광화사」,「뺏기운 대금업자」(신민 12월호) 등 발표. 불면증으로 시달리기 시작함.
　　　　4월 평남 용강군 출신이며 평양 숭의여고를 갓나온 20세의 처녀 김경애(金瓊愛)와
　　　　재혼. 장편『여인』을 삼문사에서 간행.

1931년　(31세) 봄 서울 서대문 행촌동 210의 96호로 이사. 단편「거지」(삼천리 4월호),
　　　　「잡초」,「박첨지의 죽음」, 장편「대수양(大首陽)」발표. 딸 유환(柔煥) 출생.

1932년	(32세) 단편 「발가락이 닮았다」(동광 1월호), 「붉은 산」(삼천리 4월호), 「적막한 저녁」(삼천리 10월호) 등 장편 「아기네」(동아일보 연재) 발표. 조선일보 학예부장 40일간 봉직.
1933년	(33세) 장편 「운현궁의 봄」, 단편 「화중난무(花中亂舞)」 발표. 모친 사망.
1934년	(34세) 평론 「춘원연구(春園研究)」(삼천리) 발표.
1935년	(35세) 『월간 야담』지에 사담(史譚)을 발표한 것을 경험으로 12월에는 『야담(野談)』지 발간. 딸 연환(姸煥) 출생.
1936년	(36세) 『이광수 · 김동인 소설집』(조선서관) 간행. 영변에 휴양.
1937년	(37세) 6월 『야담』에서 손을 뗌.
1938년	(38세) 단편 「대탕지(大湯地) 아주머니」, 「가신 어머님」, 「가두(街頭)」 등 발표. 장편 「제성대(帝星臺)」를 『조광(朝光)』에 연재.
1939년	(39세) 중편 「김연실전(金姸實傳)」 발표. 『김동인단편집』을 박문서관에서 간행. 박영희, 임학수와 소위 '북지황군위문'에 동의, 만주를 다녀옴.
1941년	(41세) 단편 「곰네」 발표.
1942년	(42세) 4월 천황 불경죄로 3개월간 옥고. 딸 유환 사망.
1943년	(43세) 아들 광명(光明) 출생.
1945년	(45세) 서울 성동구 약수동으로 이사.
1946년	(46세) 장편 「을지문덕(乙支文德)」을 태양신문에 연재. 뇌막염으로 중단.
1947년	(47세) 서울 성동구 홍익동 353번지로 이사.
1948년	(48세) 아들 천명(天明) 출생. 동맥경화증으로 병석에 눕게 됨.
1951년	(51세) 1월 5일 사망. 가장하였다가 수복 후 화장.

◆ 도움말 주신 분(1973년 현재)

金瓊愛　63 · 부인 · 서울 성동구 홍익동 353번지.

金日煥　53 · 장남 · 인천시 북인천여중 교사.

朱耀翰　73 · 친구 · 『창조』동인 · 시인 · 해운공사 사장.

金八峰　70 · 작가 · 평론가.

長德祚　59 · 작가 · 교분 관계.

◆ 관계 문헌

白　鐵, 「故 金東仁先生의 人間과 藝術」, 『新天地』 1953년 6월호.

朴舜咸, 「金東仁論」, 『梨花』 1955년 3월.

洪曉民, 「琴童 金東仁論」, 『現代文學』 1959년 10월호.

崔元圭, 「琴童 東仁研究」, 『自由文學』 1963년 7월호.

蔡　壎, 「金東仁論」, 『국어 국문학』, 국어국문학회 刊, 1962년 6월.

全瑞英, 「金東仁研究」, 『韓國語文學研究』, 梨大 韓國語文學會 刊, 1965년 10월.

金松峴,「金東仁의 女人象」,『現代文學』1965년 10월호.

安容道,「金東仁의 리얼리즘 文學緣由」,『思想界』1968년 6월호.

丘昌煥,「容崎潤一郎 및 Oscar Wilde와 比較해 본 金東仁의 耽美主義」,『語文學論集』, 朝鮮大
　　刊, 1968년 12월.

白　鐵 · 金烈圭 · 金桂演 · 金治洙 · 文德守 · 金允植 · 朴賢淑,「金東仁의 文學과 思想」,『文學
　　思想』1972년 11월호.

田 榮 澤

(소설가 1894~1968)

1. 청춘의 야심(野心)

"나는 인간을 내놓고 예술은 예술을 위해서 있다는 것을 이해할 수 없다."

「나의 자서전 서장」에 이렇게 쓴 늘봄(또는 장춘(長春), 불수레, 추호(秋湖)) 전영택은『창조』동인 시대의 사실주의적 작품에서부터 후에 목사가 되어서도 잇따라 발표한 여러 단편들에 이르기까지 시종 인간을 중심으로 작품을 엮어 낸 휴머니즘의 작가였다. 그는 대부분의 작중 인물들도 악인들을 등장시켜 그들이 승리하는 것으로 끝을 맺고 있으나 그 가운데서 노리는 바는 인간 선(善)을 깨닫게 함이었다.

"사교성이 없고 이야기 주변이 없고, 적극성이 없던" 그의 생애는 자신있게 신(神)을 함께 하지도 못한 고독의 연장이었으며, 오로지 그 심연에서 인간성에의 회복을 위하여 정열을 쏟아 박애 인도 정신의 문학을 보여준 문학사상 희귀한 존재이다.

서울 동대문구 이문동 327의 15호가 1968년 1월 16일 자동차 사고에 의해 74세로 비명에 숨진 전영택 빈소가 모셔졌던 곳이다. 외대 담을 끼고 도는 어귀에 들어앉은 단층 양옥집엔 약간 가는 귀를 먹었으나 정정한 모습인 78세의 노부인이 있어 가끔 뜨거워지는 눈시울을 닦아내며 옛날을 더듬는다. 죽음을 3개월 남짓 앞두고 쓴 「고독의 심연에서」란 글은 이미 죽을 날을 기다리고 있었던 듯 부인의 가슴을 메어지게 한다.

<사진 1> 30대의 태평양 신학교 재학 때의 모습.

만일 내가 먼저 간다면 혼자 남는 아내의 외로움을 얼마나 할까. 지금 혼자 남는 그이의 외로움을 상상해 본다. 밤에 잠자리에서 누구하고 이야기를 할 것인가? 혼잣말로 중얼거릴 것이다. 누구더러 헌금 돈을 달랠까. 헌금은 자식들이 드린다 해도 자식들에게도 사정을 못하고 혼자서 중얼거릴 것이다.

늘봄 전영택은 청·일 전쟁이 터지기 몇 달 전인 1894년 1월 18일 평양성내 사창골에서 한말(韓末) 풍운과 함께 태어났다. 부친 담양 전씨 석영(錫永)은 선각자로 평양성 밖에 농장을 경영하며 많은 땅을 개간하면서 시를 읊고 거문고를 즐기는 풍류가 있었고, 어머니 강(康)씨 역시 미를 찬양하던 이니 이 사이에서 난 늘봄은 미리 예술적 자질을 지니고 세상에 나왔다 할 것이다.

7세 때 진남포로 이사하여 부친이 세운 보동(保東)학교를 나와 13세에 평양 대성학교에 들어가고, 17세엔 서울 관립의학교(官立醫學校)에 입학했다. 그러나 그 이듬해인 1912년 의학공부를 그만두고 일본으로 건너가 동경 청산학원(靑山學院) 중학부 4년에 편입, 이후 고등학부 인문학과를 거쳐 24세가 되는 1918년에 동학원 대학 신학부에 입학했다. 그는 이 해에 동경에서 명치학원에 있던 김동인, 주요한의 제의로 청산학원의 오천석(吳天錫)과 더불어『창조』창간 동인이 되었다. 이미 1917년「산들바람」이란 시를 쓴 것으로 보아 목사가 되겠다는 생각과 문사(文士)가 되겠다는 생각을 같이 가지고 있었던 것 같다.

늘봄은 자신의 탄생에 큰 의미를 항상 지니고 있어 인류에 기여하고자 하는 젊은이의 야심을 보였다. 다음의 글은 그러한 그의 마음을 잘 표현하고 있다.

> 1809년 2월 12일은 흑노(黑奴) 해방과 민주주의 조상인 아브라함 링컨이 나서 역사의 복된 날이 되었고, 1828년 8월 28일은 또한 인류의 애인인 大文豪 톨스토이가 나서 복된 날이 되었으며, 1875년 1월 14일은 알버트 시바이처가 난 날로 세계 인류에 은덕을 끼친 것으로 널리 알려져 있는데 1894년 1월 18일은 몇 사람에게나 기억될 것인가? 그날도 인간 역사에 어떤 관계를 짓게 될 것인가? 그 날에 생겨난 사람이 이 세상에 마이너스가 되겠는가 플러스가 될 것인가?[1]

그 입지(立志)의 시련은 동경 유학생 독립운동에 가담했던 그 시각부터 찾아왔다.

그는 일본 경찰의 눈을 피해서 3월 말 귀국하고, 4월 29일엔 24세 난 규수 채혜수(蔡惠秀)와 결혼했으나 이튿날 아내는 피체(被逮)되고 말았다. 채는 이화학당 출신으로 진남포 삼숭(三崇)학교에서 교원 생활을 하면서 독립운동의 여학생 연락책을 맡고 있었는데, 그것이 탄로 나서 검거된 후 1년간 투옥되는 불행을 겪게 된 것이다. 그는 아내 대신 삼숭에 가 그곳 교장직을 지냈다. 단편「혜선(惠善)의 사(死)」,「천치(天痴)? 천재(天才)?」는 이 무렵의 작품이다.

이「천치? 천재?」에 대하여 그는 "너는 어찌 죽음만 쓰느냐 하실 이가 있을 듯하나, 무슨 비관적 사상을 가진 것은 아니외다. 다만 인생 그것을 그대로 표현해 보리라고 하

---

1) 소설「나의 自敍傳 序章」.

였읍니다. 그리고 내 머리에 박혔던 인상을 써 본 것이외다"라고 말하고 있는데, 이 '죽음으로서의 결말'은 그 후 그의 중요한 작품에서 일관되는 결말이다.

2. 「화수분」의 구원사상(救援思想)

늘봄의 대표작으로 꼽히는 1925년 「화수분」은 완벽한 사실주의의 작품으로 인정되고 있다. 이 작품은 그가 청산학원(靑山學院) 신학부를 졸업하고 서울 감리교 신학교 교수로 있던 시절에 쓰여진 것으로, 후기의 기독교 계통의 주제를 취한 것은 아니더라도 그의 인도주의의 정신과 선인(善人)에 대한 구원 사상이 저변에 깔려 있다. 사실주의적 수법이 다뤄지고, 가난한 사람을 소재로 하고 있으면서도 당 시대에 유행하고 있던 신경향파의 문학과는 매우 거리가 멀다.

<사진 2> 국제 펜 동경 대회 때 카와바다 야스나리(왼쪽 두 번째)와 함께 전영택(오른쪽).

시대적 고민상, 또는 경제적, 사회적 현실을 비판하려는 의도는 없다. 거기에는 한 폭의 그림을 보는 듯한 아름다운 인간의 정감이 넘쳐나고 있는 것이다. 화수분이라고 불리는 행랑 아범과 그 아내의 가난한 생활상을 구체적인 예를 들어 실감 있게 그리고, 결국 이들은 그 가난 때문에 얼어 죽는 것이지만 그 죽음은 사회에 대한 항거가 아니라 그들이 누릴 수 있는 최대의 행복이며 종교적인 구원 또는 부활처럼 구현해 보인다.

그는 죽음의 결말에 대하여 변명하고 있으나 이런 결말은 작품에서 약점이 아닐 수 없다. 화수분 결말이 죽음이고, 중기의 「하늘을 바라보는 여인(女人)」, 말기의 「크리스마스 전야(前夜)의 풍경(風景)」 역시 결말엔 죽음이 있다. 그 '죽음'이 「화수분」 같은 초기 작품에서는 그저 선인의 죽음으로만 나타나다가 후기 작품에서는 역시 선인의 죽음이긴 하지만 그 주위에는 악인과 위선자들의 조소가 대조적으로 등장하고 있다. 이것은 그의 종교적 인도주의 정신의 발로라고 보겠지만, 의도적인 수법이 두드러지고 조화를 이루지 못하여 감동의 질을 떨어뜨리는 감도 없지 않다.

늘봄은 1921년에 다시 도일하여 1923년에 청산학원 신학부를 졸업하였는데 그 후 광복까지 주로 서울과 평양을 오가며 신학교 교수와 감리교 목사로 생활을 보내게 되어 그 외적 내적 경험이 자연히 작품에 투영되고 있다.

그가 성가(聲價)를 올린 것은 그 누이 춘강(春江)과 결혼한 춘해(春海) 방인근(方仁根)이

낸 『조선문단』 동인으로 가담한 1924~1925년께이다. 그는 1928년부터 1936년까지, 1942년부터 1946년까지 사이에 작품을 발표하지 않고 있을 뿐, 거의 글을 쓰는 데에 시간을 바친 것으로 보인다.

1930년 미국으로 건너가 캘리포니아주 태평양신학교(太平洋神學校)에 적을 두면서 흥사단에 가입했던 그는 망국한이 뼈에 사무쳤던 한 사람으로 수양동우회(修養同友會) 때는 체포될 뻔한 것을 징병으로 모면했었다. 대동아 전쟁이 막바지에 이르러서 그의 표정은 사뭇 침통하여 갔다.

> 다시 한 칼의 내 가슴에
> 원수왕의 충신되란 맹세라니
> 이 맹세 내 붓으로 써 펴내라니
> 아프구나 이 칼이 더 아프구나
>
> 몇 십년 아낀 내 붓 들어
> 이 글을 쓰단말가
> 꺾어라 꺾어라 내 혼도 꺾이누나.
>
> 　　　　　　「壁書」 3~4연

일제 말기 붓을 던지며 울분을 토로한 것이다. 배일(排日) 설교로 평양에서 수감된 것도 1944년의 일이다.

그러나 해방 이후에도 기독교계에서는 별로 각광을 받지 못한 편으로, 글을 쓴다는 것, 그리고 그의 비판 정신이 교계로서는 달갑지 않았는지도 모른다.

「화수분」 이래 늘봄의 전형적인 수법의 하나로 이루어진 「크리스마스 전야의 풍경」은 우선 교회현실을 비판하는 것으로부터 시작한다.

군대에서 군목으로 있다가 며칠 전 제대한 백인수는 크리스머스 전날 거리에 나온다. 그는 가식과 위선 투성이로 된 교회, 그 틈에 섞여 다닐 생각은 도무지 없었고, 그렇다고 특별히 만나고 싶은 사람도 없었으므로 시간은 아직 일렀으나 약속한 친구를 만나려고 명동으로 간다.

바로 1960년의 크리스머스 전야는 모두 유흥에 들떠 호화롭고 흥청거리기만 하는데 전방에서 돌아온 백인수에게는 모두 못 볼 것을 보는 듯한 느낌이다. 약속한 친구도 다방엔 오지 않는다. 집에 돌아오니 어머니가 돈암동 누이집에서 크리스마스 파아티가 있다고 가자는 것을 마다하지만 끝내 못 이겨 간다.

장보러 간 아내를 자동차로 모시러 가는 매부 윤봉호, 거지 아이의 동냥을 미도파 앞에서 뿌리치다가 나들이옷이 더러워졌다는 누이의 "글쎄 고녀석 모가질 비틀어 주고 싶은 걸 겨우 참구 왔구만" 하는 말, 손님들의 댄스 파아티, 이런 것을 보는 인수는 이렇게 생각하는 것이다.

> 한편 쪽에는 헐벗고 굶고 떨고 있는 동포 형제가 수두룩한데 저희 혼자만 무엇이
> 그리 좋다고 야단들인고 싶었다.

3. 눌변(訥辯)의 목사

사실 늘봄은 재산과는 인연이 먼 사람이기도 했지만 작품에서 그는 벗은 자의 편이었다.

주태익(朱泰益)이 처음 늘봄을 만났던 것은 1940년대로 이미 그는 3남 4녀를 거느리고 있었다. 열 식구의 가장이 되어 생활의 무서운 위협과 대결하여야 했던 것이다.[2]

「크리스마스 전야의 풍경」에서 인수는 부자들 축에 끼기 싫어 그 집 뒤 언덕으로 올라가 전에부터 호기심이 일던 방공호 속으로 들어간다. 거기에서 한 불쌍한 거지 노인과 손자를 만난다.

인수는 가지고 온 떡과 외투를 놓고 누이집에 내려왔으나 산타클로스 할아버지의 모자와 붉은 옷을 보자 다시 방공호로 가서 여섯 살 난 아이를 데리고 온다. 인수는 산타클로스 할아버지가 되어 어린아이를 재즈 음악이 판을 치는 댄스 파아티 장소에 슬쩍 디밀고 그 자리를 나와 버리는 것이다. 어린아이는 결국 돈 몇 백 원과 떡과 과자를 받아 가지고 떠나는 것이지만 인수가 그 어린아이에게 잘 사는 부잣집을 구경시켜 준 행위야말로 이 작품에서 돌이킬 수 없는 비극으로 발전하는 동기가 된다.

마침내 먼동이 훤히 터 오고 '기쁘다 구주 오셨네'의 새벽 찬송 대원의 노래 소리가 가까이 다가와 윤봉호네 집 앞에 이르렀다. 봉호와 아내와 혜경과 온 식구들이 촛불을 켜들고 법석을 떨며 나가 미리 준비한 헌금 봉투를 건네주었다. 대원들이 돌아간 다음 식모가 대문을 잠그고 들어가려던 참이었다. 찬바람이 불고 눈이 펄펄 내리는데 식모가 무엇인가 본 것이다.

> 대문 밖 모퉁이에 바싹 달라붙어 있는 것은 대여섯 살쯤 나 보이는 어린아이였다.
> 얼굴은 눈에 덮여서 고요히 잠든 것이었다. 그 옆에는 초 그루터기가 쓰러져 있다.
> 얼마 전에 애경을 부르던 그 손님일 것이다.

---

2) 朱泰益, 「秋湖 田榮澤 목사님」, 『크리스천 文學』 제2집.

선망의 대상이 되어 다시 이 집으로 돌아온 방공호의 어린아이는 비정하게도 문 앞에서 얼어 죽어 있었던 것이다.

이 작품에서도 보여주듯, 때때로 기독교에 대한 비판 때문에 「화수분」에서 느낄 수 있는 예술적 만족감을 잃어버리는 요인이 되는 것 같고, 후기에 갈수록 이러한 경향이 두드러지는 듯하다.

늘봄은 말재주가 없어 설교 때도 늘 더듬을 만큼 눌변이었다. 그래서 하고 싶은 말을 글로 표현했는지 모른다. 그는 광복 후에도 노년의 나이임에 불구하고 교계(敎界)와 문단에서 활약하여 1960년에는 서울시 문화상을 받고 이듬해엔 한국 문인협회 초대 이사장에 취임했다. 그리고 1963년에는 대한민국 문화포장 대통령장을 받기도 했으며 기독교 문인협회장도 지냈다.

그러나 "그 날에 생겨난 사람이 이 세상에 마이너스가 되겠는가 플러스가 될 것인가?" 하는 박애 정신에 입각한 이 의문과 함께 끝내 떨칠 수 없는 고독의 유혹에 몸부림친 그였다.

만년에 그는 좀 더 깊고 으슥한 고독의 심연, 깊고 깊은 고독의 비경에 들어가 보았으면 싶다고 했다. 좀 더 세상과 절연된 상태, 좀 더 모든 인간적인 인연과 멀어

<사진 3> 말년까지 금슬이 좋았던 전영택 부부.

지고 끊어진 상태에 있기를 바랐다. 1968년 1월 16일 교회 연합신문 원고를 종로 2가 계명협회(啓明協會)에 맡기고 잠시 은행에 들르고 나서 되돌아오려고 길을 건너다가 달리던 코로나에 치여 비명으로 숨이 지니 나이 74세, 영원한 고독의 심연으로 들었는지도 모른다. 문인협회장으로 20일 10시 정동 감리교회에서 운구되어 금촌 기독교 감리교회묘지에 안장되었다.

1894년   1월 18일(음 계사 12. 12) 평양성내 사창골에서 부 단양 전씨 석영(錫永)과 모 강 순애(康順愛) 사이에서 3남(4남 4녀 중)으로 출생. 6월 청 · 일전쟁으로 평양성 밖 서면 금여벌로 이사. 부친은 농장을 마련, 개간 사업을 함.

1899년   (5세) 이후 10세까지 가정 사숙에서 한문 수학.

1901년   (7세) 평양 전구리로 돌아옴. 이듬해 진남포로 이사. 부친은 개항 · 굴포(堀浦) 사 업을 하다가 1909년에 사망.

1910년   (16세) 1907년에 입학했던 대성학교 3년 중퇴, 진남포 삼숭학교 교원. 김창식(金 昌植) 목사에게서 세례를 받음.

1911년   (17세) 서울 관립의학교 입학. 모친, 둘째형 서울 이사.

1912년   (18세) 일본 동경 청산학원 중학부 4년 편입.

1915년   (21세) 청산학원 고등학부 인문학과 입학.

1917년   (23세) 논문 「전적생활론(全的生活論)」(학지광(學之光) 4월호), 「구습의 타파와 신도덕의 건설」(학지광 7월호) 등 발표.

1918년   (24세) 청산학원 대학 신학부 입학. 12월 김동인, 주요한, 김환과 더불어 문예지 『창조』 발간 동인.

1919년   (25세) 동경 학생 운동 가담. 3월 말 귀국. 4월 29일 이화학당 출신 24세의 채혜수 (蔡惠秀)와 결혼. 단편 「혜선의 사」(창조 1호), 「천치? 천재?」(창조 2호) 발표.

1920년   (26세) 단편 「운명(運命)」(창조 3호), 중편 「생명(生命)의 봄」(창조 5,6,7호), 수필 「어린 누이에게」(학생계 7월 창간호) 발표.

1921년   (27세) 도일, 청산학원 신학부 복교. 단편 「독약을 마시는 여인(女人)」(창조 8호), 「K와 그 어머니의 죽음」(창조 9호) 발표.

1922년   (28세) 단편 「피」 발표.

1923년   (29세) 장녀 산초(山草) 출생. 청산학원 신학부 졸업. 귀국하여 1929년까지 서울 감리교 신학교 교수.

1924년   (30세) 단편 「사진」 발표.

1925년   (31세) 단편 「화수분」, 「흰닭」, 「바람부는 저녁」 발표.

1926년   (32세) 단편 「홍련 백련(紅蓮 白蓮)」 발표. 창작집 『생명(生命)의 봄』(설화서관) 간행.

1927년   (33세) 목사안수, 아현교회 목사. 단편 「어머니는 잡으셨다」(백합 1호), 「후회」 발표. 『생명(生命)의 개조(改造)』 간행.

1930년   (36세) 미국 태평양신학교 입학. 시카고에서 흥사단 입단.

1932년   (38세) 태평양신학교 수료, 귀국.

1933년   (39세) 1935년까지 황해도 기독교 감리교 봉산교회 시무(視務).

1935년   (41세) 서울에 가 1937까지 기독교 신문사 주간을 지내며 『새사람』지 발간.

1937년   (43세) 단편 「어머니는 잠들었다」 발표.

1938년   (44세) 평양 요한학교, 동 여자성경학교에 근무. 장편 「청춘곡(靑春曲)」을 매일 신보에 연재. 단편 「보리고개」, 「복성이 어머니」 발표. 성극(聖劇) 『순교자(殉敎

者)』간행.
1940년   (46세) 단편 「남매」, 「첫미움」, 「피를 본 사나이」 발표.
1944년   (50세) 1942년부터 평양 신리(新里)교회 목사로 있다가 설교 사건으로 구금됨.
1945년   (51세) 광복과 함께 조선민주당 문교부장.
1946년   (52세) 상경, 문교부 편수국 편수관.『새사람』지 속간.
1947년   (53세) 이후 1950년까지 국립맹아학교장. 단편 「소」 발표.
1948년   (54세) 중앙신학교 교수. 단편 「하늘을 바라보는 여인(女人)」 발표. 이듬해 감리
              교신학교 교수.
1952년   (58세) 도일. 재일본 동경 한국 복음신문 주간.
1954년   (60세) 이후 1961년까지 대한기독교 문서출판협회, 기독교서회 편집국장. 성서 ·
              찬송가 번역.
1955년   (61세) 단편 「김탄실과 그 아들」, 「새벽종」, 「쥐 이야기」 발표. 시가 수필집『의
              (義)의 태양(太陽)』간행.
1957년   (63세) 단편 「집」 「아버지와 아들」, 「팔이와 아내」 발표. 설교 수필집『인격주의
              (人格主義)』간행.
1958년   (64세) 단편 「해바라기」 발표.
1959년   (65세) 「양 한 마리」, 「눈 내리는 오후」, 「금붕어」 발표.
1960년   (66세) 「차돌멩이」, 「암흑과 광명」, 「크리스머스 전야의 풍경」, 「우정(友情)」 발표.
1961년   (67세) 한국 문인협회 초대 이사장. 단편 「거꾸로 맨 성경」, 「모든 것을 바치고」
              발표. 서울시 문화상 수상.
1963년   (69세) 8월 15일 대한민국 문화포장 대통령장 받음. 기독교 계명협회장.
1964년   (70세) 단편 「생일파티」, 「말없는 사람」 발표.
1968년   (74세) 1월 16일 교통사고로 서거. 유고(遺稿) 「노교수(老敎授)」.
1969년   1월 16일 크리스찬 문학가협회의 주선으로 금촌 묘지에 묘비가 세워짐.

◆ 도움말 주신 분(1973년 현재)

蔡惠秀   78 · 부인 · 서울 동대문구 이문동 327의 15.
田相愛   39 · 3녀 · 정신여고 교사.
주요한   73 ·『창조』동인 · 해운공사 사장.
朱泰益   55 · 후학 · 극작가.

◆ 관계문헌

成耆元, 「田榮澤小論」,『師大學報』, 서울 師大刊, 1967년 2월.
蔡 壎, 「늘봄 田榮澤論」,『忠南大論文集』, 忠南大刊, 1970년 12월.

廉 想 涉

(소설가 1897~1963)

1. 없어진 인간 거목(巨木)의 자취

「표본실(標本室)의 청개구리」를 발표하여 우리나라 문학에 처음으로 자연주의란 말을 심고 식민지하의 한국적 '자연주의의 거목'이 된 횡보(橫步) 염상섭은 김동인과 더불어 현대 소설 개척의 쌍벽이었다.

1920년 『폐허(廢墟)』 동인으로 등단하여 우울·울분의 분위기가 짙으면서도 진정한 사실주의의 서사 문학을 써 내더니, 1931년에 이르러서는 당대 역사성·사회성을 조화시킨 우리나라 소설 문학의 대표작 「삼대(三代)」를 낳았다.

오늘날 그의 자연주의 문학에 대해서는 여러 가지 각도에서 다뤄지고 논란의 여지가 없지 않으나 180여 편의 적지 않은 작품을 통해 일관하여 산문 정신의 구도자로서의 명예를 졌던 것이며, 한국의 진정한 산문 문학의 길을 열었던 것이다. 거기에 100여 편의 평론, 246편의 잡문을 합치면 총 530여 편에 가까운 방대한 집필 활동을 했던 것이다.

신문 기자로도, 명정(酩酊)으로도 유명한 횡보는 1963년 3월 14일 아침 '결단'으로 66세의 생을 거두기까지 붓을 놓지 않음으로써 그토록 많은 작품을 쓸 수 있었다.

그의 생가(生家)는 서울 종로구 적선동의 속칭 '띠굴'이라는 대가집 동네지만 번지마저 알려지지 않고 더구나 구조조차 아는 이 없다. 서대문구 행촌동 36의 4호 본적지에 있는 집도 꽤 컸다. 그것도 사직터널 개통과 함께 흔적이 없어지고 호적상 25의 1호로 변해 있다. 게다가 그가 타계한 조그만 후생 주택인 성북동 145의 52호도 다시 지어져 2층집이 돼 버리고 말았다. 횡보가 간 지 불과 10년 안짝으로 구각(舊殼)을 벗어버린 서울, 그 세월이 사뭇 먼 듯 만하다.

> 송사리를 掌上에 놓고 고래라고 아니한 것만 다행이거니와 왠 巨木일꼬? 自己 스스로 섶단(薪束)에 쓸려 들어간 한 포기의 잡초라 하여 결코 謙辭는 아니리라. 남이 나를 가리켜 自然主義 文學을 하였느니라 일컫고 자기 역시 그런가보다고 여겨오기는 하였지마는 무어 큰 소리치고 나설 일은 못된다.

<사진 1> 1948년 장편 「효풍(曉風)」을 쓸 무렵.

만년 「문단회상기(文壇回想記)」[1]에서 특유의 겸사로 밝혔듯이 자신도 자연주의 문학을 했다고 믿는 횡보는 순전한 서울 사람이다. 1897년 8월 30일 '띠굴'에서 전주, 의성, 가평 등지의 군수를 지낸 규환(圭桓)의 셋째아들로 태어났으며 본디 이름은 상섭(尙燮)이고 상섭(想涉)은 나중의 필명이다. 대한제국의 중추원참의(中樞院參議)를 지낸 조부 인식(仁湜)으로부터 『동몽선습(童蒙先習)』을 배우며 자랐는데, 그의 문재(文才)는 내간체 『종송기사(種松記辭)』 2책을 저술한 고조모의 혈통에서 연유되었음직하다고 전해진다.

횡보는 학교를 자주 옮겼다. 1910년 보성중학교에 입학하였다가 1912년 9월에 일본으로 건너가 동경 마포(麻布) 중학교에, 또 성학원(聖學院)에, 다시 경도로 옮겨 경도부립 제2 중학교에 편입하여 1918년에 이르러서야 비로소 중학교를 졸업하고 경응의숙대학부(慶應義塾大學部) 문과 예과에 입학한 것이다. 그가 15세의 소년으로 도일한 데에는 일본 육군 유년학교와 사관학교를 거쳐 나중에 일본 육군 대위까지 한 큰형(창섭)을 믿고서였으나 여의치 않아 늘 돈에 쪼들리는 생활을 하였다.

그는 중학에 다니면서 『조도전문학(早稻田文學)』, 『삼전문학(三田文學)』, 『개조(改造)』, 『중앙공론(中央公論)』 등을 읽고 하목수석(夏目漱石)과 투르게네프에 심취하면서 문재가 인정되었고, 조도전의 이광수는 횡보를 탐내 끌었으나 응하지 않았다. 이 때 횡보는 문학보다도 경제학, 사학, 법학에 더 큰 흥미를 지니고 있었다. 그러나 경응대(慶應大) 2년이 되던 1919년 그의 학업은 끝장이 났다. 3·1독립운동은 그에게 큰 충격을 주었다. 그래서 7월에 대판(大阪)에 살고 있는 한국인 노동자들을 상대로 독립선언서를 골필(骨筆)로 등사하여 주고 천왕사 공원에서 시위를 벌이려 했으나 실패로 돌아가고 체포되어 미결수로 12월까지 구금되어 있다가 집행유예로 풀려나니, 그 후 울분은 그의 작품에서 끊임없이 나타난다.

학창을 떠난 횡보가 일본 형사들의 눈을 피할 겸 생계를 유지하려고 취직자리를 마련한 곳이 횡빈 복음인쇄소였으나 형사의 추적은 여전하여 그것도 3주 만에 그만두었다. 그는 마침내 시달림과 배고픔에 병들어 눕고 말았다.

이 때 동아일보가 창간을 서두르고 있었는데 1920년에 정경부장 진학문(秦學文)으로부터 장문의 편지가 날아들어 이것이 '기자 염상섭'의 출발을 이뤘다. 그는 동경에서 헌

1) 「文壇回想記」, 『思想界』 1962년 11월호.

정회(憲政會)의원이며 당대 정객 조전삼랑(鳥田三郞)과 미기행웅(尾崎行雄) 등을 인터뷰하고 이것이 창간호 기사로 실렸다. 이와 동시에 그는 귀국했는데 동아일보사는 6개월 후에 사직하고 정주 오산중학교 교원으로 떠나버렸다.

이 해 7월 '폐허(廢墟)'의 동인으로 소설 아닌 유일한 시 「법의(法衣)」로 첫모습을 나타냈다. 상섭이 제월(霽月)이란 호를 사용한 것이 이 때로, 그가 첫 소설 「표본실의 청개구리」를 발표한 것은 『폐허』가 아니라 『개벽(開闢)』임에, '폐허'의 성격만으로 횡보의 문학적 성격을 정의할 수 없다.

2. 충격적 존재로의 출세

당시 유아독존의 김동인에게 가장 놀라운 존재로 출현한 것이 횡보였다.

> 尙燮이 「標本室의 靑개구리」라는 소설을 썼다. 이 사람이 소설을 썼구나, 나는 이런 마음으로 그 작품을 보았다. 그러나 연재물의 제1회를 볼 때 나는 큰 불안을 느꼈다. 강적이 나타났다는 것을 직감하였다. 李人植(菊初)의 獨舞臺 시대를 지나서 李光洙(春園)의 독무대, 그 뒤 2,3년은 또한 나의 독무대에 다름없었다.[2]

「표본실의 청개구리」는 이런 줄거리로 되어 있다. 신경쇠약증에 걸린 나는 눈만 감으면 8년 전 중학 2년 시절에 선생이 해 보이던 생물시간의 개구리 해부 장면이 떠오르는 것이다. 그것은 바늘 끝에 오장을 들춰낸 개구리가 진저리를 치는 참혹한 모습이었다. 그럴 때에야 나는 서랍 속에 넣어 둔 면도칼의 유혹으로 자살을 할지도 모른다는 생각을 한다. 그러던 어느 날 그는 친구를 따라 평양으로 가는데 거기서 기미 만세 사건으로 일본 경찰에 붙들려 갔다가 몹시 매를 맞고 나와 정신병자가 된 김창억(金昌億)을 만나게 된다. 그는 교외에 참외 원두막 같은 3층집을 지어 놓고 민족주의와 세계주의를 합치한 이론을 펼치며 '동서친목회'라는 회를 만들어 세계 평화에 기여하겠다는 정신병자적 망상을 펼친다. 나는 자신도 모르게 그의 생각에 공명하면서 두려움과 부러움을 동시에 느끼나 그가 애써 지었던 집을 불태우고 종적을 감췄을 때 호기심과 긴장감이 일시에 풀리며 여전히 우울증만이 그대로 나에게 남는다.

이 같은 내용을 담은 소설의 방법이 서양 사조사에 입각한 자연주의와 합치되는 것인가에 대하여 최근의 평자들은 의문점을 제기하고 있다.

---

2) 金東仁,「朝鮮近代小說考」.

「標本室의 靑개구리」가 첫째 科學을 예술 위에다 놓은 實驗的 자연주의 문학이 아니라는 점만은 뚜렷이 밝혀야 하겠고, 그 소설은 한국 사회상을 과학적 방법으로 정밀하게 묘사하고 있다고 하기보다 신경쇠약에 걸린 한 젊은이의 내면의식 상태와 세계평화를 부르짖는 狂人, 김창억의 환상적 이상주의가 흡사 동키호테의 行動처럼 그려져 있고, (중략) 현실의 고민은 현실 그 自體의 참혹한 生活의 객관화로서 제시되고 있는 것이 아니라, 한 젊은이의 내면의식으로 표현되어 있기 때문에 多分히 '主觀的'이다.3)

作家가 메스를 들고 당대의 社會的 眞相을 분석해 보려는 의도에서, 中學校先生의 개구리 解剖의 장면을 설정한 것이겠지만 신경 과민이 된 '나'만을 설명하는 것 이외에 별로 역할하지 못하고 있다. (중략) 이 장면의 설정 때문에 作家와 함께 당대의 해설자들이 이구동성으로 自然主義라고 말한 사실은 지나치게 字義的인 속단을 내리고 있는 것으로 보인다.4)

죽을 때까지 염상섭 자신도 자연주의를 했다고 믿었었고 당대에도 그런 작가라는 칭호를 타인으로부터 받았었다는 것을 상기할 때, 성급하게 한 작가를 어떤 문예사조사의 틀 속에 옮아 넣는다는 것은 위험한 일임에 틀림없다. 그의 자연주의 이론이 졸라의 그것과 합치되는 것이 아니라면 그를 어떻게 해석해야 할 것인가.

염상섭은 한국적인 여러 상황 속에서(특히 植民地 時代에 있어서) 자기가 선택한 몇 개의 典型(type)을 통해서 당시 한국 사회가 부딪치고 있는 정신사적, 문화사적 변화의 중요한 측면을 관찰함으로써 그의 문학이 설 자리는 분명히 했고 그렇게 함으로써 한국 소설의 새로운 전통을 형성하였다. 이것은 염상섭이 自然主義 作家라기보다 寫實主義 작가라는 것을 말해 주고 있으며, 동시에 한국 문학에 있어서 리얼리즘 문학의 가능성을 보여주고 있는 것이다.5)

횡보는 이후 계속 써 1923년에는 「만세전(萬歲前)」을 시대일보에 발표했다. 그의 작품들은 점차 엄격한 의미에서의 자연주의에 구애되지 않고 폭넓은 휴머니티의 세계로 확대 발전하는 것을 볼 수 있게 된다. 1931년에 이르면 문학 사조에 얽매이지 않고 하나의 훌륭한 작품으로 접할 수 있는 장편 「삼대(三代)」와 만나게 되는데, 그것은 그 시대의 역사성, 사회성을 조화시킨 그의 대표작이자, 우리나라 소설 문학의 대표작이다.

---

3) 李哲範, 『韓國新文學大系 · 上』, 耕學社 刊, 1970년.
4) 申東旭, 『韓國現代文學論』, 博英社 刊, 1972년.
5) 金治洙, 「自然主義再考」, 『現代韓國文學의 理解』, 民音社 刊, 1972년.

3. 「삼대(三代)」의 역사의식

1930년대 서울 중구 수하동 만석군 조씨 일가를 부대로 조부, 부자의 3대를 다룬 이 작품은 일제 식민지 경제 체제 아래서 집안이 어떻게 몰락하고 그들이 어떤 의식을 지니며 당대 청년들의 몸부림치는 정황이 어떠한가를 여실히 파헤친다.

> 그러나 일러주는 대로 전차를 구리개 네거리(黃金町)에서 내려서 수하정(水下町)으로 찾아들어가 솟을대문 문전에를 다다르니 고개가 움츠러지는 듯싶고 가슴이 설렁하며 공연히 혼자 쭈뼛쭈뼛 할 수밖에 없었다.

<사진 2> 1948년 박영준(朴榮濬)과 함께.

병화의 하숙집 딸 팔순이가 조(趙)의관의 손자 덕기의 집을 찾아가는 대목이다. 을지로 입구에서 수하동 쪽으로는 해방 전만 해도 솟을대문집들이 몇몇 있었으나, 해방 후에는 모두 사라지고 대신 빌딩들이 들어차 있다. 이 솟을대문의 삼대는 이렇다.

대지주요 재산가인 조부 조의관은 양반행세를 위해서는 족보도 사들이는 봉건 제도에 사는 구세대의 전형이고 20대의 후처를 거느리고 있다. 또 부친 상훈은 신문물에 어느 정도 물들어 배우고, 기독교인 행세를 하며 무엇인가 해 보려 했으나 애욕과 축첩의 이중생활에서 재산을 탕진하는 과도기적 인간형이다. 아들 덕기는 선량한 인간성을 지니고 있으나 이러한 불협화음의 밑에서 재산을 지키는 데 한정되고, 적극성을 가지지 못한 미적지근한 순응형이다.

「삼대」의 인간 드라마는 조부의 죽음을 둘러싸고 재산 상속욕에 불붙으면서 주변 인물들의 추악상을 그려 그 절정에 이르고, 한편 병화가 추구하는 인간에의 길, 필순 아버지의 혁명가로서의 불행한 일생 등에서는 대조적으로 새로운 삶을 전재하려는 안간힘을 엿볼 수 있다.

횡보는 「삼대」에서 새로운 세대—덕기, 병화 등의 명확한 새 세계를 제시하고 있지는 않지만(일제의 식민지 상황에서는 어쩔 수 없었으리라) 변모해 가는 역사적, 사회적 상황에서 세대의 교체를 분명하게 보였으며, 사회적 계층의 갈등도 치밀하게 그리고 있다.

덕기는 지나가는 전차에 뛰어올랐다. 서대문에서 내려서 몇번이나 물어 홍파동에까지 와가지고 수첩을 꺼내 보고, 이 골목 저 골목을 꼬불꼬불 뺑뺑 돌아야 양의 창자다.

서울서 이십여 년을 자랐건만 이런 동네에는 처음 와 보았다. 반시간 턱이나 휘더 들어서 짧은 해가 뉘엿뉘엿 넘어갈 때나 되어서 바위 위에 대롱 매달린 일각대문 앞에 와서 딱 서게 되었다.

덕기가 처음 본 병화의 하숙집이자 독립 운동가를 아버지로 한 필순이네―이 구차한 집을 '고래등 같은' 집과 비교하며 전개하는 것도 수법이다. 횡보의 작품이 잘 읽혀지지 않는다고 하지만 그것은 산문 정신의 충실성 때문이며, '외투'와 얽히는 구성도 빼어난 점이다.

횡보의 장남 재용(在瑢)이 들려주는 말로는 조선일보의 「삼대」 연재가 거의 끝나가던 무렵 당시 조선일보 학예부장인 횡보에게 느닷없이 한 노인이 찾아와 우리집 내력을 폭로할 수 있느냐고 항의를 해서 혼이 났다고 한다. 우연하게도 「삼대」가 그 노인의 삼대 중 한 사람과 이름이 같았을 뿐더러, 몰락상도 같았다는 것이다. 횡보는 일면식이 없는 노인인지라 '사회 일반 현상을 소설화한 것'이라고 해명을 하는 데 애를 먹어 이후엔 소설을 쓰기에 앞서 학력이나 이름을 고를 때 여간 유의하는 것이 아니었다.

"그래 며칠씩이나 동네를 왔다갔다 하면서 문패를 보며 돌림자에도 유의를 했다"(장남 재용 회고담).

「삼대」는 그 자체로서 결말이 다소 미흡한 점이 없지 않다. 덕기, 병화의 뚜렷한 활동이 없기 때문일 것이다.

이에 대하여 고대 출판부 기획, 현대 작가 총서 중 그 1권인 「염상섭연구(廉想涉研究)」를 집필중인 김종균(金鐘均)은 세상에 잘 알려지지 않은 상섭의 최장 소설 「무화과(無花果)」(1931년 매일신보 연재)가 「삼대」의 속편이라 하여 「삼대」의 인물이, 병화는 그래도 등장하며 조덕기가 이원영으로 이름이 바뀌지고 몇몇 인물이 새로 등장하나 그 내용은 「삼대」에서 미흡했던 활동을 추진하고 있다는 것이다. "자매편이라는 것을 횡보 자신이 연재 전에 작자의 말에서 밝히고, 3부작으로 계획했다 하고 있으므로 「삼대」를 이야기하자면 「무화과」를 뺄 수 없다"는 것이다.

4. 횡행천하(橫行天下)의 구도(求道)

이 때 횡보는 조선일보를 그만두고 매일신보 학예부장직을 맡아 하고 있었다.

횡보―그의 호가 대변하듯 그는 늘 취해 있는 주호여서 걸음이 좌우로 왔다갔다 게(蟹)걸음이었다. 그래서 그의 호는 운치가 있다. 시대일보 시절에 지어졌다는 횡보지변(橫步之辯)―.

그때 虛心汕이든지 李靑田이든지 기억이 어렴풋하지만 그때 여름철이라 日製 부채를 가졌었는데 게(蟹)를 그리고 또 한 친구가 '橫行天下'라고 題를 한 일이 있었다. 이것을 본 그 때의 左翼系인 論說班의 朱某君이 내 號를 짓겠다고 發端을 하여 편집국에 달아 놓은 칠판에 '橫步'라고 커다랗게 써 놓은 일이 있으나 그 후부터 자연 '橫步'라 부르면 대답 아니하는 수가 없었다. 그 시절 한참 다니던 다방골 閔淳子집 술맛에 빠져 다닐 때라 之字걸음만 걸었으니 '橫步'가 똑 알맞은지 모르겠다. 혹은 나 갈 길은 따로 있었는데 外道로 文學을 하였기 때문인지도 모르겠다.

조선일보에 같이 있으면서 사회부장을 지낸 팔봉 김기진(金基鎭)은 횡보를 가리켜 의지가 강한 사람이고, 신문이나 문학에서 필요한 지식 외에 다방면에 걸친 해박한 지식을 지니고 항상 현실 감각에 투철하며, 문학을 천직으로 안 사람이라고 한다. 그러나 "술이 들어가면 꼬장꼬장해지고 잔소리가 많아지는 것"이 버릇이다. 초저녁에 배갈을 되로 마시고 그것도 모자라 위스키 병을 꺼내 반쯤 마시면서 훤히 터오는 동을 맞이하는 술의 실력자이다.

32세에 18세 난 의성 김씨 영옥(英玉)과 결혼한 그는 어쩌다가 만혼이었다. 이때에 김동인의 작품 「발가락이 닮았다」가 나왔는데 횡보는 자신을 모델로 한 것이라고 '노염'을 내 "같은 작가를 모델로 할 수 있느냐" 하여 설전(舌戰)이 오가고 했었으며 동인과는 의가 나빠졌다.

동인의 '발가락' 사건 해명은 안서

<사진 3> 횡보(오른쪽)는 1957년 '예술상' 문학부문상을 수상했다. 그 왼쪽이 청전 이상범, 일석 이희승.

김억(金億)의 부탁에 의해 한 것인데 안서 자신이 횡보의 '무슨 소설'로 피해를 보았으므로 복수를 해달라는 말을 들은 후 썼다는 것이다.

그러나 동인은 "그것이 안서의 부탁으로 써진 것인지는 나는 모른다. 더구나 염상섭을 모델로 한 것인지는 모르는 바이다"라고 애매하게 해명하고 있다. 아무튼 당시 '발가락' 사건은 재미있는 사건의 하나였다.

1936년 그는 만선일보(滿鮮日報) 주필 겸 편집국장으로 초빙되어 가족과 함께 만주장춘(신경)으로 가 해방을 맞이할 때까지 10여 년간 문학적으로 긴 공백 기간을 가지게 되었다.

1938년에는 일본인 부사장과 의견이 대립되어 장춘에서 안동으로 옮겨가 대동항 건설국 홍보담당관으로 광복 직전까지 있기도 했다.

1945년에 귀국하여 한때 신의주에 있었으나 1946년 9월엔 서울로 와 경향신문 창간과 더불어 편집국장을 맡았다.

횡보는 「해방(解放)의 아들」을 필두로 다시 붓을 잡았다. 1952년에 장편 「취우(驟雨)」를 발표하면서 해군 정훈장교(소령)로 복무한 바도 있다.

그가 계속 쓰던 붓을 『사상계(思想界)』에 「문단회상기(文壇回想記)」를 시작하고 얼마되지 않아 놓게 된 것이 1963년 2월의 일이다. 고혈압에 신경통이 겹쳐 성북동 집에 누워서도 "다시 일어나 기어이 쓰고 말 테야" 하고 벼르던 그, "누가 탐스런 백국(白菊)"을 꽂아 줄 것을 염원하던 그가 예술원의 주선으로 메디컬 센터 시료(施料) 환자로 입원한 것이 3월 11일이고, 14일 오전 8시 30분 "어떻게 결단을 내야지……"라고 굳어진 혀로 말마디를 맺지 못하고서 9시 유언 한 마디 없이 66세를 일기로 그 생을 막았다. 빈곤의 말년 15만 원짜리 전셋집을 두고 간 횡보였다.

> 나는 多幸이든 不幸이든 朝鮮人으로 태어났기 때문에 좋아도 朝鮮的이요 싫어도
> 朝鮮的일 수밖에 없으며, 따라서 朝鮮의 時代相, 朝鮮人의 生活人의 感情을 떠나서
> 造作되는 朝鮮人의 藝術의 存在를 否定하고, 그 모든 것을 끌고 나가는 勢力이 아닌
> 一切의 努力의 價値를 拒絕한다.6)

1926년에 이미 그는 이렇게 선언하고 그 구원에 진력하여 마침내는 우리나라 서민문학 계열의 앞장에 서게 된 것이다.

횡보로나마 그의 갈길을 끝내 지킨 교명(教名) 바오로는 명동 성당에서 문인장을 지낸 뒤 많은 애도객과 함께 운구되어 성북구 개학동 천주교 묘지에 고이 안장되었다. 이것이 그가 두고 간 작품들과 더불어 그 생애의 자취라 할 수 있다.

---

6) 「時調에 관하여」, 朝鮮日報 1926년 10월 6일자.

◆ 연보

1897년   8월 30일 서울 종로구 적선동 속칭 띠굴에서 대한제국 중추원참의(中樞院參議) 인식(仁湜)을 조부로, 전주, 의성, 가평 등지의 군수였던 규환(圭桓)의 8남매(딸은 맏이와 막내) 중 3남으로 출생. 본명 상섭(商燮), 필명 상섭(想涉).

1907년   (10세) 9월 관립 사범부속보통학교 취학.

1909년   (12세) 겨울에 보성소학교로 옮김.

1910년   (13세) 보성중학교 입학.

1912년   (15세) 9월 도일하여 일어를 배움. 동경 마포(麻布) 중학교 2학년에 편입, 중도에 그만두고 청산(靑山) 학원으로 옮김. 침례교 세례를 받음.

1913년   (16세) 4월 동경 마포 중학교 2학년 편입.

1914년   (17세) 성학원(聖學院) 중학교 3학년 편입.

1915년   (18세) 다시 경도(京都)로 옮겨 경도부립(京都府立) 제2중학교 3학년 편입.

1918년   (21세) 동 중학교 졸업. 경응의숙(慶應義塾) 대학부 문과 예과 일류에 입학. 동 예과 중퇴. 경도부 돈하항에서 기자생활.

1919년   (22세) 기자직 그만둠. 7월 대판(大阪) 천왕사 공원에서 독립운동 시위, 검거되어 5개월간 미결수로 있다가 집행유예로 풀려남. 횡빈 복음인쇄소 직공으로 취직.

1920년   (23세) 봄에 귀국. 동아일보 창간과 함께 정치부 기자로 근무. 7월 동인지 『폐허』 창간. 10월 정주로 가 오산중학교 교원 생활.

1921년   (24세) 「표본실의 청개구리」(개벽 8~10월호 발표).

1922년   (25세) 「제야(除夜)」(개벽 2~6월호), 「묘지」(신생활 8~9월호) 발표.

1923년   (26세) 9월 주간지 『동명(東明)』편집장. 단편 「죽음과 그 그림자」(동명 20호) 발표. 「신혼기(新婚記)」(신생활), 「만세전(묘지)」(신생활 및 시대일보) 등을 발표.

1924년   (27세) 「금반지(金半指)」(개벽 2월호), 「전화(電話)」(조선문단 2월호) 등 발표.

1925년   (28세) 시대일보 사회부장 근무. 「계급문학시비론」(개벽 2월호), 「고독」(조선문단 7월호), 「윤전기」(조선문단 9월호) 발표.

1926년   (29세) 「악몽」(시종(時鐘) 1~3호), 「조그만 일」(문예시대 11월 창간호)에 발표.

1927년   (30세) 8월 동아일보에 「사랑과 죄(罪)」 연재.

1928년   (31세) 10월 매일신보에 「이심(二心)」 연재.

1929년   (32세) 5월 숙명출신 김영옥(金英玉)과 결혼. 조선일보 학예부장, 조선일보에 「광분(狂奔)」 연재. 「똥파리와 그의 아내」(신민 11월호) 발표.

1931년   (34세) 1월 조선일보에 「삼대(三代)」 연재. 11월 매일신보에 「삼대」의 속편 「무화과」 연재, 장남 재용(在瑢) 출생.

1933년   (36세) 장녀 희경(喜瓊) 출생.

1934년   (37세) 「불똥」(삼천리 9월호) 발표.

1935년   (38세) 매일신보에 「목단꽃 필 때」 연재. 유일한 사담(史譚) 「효두(曉頭)의 사변정가(沙邊停駕)」(월간매신 1월호) 발표.

1936년   (39세) 만주 장춘으로 가 만선일보 주필 겸 편집국장.

1938년	(41세) 차녀 희영(喜英) 출생. 만주 안동으로 이사. 대동항 건설국 홍보 담당(광복 직전까지).
1942년	(45세) 차남 재현(在玹) 출생.
1945년	(48세) 귀국하여 신의주에 머무름.
1946년	(49세) 9월 상경. 경향신문 창간과 동시 편집국장. 「해방의 아들」(舊題 첫걸음)을 『신문학(新文學)』에 발표.
1948년	(51세) 중편집 『삼팔선(三八線)』에 「삼팔선」·「모략(謀略)」 수록. 2월 자유신문에 「효풍(曉風)」 연재, 10월 중단.
1949년	(52세) 단편집 『해방의 아들』 간행. 「두 파산(破産)」(신천지 9월호), 「일대(一代)의 유업(遺業)」(문예 10월호) 발표.
1952년	(55세) 조선일보에 「취우(驟雨)」 연재, 해군 정훈장교로 종군.
1954년	(57세) 「취우」로 서울시문화상 수상, 예술원 회원, 서라벌 예대 초대학장. 한국일보에 「미망인(未亡人)」 연재.
1955년	(58세) 「짖지 않는 개」 (문학예술 6월호).
1956년	(59세) 3월 「짖지 않는 개」로 아세아 문학상 수상. 단편 「자취」(현대문학 6월호) 등 발표.
1957년	(60세) 7월 예술원 공로상 수상. 단편 「동서」(현대문학 9월호) 등 발표.
1958년	(61세) 단편 「수절(守節)내기」(현대문학 6월호) 등 발표.
1959년	(62세) 「동기(同期)」(사상계 8월호) 등 발표.
1960년	(63세) 「폐허(廢墟)에 대해서」(사상계 1월호)와 「외부내빈(外富內貧)」(현대문학 11월호) 등 발표. 단편집 『일대(一代)의 유업(遺業)』 간행.
1961년	(64세) 「의처증(疑妻症)」(현대문학 10월호) 등 발표.
1962년	(65세) 3월 3·1문화상 수상, 정부로부터 문화훈장(대통령장) 받음. 「횡보문단회상기」를 『사상계』(11월호)에 연재하다가 중단.
1963년	(66세) 3월 14일 상오 9시 서울 성북구 성북동 145의 52호에서 직장암으로 죽음. 지금까지 알려진 유작 장편 28편, 단편 148편, 평론 100여 편, 잡문 246편.

◆ 도움말 주신 분(1973년 현재)

廉在琄	42 · 장남 · 경기도 신도면 기자촌 14호.
金英玉	62 · 부인 · 경기도 신도면 기자촌 14호.
金基鑛	70 · 작가 · 평론가.
金鍾均	34 · 고대 문과대학 강사.

◆ 관계 문헌

金 東,「自然主義小說論」,『韓國近大文學硏究』, 西江大 人文科學硏究所刊, 1969년.

李哲範,『韓國新文學大系·上』, 耕學社刊, 1970년.

申東旭,『韓國現代文學論』, 槽英社刊, 1972년.

金治洙,「自然主義再考」,『現代韓國文學의 理解』, 民音社刊, 1972년.

金允植,「韓國自然主義文學論攷에 對한 批判」,『국어국문학』, 국어국문학회刊, 1965년 8월.

趙演鉉,「廉想涉論」,『新太陽』1955년 4월호.

金鍾均,「廉想涉小說의 年代的考察」,『국어국문학』, 국어국문학회刊, 1957년 5월.

_____,『廉想涉硏究』, 高大出版部刊, 1974년.

李光勳,「自然主義 그 偉大한 矛盾」,『文學春秋』1964년 11월호.

金松崐,「'三代'에 끼친 外國文學의 影響」,『現代文學』1963년 1월호.

白　鐵,「廉想涉의 文學史的位置」,『現代文學』1963년 5월호.

丘昌煥,「廉想涉의 '萬歲前' 小攷」,『韓國語文學』, 韓國語文學會刊, 1963년 12월.

玄 鎭 健
(소설가 1900~1943)

1. 생가(生家)도 유처(幽處)도 없다

1920년부터 이후 7년 동안에 내놓은 빙허(憑虛) 현진건의 단편소설 문학은 우리나라 문학의 기초를 닦음에 있어 그 누구의 것보다도 크나큰 기여를 했다.

"이 조선사회라는 것이 내게 술을 권한다오." 이렇게 술 취해 울분을 토하면서도 당시 사회 상황을 뼈아프게 새겨가며 그것을 작품으로 형상화시켰다.

그는 생전에 20여 편의 단편과 3편의 장편을 남겼으며, 작품의 소재를 신변에서 택하다가 객관적 현실로 눈을 돌렸고, 말년엔 역사소설에 집착하였다. 단편의 경우 대부분 내용이 빈곤으로 끝나는데 그것은 일제 지배하 민족의 수난적 운명에 있었던 현시대의 상징이다.

대구에 있었던 빙허의 생가는 지금은 자취 없이 사라졌고, 그의 과천 유처도 없어졌다. 오직 그가 생전에 거쳐 갔던 서울 서대문구 부암동 325번지 2호, 일제 말기 양계를 치던 집 하나뿐이다. 그 집은 세검정 너머 바로 왼쪽으로 들어가는 오르막 길가에 마침 하얀 눈을 쓰고 있었다. 남의 집으로 아담하게 단장된 그 곳에 들어서니 그가 즐겨 읊었다는 "뜬구름이 흩어지니 그림자마저 머물지 않고, 깜빡거리는 촛불 다 타버리니 빛마저 사라지도다(浮雲散而影留 殘燭盡光穢)"와 같이, 고적감조차 느끼게 한다.

빙허는 1900년 음력 8월 9일 경북 대구에서 현경운(玄慶運)을 부친으로 하여 4형제 중 막내로 태어났다. 원래 현씨가는 서울에서 무변(武辨)으로 이름났었는데, 생부 현경운이 대한제국의 대구 우체국장을 지내고 있었으므로 빙허는 대구 태생이 되었다. 그 형제들도 모두 출중한 인물들이어서 큰형 홍건(鴻健)은 러시아 사관학교 출신으로 러시아 대사관 통역관을 했고, 중형 석건(奭健)은 동경 명치대 출신으로 대구에서 변호사업을 벌였으며, 숙형 정건(鼎健)은 상해에서 독립운동을 하던 이로, 일본경찰에 체포되어 평양에서 옥사했다. 이 정건의 부인 윤씨는 남편의 옥사 비보를 듣고 따라서 순사(殉死)했다는데, 빙허는 이 형의 영향을 많이 받은 듯하다.

이 현씨 일문은 개화 이후 각광을 받아 빙허의 계부(季父) 현영운(玄暎運)이 군령부 총장을 지냈는가 하면, 후에 그의 양부가 되는 현보운(玄普運)은 육군령관이었고, 재종 현상건(玄尙健)은 불란서 공사를 지냈다. 또 연극계 초기에 활약하던 현희운(玄僖運), 현철(玄哲)도 그의 당숙이다.

지금까지(1973년) 나타난 그의 자취는 1912년 일본에 건너가 동경 성성중학교(成猩中學校)에 입학하고, 1917년에 졸업하여 귀국하였다가 1918년에 부형 모르게 다시 중국 상해로 가 그 곳 호강대학(滬江大學) 독일어 전문부에 입학한 것으로 되어 있다. 월탄 박종화에 의하면 그가 중국에서 귀국한 것은 1919년 기미독립운동이 일어난 후로, 만나기는 1920년이어서 그 전 일을 확언할 수 없다는 것이다. 또 고(故) 백기만(白基萬)의 「빙허의 생애」[1]에 의하면 대충 이러하다.

> 1917년 그가 上海에서 돌아왔을 때 처음으로 알게 되었고 서로 뜻이 맞아 곧 親密하여졌으며 그와 尙火와 相佰과 나와 네 사람이 作文誌 『炬火』를 試驗해 본 것도 그해 일이다. 憑虛는 16세 때 鄕里의 富豪 李吉雨의 令愛 當年 18세의 處女와 結婚하였고 結婚 後 얼마 되지 않아 叔兄 鼎健을 찾아 上海로 건너갔으며 上海에서는 滬江大學 獨逸語 專門部에 入學하여 공부하다가 翌翌年인 1917년에 歸國한 것이다. 그리고 그 해에 다시 東京으로 건너가서 成城中學에 入學하였고 1919년에 同校를 卒業하고 故鄕으로 돌아왔다.

라고 되어 있으므로 1912년부터 1919년 사이의 그의 경력은 이 두 개의 설이 엇갈리고 있다.

이에 대하여 백천풍(白川豊)은 빙허의 자전소설이라 할 「지새는 안개」와 그가 일본에서 직접 조사한 빙허의 성성중학교 3학년 성적표를 증거삼아, 『한국근대문학초창기의 일본적 영향』[2]에서 1915년과 1918년 사이의 그의 연보를 대략 다음과 같이 밝히고 있는데 그 어느 것보다 신빙성이 높다고 보인다. 즉, 빙허는 결혼하던 해인 1915년 상해로 갔다가 1916년에 일단 귀국하고 큰형 홍건의 권유로 일본 동경으로 갔다. 그 해 그는 수험공부를 목적으로 정칙예비학교(正則豫備學校 또는 正則英語學校)에서 수학했다. 이듬해 3월 잠시 귀국하여 대구에 머물렀던 그는 4월에 다시 동경으로 가 성성중학교 3학년에 편입, 독일어를 선택 과목으로 하여 공부했으나 1918년 여름 4학년을 중퇴하고 일단 귀국하였다가 집안 몰래 상해로 갔다.

어쨌든 그가 동경 성성과 상해 호강에 적을 두었던 것과, 1919년에 그가 잠시나마 대구에 있었다는 것은 확실하고, 그 이전 1915년에 두 살 연배인 이순득(李順得·1944년 사망)과 결혼한 것도 틀림없다.

---

1) 白基萬, 「憑虛의 生涯」, 『씨부린 사람들』, 대구, 1959년.
2) 白川豊, 東國大學校 大學院 碩士學位論文, 1981년.

1920년 12월에 완성을 보아 1921년에 발표된 그의 출세작 「빈처(貧妻)」에는 다음과 같은 귀절이 있으니, 그의 초기 작품이 자전적 요소가 얼마나 강했는가를 실증해 준다.

6年前에 (그때 나는 16歲이고 저는 18歲이었다) 우리가 結婚한 지 얼마 안 되어 知識에 목마른 나는 知識의 바닷물을 얻어 마시려고 瓢然히 집을 떠났었다. 狂風에 나부끼는 버들葉 모양으로 오늘은 支那, 來日은 日本으로 구을러 다니다가 金錢의 탓으로 知識의 바닷물도 흠씬 마서 보지도 못하고 쑤거뒤충이가 되어 집에 돌아오고 말았다.

빙허가 문단에 얼굴을 나타내기는 당숙 현희운의 소개로 1920년 『개벽』에 「희생화(犧牲化)」를 들고 나와서였지만 습작 정도에 지나지 않은 작품으로 환영을 받지 못했던 것이다. 보통 그의 처녀작을 「빈처」로 꼽는 것도 이런 까닭에서이다.

1919년에 이미 그는 처와 함께 양가 현보운의 서울집에 올라와 있었으나 현보운은 이 때를 전후 사망했으며, 빙허는 종로구 관훈동 52번지(현 윤기병 변호사댁·개축하여 자취 없음)에서 살기 시작했다.

돈 한 푼 나는 데 없고 그대로 줄이면 시장할 줄 알아 器具와 衣服을 曲當局 會庫에 들여 밀거나 古物商 한 구석에 세워두고 돈을 얻어 오는 수밖에 없었다. 또수 안 해가 하나 남은 모본단 저고리를 찾는 것도 아침거리를 장만하려 함이다.

그러나 그 때의 「빈처」 상(像)은 그토록 찢어지게 가난했던 것은 아니었으며, 술상을 벌이면 적어도 수육 정도는 나올 수 있었다고 한다.

그래도 양부에게서 물려받은 재산이 조금 남았었고, 처가의 덕에 힘을 입기도 했었다. 단지 "보수 없는 독서와 가치 없는 창작으로" 해가 지는 줄 모르고 지내는 무직자의 자의식,

<사진 1> 1992년 관훈동 시절의 빙허 가족. 오른쪽이 부인 이순득, 가운데가 외동딸 현화수.

친척들의 비난에 쓸쓸한 심정이 되기도 했으나, 그가 "무슨 저작가로 몸을 세워 보았으면 하여 나날이 창작과 독서에 전심력"을 기울이고 있었던 것도 사실이었다.

「빈처」 이후 대구 태생인 빙허가 서울의 배재, 휘문 출신의 청년 그룹인 『백조(白潮)』의 동인이 된 것은 「빈처」의 작품적 성과에 기인한다. 그는 신변 소설에 속하는 「술 권하는 사회」, 「타락자(墮落者)」 등을 발표하여 개인과 사회를 조응시켜 나갔다.

당대 신학문의 맛을 들인 사람들은 구 가정에서 교육받고 조혼하게 된 그들의 부인들을 별로 좋아하지 않았으나 빙허만은 달랐다. 친구들과 어울려 다방골 기방에도 자주 드나들기는 했으나 빠져들지 않고 평생 아내만을 반려자로 하여 살았다. 22세 때 대구에서 기생 춘심의 유혹을 받아 관심을 보인 적이 있었지만, 그것도 그뿐 아무런 관계도 맺지 않았다는 것이다.

다만 「타락자」에 여주인공 춘심이 그 이름 그대로 등장하면서 실감 있게 표현되었을 뿐이다.

> 나는 임질에 걸리고 말았다. 공교하게 그 몹쓸병은 옮았을 그 때로 나타나지 않고 며칠 후에야 증세가 드러났다. 거의 행보를 못할이만큼 남몰래 아팠다. 춘심으로하여 이런 고통을 겪건만 조금도 그가 괘씸치 않았다. 그야 무슨 죄라. 짐승 같은 남자 하나가 그의 정조를 유린하고 그의 육체를 荼毒하였다. 저도 모를 사이에 그 독균은 또 다른 남자에게로 옮겨갔다. 저주할 것은 이 사회이고 한할 것은 내 자신이라 하였다.

작품에서 춘심에 대한 애틋한 사랑은 이 같은 사건으로 파국이 나지만, 「술 권하는 사회」나 「타락자」에서의 기교와 표현의 능란함에도 불구하고, 빙허 자신이 다분히 노출되어 결말을 사회에 돌리고 있는 것은 하나의 결점으로 지적될 수 있다.

빙허의 진면목은 이와 같은 신변소설에서 벗어나서 자신을 제거하기 시작하고 어느정도 냉철한 시각으로 사물과 인생을 바라본 1923년의 「지새는 안개」, 「할머니의 죽음」을 발표하고부터 나타난다. 이리하여 당시 평필을 휘두르던 염상섭의 극찬을 얻게 된다.

> 빈틈이 없고 군소리가 없다. 오히려 너무 쨍쨍하여서 눈이 부신 것 같은 것이 불평이다. (중략) 그리고 센티멘탈에 흐르지 않을 만큼 精純된 감정과 명민한 이지를 적당히 가지고 가볍고 아름답게 움직이는 주인공의 성격을 볼 때 자연주의적 경향이라든지 데카당스한 기분에서 벗어난 경향을 볼 수 있다. (하략)

그의 작품은 이토록 이지적이고 치밀하여 갔으나 그의 생활은 『동명(東明)』에 있고부터는 날마다 저녁때만 되면 동료들과 다방골 민순자 집과 애시당(愛施堂) 집으로 몰려가 밤이 깊도록 술을 마시고는 했으니, 그의 주량은 승당입실 대주폭음가(昇堂入室大酒暴飮家)의 풍모를 보여주었다. 집에 돌아와서는 서투른 노래를 불러대며 춤도 추고 재담도 지껄이며 취정을 토했다. 부인이 보다 못해 웃으며 "들어갑시다" 하고 끌어야 못 이기는 체 방으로 들어가는 서민적인 인간이었다.

2. 「운수 좋은 날」의 리얼리즘

1924년에 들어서자 빙허는 신변 소설에서 벗어나 객관적 현실에 입각한 작품을 쓰기 시작했다. 그 해 발표된 「운수 좋은 날」, 「불」이 그것이다. 『개벽』 56호에서 팔봉 김기진은 이 두 작품을 놓고 "작자는 기교에 있어서 결점 없는 원숙을 보여주었다"고 쓰고 있다.

> 새침하게 흐린 품이 눈이 올 듯하더니 눈은 아니 오고 얼다가 만 비가 추적추적 내
> 리었다. 이 날이야말로 동소문 안에서 인력거꾼 노릇을 하는 김첨지에게는 오래간만
> 에 닥친 운수 좋은 날이었다.

작품 「운수 좋은 날」은 이렇게 시작한다. 소설은 앓기를 달포가 지난 아내를 가진 인력거꾼 김첨지의 운수 좋은 어느 날의 하루를 다룬다. 그 날은 아내가 원하는 설렁탕을 사줄 수도 있었고 아내 곁에서 보채는 세 살 난 개똥이에게 죽을 사 줄 수도 있었다. '앞집 마나님'을 전찻길까지 데려다 주었고, 다시 교원인 듯한 사람을 동광중학교에, 여기서 장장 남대문 정거장까지 어떤 남학생을, 또 인사동으로 마나님인지 여학생인지 분간할 수 없는 여인을 모셨고 그 결과 3원 10전을 벌었다.

> 인력거가 무거워지매 그의 몸은 이상하게도 가벼워졌고 그리고 또 인력거가 가벼
> 워지니 몸은 다시금 무거워졌건만 이번에는 마음조차 초조해 온다. (중략) 나무등걸
> 이나 무엇 같고 제 것 같지 않은 다리를 연해 꾸짖으며 질팡갈팡 뛰는 수밖에 없었다.
> (중략) 흐리고 비오는 하늘은 어둠침침하게 벌써 황혼에 가까운 듯하다. 창경원 앞까
> 지 다다라서야 그는 턱에 닿은 숨을 돌리고 걸음도 늦추잡았다.

김첨지는 친구 치삼을 만나 술잔을 기울이며 푸념을 했다. 그러나 여전히 마음은 집쪽으로 쏠렸다. 그가 주기가 돌아 설렁탕을 사들고 집에 다다랐을 때의 묘사야말로 빙허 문장의 극치를 보여준다.

> 쿨룩거리는 기침소리도 들을 수 없다. 그르렁거리는 숨소리조차 들을 수 없다. 다
> 만 이 무덤 같은 침묵을 깨뜨리는—깨뜨린다느니보다 한층 더 침묵을 깊게 하고 불
> 길하게 하는 빡빡하는 그윽한 소리, 어린애의 젖빠는 소리가 날 뿐이다. 만일 청각이
> 예민한 이 같으면 그 빡빡 소리는 빨 따름이요 꿀떡꿀떡 하고 젖 넘어가는 소리가 없
> 으니 빈 젖을 빤다는 것도 짐작하는지 모르리라.

개똥이의 입에 젖을 물린 채 아내는 죽어 있었던 것이다.

> 설렁탕을 사다 놓았는데 왜 먹지를 못하니, 왜 먹지를 못하니…… 괴상하게도 오
> 늘은…… 운수가 좋더니만……

하는 절규로 끝이 나고 있다.

이와 함께 남자의 성(性)에 노예가 된 열다섯 살짜리 순이가 그로부터 해방되려고 안
간힘을 쓴 끝에 집에 불을 지르는 작품 「불」을 가리켜 문학평론가 윤병로(尹柄魯)는 "순
이가 방화하는 것은 프로 작가의 수법과 같은 것이나, 그것은 작위적이나 이데올로기적
인 것이 아니라 능동적 행동의 소산"이라고 들려준다. 또 이형기(李炯基)도 이들 작품이
오늘까지 읽히는 까닭을 "문학사적 고려를 떠나 그 자체로서 독보(獨步)하는 생명력을
지니고 있기" 때문이며, 이는 "작품의 예술적인 완성도가 그만큼 높다는 산 증거일 것
이다"라고 적고 있다.

3. 역사소설(歷史小說)의 저변 확대

김동인도 「한국근대소설고(韓國近代小說考)」에서 빙허의 작품을 "조화의 극치, 묘사
의 절미—과연 기교의 절정이다"라고 격찬한 바 있다.

빙허는 숙형 정건이 체포되어 평양 감옥에서 옥사하자 그의 작품 활동은 사실상
1939년까지 중지, 그의 침묵기를 맞이하였다. 그의 생애 중 큰 사건 중의 하나는 1936
년에 일어났다.

당시 동아일보 사회부장으로 재직할 때 마침 베를린 올림픽에 참가한 양정(養正)의
손기정이 마라톤에서 우승하자 일장기 말살 보도사건에 연루되어 기소 1년의 언도를
받고 투옥되었으니, 그 이듬해 세상에 나왔을 때 사회부장 자리를 사직하고 언론계를
영영 떠나 버린 것이다.

춘해 방인근(方仁根)은 그의 외양을 대체로 여성적으로 본다.

> 그는 꼭 씨암탉처럼 살이 포동포동 찌고 역시 키도 작달막하게 걸음걸이조차 씨
> 암탉처럼 아기죽아기죽하였다. 살결도 희고 맑으며 貴公子 타입으로 예쁘장스러운
> 美男이었다. 나를 툭 치고 껄껄 웃고는 내가 귀엽다는 듯이 빤히 쳐다보는 눈매는 女
> 子처럼 매력있고 사람 반할 만하다. 술이 취하면 그 예쁜 눈이 게슴츠레해지고 바르
> 르 떤다. 눈썹은 시커멓고 굵어서 壽를 할 줄 알았는데 웬 일인가. 입도 조그마하고
> 예쁘장스러워 언뜻 女子같기도 하다. 면도를 여러 날 아니하면 수염이 건성 드뭇하

게 나는데 그게 까맣지 않고 노르스름한 것도 애교다. 그러고 보니 눈동자도 좀 노르
스름한 것 같다. 눈동자가 노라면 재주 있다더니 과연 그런가보다. 春園의 눈동자가
그러했다.[3]

<사진 2> 1930년 전후의 가까운 문우들과 자리를 같이 했다. 앞줄 왼쪽부터 방인근, 빙허, 김일엽, 한 사람 건너 최정희, 뒷줄 왼쪽부터 두 번째, 김동인, 최학송, 김동환.

그러나 그는 고집이 세고 의지가 군었었다.

빙허가 적극적인 대일투쟁을 하지 않은 것은 사실이지만 일본인을 사귀지 않았고, 1920년 대정(大正) 친목회의 조선일보 재직 때만해도 한국인과는 불만을 맞대고 토해냈으니, 그곳을 그만둔 원인도 망년회 자리에서 대정친목회의 중심인물 송병준(宋秉畯)을 욕했기 때문이었다.

그는 반일 사상을 그의 가문의 영향 하에서 끝까지 지켜 나갔다.

그가 출옥하자마자 찌들어가는 살림을 정리하고 자하문 밖 부암동에 나가서 양계를 하여 호구지책을 이었다. 그런데 그나마 친구들의 술안주 토색질로 닭머리 수가 줄어들어 집어치웠다.

이 때 그는 다시 집필을 시작하였는데, 동아일보를 활동 무대로 하여 애정 장편소설 「적도(赤道)」를 쓴 후 역사소설로 전환하여 「무영탑(無影塔)」을 연재했다.

「무영탑」은 과거의 역사소설들의 주인공이 영웅적, 귀족적인 인물들을 취급하고 있었음에 비해 서민 계층을 부각시켰고, 그 비극이 사회적 모순과 일치하게 하는 탁월성을 지녔기 때문에 오늘날까지 바람직한 역사소설의 한 본보기가 되고 있다 하겠다.

경주 불국사 석가탑에 얽힌 전설을 소재로 하여 당나라 석공을 백제 석공으로, 당나라 여인을 백제의 아사달로 바꾼 것은 민족혼을 지키려는 그 나름대로의 안간힘이라 할 수 있다.

그는 또 「흑치상지(黑齒常之)」를 썼으나 백제 재건(再建)의 장수의 이름을 딴 제목 때문에 연재가 금지되어 미완성으로 끝났다. 그가 역사소설을 쓴 것을 일제의 눈을 피하는 하나의 방책이었다는 것을 우리는 알 수 있다.

　　「無影塔」은 작품 전체의 분위기가 어둠에 덮여 있지만, '敬信'들의 힘찬 불빛이

---

3) 方仁根, 「憑虛懷古記」, 『現代文學』 1962년 12월호.

버티고 있기 때문에, 독자들이 희망을 잃지 않도록 하면서, 평민적 비극을 추구한다. 이러한 평민적 비극은 그들이 생활의 능력이 없기 때문에 일어난 것이 아니라, 制度와 價値觀의 專制的 長久化에 있다는 것을 알려 준다. 그러나 이 作家는 이런 化石化된 制度와 價値觀의 內部로부터 變化의 힘과 歷史發展의 싹이 움트고 있다는 것을 깨달도록, 여러 人物과 사건을 묘사하고 있다.[4]

1943년 그의 외동딸 화수(和壽)를 친구 월탄 박종화의 자부로 인연을 맺게 한 것은 흐뭇한 경사였었다.

그러나 그가 타계하기 1년 전 궁색을 면해 볼 양으로 미두(米豆)에 손을 대어 보았으나 실패하고 자하문 밖 양계를 치던 집을 팔고 제기동 고대 정문 맞은편 골목의 초가로 이사했다.

그는 빈곤과 병마로 인한 고통이 그 극에 달하여 1943년 음력 3월 31일 부인과 외동딸 화수가 지켜보는 가운데 "화장을 하라"는 한 마디 유언을 남기고 조용히 눈을 감았다.

이 날은 그가 『백조』 동인으로 인도했던 상화 이상화도 함께 세상을 떠난 날로, 대구에는 빙허상의 전보가, 서울에는 상화상의 전보가 날아가고 들었으니 이 또한 우연의 운명이었을까.

빙허의 유골은 선영, 과천에 묻혔으나 시 개발 계획에 의해 사돈지간이며 『백조』 동인인 월탄 박종화의 손에 깨끗이 선골 되어 한강수에 떠내려갔다.

---

4) 申東旭, 『韓國現代文化論』, 博英社刊, 1972년.

1900년	음 8월 9일 경북 대구에서 대한제국의 대구 우체국장인 부친 현경운(玄慶運)의 4형제 중 막내로 출생. 장남 홍건(鴻健), 차남 석건(奭健), 3남 정건(鼎健).
1915년	(15세) 향리 부호 이길우(李吉雨)의 17세 난 영애 순득(順得)과 결혼. 중국 상해로 감.
1916년	(16세) 귀국. 도일, 동경에서 수험공부를 할 목적으로 정칙예비학교(正則豫備學校)에 다님.
1917년	(17세) 동경 성성중학교 3학년 편입.
1918년	(18세) 동 중학교 4학년 중퇴, 귀국. 중국 상해에서 독립운동을 하고 있던 숙형 정건을 찾아가 호강대학(滬江大學) 독일어 전문부 입학.
1919년	(19세) 귀국. 동년 육군 영관을 지냈던 오촌당숙 현보운(玄普運)에게 입양, 처와 함께 대구에서 서울로 올라와 관훈동 52번지에서 생활.
1920년	(20세) 5촌 현희운(玄僖運 · 초기 연극인)의 소개로 『개벽』(11월호)에 처녀작 단편 「희생화(犧牲化)」 발표, 단편 「빈처」 완성. 조선일보사 입사.
1921년	(21세) 「빈처」(개벽 · 1월호) 발표. 『백조』 동인에 참가. 단편 「술 권하는 사회」(개벽 11월호) 발표.
1922년	(22세) 『백조』 창간됨. 중편 「타락자」(개벽 1~4월호), 단편 「피아노」(개벽 11월호) 발표.
1923년	(23세) 육당 최남선 주재 『동명』의 편집 동인. 단편 「유린(蹂躪)」(백조 2호), 중편 「지새는 안개」(개벽 2~9월호), 「할머니의 죽음」(백조 3호) 발표.
1924년	(24세) 단편 「까막잡기」(개벽 1월호), 「그림은 흘긴 눈」, 「운수 좋은 날」(개벽 6월호) 발표. 상해 임시정부 요인으로 활약하던 숙형 정건 피검.
1925년	(25세) 단편 「불」(개벽 1월호), 「B사감과 러브레터」(조선문단 2월호), 「새빨간 웃음」(개벽 11월호) 발표, 동아일보사 입사. 딸 화수(和壽) 출생.
1926년	(26세) 단편 「사립정신병원장」(개벽 1월호) 발표. 이후 기자 생활에 전력.
1928년	정건 옥사.
1929년	(29세) 단편 「신문지와 철창」(문예공론 7월호) 발표.
1936년	(36세) 동아일보 사회부장 재직시 손기정 베를린 올림픽 마라톤 우승의 일장기 말살 보도사건으로 구속 기소, 1년간의 선고를 받고 복역.
1937년	(37세) 출옥. 동아일보 사회부장 사임. 관훈동에서 서대문구 부암동 325번지로 이사.
1939년	(39세) 장편 「적도」(동아일보) 연재. 장편 「무영탑」(1940년까지 동아일보) 연재.
1940년	(40세) 장편 「흑치상지(黑齒常之)」를 연재(동아일보)하다가 중단.
1941년	(41세) 양계에 전념. 『무영탑』 간행.
1943년	(43세) 무남독녀 화수, 월탄 박종화의 자부가 됨. 동대문구 제기동 현 고대 정문 앞 초가로 이사. 3월 21일 사망.

◆ 도움말 주신 분(1973년 현재)

朴鍾和　　72 · 작가 · 예술원 회장 · 백조 동인 · 빙허와 사돈 간.
玄和壽　　48 · 딸.
尹柄魯　　37 · 성대 교수 · 문학평론가.
朴載榮　　43 · 서울 서대문구 부암동 52의 2호 · 대한종합식품주식회사 포항 사무소장.

◆ 관계 문헌

尹柄魯, 「憑虛 玄鎭健論」, 『現代文學』 1956년 3월호.
成玉蓮, 「作家 玄鎭健과 寫實主義」, 『國語國文學硏究論文集』, 慶北大刊, 1956년 6월.
全光鏞, 「憑虛 玄鎭健論」, 『새벽』 1957년 8월호.
白基萬, 「憑虛의 生涯」, 『씨뿌린 사람들』, 大邱, 1959년.
金字鍾, 「玄鎭健論」, 『現代文學』 1962년 7 · 8 · 9월호.
蔡　壎, 「玄鎭健論」, 『李崇寧博士 頌壽紀念論叢』, 1968년 6월.
申東旭, 『韓國現代文學論』, 博英社刊, 1972년.

吳 相 淳

(시인 1894~1963)

1. 출가인(出家人)의 허무혼(虛無魂)

"……이같이 하여 시대를 오뇌하는 진지한 청년은 무저항 속에 침(沈)하여 간다. 저들은 남에게 이해도 못되고, 또 이해할 수도 없는 절대불가해 속에 고독한 혼을 안고 간다. ……다만 진실한 청년만 영원한 정적으로 흘러간다. 그러나 시대의 애련한 희생은 과연 무의미한 것일까?"

공초(空超) 오상순은 1920년대 우리 땅에 '폐허'를 선언하고 그 시대에 사는 청년은 오뇌하며 몸을 바쳐 희생하여 영원 속에 살자고 했다. 뒤에는 그 집념도 버리고 관천석지(冠天席地)로 담배 물고 방랑의 길을 떠나니, 18세 이후 고희의 생을 마칠 때까지 집을 멀리하였다.

그는 불가에 의탁하였으되 공해탈문(空解脫門)에 이르지 못하였고, 시를 썼으되 언어의 기묘보다는 '허무혼'의 관념과 그 사상 표현에 기울어졌다.

<사진 1> 동가식 서가숙하던 방랑의 시인 공초는 수유리 깊은 산속에 영원한 안식처를 구했다.

오랜 異邦에서 放浪하던 나그네의 고단하고 무거운 몸을 끌고 나는 돌아왔다. 옛 집 옛 故鄕에. 옛 故鄕은 다른 나라 사람의 마을이 되었고 이전 나의 집에는 아도 보도 못하던 사람이 장사를 하고 있다. 옛날 面影이 다 바뀌어 변해버린 가운데도 옛날 우리집 뜰 앞에 버드나무 하나만은 모양은 물론 많이 변하였으나, 여전히 그저 서서 있다. 오래 돌아오지 아니하는 옛 주인 그리워 바라고 苦待하듯이.[1]

---

1) 수필 「廢墟行」.

여기 옛집은 일제하의 조선 땅이며 버드나무는 우리 예술의 상징이지만 공초의 생가
자리인 장충동 1가 파출소 뒤에는 지금도 버드나무 아닌 느티나무가 한 그루 서 있다.

터전의 모양이 바뀌고 집도 옛집이 아니건만 그가 방랑하던 시절에도 그 느티나무는
변함없이 그 터를 지켜 왔다.

그는 이곳에서 제법 큰 재목상을 하던 해주 오씨 태연(泰兗)의 차남으로 1894년 음력
8월 9일 세상에 태어났다. 태연은 추수도 한 5백 석 하여 남부럽지 않은 살림을 꾸려 나
가고 있었으며, 신학문에 대한 교육열도 남 못지 않았다.

아들 상순을 일찍이 어의동(於義洞)학교(현 효제국민학교)에 다니게 하고 뒤에는 경신
학교(儆新學校)서 공부를 시켰다. 그러나 그가 13세 나던 해에 그의 어머니가 세상을 떠
나고 계모가 들어오니 그가 가정을 멀리 했던 내력이 이로부터 비롯되었다.

태연은 상처를 세 번이나 당한 사람으로 그때마다 그의 가정은 차차 복잡해져 갔다.

"그는 얌전하고 조용한 성격의 소유자였으나 종종 나갔던 YMCA에서 신지식에 열
을 올린 나머지 1912년에 18세 때는 집안에는 말도 없이 표연히 일본으로 건너갔다"고
그의 모습을 닮은 아우 상춘(相春)이 들려준다.

공초는 일본에 건너가서 동지사대학(同志社大學) 종교철학과에 입학하였다. 그는 벌써
인생의 근원을 탐구하고자 하는 욕망에 사로잡혀 있었던 것이다. 동지사대를 졸업하고 그
가 귀국한 것은 1918년 그의 나이 24세 때이다.

그는 하왕십리로 이사한 집에서 며칠을 묵었으나 양사골(현 종로 5가) 외가로 나왔고,
그 후부터 완전히 출가의 길을 떠나고 말았다.

그는 YMCA의 번역물을 맡기도 하고 교회의 전도사도 지냈다.

> 머리를 길게 길러 올백을 하고 종일 그 긴 손으로 쓰다듬어 넘기는 것이 일이었다.
> 챙 넓은 모자를 쓰고 단정한 步態로 聖書나 哲學書를 옆에 끼고 다니는 것이었다. 하
> 루는 내가 어디를 지나려니까 어느 조그마한 교회의 문 앞에 '今夜吳相淳傳道師特別
> 說敎'라는 광고가 붙어 있기에 除百事 하고 들어갔더니 한창 說敎中이었다.[2]

수주 변영로의 광태변(狂態辯)에 의하건대 이 때 이미 공초는 술과 담배에 유감없는
실력을 발휘하고 있었다.

1920년 그는 김억, 남궁벽, 염상섭, 황석우 등과 함께 『폐허(廢墟)』 동인이 되어 동지
에 처음으로 글을 발표하였는데 바로 「시대고(時代苦)와 그 희생(犧牲)」이란 것이다.

이 글은 당시 3·1 운동의 좌절을 겪은 뒤에 희망이 없고 퇴폐적인 사회 풍조에서 회

---

2) 卞榮魯, 『酩酊四十年』, 서울신문社刊, 1953년.

생정신으로 그 시대고를 극복하여 '새로운 시대 창조'를 이룩하자는 논조로 되어 있다.

아마도 공초나 그 시대의 다른 어느 지식인도 그의 논조대로 행하고 싶었겠지만, 공초 그는 그의 시를 보더라도 극복을 위한 노력보다 운명적인 체취를 풍겼을 뿐이다.

그의 대표작 「아시아의 마지막밤 풍경」에서 그러한 면모를 발견할 수 있다.

> 한손으로 地軸을 잡아 흔들고 天地를 含吐하는 아무리 억세고 사나운 아시아의 사나이라도 그 마음 어느 구석인지 숫처녀의 머리털과 같이 끝모르게 감돌아드는 밤물결의 흐름 같은 리듬의 曲線은 그윽히 서리어 흐르나니 그리고 아시아의 아들들의 자기를 팔아 술과 美와 한숨을 사는 造蕩한 放游生도 감당키 어려운 이 밤 때문이라 하리라.
>
> 밤에 취하고 밤을 사랑하고 밤을 즐기고 밤을 嘆美하고 밤을 崇拜하고 밤에 나서 밤에 살고 밤 속에 죽는 것이 아시아의 運命인가.

「아시아의 마지막밤 風景」 7~8연

2. 아시아는 밤의 진리

'아시아의 진리는 밤의 진리다'라는 부제까지 달고 있는 이 운명관은 그의 만년 '청동산맥(靑銅山脈)' 시절(1960년)에 펄벅으로부터 중국 속담의 인용구 "어둠을 불평하기보다는 단한 자루의 촛불이라도 밝히는 것이 낫다"는 사인을 받을 만큼 이상하게 보였던 것 같다.

공초의 이 암울한 심경은 더욱 더 깊어져 그의 시는 아예 허무적인 무드가 모두였으며, 식민지하의 정치적 상황에서 그의 인생마저 세속을 벗어나려는 경향을 띠었다.

불꽃아
오— 무섭고 거룩한
불꽃아
다 태워라
물도 구름도
흙도 바다도
별도 人間도
神도 佛도 그 밖에
온갖 것을 통틀어
오— 그리고
宇宙에 充滿하여 넘치라.

바람아

오— 暴風아 黑風아
그 불꽃을
불어 날려라
쓸어 헤치라
몰아 무찔러라
오— 偉大한 暴風아
世界에 充溢한 그 불꽃을
오— 그리고
限없고 끝없는
虛空에 춤추어 미처라.
虛無야
오— 虛無야
불꽃을 끄고
바람을 죽이라—.
그리고 虛無야
너는 너 自體를
깨물어 죽이라!

「虛無魂의 宣言」 마지막 2연

그는 1923년에 보성고보의 영어 교사로 있으면서 이 「허무혼의 선언」을 발표하고 이
듬해 동인지 『폐허이후(廢墟以後)』에 「폐허의 제단(祭壇)」, 「허무혼의 독어(獨語)」 등을
써서 연이어 허무의 시상을 견지해 갔다.

인간적으로는 그즈음 일본 유학시절에 사귀었던 동경 고급관리의 딸인 일본 여자와
플라토닉한 사랑을 속삭인 때도 있었으나 뿌리쳤고, 귀국 후 집안에서는 결혼할 것을
채근하였으나 그것도 마다하고 있었다.

그때 마침 공초는 선교사의 딸인 독일게 미국 여인과 사랑을 나누고 있었기 때문이
었다.

그러나 국적을 초월한 그녀와의 사랑도 이별이라는 쓰라림으로 끝이 났다.

同人 詩人 黃錫禹와 지내던 파계 女僧이 黃錫禹와 헤어지자 그 여승을 空超가 자기
거처에 있게 하였는데 이것이 또 친구 여인을 가로챘다는 누명을 뒤집어쓰게 되었다.[3]

이것은 그의 허무적인 인생관에다 방랑의 길을 재촉하는 부가적인 요인이 되게 하였다.

──────────

3) 林鍾國 · 朴魯埻, 『흘러간 星座들』, 國際文化社刊, 1966년.

3. 태초(太初)에의 향수

공초는 처음에 기독교에 몸을 담아 전도사로서 설교까지 하였으나 1926년 범어사에 입산한 뒤로는 불교 사상에 젖어들었다. 따라서 그의 허무적인 정신의 궁극적 목적은 바로 해탈에 있었던 것처럼 보인다. 그는 육신으로부터의 자유를 갈구하였던 것이다. 그리하여 영원한 것이나, 또는 원초의 세계에 대하여 깊은 관심을 지녔다.

1928년께 공초를 알고 친하게 된 석천(昔泉) 오종식(吳宗植)은 "그는 시에서 태초니 태고니 원천이니 하여 우주 생성 이전의 상황에 대하여 향수와 동경과 환상을 자주 표현하였다"고 그의 시를 말하고, "그의 방랑의 생애는 김삿갓과 같은 풍자시도 없는 동심의 방랑이며, 허무적이라기보다 오히려 낙천적으로 보는 것이 옳다"고 회고한다.

공초라는 호는 언제부터 사용하였는지 확실하지 않으나 그 전의 탄운(彈翬)이라는 호를 버리고 공초를 쓰기 시작한 것은 1926년께 경남 범어사에 2년 동안 입산하여 선(禪)에 경도했던 시절 이후 세상을 유랑할 때부터가 아닌가 여겨진다.

그는 그 후 주로 대구, 부산 등지를 떠돌아 다녔다. 대구에서는 이상화의 사랑채에 몸을 의탁하기 일쑤였고, 담배만 있으면 어느 집이고 며칠씩 기식하였다. 대구에서 상화를 비롯, 고월 이장희, 백기만 등과 친히 지내기 시작한 것도 1927년께 일이다.

> 나그네의 마음,
> 오- 永遠한 放浪에의
> 나그네의 마음,
> 放浪의 품 속에
> 깃들인 나의 마음.
> 나는 우다.
> 모든 것이 다 있는 그 世界 보고,
> 나는 우다.
> 모든 것이 다 없는 그 世界 보고,
> 나는 우다.
> 限없는 그 世界 보고,
> 나는 우다.
> 限 있는 그 世界 보고,
> 나는 우다.
> 有와 無가 교차(交叉)하여 돌아가는 그 世界 보고,
> 나는 우다.
> 生과 死가 서로 스쳐지나가는 그 世界 보고,

나는 우다.

나의 肉의 발이 밑있는 世界에 닿을 때,
나는 우다.
나의 靈의 발이 밑없는 世界에 스쳐헤매일 때,
나는 우다.
오— 밑없고도 알 수 없는 울음을
나는 우다—

「放浪의 마음Ⅱ」 전문

4. 공초와 시와 담배의 일체(一體)

1935년 위의 시를 썼던 그는 금강산 신계사 등 유명 무명의 전국 사찰을 전전하였고, 잠시 중국에도 건너가 주작인(周作人)에게 심취한 적도 있었다.

1921년에 썼던 「타는 가슴」에서 "피울 줄도 모르면서" 애매한 궐련초에 불을 붙인다 했던 그는, 먼 후일인 1950년에 「나와 시와 담배」를 쓸 만큼 "나와 시와 담배는 이음동곡(異音同曲)의 삼위일체"였으니, 아침에 일어나 성냥에 한 번 불을 댕기면, 세면 때고 식사 때고 불을 끄지 않았다는 줄담배, 담배의 '왕자'였다. 그 담배와 함께 술도 유주무량(有酒無量)이었으나 취하는 일이 별로 없었다.

1940년 대구에는 4년 전에 아주 낙향해 버린 이상화가 있었고 그의 사랑채에서 어느 날 떠돌아다니는 총각 공초에게 여자 하나를 구해 주어 정착시키자는 의논이 나왔다.

<사진 2> 명동 '청동산맥' 때 어느 제자가 그린 공초상. 그의 손에는 항상 담배가 들려 있었다.

드디어 친구들의 주선으로 4, 5세 연하인 모 여인과 지금의 대구 중구 덕산동 54번지 골목 안에 조그만 집 한 채를 얻어 처음으로, 혼례식을 올리지 않은 결혼 생활을 시작하였다.

"부친상 때인 해방 이듬해 형님과 함께 하왕십리 집에 왔었다"(오상춘 회고담)는 그 여인을 집안 여자들이 누구냐고 물으면 '제자'라고 했고 그 여인도 공초를 '선생님'이라 불렀다.

이 여인과의 동거 생활은 1946년부터 1950년 사이의 5년간을 제하고 대구 피난시절까지 꽤 오래 계속되었다.

<사진 3> 1959년의 모습. 요절한 시인 김관식과 담소를 나누고 있다.

이 덕산동 집에서는 또 친구들의 주선으로 오뎅집을 차리기까지 했으나 이웃 사람을 불러다 술타령을 벌이는 바람에 그마저도 흐지부지 문을 닫고 말았다.

이 집에서의 일이었다. 그의 애묘 '안나'가 죽으매 슬피 울며 관을 짜고 '공초묘장(空超猫葬)'을 지내 산에 묻었다는 동물사랑의 이야기가 전해지고 있다.

지금은 '제자'와 살았던 그 집도 형체가 바뀌었고, 골목 어귀는 장바닥으로 되어 흥청거릴 뿐이니 물어보아도 공초를 아는 이가 없다.

공초는 해방 후에도 직업을 갖지 않은 채 6·25사변을 맞았고, 부산, 대구를 오르락내리락 거렸다. 그 시절에 부산 광복동에는 대구의 박모라는 사람이 경영하는 '파도 다방'이란 것이 있었는데, 그 곳에서 기거하던 공초는 "꿈에 왕희지가 붓에서 좆이 나오는 것을 보았다지만 간밤 나는 꿈에 상아 빨뿌리가 쩍 깨지며 그 속에서 꿀이 흐르는 것을 보았으니 담배에는 도통한 듯하다"며 엄숙하게 말 하더라는 이야기도 있다(당시 면담자·김경식).

공초는 1953년 환도 후 주로 조계사 뒤 유마실(維摩室)에서 노년의 몸을 기탁하며 아침 10시면 그 담배를 태우며 명동의 다방에 나갔다. 밤 11시에 돌아와 잘 때까지 그의 사인첩 『청동산맥』에 문학 소년소녀들을 둘러모아 글을 쓰게 했다. 글을 쓰면 "한마디 했다"하고 악수를 하며 웃었다. 그의 다방 편력은 청동—서라벌—창일—향지원으로 그 시대를 구분할 수 있다.

1959년 겨울에 공초를 알게 된 심하벽(沈河碧)은 1961년 불교 분쟁 때부터 그가 근무하던 안국동 정 이비인후과에서 5개월간 함께 기거하던 사람으로, 공초를 '아버지'로 불렀는데, "그는 주례사 때도 담배를 피웠고 외출 때에는 안주머니에 비누, 치약, 칫솔, 넥타이 등을 넣고 다녔다"고 전한다.

공초, 그가 몸져눕기는 1963년 2월이었다. 그 날도 향지원에서 밤늦게 돌아온 뒤 "뱃살이 꼿꼿하고 아프다"고 하면서 감기 기운이 덮쳐 앓기 시작했다.

2월 22일 밤 메디컬 센터로 옮겨지고 고혈압성 심장병 및 폐염이란 진단을 받고 요양하기 20여 일 만에 퇴원했으나 조계사에서 6일, 다시 악화하여 이번에는 적십자병원

입원 중 6월 3일 밤도 깊어가는 하오 9시 37분 방랑의 시인이며 선객(禪客)은 제자 구현서(具賢書)와 또 한 청년이 지켜보는 가운데 눈을 뜬 채 홀연 세상을 떠났다.

> 흐름 우에
> 보금자리 친
> 오— 흐름 우에
> 보금자리 친
> 나의 魂……
>
> 바다 없는 곳에서,
> 바다를 연모(戀慕)하는 나머지에
> 눈을 감고 마음 속에
> 바다를 그려 보다.
> 가만히 앉아서 때를 잃고—
>
> 「放浪의 마음 I」1~2연

　동가식서가숙하던 육신은 수유리 명당에 크게 자리 잡아 잠들어 있으니 비로소 그의 영혼은 자유를 얻은 것이다.

◆ 연보

1894년   음 8월 9일 서울 수구문 안 현 중구 장충동 1가 10번지에서 재목상을 하는 부 오
         태연(吳泰兗)과 모 나(羅)씨 사이의 4남 1녀 중 차남으로 태어남. 태연은 뒤에 후
         실을 두어 모두 5남 4녀를 두었음. 아호는 탄운을 쓰다 뒤에 공초를 씀.
1900년   (6세) 전후하여 어의동학교(현 효제국민학교)에 입학. 이 학교를 거쳐 경신학교
         를 졸업. 13세에 모친 나씨 사망.
1912년   (18세) 도일, 경도(京都) 동지사(同志社)대학 종교철학과 입학.
1918년   (24세) 동지사대를 졸업하고 귀국. 몇 달을 하왕십리로 이사한 본가에서 지낸 뒤
         출가.
1919년   (25세) 이 무렵 모 교회 전도사로 있었음.
1920년   (26세) 『폐허』동인. 「시대고와 그 희생」(폐허 창간호), 「의문」, 「구름」, 「창조」,
         「어느 친구에게」, 「나의 고통」, 「생의 철학」(이상 개벽 11월호) 등 발표.
1921년   (27세) 「타는 가슴」(신민공론 6월호), 「미로」등 발표. 조선중앙불교학교 교원.
1922년   (28세) 「아시아의 마지막밤 풍경」, 「어둠을 치는 자」 등 발표.
1923년   (29세) 시 「방랑의 마음」(동명 18호), 「허무혼의 선언」 발표. 보성고보 교원.
1924년   (30세) 「폐허의 제단」, 「허무혼의 독어」(이상 폐허이후) 발표.
1926년   (32세) 이 무렵 경남 범어사에 입산. 2년간 지내다가 전국을 방랑.
1930년   (36세) 이후 주로 부산, 대구 등지에서 지냄.
1935년   (41세) 「방랑의 마음 I」(조선문단 2월호), 「쏜살이 가는 곳」(조선문단 3월호), 「방
         랑의 마음II」(조선문단 8월호) 등 발표.
1937년   (43세) 「생명의 비밀」 발표.
1940년   (46세) 이를 전후하여 대구에 낙향해 있던 이상화 등의 주선으로 대구시 현 중구
         덕산동 54번지에서 모 여인과 살림을 차림. 이 여인과는 6·25사변 피난시절까
         지 함께 지냄.
1945년   (51세) 8·15 광복 후 서울 서대문에서 잠시 있다가 다시 대구로 감. 「첫날밤」 발표.
1946년   (52세) 부친 상(喪). 서울 안동동 근처 역경원, 선학원, 조계사 등을 전전하며 기식
         함. 조계사 승방은 그가 타계 때까지 주로 거처한 곳임.
1951년   (57세) 1·4 후퇴 때 대구, 부산 등지에서 생활함.
1953년   (59세) 환도 후 다시 서울 조계사에서 생활함. 「해바라기」 발표. 이때부터 낮에
         는 다방에서 지냄. 그의 사인첩 『청동산맥(青銅山脈)』이 만들어지기 시작함.
1954년   (60세) 「대추나무」 발표.
1956년   (62세) 예술원상 수상.
1961년   (67세) 10월 불교 분쟁 때 조계사를 나와 다음 해 2월까지 안국동 정 이비인후과
         에서 생활.
1962년   (68세) 「새 하늘이 열리는 소리」, 「단합의 결실」 등 발표. 서울시 문화상 수상.
1963년   (69세) 2월 고혈압성 심장병 및 폐렴으로 메디컬 센터에 입원했다가 20일 만에
         퇴원. 3월 병세 악화, 적십자병원에 입원. 6월 3일 하오 9시 37분 69세를 일기로

	사망. 문단장(文團葬)으로 수유리에 묻힘.
1964년	6월, 제자들의 힘으로 『공초오상순시집』(자유문화사)이 간행됨. 1주기를 맞아 묘지에 시비가 세워짐.

◆ 도움말 주신 분(1973년 현재)

吳相春	69 · 동생 · 서울 성동구 상왕십리 190의 6.
吳宗植	67 · 친구 · 언론인.
李軒求	68 · 평론가 · 이대 교수.
李雪舟	65 · 시인 · 서울 종로구 사직동 262번지.
沈河碧	40 · 제자 · 시인 · 동양공전 교수.
具賢書	39 · 제자 · 잡지 윤리위원회 심의실장.
金京植	44 · 현암사 근무
李根培	33 · 시인 · 동화출판공사 주간

◆ 관계 문헌

白　鐵, 『新文學思潮史』, 新丘文化社刊, 1969년.

_____, 「空超 吳相淳 追悼」, 『現代文學』 1963년 7월호.

朴喜璉, 「空超와 具棠」, 『亞細亞』 1969년 2월호.

卞 榮 魯

(시인 1898~1961)

1. 육백년 선비의 고향

"나는 동키호테를 배우고 싶다. 닮고 싶다. 하다 못하면 흉내라도 내고 싶다. 작은 지혜를 믿어 무엇하고 역량을 헤아려 무엇하며 결과 여하를 따져서 무엇하리? 불의를 간과하는 것인가?"

후에 이렇게 설파하고 있는 수주(樹州) 변영로는 이미 약관 20대에 "상징적으로 살자"고 외쳤다. 그리고 1924년에는 시집 『조선(朝鮮)의 마음』을 세상에 내놓으니 그의 민족애에의 정신이 서정적 표현으로 승화하여 시로서 기(技)를 발했다. 그는 시인이며 해학 수필의 일인자요, 뿐더러 알려진 주성(酒星)이로되 일체의 압력을 의지로 견뎌냈던 민족 시인이었다. 그는 취해서 살았다. 시에 취하고 사랑에 취하며 진리와 높은 이상에 취하여 하루에 억년을 살자던 수주. 그러한 그의 상징적인 삶은 그의 문학을 오늘날도 찬연히 빛나게 한다.

<사진 1> 1924년 발간된 첫시집 『조선의 마음』 표지. 이 시집은 문고판보다 더 작은 크기로 희귀한 책이 되었다.

옛날에는 인천행 열차를 타고 한강 건너 오류동에서 내려 걸어서 10리 길을 택했었다. 그러나 지금은 쭉 뻗은 김포 가도를 따라가다가 화곡동으로 들어 종점 쪽을 버리고 남으로 이름도 없는 야산을 하나 넘는다. 그러면 도회 냄새가 싹 가시는 그대로 옛 전원 풍경이 나타나는데, 수주 변영로가 묻힌 향리 경기도 부천군 오정면 고강리이다. 울타리 치듯 남향하여 둘러친 낮은 산세에 10여 호 마을이 아늑하다. 고강리 313번지 그 고향집은 사랑채가 사라지고 안채 초가만이 남아 장조카 상수(商壽) 노인이 고향을 지키고 있었다.

러시아의 시인 푸쉬킨은 '6백년 귀족'인 자기 가문을 자랑하였다지만 이 산을 넘어도 저 들을 건너도 이 마을 일대는 지금도 밀양 변씨 일색이어서 고려 때부터 '6백년 선비'를 내세울 만큼 변씨 일족의 본거지라 함직하다.

수주의 부친 정상(鼎相)은 이곳 변씨로부터 언제인가 떨어져 나갔던 황해도 옹진 출신의 변씨로서, 13세에 가출하여 이곳을 찾아와 변해준(卞海準)의 눈에 들어 양자로 입적했던 사람이다. 23세에 장원 급제하고 뒤에 삼화감리(三和監理)겸 부윤(府尹)을 지냈던 이로 청백리이자 시문에 뛰어나니 청렴, 엄격의 가풍을 세우고 우리나라 현대의 '삼소(三蘇)'라 불리는 영만, 영태, 영로 3형제가 등장하는 명문가를 이루게 하였다. 이들은 고려말 이조 초에 걸친 시문의 대가 변계량(卞季良)의 18대손이기도 하다. 한말(韓末)의 풍운 가운데서 지조를 지킨 부친의 기개를 이어받은 수주는 1924년 일제하의 민족의 울분을 안으로 삭이는 시집 『조선의 마음』을 세상에 바쳤던 바, 거기 「논개(論介)」에 이르면 그의 비통한 마음을 엿볼 수 있다. 촉석루에서 왜장을 껴안고 남강 물결 속에 뛰어든 의기(義妓) 논개의 이야기는 이 시로 비장한 아름다움을 자아낸다.

거룩한 분노는
종교보다도 깊고,
불붙는 情熱은
사랑보다도 강하다.
아, 강낭콩 꽃보다도 더 푸른
그 물결 위에
양귀비꽃보다도 더 붉은
그 마음 흘러라.

아리땁던 그 蛾眉
높게 흔들리우며,
그 石榴 속 같은 입술
'죽음'을 입맞추었네!
아, 강낭콩 꽃보다도 더 푸른
그 물결 위에
양귀비 꽃보다도 더 붉은
그 '마음' 흘러라.

흐르는 江물은
길이 길이 푸르리니
그대의 꽃다운 혼
어이 아니 붉으랴
아, 강낭콩 꽃보다도 더 푸른
그 물결 위에

양귀비 꽃보다도 더 붉은
그 '마음' 흘러라!

「論介」 전문

수주는 1898년 음력 5월 9일 서울 맹현(孟峴), 지금의 가회동 언덕에서 태어났다. 부친은 앞서의 정상(鼎相)이고, 모친은 진주 강(姜)씨로 요조숙녀였다. 그는 3형제 중 막내로 누구보다도 부모의 귀염을 받았고, 어려서는 꽤나 극성스러운 망나니였던 것이 그의 유명한 무류실태기(無類失態記) 『명정사십년(酩酊四十年)』의 서장을 장식하는 5, 6세 시절의, 술독에 기어올라 술을 훔쳐 마시려던 기록으로도 짐작이 간다.

그는 6세 나던 해 재동(齋洞)보통학교에 들어갔고, 1909년에는 중앙고보의 전신인 중앙학교에 입학했다. 그리고 14세 때 2년 연상인 인천 송현리의 규수 평창 이씨 순흥(順興)과 결혼하여 어린 신랑이 되었다. 그러나 그 해 체조 선생에게 불량학생이라는 지목을 받게 되자 선생에게 시비를 걸어 대판 싸움질을 하고 만주 안동현으로 달아났다. 자연히 중앙학교는 3년으로 퇴학이었다.

이듬해 중앙 기독교 청년회관 영어반에 적을 두고 6개월 만에 수료했다. 남들은 몇년씩 걸리는 것을 수주를 단숨에 해냈던 것이다.

열 두어 살 때 언론인으로 활약한 성재(誠齋) 이관구(李寬求)는 청년회관 중학반에 다녔는데, 수주는 그즈음 영어반에 들기 전인데도 자주 그 곳에 놀러와서 알게 되어 그 후 서로 아끼는 친구가 되었다고 한다. 그 때 수주의 별명이 '옥토끼'였다. 남보다 "눈색이 노랗고 얼굴빛이 희며 성질조차 깡충깡충 대서" 붙여진 것이다.

청년회관 영어반을 마친 수주는 그 후 향리로 내려가 영문학에 심취하며 그 뛰어난 재질을 살려 그의 최초의 영시 「코스모스」가 나이 불과 16세에 『동명(東明)』지에 발표되기에 이른다. 나이 18세에 청년회관 영어반 교사, 그리고 2년 뒤엔 그가 퇴학당했던 중앙학교의 후신인 중앙고보의 영어 교사가 되니 권토중래격(捲土重來格)이랄까.

기미독립운동 때는 YMCA 구석진 방에서 일본경찰의 눈을 피해 가며 독립선언서를 해외로 보내기 위하여 영문으로 번역하고 타이프라이터를 쳤다. 그 이듬해에 『폐허』 창간 동인이 되고 일본으로 건너가 두루 돌아보았다. 그의 주성으로서의 실력은 이 무렵부터 부쩍 올랐는데, 한번 술을 마시기 시작하면 3일 주야를 계속했다. 수주는 또한 누구 못지않게 옷치레도 대단하였다.

여름이면 알파카 윤기 지르르 흐르는 검은 웃옷에다 바지는 세루를 금을 쪽 내어 다려입고, 눈빛 같은 上海 양말에 흰 여름구두를 신었다.[1]

2. 조선(朝鮮)의 마음

　명정의 실태기는 이 무렵부터 점입가경인데, 일본서 돌아오던 해의 '말못할 창성동 추태(昌成洞醜態)'인 일사부착(一絲不着)의 나신으로 홍석후(洪錫厚)의 집 안 대청에 뛰어든 사건이며, 후에 오상순, 이관구, 염상섭과 함께 사주선(四酒仙)이 대취하여 성대 뒷산 산중취우(山中驟雨) 사발정 약수터로부터 옷을 벗은 채 소를 타고 시중으로 내려오던 일들은 유명하다.

　그러나 그는 세인이 말하듯 한갓 기인이라기보다는 일제하의 험난한 형극의 길을 이기고 나가야 하는 멍에를 진 지조 있는 지성인이었다.

　1922년 이후 『개벽』지를 통하여 계속 해학이 넘치는 수필과, 라게를레프,[2] 발자크 등의 번역물을 발표하고 있었다. 그는 실태를 연출하는 호방한 성격 속에 엄격하고 섬세한 정서를 지니고 있었다. 그가 얼마나 우리말의 표현에 그 기묘를 얻으려고 노력하였던가.

> 나즉하고, 그윽하게 부르는 소리 있어, 나아가 보니, 아, 나아가 보니―
> 　졸음 잔득 실은 듯한 젖빛 구름만이 무척이나 가쁜 듯이, 한없이 게으르게 푸른 하늘 위를 거닌다.
> 　아, 잃은 것 없이 서운한 나의 마음―.
>
> 나즉하고, 그윽하게 부르는 소리 있어, 나아가 보니, 아, 나아가 보니―
> 　아렴풋이 나는, 지난날의 回想같이 떨리는, 뵈지 않는 꽃의 입김만이
> 　그의 향기로운 자랑 안에 자지러지노나―
> 　아, 찔림없이 아픈 나의 가슴―
>
> 나즉하고, 그윽하게 부르는 소리 있어, 나아가 보니, 아, 나아가 보니―
> 　이제는 젖빛 구름도 꽃의 입김도 자취 없고
> 　다만 비둘기 발목만 붉히는 銀실 같은 봄비만이
> 　소리도 없이 근심같이 나리노나―
> 　아, 안 올 사람 기두르는 마음―

「봄비」 전문

1) 朴鍾和,「나의 處女作品時代」,『달과 구름과 思想과』, 微文出版社刊, 1956년.
2) 라게를레프(1858~1940) 스웨덴의 여류작가.「이스터베를링家」(1891)로 등장, 일약 유명해졌다. 그의 작품의 기조는 따뜻한 인간애, 고향과 자연에의 친밀감, 종교적 신비주의가 깔려 있다. 최초의 여성 노벨문학상 수상자. 제2차 대전의 발발로 심한 마음의 충격을 받고 앓다 죽었다.

이 애타게 기다리는 마음은 마치 한용운의 '님'과 같다. 시인 이상로(李相魯)는 시 「사벽송(四壁頌)」과 「곤충구제(昆忠九題)」의 시편을 예로 들어 질곡을 겪는 그의 시 정신을 썼다.

> 참으로 詩人 樹州선생은 民族정신의 師表者이었다. 선생의 文學을 그 안 것으로 만 말하려는 것은 아니다. 소급하여 詩集『朝鮮의 마음』을 비롯하여 선생의 일체의 作品에서 그 民族的인 不羈의 정신이며 저항정신을 말하는 데 한두 가지 例들었을 따름이다.[3]

시집 『조선의 마음』 이후 그의 서정시인으로서의 문단적 위치는 확고해졌고, 그것을 인정받아 1927년에는 이화전문의 교수가 되었다. 그 4년 뒤에는 도미하여 캘리포니아 주 산호세 대학에 적을 두어 영문학을 전공하고 2년 만에 돌아왔다.

1934년의 수필 「오비튜아리」에서 그 해에 세상을 떠난 부인 이씨를 그리며 수주는 지난날을 뉘우친다.

> 三國誌를 다시 쓰고 「트로이兵火記」는 뜯어 고칠지언정 나의 不敏으로 그를 苦楚시킨 것은 적을 길이 바이 없다. 가엾은 나의 아내여!

20대에 로맨스도 없지 않았으나 그는 한 번도 이씨 부인을 미워한 때가 없었다고 한다.

1935년 그는 동아일보사에 입사 『신가정(新家庭)』지 주간이 되었고, 현재 미국에 5남 천수(千壽)와 살고 있는 부인 양씨와 재혼했다. 수주 명정에 따르면 '사기결혼의 오명(汚名)'으로 되는데, 이는 재혼 얼마 전 동아일보 지상에 「금주단행론(禁酒斷行論)」을 게재함으로써 그가 금주하였음을 광고한 격이 되었으나 결혼 1년 뒤에 3남 갑수(甲壽)를 얻자 자축으로 다시 시작한 음주를 빗대어 부인 양씨가 일침을 놓은 '사기결혼'을 말한다. 어쨌든 그는 1920년대에는 수창동, 1930년대 초에는 혜화동으로 옮겨 살다가 이 무렵엔 동아일보사 사택에 있었다. 1936년에는 베를린 올림픽의 마라톤 우승자 손기정 선수의 일장기 말살사건이 일어나자 그 곳을 물러나 상왕십리로 이사했다.

> 여보! 초혼도 아니고 재혼, 쓴맛…… 단맛 다 빠지고 음식으로 말하면 식은 찬밥 덩어리. 晉州 구석에 가 있는 나를 무엇 때문에 우리 오빠 두 눈이 깨지고 머렁태가 됐지. 토끼 꼬리만큼씩 쓰는 詩. 일반 사람이 해석하기 꽤 까다로운 쥐꼬리만한 글 좀 쓴다구, 나라가 있으면 정승감이라구? 姜太公이 시절 낚듯이 주정뱅이 詩人의 아내 노릇을 충실하게 하라구?

---

3) 李相魯, 「樹州先生과 不羈精神」, 『現代文學』 1962년 12월호.

'재세(在世) 때의 남편 수주'를 돌이키며 부인 양씨는 이렇게 맞대 토로했었다고 술회한 것처럼, 부인은 이화여전 음악과 출신으로 진주에서 일신여고의 교사로 있었던 것을 지기삼인(知己三人)의 중매로 맞선 본 후 3일 후에 결혼했던 것이다. 말하자면 그들은 이화여전 사제지간이었다.

<사진 2> 왼쪽이 수주, 가운데가 양씨.

1937년에는 성재(誠齋)가 속했던 YMCA 비밀조직 '흥업구락부' 회원이 대거 검거됨과 함께 그 방계인 '청우회(靑友會)' 회원도 검거되어 그 회원인 수주도 한 달쯤 서대문 경찰서 유치장에서 구속되었다 풀려 나왔다. 소위 대동아전쟁이 절정에 달하면서 수주 심신의 고난은 더욱 깊어 갔다. 총독부 검열에 원고가 몇 번 붉은 줄을 당하고 난 후 "에익, 뼈없는 글은 안 쓰겠다"고 붓을 놓으니 갈수록 술은 심해지고 가세는 식량을 주선하기도 어려웠다.

술도 생기고 양복도 해 입으라고 내미는 돈뭉치에 유혹을 느끼기도 했지만 절개를 밑천으로 참대처럼 그 고난의 시기를 이겨 나갔다.

일제 말기에는 위당 정인보(鄭寅普)와 육당 최남선에 못지않다는 국·한학의 대학자며 법률가였던 백씨 영만(榮晚), 또한 영문학자며 후에 국무총리를 지낸 중씨 영태(榮泰), 그리고 수주는 고향 향리에서 오직 지조를 지키며 수수개떡을 주식으로 칩거했었다.

이 무렵에 쓴 시 「사벽송(四壁頌)」(1944년)은 일제라는 감방 속에 갇힌 시인의 고뇌를 여실히 보여 주고 있다.

바람만 뚫지 않고
비만 스미지 않는다면
아아 이 네 壁의 '守護' 없든들
내 이제 어디로 헤매었을고
생각만 하여도 놀라웁고녀.

네 벽이 나를 지키이매
내 또한 네 壁을 길이 지키리라.
寸步라도 네 壁을 내어디디면

그 네 壁 밖은 주토(姝土)요
이향(異鄕)이라.

「四壁頌」3~4연

벽에 갇혀 있으되 변절을 하지 않으려는 의지가 엿보인다.

그러던 그도 광복을 맞고 1946년에는 성균관대학교 영문학과 교수로 일했다. 그 이듬해에 영시집『진달래』를 내놓고, 「마음의 38도선」 등의 시를 썼다.

3. 선성모욕(先聖侮辱)의 필화(筆禍)

6·25 피난 시절에는 진해 해군사관학교 교관을 하고, 1953년 수복 후에는 대한공론사 이사장, 그리고 국제 펜클럽 한국본부 초대위원장으로 활약했었다.

그러나 1955년 이른바 '선성모욕(先聖侮辱)'이라는 필화로 성대에서 파면 당했다. 수주의 독특한 해학 수필「불혹(不惑)」과 「부동심(不動心)」이 한국일보 2월 12일자에 게재되니 그 서두는 이러하다.

偉大한 僞善者인 孔子의 四十不惑과 紀世의 데마고그인 孟子의 四十不動心은 稚
鈍·劣弱한 後生 에게는 遂行 할 수 없는 課業이요, 克服할 수 없는 道德的 高峰이다.

라고 공자를 '위대한 위선자', 맹자를 '절세의 데마고그'라 표현한 데 말썽의 발단이 생겼던 것이다. 당시 '전국유림대회(全國儒林大會)'의 이름으로 된 성토문에 수주는 성대 총장이던 김창숙(金昌淑)에게 화살을 겨눠 맞았다.

학계를 물러난 그는 영시문집『코리안 오디세이』와『수주시문선(樹州詩文選)』을 냈다. 이 무렵엔 그의 명정 40년의 강건한 몸도 세월과 더불어 쇠잔하여 있었다.

1957년께 수주에게 소개된 이후 그림자처럼 그의 곁을 따른 이용상(李容相)은 하오 4시면 종로 양지다방에서 수주와 만나 건너편의 희, 무교동의 문, 홍난파의 미망인이 하던 삼화, 그리고 충무로의 1번지 코스로 돌면서 위스키 한 잔씩을 하고, 마지막엔 유네스코 자리 곁에 있는 은성 대폿집에 들러 술잔을 기울였다고 회고하는데, 하루의 일과가 끝나는 곳이라 해서 그 곳을 따로 '작업장'이라 불렀다. 어느 날 이 작업장에서 18세에 일본 제전(帝展)에 입선하여 천황의 옥자(玉磁)를 만들어 냈다는 나전 칠기의 장인 강창원(姜昌苑)과 딱 마주쳤다.

"양조장 술독에 빠져 죽는 게 소원"인 강 장인, 그리고 40년 명정의 수주. 이 술의 '두 영웅'은 1분 동안 마주 본채 말이 없었다. "수주 선생!" 한 것은 강 장인. 그러나 세 번 불러도 대답이 없자 "수주 선생 약주 좀 조심하십시오"라고 말했다. 서로 그 재질을 아끼는 인물들, 그 마음을 알 듯했다. 그 때 수주는 말없이 눈물을 흘리며 잔을 죽 비웠다니, 그의 눈물을 본 사람이 없다 하는데 어인 눈물인가.

1961년 봄도 문턱이건만 3월 14일 하오 9시 40분, 깊어 가는 밤에 서울 종로구 신교동 51의 2 자택에서 영원히 눈을 감았다.

> 오, 고달픈 心臟이여
> 너는 길이길이 쉬어라—
> 나를 떠나지 않을 줄 알았던
> 크나크던 妄想도 사라졌나니.
>
> 遺詩「오, 고달픈 心臟이여」일부

3월 18일 문인장으로 2백 년 향노목이 푸르른 향리에 돌아가 묻히니 오늘날 부친 정상, 두 형 영만, 영태와 함께 현대 명문이 나란히 잠들어 있다.

1898년	음 5월 9일 서울 맹현(가회동)에서 삼화감리(三和監理)겸 부윤(府尹)인 밀양 변공 정상(鼎相)과 진주 강씨 사이의 6남매 중 3남으로 출생. 장남이 산강(山康) 영만(榮晩), 차남이 일석(逸石) 영태(榮泰)로 이 3형제는 근대문화 개화에 크게 공헌하였음.
1904년	(6세) 서울 제동보통학교에 입학. 후에 계동보통학교로 전학.
1909년	(11세) 중앙고보의 전신인 중앙학교에 입학.
1912년	(14세) 2년 연상인 16세의 평창 이씨 순흥(順興)과 결혼. 중앙학교 퇴학.
1913년	(15세) 중앙 기독교 청년회관 영어반을 6개월 만에 수료, 졸업. 이후 향리 경기도 부천군 오정면 고강리로 낙향하여 영문학에 심취.
1914년	(16세) 영시「코스모스」를『동명』지에 발표.
1916년	(18세) 중앙 기독교 청년회관 영어반 교사.
1918년	(20세) 중앙고보 영어 교사.
1919년	(21세) 장남 철수(鐵壽) 출생. 독립선언서를 영문으로 번역, 해외 발송.
1920년	(22세)『폐허』동인. 평론「메텔링크와 예일츠의 신비사상」(폐허 2호) 발표. 일본 동경 체류. 이곳 만국 변호사 대회에 참가한 필리핀 대표를 우리 측이 초대함에 우리 대표의 통역을 맡음.
1921년	(23세) 시「소곡 5편―꿈만은 나에게, 나의 꿈은, 햇불, 영아의 비애, 도취」(신천지(新天地) 7월 창간호) 발표.
1922년	(24세) 시「봄비」, 「추억만이」(이상 신생활 2호), 「논개」, 「달밤」(이상 신생활 3호), 「가을하늘 밑에서」(동명 6호), 라게를레프작「결혼행진곡」번역(개벽 2주년 기념호), 발자크작「사막 안에 정열」번역(개벽 8·9월호), 수필「토막생각」(개벽 추계 증대호), 「상징적으로 살자」(개벽 12월호), 논문「정신적 혁명의 투사 쉘리」(동명 5호) 등 발표.
1923년	(25세)「설상소요(雪上逍遙)」(개벽 1월호), 소설「어떤 중학교사의 사기(私記)」(동명 18호) 발표.
1924년	(26세) 시집『조선의 마음』을 평문관에서 간행.
1925년	(27세) 장녀 진수(眞壽) 출생.
1927년	(29세) 시번역「오마카얌의 쥬비얕」(현대평론 2월 창간호), 영시「On Rising Nati-onalism in China」(현대평론 3월호) 발표. 이화전문 교수 피임.
1931년	(33세)「세모소감―시조 3수」(청년 1월호) 발표. 차남 공수(恭壽) 출생. 도미 캘리포니아주 산호세 대학에 적을 둠.
1933년	(35세) 산호세 대학 수료, 귀국.
1934년	(36세) 부인 이씨 사망. 수필「오비튜아리」(동아일보) 발표.
1935년	(37세) 동아일보사 입사,『신가정』지 주간. 이화여전 음악과 출신 6년 아래의 양창희(梁昌姬)와 재혼.
1936년	(38세) 3남 갑수(甲壽) 출생. 손기정 선수 가슴의 일장기 말살사건으로 동아일보사 퇴사.

1937년	(39세) 4남 문수(文壽) 출생.
1938년	(40세) 5남 천수(千壽) 출생.
1940년	(42세) 시「땅거미 질 때」,「실제(失題)」(문장) 발표.
1946년	(48세) 성균관대학교 영문학 교수, 차녀 인숙(仁淑) 출생.
1947년	(49세) 영시집『Grove of Azalea(진달래)』간행.
1949년	(51세) 서울시 문화상 문학부문 수상.
1950년	(52세) 6 · 25사변으로 부산 피난, 진해 해군사관학교 교관.
1953년	(55세) 서울 수복과 함께 가족과 서울 성북구 돈암동으로 옴. 서울신문사 이사, 대한공론사 이사장(사망시까지), 국제 펜클럽 한국본부 초대위원장.
1954년	(56세)『수주수상록』간행.
1955년	(57세) 이른바 '선성모욕(先聖侮辱)' 사건으로 성대 교수 파면. 국제 펜 클럽 제27차 빈 대회에 우리나라 대표로 참석. 영시문집『Korean Odyssey』간행.
1959년	(61세)『수주시문선』간행.
1961년	(63세) 3월 14일 서울 종로구 신교동 51의 2 자택에서 인후암으로 사망. 향리 경기도 부천군 오정면 고강리에 묻힘.
1969년	묘지에 시비 건립.

◆ 도움말 주신 분(1973년 현재)

卞恭壽	42 · 2남 · 한국 투자금융 주식회사 부사장.
卞文壽	36 · 4남 · 한진관광 사업부장.
李寬求	75 · 친구 · 한국신문연구소장.
李相魯	1973년 사망 · 시인 · 펜클럽 위원장 때 사무국장.
李容相	48 · 후학 · 시인.
卞商壽	63 · 장조카 · 경기도 부천군 오정면 고강리 313.

◆ 관계 문헌

李相魯,「樹州先生과 不羈精神」,『現代文學』1962년 12월호.

李哲範,「民族固有精緖의 詩人들」,『韓國新文學大系 · 中』, 耕學社刊, 1972년.

朴斗鎭,『韓國現代詩論』, 一潮閣刊, 1970년.

卞榮魯,『酩酊四十年』, 서울신문社刊, 1953년.

金 素 月

(시인 1902~1934)

1. 산유화(山有花)의 고향

"다시 한번 도회의 밝음과 지껄임이 그의 문명으로써 광휘와 세력을 다투며 자랑할 때에도 저 깊고 어두운 산과 숲의 그늘진 곳에서는 외로운 버러지 한 마리가 그 무슨 설움에 겨웠는지 쉼 없이 울부짖고 있습니다."

소월 김정식(金廷湜)은 그의 '시혼(詩魂)'을 이렇게 표현했다. 1920년 18세란 나이에 홀연히 문단에 나타나 유려한 우리말을 활용하여 자연의 아름다움과 거기에서 사는 인간들의 정과 한을, 그의 독특한 율조로 짜내던 천재 시인은, 그러나 32세에 스스로 목숨을 끊는 회한을 지녔다. 스승 김안서의 천거를 받고 그로부터 민요풍의 시인이라는 지칭을 받던 그는 잊혀지지 않는 뛰어난 시들을 남겨 오늘날도 사람들 입에 회자되고 있다.

山에는 꽃 피네
꽃이 피네
갈 봄 여름 없이
꽃이 피네.

山에
山에
피는 꽃은
저만치 혼자서 피어 있네.

山에서 우는 작은 새여
꽃이 좋아
山에서
사노라네.

山에는 꽃이 지네

<사진 1> 배재고보를 다니던 외에 별로 중앙 문단에 얼굴을 보이지 않았던 소월은 남쪽에 뚜렷한 연고지가 없다. 그를 기리는 마음이 간절하여 1968년 한국일보사에 의해 남산에 그의 시비가 세워졌다.

꽃이 지네
갈 봄 여름 없이
꽃이 지네.

　　　　「山有花」 전문

　소월의 고향 평북 정주군 곽산면 남단동 일대는 정말 산꽃이 지천으로 피고 졌다고
한다. 그 산천의 아름다운 고장에서 그는 유년, 소년 시절을 보냈다. 곽산은 서해가 멀
지 않고 정주읍을 잇는 철로도 있었다. 능한산 남쪽 줄기 끝에 남산이 있고 1백여 호 마
을이 이 산 기슭에 서해를 바라보며 자리 잡고 있었다.
　그가 태어난 것은 1902년 음력 8월 6일 새벽 평북 구성군 왕인동에 있던 외가에서였으
나 백일 만에 고향으로 돌아왔다. 노일(露日)전쟁 때 러시아군들이 말을 탄 채 솟을 대문을
드나들었다고 하는, 마을에서는 제일 큰 집이었다.
　이 유복한 가정에서 장손으로 자라나던 소월에게 일생 동안 암운을 던져 준 사건이
1904년 2세 나던 해에 일어났다. 정주와 곽산 사이에 철로를 부설하던 일인 인부들에게
뭇매를 맞고 그의 부친 성도(性燾)가 정신 이상을 일으킨 것이다.
　그래서 소월은 이 무렵 광산업을 하던 조부 상주(相疇)의 영향 아래 자라게 되었다. 그
에게서 한문을 배우고 그의 숙모 계희영(桂熙永)으로부터 구소설, 설화, 전설 등의 이야
기를 들었다.
　"내가 시집을 간 것은 소월이 3세 나던 해였다. 내가 들려준 「춘향전」이나 「메나리
타령」 같은 것을 썩 잘 외어 신동이라는 말을 들었다. 소월에게는 어려서부터 일인의
행패로 20세에 정신 이상을 일으킨 아버지로 인한 한이 있었다. 그의 조부는 유교 사상
을 지닌 엄한 분으로 광산에 종사하여 자주 집을 비웠다."
　소월의 유년 시절을 보살핀 숙모 계희영은 이렇게 말하면서 소월의 정확한 전기를
제시하기 위해 3년 전 『소월선집(素月選集)』(전기 포함)을 냈다고 한다.
　소월의 고향은 일찍이 개화한 마을이어서 사립으로 남산학교라는 보통학교 과정의
학교가 생겨났다. 그 곳을 7세에 들어가 1913년에 졸업했다.
　"할머니 노(盧)씨 말씀으로는 자랄 때 특별한 친구가 없었고 산 위에 있던 학교에서 돌
아올 때도 가장 마지막에 홀로 내려왔다고 한다. 어머니에게서 후에 들었지만 오빠 소월
은 착하지만 마음이 좁은 사람이었다고 했다."
　소월의 유일한 동기인 누이동생 인저(仁姐)는 6세가 연하인 데다가 일찍이 결혼하여
그와 함께 지낸 것은 얼마 되지 않는다고 하면서 들은 이야기를 전했다.
　남산학교를 졸업하고 2년 뒤 그의 조부는 미리부터 말이 있던 구성군 서산면 평지동

의 부유한 집안인 남양 홍씨 시옥(時玉)의 딸 단실(丹實)과 결혼을 시켰다. 부인은 1세 위였다. 소월로서는 결혼보다는 학업의 계속이 우선이었으므로 결혼을 달갑게 여기지는 않았다.

그가 결혼하기 전 첫 연정의 여인으로 오순(吳順)이라는 같은 마을의 처녀가 있었다고 『소월정전(素月正傳)』(김영삼 저)은 말하고 있으나 친지 측에서는 소년 시절에 연인이라고는 아무도 없었다고 강력하게 부인하고 있다. 소월의 시에 자주 등장하는 '님'이나 '연정의 대상'은 『소월정전』이 오순이라는 여인에 결부시키고 있음을 보는 데 반해 『소월선집』(계희영 저)은 일제치하의 조국을 상징한 것이라고 쓰고 있다.

2. 안서(岸曙) 문하에서 키운 시재(詩才)

어쨌든 결혼하고 오산학교 중학부에 입학하고 나서부터 스승 김안서의 가르침 밑에서 그의 서정의 시 세계가 탄생하기 시작했던 것이다.

> 이 詩人이 비로소 詩歌의 門을 두드리게 된 것은 그 當詩 先生이던 金岸曙의 影響에서 외다. 學生이던 그가 詩歌에 대하여 如干만 熱中치 아니하여 이 詩人의 詩集『진달래꽃』의 大部分의 詩想도 그 때의 것으로, 다만 다른 것이 있다 하면 그것은 後年에 그가 詩稿를 修正하였을 뿐이외다. 어느 편으로 보든지 早熟하였읍니다. 나이가 불과 17, 8이라고 하면 아직도 世上을 모르고 덤빌 것이어늘 이 詩人은 혼자 고요히 自己의 內面生活을 들여다 보면서 詩作에 해가 가고 날이 저무는 것을 모르고 三昧境에 지냈으니 早熟이라도 대단한 早熟이외다.

스승 김안서는 1939년 봄에 『소월시초(素月詩抄)』를 엮어 내면서 「김소월의 행장(行狀)」을 이렇게 썼다.

나보기가 역겨워
가실 때에는
말없이 고이 보내드리우리다.

寧邊에 藥山
진달래꽃
아름따다 가실 길에 뿌리우리다.

가시는 걸음걸음

놓인 그꽃을
사분히 지레밟고 가시옵소서.

나보기가 역겨워
가실 때에는
죽어도 아니 눈물 흘리우리다.

「진달래 꽃」 전문

이 시는 1922년 『개벽』 7월 임시호에, 그리고 1925년에 간행한 그의 생전의 유일한 시집의 표제가 된 것이지만 이 같은 시들이 오산(五山) 시절에 쓰여졌다함은 그의 천부의 시적 재질을 보여주는 것이다. 일찌기 안서는 소월을 민요 시인으로 규정하고 1920년대 초의 모든 평은 그를 민요 시인이라는 월계관을 씌우고 있다.

소월이 세상에 비애와 한의 정서를 표출하기는 1920년 안서의 힘을 입어 『창조(創造)』 제5호에 「낭인(浪人)의 봄」 등 5편을 발표하고부터이다. 그리고 배재고보 4학년에 편입하던 1922년에는 『개벽』지를 통해 무려 37편의 시를 발표하고 있는 것이다. 1922년과 배재를 졸업하고 동경 상대(商大)를 중퇴하고 돌아오던 1923년에 발표한 시들은 그의 대표작에 드는 대부분의 시가 들어 있다.

소월은 그의 시집 「고만두풀 노래를 가져 월탄께 드립니다」라는 시를 실었지만 1922년에 월탄 박종화는 『개벽』에 「진달래 꽃」을 놓고 "무색한 시단에 비로소 소월의 시가 있다"라고 칭찬했고, "신진하는 시인 중에 네 좋아하는 이가 누구냐 물으면 나는 주저 할 것 없이 노작(露雀·홍사용)과 소월군을 들겠다"[1]고 했으며 또한 1924년에 주요한은 『조선문단』을 통하여 평하기를,

나는 근래 우리 청년 작가들 중에서 외국서 들어온 악마주의, 유미주의, 데카당주의를 창도하는 사람의 큰 발전을 의문으로 압니다. 그 반대로 순전한 민요적 기분에서 출발하려는 이들의 장래를 큰 흥미를 가지고 봅니다. 그러한 경향을 다소간이라도 보인 작가를 꼽자면 지금 생각나는 대로 『白潮』에 露雀군, 이전 『創造』지금 『靈臺』에 金億, 金素月 두 군, 『金星』에 孫晋泰, 白基萬 두 군 같은 이를 치겠읍니다.[2]

라고 하는 등, 평단에서는 소월을 빼놓지 않았다.

그러나 당시 경향을 달리하던 김팔봉은 "산새도 오리나무/우에서 운다/산새가 왜 우

---

1) 송아지, 「文壇時節」, 『朝鮮文壇』 1924년 10월호.
2) 朱耀翰, 「노래를 지으시려는 이에게」, 『朝鮮文壇』 1924년 12월호.

노, 시메산골/영넘어 갈라고 그래서 울지"하는 「산」이란 시와 "그립다/말을 할까/하니 그리워./그냥 갈까 그래도 다시 더 한번"하는 「가는 길」을 두고 "민요적 리듬과 부드러운 시골 정조(情操)외에는 보잘 것이 없다…… 이만큼 작자는 리리시즘에 굳어진 시인이다"[3]라고 하였듯이 별로 호감을 보이지 않은 이도 있었다.

이렇게 모두 그를 가리켜 민요 시인이라고 붙인 데 대하여 오늘의 문학평론가 조동일(趙東一)은 7 · 5조가 한국 전래의 민요 율격이 아니라는 것으로 보아 엄격한 의미에서 "소월은 민요 시인이 아니다"라고도 하고 있다.[4]

3. 민요풍 시인의 은둔

소월은 1923년 일본에서 돌아오는 길에 서울에 머무르면서 안서와 함께 여러 방면으로 활동무대를 찾았으나 여의치 않아 귀향했다.

"두어 번 서울에서 만난 적이 있었으나 가까이 지내지 못했다. 단아하고 얌전한 사람으로 안서와는 달리 말도 좋아하지 않고 내성적으로 보였다"라고 월탄 박종화는 회고한다.

1924년 고향에서 무료하게 지내던 그가 일로 영변에 갔을 때 그는 기생으로부터 「팔베개 노래조(調)」를 얻어와 발표하기도 했다.

사실상 소월은 평단에서 그를 민요 시인으로 평가하는 데에는 불만이 없지 않았다. 시인이면 시인이지 민요라는 한정 언어를 사용하는 것이 못마땅했던 것이다. 게다가 그는 자기 나름대로의 시론을 가지고 있다고 생각하였으므로 그의 스승 안서가 그의 작품 「님의 노래」와 「자나 깨나 앉으나 서나」를 가지고 "시혼 자체가 얕다"고 했다든가 "시혼과 시상과 리듬이 보조를 가즉히 하여 걸어 나가는 아름다운 시다"라고 했다든가에 자존심의 손상을 느꼈던지 『개벽』 1925년 5월호에는 그의 유일한 시론인 「시혼(詩魂)」을 발표하고 있는 것이다.

그러한 우리의 靈魂이 우리의 가장 理想的 美의 옷을 입고, 完全한 韻律의 발걸음으로 微妙한 節操의 風景 많은 길 위를 情調의 불붙는 山마루로 向하여, 或은 말의 아름다운 샘물에 心想의 작은 배를 젓기도 하며, 이끼 돋은 慣習의 崎嶇한 돌무더기 새로 追憶의 수레를 몰기도 하여, 或은 洞口楊柳에 春光은 아립답고 十里曲坊에 風流는 繁華하면 風飄滿點이 雜亂한 碧桃花 꽃잎만 젖는 우물 속에 卽興의 드레박을 드놓기도 할 때에는 이곳 이른바 詩魂으로 그 순간에 우리에게 顯現되는 것입니다.

---

3) 金八峰, 「現詩壇 詩人」, 『開闢』 1925년 4월호.
4) 趙東一, 「民謠와 金素月의 詩」, 曉星大學報 1970년 4월 11일자.

그러나 그의 「시혼」은 시론이라기보다는 감상문에 지나지 않은 것으로, 많은 수식어를 나열하여 내용에 대하여 설득시켜 보려고 애쓰고 있기 때문에 오히려 내용이 애매모호해지고 있다.

그래서 송욱(宋稶)의 이 「시론」에 대한 비판은 공감을 불러일으키기도 한다.

> 素月의 「詩論」이 담고 있는 내용은 이렇게 요약해서 말할 수 있으리라. 즉 詩魂의 本體는 靈魂이며 詩魂은 永遠不變의 것이기도 하고, 시는 詩魂의 그림자라고 할 수 있다. 그런데 詩作品마다 특유한 美的 價值가 있을 뿐더러 한 詩人의 詩魂은 永遠不變의 성질을 지녔으니까 그의 여러 작품의 優劣을 判定하는 것은 至難의 일이다. (중략)
> 결국 이러한 의견은 그가 詩人으로서의 意圖와 작품의 성과를 혼동한 나머지 자기 작품의 優劣을 判定하지 '말아 달라'고 하는 自己擁護에 지나지 않는다. 이처럼 슬프게도 素月은 批評意識이 거의 없었으며 따라서 그의 藝術은 변화와 발전을 겪어 성숙하지는 못하였다.[5]

그러나 소월은 당대에 시단의 총아였던 것만은 틀림없고, 시에서 천부적 재질을 보였던 것만은 인정 아니 할 수 없다. 이 민요풍의 천재 소월은 시집 『진달래꽃』을 내던 1925년을 정점으로 그의 서정 세계는 비애롭거나 안쓰럽거나 미끈하지가 않고 다소 딱딱한 감각으로 변질해 가고, 시작(詩作)도 활발하지가 않았다. 그때까지 주로 『개벽』, 『조선문단』, 『영대(靈臺)』, 『가면(假面)』을 통해 발표했다.

4. 음독(飲毒)의 종말

『조선문단』 1927년 2월호 「문단 소식」 난에 의하면 소월은 동아일보 남시지국(南市支局)을 경영하고 있는 것으로 나타나 있다. 적어도 1926년께 그 지국을 벌였던 것으로 보여진다.

남시는 처가에서 15리 정도 떨어진 역이 있는 곳이었다. 그러나 그 사업도 뜻대로 되지 않았다. 곽산의 조부와 모친을 졸라 땅을 팔아 운영 자금을 대기도 수차례였다. 그러나 그것도 3년 만에 걷어 치웠다. 인생에 대한 회의와 실의가 왔다. 술을 드는 빈도가 잦아졌고 통음(痛飲)을 했다.

> 제가 龜城 와서 明年이면 10년이옵니다. 10년도 이럭저럭 짧은 歲月이 아닌 모양이옵니다. 山村 와서 10년 동안에 山川은 別로 變함이 없어 보여도 人事는 아주 글러

---

5) 宋稶, 「詩學評傳」, 『思想界』, 1962년 8월호.

진 듯하옵니다. 世紀는 저를 버리고 혼자 앞서서 달아난 것 같사옵니다. 讀書도 아니하고 習作도 아니하고 事業도 아니하고 그저 다시 잡기 힘드는 돈만 좀 놓아 보낸 모양이옵니다. 인제는 또 돈이 없으니 무엇을 하여야 좋겠느냐 하옵니다······. 오늘밤 窓밖에 달빛, 月色 옛날 小說에 어느 女子가 다리 欄干에 기대어 서서 흐득흐득 울며 死의 誘惑에 薄德한 身世를 구슬프게 울던 그 달빛, 그 月色, 月色이 白晝와 지지 않게 밝사옵니다.

이토록 슬픈 심정을 안서에게 써 보냈던 1934년에 소월은 9년 만에 선조의 무덤을 찾아 고향 곽산으로 갔다.

1
짐승은 모르나니 고향이나마
사람은 못잊는 것 고향입니다.
생시에는 생각도 아니하던 것
잠들면 어느덧 고향입니다.

조상님 뼈가서 묻힌 곳이라
송아지 동무들과 놀던 곳이라
그래서 그런지도 모르지마는
아아 꿈에서는 항상 고향입니다.

2
봄이면 곳곳이 산새소리
진달래 화초가 만발하고
가을이면 골짜구니 물드는 단풍
흐르는 샘물 위에 떠내린다.

바라보면 하늘과 바닷물과
차차차 마주붙어 가는 곳에
고기잡이 배 돛그림자
어기엇차 디엇차 소리 들리는 듯,

3
떠도는 몸이거든
고향이 탓이 되어
부모님 기억 동생들 생각

꿈에라도 항상 그곳서 뵈옵니다.

고향이 마음속에 있읍니까,
맘속에 고향도 있읍니다.
제 넋이 고향에 있읍니까,
고향에도 제 넋이 있습니다.

「故鄕 1・2・3」

이 시는 『삼천리』 1934년 11월에 실린 8편의 시 가운데 하나로 고향을 애타게 그리
던 나머지 그의 넋과 고향이 하나가 되어 있는 상태를 보여준다. 마침내는 고향에 돌아
가서 일일이 찾아다니며 성묘를 했다. 그가 갑자기 고향에 나타나 성묘하는 것을 보고
누구 하나 이상하게 여긴 사람이 없었던 것처럼, 장에 가서 아편을 구해 가지고 돌아온
것을 보면서도 가족들 중에 누구 하나 이상하게 본 사람이 없었다. 그것은 소월이 그 약
을 먹고 세상을 하직하리라고 믿었던 사람이 없었던 까닭이다. 12월 23일의 일이었다.
그날 밤 소월은 부인과 함께 취하도록 술을 마시고 잠들었는데 그는 다음날 아침 인생
의 비애를 안고 가 버린 이미 저 세상 사람으로 발견된 것이었다.

못잊어 생각이 나겠지요
그런대로 한세상 지내시구려
사노라면 잊힐 날 있으리다.

못잊어 생각이 나겠지요,
그런대로 세월만 가라시구려,
못잊어도 더러는 잊히오리다.
그러나 또 한긋 이렇지요.
'그리워 살뜰히 못잊는데
어쩌면 생각이 떠나나요?'

「못잊어」 전문

그러나 그의 시들은 오늘날도 수많은 사람들의 기억에 잊혀지지 않고 시대를 흘러가
고 있다.

◆ 연보

1902년   음 8월 6일 평북 구성군 서산면 왕인동 외가에서 부 공주 김씨 성도(性燾)와 모 장
         경숙(張景淑) 사이의 남매 중 장남으로 출생. 백일 후 평북 정주군 곽산면 남단동
         (남산동) 569번지 고향으로 감. 본명 정식(廷湜).

1904년   (2세) 부친이 정주-곽산간 철도 부설하던 일본인 목도군들에게 얻어맞아 정신 이
         상 증세를 일으킴. 이후 조부 상주(相疇)의 훈도 아래 자라남.

1905년   (3세) 이후 조부에게서 한문을 배우고 숙모 계씨에게서 「심청전」, 「장화홍련전」
         등 전설, 설화 이야기를 들음.

1909년   (7세) 사립 남산학교에 입학.

1913년   (11세) 장질부사를 앓음. 남산학교 졸업.

1915년   (13세) 구성 평지동의 남양 홍씨 시옥(時玉)의 딸 단실(丹實)과 결혼.

1917년   (15세) 오산학교 중학부에 입학. 오산학교 시절의 성적은 우수함. 선생이던 김안
         서의 영향 아래 시를 쓰기 시작함. 1920년대 초에 발표한 대부분의 시들은 오산
         시절에 쓰여진 것이라 함.

1918년   (16세) 정주읍 주산대회에서 우승을 차지함.

1919년   (17세) 장녀 구생(龜生) 출생.

1920년   (18세) 시 「낭인의 봄」, 「야(夜)의 우적(雨滴)」, 「오과(午過)의 항(沆)」, 「그리워」,
         「춘강(春崗)」(이상 창조 3월 5호)을 발표하면서 문단에 데뷔. 차녀 구원(龜源) 출생.

1921년   (19세) 오산학교 중학부(4년제) 졸업.

1922년   (20세) 배재고보 4학년 편입. 시 「금잔디」, 「엄마야 누나야」(개벽 1월호) 등 10편,
         「닭은 꼬꾸요」(개벽 2월호) 등 5편, 「바람의 봄」, 「봄밤」(개벽 4월호), 「열락(悅
         樂)」(개벽 6월호) 등 4편, 「진달래꽃」(개벽 7월 임시호) 등 6편, 「먼 후일」(개벽 8
         월호) 등 10편, 소설 「함박눈」(개벽 10월호), 산문시 「꿈자리」, 「깊은 구멍」(개벽
         추계 증대호) 등을 발표.

1923년   (21세) 배재고보 졸업, 도일. 동경 상대 입학(또는 낙제했다는 설도 있음), 9월 대
         진재(大震災)로 귀국. 시 「님의 노래」, 「옛 이야기」(개벽 2월호), 「사욕절(思欲絶)」
         이란 제명으로 「못잊도록 생각 나겠지요」, 「예전엔 미처 몰랐어요」(개벽 5월호)
         등 5편, 「삭주구성(朔州龜城)」, 「가는 길」, 「산」(개벽 10월 임시호) 등 발표.

1924년   (22세) 이 무렵 조부의 광산 일을 도우며 고향에 있음. 영변에 다녀옴. 김동인, 김찬
         영, 임장화(林長和) 등과 『영대』 동인. 시 「산유화」, 「밭고랑 위에서」, 「생과 사」
         (영대 3호), 「명주딸기」(영대 4호), 등 발표. 처가인 구성군 서산면 평지동으로 이
         주. 장남 준호(俊鎬) 출생.

1925년   (23세) 시 「꽃촉(燭)불 켜는 밤」, 「옛임을 따라 가다가 꿈깨어 탄식함이라」, 「무신
         (無信)」(영대 4호), 「무심(無心)」(신여성 1월호), 「신앙」, 「저녁때」(개벽 2월호),
         「만리성(萬里城)」, 「옷과 밥과 자유」, 「천리만리」(동아일보 1월 1일자), 「벗마
         음」(동아일보 2월 2일자), 「자전거」(동아일보 4월 13일자), 「실제(失題)」, 「물마
         름」(조선문단 4월호), 시론 「시혼」(개벽 5월호), 시 「그 사람에게」(조선문단 7월

호),「불탄 자리」(조선문단 10월호)등 4편 발표. 이 해에 김안서가 발간하기 시작한 시가지(詩歌誌),『가면(假面)』에 많은 시들을 발표하였다 함. 시「팔베개 노래 조(調)」(가면 3호) 발표. 12월 시집『진달래꽃』(매문사 · 총 122편 수록) 간행.

1926년   (24세)「밤가마귀」(이백 작) 등 4편(조선문단 3월호)과『가면』(3월호)에 역시(譯詩) 발표. 시「잠」등 9편(조선문단 6월호) 발표. 구성군 남시(방현)에서 동아일보 지국을 경영. 차남 은호(殷鎬) 출생.

1928년   (26세)「옷과 밥과 자유」,「배」,「나무리벌 노래」(이상 백치[白雉] 2호) 발표.

1929년   (27세) 시「저급생활(低級生活)」(전문 3페이지 삭제), 산문시「길차부」(문예공론 5월 창간호),「단장(斷章) 1」(문예공론 6월호) 발표. 인생에 회의, 과음.

1930년   (28세) 시「금잔디」(삼천리 9월호) 발표.

1932년   (30세) 3남 정호(正鎬) 출생.

1934년   (32세) 시「기원(祈願)」,「고향」(삼천리 11월호) 등 8편 발표. 애타게 그리던 고향에 마침내 돌아가 조상 성묘함. 12월 24일(음 11.8) 오전 8시 이미 음독 자살한 시체로 발견됨. 월남한 유일한 친자 정호는 묘지가 구성군 서산면 평지동 터진고개에 안장됐다가 후에 서산면 왕릉산으로 이장됐다고 말하고 있음.

1935년   『신동아』2월호에「김소월씨행장」과「김소월조시」(김희권 작) 및 구고(舊稿)「삭주구성(朔州龜城)」,「무심」을 게재.

1939년   김안서선『소월시초』(박문서관 · 총 시 80편과 시론 1편 수록) 간행.

1961년   김영삼(金泳三) 저『소월정전(素月正傳)』(성문각) 간행.

1966년   하동호 · 백순재 공편『소월전집 못잊을 그사람』(양서각 · 총 201편 수록) 간행.

1968년   3월 서울 남산에 '소월시비'를 한국일보사에서 세움.

1970년   계희영편저『소월선집』(장문각) 간행.

◆ 도움말 주신 분(1973년 현재)

朴熙永   84 · 숙모 · 서울 종로구 명륜동 2가 67의 2.
金仁姐   66 · 매 · 서울 성동구 신당동 333의 41.
金正鎬   41 · 3남 · 국회사무처 총무과 근무.
朴鍾和   72 · 교유 · 작가 · 예술원 회장.

◆ 관계 문헌

金岸曙,「素月의 生涯와 詩歌」,『三千里』1935년 2월호.

白　鐵,「金素月의 新文學史的 位置」,『文學藝術』1955년 12월호.

金春洙,「素月論을 위한 覺書」,『現代文學』1956년 4월호.

徐廷柱,「金素月의 詩에 나타난 사랑의 意味」,『藝術院 論文集』, 藝術院刊, 1963년 9월.

洪曉民,「素月의 藝術의 限界」,『新文藝』1959년 8월.

鄭漢模,「素月 詩의 理解」,『新文藝』, 1959년 8월호.

文德守,「金素月論 特輯」,『現代文學』1960년 12월호.

＿＿＿＿, 「新素月文學論」,『思想界』1968년 5월호.

張一守,「素月의 詩와 自主精神」,『漢陽』1962년 11월호.

김종욱,『原本素月全集』上·下, 弘盛社刊, 1982년.(이책에는 170편의 '金素月 關係硏究 文獻
拔(1929~1981)'를 부록으로 싣고 있다.)

朴 鍾 和

(소설가 1910~1981)

1. 역사소설의 산실 '조수루(釣水樓)'

우리나라 현대문학의 발아기인 1920년대 초 동인지『장미촌』과『백조』를 발판으로 하여 그 이름을 세상에 내었던 월탄(月灘) 박종화는 팔십 평생 문학의 길에 정진함으로써 마침내 문학 산맥의 하나인 우람한 거봉을 이루어 놓고 1981년 세상을 떠났다. 그는 초기에 감상적 낭만주의에 물든 비탄조의 시를 썼지만, 거의 동시에 견실한 단편소설을 썼고 1920년대를 관류하며 작품과 작단에 대한 평필을 들기도 했었다. 그러나 그의 본령은 1930년대부터 시종여일 집착했던 장편 역사소설이었다. "나는 역사소설의 형태를 빌어서 문학으로 사회에 참여하고 있는 것이다"라고 역사소설에 대한 긍지를 토로했듯이 그는 정사(正史)에 입각한 역사소설을 써 민족정기를 고양시키는 데에 크게 이바지했다.

월탄 문학의 마지막 산실이었던 '조수루(釣水樓)'는 세검정 뒤 남향 언덕바지에 자리 잡고 있다. 정확히는 서울 종로구 평창동 128번지 1호이다. 평창동 동사무소 맞은편 냇가 다리를 건너, 현대식 고급주택들이 터넓게 들어선 언덕길을 한동안 정신 놓고 올라가노라면 그 길에서는 유일한 한식 기와집과 눈이 마주치게 되는데 그 집이 월탄이 손녀딸 부부와 만년을 보낸 곳이다. 원래 이 집은 1930년대 말부터 살아오던, 그리하여 수많은 장편소설을 집필할 수 있었던 종로구 충신동집(대지 120 평 건평 50여 평)이 1975년 도시계획으로 헐리게 되자 보상비에 얼마를 보태 재목과 기와를 그대로 옮겨 원형대로 복원해 놓은 것이다.

"허지만 보다시피 터 모양이 길쭉하여서 안채와 조수루를 이어대지 못하고 따로 떨어뜨려 지을 수밖에 없었다. 그러니까 원형은 그대로 살렸으되 침방과 집필방과 서고의 세 동으로 나뉘어져 있다. 아버님께서는 이곳이 높아 손님이 오기에 불편하다 하여 아침에 서교동의 제 집으로 오서서 아침을 드시고는 이층 서재에서 집필을 하시다가 저녁을 잡숫고 평창동으로 돌아오시고는 했다"고 외아들 박돈수(朴敦洙)는 월탄의 말년의 일과를 들려준다. 250여 평 터의 너른 정원은 아담하게 가꾸어졌고 대추 나무가 있다 하여 '조수루(釣水樓)'를 '조수루(棗樹樓)'라고도 불렀던 그 대추나무가 대문 옆에 가을 하늘을 가리며 높이 섰다.

월탄은 20세기의 벽두가 되는 1901년 10월 29일 구명칭으로 한성 남부 반석방 자암동 42통 11호에서 박대혁(朴大赫)을 아버지로 안동 김(金)씨를 어머니로 하여 3형제 가운데 둘째 아들로 태어났다. 그곳은 지금의 서소문 부근으로 나중에 경의선 철도 용지로 들어가 90간 생가는 헐리고 없어졌다.

> 대문은 서양 대문이요, 사랑채와 안채는 남향판이었다. 사랑채 옆에 일각문이 있어서 글방 사랑이 있고, 중문 밖에 또 다시 바깥 사랑채가 있고, 안채 뒤에 내 조부가 쓰시던 뒷사랑이 있고 뒷사랑을 지나면 산정(山亭) 사랑이란 곳이 있어서 또 다시 젊은 이들이 공부하는 곳이 있었다.[1]

<사진 1> 월탄의 시집, 수필집과 소설.

훈련원 첨정(僉正)을 지냈던 그의 조부 박태윤(朴台胤)은 한말(韓末) 벼슬에 연연하지 않고 일찍이 "항심(恒心)을 지키자면 항산(恒産)을 마련해야 한다"는 생각으로 전주 백지와 장지를 서울로 수입하여 서울 이북에 조달하는 일종의 무역업에 종사하여 재산을 모았다. 박태윤은 집안의 자제와 손자들을 가르치기 위해 앞사랑에는 구식 한문교육을, 뒷사랑에는 신지식과 어학을 지도하는 사숙을 열었다. 그리하여 월탄은 12년간을 집안 사숙에서 신구서적을 접하며 공부했다.

그가 정식 학교에서 교육을 받기 위해 휘문의숙에 입학한 것은 1916년 그의 나이 15세 때 일이었다. 이미 14세 때 「사서(四書)」를 떼고 「삼경(三經)」을 읽었으며 하목수석(夏目漱石), 「금색야차(金色夜叉)」의 미기홍과(尾崎紅葉) 등을 알았고, 나아가 보들레르, 톨스토이, 도스토예프스키 등을 일역판으로 읽었던 그는 학교에 들어가자 자연히 문학에 관심을 기울이게 되어 홍사용, 정백(鄭佰) 등과 『피는 꽃』이란 회람지를 만들어 습작을 발표했다.

2. 감상적 허무의 세계

1920년 학교를 졸업한 뒤 그는 위의 두 사람과 함께 동인지 『문우(文友)』를 창간했고 최초로 공공 잡지인 『서광(曙光)』에 「쫓김을 받은 이의 노래」라는 시를 발표하면서 본

---

1) 「20世紀 한국의 證言」, 한국일보 1970년.

격적인 문학에의 길에 들어섰다. 그는 다시 1921년 황석우, 변영로, 박영희, 오상순 등과 함께 『장미촌(薔薇村)』 동인이 되어 그 창간호에 「우유빛 거리」와 「오뇌(懊惱)의 청춘(青春)」을 실었다.

오다 밤은
싯글업고 어지럽고 醜한
거리에 오다.

'삶' 하나
아즉 '죽음' 모르는 삶 하나

흰 머리터럭 쭉으러진 얼골에
고로움 압픔 주림 슬픔
원 懊惱에
애 끗는 눈물은
때뭇고 흙투성이한
노랑저고리 붉은 치마에 흐르다.

하늘엔 별하나
따에는 돌하나
누가 그에게 사랑을 주는가.
누가 그에게 눈물을 주는가.

「牛乳빛 거리」 1~4연

우리는 이 작품이나 다음해 『백조』의 동인으로 그 창간호에 발표한 "임종의 날에/홀로 떠는 듯한/누런 헤여진 보쟉이갓흔/내 마음은/쓸쓸하고도 고요한/나릿한 만수향냄새 떠도는/캄캄한 내 밀실로 도라가다"의 「밀실로 도라가다」에서 보듯이 일제에 나라를 빼앗긴 젊은이의 감상적 허무의 세계를 파악할 수 있다. 그런 의미에서 초기 월탄의 시세계는 『폐허』 동인의 세기말적 의식과 그 궤를 같이 하는 것이었다.

그는 초기의 시편들을 모아 1924년 처녀시집 『흑방비곡(黑房秘曲)』을 펴냈다. 박영희(朴英熙)는 그 서(序)에서 "군의 요요한 영겁으로부터 울려오는 종소리와 아울러 피곤한 생이란 폐허에서 미로하는 사람들 가슴 속에 감추인 것을 노래하였으며, 비통한 눈물을 흘리는 자를 애무하는 인도적 비곡(秘曲)을 노래하였다"라고 하면서 이 시집은 시단의 한 서광이라고 평했다.

<사진 2> 월탄문학의 산실 '조수루'. 1975년 종로구 충신동 집이 도시계획으로 헐리게 되자 원형은 그대로 살려 평창동 언덕바지로 옮겼다.

그러나 그는 「목 맨 여자(女子)」, 「아버지와 아들」, 「시인(詩人)」, 「여명(黎明)」(장편 「여명」이 아님) 등의 단편소설과 평필을 들면서 그 허무의 세계에서 이내 벗어났다. 그는 평론을 쓰면서 「항의같지 않은 항의자에게」2)라는 글에서 안서 김억과 안서 시의 "……이러라"의 모호성에 대해 논쟁을 벌이기도 하고 「인생생활에 필연적 발생의 계급문학」3)에서 경향문학에 동의를 표시한 바 있었다. "만 사람의 뜨거운 심장 속에는 어떠한 욕구의 피가 끓으며 만 사람의 얽혀진 뇌 속에는 어떠한 착란의 고뇌가 헐떡거리느냐? 이 불안, 이 고뇌를 건져주고 이 광란의 핏물을 녹여줄 영천의 파악은 그 누구뇨, '역(力)의 예술'을 가진 자이며 '역의 시'를 읊는 자이다"4)라고 하면서 프로문학의 출현을 예고하기도 했다. 그러나 멀지 않아 그것이 그의 본령이 아님을 깨닫고 경향문학 쪽과도 인연을 끊었다.

월탄에게 있어서 1920년대 후반부터 1930년대 전반기까지 대체로 카프문학이 전성기를 이루던 근 10년간은 초기의 왕성한 작품발표에 비해 침묵기에 해당된다. 그가 제 2기의 황금기를 맞은 것은 1935년 3월부터 그해 12월까지 매일신보에 장편 역사소설 「금삼(錦衫)의 피」를 연재하고부터였다. 연산군이 폭군적인 왕으로 군림하게 된 원인은 비명에

---

2) 『開闢』 1923년 5월호.
3) 『開闢』 1925년 2월호.
4) 「文壇의 1년을 추억하야」, 『開闢』 1923년 1월호.

죽은 어머니의 비참한 최후를 알게 된 때문이라고 밝힌 「금삼의 피」는 그의 낭만주의적인 화려한 문체와 함께 당시 독자들의 비상한 관심을 불러 일으켰던 작품이었다. 그는 이어 병자호란을 다룬 「대춘부(待春賦)」를 발표하고 1940년에는 고려 공민왕과 원나라 노국공주와의 애틋한 사랑을 그린 「다정불심(多情佛心)」, 그리고 대원군과 한말(韓末)의 풍운을 묘파한 「전야(前夜)」, 「여명(黎明)」, 「민족(民族)」의 3부작을 광복을 전후한 1940년대에 썼다.

1945년 8·15 광복 후 그는 민족 진영의 문학단체의 지도급 인사로 활동하면서도 계속 「홍경래(洪景來)」, 「청춘승리(靑春勝利)」 등의 역사 소설을 발표했으니 벌써 그의 작품량은 방대한 것이라 할 수 있었다.

3. 민족의 치욕을 극복하려는 의지

그 자신 대표작으로 꼽기를 서슴지 않았던 「임진왜란(壬辰倭亂)」이 발표된 것은 1954년 조선일보를 통해서였다. 그는 1949년 이후 사장직으로 있던 서울신문사를 사임하고 이 작품을 집필하는 데 몰두했다.

> 고려 왕씨의 정권이 이씨의 정권으로 바뀌어 서울을 한양(漢陽)으로 옮긴 지 거진 2백년, 나라는 태평하고 백성들은 양같이 순하고 어질었다. (중략)
> 봄, 봄 중에도 3월, 버들은 푸르고 꽃은 흐드러졌다. 나렷한 봄 졸음이 아지랑이를 타 아물거리는 궁궐 깊은 속—
> 경복궁의 후정 양화당(養和堂)에는 문어귀마다 드리워진 囍자 문의 담양대발(潭陽細簾)이 꽃내를 뿜는 봄바람을 받아 소리없이 흔들거린다. 물을 뿌려 씻은 듯이 고요한 초당앞 디딤돌 위에는 아담한 분홍운혜(雲鞋) 신이 한 켤레 놓여 있다.

「임진왜란」의 서장 첫머리는 이렇게 태평성세에 선조가 양화당 주인 김귀인을 찾아가는 사랑의 장면부터 시작된다. 그러나 그 10년 뒤 임진년에 이르러 소설은 보병 15만 8천, 수군 9천 2백으로 구성된 왜군의 조선 침략을 다루면서 급속히 왜란의 와중 속으로 독자를 끌고 들어간다. 그리하여 정유 재침까지의 7, 8년에 걸친 왜군의 침략상과 민족의 수난, 그리고 영웅 이순신의 활약상을 정사(正史)에 바탕을 두고 일대 서사시의 파노라마로 펼쳐 보인다.

작품 「임진왜란」은 정사에 등장하는 항일 의병장들을 다루는 한편 평양 의기(義妓) 계월향과 진주 남강에서 왜장 모곡촌육조(毛谷村六助)를 붙들고 강물로 투신한 논개에게 많은 지면을 할애함으로써 서민층의 항일정신을 드높이려고 의도하고 있다.

"나는 민족의 치욕을 회복하기 위하여 민족으로서의 적개심을 왜제에게 일으키기 위하여 임진왜란을 장편 소설화하려는 계획을 항상 마음속에 지니고 있었다"고 월탄은 자신의 민족주의적 정신을 밝히고 있다.

> 「임진왜란」은 우리 민족사상에 일대 수난이었던 임진왜란을 素材로 하면서 침략자와 우리와의 사이에 벌어지는 善惡의 대결을 大河小說로 엮어간 것이었다. (중략)
>
> 월탄의 모든 작품의 底流에는 짙은 浪漫이 깔려 있듯이 「임진왜란」의 全篇 속에 민족적인 훈훈한 낭만이 풍기고 있다. 한편 월탄은 「임진왜란」을 쓰는 데 대체로 역사적 事實에 편중한 것은 사실이다.
>
> 그러면서도 그 藝術性을 돋구기 위해서 상당한 노력을 쏟았다. 실제로 正史에는 이순신 장군이 敵彈에 맞아 전사한 것을 그는 대담하게 自決한 것으로 뒤바꿔 놓았다. 이것은 작가의 말대로 민족적 대영웅 이순신장군의 最後가 그토록 敗走하는 왜적의 流彈쯤에 싱겁게 죽을 수 없었다고 믿었던 까닭이다.[5]

또 문학평론가 곽종원(郭鍾元)은 "월탄은 우리나라 역사소설의 대가일 뿐만 아니라 그 근본정신이 투철한 민족주의자였다. 그는 역사소설을 썼기 때문에 민족주의자가 아니라 민족주의자이기 때문에 역사소설을 쓴 것이다"라고 증언하고 있다.

그는 가문의 유교적 전통에 따라 유교적 관행으로 평생을 산 사람이었다. 자암동 집이 철도용지로 헐리게 되어 봉래동 1가 148번지(지금의 대한항공 화물취급소가 있는 골목 부근)에 분가하여 살고 있을 때에는 부친과 백씨가 살고 있던 을지로 1가 72번지 1호(지금의 롯데호텔 맞은편)에 매일 아침 문안을 드리러 가서는 그곳 사랑채에서 서도를 익히고 한서를 읽거나 한글학자인 권덕규(權悳奎), 시인 변영로 등과 술을 마시기도 하다가 저녁때 집으로 돌아오고는 했다. 그는 또 빙허 현진건의 외동딸인 현화수(玄和壽)를 1943년 자신의 자부로 맞아들여 친딸처럼 대하며 사랑을 쏟기도 했다. 그는 집안 사람들에게 허욕을 내지 말고 분수껏 살 것을 가르쳤다. 그는 전(錢)이란 글자를 예로 들어 말하기를 "돈(金)에는 늘 창(戈)이 두 개씩 따라다닌다. 창에 찔리지 않으려면 돈에 조심해야 한다"(박돈수 전언)고 했다.

그는 대인관계에 있어서도 "동년배거나 손아래 사람이거나 사람을 대하는 마음이 정감에 흐르고 손아래 사람이라도 축하나 안부의 일이 있으면 꼭 찾아 그 뜻을 전했으므로 많은 사람으로부터 존경심을 모은 신사였다"고 곽종원은 그의 인품을 전한다.

월탄은 「임진왜란」 이후에도 「여인천하(女人天下)」 등 끊임없이 역사소설을 발표했다. 1970년대에 들어서는 지병인 백내장을 수술하는 육신의 고통과 번거로움 가운데서

---

5) 尹柄魯, 「朴鍾和論—新文學史의 산 證人」, 『現代作家論』, 二友出版社刊, 1983년.

도 대작 「세종대왕(世宗大王)」을 8년간에 걸쳐 완성한 것은 초인적인 의지력의 결과라고 할 것이다. 1954년 성균관대 2학년 때 처음 그의 강의를 들으면서 그를 따르게 되었던 윤병로(尹柄魯)는 "그분에게는 정계에서 또는 학계에서의 유혹이 늘 따랐으나 교수직으로 일관했다는 점, 그러나 그 무엇보다도 절필함이 없이 자기 창작생활에 혼신의 힘으로 열렬히 투신했다는 그 점 하나만으로도 위대한 작가의 표본이라고 하기에 부족함이 없지 않겠는가"라고 그의 탁월함을 강조했다.

<사진 3> 말년의 월탄. 충신동 '조수루'에서 망중한의 한때.

수월(水月)을 좋아해 월탄이란 아호를 스스로 지어 간직하고 '가죽신귀'에 '두꺼비상'이란 제자들이 붙여 준 별명까지도 다 품어 자신을 행복한 사람으로 표현했던 그는 1970년대에는 내내 노안과 신경통의 고통을 남모르게 감내해왔다. 그러나 그 꺾이지 않는 의지력에도 불구하고 1980년 11월 부산에서 열린 예술원 심포지움에 다녀온 뒤 피로를 풀지 못하고 1981년 1월 13일 오후 7시 45분 노환으로 세상을 떠나니 생전에 제정한 '월탄 문학상'(16회)이 그의 기일(忌日)마다 시상돼 그가 남긴 방대한 작품들과 더불어 세상 사람들이 그를 기린다.

◆ 연보

1901년	10월 29일 한성 남부 반석방 자암동에서 통훈대부 내부주사 박대혁(朴大赫)과 안동 김씨와의 사이에 3형제중 차남으로 출생. 호는 월탄 또는 조수루(釣水樓)·조수루(棗樹樓) 주인.
1905년	(4세) 사숙(私塾)에 입학, 15세 때까지 한학을 수학.
1916년	(15세) 휘문의숙(徽文義塾) 입학.
1917년	(16세) 1년 연상의 영광 김씨 창남(昌男)과 결혼.
1920년	(19세) 휘문의숙 졸업. 정백(鄭栢), 홍사용 등과 동인지『문우』를 창간. 시「쫓김을 받은 이의 노래」(서광 7호) 발표.
1921년	(20세)『장미촌』동인. 이 동인지 5월 창간호에 시「우유빛 거리」「오뇌의 청춘」발표.
1922년	(21세)『백조』동인. 시「밀실로 도라가다」,「만가」(이상 백조 1월 창간호), 평론「오호 아문단(嗚呼 我文壇)」시「흑방의 비곡」(이상 백조 5월 2호) 등 발표. 장남 돈수(敦洙) 출생.
1923년	(22세) 평론「문단의 1년」(개벽 1월호), 단편「목맨 여자」, 시「사의 예찬」(이상 백조 9월 3호) 등 발표.
1924년	(23세) 단편「2년후」(개벽 2월호),「아버지와 아들」(개벽 9월호) 등 발표. 첫 시집『흑방비곡』(조선 도서주식회사) 간행.
1925년	(24세) 단편「시인」(조선문단 2월호), 평론「인생 생활에 필연적 발생의 계급문학」(개벽 2월호) 등 발표.
1927년	(26세) 이 무렵을 전후하여 봉래동 1가 148번지로 이사.
1930년	(29세) 수필「우소소(雨蕭蕭)」(신생 7·8월 합호) 발표.
1935년	(34세) 시「월야 자명(月夜煮茗)」(시원 2월호), 장편「금삼의 피」(매일신보 연재),「대춘부(待春賦)」발표.
1938년	(37세)『금삼의 피』,『대춘부』(이상 박문서관) 간행. 시「회고(懷古)」(삼천리 문학 1월호) 발표. 이 무렵을 전후하여 종로구 충신동 55번지 5호로 이사.
1939년	(38세) 수필「회고」(박문 10월호), 시「석굴암」(문장 2월호),「곤로봉(昆盧峰)」(문장 3월호),「십일면 관음보살」(문장 10월호) 등 발표.
1940년	(39세) 단편「아랑의 정조」(문장 12월호) 발표. 장편「다정불심」(매일신보),「전야」(조광) 연재.
1942년	(41세) 장편『전야』, 수필집『청태집(青苔集)』(영창서관) 간행.
1944년	(43세) 장편『여명』간행.
1945년	(44세) 12월 전조선(全朝鮮) 문필가협회 부회장.
1946년	(45세) 장편『민족』, 시집『청자부』(고려문화사) 간행. 전국문화단체총연합회 부회장. 동국대 교수. 장편「홍경래」(동아일보) 연재.
1947년	(46세) 장편『청춘승리』간행. 성균관대 교수.
1949년	(48세) 한국문학가협회 회장. 서울신문사 사장.
1951년	(50세) 전국문화단체총연합회 회장.
1952년	(51세)『월탄문학선』간행.

1954년	(53세) 예술원 회장. 서울신문사 사장 사임.「임진왜란」(조선일보) 연재.
1955년	(54세) 단편「황진이의 역천(逆天)」(새벽) 발표. 예술원 제 1회 공로상 수상.
1957년	(56세)「임진왜란」완성. 성균관대에서 명예문학박사 학위 받음.
1958년	(57세) 장편「벼슬길」(세계일보) 연재.
1959년	(58세) 장편「삼국풍류」(조선일보),「여인천하」(한국일보) 연재.
1960년	(59세) 장편「요희(妖姬)의 일생」(국제신보) 연재.
1961년	(60세) 회갑기념『월탄시선』간행.
1962년	(61세) 성균관대 정년퇴직. 동대학 명예교수. 장편「자고 가는 저 구름아」(조선일보),「제왕 3대」(부산일보) 연재. 대한민국 문화훈장 대통령장 수상.
1963년	(62세) 한국문인협회 이사장.
1964년	(63세) 장편「월탄삼국지」(한국일보) 연재. 예총 회장.
1965년	(64세) 수상집『달과 구름과 사상과』(휘문출판사) 간행. 장편「아름다운 이 조국을」(중앙일보) 연재.
1966년	(65세) 장편「양녕대군」(부산일보) 연재.『월탄대표작선집』간행. '월탄문학상' 제정. 5 · 16민족상 수상.
1969년	(68세) 장편「세종대왕」(조선일보) 연재.
1970년	(69세) 회고록「20세기 한국의 증언」(한국일보) 연재. 대한민국 국민훈장 무궁화장 수상.
1971년	(70세)「월탄회고록」(한국일보) 연재. 고희 기념 수필집『한자락 세월을 열고』간행. 부인 김창남 타계.
1972년	(71세) 인생론집『달 여울에 낚싯대를』간행.
1974년	(73세)『박종화 문학선집』전6권 간행.
1975년	(74세) 도시계획으로 충신동집이 헐리게 되어 평창동 128의 1로 옮겨 지음.
1976년	(75세)『월탄박종화대표작전집』전12권 간행.
1977년	(76세) 장편『세종대왕』완성, 전8권 간행.
1978년	(77세) 장편『월탄박종화 삼국지』전6권 개정 간행.
1979년	(78세) 월탄회고록『역사는 흐르는데 청산은 말이 없네』(삼경출판사) 간행.
1981년	(80세) 1월 13일 오후 7시 45분 타계. 경기도 양주군 장흥면 두곡리 선영하에 묻힘.

◆ 도움말 주신 분(1982년 현재)

朴敦洙　60 · 아들 · 서울 마포구 서교동 465번지 8호.
郭鍾元　67 · 친지 · 상명여자사범대학 학장.
尹柄魯　46 · 제자 · 성대 교수 · 문학 평론가.

◆ 관계 문헌

鄭泰榕,「朴鍾和論」,『現代文學』1967년 7월호 .
朴容九,「月灘 朴鍾和研究」,『現代文學』1968년 10월호~1969년 1월호.

尹柄魯,「朴鍾和論-新文學史의 산 證人」,『現代作家論』, 二友出版社刊, 1983년.
金容稷,『韓國近代詩史』, 새문사刊, 1983년.

朱 耀 燮

(소설가 1902~1972)

1. 평양 목사의 아들

"근래의 창작계에는, 이야기의 주인공이 죽든지 그렇지 아니하면 사람을 죽이든지 하는 소설이 많이 발표되었다. 6월에 발표된 창작 중에서도 주요섭씨의 「살인(殺人)」과 최학송씨의 「기아(飢餓)와 살육(殺戮)」 2편은 기약하였던 것같이 주인공이 살인을 하는 것으로 그 종국을 닫았다."

1925년 7월 김팔봉이 『개벽』지에 냈던 것처럼, 여심(餘心) 주요섭은 1920년대에는 하층민의 극심한 빈곤상과 기아, 그리고 그 죽음을 통하여 인간성에의 회복을 갈구하였다. 그래서 신경향파의 작가로 불리던 그가 작품 세계를 일전(一轉)한 것은 1930년대 중반, 그의 대표작으로 꼽는 「사랑 손님과 어머니」 등이 나오는 그 무렵으로, 여성 심리묘사에 특이한 장기를 발하여 그의 이름은 대중적으로 널리 알려지고 그의 문학의 황금기와 같은 시기를 이루었던 것이다.

"후세에 이름을 남긴다면 학자로서보다는 작가로서 남기고 싶다"고 할 만큼 요섭은 만년까지 소설에의 집착을 버리지 못하였으나 작품은 40여 편에 지나지 않는 과작이었다. 그가 1972년 11월 세상을 떠난 서대문구 연희동 192의 23호 2층 전셋집에는 액자 사진이 하나 걸려 있을 뿐 미망인 김자혜(金慈惠)는 미국 로스엔젤레스에 있는 차남 동명(東明)과 딸 승희(勝喜)에게 가고 없다. 서재로 쓰던 2층도 폐쇄하여 쓰지 않고, 갑자기 상(喪)을 당했던 슬픔은 아직도 가시지 않은 채 쓸쓸한 분위기였다.

요섭은 1902년 11월 24일, 평양 서문 밖 신양리(新陽里)라는 곳에서 오늘날 전남 화순군 능주면으로 통하는 능성(陵城) 주씨 공삼(孔三)의 둘째로 태어났다. 부친은 평양 신학교를 졸업한 목사며 장로였다.

"당시 신양리라면 문 밖의 개척지로서 우리집은 4, 5천 평 되는 얕은 등성이 한가운데 일자로 지은 큰 기와집이었다. 끝에서부터 보면 사랑, 안사랑, 부엌, 안방, 바깥방 이런 식으로 방이 들어앉아 있었고, 보통문으로 가는 길가에는 가게방을 놓아 세를 받아 생계에 보탰다. 앞뜰은 포도나무 등의 과목이 찼고, 동쪽 뜰엔 못이 있었다. 어른들은

<사진 1> 유년 시절의 요섭 가족. 오른쪽부터 요섭, 부친, 형 요한, 모친, 그리고 두 여동생.

어릴 때의 우리 성격을 말하되, 나는 깜찍한 편이고 아우는 심술궂은 편이었다고 한다."

그의 친형이며 우리나라 현대시의 개척자인 요한(耀翰)이 들려주는 생가의 모습이다.

요섭은 숭덕(崇德)소학교를 1915년에 졸업하고 숭실(崇實)중학교에 진학하여 3학년 때 형 요한이 있는 동경으로 가서 청산학원(靑山學院) 중학부 3학년에 편입했으나 그 이듬해인 1919년 3·1 운동이 일어나자 귀국하고 말았다.

마침 동인(東仁)도 일본에서 평양으로 돌아와 있었는데 동인 및 그 아우 동평(東平)과 어울려 『독립신문』이라는 등사판 지하 신문을 만들어 내다가 출판법 위반으로 10개월 형을 받은 것도 이 때의 일이었다.

1920년, 이번에는 중국 상해로 갔다. 이미 형 요한이 거기에 가 있었던 것이다. "공부하러 간 것이 아니라 왜놈들을 때려죽이겠다고 간 것이었다"고 하는데, 그 곳에 있던 안창호의 가르침에 따라 학업을 계속하기로 했다. 그래서 그는 소주(蘇州) 안성(安晟) 중학교 3학년에 편입하고 그 해 또다시 상해 호강(滬江)대학교 중학부 3학년으로 옮겼다.

그가 문단에 데뷔한 것은 1921년 단편 「추운밤」이 『개벽』지 4월호에 실림으로써였다.

그 해 이보다 앞서 모 신문 현상 모집에 「깨어진 항아리」라는 소설이 3등 입상한 것이 있지만 인정을 받기는 「추운밤」에서였다.

요섭은 1923년에 상해 호강대학교에 진학하고 1927년 졸업할 때까지 상해에 머물렀다. 그가 이 동안에 국내 잡지에 발표한 작품들은 주로 중국 상해를 무대로 하고 있다.

2. 하층 계급에의 연민

당시 그의 관심을 끌었던 것은 상해 노동자들의 비참한 생활상이었다. 그의 짤막한 「선봉대」라는 수상문(隨想文)에는 '학생들아, 우리는 지휘관'이라고 부제를 붙이고 있는 바, 요섭의 노동자들에 대한 연민의 정이 넘쳐나고 있음을 볼 수 있다.

그에게 신경향파(新傾向派) 작가라는 이름을 붙인 1925년의 작품 「인력거(人力車)꾼」, 「살인(殺人)」, 1927년의 「개밥」 등은 빈민층의 빈곤상과 그 삶을 리얼리스틱한 수법으로 보여주는 휴머니즘에 찬 것들이다. 그를 신경향파 작가라고 말하는 것은 어울리지 않을지도 모른다.

아찡이와 쭐루(돼지)라는 별명을 가진 동거자 뚱뚱보는 어두컴컴한 부엌 속으로 들어가서 둥그런 탁자를 가운데 놓고 뒤받침 없는 걸상에 뺑 둘러 앉은 때묻은 옷입은 친구들 틈에 끼여 앉아서 떡 두 개씩과 꺼룩한 미음을 한 사발씩 먹고는 쩔렁쩔렁하는 전대 속에서 동전을 여섯푼씩 꺼내서 탁자 위에 메치고 코를 힝힝 아무데나 풀어 부치면서 거리로 나왔다.

「인력거꾼」의 주인공 아찡이의 인력거를 끄는 일과가 시작되는 대목이다.

그러나 아찡이는 과로로 병을 얻고 '수많은 아찡이'가 모이는 무료 진료소를 찾고, 그 진료소에서 '예수를 믿는 한 신자'의 설교에 귀를 기울여 본다.

아찡이는 그 날 자기 방에서 죽는데 요섭이 노린 바는 다음과 같은 대목이다.

무얼요. 저 죽을 때가 다 돼서 죽었군요. 팔 년 동안이나 인력거를 끌었다니깐요. 남보다 한 일 년 일찍 죽는 셈이지만, 지난번 공보국 조사에 보면 인력거를 끌기 시작한 지 구 년 만에 모두 죽는다고 하지 않았습니까?

이러한 작품에 그의 사회적 관심을 쏟아 넣는 한편 그는 학교생활에서는 스포츠맨이었다. "그는 트랙 선수의 일원으로 1926년께 아시아 올림픽 마닐라 대회에 중국 대표로 출전하여 1만 미터에서 우승을 차지했던 때도 있었다"(주요한 회고담).

이 무렵인 1925, 1926년께 피천득(皮千得)은 요한의 소개장을 들고 상해로 요섭을 찾아갔다. "그 때 요섭은 대학 기숙사에 있었고 나는 시내에 방을 얻어 있었다. 토요일이면 함께 구경도 다니며 문학 토론에 열을 올리기도 했었다. 뒤의 일이지만 그가 『신동아(新東亞)』 재직 때도 서울에서 함께 하숙 생활을 하였고, 6·25 때는 부산에서 같이 살았다. 그의 작품은 서정적이며 인도주의적인 것이다"(피천득 회고담).

그에 따르면 그가 가장 좋아하던 작가는 폴란드 태생의 영국 작가 조셉 콘래드라고 한다. 『신동아』 시절에는 노산 이은상, 청전(靑田) 이상범(李象範), 피천득이 가장 친했던 사람들이다.

1927년 그는 호강대를 졸업하자 곧바로 미국으로 건너가 스탠퍼드 대학원에서 교육학 과정을 마치고 1929년에 돌아왔다. 미국에서의 생활은 꽤 어려운 것으로 접시 닦기, 운전수, 변소 소제, 청소부 등을 하면서 고학으로 보냈다.

3. 여성 심리묘사의 명수(名手)

1931년 요섭은 『신동아』지 주간으로 근무하기 시작하면서부터는 서울에서 하숙 생활을 했다. 그리고 1934년께는 중국 북경 보인(輔仁)대학교 교수로 취임하여 중국으로 다시 가게 되었다.

요섭이 가장 화려하게 작품 활동을 한 시기는 1935년부터 1936년 사이로,「사랑 손님과 어머니」,「아네모네의 마담」,「추물(醜物)」 등은 이 때에 발표된 것들이다.

> 나는 금년 여섯 살 난 처녀애입니다. 내 이름은 박옥회이구요. 우리집 식구라고는 세상에서 제일 이쁜 우리 어머니와 단 두 식구뿐입니다. 아차 큰일났군, 외삼촌을 빼놓을 뻔 했으니.

이렇게 시작하는「사랑 손님과 어머니」는 어린 소녀를 나레이터로 하여 어른의 세계, 구체적으로 1930년대의 한 여인이 남자를 대하는 마음을 잘 표현한 것이다.

"그러나 수절이라는 낱말은 사전에서나 찾아볼 수 있게 되었을 뿐 아니라 처녀 총각들의 정조까지도 무가치하다고 여기게 된 오늘의 세태…… 오늘의 세대에서도 이 작품을 읽는 독자가 혹 있다면 그 반응이 어떤 것일는지 궁금하다"라고 1970년대에 썼듯이, 「사랑 손님과 어머니」는 수절하는 여인상을 담담하지만 애틋하게 그려 나가고 있다.

"작품이란 힌트를 얻어 허구로 이어지는 것이 보통이다"라고 전제하는 피천득은 자신의 어머니 모델설은 당치도 않다고 잘라 말한다. 다만 그가 어머니와 단 두 식구로 살았다는 것을 참작하였고, 유치원에 다니면서 "벽장 속에 숨었던 사실"을 들려준 적이 있으나 그 이외에는 모두 요섭의 허구라는 것이다.

이미 중견으로서 각광을 받던 1936년에 그는 북경에서 같은 동아일보사 『신가정(新家庭)』지의 여기자 김자혜와 결혼을 했다. 그는 1929년께 황해도 출신의 유씨라는 여인과 결혼하였으나 "뭔가 마음에 맞지 않아" 곧 이혼하고 소생 없이 홀로 지내던 때였다.

그러나 김자혜와의 사랑은 무척 진지하고 열렬한 것이어서, 그의 북경행

<사진 2> 1940년 초 북경 보인대학 교수 시절의 요섭 부부.

은 사랑의 도피라는 풍문까지 낳게 하였다. 보인대학 교수 시절은 매우 풍족한 생활을 누렸다. 1941년에 첫아들을 얻고, 북명(北明)이라 이름한 것도 북경에서의 행복했던 생활을 의미한다.

그러나 1943년에는 일본 대륙침략에 협조하지 않는다는 이유로 강제 추방을 당하는 고통을 감수해야 했다. 고향 평양에 돌아와서는 부친의 제재소 일을 돌보다 1945년 부

인의 고향 춘천으로 다니러 갔다. 그리고 38선이 그어져 고향으로 돌아가지 못했다.

"그 때 여동생 승희(勝喜)를 해산하려고 어머니는 춘천에 계셨는데 순산했다는 소식을 듣고는 춘천에 오셨던 것이다"

4. 효부(孝父)로서의 최후

그 뒤 1946년에 서울로 이사와 1947년에는 상호(相互)출판사 주간, 1950년에는 코리아 타임지 주필 등을 역임하다가 1953년 이후 사망 때까지 경희대학교 영문과 교수로 있었다. 1961년에는 코리안 리퍼블릭 이사장도 지냈다.

> 전신 통중발작이라는 괴상한 병으로 인해 금년 초여름 나는 입원했었다. 병실로 찾아온 첫 의사에게 나는 안락사 시켜 달라고 소리를 질렀고 나중에는 애원했었다. 거의 완쾌되었다고 생각되는 오늘에도 그때 안락사 시켜 주지 아니한 의사를 나는 원망한다. 언제 재발할지 모른다는 공포가 날 사로잡고 있기 때문이다.

1972년 초여름 세브란스 병원에 입원했을 때를 돌이키며 쓴 수필 「안락사(安樂死)」의 일절이다.

그 마지막 마음의 고통의 나날을 보내던 그 집, 연희 교수 주택의 연희동 344의 20호는 그가 그의 부인과 함께 꽃을 가꾸던 집이었다.

그는 이 집에서 이사하여 새로운 집을 지으려고 임시로 들었던 연희동 192의 23의 집이 그 생의 종국을 고하는 곳이라고는 전혀 뜻하지 않았던지 경희대학교 교수 20년을 채우는 그 해 봄에는 미국으로 가려고 수속 중에 있었다.

"신원 조회가 끝났다"는 장남의 전화를 받은 지 한 시간 뒤 심장마비를 일으켜 4시간도 채 못 되는 하오 7시 50분 눈을 감았으니, 그가 늘 바라던 효부로 문득 세상을 떠난 것이다.

"인간적으로 충실한 사람이며 현실에 적응하는 점이 없이 사고나 생활이 직선적이었다"고 문학 평론가 이헌구는 그 인간됨을 전한다.

1902년 음 11월 24일 평안남도 평양 서문 밖 신양리에서 능성 주씨 공삼(孔三)과 양진심 (梁眞心) 사이의 5남매 중 차남으로 출생. 시인이며 기업 경영인이었던 요한(耀翰) 은 친형임. 아호 여심(餘心).

1915년 (13세) 숭덕소학교 졸업.

1918년 (16세) 숭실중학교 3학년 때 도일, 청산학원 중학부 3학년에 편입.

1919년 (17세) 3·1운동 뒤 귀국. 평양에서 등사판 지하 신문 발간하다 출판법 위반으로 10개월 형을 받음.

1920년 (18세) 중국으로 가 소주(蘇州) 안성중학교 3학년에 편입, 다시 상해 호강(滬江) 대학교 중학부 3학년에 편입.

1921년 (19세) 단편 「추운밤」이 『개벽』 4월호에 게재됨으로써 문단 데뷔. 단편 「죽음」 (신민공론 2호) 발표.

1923년 (21세) 상해 호강대학교 입학.

1924년 (22세) 수상(隨想) 「선봉대」(개벽 11월호) 발표.

1925년 (23세) 단편 「인력거꾼」(개벽 4월호), 「살인」(개벽 6월호), 중편 「첫사랑값」. 속편 (개벽 9~11월호) 발표.

1926년 (24세) 논문 「말」(동광 5월 창간호) 발표.

1927년 (25세) 단편 「개밥」(동광 1월호) 발표. 호강대학교 졸업. 「첫사랑값」 속편(조선문단 3·4월호) 발표.

1929년 (27세) 미국 스탠퍼드 대학원에서 교육학 석사과정 수료, 귀국. 황해도 출신 유 (劉)씨와 결혼, 몇 달 후 이혼.

1930년 (28세) 단편 「할머니」, 아동소설 「웅철이의 모험」 등 발표.

1931년 (29세) 『신동아』지 주간. 논문 「공민훈련(公民訓練)에 관한 구미 각국의 시설(施 設)」(신동아 창간호) 발표.

1933년 (31세) 「아동문학연구대강」(학등[學燈] 창간 10월호) 발표.

1934년 (32세) 중국 북경 보인(輔仁)대학교 교수 취임.

1935년 (33세) 장편 「구름을 잡으려고」(동아일보) 연재. 단편 「사랑 손님과 어머니」(조광 1월호), 「대서(代書)」(신가정 4월호) 등 발표.

1936년 (34세) 북경에서 8세 아래의 김자혜(金慈惠)와 결혼. 단편 「추물(醜物)」(신동아 4월 호), 「아네모네의 마담」(조광 2월호), 「봉천역식당」(사해공론 1월호), 「북소리 두 리둥둥」(조선문단 3월호) 등 발표.

1938년 (36세) 장편 「길」(동아일보) 연재 중단.

1941년 (39세) 장남 북명(北明) 출생.

1942년 (40세) 차남 동명(東明) 출생.

1943년 (41세) 일본 대륙침략에 협조하지 않는다는 이유로 추방 명령을 받음. 귀국.

1945년 (43세) 장녀 승희(勝喜) 출생. 평양에서 춘천으로 이거.

1946년 (44세) 서울 용산구 후암동으로 이거. 단편 「눈은 눈으로」, 「극진한 사랑」, 「해방

	1주년」,「입을 열어 말하라」 등 발표.
1947년	(45세) 동대문구 신설동으로 이거. 상호(相互)출판사 주간. 영문소설『김유신』출간.
1948년	(46세) 단편「대학 교수와 모리배」(서울신문) 발표.
1950년	(48세) 10월 영자신문『코리아 타임』지 주필.
1953년	(51세) 경희대학교 교수(사망시까지). 성북구 삼선동 5가 14번지로 이거.
1954년	(52세) 국제 펜클럽 한국본부 사무국장. 이후 부위원장, 위원장을 지냄.
1957년	(55세) 장편「1억 5천만대 1」(자유문학 6월호~58년 4월호) 발표.
1958년	(56세) 장편「망국노군상(亡國奴群像)」(자유문학 6월호~59년 12월호) 발표.
1959년	(57세) 국제 펜클럽 제 30차 세계 작가대회(프랑크푸르트)에 정대표로 참가.
1961년	(59세) 코리안 리퍼블릭 이사장(1년간).
1962년	(60세) 작품집『미완성(未完成)』간행.
1963년	(61세) 1년 동안 도미하여 미주리대학 등 6개 대학을 순회, 아시아 문화 및 문학을 강의. 영문 소설『The Forest of the White Lock』출간.
1965년	(63세) 단편「세 죽음」(현대문학 10월호),「죽고 싶어하는 여인」,「나는 유령이다」,「여대생과 밍크코우트」 등 발표.
1972년	(70세) 연희동 192의 23으로 이거. 4월 전신 신경통으로 세브란스병원에 잠시 입원, 11월 14일 하오 7시 50분 자택에서 심근경색증이란 병으로 갑자기 사망함.

◆ 도움말 주신 분(1973년 현재)

朱耀燮	73 · 백씨 · 시인 · 해운공사 사장.
朱北明	32 · 장남 · 서울 서대문구 연희동 192의 23.
皮千得	63 · 후학 친구 · 서울사대 교수 · 수필가.
李軒求	68 · 교유 · 이대교수 · 문학평론가.

◆ 관계 문헌

朴英熙,「新傾向派의 文學과 그 文壇的 地位」,『開闢』1925년 12월호.

李 相 和

(시인 1901~1943)

1. 대구 명문가의 기백(氣魄)

1922년 『백조』 동인이 되어 약관 21세로 동지 3호에 「나의 침실(寢室)로」를 발표, 그 열기 찬 호흡과 새로운 시세계로써 경이로운 존재로 두각을 나타내더니, 1926년에 「빼앗긴 들에도 봄은 오는가」를 쓰고 민족 시인으로 군림하여 오늘날에도 사람들의 입에 회자(膾炙)되고 있다.

그가 나이 들어가면서 바꿔 쓴 호(號)들, 즉 '무량(無量)'은 불교적이요, '상화(想華)'는 상아탑적이요, '상화(尙火)'는 항거적이요, '백아(白啞)'는 자조적인 것이라는 것에서 알 수 있듯이, 그는 정녕 시대를 고뇌하며 살았던 전형적인 민족 시인의 한 사람이었다.

> 아 사노라 사노라 취해 사노라
> 自暴 속에 있는 서울과 시골로
> 멍든 목숨 행여 갈까 취해 사노라
> 어둔 밤 말 없는 돌을 안고서
> 피울음 울어도 신음은 풀릴 것을—
> 人間을 만든 검아 하로 일쯕
> 차라리 취한 목숨 죽여 버려라
>
> 　　「가장 悲痛한 祈願」의 후반

일본경찰의 요시찰 인물로 지목되어 미친 듯이 취해 살던 상화.

그 시절의 시골집인 경북 대구시 서문로 가 12번지 월성(月城) 이씨 명문 대가집은 이미 혼적마저 없어지고 그 자리에 낯선 집이 서너 채 들어앉은 지도 오래되었다.

그는 1901년 음력 4월 5일 부친 이시우(李時雨)와 모친 김해 김(金)씨 사이에서 4형제 중 둘째로 태어나니, 이곳이 그의 출생지요 자라난 곳이다. 어려서부터 대인(大人)의 풍모가 있어 그의 사랑채를 집결소로 정하고 사람 사귀기를 좋아했다고 한다.

나이 14세에 서울로 올라가 중앙학교(중등 과정)에 입학하였으나 3년을 수료한 후 고향에 내려오고 말았다. 그의 인생에 대한 탐구는 이때부터 시작된 듯싶다.

1918년 여름 수개월간 상화는 방랑의 길을 떠나 금강산을 비롯하여 강원도 일대를 두루 돌아다니고 돌아왔다. 장발의 거지꼴을 하고 산중에서 끼니를 굶어 가며 숲을 지붕삼아 인생의 뜻을 배웠던 것일까. 유명한 시「나의 침실로」가 발표되기는 1923년이나, 백기만은『상화와 고월(古月)』[1]에서 "이 방랑 중에서 완성한 시편"이「나의 침실로」라고 한 것으로 보아 이미 17세에 여러 편의 습작을 시도했던 것으로 보인다. 이것이 사실인지 아닌지는 확인할 도리가 없지만 사실로 미루어 본다면『백조』동인이 되기 전이므로 당대 시단의 퇴폐적 풍조나 작법과는 달리 거리를 두고 보아야 할 것이다.

'마돈나' 날이 새련다 빨리 오려무나 寺院의 쇠북이 우리를 비웃기 전에
네 손이 내 목을 안아라 우리도 이밤과 함께 오랜 나라로 가고 말자.

'마돈나' 뉘움침과 두려움의 외나무다리 건너 있는 내 寢室 열 이도 없으니
아 바람이 불도다 그와같이 가볍게 오려무나 나의 아씨여 네가 오느냐?

'마돈나' 가엾어라 나는 미치고 말았는가 없는 소리를 내 귀가 들음은—
내 몸에 피란피— 가슴의 샘이 말라버린 듯 마음과 몸이 타려는도다.

'마돈나' 언젠들 안갈 수 있으랴 갈테면 우리가 가자 끄을려 가지 말고
너는 내 말을 믿는 '마리아' — 내 寢室이 復活의 洞窟임을 네야 알련만

「나의 寢室로」 중 7~10연

상화의 침실이 부활의 동굴이라면 '마돈나'는 죽어 있는 시체일지도 모르고 나아가 그것은 빼앗긴 조국으로도 해석된다. 그 조국을 상화의 침실로 끌고 가고자 하는 의식은 단순히 데카당 또는 탐미주의적 안목에만 집착한 것이 아니라, 처녀작에서부터 민족적 저항정신과 통하고 있다고 보아야 할 것이다. 사실상「나의 침실로」는 '마돈나'라는 상징적 주체가 무엇인가 하는 데 따라서 두 가지 해석이 내려지고 있다. 다음의 인용문은 '마돈나'가 단순한 관능적 주체임과, 그렇지 않고 조국이라는 해석에 따라 내려진 상이점을 보여준다.

그는 독립투쟁의 가문에서 자란 덕으로, 日帝下 숱한 作家, 詩人들이 日帝에 同化, 어용작가, 시인을 자원했지만, 李相和야말로 으뜸가는 抗日民族詩人 중의 한 분이고, 그

---

1) 白基萬,『尙火와 古月』, 靑丘出版社刊, 1951년.

의 詩는 민족 의식을 짙게 담은 詩와 그렇지 않은 관능적 서정시를 함께 내포하고 있다.2)

하고 「나의 침실로」는 관능적 서정시의 예로 들고 "식민지의 현실을 사는 한 민족의 고통, 울분, 희원(希願)과는 아무 관계가 없었다"고 했는가 하면 다른 견해도 있다.

> (전략) 李相和의 「나의 寢室로」가 잃어버린 '마돈나'에 대한 동경을 통해서 조국에 대한 그리움을, 韓龍雲의 「님의 沈黙」이 잃어버린 조국, 침묵하는 조국, 그리고 언젠가 돌아올 조국을 이야기하고 있다는 점에서 이들이 모두 植民地 韓國의 작가, 시인으로서 그 시대에 대해서 절망하고 괴로워하고 잃어버린 조국에 대해서 이야기하고 있는 것이다.3)

상화가 18세 되던 해인 1919년 3월 1일 기미독립운동이 서울에서 일어났다. 상화는 이 운동에 백기만과 합세하여 8일에는 대구에서 거사하였으나 상화만은 다행히도 검거망을 빠져 서울로 달아날 수 있었다 한다.

그 이후 상화는 서대문 밖 냉동(冷洞) 92번지에서 고향 친구로 연전(延專)에 다니고 있던 성악가 박태원(朴泰元)과 함께 한방에서 거처하게 되었다. 아마도 이때부터 그는 술로 그 울분과 설움을 달래기 시작한 것 같다.

아무튼 그는 그 해 음력 10월 재덕을 갖춘 한 규수와 결혼을 했다. 공주의 명문 서한보(徐漢輔)의 영애 순애(順愛)가 그로서, 갖은 고초를 겪으면서도 끊임없는 뒷바라지로 상화를 돌보았으니 아들 충희(忠熙)와 함께 지금도 영등포구 화곡동에 살고 있다.

"결혼에 대한 이상이 너무나 높았던 탓인지 금슬이 좋지 못하여 다시 서울로 올라가서 냉동 생활을 계속하였다"고 먼 친척의 동생 되는 이설주(李雪舟) 시인은 당시의 상화의 심경을 전한다. 이 시절에 그에게는 한 여인이 있었다. 경남 출생으로 여고를 마친 손필연(孫畢蓮)으로 둘이는 독립운동을 한다는 명목도 있었으나 꽤 가깝게 지냈다는 것이다.

2. 빼앗긴 들에도 봄은 오는가

1923년 상화는 일본 동경으로 건너갔는데 동경 유학이 목적이 아니라 프랑스로 갈 기회를 얻기 위해서였다. 요시찰 인물로 지목받고 있는 터라 서울에서는 여행 수속이 어려웠던 때문이다.

---

2) 李哲範, 「白潮 그룹 詩人論」, 『韓國新文學大系 · 中』, 耕學社刊, 1972년.
3) 金治洙, 「植民地時代의 文學」, 『現代韓國文學의 理論』, 民音社刊, 1972년.

아테네 프랑스에서 불어를 배우며 기회를 노리고 있었으나 이 또한 여의치가 않았다. 당시 누구에게도 충격이 컸을 동경 대진재(大震災)의 조선인 학살의 참상을 몸소 겪은 후 프랑스 유학도 포기하고 이듬해 봄에 귀국했는데, 그의 민족적 저항시인으로 크게 인정받는 작품 「빼앗긴 들에도 봄은 오는가」의 정신은 이때의 충격과 자극을 바탕으로 하고 있는 것이다.

　　　이럴 때 이런 밤 이 나라까지 복되게 보이는 저편 하늘을
　　　햇살이 못쪼이는 이 땅에 나서 가슴 밑바닥으로 못 웃어 본 나는 선뜻만 보아도 철
　　모르는 나의 마음 홀아비 자식 아비를 따리듯 불본 나비가 되어 꾀우는 얼골과 같은
　　달에게로 웃는 이빨같은 별에게로
　　　앞도 모르고 뒤도 모르고 곤두치는 줄달음질을 쳐서 가느니
　　　그리하여 지금 내가 어디서 무엇 때문에 이 짓을 하는지
　　　그것조차 잊고서도 낮이나 밤이나 노닐 것이 두렵다

　　　걸림없이 사는 듯하면서도 걸릴 뿐인 사람의 세상—
　　　아름다운 때가 오면 아름다운 그때가 어울려 한 뭉텅이가 못되어지는 이 살이 꿈
　　과도 같고 그림 같고 어린이 마음우와 같은 나라가 있어
　　　아모리 불러도 멋대로 못가고 생각조차 못하게 지천을 떠는 이 설움
　　　벙어리 같은 이 아픈 설움이 칡덩굴같이 몇 날 몇 해가 얽히어 틀어진다.

　　　　　　　　　　　　　　　　　　　　　　　　　　　「逆天」3~4연

<사진 1> 대구의 친구들과 함께 상화(뒷줄 가운데).「나의 침실로」
를 쓰던 17세 이후 20세 전의 모습으로 추정된다.

"벙어리 같은 아픈 설움이 얽히고 틀어지는 가운데" 상화의 서울 생활이 다시 시작되었다. 가회동 취운정(翠雲亭)에 거처를 정하고 시작에 몰두하니 「금강송가(金剛頌歌)」,「역천(逆天)」,「이별(離別)」 등이 다 이때의 작품이다.

시작에 몰두하는 것만큼 음주 또한 대단했다. "빙허 사랑은 상화, 노작, 월탄, 팔봉, 도향, 회월, 석영, 우전 등 문화사(文化社) 패들의 집합소처럼 되어" 있었고, 이들은 종종 종로 뒷골목, 다방골 등의 홍등가를 헤맨 일이 있었다고 백기만의 『상화와 고월』은 쓰고 있다.

상화는 1925년에서 1926년 사이 박영희, 김팔봉의 신경향파에 가담하였으나 월탄에
의하면 "행동이나 이론을 들고 나와 투쟁한 것은 아니고 단지 항일 투쟁의 한 방편"으
로 자신의 저항의 길을 모색한 것이라 한다.

그의 대표작 「빼앗긴 들에도 봄은 오는가」는 1926년에 『개벽』 6월호에 발표되었다.
이 시는 신경향파 문학에 동조했다는 사실 이후에 나온 작품이라서인지 사회주의적 저
항의 자세라고 보여지기도 했으나, 그보다는 그의 개인적인 상황에서나 1925년을 전후
한 시편들에서나 민족주의적 저항의식의 감정을 더 많이 쏟아 놓았음을 알 수 있다. 개
인적으로 그는 중국에서 독립운동에 솔선하고 있던 이상정(李相定) 장군의 친 동생이었
던 까닭에 혹 연락책을 맡지 않았나 해서 늘 감시를 받고 있었다.

> 지금은 남의 땅― 빼앗긴 들에도 봄은 오는가
> 나는 온몸에 햇살을 받고
> 푸른 하늘 푸른 들이 맞닿은 곳으로
> 가르마같은 논길을 따라 꿈속을 가듯 걸어만 간다

로 시작되는 「빼앗긴 들에도 봄은 오는가」는 제목이 말하듯 저항의 몸짓을 하며,

> 바람은 산귀에 속삭이며
> 한 자욱도 섰지마라 옷자락을 흔들고
> 종다리는 울타리 넘어 아씨같이
> 구름 뒤에서 반갑다 웃네

봄의 산천에 취하여 "짬도 모르고 끝도 없이 닫는 내 혼"이 되고 "다리를 절며 하루를
걷는" 그 행위는 마치 봄신령에 잡힌 듯하다. 그런 조국의 봄이건만,

> 그러나 지금은 들을 빼앗겨 봄조차 빼앗기겠네

아무리 봄에 취해도, 들은 빼앗긴 들에 오는 봄. 그는 그 봄조차 빼앗긴 듯이 느끼는
것이며 아마도 이렇게 노래 부를 수 있는 시조차 빼앗겨 버리리라는 것을 예견이나 한
듯하다.

그 해 가을 상화는 동경 시절에 사귀었던 함흥 출신의 가인(佳人) 유보화(柳寶華)가 위
급하다는 소식을 듣고 함흥으로 달려가 한 달이 다 되도록 간호를 하였다는 에피소드를
남겼다. 보화는 동경 유학생 중의 명화(名花)로 불린 미인이라는데, 1926년에 폐병의 말
기로 마침내 어느 날 밤 상화의 무릎에 얼굴을 묻은 채로 눈을 감았다는 것이다. 「이별

(離別)」은 유보화를 두고 지어진 것이라고 하니 손필연에 이은 두 번째의 열애였었다.

　　어쩌면 너와 나 떠나야겠으며 아무래도 우리는 나눠야겠느냐? 우리 둘이 나눠어
　미치고 마느니 차라리 바다에 빠져 두 마리 人魚로 되어서 살자.

「離別」 마지막 연

　　1927년 상화는 고향 대구로 내려왔으나 걸핏하면 가택 수색을 당하였기 때문에 행동이 자유스럽지 못했다. 그는 이때부터 대구의 한다하는 요정 출입을 하면서 한층 더 무질서한 생활을 하게 되었는데, 그것은 1934년까지 계속되었다. 그의 시작 발표는 전혀 눈에 띄지 않았고, 일제의 가시눈에 광인처럼 잠적해 버린 그 일생의 암흑기였다.

　　"소옥(小玉)이라는 기생과 친한 것도 이 때며, 또 기생은 아니나 인텔리 유녀 김백희(金白姬)와 몇 년간 친하게 지낸 것도 그 때다. 하지만 그가 술을 먹는다는 것, 그것도 반항이었다"라는 이설주(李雪舟)의 말은 당시 상화로서는 어쩔 수 없이 취해진 자기표현이었다는 것이다. 그는 결국 파산을 초래하고 빚을 청산하기 위해 전래의 집을 팔지 않을 수 없었다 한다.

3. 형 찾아 북경길

　　상화가 중국으로 건너가 백씨 상정(相定) 장군을 만난 것이 1935년의 일이다.

　　"당시 상정 장군이 돌아가셨다는 설이 있어 조바심을 하고 있던 차에 투옥되었다는 소식이 들리자 구명책으로 중국에 가신 것이다."

　　아들 충희는 당시의 사정을 이렇게 말한다. 그러나 가보니 상정 장군은 풀려 나와 있었으므로 그 후 1년간 중국 대륙을 돌아보고 1936년에 귀국했다. 바로 그때 그를 기다리고 있던 것은 일본경찰의 고문이었다. 20여 일 간 스파이라는 죄목으로 신고를 겪었는데 이로 말미암아 몸이 몹시 쇠약해져 그의 타계의 근본적인 원인은 이때부터 비롯된 것이라 한다.

　　동시에 1936년은 그 인생관의 전환점이었다. 그는 아주 침착한 사람이 되어 근 20년간 성심을 다해 온 서씨 부인의 미덕을 이해하고 부인을 경애하였다.

　　1936년부터 1940년까지 그는 5년 동안 나머지 정열을 교육, 문화 사업에 쏟기 시작하였다. 상화는 무보수로 교남(嶠南) 학교의 영어와 작문의 강사가 되었고, "피압박 민족은 주먹이라도 굵어야 한다"는 지론 아래 교남학교 운동경기 종목에 권투를 첨가시켜 오늘날 대구 '태백구락부'의 모태를 이루어 놓았다(시인 이윤수 전언).

<사진 2> 1935년 중국에서 독립운동에 투신하던 형 상정을 찾아 갔을 때의 모습.

그러나 1940년 이후 학교를 그만 두고 문단에 다시 돌아올 의도를 품고 있었던 것처럼 보인다. 이따금 나들이로 소일을 삼으면서 「춘향전」 영역, 「국문학사(國文學史)」, 「불란서 시」 평역 등을 간행할 목표로 그 준비를 하고 있었다는 것이다.

그는 1943년 초 위암이라는 병명으로 병석에 눕고 말았다. 2월 중순 만주로 떠나는 백기만이 병중의 상화를 보니 벌써 알아볼 수 없도록 여위어 있었다. "내가 집필하려던 국문학사를 탈고해 놓고 죽었으면 좋겠는데 그것도 틀린 모양이지"하고 힘없이 웃었다.

음력 3월 21일 상오 8시 자택에서 부인에게 알아들을 수 없는 말을 몇 마디 되더니 그만 민족주의 저항의 시인은 다른 세상으로 떠나갔다. 그의 유해는 경북 달성군 화원면 벌리 1구 월성 이씨 가족묘지에 안장되어 소나무 숲 울창한 속에 잠들어 있다.

1943년 가을에 백기만, 서동진(徐東辰) 등 고향친구 10여 인의 동의로 세운 묘비에는 일제의 눈을 피하느라고 '시인 백아이공휘상화지묘(詩人 白啞李公諱相和之墓)'라고만 적혀 있으나, 1948년 3월 김소운(金素雲)의 제창으로 시단의 호응을 얻어 이윤수를 비롯한 대구『죽순(竹筍)』동인의 협력으로 우리나라 최초로 세워진 달성 공원의 '상화시비(尙火詩碑)'에는 상화의 의기로운 기록과 「나의 침실로」의 일절이 새겨져 있어 그의 족적을 더듬게 한다.

◆ 연보

1901년	음 4월 5일 경북 대구시 서문로 2가 12번지에서 월성 이씨 시우(時雨)를 부친, 김해 김씨를 모친으로 하여 4형제 중 둘째로 태어남. 장남 상정(相定), 3남 상백(相佰), 4남 상오(相旿)임. 호는 무량(無量), 상화(相華), 상화(尙火), 백아(白啞).
1908년	(7세) 부친 이시우 별세.
1914년	(13세) 그 때까지 가정 사숙에서 백부 이일우(李一雨)의 훈도를 받으며 수학.
1915년	(14세) 서울 중앙학교 입학. 계동 32번지 전진한(錢鎭漢) 집에서 하숙.
1918년	(17세) 중앙학교 3년 수료 후 귀향. 금강산 등 강원도 일대 방랑. 「나의 침실로」 완성.
1919년	(18세) 기미독립운동에 대구에서 호응. 검거망을 피해 서울로 피신. 서대문 냉동 92번지에서 성악가 박태원(朴泰元)과 합숙. 음 10월 공주의 서한보(徐漢輔)의 영애 순애(順愛)와 결혼.
1922년	(21세) 『백조』 동인으로 「말세의 희탄(晞嘆)」을 동지 창간호에 발표하고 문단 데뷔.
1923년	(22세) 일본 동경으로 건너가 아테네 프랑스에서 불어 수학.
1924년	(23세) 전년의 동경 대진재를 겪고 귀국. 「금강송가」, 「역천(逆天)」, 「이별」 등을 씀. 서울 가회동 취운정에 거처하고 백조파와 어울리면서 이곳이 문화사 패들의 집합소처럼 되었음.
1926년	(25세) 경향파에 동조하면서 「빼앗긴 들에도 봄은 오는가」 발표. 「지구 흑점의 노래」(별건곤 11월 창간호) 발표. 장남 용희(龍熙) 출생, 후에 사망.
1927년	(26세) 귀향. 요정 출입을 하면서 술로 울분을 달램.
1932년	(31세) 가산 정리.
1934년	(33세) 은신책으로 조선일보 경북 총국 경영. 차남 충희(忠熙) 태어남.
1936년	(34세) 중국으로 건너가 상정을 만남.
1936년~40년	(35~39세) 교육, 문화, 사회 사업에 주력. 교남학교 강사로 근무, 은퇴.
1940년	(39세) 이후 「춘향전」 영역, 「국문학사」 집필, 「불란서시」 평역(評譯) 등을 시도 했으나 완결을 보지 못했음.
1943년	(42세) 음 1월 병석에 누워 3월 21일 상오 8시 자택에서 사망.

◆ 도움말 주신 분(1973년 현재)

朴鍾和	72 · 백조 동인 · 작가 · 예술원 회장.
李忠熙	39 · 차남.
李雪舟	65 · 후학 · 시인 · 서울 종로구 사직동 262번지.
李潤守	59 · 시인 · 대구 예총 지부장.

◆ 관계 문헌

白基萬, 『尙火와 古月』, 靑丘出版社刊, 1951년.

朴鍾和, 「尙火의 詩와 그 背景」, 『自由文學』 1959년 11월호.

_____, 「李相和와 그의 伯氏」, 『現代文學』 1963년 1월호.

李姓敎, 「李相和硏究」, 『誠信女師大 人文科學硏究所 硏究論文集』 2집, 1969년.

文德守, 「李相和論」, 『月刊文學』 1969년 6월호.

朴鳳宇, 「尙火의 詩와 人間」, 『漢陽』 1964년 11월호.

金澤東, 「李相和硏究」, 『震檀學報』 34호, 35호.

洪 思 容

(시인 1900~1947)

1. 눈물의 왕(王)

"골육이라 친척이라 일컫는 그것도 모두 다 외도(外道)"라는 불가의 가르침에 따라 나이 30 이후를 동가식서가숙 방랑생활로 보낸 노작(露雀) 홍사용은 차마 골육의 정을 끊지 못하고 본가로 되돌아와 그 생을 내놓으니 나이 47세였다.

「나는 왕이로소이다」로 슬픈 울음을 쏟은 그는 『백조』 동인으로서 낭만적인 자유시를 지었을 뿐만 아니라 희곡을 쓰고, 신극 운동에 몸 바치기를 아끼지 않았으며, 또 몇 편의 단편도 쓴 다재한 사람이었다. 그의 시가 20여 편 발표되었다고 하나 지금 세상에 알려지고 있는 것은 열두서너 편으로 그의 시작 활동은 1925년 이전에는 활발하였고 그 이후 거의 쓰여지지 않았다.

> 돌아다 보아도 우리 시고을은 어디멘지
> 꿈마다 메치는 우리 시고을집은 어느메 쯤이나 되는지
> 떠날제 '가노라' 말도 못해서 만날 줄만 여기고 기두르는 그 커다란 집
> 찬밤을 어찌다 날도 세우는지—

「푸른 언덕 가으로」 2연

뒷날에도 돌아갈 수 없는 고향을 두고 그렇게 읊었던 그 시골 고향은 화성군 동탄면 석우리. 수원에서 성둑길을 따라야 30리, 차라리 이곳 사람들은 오산에서 완행버스를 타고 경부 고속도로와 나란히 북행하는 30리 길을 택한다. 돌모루라고도 부르는 이 마을은 뒤로 주봉(朱鳳)뫼를 두고 앞으로 현량개 냇가가 펼쳐진, 평야 지방으로는 제법 산천이 그윽하기 짝없다.

천석(千石) 재산을 몇 편 시와 연극과 바꾸고, 중년엔 구걸 행각도 마다 않던 시집 한 권 없는 노작은 가히 '눈물의 왕'이었다.

> 나는 王이로소이다. 나는 王이로소이다. 어머님의 가장 어여쁜 아들 나는 王이로

소이다. 가장 가난한 농군의 아들로서…… 그러나 十王殿에서도 쫓기어난 눈물의 王
이로소이다.

「나는 王이로소이다」 1연

노작의 대표작으로 꼽히는 이 시는 나라를 빼앗
긴 설움을 호소한 '쫓긴 이의 노래'이다. "가장 가난
한 농군의 아들"은 "십왕전(十王殿)에서도 쫓기어
난" 나라 잃은 백성의 현실의 상징이다. 그러나 그
가 현실을 숙명적으로 받아들였다는 것이 그의 비
극이요, 시의 한계라 하지 않을 수 없었다. 그렇기
때문에 더 쓸 수가 없었는지도 모른다.

정작 노작은 '가난한 농군'의 아들은 아니었다.
그의 부친은 홍철유(洪哲裕)란 사람으로 대한 제국
의 통정대부(通政大夫) 육군헌병부위를 지낸 충렬
지사였다. 노작이 태어난 1900년에는 이미 노작의
양부(백부) 승유(升裕)와 함께 용인과 화성 일대에 벼
씨 천석을 뿌리는 지주였다.

<사진 1> 휘문의숙 시절의 노작.

노작은 태어나자 백일 만에 서울 재동에서 생부와 함께 8세까지 지내다가 부친이 벼
슬을 내놓음과 동시 낙향하니 그의 나이 8세, 동탄면의 돌모루(석우리)는 시인의 고향으
로서 산천은 시심을 키울 만했다. 이때부터 가정 사숙에서 한학을 배워 12세에 『통감(痛
鑑)』을 마치고 이 해에 원주 원(元)씨 효순(孝順)과 결혼했다. 부인은 2세 위로 조혼이었
는데, 노작은 그 자신도 울었지만 평생 이 부인에게 눈물을 안겨 주고 갔다.

마침 쌀 댓 가마 추수를 하려고 서울에서 이곳 시골로 내려온 굽은 허리, 흰머리의
부인 원씨는 설움을 감추지 못하고 눈물을 쏟아 놓는다.

"백조는 흐르는데 별 하나 나 하나……. 그가 쓴 시에 이런 것이 있었다. 사람은 이름
을 남기고 간다지만 끼니 한 번 함께 하지 못한 방랑의 남자였다. 서울에 있으면서 '해을
려라'는 그의 말 한 마디에 따라 땅은 하나 둘 떨어져 나갔고, 집안에 못할 짓만 시키고
간 사람이었다."

부인은 머리를 숙인 채 눈물을 흘린다. 사람이 찾아오면 수치감에 몸을 감추는 이 한
(恨)의 여인은 그래도 노작을 미워하거나 원망할 줄 모른다.

1916년 휘문의숙을 입학하여 1919년 졸업할 때까지 방학 때나 내려왔고, 1920년 이
후로는 거의 발길을 고향에 들여놓지 않은 그는 과연 골육의 정을 떼려 했던 것인가.

노작에게도 기미독립운동은 그의 일생을 문학의 길로 택하게 한 실마리였다. 이미 1918년에 휘문 동창 월탄, 정백(鄭栢)과 더불어 유인물 『피는 꽃』을 펴내 문학에의 정열을 불태웠다. 그러나 만세사건에 앞장섰던 그는 일본경찰에 체포되었다가 풀려 나왔고, 6월에는 벌써 고향에 돌아와 있었다.

이 시기가 고향의 산수와 인정을 벗하며 독서에 열중한 시의 발아기였다. 이 당시에 은거하며 정백과 함께 쓴 「청산백운(靑山白雲)」은 이렇게 시작한다.

> 學海에 同舟人이 되어 己未 春三月 風浪에 漂流를 當하고 이리저리 떠다니다가 다시 한 곳으로 모이니 이곳은 華城良浦요 때는 同年 6월이라 主人은 笑啞요 過客은 默笑러라.
> 그들은 恒常 남모르는 웃음을 웃으며 無時로 靑天에 떠가는 白雲을 悠然히 바라본다. 村사람들은 가리켜 不可思議人이라고 嘲笑한다. 그 많은 사람에도 그 두 사람을 알아 주는 사람은 그 두 사람밖에 없다. 그 두 사람은 해 저물어 가는 강가에서 울고 섰는 白夜人과 樂園을 같이 건너가려고 손목을 마주잡고 배젓기에 바쁜 그들이다. (하략)

여기에 '소아(笑啞)'는 노작이요, '묵소(默笑)'는 정백이다. 이들은 민족의 고난을 같이 나누며 조국(白衣人)과 함께 잃어버린 낙원으로 찾아가려는 노력을 기울이고 있는 것이다. 노작의 「나는 왕이로소이다」에 나타나는 소극적이나마 저항의 몸짓은 이미 싹터 있었다.

2. 『백조(白潮)』 창간의 동인(同人)으로

그가 서울에 나타나 본격적인 활동을 편 것은 1920년부터다. 월탄, 정백 등과 문예지 『문우(文友)』를 창간하고, 1921년에 노작은 재종형 사중(思仲)을 움직여 '문화사(文化社)'를 설립케 하고 우선 동인지 『백조』 창간을 서둘러, 1922년 1월에 그 햇빛을 본 것이다.

아들 규선(奎善)이 전하는 말로는 『백조』 2호부터는 "홍사중씨가 간행비를 대지 않아 아버님이 시골 땅을 팔아 댄 것"이라고 한다.

원래는 '문화사'에서 사상 잡지 『흑조(黑潮)』도 간행하려고 했으나 자금난으로 무실했고, 『백조』도 3호로써 막을 내렸다.

월탄은 노작의 시를 가리켜 "소월과 노작은 당시에 있어서 순 서정시를 쓰는 민요 시인으로서의 쌍벽"[1]이라 했다. 노작은 상징과 명상을 아울러 엮어 놓은 본격적인 신시(新詩)를 썼으며, 「해저믄 나라에」는 그 대표격이다.

---

1) 朴鍾和, 「잊혀지지 않는 사람들」, 『달과 구름과 思想과』, 徽文出版社刊, 1969년.

그이를 찾아서
해저믄 나라에,
커다란 거리에, 나아갔었더니
지나가는 나그네의 꾀임수에
흔하게 싸게 파는 구진 설음을
멋없이 이렇게 사 가졌노라.

옛느낌을 소소로처
애 끌으는 한숨,
모든 일을 탓하여 무엇하리요,
때묻은 초마자락 흐느적어리고
빛바래인 그림자 무너진 봄꿈,
미치인 지어미의 노래에 섞어서
그날이 마음아픈 오월 열하로.

「해저믄 나라에」1~2연

지금까지 알려진 바로는 노작은 『백조』 3호의 「나는 왕이로소이다」를 마지막으로
시를 쓰지 않은 것 같다.

누런 떡갈나무 우거진 山길로, 허물어진 烽火 둑 앞으로 쫓긴 이의 노래를 부르며
어실렁거릴 때에 바위 밑에 돌부처는 모른 체하며 감중연하고 앉았더이다.
아아, 뒷동산 將軍바위에서 날마다 자고 가는 뜬 구름은 얼마나 많이 王의 눈물을
심고 갔는지요.
나는 王이로소이다. 어머니의 외아들 나는 王이로소이다.
그러나 눈물의 王— 이 세상 어느 곳에서든지 설음있는 땅은 모다 王의 나라로소
이다.

「나는 王이로소이다」마지막 2연

그는 여기에서 민요적인 형식을 탈피하고 즐겨 산문적 시행을 택하고 있는데 1919년
3월 육당의 요청으로 쓰여진 타고르의 「쫓긴 이 노래」란 시의 제목과 같은 구절이 「나
는 왕이로소이다」 후반에 나타나는 것으로 보아, 한용운이 타고르의 영향을 받았듯이
노작도 그 영향권에 들었지 않았나 보는 이도 있다.[2]

---

2) 朴英吉, 「露雀 洪思容論」, 『成大文學』 15 · 16집 참고.

노작은 1923년 들어 '토월회(土月會)'에 참가함으로써 시보다도 신극 운동에 더 열을 올린 것이다.

그는 박승희(朴勝喜), 김복진(金復鎭)과 더불어 조선 극장을 무대로 하는 연극운동에 뒷받침을 했는데, 그의 공적은 외부에 별로 빛나는 것이 아니었다. 그러나 1925년에는 토월회의 자금난으로 그 연명이 어려울 지경이라 제각기 흩어진 꼴이 되었다.

노작을 이소연(李素然)에 의해 소개받은 우석 박진(朴珍)은 회고담에서 이들 세 사람이 의기 투합하여 새로운 연극 단체를 조직하니 이것이 1927년의 '산유화'라고 말한다. 7월에 노작이 쓴 희곡 「향토심(鄕土心)」을 가지고 그 자신의 연출로 공연에 나섰다.

작의(作意)는 이상재(李商在) 선생의 사회장을 준비하던 때라,

> 향토 즉 국토와 민족혼을 호소하려던 흥분된 마음에서 한 것인데 결과는 장안을 메운 人波는 거리에서 서성거리고 수군수군 어수선할 뿐 극장으로는 기대했던 만큼 많은 사람이 오지 않았다. (중략) 대사가 모두 詩的이고 말마다 詩句라 각본은 名作이 라겠으나 알아듣기 어려운 긴 대사에 많지 않은 관중 가운데는 코를 고는 이가 있을 지경이었다.[3]

이로써 '산유화회'는 일거에 몰락하고 말았다.

그 후 1928, 29년에 불교사 2층에 방을 얻어 불교 잡지 『여시(如是)』를 했으나 2호만에 그쳤고, 다만 여기에 희곡 「할미꽃」을 발표했다. 그리고 1928년 4월 초파일 경축행사의 하나로 「태자(太子)의 출가(出家)」를 써 공연했고, 이차돈의 죽음을 그린 「흰젖」을 썼다. 그러나 그 성과는 대단치가 않았다.

3. 일제(日帝)의 집필 강요도 뿌리치고

노작의 본격적인 방랑생활은 이 무렵부터 비롯된다. 그리고 1936년 『조선문단』 4월호 「집필 문사 주소록」에 "홍노작은 주소를 몰라 기재하지 못했다"는 요지의 글이 있는 것을 보더라도 그의 주거 부정이 어느 정도였나 짐작할 수 있다.

1929년부터 1930년까지 박진의 집에서 그의 조차를 가르쳐 달라는 요청으로 함께 유하도록 설득시킨 일이 있었는데 이 때 이미 그는 창 밖에 대고 피를 토하던 병인이었다.

방랑하는 동안에는 "미투리를 꿰차고 여름엔 모시 두루마기, 겨울엔 헌 솜두루마기, 화류목 단장을 잡고 팔도를 유람하는데, 그의 발길 닫지 않은 데가 없었다." 노작의 재당숙 뻘이 되는 철선(喆善)이 들려 주는 말을 인용하지 않더라도, 대부분의 친지들은 그

---

3) 朴珍 책임집필, 『韓國演劇史』, 예술원刊, 1972년.

의 성격을 얌전하나 날카롭고, 마음은 고우나 냉정할 때도 있고, 단아하고 고결해 보이는 선비라고 한다.

그는 꼭 두 번의 인간지정 외도를 했다. 『백조』 시대 석영(夕影) 안석주(安碩柱)와 삼각 관계였었다는 고명옥이란 기생과의 연애 사건, 그리고 1932년께로 추측되는 방랑 중에 충청도 어느 암자에서 만난 불교 신자의 딸로, 여기에서 3남매의 소생이 있었다고 하며, 서울에서는 이들과 기거를 같이 했다. 그는 잠시 종로 5가 청계천 변에 이 여인과 방을 하나 얻어 생활했으나 그 후 자하문 밖 홍지정(弘智町)으로 옮겨 갔다. 이때 춘원 이광수의 홍지정 산장을 자주 찾아 다녔음은 춘원의 일기에 나타나 있다.

이때 박학한 지식을 토대로 한의 공부를 하였는데 그의 약방문은 인근에서 한때 신명했다 한다. 그러나 그것으로 생계를 유지하지는 못했다. 고향의 '골육조차 외도'로 보았던 그의 육신은 새로운 처자식을 먹여 살리느라고 선비의 고결함도 버리고 옛 동료들을 찾아 다녔으나 '글줄 하나 쓰지 않는 타락자'로 보아 동정하는 이도 없어져 갔다. 죄책감과 뿌리고 온 오만으로 차마 고향엔 돌아가지 못하니 선조의 제일(祭日)도 버린 눈물의 방랑객이었다.

<사진 2> '토월회' 시절 공연을 끝내고 단원과 함께.

1941년 노작은 일제의 집필 강요에 따라 희곡 「김옥균전(金玉均傳)」을 쓰다가 마침내 붓을 꺾고 말았다. 이에 크게 반발한 일제는 그에게 주거 제한을 하였다. 그 해 아들 규선의 결혼식에 참가하는 것도 1시간을 넘지 못하게 했다는 것이다.

이미 부인 원씨와 아들은 1940년께 마포구 공덕동 122번지 셋집을 겨우 마련하고 생을 꾸려가고 있었으나 혹 들르면 "술 외상값만 얹어놓고 갔다"는데, 한때는 강경, 전주 등지에서 교편을 잡아보기도 하였으나 오래 가지 않았고, 1944년에는 전하는 바에 의하면 "이화전문에 한 차례 나가 학생들 앞에서 인사한 후 다시 출강하지 않았다"고 한다.

1945년 광복과 더불어 그는 분발하여 근국청년단(槿國靑年團)의 청년운동을 일으키려 하였으나 큰 뜻을 펴지 못했고, 폐환으로 심신의 고통만 더해 갔다.

1946년 아들 규선의 권유로 자하문 밖 집으로부터 공덕동 원씨 앞으로 돌아와 그 두 달 후 1947년 1월 7일 숨이 지니 부인의 애끓는 통곡 속에 오일장이 다비(茶毘)에 붙여지고 그 유골이 고향 산 너머 묵동에 잠들었다.

◆ 연보

1900년 음 5월 17일 경기도 용인군 기흥면 용수리에서 대한제국 통정대부(通政大夫) 육군 헌병부위 남양 홍씨 철유(哲裕)의 외아들로 태어남. 9세에 백부 승유(升裕)의 양자가 됨. 생후 백일 만에 서울 재동으로 가 생부 밑에서 자라남. 아호 노작.

1908년 (8세) 한말 풍운에 따라 가족이 낙향. 잠시 경기도 오산에 거주하다가 화성군 동탄면(東灘面) 석우리(石隅里)로 이사함. 사숙에서 『맹자』, 『통감』 등 한학을 공부함.

1912년 (12세) 2세 연상인 원주 원씨 효순(孝順)과 결혼.

1916년 (16세) 홀로 서울에 상경, 휘문의숙에 입학.

1919년 (19세) 3월 기미 운동에 학생 선두에 섰다가 피체. 휘문의숙 졸업. 6월 향리로 내려감. 정지현(鄭志鉉, 鄭栢)과 함께 은신하며 수필 「청산백운(青山白雲)」과 시 「푸른 언덕 가으로」를 씀. 장자 규선(奎善) 출생.

1920년 (20세) 월탄, 정백 등과 문예지 『문우』를 창간, 이로부터 말년까지 가족을 돌보지 않음.

1921년 (21세) 장녀 여선(女善) 출생. 재종형 사중(思仲)으로 하여금 문화사를 설립케 하여 문예지 『백조』, 사상지 『흑조』를 간행할 준비를 함.

1922년 (22세) 『백조』 창간. 권두시 「백조는 흐르는데 별 하나 나 하나」, 「꿈이면은」 두 편을 발표. 5월 『백조』 2호에 「봄은 가더이다」 발표. 「비오는 밤」(동명 7호) 발표. 이 무렵 「시악시 마음은」, 「시악시의 무덤」 등 발표.

1923년 (23세) 9월 『백조』 3호에 시 「나는 왕이로소이다」, 「그것은 모두 길이었지마는」, 「흐르는 물을 붙들고」와 단편 「저승길」을 발표. 『개벽』 7월호(37호)에 시 「해저믄 나라에」, 「어머니에게」, 「그이의 화상을 그릴제」 3편을 발표. 「커다란 물을 껴안고」 발표. 신극 운동 '토월회(土月會)'에 참가, 이후 '토월회'의 문예부장직을 맡으면서 재정적 지원을 함.

1925년 (25세) 『개벽』 7월호에 단편소설 「봉화가 켜질 때에」 발표.

1927년 (27세) 2월 우석(愚石) 박진(朴珍), 이소연(李素然) 등과 함께 극단 '산유화회'를 조직, 7월에 자작 희곡 「향토심」 연출 공연.

1928년 (28세) 이를 전후하여 종합지 『여시(如是)』를 간행, 여기에 희곡 「할미꽃」 발표. 불교사 주최 4월 초파일 경축 공연에 희곡 「태자(太子)의 출가」 공연. 희곡 「흰젖」을 씀.

1929년 (29세) 이후 2년간 익선동 박진의 집에서 기거, 이때에 이미 각혈을 하고 있었음.

1930년 (30세) 이를 전후하여 방랑생활을 시작함. 작품을 발표하지 않음.

1932년 (32세) 『불교』지에 희곡 「벙어리굿」을 발표. 종로 5가에서 셋방살이를 함. 다시 문단에서 잠적함.

1935년 (35세) 전후하여 자하문 밖 홍지정에서 한의 공부를 하여 한방문을 지어 생계를 도움. 충청도 모 여인과 동거하여 이후 3남매를 낳음.

1940년 (40세) 부인 원씨와 장자 등 가족이 화성에서 서울 마포구 공덕동 122번지로 이사하였으나 별거함.

1941년	(41세) 희곡 「김옥균전」을 썼으나 빛을 못 보고 유실됨.
1945년	(45세) 이후 근국청년단(槿國靑年團) 운동을 일으키려 하였으나 뜻을 펴지 못함.
1947년	(47세) 1월 7일(음 병술 12. 3일) 폐환으로 공덕동 장자 규선 집에서 47세를 일기로 사망함. 유해는 화성군 동탄면 묵동에 묻힘. 『별건곤(別乾坤)』의 조선자랑호에 연대미상 작품 「메나리찬(讚)」 수록.

◆ 도움말 주신 분(1973년 현재)

元孝順	75 · 부인 · 서울 성북구 하월곡 1동 91번지.
洪奎善	54 · 장남 · 위와 같음.
朴 珍	67 · 연극인.
朴英吉	고명중고교 교사.
洪喆善	62 · 경기도 화성군 동탄면 석우리 345번지.

◆ 관계 문헌

朴英吉, 「露雀 洪思容論」, 『成大文學』 15 · 16, 합병호, 成大國文學會刊.

金相一, 「思容과 相和」, 『現代文學』 1959년 10월호.

朴鍾和, 『달과 구름과 思想과』, 徽文出版社刊, 1965년.

羅 稻 香

(소설가 1902~1926)

1. 조부는 한의(漢醫), 부친은 양의(洋醫)

우리나라 작가 중 24세라는 가장 어린 나이로 도향 나경손(羅慶孫)은 그 생을 닫았다. 1920년대 전반기의 만 5년 동안 문학이란 불꽃 속에 몸을 사르며 잠깐 빛났다가 꺼져 버렸지만, 그만큼 발전에의 빠른 탈바꿈을 보인 작가도 없다. 도향 문학의 도정을 일컬어 문학사가들이 낭만주의에서 시작, 자연주의 또는 사실주의로 옮겼다느니, 시종 낭만주의였다느니 하고 오늘날에도 낡은 사조사의 틀 속에 옭아 넣고 있는 까닭은 바로 그의 단명과 동시에 장족의 문학적 발전에 기인한다. 그러므로 그는 미지수의 작가였다.

초반의 소녀적 감상에서 말기의 「뽕」, 「물레방아」에 이를 때까지 문학과 사랑과 병으로 심신을 앓고 있었으며, 마침내 단편 「벙어리 삼룡(三龍)이」에 이르러서 그의 문학은 하나의 가능성을 제시하였으나, 애석하게도 1926년, 스물네 살 총각인 채로 요절하고 말았다.

「노틀담의 꼽추」와 비교되는 「벙어리 삼룡이」는 땅딸보며 고개가 달라붙어 몸뚱이에 대강이를 갖다가 붙인 것 같고, 얼굴이 몹시 얽은 데다 입이 크고 머리카락은 불밤송이처럼 일어서 있으며, 그가 걸어 다니는 모습은 용두꺼비 같다. 이것이 벙어리 삼룡이의 외양이다.

나도향은 이 추남이 살고 있는 동네를 소설 앞머리부터 묘사해 나간다.

> 내가 열 살이 될락말락한 때이니까 지금으로부터 십 사오 년 전 일이다. 지금은 그곳을 청엽정(青葉町)이라 부르지마는 그 때는 연화봉(蓮花峰)이라고 이름하였다. 즉 남대문(南大門)에서 바로 내려다보며는 오정포(午正砲)가 놓여 있는 산등성이가 있으니, 그 산등성이 이쪽이 연화봉이요, 그 새에 있는 동네가 역시 연화봉이다.

차분한 서술이다. 그의 문장이 이토록 침착해지기는 「뽕」, 「물레방아」를 발표하고부터다. 「젊은이의 시절(時節)」, 「별을 안거든 우지나 말걸」, 「청춘(青春)」 등에서는 조잡하고 치기어린, 문학 중독자의 습작 정도에 지나지 않았다고 보아도 지나친 모독은 아닐 것이다. 심지어 1922년, 약관 20세에 동아일보에 연재하여 일약 천재소년 문사(文士)라는 찬사를 받았던 「환희(幻戲)」 조차에서랴.

그가 문학사에 남긴 「벙어리 삼룡이」는 이렇게 계속된다.

지금은 그곳에 빈민굴(貧民窟)이라고 할 수밖에 없이 지저분한 촌락이 생기고 노동자들밖에 살지 않는 곳이 되어 버렸으나 그 때에는 자기네만은 행세한다는 사람들이 있었다.

집이라고는 십여 호밖에 있지 않았고 그 곳에 사는 사람들은 대개 과목밭을 하고 또는 채소를 심거나 그렇지 아니하면 콩나물을 길러서 생활을 하여 갔었다.

여기에 그 중 큰 과목밭을 갖고 그 중 여유 있는 생활을 하여 가는 사람이 하나 있었는데, 그의 이름은 잊어버렸으나 동네 사람들이 부르기를 오생원(吳生員)이라고 불렀다.

<사진 1> 안동에서 교편생활을 하면서 「청춘」을 쓰던 1922년 무렵의 도향.

「벙어리 삼룡이」의 무대는 1902년 3월 30일 도향이 태어났던 청파동 1가(전 청엽정 1가) 156번지에서 연화봉(현 배문중고 일대) 사이의 감나무와 복숭아나무의 과목이 들어찼던 그 아랫동네이다. 그가 타계한 조부댁인 남대문 밖 양동(전 어성정)의 현 도큐호텔 못 미쳐 골목어귀 오른쪽 2층집에서 바라보면 「벙어리 삼룡이」의 무대가 일목요연하게 눈앞에 전개되었을 것임에 틀림없다. 그곳에서라면 연화봉과 오정포(현 청파동 2가 1번지)의 위치가 한눈에 들어오리라는 것을 추정할 수 있다.

도향이 "열 살이 될락말락한 때이니까" 지금으로부터 60여 년 전 벙어리 삼룡이는 "큰 과목밭을 갖고" 있는 오생원의 집 머슴살이를 하고 있었다. 그러나 오늘날 연화봉에서 벙어리 삼룡이의 일화는 찾아볼 수 없다. 다만 이 곳 노인네들 중에 인접 동네인 서계동에서 나서 청파동에 살고 있는 차자근남(車子斤男) 노인은 기억을 더듬는다.

"지금은 저렇게 1급 주택들이 꽉 들어차 있지만 내가 코흘리개일 때엔 복숭아와 감나무 밭이었다. 힌두복숭아는 일품이었다. 기생이 정력을 기르느라고 밤마다 먹는다는 벌레가 슨 힌두복숭아였다."

그러나 10여 년 지나서 과수원 언저리로 빈민들이 집을 지어 들어오기 시작했다. 연화봉 뒤쪽에는 공동묘지가 있어 묘지를 만든 다음 상가 사람들은 칠성판을 버리고 갔는데, 그것을 주워다가 뒷간을 만들 만큼 찌그러지게 가난한 사람들이 들어왔다. 이 때가 「벙어리 삼룡이」의 서두 "지금은 그 곳에 빈민굴이라고 할 수밖에 없이 지저분한 촌락이 생기고……"에 해당되며, 이 작품을 쓰던 때다.

도향은 조부댁 양골과 생가인 청파동을 수시로 오고가며 잠자리를 나눴다고 하는 것으로 미루어, 아마도 연화봉 언저리의 인상은 「벙어리 삼룡이」를 쓰기 훨씬 전부터 박혀 있었던 듯싶다.

도향의 셋째 아우 나명식(羅明植)에 의하면 과목밭의 일부는 그 전에 나씨 집안의 것이라고 들었다는 것이다. 이처럼 현실적 무대를 설정하고 그 위에 불륜하고 아름다우며 괴기한 낭만적 공상으로 다뤄진 소설이 「벙어리 삼룡이」이다.

도향은 이 한 작품을 만들기 위해 문학에의 고행길에 나섰다가 사라진 사람 같다. 그는 세상에 태어나서 우수리재에서 한약방을 차리고 있던 조부 나병규(羅炳圭)와 양의(洋醫)를 하던 부친 나성연(羅聖淵)의 귀염을 받으며 자랐다.

2. 백조파(白潮派)의 방랑객(放浪客)

1919년에 배재고등보통학교를 졸업하고 조부의 뜻에 따라 경성의전에 입학하였으나 문학에의 꿈을 버리지 못하고 고종 인산(因山)인 3월 1일 남몰래 노자를 마련하여 의과를 헌신짝처럼 내던지고 일본으로 건너갔다. 조도전(早稻田)대학 영문과에 입학하려는 뜻에서였다. 그러나 입학은커녕 돈이 떨어져 고생만 하다 거지꼴로 돌아오니 얻은 것은 가슴앓이뿐이었다. 문학을 한다는 것이 조부의 사랑을 노여움으로 만들었고, 그 노여움은 손자를 버린 셈 치게 되었다. 그러나 그의 부친만은 경성의전을 나온 사람으로 그를 이해했다고 한다.

1921년에 그는 홍사용, 현진건, 이상화, 박영희, 박종화, 노자영 등과 더불어 『백조』 동인이 되었다. 그리하여 『백조』 창간호는 1922년 1월에 나왔고, 여기에 「젊은이의 시절」을 발표했다.

그러나 그는 이 해 봄에 경북 안동으로 내려가 보통학교에서 1년간 교편생활을 했다. 그는 작품도 그렇거니와 실제 인간도 퍽 낭만적이고 감상적인 사람이었던 것 같다.

그의 이 같은 면을 『백조』 2호의 「육호잡기(六號雜記)」가 대변해 주고 있다. 이 글은 『백조』 2호가 나오기 전에 이미 도향은 안동에 내려가 있었음을 시사한다.

여기는 꽃이 다 져 버렸나이다. 웃는 듯하고 우는 듯한 그 꽃은 벌써 다 졌나이다.
저는 다만 愁然한 雙眼으로 無言한 그 꽃만 바라보았나이다. 그 꽃은 저를 보고 우셨는지 울었는지 성냈는지 토라졌는지 어떻든 말없이 있더이다. 바람이 불어서 시름없이 그의 치맛자락을 벗어 내던질 때까지 그는 다만 無言이었나이다. 그 위에 따뜻한 바람이 불 때나 밤이나 낮이나 아무 소리 없던 그 꽃은 그만 시들어 져 버렸나이다. 뜸兄뜸兄 울어야 할는지 웃어야 할는지 저는 모르나이다. 그것을 말하는 者가 일찌기 없었으며 그것을 말할 者 가 또한 있지 않을 터이지요. ……寂寂寥寥한 이곳에 외로이 있는 저는 다만 學校 뒤에 聳出한 嶺南山 위에 올라서서 兩地便 하늘만 바라볼 뿐이외다. 그러나 重重疊疊한 바위山이 나의 가슴을 탁 틀어막나이다.

타향살이의 고독을 이렇게 달래면서 1년간 안동에서 지냈다. 그 때 그는 1926년에 단행본으로 간행한 장편소설 『청춘』을 탈고하고 있었다. 스스로 말한 것처럼 "손이 공중으로 날듯이 붓을 달리는" 그는 소설을 쉽게 써내는 편이었다. 「청춘」은 안동에서의 송본(松本)이라는 일녀와의 열애 끝에 나온 작품이라고 한다.

나이 20세에 동아일보에 발표하여 천재 문사라는 찬사를 받았던 「환희」에서도 그의 감상적인 요소는 강하게 작용하고 있다.

泗沘水 나리는 물에 석양이 비낀데,
버들꽃 나리는데 落花岩이란다.
철모르는 아이들은 피리만 불건만
마음있는 나그네의 창자를 끊노라.
낙화암, 낙화암, 왜 말이 없느냐.

술만 취하면 부르던 이 노래와 같이 낙화암에서 끝장을 보는 감상과 애조에 찬 「환희」는 여성독자들의 인기를 차지했다.

아닌게 아니라 이 소설은 당대 이광수의 「무정」 정도에 만족해야 했던 독자들에게 경이로운 소설이었다. 자유분방한 내용도 그러려니와 안석영(安夕影)의 삽화는 과거의 교과서적 구태의연한 스타일에서 벗어나 반나체의 여인상이 처음으로 등장하는 등 파격적인 것이었다.

도향은 모양을 낼 줄 몰라 털터리 문인꼴을 하고 있었으나 방랑벽에 낭만적인 기질로 기생과의 사랑 에피소드가 끊이지를 않은 것도 이 무렵이다.

稻香에게는 서울 南大門 城 밑 골목 안에 집이 있기는 있었다. 그러나 그 집은 그야말로 계딱지만한 집인데다가, 그의 父親이 藥房이라고 차려 놓고 앉았기 때문에 稻香은 그 집에 同居할 수가 없어서, 그대로 집 없는 '乞食兒' 노릇을 했던 것이다.

그래서 그는 서울 장안 안에 제 집이라고 있기는 있으면서, 夕陽 아래 외로운 그림자를 이끌고 下宿으로 旅館으로 다니던, 文學 그대로 '逆旅過客'이었던 것이다.

　그러므로 그의 作品들은 따뜻한 제 집에서 쓴 것도 아니요, 또 조용한 서재에서 쓴 것도 아니었다. 그는 原稿紙와 잉크瓶을 들고 다니며 下宿이나 旅館에서 '孤獨'을 씹을 대로 씹어 가면서 자기 作品들을 썼던 것이다.[1]

　그는 계속 많은 글을 썼다. 그러나 오늘날 체에 걸려서 남는 작품은 손을 꼽을 정도다. 그것을 알았는지 그 자신 그의 글에 대하여 퍽 겸손했다.

　더구나 안으로 가정, 밖으로는 사회로 그리 맘대로 되는 운명에 나지 못하고 정신상으로나 육체적으로 그리 든든하고 풍부한 천품을 타지 못한 나로서 무엇을 깨닫고 느끼고 사색하는 것이 아직 부족한 때 붓을 잡는다는 것이 잘못이라고까지 생각을 한다.

　더구나 아직 수양 시대에 있어야 할 나에게 무슨 요구를 하는 이가 있다 하면 그런 무리가 없을 것이요, 또는 나 자신이 창작가나 또는 문인으로 자처를 한다면 그런 건방진 소리가 없을 것이다. 어떻든 무엇을 쓴다는 것이 죄악 같을 뿐이다.

　겸손하나 무엇인가 자신에 넘친 겸손이다. 그런 점은 도향이란 별호에서도 볼 수 있다. 그가 『조선문단』 4호에서도 밝혔지만, 동인이던 월탄 박종화는 그가 경손이란 이름을 원래 좋아하지 않았다고 전한다. 재래 사상에 젖어 있던 그의 조부가 생전에 손자 본 것을 기뻐하여 지어 준 이름으로, 남이 "경손, 경손"해도 손자가 되는 꼴이므로 하루는 월탄을 찾아 호를 지어 달라고 했다는 것이다.

　누님 정옥(貞玉·작고)의 별호 '만하(晚荷)'의 끝자를 돌림으로 지었던 '은하(隱荷)'라는 호가 너무 속되고 묵은 냄새가 난다 해서였다. 월탄이 지어 준 십여 개에서 고른 것이, 한국적이며 '평범하나 대수롭지 않은 향내', '도향'을 호로 하고 '빈(彬)'을 필명으로 잡았다.

　1923년에 「십칠원 오십전(十七圓五十錢)」, 「여이발사(女理髮師)」, 1924년에 「자기를 찾기 전」 등을 쓰고 1925년에는 우리나라 단편의 수작 「뽕」, 「물레방아」를 발표하였다. 그는 그해 가을 돌연 청운의 뜻을 굽히지 않고 일본으로 재수학의 길에 올랐으나 이 역시 허사로 돌아갔다. 여름에 마산의 이은상에게 들러 3개월간 거기서 식객이 되었다가 곧바로 일본 동경으로 갔다는 것이다. 염상섭을 찾아간 것이지만, 집에서 학비를 대 주지 않아 그는 너무나 가난했다. 게다가 일본에서 후에 동아일보 기자를 지낸 최모라는 여자와 아동문학을 하고 있던 진모라는 사람과의 삼각연애 관계에서 돈이 없어 실패하고 말았다고 한다.

　"마당에 거지 하나가 소리 없이 들어와 있었다. 딱딱한 밀짚모자에 검은 색 일본 옷

---

1) 李殷相, 「稻香回想」, 『現代文學』 1963년 1월호.

을 걸치고 게다짝을 꿰고서 비를 흠씬 맞고서 그가 다시 집을 찾아든 것이다."

초여름의 비 오는 날 다시 양골로 돌아온 도향은 병색이 완연했다고 아우 나명식은 어린 시절의 충격을 술회한다. 이 때 그는 몸뿐만 아니라 일본에서 얻은 사랑의 병을 같이 앓고 있었다.

3. 벙어리 삼룡이의 자화상

이 무렵 양골의 2층집 창문에 세상사를 초극한 듯한 도향의 모습이 자주 보였다. 건너편 연화봉의 비극 「벙어리 삼룡이」를 쓰고 있었음직하다.

> 그 사람도 동네 사람들에게 그리 인심을 잃지 않으려고 섣달이면 북어쾌 김톳을 동네 사람에게 나눠 주며, 농사 때에 쓰는 연장도 넉넉히 장만한 후 아무 때나 동네 사람들이 쓰게 하므로 그 동네에서는 가장 인심 후하고 존경을 받는 집인 동시에 세력 있는 집안이다.

이러한 오생원의 집에서 충복 삼룡이는 "나이는 열일곱 살이나 어리광을 부리며 사람에게나 짐승에게 잔인 포악한 짓을 많이"하는 오생원의 아들에게 시달림을 받기는 하지만 그런대로 자기 집으로 믿고 행복하게 살았다. "나는 벙어리다" 하는 원통함을 느끼면서도 남과 같은 자유나 권리가 아예 없는 줄로 알고 지냈다.

삼룡이의 비극은 그 집 아들이 장가를 들어 집 안에 새색시가 들어온 후부터다. "구식 가정에서 배울 것 배우고 읽힐 것 읽혀 못하는 것이 없고 게다가 본래 인물이라든지 행동거지에 조금도 구김이 있지 아니하니" 못난 어릿광대 신랑의 포악성은 날로 심해 간다. 애처로운 여인의 모습이 그만 삼룡에게 사랑을 심어 준다. 이 마음이 주인 아씨를 가까이 하려는 행동으로 나타나고 그럴수록 삼룡이와 새색시에 대한 새서방의 학대는 심해진다. 새색시는 자살 소동을 벌이고 삼룡이는 쫓겨나는 신세로 전락하면서 갑자기 반항심이 일어난다. "벙어리는 죽은 개 모양으로 끌려 나갔다. 그리고 대갈빼기를 개천 구석에 들이박히면서 나가 곤드라졌다"가 일어나니 지금까지 자기가 열고 닫던 문은 닫혀져 열리지를 않는다. 모든 것이 원수로 생각되자 그는 모두 없애 버리려고 그 주인집에 불을 지른다. 화염 속에서 화상을 입어 가며 새색시를 구하여 안고 지붕으로 올라갔으나 그는 새색시를 무릎에 안은 채 죽어간다.

> 그의 울분은 그 불과 함께 사라졌을는지! 평화롭고 행복스러운 웃음이 그의 입 가장자리에 엷게 나타났을 뿐이다.

<사진 2> 1922년에 써서 4년 후에 조선도
서주식회사에서 간행된 중편 『청춘』 표지.

가해자와 피해자의 대결이 사랑을 에워싸고 전개되다가 마지막에는 그 위치가 바꿔지면서 「벙어리 삼룡이」는 끝이 난다. 사회적으로는 조혼 풍습에서 오는 모순에 대한 비판이며, 인간적으로는 이루지 못하는 애정 갈등의 자기 파괴요, 예술적으로는 기괴스러운 낭만적 분위기다. 어쩌면 「벙어리 삼룡이」는 도향 자신일 수도 있다. 그는 늘 자신을 추남으로 생각하여 문단에 나온 이후에는 사진 찍기를 마다했다. 그 '추남'의 공부하려는 소망은 두 번이나 좌절되었고, 진정한 사랑도 남에게 빼앗기고, 시시각각으로 다가오는 죽음 앞에서 드디어는 세상에 대한 저주가 싹트고 있었던 것인지도 모른다. 연화봉 아랫마을 과수원 언저리에서 자신이 삼룡이가 되어 울분을 토하고 싶었던 것인지도 모른다.

그런데 이 作品(필자 註 · 「뽕」)이 明白히 寫實的인 傾向을 보였음에 反하여 마지막 무렵 그가 세상을 떠나던 1927年의 作인 「벙어리 三龍이」는 다시 浪漫的인 傾向으로 마음껏 기울어진 것이었다. 不具者인 '三龍이'는 마치 「노오뜨르담의 꼽추」처럼 到底히 자기 주제에 어울리지 않는 '주인 아씨'를 사랑한다.2)

라고 김우종(金宇鍾)은 도향의 낭만에의 복귀를 시사하고 있다.

4. 초라한 천재의 죽음

그는 총각인 채로 요절했다. 침모가 어느 날 "경손아 병이 어서 나아서 장가를 가야지" 했을 때 그의 대답은 한 마디로 정해 있었다. "장가는 저승에 가서 들기로 하였다"고 한다.

1926년 8월 26일(음 7월 19일) 양동집에, 시집간 누님 만하가 인력거를 타고 왔다. 그리고 또 한 대의 인력거가 들이닥치더니 왕진 가방을 든 낯선 의사가 와서 도향에게 주사를 놓고 갔다. 아버지가 의사임에도 다른 의사가 왔던 것이다. 얼마 후에 곡성이 들렸다. 의사인 아버지도 아들을 구하지는 못했다.

하오 1시가 가까웠을 즈음 도향은 그만 폐환으로 숨을 거두고 만 것이다.

---

2) 金宇鍾, 「羅稻香論」, 『現代文學』 1962년 12월호.

그의 죽음을 사람에 따라 1927년으로 기술하고 있으나 이것은 잘못이다.

『신민(新民)』 1926년 9월호에는 김영호(金永鎬)의 「나빈(羅彬)의 죽음」을 신고, 『현대평론(現代評論)』 1927년 8월호에는 1주기 특집을 싣고 있으며, 여기에 「벙어리 삼룡이」가 고(故) 도향으로 게재되어 있다.

이리하여 그의 시체는 이태원 공동묘지에 묻혔다. 총각 도향의 죽음은 초라하고 가여웠다. 『백조』 동인들은 그의 비갈(碑碣)을 세우고 도향 나빈지묘(稻香羅彬之墓)라 했으나 부영주택을 짓는다는 바람에 유택에서도 쫓겨났다. 집안이 기울어지고 있는 때라 화장을 하고 어느 절로 보냈다 하지만 아무도 아는 이가 없다.

> 나이보다 늙어 보이는 것이 나에게는 언제든지 一種의 悲哀를 느끼게 하는 것이다. 天才는 早熟이라는 말이 있으니까 或 적이 慰安이 될지는 모르지만 나는 天才라는 名譽를 얻을 만치 天賦한 恩寵을 타고 났는지 그것도 是認치 못하거니와 만일 날더러 天才가 되어서 夭折을 하거나 또는 남이 사는 것만치 生을 享樂치 말라 한다 하면 나는 그까짓 天才라는 것은 헌신짝만큼도 생각지 않고 내버릴 것이다.[3]

그는 오래 살아 자연스럽게 작품을 쓰고 싶었다. 지금 청파동 1가의 과수원을 꿈꾸며 "과수원이나 경영하였으면……"하고 말하곤 했으나 「벙어리 삼룡이」의 과목밭만을 꾸리고 갔다. 그의 유처가 어디뇨, 찾아보고 싶다.

---

[3] 「쓴다는 것이 죄악같다」, 『朝鮮文壇』, 1925년 5월호.

◆ 연보

1902년　3월 30일 서울 남문 밖 청파동 1가 156번지에서 부 나성연(羅聖淵), 모 김성녀(金姓女) 사이의 장남으로 출생. 본명은 경손, 호는 도향, 필명은 빈(彬).

1917년　(15세) 미선계 개옥(改玉) 보통학교를 거쳐 배재학당에 입학(배재 상급반에서 교우지 편집 등을 맡아 문예활동을 함).

1919년　(17세) 배재고보를 졸업. 조부의 뜻에 따라 경성의전에 입학하였으나 문학에 뜻을 품고 고종 인산인 3월 1일 조부가 인산에 나간 틈을 타 몰래 도일하여 조도전(早稻田)대학 영문과에 입학하려 했으나 본가에서의 학자금 송달이 막혀 귀국.

1921년　(19세) 단편 「추억」(신민공론 1월호)을 발표하여 『백조』 동인에 참가.

1922년　(20세) 1월 『백조』 창간됨. 「젊은이의 시절」(백조 1호), 「별을 안거든 우지나 말걸」, 시 「투르게네프 산문시」(이상 백조 2호), 소설 「옛날 꿈은 창백하더이다」(개벽 12월호), 장편 「환희」(동아일보 연재) 등 발표. 경북 안동에서 1년간 보통학교 교사로 근무. 이 때 중편 「청춘」을 썼으나 1926년에야 단행본으로 간행됨. 조부와 헤어져 양골에서 연화봉(지금의 청파동 1가)으로 이주. 부친은 지방 공의로 낙향.

1923년　(21세) 단편 「십칠회 오십전」(개벽 1월호), 「춘성(春星)」(개벽 7월호), 「여이발사」(백조 3호), 「은화 백동화(銀貨 白銅貨)」(동명 18호), 「행랑자식」 등 발표.

1924년　(22세) 단편 「자기를 찾기 전」(개벽 3월호), 논문 「문단으로 본 경성」(개벽 6월호), 소설 「전차차장의 일기 몇 절」(개벽 12월호) 등 발표.

1925년　(23세) 단편 「뽕」(개벽 12월호), 「의사의 고백」(조선문단 3·4월호), 「계집 하인」(조선문단 5월호), 「물레방아」(조선문단 8월호), 「꿈」(조선문단 11월호), 계급 문학 시비론 「뿌르니 푸르로니할 수는 없지만」(개벽 2월호), 수필 「주노애이(酒奴愛孋)(감상)」(생장 1월호), 「그믐달·단상 두 개, 별호」(조선문단 1월호), 시 「찾아나 볼까? 오늘엔 날더러 서방님 하지만, 사랑고개」(조선문단 2월호), 수필 「5년 전 창작 당시를 회상하면서—환희」(조선문단 3월호), 「제가(諸家)의 연애관—내가 믿는 문구 몇 개」(조선문단 7월호), 수필 「하고 싶은 말 두엇(감상)」(조선문단 7월호), 「벽파상(碧波上)에 일엽주」(조선문단 8월호), 소설 「한강변의 일엽편주」, 잡문 「쓴다는 것이 죄악같다」(조선문단 5월호) 등을 발표. 재차 도일하여 수학의 뜻을 이루려 하였으나 실패하고 이듬해 귀국.

1926년　(24세) 소설 「지형근(池亨根)」(조선문단 3·4·5월호), 「화염에 싸인 원한」(신민 7, 8월호) 등을 발표. 8월 26일 폐환으로 24세를 일기로 요절. 「벙어리 삼룡이」(현대평론 8월호)가 '고(故) 도향'이란 이름으로 수록됨. 장편소설 『청춘』(조선도서 주식회사)이 간행됨.

◆ 도움말 주신 분(1973년 현재)

朴鍾和　72 · 백조 동인 · 작가 · 예술원 회장.
羅明植　53 · 건축업 · 서울 마포구 아현동 85의 176.

◆ 관계 문헌

方仁根,「羅稻香君을 追憶함」,『三千里』1929년 9월호.

安碩柱,「稻香의 回顧」,『朝光』1939년 10월호.

金宇鍾,「羅稻香論」,『現代文學』1962년 11 · 12월호.

李殷相,「稻香回想」,『現代文學』1963년 1월호.

全端英,「稻香回想」,『韓國語文學硏究』, 梨大 韓國語文學會刊, 1964년 9월.

金永秀,「羅彬의 꿈과 現實의 주변」,『文學春秋』1965년 6월호.

金 東 鳴

(시인 1900~1968)

1. 가난으로 등진 고향

초허(招虛) 김동명은 처음에는 다분히 퇴폐적인 경향에서 출발하여, 중년에는 전원적이면서도 민족적 비애가 서린 시를 쓴 서정시인이었다.

그는 어려서 가난 때문에 고향 강원을 등지고 부모를 따라 함남의 바닷가를 제 2의 고향으로 알고 은둔 거사의 시경(詩境)을 펴 갔고, 한 때는 목상(木商)도 했다. 광복 이후에 38선을 넘어와 풍물·풍자시도 쓰며, 정치평론의 필봉을 휘둘러 논객으로도 유명했다. 그럼에도 시로서의 그의 진수는 1930년대에 있었다. 꿈과 애조의 가락이 호소하듯 하는 「파초(芭蕉)」를 비롯하여 오늘날 널리 애송되고 있는 「수선화」며 「내마음」 등은 그가 실로 민족 정서를 구현한 유수한 시인이었음을 말해 주고 있다.

> 내 걸음의 이력서의 첫줄은 1908년 즉 내 나이 아홉 살(만 8세) 되던 해로부터 시작된다. 나는 이 해에 고향인 강릉을 떠나 북쪽으로 550리를 들어가는 함경도 원산까지 아버지와 어머니를 따라서 걸어간 일이 있다. 도중에서 처음 남포동을 보고 신기해 하던 일이며, 원산에 다 와서야 말로만 듣던 사탕이라는 괴물을 처음보고, 이것을 사 주지 않는대서 노엽던 기억은 시방도 선하다.[1]

이렇게 쓴 그 고향은 강릉, 더 정확히 말하면 강원도 명주군 사천면 노동리. 강릉에서 속초로 북상하는 30리 길목에서 서쪽으로 5리가량 들어가 자리 잡은 마을이다. 바닷가라 하지만 바다가 10리 거리요, 산간이라 하지만 구름 사이로 태백산맥의 준령이 꽤 멀리 바라다 보인다.

경주 김씨의 수은공(樹隱公)파는 강릉시 병산동, 간성, 평창 등지에 퍼져 살고 있는데, 노동리도 10대를 살아 오면서 하나의 큰 부락을 이루었다.

동명은 이 마을에서 1900년 6월 4일 김제옥(金濟玉)을 부친으로, 평산 신(申)씨 석우(錫愚)를 모친으로 하여 태어난 독자였다. 그의 부친은 7형제 중 다섯째였던 탓인지 무학

---

[1] 「어둠의 비탈길의」 '失影記', 金東鳴全集 3권 『모래 위에 쓴 落書』, 1965년.

(無學)의 사람이었다. 거기다가 땅마지기 부쳐 먹기조차 어려운 찌그러지게 가난한 살림이었다. 그가 고향을 떠나기 전에 서당에 다녔던 것은 그 모친 신씨의 열의에 의한 것이었다 하는데, 신씨는 자식 하나 공부시키기 위해 맹자의 어머니처럼 고향에의 미련을 헌신짝 버리듯 등지고 함경도 원산으로 향했다. 바로 동명 나이 8세였는데 이런 점이 그를 어른스런 소년으로 자라나게 했을지도 모른다.

그는 원산에서 보통학교 과정을 다녔다. 모친 신씨는 그가 중학을 나올 때까지 삯바느질이며 옷감 봇짐장수며를 마다 않고 닥치는 대로 해냈다. 어느 날 동명이 "어머니는 내가 이다음에 커서 무엇이 되기를 바라나요?"하고 물었을 때 "강릉 군수가 되어 주렴"[2]하며 대답했다는 그 모친이야말로, 삶의 갖은 고달픈 역경을 겪으면서 얼마나 떠나온 고향에의 향수에 잠겼을까하고 뒷날 아들은 모정을 술회했다.

1915년께 함흥으로 생활의 근거를 옮겨 함흥 영생(永生)중학교에 입학했고, 졸업하기는 1920년 그의 나이 20세에 이르던 4월이었다. 그리고 그 이듬해에는 서호의 동진소학교 교원이 되었다. 1925년 그가 동경으로 유학의 길을 오를 때까지의 교원 시절은 평안남

<사진 1> 화초를 즐겨 가꾸듯이 시상을 다듬어 민족의 애송시 「파초」, 「수선화」, 「내 마음」을 내어놓은 만년의 모습.

도의 강서와 신안주, 함경남도의 원산, 안변 등지로 떠도는 불안정한 생활의 연속이었다. 이 떠돌이의 생활 속에서 그의 문학에의 정열은 솟구치고 있었다.

2. 파초(芭蕉)의 비애

사실 중학 시절에 그는 문학에 취미가 없었던 것은 아니었지만 남아로서 활약할 더 큰 무대에의 꿈이 있었다. 그가 그 때 읽었다는 문학 작품들은 모두 국내에 한하였고, 그 중에서 춘원의 「어린 벗에게」, 「윤광호(尹光浩)」 그리고, 주요한의 「불노리」를 읽고 신문학이란 이런 것이구나 생각했을 정도였다. 교원 생활, 그것도 떠돌이 교원 생활이 차츰 그의 애초의 이상을 사그러뜨리고 문학 쪽으로 기울게 한 원인이 된 것 같다. 그리고 그의 인상은 언뜻 좋게 보아 줄 수 없는 감상과 퇴폐의 그것이었는데, 이런 점 때문에 그는 문학을 하는 사람으로 보였다. 뒤에 조광사(朝光社)에 있으면서 시를 잠시 썼던 현인규(玄仁圭)와 신안주에서 친히 지내게 되자 그로부터 문학 지식을 얻고 그의 장서에

2) 「어머니」, 『世代의 揷話』, 1959년.

서 처음으로 보들레르를 대하게 되었다. 그가 현인규를 만난 것은 1922년의 일이었다.

> 百祥樓(신안주 소재) 옛 다락에 올라 人生을 울고, 淸川 맑은 물굽이에 懊惱의 쪽배를 띄우기도, 로망 롤랑의 장엄한 說敎에 옷깃을 바로잡는가 하면,「惡의 꽃」의 야릇한 香氣에 함뿍 취해 버리기도, 꽃밭에 든 나비처럼 節制를 모르기도, 내 사랑의 終焉을 慟哭하기도, 모두 이 해의 일이었으니, 내 文學의 第一年이 이만하면, 미상불 다채롭지 않았던가 싶다.3)

라고 「나의 문학수업시대회상기」에서 밝힌 바 1922년은 그의 문학의 출발점이었다.
그 다음해 『개벽』지 10월호에 실린 데뷔작 「당신이 만약 내게 문(門)을 열어 주시면」은 「악의 꽃」의 시인 보들레르에 바치는 헌시인데, 현인규에게 빌어다 본 「악의 꽃」에 감격하여 책장을 덮는 즉시 써냈던 것이다.

> 情다운 님이여! 당신이 만약 門을 열어 주시면
> (당신의 殿堂을 들어가는)
> 그리고 또 당신의 가슴에서 타는 精香을 나로 하여금 만지게 할 것이면
> 나는 님의 바다 같은 한숨에
> 물고기같이 잠겨 버리겠나이다.
> 님이여! 오오- 魔王같은 님이여!
> 당신이 만약 내게 門을 열어 주시면
> (당신의 密室로 들어가는)
> ……………………
> 그리고 또 北極의 오로라 빛으로 내 몸을 쓰다듬어 줄 것이면
> 나는 님의 우렁찬 웃음소리에 기분 내여
> 눈 높이 쌓인 곳에 무덤을 파겠나이다.

「당신이 만약 내게 門을 열어주시면」 끝연

'백조'파의 데카당 기질마저 엿보이는 이 시는 결코 동명의 제 목소리는 아니었다.
그가 후에 1922년에서 1930년 사이에 쓰고 발표한 시를 묶어 『나의 거문고』(1930년)라는 첫 시집을 내었으나 '창피한 시집'4)이라고 했다는 것으로 미루어도 짐작이 간다.
교원과 문학과 그리고 방랑 생활은 일본 유학과 함께 끝을 맺었다. 원산에서 인쇄소업을 하던 강기덕(康基德)으로부터 학비를 대 주겠다는 약속을 받았던 것이다. 동경에

---

3) 「나의 文學修業時代回想記」, 위의 책.
4) 安壽吉 증언에 의한 것으로 실제 『金東鳴文集』 전3권에 이 시집의 시들은 수록되어 있지 않다.

가서 청산학원의 다른 과가 아니고 신학과에 입학한 것은 주위의 권고나 또는 유학의 조건인 것으로 추측된다.

또한 서호의 명문가 충주 지(池)씨 집안에서는 벌써 오래 전에 동명을 사위로 삼을 것을 벼르고 있었는데, 마침내 1926년께는 그 집안의 규수 정덕(貞德)과 결혼하게 되고, 이 듬해에는 장남 병우(炳宇)가 출생했다. 그러나 그의 현모는 1931년에 세상을 떠나 원산 공동묘지에 묻혔다. 그가 진면목을 발휘한 것은 1928년 일본 청산학원 신학과를 졸업하고 귀국하여 원산에서 교편을 잡다가 서호에 다시 와서부터였다.

> 그 무렵이라면 1933년~4년 선생이 咸南 西湖津(興南市 西湖里)의 東光學院長으로 있을 때였다. ……西湖津은 일찍이는 興南의 外港 구실을 하여 元山, 新浦, 城津, 淸津으로 回航하는 접도리배가 찾 아들곤 하던 조그만 浦口에 지나지 않았었다. 浦口 앞에는 大小의 섬 세 개가 있어 風光도 아름다우려니와 잔잔한 물결이 거울같이 맑아 여름에는 해수욕장으로 이름이 있었고 겨울에는 명태잡이로 알려진 고장이다.[5]

그의 서호의 집은 동해가 바라다 보이는 나직한 언덕 위 솔밭 속에 자리 잡고 있었던 검소하고 작은 집이었다고 그때 무명의 문학도로 그 집을 자주 드나들었던 작가 안수길은 꿈 많던 시절을 돌이키며 말했다. 그의 뜰에는 작약이 피고 해당화가 망울지며 봉선화 고개 들고 파초 또한 잎을 벌려 손짓하는 꽃밭이 있었다. 그의 시심은 여기에서 영글어 그 유명한 시 「파초」가 탄생하게 되었다.

> 祖國을 언제 떠났노,
> 芭蕉의 꿈은 가련하다.
>
> 南國을 향한 불타는 鄕愁
> 너의 넋은 修女보다 더욱 외롭구나!
>
> 소낙비를 그리는 너는 情熱의 女人,
> 나는 샘물을 길어 네 발들에 붓는다.
>
> 이제 밤이 차다.
> 나는 또 너를 내 머리맡에 있게 하마.
>
> 나는 즐겨 너를 위해 종이 되리니,

---

5) 安壽吉,「金東鳴선생의 詩와 愛國心」,『新東亞』1968年 3월호.

너의 그 드리운 치맛자락으로 우리의 겨울을 가리우자.

「芭蕉」 전문

1934년이나 1935년께 동명의 뜰 적당한 위치에 자리잡고 있었다는 한 분의 파초를 놓고 민족의 비운과 견주어 읊은 시이다. '조국을 잃은 사나이' 동명과, 남국을 떠나 온 파초의 외롭고 쓸쓸한 마음이 다를 바 없거니와, 더구나 겨울이란 계절을 맞은 파초와 일제하라는 시대에 시달리던 동명이 또한 같은 처지였으니, 이 시는 바로 당대 민족의 비감을 읊고 있었던 것이다.

1936년 그의 명성을 확고히 한 시집 『파초』가 나왔다. 거기에는 "그대는 차디찬 의지의 날개로/끝없는 고독의 위를 나는/애달픈 마음"하는 「수선화(水仙花)」며, "내 마음은 호수요/그대 저어 오오/나는 그대의 흰 그림자를 안고, 옥같이/그대 뱃전에 부서지리다"하는 「내 마음」이 실려 있다. 이 모두 '조국=그대'를 시인의 가슴에 품으려는 나라 사랑의 충정을 담고 있는 것이다.

3. 은둔의 4년

동광학원장을 그만둔 1938년 이후 그는 목상(木商)을 하며 광복을 맞게 된다.

"그는 동광학원장으로 있으면서 양계를 2백여 수 치고 있었지만, 학원장을 떠난 뒤에는 숯장수도 하고 원목을 다루기도 하는 목상을 소규모로 했던 적이 있다." 동명의 터 남인 지갑섭(池甲燮)이 들려주듯 장사를 하느라고 신흥, 홍원 등지를 떠돌았다.

일제의 포학에 질식을 느끼며 우리네 지도층의 교태에 어이없어 하던 동명은 1942년에 들어서 붓대를 집어던지고 1945년 광복이 되기까지 4년간 시 한 구절, 잡문 한 토막 쓰지 않고 치욕과 분노의 나날을 보냈다. 이 시대에 그가 마지막으로 쓴 「술 노래」(1942년)란 시는 자신이 대표작으로 꼽는 것이기도 하지만 그의 심경을 거울 보듯 대변해 주고 있다.

안개인양 자욱이 피어 오르는 香氣속에
'時間'은 갈매기 같이 날으고,
나의 座席은
甲板보다도 더욱 흔들거린다.

어허, 저것 봐라, 하늘이 도는구나.
물 메아미 같이 뱅글뱅글 하늘이 돌단말이-

저 놀랍고도 새로운 天文學的 眞實우에
世代의 論理는 星座 같이 燦然하다.

여보게, 나는 이제
이 琥珀빛 液體가 주는 魔術을 빌어
나의 새끼 손톱으로
요놈의 地球명이를 튀겨 버리려네.

「술노래」 3~5연

　어쨌든 취하거나 미치지 않고는 견딜 수 없다 싶은 것이 그 무렵의 내 心境이었다.
이래서, 나는 즐겨 술을 마시었고, 드디어 취할 양이면 천지가 잔 안에 녹아드는 듯,
세상 萬事가 다 꿈같고 可笑롭고-이런 멋에 끄을려 아침에 愛酒하는 보룻을 기르기
에 이르렀던 것이다.6)

　1945년 8월 15일 그에게도 광명의 날은 왔다. 그 바로 이튿날 그는 홍남시 자치위원
회 위원장으로 뽑혀 부윤 판구(版□)에게 '정중한 고별사'를 던졌으니, 아마도 그의 섬세
한 시심의 한 구석에는 현모의 굳은 의지와 호협심을 이어받은 피가 끓고 있었던지, 이
로부터 시뿐만 아니라 정치에도 발을 들여 놓게 되었다. 동시에 홍남중학교장직을 맡기
도 하면서 한 해를 넘기고, 1946년에는 조만식의 조선민주당에 관련하여 함경남도당부
위원장을 맡기도 했으나, 공산당의 위협을 느낀 그는 월남하려고 1947년 4월 38선으로
향했다.

4. 사선(死線)을 넘어서

死線
오호, 不死鳥도 울고 넘는 怨恨의 아리랑 고개!

구즌비 휘뿌리는 침침 漆夜 아니래도
으흐, 으흐흐흐…… 鬼哭聲이 凄凉쿠나.

굶어죽은 넋, 銃맞아 죽은 넋, 짓밝혀 죽은 넋…… 온갖 억울한 넋들이,
'三八線이 여기드냐' 더위 잡고 으흐, 으흐흐흐……
아아, 民族 曠前의 受難일다.

---

6) 「술노래 解題」, 『世代의 揷話』, 1959년.

歷史의 惡戲, 運命의 嘲弄이 어찌 이대도록 심하뇨.

배를 갈라 창자를 뿌리어도,
肝臟을 끄내어 씹어 뱉은들, 이 恨을 어이풀리!

「三八線」11~15연

그의 월남은 불가피했다. 조선민주당의 당원이 10만을 넘자 김일성은 1946년 12월 최용건(崔鏞健)을 함흥에 보내 숙청이라는 명목으로 그를 당에서 몰아냈다. 그들은 그가 시베리아행을 보류받은 것을 그들의 자비심이라고 그에게 말했다. 그러나 그 자비심이 언제 시베리아행으로 바뀔는지는 누구도 예측할 수 없었다. 그는 월남할 것을 결심하고 1947년 4월 철원을 걸쳐 사선을 넘었던 것이다. 그는 1942년 이대 음악과 출신 이복순 (李福順·뒤의 이대교수)과 결혼하여 딸 들을 두고 있었으나 단신 서울로 왔다(지씨는 1937 사망).

동명은 서울 서대문 신촌동 70의 202호에 자리잡고, 이화여자대학교에 교수로 나가 이후 13년간 봉직하게 된다.

월남한 그 해에 그는 그동안 써두었던 시편들을 모아 시집 『하늘』과 『38선』을 세상에 내놓았다. 6·25때는 하동을 지나 토량에 이르는 먼 피난 길을 떠났다가 수복 후 신촌동으로 돌아왔다.

1953년 시집 『진주만(眞珠灣)』을 내어 1955년에 제 2회 '자유문학상'을 수상했다. 이 시집의 시들은 해방 이후부터 그가 월남하기 전까지 써두었던 시들을 모아 엮은 것이다. 특히 『진주만』을 구성하는 시들은 하나의 연관성을 가지고 있다. 「미드웨이」, 「과딸카날도(島)」, 「라바울」, 「사이판」, 「필리핀」, 「충승(沖繩)」, 「동경(東京)」, 「만가(輓歌)」 등으로 이어지는 시는 일본제국 패전의 역사이다. "오히려 네게 국기를 남긴 적의 아량을 감사하라"로 끝맺는 「만가」까지 그는 당시의 일본을 저주하기보다는 인류라는 차원에서 연민의 정을 가지고 바라보고 있었다.

그는 이 시집을 내면서 부인 이복순에 대하여 겸손한 감사를 보내고 있다. 그는 단신 월남할 때 사고를 갖고 오지 않았기 때문에 그가 시집을 낼 수 있었던 것은 "오직 아

<사진 2> 1958년 안수길(왼쪽에서 세 번째)의 『第二의 靑春』 출판 기념회에서 축사하는 동명.

내의 극진한 마음씨로 인해 오늘에 세상에 보게 된 것"이라고 '후기'에 밝혔다.

그는 부산 시절부터 정치 논객으로 활약하더니 1955년에는 『적과 동지』라는 정치 평론집을 냈다. "한 국민된 의무와 시인(詩人)된 지성의 논단에서 우리 한국 사회의 제병리를 예리한 논리적 메스로 해부하여, 대담무쌍한 저항적인 필치로써 이루어진 시인 김동명형의 논설집"이라고 고(故) 조병옥은 그 서문에 쓴 바 있다.

그러나 1959년에는 부인 이씨를 다시 변배(變配)하는 불행을 겪었다.

"나와는 1960년 참의원 시절에 만났다. 어려서부터 가난은 몸에 있었다고 늘 말씀하셨는데, 참의원 이후의 무직자로서의 그 역경을 참으며 청렴결백의 욕심이 없는 생활을 하셨다. 그 가운데서도 문집을 내는 것이 소원이었으므로 빚을 내고 고향 사람들의 기부를 받으며 펴낸 것이 『김동명문집(金東鳴文集)』 전 3권이다.

생존하는 회한의 부인 하윤주(河潤珠)는 그와 지낸 8년 동안의 그의 말년을 회고하며 눈물을 삼켰다.

파초가 있고, 목련이 꽃피는 '꽃집'으로 통할 만큼 화초를 좋아하였다. 그러나 1965년 어떤 파아티에 초대되었다가 돌아와서는 고혈압과 신경통이 겹쳐 자리에 눕고 말았다.

> 아무려나 天道야 어길 도리없으니 나도 이제부터는 부질없는 미련을 버리고 내
> 年輪의 선물인 高血壓과 神經痛을 勳章삼아 넌지시 차고, 늙음의 大道를 성큼 성큼
> 걸으리라.

그는 수필 「자화상(自畵像)」의 마지막 구절처럼 노시인의 대도를 걸어갔으니 1968년 1월 21일 장남 병우(炳宇)의 도움으로 천주교에서 영세를 받고, 다음 날 혼수상태로 헤매다가 밤 9시 14분 새로 이사한 남가좌동 자택에서 영영 눈을 감았다.

◆ 연보

1900년	6월 4일 강원도 명주군 사천면 노동리(구청 후동)에서 부 경주 김씨 제옥(濟玉)과 모 평산 신씨 석우(錫愚)사이의 독자로 출생.
1908년	(8세) 함경남도 원산으로 부모를 따라 이사. 이 때까지 노동리 서당에서 한문수학.
1909년	(9세) 원산에서 소학교 입학.
1915년	(15세) 함흥 영생중학교 입학.
1920년	(20세) 4월 영생중학교 졸업.
1921년	(21세) 봄에 함경남도 홍남시 서호리 동진 소학교 교원. 가을에 평안남도 강서에서 소학교 교원.
1923년	(23세) 4월 학교 교원을 그만두고 원산으로 감. 『개벽』 10월호에 「당신이 만약 내게 문을 열어 주시면」, 「나는 보고 섰노라」, 「에 닮은 기억」을 발표하면서 문단에 데뷔. 「회의자들에게」, 「기원」(개벽 12월호)을 계속 발표, 이후 꾸준히 활약.
1924년	(24세) 한남 안변 향교의 강습소의 일을 봄.
1925년	(25세) 3월 강기덕(康基德)의 학자 원조로 도일하여 동경의 청산학원 신학과에 입학.
1926년	(26세) 서호진 명문가 충주 지씨의 규수 정덕(貞德)과 결혼.
1927년	(27세) 시 「길손의 노래」, 「명상(瞑想)의 노래」, 「악기(樂器)」, 「외로움」(이상 동광 3월호)발표. 장남 병우(炳宇) 출생.
1928년	(28세) 일본 청산학원 신학과 졸업, 귀국.
1929년	(29세) 원산 광석동에서 셋방살이하면서 교원 생활.
1930년	(30세) 첫 시집 『나의 거문고』 출간.
1931년	(31세) 모친 신씨 사망.
1933년	(33세) 시 「기원(祈願)」, 「무제(無題)」(이상 신동아 2월호) 발표.
1934년	(34세) 이 때쯤부터 1938년까지 서호리의 사학 기관인 동광학원에서 원장을 지냄. 딸 월하(月河)출생.
1936년	(36세) 시 「파초」(조광 1월호) 발표. 시집 『파초』 출간. 딸 월주(月州)출생.
1937년	(37세) 시 「내 마음은」(조광 6월호), 「글」(조광 7월호) 발표. 부인 지씨 사망.
1939년	(39세) 시 「하늘」(문장 6월호) 발표.
1940년	(40세) 이를 전후하여 작품 발표를 중단하고 1945년까지 서호리를 중심으로 신흥, 홍원 등지를 다니면 목상을 함.
1942년	(42세) 이화여전 음악과 출신 이복순(李福順)과 결혼.
1944년	(44세) 딸 월정(月汀)출생.
1945년	(45세) 8·15 해방과 더불어 홍남시 자치위원회 위원장, 홍남중학교 교장직 겸임.
1946년	(46세) 조선민주당에 관련하여 함경남도 당부위원장을 지냄. 딸 원령(月鈴)출생.
1947년	(47세) 4월 38선을 넘어 월남, 5월에 이화여대 교수, 이후 1960년까지 이대 교수로 있으면서 여러 신문에 정치 평론을 써 논객으로도 활약함. 시집 『하늘』, 『38선』 출간.

1953년	(53세) 시집『진주만』출간.
1955년	(55세) 제 2회 자유문학상 수상, 정치 평론집『적과 동지』출간.
1957년	(57년) 시집『목격자』출간.
1958년	(58세) 정치 평론집『역사의 배후에서』출간.
1959년	(59세) 수필집『세대의 삽화』출간. 부인 이씨 사망.
1960년	(60세) 참의원 의원. 하윤주(河潤珠)와 결혼.
1965년	(65세)『김동명문집』전 3권 간행(1권 사화집(詞華集)「내마음」2권「나는 증언한다」, 3권「모래위에 쓴 낙서」). 고혈압으로 와병, 두문불출.
1968년	(68세) 1월 21일 하오 9시 14분 숙환으로 사망. 23일 문인장으로 망우리 묘지에 부인 이씨와 합장.

◆ 도움말 주신 분(1973년 현재)

河潤珠 58 · 미망인 · 서울 연희아파트 B지구 11동 306호.
安壽吉 62 · 후배로 교유 · 작가.
池甲燮 55 · 처남 · 서울 용산구 한남동 736의 5호.
金在正 47 · 재종손 · 강릉 홍제동 23의2.
金東成 50 · 강원도 명주군 사천면 노동리.

◆ 관계 문헌

『金東鳴文集』전 3권, 1965년.
安壽吉,「金東鳴선생의 詩와 愛國心」,『新東亞』1968年 3월호.
李哲範,『韓國新文學大系 · 中』, 耕學社刊, 1972년.
鄭泰榕,「現代詩人硏究-金海剛의 낭만, 金東鳴의 기지」,『現代文學』1958년 1월호.

李 秉 岐

(시인 1891~1968)

1. 생가(生家) 수우재(守愚齋)

1920년대 시조 부흥의 선구자로 나서 시작(詩作)과 생활을 일치시켰던 가람 이병기는 우리 문학사에 치밀 섬세한 서정에 찬 시조 1천여 편을 남겼다. 일찍부터 고전문학 연구에 심혈을 기울여 그 시 세계는 고금에 통할 뿐만 아니라 미래에의 길을 터놓았으며 달관의 경지에 들었다.

그는 평소 술과 더불어 풍자와 해학이 절품이었으되 난초와 매화의 향기를 지극히 사랑하였다. 제자복, 술복, 화초복의 심복을 타고났다고 자처했던 가람―77세의 삶을 닫은 바로 그 생가인 초옥고가는 세월과 함께 퇴락하였으나 그의 시조와 수필의 정취는 아직도 고고히 살아 있었다.

울타리가 없는 그 집은 멀리서도 알아볼 수 있었다. 동백은 지고 있었으나 복사꽃이며 매꽃이 어우러지게 만발했다.

<사진 1> 가람의 익산 고향집, 그는 여기서 나고 여기서 야인처럼 죽어갔다. 초가지붕은 돌보지 않아 이엉이 내려 앉았어도 수우재 바깥 사랑채 앞 꽃밭은 지금도 봄, 여름, 가을 주인이 없어도 만발했다.

여름과 가을 내내 백련이 핀다는 집안 못가에서 동네 아낙네가 빨래를 하다가 흘깃 올려다 볼 뿐, '수우재' 사랑채며 안채는 덩그렁 봄의 정적에 묻혔다. 가람이 간 지 겨우 5년, 들에는 잡초가 무성하고, 언제나 이뤄질지 군(郡)자치 향토 기념일로 보존하리라는 초옥의 추녀끝은 이엉이 썩어 흩날리고 있었고, 앙상한 서까래가 봄 햇볕을 받으니 더욱 초라하다. 스치는 느낌으로는 폐가나 다름없었다.

전북 익산군 여산면 원수리 진사동 570번지. 전주에서 대전행 버스를 타고 1시간쯤 먼지길을 따라 북상하노라면 여산면 면 소재지 채 못 미처 산막에 이른다. 여기서 서쪽을 바라보면 10여 분 거리에 50여 호 듬성듬성한 마을이 있으니 여기가 진사동이다.

"당숙님의 조부되시는 동우 이조흥(李祖興) 노인께서 그 부친을 모시고 이 집을 사오신 것이 130여 년 전이었다. 그 분께서 용화산 기슭에서 흘러내리는 물줄기를 뽑아 이 못을 만들었다." 마침 같은 마을에 사는 작달막한 키에 옛 촌로 그대로의 소박하게 생긴 당질 이석환(李錫煥)이 좇아와 안내한다. 동백, 연산, 백련, 자목련, 산수유, 장미, 수국, 무화과, 백철, 석장포, 상나무, 후박들은 가꾸지 않은 채로 여전하지만 방에서 기르던 난초는 볼 수 없게 된 지 오래고 매화나무도 웬지 얼어 죽었다 하며 다행히 한 뿌리에서 돌아났다는 한 자 크기의 어린 매화가 한 그루 외롭다. 다만 못가에 생가와 역사를 같이 한 백년 묵은 백일홍이나 그 사연을 알까.

가람은 1939년 한겨울은 지낸 봄, 수년간 기른 야매화(野梅花)가 얼어 죽은 것을 알고 무척 슬퍼한 적이 있다. 그는 학문과 시조를 아끼고 사랑했듯이 화초에 대해 기울인 열정도 대단한 것이었다. 다음의 시조에서 얼려 죽인 매화에 대한 애석한 마음을 가히 더듬을 수 있다.

> 외로 더져 두어 미미히 숨을 지고
> 따뜻한 봄날 돌아오기 기다리고
> 음음한 눈얼음 속에 잠을 자던 그 梅花
>
> 손에 이아치고 바람으로 시달리다
> 곧고 급한 성결 그 애를 못삭이고
> 맺었던 봉오리 하나 피도 못한 그 梅花
>
> 다가오는 추위 천지를 다 얼려도
> 찾아드는 볕은 방으로 하나 차다
> 어느 뉘(世) 다시 보오리 자취 잃은 그 梅花
>
> 「梅花」 전문

이 병 기 171

가람이 태어나기는 1891년 음력 2월 28일, 양력 3월 5일로 그의 부친 채(埰)는 개화하여 부안에서 변호사업을 개업한 일도 있었다 한다, 그러나 그의 조부 조흥(祖興)은 완고해서 손자를 나이 9세부터 사숙에서 10여 년 동안이나 한문을 공부시키고 상투를 틀게하여 신학문의 길을 막았다. 그러나 그는 양계초(梁啓超)1)의 「음빙실(飮冰室)」 전집을 읽고 신학문을 배워야겠다고 깨달은 바가 있었다.

> 나이 열아홉에야 普通學校에 들어가 스물 둘에 漢城師範學校를 마치고 金테두리帽子에 번쩍거리는 칼도 차고 시골에서 敎師질을 하기 시작하였다. 스물 아홉되던 해己未獨立宣言을 듣고 서울 와서 上海로 하여 美國으로 가려다 못가고 어느 친구집을찾았다가 刑事에 끌려가 鐘路署에서 5, 6명 刑事에 뭇발길질과 뭇매를 맞아 보았다.2)

이렇게 썼듯이 그는 신학문의 경우 만학이었다. 그럼에도 전주공립보통학교를 6개월만에 마치고 1910년 한성사범학교에 합격했을 때 조부는 '과거로 말하면 급제'라고몹시 기뻐하였다. 비로소 한문을 토대로 신학문에 접하고 우리나라 시조문학의 부흥과국문학의 값진 연구결과를 낳는 계기가 이루어진 것이다.

그의 미망인 김수(金洙)는 뒤꼍 채마밭에서 호미질을 하고 있었는데 앞마당을 돌아오더니 음성도 또렷이 옛 이야기를 들려주었다.

"양조부께서 친구 사이였던지라 시조부께서 공주 성묘 가셨던 길에 나의 친정 조부를 뵙고 혼약을 결정하셨다. 그리고 3년 만에 성사된 결혼이었으나 내게 코가 없다고시가에서는 큰 난리가 났다." 웃음을 짓는 부인은 유난히 콧대가 죽은 편이었지만 그때 가람은 "코없는 사람은 시집도 못갑니까?" 이 한마디로 어른들을 안심시키고 결혼을했다. 그것이 1906년의 일이니 보통학교는 '애아버지'로 다녔다.

2. 민족을 향해 끓는 피

1913년 훈도를 하면서 그는 박봉을 떼어 고서적을 수집하고 시조를 짓기 시작했다. 1919년 종로서에 들어갔다 나온 후 그는 두어 번 무역상을 따라 봉천 등지에 다녀왔는데, 이후 수집에 열을 올려 20여 년 동안 고서적 1천 권을 수집하게 되었다. 그러나 한편그의 민족의 장래에 대한 암담한 심정과 울분은 날로 깊어갔다.

---

1) 梁啓超(1873~1929) 중국 청말의 계몽가. 간결한 신문체로 중국 현실의 문제와 전통의 학술 사상을 객관적으로 저작하고 정리하였다. 그의 호는 任公, 또는 飮冰室主人.
2) 수필 「解放戰後記 - 身邊閑話의 一節」, 京鄕新聞, 1949년 9월 25일~27일자.

두더지 아닌 담에 땅속으로 들어갈 수도 없고 새 아닌 다음에 하늘로 날아다닐 수도 없다. 나는 어디로 오도가도 못하고 다만 이 자리에서 낮과 밤을 보내는가. 이럴 적에는 放聲大哭이라도 했으면 시원할 듯, 온몸에서 끓는 피가 엷은 껍질을 터뜨리고 쏟아져 나오는 듯 도무지 세상이 원수 같다.3)

가람의 일기는 1909년부터 그가 작고하는 전날까지 쓰여지고 있는데 "문학사적, 국어사적, 사회사적 귀중한 자료가 되고 있으나 일부가 『가람문선』에 실려 있을 뿐 아직 햇빛을 보지 못하고 있다"고 그의 제자 최승범(崔勝範)은 그 가치를 높이 평가하면서 안타까움을 감추지 못했다.

일기는 1919년까지는 한자로 쓰여졌고, 한글로 쓰여지기는 1920년부터이다. 이것은 가람의 의식의 변모과정을 말해 주는 것으로 이로부터 본격적인 한글의 연구와 모든 문학작품은 우리말로 쓰여져야 한다는 그의 주장이 대두되는 것이다.

가람의 일제하의 조직적인 우리말 연구운동은 1921년 권덕규(權悳奎), 임경재(任曝宰) 등과 만든 조선어연구회였고, 1922년 동광을 거쳐 20년 봉직한 휘문고보 국어교육에서였다. 그는 방학 때마다 전국 방방곡곡을 여행하며 사적을 답사하고 문헌을 수집했다.

이미 그는 그때 서울 종로구 제동 79의 13호에 집을 마련하였으며 1924년에는 부인 김수와 자녀들을 서울로 올라오게 하였다.

가람이 시조를 발표하기는 1925년께로, 이 무렵 「한강을 지나며」란 시조에서 어머니를 시골로 떠나보내던 애틋한 정을 보여 준 후 속속 작품을 발표하기 시작하고 있는 것이다.

"당시 가람 선생의 시조는 새로워서 시조의 신조(新祖)라 불렸다. 그 분을 처음 안 것은 1935년께 「매창(梅窓)뜸」을 써내던 무렵으로, 역시 시조시인 조운(曺雲)과 함께 부안으로 나를 찾아와서 부안기생 매창의 무덤을 같이 다녀온 뒤부터였다. 호탕하고 말솜씨가 청산유수, 그 박식으로 다른 사람은 말도 못하게 하였다."

당시 부안일대 여행에 동행했던 시인 신석정(辛夕汀)은 그의 뜰안의 부안 천연기념물인 하늘을 가린 호랑가시나무 아래서 가리킨 백련이 가람의 고향 못에서 떠온 것이라고 설명했다.

1939년에는 그의 초기 작품의 주옥편을 모아 한지에 엮은 『가람시조집(嘉藍時調集)』4) 이 세상에 나왔다. 겨우 3백 부 한정판이었으므로 그 인기는 대단했다.

이 시조집에 정지용(鄭芝溶)은 극구 찬사의 발문을 쓰고 있다.

---

3) 「일기」, 1921년 2월 11일.
4) 文章社刊, 1939년 8월 5일.

時調제작에 있어서 量과 質로써 嘉藍의 오른편에 앉을 이가 아직 없다. 天成의 詩人으로서 넘치는 精功을 타고난 것이 더욱이 嘉藍과 맞서기 어려운 점인가 하노니 한창 드날리던 時調人들의 行方조차 알 길이 아득한 이즈음 가람의 걸음은 바야흐로 密林을 헤쳐나온 코끼리의 步法이 아닐 수 없다. 예전 어른을 들어 비교할 것을 홀한 노릇일지 모르겠으나 松江 이 후에 가람이 솟아오른 것이 아닐까 한다. 松江의 覇氣는 당할 이 古今에 없겠으나 가람의 緻密纖細한 점이 아직 어떤 이가 그만한지를 모를 일이다.

이때까지 시조를 써 오면서 나름대로의 시조 부흥을 위해 노력한 사람들로 육당을 들 수 있고, 다음 1920년대 초에 내용과 형식을 현대화하는 데 공을 남긴 조운, 뒤를 이어 노산 이은상이나 가람을 들게 된다. 가람과 노산의 경우 시조는 생활관과 자연관의 두 세계로 나눠져 독자에게 주는 감흥의 밀도도 달라진다. 정지용의 극찬을 따로 두고라도 가람의 시조가 현대에 생명력을 갖는 것은 그의 주변생활의 이야기를 조탁한 언어로 형상화함으로써 공감을 일으켰다는 데 있을 것이다. 그의 시조는 정감적이고 운치가 있어 보이나 자세히 뜯어보면 언어에 기울인 노력을 발견하게 된다.

『가람시조집』은 그것이 간행되던 시대적 관점에서 보더라도 큰 의의를 지니고 있다. 시조는 시와는 달라 민족 고유의 정서에서 그 소재를 구하는 것이 상례이다. 어느 운문보다도 자극적인 요소를 지니지 못하는 결점을 가지고 있기는 하지만 전체에서의 느낌이 은연중에 민족성에 스며들어 식민지하에서의 자의식을 일깨워 줄 수 있다는 것이다. 특히 1940년 전후하는 시기의 시조집 발간은 매우 중요한 의미가 있다고 보여 진다.

40세를 전후하여 개인적으로 퍽 외로웠던 듯싶다. 그는 시조를 배우고자 하는 3세 아래의 기생 양순자에게 원서동에 집을 사 주는 등 3년간 중년의 사랑을 했는데 1950년 때에도 일기에 그녀의 이름이 이따금 보인다.

3. 홍원(洪原) 형무소

계동 그의 집 건너방에는 책과 함께 난초가 가득하여 그 진열된 모습은 기관(奇觀)이었다. 남들은 그의 난초 애호열이 너무 지나칠 정도로 느껴져 교원이라는 본업을 망각할까 걱정하기가 일쑤였다. 그는 난초에 의지하며 일제의 질곡에도 초연하려 했던가.

그러나 1942년 10월 22일 이른 아침 대문을 흔들어 부인이 나가보니 낯선 사람이 찾아왔다.

"보아하니 형사 같았다. 선생님이 어디 계시냐 하기에 뒷방에 있다 하니 옷을 따듯하게 입게 하고 조반을 재촉하며 가자하여 나가셨다. 아이들을 잘 키우라는 말씀은 없으시고 난초를 잘 돌보라는 말씀뿐이니 야속하였다"(미망인 김수 회고함). 이것이 바로 조선어학회 검거 사건이었다.

그리하여 홍원경찰서를 거쳐 함흥형무소 미결수 감방 2사5방 453번으로 있다가 1943년 9월 18일 석방되었다. 그리고 그대로 낙향하여 농사와 고문헌 연구에 몰두하였다.

> 값아 두었던 붓이 거의 다 좀이 먹고
> 蘭은 좀을 잊고 水仙도 자취 없고
> 牀머리 거문고마저 귀가 절로 어둬라
>
> 花盆을 테를 메어 불 담아 곁에 두고
> 보던 冊을 뜯어 문틈과 구녁을 막고
> 설레는 바람소리나 반겨 자주 듣노라

「解放前」 전문

'살풍경(殺風景)'이라는 부제가 붙어 있는 이 시조는 홍원에서 돌아오고 나서의 가람의 황량한 심경을 잘 말해 주고 있다. 그는 고향으로 돌아가서 열심히 농사일을 했으나 피땀을 흘려 지어놓은 곡식은 공출로 빼앗기고, 하루에 죽 한 그릇씩으로 연명하는 것이 그의 생활이었다.

그러다가 그는 고향에서 광복을 맞았다. 그러나 그는 감투니 회니 하는 것에는 흥미가 없었다. 그의 소원은 시조를 짓고 책을 모으고 노트를 만들고 국학에 대한 저작과 교육 겸 호구책으로 강의나 나가는 것이었다. 그는 그 이후 그가 희망하는 길을 걸어간 셈이었다. 군정청 편수관, 서울대 교수, 단국대·예술대·동국대·국민대·숙명여대 등에 출강했으며, 6·25사변까지 「의유당일기(意幽堂日記)」 등 많은 저서와 글을 발표했다.

그는 전시하인 1952년 그의 수많은 고서를 트럭에 실어 고향 진수당(鎭壽堂) 서실에 가져다 놓았다. 그리고 전북대 문리대학장으로 재직하고, 전주시 교동 오목대 밑 양사제에 기거하며 다시 소심한(素心蘭)과 건란(建蘭)을 키우기 시작했다.

4. 취중(醉中)의 명강의

"술 자시며 강의하는 것은 보통이며 난초나 매화가 피면 엽서를 띄워 신석정, 정소공, 김포광 등과 어울려 표주박이니 운휘니 하는 술집을 잘 갔다"(최승희 회고담)던 그는 다시금 중앙대 문리대 교수가 되면서 서울과 전주 사이를 오르내리더니, 1956년부터 눈에 띄게 나빠진 건강은 기어이 가람을 거리에 쓰러뜨렸다.

1957년 10월 9일 한글날 기념식에 참석하고 유별나게도 일찍 계동 막바지 2의 42호로 귀가하다가 뇌일혈의 변을 당한 것이다.

한때 호전을 보여 이듬해 3월 아주 요양할 양으로 낙향했을 때는 지팡이를 의지삼아 건너마을 신막의 아우 병룡(秉龍·사망)의 집을 다녀오기도 했다. 1960년대에 들어서도 학술원 공로상, 전북대 명예박사 학위수여, 정부 문화포장 등을 받으며 외출도 했으나 악화하기는 1965년이었다. 그의 병세는 외부 사람과 의사를 소통할 수 없을 정도로 나빠졌던 것이다.

그는 죽는 날까지 일기 쓰는 것을 계속했다. 그것은 겨우 인간의 기본적인 손발 놀림에 관한 기록과 같은 것이었다. 1966년부터 "대변을 보았다"는 기록이 글의 맨 앞에 나와 있는 것으로 보아 삶에 대한 애착이 있었음을 알 수 있다.

<사진 2> 생활에 밀착된 시조를 써 그 부흥에 앞장섰던 가람은 고전문학의 일가를 이룬 학자이기도 했다. 1966년의 모습.

10時 30分 大便를 보았다. 下午 6時 妻가 버스를 타고 서울서 왔다. 終日 맑다.

1966년 2월 14일

9時 20分 大便을 보았다. 姻戚이 다 모이다. 술, 밥을 먹다. 내 生日이다. 下午 5時 秉龍이가 오다. 술을 먹다. 終日 맑다.

1966년 2월 28일

1968년 11년 28일 가람은 점심을 든 후 아들 종회(宗熙·사망)의 아내인 윤옥병(尹玉炳)에게 일기 쓴 것이 제대로 되었나 보라 하고는 진수당으로 나갔다. 잠시 지나서 술을 가져오라 하여 가져갔는데 뒤에 이상한 소리가 나 자부가 나가보니 술을 따라 놓은 채 고꾸라져 있었다. 난과 매를 가까이 못했으되 끝내 술과 일기를 붙들다가 그는 다음 날 새벽 1시 세상을 떠나 바로 뒷산에 백일홍을 앞에 두고 영원히 잠들어 있다.

그대로 괴로운 숨지고 이어가랴하니
좋은 가슴 안에 나날이 돋는 시름
회도는 실꾸리같이 감기기만 하여라

이듬해 초겨울 전주시 남동쪽 다가(多佳)공원 우뚝한 곳에 '가람시비'가 세워졌으니 거기에 「시름」이 새겨졌다.

◆ 연보

1891년	음 2월 28일 전북 익산군 여산면 원수리 진사동 570번지에서 연안 이씨 부 채(採)와 파평 윤시 사이의 6남 6녀 중 장남으로 출생, 주는 변호사, 병기의 호는 가람, 가람(嘉藍), 가남(柯南)등이 있음.
1906년	(15세) 12월 5일 충남 논산군 두마면(은동)의 광산 김씨 문중의 14세 규수 수(洙)와 결혼.
1908년	(17세) 장녀 순희(順熙) 출생.
1909년	(18세) 4월 13일부터 사망시까지 일기를 쓰기 시작. 뜻한 바 있어 19세 때 전주공립보통학교에 입학.
1910년	(19세) 3월, 6개월 만에 보통학교 졸업, 관립 한성사범학교 입학.
1913년	(22세) 한성사범 졸업. 3월 이후 전남남양(1년), 전주제 2(4년), 여산공립보통학교에서 훈도, 고문헌 수집, 시조 연구 및 창작.
1919년	(28세) 중국 여행 후 3·1운동을 맞음.
1921년	(30세) 권덕규, 임경재들과 조선어연구회 조직.
1922년	(31세) 4월 동광, 휘문고보 교원(1942년까지). 서울 종로구 계동 79의 13에 자택을 마련함.
1924년	(33세) 장남 동희(東熙)출생(일제 학도병으로 실종).
1925년	(34세) 『조선문단』에 한역시 「금강산」(6월호), 「장한가」(7월호) 등을 발표. 이후 「봉천행」(동아일보 7월 1일자), 「한강을 지나며」 외 6편(조선문단 10월호) 등의 창작 시조를 발표하기 시작함.
1926년	(35세) 「시조란 무엇인가」(동아일보 10월~11월) 연재. 차녀 한희(漢熙) 출생. '시조회' 발기.
1927년	(36세) 시조 「새벽길」(별건곤 7월호) 발표.
1928년	(37세) 「율격(律格)과 시조」(동아일보 11월) 발표.
1929년	(38세) 시조 「매화」, 「수선화」(이상 별건곤 2월호 발표). 「시조의 현재와 장래」(신생 4월호) 발표. 차남 경희(京熙) 출생.
1931년	(40세) 삼남(三南) 각 지방을 순회, '한글과 우리 문학' 강연.
1932년	(41세) 3남 종희(宗熙)출생. 수필 「경무대(景武臺)」(신생 5월호), 「시조는 혁신하자」(동아일보 11월) 등 발표.
1935년	(44세) 조선어 표준어사정위원. 기행문 「해산유기(海山遊記)」(동아일보 연재), 시조 「괴후(怪候)」(조선문단 2월호), 「내리는 비」(조선문단 5월호), 시화 「계명(鷄鳴)」(조선문단 4월호) 등 발표.
1937년	(46세) 구(舊)왕궁아악부, 경복·덕수상업학교 강사.
1938년	(47세) 연희전문 강사. 「시와 시조」(시학 7월호) 발표.
1939년	(48세) 「한중록주해」(문장 창간호부터 연재) 발표. 8월 『가람시조집』(문장사) 간행.
1940년	(49세) 『역대시조선』, 『인현왕후전』(박문서관)을 간행.
1942년	(51세) 휘문고보 교원 사임. 10월 22일 조선어학회 사건으로 피검.

1943년	(52세) 9월 18일 기소 유예로 출감, 낙향. 어문학 연구.
1945년	(54세) 해방 직후 상경, 군정청 편수관.
1946년	(55세) 군정청 편찬 과장, 서울대 문리대 교수.
1947년	(56세) 「고전문학에 나타난 향토성」(민중일보 4월 20일), 「산유화」(대학신문 7월 20일자) 등 발표. 편찬과장 사임. 단국대, 신문학원, 예술대 강사.
1948년	(57세) 동국대, 국민대, 숙명여대 등 강사. 『의유당일기』(백양당)간행, 『근조내간선(近朝內簡選)』(국제문화관) 간행.
1952년	(61세) 전북대 문리대학장.
1953년	(62세) 「역대시조의 몇몇 작품」(시조연구 1월호) 등 발표.
1954년	(63세) 학술원 회원. 수필 「풍란(風蘭)」(원광문화) 발표.
1955년	(64세) 수필 「난초」 발표.
1956년	(65세) 중앙대 문리대 교수, 논문 「별사미인곡과 속사미인곡」(국어국문학) 발표.
1957년	(66세) 학술원 추천 회원. 『국문학전사(國文學全史)』(백철 공저 · 신구문화사) 간행. 수필 「누가 판단자며 누가 애국자인가」(사상계 7월호) 등 발표. 30월 9일한글날 기념 행사 후 귀가 도중 뇌일혈로 와병.
1958년	(67세) 3월 강단직을 사임, 귀향.
1960년	(69세) 학술원 공로상 수상.
1961년	(70세) 『국문학개설』(일지사) 간행. 전북대 명예 문학박사 학위 받음.
1966년	(75세) 『가람문선』(신구문화사) 간행.
1968년	(77세) 11월 29일 새벽 1시 생가에서 사망. 12월 3일 전북예총장으로 생가 뒷산 선영에 묻힘.
1969년	전주 다가 공원에 '가람시비'가 세워짐.

◆ 도움말 주신 분(1973년 현재)

金　洙　81 · 미망인 · 전북 익산군 여산면 원수리 진사동 570번지.
辛夕汀　66 · 시인 · 전북 잔주시 남노송동 275의 27.
崔勝範　42 · 제자 · 시인 · 전북대 교수.
李錫愰　55 · 당질 · 전북 익산군 여산면 원수리.

◆ 관계 문헌

『가람文選』, 新丘文化社刊, 1966년.
曹南嶺, 「가람론」, 『文章』, 1940년 10월호.
「가람의 詩世界」, 『時調文學』 18호, 1968년.
金濟鉉, 「가람 李秉岐論」, 『現代文學』 1969년 1월호.
李泰極, 「現代時調略史」, 『現代時調』 1970년 6월 창간호.

李 殷 相

(시인 1903~1982)

1. 부친은 한의사

노산(鷺山) 이은상은 1923년 8월에 지은 「고향생각」으로써 처녀작을 삼은 이래 79세를 일기로 세상을 떠날 때까지 낭만적 정열과 민족애에 충만한 시조 2천여 수를 써, 가람 이병기와 더불어 우리나라 현대 시조사의 양대 산맥을 이룩했다.

말과 글과 얼의 민족주의자였던 그는 시조시인으로서만이 아니라 언론인으로 한글학자로 인물사가로 교육자로 국토답사인으로 다방면에 걸쳐 왕성한 활동을 전개했던 정력가이기도 했다.

그러나 그의 구극의 이상은 인간의 '자연의 본질과 부합하는 자연화'에 있었고 그것을 인간 최후 최고의 목표로 삼았던 사상가였다고 할 수 있을 것이다.

어제 온 고깃배가
고향으로 간다 하기
소식을 전차 하고
갯가으로 나갔더니
그 배는
멀리 떠나고
물만 출렁거리오

고개를 수그리니
모래 씻는 물결이요
배 뜬 곳 바라보니
구름만 뭉기뭉기
때 묻은
소매를 보니
고향 더욱 그립소

　「고향 생각」 전문

노산은 1903년 10월 22일 경남 마산에서 전주 이씨 승규(承奎)를 부친으로 김해 김씨 영유(永柔)를 모친으로 하여 6남매 가운데 차남으로 세상에 태어났다. 원래 남하(南荷)이승규는 서울 사람으로 어려서 경남 동래로 내려간 뒤 동양의학을 공부하여 한의업을 개업했던 사람이었다. 그는 나이 40이 넘어 뜻한 바 있어 노산을 낳던 그해 지금의 북마산으로 이주해 와 한약국을 차렸다.

<사진 1> 누구보다도 국토 답사에 열중했던 노산(왼쪽)은 1934년 동아일보 재적 시 다시금 평양을 찾아 을밀대에 올랐다. 그의 오른쪽은 주요섭.

그는 이듬해 기독교 전도를 받아 마산 최초의 교회인 마산교회를 설립하기도 했고 교회에서 학생들을 모아 가르치다가 노산이 6세가 되던 해에는 학교 설립인가를 받아 창신(昌信)학교(현 창신중고교)를 세운 마산지방에서는 이름난 선구자의 한 사람이었다.

노산은 1918년까지 이 창신학교에서 중등과와 고등과를 공부했는데 그의 한문 실력은 이때 기초가 잡힌 것으로 보인다. 그는 학교를 졸업하자 모교의 교원으로 2년 가량 남아 있었다. 그의 민족주의 정신은 기미독립운동을 겪으면서 크게 성장했다(그의 부친은 당시 마산지역 독립운동의 중심인물이었다).

1920년 초 서울로 올라간 그는 곧 연희전문 문과에 들어가 1923년에 문과를 수료했다. 그의 시가 활자화되어서 나타나기 시작한 것은 그 무렵이었다. 그는 처음부터 시조를 쓰겠다고 생각하지는 않았던 모양으로 1923년과 1924년에 걸쳐 『연희』지에 「섬 속의 무덤」, 「화장장(火葬場)」과 같은 소설을 쓴 것으로 되어 있고 그 무렵 주로 『조선문단』을 통해 시와 평론을 발표했다. 이점에 대해 문학평론가 임선묵(林仙默)은 「노산론(鷺山論)」[1]이란 방대한 논문에서 처음부터 전통성에 충실했던 것이 아니라 노산은 "서구적인 소양을 갖추고 동양적인 정조를 서회(叙懷)해 왔다"고 하면서 그가 '시조문제'를 내놓았던 것을 1927년 4월 이후로 보고 있다.

연희 전문을 수업하고 그는 2년 뒤에 일본으로 가 조도전(早稲田)대학 사학부에서 2년간 청강생으로 공부했고 그 이후 1년 동안은 동경 동양문고(東洋文庫)에서 국문학을 연구하고 1928년에 귀국했는데 그의 전통성과 운율에 대한 관심이 증대된 것은 그간 그의 학업과도 무관하지 않을 성싶다.

그는 귀국하자 계명구락부(啓明俱樂部)의 조선어사전 편찬위원으로 일하다가 그 이듬

---

1) 林仙默, 「鷺山論」, 『노산의 문학과 인간』 노산문학회편, 1982년 소재.

해인 1929년에는 월간 『신생(新生)』지의 편집장으로 근무하기도 했다.

그의 최초 시조집인 『노산시조집(鷺山時調集)』이 나온 것은 이화여전 교수를 거쳐 동아일보의 기자로 있게 되던 1932년 4월이었다.

2. 양장시조(兩章時調) 첫 시도

내고향 남쪽바다 그 파란물 눈에 보이네
꿈엔들 잊으리오 그 잔잔한 고향바다
지금도 그 물새들 날으리 가고파라 가고파
어릴제 같이 놀든 그 동무들 그리워라
어데간들 잊으리오 그 뛰놀든 고향동무
오늘은 다 무얼하는고 보고파라 보고파

「가고파」에서

시조 10수를 연이어 지은 「가고파」는 1932년 1월 5일 '한양 행화촌(杏花村)'에서 씌어진 것으로 그 해 김동진(金東振)에 의해 작곡이 되고 8·15광복 이후에 널리 애창됨으로써 더욱 유명하다. 『노산시조집』이 발간되자 그의 작품들은 홍난파에 의해서도 작곡이 되었는데 「옛동산에 올라」, 「성불사의 밤」, 「봄처녀」, 「금강에 살으리랏다」 등이 그것이다.

1920년 「봉선화(김형준 작사, 44조)」를 비롯한 난파의 곡은 대개가 서정적인 것으로서 실의와 체념의 우수로 시대를 반영했던 것들이다. 이러한 난파의 성향과, 환멸감으로 정신적 공허의 암흑기를 노래했던 노산과는 의기가 화합했던 탓으로 노산의 시조는 거개가 난파의 손을 빌게 되었던 것인지도 모른다.[2]

그러나 노산은 대상에 대한 서정적 그리움과 낭만적인 울분만을 발산한 것은 아니었다. 그는 이미 그가 해야 할 일이 무엇인가를 알고 있었고 그것을 성취하고야 말 신념도 지니고 있었다. "1. 진흙을 허파뒤져/몇해를 보냈는고//옥 비슷한 돌이야/수없이 팠다마는//참 옥은 언제나 캐랴/하염없어 하노라 2. 손톱은 언제 닳고/손가락이 무찔리네//끝날에 찾는다면/팔끊기다 관계하랴//님께서 묻어둔 옥이니/파내고야 말리라"는 시조 「자견(自遣)」에서 그가 전통적인 것에 대한 확고한 집념을 표현하고 있는 것을 우리는 알 수가 있다. 그러면서 그는 시조 형식상에서의 현대적인 변화를 꾀해 시조의 대중화에도 힘을 기울였다.

---

2) 林仙默 위의 논문.

노산은 1932년의 그의 시조집에서 시조사상 처음으로 양장시조를 선보였다. 초·중·종의 3장으로 되어 있는 고시조의 형식에서 종장은 그대로 살리되 초장과 중장을 합해서 하나의 장으로 구성하여 두 개의 장으로 만드는 것인데 긴장감을 부여한다는 뜻에서 획기적인 시도라 할 것이다.[3]

예를 들면 「소경이 되어지이다」에서 "뵈오려 못뵈는 님 눈감으니 보이시네/감아야 보이신다면 소경 되어지이다"와 같은 시조가 그런 것이다.

동아일보에 근무하는 것을 필두로 1938년 조선일보 편집국 고문직을 그만두기까지 6년간의 언론인 생활에서 그는 전국 방방곡곡을 답사하며 기행문을 연재, 책으로 펴냈다. 사실상 그의 기행은 20대 초에서부터 시작한 것으로, 자연과의 교감을 통해 '자연은 즉 인간'이라는 사상을 구현하고자 한 것으로 보이는데 일제하의 국토 사랑과도 직결되는 의미를 띠고 있었다. 무엇이 앞이고 무엇이 나중이냐 하는 것을 따지는 것은 중요하지 않다. 그의 자연에 대한 사상과 국토에 대한 계몽적 민족애와의 결합은 민족의 얼을 깨우치는 하나의 길이었다고 볼 수가 있기 때문이다.

노산은 기행문으로 뿐만 아니라 시조에도 국토의 절경과 유적들을 수없이 많이 담았는데 「오륙도(五六島)」는 기교적인 면에서 그 중 빼어난 시조이다.

"오륙도 다섯 섬이/다시보면 여섯 섬이/흐리면 한두 섬이/맑으신 날 오륙도라/흐리락/맑으락 하니/몇 섬인 줄 몰라라//취하여 바라보면/열 섬이, 스무 섬이/안개나 자욱하면/아득한 빈바다라/오늘은/비 속에 보니/더더구나 몰라라"

<사진 2> 노산의 서재, 서울시 용산구 한남동 외인주택 46호 서재는 노산 생존 시와 마찬가지로 장서들이 그대로 보존되어 있다. 그는 1932년 『노산시조집』 이후 시조 2천여 수를 남겼으며 저서만도 45종이나 된다.

---

3) 金海星의 評.

이 시조에 대하여 김해성(金海星)은 그의 저서『현대시문학비평(現代詩文學批評)』에서 "기교는 자유시를 압도할 만큼 적격적소에 언어가 배열되었고 시상의 영합도 제대로 짜임새를 보이고 있다"고 하면서 "서구적 사상과 동양의 타 종교 사상만을 추구하던 1934년경에 자기나름의 민족적인 사상을 바다와 섬에게 지향하여 형성했던 것이다"라고 찬사를 아끼지 않는다.

1936년 노산은『무상(無常)』이란 수필집을 냈는데 외아들 이수장(李水長)에 따르면 "그 수필집은 막내 동생 정상(正相)씨가 배재고보 시절 일본경찰의 고문을 견디다 못해 세상을 떠나자 단숨에 쓰신 것이다. 배재에는 지금도 정상장학회란 것이 있다"고 전한다.

그러므로 일제에 대한 울분과 저항심은 점점 고조되어 갔을 것이다. 1938년 신문의 되어가는 방향이 마음에 들지 않자 신문사를 그만두었을 때였다. 총독부에서는 우리 문학자와 일본 문학자를 합쳐 '조선문인협회'를 조직했다. 그는 그 조직에 들기 싫어 붓을 꺾겠다는 생각으로 부산으로 갔다가 다시 전남 광양 백운산에서 금광주로 있는 친지를 찾아가 은둔생활을 했다. 이때부터 1942년 조선어학회사건으로 검거되기까지를 '이보달시대'라 하는데 이보달이란 자신의 그전 신분을 감추기 위해 개명한 이름이었다.

그렇게 지은 이유는 첫째 숨어 살자면 촌사람 같은 이름이 필요했고, 둘째는 나그네와 상통하는 보따리란 뜻으로, 셋째는 "관세음보살이 보달락가 산에 거한다"는 불경 구절의 음을 따 마음속에 항상 관세음보살이 거하라는 뜻에서였다는 것이다. 그는 그곳에서 "밖으로는 친구의 광산에서 사무 보는 사람으로 행세를 하고 속으로는 글을 다시 다듬는 일을 했고, 또 거기서도 시조 창작조차 게을리 하지 않으셨던 것이다."4)

3. 조선어학회 사건 투옥

조선어학회 사건이 생긴 것은 1942년 10월 1일의 일이었다. 그러나 광양에 숨어 살던 그는 곧바로 체포되지 않고 12월 4일에서야 함경도 경찰 셋이 찾아왔는데 경찰은 "네가 여기 숨어 있는 줄을 모르고 두 달이나 찾아 다녔다"며 욕설부터 퍼부었다. 노산은 그 길로 끌려 서울의 경기도 경찰부를 거쳐 함경도 홍원경찰서 유치장에 구금되었다가 함흥형무소에 투옥되었다.

그는 홍원과 함흥에서 근 1년간 옥중생활을 하면서 시조에 열정을 버리지 못해 많은 작품을 구상하며 철창살을 두 손으로 움켜잡고 비파를 타듯 시조를 읊었다.

---

4) 정재도,「이보달의 시대」,『노산의 문학과 인간』노산문학회편, 1982년.

평생을 배우고도
미처 다 못 배워
인제사 여기 와서
ㄹ(리을)자를 배웁니다
ㄹ(리을)자
받침 든 세 글자
자꾸 읽어 봅니다

제 '말' 지키려다
제 '글' 지키려다
제 '얼' 붙안고
차마 놓지 못하다가 끌려와
ㄹ(리을)자 같이 꼬부리고 앉았소.

「ㄹ자」전문

　1943년 9월 기소유예로 풀려난 그가 1945년 1월에는 사상예비검속에 걸려 전남 광양유치장에 구금되었다.

　그가 다시금 그리운 햇빛을 본 것은 8·15광복을 맞이하고서였다. "그 분은 호남사람이 아니면서 광양에 와 계셨는데 광복을 맞자 서울로 돌아가려고 하므로, 호남인들이 그동안 잘 보살펴 드린 편인데 그냥 가면 어떻게 하느냐, 무언가 도와주고 가야 할 것이 아닌가 하였다. 그래서 일제 때의 광주일보를 인수한 호남인들이 호남신문을 만들면서 그곳 사장으로 모시게 되었다."

　1947년 8월에 발령이 나 호남신문에 근무하게 되었던 정재도는 노산이 광주에 남게 된 과정을 그렇게 설명하면서 당시 특기할 만한 사실은 노산이 광복 후 처음으로 신문의 가로쓰기를 단행했다는 것이라고 한다.

　3년간 호남신문 사장직으로 있던 그는 6·25전쟁 후 그곳에 다시 관계를 맺기도 했다. 그 이후 그의 활동영역은 더욱 넓어져 대학교수로, 기념 사업회 관계일로 바쁜 나날을 보냈다. 그 중 가장 두드러진 것은 이 충무공에 대한 흠모정신을 발양케 한 것과 민족문화협회에 바친 정열과 1969년 이후 독립운동사 편찬에 기울인 업적 같은 것들이 열거될 수 있을 것이다.

　"그분이 암기에 천재적인 재능을 가지고 있다는 것은 세상이 다 아는 사실이지만 자기가 쓴 시나 하다못해 교가 가사까지도 모두 외고 있었다. 전화번호도 한번 걸어보면 그대로 머리속에 암기한다. 그분은 자신의 시를 일단 발표하기 전에 남에게 들려주기를 좋아했고 좀 이상하다 하면 즉석에서 고치고는 하는 좋은 점을 지니고 있었다. 자기를 모함했던 사람을 만나도 전처럼 대했고 면회 면담을 요청하는 사람은 거지로부터 고관 대작에까지 차별없이 만났다"(김해성 회고담).

이수장에 의하면 노산은 어려서부터 눈이 나빴다고 한다. 아들이 언젠가 어떻게 그토록 잘 욀 수 있느냐 하니까 "눈이 나쁘다 보니 글로 기록해야 잘 보이지 않고 외우는 것이 편했다"고 들려주었다는데 그것은 그의 겸양의 말일 것이다. "아버님은 국토사랑의 동기로 등산을 했을 뿐 다른 운동은 하지 않았다. 그러나 체구는 청년이상으로 단단했다. 3일간 꼬박 원고를 쓰고 난 뒤에도 잠깐 눈을 붙이시면 피로를 회복하시고는 했다."

그러나 그토록 건강했던 그가 1978년 방광에 심한 통증을 느끼면서 앓기 시작했다. 그해 그는 한양대 병원에서 적립선 제거수술을 받고 1979년에 미국에 가 암이란 진단을 받았다. 귀국한 다음에 가족으로부터 암이란 말을 듣고 "짐작하고 있었다"고 침착히 말한 후 1982년 경희의료원에서 수술을 받는 등 고통스러운 투병생활을 이어갔다.

"쓰이는 사람이 되기를 가르쳤고, 세상에 태어났으면 감사하는 마음으로 빚을 갚고 가야한다"(미망인 박삼순 회고담)고 유언처럼 말하던 그는 9월 18일 0시 19분 서울 용산구 한남동 외인주택 46호에서 세상을 떠나니 그의 마지막 「기원(祈願)」의 노래가 남아 있다.

"여기는 아시아의 동방/고난의 오늘을 딛고 선 우리/애원과 기도소리에도/아물지않는 금 간 국토/동해의/파도소리만/계시와도 같이 들리는 나라/지금 우리들의 행진이/세기의 어디쯤에서 있는지/얼굴을 스쳐가는 시간이/너무도 차갑구나/빙하의/어느 한 구역인 양/서로의 체온조차 아쉽다."

◆ 연보

1903년　　10월 22일 경남 마산에서 부 전주 이씨 승규(承奎)와 김해 김씨 영유(永柔)사이의 6남 중 차남으로 출생. 호는 노산(鷺山). 원적은 마산시 상남동 102번지. 부친 남하 (南荷) 이승규는 원래 한의업을 했던 이로 마산 최초의 교회인 마산교회를 창립한 중심 인물이었고 1909년 창신 사립학교(현 마산 창신중고교)를 설립한 교육 사업가였다.

1922년　　(19세) 시조 「아버님을 여의고」, 「꿈깬 뒤」 등 작품을 씀.

1923년　　(20세) 연희전문학교 문과 수료. 시 「새벽비」, 소설 「섬속의 무덤」(이상 연희 2호) 발표.

1924년　　(21세) 시 「붉은 청정(蜻蜓)」(개벽 3월호), 「저쪽, 저쪽으로」(조선문단 11월호), 소설 「화장場(火葬場)」(연희 제 3호) 발표.

1925년　　(22세) 시 「형사행(瑩士行)」(조선문단 1월호), 「애사(哀詞)」(조선문단 2월호), 논문 「휫트먼론(조선문단 5월호)」 등 발표. 이 무렵을 전후하여 김복신(金福信)과 결혼. 일본 조도전대학 사학부 청강.

1926년　　(23세) 시 「내 거문고」 외 2편 논문 「청상민요소고(靑孀民謠小考)」(이상 동광 11월호), 「합리적인 잠언」(문예시대 11월호) 등 발표.

1927년　　(24세) 시 「나는 대답없는 사람이다」 외 2편 (문예시대 1월호), 수상 「추억 도향」(현대공론 8월호) 등 발표. 8월부터 이듬해 5월까지 동경 동양문고에서 국문학연구.

1929년　　(26세) 시 「이 들말을 타고」(신성 1월호), 「매화동(賣花童)」 외 1편(삼천리 6월호), 논문 「시조작법강좌」(문예공론 6월호) 등 발표. 10월부터 1931년 3월까지 『신생』 지 편집장. 장녀 수화(水花)출생.

1930년　　(27세) 시조 「화(和)」(신생 9월호), 「청조(靑鳥)」(동아일보 11월 22일자), 논문 「신라의 설총과 고려의 최충」(신생 4월호) 등 발표.

1931년　　(28세) 시조 「계룡까치」(문예월간 2호) 등 발표. 『조선사화집』(한성도시) 간행. 『묘향산유기』(동아일보사) 간행. 4월부터 다음해 3월까지 이화여자전문학교 문과교수.

1932년　　(29세) 『노산시조집』(한성도서) 간행.

1933년　　(30세) 시조 「맹서(盟誓)」(신생 4월호) 등 발표. 논문 「삼국시대의 여류문학」(신가정 1월호) 등 발표. 차녀 수옥(水玉) 출생.

1936년　　(33세) 수필집 『무상(無常)』(정상장학회) 간행. 시조 「오륙도」(조광 9월호) 등 발표. 3년 수정(水晶) 출생.

1937년　　(34세) 『탐라기행(耽羅紀行)』(조선일보사) 간행.

1938년　　(35세) 일제 탄압으로 1942년 9월까지 전남 백운산하에 은거. 이 무렵 김태명(金泰明)과 재혼. 기행문 『지리산』(조선일보사) 간행.

1941년　　(38세) 외아들 수장(水長) 출생.

1942년　　(39세) 『노산문선(鷺山文選)』(영창서관) 간행. 12월부터 다음 해 9월까지 조선어학회 사건으로 홍원경찰서를 거쳐 함흥형무소에 구금, 기소유예로 석방.

1945년　　(42세) 1월, 사상예비접속으로 광양경찰서 유치장에 구금. 8 · 15광복을 맞으며 출옥함. 10월부터 1948까지 광주 호남신문사 창간 사장.

1946년 (43세) 『이충무공일대기』(호남신문사) 간행.

1948년 (45세) 가을 서울 신당동 241번지 5호로 이사.

1949년 (46세) 4월부터 다음 해 3월까지 동국대 문리대 강사.

1951년 (48세) 수필집 『민족의 맥박』(민족문화사) 등 간행.

1952년 (49세) 호남신문사 복간, 사장으로 취임 광주로 감.

1955년 (52세) 가집(歌集) 『조국강산』(민족문화사) 등 간행. 사단법인 이충무공기념사업
회 회장으로 취임.

1958년 (55세) 시 「조국아」(현대문학 5월호) 등 발표. 서울 성북구 안암동 104번지 43호
로 이사. 1961년 5월까지 부산대학 동아대학에 특강. 『노산시조선집(鷺山時調選
集)』(남향문화사) 간행.

1960년 (57년) 『노산시문선(鷺山詩文選)』(경문사), 『국역주해(國譯註解)이충무공전서』
(남향문화사) 간행.

1961년 (58세) 부인 김태명 타계.

1962년 (59세) 대구에서 현재의 미망인 박삼순과 알게 됨.

1964년 (61세) 『노산문학선』(탐구당) 간행. 대한민국 예술원 문학공로상 수상.

1966년 (63세) 시 「북위 몇도의 지점에 서 있는지」(중앙일보 9월 22일자) 등 발표.

1967년 (64세) 사단법인 한국산악회 회장.

1968년 (65세) 이후 1977년 5월까지 숙명학원 이사장. 『국역주해 난중일기』(현암사) 간행.

1969년 (66세) 독립운동사 편찬위원회 위원장. 한글공로상 대통령상 수상.

1970년 (67세) 시조집 『푸른 하늘의 뜻은』(금강출판사) 간행. 국민훈장 무궁화장 수장.

1973년 (70세) 『민족의 향기』(교학사) 간행. 5 · 16 민족상 학예부문 본상 수상.

1974년 (71세) 『구미기행(歐美紀行)』(한국일보사) 간행. 박삼순과 결혼.

1977년 (74세) 대한민국 건국포장 수장. 용산구 한남동 외인주택 46호로 이사.

1982년 (79세) 시집 『기원(祈願)』(경희대출판국) 간행. 9월 18일 0시 19분 숙환인 방광염
으로 타계. 22일 사회장으로 치러져 국립묘지에 안장. 금관문화훈장 1등급 추서.
11월 노산문학회편 『민족시인 노산의 문학과 인간』(햇불사) 간행됨.

◆ 도움말 주신 분(1982년 현재)

李水長   41 · 외아들 · 기아산업 이사
정재도   58 · 후학 · 시인 · 한글학회
金海星   47 · 후학 · 서울여대 교수
朴三順   미망인 · 서울 용산구 한남동 외인주택 46호

◆ 관계 문헌

『노산의 문학과 인간』, 노산문학회刊, 1982년.

(이 책에는 노산의 문학과 인간에 관한 논문, 에세이, 기사 등이 거의 망라되어 있음.)
金海星, 『現代詩文學批評』, 大光文化社刊, 1982년.

馬 海 松

(아동문학가 1905~1966)

1. 구습(舊習)에 항거한 동심(童心)

"인간의 위대함을 아는 자만이 인간을 교육하는 일이 위대한 일임을 알 수 있다. 인간에 관한 천박비속한 해석, 인간에 관한 무지와 무감격, 이것만큼 교육상 유해한 것이 없다. ……아동을 위대하게 만들려는 것이 아니다. 그 아동이 위대하게 될 것을 믿고 교육하는 것이다."

1927년 나이 22세에 이렇게 쓴 바 있는 아동 문학가이며 수필가인 마해송은 우리나라 초기 어린이 운동의 일원이었고, 아동문학, 특히 창작동화의 개척자였다. 때로는 수필로 자기 인생에 대한 각성에 집착하면서 61세를 일기로 타계할 때까지 환상과 현실을 조화시킨 뛰어난 여러 동화를 남겼으니 , 그 속에 그의 인간과 문학이 깃들어 있다.

서울 종로구 명륜동 3가 143의 3은 광복 후 개성을 떠나 처음 자리 잡고 타계하던 1966년, 정릉으로 이사하기까지 20년간 살았던 그의 후기 문학의 산실이었다. 30여 평의 조그만 기와집에는 그 때 그가 좋아하던 꽃밭은 없었으나 비둘기장처럼 정다운 곳이었다. 「떡배 단배」, 「모래알 고금」, 「앙그리께」, 「멍멍 나그네」 등 그의 장편동화가 쓰여진 집은 예나 다름없는 모습이지만, 그의 신앙도, 고독도 그와 함께 어디로 멀리 가버린 듯 그의 숨결은 없다.

마해송은 1905년 1월 8일 경기도 개성시 대화동에서 태어났다. 목천(木川) 마(馬)씨 죽계공(竹溪公) 희경(義慶)의 10대손이었다. 그의 부친 응휘(應輝)는 대를 물려받은 재산으로 상업에 종사하였고, 그는 7남매 중 여섯째였다.

나이 6세에 서당에 다니다가 이듬해 개성 제일공립보통학교에 입학하고, 4년 후에 졸업, 개성학당에 다녔다. 그러나 1917년 부친의 강권에 못 이겨 11세의 문씨라는 여인과 혼례를 올린 사건은 구습에 항거하여 어린이 운동에 가담하는 하나의 원인이 되었다.

"선친은 엄한 분이셨다. 뒤에 그가 일본에 갔을 때에도 집에서는 학비를 대주지 않았다"고 그의 맏형 온규(溫圭)는 들려 준다.

해송은 1919년 3·1 운동 때 일인이 세운 불교계 학교인 개성학당에 다녔던 탓으로 그

<사진 1> 마해송은 우리나라 초기 아동문학, 특히 동화 부문의 개척자였으며, 해방 후에는 간결한 문체의 명민한 수필을 많이 썼다. 사진은 1960년대의 모습.

운동에 참가하지 못한 것을 부끄럽게 여겼다. 늘 서울을 동경하다가 그 해 그는 서울로 올라가 중앙고보에 입학했으나 동맹 휴학으로 중단 하고, 고향에 내려가 고한승(高漢承), 진장섭(秦長燮) 등과 함께 문학지『여광(麗光)』의 동인이 되었다.

"동인지『여광』은 3, 4호 나왔다가 끊어졌다. 지방 젊은 문인들의 잡지로서 주목한다는 염상섭의 평을 듣기도 했었다"(진장섭 회고담).

1920년 다시 서울로 가 보성고보에 다녔으나 다시 동맹 휴학으로 퇴학하고 12월에 처음 일본으로 건너갔다.

이듬해 일본대학 예술과에 입학하고 하기 방학 때는 '동우회' 회원이 되어 홍해성(洪海性), 김우진(金祐鎭), 홍난파, 윤심덕(尹心悳), 조명희 (趙明熙), 황석우(黃錫禹) 등 20여 명과 함께 우리 나라 각 지방을 돌며 순회공연을 가지기도 했다.

홍해성의 작품인「최후의 악수」에서 해송은 주연을 맡기도 하였는데 이들이 끼친 자극은 컸다. 1922년에는 개성인 중심의 문학동인 '녹파회(綠波會)'에 가입하고 공진항 (孔鎭恒), 이기세(李基世), 김영보(金永補), 고한승, 진장섭과 활동했다.

해송의 최초 창작동화는 1923년에 나왔다. 박홍근(朴弘根)이 주간하던 어린이 잡지 『샛별』에 기고했는데, 박이 조직한 '송도 소녀 가극단'을 도와 각 지방을 순회하면서 구연(口演)했던「어머님의 선물」,「바위나리와 아기별」,「소년 투사」 등이 그것이다.

어린이의 마음을 알아 주도록 어른들에게 호소하고 싶었고 어린이대로 모임을 가져서 널리 사귀고 마음을 닦아 착한 짓을 하며 즐거움을 가질 수 있게 했으면 좋겠다는 생각이었다.[1]

「바위나라와 아기별」은 어른의 완고함을 왕의 폭력에 비유하여 쓴 것이었다. 불과 나이 18세에 쓴 그 줄거리는 다음과 같다.

남쪽 바닷가 모래벌판 감장돌에 바위나리라는 풀 한 포기가 오색의 아름다운 꽃을 피웠으나 동무가 없었다. 해가 지면 고독에 몸부림치며 바위나리는 울음을 터뜨리는데

---

1)「아름다운 새벽」.

이 소리를 아기별이 듣고 내려와 동무가 된다. 새벽이 되어 아기별은 차마 떨어지기 싫은 것을 하늘로 올라갔으나 성문이 닫혀서 성벽을 넘었다. 왕이 이를 알고 꾸중한다, 아기별은 밤이 와도 나갈 수 없었고 바위나리는 마침내 바람에 휩쓸려 바다로 흘러간다. 아기별은 눈물을 흘린다. 그 눈물로 빛을 잃은 아기별은 하늘에서 내쫓겨 바다로 떨어진다. 바로 바위나리가 들어간 곳이다, 참 이상한 일이다.

그 후로도 해마다 아름다운 바위나리는 바닷가에 피어나옵니다. 여러분은 바다를 들여다본 일이 있읍니까? 바다는 물이 깊으면 깊을수록 환하게 맑게 보입니다. 웬일일까요? 그것은 지금도 바다 그 밑에서 한때 빛을 잃었던 아기별이 다시 빛나고 있는 까닭입니다.

해송이 동우회와 함께 귀향한 후 그는 '순'이라는 여인과의 연애사건으로 집에서 꾸지람을 들었으며, 한때 연금 상태에 있었다. 이 동화는 그 불만의 소산이었고 "곧 소년운동을 일으킨 동기"였다고 그는 밝혔다.

2. 국지관(菊池寬)을 찾아서

1945년 1월까지 일본에 있게 된 두 번째의 도일은 1924년이었다. 첫날밤을 진장섭의 하숙에서 지낸 그는 다음 날 국지관2)을 찾았다.

식모가 전해 주는 몇 푼의 돈을 뿌리치고 국지관의 마음을 사로잡은 해송은 곧 문예춘추사에 입사할 수 있었고 초대 편집장이라는 직책을 받았다. 1923년에 발족한 『색동회』 동인이 된 것도 이해의 일이었다.

"소파가 하던 『어린이』에 나와 그는 진지한 의견과 비판을 프린트하여 보낸 것이 1924, 25년께 일이었다"(색동회 동인 조재호 회고담). 그러면서 동화를 쓰는 일을 버리지 못했던 그가 1927년 동화 외에 다방면에 걸쳐 활약했던 자신을 이렇게 돌이켜 보았다.

「마음의 劇場」을 쓰고, 「마음의 幼稚園」을 꾸미고 小說를 쓰고, 映畫를 研究하고, 보모를 걱정하고 參與치 않는 곳이 없이, 덥적거린다고 손가락질 말라! 마음의 나라, 마음의 조선 나라가 나로 하여금 그러지 않고는 못 배기게 하는 것이니 그런 사람이 어찌 나 하나뿐이며, 그런 사람이 반드시 無用之物일 理야 있을 것이냐?

---

2) 菊池寬(1888~1948) 日本의 소설가 · 극작가 芥川龍之介와 함께 이지적인 우수한 작품을 씀. 그는 1923년 월간 『文藝春秋』를 창간했고 日帝末 韓國文學에 간여, 1939년에 '朝鮮藝術賞'을 『모던 日本』社로 하여금 설정토록 했다. 그 1회 수상자 및 수상 작품은 春園 李光洙의 「無明」이었다.

그러나 그는 1928년 폐가 나빠져 휴직을 하지 않으면 안 되었다. 선형(船形)해변가에서 4개월을 지냈으나 다시 부사견(富士見)요양소에서 11개월을 정양해야 했던 것이다.

여기서 겪은 육체적, 그리고 정신적인 경험은 한 인간으로서의 성숙을 의미하는 것처럼 보인다. 문씨와의 이혼, '순'과의 청산, 또 작품을 써야겠다는 일념으로 "좀 더! 1년만 더 살게 해 주십시오!" 하는 안타까운 기원으로 나날을 보낸 것이 이 곳에서였다.

1929년 10월에 퇴원하여 1930년에는 국지관의 방계 잡지인 『모던 일본』의 사장이 되었고, 그 부수는 일약 10만을 돌파하여 일본의 3대 또는 5대 잡지에 끼었다. 조선인으로서 일인의 부하를 두고 일본 문화계에 영향을 미치는 유명인이 된 것이다.

1931년에 소파가 세상을 떠나고 1933년 『어린이』의 마지막 주간으로 있던 윤석중은 그 때 시작된 연재 동화 「토끼와 원숭이」를 대표작으로 꼽으며 다음과 같이 말했다.

"토끼는 한국을 뜻하고 원숭이는 일본을 뜻하였다. 토끼가 이기는 것은 8·15 광복을 예견하는 것처럼 느껴진다. 후기의 작품들도 그렇지만 작품 세계의 특색은 상상과 현실의 세계를 연결시키는데 성공하고 있다는 점으로, 어디까지나 현실을 토대로 작품화했다. 소파가 주로 번안물을 쓴 데 비해 진장섭, 고한승과 더불어 그는 창작동화를 썼다."

『모던 일본』 사장으로 있으면서 그는 인기 여배우 수구보징자(水久保澄子)의 구애를 받고, 국지관의 여비서 좌등(左藤)의 짝사랑을 받았지만 일본 여자는 굳이 마다했다. 그러던 중 1937년 해송은 마산 출신의 무용가 박외선(朴外仙)과 사귀게 되었다.

"나의 파트너로 있던 분이었는데 해송에게 그를 추천했고 그 후 내가 프랑스로 갔다가 돌아오니 국지관의 주례로 결혼했다는 것이다"(조택원 회고담).

1937년 2월 22일이었다 (중략) 나는 초면인 그녀에게 넌지시 음악회의 초대권을 주었다. (중략) 그 날 밤 내 옆자리에 그녀는 나타났다. 이렇게 해서 나는 그녀를 꾀어 냈고 무용계의 화려한 존재를 몽땅 문질러 버렸다고 하게 될는지도 모른다.3)

마침내 그 해 11월 13일 국지관의 참석 하에 결혼식을 올렸다. 행복한 세월이 흘렀다. 해송은 그의 성이 일인 사이에 '바'(馬)로 불리는 것을 '마'로 고집하는 민족적 의식을 버리지 않았으며, 1945년 1월까지 동경도(東京都) 국정구(麴町區)에서 살았다.

3. 사회 비판적 수필

고향인 개성에서 8·15 광복을 맞고 1947년에는 서울 종로구 명륜동으로 이사했다.

---

3) 朴外仙, 「그이의 일기장」, 『主婦生活』 1970년 4월호.

<사진 2> 1937년 해송은 무용가 박외선과 결혼했다. 왼쪽이 국지관.

자유신문에 「토끼와 원숭이」를 계속 쓰고 「떡배 단배」를 연재했다. 그동안에 쓴 간결하고 날카로운 문체의 수필 『편편상(片片想)』을 책으로 처음 낸 것은 1948년의 일이었다.

6·25사변이 일어났다. 해송은 국방부 정훈국 편집실 고문, 『승리일보』 고문으로 있으면서 평북 고령변까지 종군하다가 1951년에는 속칭 '창공구락부'로 불리는 공군 종군문인단을 만들어 단장으로 있기도 했다.

"나는 『일요 승리』를 편집하고 있어 그 후 알게 되었다. 그는 가족을 마산으로 보내고 대구 영남일보 건물 한 구석방을 빌어 거기서 3년을 홀로 지냈다. 전쟁 속에도 문학을 지키자고 문학의 밤, 문인극 등을 열기도 했다. 그는 문인들의 국가적 필요성을 강조했고, 저녁이면 술을 했으나 주량이 많은 편은 아니었고, 주정이 없었다"고 후배 작가 방기환(方基煥)은 전한다.

공식석상에 갈 때는 으레 막걸리 한 잔을 하는 버릇이 있었으며, 못마땅하면 "고얀 놈!"이라고 일갈했다는 것이다.

그는 전쟁 기간 동안 동화보다 「전진(戰塵)과 인생」 등의 수필류의 사회 비판적 글을 쓰는데 주력했다.

친목으로 1개월에 한 번씩 만났던 '동화 작가회'의 주동으로 있으면서 1957년에는 방기환 강소천, 이종환(李種桓) 등과 「어린이 헌장」을 기초하여 발표했고, 1959년에는 창경원에 비를 세우니 경제적 조달도 거의 도맡아 했다.

1963년 문예춘추사 초청으로 24일간 일본에 다녀온 것이 광복 후 유일한 나들이였다.

1966년 3월 해송은 정릉으로 이사하였다. 그리고 손님도 별로 찾아오지 않는 집을 지키던 그는 포천에 가자는 박홍근의 제의를 받아들여 11월 5일 하오 4시께 포천에 도착하여 신부(神父)를 만나고 그 곳 여관에서 하룻밤을 묵은 후 이튿날 아침에 일어나자 전날 밤에 전기가 들어오지 않았는데도 암흑 속에서 기도책을 안 보고 욀 수 있었다고 좋아했다 한다. 돌아오는 길에 뇌일혈의 증세 때문이었는지는 모르지만 버스 안에서는 아무 말도 없던 해송이 미아리에 내리자, 집 쪽 성당의 높은 첨탑을 가리켰다. 그러나 그저 웃을 뿐 말을 못했다. 그 길로 해송은 "이제 못 본다"하고 헤어진 미국 간 장남 종기(鐘基)의 시가 실린 『여원(女苑)』을 사들고 집에 들어갔다. 그리고 곧 뇌일혈을 일으켜 쓰러졌다.

공부도 재주도 德도 不足한 몸으로 외롭단 人生을 외롭지 않게 제법 흐뭇하게 살고 가게 해 준 여러분께 감사합니다. 아껴주신 여러분 宅內 萬福을 빕니다.

그의 유서였다. 조재호는 소파가 죽을 때는 못다 한 염원이 있었는지 그렇지 못했는데, 해송에게는 환한 웃음이 떠오른 얼굴이었다고 했다.

◆ 연보

1905년	1월 8일 경기도 개성시 대화동 54번지에서 부 목천(木川) 마씨 응휘(應揮)와 모 밀
	양 박씨 광옥(光玉)사이의 7남매 중 여섯째로 출생. 아명 창록(昌祿), 본명은 상규
	(湘圭). 부친은 개성에서 상업에 종사. 아호는 해송. 6세 때 한문 수학.
1912년	(7세) 개성 제일공립보통학교 입학.
1916년	(11세) 보통학교 졸업. 개성 공립간이상업학교 입학(1년후 졸업).
1917년	(12세) 11세의 문씨와 결혼.
1919년	(14년) 개성학당 졸업, 서당에 다님. 서울 중앙고보에 다니다가 동맹 퇴학. 개성에
	서 고한승, 진장섭 등과 『麗光』동인.
1920년	(15세) 보성고보에 다니다가 동맹 퇴학. 12월 도일.
1921년 ·	(16세) 일본대학 예술과 입학. 동경 유학생 극단 '동우회' 회원이 되어 국내 순회공연.
1922년	(17세) 문학클럽 『녹파회(綠波會)』동인. 2월 조선 소년단 창립 사무소 위원장. 지
	방 소년회 조직 권장운동.
1923년	(18세) 동화 「어머님의 선물」, 「바위나라와 아기별」, 「복남이와 네동무」 등을 어
	린이 운동 순회에서 구연(口演).
1924년	(19세) 재차 도일, 문예춘추사 입사, 일본대학 계속 다님. 『색동회』동인. 동화 「다
	시 건져서」 발표.
1925년	(20세) 「장님과 코끼리」(어린이 5월호), 「어머님의 선물」(어린이 12월호) 발표.
1926년	(21세) 「바위나라와 아기별」(어린이 1월호), 「도깨비」(신소년 3월호) 발표.
1927년	(22세) 「소년 특사」(어린이 1월호), 「홍길동」(신소년 1월호 연재), 연작 소설 「오
	인 동무 제 1회」(어린이 3월호), 7월 「마음의 극장」(조선일보 연재).
1928년	(23세) 폐가 나빠져 천엽현 선형(船形)해변에 4개월, 장야현 부사견(富士見)요양
	소 에 11개월간 입원.
1929년	(24세) 애정이나 부부 관계가 없던 문씨와 이혼. 「호랑이」(신소년 1월호) 발표. 10
	월 요양소 퇴원.
1930년	(25세) 『모던 일본』 사장 취임.
1931년	(26세) 「토끼와 원숭이」(어린이 8월호), 9월 「방정환 군」(조선일보) 발표.
1933년	(28세) 「토끼와 원숭이」(어린이 1, 2월호 연재. 3월호 분은 원고 압수당함), 「호랑
	이 곶감」(어린이 10, 11월호) 발표.
1934년	(29세) 『해송 동화집』 간행.
1935년	(30세) 「어머니 생각」(소년 중앙 1월) 발표.
1937년	(32세) 동요 「당초밭」(소년 5월호), 「키다리 김선생」(소년 7월호)발표. 11월 무용
	가 박외선(朴外仙)과 결혼.
1939년	(34세) 1월 장남 종기(鐘基)출생(현 재미). 자서전적 수필 「역군은(亦君恩)」(여성 7
	월호 연재) 발표.
1941년	(36세) 1월 차남 종훈(鐘壎) 출생. 『역군은』 간행.
1944년	(39세) 3월 딸 주해(珠海) 출생.

1945년	(40세) 1월, 가족과 귀국. 9월 송도 학술 연구회 위원장.
1946년	(41세) 1월 「토끼와 원숭이」(자유신문), 「편편상(片片想)」(자유신문) 연재. 『토끼와 원숭이』 간행.
1947년	(42세) 『토끼와 원숭이』 상 · 하 간행. 서울 종로구 명륜동 3가 143의 3으로 이사.
1948년	(43세) 1월 「떡배 단배」(자유 신문) 연재, 3월 『편편상』(새문화사) 간행.
1950년	(45세) 1월 국방부 한국문화 연구소장, 10월 국방부 정훈국 편집실 고문, 『승리일보』 고문.
1951년	(46세) 3월 공군 종군 문인단장. 『편편상』 전시판 간행.
1953년	(48세) 1월 수필집 『전진(戰塵)과 인생』, 장편 동화 『떡배 단배』, 『사회와 인생』 간행.
1957년	(52세) 3월 「어린이 헌장」을 주동하여 만들어 발표.
1958년	(53세) 『모래알 고금』, 『요설록(饒舌錄)』 간행.
1959년	(54세) 1월 자유문학상 수상. 『앙그리께』 간행.
1960년	(55세) 「멍멍 나그네」(한국일보) 연재.
1961년	(56세) 자전적 수필 『아름다운 새벽』 간행.
1962년	(57세) 『마해송 동화집』(민중서관), 『마해송 아동문학독본』(을유문화사), 수필집 『오후의 좌석』 간행.
1966년	(61세) 3월 성북구 정릉동 5의 9로 이사. 11월 6일 하오 9시 자택에서 뇌일혈로 사망. 금곡 카톨릭 묘지에 안장.

◆ 도움말 주신 분(1973년 현재)

朴外仙 59 · 미망인 · 이대 체육대 무용과 교수.
馬溫圭 83 · 맏형 · 서울 성북구 안암동 1가 221번지.
曹在浩 72 · 색동회 동인 · 서울 종로구 효자동 130번지.
秦長燮 색동회 동인 · 삼락회(三樂會) 부회장.
尹石重 친교 · 새싹회 회장.
趙澤元 친교 · 무용가.
朴洪根 후학 · 아동 문학가 · 서울 중구 명동 2가 2의 5.
方基煥 50 · 아동 문학가 · 서울 성동구 둔촌동 92번지.

◆ 관계 문헌

馬海松, 「나와 색동會時代」, 『新天地』 1954년 2월호.
李在徹, 「韓國現代兒童文學史」, 『횃불』 1969년 9월호.
_____, 『韓國現代兒童文學史』, 一志社刊, 1978년.
李相鉉, 『韓國兒童文學論』, 同和出版公社刊, 1976년.

崔 鶴 松
(소설가 1901~1932)

1. 박행(薄行)의 어린 시절

1924년 말 혜성처럼 나타나 기존에 대한 반역의 인간상을 부각한 작가로 서해(曙海) 최학송이 있다. "천만 사람이 서쪽 달을 쫓는 때에 홀로 동쪽 매화를 찾는 사람"으로 자처했던 그는 31세의 짧은 생을 마칠 때까지 8년간 우리나라 문단에 최초로 체험문학이라는 새 바람을 일으키고 갔던 작가였다. 그는 간도에서 머슴살이로, 방랑객으로, 아편쟁이로, 두부장수로, 인부로, 또 고국에 와서는 중으로 전전하면서 기아 때문에 죽음에 직면하는 고비를 넘기기도 여러 번이었다.

그의 이 고달픈 삶의 편력은 러시아풍의 대륙적 기질과 처참미로 표현되어 그의 작품 전편에 꿈틀거린다. 그가 의식하지 않는 사이에 이른바 신경향파의 작가로 불린 것도 이러한 데 기인했다. 삶을 사랑하면서도 오래 살기를 원치 않았던 그의 뜻대로 그는 일찍 세상을 등졌으나 그의 문학은 오늘날에도 그 박진력과 함께 살아 있다.

> 김군! 내가 고향을 떠난 것은 오년 전이다. 이것은 군도 아는 사실이다. 나는 그때
> 에 어머니와 아내를 데리고 떠났다. 내가 고향을 떠나 간도로 간 것은 너무도 절박한
> 생활에 시든 몸이 새 힘을 얻을까 하여 새 희망을 품고 새 세계를 동경하여 떠난 것도
> 군이 아는 사실이다.

소설 「탈출기(脫出記)」에서 서해가 이렇게 자신의 이력을 작품으로 옮겨 쓰고 있던 1924년 말의 경기도 양주 봉선사 승방―바로 광릉 능터에서 산을 하나 넘는 곳이었다. 새벽 목탁, 저녁 종에 장삼입고 합장하고 부처님 앞에 꿇어앉던 그의 승려시절의 절은 6·25 때 폭격으로 자취 없이 사라지고 그 자리에 새로 지은 절이 들어앉았다. 불과 3개월도 채우지 못하고 동료 중과 싸우고 속세로 뛰쳐나왔던 탓인지, 봉선사에는 그를 기억하는 사람이 없다. 그저 노송 사이로 스쳐가는 바람 소리만이 스산하다.

한 시대 선풍을 일으켰다 사라져 버린 서해는 1901년 5월 함북 성진(城津)에서 한방의를 했다는 사람을 부친으로 하여 세상에 태어났으나 어린 시절을 암울한 가운데 보냈다.

그의 부친은 몰인정한 사람으로 가정을 파탄에 몰아넣었고, 1910년께는 집을 버리고 만주로 떠났다고 한다. 그는 어릴 때 부친의 훈도 아래 한문을 배우고 성진(城津)보통학교에 입학하였으나 후에 가정 풍파로 졸업을 하지 못했다. 그는 뒷날 신문기자도 하였으되 보통학교 미필의 학업이 그의 학력의 전부였다.

서해의 꿈은 오로지 문필가가 되겠다는 것뿐이었다. 그는 소년 시절에 신·구 소설을 막론하고 닥치는 대로 읽었다. 벌써 14세 때 『학지광(學之光)』에 산문시를 발표하게 된 것도 문학에로 향한 그의 피나는 노력에의 결과였다. 그는 그 때의 기쁨을 다음과 같이 적고 있다.

> 나는 어머니의 없는 돈을 긁어내어서 學之光(내 글이 실린 것)을 샀다. 나는 길을 걷다가도 밥을 먹다가도 심부름을 하다가도 學之光을 펴서 내 글을 읽고는 좋아했다. 읽고 또 읽어도 싫지 않았다.[1]

그러나 극도의 빈궁은 그로 하여금 글을 쓰는 데 붙잡아 두지는 않았다. 마침내 1917년 그는 어머니와 함께 간도 길을 택했다. 새로운 삶을 위해 고국을 떠났던 것이나 그것은 한갓 꿈에 지나지 않았다. 한 평의 땅도 없이 이역 풍상에 방랑하는 신세가 되고 말았다.

그의 적나라한 모습일지도 모르는 「탈출기」는 이런 내용으로 이어진다. 중국 사람의 도조나 타조도 얻지 못하였으니, 그나마 돈도 떨어지고 이리저리 돌아다니며 온돌장이, 삯 김매고 꼴 베기, 두부장수를 하였으나 만삭이 된 아내는 길바닥에 버려진 귤껍질을 주워다 먹어야 하는 비참한 처지였다.

> 김군! 이러구러 겨울은 점점 깊어가고 기한은 점점 박두하였다. 일자리는 없고…… 그렇다고 손을 털고 앉았을 수도 없었다. 시퍼런 칼날이라도 들고 하루라도 괴로운 생을 모면하도록 쿡쿡 찔러 없애고 나까지 없어지든지, 더 도리가 없게 절박하였다.

사실 서해는 1920년을 전후하여 아내와 딸 하나 그리고 어머니와 함께 살고 있었다. 그의 3주기에 그의 친구 박상엽(朴祥燁)은 다음과 같이 썼다.

> 어떤 때는 상투잡이가 되어 나무바리 장수도 하여 보고 산으로 나무하러 갔다가

---

1) 수필 「그리운 어린 때」.

되놈한테 붙들리어 죽을 고비도 넘겨 보고 두부장수도 하여 보고 勞動판에서 什長 노릇도 하여 보고 ××단에 따라다니노라고 총을 메고 눈쌓인 얼음 벌판도 헤매이다가 총에 맞아 죽은 동지의 屍體를 혼자 얼음 벌판에서 밤을 새워 가며 지켜 보기 등등— 이러한 몇 가지 實例를 보더라도 曙海는 한 개의 '小說的 人間'이었다는 것을 알 수 있다.[2]

앞서 말하였듯이 그가 바로 소설의 주인공이었다.

2. 혈연(血緣)에서의 탈출

1930년께 지금은 없어진 체부동(體府洞) 큰 고가에서 함께 딴방 셋방살이를 하고 있었던 친구 화가 이승만(李承萬)은 서해가 간도에서 조운(曹雲 · 뒤에 시조시인이 된 그의 처남)을 처음 만났던 것도 조운이 그의 고향 전남 영광을 떠나 간도와 시베리아를 방랑하던 바로 그 때였는데, 같은 방랑객으로 혹은 니힐리스트로 서로 의기가 투합했던 것으로 보고 있다.

그러나 생활의 처참한 상황은 날로 더해 갔다. 그의 굶주림은 뒷날 불치의 병이 되고만 위병을 일으키고 말았다. 그는 고통을 이기다 못하여 끝내는 아편을 빨았던 것이 거의 중독 상태까지 이르렀던 것이다.

<사진 1> 1930년대의 서해와 가족 친지들. 왼쪽으로부터 서해, 부인 분려, 화가 이승만, 앞 왼쪽이 장남백, 오른쪽이 이승만의 부인과 아들.

1923년 봄, 동경해 마지않아 들어갔던 간도 땅을 헤매기 7년, 극심한 가난에 환멸을 느낀 그는 모친과 처자를 거느리고 고국으로 돌아왔다. 그리고 국경 근처 어느 정거장에서 잡일로 근근 살아가면서 북선일일(北鮮日日) 신문에 「자신(自身)」이라는 시를 처음 서해라는 필명으로 투고, 발표했다. 그리고 그 얼마 뒤에 '몹쓸 비바람'이 그의 집을 삼켜갔다. 다시 일으켜 세울 기력도 없었다. 그의 가족은 헤어지기로 하고, 모친과 딸은 고향 성진으로, 부인은 평안도로, 서해는 정처없이 길을 떠났다.

김군! 나는 더 참을 수 없었다. 나는 나부터 살려고 한다. 이때까지는 최면술에 걸린 송장이었다. 제가 죽은 송장으로 남(식구들)을 어찌 살리랴. 그러려면 나는 나에게 최

2) 朴祥燁, 「曙海와 그의 劇的 生涯」, 『朝鮮文壇』, 1935년 현상문예호.

면술을 걸려는 무리들, 험악한 이 공기의 원류를 쳐부숴야 하는 것이다.

「탈출기」에서처럼 서해는 이리하여 가족을 버리고 가족으로부터 탈출하였던 것이다.

그는 17세 때 읽은 「무정」에 감동해서 춘원 이광수에게 서신을 띄웠던 가느다란 인연으로 1924년 그에게 다시 서신을 띄웠다.

문학을 하는 길은 그 길밖에 없는 것 같았다. 그 편지에 서울에 올라갈 의사를 밝히고 어떻게 밥이라도 얻어먹을 곳을 알선하여 달라고 하였다.

춘원은 답장하기를 무모하게 할 일도 없이 서울에 온댔자 고생만 할 것이니 아직은 참았다가 좋은 기회를 기다려 올라오라고 하였다. 그러나 그의 결심은 굳어 있었다.

그런 지 며칠 지나지 않은 11월 함박눈이 펄펄 내리던 어느 날 참혹한 모습을 한 서해가 춘원의 집을 찾아왔던 것이다.

> 나의 상상으로는 崔曙海가 키가 작고 몸이 가늘며 얌전한 사람으로만 알았는데 키가 크고 몸이 굵고 시커멓게 생긴 장정이었읍니다. …… 그는 장작이든지 무엇이든지 팰 터이니 집에 있게 해달라고 하였읍니다. 그러나 나는 그럴 수 없다고 그를 어떤 절간으로 보내었읍니다.[3]

그 절이 바로 양주 봉선사였다. 그리고 그의 「탈출기」는 그 절 큰방 한구석에서 오두절 쫑그리고 앉아서 쓰어졌던 것이다.

그는 그 곳에서 몇 편의 일본 논문을 번역하면서 문학수업을 쌓은 것도 사실이다.

3. 반역의 체험문학(體驗文學)

그는 「탈출기」 이전에 『조선문단』에 「고국(故國)」(추천), 「십삼원(拾參圓)」 등을 발표했으나 1925년 3월에 발표된 「탈출기」로 하여 그의 특색있는 문학이 주목받게 되었다. 이어서 「박돌(朴乭)의 죽음」, 「기아와 살육」, 「큰물 진 뒤」 등을 발표하면서 당시 신경향파 문학의 찬사를 받으며 일약 유행작가가 된 것이다.

『조선문단』 발간에 당시 돈 기만 원을 투자했던 춘해(春海) 방인근(方仁根)은 춘원의 소개를 받고 서해로 하여금 동대문 밖 용두리의 조선문단사 겸 춘해의 집인 그 곳 건넌방에서 기거하며 숙식을 같이 하도록 하였다고 회고하고 있다.

> 春海는 그때 '조선문단사' 주인(사장)이요 또한 스스로 既成人이라 자진하던 시절

---

3) 李光洙, 「前 朝鮮文壇追談」, 『朝鮮文壇』, 1936년 7월호.

이요, 曙海는 장차 출발하려는 아직 '알(卵)'이라 처음 '조선문단사'의 사환겸 기자겸 문사겸으로 있었다.

(중략) 그러나 그 때 한창 문학욕이 왕성하여서 바야흐로 폭발할 듯이 문학 정열에 들뜬 曙海는 (중략) 자기의 글을 『조선문단』 잡지에 실을 수 있는 점을 고맙게 보아서 살고 있었다.[4]

김동인이 이렇게 기록하고 있는 것을 보더라도 어쨌든 서해는 조선문단사에서 많은 문인을 접촉할 기회를 얻게 된 것이다.

그런 고초 가운데 발표된 그의 작품은 당대 유복한 가정의 자제들이 써냈던 작품들과는 판이하게 달랐다. 그의 인기는 1925년~1927년에 최절정에 달했다.

<사진 2> 그는 사상가라기 보다 정서적이고 멋을 알고 낙천적인 성격이었다. 작품집 『혈흔』(1926년)에 실린 그의 얼굴.

"서해의 작품은 신경향파의 문학이라고 볼 수 있는데, 주로 저소득층을 소재로 하여 반항의 요소를 주제로 삼았다. 그러나 프로 예술동맹의 발기인은 아니었다"(김팔봉 회고담)는 점으로 보아 그의 반역의 문학은 아마도 그의 생리였으며 자연 발생적이었는지도 모른다.

그는 1925년 9월게 『조선문단』 수금차 호남에 내려갔었는데, 그 길에 영광의 친구 조운을 찾았던 것이다.

그 해 그는 잡지사를 그만두고, 그리고 이듬해 1월에 재차 영광을 찾았다. 그러는 사이에 그의 창작집 『혈혼(血痕)』이 세상에 나왔으며 그 광고문에 주요한의 평을 인용하여 "눌리운 조선, 쫓기어난 조선, 발가벗은 조선, 고민하는 조선, 아사하는 조선 및 조선인…… 그것이 서해의 소설의 제재다"라고 밝혔는데 단 3개월 만에 재판되는 인기가 있었다. 서해는 이 작품집의 서문 「혈흔」에서 이렇게 외치고 있다.

나는 평범하고 살고 싶지 않다. 등이 휘이도록 무거운 짐을 지거나 발바닥이 닳도록 먼 길을 걷거나 심장이 약동하도록 높은 山에 뛰어오르거나 가슴이 터지도록 넓은 뜰에서 소리를 치거나 독한 술에 취하거나 뜨거운 사랑의 품에 안기거나— 이렇게 지내고 싶다.

결국 그는 뜨거운 사랑의 품에 안기기를 원했던 것일까. 영광을 자주 오르내리던 열

---

4) 金東仁, 「朝鮮文壇時代」, 『東仁全集』.

애의 열과인지 그 해 4월 8일 조운의 누이동생 분려(芬麗)와 조선문단사에서 육당 최남선의 주례로 문인 40여 명이 모인 가운데 결혼식을 올렸다. 이듬해에는 장남이 출생하였으며, 결혼 후 춘해 집을 나와 셋방을 얻었다. 춘해로부터 인수한 남진우(南進祐) 발간의 『조선문단』에 잠시 있었던 것도 이때였다. 그것도 경영난에 봉착하자 그만두고 붓한 자루를 유일한 무기로 젊은 아내와 아이를 끌고 여관방으로, 셋방으로 장안이 좁다고 헤매다녔다.

그런 가운데서도 심훈이 한때 영화화되기를 원했던 유명한 작품 「홍염(紅焰)」을 써냈다. 그는 소설을 많이 쓰는 작가 중의 하나이었으나 언제나 주머니는 빈털터리였다.

그는 1927년 『현대평론(現代評論)』 등 여러 잡지의 일을 보았다. 심지어는 어느 권번에서 발간하는 기생 잡지에도 손을 댔다. 그리하여 겨우 입에 풀칠을 하는 정도였다.

1929년 어떤 경로를 밟았는지 알 수 없으나 거의 학벌이 없는 그가 중외일보에 들어가 기자가 되었다. 그것도 운영난에 빠져 있던 때라 폐간할 때까지 근 2년간 봉급이라고는 겨우 한 달 치 밖에 타지 못했던 무보수의 봉사였다.

그 이듬해 매일신보 학예부장 자리에 있게 된 것은 극도의 빈곤에서 벗어날 수 있는 한 번의 기회였는지도 몰랐다. 그는 이 때 고민하고 있었다. 작품을 쓰지 못하고 있었던 것이다. 그는 어느덧 그 옛날의 고생하던 시대를 생생한 박진력에 찬 작품으로 옮겨 놓을 수 없을 만큼 사회의 속악에 물들어 붓끝이 무디어진 탓이다. 그는 술과 여자에 탐닉하고 있었다는 것이다. 그리하여 그의 위병은 다시 도졌다. 그는 위산약을 밥 먹듯이 먹고 고통을 참을 수 없으면 아편을 마셨다. 그럴수록 위는 더욱 악화되어 갔다.

드디어 1932년 6월 말 관훈동 삼호병원에 입원하고 말았다. 그리고 1주일 후인 7월 6일 의전(醫專) 병원에서 위문협착증이란 진단을 받고 수술을 했으나 심한 출혈로 생명은 기울어가고 있었다. 성해(星海) 이익상(李益相), 서해의 죽마지우 최문국(崔文國), 친구 박상엽, 그리고 여기자 김원주(金源珠) 등이 수혈로 도왔으나 9일 새벽 4시 20분 31세의 생을 끝막았다.

> 그 作家의 實生活 內容과의 차이에서 오는 不協和의 경우를 생각한다면 역시 曙海도 그 범위를 벗어나지 못한 사람이었다.
> 이를테면 「脫出記」에서 表示한 투쟁 의지와는 전혀 무관한 그의 晩年의 타락과 無軌道 한 私生活은 그 좋은 實例가 될 수 있다.[5]

---

5) 朴花城, 「貧困과 苦鬪한 崔曙海」, 『現代文學』, 1962년 12월호.

◆ 연보

1901년   5월 함경북도 성진(城津)에서 한방의의 외아들로 출생. 아명은 저곡(苧谷), 필명은
        서해, 어릴 때 부친 밑에서 한문을 공부함.
1915년   (14세)『학지광(學之光)』에 산문시 3편을 발표. 구소설, 신소설을 두루 읽음.
1917년   (16세) 간도로 건너가 유랑 생활. 춘원 이광수의「무정」을 읽고 감명을 받음.
1920년   (19세) 이 무렵 결혼하여 1녀를 둠.
1923년   (22세) 봄에 간도에서 귀국. 국경 부근 어느 정거장에서 노동자가 됨. 북선일일신문
        에 시「자신」을 투고 발표. 이 때 서해라는 익명을 씀.
1924년   (23세) 빈곤으로 모친과 딸은 성진 고향으로, 부인은 평안도로 뿔뿔이 헤어짐.『조
        선문단』창간호(10월)에 단편「고국」이 추천되어 발표. 11월 서울로 와 이광수를
        방문. 그의 소개로 경기도 양주군 진접면 부평리 봉선사(奉仙寺)로 들어감.
1925년   (24세)「근대영미문학의 개관(槪觀)」(조선문단 1월호) 발표. 봉선사를 나옴. 2월
        부터 동대문 밖 용두리 168의 1호 조선문단사인 춘해 방인근댁에 입사, 여기서 기
        거.『조선문단』에 단편「십삼원」(2월호),「근대독일문학개론」(2월호), 단편「탈
        출기」(3월호), 회상기「그리운 어린 때」(3월호), 단편「살려는 사람들」(4월호), 일
        기문「?!?!?!」(4월호), 단편「박돌의 죽음」(5월호),「기아와 살육」(6월호),「전
        생명(全生命)의 요구는 아니다—나의 연애관」(7월호), 수필「여름과 물」(9월호),
        감상기「병우(病友) 조운—외 혈혼」등을 발표, 일약 중견 작가가 됨. 10월 조선문
        단사 퇴사. 단편「큰물 진 뒤」(개벽 12월호) 발표.
1926년   (25세) 1월, 1925년 9월에 이어 두 번째로 친구며 시조시인 조운을 찾아 그의 고향
        전남 영광으로 감. 2월에 창작집『혈혼(血痕)』(글벗집)을 간행. 수록 작품은「혈혼」,
        「탈출기」,「향수」,「기아와 살육」,「보석과 반지」,「박돌의 죽음」,「기아(棄兒)」,
        「매월(梅月)」,「미치광이」,「고국」,「십삼원」의 11편임. 단편「폭군」(개벽 1월
        호),「설날밤」(신민 1월호),「의사(醫師)」(문예운동 2월호),「백금(白琴)」(신민 2월
        호),「소살(笑殺)」(가면 3월호),「해돋이」(신민 3월호), 수상문「흐르는 이의 군소
        리」(조선문단 4월호),「담요」(조선문단 5월호), 단편「동대문」(문예시대 11월 창
        간호),「그믐밤」(신민 5월호),「금붕어」(조선문단 6월호),「누가 망하나」(신민 7월
        호),「농촌야화」(동광 8월호),「8개월」(동광 9월호),「이역원혼(異域冤魂)」(동광
        11월호),「무서운 인상」(동광 12월호), 등을 발표. 서해는 이 해 4월 8일 조운의 누
        이 분려(芬麗)와 재혼하였음.
1927년   (26세)「홍염(紅焰)」(조선문단 1월호), 수필「미덥지 못한 마음」(조선문단 1월호),
        단편「낙백불우(落魄不遇)」(문예시대 1월호),「전아사(錢迓辭)」(동광 1월호), 수
        필「잡담」(문예시대 1월호) 등 발표. 방인근으로부터 남진우(南進祐)가 인수하여
        발간하기 시작한 조선문단사에 다시 입사하였다가 잡지 경영난으로 퇴사, 장남
        백(白)출생. 현대평론사 등 여러 잡지에서 일을 봄.
1929년   (28세) 중외일보 기자로 근무. 단편「행복」(신민 1월호),「무명초(無名草)」(신민 8
        월호), 수필「병신의 넋두리」(조선농민 3월호), 앙케트「내가 다시 태어난다면」
        (삼천리 창간 6월호) 발표.

1930년	(29세) 중외일보 경영난으로 해체 퇴사. 차남 택(澤) 출생. 단편「누이동생을 따라서」(신민 2월호) 발표.
1931년	(30세) 5월 창작집『홍염』(삼천리사) 간행. 수록 작품「홍염」,「갈등」,「저류(低流)」의 3편. 매일신보 학예부장. 위병이 악화.
1932년	(31세) 6월 말 관훈동 삼호병원에 입원. 1주일 후인 7월 6일 위문협착증으로 의전(醫專) 병원으로 옮김. 수술후 출혈이 심해 9일 상오 4시 20분 사망. 미아리 묘지에 묻혀 2년 후에 문단인들에 의해 묘비가 세워짐. 후에 미아리 묘지 철폐로 이헌구 등의 주관으로 망우리에 이장. 유족으로 당시 모친과 처자가 고향 성진으로 갔고, 부인은 1934년에 사망하였다 하며 차남도 6·25 후에 서울에서 사망하였음. 생존자는 북에 있는 장남뿐인 것으로 알려지고 있음.

◆ 도움말 주신 분(1973년 현재)

方仁根　74 · 작가 ·『조선문단』발간.
李承萬　71 · 친구 · 화가.
金八峯　70 · 작가 · 평론가.
李軒求　68 · 이대 교수 · 평론가.
蔡　薰　44 · 충남대 교수 · 국문학.

◆ 관계문헌

金起林,「紅焰에 나타난 意識의 흐름」,『三千里』1931년 9월호.
朴祥燁,「曙海와 그의 劇的 生涯」,『朝鮮文壇』1935년 8월호.
金東仁,「小說家로서의 曙海」, 金岸曙「曙海여, 펀을 읊노라」,『東光』1932년 8월호.
方仁根,「曙海를 追憶함」,『朝 光』1939년 12월호.
朴花城,「貧困과 苦鬪한 崔曙海」,『現代文學』1962년 12월호.
金宇鍾,「崔曙海 硏究」,『李崇寧博士頌壽紀念論集』1968년 6월.
洪以燮,「1920年代의 植民地的 現實」,『文學과 知性』통권 7호, 1972년.

蔡 萬 植

(소설가 1902~1950)

1. 옥구(沃溝) 소지주의 재동(才童)

"내가 죽거들랑 보통 상여를 쓰지 말 것이며, 화장을 하되 널 위에 누이고 그 위에 들꽃을 가득 덮은 후 활활 태워다오." 이 유서를 남기고 1950년 6월 11일 세상을 떠나기까지 백릉(白菱) 또는 채옹(菜翁) 채만식은 카프의 동반작가(同伴作家)로 풍자소설의 대가로, 또는 자유주의자며 이상주의자로 살았다.

그는 꿈이 컸던 만큼 성격 또한 괴팍했다. 병적이랄 정도로 결벽했고, 비타협적이며 신경질적이었다. 흔히 그를 풍자소설가로 규정짓기에 주저하지 않는데, 그런 풍자적 면모는 그의 다양한 꿈과 복합된 성격에서 오는 자연적인 생리였던 것으로 보인다. 근래에 그의 장편 「탁류(濁流)」가 자주 거론되면서 다시금 그는 문제작가로 등장하고 있는 것이다.

전북 이리에서 군산으로 가는 국도를 버리고 북서쪽으로 3등 도로를 따라 한창 벼가 무르익은 평야 가운데를 뚫고 40여 리 차를 달리노라면 갑자기 푸른 산록이 눈앞에 다가온다. 그런가 싶게 느끼는 것도 잠시, 어느새 소나무 우거진 산으로 둘러친 한 마을에 이르게 되니 옥구군 임피면 읍내리이다. 1902년 채만식은 이 마을에서 호농인 채규섭(蔡奎燮)을 아버지로, 조(趙)씨를 어머니로 하여 5형제 중 막내로 세상에 태어났다.

생가의 옛 자위는 간 곳 없고 대신 양조장이 들어서 있어 물씬거리느니 막걸리 냄새요, 몰락해 버린 한 작가의 가운을 보는 듯하여 인생 유전(流轉)의 무상함이 뼈를 저미듯이 사무친다.

그 곳에 말 붙일 채씨 일가는 아무도 없고 못내 아쉬운 추억 속에 향리에 묻혀 사는 이문희(李文熹)는 채만식이 우리나라 문학의 한 큰 별이었다며 이마에 깊은 주름을 잡는다.

"그의 집은 대대로 호농이었다. 그러나 중형 준식(俊植)씨가 가산을 탕진했다. 그런대로 여느 작가처럼 공부는 할 수 있었다. 중앙고보를 거쳐 조도전(早稻田) 영문과에 적을 두며 축구의 센터포드도 한 스포츠맨이었다. 그 후에 나는 매일신보의 경제부 기자를 하고 있었는데 그를 향리의 선배로 모시고 잘 따랐지만 성질이 좀 결벽해서 그게 일생 동안 내내 탈이었다."

<사진 1> 『탁류』 표지.

10歲 前後의 少年時代 南方農邑 小地主의 第다섯째 망낭둥이로 어리광배기요 심술꾸래기의 才童이었고, 20歲 前後의 靑年時代 京城과 東京의 兩都에 걸쳐 착실한 工夫꾼이요, 盟休의 魁首요, 작난都大將이요, 그러나 퍽 純朴도 했느니라(歲月아 나는 이 나이를 사지 않겠으니 내 20代를 도루 물러내렴), 30歲 後의 壯年時代 敎員, 新聞記者, 雜誌編輯社員等을 거쳐 (그동안 크게 放蕩하면서 文學은 하는 시늉만 했고) 지금 비로서 文學으로 자리 잡혔으나 40歲 前後의 盛年時代 文學的으로 커다란 野心은 품을 해로되, 未來 文事요 天機라 가벼이 漏洩치 못하리로다.[1]

채만식은 편협한 성격으로 특히 1930년대 초에 동료들에게 따돌림을 받는 연속된 고독한 생활을 보냈다. 그는 당시 카프[2] 동반작가이기는 했으나 사회주의 사상 체계를 가졌다기보다는 차라리 인정적(人情的) 작가였다.

연애 결혼에 목사님의 부수입이 생기고 문화주택을 짓느라고 청부업자가 부자가 되었다. 그리하여 부르좌지는 가보를 잡고 공부한 일부의 지식군은 진주(다섯끗)를 잡았다.
그러나 노동자와 농민은 무대를 잡았다. 그들에게는 조선 문화의 향상이나 민족적 발전이나가 도리어 무서운 짐을 지워주었을지언정 덜어주지는 아니하였다. 그들은 배(梨) 주고 속 얻어 먹은 셈이다.
인텔리…… 인텔리 중에도 아무런 손끝의 기술이 없이 대학이나 전문학교의 졸업증서 한 장을 또는 조그마한 보통 상식을 가진 직업없는 인텔리…… 해마다 천여 명씩 늘어가는 인텔리…… 뱀을 본 것은 이들 인텔리다.
부르좌지의 모든 기관이 포화 상태가 되어 더 수효가 아니느니 그들은 결국 꾐을 받아 나무에 올라갔다가 흔들리우는 셈이다. 개밥의 도토리다.

1934년에 발표한 그 자신의 자전적 중편 「레디메이드 인생」에서 보듯이 시니컬한 독설이 넘쳐흐르는 반면에 구체적인 행동의 증표는 없다.

채만식은 1924년 『조선문단』 12월호에 단편 「세길로」가 추천됨으로서 문단에 데뷔했다. 그리고 다음 해에 「불효자식」을 다시 『조선문단』에 발표하고 있다.

1) 「作家短篇 自敍傳」, 『삼천리문학』, 1938년 1월 창간호.
2) 朝鮮 프롤레타리아 예술가 동맹의 약칭으로 1925년 8월 23일 결성, 1935년 5월 21일 해체됨. 주요 구성 멤버는 朴英熙, 金八峯, 林和 등임.

"내 기억으로는 「불효자식」이란 단편은 그의 형에 대한 이야기로, 작가의 생애 연구에 도움이 되리라고 본다."

이문희(李文熹)는 작가 일가의 아름답지 못한 파산의 일면을 드러내기 꺼려하면서 이렇게 말끝을 맺는 것이다.

들꽃을 좋아하여 임종에 들꽃을 덮어 달라던 채만식의 생가 앞길에는 언제부터 심었는지 무성한 코스모스가 만발했지만, 길가 허술한 양조장이 「탁류」를 쓴 작가의 생가라는 것은 오고 가는 나그네 가운데 아는 이 드물다.

2. 탁류(濁流), 혼미 속의 사회의식

> 이렇게 에두르고 휘돌아 멀리 흘러온 물이 마침내 황해 바다에다가 깨어진 꿈이고 무엇이고 탁류째 얼러 좌르르 쏟아져 버리면서 강은 다하고, 강이 다하는 남쪽 언덕으로 대처(大處二市街地)하나가 올라앉았다.
>
> 이것이 군산(群山)이라는 항구요, 이야기는 예서부터 실마리가 풀린다.

금강 강물이 흘러드는 대자연의 장관을, 멀리 소백산맥으로부터 묘사하여 군산에 이르면서 소설 「탁류」의 막이 열린다. 풍자와 냉소, 욕설과 좌절감이 충만하고, 음울한 모함과 사기와 살인이 전 작품을 통해 넘쳐흐르는 「탁류」는 1930년대 한국의 사회상을 집약한 걸작임에 틀림없다.

원래 군산이라는 도시는 일본 식민지 정책에 의하여 개항한 항구이다. 토박이 원주민이라고는 없다.

가까이는 충청, 전라, 경상도에서, 멀리는 황해, 평안도에서 일확천금을 꿈꾸며 또는 날품팔이 일자리나마 얻으려고 몰려든 인간의 탁류로 이뤄진 도시이다. 그래서 정주사를 비롯한 등장인물들도 각처에서 떠돌다 들어온 그늘진 인생들이다.

> 그러나 언덕비탈의 언덕은 눈으로는 보이지를 않는다. 급하게 경사진 언덕비탈에 게딱지같은 초가며, 생철집, 오막살이들이 손바닥만한 빈틈도 남기지 않고 콩나물길듯 다닥다닥 주어박혀 언덕이거니 짐작이나 할 뿐인 것이다. 그 집들이 콩나물길듯 주어박힌 동네 모양새에서 생긴 이름인지, 이 개복동서 둔뱀이(屯栗里)로 넘어가는 고개를 콩나물고개라고 하는데 실없이 제격에 맞는 이름이다.
>
> 개복동, 구복동, 둔뱀이, 그리고 이편으로 뚝 떨어져 정거장 뒤에 있는 스래(京浦里), 이러한 몇 곳이 군산의 인구 칠만 가운데 육만도 넘는 조선 사람들의 거의 대부분이 어깨를 비비면서 옴닥옴닥 모여 사는 곳이다. 면적으로 치면 군산부의 몇 분의 일도 못되는 곳이다.

미두장(米豆場)의 하바꾼(節치기꾼)인 정주사가 살고 있던 동네에 대한 묘사이다.

제법 문화 도시의 모습을 차리고 있는 본정통이나, 전주통이나, 공원 밑 일대나 또 넌지시 월명산 아래로 자리를 잡고 있는 주택지나 이런데다가 빗대면 개복동이니 둔 뱀이니 하는 곳은 한 세기나 뒤떨어져 보인다. 한 세기라니, 인제 한 세기가 지난 뒤 라도 이 사람들이 제법 그만큼이나 문화다운 살림을 하게 되리라 싶지 않다.

<사진 2> 동아일보 정치부 기자 시절의 채만식. 1924년 22세 때로 장소는 장충공 원이다. 그는 깔끔하고 멋을 알던 작가로 말년 가난 속에서도 멋을 버리지 않았다.

정주사가 살던 둔뱀이 언덕은 그동안 35년이 지났 어도 반듯한 시가지와 비교하면 아직도 한 세기가 떨 어져 있는 산꼭대기에 오밀조밀 가난한 동네이다.

초가 지붕과 양철 지붕은 여전히 게딱지처럼 붙어 있고, 변한 것이라면 간간이 눈에 띄는 블록 벽돌담 과 이 언덕을 둘로 갈라버린 신작로가 뚫렸다는 것뿐 이다.

「탁류」에서 정주사는 자기 집 밑에 터널이 뚫린다 는 말을 듣고 그 위에 어떻게 얹혀살랴 걱정했는데 이건 아예 신작로가 나 버려 작품에서 정주사네 집터 로 짐작되는 곳은 흙더미와 함께 사라져 버렸다.

정주사는 이 동네에서 1, 2원을 따기 위한 하바꾼 이 되어 선창가 미두장으로 인생의 애환을 씹으며 거 의 매일 발길을 옮겼었다.

채만식이 묘사한 미두장의 리얼한 필치는 타의추종을 불허한다. 이 곳은 전국에서 한 밑천 잡으려고 찾아드는 상인들이 눈물을 쏟고 가는 '연못'이다. 그가 여기를 무대로 택한 것은 미두에 손을 대었다가 가산을 탕진한 중형의 체험도 있었기는 했지만 더 근 본적으로 식민지 정책에 놀아나던 조선 백성에 대한 풍자의 소재가 되었기 때문으로 여 겨진다. 'ㅇㅇ은행 군산지점'으로 표현되고 있는 은행도 조선은행 군산지점(현재 한일은 행 군산지점)을 지칭한 것으로 그 곳에 근무하던 고태수 역시 미두장의 희생물이며 그를 그림자처럼 따라다니는 곱추 장형보는 욕망덩어리의 무지몽매한 나라 잃은 '조선 백성' 이다. 일본인이 가도오 정미소(현재 풍우화학), 조선 정미소라는 2개의 대형 정미소를 두 고 이용했던 이 미두장의 흔적은, 흥청거리던 군산의 시세와 함께 사라지고 대성건재 사, 동양무진, 청자다실 등이 들어앉은 비교적 한산한 거리로 변했다. 오늘도 선창가에 서는 기적이 울고 있지만 정주사의 딸 초봉이의 비극적 여인상이 이 거리 어디선가 하 마 나타날 듯도 싶다.

우연하게도 정주사처럼 40여 년 전 충남 서천땅 용댕이(龍塘里)를 건너 째보 선창에 내려 둔뱀이(屯栗洞 8번지)에 자리를 잡고 날품팔이꾼으로 살아온 터줏대감 한민경(韓民慶) 노인은 당시와 오늘의 둔뱀이를 이렇게 회고하고 있다.

"둔뱀이란 말조차 이젠 잘 쓰지 않지만 그 시절이나 지금이나 빈촌이긴 마찬가지이다. 끼니를 굶으면 여자들이 여직공으로 들어가는 것은 상급에 속했고 대부분이 화류계 몸으로 팔려 갔다. 요즘 땅을 팔아 서울 변두리 빈촌으로 들어가는 것과 마찬가지로 둔뱀이에는 고향을 버린 지각없는 사람들이 모이는 곳이었다. 여기 사람들은 콩나물 고개 너머 반듯한 시가지로 들어가는 것이 꿈이지만 그건 40년 동안이나 꿈에 지나지 않았다."

1936년 초, 그는 기자생활을 청산하고 개성에서 금광업을 하던 중형 준식에게 가 있다가 이듬해 서울로 돌아와 1939년 「탁류」를 써냈다. 그리고 이에 앞서 1938년에 그는 『조광(朝光)』에 장편 「천하태평춘(天下太平春)」을 발표하여 전통사회의 관료우위적 사상에 대하여 높은 작가 정신으로 비판한 바 있다. 그러나 「탁류」를 정점으로 하여 이후 그의 양심도 외면적으로는 일제의 강요에 굴복하고 있다.

그의 논문 「문학과 전체주의(全體主義)」(1941년), 수필 「홍대(鴻大)하옵신 성은(聖恩)」(1943년), 시찰기 「간도행(間道行)」(1943년), 1944년 10월부터 1945년 5월에 걸쳐 매일신보에 연재한 장편 「여인전기(女人傳記)」 등은 일본의 성전신체제(聖戰新體制)에 동조하고 있음을 보여주고 있다.[3]

결국 채만식은 1945년 「여인전기」의 연재를 마치기 직전 4월에 고향 임피로 소개(疏開)하여 집필보다는 마작에 손을 대며 울분을 토하다가 광복을 맞이했다. 잠시 서울로 올라와 있었으나 이듬해 다시 낙향하여 이리 고현동 중형 준식의 집으로 가우(假寓)를 옮겼다. 이미 그는 폐결핵을 앓고 있었으며 광산업에 실패한 중형의 가세는 완전히 기울고 형수가 광주리를 이고 장사를 나다니며 권솔을 끌어가고 있을 때니 생활은 궁핍할 대로 궁핍했다.

3. 임종의 예감

더 이상 신세를 질 수 없어 갈산동에 셋집을 얻어 나왔다. 마지막 창작 의욕은 불타고 있었다. 앞에는 책상 대용의 사과 궤짝을, 위에는 수박 등을 벗삼아 밤이 이슥하도록 글을 썼다.

평생 자기 소유의 집을 하나 마련하는 것이 소원이었다. 뼈를 깎는 진통의 결과로 조금 돈의 여유가 생겼다. 단편집 『제향(祭饗) 날』, 『잘난 사람들』의 인세에, 『탁류』 3판

---

3) 林鍾國, 『親日文學論』, 平和出版社刊, 1966년.

의 인세로 다섯 간 양기와집을 주현동 4번지에 마련한 것이 1947년이다. 그는 그 전 해 9월부터 이리 호남의원에서 치료를 받고 있었는데 낮에는 원장 윤부병(尹富炳)과, 밤에는 은행에 다니던 장영창(張泳暢)과 함께 지내면서 때때로 서울을 오르내렸다.

"세상 현실이 이래서는 안될 것인디. 서울 가니까 아주 못쓰겠습디다."

그는 이렇게 시국을 개탄하며 어깨를 좌우로 흔들던 것인데 대화할 때 흔드는 버릇은 그의 특유의 멋이었다. 이것으로 사람들로부터 건방지다는 오해를 받곤 했으나 죽을 때까지 이 버릇을 고치지 않았다.

그는 커피를 꽤나 즐겼고 진찰을 받기에 앞서 먼저 병원 안채를 기웃거리며 윤부병의 장모에게 양젖 한 대접을 달래기를 좋아했다.

스트렙토마이신이 무척 귀한 때라 1일분 1그램짜리 한 병을 한 가마니의 쌀과 맞바꾸었다니, 치료비 마련에 얼마나 시달렸나 짐작하고 남음이 있다. 그러나 그는 한복 두루마기를 단정히 입거나, 헌 양복이나마 주름살을 곧게 잡고 중절모를 약간 비뚜름하게 젖혀 쓰고 거리를 나다닌 신사였다.

"주현동 4번지를 7번지로 고쳤으면 쓰겠어. 어디 무슨 수가 없나?"

벌써 그는 죽음을 예견했는지도 모른다. 1948년 전주의 한 문학인 집회 단상에서 떨리는 음성으로 부르짖던 한 마디가, 채만식이 모순된 사회에 대하여 절규한 마지막 외침이었으며, 구상으로 끝나고 말았지만 편지체 소설 「트루먼과 스탈린에게」는 그의 상황의식을 단적으로 표현하려 한 작품이었다.

"민주적 민족주의 만세!"

세 살 난 4남 영훈(永焄)이 갑자기 파라티푸스를 앓게 되자 그 간호에 연일 한 달 동안 지새운 그는 그의 병이 무섭게 악화되었음을 깨달았으나 때는 이미 늦었다. 치료비를 주선하게 위해 집을 팔고 마동 269번지 초가삼간으로 옮겼다.

얼마 전만 해도 이 집에서 밭뙈기 건너 보광사의 소나무 숲을 볼 수 있었는데 이제는 정광사라는 시계공장이 툇마루의 시야를 가로막는다.

> 장군, 인편이 허락하는 대로 원고용지 한 20권만 보내주소. 그러면 군은 혹 내가 건강이 좋아져서 글이라도 쓰려고 하는 것 같이 생각할는지도 모르지만 사실은 그렇지가 않네. 나는 일평생을 두고 원고지를 풍부하게 가져 본 일이 없네. 그렇기 때문에 이제 임종의 어느 예감을 느끼게 되는 나로서는 죽을 때나마 한번 머리 옆에다 원고용지를 수북이 놓아 보고 싶은 것일세.

이즘 후배 장영창에게 보낸 편지의 한 구절이다. 이토록 비참한 병상에서도 신세를 진 사람들에게 은혜를 잊지 않는 자상스런 마음씨도 있어, 호남의원의 수습의며 늘 주사를 놓으러 오던 강재훈(姜在燻)에게 발바리와 감나무 하나를 전했다.

은혜를 갚을 길은 없고 이것들이나마 받아 주게.

그러나 발바리는 6·25가 터지자 인민군에게 잡혀 죽고 감나무마저 병원 신축공사로 베어졌다. 채만식이 1950년 6월 11일 세상을 떠났을 때를 마동의 고노(古老)들도 기억을 더듬어 내지 못할 만큼 그는 병마와 싸우며 칩거해 있었던 것이다.

삼간집 집주인 아주머니가 올해는 짚을 벗겨내고 양기와를 올리고 싶다고 무심히 들려주니 이제 그가 살던 자취는 하나 둘 세상에서 없어질 것 같다.

유서대로 그의 몸은 꽃에 묻혀 화장되어 생가에서 5리 남짓 떨어진 임피면 취산리 선산 서편 기슭 밤나무와 소나무숲 속에 고이 잠들어 있다.

유일한 친구 이무영이 1959년 9년이나 지난 뒤 그의 비석 뒷면에다 비문을 쓰되,

采翁 蔡萬植先生 1950년 49歲를 一期로 여기에 묻히시다. 30年間의 作家生活에 「濁流」외 百餘의 快作에 剛直聰高의 先生의 面 躍然하시다. 諷刺 또한 先生의 性格의 一面이셨다.

라 하였다.

유고(遺稿) 「소년은 자란다」에서 계속 가능성을 엿보인 채만식의 타계는 우리 문학의 하나의 큰 손실이었다.

◆ 연보

1902년　　전북 옥구군 임피년 읍내리에서 부 채규섭(蔡奎燮)과 모 조(趙)씨 사이의 5형제 중
　　　　　막내로 출생.

1918년　　(16세) 임피 보통학교 졸업. 중앙고등보통학교 입학.

1920년　　(18세) 집안 어른들의 권고로 향리에서 4리 상거의 함라 은(殷)씨댁 규수와 결혼.

1922년　　(20세) 중앙고보 졸업. 일본 조도전(早稻田)대학 입학.

1923년　　(21세) 동경 대진재(大震災)로 학업 중단, 귀국. 사립학교 교사. 동아일보 정치부
　　　　　기자.

1924년　　(22세) 『조선문단』 12월호에 단편 「세 길로」가 추천 발표됨.

1925년　　(23세) 단편 「불효자식」(조선문단 7월호) 발표.

1926년　　(24세) 개벽사 기자.

1929년　　(27세) 단편 「산적」(별건곤 3월호) 발표.

1930년　　(28세) 단편 「병조와 영복이」(별건곤 3월호), 희곡 「낙일(落日)」, 수필 「신록(新綠)」,
　　　　　잡문 「초대투빈술(超待鬪貧術)」(이상 별건곤 6월호)와 기타 『별건곤』 7 · 8월호에 수
　　　　　필, 희곡 등을 발표.

1931년　　(29세) 희곡 「야생 소년군(少年軍)」(동광 5월호), 단편 「사라지는 그림자」(동관 9월
　　　　　호), 「스님과 새장사」(혜성 3월호), 소설 「창백한 얼굴」(혜성 10월호), 「화물자동차」
　　　　　(혜성 11월호), 논문 「함일돈군(咸逸敦君)의 기극(奇劇)」(비판 12월호) 등 발표.

1932년　　(30세) '카프'에 직접 참여하지는 않았으나 이 시대를 전후하여 동반자적(同伴者
　　　　　的)경향의 작품을 씀. 희곡 「감독(監督)의 아내」(동광 3월호), 「행랑 들창에서 들
　　　　　리는 소리」(신동아 2월호), 「목침 맞은 사도(使道)」(신동아 5월호), 단편 「부촌(富
　　　　　村)」(신동아 7월호), 「농민의 회계보고」(동방평론 7 · 8월호) 등 발표.

1933년　　(31세) 희곡 「조조(曹操)」(신동아 3월호), 잡문 「동키호테」(신동아 10월호) 등 발표.

1934년　　(32세) 「레디메이드 인생」(신동아 5 · 6 · 7월호), 희곡 「인텔리와 빈대떡」(신동
　　　　　아 4월호) 등 발표. 이후 2년간 창작활동 중단.

1936년　　(34세) 이해 초, 조선일보 사직. 다시 창작에 몰두. 그의 소설의 전환기를 이룸. 중
　　　　　형이 광산업을 하는 개성으로 감. 단편 「보리방아」(조선일보 10회 연재 중단).
　　　　　단편 「명일(明日)」(조광 10 · 11 · 12월호), 「빈(貧) 제1장 제1과」(신동아 9월호)
　　　　　발표.

1937년　　(35세) 서울 광장리로 이사. 희곡 「제향(祭饗)날」(조광 11월호) 발표. 장편 「탁류」
　　　　　(조선일보) 연재.

1938년　　(36세) 「천하태평춘」(조광 1~9월호), 단편 「동화 (舊名 보리방아)」(여성 3월호),
　　　　　「쑥국새」(여성 7월호), 「치숙(痴叔)」(동아일보 4~5월), 「이런 처지」(사해공론 6
　　　　　월호), 「소망(少妄)」(조광 10월호) 등 발표.

1939년　　(37세) 단편 「정자나무 있는 삽화」(농업조선 1 · 2월호), 「패배자의 무덤」(문장 4
　　　　　월호), 「모색(模索)」(문장 10월호), 「홍보씨」(인문평론 10월호), 「이런 남매」(조광
　　　　　11월호), 수필 「자작안내」(청색지 5월호), 논문 「염상섭작 '이심'(二心)」(박문 7월

호), 「자아인식」(박문 9월호) 등 발표. 단행본 『채만식단편집』(학예사), 『탁류』 (박문서관) 간행.

1940년 (38세) 단편 「차안의 풍속」(신세기 1월호), 「순공(巡公)있는 일요일」(문장 4월호), 「냉동어」(인문평론 4월호), 「딸의 이름」(인문평론 5월호), 희곡 「당랑(螳螂)의 전설」(인문평론 10월호), 수필 「금과 문학」(인문평론 2월호) 등 발표. 단행본 『천하태평춘』(명성출판사) 간행.

1941년 (39세) 단편 「사호일단(四號一段)」(문장 2월호), 「근일」(춘추 2월호), 「집」(춘추 6월호), 중편 「병이 낫거던」(조광 7월호), 논문 「문학과 전체주의」(삼천리 1월호) 등 발표. 단행본 『김의 정열』(영창서관) 간행.

1943년 (41세) 장편 「어머니」(조광 연재), 낭문 「추모되는 지인태 대위의 자폭」(춘추 1월호)등 발표. 단행본 『집』(조선출판사), 『배비장』(박문서관) 간행.

1944년 (42세) 「심봉사」(신시대 12월호~1945년 1월호), 장편 「여인전기(女人戰記)」(매일신보 10월 15일~1945년 5월 5일자).

1945년 (43세) 5월 옥구로 낙향. 부친 사망. 마작에 손을 댐.

1946년 (44세) 이리시 고현동 중형집으로 이사. 단행본 『허생전』(조선금연), 『제향날』(박문출판사) 간행.

1947년 (45세) 모친 사망. 단행본 『여자의 일생』(서울타임스), 『잘난 사람들』(민중서관) 간행. 인세로 주현동 4번지 집을 사서 이사.

1948년 (46세) 단행본 『당랑의 전설』(을유문화사), 『옥랑사(玉娘詞)』 탈고(1961년 선화사) 간행.

1949년 (47세) 단행본 『아름다운 새벽』(박문출판사)간행. 치료비를 대기 위해 집을 팔고 마동 269번지 (당시 10번지) 초가집으로 이사.

1950년 (48세) 6월 11일 자택에서 48세를 일기로 사망. 옥구군 임피면 취산리 선영에 안장.

◆ 도움말 주신 분(1973년 현재)

蔡桂烈 45 · 장남 · 보사부 근무.

李文熹 66 · 향리 후배 · 전 매일신보 기자.

張泳暢 53 · 문학 후배.

尹富炳 52 · 호남의원 원장.

李炳勳 48 · 시인.

洪石影 43 · 작가 · 원광대 교수.

韓民慶 69 · 무직 · 충남 서천군 용당리 둔율동 8번지.

◆ 관계문헌

蔡萬植, 「自作案內」, 『靑色紙』 1939년 5월 및 『思想界』 1966년 9월호.

鄭人澤, 「蔡萬植短篇集」, 『文章』, 1939년 10월호.

申東旭, 「蔡萬植의 '레디메이드 人生'」, 『韓國現代文學論』, 傳英社刊, 1972년.

劉和雄, 「蔡萬植論」, 『국문학』, 高大國文學會刊, 1963년 9월.

安壽吉, 「間島서 뵌 蔡萬植先生」, 『現代文學』, 1963년 1월호.

杜銀球, 「蔡萬植作品論」, 『文耕』, 中大文科大刊, 1964년 2월호.

具仲書, 「韓國 리얼리즘 文學의 形成」, 『狀況』, 1972년 봄호.

金治洙, 「歷史的 獨流의 認識」, 『現代韓國文學의 理論』, 民音社刊, 1972년.

申東漢, 「蔡萬植論」, 『創造』, 1972년 7월호.

鄭漢淑, 「崩壞와 生成의 美學」, 『現代韓國作家論』, 高大出版部刊, 1976년.

李在銑, 『韓國現代小說史』, 弘盛社刊, 1979년.

桂 鎔 默

(소설가 1904~1961)

1. 유가(儒家)에서 독학의 문학수업

　그 작가의 생애가 청빈했던 만큼 작품의 주인공 또한 물질과는 먼 인물들이었다. 계용묵은 누구보다도 결백한 자세로 밑바닥 인생의 애환, 그리고 그들의 생존의 의미를 때로는 호소하듯 때로는 사실주의적인 수법으로 묻고 있었다. 한 편의 작품을 세상에 내놓기 위해 뼈를 깎는 아픔을 참아내야 하는 진지한 작가정신을 지닌 그였기에 「백치(白痴) 아다다」라는 우리나라 단편문학의 백미를 남기기도 했다.

　단 한 편의 장편소설을 발표하지 못했던 것도 괴팍할 정도로 문장에 신경을 썼던 그의 기질 때문인 것으로 보인다. 말년에는 『말테의 수기』와 같은 작품을 꼭 쓰리라 벼르던 그는 '이상을 실제화'시키지 못하고 유가 선비의 최후인과 같은 고독을 안고 홀홀히 세상을 떠났다.

　미아리 고개를 넘어 정능 쪽으로 돌아들어 3백여 미터 가면 아리랑 고개와 통하는 제법 넓은 길이 트여 있다. 이 길 일대는 재건 주택지로 몇 년 전만 하더라도 40평의 크지 않은 양기와집들이 원래의 일정한 모습을 간직하고 박혀 있었으나 이제는 일부러 찾아보아야 드문드문 '재건주택'을 가려 낼 수 있을 만큼 그 동네는 일변하였다.

　계용묵이 장암으로 3년 투병 끝에 세상을 떠났던 정능 1동 14번지 14호 재건주택 85호도 그렇게 변모해 버린 집 가운데 하나였다.

　계용묵이라고 하니 고개를 갸웃거리던 이 집 부인(주인 정경철)은 「백치 아다다」의 작가라고 해서야 알아듣고 구조를 바꾼 것이 5개월 전이라고 들려 준다.

　"10년 남짓한데 전혀 생소한 곳으로 변했다. 부친은 여기서 수술을 마다하신 채 한약을 쓰면서 최후까지 원고지를 붙들고 계셨다." 필자를 안내하던 장남 명원(明源)은 '강산도 변하는 10년'을 실감하는 듯 옛집의 모습을 돌이켰다.

　계용묵이 태어난 곳은 평북 선천군 남면 삼성동 군현리, 황해 바닷가가 10여 리 떨어진 속칭 현동으로 불리는 70여 호의 마을이었다. 4대째 터전을 잡아 온 이 마을은 수안(遂安) 계씨 일색으로 그의 조부 창전(昌典)은 참봉을 지낸 전통적인 유가 인습에 젖은 완고한 사람으로, 지방에서는 시문(詩文)에도 뛰어난 재주를 보였다고 한다. 장손인 계용묵은 어려서 부친 항교(恒教)보다도 조부의 영향 아래 자라났다. 한때 그의 가계는 군현리 일대의 토지를 주름잡아 2천 석을 거두기까지 했다 한다.

그가 5세가 되던 해부터는 조부의 훈도 아래 천자문, 동몽선습, 소학, 대학, 맹자를 거치면서 유생공부로 4년을 보내고 10세에야 5리 상거의 삼봉(三峰)공립보통학교에 입학한 다소 만학이었다. 게다가 14세에 같은 나이의 평남 안주 송성의 안순홍댁 규수 정옥(靜鈺)과 결혼을 하니 그의 후천적인 성격은 이런 데서 이루어진 듯하다.

1921년 우리나라의 신문학 운동이 바야흐로 싹이 터오르고 있던 무렵, 계용묵은 분연히 고향을 등지고 신학문을 배우려고 서울로 올라갔다. 그것도 겨우 하숙방을 구할 몇 푼의 돈만을 가지고 조부 몰래 상경한 것이었다. 중동학교에 입학하고 나서는 문학에의 정열을 버리지 못하여 먼 친척뻘이 되는 김안서의 소개로 그때의 일류급 문사인 염상섭, 남궁벽, 김동인, 김환 등과 얼굴을 알게 되었다. 그러나 조부는 이 사실을 알고 대노하여 사람을 보내서는 그를 끌어내렸으므로 첫 번째의 향학열은 좌절되고 말았다.

이듬해 봄이 오자 다시 상경, 이번에는 휘문고보에 입학하였으나 조부의 고집에 꺾여 두 번째 낙향의 길을 걷게 되면서 아직도 인생의 미지수인 채로 유가 체통에 순복하였던 것이다. 그러나 그가 도일하기까지 4년간은 고향에 박혀 세계명작들을 탐독하는 시기이기도 했다. 그는 특히 스트린드베리[1]의 「다마스커스로」, 입센의 「브란드」 등에 깊은 매력을 느끼면서 홀로 묵묵히 문학수업의 길을 걸었다.

<사진 1> 1956년의 친구들. 앞줄 오른쪽이 계용묵, 왼쪽이 정비석, 뒷줄 오른쪽이 백철, 왼쪽이 최호진(崔虎鎭).

1925년 시 「봄이 왔네」가 『생장(生長)』 작품 현상모집에 당선되고, 경향파적인 단편 「상환(相換)」이 『조선문단』에 당선되었으나 그의 작가적 명성은 널리 알려지지 않고 있었다.

그의 문학의 진정한 출발은 1927년 다시 『조선문단』(4월호)에 발표된 단편 「최서방(崔書房)」으로부터 보아야 할 것이다. 생활고에 시달린 나머지 간도 이민의 길을 택하는 이야기인 이 작품은 그 시대상의 한 단면을 묘파한 것이었으나, 당시 남진우(南進祐) 발

---

1) 스트린드베리(Strindberg 1849~1912) 스웨덴의 세계적 작가. 극작가. 그는 거의 모든 학문에 관여하여 극단에서 극단을 갔다. 초기에 사회주의적 경향을 띠며 자연주의적 수법으로 작품을 썼다. 브란데스와 니이체의 영향 후에는 정신적 귀족주의로 전향, 희곡 「다마스커스로」에서는 자연주의로부터 멀어졌다.

행『조선문단』의 편집 일을 보며 선자(選者)로 있었던 최서해는 그다지 썩 좋은 찬사를 보내지 않았다.

계용묵은 이를 고비로 이듬해 3월 동경으로 가서 동양대학(東洋大學) 윤리학 동양학과에 입학하였고, 밤에는 정칙(正則)학교에 나가 영어를 공부했다. 1930년대를 전후하여 세계를 휩쓴 불황의 물결은 그의 집안에도 찾아들었다. 1931년 그의 집안은 파산으로 몰락하여 그도 귀국하고 말았다.

"평생을 공부할 만큼 많은 책을 꾸려 가지고 귀국하였다"(계명원 회고담). 하지만 그동안 금전에 시달리지 않고 생활했던 그도 "운전(雲田)이란 곳에 샀던 토지값이 형편없이 하락"하고, "일가친지들을 위해 섰던 채무보증에 몰려" 후에 서울에서의 생활은 그 많은 책을 파는 궁굅에까지 몰렸다고 한다.

그는 이 무렵 그의 유일한 장편소설「지새는 달그림자」를 탈고하고 있었다.

"이때 중편으로「마을은 자동차를 타고」가 있었는데 읽지는 못했으나 본인이 들려준 바로는 이 중편이야말로 자기의 일가가 몰락하는 과정을 그린 자전적 수기라고 했다."

고혈압 발병으로 20여 년 간 칩거하며 거의 작품을 발표하지 않고 있는 작가 허윤석(許允碩)은 7세 때부터 선천에서 어린 시절을 보낸 경력과 뒤에 '해조(海潮)' 동인의 한 사람으로 가까이 지내던 시절의 교문을 털어 놓았다.

그러나 이들 원고는 여기저기 출판을 교섭하다가 분실되었다고 한다.

2. 백치 아다다의 고향

1935년 계용묵은 작가생활의 재출발점으로 에포크를 그으려고 시도한 듯이 보인다.

"그 때 나는 용천에 있었으나 나도 문학의 길을 걷고 있었던지라 계형을 알고 있었고 또 나의 처가가 선천이었으므로 친히 지내게 되었다. 석인해, 채정근, 허윤석, 김우철 그리고 나 외에 몇 사람이 동인지『해조』를 기획하고 선천에 모여 하룻밤 술로 새며 발간에의 부푼 꿈을 가졌으나 자금염출이 여의치 않아 와해되고 말았다. 그해 계형은「백치 아다다」를 냈는데 자신도 이 작품을 야심작으로 생각했던 것 같다."

작가 정비석(鄭飛石)은 1937년 그들이 서울에 이거한 이래로는 거의 밤낮 그림자처럼 같이 다녔다면서 계용묵이 새 출발을 하던 무렵을 회고했다.

그의 대표작「백치 아다다」는 일찍이 영화로도 선을 보여 널리 알려졌거니와, 계용묵의 독특한 철학이 담겨져 있다.

바로 그의 마을은 아니었지만 선천군내에는 벙어리 여자가 있었다. 그 벙어리의 이야기는 입을 건너 그의 귀에 들려왔다. 이 벙어리의 실재는 장남 명원이나 정비석의 전언으로도 근거가 있는 것으로 보인다. 계용묵은 자신의 고향과 거기서 그리 멀지 않은 바닷가에 나가면 바라다보이는 '매의 군집처'인 신미도(身彌島)를 무대로 하여 백치를 등장시켜 원시에의 강한 향수를 주제로 한 그 자신의 절규를 펼쳐 보였던 것이다.

이 작품은 '확실이'라는 이름을 가졌으면서도 벙어리이기에 '아다다'라는 별명을 지닌, 인정에 굶주리고 전혀 인간다운 대우를 받지 못하는 백치 여인을 주인공으로 하였다. 논 한 섬지기를 지참금으로 시집을 갔으나 그 땅 섬지기를 밑천으로 돈을 번 남편은 외지에서 여자 하나를 골라 오면서부터 아다다에게 박대를 시작하였다. 친정에 쫓겨와서도 어머니의 몰이해에 매를 맞다가 사랑하는 수롱이와 신미도로 달아난다.

애정이 있는 낙원이라 믿었던 섬이었으나 수롱이가 육지에서 머슴살이로 근근히 모은 150원의 돈을 본 뒤로는 과거 남편에게서 박대를 받게 된 재앙의 원인이 돈에 있다고 생각되자 아다다는 수롱이의 돈을 훔쳐 바다에 뿌려버린다. 뒤미처 달려 나온 수롱이는 이 사실을 알고 정신을 잃은 사람처럼 아다다를 바다 속에 처박는다.

이것이 「백치 아다다」의 줄거리이다.

"그가 서울에 와 『조광』에 있을 때 알게 되었다. 그보다 훨씬 뒤인 광복 이후에 더욱 친하게 지냈지만 그의 작품은 일찍부터 대해 오던 터였다. 그의 작품은 초기에는 신경향파적 성격을 다분히 지니고 있었으나 이학인(李學仁)이 내던 『조선문단』에 실린 「백치 아다다」에서는 작품 경향이 달라졌다. 시대가 시대인 만큼 정면으로 쓰기는 어려웠으니까 황금주의에 대한 시대적 풍자를 백치로 하여금 대치시킨 것으로 보여진다."

문학평론가 백철은 그 뒤의 계용묵 문학은 예술파적인 경향을 띠면서 진실성에 대한 탐구를 게을리하지 않은 것이라고 풀이했다.

1937년 그는 고향을 떠나 슬하 가솔을 거느리고 서울 냉천동으로 이사했는데 그의 작품활동은 1942년까지 가장 왕성한 시기를 이뤘다. 그는 부정과 타협을 하지 않는 확고한 모랄을 지니고 살았으나 대담하거나 유머러스한 성격은 아니었다. 그는 고향에 있을 때는 낚시에 취미를 가져 일수(一手)를 보이는 관록을 보였다.

> 낚시질 그것에의 神密한 醍醐味에 취하면 잠시라도 강변을 떠나기가 싫은 데다 고기란 놈이 물기를 또 아침 저녁으로 잘 물리는 것이어서 그 誘或이 이렇게 나를 날마다 진종일을 강변에 붙들어 놓는다. 참으로 해가 솟을락말락 東쪽 하늘이 벌겋게 물들어 올 때, 그리고 해가 질락말락 西쪽 하늘에 붉은 놀이 퍼질 때, 이 때야말로 낚시질의 그날의 季節인 것이다.[2]

그는 이렇게 쓰고 있거니와 술은 별로 못하면서도 담배는 하루 3갑을 태웠다.

---

2) 수필 「釣魚讚」.

3. 분단의 비극, 「별을 헨다」

1943년 8월 그는 일본 천황 불경 혐의로 2개월간 수감된 적이 있었다.

"이광수에게 창씨개명의 부당함을 누가 원고용지로 투서했는데 우편 스탬프가 서대문 우체국 것이 되어 서대문구내 문필가는 모두 붙들려가 취조를 받은 웃지 못할 사건이었다"(정비석 회고담).에 연루되었던 것이다.

그는 이듬해 단편집 『병풍(屛風)에 그린 닭이』를 간행하고 12월에 낙향했다.

그리고 다시 서울에 온 것은 광복 다음 달인 1945년 9월이었다. 종합지 『대조(大潮)』를 정비석과 함께 내었으나 1946년에 3호로 폐간되고 말았다. 그의 가작(佳作) 「별을 헨다」가 발표된 것은 이 무렵이었다. 그 작품은 혼란기에 적산가옥 브로커를 하여 돈을 벌던 한 사나이를 곁들여 가며 북에서 넘어와 집 없이 사는 사람들의 슬픔을 잔잔하고 치밀한 필치로 보여준 그의 대표작 중 하나이다. 격렬한 것이 없으면서도 한 시대의 혼란상, 그리고 분단의 비극을 적나라하게 묘파한 것이다.

1948년에는 백봉제(白鳳濟)의 출자로 김억과 더불어 출판사 '수선사(首善社)'를 차리기도 했다.

"그 때 정비석씨와는 거기에 자주 드나들었다. 나의 『신문학사조사(新文學思潮史)』는 계용묵씨 그 분 덕분에 나왔다고 할 것이다. 우리나라의 문학사를 이제는 정리할 때이니 당신이 해보면 어떠냐 하는 데에 용기를 얻어 착수했었으니까 말이다. 그래서 첫 권은 거기서 나왔다"(백철 회고담).

6·25사변으로 수선사도 닫았으나 당시 계용묵이 살았던 서울 성북구 동선동 2가 343번지(주인 신대진)는 그가 운명한 집과는 달리 1925년의 옛모습 그대로였다.

계용묵은 문학을 하고부터 건강이 나빠졌다. 축농증은 만성화되어 "영감이 제대로 떠오르지 않게 한 요인으로 진지한 문학에의 태도에도 불구하고 장애 요소"가 되었다. 더구나 1959년 진단 결과 장암인 것으로 알려졌으나 본인은 한사코 수술을 거부했다고 한다. 그 3년 뒤인 1961년 8월 9일 뜨거운 햇살이 퍼지던 아침 9시 유언 한 마디 없이 세상을 떠났다. 묘비는 이듬해 1주기를 맞아, 문인들이 촌지로 세워졌다.

◆ 연보

1904년 9월 8일 평북 선천군 남면 삼성동 군현리 706번지에서 부 수안(遂安) 계씨 항교
(恒敎)와 모 죽산(竹山) 박씨 사이의 1남 3녀 중 장남으로 출생.

1909년 (5세) 이후 4년간 조부 계창전(桂昌晪) 밑에서 천자문, 동몽선습, 소학, 대학, 맹자
등을 배움.

1914년 (10세) 삼봉(三峰)공립보통학교 입학.

1918년 (14세) 평남 안주 송성의 안순흥(安順興) 댁 정옥(靜鈺)과 결혼.

1919년 (15세) 삼봉공립보통학교를 졸업. 다시 서당에서 수학.

1920년 (16세) 시「글방이 깨어져」가 소년 잡지『새소리』문예 현상모집에 2등으로 당선.

1921년 (17세) 4월 조부 몰래 상경, 중동학교에 입학. 김안서를 통해 염상섭, 남궁벽, 김동
인 등을 알게 됨. 신학문을 반대하는 조부의 명으로 학교 중단, 낙향.

1922년 (18세) 4월 다시 조부 몰래 상경, 휘문고보에 입학하였으나 6월에 또 붙들려 낙향.
이후 4년간 고향에서 세계명작들을 탐독. 특히 스트린드베리의「다마스커스로」,
입센의「브란드」, 안드레프의 희곡들에 감명받음.

1923년 (19세) 장남 명원(明源) 출생.

1925년 (21세) 시「봄이 왔네」가『생장』지 작품 현상모집에 당선, 단편「상환(相換)」이『조
선문단』에 당선.

1927년 (23세) 단편「최서방(崔書房)」을『조선문단』(4월호)에 발표.

1928년 (24세) 3월 일본 동경으로 건너가 동양대학(東洋大學) 윤리학 동양학과에 입학,
야간에는 정칙(正則)학교에서 영어를 배움.

1929년 (25세) 장녀 정원(正源) 출생.

1931년 (27세) 파산으로 귀국. 장편「지새는 달그림자」, 중편「마을은 자동차를 타고」를
탈고하였으나 분실됨.

1932년 (28세) 차녀 도원(道源) 출생.

1933년 (29세)「제비를 그리는 마음」(신가정) 발표.

1934년 (30세) 단편「붕우도(朋友圖)」탈고.

1935년 (31세) 3월, 정비석, 석인해(石仁海), 전몽수(田蒙秀), 김우철(金友哲), 장기제(張起
悌), 장환(張桓), 채정근(蔡廷根)등과 더불어 동인지『해조』발간을 선천에서 협의
했으나 창간 실현을 이루지 못함. 단편「연애삽화」(신가정 4월호),「백치 아다다」
(조선문단 5월호),「고절(苦節)」(백광) 발표.

1936년 (32세) 단편「장벽」(조선문단 1월호),「신사 허재비(목가)」(신인문학),「오리알」
(조선농민 4월 창간호) 발표.

1937년 (33세) 단편「심원(心猿)」(비판) 발표. 서울 서대문 냉천동으로 이사.

1938년 (34세) 5월 조선일보사 출판부에 입사. 단편「청춘도(靑春圖)」(조광 12월호) 발표.

1939년 (35세) 단편「유앵기(流鶯記)」(조광 2월호),「캉가루의 조상이」(조광),「병풍에 그
린 닭이」(여성),「부부」(문장 31인집), 봉우도(朋友圖)」(비판 2월호),「준광인전

(準狂人傳)」(신세기 9월호), 「마부」(농업조선 5월호) 발표.

1940년   (36세) 서대문 북아현동으로 이사. 「회화(戲畵)」(문장 10월호) 발표.

1941년   (37세) 단편 「이반(離叛)」(문장 2월호), 「묘예(苗裔)」(사진순보), 「시골노파」, 「수
          달」(이상 야담), 「불로초」(춘추) 발표.

1942년   (38세) 단편 「시(詩)」(조광 4월호), 「자식」(야담), 「선심후심(先心後心)」, 「신기루
          (蜃氣樓)」(이상 조광) 발표.

1943년   (39세) 8월 일본 천황 불경 혐의로 수감, 10월 석방. 12월 방송국에 취직했다가 일
          본인과의 대우 차별로 3일 만에 퇴직.

1944년   (40세) 4월 단편집 『병풍에 그린 닭이』(조선출판사) 간행, 12월 낙향.

1945년   (41세) 9월 상경. 12월 정비석과 더불어 종합지 『대조(大潮)』 창간. 단편집 『백치
          아다다』(조선출판사) 간행. 성북구 동선동 2가 343번지로 이사.

1946년   (42세) 단편 「금단(禁斷)」(민주일보 10월), 「별을 헨다」(동아일보 10월).

1947년   (43세) 단편 「인간적」, 「바람은 그냥 불고」, 「일만오천원」(이상 백인), 「치마」(조선
          일보), 「짐」(방송 5월호), 「이불」(민성 10월호) 발표.

1948년   (44세) 4월 김억과 더불어 출판사 수선사(首善社) 창립.

1950년   (46세) 단편 「물매미」(문예), 「수업료」(신경향), 「거울」(여학생), 「환롱(幻弄)」(문
          학) 발표. 단편집 『별을 헨다』(수선사) 간행. 1 · 4후퇴로 제주도로 피난.

1952년   (48세) 월간 『신문화』를 창간 3호까지 냄.

1954년   (50세) 환도.

1955년   (51세) 3월 수필집 『상아탑』(우생출판사) 간행.

1961년   (57세) 3월부터 소품 「설수집(屑穗集)」을 『현대문학』에 연재 중 6회분 집필을 끝
          내지 못하고 8월 9일 상오 9시 성북구 정능 1동 14번지 14호 자택에서 57세를 일
          기로 사망. 11일 망우리 묘지에 안장.

◆ 도움말 주신 분(1973년 현재)

    桂明源   50 · 장남 · 서울 서대문구 불광동 17번지 667호.
    鄭飛石   62 · 친구 · 작가.
    白　鐵   65 · 교우 · 문학평론가 · 중앙대 대학원장.
    許允碩   58 · 후학 · 작가.

◆ 관계문헌

    桂鎔默, 「名作讀破에서 創作 意慾을」, 『自由文學』 1958년 10월호.
    白　鐵, 「寡作과 沈黙의 桂鎔默」, 『現代文學』 1962월 12월호.

沈　熏

(소설가 1901~1936)

1. 상록수(常綠樹)의 고향

19세에 만세를 부르다가 옥고를 치러낸 그로서는 일제에의 저항의식이란 하나의 기질이었는지도 모른다. 초기의 영화에서나 뒤의 소설에서나 편편이 탄압으로 말미암아 아무것도 뜻을 이루지 못했다.

방황과 회의의 시대를 거쳐 낙향의 길을 갔던 심훈―"이기적인 고독한 생활을 영위하려는 것도 아니요, 또한 중세기적인 농촌에 아취(雅趣)가 생겨서 현실을 도피하려고 필경사(筆耕舍) 속에다가 청춘을 감금시킨 것도 아니다. 다만 수도원의 수녀와 같이, 무슨 계획을 꾸미다가 잡혀가서 한 10년 독방생활을 하는 셈만 치고, 도회의 유혹과 소위 문화지대를 벗어나 다시금 일개의 문학청년으로 돌아가려는 것이다."

대표작 「상록수」는 이리하여 세상에 나왔고, 그것은 단순한 계몽소설이라기보다 일제의 질곡에서 벗어나려는 당대 민족의 염원을 상징하고 있다.

충남 당진군 당진읍에서 아산만을 향해 북서쪽으로 60여 리, 길은 야산의 능선을 타고 가기도 하고 산간 좁은 논둑 사잇길을 따라가기도 하는데, 겨울의 바닷바람은 몹시도 매섭차다. 1932년 심훈이 생활고에 지쳐 낙향했던 송악면 부곡리 마을은 아산만 바닷가 야산 등성이에 듬성듬성 박혀 있다.

> 하늬바람 쌀쌀한 초겨울 아침부터 내리던 細雨에 젖은 흰돛 붉은돛이 하나 둘 干潮된 牙山灣의 울퉁불퉁하게 내어민 섬들 사이를 아로새기며 꿈속같이 떠내려간다.
> 이것은 海邊의 稚松이에 두른 언덕 위에 乾座選向으로 앉은 數間草蘆. 그 중에서도 나의 奔放한 空想의 世界를 가두고 독서와 筆耕에 지친 몸을 쉬는 서재의 東窓을 밀치고 내어다본 1934년 11월 22일 오후의 景致다.

그의 「필경사잡기(筆耕舍雜記)」(개벽 1935년 신년호)에서처럼 초겨울은 아니로되 언덕을 기어 넘는 하늬바람이 지금은 초려가 아닌 양기와를 올린 '필경사'―비료 창고로 쓰이는 그곳을 스쳐간다. 그 앞 공터에 무심한 아이들은 공을 차며 뛰놀고 있건만 40여 년 전의 주인 심훈의 문학적 향훈은 찾을 길 없다. 그날의 치송(稚松)이 제법 하늘을 향해 치솟았는데, 그 때 야산을 넘나들던 「상록수」 주인공들의 환영만이 실감있게 떠오를 뿐이다.

심훈이 태어나기는 1901년 9월 12일, 지금의 서울 영등포구 노량진 수도국 자리에서였다. 부친은 청송 심씨 상정(相珽)으로 시골 당진에서 추수를 거두어 올리며, 큰 부호는 아니나 남부럽지 않은 살림을 꾸려나갔다. 그에게는 세 아들이 있었는데 그 맏이가 신문기자를 거쳐 방송과장 등을 지내던 천풍 심우섭(沈友燮)이요, 둘째가 목사인 설송 심명섭(沈明燮)이며, 심훈은 본명이 대섭(大燮)으로 그 막내였다. 심훈은 유년시에 그의 본적인 당시의 경기도 시흥군 신북면 흑석리 176번지로 이사했고, 서강에서도 잠시 살다가 뒤에 관훈동으로 옮겨 갔다.

2. 옥중에서 쓴 편지

나이 14세에 교동보통학교를 졸업하고 경성제일고보(현 경기중고교)에 입학하였으나 1919년 3·1 운동에서 만세를 불렀다가 3월 5일 일본 헌병에 잡혀 그 후 6개월 간 옥고를 치르니, 학교 4학년 때로 학업도 중단되었던 것이다.

<그림 1> 1919년 3·1 운동에 가담하여 그는 18세라는 어린 나이로 투옥되었다. 사진은 그 바로 직전의 심훈.

> 어머님! 어머님께서는 조금도 저를 위하여 근심하지 마십시오. 지금 조선에는 우리 어머님같으신 어머니가 몇 千 분이요 또 몇 萬 분이나 계시지 않습니까. 그리고 어머님께서도 이 땅에 이슬을 받고 자라나신 공로 많고 소중한 따님의 한 분이시고 저는 어머님보다 더 크신 어머님을 위하여 한 몸을 바치려는 영광스러운 사나이외다.

경성 헌병분대의 신문에 "만세를 불렀다"고 바로 대답하여 고랑을 차고 용수를 쓰고 서대문 밖 영천옥에 들어간 후 몰래 써서 밖으로 내보낸 해평 윤씨 「어머님께」 올린 글월, 그것은 18세 자랑스러운 사나이의 기백이었다.

집행 유예로 출옥한 뒤 그는 망명의 길을 떠났다. 중국으로 간 그는 북경에서 상해, 남경 그리고 항주로 가 지강대학(之江大學)에 적을 두고 극문학을 전공했다고 한다.

석오 이동녕(李東寧), 성재 이시영(李始榮), 엄일파(嚴一波), 염온동(廉溫東), 유우상(劉禹相), 정진국(鄭鎭國)과 알게 된 것도 그때였다. 그는 1923년에 귀국하여 석영 안석주(安碩

桂)와 사귀게 되고 '극문회(劇文會)'에 관계했다. 다시 이듬해엔 동아일보 기자로 활약하기 시작하였으나 16세에 결혼했던 이해영(李海暎)과는 소생이 없는 채로 이혼하고 말았다.

그는 이 때 동아일보에 연재되던 번안소설의 뒷부분에 손을 대면서부터 지면에 그의 이름이 오르기 시작했다고 볼 수 있는데, 한편 영화에서도 두각을 나타내「장한몽(長恨夢)」의 이수일의 대역을 맡기도 했다. 최초의 영화 소설「탈춤」을 써서 동아일보에 발표하기도 하고, 1927년에는「먼동이 틀 때」를 원작 · 각색 · 감독까지 하여 단성사에서 개봉했다.

심훈의 장조카이며 뒤에「상록수」의 모델이 된 심재영(沈載英)과 교동학교 동창이었던 윤석중(아동문학가)은 어려서부터 심씨 집안을 잘 알고 온 터로 1927년「탈춤」을 심훈과 같이 각색하면서 더욱 가까워졌다고 한다. 그러나「탈춤」은 너무 방대하여 영화화하지 못했고,「어둠에서 어둠으로」라는 각본을 대신 급히 만들었다. 제목이 너무 암울하다는 이유로 다시 개제하였는데 이것이「먼동이 틀 때」였다.

심훈이 문학적으로 수난의 시대를 맞이했다면 1930년의 일일 것이다.

그는 중국에 떠돌던 시대의 경험으로「동방(東方)의 애인」을 조선일보에 연재했으나 검열로 중단, 다시 동지에「불사조(不死鳥)」를 연재했으나 게재 정지 처분을 받았다. 이 점은 단순히 농촌소설, 계몽소설의 작가로 불려지는 심훈의 문학적 세계를 좀더 확대해 보는 데 도움이 될 것이다.

> 두 작품은 그것이 발표되던 1930년대의 시대적 조건, 식민지 현실에서의 투쟁 양상을 묘사하려고 노력한 것이나 어디까지나 작가로서의 發想에서 추리될 수 있을 뿐이지, 그러한 意識의 실천적 작가는 아니었던 것 같다.[1]

여기서 '시대적 조건'이니, '현실에서의 투쟁 양상'이라는 말은 1930년대 전후의 한국과 일본, 그리고 중국과의 상관 관계에서 나온 말로, 어느 면에서 이 시대의 독립운동은 사회주의 또는 공산주의의 투쟁 형식을 빌고 있었음을 지적한 것이다. 국제 공산주의 운동을 다룬「동방의 애인」이나 국내 무산계급의 투쟁을 다룬「불사조」나 모두 일본경찰의 검열에 중단되는 불운을 겪었는데, "그러한 의식의 실천적 작가는 아닌 것 같다"는 견해는 그의 문학을 하는 태도, 즉 그가 민족주의 문학이나 프로 문학을 다 같이 비판하고 있었다는 점에서, 긍정적인 이해를 얻을 수 있다. 당시의 비참한 현상을 표현하려고 애썼던 그는 그 수단의 하나로 문학에 영화의 힘을 빌고자 했던 것이 아닌가 보여지기도 한다.

---

1) 洪以燮,「1930年代初의 農村과 沈熏文學」,『創作과 批評』1972년 가을호.

그가 가장 애착을 가지고 영상으로 호소하려고 했던 것은 최학송의 단편집『홍염(紅焰)』이었다. 원래 단편「홍염」은 최학송이 북간도를 유랑할 때의 경험을 살려 1927년에 발표했던 것인데, 1931년에 이르러「갈등(葛藤)」과「저류(底流)」를 합해『홍염』작품집을 엮어 냈다. 최학송의 작품은 체험문학이라는 특성을 지니고 있다. 이 특성이 어느 정도 프로문학을 하던 다른 작가들의 작품보다 현실적인 호소를 발하는 요인이 되고 있는 것이 사실이다. "오직「홍염」한 편이 그 중의 백미요 영화화하기에 모든 조건이 구비되어 있다"[2]는 것은 심훈이 구체화하려는 현실과 그 작품의 내용이 아주 가깝다는 것을 의미한다. 그러나 오늘날, 중국인 지주를 살해하는 북간도의 조선인을 그린「홍염」이 프로문학의 대표작으로 꼽히고 있다면, 따라서 심훈도 프로문학에 매력을 가지고 있었던 것은 아닐까 하는 의문이 생긴다. 문제는 최학송이 이론화된 프로문학을 한 작가는 아니었다는 데 주목해야 할 것이며, 스스로 프로문학을 하는 사람이라고 말하기를 꺼려하고 있었다는 데 상도하면 심훈의 의식과 노렸던 바가 무엇인지 납득이 갈 것이다. 그는 오직 식민지적 상황에서 민족의 비애를 뼈저리게 느끼면서 그것을 대중에게 호소하려 했을 뿐이다.

3. 시인(詩人)으로서의 심훈

그날이 오면 그날이 오면은
三角山이 일어나 더덩실 춤이라도 추고
漢江물이 뒤집혀 용솟음칠 그날이
이 목숨이 끊치기 전에 와주기만 하량이면,
나는 밤하늘에 날으는 까마귀와 같이
鐘路의 인경을 머리로 드리받아 울리오리다,
두개골은 깨어져 散散조각이 나도
기뻐서 죽사오매 오히려 무슨 限이 남으오리까

그날이 와서 오오 그날이 와서
六曹앞 넓은 길을 울며 뛰며 딩굴어도
그래도 넘치는 기쁨에 가슴이 미어질듯 하거든
드는 칼로 이 몸의 가죽이라도 벗겨서
커다란 북(鼓)을 만들어 둘쳐메고는
여러분의 行列에 앞장을 서오리다,
우렁찬 그 소리를 한번이라도 듣기만 하면

---

2)「紅焰映畵化其他」,『東光』1932년 10월호.

그자리에 거꾸러져도 눈을 감겠소이다.

「그날이 오면」 전문

심훈은 1932년 시집을 내려고 했으나 검열에 반 이상이 삭제되어 중단되었다가 1949년에 이르러서 그의 중형 명섭의 손으로 시집이 나왔다. 그것이 『그날이 오면』이다. 그는 산문에서보다 시에서 보다 직선적인 분노와 울분을 나타내고 있는 것을 알 수 있다. 시 「그날이 오면」은 1930년 3월 1일에 쓴 것으로 광복의 염원이 절실히 드러나 있다.

> 나는 쓰기 위해서 詩를 써 본 적이 없습니다. 더구나 詩人이 되려는 생각도 해보지 아니하였습니다. 다만 닫다가 미칠 듯이 부대끼면 罪囚가 손톱으로 監房의 壁을 긁어 落書하듯한 것이 그럭저럭 近百首나 되기에 한 곳에 묶어보다가 이 보잘 것 없는 詩歌集이 이루어진 것입니다.3)

그의 시는 시 자체로서의 성공 여부보다는 산문에서의 의식 세계를 이해하는 데 더할 수 없을 만큼 도움이 된다는 데 가치가 있다. 시집의 「조선은 술을 먹인다」, 「독백(獨白)」 등의 시들은 그의 민족의식을 강하게 풍기고 있다.

심훈은 그동안 반일 운동을 하고 있었다는 철필구락부(鐵筆俱樂部)사건으로 동아일보를 그만두었다가(1926년) 조선일보사에 입사하였고(1928년), 또다시 신문사 기자를 떠난 것이 1931년, 잠시 방송국에서 문예를 담당하기도 했으나 그만 물러나왔다. 경제적으로 불안정한 생활을 계속하던 1932년에 그는 마침내 이미 낙향한 양친이 있는 부곡리로 새로 결혼한 부인 안정옥(安貞玉)을 거느리고 내려갔다. 그곳에서 「영원의 미소」가 쓰여졌고(1933년) 「직녀성(織女星)」이 나왔던 것이다(1934년).

> 참새도 깃들일 추녀끝이 있는데 可依無一枝의 生活에도 인제는 그만 넌덜머리가 났다. 그래서 一生一代의 決心을 하고 「織女星」 原橋料로(빚도 많이 졌지만) 엉터리를 잡아가지고 風雨를 避할 보금자리를 얽어 놓은 것이 위에 적은 自稱 「筆耕舍」다.4)

4. 브나로드

여기서 「상록수」가 쓰여졌다. 이 작품의 주인공 박동혁(朴東赫)은 그의 장조카 심재영이 모델이다. 재영은 1930년 19세에 경성농업학교를 졸업하자 상급학교를 진학하라

---

3) 시집 『그날이 오면』의 「머리 말씀」.
4) 「筆耕舍雜記」.

는 집안의 권유를 물리치고 조상으로부터 전래해 오던 부곡리의 농토를 근거로 홀로 낙향하였다. 인천에서 발동선을 타고 부곡리로 온 까닭은 브나로드5)라는 운동이 세계적으로 유행하던 시대이기도 했으나, 춘원 이광수의 「신한청년(新韓靑年)」을 읽고 감동한 점도 있었다. 그가 만든 '공동경작회(共同耕作會)'는 그곳 농촌운동의 모체였으며, 「상록수」에서는 '농우회(農友會)'로 나타나고 있다.

"봉급도 제대로 받지 못하던 시절, 집으로 내려오셔서 작품이나 마음대로 쓰시라 하는 권유를 받아들여 내려오신 후 나의 주변을 모델로 작품을 썼던 것이 「상록수」이다." 이렇게 회상하는 심재영의 "숱하게 난 눈썹 밑에 부리부리한 두 눈동자"는 작품의 주인공 그대로다. 작품에 한곡리란 마을도 여주인공 채영신(蔡永信)이 발동선을 타고 도착한 나루터 한진과 부곡리에서 한 자씩을 따 붙인 이름이다.

> 연애를 하는 데 소모되는 정력이나 결혼생활을 하느라구 또는 개인의 향락을 위해서 허비되는 시간을 온통 우리 사업에다 바치고 싶어요. 난 내 몸 하나를 농촌사업이나 계몽운동에 아주 희생하려고 하나님께 맹세까지 한 몸이니깐요.

청석골이란 곳에서 서울 YMCA 파견으로 계몽운동을 하고 있는 채영신이 한곡리로 왔을 때 박동혁에게 들려 주는 자신의 신념―그러나 앞으로의 3년간을 약속하고 서로가 속한 마을에서 농촌운동을 벌인 뒤에 결혼하려던 그들의 의지도, 식민지적 상황 하에서 일본경찰과 그와 결탁한 자들의 간섭, 훼방으로 동혁은 유치장살이를 지내고, 영신은 과로와 영양실조로 죽는다.

"채영신이란 인물은 당시 신문지상에 보도됐던 최용신(崔容信)으로, 그가 활동하다가 죽은 수원군 반월면 천곡리 속칭 샘골이란 곳이 작품에서 청석골로 나타나고 있으나 그 로맨스는 허구였고, 작품도 보도가 있은 뒤에 쓰여졌다. 그러나 나는 작품의 인연으로 그의 무덤을 후에 찾아보았다"하고 심재영은 잠간 홍조를 띠어 보였다. 그의 사업장이던 상록학원은 빈터뿐이나 오늘날 상록국민학교의 전신이 되었다. 심훈은 땅을 파지는 않았으나 농민들과 어울려 그들의 생활에 젖어 누구든지 친할 수 있었다. 그러나 그가 직접 농사일에 뛰어들지 못했다는 점에 의식인으로서의 안타까움을 느꼈던 것 같다.

1930년 조선일보 시절에 알게 되어 심훈이 죽던 1936년까지 마음을 터놓고 지내던 사이인 이홍직(李鴻稙)은 "심훈은 사회생활에서 아무나 잔꾀를 몰랐기 때문에 미움을 받기도 했다. 비타협적 민족주의자로서의 긍지를 가지고 있었고, 호협한 행동가였으며,

---

5) 브나로드―'민중 속으로'라는 러시아 말. 19세기 제정 러시아에서 농촌지역 사회운동으로 나타났던 형태를 일컬음. 지식 청년들이 농촌에 투신하여 지주와 소작인을 설득하여 평등사회를 실현하고자 한 운동.

우리의 실력을 기르자면 저항의 특성을 살려야 한다고 역설했다. 그는 시인 유완희(柳完熙), 안석주(安碩柱) 등과 어울리는 주호였으나 월급을 제대로 주지 않는 시절이라 외상값이 거미줄 감기듯 했다. 그는 마음에 들지 않는 사람에게는 '쥐새끼 같은 놈'이라는 말을 잘 썼고 장난기가 심한 편이었는데 악의는 없었다"라고 말했다.

사실상 그의 브나로드는 작품「상록수」를 남기기는 했지만 개인적으로는 실패였다고 볼 수 있다. 몸은 농촌에 있었으나 생각은 도시에 있었다. 그가 1936년에 서울로 갔던 것이 이를 대변해 준다. 그의 농촌에서의 생활은 4년여에 불과했다.

"그는 중국 등지를 다니면서 변장술을 익혔던지, 눈은 멀쩡한데 미국의 유명한 희극배우 로이드가 썼던 독특한 로이드안경을 쓰고 다녔다. 죽기 한 달 전 손기정 선수의 베를린 마라톤 우승에 감격하여 호외 뒷면에 시「오오, 조선의 남아여!」를 쓸 때의 기억이 생생하다. 임화(林和)와의 영화 논쟁을 보더라도 그를 주의자(主義者)로 보기는 어렵다"라고 윤석중은 그의 인간을 들려주었다.

<사진 2>「상록수」의 등장인물들은 거의가 실존 인물들이다. 앞줄 왼쪽에서 두 번째가 박동혁으로 나오는 심훈의 장조카 재영.

1936년 그는「상록수」영화화를 계획하고 각색과 강홍식(姜弘植), 심영(沈影), 윤봉춘(尹逢春) 등 출연진까지 짰지만 일제의 방해로 실현되지 못하였다. 또 거기에 이 작품의 출판 일로 한성도서 주식회사의 2층에서 침식을 하다가 갑자기 열병(장질부사)을 얻어 대학병원에 입원하였다. 그러나 9월 16일 창가에 훤한 빛이 새어들던 아침 8시 그만 눈을 감았다.

그는 아이러니컬하게도「상록수」로 장래의 기대를 모았으나「상록수」그것으로 세상을 떠난 것이니, 그의 나이 35세―'그날이 오는 것'을 보지 못한 설움이 있었다.

◆ 연보

1901년	9월12일 서울 노량진 현 수도국 자리에서 부 청송 심씨 상정(相珽)과 모 해평 윤씨 사이의 3남 1녀 중 막내로 출생. 본명 대섭(大燮). 호는 소년 시절의 금강생, 중국 유학 때 백랑(白浪), 1926년 이후 훈을 썼음. 백형은 천풍(天風) 沈友燮(심우섭), 중형은 설송(雪松) 심명섭(沈明燮).
1915년	(14세) 서울 교동보통학교를 나와 경성제일고등보통학교 입학.
1917년	(16세) 3월 왕족인 이해승(李海昇)의 매씨 전주 이씨와 결혼. 훈이 해영(海映)이란 이름을 지어 줌. 이해 일인 수학 선생과의 알력으로 시험 때 백지를 내 과목 낙제로 유급.
1919년	(18세) 경성제일고보 4학년 때 3 · 1운동에 가담, 3월 5일 헌병대에 체포 투옥. 7월에 집행유예로 출옥. 「어머님께」 올린 글월이 옥중에서 쓰여져 밖으로 나옴.
1920년	(19세) 문학수업에 전념. 이 해 겨울 변명(變名) 가장을 하고 중국으로 유학의 길을 떠남. 변장술로 이때부터 안경을 씀. 이 해 1월 1일부터 4월 16일까지의 일기가 있다.
1921년	(20세) 북경, 남경, 상해를 거쳐 항주에 이르러 지강대학 극문학부 입학.
1923년	(22세) 귀국. 최승일(崔承一), 이경손(李慶孫), 안석주, 이승만(李承萬), 김영팔(金永八), 임남산(林南山) 등과 극문회를 조직.
1924년	(23세) 동아일보 기자로 입사. 이해영과 이혼. 번안소설 「미인의 한」의 후반부를 번안하여 동아일보에 연재하면서부터 지면에 이름이 오르기 시작.
1925년	(24세) 일본 작가 미기홍엽(尾崎紅葉)의 「금색야차(金色夜叉)」를 조일제(趙一齊)가 「장한몽」이라 하여 영화화할 때 이수일역의 후반부를 대역.
1926년	(25세) '철필구락부(鐵筆俱樂部) 사건' 관련으로 동아일보를 그만둠. 근육염으로 8개월간 대학병원에 입원. 이 때 「병상잡조(病床雜俎)」를 씀. 최초의 영화 소설 「탈춤」을 발표(동아일보에 연재).
1927년	(26세) 봄에 도일, 경도 일활(日活)촬영소에서 촌전실(村田實) 감독의 지도로 영화 공부를 함. 6개월 만에 귀국. 「먼동이 틀 때」를 원작, 각색, 감독하여 10월 단성사에서 개봉.
1928년	(27세) 조선일보 기자로 입사. 시 「독백」을 씀.
1930년	(29세) 「동방의 애인(조선일보)」을 연재했으나 일본경찰 검열에 의해 중단. 이어 「불사조(조선일보)」를 연재했으나 역시 게재 정지 처분을 받음. 시 「그날이 오면」을 씀. 12월 24일 19세의 안정옥(安貞玉)과 결혼.
1931년	(30세) 「우리 민중은 어떠한 영화를 요구하는가」 발표. 조선일보 퇴사. 경성방송국에 문예 담당으로 취직했으나 곧 그만둠.
1932년	(31세) 충남 당진군 송악면 부곡리로 낙향. 시집 『그날이 오면』을 출간하려다 검열로 뜻을 이루지 못함. 창작에 전념. 장남 재건(在建) 출생.
1933년	(32세) 당진 본가에서 장편 「영원의 미소」를 집필, 5월에 탈고, 조선중앙일보에 연재. 단편 「황공(黃公)의 최후」를 씀. 8월 조선중앙일보 학예부장으로 취직, 상

	경하였으나 3, 4개월 후 낙향.
1934년	(33세) 장편 「직녀성」(조선중앙일보 연재) 발표. 이 고료로 부곡리에 자택을 짓고 '필경사'라 이름함. 차남 재광(在光) 출생.
1935년	(34세) 장편 「상록수」가 동아일보 창간 15주년 기념 현상모집에 당선. 상금 5백 원 중 나누어 상록학원 설립.
1936년	(35세) 「상록수」를 영화화하려고 계획하였으나 일제의 방해로 실현되지 못함. 『사해공론(四海公論)』에 펄벅의 「대지」 번역 소개. 3남 재호(在昊) 출생. 「상록수」 출판일로 한성도서주식회사 2층에 기거하다가 장질부사를 얻어 대학병원에 입원, 9월 16일 상오 8시 그곳에서 35세를 일기로 급서. 경기도 용인군 목지면 신봉리 선영에 묻힘.
1949년	시집 『그날이 오면』이 한성도서주식회사에서 간행됨.

◆ 도움말 주신 분(1973년 현재)

沈在昊	37 · 3남 · 신동아 근무.
沈載英	62 · 장조카 · 「상록수」의 주인공 박동혁의 모델 · 충남 당진군 송학면 부곡리.
尹石重	62 · 교유 · 아동문학가.
李鴻稙	67 · 교우 · 서울 서대문구 홍제동 335의 10.

◆ 관계문헌

尹柄魯, 「沈熏과 그의 文學」, 『成均』 16호, 成大刊 1962년.

柳炳奭, 「沈熏의 生涯硏究」, 『국어교육』 14호, 1968년.

洪以燮, 「1930年代初의 農村과 沈熏」, 『創作과 批評』 1972년 가을호.

朴喜璡, 「抵抗詩 · 抵抗詩人」, 『新東亞』 1972년 8월호.

金鵬九, 『作家와 社會』, 一潮閣刊, 1973년.

李 無 影

(소설가 1908~1960)

1. 농부의 아들

농군의 아들 이무영은 우리나라 현대문학 초기의 여러 동인지 중심의 출신 작가, 시인과는 달리 외롭고 고달픈 문학수업의 길을 걸은 작가였다. 바로 고행 그것이었다.

"작가의 정신이란 곧 소설의 정신이요, 소설의 정신이란 진실의 정신"이라고 믿었던 그는 진실을 파헤치기 위해 그 나름의 생을 살았다.

그러나 무영은 "실로 수백 년간의 봉건적인 질곡 속에서 물·심 공히 피폐할 대로 피폐했었고 약할 대로 약해진 채 현대 자본주의의 착취 방법을 체득한 일제의 침략을 받은" 그 시대에, 가난하지만 왜 가난한지조차 모르는 농민의 비극을 문명에 밀려나는 비극으로 받아들였을지언정 일제하의 비극으로 소화하지는 못한 것 같다.

무영이 태어났다는 오리골은 충북 음성읍에서도 20여 리를 동으로 더 들어가야 하는 산골이다. 20여 호가 양지 바른 산 중턱에 자리 잡고 있으나 정확하게 그가 여기서 태어났다고 말하는 사람은 없다. 1908년은 음성에 의병이 궐기하던 해로 음성에 살고 있던 그의 부모가 일본군과의 접전을 피하여 오리골로 숨어들었던 중 아들을 얻었는데 그가 무영이라는 것이다.

> 김영감은 일곱 살에 고아가 되었다. 고아는 부모의 유산을 많이 타고 났어도 고생을 하도록 운명 지어진 존재다. 그러나 그는 바지 저고리 한 벌에 삼베 행전 한 켤레만을 타고난 고아였다. 그는 고아의 누구나가 밟는 길을 밟아서 동에서 서로, 남에서 북으로, 혹은 엿목판도 졌고 또 어떤 때는 장돌림의 봇짐을 지고 따라다니기도 했다. 오늘은 이가의 집에서 밥을 먹었으면 내일은 또 박가의 집이다. 이렇게 그는 컸고 장성했다.

무영의 대표작의 하나인 「흙의 노예(奴隷)」의 주인공 김영감의 과거는 바로 무영의 부친 이덕여(李德汝)의 지난날이랄 수 있다. 민란이 여기저기서 터지던 1800년대 말, 한 젊은 어머니와 어린 아들이 경상도 땅에서 문경 새재를 넘어 충청도 땅으로 들어와 끼니를

<사진 1> 인텔리로서 도회를 버리고 흙냄새를 맡으며 땅을 파자고 시골로 내려갔다. 그러나 그는 경기 군포 궁촌에 가서 실제로 땅을 파는 농군이 되지는 않았다. 사진은 이 무렵의 무영(가운데).

때우기 위해 떠돌다가 음성에서 어머니는 재가하고 아들은 장성하여 인(印)씨와 결혼하니 이 아들이 이덕여이다.

계부 역시 이씨로 음성에서는 포목점을 경영하던 사람이었으나 아무래도 고아 같은 처지인 덕여는 이를 악물고 용원, 주덕, 충주 등지를 떠돌아다니며 장돌림을 하는 동안 착실히 돈을 모아 음성에 땅마지기나 장만하여 살았다.

"의병난이 음성 북쪽 사장이 고개에서 치열하던 무신년(주·1908년) 7월에 덕여씨의 장남 을용(乙用)이 이 오리골에 와서 며칠 묵어가던 것은 기억하지만 글쎄, 그 동생 용구(무영의 아명)가 여기서 태어났다는 것은 모르겠다."

오리골에서 나서 여기서 자라고 늙은 전원식(全元植) 노인은 긴 수염을 쓰다듬으며 무영의 형 을용에 대해서는 친구였다면서 똑똑히 기억하고 있으나 그 아우에 대해서는 고개를 젓는다.

의병난은 7월에 터졌고 이무영이 태어나기는 정월 14일이어서 전후가 맞지 않는 터지만 확인할 길 없었다. 전노인의 말에 의하면 덕여는 모범 농군으로 "꿀을 보면 서푼어치도 안 되는데 점잖았다"고 한다. 그가 자식들에게 가르친 것은 가난 속에서도 성실히 일하면 살아 나갈 수 있다는 신념이었다.

> 그후 내가 얼마나 지독하게 일을 했으며 얼마나 규모있게 살림을 했는지는 너도 어려서 보았으니까 잘 알리다. 나는 일년 가야 술 한 잔 인절미 한 개 사먹은 일이 없다. 언젠가 내 일년간 용돈이 한 냥 십 전을 못넘는다니까 너는 곧이듣기지 않는 모양이드라마는 백중날 아이들 백푼어치 사주는 게 내 용돈이다.
> 이렇게 난 오늘날까지 한결같이 해왔다.[1]

작품에서 김영감이 아들 수택에게 말하고 있는 이 이야기는 덕여가 무영에게 들려준 것이기도 하다.

그의 집안이 이웃 중원군 신니면 용원리 장터 가까운 곳으로 이사한 것은 그가 5세 때의 일로 그즈음엔 덕여도 용원에 논 20여 두락을 마련해서 일군도 쓰는 그리 부유하

---

1) 「흙의 奴隷」.

지는 못했으나 끼니 걱정은 않는 집안이 되어 있었다.

무영은 후에 시인이었다가 6·25 때 행방을 감춘 이흡(李洽 또는 李康洽)과 같은 마을에서 동심을 키우며 사립학교인 용문학당에 다녔으나 보통학교 과정을 마치기도 전에 서울 청엽정(靑葉町)에서 상업하던 형 을용을 찾아 단신 상경한 것이 11세, 그리고 휘문고보에 든 것이 그 이듬해이다.[2]

그의 소년시절 꿈은 농촌에 살더라도 우선 배워야 한다는 것이었으며 다시 문학에의 길을 걷게 한 동기는 중학 2년 때 전산화대(田山花袋)[3]의 「이불」을 읽고 나서였다 한다.

2. 고행(苦行)의 소설 수업

1925년, 학교도 마치지 않고 그는 부산으로 가서 잡부역을 하며 일본으로 건너갈 돈을 마련했다. 착실한 흙의 노예인 그의 아버지 덕여는 그가 고향에 돌아오기를 고대했을지언정 그의 향학열을 이해하지는 못했다. 그해 일본으로 건너간 그는 무고무친 타관 땅에서 근 1년간 노동을 했다. "빵 껍질 1전어치 사면 하루 종일을 먹으며" 굶기를 떡먹듯이 했다.

그러던 무영이 일본 작가 가등무웅(加藤武雄)에게 편지를 보내 그의 문하생이 되었다. 그는 그 집에 기거하며 이후 4년간 추성(秋聲), 구미(久米), 지가(志賀), 등촌(藤村) 등을 비롯하여 불문학, 러시아 문학을 섭렵했던 것이다. 도스토에프스키의 「죄와 벌」을 다섯 번 읽은 것도 이 무렵의 일이다.

소설 수업의 보람이 있어 당시 일본에 와 있던 노자영(盧子泳)과 만나 첫 장편소설인 『의지(依支)없는 청춘』이 노자영이 주재하던 청조사에서 1926년에 간행되고 이듬해엔 같은 데에서 『폐허의 울음』이 나왔으나 그의 이름은 아직 알려지지 않았다.

무영이 귀국한 것은 1929년이다. 교원생활과 출판사, 잡지사 직원을 전전하면서 1931년에 이르러 「취향(醉香)」 등의 작품을 발표하고 극연(劇硏)에도 관계했다. 그의 진가는 이때부터 나타나기 시작하여, 이듬해 중편 「지축(地軸)을 돌리는 사람들」을 동아일보에 연재하니 이것으로 그는 작가적 위치를 굳혀 갔다.

1934년 5월에는 동아일보사에 입사하여 학예부를 담당하며 문단의 선배들과 교분을 맺었다. 이때에 같이 있던 이들이 서항석, 이은상, 변영로, 주요섭 등이었다. 장편 「먼동이 틀 때」(동아일보 연재)를 발표한 것도 이 때다.

---

2) 龍院초등학교 졸업자 명단에 1922년도에 李康洽의 이름은 기록되어 있으나 李龍九는 없다.

3) 田山花袋(1871~1930) 일본의 자연주의의 대표적 작가. 1907년에 발표된 「이불」은 작가가 체험했던 사랑의 심리와 사실을 객관적으로 적나라하게 썼다는 점에 관심있는 세평을 얻었고 문단에 새 기운을 불어넣었던 작품이다.

그가 사우(社友) 신영균(申永均)의 중매로 그의 처제인 황해도 출신의 22세난 규수 고일신(高日新)과 결혼한 것은 1935년의 일이었다.

1936년에는 불행히도 일장기 말살 사건으로 그도 직장을 잃고 있으면서 친구 흡(洽)과 함께 『조선문학(朝鮮文學)』을 창간해 보았으나 그도 여의치 않아 그 다음해에는 먼저 가있던 흡을 따라 경기도 군포역에서 10리쯤 떨어진 궁촌으로 이사했다.

그는 이미 「농부(農夫)」, 「만보노인(萬甫老人)」, 「흙을 그리는 마음」 등에서 농촌 소설에의 길을 걷고 있었으나 궁촌으로 내려간 것은 그가 일생을 두고 쓸 농촌소설의 일대 전환기를 찾기 위해서였다.

「궁촌기(宮村記)」, 「제1과 제1장(第一課 第一章)」, 「흙의 노예」 등 농촌을 배경으로 한 소설은 실로 여기서 쓰여진 것이다.

「제1과 제1장」이나 「흙의 노예」는 궁촌에서 쓰여지기는 했지만 그 배경은 그가 소년기를 보낸 용원으로 잡고 있으며, 그것은 장성한 자신과 아버지의 이야기로 시종되고 있다. 이 두 소설에서 아들로 등장하는 주인공의 이름은 똑같이 수택이다. 그 수택의 낙향변은 이렇다.

> 수택은 동경서부터 소설을 써 왔다. 장방형도 아니요, 삼각형도 아니요, 그렇다고 똑떨어진 원도 아니다. 세상에서는 그를 혹은 스타일리스트라고 불렀고 한때 경향문학이 성할 때는 혹은 동반자라 불렸고 또는 허무주의자라고 야유도 했다. 그러나 기실은 그 중 어느 것도 아니었다.
>
> 그 자신 자기의 특징이 어디 있는지를 모르는 작가였다. 소설가로서 차차 알려질 임시해서—아니 그 덕택이었겠지마는—그는 취직했다. 그것이 그의 작가생활의 마지막이었다. 저널리즘이란 문학의 매개체를 통해서 그 갓난애 숨길 만한 잔명을 유지해왔다. (중략) 그도 처음에는 그것이 무슨 낸지 몰랐었다. 매키한 냄새가 코로 콕 찌른다. 그 냄새는 코를 통해서 심장으로 깊이깊이 기어들어가는 것 같았다. 흙내였다. 그것이 흙내라는 것을 인식한 순간 일쩍이 그가 어렸을 때 듣던 아버지의 음성이 바로 귓전에서 울리는 것을 느꼈었다.
>
> 「第一課 第一章」에서

여기에서의 수택은 무영 자신임에 틀림없다. 「제1과 제1장」, 「흙의 노예」를 쓰기까지는 1, 2년 동안 그는 생활면에서나 작품상에서나 침체의 상태에서 벗어나지 못하고 있었음은 사실인 것 같다.

> 지금까지 氏의 作家로서의 本質을 論하는 모든 사람이 或은 그를 人道主義者라

하고 或은 그를 스타일리스트라 하여 그 論者의 歸一함이 없었음은 實로 이러한 茫漠한 그의 作風으로부터 오는 結果이던 것으로 생각된다. 事實 그의 作品을 對하면 때로는 人道主義者의 風貌도 없는 것이 아니다. 그러나 이 人道主義는 '간즈메'가 된 톨스토이가 아니라 時代에 부대기는 人道主義者다. 그를 불러 스타일리스트라 함도 그의 文章에 苦心하는 一面을 맞혀내지 못한 바 아니다. 그러나 이 스타일리스트는 누구보다도 날카로운 思想의 觸覺을 갖추어 가졌다. 時代의 苦悶을 時代와 함께 呼吸하는 人道主義者-그는 벌써 人道主義者가 아닐 것이며 思想의 觸覺을 갖춘 스타일리스트-그는 벌써 스타일리스트가 아닐 것이다.[4]

"그러나 기실은 그중 어느 것도 아니었다"하는 수택처럼 무영은 스스로에게 회의를 느꼈고 그것이 농촌으로 가서 농촌소설을 쓰게 한 동기가 된 것처럼 보였다. 유진오가 "최근 이 작가가 약간 슬럼프상태에 있는 듯한 것은 나의 크게 안타까운 바다. 요새야말로 무

<사진 2> 1950년대 어느 출판기념회에서. 왼쪽부터 김광섭(金珖燮), 부인 고씨, 이무영, 이헌구(李軒求), 김용호(金容浩).

영적 작가가 크게 활약하여야 할 때가 아닌가"하며 안타까와 하고 있는 것에 거의 동시적으로 「제1과 제1장」 등이 발표되고 있었던 것이다. 무영 자신에게 있어서 도약기이자 전환점이었던 해는 1939년이었던 것이다.

그렇다고 무영은 궁촌 샛말에서 살면서 실제로 농사를 지은 것은 아니며, 그의 부친과 함께 있은 것은 더구나 아니다. 하지만 그는 그의 부친이 근면한 농민상의 표본이었음에도 다시금 몰락의 과정으로 내리닫는 그 한국적 비극을 써내지 않고는 못 배겼던 것이다. 그의 부친은 무영의 결혼 이듬해인 1936년에 이미 고향에서 세상을 떠났다고 무영의 누이인 이정순(李貞順)은 돌이켜본다.

3. 농민문학의 고향

그의 소년기를 보낸 용원 마을은 남으로 가엽산, 북으로 수리산, 동으로는 보령산이 둘러쳐진 그리 넓지 않은 분지에 자리 잡고 있다. 장호원이 70리요, 충주가 40리며, 음

---

4) 兪鎭午 「無形의 文學」 『作品』 1939년 6월 창간호.

성이 30리다. 이곳은 6·25사변 때 발음이 비슷한 용인으로 오인 받아 폭격으로 자취 없이 마을이 사라졌던 곳으로, 무영의 본가도 그 터에 다시 지은 성은상회라는 잡화상으로 되어 있었다.

용원리에 동신약국을 경영하고 있는 무영의 팔촌 아우뻘이 되는 이원선(李元善)도 "무영의 부친 덕여는 면에서 표창장도 두어 번 받은 분으로 일군보다도 먼저 나가서 들일을 보았다"고 그 사람됨을 전해준다.

「흙의 노예」의 김영감은 수택이 고향을 떠날 때 호농이던 것이 그가 서울 직장을 버리고 고향에 돌아왔을 때에는 자기 땅이 모자라서 남의 소작을 부쳐 먹어야 하는 신세로 전락하고 있었다. 어째서 그런 결과가 나온 것인가를 작품에서 다음과 같이 말해주고 있다.

> 세상이 변한 탓이지 옛날에야 먹을 것과 입을 것과 그리고 예의범절만 있으면 살았느니라. 그러던 것이 이 근년에 와서는 짚신이 없어지고 고무신이 생기고 감발이 없어지고 지까다비가 나왔지, 물가는 고등하지, 학교는 보내야지, 학교다니구나니 농산 싫지, 듣구 보았으니 양복대기라두 걸쳐야지, 화차 자동차가 생겼으니 어디 갈 땐 타야 배기지? 소금 한줌만 먹음 될게라두 영신환 사야지.

60세의 노농(老農) 무식군 김영감이 얻은 철학은 결국 "기계가 사람을 죽이는 세상"이 되었다는 것이며, "농군이 일 년 내 피땀을 흘려도" 도시와의 격차는 날로 심해 간다는 바로 그것이었다. 이 김영감은 약 한 첩 쓰지 못하게 하며 죽어간다. 그의 병은 잃어버린 땅에 대한 애정이며 남의 이름으로 변해버린 땅문서를 들여다보는 데서 생기는 병이었으며, "이런 농부에게 있어서는 흙―땅은 그대로 희망이었고 기쁨이었다. 그것은 그대로 종교였다" 그에게는 약보다도 구수한 흙내, 편한 들, 익어 가는 보리가 그리웠으나 그는 가난한 농군인 채 눈을 감았다.

무영은 궁촌에서 2년 남짓 살다가 군포 역전으로 이사 나왔다. 그는 경성보육학원에 조선 문학과 교수 과목을 얻어 군포에서 매일 통근했다. 그러면서도 밤을 도와 가며 열심히 작품을 써 냈다.

이 기간에 쓰여진 일련의 친일적 작품으로 장편 「청와의 집(青瓦の家)」, 「정열의 서(書)」 등이 있다. 그 중 「청와의 집」은 국지관(菊池寬)이 1939년에 설정했던 조선예술상의 1943년도 문학부문상을 수상한 작품이었다. 이 무렵의 일어로 된 그의 농촌소설들은 '황국신문(皇國臣民)'의 입장에서 쓰여졌기 때문에 오늘날에는 설득력이 없을뿐더러 일본 제국주의의 전시 총동원에 동조하고 있음으로써 1939년의 농촌소설에서 보여 준 농민상은 없다. 이런 의미에서 그 나름대로의 양심과 진실성의 역사를 의식하지 못했다는 것은 무영 문학의 손실이며 민족문학의 비극을 그를 통해 다시 일깨워 받는 것이다.

6·25사변 때까지 군포 역전 그 집에서 살았는데 피난에서 돌아와 보니 집은 폭격에 불타 없어졌다. "그렇다만 않았더라면 그는 그 집에서 내내 살자했을 것"이라고 부인 고일신은 그의 흙에의 집념을 말한다.

그 뒤 무영은 장편 「농민」을 썼는데 여기서는 토호들의 수탈로 희생물이 되는 농민들이 동학군의 힘을 빌어 농민봉기를 그리고 있지만 그의 농촌문학의 특징은 그 농민의 고난상을 그대로 보여줄 뿐 어떻게 개선해야 할 것인가는 보여 주지 않고 있다는 것이다. 아마도 이것은 그가 해결할 바가 아닌지도 모르는 일이리라.

4. 교수 생활의 만년(晩年)

광복 후 1946년에는 서울대 문리대 강사로 나가면서 전국 문화단체 총연합회 최고위원을 역임하였다. 후에는 연대에도 나갔다. 1950년 6·25 때, 그는 부산으로 피난하여 윤백남, 염상섭과 함께 해군에 입대하여 이후 1955년까지 해군 정훈교육을 담당하기도 했다. 그 이듬해 그는 서울시 문화상을 수상하고 국제 펜클럽 런던대회에도 참가하는 등 사회적으로 활동하면서도 여전히 붓을 놓지 않았으나 말년에는 그의 작품 소재가 도회지로 기울어진 점은 아쉬운 점이 없지 않았다.

이광수의 「흙」, 심훈의 「상록수」의 후에 나오기는 했지만 농촌문제를 끈질기게 의식적으로 파고들었던 작가라는 점에서 그의 문학은 의미가 있었다.

> 우리는 아버지의 결백함을 믿고 살았기에 배고팠고 건전을 쓰고 살기에는 너무
> 부족함에 슬펐읍니다.[5]

1960년 4월 21일 단대에 나가고 있던 무영은 뜻밖에 찾아온 뇌일혈로 쓰러지니 유언 한 마디 없이 거짓말처럼 세상을 떠나버린 것이다. 그의 몸은 문인장으로 성북구 창동 천주교 묘지에 묻혔다. 그 나이 52세였다.

---

5) 회상―장녀 玆林의 「흙을 문학하고 흙으로 돌아가신 아버지」.

◆ 연보

1908년	1월 14일 충북 음성군 음성읍 석인리 속칭 오리골에서 부 이덕여(李德汝)와 모 인 (印)씨 사이의 7남매 중 차남으로 출생. 본가는 음성 읍내에 있었으나 잠시 의병난 으로 오리골에 피난 중이었음. 본명은 용구(龍九).
1913년	(5세) 충북 중원군 신니면 용원리로 이사. 6·25사변 때 행방 불명이 된 시인 이흡 (李洽)과 같은 동네에서 살았음.
1916년	(8세) 사설 용문학당에 입학.
1920년	(12세) 서울에 올라가 휘문고등보통학교 입학.
1925년	(17세) 휘문을 졸업하지 않고 도일. 4월, 일본 작가 가등무웅(加藤武雄)댁에 기숙 하면서 4년간 작가수업을 함.
1926년	(18세) 5월 처녀 장편『의지(依支)없는 청춘』(청조사) 간행.
1927년	(19세) 장편『폐허(廢墟)의 울음』(청조사) 간행. 무영이란 아호를 씀.
1929년	(21세) 귀국. 소학교원, 출판잡지사 직원으로 전전.
1931년	(23세) 동아일보에서 현상 모집한 희곡「한낮에 꿈꾸는 사람들」당선. 이를 극연(劇研)에서 공연. 중편「반역자」(비판 11·12월호), 단편「약혼전말(約婚顛末)」(혜성 [彗星] 10월호), 「아내」(신여성), 「취향(醉香)」, 「오도령」을 발표.
1932년	(24세) 중편「지축(地軸)을 돌리는 사람들」을 동아일보 발표. 단편「두 훈시(訓示)」 (동광 5월호), 「꾸부러진 평행선」, 「세창침(世昌針)」(신동아 7월호), 「흙을 그리는 마음」(신동아 9월호) 발표.
1933년	(25세) 희곡「아버지와 아들」(신동아 9월호), 단편「루바슈카」(신동아 2월호), 「오전영시」(비판), 「궤도」(중앙 12월호) 등 발표.
1934년	(26세) 5월 동아일보사 입사, 학예부 담당. 장편「먼동이 틀 때」를 동아일보에 연재. 단편「창백한 얼굴」(신동아 2월호), 「B녀의 소묘」(신동아 6월호), 「농부」, 「당기 삽화」, 「용자소전(龍子小傳)」, 「우심(牛心)」(중앙) 발표. 희곡「톨스토이」(신동아) 발표.
1935년	(27세) 단편「산가(山家)」(신동아 2월호), 「만보노인」(신동아 3월호), 「아저씨와 그 여인」, 「우정」발표. 신영균(申英均)의 중매로 그의 처제인 황해도 출신 고일신 (高日新)과 결혼.
1936년	(28세) 소년 장편소설「똘똘이」를 동아일보에 연재. 일장기 말살 사건으로 동아 일보 정간되자 이흡과 함께 순문예지『조선문학』을 창간.
1937년	(29세) 단편「이름 없는 사나이」, 「누이의 집」발표. 동아일보 복간되어 「명일의 포도(鋪道)」연재. 장녀 자림(玆林) 출생. 1938년 단편「수인(囚人)의 아내」발표. 희곡「구두쇠」를 극연에서 공연.『무영단편집』간행. 장편「세기의 딸」동아일보 에 연재.
1938년	(30세) 단편「적(敵)」(청색지 2호) 발표.
1939년	(31세) 7월 동아일보를 그만두고 이흡을 따라 경기 군포에서 10리 거리인 궁촌으로 이사. 단편「궁촌기(宮村記)」, 「흙의 노예」등 농촌소설을 씀. 단편「제1과 제1장」(인문평론 10월 창간호), 「어떤 아내」(문장)를 발표. 장난 현(玄) 출생.

1940년 (32세) 4월, 경성보육학원 조선문학과 담당. 단편「안달소전(安達小傳)」(조광 10월호), 「딸과 아들과」(인문평론 1월호), 「원주댁」(춘추) 등 발표. 군포 역전으로 이사.

1941년 (33세) 단편「모우지국(慕牛之國)」발표. 차남 민(民) 출생.

1942년 (34세) 단편「문서방(文書房)」(국민문학 3월호) 발표.

1943년 (35세) 단편「귀소(歸巢)」(춘추 1월호), 「토룡(土龍)」(국민문학 4월호), 「대자(代子)」(춘추 11월호), 「두더지」발표. 「청와의 집(靑瓦の家)」으로 제4회 조선예술상 수상.

1945년 (37세) 단편「금석(수昔)」등 발표. 차녀 성림(聖林) 출생.

1946년 (38세) 단편집『흙의 노예』간행. 서울대 문리대 강사. 장편「삼년」발표. 전국 문화단체 총연합회 최고위원.

1947년 (39세) 「나라님전 상사리」, 「굉장씨(宏壯氏)」, 「사위」등 발표. 연희대 문리대 강사.

1948년 (40세) 단편「청개구리」등 발표.

1949년 (41세) 『무영농민문학선집』간행.

1950년 (42세) 장편「농민」(한성일보), 「그리운 사람들」(서울신문) 연재 중 6·25사변으로 중단. 해군에 입대.

1952년 (44세) 장편「사랑의 화첩(畵帖) 등 발표.

1953년 (45세) 해군 정훈감. 숙대 문리대 교수. 단편집『B녀의 소묘』간행.

1954년 (46세) 국방부 정훈국 차장. 장편「노농(老農)」(대구일보) 발표.

1955년 (47세) 해군 대령으로 예편. 숙대 대학원 강사. 장편『역류(逆流)』간행. 단편「광무곡(狂舞曲)」등 발표. 자유문학자협회 부회장.

1956년 (48세) 서울시 문화상 수상. 국제 펜클럽 런던대회 참가. 장편「창」(경향신문), 「난류(暖流)」(세계일보), 「빙화(氷花)」(주간희망)을 각각 연재.

1957년 (49세) 단대 국문과 교수.

1958년 (50세) 숙대 교수 사임. 단편집『벽화』간행.

1959년 (51세) 「계절의 풍속도」(동아일보 연재).

1960년 (52세) 4월 21일 뇌일혈로 사망.

◆ 도움말 주신 분(1973년 현재)

高日新 59·미망인. 서울 서대문구 불광동 280의 198.
李貞順 61·누이·서울 성북구 미아동 604의 47.
全元植 77·충북 음성군 음성읍 석인리 오리골.
李元善 53·8촌 동생·충북 중원군 신니면 용원리.

◆ 관계 문헌

韓 植,「李無影氏의 文學에 對하여」,『朝鮮文學』1937년 8월호.

兪鎭午, 「無影의 文學」, 『作品』 1939년 6월 창간호.
金松峴, 「李無影論」, 『現代文學』 1966년 3월호.
李　星, 「李無影論」, 梨大 大學院 논문, 1966년.

金 晋 燮

(수필가 1903~?)

1. 없는 고향의 산천(山川)

생활의 예지(叡智)—일상의 감흥과 비애를 바탕으로 하여 쓰여진 청천(聽川) 김진섭의 수필 문학은 1930년대에서 1940년대에 이르는 동안 독보적인 경지를 이룩했다.

그 감흥은 감상이 아니라 사색적이며, 비애는 단순한 슬픔이 아니라 희극적인 것으로 변질시키는 기지를 지니고 있었다.

"산다는 것은 일종의 예술이다"라는 그의 인생의 가치관은, 보다 아름답고 보람있는 자기 완성을 위한 품격을 길렀으며, '생활철학을 발견하는 열락'을 수필에 표백했다.

지금도 아무리 짧은 글에서나마 잠시 사고의 심연에 머무르게 하고 또는 유머나 위트로 웃음을 자아내게 하는 것은 대중이면 누구나 겪어 온 삶의 경험에 그 소재를 택하고 있었기 때문이니 그 문학은 시간적으로 영원히 반추되는 인간사의 고뇌를 어루만져 주는 것이다.

> 우리네 부모와 우리네 애인의 머리는 드디어 白髮이 되고야 마는 때가 있어도, 故鄕山川의 얼굴은 옛모양 그대로 靑靑한 것이니, 우리들에게 있어 검은 수풀의 속삭임은 영원히 없어질 수 없는 음악이 되는 것이요, 田野에 빛나는 황금색의 물결, 흐르는 시내의 고요한 모래 땅에서 솟아나는 샘의 맑은 빛, 우리를 두 팔로 안아주는 힘차게 뻗친 산줄기—이 모든 것은 실로 놀랄 만한 단조로움을 가지고 우리의 기억 속에 항상 새롭게 빛남으로써 그것은 우리가 설사 어느 곳에 있게 되든 간에 기회 있을 적마다, 혹은 초생달 혹은 봄잔디에 번져 우리의 마음은 흔히도 고향산천으로 멀리 달음질치는 것이지만, 나는 불행히도 고향에 대해서는 극히 散漫한 인상밖에 가질 수 없기 때문에 고향에 두고 온 이야기 역시 기억할 바가 없다.[1]

청천은 1935년 서울의 셋방살이를 전전하는 가난 속에서 '없는 고향 생각'을 하며 향수에 젖었었다. 그 말대로 '없는 고향'의 '있었던 생가'는 이제는 자취도 없이 사라지고

---

[1] 「없는 故鄕 생각」.

<사진 1> 목포에서 태어나 부친의 관직 따라 떠돌다가 '없는 고향'의 불행을 지닌 김진섭이 1913년부터 3년간 부모 슬하에서 지내던 나주 동헌. 이 집은 옛날 그 모습으로 1910년 이후 군수 사택으로 쓰이고 있다.

동리마저 모습을 달리했다. 전남 목포 유달산록 옛 남교동 135번지 자리는 눈으로 어림할 뿐 죽동 쪽으로 들어가고 말았다. 청천이 태어나기는 1903년 8월 24일, 이곳에서였다. 부친 풍산 김씨 면수(冕秀)와 모친 진성 이씨 사이의 4형제 중 차남으로 태어났다. 그의 부친은 원래 경북 안동군 풍산면 오미동 사람으로 부산, 동래 등지로 관직을 따라 다니다가 그가 나기 2년 전 목포 감리서(監理署) 주사로 왔던 것이다.

부친이 한학에 조예가 있고 시문에도 뛰어났으나 청천은 서당보다는 유치원에 다녔고 7세 나던 해에는 2세 위인 형 영섭(暎燮)과 그는 이웃집 젊은 일본여자가 심어 준 장난으로 이 여인에게 응대하는 애연가(愛煙家)가 돼 있었다고 한다.

"그 해에 아우와 나는 다시 제주도로 건너갔는데, 까닭은 선친이 제주 정의군(旌義郡)에 부임했기 때문이다. 우리는 거기서 보통학교를 다녔고 나는 졸업했으나 아우는 졸업하려던 해에 전남 나주로 또 옮겼다. 선친은 그곳에서 10년 군수를 지내셨는데 그 때 우리는 옛 동헌 자리인 군수 사택에서 살았다."

나주읍 금계동 75번지에 살고 있는 청천의 백씨 영섭은 부친의 관직 때문에 나주가 제2의 고향이 되었다 하는데, 그는 지금 『월간 나주(羅州)』발간을 서두르고 있는 진짜 나주 사람이 되었다.

청천은 나주에서 "의미 없는 세월을 세 해나 보냈던 것이니"(「범생기」) "일찌기 앞날에 한 고장의 자연 속에 깊이 친근할 수 없었다"(「없는 고향 생각」)는 것이 그로서는 큰 불행으로 여겨진 듯이 보인다.

그러나 나주에서는 부친에 이어 일제 말기 해남 군수를 지내면서 요시찰 인물로 통했던 영섭, 광주 학생사건으로 옥고를 치른 아우 보섭(普燮·사망), 영산포의 의사 만섭(晩燮·재일중) 등과 더불어 뼈대 있는 집안으로 알려졌다.

청천은 1916년 13세에 경성고보 재학중인 형을 따라 상경하여 양정고보에 입학하였다. 당시 양정 2년 선배였던 화가 이병규(李昞圭)는 "청천은 고보시절 별로 두드러지게 머리를 나타내지 않았고 운동에도 취미가 없었다"고 회고한다.

양정을 졸업하던 해 그는 경주 이씨 유태(裕泰)의 차녀 수봉(守奉)과 중매결혼을 하고 일본으로 건너가 법정대학 전문부 법과에 입학했다.

어쩐지 법률이 딱딱해서 염증이 없지도 않던 차에 어느 친구가 동대학 豫科로 같이 들어가기를 종용함을 못이겨 법대 1년을 수업한 끝에 동 예과로 전학하고 말았다. 예과를 마치고는 공부나 좀 해보겠다고 독문학과를 택하고 말았으니, 물론 책권이나 읽자면 독일어도 알아두는 것이 필요했겠지만 그것의 사회적 효용가치를 생각할 만한 실제적 두뇌는 없었으니, 나는 드디어 변호사도 영어교사도 중간에 놓치고 만 셈이다.[2]

2. 『해외문학』에의 정열

그가 문학에 열중하던 시절은 독문학과 때부터인 것 같다. 당시 동경 유학생 손우성(孫宇聲), 이하윤(異河潤), 정인섭(鄭寅燮), 이선근(李瑄根), 김명엽(金明燁), 김온(金韞) 등과 더불어 "아직 문학적 전통이 미약한 조선 문단에 조선인의 생활 감정을 풍부히 하며 새로운 분위기를 만들기 위하여 먼저 조선어로 번역된 외국 작품을 산 그대로 제공하자!"는 기치를 내걸고 해외문학연구회를 동경에서 조직한 것이 1926년의 일이었고, 그 이듬해 1월 그들의 손으로 기관지 『해외문학(海外文學)』이 나왔다.

청천은 졸업반이었으나 회원이 대부분 예과(豫科) 학생들로 구성된 이 기관지는 시, 소설, 평론 등에 걸쳐 번역물을 실었는데 원문본을 직접 번역한다는 것이 목적으로, 오늘날 번역문학의 기틀을 이루는 효시적 집단 운동이었다.

"1927년의 『해외문학』에 실린 번역물이 그의 처음 활자화된 발표인지 알 수 없으며, 그 이전에 신문지상에 그의 글이 혹 실렸는지 모르겠다. 그 무렵에 그는 김피구(金皮九)라는 이름을 쓰기도 했는데 그것은 피카레스크와 그로테스크의 각 첫 발음을 딴 것으로 안다. 학생시절에도 술을 좋아하는 편이었고 가난한 가운데서도 웃을 선택해 입을 줄 아는 신사였다. 그는 그 뒤에도 늘 일생에 좋은 소설 한 편 썼으면 바랐지만 철학 서적을 읽었던 탓인지 수필을 그의 본령(本領)으로 했다"

2년 후배로 영문학과를 택했던 연포(蓮圃) 이하윤은 『해외문학』 시절의 청천을 이렇게 전했다.

그는 1927년에 대학을 졸업하자 귀국하여 1928년에는 경성제대 도서관에 촉탁으로 근무하며 생계를 유지했다. 그가 일본에 가 있는 동안 그의 부인 이씨는 나주와 원 고향 안동에서 생활하고 있었으나 귀국하고는 곧장 처자를 거느리고 서울로 올라갔다. 그러나 촉탁이라는 봉급은 생활에 별로 도움이 되지 않았다. 그러는 가운데 1931년에는 극예술연구회(劇藝術硏究會) 발족의 일원이 되어 연극에도 경도한 적이 있지만 의욕과는 달리 생활은 궁핍해 갈 뿐이었다. 관수동, 주교동 등지에서 셋방살이를 전전했고, 1934년에는 성북동 밖으로 나갔다.

---

2)「凡生記」.

적어도 한번 이 성북고개를 넘어 본 사람이면 다 경험한 일이겠지만, 그다지 높지도 않은 재 하나를 사이에 두고 이같이도 큰 문명의 차이가 있다는 것은 참으로 놀라운 일이다. 그것은 여름날의 소낙비가 지붕 하나를 끼고 앞마당에 쏟아지되 뒷마당에는 내리지 않는 사실과 酷似한 무엇을 느끼게 한다.

나는 잠깐 이 늦은 시각에 어떤 선량한 백성이 잠을 못 이루어 怏怏히 지상을 방황하지 않는가를 탐지하려는 守護神인거나 같이, 혹은 수면의 완전에 최후로 참가하는 것의 명예를 고수하려는 것같이 발을 멈추고 左顧右眄한 후 산을 넘어선다. ……이사도 독신시대에 말이지 벌써 妻子를 거느리고 부엌에 산 솥을 걸고 보면 처자의 반대가 구구하고 솥떼고 붙이기가 몹시 번거로와 단장을 짚고 산보하듯이는 이를 실행할 수가 없다. ……가뜩이나 집이 먼데다가 술을 좋아하니 자연 밤은 늦게 되고 蹌跟한 醉脚이 따라서 원로문제에 더욱 紛糾를 극할 따름이다. ……결국은 거의 매일 나는 밤은 어둡고 길은 먼 비통한 최후에 봉착하고야 말았던 것이다. 여기서 나는 필연적으로 성북동천의 明月에 내 자신의 통치를 위탁하게 되었다.

청천의 수필 어디서고 맞닥뜨리게 되는 일상에서 겪는 생활의 비애적 체험이 그의 독특한 문장으로 웃음을 자아내게 하면서 또한 문명을 비판하고 그렇다고 비판적이지만은 않게 인간의 심성을 쓰다듬는 「성북동천(天)의 월명(月明)」이 1935년에 나왔다.

그의 수필의 독자적인 경지는 1937년서부터 1939년 사이에 이미 인정을 받고 있었으며, 그의 예찬과 송(頌)은 그의 수필문학의 특질이다.

일체의 것에 대하여 그는 예찬을 아끼지 않으며 頌歌를 부른다. 世波와 여유만만하게 부딪칠 수 있는 餘力이요, 智慧의 힘이다. 「人生은 아름다운가?」 「頌春」 「白雪賦」 「涕淚頌」 「母頌論」 「圭婦頌」 「雨頌」 「송이頌」 「梅花讚」 「倦怠禮讚」 「農民禮讚」 「酒讚」 등에서 읽는 바와 같이 일체의 것을 格調 높게 긍정하면서 자연과 세계를 새로이 인식하고 自我를 재발견한다.[3]

청천이 셋방살이를 면한 것은 청운동 57의 10인 주택조합의 집을 마련한 1940년 초께였다. 그가 뒤에 납북될 때까지 살던 이 집은 11년 전에 그의 부인 이씨가 지금의 주인에게 팔아넘겼는데 방 두 개의 12평 건평의 기와집은 옛모습 그대로 청운초등학교 뒤높은 층계 위에 남아 있다.

'예찬(禮讚)'이나 '송(頌)'을 다 함께 좋아했던 청천, 그러나 그는 격조와 사고를 사는 면에서 '송'을 더 좋아했다고 한다.

"1947년에 나온 그의 첫 수필집 『인생예찬(人生禮讚)』도 출판사의 권유만 아니었더

---

3) 任重彬, 「生活哲學의 光彩」, 『生活人의 哲學』, 文藝出版社刊, 1967년.

라도 인생송이 되었을 것이다"(이하윤 회고담).

그의 「송춘(頌春)」을 보더라도 고요함 속에 다가오는 봄의 약동하는 생명력이 애정을 지니며 그려져 있다.

<그림 2> 1941년 3녀 문자(文子) 돌 때의 가족 사진. 김진섭의 왼쪽이 부인 이씨. 이때 김진섭은 방송국에 근무하고 있었다.

그런데 봄은 대체 왜 그리도 조용하답니까? 어디선지 슬피 짖는 개소리가 들려옵니다. 목청껏 우는 어린애 소리도 섞여서 요란히 귀를 울립니다. 부녀자들의 재재거리는 소리 누구의 한숨쉬는 소리 누구의 웃음치는 소리 문여는 소리 문닫는 소리 유창하게도 들리는 닭 울음소리―이러한 온갖 음성이 하나 빼놓지 않고 밑을 엿볼 수 없는 일종 거대한 靜寂 속에서 들려오니 참으로 봄의 기운은 이상치 않습니까? 이 정적은 말하자면 큰 바다에서나 찾을 수 있는 또는 넓은 들이나 높은 하늘에 있음직한 그런 고요함입니다.[4]

3. 생활인의 철학

위 글이 뜻밖에도 인기가 있어 1년 후에는 "강호제언(江湖諸彦)의 애고(愛顧)를 입어 점두(店頭)에서 그 잔영을 감춘 지 이미 오래므로 한(恨)하나니" 이로써 그 이듬해 구고(舊稿) 일부를 합하여 제2수필집 『생활인의 철학』을 내어 놓았다.

生活人으로서의 나에게는 匹夫匹婦에서 우러난 素朴眞實한 眼識이 高名한 哲學者의 難解한 七封印 의 書보다는 훨씬 맛이 있다는 것을 告白하지 않을 수 없다. 元來 現實的 情勢를 把握하고 透視하는 銳敏한 感覺과 明白한 思考力은 或種의 女子에 있어서보다 發達되어 있으므로 나는 흔히 現實을 말하고 生活을 하소연하는 婦女子의 아름다운 音聲에 傾聽하여 그 가운데서 또한 많은 가지가지의 生活哲學을 發見하는 悅樂은 결코 적은 것이 아니다. 하나의 좋은 警句는 한 卷의 談論書 보다 나은 것이다.

『생활인의 철학』에 이르러서 그의 수필의 문학적 정상을 이루었는데, 이것은 그때까지 갈고, 닦고, 쌓아올린 지식과 삶의 체험의 완벽한 교직(交織)에서 비롯되지 않으면 낳을 수 없는 대표 수필이다.

_____

4) 「頌春」.

"그는 소설이나 시를 쓸 수 있는 성격이 아니었다. 사대부적 기질에 서양 사람도 근대보다는 로마 시대에 키케로 같은 이를 좋아했고, 아마도 동양의 볼테르나 아나톨 프랑스 같은 기질의 문인이 있다면 그가 해당될 것이다. 그의 수필은 사실적이며 사변적이고 독보적인 것이다. 그러나 평소나 주석(酒席)이거나 초연한 모습, 나는 그의 수필보다도 그 인품을 더 높게 산다."

석천(昔泉) 오종식(吳宗植·언론인)은 청천의 인격은 본받을 만한 것이었다면서 광복 후 서울대, 성대, 동대를 갈팡질팡하다가 성대 문과 과장을 지내던 무렵, 월탄 박종화가 서울신문사 사장을 하고 석천이 주필 겸 편집국장을 하던 그 때 청천을 강권하여 출판국장 자리에 있도록 한 적이 있어, 그가 납북되고 난 뒤에는 무사했을지도 모르는 사람에게 혹시 이 직책이 관계되지 않았나 하는 회오의 추억이 있다고 했다.

"좋은 글을 쓴다는 것, 그것 때문에 명문을 엮어 나가는 문사로서 수도자다운 고행을 무릅쓰지 않으셨나 한다"(차녀 김옥교 회고담).

7월 어느날 이하윤의 집을 찾아가 소주를 즐겨 마셨다. 20일께는 소위 반동 색출이 강화되었다. 청운동 일가집에 숨어 있던 오종식은 신당동으로 피했다가 돌아오니, 5일 정오 납치되어 갔다는 소식이었다.

청천은 그 길로 북행 길을 떠난 후 영영 돌아오지 않았다. 지병인 치질에다 위장이 악화되었던 그, 이미 부인 이씨와 아들 두 형제가 세상을 떠난 지금, 아직도 그의 생사는 알 길이 없다.

> 그러나 사람이 또한 가령 死에 임함에 歸家本能의 豁然한 각성을 경험하는 것도 인간 영원의 情意가 아니면 아니다.[5]

이제 그는 몇 번이나 향수에 젖고 있는 것일까.

---

5) 「鄕愁偶發」.

◆ 연보

1903년   8월 24일 전남 목포시 남교동 135에서 부 풍산 김씨 면수(冕秀)와 모 진성 이씨 사
        이의 4형제 중 차남으로 출생. 아호 청천(聽川). 부 면수는 한말 관리로서 당시 목
        포 감리서 주사였음. 그는 한시에 능했다 함.
1909년   (6세) 제주도 구 정의군 성읍리 38로 이주, 정의(旌義)보통학교 입학.
1913년   (10세) 부친이 나주 군수로 임명되어 전남 나주군 나주읍 금계동 33 군수 사택으로
        이주. 이후 보통학교를 졸업하지 않은 채 2년을 지냄.
1916년   (13세) 상경하여 양정고보 입학.
1920년   (17세) 양정고보 졸업. 2월 경북 영주군 하리면 율곡동의 경주 이씨 유태(裕泰)의
        차녀 수봉(守奉)과 결혼.
1921년   (18세) 9월 도일, 법정대학 전문부 법과 입학.
1922년   (19세) 법정대학 예과(豫科) 입학.
1924년   (21세) 법정대학 문학부 독문학과 입학.
1926년   (23세) 손우성, 이하윤, 정인섭, 이선근, 김명엽, 김온 등과 해외문학 연수회 조직.
1927년   (24세) 1월『해외문학』창간(2호로 종간). 여기에 평론, 소설, 시를 번역, 3월 법정
        대학 문학부 독문학과 졸업. 수필「무형(無形)의 교훈」(가정지우[家庭之友]7월
        호) 발표.
1928년   (25세) 경성제대 도서관 촉탁으로 근무. 장녀 정교(正嬌) 출생.
1930년   (27세) 수필「모송론(母頌論)」발표.
1931년   (28세) 서항석(徐恒錫), 장기제(張起悌), 이하윤, 이헌구, 조희순(曹喜淳), 최정우
        (崔珽宇), 정인섭, 유치진, 함대훈(咸大勳), 홍해성 등과 극예술연구회 발족. 수필
        「문학의 진보 퇴보 · 작품과 독자」(문예월간 11월 창간호) 발표.
1932년   (29세) 수필「괴테의 범람(氾濫)」(조광 2월호) 발표.
1933년   (30세) 수필「취인감후(醉人酣謔)」(중명[衆明] 5월 창간호),「하일염염(夏日炎
        炎)」,「문학의 내용」(중명 8월호) 발표. 장남 재명(在明) 출생(1951년 사망).
1934년   (31세) 수필「창(窓)」(문학 1월호),「연극촌언(演劇寸言)」(극예술 12월호) 발표. 가
        을 성북동으로 이주.
1935년   (32세) 수필「우송(雨頌)」(삼사문학[三四文學] 7월호),「범생기(凡生記)」(조광 9월
        호),「성북동천의 월명」(中央 11월호) 발표. 차남 재현(在賢) 출생(1967년 사망).
1936년   (33세) 수필「내가 꾸미는 여인」(조광 1월호),「명명철학(命名哲學)」(조선문학 7
        월호),「올해는 어디로?」(조선일보 7월) 발표.
1937년   (34세) 수필「나의 자화상」(조선일보 2월),「권태예찬」(조선문학 4월호),「공상 일
        제(空想一題)」(여성 10월호),「제야소감(除夜所感)」(조광 12월호),「주찬(酒讚)」
        (조광) 발표. 차녀 옥교(玉嬌) 출생.
1938년   (35세) 수필「여성미에 대하여」(조선일보 1월),「인생은 아름다운가?」(삼천리문
        학 1월호),「체루송(涕淚頌)」(삼천리문학 4월호),「없는 고향 생각」(여성 12월호)
        발표.

1939년	(36세) 수필 「문장의 도(道)」(원제 문장사담 · 문장 1월호), 「매화찬(梅花讚)」(여성 3월호), 「망각의 변」(문장 4월호), 「재채기양(孃)」(신세계), 「장편대춘보(掌篇待春譜)」(여성 4월호), 「백설부(白雪賦)」(조광) 발표.
1940년	(37세) 수필 「생활의 향락」(박문 10월호) 발표. 이 무렵을 전후하여 방송국(1945년까지)에 근무한 것으로 보임.
1941년	(38세) 「나의 여성관」(춘추 5월호).
1946년	(43세) 서울대 중앙도서관장. 서울대, 성대 교수.『독일어 교본』을 손수 발간.
1947년	(44세) 수필집『인생예찬』(동방문화사) 간행. 「모송론」, 「생활의 향락」 등 28편 수록.
1948년	(45세) 수필집『생활인의 철학』(선문사) 간행. 「송춘(頌春)」, 「생활인의 철학」, 번역 수필 「우리를 슬프게 하는 것들」 등 32편 수록.
1950년	(47세) 평론 · 소개 논문집『교양의 문학』을 조선공업문화사 출판부에 상재(上梓). 「문학의 인생적 가치」, 「조선과 문학 애호심」 등 17편. 6 · 25사변 발발, 8월 5일 정오께 서울 종로구 청운동 57의 10 자택에서 납치되어 북행한 뒤 소식이 끊김.
1955년	『교양의 문학』(진문사) 간행.
1958년	『천천수필평론집』(신아사) 간행. 유작 40편 수록.
1967년	수필집『생활인의 철학』(문예출판사) 간행. 『인생예찬』, 『생활인의 철학』에서 뽑은 수필 53편 수록.

◆ 도움말 주신 분(1973 현재)

金暎燮	73 · 형 · 전남 나주군 나주읍 금계동 75번지.
金玉嬌	36 · 차녀 · 서울 서대문구 갈현동 463의 6.
異河潤	67 · 교우 · 시인 · 해외문학연구회 동인 · 덕성여대 교수.
吳宗植	67 · 교우 · 언론인.
金樂山	62 · 계수 · 전남 나주군 나주읍.

◆ 관계 문헌

金恩淑, 「金晉燮과 까뮤의 隨筆」, 『國語國文學硏究』, 梨大國語國文學會刊, 1959년 12월.

朴英子, 「金晉燮氏의 思想性 抒情性과 Humor」, 『國語國文學硏究』, 梨大 國語國文學會刊, 1962년 10월.

李賢馥, 「聽川 金晉燮論」, 慶熙大 大學院 논문, 1969년.

任重彬, 「生活哲學의 光彩」, 『生活人의 哲學』, 文藝出版社刊, 1967년.

李 孝 石

(소설가 1907~1942)

1. 봉평(蓬坪)의 실화(實話)

초기에 동반자적 작가라고 지칭 받던 가산(可山) 이효석은 누구보다도 빨리 가면을 벗고, 그 자신의 모습, 시적 정신으로 충만한 세계에 돌아가 주옥의 단편을 써내기 시작했다. "심미감과 쾌(快)의 감동을 떠나서 소설은 없다"라고 1940년에 주장할 수 있을 만큼 그의 소설은 심미감과 향수로부터 비롯되어 인간의 마음에 은은한 향기를 뿌려주기도 하고, 때로는 잔잔한 파도를 일으켜 주기도 한다.

<사진 1> 효석은 1930년대 서정이 넘치는 산문을 써 시적 산문을 구사했다고 평가된다. 그의 주인공들은 자연과 동화된 상태의 인물들이며 사회적 의식은 없다. 사진은 1939년의 모습.

효석은 고향을 떠나, 북방에서 이방인처럼 고향을 그리며 고향의 산과 들을 시적 소설로 엮어 나갔다. 그리하여 그의 나이 29세에 우리나라 단편문학의 대표작의 하나로 꼽히는 「메밀꽃 필 무렵」을 써내니 효석 문학의 진정한 가치는 여기에서 꽃피었다.

강릉으로 넘는 진부를 50여 리 앞두고 장평이란 곳에서 가던 길을 버리고 서쪽으로 큰 내를 건너서 노루목 고개를 넘어 20여 리, 효석의 생가가 있는 곳이자 「메밀꽃 필 무렵」의 작품 무대인 봉평이란 곳에 이르게 된다. 메밀꽃이 만발하면 눈 내린 벌판 같다던 이곳도, 수익성 작물에 밀려나 메밀꽃은 제 철을 맞아도 드문드문 하다는데 때마침 산천을 덮은 하얀 눈밭이 달빛에 교교하니 효석이 본 그의 고향의 메밀꽃 밭이 한창일 때 이럴까 싶다.

그의 생가는 봉평면 면 소재지인 창동에서도 개울을 건너 5리 가량 떨어진 양지 바른 곳에 양철지붕의 집이 있다. 재작년까지만 해도 원래 초가지붕이던 것을 40년 살아오던 집주인 홍재철(洪在鐵 · 농사)이 지붕을 거두고 기둥을 갈아 끼워 다시 세웠다.

남안동 토박이 노인들은 효석의 부친 시후(始厚)라면 모두 알고 있었다. 이곳의 추정엽(秋鼎燁) 노인은 "효석은 꼭 한 번 서울서 다니러 온 것을 보았지만 시후 어른은 후에 면장을 지내기 위해 장거리로 나갈 때까지 내내 잘 알았다"한다. 효석의 집안은 이곳에서 대대로 살아온 것은 아니다. 함경도 사람이라느니, 평안도 사람이라느니 구구하지만 차녀 유미(瑠美)에 의하면 "증조부 때 홍성에서 봉평으로 옮긴 집안"이라는 것이다.

<사진 2> "온통 메밀 꽃밭이 피기 시작한 밭이 소금을 뿌린 듯"하던 봉평 개울가는 이제 메밀밭은 수익성 작물에 둘러나고 그 흔적이 드문드문하다.

후에 효석의 부친 시후는 진부 면장으로 전근하여 10년 면장을 지냈고, 모친 강씨가 진부 성결교회의 공로자로 알려지고 있는데, 진부 사람은 효석의 생가가 진부라 우기고, 봉평 사람은 봉평이라 우기는 까닭도 그런데 있을 것이다.

효석이 태어난 것은 1907년 2월 23일, 그 무렵에 한성사범 출신의 부친이 서울에서 교편을 잡고 있어 4세 때는 모친과 함께 서울로 갔다가 5세 때 고향에 내려와 서당에서 한문을 배우니 어려서부터 재능이 있어 신동으로 불렸다. 그러나 부친은 "천재는 요절한다"는 뜻에서 남들이 그렇게 부르는 것을 달갑지 않게 여겼다.

나이 6세에 평창에 나가 보통학교를 다니고 그곳을 거쳐 경성제일고보에 입학한 것이 13세 나던 1920년의 일이다. 그는 그 후 경성제대(京城帝大) 법문학부 영문과로 진학, 졸업하고 나서도 내내 고향에는 잠깐 들를 정도, 서울, 경성(鏡城), 평양 등지를 전전하며 살았다.

효석이 글을 발표하기는 경성제대 예과(豫科) 시절이다. 조선인 학생회에서 발간하는 기관지『문우(文友)』와 예과 학생회지『청량(淸凉)』을 통해서였다.

그가 문단에 첫 선을 보인 것은 당시『조선문단』과는 대조적인 입장에 있던『조선지광(朝鮮之光)』에 낸 단편「도시와 유령」이었다. 그 이듬해 계속해서「기우(奇遇)」,「행진곡(行進曲)」등을 발표했으며 당시 학생이던 그는 맨스필드에 열을 내기도 했다.

그러나 그가 익명으로 글을 발표하기는 경성제일고보 4, 5학년 무렵 매일신보에 원고료 타는 재미로 냈던 수십 편의 콩트가 있었다.

그는 사실상 기성문인으로 장래가 촉망되는 소설가로 인정받은 후에도 이 버릇을 버리지 못하여 그의 고백(수필ㆍ첫 고료)대로 "동아일보 신춘문예에 두 번 선자를 괴롭혀 20원과 50원을 우려낸 일"이 있었고, 이런 고료는 대부분 술값으로 대용되었는데, 한 번은 이 돈으로 학교 1년 선배요 문단 동배인 현민(玄民) 유진오에게 수송정 하숙집에서 톡톡히 차린 적도 있었다 한다.

1930년 여름에 조선일보에서는 가장 인기 있는 '5대작가(五大作家)' 단편 게재 예고를 내면서 연재하였는데, 효석이 여기에 낀 것으로 보더라도 그의 인기는 문단 데뷔 1, 2년 만에 화려하게 부상하고 있었음을 알 수 있다. 의복도 대단히 스마트하게 차리고, 칠피 단화에다 여자 구두 모양으로 나비 형상의 장식을 붙인 구두를 신고는 했으며, 주량도 두주급(斗酒級)이었다.

하지만 화려한 시대가 가버리고 갑자기 실의의 시대가 그 앞을 가로막았다. "원인은 경무국 검열계에 취직한 것 때문이었다. 그를 아는 사람들은 그가 배반했다 하여 맹렬하게 지탄을 하였다. 사실 그 직장은 학교를 졸업하고 1,2년 직장이 없이 지내던 터라, 중학 때 옛 스승에게 취직자리를 부탁한 끝에 얻은 것이었다. 그는 고민하던 끝에 1개월 만에 직장을 버리고 경성 처가가 있는 곳으로 갔다."

이렇게 옛일을 돌이켜 보는 친구 현민의 모습에도 이제는 백발이 내렸다.

> 孝石氏가 졸도를 했다고 사람이 와서 그의 잠자는 壽松洞 집 房에 가 본 일이 있다. 光化門통으로 내려오니까 R라는 靑年이 孝石氏더러 "너두 개가 다 됐구나" 하더라는 것이었다. 그때 孝石氏가 總督府 警務局 檢閱係에 就職을 해서 한 열흘을 다녔을까말까 하던 때의 일이다. 總督府에서 光化門통으로 내려오는데 R라는 靑年이 지극히 험한 얼굴을 하면서 孝石氏에게 그와 같은 욕설을 퍼부었으니 心弱한 李孝石氏는 檢閱係에 취직을 하고 나서 무척 괴로워했으니까. 그의 한동안의 生活은 말이 아니었다. 끼니를 이어갈 수 없으리 만큼 궁색했다.[1]

경무국 검열계에 나간 것이 1개월이든 10일이든 세상사람들에게 불쾌한 일임에는 틀림없었을 것이다. 시대를 대표하는 지성인으로서 아무리 생활이 궁색했다 하더라도 스스로 그만둘 일을 스스로 택했었다는 것은 스스로에게도 뼈아픈 일이었다.

2. 시적 서정의 세계

이후 그는 처가가 있는 경성으로 갔다. 거기서 농업학교 교원으로 있으면서 효석은 실의에 잠겨 있었으나 그는 세상 잡사와는 인연을 끊고 자기만의 세계를 창조하기에 열중하였다. 과거의 「도시와 유령」 등의 동반자적 태도라는 것도 그에게는 한갓 흘러간 풍조에 지나지 않았다.

「돈(豚)」 등 일련의 향토를 무대로 한 작품이 나오기 시작한 것도 이 무렵부터다. 그는 1934년 평양 숭실전문학교 교수로 옮겨 가면서 본격적으로 작품을 쓰기 시작했다.

---

[1] 崔貞熙, 「'露領近海'무렵의 李孝石」, 『現代文學』 1962년 12월호.

1936년에는 「분녀(粉女)」에서 그의 특이한 성적 모랄을 제시하고, 「산」, 「들」에서 향수적 서정소설을 내더니, 그 해 마침내 그의 걸작 「메밀꽃 필 무렵」이 탄생한 것이다.

여름 장이란 애시당초에 글러서 해는 아직 중천에 있건만 장판은 벌써 쓸쓸하고 고운 햇발이 벌려 놓은 전 휘장 밑으로 등줄기를 훅훅 볶는다. ……얼금뱅이요 왼손잡이인 드팀전의 허생원은 기어이 동업의 조선달을 낚구어 보았다.

봉평의 파장으로 시작되는 허생원의 기묘한 이야기는 설마 그러랴 싶지만, 짜임새가 완벽하여 무리가 없다. 게다가 실화였다는데, 학생 시절부터 '허생원의 이야기'를 작품화하려고 구상해 왔는지도 모르니 거기에 이 작품의 서정적인 동인이 있다 할 수 있다.

파장을 한 뒤 허생원은 조선달을 따라 그다지 마음이 당기지 않으면서 충줏집으로 막걸리잔이나 기울이려고 따라간다.

허생원은 계집과는 연분이 멀었다. 얼금뱅이 상판을 쳐들고 대어설 숫기도 없었으나 계집편에서 정을 보낸 적도 없었고 쓸쓸하고 뒤틀린 반생이었다. 충줏집을 생각만하여도 철없이 얼굴이 붉어지고 발밑이 떨리고 그 자리에 소스라쳐 버린다.

<사진 3> 효석의 생가. 강원도 봉평면 창동2구 남인동 681번지는 예전의 초가 지붕을 벗기고 새로 슬레이트를 올렸다. 이 마을 노인들은 효석보다도 그의 아버지 이시후를 더 잘 알고 있었다.

허생원은 그 날 충줏집에서 동업의 젊은 장돌뱅이 동이를 만나는데, 젊음에 대한 시기심인지 동이에게 공연히 부아를 부려보는 것이다.

여자를 모르는 허생원이건만 이십여 년 전 바로 이 봉평에서 성서방네 처녀와 물레방앗간에서 정을 맺은 적이 있었다. 다음날 이 대화장을 보려고 허생원, 조선달, 동이 등 세 사람은 충줏집을 나와 당나귀를 몰아 길을 떠나는데, 달은 휘영청 밝고 메밀밭은 소금을 뿌린 듯한데 꼭 그런 날이면 단 한 번의 젊은 시절의 정분을 맺던 기억이 떠올라 수없이 들려준 이야기건만 또 다시 조선달에게 이야기하는 것이다.

봉평은 지금이나 그제나 마찬가지나 보이는 곳마다 메밀밭이어서 개울가가 어디

없이 하얀 꽃이야. 돌밭에 벗어도 좋을 것을 달이 너무도 밝은 까닭에 옷을 벗으로 물방앗간으로 들어가지 않았나.

작품은 동이가 아버지를 모르는 젊은이로, 고향이 봉평이라는 동이의 고백을 들으면서 고조되다가, 개울을 건널 때 같은 왼손잡이인 것을 "오래 동안 아둑신이 같이 눈이 어둡던 허생원도 요번만은" 놓치지 않고 잡아낸 것이라는 클라이막스와 함께 끝이 난다.

효석보다는 두 살 아래인 황일부(黃一富) 노인은 효석보다는 늦게 필통을 옆에 차고 서당을 다닌 사람으로, 당시 점심 밥그릇을 장터 끝 '충줏집'에 맡기고 다녔다는데 효석이 평창에 나가 있는 동안이라도 종종 봉평으로 왔으므로 '충줏집'과 '허생원'에 얽힌 이야기를 알고 있었을 것이라는 말이다.

황노인이 20여 세까지도 봉평 장터에 나타나던 '허생원'은 약간 얼금뱅이긴 하나 남자답게 생겼다. 흠이 왼손잡이였지만 "아무래도 당시 40여 세 난 충줏집과는 객주집 신세를 지면서 정이 통한 것 같은 사이"로 보였다. 그러던 것이 우연히 봉평 개울 건너 남안동 성씨네 옥분이라는 딸과 물방앗간에서 만나 인연을 맺었다. 이 사실이 어찌된 셈인지 인자하기만 하던 '충줏집' 입에서 터져 나오자 성서방네 처녀는 제천인가 어디로 갔다 하고, 다음 장날에는 부랴부랴 성씨네 일가도 마을을 떠나 종적을 감췄다는 것이다.

그리고 '충줏집'도 10년 뒤 어디론가 떠나버렸다. '조선달'이라면 봉평 토박이 조원중(趙元重)을 두고 하는 말인데, 본디 '충줏집'에서 살다시피 했으나 장돌림은 아니었다. 봉평의 어린아이들은 조원중 노인이 '허생원'과 잘 어울리는 것을 보았다고 한다.

그러나 '동이'를 기억하는 사람은 아무도 없다. 지금의 경찰서에서부터 줄줄이 늘어서던 장터도 이제는 더 안쪽으로 깊숙이 옮겨져 있다. 요즘의 객주집 색시들은 "장돌뱅이만큼 인색한 사람들도 없다"고 푸념이니, 그런 서정적 전설같은 이야기도 봉평 장터에서는 사라지고 있다. 그러면 효석의 작품 세계는 어떤 것일까.

> 實際로 氏는 小說의 形式을 가지고 詩를 읊은 作家라고 나는 생각한다.
> 한동안 文壇에서는 散文精神이라는 것이 시끄럽게 論議되고 있어 散文精神이야말로 文學의 精神이 아닐 수 없다고 主張되었지만 그런 論議에는 氏는 귀도 기울여 보이지 않았다.
> 氏에겐 수많은 아름다운 隨筆이 있지만 이것들은 正히 隨筆의 옷을 입은 詩 그것인 것이다.[2]

이처럼 유진오는 효석 문학의 시정신을 강조하고, 「노령근해(露領近海)」 등의 초기

---

2) 俞鎭午, 「作家 李孝石論」, 『孝石全集』 전5권, 1959년.

작품들은 냉정히 분석하면 좌익적 이데올로기는 찾아볼 수 없고, '운동'이니 '투사'니 하는 작품 속의 용어도 시를 위해서 있는 단순한 도구라고 주장한다. 또한 이원조(李源朝)는 1939년 작품집 『해바라기』를 평하는 자리에서 작가적 세계가 통일되지 않은 인상을 받는데, 그것은 '운동', '회관', '칠년간' 등의 요약어를 남용하고 있기 때문이라는 것이다. 그런 용어가 작품의 주제를 나타내는 데에 아무런 보탬도 되지 않는다는 것이다.[3]

어쨌든 이러한 용어를 효석이 의식적으로 썼던 것만은 틀림없는데, 산문 문장으로서의 강인한 성격을 부여하지 못한 것만은 사실이다.

> 李孝石의 作品 속에 나오는 人物들 「산」의 '중실'과 「메밀꽃 필 무렵」의 '허생원'은 愛情의 表現이 詩的인 것으로 昇華되기는 했지만, 社會 안에서 살아가고 있는 다른 사람들의 公的인 問題와 아무런 관계를 가지고 있지 않다.[4]

그의 농촌 제재의 작품들을 김유정의 작품과 관련시켜 사회적 관계로 이해하려는 것은 잘못이라고 이 글은 지적하고 있다. 그러니까 「메밀꽃 필 무렵」에서도 효석은 장돌뱅이의 소박하고, 어쩌면 운명적인 한 아름다운 시를 소설화하기는 했으나 사회적 문제라는 점에서 볼 때 거리가 멀다 할 것이다.

3. 서구(西歐)에의 동경

꽃 중에도 특별히 양이(洋梨)의 향기가 난다는 장미를 좋아했고, 모차르트의 「피아노 소나타」의 음률을 월부지만 구입한 야마하 피아노 위에 실었으며, 쾌히 쇼팽을 치곤하는 것이 숭실전문 교수 시절에 즐기던 여가였다. 차녀 유미는 그 때 식탁에는 "버터나 통조림이 된장국보다 자주 올랐고, 삶은 옥수수는 우유맛에 비교하고 풋사과를 삶아서 예쁜 유리그릇에 담아 먹는 것이었다"고 회상한다.

「주을(朱乙)의 지협(地峽)」이니 「주을 가는 길에」니 하는 수필에도 자주 표현되고 있지만, 효석은 유달리 주을의 온천을 좋아하였다. 또 이곳은 작품의 무대(「화분」)로도 나타나는데 이것은 주을에 와 있던 백계 러시아인 별장촌의 이국정서에 대한 동경의 발로라 해도 그릇된 말은 아닐 것이다.

이와 같은 견지에서 정한모(鄭漢模)는 그의 작품 세계를 다음과 같이 요약해서 말하고 있다.

---

3) 李元朝, 「李孝石論」, 『人文評論』 1939년 10월 창간호.
4) 申東旭, 「金裕貞의 '만무방'」, 『韓國現代文學論』, 博英社刊, 1972년.

하나는 肉身의 落地이며 어린 꿈의 搖籃地인 故鄕에 대한 血緣的 鄕愁이며 또 하
나는 現代文明의 發祥地인 歐羅巴 내지 歐羅巴的인 것에 대한 現代文化圈內에 살고
있는 사람으로서의 鄕愁이고 또 다른 하나는 現代文明 속에 일그려져 가고 있는 人間
들이 그 시달림 속에서 일그러지지 않았던 狀態의 人間像을 찾고자 하는 鄕愁—에덴
的인 것에 대한 鄕愁이다.[5]

그는 그런 점에서 프랑스적이며 모더니즘적이었다. 그래서 그의 문학을 버터내 나는
문학이라 공격하는 사람들에게 그는 이렇게 답변하고 있는 것이다.

메주내 나는 문학이니 버터내 나는 문학이니 하고 是非함같이 주제넘고 무례한
것이 없다. 메주를 먹는 풍토 속에 살고 있으므로 메주내 나는 문학을 낳음이 당연하
듯 한편 西歐의 共感속에 호흡하고 있는 현대인의 趣向으로서 버터내 나는 문학이 우
러남도 이 또한 당연한 것이 아닌가.[6]

그는 맨스필드, 체홉, 입센, 토마스만, 장 콕토 등을 섭렵하면서 그의 문학을 완성하려
한 듯하다. 그리고 「화분(花粉)」에서 짙게 표현되고 있는 또 하나의 특질, 자연적인 상태
의 성적 개방은 인간성에의 회귀를 의미하는데, 그 성질은 다르지만 아마도 D.H. 로렌스
에게서 강한 영향을 받은 것처럼 보인다. 1938년 3월
평양방송을 통해 발표한 조오지 버나드 쇼와 D.H. 로
렌스를 중심으로 한 「현대문학에 나타난 생명력에 대
하여」에서 로렌스에 경주한 일면을 볼 수 있다.

순진한 정미(情美)를 느끼게 하는 루날의 뿌랑슈급
여인을 이상으로 한 효석은 "여인은 넥타이와 같은
것"이라 했을 정도이니, 그의 이상적 여인을 찾은 편
력은 단편적이나마 복잡한 듯하다.

진부 우체국장 딸인 일녀 마이꼬는 평양으로 끈덕
지게 편지를 보내왔고, 1941년 상처한 후의 평양 '방
가로' 다방의 왕수복 여인은 방송에도 나가는 가수 마
담으로 효석에게 정성을 바쳤다. 또 아직도 서울에 생
존해 있다는 지(池)모 여인은 효석의 노블한 모습을 잊
지 못하여 그 자손에게서나마 체취를 찾으려는 안타

<사진 4> 버터냄새 나는 작가라는 비난
도 받았지만 실제로도 그의 생활은 서구
적이었다. 축음기와 레코드판을 소유한
당시 음악 애호가임을 보여주는데, 크리
스마스 트리가 인상적이다.

5) 鄭漢模,「孝石論」,『孝石全集』.
6)「文學振幅擁護의 辯」,『朝光』1940년 1월호.

까운 연정을 간직하고 있다는 것이다.

효석은 그 부인 이씨를 못내 사랑하였다. 부인이 그보다 2년 전에 타계하였을 때 자책과 고독에 몸부림친 것을 편지에서 찾아볼 수 있다.

1942년 봄 만주 출장 준비에 있던 현민에게 효석이 위급하다는 전보가 날아들었다. 여행 예정을 당겨 입원한 도립병원을 찾았을 때 "현민이 왔다"는 말에 알아들은 듯이 몸짓은 하였으나 말은 못하였다.

뇌막염으로 와병하여 입원한 지 10일 만에 절망 상태로, 기린리 자택으로 돌아와 2일 만인 5월 25일 하오 7시 30분 엄친과 왕수복 여인이 임종을 지켜보는 가운데 기어코 눈을 감았다. 모친의 말에 따라 그의 유해는 향리인 진부에 와 묻히니 그 묘지가 부인과 함께 하진부리 고등골 낮은 기슭에 석대봉을 옆으로 하여 나란히 잠들어 있다.

◆ 연보

1907년	2월 23일 강원도 평창군 봉편면 창동2구 남안동 681번지에서 부 이시후(李始厚)와 모 강홍경(康洪敬) 사이에 1남 3녀 중 장남으로 출생.
1910년	(3세) 부친은 한성사범학교 출신으로 서울에서 교편을 잡고 있었으므로 모친과 함께 서울로 이주.
1912년	(5세) 가족과 함께 낙향. 사숙에서 한학을 공부.
1913년	(6세) 평창보통학교 입학. 이후 평창에 나가 강릉 김씨 집과 인연을 맺어 거기서 하숙하며 공부함.
1919년	(12세) 평창보통학교 졸업.
1920년	(13세) 경성제일고등보통학교 입학. 성적이 우수하여 1년 선배인 유진오와 더불어 수재로 불림. 이후 서울에서 하숙함.
1923년	(16세) 이 무렵 유진오와 처음으로 사귐.
1925년	(18세) 경성제일고보 졸업. 경성제국대학 예과에 입학. 예과 조선인 학생회인 문우회에 참가, 기관지 『문우』와 예과 학생회지인 『청량』에 유진오, 이희승, 이재학(李在鶴) 등과 더불어 시를 발표함.
1927년	(20세) 예과를 거쳐 법문학부 영문과 진학. 케랄드 와코니쉬의 「밀항자(密航者)」 번역 발표(현대평론 9월호).
1928년	(21세) 「도시와 유령」(조선지광 7월호) 발표.
1929년	(22세) 「기우(奇遇)」(조선지광 6월호), 「행진곡」(조선문예 6월호) 발표.
1930년	(23세) 경성제대 졸업. 수송정에서 하숙함. 「깨뜨려지는 홍등(紅燈)」(대중공론 4월호), 「하르빈」, 「약령기(弱齡記)」(삼천리), 「서점에 비친 도시의 일면상」(조선일보) 발표.
1931년	(24세) 18세의 이경원(李敬媛)과 결혼. 1개월쯤 총독부 경무국 검열계에 근무. 처가가 있는 경성(鏡城)으로 내려가 경성농업학교 교원으로 부임. 『노령근해(露領近海)』(동지사) 간행, 「상륙」, 「북국통신」(삼천리), 「과거 1년간의 문예」(동광 12월호) 발표.
1932년	(25세) 장녀 나미(奈美) 출생. 「오리온과 능금」(삼천리 3월호), 「북국점경(北國點景)」(삼천리 3월호), 「첩첩자(喋喋子)를 질타(叱咤)함」(비판), 「무풍대」, 「서한―최정희씨에게, 장덕조씨에게」(삼천리 3월호) 발표.
1933년	(26세) 「돈(豚)」(조선문학 10월호), 「수탉」, 「가을과 서정」(삼천리), 「창작활동의 왕성과 비평의 천재를 대망」(조선일보) 등 발표.
1934년	(27세) 평양 숭실전문학교 교수로 부임하면서 평양시 창전리로 이주. 「수난」(중앙), 「일기」(삼천리 2월호), 「주리야(朱利耶)」(신여성 3월호) 등 발표.
1935년	(28세) 차녀 유미(瑠美) 출생. 「성수부(聖樹賦)」(조선문단 8월호), 「성화(聖畵)」(조선일보 10월 11일자부터 16회 연재), 「즉실주의(卽實主義)의 길로」(삼천리 10월호) 등 발표.
1936년	(29세) 「분녀」(중앙 1·2월호), 「산」(삼천리 3월호), 「들」(신동아 3월호), 「메밀꽃 필 무렵」(조광 10월호), 「석류」(여성 8월호), 「천사와 산문시」(사해공론 4월

호),「내가 꾸미는 여인」(조광 2월호),「영서(嶺西)의 기억」(조광 3월호),「동해의 여인(麗人)」(신동아 7월호),「작가 노트에서」(조선문학 5월호) 등 발표.

1937년   (30세) 장남 우현(禹鉉) 출생.「성찬(聖餐)」(여성 4월호),「개살구」(조광 12월호),「낙엽기」(백광 1월호),「현대단편소설의 상모(相貌)」(조선일보 4월) 등 발표.

1938년   (31세)「장미 병들다」(삼천리문학 1월호),「해바라기」(조광 10월호),「거리의 목가(牧歌)」(여성) 연재,「막(幕)」(동아일보),「소라」(농민조선),「문학과 영화」(조선영화),「낙랑다방기(樂浪茶房記)」(박문 12월호) 등 발표.

1939년   (32세)「향수」(여성),「산정(山精)」,「황제」(문장),「화분」(조광) 연재 등 발표.

1940년   (33세)「벽공무한(碧空無限)」(매일신보) 연재,「작중 인물지」(조광) 등 발표. 부인 사망. 유아(男)를 잃음.

1941년   (34세)「산협」(춘추 5월호),「아자미의 장(薊의 章)」(국민문학 11월호),「라오 고원의 후예」(문장 2월호) 등 발표.

1942년   (35세)「풀잎」(춘추 1월호),「일요일」(삼천리 1월호) 등 발표. 5월 3일 와병하여 6일 도립병원에 입원. 10일 후 절망 상태로 퇴원. 25일 기린리 자택에서 하오 7시 30분 사망. 유해는 부친에 의해 평창군 진부면 하진부리 고등골에 부인과 나란히 안장됨.

1959년   『효석전집』이 전5권으로 간행됨.

◆ 도움말 주신 분(1973년 현재)

李瑠美   38 · 차녀 · 서울 성북구 장위동 68의 892.
兪鎭午   67 · 친구 · 동배작가.
黃一富   64 · 강원도 평창군 봉평면 창동리 298.
秋鼎燁   68 · 강원도 평창군 봉평면 창동 2구 남안동 141.
李學順   62 · 교회 집사 · 평창군 진부면 하진부리.

◆ 관계 문헌

兪鎭午,「李孝石과 나」,『朝光』1942년 7월호.

鄭漢模,「孝石과 Exotcism」,『국어국문학』통권 15호, 국어국문학회刊, 1956년.

_____,「孝石文學에 나타난 外國文學의 影響」,『국어국문학』통권 20호, 국어국문학회刊, 1959년.

崔貞熙,「'露領近海' 무렵의 李孝石」,『現代文學』1962년 12월호.

鄭貞淑,「李孝石研究」,『韓國語文學研究』, 梨大 韓國語文學會刊, 1968년 2월.

金永琪,「李孝石論」,『現代文學』1970년 5월호.

白承喆,「李孝石論」,『月刊文學』1969년 6월호.

任重彬,「메밀꽃 필 무렵」,『月刊文學』1970년 6월호.

許素羅,「李孝石論」,『韓國現代作家研究』, 유림사刊, 1983년.

鄭明煥,「僞裝된 順應主義」,『創作과 批評』12 · 13호, 1968년.

異 河 潤

(시인 1906~1974)

1.『해외문학』의 선구, 시 · 수필 · 평론

1926년 해외문학파의 선두주자로서 문학계에 나타나 특히 1920년대 말과 1930년대에 걸쳐 시인으로, 역시가(譯詩家)로 수필가로 또는 문학평론가로 여러 장르에 걸쳐 활약했던 연포(蓮圃) 이하윤은 그런 탓으로 시인으로서의 평가를 다소 소홀하게 받지 않았나 싶다.

그러나 가녀리고도 애틋한 가락으로 상실의 아픔을 노래한 「물레방아」 등 일련의 시는 카프가 극성기에 달하던 그 무렵 한국 서정시의 또 하나의 독특한 맥락을 보여준 명편들이었음을 간과할 수 없다. 또한 「실향(失香)의 화원(花園)」은 김억의 「오뇌(懊惱)의 무도(舞蹈)」를 이어간 번역문학사에 길이 남을 기념비적인 역시집이었다.

이하윤이 1936년 이래 세상을 떠날 때까지 38년간 살았었다는 30평이 될까말까 한 서울 종로구 동숭동 50번지 20호 한옥은 문예진흥원 뒤 언덕배기 중턱에 자리 잡고 있다. 지금은 남의 집이 되었지만 이곳은 그의 평생의 반 이상을 보낸 그의 문학의 산실이었다. 거리에 면한 벽면에는 자주빛 타일을 박아 옛 모습 그대로는 아니다. 집을 지키고 있던 할머니는 낯선 방문객에게 선뜻 안을 구경하라고 비켜선다. 시멘트를 바른 조그만 마당 한구석에 이하윤이 심었다는 라일락 한 그루가 외로이 11월 초겨울에도 푸른 잎을 달고 서 있을 뿐 한 시인의 향취는 찾아볼 길이 없다.

그는 그 동숭동 집에 살면서 잃어버린 고향을 그리워하는 글을 자주 썼었다.

> 38度線과 休戰線이 의젓한 우리 江原道의 北部를 가로질러 한나절이면 갈 수 있는 故鄕을 잃어버린 지 20餘 年, 寒食에도 秋夕에도 省墓의 길이 아득해진 채, 어느덧 내 나이 進甲을 넘었다. 그동안 一線慰問과 視察에서 收復된 鐵原, 金化, 華川, 高城郡의 一部地域을 밟는 感懷도 남달리 錯雜하였거니와 黃海, 咸南에 치우쳐 있는 나의 故鄕 伊川은 平康, 淮陽과 더불어 그리움의 짙은 안개 속에 묻혀버리고 말았으니, 애꿎은 追憶의 詩想을 자아냄으로 自慰自撫하는 길밖엔 없이 되었다. 臨津江 맑은 물은 얼었으리라. 山과 들에 하얀 눈이 덮였으리라. 마을엔 이름모를 山새들이 찾아왔으

리라. 꿩과 노루가 메밀국수의 맛을 돋워줄 아랫목이 한없이 그립다.[1]

그의 고향은 정확히 강원도 이천군 이천면 탑리 178번지. 그는 그곳에서 1906년 음력 윤 4월 9일에 아버지 밀양 이(異)씨 종석(宗錫)과 어머니 이정순(李貞順) 사이에서 여식이 없는 2대 독자로 태어났다. 부친은 그가 어려서 세상을 떠나 이천 감리교회의 설립자였던 할아버지 이서용(異瑞庸)의 밑에서 성장했다. 그의 아명은 대벽(다뷧)이란 세례명이었다.

1914년 이천공립보통학교에 들어가기 전까지 그는 할아버지로부터 천자문과 동몽선습을 배우는 한편 뜰 앞에 세워진 교회에서 기독교의 교리를 습득했다. 보통학교 4학년을 졸업한 뒤에는 만 12세의 연령이 차지 못해 상급학교에 진학을 하지 못하고 1년 동안 사숙에서 다시 한문을 수학했다. 아마도 그가 문학에 관심을 기울이기 시작한 것이 그때부터인 것 같다.

1919년 그의 나이 13세 때 서울로 가 기독교 계통이 아닌 경성제일고등보통학교에 입학하게 된 것은 장차 의사나 법관이 되게 하려는 할아버지의 배려였던 것으로 추측된다. 그러나 고보에 다니면서 그는 그쪽의 서적보다는 『창조』지와 같은 문예지나 김억이 1921년에 내놓은 역시집 『오뇌의 무도』에 더 매력을 느끼며 문학서적을 탐독했다. 졸업반 무렵에는 동아일보에 이연포란 필명으로 동요를 투고하여 게재되기도 했었다고 한다. 아일랜드의 시인 토머스 무어의 「자유없는 삶에서」를 번역해 본 것도 그때였다.

<사진 1> 강화도 전등사에 놀러갔던 해외문학파(1928년). 강화에는 이하윤의 처갓집이 있었다. 왼쪽부터 전등사 스님, 정인섭(鄭寅燮), 이하윤, 김진섭(金晉燮).

1) 수필 「望鄕 十二月歌」.

그는 1923년 고보 4학년을 수료하고 일본으로 가 동경법정대학 예과 제1부에 입학, 3년 후에 예과를 졸업하고 법정대학 법문학부 문학과에 들어가 영어 영문학을 전공했다. 그는 6개 국어를 하려는 야망에 불타 있었다.

> 그러니까 나는 豫科에서 3년 동안 프랑스語에 注力하고도 學部에서는 英文學科 학생이 되었으며, 밤에는 아테네 · 프랑세에 다니고 있었다. 2週間의 冬季休暇를 이용하여 獨逸語講習을 여러 차례 받았으나 그것은 하나의 虛慾에 불과한 결과를 초래하였을 뿐, 學部 3학년이 되자 卒業論文의 작성을 위하여 아테네 · 프랑세의 通學은 중단하면서 무슨 野慾에서였는지 東京外國語學校 夜間部에서 이탈리아語를 (1년제 速成科) 한 학기 동안 修學한 일도 있다.[2]

그러므로 이하윤의 외국어 실력에 대한 자부심은 매우 컸으리라는 것이 짐작되며 그것은 곧바로 외국문학을 우리 문학계와 접촉시키고자 하는 의욕에 부채질을 했을 것이다.

여기에 관련하여 1924년께부터 조도전(早稻田)의 이선근(李瑄根), 정인섭, 법정(法政)의 김진섭, 손우성(孫宇聲), 이하윤 그리고 고사(高師)의 김명엽(金明燁)과 외국어의 김온(馧 · 준엽) 형제의 7인이 문학 연구단체를 만들기 위한 모임을 수차 가지게 된 것도 3 · 1 독립운동 이후 중학과정을 배우게 되었던 세대가 담당해야 했던 시대적 요청의 결과였다고 보여진다. 그리하여 1926년 가을에 '외국문학연구회'가 결성되었고 이듬해에 이하윤의 출자와 편집으로『해외문학』창간호가 나왔다. 서항석(徐恒錫)의 회고에 따르면 외국문학연구회의 모체는 주로 법정대학에서 이루어졌다고 하는 것으로 보아 이하윤의 역할은 매우 컸던 것 같다.

그러나 그는 해외문학을 일본에 거치지 않고 우리나라에 직접 접촉하여 소개하고 우리문학 발전에 기여하겠다고 하는 야망도 컸지만 개인적으로 그는 시인이고자 하는 열망에 가득 차 있었다.

2. 한국적 정서, 물레방아

北門턱 외딴 길에
풀잎 거칠은
임자 잃은 무덤이
하나 있더니

---

2) 회상기「文壇과 敎壇에서」.

放浪의 손 외로이
지날 때마다
무덤 앞에 앉아서
쉬고 가더니

원수의 신작로가
생긴 이후로
패여간 무던 자취
간 곳 없노라

무덤 위에 덮혔던
흙과 잔디는
밟히고 짓밟히는
길이 되어서

무거운 발자욱에
눌릴 때마다
애달픈 옛노래를
읊고 있노라

임자 잃은 무덤이
하나 있어서
흘러가는 行人이
쉬고 가더니

「잃어진 무덤」 전문

　1926년에 씌어진 그의 창작시로서는 최초의 작품인 「잃어진 무덤」은 한때 유명하던 7·5조의 시로 이 시를 후에 김소운이 그의 일어판 『조선시집』에 이하윤의 또 하나의 시 「나는 들에 핀 국화를 사랑합니다」를 서시로 하여 함께 실어 일본의 학자 등문세대 (藤間世大)와 김소운 사이의 저항시 논쟁을 불러일으키기도 했다. 등문세대가 「잃어진 무덤」을 한국의 저항시라고 한 반면 김소운은 단순한 순수시라고 규정지었던 것이다. 그것이 저항시냐 아니냐는 재껴 두더라도 「또 하루를 기다리는 마음」이나 「희미해 가는 기둥」과 같은 시에서 격렬하게 다가오지는 않지만 잃어버린 것에 대한 되찾음을 애잔하게 노래하고 있는 것을 볼 수 있다.

끝없이 돌아가는 물레방아 바퀴에
한 잎씩 한 잎씩 이내 추억을 걸면
물 속에 잠겼다 나왔다 돌 때
한없는 뭇 기억이 잎잎이 나붙네

바퀴는 끝없이 돌며 소리치는데
맘 속은 지나간 옛날을 찾아가
눈물과 한숨만을 지어서 줍니다
....

나이 많은 방아지기 머리는 흰데
힘없는 視線은 무엇을 찾는지
확속이다 공이 소리 찧을 적마다
요란히 소리내며 물은 흐른다

「물레방아」 전문

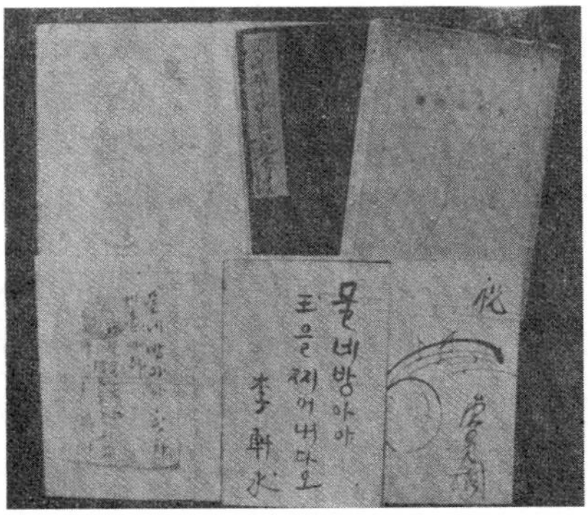

<사진 2> 이하윤의 유일한 창작시집인 『물레방아』(1939년)와 역시집 『실향의 화원』(1933년) 표지. 아래는 『물레방아』 출판기념회 때의 축하문. 월탄의 엽서와 이헌구의 글이 보인다.

1939년에 나온 그의 시집 『물레방아』의 표제시이기도 한 이 시는 1928년(자력[自力] 8·9월 합호)에 처음 씌어져 그가 동인이었던 『시문학』 1호(1930년)에, 다시 『삼천리』 (1935년)에, 그리고 『현대문학』(1967년)에 되풀이 게재할 만큼 애착을 가졌던 시였다.

문학평론가 김재홍(金載弘)은 「회상의 미학 또는 귀향의지」3)에서 그의 시세계를 "상실감과 현실적 절망감 그리고 회상의 미학과 귀향의지의 좌절감은 또 다른 세계에 대한 추구로 나타난다. 이것이 바로 한과 슬픔의 정감에 바탕을 둔 한국적 정서의 표출이다" 라고 하면서 '가을밤', '흰옷', '조선따님', '다듬이소리', '뱃길', '이별', '님'과 같은 그의 시어에 깊은 뜻을 두어 설명하고 있다.

"그의 문학사적 업적은 가장 먼저 번역시에 두어야 할 것이다. 그는 창작시집 『물레방아』를 간행하기 6년 앞서 1933년에 역시집 『실향의 화원』을 냈던 것으로만 미루어 봐도 그가 얼마나 번역시에 애착을 가졌는지 짐작할 수 있다. 그것은 당시 여타의 수준을 넘어서는 것으로 19세기 후반의 서정시들을 다루되 특히 아일랜드의 시인들에 깊은 관심을 표명했다는 점에 피점령국 민중의 얼에 대한 공감을 나타낸 것이다. 그런 점에서 주로 불란서 상징파 시인들의 시들을 다루었던 안서의 「오뇌의 무도」와 비교가 된다"고 김윤식은 그의 문학사적 업적을 진단한다.

---

3) 金載弘, 「回想의 美學 또는 歸鄕意志」, 『異河潤選集』, 도서출판 한샘刊, 1982.

3. 메모광과 수집벽의 수필가

그는 시와 번역시에서 뿐만 아니라 「메모광(狂)」과 같은 명작을 써 수필에서도 일가를 이루었다. 그의 아들인 이창식(異昌植)에 따르면 "독선적인 데가 있어 남이 어떻게 생각할지 가리지 않고 바른 소리를 잘 했다"고 하는데 일면으로 "꼼꼼하기도 하여 언제나 수첩에 메모하는 것을 잊지 않았고 무엇이든지 모아 놓는, 하다못해 연필까지도 모아 놓는 수집벽이 있었다"는 것이다.

"신사의 기호로서 도저히 찬동하기 어려운 또 하나의 습관이 그에게는 있다. 그가 잠시라도 앉아 있던 곳을 일어설 때에는 자기의 주위에 혹 이 위에 더 기억할 것은 없는가 하는 듯이 분실자가 잃어버린 것을 찾는 행동과 같은 과정을 밟는 그것이다"라고 그의 친구 김진섭은 「인간 이하윤」 4)에서 쓰고 있듯 그의 것은 결코 잃어버리지 않는 반면에 수집벽이 지나쳐 남의 것을 슬쩍하는 괴벽이 있었다고 한다.

이하윤이 결혼을 한 것은 1928년 봄이었다. 그 전해 봄에 김진섭과 함께 법정대학 1년 후배인 김건칠(金健七)의 고향집인 강화도에 놀러 갔다가 김건칠의 여동생인 김건숙(金健淑)을 알게 되어 이듬해에 그녀의 종교인 성공회로 개종하고 그녀와 그곳 교회에서 혼례식을 거행했다.

그 다음 해 법정대를 졸업하고 귀국한 그는 서울 서대문구 신문로와 종로구 관수동에서 다시 동숭동으로 옮겨 살면서 사회적으로 학교 교사, 방송국 국원, 콜럼비아주식회사 사원, 신문사 기자직을 전전하면서 8·15 광복을 맞이했다.

"내가 그를 기억하게 된 것은 그가 1939년에 낸 『현대서정시선(現代抒情詩選)』을 읽고 문학에 대한 동경심을 갖게 된 때부터였고 더욱이 내 하숙집이 동숭동대 근처여서 늘 그 이름을 보면서 지나다녔다. 그러나 처음 만난 것은 1952년 부산 피난 시 서울대 법대에서 사대로 오셨을 때였는데 1957년부터는 한방을 쓰기도 했다. 그분은 일생에 세 가지 커다란 충격을 받았는데, 그 하나는 큰아들 돈식(敦植)이 6·25 전란 때 납치당한 것이고 그 둘은 신구문화사에서 낸 『한국현대시전집(韓國現代詩全集)』에서 누락된 것이었고 정년퇴직 후 서울대 명예교수에서 탈락된 것이 그 셋이었다. 그는 겉으로는 호방한 것 같지만 세밀하고 지나치게 감수성이 많았던 분이었다"라고 이두현(李杜鉉)은 회고하고 있다.

그런 감상적 성격에서 받은 충격은 애주가였던 그로 하여금 폭음을 하게 하는 원인이 되었다.

그러나 1950년대 말부터 태동하게 된 비교문학 연구는 전적으로 그의 공로에 의해

---

4) 金晉燮, 「人間 異河潤」, 『蓮圃 異河潤先生 華甲記念論文集』, 進脩堂刊, 1966년.

우리나라에 정착하게 되었다. 구인환(丘仁煥)은 그 과정을 다음과 같이 전한다.

"그는 한국 비교문학회를 창립하여 회장을 오랫동안 역임했던 우리나라 비교문학의 창시자였다. 다년간 유네스코와 펜클럽에 지도자적 역할을 담당했던 관계로 해외에 나갈 기회가 많았었다. 1960년대 초만 하더라도 한국 비교문학이 성숙한 단계가 아니어서 주로 혼자 다니며 한국문학을 소개하면서 비교문학적 접근을 시도했다. 제1차 한국 비교문학대회는 1961년 봄 서울대 의대 강당에서 열린 이후 오늘날 한국 비교문학회는 세계 4대센터 중에 하나로 발전했다."

그는 만년에 몹시 외로웠다. 조금이라도 아는 사람이면 누구건 가리지 않고 붙들고 술집으로 가서 막걸리건 소주건 맥주건 위스키건 마셨다. 그만큼 그는 건강에 자신을 가지고 있었다. 그러므로 누구도 그가 그토록 갑자기 세상을 떠날 줄은 몰랐다.

> 아득히 먼 곳에 물레방아 아롱지는데
> 연포에도 만종소리 울려왔으면
> 흙으로 사그러질 보금자린 어디에 있나
>
> 　　　「에피타프」마지막 연

그는 만년에 「에피타프」 마지막 연에 이렇게 읊고 1974년 3월 12일 하오 7시 서울종로구 동숭동 50번지 20호에서 간경화와 식도정맥류로 눈을 감았다.

◆ 연보

1906년   음력 윤 4월 9일 강원도 이천군(伊川郡) 이천면 탑리 178번지에서 부 밀양 이씨
           (異氏) 종석(宗錫)과 모 이정순(李貞順) 사이의 2대 독자로 출생. 호는 연보. 부친
           은 그의 유아시에 세상을 떠남. 조부 이서용(異瑞庸)은 이천의 감리교회 설립자.

1914년   (8세) 이천공립보통학교 입학.

1918년   (12세) 위 학교 졸업. 1년간 사숙에서 한문 수학.

1919년   (13세) 경성제일고등보통학교 입학.

1923년   (17세) 위 학교 신제(新制) 4학년 수료. 일본으로 가 동경법정대학 예과 제1부 입학.

1926년   (20세) 위 학교 예과졸업. 위 학교 법문학부 문학과(영어영문학 전공) 입학. 동경
           유학중 아테네 · 프랑세에서 2년간 프랑스어, 동경외국어학교 야간부에서 반 년
           간 이탈리아어, 동경 제일외국어학원에서 반 년간 독어 수학. 외국문학연구회 동
           인. 시「잃어진 무덤」(시대일보) 발표.

1927년   (21세)『해외문학』 1호와 2호에 아나톨 프랑스의 소설과 폴 베를레느, R.D. 스티
           븐슨 등 영 · 불 · 미 · 일 시인들의 시들을 번역 발표.

1928년   (22세) 4월 18일 경기 강화군 길상면 온수리 성공회에서 김영선 신부의 2녀 김건
           숙(金健淑)과 혼례. 시「노구(老狗)의 회상곡」,「추억」,「샨손 드 카페」,「물레방
           아」(이상 자력 8 · 9월 합호).

1929년   (23세) 법정대학 법문학부 문학과 졸업. 4월, 경성여자미술학교 교사. 논문「불문
           단(佛文壇) 회고」, 감상「시론총서」(이상 신생 12월호),「기사(己巳)시단 회고」 등
           발표. 장남 돈식(敦植) 출생.

1930년   (24세) 논문「역사적 필연성」(대조[大潮]5월호), 윌리엄 블레이크와 바이런, 셸리
           등의 일련의 시를『신생』지에 번역 발표. 윌리엄 헨리 허드슨의 논문「소설연구」
           (신소설 9월호) 번역. 시「물레방아」,「노구의 회상곡」(시문학 1호 재수록)에. 알
           베츠 · 사맹의 시「황혼의 두 처녀」(시문학 2호) 등 번역.

1931년   (25세) 시「눈 먼 거지의 노래」(신생 2월호),「근심」(시대공론 9월호),「크리스마
           스」,「눈」(문예월간 2호) 등 발표. 프란시스 잠의 시「향기로운 바람을」구르몽의
           시「눈」(이상 시문학 3호) 번역. 극예술연구회 동인.

1932년   (26세) 시「눈」(삼천리 2월호), 수필「고향의 여름」(신동아 7월호),「시원찮은 글」
           (신동아 8월호),「이천으로 왔소」(신동아 9월호) 발표. 9월, 경성방송국 제2방송
           부 편성계 근무.

1933년   (27세) 역시집『실향(失香)의 화원(花園)』(시문학사) 간행.

1934년   (28세) 차남 창식(昌植) 출생.

1935년   (29세) 시「적막한 꿈나라」(조선문단 4월호), 수필「실향기(失鄕記)」(조광 11월호)
           발표. 빅토르 위고의 시「씨뿌리는 시절」,「저녁 무덤이 장미에 묻기를」(조선일보
           5월 22일자) 번역. 콜럼비아주식회사 조선문예부장.

1936년   (30세) 3남 정식(正植) 출생.

1937년   (31세) 시「우울의 오후」(조광 2월호) 등 발표. 동아일보사 학예부 기자로 1940년

폐간 때까지 근무.

1938년 (32세) 논문 「조선 유행가의 변천」(사해공론 9월호) 발표.

1939년 (33세) 시 「그림자」(조광 2월호), 수필 「정다운 분위기」(조광 4월호), 「메모광」(문
장 5월호), 「시계」(박문 6월호), 「서정의 정수―나의 애송시」(문장 8월호), 「집없
는 고향」(문장 11월호), 논문 「기묘(己卯)시단 메모」(문장 12월호), 「역시 3편」(청
색지 5호) 등 발표. 시집 『물래방아』(청색지사), 『현대서정시선』(박문서관) 간행.

1940년 (34세) 시 「물」(태양 1월호), 수필 「뻐스와 단장(短杖)」(문장 10월호), 「문화의 대
변자」(인문평론 8월호) 등 발표.

1941년 (35세) 시 「단장(斷章)」(춘추 3월호) 등 발표.

1944년 (38세) 4남 영식(榮植) 출생.

1946년 (40세) 시 「고향」(백민 5 · 6월 합호) 발표. 『현대국문학정수』(중앙문화협회) 간행.

1947년 (41세) 성균관대학 대우교수.

1948년 (42세) 역시집 『불란서 시선』(수선사) 간행.

1949년 (43세) 서울대 법대교수.

1950년 (44세) 논문 「한국신시발달의 경로」(백민 3월호) 발표. 장남 돈식 행방불명.

1952년 (46세) 서울대 사대 교수.

1954년 (48세) 역시집 『영국 애란 시선』(수험사) 간행. 유네스코 한국위원회 부위원장.

1956년 (50세) 유네스코 아세아회의와 국제 펜 클럽대회 한국대표로 참석.

1958년 (52세) 시 「모놀로그」(자유문학 2월호) 발표.

1959년 (53세) 「노변애가(爐邊哀歌)의 시인」(자유문학 3월호) 등 발표. 한국비교문학회
창립 회장.

1966년 (60세) 「문단과 교단에서」(신동아 8월~10월호) 발표. 『연포 이하윤선생 화갑기념
논문집』(진수당) 간행됨. 시 「어서 고국의 품으로」(한국일보 11월 19일자) 발표.

1970년 (64세) 국민훈장 동백장 수상.

1971년 (65세) 시 「체루송(涕淚頌)」(한국일보 6월 9일자) 발표. 8월, 서울대 정년퇴직. 9
월, 덕성여대 교수.

1972년 (66세) 시 「고독음(孤獨吟)」(한국일보 7월 15일자) 등 발표.

1973년 (67세) 수필 「늙어도 자신이 있다」(한국일보 8월 19일자) 등 발표.

1974년 (68세) 회고기 「노교수와 캠퍼스와 학생」(경향신문 2월 16일~3월 8일자) 연재. 3
월 12일 하오 7시 서울 종로구 동숭동 50번지 20호 자택에서 간경화로 타계. 서울
서대문구 진관내동 성공회 묘지에 안장.

1982년 『이하윤선집』 2권 (도서출판 한샘)이 간행됨.

◆ 도움말 주신 분(1982년 현재)

異昌植 48 · 아들 · 서울 성동구 중곡동 61번지 13호..

李杜鉉 58 · 친지 · 서울대 교수.

丘仁煥 53 · 제자 · 작가 · 서울대 교수.

金允植　　46 · 제자 · 문학평론가 · 서울대 교수.

◆ 관계 문헌

『蓮圃 異河潤先生 華甲記念論文集』, 進脩堂刊, 1966년.
『異河潤選集—詩 · 譯詩』, 도서출판 한샘刊, 1982년.
『異河潤選集—評論 · 隨筆』, 도서출판 한샘刊, 1982년.

李 元 壽

(아동문학가 1911~1981)

1. 가난 속의 고향의 봄

"나의 살던 고향은 꽃피는 산골/복숭아꽃 살구꽃 아기 진달래" 1926년 15세란 어린 나이에 동요 「고향의 봄」을 발표하여 홍난파 작곡으로 일제 치하 우리 민족에게 널리 애창하게 했던 장본인 이원수는 그 후 자유형의 동시를 개척함과 동시에 1930년대 가난으로 핍박받는 어린이들의 실상을 그려 보이면서 우리나라 아동문학계에 '고발적 사실주의 문학'이라는 새로운 방향을 제시했다.

뿐만 아니라 8·15 광복 뒤에는 최초로 장편 소년소설을 시도하여 발표했고 아동문학의 천사주의적 경향에 반발하는 이론을 전개하여 아동문학 평론에도 공헌한 바가 컸다.

이원수가 태어난 것은 1911년 경남 양산읍 북정리에서였다. 그러나 그의 유년 소년 시절, 목공이었던 그의 아버지 이문술(李文術)은 일거리를 찾아 자주 이사를 다녀 이원수가 돌을 맞을 때에는 창원읍 중동으로 옮겼고, 10세 나던 해에는 김해 진영리로, 그 이듬해에는 다시 마산 오동동 71번지로 이주했다.

그의 집안이 어떠한 집안인지 어떤 경로로 몰락했는지 자세히 알려져 있지는 않다. 다만 박홍근(朴洪根)이 「희유의 문재─고(故) 이원수선생의 문학과 인간」[1]에서 "선생은 자신의 가문에 대해서도 별로 자랑하는 일이 없었다. 그 부친께서 손수 거문고를 제작하고 거기에다 조각도 하고 또 자신이 연주했다는 이야기를 들려준 일이 있었다. (중략) 그런데 불과 몇 해 전 그 부친이 이조 말엽의 벼슬인 오위장(五衛將)을 지냈다는 것을 비로소 말했었다"고 쓴 것과, 자전적 요소가 강한 장편소설 「5월의 노래」의 첫 대목에서 "아버지는 목수였다. 집짓는 일도 하시긴 했지만, 그보다도 책상이랑 살림 도구 같은 것을 만들어 생활을 해 가시는 가난한 목수였다"라고 표현한 것과, "딸만 계속 넷을 낳고 처음으로 아들 하나를 낳은 어머니는 심한 산고(産苦)를 겪으며 아버지를 기다리고 있었다. 출타한 아버지는 득남(得男)의 기쁨도 모르고 돌아오지 않았고 어머니는 기다리다 지쳐서 눈이 퉁퉁 붓도록 울고 있었다. 그후 어머니는 또 딸을 낳아 나는 결국 여섯 딸에

---

1) 朴洪根, 「稀有의 文才─故 李元壽선생의 文學과 人間」, 『月刊文學』 1981년 4월호.

단 하나의 독자(獨子)로서 어머니에게는 귀하기 짝이 없는 아들이었던 것 같다. 어머니는 경남 창원 웅천(熊川) 출신으로 무학이었다. 가난한 살림에서, 내가 7~8세 때에는 가끔 산에 가서 나무를 하시던 걸 기억한다"2)는 구절 등으로 미루어 어렴풋이나마 짐작을 할 수 있을 뿐이다.

5세 때 창원 소답리 서당에서 동몽선습 등을 배웠던 그가 신식교육을 받게 된 것은 12세 때 마산공립보통학교 2학년에 편입하면서부터였다. 그는 학교에 다니게 되자 1923년 방정환 관여 하에 창간된 『어린이』와 『신소년』 같은 아동지를 열심히 구해 읽는 한편 동요 습작을 했다. 그리하여 그가 보통학교 6학년으로 올라가던 해인 1926년 『어린이』지 4월호에 동요 「고향의 봄」이 입선하여 처음으로 활자화되는 영광을 안았다.

<사진 1> 1940년대 초의 이원수 가족. 부인 최순애는 「오빠 생각」의 동요작가로, 1927년 이후 같은 길을 가는 동료로 서로 서신으로 우정을 다지던 끝에 1936년 결혼했다.

　　　나의 살던 고향은 꽃피는 산골
　　　복숭아꽃 살구꽃 아기 진달래.
　　　울긋불긋 꽃대궐 차린 동네
　　　그 속에서 놀던 때가 그립습니다.

　　　꽃동네 새 동네 나의 옛고향
　　　파란 들 남쪽에서 바람이 불면
　　　냇가의 수양버들 춤추는 동네
　　　그 속에서 살던 때가 그립습니다.

　　　　　　「고향의 봄」 전문

이 동요는 그 이듬해 이일래(李一來) 곡으로 처음 불리다가 다시 홍난파가 작곡함으로써 일제에 강토를 빼앗긴 민족의 슬픔을 대변하는 일종의 민요이듯 널리 불리게 되었다. 15세 소년이 조국을 고향으로 상징화했다고 보기는 어렵고 단순히 한층 더 어린 시절에 살았었던 창원에의 향수를 동요로 지었던 것이겠으나, 그 노래는 질곡의 시대적 상황을 겪고 있던 민족에게 그리움이란 동질성을 심어주기에 충분했다고 여겨진다.

─────────────

2) 수필 「어머니」.

그의 민족의식은 보통학교 상급반 시절 담임이던 경성사범 출신의 이모라는 교사에 의해 일깨워졌다고 한다. 그 시절 그는 한글로 된 학급신문을 만들어 일본인을 규탄하다가 품행점수를 깎이는 수난까지 겪기도 했다.

2. 고발적 사실주의

1927년 마산공립상업학교에 진학하면서 활동범위를 더욱 넓혀 윤석중(尹石重), 이응규(李應奎), 천정철(千正鐵), 윤복진(尹福鎭), 신고송(申孤松), 서덕출(徐德出), 이정구(李貞求), 최순애(崔順愛) 등과 함께 '기쁨사'의 동인이 되었고, 1928년에는 『어린이』지의 집필동인이 되었다. 그는 1930년 마산상업을 졸업하자 생계를 위해 인근의 함안금융조합에 취직했다.

이 무렵을 전후한 그의 동요에는 카프 영향을 받은 것 같은 가난에 대한 강한 저항의식이 나타나 있다. 가령 "상학종 쳤는데/어떻게 할까/집으로 돌아갈까/들어 가볼까/월사금이 업서서 학교문 밖에/나혼자 섰노라니/눈물만 나네/집으로 돌아가면/우리 어머니/쫓겨온 날 붙들고/또 울겠고나/오늘도 산에 올라/일본 언니께/공책 찢어 슬픈 마음/편지나 쓸까"라는 「교문 밖에서」나 "유리창에 비넘치는 컴컴한 저녁에/오늘도 벌소제다 나흘재나 벌소제/우리들은 날마다 꾸중듣는 놈/월사금 못냇다고 벌만 쓰는 놈/너 집은 십리길/내 집은 재넘어/쏟아지는 이 비에 냇물이 붙엇겟다/얘야 너도 점심굶고 눈이 둘니늬/마루다다 맥업시 느러젓구나"고 한 「벌소제」와 같은 작품들은 그 무렵 가난한 어린이들의 아픔을 대변한 대표적인 것들이었다.

그는 「벌소제」의 작자의 말을 통해 "동무들아 나의 노래가 거칠다 말어라. 나는 아름다운 노래부를 행복스런 새가 아니었다"라는 선언까지 토해 놓고 있는 것이다. 그 무렵 그의 동요 내지는 동시에 나타나는 여인상은 주로 누나거나 언니(남자 아이가 형을 부를 때의 호칭이 아니라 여자 아이가 여자 형을 부를 때의 호칭으로서의)가 등장하는데 그들은 대개가 공장에서 실을 뽑는 일을 하거나, 광산에서 돌을 깨는 일, 상점을 보는 일, 또는 아이 보는 일을 하는 근로자들의 표상으로 나타난다.

> 일제하에서 그리고 지독한 봉건성 속에서, 생활의 빈곤을 운명처럼 당해 오는 민족의, 그 중에서도 가난한 어린시절을 가진 나는, 내 주위의 그 많은 딱한 사람들, 어린 사람들의 생활과 감정을 내것으로 여기고 살아왔다. 그래서 나의 동시에는 궁한 삶이 여기저기에 드러나 있고, 슬픔과 분노가 흐르고 있다.[3]

---

3) 「나의 동시와 나의 생활」, 이원수동시선집 『너를부른다』, 創作과 批評社刊, 1979년.

그러나 1935년 이후 그의 현실주의적인 요소는 다소 누그러지고 있다. 아마도 그것은 1935년 독서그룹 사건으로 나영철(羅英哲), 김문주(金文珠), 제상목(諸祥穆), 양우정(梁雨庭 · 뒤에 국회의원), 황갑수(黃甲洙) 등과 함께 검거되어 1년간 감방 생활을 했던 것과 무관하지는 않을 것이다.

"내가 그분을 처음 알게 된 것은 윤석중씨가 편집하던『굴렁쇠』의 지면을 통해서였어요. 그후 우리는 동인으로서 서신을 주고받고 지냈는데 결국은 그분의 청혼으로 1936년 결혼을 하게 되었지요. 실은 보다 앞서 결혼을 할 것이었으나 독서그룹 사건으로 늦어진 것입니다"(미망인 최순애 회고담).

1927년『어린이』1월호에 14세란 나이로「가을」이란 동요를 발표했고 1930년에는『학생』4월호에「오빠생각」을 박태준(朴泰俊)곡과 함께 실었던 오늘의 미망인 최순애(崔順愛)는 원래 경기 수원성내 북수리 125번지 사람으로 당시에는 신진 아동문학가로 미래가 촉망되는 여류였으나 이원수와의 결혼 이후 작품을 쓰지 않았고 갖은 고초를 겪으면서도 그를 뒷바라지하는 데에 일생을 바쳤다.

결혼하고 1년 동안 무직자로 마산 산호동 셋집에서 살았던 그는 1937년 다시 함안 금융조합에 복직하여 함안 역전 말산리에서 살았다.

3.아동문학 장편소설의 개척자

1945년 8 · 15 광복이 되자 그해 그는 동서의 알선으로 경기공업고등학교에 직장을 얻어 서울로 왔다.

그러나 이태 뒤에 학교를 그만두고 박문출판사의 편집 책임자로 일하면서 꾸준히 작품 활동을 했다. 이 무렵 그는 동요 동시만의 세계에서 산문문학으로의 영역을 넓히는 작업을 꾀하고 있었다. 이재철(李在徹)은 그의『한국현대 아동문학사(韓國現代 兒童文學史)』에서 이원수의 공적 중의 하나를 다음과 같이 설명하고 있다. "1949년에 발표한「숲속나라」는 최초의 장편동화로서, 줄거리만으로 된 전래동화나 정경묘사도 픽션도 거의 없는 생활동화 수준을 뛰어넘어 소설적인 구성과 표현을 시도했다는 점에서 특기 할 만한 작품이었다. 뿐만 아니라 1954년에 출간된 자전적인『오월(五月)의 노래』와 잇달은 소년소설들 역시 한국적 아동상을 환상

<사진 2> 이원수의 유필. 그는 자신에 대해 무척 꼼꼼한 일면을 가지고 있는 듯, 자세한 자필 연보를 남겼다.

과 현실 속에서 구축하려고 노력한 한
국아동문학 속에서의 장편 산문문학
의 가능성을 모색한 본격적 작업이었
던 것이다."

<사진 3> 이원수의 작품집들.

『오월(五月)의 노래』는 일제치하를
배경으로 하고 있는 소년소설로 어린
이들이 어떻게 한글을 지켜 가려고 했
으며 어떻게 민족의식을 배우고 고취
시켜 갔는가를 서정적으로 펼쳐 보인
작품이었다. 이 작품에는 불행한 현실을 딛고 일어나 희망찬 앞날을 향해 전진하는 어
린이들의 용기와 슬기와 화합의 정신이 잘 부각되어 있다.

그의 문학상의 발전적 변모에도 불구하고 개인적으로는 매우 불행한 일을 겪고 있었
으며 그는 6 · 25 전란의 와중에서 그의 3녀 상옥(祥玉)을 잃어버렸다. 그래서 그 뒤에 나
온 동화나 소년소설에 자주 "고아적 면모를 가진 아동상"이 등장하고 그들은 "예외없이
그 끊임없는 끈기와 노력으로 현실적 불행을 극복하고 행복한 상태에 도달하는 게 특
징"4)으로 나타나는데 그것은 한 아버지의 부정(父情)의 다른 표현이기도 한 것이었다.

한편 그는 1950년대와 1960년대를 관류하면서 강소천의 현실 긍정과 교화성을 비판
하였고 아동문학에서의 현실 비판을 옹호하는 이론적 바탕을 나름대로 수립해 나갔다.

"그는 어느 작품 속에 피아노만 등장해도 좋아 하지 않았다. 그는 늘 정신적으로나
물질적으로 부족하고 불행한 어린이들에게 희망과 용기를 불어넣어주는 작품을 써야
한다고 말했다. 그는 값비싼 술집에는 가지 않았고 맥주는 입에 대지도 않았다. 그는 서
민의 편에서 서민으로 살면서 서민적으로 어린이를 사랑하다가 서민적으로 죽은 아동
문학가였다"(이영호 회고담).

참으로 그의 문학적 신념은 초기나 후기에나 꾸준히 변함없이 일관하고 있다. 후기
의 대표작품에 드는 「호수 속의 오두막집」만 하더라도 동화에 속하는 환상적인 작품인
것 같으면서도 성인문학에서나 볼 수 있는 리얼리티가 여실히 드러나 있다. 6 · 25 전란
때 행방불명이 된 아들을 기다리는 할머니의 염원은 할머니가 사는 집이 수몰지구로 화
하는 현실의 도전 앞에 무참히 깨어진다. 아들이 북으로 갔다고 믿고 있는 할머니는 아
들이 나타날 때는 야음을 이용하여 살며시 나타날 터인데 집이 없어지면 아들이 올 수
가 없다고 생각하는 것이다. 한사코 떠날 수가 없다고 버티지만 강을 막아 호수를 만드
는 역사적 사업이 한 노파로 말미암아 중단될 수는 없다. 결국 할머니는 이사를 가게 되

---

4) 李在徹, 『韓國現代兒童文學史』, 一志社刊, 1978년.

고 충격으로 곧 죽는다. 한데 그 뒤 호숫가 사람들은 바람이 잔잔한 날이면 물속에 할머니의 집만이 아니라 다듬이질을 하는 할머니의 모습도 보인다고 말한다.

그 말을 듣고 다 본 손녀딸 숙희도 그것을 확인하고 언젠가 아버지가 돌아올 것이라는 믿음을 가지고 호숫가 길가에 다음과 같은 나무푯말을 세우는 것이다.

"아버지 서진규의 집. 이 호수 속에 있음. -장수리국민학교 6년 서숙희-"

이원수는 1970년 그동안 살아오던 답십리를 떠나 관악구 남현동 예술인 마을로 이사를 했다. 그는 이듬해 같이 살던 손자를 아들이 유학 중인 미국으로 떠나보냈는데 「라일락과 그네와 총」, 「원이와 감나무」 같은 짧막한 동화에는 노년의 쓸쓸한 심경이 애절히 드러나 있다.

"그는 외유내강한 사람이었다. 고집이 세고 자기만을 아는 에고이스트적인 면도 없지 않았다"(김영일 회고담).

"겉으로는 여성적으로 보이지만 머리 회전이 빠르고 유머에 능한 분이었다"(박홍근 회고담).

이 무렵부터 그는 거의 매일이다시피 저녁때가 되면 시내로 외출을 하여 종로 2가에 있는 디즈니 다방에 들렀다가 친구나 후배 문인들과 함께 뒷골목 '삼미집'으로 가서 술을 마시고 노래를 불렀다. 그러한 일과가 10년 가까이 계속 되었다. 1979년 12월 그는 오른쪽 볼 안에 이상한 것이 생겨 서울대학병원에 가 진찰을 하니 구강암이라 했다. 그는 수술을 받은 뒤에도 술을 마셨으나 6월부터 5주간 방사선 치료를 받은 뒤로는 외출도 하지 못하는 투병생활을 계속하다가 1981년 1월 24일 오후 8시 21분 자택에서 세상을 떠났다. 그는 세상을 떠나기 앞서 부인에게 이렇게 말했다.

"멋있게 살다 간다. 마음에 맞는 친구들 사귀고, 하고 싶은 일하고, 여한이 없다."

◆ 연보

1911년	음 11월 17일 경남 양산읍 북정리에서 부 월성 이씨 문술(文術)과 모 진순남(陳順南)과의 사이에서 태어남.
1912년	창원읍 중동으로 이사.
1916년	(5세) 창원 소답리 서당에서 동몽선습, 통감, 연주시(聯珠詩)등을 배움.
1921년	(10세) 경남 김해군 진영리로 이사.
1922년	(11세) 경남 마산시 오동동 71번지로 이사. 마산공립보통학교 2학년 입학.
1925년	(14세) 부친 타계.
1926년	(15세) 동요「고향의 봄」이 『어린이』지 4월호에 입선, 게재됨. 학급신문을 편집 등사. 산호, 양덕의 야간강습소 교사.
1927년	(16세)마산공립보통학교 졸업, 마산공립상업학교 입학. 윤석중, 천정철, 윤복진, 신고송, 서덕출, 이정구, 최순애 등과 아동문학 동인회 '기쁨사'의 동인이 됨. 동요「고향의 봄」이 이일래 작곡으로 불리다 뒤이어 홍난파 작곡이 나옴. 동요「섣달 금음밤」(어린이 1월호) 발표.
1929년	(18세)학생시「봄 저녁」(학생 5월호), 독자 입선소설「은반지」(어린이 5월호), 동시「헌 모자」(동아일보) 등을 발표.
1930년	(19세) 마산공립 상업학교 졸업, 경남 함안군 함안금융조합 근무. 동요「잘 가거라」(어린이 9월호), 「교문 밖에서」(어린이 10월호), 「꽃씨 뿌리세」(학생 4월호), 「나도 용사」, 수필「신록의 아침」(이상 학생 5월호) 등 발표.
1931년	(20세) 조요(吊謠)「슲은 리별」, 동요「장터가는 날」(이상 어린이 고 방정환선생 추도호) 등 발표.
1932년	(21세) 동시「벌소제」(어린이 8월호)등 발표.
1935년	(24세) 독서그룹 사건으로 피검, 마산형무소에서 1년.
1936년	(25세) 동요작가 최순애(崔順愛)와 결혼.
1937년	(26세) 함안금융조합에 복직. 장남 경화(京樺) 출생.
1939년	(28세) 차남 창화(昌樺) 출생.
1941년	(30세) 장녀 영옥(瑛玉) 출생.
1945년	(34세) 차녀 정옥(貞玉) 출생. 10월에 서울 경기공업학교에 근무.
1947년	(36세) 동요동시집『종달새』(새동무사) 간행.
1948년	(37세) 3녀 상옥(祥玉) 출생. 동시「성묘」(어린이 7 · 8월호 합호), 「가을밤」(어린이 10월호) 발표.
1949년	(38세) 그림 동화집『어린이의 나라』, 『봄잔치』(이상 박문출판사) 간행. 장편동화「숲속나라」(어린이 나라), 소년소설「5월의 노래」(진달래)를 각각 연재. 모친타계. 동요「고향은 천릿길」(어린이 10월호) 등 발표.
1950년	(39세) 3남 용화(龍樺) 출생.
1951년	(40세) 동두천 미군부대 근무.

1952년	(41세) 대구에서 오창근(吳昌根), 김원용(金元龍)과 함께 아동월간지『소년세계』 창간.
1955년	(44세) 아동 월간지『어린이 세계』주간.
1956년	(45세) 답십리로 이사.
1958년	(47세)『국민학교 글짓기본』(신구문화사) 간행. 소년소설「꽃바람 속에」(국민학교 어린이) 연재.
1960년	(49세) 3인수필집『비·커피·운치』(수학사), 동화집『파란 구슬』(인문각) 간행.
1961년	(50세) 장편 소년소설『민들레의 노래』(학원사),『이원수작품집-한국아동문학전집 제5권』(민중서관),『이원수아동문학독본』(을유문화사), 장편동화『구름과 소녀』(현대사) 간행.
1962년	(51세)『어린이문학독본』(춘조사) 간행.
1963년	(52세)『이원수 쓴 전래동화』(아인각 [亞人閣]), 소년소설집『초록 언덕을 가는 전차』(계진 문화사) 간행.
1964년	(53세) 동시집『빨간 열매』(아인각), 장편 소년소설『산의 합창』(구미서관) 간행.
1965년	(54세)『한국동화집』(삼화출판사) 간행. 경희대 초대 여자 강사.
1966년	(55세)「아동문학입문」(교육자료) 연재. 동화집『보리가 패면』(숭문사) 간행.
1968년	(57세) 마산 산호공원에 노래비가 세워짐. 장편 소년소설『메아리 소년』(대한기독교서회) 간행.
1969년	(58세) 창작집『시가 있는 산책길』(경학사) 간행.
1970년	(59세) 답십리에서 관악구 남현동 예술인 마을 A지구 5의 14로 이사.
1971년	(60세) 한국아동문학가협회 회장. 회갑기념문집『고향의 봄』(아중문화사)이 간행됨.
1972년	(61세) 장편 소년소설『꽃바람 속에』(경학사) 간행.
1973년	(62세) 장편 동화『잔디숲 속의 이쁜이』(계몽사) 간행. 한국문학상 수상.
1974년	(63세) 장편 소년소설『바람아 불어라』(대광출판사) 간행. 대한민국 문화예술상 수상.
1975년	(64세) 동화집『호수 속의 오두막집』(세종문화사),『불꽃의 깃발』(교학사) 간행.
1976년	(65세) 동화집『꼬마 옥이』(창작과 비평사), 수필집『영광스런 고독』(범우사) 간행.
1978년	(67세) 동화집『아버지와 아들』(월간목회사),『귀여운 손』(예림당) 간행. 예술원상 수상.
1979년	(68세) 소년소설『지혜의 언덕』(분도출판사) 등 간행. 구강암으로 서울대학병원에서 수술받다.
1980년	(69세) 손동인(孫東仁)공저『한국전래동화집』5권(창작과 비평사) 간행. 대한민국 문학상 수상.
1981년	(70세) 1월 24일 오후 8시 21분 타계. 경기 용인공원묘지에 안장.

◆ 도움말 주신 분(1982년 현재)

崔順愛   68 · 미망인 · 서울 관악구 남현동 예술인마을 A지구 5의 14.

朴洪根　　63 · 친지 · 아동문학가.
金英一　　68 · 친지 · 아동문학가.
李榮浩　　46 · 후학 · 아동문학가.

◆ 관계문헌

李相鉉,『韓國兒童文學論』, 同和出版公社刊, 1976년.
李在徹,『韓國現代兒童文學史』, 一志社刊, 1978년.
朴洪根,「稀有의 文才―故 李元壽선생의 문학과 인간」,『月刊文學』1981년 4월호.

白 信 愛

(소설가 1908~1939)

1. 영천 거상(巨商)의 딸

프로문학이 퇴조 현상을 보이고 있던 1930년을 전후로 하여 작품을 쓰기 시작하였던 여류 소설가 백신애는 1930년대 말 그의 죽음과 함께 10여 편 남짓 작품을 남겼을 뿐채 문학의 꽃을 피우지 못하고 지고 말았다.

"그저 내 스스로 타고난 정열 그것만 가지고 주위의 말 못할 억압과 혼자 분투해 왔다고 할까요. 나의 문학의 길은, 돌아보면 고초롭고 쓸쓸하답니다."

31세로 죽기 1년 전, 이렇게 피력하고 있는 것처럼 그의 짧은 일생은 파란만장의 그것이었으며, 당대에서도 찾기가 쉽지 않은 정열과 혈기가 넘치는 여류의 면모를 보여준다.

그의 문학은 경향파적 성격을 띠고 있었던 것이 사실이지만 「적빈(赤貧)」과 같은 작품은 리얼리스틱한 설득력을 가지고 있어 오늘날도 우수한 단편소설로 평가된다.

> 지금으로부터 30年前 慶北 永川邑에서 우리 父母님이 맑은 五月의 蒼空이 저물은 어느 날 밤 비둘기 한쌍을 꿈꾸시고 나를 낳았다 합니다. 내가 나던 날부터 財數가 좋으셨다고 하여 父母님은 무척 나를 사랑하셨어요. 그러나 나는 나면서부터 병약하고 못난이여서, 늘 앓는 중에 자랐다나요.[1]

백신애의 영천 창구동 생가의 옛 모습이라고는 조금도 남아 있지 않고 대신 2백 평 넘는 대지 위에 병원 건물이 들어앉고, 뒤쪽은 입원실로 쓰이고 있었다. 그러나 그 자리는 예나 지금이나 영천읍의 중심지로서 대구와 경주, 그리고 포항으로 뻗는 갈림길의 모퉁이었다. 그의 부친은 5형제 중 장남, 영천에서는 이름난 거상으로, 주로 미곡을 취급하고 정미소를 경영하였다. "백씨 5형제네 돈이 마르면 영천에 돈이 마른다"는 말이 날 정도였다니까 당시 백씨의 상인적 세도는 당당한 것이었다. 그런 반면에 일대에서는 많은 상업적 경쟁자들을 가지게 되었으며, 때로는 상대적으로 인심이 사납다는 말까지 들었다.

---

[1] 「自敍小傳」, 『女流短篇傑作集』, 朝光社刊, 1939년.

백신애가 태어났을 때 5세 연장인 오빠 기호(基浩)가 있었을 뿐 외동딸이었다. 대가의 귀염받이는 여간한 것이 아니었으나 부친은 여자에 대하여 완고했다.

그는 5세 나던 때부터 사숙에서 한문을 익히고 여학교 강의록을 배웠다. 부친은 신학문에 접할 기회를 주지 않았기 때문에 어려서는 신식 학교에 가까이 하지를 못했다.

"내 기억으로는 11세(만 10세)때에도 보통학교에는 가지 않았다. 그러나 향교에 보내느라고 점심을 싸준 것은 기억난다. 아주 총명하고 재주가 비상하게 뛰어나서 귀염을 받았다. 어려서 이름을 무잠(武쏙)이라 불렀는데 눈이 커서 '눈깔이'라는 별명도 가졌다."

<사진 1> 어려서부터 재주가 뛰어나고 총명했던 백신애는 31세라는 짧은 나이를 생의 열정으로 끝냈다. 죽기 직전 30세 때의 모습.

그 옛날 집터에서 5백여 미터 떨어진 과전동에서 홀로 불가에 의탁한 채 조용히 살고 있는 그의 숙모 김씨는 그가 꽤 조숙했다고 전했다. 백신애는 소학, 중용, 대학을 책거리하면서도 오빠 기호의 탐정소설, 고대 소설들을 읽는 데에도 게을리하지 않았다. 15세가 되었을 때 여학교에 가고 싶다는 소원을 부친에게 말했다가 거절당하고, 겨우 허락된 것이 대구 도립사범학교 강습과였다. 1925년 17세 되던 해 대구사범을 1년 만에 수료하고 영천 공립보통학교에 교사가 되어 돌아갔다. 그는 이미 그 나이에 사회인으로서의 당당한 길을 걷고 있었다. 이듬해는 자인(慈仁) 공립보통학교로 전임되고 이 무렵에 첫사랑의 쓰디쓴 맛을 보았다.

그동안 兒童들과 情도 들만큼 들었던 것이었으나 버림받은 사랑 앞에서 모든 것이 귀찮았던 것인지 아동들에겐 한 마디 인사도 물론 없었다. 그길로 大邱에 와서 洪南女史(李洪南·친구)와 함께 밤새 설움과 안타까움의 눈물을 뿌려놓고 洪南여사의 간곡한 만류도 아랑곳 없이 서울로 行次했던 것이다.[2]

이러한 심경의 작용도 있었겠으나 "여자대학생이 돼 보고 싶어 갖은 애를 다 쓰는 중에 오빠에게 감화되어 서울로 뺑소니쳐"[3] 올라갔던 것이다.

2) 李潤守,「白信愛女史의 傳記」,『씨뿌린 사람들』.
3)「自敍小傳」,『白信愛短篇傑作集』, 朝光社刊, 1937년.

2. 시베리아 방랑

1927년 봄, 그의 열정적이고 이상에 찬 청춘은 독립운동의 한 방편으로 여성 계몽운동에 뛰어들게 하였다. 이 무렵 '여성동우회'니 '여자청년동맹' 등에 가입하여 기염을 토하고, 전국을 돌며 강연회에서 연설을 하기도 했다. 그가 일본경찰의 요시찰 인물이 되었던 것은 이 시절이었다.

백신애는 이후 시베리아 벌판을 잠시 헤매기도 했는데 그 목적이 무엇인지는 가까운 사람에게도 알리지 않았다.

"맨발로 시베리아를 헤매었다"(소설가 강노향 · 전언)고도 하고, "사흘을 굶어 기진맥진하여 초원에 쓰러진 것을 러시아의 한 노파가 구해 닭을 고아 먹여 살려냈다"(사촌 여동생 백복잠 · 전언)고도 하는 것으로 보아 어쩌면 무계획적인 여행이 아니었나 추측된다.

이에 대해서는 국민신보 1939년 4월 23일자에 실린 그의 여행기 「나의 시베리아 방랑기」(日文)가 여러 가지 사실을 밝히고 있을 것으로 보이는데, 필자는 유감스럽게도 이 기행문을 입수하지 못했다.

거상의 외딸로 남부첩지 않은 생활을 할 수 있었으나 그는 가정적인 여성이기보다 사회적 여성으로서의 성격이 더 강했던 것 같다. 그의 이상은 한 여인으로서만 안주하도록 내버려 두지 않았다.

또한 그의 감성은 자신보다도 가난한 사람들을 위하여 예민했고, 그들에게 동정하고 그 세계를 이해하려는 데 기울어졌다. 뒤에 그의 부친이 경영하던 과수원에서 일하던 사람들에게 기울인 애정은 이러한 그의 일면을 보인 것이다.

백신애는 1929년 조선일보 신춘문예 모집에 「나의 어머니」가 당선됨으로써 문단에 데뷔하게 되었다. 그때의 필명은 박계화(朴啓華)였는데, 그는 하룻밤 사이에 이 작품을 써내 응모했던 것이다. 박계화란 이름은 그의 집에 자주 머물러 있던 이종 사촌인 박계화(朴桂花)의 이름을 음을 같이하여 붙인 것이었다.

「나의 어머니」의 제목이 말하듯이 그는 효녀였다. 부친보다도 모친에게 바친 마음씨는 착했다고 한다.

1930년 백신애는 일본으로 건너갔다. 일본대학 예술과에 적을 두고 문학과 연극을 공부했다. 그는 연극의 히로인으로 체홉의 작품에 출연한 적도 있었으나 별로 신통한 반응을 일으키지 못했다. 그는 연극을 중단하고 문학에 전념하였지만 학비 조달은 자신이 해야 했다.

낯선 땅에서 더구나 젊은 여자의 몸으로서는 감당하기 힘든 일이었다. 그러던 어느 날 부친으로부터 곧 귀국하라는 엄명이 떨어졌다.

"돌아와 보니 부산에 배가 수십 채 있는 해운업자의 아들과 결혼하기로 정해 놓았으니 서둘러 채비를 하라는 것이었다. 두말 않고 시집을 가겠다 하고 그날 밤으로 어머니에게만 귀띔을 드리고는 일본으로 다시 건너가고 말았다."

그의 사촌 여동생 복잠은 이렇게 그 때를 회상하면서 그의 부친은 그때부터 딸에 대해서 더욱 엄격해졌다고 필자에게 말했다.

아주 귀국하여 집에 머무르게 된 것은 1932년이었고, 결혼하라는 가족의 성화 속에서 실의의 나날을 보내고 있었다. 1931년에 그의 부친이 과수를 손수 심었다는 경산군 안심면 반야월의 과수원에서 문학에 심혈을 기울인 때도 이 무렵으로 보인다. 당시 1천 그루의 경북 제일의 과수원으로 꼽히는 이곳은, 그 부근이 공장터와 관상수원으로 변하고 있는 오늘날도, 오래 전에 남의 손에 넘어가기는 했어도 윤곽은 그때 그대로 남아있다.

그의 오빠 백기호를 대면 이곳에서 50을 넘은 사람이면 모두 알고 있었다. 반야월역에서 2킬로미터 대구 쪽으로 가서 도로와 철도 사이에 길게 자리잡은 이 과수원 안에는 제법 잘 지었던 살림채가 있었으나 5년 전에 실화(失火)로 없어지고, 다른 모습의 집이 들어섰다.

1933년 그는 이곳에서 시베리아 방랑의 경험을 살려 시베리아 한국인의 생활상을 그린 단편 「꺼래이」를 써서 『신여성(新女性)』 2월호에 발표하고, 이듬해 그의 대표작이라 할 「적빈(赤貧)」을 『개벽』지 11월호를 통해 세상에 내놓았다.

<사진 2> 영천 창구동의 백씨 집안은 5형제가 한데 모여 살았던 대가족이었다. 앞줄 오른쪽에 서있는 소녀가 백신애, 그 옆이 그의 어머니, 바로 뒤가 부친 백내유, 그 오른쪽이 조모.

모두들 '매촌댁 늙은이'하면 의례이 더럽고 불쌍하고 얄미운 거러지보다 더 가난한 늙은이다 하는 멸시의 대상자로 여기는 것이었으므로 요즈음 와서는 간혹 '매촌네 늙은이'라고 '댁'자를 '네'자로 툭 떨어뜨려 부르는 사람도 있어졌으나 늙은이 역시 의례이 자기는 거러지보다도 못한 사람이거니……하여 부르는 편이나 불리는 편이 피차 부자연함을 느끼지 않게 되었다.

비교적 차분한 문장으로 시작되는 「적빈」은 무력한 두 아들과 며느리를 거느린 '매촌댁 늙은이'의 생명에 대한 애착심이 끈질기게 그려져 있다.

백신애가 즐겨 다룬 소설의 등장인물은 이처럼 여자가 품팔이를 하고 남자는 술과 노름으로 놀아나는 기생자로 표현되고 있는데, 「적빈」과 함께 말년의 「호도(糊塗)」는 그 좋은 예이다. 김동인의 「감자」를 연상케 하는 배경이지만 「감자」의 여주인공과는 달리 「호도」의 '옥계댁'은 현실과 타협하지 못하는 고지식한 여인형이다. 굶주림에 본능적으로 상량식(上樑式)의 콩나물을 집어 먹은 것이 죽음을 불러 오는 비극을 그리고 있다.

"언니는 과수원에서 일하는 여인네들에게서 이와 비슷한 인상을 얻었을 것이다. 그는 참으로 인자한 면이 있어 과수원에서 일하는 아이들을 모아놓고 글도 가르쳤다. 과수원의 과실이 바람에 떨어지면 어른들은 걱정을 했으나 언니는 오히려 좋아했다"(백복잠 회고담).

3. 미완성 파국(破局)

그는 「꺼래이」를 쓴 해 부친의 재촉에 견디다 못하여 스스로 나서서 신랑을 구하고 결혼을 했으나 신혼 초야부터 언쟁을 하였다고 한다. 밀양 모 은행의 지배인이던 이모라는 사람이었는데, 그들의 부부관은 애초부터 맞지 않았던 것 같다. 하객이 몰려 반야월의 역원마저 감탄했었던 그 성대한 결혼도 부친이 사망하자 결혼 2년 만에 1935년 이혼으로 끝장나고 말았다.

백신애는 결혼 전부터 위가 좋지 않아 죽을 자주 먹었다. 이혼을 할 무렵에는 이런 증세가 더욱 심해졌다. 그가 새로운 각오로 문학을 하려고 서울로 갔을 때는 얼굴이 한층 여위어 있었다. 잡지 여기자를 하면서 문우들을 사귀고 때로는 술도 마셨다.

"나는 중일전쟁이 일어나고 1938년이 되자 아예 붓을 꺾고 중국 상해로 들어갔다. 그해 가을 그의 오빠와 함께 상해로 나를 찾아왔다. 그의 오빠는 무역 관계 상무로 온 것 같았지만 오빠가 신간회에 관계를 맺고 있었는지도 모르겠다"라고 소설가 강노향(姜鷺鄕)은 그 당시를 회고했다.

그 때의 인상은 부잣집 딸이어서인지 씀씀이가 크고 활달한 성격에 사고의 폭이 넓었다. "술도 제법 하여 유태인계의 바에 자주 드나들었고" 상해에 1개월 동안 머무르면서 개방적인 생활을 했다. 표표한 성격, 검은 빛깔을 기조로 하는 그의 양장은 돋보였다. "고국에 갔다가 다시 오겠다"는 말을 강노향에게 남기고 돌아간 그는 상해로 곧 달려올 듯한 편지를 띄었으나 끝내 소식이 끊겼다.

과자 한두 개 먹어도 위통을 일으킨 그의 병증세는 상해(上海)고, 문학이고 하나도 이루지 못할 꿈으로 남았던 것이다. 1939년 봄 그는 몸져누웠고 5월에는 서울대학병원에 입원하였다. 그는 췌장암으로 6월 25일 병원에서 31세를 일기로 눈을 감았다.

"그의 병원 침대가에는 원고 뭉치가 꽤 많은 분량 남아 있었다고 하는데 누군가 출판을 하겠다고 가지고 간 뒤 유고를 찾지 못하고 있다. 게다가 6 · 25를 전후하여 나의 시부 되시는 기호씨와 그 아들이 세상을 떠나니 그가 세상에 남긴 작품 하나 제대로 보관하고 있지 못하다" 백신애 오빠 기호의 며느리인 계명대학교 교수 허필숙(許必淑)은 이렇게 털어놓으며 쓸쓸한 심정을 감추지 못했다.

그의 인생은 문학에의 성숙을 시도할 수 있는 경험을 축적하고 있었지만 내면세계를 채 정리할 여유도 없이 끝나니 유처도 없는 한 여류에 대한 애석함이 남는 것이다.

◆ 연보

1908년   5월 19일 경북 영천읍 창구동에서 부 수원 백씨 내유(乃酉)의 남매 중 둘째로 출
          생. 부친은 큰 미곡상을 경영했음.
1923년   (15세) 향교에서 한문과 여학교 강의록을 배움. 소학, 중용, 대학을 거침.
1924년   (16세) 대구사범학교 강습과 입학.
1925년   (17세) 대구사범학교 강습과 졸업. 영천공립보통학교 교원으로 부임.
1926년   (18세) 자인공립보통학교로 전임. 가족과 함께 대구 내당동으로 이사. 상경. 부친
          은 대구에서 조양정미소 경영.
1927년   (19세) 여성동우회, 여자청년동맹 등에 가입하여 여성 계몽운동에 참가, 여성 계
          몽 지방 순례. 이 무렵을 전후하여 러시아 블라디보스톡에 다녀옴.
1929년   (21세) 조선일보 신춘문예에 박계화란 이름으로 단편소설「나의 어머니」당선.
1930년   (22세) 도일, 일본대학 예술과에 적을 둠. 가을 귀국했으나 부친의 결혼 권유에 도
          망, 재차 도일. 연극에 경도.
1931년   (23세) 부친이 경상군 안심면 반야월에 과수 1천 그루의 대과수원을 경영하면서
          그의 모친은 이곳에 상주.
1932년   (24세) 귀국.
1933년   (25세) 봄 밀양 모 은행에 근무하던 이모씨와 결혼. 단편「꺼래이」(신여성 2월호).
1934년   (26세) 단편「적빈(赤貧)」(개벽 11월호), 수필「백합화단」(중앙 4월호) 발표. 부친
          사망.
1935년   (27세) 이모와 이혼. 수필「납랑이제(納浪二題)」(조선문단 8월호), 「무상(無常)의
          낙」(삼천리 3월호), 단편「정현수(鄭賢洙)」(조선문단 12월호) 발표.
1936년   (28세) 단편「정조원(貞燥怨)」(삼천리 8월호), 「식곤(食困)」(비판 7월호), 수필「울
          음」, 「철없는 사회자」(중앙 4월호) 발표.
1937년   (29세) 단편「광인수기」(조선일보), 수필「춘맹(春萌)」(조광 4월호), 「녹음하(下)」
          (조광 6월호), 「동화사(桐華寺)」(조광 8월호) 발표.
1938년   (30세) 단편「소독부(小毒婦)」(조광 7월호), 「일여인(一女人)」(사해공론 9월호) 발
          표, 가을 중국 상해로 감. 동행은 오빠 기호(基浩)로서 그는 상업 관계로 갔으나 일
          본 경찰이 이들을 미행. 상해 학생으로 있던 강노향(姜鷺鄕)과 만남. 1개월 만에
          귀국.
1939년   (31세) 『여류단편걸작집』(조광사)에 단편「채색교(彩色橋)」, 「호도(糊塗)」수록.
          수필「봄볕을 받으며」(국민신보 4월 9일자), 기행문「나의 시베리아 방랑기」(국
          민신보 4월 23일자) 발표. 봄부터 6월 25일 지병인 위장병으로 몸져눕다가 5월
          성대부속병원에 입원. 1개월 후인 6월 25일 31세를 일기로 세상을 떠남. 화장한
          뒤 그의 유처는 없다 함. 연대, 발표지 미상의「꼬마각시」, 「옥비녀」등의 단편이
          있음.

◆ 도움말 주신 분 (1973년 현재)

許必淑   45 · 질부 · 계명대 교수
白福쏙   57 · 사촌 · 서울 서대문구 대조동 89의 65
姜鷺鄕   59 · 교유 · 소설가
叔母 金氏   75 · 경북 영천읍 과전동

◆ 관계 문헌

李沐雨, 『씨뿌린 사람들』, 大邱刊, 1959년.

李 石 薰

(소설가 1970~?)

1. 정주읍(定州邑)서 출생

1930년 희곡 「궐녀(厥女)는 왜 자살했는가」가 동아일보 신춘문예에 당선함으로써 문단에 나온 뒤, 장편소설 「황혼(黃昏)의 노래」를 『신동아』에 연재하고부터 성가를 올렸던 이석훈은 다듬어진 섬세한 문장으로 초기에는 지식인의 농촌문제에 대한 관심을 내용으로 하는 일련의 소설을 쓰더니 1930년대 초 일문(日文)으로 소설을 썼던 것을 반성하는 뜻에서 광복 후에는 한동안 작품 발표를 스스로 중단하기도 했었다. 6·25전쟁 때 행방불명이 된 그의 인생행로는 고향 선배작가인 이광수와 같은 궤적을 따라 간 듯한 인상을 짙게 풍긴다.

> 故鄉을 떠난지도 旣久하야, 故土의 春光도 記憶이 흐미하다. 않으려고 할 수 없이 故鄉을 등진 나에게 다만 우울한 記憶만이 뚜렷하다.
> 灰色의 베일 저쪽에 定州城의 北將臺를 바라본다. 올라서면 定州고을이 발아래 깔리고, 멀리 南山넘어 아즈랑이 아물거리는 저쪽에 艾島一帶의 黃海안바다가 蜃氣樓처럼 바라다 보이는 北將臺一. 그 울창한 松林만은 언제나 故鄉 그리울 때 가장 먼저 幻想에 떠올은다.[1]

이석훈은 1907년 1월 27일 평안북도 정주읍 성내리에서 이준기(李埈基)를 아버지로 방준원(方埈媛)을 어머니로 하여 외아들로 태어났다. 그의 본명은 석훈(錫壎)이었으며 위로 누나 석연(錫姸)을 두었다. 그의 부친은 한때 정주읍장을 지내기도 하고 읍장직을 그만둔 뒤로는 소유하고 있던 과수원을 저당 잡혀 은행대출로 멸치잡이와 멸치가공 공장을 경영했던 사람이었으므로 이석훈은 유년과 소년시절을 유복하게 보낼 수 있었다.

그는 1920년 정주(定州)공립보통학교를 졸업한 후 평양으로 가(평양에도 집이 있었다) 평양 공립고등보통학교에 입학했다.

그는 고보시절 축구와 테니스를 하는 등 운동에 상당한 재질을 보였을 뿐만 아니라

---

1) 수필 「山턱 원두막-定州城의 옛봄」.

영어에도 남다른 실력을 갖추고 있었던 듯이 보이며 문학에 대해 눈을 뜬 것도 그 무렵이었다.

"우리 고향서는 이 섬(신미도)에서 공부를 한 춘원을 위시하여 많은 수재가 났었죠. 우선 시인으로 김안서, 김소월……김소월은 참 뛰어난 소질을 가진 민요 시인이지"라고 후에 「황혼(黃昏)의 노래」를 통해 고향에 대한 문학적 자부심을 피력한 것으로 보아 학교시절부터 그들 선배 문인들에 대한 동경심을 지니고 있었으리라 짐작이 된다.

1925년 평양고보를 졸업한 그는 일본으로 가 조도전(早稻田) 고등학원 문과에 입학했다. 그가 고등학원을 졸업한 것은 틀림없으나 조도전대학에 입학을 했었는지는 분명치가 않다. 그러나 그가 일본에 유

<사진 1> 장편 「황혼의 노래」를 「신동아」에 연재하고 있을 무렵의 이석훈(위).

학하고 있던 3년간 러시아문학을 했던 것은 사실이다. 그의 사(私)소설적인 몇몇 작품의 주인공들이 러시아문학을 공부했던 인물로 나타나는 것도 그것과 무관하지 않다.

"부친께서 학업을 마치지 못하고 1928년 고향으로 돌아오게 된 것은 조부의 멸치가 공 공장에 화재가 남으로써 갑자기 파산을 당하였기 때문이었다. 부친이 어머니(김득신)와 정주에서 결혼을 한 것도 그때였다. 어머니는 정주읍 성외리 출신으로 부친과는 어려서부터 서로 잘 알고 지내던 사이였다고 한다. 어머니는 평양 서문고녀(西間高女)를 나와 결혼 직전까지 평북 용천군 용암포읍의 용암포 보통학교 교원으로 계셨었다"(3남 이승우 전언).

결혼을 한 후 이석훈 부부는 곧 고향을 떠나 1929년에는 경성일보와 매일신보의 춘천특파원으로 갔다. 춘천에 가 있던 3년 동안 그는 부지런히 희곡과 소설에 대한 습작을 했던 것 같다. 그의 작품이 처음 활자화되었던 것은 희곡 「궐녀는 왜 자살을 했는가」가 동아일보 신춘문예에 당선함으로써였는데 그는 뒤에 희곡도 썼으나 소설에 더 집착하여 작가로 입신했다.

한때 개벽사에 있던 그는 1933년 경성방송국에 근무하면서부터 방송인으로 활약했다.

2. 상황(狀況)소설 발표

그의 본격적인 작가 활동은 1933년 단편 「이주민열차(移住民列車)」와 장편 「황혼의 노래」를 발표함으로써 비롯되었다. 「이주민열차」는 폭우로 인한 산사태로 경작지와

집과 아내를 잃고 "궤통 같은 화물차가 길다랗게 연결된 맨꽁무니에 '보기' 차의 다 낡은 객차가 두 대" 달린 그 안에 갓난 젖먹이와 함께 어디론가 알 수 없는 곳으로 이주해 가는 화전민 김서방과 "모두 영양 불량으로 북어같이 말라빠지고 여윈" 이웃들의 암담한 심경을 그린 짤막한 작품이다.

> 이 소설은 어느 한 개인의 얘기를 쓴 게 아니라 이주민이라는 동질의 고통을 당하고 있는 인물 집단 전체가 갖고 있는 공통적 원인에서 발생되고 있다. 그들의 공통적인 문제는 가난과 억압, 또는 핍박인데 그들에게 이런 고통을 가하는 적대적 대상은 역시 개인이 아니라 지배자들이며 그 시대의 상황이다. (중략) 「이주민열차」는 1930년대 소설로는 드물게 사건 위주의 소설형태를 벗어나 시튜에이션 효과를 도입한 작품이다.[2]

장편소설 「황혼의 노래」는 『신동아』 1933년 6월호부터 12월호까지 7개월간에 걸쳐 연재되었던 작품으로 자전적 요소가 강하게 배어있는 작품이다. 이 소설의 줄거리는 대강 다음과 같다.

일본 동경에 유학하여 W대에서 러시아문학을 배우고 있던 주인공 철은 그의 아버지가 황해 S섬에서 경영하고 있는 건하어업(乾蝦漁業)이 어획물이 적은데다 시세의 폭락과 국경지방에 생긴 큰 어업회사로부터 받은 타격으로 인하여 운영이 부진해지자 학비를 댈 수 없으니 고학을 못하겠거든 유학을 단념하라는 아버지의 편지를 받고 마침 신경쇠약을 앓고 있던 차에 5년 만에 고향 정주로 돌아간다. 고향은 많이 변했다. 거리 이쪽에는 경찰서와 금융조합과 중촌(中村)의 16은행과 문화주택이 들어섰고 저쪽은 이와 대조적으로 빈약한 조선인들의 촌락이 자리 잡고 있다. 또 그의 집안도 몰락의 길을 걷고 있었다. 둘째 삼촌은 사업에 실패하자 가족의 생계도 저버리고 북만주로 가버렸고 오촌 당숙은 정신이상자가 되었으며 소작인이던 남산 삼촌은 가난병(貧困病)에다 신병마저 얻어 약은커녕 끼니마저 때우기가 어려운 지경에 놓여 있다. 게다가 아버지는 수입이 없다는 이유로 친척을 도와줄 생각도 않고 철이 또래의 젊은 첩을 데리고 S섬에 들어가 있다.

철은 고향에 돌아와 옛 애인인 혜령을 만나게 되고 청혼을 받지만 절망적인 집안 형편으로 보아 감정의 유희나 연애결혼으로 도피행적 같은 행위를 저지를 수 없다고 생각하여 혜령을 단념한다. 더욱이 팽이와 호미를 쥐고 농촌으로 가는 친구 박군의 브나로드 운동에 감회를 받은 그는 S섬으로 들어가 유지들과 함께 야학을 여는 적극적인 계몽운동에 투신한다.

---

2) 李御寧, 「列車로 응축된 時代狀況」, 『韓國短篇小說 100選』 第7卷, 庚美文化社刊, 1980년.

그가 W대 로문과(露文科)를 선택한 것도 졸업 후 그것을 실천하며 거기서 로서아
적인 침통하고 위대한 농민문학을 창작하야 암매한 농민을 각성시키란 원대한 포부
로부터였다. 그는 '버너드 쇼우'의 예술을 본받지는 않지만 '사회개조'의 "프로퍼갠더
로 문학을 창조한다"는 그의 주장에는 깊은 공명과 존경을 가지는 것이었다.[3]

이러한 포부를 뿌리로 하여 그는 돈의 노예인 아버지와 대결하면서 몽매한 뱃사람들
을 가르치고 협동조합을 만들 꿈을 키우며 스스로 뱃사람의 딸인 보패와 결혼을 단행하
기도 한다. 그러나 어느날 밤 건하 공장에 불이 나고 아버지는 완전히 파산의 지경에 몰
려 그에 대한 박대가 더욱 심해진다. 그는 결국 섬에 더 남아 있을 수가 없었다. 그는 어
머니와 보패와 함께 섬사람들의 환송을 받으며 친구 박군의 농촌으로 가려고 배를 탄다.
이석훈이 「황혼의 노래」에서 보여준 사회개조에의 사상은 구체적인 결실을 맺었다
고 볼 수 는 없으나 그 관심과 의욕은 이광수가 1932년에 동아일보 「흙」을 연재하고 있
었던 것과 김유정이 강원도 춘성군 고향에서 실제로 사회개조 운동을 추진 실천하고 있
었던 것과 상통하는 것이었다.

이석훈도 지식인의 문제를 들고 이 시기에 등장한 작가이다. 「황혼의 노래」(1933년
신동아 연재)는 농촌의 중산계급의 몰락을 시대적 배경으로 하고 대학을 중도에서 그
만둔 지식인을 주인공으로 삼은 작품인데 주인공은 귀향 뒤에 애정문제를 가하여 극도
의 번민을 하다가 농촌운동에 신생활의 의미를 찾는 주제는 당시의 지식인과 농촌계몽
운동과 일맥을 가진 작품이다.[4]

<사진 2> 이하윤의 『실향의 화원』 출판기념회(1933년) 때. 앞줄 좌로부터 심훈, 이
석훈, 이선근 한사람 건너 이하윤, 김진섭, 박용철, 최창규, 가운데 줄 좌로부터 이헌
구, 두사람 건너 송석하(宋錫夏), 두 사람 건너 오일도(吳一島), 조종현(趙宗玄), 함대
훈(咸大勳), 뒷줄 좌로부터 김광섭(金珖燮), 한사람 건너 서항석(徐恒錫).

---

3) 『黃婚의 노래』 재판, 朝鮮出版社刊, 1947년.

그러나 이석훈은 그 후 작품의 주인공과 같은 길을 걷지는 않았다. 그는 경성방송국을 필두로 1937년까지 평양방송국과 함흥방송국을 거치며 방송인으로서 떠돌이 생활을 하는 가운데 「광인기(狂人記)」, 「질투(嫉妒)」, 「가난병」과 같은 일련의 주옥같은 작품을 발표했다.

그의 문장은 섬세하면서도 대륙적인 배경 묘사에 뛰어났다.

> 쌀쌀한 바람은 끊임없이 북장대 폐허를 넘어 미친듯이 마을을 이리저리 달리며 집집의 안마당에 마른 나무잎을 쥐어 뿌리고 또 새로 엮어 세운 숫대울을 시르룽 시르룽 울리었다. 어느듯 보통학교 운동장의 커다란 포푸라나무는 마치 성그른 싸리비를 거구로 세운 것처럼 나무잎 하나 없이 새맑은 하늘 밑에 흐느적 흐느적 몸부림 치고 있었다.

「황혼의 노래」에서의 이와 같은 표현은 사물을 대하는 작가의 치열한 통찰력을 말해 주는 것으로 오늘날의 소설 문장에 비하더라도 조금도 손색이 없는 것이다.

3. 방송국 이후 회오(悔悟)의 방황길

경성방송국 시절 그는 아나운서로도 활약했던 것 같다. "평안도 사투리에다 목청이 우렁차서 가끔 투서도 받았는데 '항아리 속에서 아나운서를 하느냐'는 따위, 한 번은 연희전문 출신의 정문택(鄭文澤)씨와 이석훈씨가 서울운동장 축구경기 중계를 나갔는데, 정씨가 '롱킥'해놓고 나서는 한참 동안 잠잠하다가 이번에는 '혼전(混戰)'-생각하고 보면 점잖고 유장한 중계이기도 했다"고 이하윤은 「나의 방송시절」[5]에서 회고하고 있다. 또 한흑구(韓黑鷗)의 「나의 교유록-효석과 석훈」[6]에 따르면 평양방송국 시절 이석훈이 한흑구에게 '미국의 흑인문학'에 대해 원고를 청탁한 후 검열을 받기 위해 평남 도청을 거쳐 총독부 도서과에 보냈으나 오히려 사상불순으로 도청에 불려가 훈시를 받고 시말서를 쓰고 나와 "한형, 미안해. 흑인문학에 대한 방송원고는 전문삭제를 당했어"했다는 일화도 있다.

"내가 그를 사귀게 된 것은 함흥방송국이 개설되던 1937년께 그가 전근해 와 한설야(韓雪野)와 시인 백석(白石)의 소개로부터 시작되었다. 우리는 그때 윤고종(尹鼓鐘), 한효(韓曉), 한설야 등과 함께 '문예좌(文藝座)'라는 연극단체를 조직하여 방송에도 출연하고 연극

---

4) 白　鐵, 『新文學思潮史,』 新丘文化社刊.

5) 異河潤, 『異河潤選集』, 한샘社刊, 1982년.

6) 韓黑鷗, 수필집 『人生散文』, 一志社刊, 1974년.

도 공연했었다. 그는 부드럽고 착하며 후배를 귀여워해 준 사람이었다"(김송 회고담).

"그는 이상(李霜)처럼 특별히 눈에 띄는 사람은 아니었으나 키가 훨씬 큰 호인이었다"(백철 회고담).

> 효석은 서구의 신사 같은 타이프이었지만 석훈은 키가 크고, 늠름하고 평민 타이프로 미국의 평민 타이프를 대표하던 배우 게리 쿠퍼와 같은 인상을 주는 쾌남아이었다.[7]

그러나 집안의 몰락 이후 자신이 활로를 개척함으로써만이 생계를 유지할 수 있었던 이석훈은 함흥방송국을 끝으로 방송국을 물러나온 뒤 1939년에는 조선일보 『조광지』의 기자로 근무한 바가 있다.

그가 일생의 오점을 남기게 된 시기는 그 뒤에 다가왔다. 그것은 1940년대 초 일제정책에 동조하며 「조용한 폭풍(靜かな嵐)」 등의 일문소설을 썼던 것을 뜻한다. 하지만 자신의 처신에 대한 회의와 갈등에 사로잡혔던 그는 1944년 여름께 만주로 가 단신 정처 없이 방랑을 하며 떠돌았다.

1945년 8·15광복을 맞이하게 되자 그는 20여 일 뒤 서울 종로구 필운동 5번지 집으로 귀가하여 이름을 감추고 러시아어와 일어번역으로 생계를 꾸려갔다. 그는 1947년 1월까지 이렇다 할 작품 한 편 발표하지 않은 채 『백민(白民)』지(김송 발행)의 객원으로 일했다.

> 8.15以後에 本名을 내걸고, 글을 쓰기는 이것이 처음이올시다. 새해부터는 나도 묵은 탈을 벗어버리고, 文學活動을 하여 보리란 것이온데 정작 本名을 내놓고 글을 쓰자니 저윽히 마음이 떨리는 듯하옵니다. (중략) 나는 소위 '國民文學'의 第一線으로부터 만주로 逃避하는 데서 勇敢해지기를 圖謀했습니다. (중략) 滿洲에서 나는 日本帝國主義의 정체를 보다더 明瞭하게 把握했고 日本의 欺瞞政策을 더욱 뼈저리게 認識했읍니다. (중략) 나의 軟弱하고도, 輕妄한 所行이 무한히 後悔 되었읍니다. 그것이 비록 나의 '가난'의 所爲라고 하더라도, 얼마나 羞恥로운 일이겠읍니까? 나는 때로 自己輕蔑로써 내 自身을 채쭉질하며, 絶望과 懊惱에 빠져, 滿洲의 차가운 거리거리를 定處없이 헤매인 적도 있었나이다.[8]

이 글은 짤막하지만 이광수가 「나의 고백」을 집필하기보다 1년 앞서 발표된 것으로 아주 드물게 나타난 반성문이요 양심의 글이었다. 그는 이후 러시아 작가의 두 책을 번

---

7) 韓黑鷗, 위의 책.
8) 隨　想, 「告白」, 『白民』1947년 1월호.

역해 내는 한편 백민 문화사에서 문장 연습의 지침서인「문학감상독본(文學鑑賞讀本)」을 펴냈다. 김송은 "문학청년들에게 인기가 있어 재판을 찍었는데 그때 내가 옥인동 집을 마련해 주었다"고 말한다.

그러나 1948년 해안경비대가 창설된 당시 그는 해군중위로 입대를 했다. 당시 서울의대

<사진 2> 소설집『황혼의 노래』와『문학감상독본』표지.

에 입학했던 장남의 학비를 대자면 안정된 수입처가 있어야했기 때문이었다. 1950년 초 소령까지 진급하여 정훈감 대리의 직까지 올랐던 그는 갑자기 제대를 하고 말았다. 그리고 6 · 25 전쟁이 발발했다.

"부친은 은신하고 있었는데 마침 통의동에 살고 있던 고모가 편찮다는 말을 듣고 그곳에 다녀 나오다가 적선동에서 체포되어 정치보위부(당시 국립도서관 자리)로 끌려갔다. 그뒤 8월 초순과 중순사이 서대문 형무소에 계셨다는 것이 확인이 되었으나…"

그의 3남 이승우(李勝羽)는 그의 생사의 길을 추적해 보지만 더 이상 알 수가 없다고 말한다. 혹자는 납북되었다고 하고 혹자는 피살되었다고 하는데 그의 일생은 한 개인의 불운을 넘어선 민족의 역사적 비극과도 병행한다 할 수 있다.

◆ 연보

1970년   1월 27일 평북 경주 성내리에서 부 단양 이씨 준기(埈基)와 모 방준원(方埈媛)사
         이의 1남 1녀의 독자로 출생. 본명 석훈(錫獯), 호는 금남(琴南). 부친은 정주읍장
         을 지냈으며 후에는 멸치가공 공장을 경영했다 함.
1914년   (7세) 정주공립보통학교 입학.
1920년   (13세) 보통학교 졸업. 평양공립고등보통학교 입학.
1925년   (18세) 고등보통학교 졸업. 일본으로 감. 동경 조도전(早稻田) 고등학원 문과 입
         학. 여기서 러시아어를 전공함.
1928년   (21세) 조도전고등학원 졸업, 귀국. 학업을 더 계속하지 못한 것은 부친의 멸치 가
         공업의 파산으로 인한 것임. 고향인이며 평양 서문고여 출신의 김득신(金得信)과
         결혼. 김득신은 당시 평북 용암포보통학교 교원이었음.
1929년   (22세) 이후 3년간 경성일보와 매일신보의 춘천특파원. 장남 호우(虎羽)출생.
1930년   (23세) 본명으로 희곡「궐녀는 왜 자살했는가」를 동아일보 신춘문에에 투고 당선
         함으로써 데뷔.
1932년   (25세) 춘천에서 서울로 돌아옴. 개벽사 근무. 시「서울구경」(동아일보 3월 10일
         자), 단편「직업고(職業苦)-어떤 신문기자의 일기」(매일신보 5월),「로쟌의 사(死)」,
         논문「신연애론」(신동아 12월호), 수필「가을과 향수」(동광 10월호) 등 발표. 차남
         대우(大羽) 출생.
1933년   (26세) 단편「이주민열차」(제일선 2월호),「그들 형제」(제일선 3월호),「궐녀의
         인생철학」(신여성 8월호),「궐녀의 길」(신여성 10월호), 단편「부부」,「그들의 연
         애」,「참호」,「사모」,「우정」(이상 조선문학 11월호), 장편소설「황혼의 노래」(신
         동아 6월~12월호), 수필「고 송계월양의 푸로필」(신가정 7월호),「낭만적시집」
         (신동아 10월호) 등 발표. 경성방송국 제2 방송과 근무. 극예술연구회 회원.
1934년   (27세) 단편「추(醜)」(중앙 2월호),「한몽(寒夢)」(신여성 4월호),「눈물의 산문시」,
         「광인기」(조선일보 11월22일~12월 1일자), 수필「시3편(詩三篇)」(신동아 2월
         호), 시「춘천풍물시」(월간매신 6월호), 희곡「그 여자의 지옥-일막(一幕)」(중앙
         11월호), 논문「라디오 드라마에 대하여」(극예술 1호) 등 발표.
1935년   (28세) 단편「가난병」(조선문단 5월호),「가을의 일절(一節)」, 수필「금광산과 나」
         (중앙 7월호),「작금의 감상」(학등 8월호),「문예 노트」(학등 9월호),「나와 개구
         리」(조광 11월호), 논문「라디오극과 그 효과에 대하여」(예술 1호),「문예가(文藝
         家)조직 기타」(예술 2호),「우감(偶感)」(조선문단 2월호) 등 발표. 3남 승우(勝羽)
         출생.
1936년   (29세) 단편「결혼」(조광 1월호),「사엽(四葉) 클로버의 꿈」(여성 4월호),「동Q의
         구직」(사해공론 4월호),「Q군과 밤차」(여성 5월호),「회색가(灰色街)」(조선일보
         5월 8일~5월 29일자), 수필「작가 인상기」(중앙 4월호),「산(山)터 원두막」(조광
         4월호) 등 발표. 평양방송국 근무. 평양에서『낙랑문고』를 냄. 평양시 상수리 33
         번지에 살다. 소설집『황혼의 노래』간행.

1937년   (30세) 작가 김유정 추도 특집 「유정과 나」, 수필 「아나운서」(이상 조광 5월호) 등
          발표. 함흥방송국 근무, 함흥에서 운고종, 한효, 한설야, 김송 등과 함께 연극단체
          '문예좌(文藝座)'를 조직.
1938년   (31세) 수필 「따옥새 울음」(조광 3월호), 「초하온천행각」(여성 6월호), 「결혼의
          행복」(사해공론 9월호) 등 발표. 서울로 돌아옴. 방송국 사직.
1939년   (32세) 단편 「카이제르와 이발사」(조광 2월호), 「만추」(문장 7월 임시중간호), 「만
          춘보(晩春譜)」(농업조선 7월호), 「라일락 시절」(문장 8월호) 등 발표. 『조광』, 『여
          성』지 근무.
1940년   (33세) 소설 「백장미부인」(조광 1월호부터) 연재. 단편 「바다의 탄식」(태양2 · 3
          월 합호), 「부채(負債)」(문장 5월호), 「유랑(流浪)」(인문평론 6월호) 등 발표. 4남
          민우(民羽) 출생.
1941년   (34세) 단편 「재출발」(문장 2월호), 「애견가의 수기」(춘추 6월호), 「조용한 폭풍(靜
          かな嵐)」(국민문학 11월호), 희곡 「사비루(泗沘樓)의 달밤」(문장 8월호) 등 발표.
1944년   (37세) 여름 만주로 가 방랑.
1945년   (38세) 8 · 15 광복을 장춘에서 맞다. 9월 서울 종로구 필운동 5번지 집으로 돌아
          오다. 칩거, 번역으로 생활.
1947년   (40세) 친일문학에 대한 반성적 수상문 「고백」(백민 1월호) 발표. B · 고르바또프의
          『행복없는 백성』(창인사) 톨스토이의 『부활』(대성출판사) 번역 간행, 소설집 『황혼
          의 노래』재판(조선출판사) 간행. 서울 종로구 옥인동 157번지 2호로 이사.
1948년   (41세) 단편 「문화촌」(농토) 발표. 해군 정훈장교 중위로 입대.
1949년   (42세) 서울 용산구 이태원동으로 이사.
1950년   (43세) 단편 「고향찾는 사람들」(백민 2월 현역작가 33인집)발표. 연초에 해군 정
          훈감 대리로 근무하다가 소령으로 제대. 6 · 25 전쟁 발발. 7월 9일 종로구 통의동
          누님집에 갔다 나오다가 피체.

◆ 도움말 주신 분(1982년 현재)

李勝羽   47 · 3남 · 서울 신림본동 409번지 238호.
金 松   73 · 친지 문우 · 작가.
白 鐵   74 · 문학평론가.

◆ 관계문헌

白 鐵, 『新文學思潮史』, 新丘文化社刊.
李御寧, 「列車로 응축된 時代狀況」, 『韓國短篇小說 100選』第7卷, 庚美文化社刊, 1980년.
韓黑鷗, 수필집 『人生散文』, 一志社刊, 1974년.

金 永 郎

(시인 1903~1950)

1. 남해 포구(浦口)의 시향(詩香)

영랑 김윤식(金允植)은 우리나라 서정시의 대표적 시인이다. 1930년대 시문학파의 일원으로 정지용(鄭芝溶)과 호각을 겨루며, 북도에 소월이라면 남도에 영랑이라던 그 영롱한 서정의 극치야말로, 오늘에는 아낌없는 찬사를 받으며 입에 오르내리고 있다.

그는 인간적으로 이미 스물도 되기 전에 일제에 항거하는 투사적 기질을 충분히 보여 주었음에도, 시에서 1920년대의 민족주의적 내용을 극복한 특이한 존재이기도 하다. 아마도 그의 정렬적 성격은 외향성을 띠기보다는 안으로 뚫어, 한국적 고유의 정서를 미화하고 민족 수난의 한과 비애를 정화된 가락으로 두들겨 내었나 보다.

영랑의 시심이 뿌리를 내린 전남 강진의 탑동 생가 뜰에는 마침 때가 삼동의 가운데라지만 「모란이 피기까지는」의 '삼백 예순 날' 봄을 기다리던 자취는 세월과 함께 점차 퇴색해 가고만 있다. 오직 그의 시가 인간 마음의 뜰에 살아 있어 모란이 피는 찬란한 봄을 기다리고 또 기다리며 슬퍼할 뿐이다.

광주에서 버스를 타고 정남으로 두어 시간 남짓 고개를 넘는 외길을 따라 가노라면, 이다지도 산골일까 싶다가 앞이 탁 트인 포구에 이르고 길은 동서로 갈라지니 강진읍이다. 영랑이 나고 자란 고가(古家)는 북산 밑 대나무 숲에 싸여 남동을 향한 명당자리에 있어, 멀리 남으로는 바다가 바라보이고, 가까이는 읍내를 굽어 볼 수 있다.

전남 강진군 강진읍 탑동 211번지, 현재는 양병환(梁炳煥) 목사의 소유다. 안채의 초가는 기와지붕으로 바뀌었고 사랑채는 손때 묻은 기둥 그대로이지만 모란은 몇 그루 손으로 꼽을 정도, '5월 어느 날'이 온단들 어디 찬란함이야 맞을 수 있으랴.

> 모란이 피기까지는
> 나는 아직 나의 봄을 기둘리고 있을테요.
> 모란이 뚝뚝 떨어져 버린날
> 나는 비로소 봄을 여읜 서름에 잠길테요.
> 五月 어느날 그 하루 무덥던 날

떨어져 누운 꽃잎마저 시들어버리고는
천지에 모란은 자취도 없어지고
뻗쳐 오르던 내 보람 서운하게 무너졌느니
모란이 지고 말면 그뿐, 내 한 해는 다 가고 말아
三百 예순 날 하냥 섭섭해 우옵내다
모란이 피기까지는
나는 아직 기다리고 있을테요, 찬란한 슬픔의 봄을.

「모란이 피기까지는」 전문

<사진 1> 영랑의 생가. 여기 풍성했던 모란의 자취도 점점 사라져 가고 있으나 대나무 숲에 싸인 고가 어디에선가 손수 북을 둥둥치며 읊었다는 그의 시구(詩句)가 들려 올 것만 같다.

영랑은 이곳에서 1930년 1월 16일 5백 석 지주 김종호(金鐘湖)의 5남매 중 장남으로 태어났다. 음력으로는 임인생(壬寅生·1902년)인지라 늘상 음력으로 나이 불리기를 좋아하고 굳이 음력을 고집했다. 집안에서 한학을 공부하며 어린 시절을 보낸 그가 강진(康津)보통학교를 거쳐 소년의 부푼 꿈을 안고 상경한 것이 13세 나던 1916년의 일이다.

부친은 무척 완고하였으므로 객지로 나가는 자식을 달갑게 여기지 않았으나 모친의 경제적 도움으로 우선 기독교 청년회관에서 영어를 배웠다.

이듬해 영랑은 휘문의숙에 입학하였으니 이로부터 그의 시심은 자라났을 법하다. 우리나라 신문학의 요람일 수 있는 휘문의숙에는 위로 홍사용, 안석주(安碩柱), 박종화, 같은 반에는 화가 이승만(李承萬), 아래로는 정지용, 이태준(李泰俊)이 있었던 만큼, 겉으로는 행세를 하지 않았으나 보고 느낀 것은 적지 않을 수 없었다.

1919년 3·1운동이 서울에서 일어나자 3학년에서 학업을 중단하고 16세란 어린나이에 독립투사로 나섰다. 영랑은 구두 속에 독립선언문을 깔아 감추고 강진 고향으로 내려가 독립만세를 모의하였으나 사전에 발각되어 일본경찰에 체포되고 말았다. 이로써 6개월 간 대구 형무소에서 빼앗긴 민족으로서의 뼈아픈 설움을 체험했던 것이다.

그는 이보다 앞서 결혼 1년 반 만에 부인 김씨를 여의었는데, 아직 청년으로 굳어지지 않은 가슴은 잃은 자의 비애로 멍들 대로 멍들어 있었다. 서울에서 부인의 부음을 듣고 열차로 영산포까지 와, 단숨에 달리는 마음으로 친척집의 인력거에 몸을 싣고 울면서 도착했다고 매제인 김창식(金彰植)은 그 때의 정경을 전한다.

쓸쓸한 뫼 앞에 후젓이 앉으면
마음은 갈앉은 앙금줄 같이
무덤의 잔디에 얼골을 부비면
넋이는 향맑은 구슬손 같이
산골로 가노라 산골로 가노라
무덤이 그리워 산골로 가노라

　　「쓸쓸한 뫼 앞에」 전문

뒷날 영랑은 어린 애처를 위하여 이렇게 노래를 불렀던 것이다.

일제의 철퇴를 맞은 후 그는 독립투사로서 일지(一志)를 굳히려 했던지 휘문 동창 이승만에게는 중국 상해로 가겠다고 의사를 밝힌 적도 있었다. 그러나 아무래도 그의 정열은 격렬하다기보다 섬세한 쪽으로 기울어져 성악을 하려고 일본으로 가게 되었다. 1920년 청산학원 중학부에 편입해서도 혁명가 박열(朴烈)과 같은 방에서 하숙생활을 하였으므로 투사적 기질이 폭발할 기회는 한 번 더 있었던 것이지만 행동으로 옮기지는 않았다.

오히려 성악 공부를 하려다 부친의 반대로 학자 송금이 두절되자 전화위복으로 청산학원 영문과를 택한 것이 시인으로서의 대성의 기반을 닦는 데 도움이 되었다.

그는 어느 면에서는 감상적이었다. 이 무렵의 것으로 보이는 미뇽이라 쓰여진 앞면에 아름다운 여인의 얼굴이 담긴 엽서가 있다. 그 뒷면에는 다음과 같은 구절을 영랑이 써 놓았다. 괴테의 시 「미뇽의 노래」가 있는 것으로 보아 미뇽은 그에게도 큰 몫을 차지했던 것인지…….

　　달밤에 이슬 맞임에 내 Mignon을 안고 울기를 몇 번이던고.
　　青山은 내 青春을 病들게 하였거니와 오히려 香내를 뿌리어 준다.

2. 로제티와 거문고와

영랑은 그때부터 본격적인 시를 쓰고 있었던 것 같다. 그리고 청산학원의 수학도(數學徒)인 용아(龍兒) 박용철(朴龍喆)에게 시를 쓸 것을 권유했다.

또 영국 빅토리아조(朝)의 시인 로제티를 좋아했다(김창식 회고담)고 하니 미 자체를 목적으로 하는 이념을 신봉했던 로제티의 영향은 물론, 그의 이상적 시인 키이츠의 작품을 영랑이 읽지 않았을 리 없다. 이것은 서정세계의 확대에 많은 도움이 되었을 것으로 보인다.

그즈음에 고향 본가에는 서울에서 온 교사 마재경(馬載慶)이라는 묘령의 여인이 하숙을 하고 있었는데 알고 보니 지금은 북의 무희가 된 최승희의 오빠 최승일의 처제였다. 일시 고향에 돌아와서 이 사실을 알게 된 영랑은 최승일과도 잘 아는 처지였으므로 마 여인과 가까이 지낼 수 있었다. 그 사이는 꽤 깊은 것이었던지 알 수 없으나 마여인도 얼마 후에 일본으로 건

<사진 2> 1922년 일본 청산학원 시절의 학우와 함께. 뒷줄 왼쪽부터 영랑, 박용철 장용하(張龍河).

너갔다고 하는데 그 뒷이야기는 수수께끼로 남았다.

1923년 동경 대진재로 말미암아 그의 학업은 중단되고 고향으로 돌아왔다. 또 이 무렵에는 최승희와도 열애에 빠져 결혼 직전까지 갔으나 부친의 반대에 맺지 못한 사랑으로 종장을 찍었다는 것은 널리 알려진 사실이다.

이렇듯 20 청춘을 아픈 상처로 보내던 영랑이 개성 호수돈 출신의 20세 규수 김귀련(金貴蓮)과 결혼한 것은 1925년의 일이다.

당시 그는 울적한 심사를 달랠 길 없을 때면 송정리의 박용철에게 편지를 띄웠고, 그것도 못미더우면 제발로 찾아갔고, 그것도 모자라면 둘이는 산천을 두루 돌아보았다.

그는 휘문 시절에 축구선수라는 관록을 지니고 있었지만 테니스에도 능해서 그 실력이 강진의 으뜸이었다. 그때의 사랑채 옆 테니스 코트는 이제 흙마저 뒤집힌 채마밭으로 변해 버렸다.

그의 취미는 다양했다. 사랑채에는 책과 함께 서양 명곡판이 하루하루 불어났고, 서울에 무슨 음악회가 있다 하면 지체 없이 천리 길을 하루 꼬박 열차를 타고 달려갔으며, 논 두락은 그때마다 하나 둘 줄어갔다. 뿐만 아니라 우리나라 아악에도 조예가 깊어 아악 오케스트라를 연주할 수 있는 악기도 구비되어 있었다고 그의 3남 현철(炫澈)은 생전의 영랑을 회상한다. 그는 거문고에 심취하고 북에 일가를 이룬 명수였다.

임방울과 이화중선(李花中仙)의 가락을 좋아했던 영랑 사랑채엔 오늘날의 국창들이 함께 놀았다고 한다. 그가 설익은 어린 기생보다도 노기(老妓)에 열심이었던 것도 좀 더 국악의 진수에 가까워 보려는 욕심에서였다.

자네 소리하게 내 북을 잡지
진양도 중머리 중중머리
엇머리 잦아지다 휘몰아보아

이렇게 숨결이 꼭 맞아서만 이룬 일이란
人生에 흔치 않아 어려운일 시원한일

소리를 떠나서야 북은 오직 가죽일뿐
헛 때리면 萬甲이도 숨을 고쳐 쉴밖에

「북」의 1~3연

　　마침내 익고 영롱한 영랑의 서정시가 세상에 뿌려진 것은 1930년 3월, 박용철, 정지
용, 이하윤, 정인보 등이 동인이 되어 내놓은 시지 『시문학(時文學)』으로부터 비롯한다.
그는 처음부터 사행소곡(四行小曲)이라는 짧은 시를 많이 썼는데 오늘날 그것은 하나의
전형을 이루고 있다.
　　그는 여기 창간호에 「동백닢에 빛나는 마음」 등 13편의 시를 발표하고 2호에 9편, 3
호에는 7편을 발표했다. 그리고 1935년에 발간된 『영랑시집(永郎詩集)』은 그의 능력을
확고한 것으로 만들었다.
　　이 시집은 박용철의 힘으로 시문학사에서 나왔는데, 각 시에는 제목이 없이 아라비
아 숫자의 일련 번호로 53편이 실려 있다. 유명한 시 「모란이 피기까지」도 이 시집의
45번째에 수록되어 있다.

<사진 2> 영랑은 13세에 결혼하여
이듬해 부인 김씨를 사별하고 23세 때
개성 호수돈 출신의 김귀련과 재혼했
다. 사진은 1925년 재혼 때의 모습.

　　解放前 그의 詩는 正當한 評價를 널리 받을 機會
가 없었다. 그때나 이때나 文壇은 서울의 新聞社, 雜
誌社 가운데서 主로 運營되고 있어서, 이 시골의 선
비에게 仔細한 눈을 보낼 겨를이 없었는데다가,
蕪雜과 派閥과 低俗이 판을 치노라고, 이 詩의 最高
의 精選者를 알아낼 길이 없었다.

　　解放前 批評을 꽤 하노라 한 李源朝가 그를 가리
켜 센티멘탈한 少女趣味라 해버린 것은 그 代表的인
例일 것이다. 그를 理解했다면 겨우 『詩文學』誌를
中心하고 『詩苑』誌를 中心하던 몇몇 詩人들 뿐이었
다. 評論으론 더구나 評論家 金煥泰와 詩人 朴龍喆
이 그의 詩를 높이 評價한 程度였다.[1]

　　미당 서정주는 1936년 첫가을 동인지 『시인부락(詩人
部落)』을 내기 위하여 자문을 구하려고 적선동 박용철의

---

1) 徐廷柱, 「永郎의 일」, 『現代文學』 1962년 12월호.

집으로 찾아간 자리에서 마침 미서엘만의 바이얼린 독주회를 보러 와 있던 영랑을 처음 보았다. 섬세하고 가냘픈 인상으로 짐작했던 그는 의외로 뚱뚱하고 육중해 보였다.

3. 시(詩)의 왕자

그 후 때때로 가까이 할 수 있었던 미당은 그를 가리켜 "시 언어를 음향의 아름다움과 조화시키려고 가장 골몰한 시인"으로서, 그 시는 "유음(流音)이 살아 비록 애상(哀傷)일지라도 답답하지 않고 그 영롱성이 마치 찬란한 색감을 느끼게 할 정도"라고 찬탄을 아끼지 않았다.

1930년대에 알려지기는, 영랑보다 회화미의 감각이 어필했던 지용이지만, 그래도 일인자로서의 자존심은 버리지 않고 있었다. 1942년 어느 날 지금의 중앙 우체국 앞을 미당과 함께 걷고 있던 영랑이 이야기 끝에 "지금 오장환(吳章煥)이 인기가 있으나 신통할게 뭐 있는가. 장차 왕관은 자네가 써야지"했다니, '지용─장환'에 대한 '영랑-미당'의 위치를 은연중 드러낸 것으로 보인다.

그렇다고 그가 문단적 위치에 신경을 쏟을 만큼 옹졸하지 않았다. 그에게서 더 큰 시련을 극복할 용기가 필요했고, 항거의 의지로 몸을 다져야만 했다. 일제가 멸망의 고비로 치달을 즈음 그래도 강진 사회에서는 인텔리로 꼽히던 그에게 일본경찰이 일주일에 한번씩 찾아오기 시작했다. 그러나 그는 만성 복부질환을 핑계로 삭발을 하지 않은 채 창씨를 거부하고 신사참배에 나가지 않았다. 굴욕을 당하느니 차라리 죽어 버리자고 독기를 품은 지절을 시에다 쏟았다.

> 내 가슴에 毒을 찬 지 오래로다
> 아직 아무도 害한 일 없는 새로뽑은 毒
> 벗은 그 무서운 毒 그만 흩어버리라 한다.
> 나는 그 毒이 선뜻 벗도 害할지 모른다고 위협하고
>
> 毒 안 차고 살아도 머지 않아 너나 마주 가버리면
> 億萬世代가 그 뒤로 잠자코 흘러가고
> 나중에 땅땡이 모자라져 모래알이 될 것임을
> '虛無한듸!' 毒은 차서 무엇 하느뇨?
> 아! 내 세상에 태어났음을 원망않고 보낸
> 어느 하루가 있었던가 '虛無한듸!' 허나
> 앞뒤로 덤비는 이리 승냥이 바야흐로 내 마음을 노리매
> 내 산 채 짐승의 밥이 되어 찢기우고 할퀴우라 내맡긴 신세임을

나는 毒을 차고 선선히 가리라
막음 날 내 새로운 魂 건지기 위하여.

「毒을 차고」 전문

<사진 3> 1940년 가족과 함께.

이리 승냥이도 독을 찬 영랑을 해치지는 못하고 물러갔다. 1945년 8월 15일은 그에게도 새로운 삶을 안겨준 날이었다. 장롱 속에 깊숙이 감춰 두었던 태극기를 꺼내 강진에서 제일 먼저 만세를 불렀다. 그의 애국열은 우익 청년 운동으로 번졌고, 대한독립 촉성회에 가담하고, 대한청년단 강진 지부장을 맡는 등, 그의 활약은 눈부신 바 있었다. 밤이면 좌익계 청년들이 집 뒤 대나무 숲 속으로 기어들어와 숲에다 불을 지르기를 수차, 신변의 위협을 느끼지 않을 수 없었다.

영랑은 1948년 7월 정든 고향 강진을 떠났다. 가산도 이제는 관리할 것이 없었지만 더 큰 이유는 신변의 보호였다. 그리하여 영랑의 가족이 새로 안주한 곳은 서울 성동구 신당동 290의 74호였다.

1949년에는 이승만에게 천거되어 공보처 출판국장의 관리직을 맡았으나 7개월 만에 그만두었다.

1950년에 그는 집에서 소일을 하고 있었으면서 6 · 25사변을 맞았다. 공보처 동료들의 연락으로 미리 피신해야 한다는 것을 알고 있었으나 동승할 차를 기다리다가 갇히게 되었다.

그는 처음에 어려서부터 친하게 지내던 김형식(金灐植)의 집으로, 또 임승빈(林承彬)의 집으로 전전하며 몸을 감추면서 지하생활을 했다. 서울 수복이 임박한 9월 27일 이헌구의 집에 나타나 "헌구도 곧 올거요"하는 말을 남기고 갔는데, 이튿날에는 영랑이 신당동 본집으로 돌아왔다.

공산군과 국군 사이에 공방전이 전개되고 있던 그 시간에 거리의 "태극기가 보고 싶다"고 잠시 나갔다 들어온 영랑은 집 방공호에 사람들이 꽉 차 있는 것을 알고 들어가지 않고 다시 대문 앞 계단으로 내려갔다. 피아간의 공방전은 치열을 극했다.

그 때 어디서 작렬했는지 느닷없이 파편 하나가 그의 복부와 팔에 파고들었다. 그를 방공호에 옮겨 뉘었을 때 의식은 또렷했지만 의사가 없는 난리 통이라 내과 의사가 주

김 영 랑 301

는 약만 투여하다가 이튿날 먼 인연인 듯 다시 한 번 마음껏 흔들고자 했던 태극기에 염원을 버린 채 영영 눈을 감았다.

그의 시신은 손수레에 관 없이 흰 종이에 덮여 폐허의 길을 가 이태원 쪽 남산 기슭에 묻혔다. 그리고 4년 뒤에 망우리로 이장하니 그 비에 "모란이 피기까지는 나는 아직 나의 봄을 기다리고 있을테요"라고 적혔다.

山川이 아름다워도 노래가 고왔드래도 사랑과 예술이 쓰고 달콤하여도
그저 허무한 노릇이어라. 모든 산다는 것 다 허무하오라
짧은 그동안 행복했든들 참다웠든들 무어 얼마나 다를나드냐
다 마찬가지 아니남만 나흘러냐? 다 허무하오라

그날 빛나든 두눈 막감기어 冥想한대로 눈물은 흐르고 허덕이다 숨다지면 가는거지야
더구나 총칼사이 허매다 죽는 태어난 悲運의 겨레이어든 죽음이 무서움다 새삼스레 뉘 卑怯할소냐만은 卑怯할소냐 만은
죽는다-고만이다-이 허망한 생각 내 마음을 왜 꼭 붙잡고 노칠안느냐

◆ 연보

1903년	1월 16일 (음 임인 12. 18)전남 강진군 강진읍 탑동 211번지에서 김종호(金鍾湖)를 부친으로 김해 김씨를 모친으로 하여 5남매 (2남 3녀) 중 장남으로 태어남. 존명 윤식(允植), 아호 영랑(永郞).
1909년	(6세) 강진보통학교 입학.
1915년	(12세) 강진보통학교 졸업.
1916년	(13세) 15세의 김해 김씨와 결혼, 모친의 도움으로 서울에 가 기독교 청년회관에서 영어 수학.
1917년	(14세) 휘문의숙에 입학. 부인 사망.
1919년	(16세) 3·1운동 일어남. 강진에서 의거하려다 일본경찰에 피체, 대구 형무소에서 6개월간 복역.
1920년	(17세) 일본으로 가 청산학원 중학부에 적을 둠. 혁명가 박열(朴烈)과 같은 방에서 하숙, 용아(龍兒) 박용철과 친교를 맺음.
1921년	(18세) 성악 공부를 하려 하였으나 부친의 완고함에 좌절, 일시 귀국.
1922년	(19세) 일본 청산학원 영문과 입학.
1923년	(20세) 여름방학에 귀가했다가 동경 대진재로 학업 중단.
1925년	(22세) 개성 호수돈 출신 20세의 김귀련(金貴蓮)과 결혼.
1926년	(23세) 장녀 애로(愛露) 출생.
1928년	(25세) 장남 현욱(炫郁) 출생.
1930년	(27세) 박용철, 정지용, 이하윤, 정인보 등과 『시문학』 동인으로 참가, 3월에 『시문학』지 창간, 여기에 「동백닢에 빛나는 마음」, 「언덕에 바로 누워」, 「누이의 마음아 나를 보아라」, 「사행소곡(四行小曲) 7수(七首)」 외 3편 발표. 「내마음 아실 이」 외 6편(시문학 3호), 「고흔 봄길 우에」 외 8편(시문학 2호) 발표.
1932년	(29세) 차남 현국(炫國) 출생.
1934년	(31세) 『문학(文學)』 창간호에 「사행소곡 6수(六首)」 발표.
1935년	(32세) 『영랑시집』을 박용철의 도움으로 간행. 3남 현철(炫澈) 출생.
1938년	(35세) 4남 현태(炫邰) 출생.
1940년	(37세) 5남 현도(炫道) 출생.
1944년	(41세) 차녀 애란(愛蘭) 출생.
1945년	(42세) 해방과 함께 강진에서 우익 운동 주도, 이후 대한독립 촉성회에 관련하고, 강진 대한청년단 단장을 지냄.
1948년	(45세) 가족이 서울 성동구 신당동 290의 74로 이주.
1949년	(46세) 공보처 출판국장을 7개월간 역임. 10월 『영랑시집』 간행.
1950년	(47세) 6·25 발발과 함께 서울에서 은신하다가 9월 28일 포탄 파편에 복부상을 입고 29일 사망. 이태원 남산 기슭에 가매장함.

1954년   11월 망우리로 이장.
1970년   전남 광주 공원에 박용철과 함께 시비가 세워짐.

◆ 도움말 주신 분(1973년 현재)

金炫澈   38 · 3남 · 서울 관악구 남현동 예술인 마을.
金彰植   65 · 매제 · 대의원 · 전남 강진군 강진읍 탑동 219번지.
李承萬   71 · 휘문 동기 동창 · 화가.
李軒求   68 · 교우 · 문학평론가 · 이대 교수.
徐廷柱   58 · 후학 · 시인.

◆ 관계 문헌

『朴龍喆全集』 제2권 중 「日記」.
李軒求, 「金永郎評傳」, 『自由文學』 1956년 6월호.
鄭泰榕, 「金永郎論」, 『現代文學』 1958년 6월호.
金相一, 「金永郎 또는 卑屈의 形而上學」, 『現代文學』 1962년 4월호.
徐廷柱, 「永郎의 일」, 『現代文學』 1962년 12월호.
金宇正, 「金永郎을 위한 노우트」, 『現代詩學』 1969년 8월호.
金容稷, 「詩文學派研究」, 『韓國近代文學研究』, 西江大 人文科學研究所論集 제 2집, 1969년.
金興桂, 「永郎의 詩와 世界認識」, 『文學과 歷史的 人間』, 創作과 批評社刊, 1980년.
金榮錫, 「失鄕과 時間의 斷絶日 金永郎의 詩世界」, 『慶熙語文學』 제5집, 1982년.

朴 龍 喆

(시인 1904~1938)

1. 솔머리의 고가(古家)

그의 시 분위기는 방랑성과 비감이 넘쳐 흐른다. 자꾸 어디론가 홀홀 떠나 보고 싶어 한다. 그것은 생과 시의 고(苦)로부터 탈일하고픈 자유에의 염원인 것처럼 보인다. 그러나 용아(龍兒) 박용철은 34세라는 젊은 나이로 요절하기까지 10여 년 간 병마에 시달리면서도 시와 생에 대한 집념을 버리지 않았었다.

"천 명이 이 병을 앓는다면 한 명은 살아날 수 있지 않겠나" 말기에 이 말을 뇌면서 자기가 그 한 명이기를 바랐으나 끝내 일찍 세상을 등졌다. 그러나 그의 시가 그의 죽음과 함께 되살아나 영랑과 더불어 그는 전남의 2대 서정시인으로 꼽힌다. 그는 수리(數理)에 밝았고 어학에 재주가 있어 번역에 능했으며, 또한『시문학』(3호),『문예월간』(4호),『문학』(3호) 등의 문예지를 내어 1930년대 문학의 깊이와 폭을 넓히는 데 크게 공헌했고, 영화에도 심취했던 다재다능한 재사(才士)였다.

용아 박용철의 시심이 뿌리를 내린 전남 광산군 송정읍 소촌리 363번지, 속칭 솔머리로 불리는 마을 북쪽 언덕 대나무 숲 속에, 고가(古家)는 정오의 햇볕에 다사로왔지만 작은 사랑채에 인걸의 자취는 오간 데 없었다.

777평 너른 울안에 고요가 흐르고, 그가 남긴 시의 생명처럼 탱나무가 거목이 되어 하늘로 치솟아 올랐을 뿐 작은 사랑채의 들창 밖에서 '아가!'하고 부르는 어머니의 음성을 애닯다고 들어 줄 주인도 없거니와, 안채의 초가지붕마저 양기와로 바뀌어져 있었다.

솔머리는 대대로 박씨 일가가 토박이로 살아 온 마을로, 지금 동네 문중의 최연장자이며 5대가 죽는

<사진 1> 1930년『시문학』을 창간하여 문학사에 시문학파를 낳았던 박용철. 그는 짧은 머리칼에 눈이 크고 발이 작았다 한다.

것을 지켜 보았다는 88세의 박웅은 눈을 지그시 감더니 대뜸 우렁찬 목소리로 일갈한다.

"용아, 그 애가 천재였어라우. 참 글이란 귀신이 곡하는 거여. 나는 한시(漢詩)만을 글로 알았는디 용아의 시도 좋지 않든가. 나두야 간다 나의 이 젊은 나이를……."

박웅은 용아의 시를 줄줄 외어 내려간다. 그래서 인지 솔머리에서 용아의 생전의 모습을 보지는 못했어도 그 이름을 모르는 사람은 없을 정도다.

    나 두 야 간다
    나의 이 젊은 나이를
    눈물로야 보낼 거냐
    나 두 야 가련다

    아늑한 이 항군들 손쉽게야 버릴 거냐
    안개같이 물어린 눈에도 비치나니
    골짜기마다 발에 익은 뒷부리 모양
    주름살도 눈에 익은 아, 사랑하던 사람들
    버리고 가는 이도 못 잊는 마음
    쫓겨가는 마음인들 무어 다를 거냐
    돌아보는 구름에는 바람이 헤살짓는다
    앞 대일 언덕인들 마련이나 있을 거냐

    나 두 야 가련다
    나의 이 젊은 나이를
    눈물로야 보낼 거냐
    나 두 야 간다

                「떠나가는 배」 전문

"기질은 약질이었으나 기억력이 좋고, 제가 옳다고 생각하면 굽히지 않는 고집이 있었다. 한문 선생이 한시를 고쳐 주면 원래대로 다시 고쳐 놓고는 하였다. 언젠가 제 부친에게 들었는데 서울 가서 책을 만든다더니 모두 밑져 버렸다 하였다"(박웅 회고담).

용아 박용철은 1904년 6월 21일 눌재(訥齋) 14대 손인 박하준(朴夏駿)의 3남으로 태어났으나 두 형이 일찍 죽으매 4남매 중 장자가 되었다. 그는 배재고보를 거쳐 1922년 일본 청산학원 중학부 4학년에 편입하면서 같은 학교에 있던 영랑과 사귀게 된 듯싶다. 영랑이 하숙에서 와병했을 때도 그는 지성으로 간호했고, "내가 시문학을 하게 된 것도 영랑 때

<사진 2> 소촌리의 박용철의 생가의 초가지붕은 세월과 함께
양기와로 변했고 시심의 뿌리도 점점 사라지고 있다.

문이다"하던 것을 미루어 보아 두 사람의 우정은 매우 돈독한 것이었다.

그 후 1923년 나이 19세에 동경 외국어학교 독문과에 입학했으나 단 1학기 수업에 그치고 말았다.

여름방학에 고향에 돌아왔던 그는 그해 9월 동경 대진재를 당해 학업을 중단할 수밖에 없었는데, 이유는 그뿐 아니라 가정 사정에도 있었던 것으로 보인다. 이때 그는 아주 심각한 고민에 빠져 있었다.

용아가 15세 나던 해의 겨울, 모친이 장질부사로 병석에 눕자 집안에서는 집안일을 대신할 새로운 주부를 맞아들여야만 했다. 그래서 이 해에 그는 해남의 울산 김씨의 14세 난 규수와 성혼을 하고 말았던 것이다.

구 양가의 집안에서 신교육을 받지 못한 신부가 그의 이상에 맞는 여인은 아니었다. 그러나 어떻게든 개화시켜 보려는 안간힘 끝에 가정 학교를 설치하여 누이 봉자(鳳子)와 친척 친지를 모아 함께 교육했으나 별 보람이 없었다는 것이다. 어느 날 부친은 신부를 가까이하지 않는 용아를 불러 꾸짖었다.

"아내가 마음에 안 들면 금슬이야 좋지 못할지언정 자식은 보아야 될 것이 아니냐."

그의 입에서 나온 말은 단 한 마디로 고충의 일단을 털어 놓았다.

"천치 자식을 낳으면 무얼합니까"(부친 하준 씨로부터 전해지는 말).

그렇다고 천치가 조일 수도 없고 그 죄 없는 사람과 헤어질 수도 없었으며 또 자신이 평생 희생을 당하며 살 수도 없는 노릇이어서 그는 다년간 떨어져 살며 고민하기를 25세까지 했다. 그는 울적한 기분을 달래며 독일에나 갈 여비를 마련할까 해서 취미로 미두(米豆)에 열을 올려 보았지만 거금 3천원만 잃었다. 그래저래 양가가 이혼을 서둘러 합의하기에 이르렀다.

지금도 광주시 계림동 1구 505의 366에 수절하며 살고 있는 송죽부인(松竹夫人)김효실(金孝實)이 그이다. "할 말이 없다. 나는 아는 것이 없다"고 잘라 말하는 그는 여인으로서의 한을 넘어선 것이거나 아니면 정말 모두 잊어버린 것 같은 표정을 짓는다. 슬하에 자식도 없었으니 외숙모가 지어 주었다는 송죽부인이란 이름만 간직하고 거의 70평생을 외롭게 살아온 것이다.

아래의 시 「밤 기차에 그대를 보내고」는 박용철이 송죽부인을 내보내고 난 뒤, 그 가련함을 동정하여 쓴 것이라는 해석이 있지만 다른 일설에는 다음과 같은 주장이 있다.

박용철은 누이동생 봉자를 무척 사랑하고 아꼈는데 어느날 밤 동생을 송정리역에서 열차에 태워 보내고 집에 돌아왔다. 방에 돌아와 누워있자니 쓸쓸한 심사와 함께 시상이 떠올랐다. 그 쓸쓸함의 대상이 연인의 모습으로 나타나 그대로 원고지에 옮겼다.

그러니까 이 시의 '그대'는 송죽부인이 아니며, 그에게 전혀 애정을 느끼지 못한 박용철에게서 이처럼 애틋한 시상이 나올 리 없다고 보는 것이다. 어쨌든 1930년 이전에 아니, 일본 유학을 중단한 1923년 전후까지 소급하여 이미 감상적 서정의 시편들이 많이 쓰여지고 있었던 것은 사실이다.

> 밖을 내어다 보려고 무척 애쓰는
> 　그대도 설으렸다.
> 유리창 검은 밖에 제 얼굴만 비쳐 눈물은
> 　그렁르렁 하렸다.
> 내 방에 들면 구석구석이 숨겨진 그 눈은
> 　내게 웃으렸다.
> 목소리 들리는 듯 성그리는 듯 내살은
> 　부대끼렸다.
> 가는 그대 보내는 나 그저 아득하여라.
>
> 　　　　　「밤 기차에 그대를 보내고 II」

2. 최초의 순수시지 『시문학(詩文學)』 탄생

일본에서 학업을 중단하고 그 뒤 연희전문에 잠시 적을 두었던 박용철이, 1929년에는 시지(誌) 발간을 서두르며 서울을 자주 왕래하였고, 1930년에는 동생 봉자의 이화여전 입학과 함께 아예 서울 서대문 옥천동에서 자취생활을 하기 시작하였다. 이 1930년이야말로 박용철이 문학에의 숙원을 달성한 해였고, 그가 문학사에서 지워지지 않을 이름을 얻은 해였다. 그는 이 해 3월에 우리나라 최초의 순수시지 『시문학(詩文學)』을 창간했으며, 그 자신이 시인으로서 두각을 나타냈던 것이다. 「떠나가는 배」나 「밤 기차에 그대를 보내고」는 모두 『시문학』 창간호에 실린 것들이다.

> 龍兒 朴龍喆은 多情하고 仔詳하고 또 沈着한 靑年이었다. 그리고 創意性이 豊富한 才士, 事業慾이 旺盛한 鬪士.
> 이러한 同志를 얻어 親分이 두터워진 나는 참으로 幸運이었다고 한다. 내가 靑年詩人 龍兒를 처음 만난 것은 1930년 봄으로 記憶한다. 그때 내가 勤務하던 中央日報

社(花洞) 學藝部로 그는 나를 찾았다. 옛 學友와 같이 親密한 印象을 주었다. 그는 아직 한 篇도 世上에 發表된 일이 없는 自己와 永郞의 詩稿 뭉치를 펼치면서 『詩文學』創刊의 計劃을 차곡차곡 말해 가는 것이었다.

그날 밤 우리는 玉川洞 그의 寓居에서 永郞과 지용과 그리고 그의 培材와 靑山의 同窓인 張龍河 兄과 合同하여 함께 저녁을 나누었다. 永郞은 康津에 틀어박혀 詩作과 讀書로 세월을 보내다가는 두루마기만 걸치면 上京하는 靑年, 지용은 同志社를 나와 母校 徽文에서 英語敎師를 하고 있었다. 永郞은 徽文出身, 龍兒는 培材, 東京 靑山學院에서 이 두 文學靑年은 서로 만나 充分히 두터워진 것이다.[1]

1년 전부터 난산을 거듭한 끝에 이같은 최종적인 과정을 거쳐서 박용철은 『시문학』을 창간하였는데 편집동인은 정인보, 변영로, 김윤식, 정지용, 이하윤, 박용철이었다.

용아와 가까웠던 문학평론가 이헌구는 『시문학』의 시사적 가치를 프로문학이 갈 길을 잃고 방황하고 있고 그에 대한 흥미마저 반감되어 있을 때 순수시를 선언하고 나선 운동이었다는데 두고 있다.

이 잡지에는 조선말로 쓰인 글을 싣는다. 그러니 이치대로 하면 2천만인을 독자로 대상삼아야 하겠으나 우리는 그러한 외람한 생각까지는 못하고 다만 수백 수천의 동지가 이잡지를 기쁨으로 읽어 줄 것을 믿는다.

박용철은 이렇게 창간사에 썼다.

그러나 이러한 의욕에도 불구하고 『시문학』은 3호로 막을 닫았고 다시 이듬해에는 우리의 문학을 세계수준에 올려놓자는 기치를 들고 『문예월간(文藝月刊)』을 창간했다. 이하윤과 박용철이 편집을 맡은 이 잡지는 시문학파의 인적 골격인 영랑, 지용, 하윤, 용철 이외에도 광범위하게 필자를 동원하였고, 그 내용도 영화물, 여성물 등이 끼인 잡다한 것이었다. 이것도 1932년 3월 4호로 종간되고 말았다. 그러나 잡지에 일단 손을 댄 그는 물러서지 않고 1934년 1월에는 『문학(文學)』이란 잡지를 또 내었던 것이다. 그러나 이제는 그의 건강마저 악화되어 이헌구에게 『문학』 3호 종간호의 편집을 맡기고 일시 낙향했으니 그가 경영하던 시문학사의 문학지 발간은 이로써 끝났던 것이다.

<사진 3> 1932년 박용철은 임정희와 열애 끝에 재혼.

---

1) 異河潤, 「朴龍喆의 面貌」, 『現代文學』 1962년 12월호.

3. 설만들 이대로 가기야 하랴마는

문학지 발간에 정열을 쏟았던 그 동안에 그는 임정희(林貞姫)와 결혼하고 있었다 (1932년). 임정희는 박용철의 동생 봉자와 이화여전 동기 동창이었다. 1930년 옥천동 시절부터 그들은 서로를 잘 알고 지내던 터였다. 박용철은『신여성(新女性)』,『신동아(新東亞)』등에 글을 발표한 바 있는 임에게 번역물 등을 도와달라면서 접근했다. 1940년에 간행된『박용철전집(朴龍喆全集)』의 서간문은 이들이 열애의 사이였음을 보여준다.

"이화여전을 다니면서 한때 고향 철원에서 사립학교를 세워 친구인 용아 선생의 누이동생 봉자와 문맹퇴치 운동을 하고 있을 때 처음 만났다."

마침 필자가 찾았을 때 이리 원불교 강습회에서 강습을 끝내고 고향 솔머리에 들러 노년의 고독을 달래고 있던 임정희는 하얀 아미를 펴며 옛날을 회상한다. 그 툇마루에서 보는 뒤꼍 감나무의 단감이 먹음직스럽게 열렸다. 남들이 말하듯이 그다지 큰 로맨스는 아니었다지만 그래도 그 시절이 가장 행복했던 듯 입가에 웃음이 떠나지 않았다.

박용철의 서울 생활은 옥천동에서 견지동으로, 거기서 결혼한 후 다시 적선동 169번지로 옮겼다. 어려서부터 약질이었던 그는 때때로 큰 병을 앓았고, 그 때마다 죽음에 대해서 생각했다. 앞서 말했듯이 그의 건강 악화는 사실상 그의 사업과 결혼 생활의 행복을 앗아가고 있었던 것이다. 1930년에 영랑에게 보낸 편지에는 이런 구절이 적혀 있다.

> 나는 아모래도 기운을 타낼 수가 없네. 온천서도 아모 자미없고 해서 바로 왔었지.
> 그래 아모리 달아 보아도 12관이야. 그래 설만들 이대로 가랴마는이 읊어지네. 하지
> 만 詩란 빈약한 건강에서 나오는 것은 아니야. 무엇을 붙잡고 있드라도 거기서 꼬리
> 까지 一氣呵成으로 가질 않아서는 좋은 것이, 통일된 것이 못되네….

극예술연구회의 일원이었던 그는 1934년 봄 낙향하면서 공연준비중인 입센의「인형의 집」을 번역하기도 하였다. 고향 솔머리에서 거의 병석에 눕다시피 하며 번역을 마치자 다시 상경하였다. 임정희에 의하면 그때 박용철의 건강은, 문학지 발간의 피눈물 나는 고투의 연속 끝에 악화, 완전히 폐환으로 되고 말았다는 것이다.

그러나 그는 꺼질 줄 모르는 의욕으로 어떻게든 시문학사를 이끌어 가려고 한 것 같다. 자신은 시집을 가질 생각을 않고 1935년에『정지용시집(鄭芝溶詩集)』과『영랑시집(永郎詩集)』을 시문학사의 이름으로 간행하였다. 이 두 시집은 당시 평단의 화제를 일으켰던 것들이다.

한때 그는 건강이 호전되어 타계하기 1년 전에는 아우 만철(晚喆)의 응시를 기회로 일본에 갔다. 한참 영화에 열을 올리고 있었던 무렵이어선지 몰라도 경도(京都)에서 장

기제(張起悌)에게 보낸 편지 가운데는 여배우 수곡팔중자(水谷八重子)를 보고 프로포즈할 생각이 났다고 고백하기도 했다.

일본에서 다시 서울로 돌아온 그는 구본웅(具本雄)의 후원으로『청색지(靑色紙)』발간을 기획하고 있었다. 그러다가 겨울에 엄친의 환보를 듣고 귀환했다. 그러나 해가 바뀌면서 병세가 다시 위급하게 되자 상경하였으나 의사도 소통할 수 없는 형편이었다. 그는 붓을 들어 친구들을 모아 달라고 했다. 바야흐로 병세는 막바지에 닿았다. 그는 대학병원에서 성모병원으로, 다시 세브란스병원으로 옮겨 다니다 자택에 돌아왔다.

> 설만들 이대로 가기야 하랴마는
> 이대로 간단들 못간다 하랴마는
>
> 바람도 없이 고이 떨어지는 꽃잎같이
> 파란 하늘에 사라져버리는 구름쪽같이
>
> 조그만 열로 지금 수떠리는 피가 멈추고
> 가는 숨길이 여기서 끝맺는다면—
>
> 아—얇은 빛 들어오는 영창 아래서
> 차마 흐르지 못하는 눈물이 온 가슴에 젖어내리네.

「이대로 가랴마는」 전문

마침내 '설마'의 집념도 병마는 삼켜가고 말았다. 1938년 5월 12일 하오 5시 그가 그리도 좋아하던 다사로운 햇볕은 아직 창 밖에 있었으나 사직동 261번지에서 그는 눈을 감았다.

선배에게 사랑을 받았고, 동료의 의지가 되었으며, 후배에게는 흠모의 대상이 되었던 그는 기어이 영영 가고 말았다.

영구는 열차 한 간 전세 내어 그의 시심 향기를 뿌리던 고향 솔머리에 돌아갔다. 칠성판에 실려 갈마(渴馬)가 음수한다는 명당에 묻히니 생가에서 1킬로미터 남짓 상거하는 곳이다.

"그는 데카르트적인 명증한 사람으로 삶에 대해 회의를 느꼈으나 그것은 어디까지나 긍정적인 회의였다"라고 이하윤은 필자와의 대화에서 회고한 바 있다.

1940년, 발표와 미발표 작품을 모아『박용철전집』2권이 나왔다. 미망인이 고인을 추모하는 뜻에서 이루어진 이 전집은 그가 다시 손을 보아야 했을 작품들도 실려 있다.

여기에 수록된 시들과 평론, 그리고 번역물 등은 그의 적나라한 모습을 보여 준다.

김용직(金容稷)은, 같은 시문학파이지만 김영랑과 정지용과 다른 박용철의 독자적 특성에 대해 이렇게 썼다.

> 먼저 朴龍喆에게 金永郞이나 鄭芝溶과는 다른 面이 있었다는 것부터 指摘되어야
> 할 것 같다. 朴龍喆에게는 그의 詩에 즐겨 哲學的인 깊이를 넣고자 한 一面이 있었다.
> (중략) 그런데 朴龍喆은 그와 같은 傾向 가운데서도 특히 悲哀라든가 哀愁 같은 것을
> 즐겨 테에마로 택한 흔적을 남기고 있는 것이다.[2]

이러한 해석은 해외시 특히 근대적 해외시의 영향관계로 미루어 도출된 것이며, 더 근본적으로는 키에르케골의 영향력까지 관련지음으로써 가능해지는 것이다.

주관적 내면세계의 비애와 우수를 다루었던 박용철이 세상을 떠난 지 32년이 지나, 한 젊은 시인인 손광은(孫光殷)의 시화전을 계기로 쌍비가 후배 문인들에 의해 광주 공원 시인 동산에 조촐히 세워지니, 영랑·용철의 것으로 이 또한 오가는 이의 걸음을 붙잡는다.

---

2) 金容稷, 「詩文學派硏究」, 『韓國近代文學硏究』, 西江大 人文科學硏究所刊, 1969년.

◆ 연보

1904년	6월 21일 전남 광산군 송정읍 소촌리 363번지에서 눌재(訥齋) 14대손인 부 박하준(朴夏駿)의 3남으로 출생. 후에 두 형이 일찍 죽으매 장자가 됨.
1916년	(12세) 광주보통학교 졸업.
1919년	(15세) 울산 김씨와 결혼.
1920년	(16세) 졸업을 수일 앞두고 배재고보 퇴학.
1922년	(18세) 동경 청산학원 중학부 4년 편입. 영랑과 사귐.
1923년	(19세) 9월 일본 대진재로 학업 중단.
1929년	(25세) 울산 김씨와 이혼.
1930년	(26세) 3월 『시문학』 창간. 시 「떠나가는 배」, 「싸늘한 이마」, 「비 내리는 날」, 「밤 기차에 그대를 보내고」 등. 역시 「헥토르의 이별—실러」, 「미뇽의 노래—괴테」(이상 시문학 1호), 시 「시집가는 시악시의 말」, 「우리의 젖어머니(소년의 말)」, 「한 조각 하늘」, 「사랑하던 말」 등. 역시 「내 눈물에서는」, 「다수한 봄밤」, 「나를 사랑하는 줄이야」, 「남의 나라에서」, 「일어나면 묻는 말」, 「뺨에 뺨을 대어라」, 「한 마디 말씀에다」, 「노래의 날개에 너를 싣고」, 「아름다운 고기잡이 아가씨」, 「소나무는 외로이 서서—하이네」(이상 시문학 2호) 등 발표.
1931년	(27세) 11월 『문예월간』 창간. 시 「선녀의 노래 외 6제(六題)」, 역시 「원망도 않는다 외 9제(九題)—하이네」(이상 시문학 3호) 등 발표. 논문 「효과주의적 비평 논강」, 시 「고향, 어디로?」, 「시조 6수」, (이상 문예월간 1호) 등 발표. 논문 「문예 시평」, 역시 「지구와 사람—부르크」(이상 문예월간 2호) 등 발표.
1932년	(28세) 5월 미망인 나주 임씨와 재혼. 역시 「밤—E·파아젠」, 「근심—A.F하우스맨」(이상 신생 7·8월호), 역시 「노래—메레이드」(신생 10월호), 시 「시조 5수」, 잡문 「문예계에 대한 신년 희망—소설계에」(이상 문예월간 3호), 소설 「베르테르의 설움—초역(抄譯)」(문예월간 4호) 등 발표.
1934년	(30세) 1월 『문학』 창간. 역시 「꿈나라의 장미—후커」, 「저녁 노래—라늬어」(이상 문학 1호), 논문 「조선 문학의 과소 평가」(신동아 2월호), 「여류시단 총평」(신가정 2월호) 등 발표.
1935년	(31세) 논문 「태서명시(泰西名詩) (뉴 식나추어스와 뉴 컨트리)」(신동아 9월호), 수필 「한거름 비켜서면」(조광 11월호), 시 「단편」(시원 2월호), 「밤」(시원 4월호), 「그 전날 밤」(시원 12월호) 등 발표.
1936년	(32세) 수필 「여상사제(女像四題)」(여성 4월호).
1938년	(34세) 논문 「시적 변용으로」(삼천리문학 1월호), 시 「만폭동」(삼천리문학 4월호) 등 발표. 5월 12일 오후 5시 서울 종로구 사직동 261번지 자택에서 별세.
1940년	미망인 임정희(林貞姬) 여사에 의해 『박용철전집』 2권 발간 총 1천 4백여 페이지 (1권 시집, 2권 평론·번역·수필·기타).
1970년	『박용철 선집』(현대문학사) 행간.

◆ 도움말 주신 분(1973년 현재)

朴貞姫　　65 · 미망인 전남 광산군 송정읍 소천리.
李軒求　　68 · 교우 · 이대 교수.
異河潤　　67 · 시문학 동인 · 덕성여대 교수.
朴鍾逸　　36 · 차남 · 국회사무처.
孫光殷　　37 · 시인 · 전남대 교수.

◆ 관계 문헌

金珖燮, 「朴龍喆의 人間性과 藝術」, 『朝光』 1940년 8월호.
金永郎, 「朴龍喆과 나」, 『自由文學』 1958년 6월호.
蔡洙現, 「龍兒 朴龍喆의 詩와 詩論」, 『國語國文學研究』, 梨大刊, 1961년 2월.
異河潤, 「朴龍喆의 面貌」, 『現代文學』 1962년 12월호.
金容稷, 「詩文學派研究」, 『韓國近代文學研究』, 西江大 人文科學研究所刊, 1969년.
金允植, 「龍兒 朴龍喆研究」, 『學術院論文集』, 學術院刊, 1970년 6월.

辛 夕 汀
(시인 1907~1974)

1. 비사벌초사(比斯伐艸舍)

뱅골의 전원적이고도 명상적인 대시인 타고르에게서 크게 영향을 받고 도연명의『도화원기(桃花源記)』와 같은 이상향을 꿈꾸었던 신석정은 그로 말미암아 흔히 한국의 대표적인 서정풍의 목가시인으로 일컬어진다. 미상불 그의 초기 시는 현몽한 신비의 세계로 향해가는 바람이거나 달이거나 새이고자 하는 내밀한 소망의 노래로 이루어져 있다. 그러나 일제 질곡의 역사와 그 뒤에 이어진 혼돈의 시대를 지나오면서 그 자신이 자연과 일체가 될 수 없음을 문득문득 깨달았던 듯싶다. 그래서 그의 말기에 이르러서는 이렇게 외치기까지 했다.

> 그러므로 시는 들에 피는 꽃의 세계에서 이미 타는 가슴과 뛰는 심장으로 그 培養土를 옮겨온 지 오래다. 이리하여 시의 감흥은 우연히 하늘에서 내려온 선녀도 아니요, 항상 뜨거운 가슴에서 살고 부단히 움직이는 역사와 더불어 성장하고 응결하여 탄생된다는 것을 잊어서는 안될 것이다.[1]

석정이 세상을 떠났던 전주의 비사벌초사는 옛날의 모습을 그대로 간직하고 있었지만 아침나절의 그 시각에는 바다 밑바닥과 같은 적막감이 흐르고 있었다. 갖가지 무성한 나무들이 40평 남짓한 정원의 하늘을 가렸다. 때마침 내리는 보슬비를 맞으며 태산목 높은 가지에 흰 꽃봉오리가 둘 함초롬히 잎을 벌리고 있었다. 남천촉의 앵두알만 한 붉은 열매들이 뜰에 지천으로 깔렸고 산수유꽃도 졌다.

> 유리창에는 빗발이 얼룩지고 씻기고, 씻기고 얼룩지고 있었다. 나는 그대로 유리창에 붙어 서서 어린 짐승처럼 오시시 떨고 싶었다. 창밖엔 소란한 세상인데도 저대로 말이 없었다. 소란한 세상을 창밖에 두고, 나는 갑자기 엷은 주정이라도 하고 싶었다.
>
> 「窓가에 서서」 4연

---

1) 辛夕汀,「나는 詩를 이렇게 생각한다」,『蘭草잎에 어둠이 내리면』, 知識産業社刊, 1974년.

그런 마루창을 열고 노미망인 소정(小汀) 여사와 마루 끝에 나란히 앉아 뜰을 바라보았다. 소정은 마치 석정이라는 나무 품에 날아와 안겨 있는 작은 새와도 같았다. 들리는 것은 그의 수줍은 듯 소곤거리는 지난날에 대한 하염없는 이야기와 언제 그칠지 모르게 내리는 빗소리뿐이었다.

"여긴 아주 조그마한 숲이지만 이름 모를 산새들이 찾아와 놀고 꾀꼬리도 와서 울고 가지요. 심지어는 부엉이마저 나래를 접고 쉬어간답니다. 그분은 현실생활과 이재에는 눈이 어두웠어요. 오로지 글과 자연에만 심취해 살았던 사람입니다."

석정이 전주로 이사 온 것이 1952년이었고 다시 그의 마지막 거처인 비사벌초사를 마련했던 것은 1961년께였다.

그러니까 그의 삶의 기간을 둘로 나누어 볼 때 하나를 그의 고향인 전북의 부안읍을 맴돌며 살았고, 또 다른 하나를 전주에서 살았다. 그런 의미에서 그는 평생을 전북 지방에서만 지냈던 우리나라에서는 보기 드문 향토시인이기도 했다.

예전에는 전주에서 부안을 가자면 김제에서 화호와 백산을 거치는 우회로를 따라 버스로 3시간 거리였다고 하나, 지금은 김만경 평야를 가로질러 죽산만 다리를 건너가는 아스팔트길이 뚫려 불과 1시간 남짓한 거리로 부쩍 가까워졌다.

석정이 태어난 것은 1907년 7월 7일 부안읍의 묏부리인 상소산 기슭의 동중리 한 조그만 초가에서였다. 그의 부친 신기온(辛基溫)은 전양재(田良齋) 문인의 한학자였으며 그는 3남 2녀 중 차남으로 태어났고 본명은 석정(錫正)이었다. 그의 형 석갑(錫鉀 · 작고)은 가업인 한의(韓醫)를 이어받았으며 현재도 부안 종가에서는 옥성당(玉成堂)이라는 한약방을 운영하고 있다.

<사진 1> 석정이 20여 년을 살았던 전북 부안군 선은동의 청구원(靑丘園). 초기의 그는 여기서 도연명의 이상향을 꿈꾸며 목가적인 시를 썼다. 그러나 지금, 그가 심었었다던 40년생 은행나무는 베어져 없어지고 초가도 기와로 바뀌었다.

그러나 석정의 생가는 1920년 일본사람이 새 집을 지음으로써 자취도 없이 사라졌다. 그가 읍내 보통학교를 졸업한 것은 그 3년 뒤의 열일곱 살 나던 해였다. 그는 소년시절부터 비리나 불의를 보면 참지 못하는 강직한 성격을 지녔던 것 같다.

> 석정이 6학년 때 수업료를 안낸다고 일본인 담임선생이 미납생 하나를 전체가 보는 앞에서 뙤(옷)을 벗긴 일이 있었다. 가난의 분노에서 민족적 수치로까지 연결지은 석정은 전교생을 선동하여 스트라이크를 일으켰다. 이로 인해 무기정학을 받았다가 다음해 3월, 겨우 복교를 하여 졸업을 하게 되었는데 성적은 16명 중 2등이었다.[2]

하지만 정규 교육기관을 통해 받은 교육은 그것으로 끝이 났다. 가난한 한학자의 완고한 집안이라고는 해도 그의 형이 일본에 유학을 했고 아우 석우(錫雨·작고)가 중앙고보와 전주사범 강습과를 다녔다는 점에 비추어 볼 때 이 사실은 그에 대한 일종의 신비성을 제공한다.

2. 먼 나라의 이상향

아무튼 소년시절의 석정은 고향의 아름다운 언덕에 올라 먼 바다를 바라보며 황혼이 내릴 때까지 망연히 앉아 고독을 달래면서 시심을 키워갔다. 그는 어느덧 북원백추(北原白秋)와 하목수석(夏目漱石)을 거쳐 투르게니에프와 하이네에 '군침을 흘리는' 문학 청년으로 성장하고 있었다. 그리하여 17세가 되던 1924년 조선일보에 「기우는 해」라는 작품을 투고하여 그의 시가 최초로 활자화되는 기쁨을 안았다. 그는 그 1년 전에 이미 만경의 규수 밀양 박씨 소정을 아내로 맞아 농사로 신혼생활을 꾸려가고 있었는데 설불리 들어선 문학에의 길에 때때로 좌절감을 느끼고 그가 써오던 일기와 잡문과 시 등을 불사른 적도 한두 번이 아니었다. 그러나 그는 그 길을 포기할 수는 없었다.

그래서 "아내의 결혼반지를 팔아다가 시집을 사들이곤 하였다. 한문공부를 하는 한편 노장(老莊)철학을 섭렵해 보려고 무진 애도 써보고, 도연명의 소박한 시를 애독하는가 하면, 타고르의 세계에 파묻히던 때도 바로 그때였다."[3] 그러는 한편 일본에서 새로운 사조의 세례를 받은 청년들이 주축이 되어 구성되어 있던 부안의 문학서클인 '야인사'에서 매월 발간하는 회람지에 작품을 발표하는가 하면 서울의 조선, 동아, 중외 등의 신문에 소적(蘇笛), 석정(夕汀), 석정(石汀), 호성(胡星), 초라(杪欏) 등의 필명으로 시를 발표했는데 역시 석정(夕汀)이란 필명을 가장 많이 썼다.

---

2) 『波濤에게 묻는 말』, 許素羅 散文集, 유림사刊, 1979년.
3) 『蘭草 잎에 어둠이 내리면』.

<사진 2> 만년의 석정. 40여 평 남짓한 비사벌 초사 안마당에는 수십여 가지의 꽃나무와 화초들이 빽빽이 들어차 있다.

1930년 3월, 그는 보다 큰 청운의 뜻을 품고 친척이 되는 '마명'이란 사람의 소개로 석전(石顚) 박한영(朴漢永) 대종사가 서울 동대문 밖(지금의 고려대학교 뒤) 개운사 대원암에서 연조선불교중앙강원에 원생으로 들어갔다. 그는 거기서 30여 명의 젊은 승려 원생들을 규합하여 문학회람지 『원선(圓線)』을 만들면서 불경을 배웠다.

『시문학』이 창간되었던 그해 시문학사 박용철의 요청으로 그곳을 찾아가게 되었던 석정은 그곳에서 그 사이 문통(文通)으로만 알고 지냈던 정지용과도 인사를 나누게 되었다. 이듬해 다시 낙향하기까지 1년 동안 그는 이광수와 한용운을 만나 보았고 문단의 선배동학들과 친교를 맺는 등 그의 문학에 있어서 매우 뜻 깊은 한 해를 보냈다. 1931년 『시문학』 3호에 시문학동인으로서 시 「선물」을 발표한 것이 그 단적인 예였다. 그의 시가 문단에 폭넓게 알려진 것은 그때였다.

그가 그해 낙향을 한 것은 불도에 보다는 노장사상에 더 매력을 느끼고 있었던 탓이었으며 "시골로 돌아가 물려받은 가난과 싸우면서라도 좀 더 인생을 건실히 살아야겠다"는 결의 때문이었다. 그는 소작농을 하여 얻은 벼로 면하고 읍변두리 선은동에 뒤터가 꽤 넓은 초가를 하나 사서 '청구원(靑丘園)'이라고 명명하고 살았다. 이른바 그의 청구원 시절이 시작되었던 것이다.

그 무렵 아직 시단에 등단하기 이전인 미당 서정주가 청구원에 찾아갔을 때 석정은 그를 매우 다정하게 맞이했다고 한다. "밤새 석류를 까 나누어 먹으면서 그의 이야기를 들었다. 마침 달밤이었는데 뒤뜰에는 월견초가 그득히 퍼져 있었다"고 하는 미당의 말에 따르면 석정은 노장과 도연명에 통했을 뿐만 아니라 비록 일어 번역본이지만 19세기 미국의 이상주의자 또는 삼림의 시인이자 철인이었던 헨리 데이비드 도로의 책을 탐독했고 스피노자를 읽었으며 불란서의 폴 클로델과 레미 구르몽의 시에도 관심을 기울였다.

미당이 처음 찾았을 때 그는 뒤터 고구마 밭에서 일하는 농군의 모습이었다고 하는데 그야말로 주경야독의 생활을 하며 시를 썼던 것이다.

'一林아'
촛불을 꺼라
소박한 정원에 강물처럼 흐르는 푸른 달빛을
어서 우리 침실로 맞아 와야지……

유리창 하나도 없는 단조한 나의 방……
침실아—
그러나 푸른 달빛이 풍요히 흘러 오면
너는 갑자기 바다가 될 수도 있겠지

'一林아'
어서 촛불을끄렴
고양이 새끼처럼 삽작삽작 저 산을 넘어 온
달빛은 오죽이나 우리 침실이 그리웠겠니?

작은 시계의 작은 바늘이 좁은 영토를 순례하는
오직 안타까운 나의 침실이여
푸른 달빛이 해안처럼
흘러 넘치면
너는 작은 배가 되어야 한다

「푸른 침실」1~4연

그는 달밤에 침실이라는 배를 타고 그의 맏딸 일림(一林)과 함께 먼 나라로의 항해를
꿈꾸었다. 김기림이 그의 『1933년 시단의 회고』에서 "우리는 정지용씨처럼 현대문명
그 속에서 그 주위와 자아의 내부에 향하여 특이하고 세련된 시안(詩眼)을 돌리는 것이
아니라 현대문명의 잡답(雜踏)을 멀리 피한 곳에 한 개의 '유토피아를 음모하는 목가시
인 신석정'을 잊을 수는 없다"고 했듯이 1939년에 나온 첫 시집 『촛불』에 석정은 아련
한 피안 저쪽에 하나의 애틋하고도 아름다운 세계를 꾸며 놓았다.

어머니
당신은 그 먼 나라를 알으십니까?
깊은 삼림지대를 끼고 돌면
고요한 호수에 흰 물새 날고

좁은 들길에 들장미 열매 붉어

멀리 노루새끼 마음 놓고 뛰어 다니는
아무도 살지 않는 그 먼 나라를 알으십니까?
그 나라에 가실 때에는 부디 잊지 마세요.
나와 같이 그 나라에 가서 비둘기를 키웁시다.

「그 먼 나라를 알으십니까」 1~2연

3. 만년의 지사적 열정

그러나 이 목가의 신화도 점점 암담해 가기만 하는 역사적 현실에서 "태양이 가고/빛
나는 모든 것이 가고/어둠은 아름다운 전설과 신화까지도 먹칠하였습니다"로 인식되면
서 암울한 분위기를 띠어갔다.

그래서 그의 목가는 「슬픈 목가」로 변질되었다. 석정의 사위인 최승범(전북대 교수)
은 "1940년대의 숨막히게 어둡던 시대에도 시작(詩作)만은 계속하여 1947년에 「슬픈
목가」를 펴내게 되었다. 그것은 장만영(張萬榮) 시인의 말대로 잃어진 자연을 그리워하
는 애달픈 엘레지이다"라고 평한다.

1945년 해방이 되었으나 그의 가난한 생활이 나아진 것은 아니었다. 1930년대 초부
터 서로 문통을 하다가 동서간이 된 장만영이 서울로 올라오라고 했으나 끝내 서울행을
단념했다(장남 신효영의 증언). 1951년 전주로 삶의 근거지를 옮긴 이후 그는 태백 신문사
에 3년간 편집고문으로 있었고 그 뒤 전주고등학교와 김제고, 전주상고 등에서 정년퇴
직까지 교편을 잡는 한편 전북대학교에 강사로 나가 시론을 가르치기도 했다. 그러면서
꾸준히 시작에 몰두하여 시집 『빙하(氷河)』, 『산의 서곡(序曲)』, 『대바람 소리』를 냈다.

<사진 3> 1976년 사후 2주기 때 전주 덕진공원에 세워진 신석정 시비.

석정은 후기에 이르러 시관(詩觀)에 있어서 많은 변모를 보였다. 가난에 대한 인간주의적인 동정과 내부에서 끓어오르는 지사적인 열정이 그로 하여금 「젊은 시인에게 보내는 편지」4)에서 이렇게 부르짖게 했다.

> 오블관언으로 역사와 현실을 외면하고 (중략) 고독과 절망과 허무를 배설하는 것
> 을 유일한 순수문학인 것처럼 나르시소스적 대화를 일삼으며 살아가는 것을 오늘날
> 시인의 예의로 삼을 수가 없습니다.

그리하여 그는 「전아사(餞迓詞)」를 썼고 「영구차(靈柩車)의 역사(歷史)」를 노래 불렀다. 허소라(許素羅)는 석정의 시가 이와 같은 현실 인식의 측면에서도 연구가 있어야 한다고 강조한다. 6 · 25 동란의 비극을 그 누구보다도 뼈저리게 체험한 석정은 그 뒤 거의 10년마다 한 번씩 개인적인 수난의 고통 속에 생을 이어 갔다. 역사의 흙탕물 줄기는 그의 정신세계를 여러 번 짓밟고 지나갔다. 서울 1969년 5월 어느 날 남산을 내려오면서 "눈물이 피잉 돌았다"던 석정은 그의 마지막 「비가(悲歌)」를 읊는다.

> '루오'의 그림처럼
> 어둡게 살아가지만
> 눈부신 햇볕을 원하는 건 아니다.
>
> (중략)
>
> 그저
> 소라껍질을
> 스쳐가는 바람결처럼
> 차마 눈감을 수도 없거늘,
>
> 아아
> 하늘이여
> 피가 돌 양이면,
> 저어
>
> 야물딱진
> 민들레꽃을 피워내듯이

---

4) 『蘭草잎에 어둠이 내리면』.

어서 숨을 돌리게하라

「悲歌」1, 5, 6, 7연

석정은 1973년 12월 전북문화사 심사를 하는 자리(도청)에서 고혈압으로 쓰러져 병석에 있다가 이듬해 7월 6일 비가 억수로 쏟아지던 날, 68세를 일기로 눈을 감았다.

◆ 연보

1907년	7월 7일 전북 부안군 부안읍 동중리 307번지에서 성리학의 대가인 전양재(田良齋) 문인의 한학자 신기온(辛基溫)과 전주 이씨와의 사이에 3남 2녀 중 차남으로 출생. 본명 석정(錫正).
1917년	(10세) 부안읍내 보통학교 입학.
1923년	(16세) 3월 졸업. 5월 만경의 규수 밀양 박씨 소정(小汀)과 결혼.
1924년	(17세) 4월 19일자 조선일보에 첫 시작품 「기우는 해」 발표. 이 해부터 3년간 만경 처가에서 살다.
1927년	(20세) 3월 1일 장남 효영(孝永)의 출생을 비롯하여 이후 1945년까지 일림(一林), 란(蘭), 광연(光淵), 소연(小淵), 엽(葉 · 에레나), 광만(光漫) 등 3남 4녀를 둠.
1930년	(23세) 3월 박한영(朴漢永)의 조선불교 중앙강원에 들어가 불전 공부를 하는 한편 회람지『원선』편집.
1931년	(24세)『시문학』3호에 동인이 되어 시 「선물」 발표, 낙향.
1932년	(25세) 시 「나의 꿈을 엿보시겠습니까?」(문예 월간 3월호), 「봄이여! 당신은 나의 침실을 지킬 수 있습니까?」(삼천리 3월호), 「봄의 유혹」, 「촐촐한 밤」(이상 동방평론 7 · 8월합호), 「어느 작은 풍경」(신생 12월호) 발표.
1933년	(26세) 시 「아 그 꿈에 살고 싶어라」(신생 2월호), 「일광욕」(가톨릭청년 7월호), 「훌륭한 새벽이여 오늘은 그 푸른 하늘을 찾으러 갑시다」(신동아 10월호) 등 발표. 이 무렵 부안읍 변두리의 선은동 505번지로 이사, 이 집을 청구원이라 명명함.
1934년	(27세) 시 「5월의 아침」(신인문학 1호) 등 발표.
1935년	(28세) 시 「푸른 하늘」, 「물새」, 「조개껍질」, 수필 「나와 함박꽃」(이상 조광 11월호) 발표.
1936년	(29세) 시 「돌」(신동아 6월호), 「송하논고(松下論古)」(중앙 6월호), 「눈오는 밤」(조선문학 8월호) 등 발표.
1939년	(32세) 시 「월견초(月見草) 필 무렵」(조선문학 1월호) 등 발표. 첫 시집『촛불』(인문평론사) 간행.
1940년	(33세) 시 「명상」, 「황혼」(이상 조광 3월호), 「애가(哀歌)」(조광 9월호) 등 발표.
1941년	(34세) 시 「변산일기(邊山日記)─중계(中溪), 사지목재, 릉가봉(楞伽峰), 청림」(삼천리 4월호) 발표.
1947년	(40세) 시집『슬픈 목가(牧歌)』(랑주문화사) 간행.
1951년	(44세) 이후 3년간 전주 태백신문사 편집고문. 이듬해 전주로 이사.
1954년	(47세) 이후 7년간 전주고등학교 교사. 대역(對譯)『중국시집』(정양사) 간행. 이듬해부터 전북대 문리대에서 시론 강의.
1955년	(48세) 시 「망향의 노래」(현대문학 1월호), 「노을 속에 서서」(현대문학 11월호) 등 발표.
1956년	(49세) 시 「서정소곡(抒情小曲)」(현대문학 1월호), 「운석(隕石)처럼」(현대문학 6월호) 등 발표. 시집『빙하(氷河)』(정음사) 간행.

1958년   (51세) 이병기 공저『명시조 감상』(박영사), 대역『매창시집(梅窓詩集)』(랑주문화
          사) 간행.
1961년   (54세) 이후 3년간 김제고교 교사.
1963년   (56세) 1972년 정년까지 전주상 교사.
1967년   (60세) 시집『산(山)의 서곡(序曲)』(가림출판사) 간행. 이후 2년간 예총 전북지부장.
1968년   (61세) 한국문학상 수상.
1970년   (63세) 시집『대바람 소리』(한국시인협회) 간행.
1972년   (65세) 시「오한(惡寒)」, 산문「시정신과 참여의 방향」(이상 문학사상 10월 창간
          호) 등 발표. 문화포장 수장, 그 이듬해 한국예술문학상 수상.
1974년   (67세) 시「가슴에 지는 낙화소리」, 산문「병상수필」(이상 문학사상 7월호) 발표.
          7월 6일 고혈압 증세로 별세. 전북 임실군 관촌면 신월리에 묻힘. 7월 유고 수필집
          『난초잎에 어둠이 내리면』(지식산업사) 간행.

◆ 도움말 주신 분(1982년 현재)

朴小汀   73 · 미망인 · 전북 전주시 남노송동 175번지 2호.
辛孝永   55 · 장남 · 전북 김제읍 요촌리 29번지.
徐廷柱   68 · 시인.
崔勝範   51 · 사위 · 시조시인 · 전북대 교수.
許素羅   46 · 제자 · 시인 · 군산 수산전문대 교수.

◆ 관계 문헌

張萬榮,「夕汀의 詩」,『詩文學』1950년 2호.
鄭泰榕,「辛夕汀論,」『現代文學』1967년 3월호.
朴斗鎭,「夕汀의 詩」,『現代文學』1968년 1월호.
許素羅,「辛夕汀研究」,『韓國言語文學』14집, 1976년.
尹敬洙,「辛夕汀論」,『現代文學』1977년 5월호.
盧在燦,「辛夕汀과 自然」,『釜山師大論文集』제 6집, 1979년.
崔勝範,「辛夕汀詩作品年譜」,『心象』1974년 9월호.

李　箱

(소설가 · 시인 1910~1937)

1. 생가(生家) 10대조의 고성(古城)

문학사상 가장 이채로운 존재, 이국 일본 동경 거리에서 기아와 병고를 안고 배회하다가 27세로 요절한 화가이며 시인이자 작가인 이상은 병약한 몸에 과잉된 자의식의 일생을 보내며 당시로서는 드물게 보는 초현실주의적 작품을 써냈다.

"암만해도 나는 19세기와 20세기 틈바구니에 끼어 졸도하려드는 무뢰한인 모양"이라고 스스로를 말했듯이, 그는 자신을 휩싸고 도는 현실의 중압감에 짓눌려 비상할 수 없는 무익조(無翼鳥)의 아픈 비극을 맛보았다.

그의 문학은 난해하고 자기중심적이며 피해망상적으로 엮어져 있다. 그럼에도 그의 세계는 당대의 세기말적 위기감으로부터 우러나는 "현대인의 고민을 천재적 재능을 빌어 표출한 것"이라는 찬사와 "자기기만의 속임수에 지나지 않는다"는 혹평이 엇갈리는 가운데 오늘날도 거론이 되는 것에 그 문학의 문제성이 있다.

> 나는 벼(稻)를 본 일이 없다. 自動車를 탈 줄 모른다. 生年月日을 가끔 잊어버린다.
> 90老祖母가 28少婦로 어느 하늘에서 시집온 10代祖의 古城을 내손으로 헐었고 綠葉
> 千年의 호두나무 아름드리 根幹을 내손으로 베었다. 銀杏나무는 원통한 家門을 骨髓
> 에 지니고 찍혀 넘어간 뒤 長長 4年 해마다 봄만되면 毒矢같은 싹이 엄돋는 것이었다.

이상은 그의 죽음을 예언하듯이 죽기 5개월 전에 동경에서 소설 「종생기(終生記)」를 쓰면서 이렇게 자신을 몰락으로 끌고 간 가문에 대하여 회한에 잠겨 있었다.

그 집은 '10대조의 고성'이었는지는 확인할 길이 없지만 150여 평의 행랑채, 사랑채가 달린 비교적 큰 기와집이었다. 서울 종로구 통인동 154번지는 누상동으로 오르는 길과 통인동 큰 길 사이에 위치하는데, 이상의 회한대로 고성은 자취도 없다. 154번지는 여러 채로 나뉠 대로 나뉘어져 오밀조밀 붙어 있었다.

이상이 태어난 곳은 사직동. 1910년 음력 8월 20일 생으로, 무학(無學)인 김연창(金演昌)을 부친으로, 박세창(朴世昌)을 모친으로 하여 장남으로 태어났다. 원래 그의 부친은

<사진 1> '제비' 다방을 낼 무렵까지의 이상(23세)은 수염을 깎은 단정한 모습이었다. 앞줄 오른쪽부터 사촌 문경(汶卿), 이상. 뒷줄 왼쪽이 친동생 운경(雲卿).

통인동 154번지의 김병복(金炳福)의 차남으로, 그의 형 연필(演弼)이 집안을 이끌어 나가고 있었다. 연창이 결혼하여 분가했으나 이상(본명·김해경)을 낳고 생활이 궁색해지자 이상은 2세 때부터 백부 연필의 집에서 자라고 배웠다. 그는 연필이 세상을 뜬 1932년 이듬해까지 여기서 살았다.

그래서 자연히 생모보다는 백모가 그의 성장의 뒷바라지를 한 셈이 된다. 또한 백부는 자수성가하여 한때 평북의 자성 보통학교 교원을 지내고, 총독부 관리직에 있었으니, 이상을 키우기에 열과 성을 기울여 가계를 잇게 하려 한 것으로 보인다. 그는 나이 7세 때부터 정상적인 학교 과정을 밟아, 누상동 신명학교를 나와 동광, 보성고보를 거쳐 경성고등공업학교를 졸업했다.

"핏기가 없고 몸은 어려서부터 약했으나 잔병을 앓는 것을 몰랐었다. 아주 똑똑하고 공부밖에 몰랐었다. 성격은 괄괄한 편이었다."

그를 키운 백모 김영숙(金英淑) 노인은 맑은 기억력으로 당시의 이야기를 들려준다.

그는 보성고보 때 그림에 재질을 발휘했는데, 누이동생 옥희(玉姬)를 모델로 화가의 꿈을 펼치기도 하더니, 교내 미전에서는 「풍경」이란 작품을 내놓아 우등상을 받기도 했다.

1929년 그는 경성고공(京城高工)을 졸업하자 백부의 알선으로, 조선 총독부 내무국 건축과 기수(技手)로, 또 관방 회계과 영선계로 전전하며 근무하였다.

그는 이 해에 건축회계지인 『조선과 건축(朝鮮と建築)』을 통해 일문(日文)으로 된, 내용이나 형식이 실험적이고 이색적인 「이상한 가역반응(可逆反應)」, 「파편의 경치(景致)」 등 일련의 시를 발표하였다.

문학의 출발부터 이미 그에게는 전통적 문학의 계승이니 혹은 정서적 바탕 위에서 언어를 갈고 닦는 서정을 배제해버렸음을 볼 수 있다. 숫자와 기하학적 낱말, 그리고 관념적 한자 언어로 구성된 난해한 작품들이 선을 보이고 있었던 것이다.

그러나 이것이야말로 그가 21세기에 시도했던 이상다운 문학이었으며 의식 세계에 대한 끊임없는 추구정신은 지금에도 일부의 추종자 또는 그 유사한 시도자들을 낳게 하는 원인이 되었다.

1931년에 그는 선전(鮮展)에 서양화 「자화상(自畵像)」을 출품하여 입선하였다. 따라서 그의 문학은 건축의 공학과 미술의 미적 감상의 방법으로 이해되어야 할 것이다.

이상에게 있어서의 1932년은 그의 일생을 가속도로 파멸로 이끌어 간 계기가 된 해처럼 보인다. 그의 백부가 사망한 것이다.

"80세의 시모(媤母)는 해경에게 재산을 물려주어 장사를 하도록 해야겠는데 어떻게 하겠느냐고 물었다. 그래서 이듬해 나는 통인동 집을 넘겨주고 계동 전셋집으로 나갔다"(백모 김영숙 증언).

그래서 이상은 1933년 객혈을 이유로 늘 떨떠름하게 생각하던 총독부 기수직을 버리고 황해도 배천 온천으로 요양을 갔다가 돌아와 통인동 집을 처분하고 다방 '제비'를 차렸다.

"이 '제비'란 다방은 종로 1가, 지금의 신신 연쇄상가 뒷골목 한일관에서 두 집 안쪽에 위치하고 있었다. 나는 소설 「구보씨(仇甫氏)의 1일」의 작가 박태원(朴泰遠)의 소개로 그를 알았는데, 당시 그는 배천 온천에서 불러온 기생 금홍이를 마담으로 삼고 다방 뒷방에서 동거하고 있었다. 그는 당시 의식적인 비정상인이었다."

그 때 친구였던 윤태영(尹泰榮)은 이렇게 그의 생활을 전하면서 금홍(錦紅)이란 여자는 때깔이 곱고 똑똑한 여자였다고 한다.

이 무렵부터 동경행 때까지 그는 수염을 깎지 않았고 머리는 작소(鵲巢)의 모습 그것이었다. "집안에서도 그 여자는 금홍이로 통했다. 별로 오빠와 같이 살지는 못했으나 '제비' 때는 자주 찾아보았는데 그 때 보아도 가정주부로는 보이지 않았다"(김옥희 증언).

2. 난해(難解)와 야유와

十三人의 兒孩가 道路를 疾走하오.
(길은 막다른 골목이 適當하오..)

第一의 兒孩가 무섭다고 그리오.
第二의 兒孩도 무섭다고 그리오.
第三의 兒孩도 무섭다고 그리오.
第四의 兒孩도 무섭다고 그리오.
第五의 兒孩도 무섭다고 그리오.
第六의 兒孩도 무섭다고 그리오.
第七의 兒孩도 무섭다고 그리오.
第八의 兒孩도 무섭다고 그리오.
第九의 兒孩도 무섭다고 그리오.
第十의 兒孩도 무섭다고 그리오.

第十一의 兒孩가 무섭다고 그리오.
第十二의 兒孩도 무섭다고 그리오.
第十三의 兒孩도 무섭다고 그리오.
十三人의 兒孩는 무서운 兒孩와 무서워하는 兒孩와 그렇게 뿐이 모였소.
(다른 事情은 없는 것이 차라리 나았소.)

그 中에 一人의 兒孩가 무서운 兒孩라도 좋소.
그 中에 二人의 兒孩가 무서운 兒孩라도 좋소.
그 中에 二人의 兒孩가 무서워하는 兒孩라도 좋소.
그 中에 一人의 兒孩가 무서워하는 兒孩라도 좋소.

(길은 뚫린 골목이라도 適當하오.)
十三人의 兒孩가 道路를 疾走하지 아니하여도 좋소.

「烏瞰圖」詩 第1號

마침내 그 난해의 극을 달리는 시들이 1934년 조선 중앙일보에 연재되기 시작함으로써 이상은 그의 시를 읽는 독자들에게 그 난해한 시로써 충격적인 물의를 불러 일으켰다. 이 신문의 학예부장 이태준이 박태원과 의논하여 실은 이 연재시는 먼저 「오감도」라는 제목부터 말썽이었다. "「오감도(烏瞰圖)」는 「조감도(鳥瞰圖)」의 오자가 아니냐"하는 것이 신문사 공무국의 질문이었고, 독자들은 "미친 놈의 잠꼬대가 아니냐", "무슨 개수작이냐", "그게 대체 어쩌자는 시냐"는 항의투서가 수십 장씩 날아들었다(윤태영 증언). 그러면 이 13인의 아해는 무엇을 의미하는가. "최후의 만찬에 합석한 예수의 제자 13인을 지칭한다"(임종국), 또는 "무수(無數)를 표시하는

<사진 2> 실습실(畵室)에서의 이상(1929년 ?).

것을 창작하여 13으로 하였다"(양희석) 등의 해설이 있으나 이것은 평자에 따라서 다른 견해를 낳을 수도 있다.

어쨌든 빗발치는 항의에 의해 「오감도」는 30회 예정이 15회로 끝을 맺고 이상은 자

기의 시도가 전혀 냉담한 반응으로 나타난 데 대해서 좌절을 느꼈다. 그는 그때의 심정을 다음과 같이 말했다고 한다.

왜 미쳤다고들 그러는지, 대체 우리는 남보다 數十년씩 떨어져도 마음놓고 지낼 작정이냐. 모르는 것은 내 재주도 모자랐겠지만 게을러빠지게 놀고만 지내던 일도 좀 뉘우쳐 보아야 아니하느냐. (중략) 2天點에서 30點을 고르는데 땀을 흘렸다. (중략) 勿論 다시는 무슨 方途가 있을 것이고 우선 그만둔다. 한동안 조용하게 工夫나 하고 딴은 정신병이나 고치겠다.[1]

이상의 문학이 발표되던 1930년대나, 이후 오늘날까지 여러 사람에 의해 그 분석이 시도되고, 가지가지의 해석을 낳았다. 그가 천재냐, 그렇지 않으면 약간의 정신병적 증세를 숫자나 글자로 옮겨 놓은 것뿐이냐 하는 것이라든지, 또는 세계를 풍미하고 있던 1차 대전 후의 데카당을 한 몸에 흡수한 그 시대 지성인으로서 피할 수 없는 비극적인 제물이었느냐 하는 것 따위는 그의 문학이 그 어느 것이라고 결론을 쉽사리 내리기 어렵다는 것을 의미한다.

李箱의 수필을 읽으면 뜻을 쉬 알 수 있고 조금만 힘들이면 小說도 알 수 있는데, 詩만은 全 신경을 곤두세우고, 지식을 총동원해도 이해하기 힘든 難解詩로 정평이 있다. 또 그 難解詩 때문에 文壇史的인 가치와 문학적 가치가 衆口難防式의 해석에 의해 혼돈되고 거기다 각혈, 요절이라는 文學外的인 것이 작용하여, 李箱의 詩나 小說 한 줄만 읽어 본 사람들에 의해 "天才야"라는 칭호로 감탄하게 되었다.[2]

11번째 객혈을 한 그가 가족을 위해서 결혼을 해야겠다고, 그의 모친이 그를 낳은 것처럼 자기도 뭔가 낳아야겠다면서 24세에 자기를 돌이켜본 가장(家長) 이상은, 그러나 금홍과의 2년간의 무궤도한 생활로 몸은 한층 쇠약해져 갔다. 그는 '제비' 다방에서 세금을 내지 못해 쫓겨난 이후에도 인사동에 카페 '쓰루(鶴)'를 개업했으나 실패하고, 종로 1가에 다방 '69'를 설계한 채로 개업 전에 타인에게 양도했다. 또 명동의 다방 '무기(麥)'도 실패했다. 이 모두가 그의 25세 때의 일이다.

그동안 그의 집안은 아우 운경(雲卿)이 덕수궁 청소부의 적은 봉급으로 지탱해 갔으니, 셋집을 전전하기만도 효자동, 수표교 근처, 신당동 버티고개 빈민굴, 통의동 등인데 옮길 때마다 방세를 못내서 거리에 나서고는 하는 빈곤의 연속이었다.

1) 尹泰榮 · 宋敏鎬, 『絶望은 技巧를 낳고』, 교학사, 1968.
2) 李哲範, 『韓國新文學大系 · 下』, 耕學社刊, 1972년.

3. 무익조(無翼鳥)의 비상(飛翔)

첫사랑 금홍에게서 남긴 것이 있다면 소설 「봉별기(逢別記)」, 「날개」 등일 것이다. 「봉별기」는 금홍과의 만나고 헤어짐을 차분하게 서술하고 있으나 「날개」는 그 관계를 자의식의 세계로 표현한 그의 대표작이다.

> 18가구가 어깨를 맞댄 33번지의 7번째방, 주인공 내가 사는 곳이다. 밤이 돼야 활기를 띠는 이 동네에서 나는 아내의 화장품 냄새를 맡아보고 돋보기로 불장난도 하며 소일하는게 유일한 오락이다. 아내는 밤이면 외출했고 때로는 남자 손님들이 찾아왔다. 말하자면 아내의 매춘 행위에서 얻은 돈으로 기식하는 버러지와 같은 나였다.
>
> 나는 어느날 집을 뛰쳐나와 정신없이 헤매다가 자신이 백화점 옥상에 있는 것을 발견했다. 이 옥상에서 群像을 본 나는 자기 자신을 강하게 인식했다. 나는 무한한 飛翔을 꿈꾸는 것이었다.
>
> 나는 걷던 걸음을 멈추고 그리고 어디 한번 이렇게 외쳐보고 싶었다. 날개야 다시 돋아라. 날자, 날자, 날자, 한번만 더 날잤구나, 한번만 더 날아보잤구나.

「날개」는 이같은 꿈으로 끝나지만 소설의 앞부분 "박제된 천재를 아시오?" 하는 것은 이상이 이루지 못하는 꿈에의 전제였다. 그는 날 수 없는 새였다. 그러나 이처럼 자유에의 갈구에도 불구하고 그의 문학에서는 여러 가지 복합적인 측면, 즉 피해망상의 광기를 볼 수 있다. 당대에 「날개」에 대하여 가장 긍정적인 평가를 내린 최재서와 김기림의 글을 인용해 보자.

> 여기서 우리는 肉體와 精神, 生活과 意識, 常識과 叡智, 다리와 날개가 相剋하고 鬪爭하는 現代人의 타입을 본다. 精神이 肉體를 焦火하고 意識이 生活을 壓倒하고 叡智가 常識을 克服하고 날개가 다리를 휩쓸고 나갈 때에 李箱의 藝術은 誕生된다. (중략) 그러나 어떤 個人의 意識(그것이 病的일망정)을 眞實하게 表現하는 것을 藝術行動으로부터 拒否할 아무런 理由도 우리는 갖지 않는다. 더욱이 그 個性이 現代精神의 症勢를 代表할 때엔 두말할 것도 없다. (중략) 우리는 날개에서 우리 文壇에 드물게 보는 리얼리즘의 深化를 가졌다.[3]
>
> 箱의 詩에는 언제든지 箱의 피가 淋漓한다. 그는 스스로 제 血管을 따서 '時代의 書'를 쓴 것이다. 그는 現代라는 커다란 破船에서 떨어져 漂流하던 너무나 비참한 船體 조

---

3) 金起林, 「李箱의 追憶」, 『朝光』 1937년 6월호.

각이었다. 箱의 죽음은 한 個人의 生理인 悲劇이 아니다. 縮刷된 한 時代의 悲劇이다.[4]

"그의 작품에서 성기 묘사, 성적 유희의 장면이 많은데 반대로 그는 성에 약한 듯 보인다. 학생 때 그의 집에 같이 기거했던 화가 문종혁(文鍾爀)과의 대담에서 나는 그 사실을 들었다. 여성 관계에 있어 그의 작품은 늘 삼각 관계의 피해의식에 사로잡혀 있지 않은가"『이상전집(李箱全集)』을 낸 바 있는 시인 임종국은 그의 작품을 정신분석학자에게 분석, 진단해 볼 필요성을 강조했다.

4. 불안 속의 종생(終生)

사실상 이러한 요구에 답하듯이 가톨릭 의대 교수인 김종은(金種殷)은 정신의학적인 측면에서 분석하여 이상 문학의 본질을 '무한한 불안'이라고 결론짓고 있다.

> 이러한 불안은 소년기에 있어서는 自由와 양가치의 모습으로 그를 온통 사로잡고 말았으나 성년기에 이르러서는 아예 감정의 억양, 아니면 우울의 형태로써 그의 사고와 행동을 온통 사로잡고 말았던 것으로 여겨진다.
> 이러한 성격형성 과정은 앙드레 지이드의 성격형성 과정과 비슷한 데가 있다. "응 가자, 아니 가지 말아야지" 하는 "두 개의 반대어를 되풀이하여 일기장에 써 놓았다"는 지이드의 분열 상태가 바로 그것이다.[5]

이 불안 의식은 날이 갈수록 더 극을 달리고 있었던 것처럼 보인다. 그리고 「날개」를 발표할 무렵 이상은 함께 폐를 앓고 있던 김유정(金裕貞)과 정사할 것을 시도한 때도 있었으니, 자살의 망령은 그의 곁을 떠나지 않았다.

1936년 여름, 그는 친구 화가의 여동생 이화여전 출신 변동림(卞東琳·후의 여류 수필가 김향안)과 돈암동 흥천사에서 결혼했으나 생활은 비참했고 몸은 극도로 쇠약해지고 있었다.

그는 생모, 백모, 그리고 암담한 가세와 자신에 대한 회오의 눈물을 뿌리고, 가을 홀연 동경으로 떠났다.

이듬해 동경 거리를 굶주림과 병마에 시달리며 배회하던 그는 사상 불온 혐의로 일본경찰에 체포되었다. 풀려 나왔지만 그즈음 그의 몸은 정신적으로나 신체적으로 이미 죽음에 직면해 있었다.

---

4) 金鍾殷,「李箱의 理想과 異相」,『文學思想』1973년 7월호.
5) 金種殷,「李箱의 理想과 異常」,『文學思想』1973년 7월호.

墓誌銘이다. 一世의 鬼才 李箱은 그 通生의 大作「終生記」一篇을 남기고 西歷 紀
元前 一天九百三十七年 丁丑 三月 三日 未時 여기 白日 아래서 그 波瀾萬丈(?)의 生涯
를 끝막고 문득 卒하다.

그는 「종생기」에서 이렇게 자신의 묘비명을 썼다. 그는 그 해 4월 17일 새벽 4시께
동경제대(東京帝大) 부속병원에서 레몬의 냄새를 맡아가며 27세를 일기로 눈을 감으니
"이리하여 나의 종생은 끝났으되 나의 종생기는 끝나지 않는다"6)는 것처럼 이상은 오
늘도 살아있는 것이다.

---

6)「終生記」.

◆ 연보

1910년   음 8월 20일 서울 종로구 사직동에서 부 강릉 김씨 연창(演昌)과 모 박세창(朴世昌)
          사이의 2남 1녀 중 장남으로 출생. 본명은 해경(海卿).
1912년   (2세) 백부 연필(演弼)댁 (서울 종로구 통인동 154번지)에서 23세 때까지 성장. 5
          세부터 7세까지 백부의 가르침으로 한문을 공부.
1917년   (7세) 4월 누상동 신명학교 입학.
1921년   (11세) 신명학교 4년 졸업. 동광학교 입학.
1924년   (14세) 4월 동광학교가 보성고보에 병합되어 4학년에 편입. 이 학교에서 교내 미
          술 전람에 출품한 유화 「풍경」이 우등상을 수상.
1926년   (16세) 3월 보성고보 5년 졸업. 동숭동 소재의 경성고등공업학교 건축과 입학.
1929년   (19세) 3월 고공 3년 졸업. 4월 조선 총독부 내무국 건축과 기수로 근무. 11월 관방
          회계과 영선계로 전근. 12월 27일 조선건축회계지『조선과건축((朝鮮と建築)』(일
          어판) 표지 도안 현상모집에 응모, 작품이 1등과 3등에 당선.
1931년   (21세) 시「이상한 가역반응」,「파편의 경치」,「▽의 유희」,「수염(鬚髥)」,「BO A
          TEUX BO I TEUSE」,「공복」(이상 조선과 건축 7월호),「3차각설계도」(조선과건
          축 10월호) 등 발표. 선전(鮮展)에 서양화 「자화상」을 출품 입선.
1932년   (22세)『조선과건축(朝鮮と建築)』표지도안 현상모집에 응모, 작품이 가작 4석
          (四席)에 선정. 시「지도의 암실」(조선과건축 4월호, 필명 비구),「건축무한육면각
          체」(조선과건축 7월호 · 필명 이상) 발표. 조선 총독부 상공과에 근무하던 백부가
          뇌일혈로 사망.
1933년   (23세) 3월 각혈로 기수의 직을 버림. 황해도 배천 온천에 요양. 여기서 기생 금홍
          과 알게 됨. 통인동 집을 처분하여 7월 14일 종로 1가 현 신신연쇄가 뒷골목 한일
          관 옆에 다방 '제비'를 개업하고 금홍을 마담으로 하여 동거. 시「1933. 6. 1」,「꽃
          나무」,「이런 시(詩)」(이상 가톨릭청년 7월호),「거울」(가톨릭청년 10월호) 발표.
          1934년 (24세) 9인회에 입회. 시「보통기념」(월간매신 7월호),「오감도」(조선중
          앙일보 7월 24일~8월 8일),「지팽이 역사(轢死)」(월간매신 8월호),「소영위제(素
          榮爲題)」(중앙 9월호) 발표.
1935년   (25세) 시「정식(正式)」(가톨릭청년 4월호),「지비(紙碑)」(조선중앙일보 9월),「산
          촌여정(山村餘情)」(매일신보 9월 27일~10월 11일) 발표. 9월 '제비' 폐업. 인사동
          에 카페 '쓰루(鶴)'를 경영, 곧 폐업. 종로 1가에 다방 '69'를 설계, 개업 전에 타인
          에게 양도. 명동에서 다방 '무기(麥)' 경영 실패. 성천, 인천 등지를 여행.
1936년   (26세) 3월 창문사에서 9인회 동인지『시와 소설』을 편집, 제 1집만 내고 창문사
          퇴사.「작가의 호소」(조선중앙일보 1월 6일),「지비(紙碑) 1 · 2 · 3」(중앙 1월호),
          「역단(易斷)」(카톨릭청년 2월호),「서망표도(西望栗島)」(조광 3월호),「조춘점묘
          (早春點描)」(매일신보 3월 3일~26일),「가외가전(街外街傳)」(시와 소설 1집),「여
          상(女像)」(여성 4월호),「명경(明鏡)」(여성 5월호),「지주회시(𧏮䵷會豕)」(중앙 6
          월호),「약수」(중앙 7월호),「EPIGRAM」(여성 8월호),「행복」(여성 10월호),「위

                                                                              이   상 333

독(危篤)」(조선일보 10월 4일~9일), 「추등잡필(秋燈雜筆)」(매일신보 10월 4일~28일), 「봉별기(逢別記)」(여성 12월호) 발표. 6월을 전후하여 이화여전 문과의 김향안(본명 변동림)과 결혼. 음 9월 3일 도일, 동경행.

1937년 　(27세) 「동해(童孩)」(조광 2월호), 「황소와 도깨비」(매일 신보 3월 5일~9일), 「19세기식」(34문학 4월호) 발표. 2월 사상 불온 혐의로 동경 서신전(西神田)경찰서에 구금. 3월 건강 악화로 보석. 4월 17일 (음 3월 7일) 새벽 4시께 동경제대 부속병원에서 27세를 일기로 사망. 음 3월 5일(또는 6일) 하루에 부친과 조모 사망. 5월 4일 부인에 의해 유골이 돌아와 미아리 공동묘지에 안장하였으나 후에 유실됨. 「공포의 기록」(매일신보 4월 25일~5월 15일), 「종생기」(조광 5월호), 「권태」(조선일보 5월 4일~11일), 「슬픈 이야기」(조광 6월호) 게재.

1938년 　「환시기(幻視記)」(청색지 1집) 발표.

1939년 　「실락원」(조광 2월호), 「실화(失花)」(문장 3월호), 「단발」(조선문학 4월호), 「병상이후」「김유정」(청색지 5집), 「동경(東京)」(문장 5월호), 「최저낙원」(조선문학 5월호) 게재. 이후 유고, 단문(短文), 시 등이 전집 및 잡지에 30여 편 수록 발표됨.

◆ 도움말 주신 분(1973년 현재)

朴世昌　　87 · 모친 · 서울 동대문구 제기 3동 134 5통 5반.
金英淑　　83 · 백모 · 서울 성북구 안암동 5가 134의 76.
金玉姬　　58 · 동생 · 모친과 같음.
尹泰榮　　66 · 친우 · 한성여대 교수.
朴鍾國　　44 · 시인 · 서울 성북구 하월곡동 90의 1547.

◆ 관계 문헌

朴泰遠, 「李箱의 片貌」, 『朝光』 1937년 6월호.
金起林, 「李箱의 追憶」, 『朝光』 1937년 6월호.
朴鍾國, 「李箱論」, 『高大文化』 1집, 高大刊, 1955년 12월.
金春洙, 「李箱의 詩」, 『文學藝術』 1956년 9월호.
金宇鍾, 「李箱論」, 『現代文學』 1957년 5월호.
鄭泰榕, 「李箱의 人間과 文學」, 『藝術院報』, 예술원간, 1959년 10월.
金敎善, 「李箱論」, 『Critique』, 全北大刊, 1960년 11월.
김　현, 「李箱에 나타난 만남의 問題」, 『自由文學』 1962년 10월호.
宋基淑, 「李箱 序說」, 『現代文學』 1965년 9월호.
尹泰榮, · 宋敏鎬, 『絶望은 技巧를 낳고』, 교학사, 1968.
呂榮澤, 「李箱의 散文에 關한 考究」, 『국어 국문학』, 국어국문학회간, 1968년 5월.

柳 致 眞

(극작가 1905~1974)

1. 향학에의 열망

약관의 나이에 로맹 롤랑의 「민중예술론」에서 계시를 받고, 몽매한 민중을 계몽하기 위하여 "문학중에서도 가장 공리적이고 직접적인 희곡에, 예술 중에서도 가장 행동적이고 현실적인 연극에" 뜻을 세웠던 동랑(東郎) 유치진은 초기에 아나키스트로 출발하여 1930년대 전반기 이땅에 희곡에서의 리얼리즘을 확립했다. 그의 초기의 작품들은 동반작가로 인정을 받았을 만큼 사회성을 강하게 띠고 있었다. 그러나 1930년대 후반 리얼리즘과 낭만주의의 조화라는 논리 뒤에 따른 1940년대 일제 암흑기의 굴절은 그 무렵 많은 지식인이 겪은 행로와 같은 상흔이라 하겠다. 그럼에도 불구하고 70세를 일기로 타계할 때까지 극작가로 연출가로 또는 연극 행정가와 교육자로 연극 전반에 걸쳐 전인적인 활동을 하면서 이룩한 업적으로 그는 오늘날 한국 연극의 대표급 지도자로서의 위치를 확고히 한 것이다.

유치진은 1905년 경남 통영(현재 충무시) 태평동 500번지에서 유준수(柳焌秀)를 아버지로 박우수(朴又守)를 어머니로 하여 8남매 중 맏이로 태어났다. 부친 유준수는 원래 거제 둔덕면 방하리 유민의 유생(儒生) 집안의 출신으로 젊어서, 통영의 중산층으로 유복하게 살던 밀양 박씨가에 데릴사위 형식으로 장가를 들어 왔다. 그는 통영에서 농사를 짓지는 않은 듯이 보이며, 유치진이 보통학교에 입학할 무렵에는 '유약국'이라는 한약방을 경영하여 생계를 삼고 있었다. 그리고 모친 박우수는 별로 어려움을 모르고 자라난 집안의 막내였고 뒤에 어머니가 되어서는 자식들에게 자애스런 인상을 남긴 사람이었다. 그러나 아우 청마(靑馬)가 고향에 대한 시편을 더러 남긴 것에 비하면 동랑은 기이할 정도로 고향을 작품으로 형상화시키지 않았다. 그런 뜻에서 청마의 「귀고(歸故)」라는 시는 그들의 고향을 이해하는 데 적절한 도움을 줄 것이다.

> 검정 사포를 쓰고 똑딱船을 내리면
> 우리 故鄕의 선창가는 길보다도 사람이 많았소
> 양지 바른 뒷산 푸른 松栢을 끼고

南쪽으로 트인 하늘은 旗ㅅ발처럼 多情하고
낯설은 신작로 옆대기를 들어가니
내가 크던 돌다리와 집들이
소리 높이 창가하고 돌아가던
저녁놀이 사라진 채 남아 있고
그 길을 찾아가면
우리 집은 유약국
行而不言하시는 아버지께선 어느덧
돋보기를 쓰시고 나의 절을 받으시고
헌 册曆처럼 愛情에 낡으신 어머님 옆에서
나는 끼고 온 新刊을 그림책인 양 보았소

그런 고향의 생가와 뒤에 '유약국'이던 집들도 유치진의 장남 유덕형(柳德馨)에 따르면 여관과 양화점으로 그 모습을 바꾸어 극작가와 시인을 키워냈던 문학의 요람으로서의 향취는 이제는 사라지고 없다고 한다.

주로 가난한 농민과 어부를 고객으로 했던 '유약국'은 경제적으로 풍족치 못하여 1918년 유치진이 4년제 보통학교를 졸업하자 취직을 해야 한다는 부친의 분부로 그는 부산으로 가 부산우편국 부설의 체신기술원 양성소에 입소하였고 6개월 만에 교육을 마치고 고향으로 돌아와 통영우편소에 취직했다. 그가 그것에 만족했었더라면 그는 평생 향리의 우편관리로 머물렀을지도 모른다.

<사진 1> 1970년 드라마센터 뒤채에서의 한 때. 유치진은 초기 우리나라 연극계에 리얼리즘을 확립하는 데 기여했고 1960년대에는 '드라마센터'를 건립하여 연극 발전에 크나큰 공헌을 했다.

늘 우편소 창밖을 내다보며 상급학교로 진학하기를 동경해 마지않던 소년에게 3·1만세운동은 그의 꿈을 실현시켜 주는 발판이 되었다. 만세운동에 혼줄이 난 일제는 어떻게든 한국인의 저항감을 무마하려고 이른바 문화정책이란 것을 획책했다. 이 무렵에 경향 각처에서는 수많은 계몽강연회가 열렸는데 통영도 예외는 아니었다. 부친이 강연회에 드나들며 깨우친 것은 아들에게 공부를 더 시켜야 한다는 것이었다.

그리하여 유치진이 당시 명치학원 중학부 재학 중이던 고향의 4년 연상인 박명국(朴明國)이란 사람을 따라 일본으로 건너간 것은 1920년 15세 때의 일이었다. 그는 이듬해 동경의 풍산(豊山)중학교 2학년에 편입했고 1926년에 졸업했다. 중학 4, 5년 때에는 철학에 뜻을 두어 쇼펜하워와 니체 등을 탐독하는 한편 방학 때면 고향에 돌아와 청마와 함께 20~30페이지짜리 동인지 『토성(土聲)』을 만들기도 하고 2층에 사설도서관을 차려놓기도 했으나 그때까지만 해도 문학이나 연극을 하겠다는 확고한 신념을 가지고 있지는 않았던 것 같다.

그가 희곡과 연극에 입지를 세운 것은 1925년 부친의 뜻에 따라 경응(慶應)대학 의예과에 지망했다가 낙방하고 이듬해 입교(立敎)대학 예과에 합격한 후의 일이었다. 그는 다시 영문학과로 진학을 했으나 그의 관심은 연극과 관련된 과목에만 관심이 있었던 듯싶다.

동경학생의 신연극단체인 '근대극장(近代劇場)'에 2, 3년간 따라 다니며 「검찰관」, 「공기만두」 등의 작품에 출연을 했다. 하지만 보다 수준이 향상된 극단을 원했던 그는 아나키스트들의 극단인 '해방극장(解放劇場)'으로 자리를 옮기기도 했다.

그가 허무주의에 탐닉한 데에는 이유가 있었다. 1923년 동경대진재와 그에 따른 일본인의 한국인 학살사건을 겪으면서 절실하게 느낀 나라 잃은 민족의 비극과, 한약방을 경영하던 부친이 어장에 손을 대었다가 실패하는 바람에 겪은 외지에서의 개인적인 궁핍, 그리고 러시아의 크로포트킨과 바쿠닌과 에이레의 숀 오케이시의 영향을 들 수 있을 것이다.

2. 행장극장(行裝劇場)을 주창

1931년 대학을 졸업하고 귀국한 그는 고향에 잠시 들렀다가 서울로 올라갔다. 그리고 그 해 7월 '극예술연구회' 창립멤버로 참가하게 되었다. 그때 창립멤버이자 동아일보 학예부 수석기자로 있었던 서항석(徐恒錫)은 창립 동기를 다음과 같이 전한다.

"그 무렵 사회사정은 해외에서 공부하고 돌아왔다고 해서 모두가 다 훌륭한 직장에 취직이 되는 것은 아니었다. 당시 조도전(早稻田)대학 출신을 중심으로 한 문단 신예들을 항간에서는 해외문학파라고 불렀는데 이것은 어디까지나 친교관계로 이루어진 자연발생적인 것이었다. 취직이 되지 않자 이들에게는 사회에 대한 불만과 저항정신이 팽배해졌고 무엇이고 문화운동을 전개해야 한다는 데에 중지가 모아지고 있었다. 때마침 홍해성(洪海星)의 궁핍한 생활을 돕고자 열었던 연극영화전시회가 반응을 얻자 이대로 끝날 수 없다고 하여 극예술연구회의 발족을 보게 된 것이다."

유치진의 작품 활동은 1932년 희곡 「토막(土幕)」을 박용철이 주재하던 『문예월간』 12월호에 발표함으로써 시작된다. 그는 그 이후 「버드나무 선 동리(洞里)의 풍경」, 「빈민가(貧民街)」 등 일련의 고발성 짙은 작품들을 발표하더니 그의 대표작으로 꼽는 「소」를 1935년에 냈다.

<사진 2> 유치진의 대표작 「소」의 공연장면 (1958년 원각사). 가운데 김승호(金勝鎬)와 한은진(韓銀珍)이 보인다. 유치진은 이 작품에서 한국 희곡의 리얼리즘을 확립했다.

왼편에는 헛간. 오른편은 마당. 마당에는 바깥 행길의 일부분을 경계하는 울타리. 헛간 왼편 벽에는 방문. 그앞에 툇마루. 헛간의 뒤편에는 뒤꼍으로 통하는 통로. 마당에 서 있는 감나무에는 빨간 감이 군데군데 달렸다.

명랑한 늦은 가을철.

무대 설명으로 보아서 「소」는 무척 밝은 작품처럼 보인다. 풍년에 집 뒤 타작마당에서 마을 사람들이 모여 분주히 타작을 하고 있는 장면도 그렇다. 그러나 정작 집주인 국서로서는 조금도 기쁘지 않다. 큰아들 말똥이는 일은 하지 않고 서울로 팔려가게 되어 있는 이웃 소녀 귀찬이 때문에 등이 달아 종일 빈둥빈둥거리기만 하고, 둘째아들 개똥이는 항구로 나가 한밀천 마련하겠다는 꿈을 이루고자 국서의 생명이나 다름없는 소 팔 궁리만 하고, 사음은 벌써부터 나타나 재작년부터 밀린 도조의 셈을 따지고 있다.

작품이 진행되면서 이 집의 소는 집안 식구 각자에게 중요한 의미를 띠고 있음을 알게 된다. 국서에게 있어서는 농사를 짓는 데 없어서 안되는 생명이나 다름없는 동물이고, 말똥이에게는 사랑하는 귀찬이를 옆에 묶어 놓을 수 있는 귀중한 동물이고, 개똥이에게는 항구로 갈 노자돈을 마련할 수 있는 동물이며, 국서의 처에게 있어서는 이들 세 사람의 마음을 맞출 수 있는 수단으로서의 동물이기도 하다.

그러나 사음은 갚지 못한 도조의 값으로 소를 끌고 가버린다. 국서의 가족에게는 허탈과 허무밖에 남지 않는다. 말똥이는 사음의 집에 방화를 하고 국서네 집에는 파국이 온다.

그러니까 柳致眞이 그리려는 것은 1920,30년대 한국인의 不幸한 삶이고, 그런 삶 뒤에 도사리고 있는 構造的 矛盾을 드러내고 告發하자는 데 있었다. 그가 농촌을 무대로 삼고 농민을 그리려한 것은 농촌이야말로 一齊의 수탈정책이 가장 첨예하게 나타난 곳이고 그 반응도 예민했기 때문이다.[1]

「토막」 이후 「소」에 이르기까지의 성공은 유치진의 성가를 높였다. 사실 유치진이

---

1) 柳敏榮, 「抵抗과 順應의 軌跡」, 『中央大演劇映畵研究』 제4집.

일본에 있을 때부터 꿈꾸었던 것은 행장극장(行裝劇場)이란 것이었다. 도시 서민계급이나 농촌 농민에게 파고들어 그들을 계몽시키고자 하는 운동이었다. 그러므로 유민이 되는 과정을 다룬 「토막」이나 앞에서 본 「소」의 경우는 그가 행장극장에서 다룬 내용과 부합되기도 했다. 그리하여 그는 1935년 이렇게 주장했던 것이다.

> 그런데도 不拘하고 오날의 演劇이란 어떤 狀態에 있는 것이냐? 演劇은 野天의 熱情을 떠나서 室內로 幽閉되었다 하야 觀覽席에는 일일이 番號를 붙여서 演劇을 散賣하고 무대는 貴族的으로 粉粧하야 그의 특히 限한 顧客만을 위하야 卑劣한 阿諂에 餘念이 없는 것이다. (중략) 演劇이란 一般民衆의 創作이오 그의 娛樂이오 드디어 그들의 意志인 것이다.[2]

그는 이어 8할 이상을 점유하고 있는 농민을 무시하고 도회인에게 관심을 기울인 데서 연극의 타락의 근본 원인이 있다고 역설했다. 그러나 이와 같은 주장은 그후에 지속되어 가지 못했다.

유치진은 입교대 본과 1년때 백씨 가문의 규수와 결혼을 했지만 소생이 없던 그들 사이에는 애정이 없었고 결국 이혼을 하고 말았다. 그가 생활의 안정을 어느 정도 얻은 것은 「줄행랑에 사는 사람들」이란 희곡으로 조선일보 신춘문예에 당선한 바 있는 심재순(沈載淳 · 서울예술전문대학 이사장)과 재혼을 하고부터이다. 심재순은 한말 참정대신 한규설(韓圭卨)의 외손녀이자 김홍집 내각의 탁지부대신을 지낸 심상훈(沈相薰)의 손녀였다. 부부는 1937년 서울 종로구 사직동 311번지 21호(현재의 정란여상 건너집)에 대지 119평 건평 40여평의 새 집을 지었다.

3. 드라마센터 설립

"우리가 이사 올 때 집에 추녀가 없어 묘하게 지은 집이라고 생각했었는데 얼마 전 유치진씨의 부인이 둘러보고 하시는 말씀이 당시 서반아식으로 지은 집이라고 하더군요. 창문의 위쪽이 반원의 둥근 모양으로 되어 있지요? 집수리를 하면서 천장을 뜯어보니 소화 12년에 상량을 올렸다는 기록을 볼 수 있었구요."

친절하게 집의 구조를 소개하면서 지금의 안주인(김정자)이 들려주는 말이었다. 빙 둘러 있던 마루를 방으로 확장하기는 했지만 외형은 옛날 그대로인 이 집에는 그 무렵에 심어졌을 듯싶은 큰 은행나무가 열매를 맺고 있었다.

「소」가 상연된 것은 동경학생예술좌의 창립공연으로 축지(築地)소극장에서 이루어

---

2) 「農民劇 提唱의 本質的 意義」, 『朝鮮文壇』 1935년 2월호.

졌었는데 그것이 사회주의적 색채를 띠었다는 이유로 종로서로 불려가 조사를 받음으로써 최초의 탄압을 받게 되었다. 그로부터 그는 탄압을 피하기 위해 「춘향전」, 「마의 태자」와 같은 역사물에 손을 대었고 동시에 낭만주의의 조화를 꾀하면서 원래의 강렬한 리얼리즘의 색채는 퇴조하기 시작했다.

그의 굴절의 비극은 1938년 '극연(劇研)'이 '극연좌(劇研座)'로 개칭되고 그것이 다시 1년 뒤에 와해된 뒤 1941년 '현대극장(現代劇場)'을 직접 창립 주재함으로써 나타나게 되었다. 일제는 연극을 통해 전시체제에 한민족을 끌어들이려고 했다. 이른바 '국민연극'이었다. 유치진의 「흑룡강(黑龍江)」, 「북진대(北進隊)」, 「대추나무」 등의 작품은 바로 그러한 시기에 쓰여진 작품이었다. "동랑은 그런 의미에서 연극에서의 춘원이라고 할 수 있겠지만 그의 업적은 연극사에서 결코 간과될 수 없다"(유민영의 평).

사실 광복을 맞은 뒤 1947년에 「조국」이란 반일 연극을 상연하고 반공단체인 극예술협회 등을 조직하는 등 새로운 면모를 보이면서 「자명고(自鳴鼓)」, 「은하수(銀河水)」, 「흔들리는 지축」, 「남사당(男寺黨)」 등의 희곡을 써냄과 더불어 연출가로서, 교육자로서 꾸준한 정진을 했다.

"부친께서는 연극활동밖에 모르시는 분으로 우리들에게는 자상하신 편은 아니었다. 그분은 초기 문맹자 퇴치운동으로 연극을 하셨고 오광대며 산대놀이 등 민속극의 전통을 이어가려는 의지도 보였다"(장남 유덕형의 회고담).

그는 나중에는 극작가로서보다는 연극 행정가로서 더 많은 활약을 했다.

그가 1962년 한국연극연구소인 '드라마센터'를 건립하고 연극학교와 연극 아카데미를 부설한 것은 한국 연극을 위한 그의 생애의 가장 큰 업적일 것이다. 다시 1973년 서울연극학교를 서울예술전문학교로 승격시켰던 이듬해 1월 31일 연극진흥을 위한 연극인 간담회가 열린 충무로 3가 한식점 '가현' 2층에서 발언 후 졸도, 2월 10일 세상을 떠나니 향년 70세였다.

1982년 4월 그의 제자였던 극작가 차범석은 드라마센터 개관 20주년 기념 학술강연대회에서 「인간 유치진 방황했던 이상주의자」란 제목으로 이렇게 언급하고 있다.

> 평생을 다 살다가도 이루어 놓은 것 하나없는 세상에 그래도 유치진 선생은 남산 기슭과, 대한민국과, 세계연극계에 그 이름을 심어 놓았으니 그 예술 이전에 먼저 인간성에서 한층 더 높은 자리에 모시고 싶은 생각뿐이다.

◆ 연보

1905년	음 11월 19일 경남 통영(충무) 태평동(속칭 동문 안) 500번지에서 유생인 부 진주 유씨 준수(俊秀)와 모 밀양 박씨 우수(又守) 사이의 5남 3녀 중 맏이로 태어남. 둘째가 시인 청마 유치환. 호는 동랑(東郎).
1910년	(5세) 외가 사숙에서 한문 수학.
1914년	(9세) 4년제 보통학교(세병관에 있었음)에 입학.
1918년	(13세) 보통학교 졸업. 부산 체신기술원 양성소 입소, 수료. 통영 우편소 근무.
1919년	(14세) 우편국 사직. 그 이듬해 일본 동경으로 감.
1921년	(16세) 4월 동경의 풍산중학교 2학년에 편입. 여름방학 때 통영의 동인회 '백조(白鳥)'(후에 토성회)에 가담.
1923년	(18세) 동경대진재 체험.
1925년	(20세) 풍산중학교 졸업. 경응대학 의예과 지망 낙방. 연극분야에 뜻을 둠.
1926년	(21세) 입교(立敎)대학 예과 입학.
1927년	(22세) 입교대학 영문학과 입학. 홍해성, 정인섭 등과 친교, 학생연극 운동에 참가. 통영의 동인지 『토성』을 발간.
1931년	(26세) 입교대학 영문학과 졸업. 논문은 「숀 오케이시 연구」 귀국, 서항석 등과 극예술연구회 창립. 평론 「세계극단의 동태」(조선일보 11월 12일~12월 2일자) 등 발표. 희곡 「토막」 2막(문예월간 2호).
1932년	(27세) 평론 「노동자 구락부 극에 관한 고찰」(동아일보 3월 2일~5일자) 등 발표.
1933년	(28세) 희곡 「버드나무 선 동리의 풍경」 1막 극예술연구회 상연
1934년	(29세) 3월 재차 도일. 동경학생예술좌 창립 후원. 희곡 「빈민가」 등 발표.
1935년	(30세) 희곡 「소」 3막 동경 축지소극장에서 상연. 평론 「농민극 제창의 본질적 의의」(조선문단 2월호) 등 발표. 5월 귀국. 조선조 고종 때 참정대신 한규설(韓圭卨)의 외손녀이자 청송 심씨 규섭(圭燮)의 영애인 재순(載淳)과 결혼. 심재순은 조선일보 신춘문예에 희곡 「줄행랑에 사는 사람들」이 당선된 바 있다.
1936년	(31세) 희곡 「춘향전」 4막, 「자매」(조광 9월호) 등 발표. 장녀 인형(仁馨) 출생.
1938년	(33세) 희곡 「제사」 1막 극연 상연. 평론 「도덕의 문학적 파악」(조선일보 3월 9일자) 등 발표. 전 해애 서울 종로구 사직동 311번지 21호에 자택 지음. 장남 덕형(德馨) 출생.
1940년	(35세) 희곡 「부부」 1막 (문장 11월호), 평론 「국민예술의 길」(매일신보 1월 3일자) 등 발표.
1941년	(36세) 함대훈 등과 현대극장을 창립 주재. 희곡 「흑룡강」 5막 상연. 평론 「신체제하의 연극」(춘추 2월호), 「신극과 국민극」(삼천리 3월호) 등 발표.
1942년	(37세) 희곡 「북진대(北進隊)」 3막(대동아 7월호), 「대추나무」 5막 등 상연.
1943년	(38세) 「봄밤에 온 사나이」(이서향작) 등 연출.
1946년	(41세) 이해랑, 김동원 등과 극예술협회 조직, 서울 용산구 갈월동 7의 28호로 이사.
1947년	(42세) 희곡 「조국」 1막 3·1절 기념 극협 상연. 희곡집 「자명고(自鳴鼓)』, 『소』

(이상 행문사), 「흔들리는 지축」(정음사) 등 간행.

1948년	(43세) 희곡「별」5막 극협상연.
1949년	(44세) 서울대 문리대와 연희대에서 강의. 논문「부민관을 국립극장으로」등 발표.
1950년	(45세) 희곡「장벽」1막 (백민 4주년 기념호) 등 발표.
1951년	(46세)『유치진 희곡집』간행.
1952년	(47세) 희곡집『원술랑』(자유문화사) 간행.
1953년	(48세) 희곡「처용의 노래」4막 등 발표. 희곡집『자매』(진문사) 간행.
1955년	(50세) 서울시 문화상 · 예술원상 수상.「극작가 수업 30년」(현대문학 5월호) 등 발표.
1956년	(51세) 세계연극 시찰차 구미 각국 및 동남아 순방.
1958년	(53세) 희곡「한강은 흐른다」22경 발표. 국제극예술협회(ITI) 한국본부 위원장.
1959년	(54세)『유치진 희곡선집』(성문각) 간행.
1960년	(55세) 동국대 연극영화과 초대과장.
1962년	(57세) 한국연극연구소 '드라마센터' 건립. 예총회장, 예술원 부회장. '드라마센터' 개관공연「햄릿」「포기와 베스」연출.
1965년	(60세) 극단 '드라마센터' 창립.
1967년	(62세) 3 · 1연극상 수상.
1970년	(65세) 한국연극 공로장 수상.
1971년	(66세) 한국극작가협회 회장.『유치진 희곡전집 상하』(성문각) 간행.
1973년	(68세) 서울연극학교를 서울예술전문학교로 승격 설립.
1974년	(69세) 1월 31일 연극인 간담회 석상에서 발언중 졸도, 투병중 2월 10일 고혈압으로 타계. 경기도 파주군 금촌읍 낙원공원 묘지에 안장.

◆ 도움말 주신 분(1982년 현재)

柳德馨   44 · 장남 · 연출가 · 서울 예술전문대학교 학장.

徐恒錫   82 · 연극인 · 예술원 회원.

柳敏榮   47 · 단국대 교수.

◆ 관계 문헌

柳敏榮,『韓國現代戱曲史』, 弘盛社刊, 1982년.

韓 黑 鷗

(시인 · 수필가 1909~1979)

1. 평양 목회자의 아들

약관의 나이에 이역만리 미국으로 건너가 대륙을 떠돌며 시를 쓰기 시작한 한흑구는 고국에 돌아와선 시보다는 오히려 월트 휘트먼 등 미국문학 내지 영국문학 소개에 주력했다. 그러나 1940년대 일제 암흑기를 고비로 그의 분방하던 시대는 막을 내리고 8·15 광복 뒤에는 동해 바닷가로 가 은둔의 사색가가 되어 명징스런 '시적 산문'에서 그의 본령을 찾아 세상을 떠날 때까지 거기에 일관했다. 그는 숨 쉬는 자연의 아름다움에서 인간의 아름다움을 발견하려 했고, 시의 정신으로 산문을 썼던 고고한 수필가였다.

> 유월의 바다는 아늑하다. 그 무르익고 부푼 가슴은 푸른 잔디가 깔린 벌판과 같이 고요하다. (중략)
> 바다의 넓은 볼륨은 고요하다고 해도 모래판으로 밀려나오고 나가는 흰 물결은 이다금 철썩철썩 소리를 낸다.
> 그것은 마치 바다의 숨결과 같고 춤과 노래와 같은 것이다.
> 생명의 노래이며 생명의 예술인 것이다. (중략)
> 여름의 바다는 청춘과 같다.
> 소년과 같이 거칠게 날뛰던 모습은 다 어디로 가고 초록빛 얼굴과 푸른 가슴을 헤치고 고요히 누워만 있다. (하략)
>
> 「東海散文 — 여름의 바다」에서

경북 포항시에서 영덕 · 울진으로 가는 북행길로 들어서지 말고 곧장 들쭉날쭉한 해안선을 따라 버스로 20분가량 달리노라면 한 언덕 마루턱에 닿게 되는데 한흑구의 유택은 바로 그 언덕 솔나무밭을 지나 바다를 향해 시야가 탁 트인 한적한 곳에 자리 잡고 있었다. 아닌게 아니라 유월의 바다는 "푸른 잔디가 깔린 벌판"처럼 잔잔했다.

손에 잡힐 듯 가까운 눈 아래 어촌(죽천)에서는 개 짖는 소리마저 들려오지 않고, 한 가닥 고동소리도 없이 닻을 내리고 있는 외항선 저쪽에 때마침 안개에 가린 장기곶(長

鬐串)이 섬인양 희미하게 가로 누웠다. 한흑구는 유월 어느 날 한 폭의 그림과도 같은 그런 풍경을 앞에 두고 긴긴 잠을 자고 있었다. 그러나 그에게는 불만이 없다. 어쩌면 고향을 떠나 타향을 고향처럼 여기며 그토록 순수 무구한 마음으로 만족스럽게 생을 살았던 사람도 드물 것이다.

그는 1909년 음력 6월 19일 평남 평양시 하수구리 96번지에서 한승곤(韓承坤)을 아버지로 박승복(朴承福)을 어머니로 하여 1남 3녀 중 외아들로 태어났다. 흑구는 필명이고, 세광(世光)이 본명이었다. 그의 부친 한승곤은 평남 강서의 지주로 원래 기독교 신자가 아니었으나 부흥회 때 선교사의 감화를 받아 평양신학교를 나와 고향의 많은 땅을 처분하고 평양에다 산정현(山亭峴)교회를 세워 초대 목사가 되었던 유명한 목회자였다.

그는 또 1911년 '105인 사건'에 연루되어 중국 상해를 거쳐 미국으로 망명길에 올라 1913년 미주 흥사단이 결성될 때 의사장직을 맡기도 했던 인물이었다. 그러므로 한흑구는 유년기부터 부친과는 떨어져 살았으나 소년기를 지나오면서 그의 의식세계가 흥사단의 도산(島山)정신과 맥락이 닿아 있었으리라는 것은 쉽게 짐작이 가는 일이다.

그는 평양의 숭덕보통학교와 숭인상업학교를 거쳐 1928년 서울의 보성전문학교 상과에 진학했지만 이듬해 학교를 중퇴하고 부친을 찾아 미국으로 건너갔다. 그리고 그해 시카고 시에 있는 노드 파크 대학 영문학과에 입학했다가 1932년 필라델피아 시의 템플 대학교 신문학과로 전학했다. 하지만 1934년 모친 숙환으로 부친 대신 귀국하고 말아 학교를 졸업하지 못했다. 그는 모친이 타계한 뒤 재차 도미하려 했으나 총독부에서 여권을 발급해 주지 않아 뜻을 이루지 못했다고 했다.

2. 월트 휘트먼과 흑인문학

그의 시가 처음 나타나기 시작한 것은 1931년 『동광(東光)』지를 통해서였다. 그때부터 이 잡지에 그의 이름이 심심치 않게 눈에 띄고 있는데 그렇게 된 연유는 "시카고에 있을 때에 '대륙방랑시편(大陸放浪詩篇)'이라는 제목 아래 시 열 편을 써서 「동광」지의 주요한 씨에게 보낸 일"[1]이 있었기 때문이었다.

그는 그 무렵 시뿐만 아니라 소설과 에세이류의 짤막한 비평문들을 발표했는데 시와 소설의 경우는 흑구를 썼고 비평문 같은 글에는 세광이란 본명을 붙였다.

그가 여객선을 타고 미국으로 건너가는 도중 일주일 내내 배를 따라오는 검은 갈매기 한 마리를 보고 "비가 오거나, 바람이 불거나, 옛 깃을 버리고 새 대륙을 찾아서 대양을 건너는 검은 갈매기 한 마리, 어딘가 나의 신세와 같다"라고 일기장에 쓰다가 흑구를

---

1) 「나의 交友錄―巴人과 崔貞熙」, 『人生散文』, 一志社刊, 1974년.

필명으로 삼기로 했다는 것이다.

그는 남들이 검은 색에 뭐라건 "외로운 색, 어느 색에도 물이 들지 않는 굳센 색, 죽어도 나라를 사랑하는 부표(附表)의 색"이라는 생각에서 '흑'자를 택하기로 했다고 한다.

햇수로 6년 동안 미국에 체류, 공부하면서 그는 틈틈이 시카고와 필라델피아 외에도 나이아가라 폭포, 뉴욕, 볼티모어와 캐나다의 토론토 등지를 여행하며 견문을 넓혔다. 그는 미국에 있으면서 부친에게 의지하지 않고 백화점의 점원 같은 일자리를 구해 고학을 했다. 하기방학 때에는 사람이 붐비는 휴양도시나 박람회가 열리는 도시를 따라 다니며 일자리를 찾았다. 필라델피아에서 학교를 다닐 무렵에는 고향의 연상 친구인 안익태(安益泰)가 유학을 오자 학교 입학을 주선하느라고 필라델피아와 시카고 등지를 백방으로 뛰어다니는 눈물겨운 우정을 보이기도 했다.[2]

아마도 그는 안익태가 음악에 쏟은 열정만큼이나 문학에 열정을 쏟았던 것 같다.

> 쉬카고는 나의 둘채ㅅ 故鄕
> 거기에는 나의 동포가 있고
> 삶을 위하야 쌈싸우고 있는
> 나의 동포들의 숨길이 있는 곳.
>
> 湖水가에는 公園과 호텔
> '캐시노 클럽'으로 가는 自動車들.
> 이곳에 혼자 나와 앉어
> 수심하는 동포의 낯이여.
>
> '클락' 街를 건너 西편에는
> 百年 늙은 헌 집 속에 몬지덤이.
> 밤 늦어 이 골목으로 들어가는
> 동포의 무겁게 숙으러진 머리여.
>
> 쉬카고는 나의 둘채ㅅ 故鄕.
> 거기에는 '애리스로크랫'의 밤이 있고
> '룸펜'의 배곱은 아츰이 있는 곳.
> 그러고 그릇날느고 얻어먹든 밥집이여!
>
> 시 「쉬카고」 1~4연

---

2) 「나의 交友錄─藝術家 安益泰」, 위의 책.

그때 씌어진 그의 시에는 나라 잃은 검은 머리의 동양인 청년의 보헤미안적인 슬픔이 깃들어 있다. 어느 면에서는 1930년대 모더니스트들의 체취가 풍기기도 하지만 미국 유학중에는 물론 귀국해서도 그들과 관계를 맺은 흔적은 없다. 그의 에세이류의 소론들이나 번역물들은 서로가 유기적인 체계하에 씌어졌다기 보다는 소개에 그친 감이 없지 않다. 그는 고향 선배들의 영향을 받기는 했지만 동시대적인 문단인들과의 교류가 없이 혼자서 고군분투한 인상이 짙다. 그런 가운데서도 그가 미국의 국민 시인으로 불리는 「풀잎」의 시인 월트 휘트먼과 흑인문학에 기울인 관심은 주목할 만한 것이었다. 그는 정형시보다 자유형시에 크게 매력을 느꼈고 "개성과 개성이 서로이 교통하고, 합치할 수 있는 개성. 공간과 시간을 초월할 수 있는 완전한 개성. 인성(人性)으로부터 신성(神性)으로 상향하는 개성"[3]을 시인이 탐구해야 할 과제라고 강조했다. 그리고 그가 흑인문학에 관심을 가졌던 것은 자연과 자유를 빼앗긴 흑인노예의 상태가 자유와 집과 조국을 강탈당한 그때 우리의 처지와 흡사했기 때문이었다.

모친이 타계한 1934년 한흑구는 평양에 그대로 머무르면서 자선가인 백선행(白善行)의 지원을 받아 문예지『백광(白光)』을 발간했다. 그러나 이 잡지는 지방에서 발간된 데다가 원고난과 검열난에 어려움을 겪으며 몇호 발간하다가 중단된 것 같다.

"그분과 알게 된 것은 그분의 여동생 한덕희(韓德姬)가 나와 이화여전 성악과 동기동창인 인연 때문이었지요. 졸업반 여름방학 때였어요. 작곡가 김동진(金東振)씨가 평양의

<사진 1> "부풀어 오른 넓고 깊은 가슴과 커다란 볼륨을 지니고 있는 너의 품. 모든 생물의 인자하신 어머님인 것처럼 어떻게 그렇게 부드럽기만 한가" 한흑구는 그런 「성하(盛夏)의 바다」가 내려다 보이는 경북 영일군 의창읍 죽천 2동 언덕에 그의 유택을 마련했다.

---

3) 「詩의 生理論」,『詩學』4호, 1939년.

하기 성경학교에서 음악을 가르쳐 달라는 부탁을 해서 평양으로 갔었는데, 마지막 아이들의 발표회 날 한덕희가 와서 오빠를 만나볼 겸 집으로 가자는 거였어요. 그분은 오래 만나온 사람처럼 내게 친절히 대해주더군요. 우리는 거의 날마다 만나다시피 했어요. 그분은 그 무렵 음악에 많은 소양을 지니고 있었지요. 하와이언 기타도 잘 탔고 하모니카며 피리도 잘 불었구요"(미망인 방정분 회고담).

그리하여 한흑구는 1936년 4월 황해도 안악 갑부 방병균(邦丙均)의 9녀 중 막내인 정분(貞分)과 결혼을 했다. 그러나 그의 주위에는 고등계 형사의 눈초리가 번뜩거렸다. 날로 탄압을 가중시켜 가던 일제는 1937년 '수양동우회'에 대한 대검거를 시작했고 한흑구도 미국에 있었을 때 흥사단에 가입했었다는 이유로 그해 12월 경찰로 끌려가 2개월 가까이 구류를 살았다(한덕희 회고담). 유치장에서 해를 넘기고 나온 그는 도시의 번잡을 떠나 평양서 60여 리 떨어진 강서군 성대면 연곡리로 낙향하여 손수 삽과 팽이를 잡고 수만 주의 과수원을 일구었다. 1939년 미국에서 귀국한 부친 한승곤이 1년간의 옥고를 치르는 신난을 겪으면서 광복의 그날까지 그곳에서 살았다.

그러나 미국의 생활이 몸에 밴 그의 생리로서는 소련군이 진주한 북한의 분위기가 마음에 들지 않아 1945년 9월 1일 38선을 넘었다.

3. 은둔의 사색가가 뿌린 보리알

그는 미 군정하의 서울시 행정관계 통역관을 잠시 맡으면서 그해 11월 가족을 서울로 불러올렸다. 그러다가 1948년 간디스토마를 앓던 그는 경주 여행을 하다가 포항 바닷가를 구경하고는 죽을 때까지 줄곧 그곳에서 살기로 결심하고 서울 회현동에 마련했던 집을 처분, 솔가하여 포항시 남빈동 530번지로의 이주를 단행했다.

한흑구 문학을 전기와 후기로 나눈다면 이 무렵을 전후한 시기가 분수령이 될 것이다. 그동안 그는 시작과 미국문학의 소개에 주력해 왔는데 『현대미국시선(現代美國詩選)』의 간행을 끝으로 수필 쓰기에 전념하기 시작했다.

"시가 어디까지나 자아의 주관을 표현한 노래라면 수필은 자아의 주관을 표현한 산문이라고 할 것이다. 이 때문에 수필은 어디까지나 시에 가까운 문학의 형식인 동시에 가장 아름다운 산문의 하나이며, 가장 아름다운 문학형식의 하나이다"[4]라는 신념 아래 「닭울음」, 「나무」와 같이 맑고 신선한 수필을 써내었고 1955년에는 그의 대표작으로 일컬어지는 「보리」를 발표했다.

---

4) 「隨筆文學論」, 『白民』 1948년 5월호.

보리.

너는 차가운 땅속에서 온 겨울을 자라 왔다.

이미 한해도 저물어, 벼도 아무런 곡식도 남김없이 다 거두어들인 뒤에, 해도 짧은 늦은 가을날, 農夫는 밭을 갈고, 논을 잘 손질하여서, 너를 차디찬 땅속에 깊이 묻어 놓았다. (중략)

지금, 어둡고 찬 눈 밑에서도, 너, 보리는 장미꽃 향내를 풍겨오는 그윽한 6月의 薰風과, 노고지리 우짖는 새파란 하늘과, 산밑을 훤히 비추어 주는 太陽을 꿈꾸면서, 오로지 기다림과 希望 속에서 아무말이 없이 참고 견디어 왔으며, 5月의 맑은 하늘 아래서 아직도 쌀쌀한 바람에 자라고 있었다.

수필「보리」중에서

「보리」는 자연의 내면을 꿰뚫어 볼 수 있는 예리한 통찰력의 소산이다. 어둡고 추운 겨울을 안쓰럽게 견디어내다가 드디어는 봄의 아지랑이와 함께 소박하고 억세게 자라나는 보리의 의지를 예찬하고 있다.

<사진 2> 50대의 한흑구. 평양출신의 그는 서울을 거쳐 1948년 이후 경북 포항에 정착하면서 「보리」와 같은 훌륭한 시적 산문을 썼다.

그는 隨筆의 소재를 대부분 자연물에서 선택하고 있다. '나무, 눈, 진달래, 보리, 감, 제비, 바다, 갈매기, 코스모스, 石榴, 흙' 등 어디서나 대할 수 있는 평범한 自然物들이다. 그는 이 自然들을 吟風弄月 식으로 노래하는 것은 결코 아니다. 自然이 지닌 아름다움과 眞實을 찬미하면서 그것 속에 든 人生과 宇宙를 지적하고 있다.[5]

한흑구는 키츠의 「희랍 항아리 송(頌)」 마지막 부분에 나오는 "아름다운 것은 진실이요. 진실은 아름답다"는 시귀를 좋아한 듯 그의 수필 여기저기에 그와 같은 의미의 글귀들이 깔려 있음을 볼 수 있다.

"그분은 욕심 없는 마음과 누구에게나 겸허한 자세로 진실 되게 일생을 후회 없이 산 사람이다. 아무나 그의 수필을 흉내 내지 못한다고 하는데 그것은 그가 그만의 생활과 사고에서 우러나온 글을 썼기 때문이다. 그

---

5) 金時憲, 「韓黑鳩論」, 『浦項文學』 1981년 창간호.

의 글은 바로 그 자신이었다"라고 청년시절부터 가까이 그를 모시고 문학을 배웠던 손춘익(孫春翼·아동문학가)은 말한다. 한흑구는 타계하기 3년 전까지 포항 남빈동 집에서 살았다. 그 집은 30여 평의 작은 집이었다. 지금은 자동차도 다닐 수 있게 번듯하게 길이 나있지만 전에는 꼬불꼬불 꺾어져 들어가는 비좁은 골목길이었다. 그 누구도 포항수산대학의 교수가 살고 있는 집이라고 여기지 않았다.

그러나 "아무리 내 생활이 빈곤하다 함으로써 한 예술가의 전 생애의 가치가 무의미해지리라고는 생각할 수 없다"라고 일찍이 수필 「회염(灰焰)」에서 썼듯이 그는 가난을 허물이라고 생각한 적이 없었다.

그는 말년에도 글을 쓸 때에는 라디오나 텔레비전을 틀어놓고 썼다고 한다(한동웅 회고담). 그러나 글을 쓰지 않는 아침나절에는 바닷가를 거닐며 명상에 잠기고는 했다. 저녁때가 되면 빈남수(賓南洙·수필가), 손춘익 등이 모시는 대로 거의 매일이다시피 포항 송도 바닷가 대성식당으로 나가 술잔을 기울였다. 그는 맥주는 즐겨하지 않았고 소주에다 콜라를 타 마셨다. 본디 가장 좋아하기는 양주 조니워커였는데 사정이 허락지 않았으므로 빛깔이나마 닮게 하려는 뜻이 있었는지도 모를 일이었다. 그는 나중에는 알콜중독 증세를 보여 아침마다 술을 마시며 글을 쓰고는 했다.

"그분은 결핵을 앓은 적이 있어 폐가 나빴으며 말년에는 빈혈 증세도 보였다"(빈남수 증언).

게다가 위궤양의 악화가 겹쳐 1979년 11월 7일 포항 죽도 2동 85번지 17호 자택에서 그의 고고한 생을 마치니 향년 70세였다. 해방 후부터 우정을 나누었던 서정주는 자신이 주선하여 내게 했던 『동해산문(東海散文)』의 발문에서 그를 가리켜 "자진종생(自進終生)의 귀양살이라도 능히 해낼 수 있는 이 묘한 사색가"라고 썼다. 그 은둔의 사색가가 뿌린 보리알이 오늘날 '포항문학(浦項文學)'이란 싹을 틔우고 있다.

1909년 　음 6월 19일 평남 평양시 하수구리 96번지에서 부 청주 한씨 승곤(承坤)과 모 박
　　　　 승복(朴承福) 사이의 1남 3녀 중 독자로 출생. 본명 세광(世光). 부친 한승곤은 평
　　　　 양 산정현(山亭峴) 교회 설립자이자 초대 목사.

1923년 　(14세) 평양 숭덕보통학교 졸업.

1928년 　(19세) 평양 숭인상업학교 졸업. 서울 보성전문학교 상과 입학.

1929년 　(20세) 보성전문학교 중퇴, 도미. 시카고의 노드파크 대학 영문학과 입학.

1931년 　(22세) 시「젊은 시절」(동광 11월호),「밤 전차 안에서」(동광 12월호) 발표.

1932년 　(23세) 필라델피아의 템플 대학교 신문학과로 전학. 시「젊은 날의 시」,「나이애
　　　　 가라 폭포여!」,「내맘의 촛불」,「잘갤 때」(이상 동광 2월호), 평론「미국 니그로
　　　　 시인연구」(동광 5월호), 소설「호텔 콘」(동광 6월호) 발표.

1933년 　(24세)「현대미국신문종횡기」(동광1, 2월호) 발표.

1934년 　(25세) 모친 숙환으로 귀국. 평양에서 순문예지『백광』을 창간 주재.「수필문학
　　　　 론」(조선중앙일보) 등 발표.

1935년 　(26세) 서우드 앤더슨의 단편소설「잃어버린 소설」번역(조선문단 4월호), 평론
　　　　「바이런의 생애와 그의 시」(조선문단 6월호), 시「차내의 풍경」(동아일보 6월
　　　　 25일자),「에덴」(조선문단 5월호),「하늘」(시건설 10월호) 등 발표.

1936년 　(27세) 4월 29일 황해도 안악 갑부인 방병균(邦丙均)의 영애이자 이화여전 성악과
　　　　 출신인 방정분(邦貞分)과 결혼. 시「쉬카고」(조선문단 1월호), 논문「현대소설의
　　　　 방향론」(사해공론 6월호) 발표.

1937년 　(28세) 수필「화단(花壇)의 봄」(풍림 4월호) 발표. 12월 흥사단에 가입했던 것이
　　　　 화근이 되어 근 2개월간 구류.

1938년 　(29세) 3월 장남 동웅(東雄) 출생. 고향인 평남 강서군 성대면 연곡리(안말)로 낙
　　　　 향, 수만 주의 과수원을 개간. 수필「하와이의 조선인 부락」(사해공론 7월호),「문
　　　　 학의 에센스」(사해공론 9월호), 미시간 호반의 가을」(사해공론 10월호) 발표.

1939년 　(30세) 부친 한승곤 귀국했으나 미주 흥사단건으로 1년간 투옥됨. 문예시감「문
　　　　 학과 문단」(비판 6월호), 수필「회염(灰厭)(문장 7월호), 휘트먼의 시「공상」번역
　　　　 (시집 3집), 에세이「시의 생리론—시는 진화한다」(시학 4호) 발표.

1940년 　(31세) 시「동면」(시건설 6월호) 발표, 8월 차남 동명(東明) 출생.

1941년 　(32세) 수필「채포(菜圃)」(조광 6월호).

1942년 　(33세) 논문「문학상으로 본 미국인 성격」, 수필「농촌춘상(農村春想)」(이상 조광
　　　　 4월호).

1945년 　(36세) 5월 3남 동화(東和) 출생. 9월 1일 상경. 군정하의 서울시 행정 통역관으로
　　　　 근무. 11월 서울 중구 필동 1가 9번지로 가족 이사.

1946년 　(37세) 수필「나무」(문화),「닭울음」(예술조선) 등 발표.

1947년 　(38세) 1월 장녀 동숙(東淑) 출생. 평론「미국문학의 진수」(백민 11월호) 발표.

1948년 　(39세) 경북 포항시 남빈동 530번지로 이사. 평론「이마지스트의 시운동」(백민 3

월호), 「수필문학론」(백민 5월호), 「최근의 미국문단」(백민 7월호), 수필 「마음의 시내」(백민 10월호) 발표.

1949년   (40세) 평론 「미국문학의 기원」(백민 6월호) 등 발표. 『현대미국시선』(선문사) 간행. 평론 「최근의 미국소설」(문학 5월호).

1955년   (46세) 수필 「보리」(동아일보 4월 28일자), 「눈」(동아일보 12월 18일자) 등 발표.

1956년   (47세) 장편소설 「마을을 내려다보며」(농민생활 5월호)를 익년까지 연재.

1957년   (48세) 수필 「진달래」(동아일보 4월 14일자) 등 발표.

1958년   (49세) 포항수산대학 교수.

1961년   (52세) 장편소설 「젊은 예술가」(새길 7월호부터) 연재.

1965년   (56세) 급성결핵으로 2개월간 입원.

1970년   (61세) 수필 「동해산문—여름의 바다」 등 발표.

1971년   (62세) 수필집 『동해산문』(일지사) 간행. 교우록 「효석과 석훈」(현대문학 6월호) 등 발표.

1972년   (63세) 수필 「나의 필명의 유래」(월간문학 6월호) 등 발표.

1974년   (65세) 수필집 『인생산문』(일지사) 간행. 포항수산대학 정년퇴임.

1975년   (66세) 대구 효성여자대학 출강.

1977년   (68세) 수필 「세시기(歲時記)」(여성동아 1월~12월호) 등 발표. 포항시 죽도 2동 85번지 17호로 이사. 효성여자대학 강사 퇴임.

1979년   (70세) 11월 7일 위궤양이 악화하여 사망. 경북 영일군 의창읍 죽천 2동 산 91번지에 안장.

◆ 도움말 주신 분(1982년 현재)

邦貞分   71 · 미망인 · 경북 포항시 죽도 2동 85번지 17호.
韓德姬   70 · 누나 · 서울 용산구 보광동 9번지 54호.
韓東雄   44 · 장남 · 포항 동지상고 교사.
賓南洙   56 · 후학 · 포항 문협지부장.
孫春翼   42 · 후학 · 아동문학가.

◆ 관계문헌

李周洪, 「韓黑鷗의 文學과 人間」, 『浦項文學』 1981년 창간호.

柳 致 環

(시인 1908~1967)

1. 수려한 풍광(風光)의 포구(浦口)

"그러면은 너는 오늘 이 시간까지를 진실로 무엇에 의지하여 살아왔으며 또한 살아 있는지, 천 길 벼랑 끝에 딛고 선 절망의 공허감에 시방 잇빨을 갈고 내달은 차 쇠바퀴에 반드시 두개골을 부딪고 말리라"

1967년 세상을 떠나기 10년 전에 예언하였듯 그렇게 비명에 숨진 청마(靑馬) 유치환은 초기에 의식의 밑바닥에 자리 잡은 허무감에 몸부림치다가 나중에는 거기서 탈피한다기 보다는 그 심연에 침잠하여 그 안에서 생의 의미를 찾으려고 노력하였다.

그는 사색의 시인답게 허무도 인간인 존재 위에서만 비로소 있고, 인간이란 존재는 이미 긍정이라는 관념 아래, 절망이나 죽음이나 암흑도 그 자체를 긍정하는 입장에서 시를 써갔다. 그래서 청마는 시를 표현하는 방법보다도 생존의 의미를 표현하려는 데 더 기울인 시인이었다.

앞에 미륵도를 비롯하여 한산섬, 그리고 동에 거제도로 둘러쳐진 호수 같은 바다를 안고 있는 남쪽 항구 충무는 일찍이 정지용이 청마를 찾아 경탄한 바대로 가히 시인의 고향이라 할 만큼 풍광이 아름답다.

점점이 떠 있는 섬 사이로 여객선과 고깃배가 미끄러지듯 오고간다. 동백은 막 피어나려 한다. 바람도 훈풍이다. 지금은 갈매기도 평화롭지만, 그러나 청마가 세상에 나던 시대는 까마귀 울음소리 가득하고, 밤이면 부엉이가 괴괴히 우는 한말(韓末) 국운도 막바지로 기울어가던 때다.

> 검정 포대기 같은 까마귀 울음 소리 고을에 떠나지 않고
> 밤이면 부엉이 괴괴히 울어
> 남쪽 먼 浦口의 백성의 순탄한 마음에도
> 상서롭지 못한 세대의 어둔 바람이 불어 오던
> ─융희 二년─.

그래도 계절만은 千년을 다채하여
지붕에 박넌출 남풍에 자라고
푸른 하늘엔 석류꽃 피 뱉은 듯 피어
나를 잉태한 어머니는
짐짓 어진 생각만을 다듬어 지녔었고
젊은 의원인 아버지는
밤마다 사랑에서 저릉저릉 글 읽으셨다.

「出生記」 2~3연

　　1908년(융희 2년) 7월 14일, 청마는 여기 충무에서 세상에 났다. 원래 부친 유준수(柳浚秀)는 거제 둔덕면 방하리의 유생으로 젊어서 충무의 유복한 밀양 박씨가의 규수와 결혼하여 충무로 건너왔다. 그래서 자연히 태평동 속칭 동문(東門)안 외가에서 나자랐다. 청마는 외가 사숙에서 한문을 공부하고, 10세 때 통영보통학교에 입학하였다. 이때부터 후에 결혼하게 된 부인 권재순(權在順)과는 누이, 오빠로 지내는 친한 사이였다. 그가 13세 때 이사하여 성장하던 태평동 500번지 '유약국'이라 하면 인근 주민들은 오늘날도 아는 이가 더러 있다. 그러나 지금 그의 생가는 도로 확장에 자취없이 사라지고, 그 '유약국' 집도 남의 손에 넘어가 재작년에 개조하여 여인숙이 되어버려 옛 모습을 찾아볼 수 없었다.

　　"어려서 나와 청마는 외가에서 자랐다. 외조모에게는 딸 둘뿐이었던지라 우리 두 형제가 먼저 나자 대단히 귀여워했다. 그래서 오래 살라고 아명을 나는 쇳등이라 했고 청마는 돌메(石)라고 불렀다. 아마도 부친께서 약국을 경영하게 된 것도 원래 유생으로 취미삼아 한의를 공부했던 덕분인가 한다. 뒤에 정식 한의 과정을 마치기는 하셨지만" 형인 동랑 치진(致眞)은 소년 시절에 대해 이렇게 말했다.

　　'실천궁행 근검절약'을 생활신조로 하는 부친이지만 '너그럽고 이해심'이 많아서, 3·1운동을 겪은 그는 자식들을 깨우쳐야 한다는 생각 아래 동랑, 청마, 치상(致祥) 3형제에게 일본 유학을 시켰던 것이다. 청마가 도일한 것은 1922년 나이 14세 때로, 동랑이 이미 적을 주고 있던 동경 풍산(豊山)중학교에 입학하였다.

　　그러나 부친이 손을 뻗친 한 사업에 실패하자 4학년 때 돌아와 동래고보 5학년에 전학하고 그 이듬해인 1927년에 졸업, 연희전문학교 문과에 입학하였다. 그런데 당시 연전의 문과는 대부분 기독교 목사나 장로의 자제들이 차지하여 그가 원하던 분위기는 아니었다. 그래서 그것도 1학년에서 중퇴하고 낙향하고 말았다.

　　권재순과는 꽤 열렬한 사이가 되어 마침내 결혼한 것도 그 무렵이었다. 그는 평생 담배를 피우지 않았는데 "18세 때 담배를 피우려는 것을 '오빠 담배 피우지 말아요' 하고 간청한 것에 따른 것"이라고 부인은 그 내력을 말했다.

그러나 그때까지 청마는 인생의 뚜렷한 목표를 세우지 못하고 있었으므로 무슨 직업 거리나 얻을까 하여 재차 도일하였고, 이듬해 별 소득 없이 돌아왔다. 그때 취미를 살려 사진 기술을 익혔다고 한다.

그리고 의식적으로 시를 쓰기 시작하였다. 일본 아나키스트 시인들의 작품에 공감하고, 정지용의 시에 감탄하기도 했다. 그래서 그는 고향에서 동랑과 함께 몇몇 사람의 뜻을 모아 『소제부(掃除夫)』라는 회람지를 만들어 시를 발표하였다.

2. 깃발의 애상(哀傷)

사실상 청마가 문단에 얼굴을 내민 것은 1931년 『문예일간』 제2호에 실린 「정적(靜寂)」이지만 동랑에 의하면 이미 중학 시절에 동아, 조선 등의 학생란에 시를 투고하여 게재되었다고 한다.

그러니까 자작시 해설 『구름에 그린다』에는 어느 정도 겸손한 표현으로 문학을 하겠다는 목적이 없었다고는 하나 은연중 시 습작을 하고 있었던 게 틀림없다.

그러나 청마가 화려한 각광을 받게 된 것은 1939년 말 처녀시집 『청마시초(青馬詩抄)』가 청색지사(青色紙社)에서 발간되었을 때부터였다. 청마하면 「깃발」이라고 하리만큼 오늘날 널리 인구(人口)에 회자되고 있는 이 시는 『청마시초』에 수록되어 있기도 하거니와 먼저 1936년 1월 『조선문단』에 발표되었다.

　　　이것은 소리없는 아우성
　　　저 푸른 海原을 向하야 흔드는
　　　永遠한 노스탈자의 손수건
　　　純情은 물결같이 바람에 나부끼고
　　　오로지 맑고 곧은 理念의 機ㅅ대 끝에
　　　哀愁는 白鷺처럼 날개를 펴다.
　　　아아 누구던다
　　　이렇게 슬프고도 애닯은 마음을
　　　맨 처음 공중에 달 줄을 안 그는.

　　　　　　　　　　「깃발」 전문

이것은 그의 철학의 세계와 시적인 세계가 조화된 초기의 대표적 작품으로 꼽히고

<사진 1> 첫 시집 『청마 시초』를 낼 무렵, 친우 김소운과 함께.

있다. 『청마시초』의 원고를 싸들고, 7, 8년 전부터 알아 친하게 지내던 서울의 김소운을 찾은 청마는 그의 소개로 화가 구본웅(具本雄)을 알게 되었다.

구의 부친이 창문사(彰文社)란 인쇄소를 하고 있었으므로 거기를 이용하여 청색지사(靑色紙社)라는 이름으로 시집을 냈던 것이다.

"그 인쇄소에서 활자를 하나하나 집어 심었다"는 그 시집의 제호도 김소운의 의견을 들어 붙인 것이다. 그는 청마의 시를 가리켜 일본의 추원삭태랑(萩原朔太郎)의 시풍을 많이 닮아 관능의 세계를 보여 주고 있으나 좀더 현실적인 면이 강조된 것이 청마의 특색이라고도 했다.

청마는 그 동안 평양에서 사진관을 경영해 보기도 하고 부산에서 화신연쇄점에서 근무하기도 했으나 다시 충무로 돌아왔다.

3. 방랑의 망국한(亡國恨)

그는 청년 때부터 집필하는 시간이 새벽녘으로 꼭 정해져 있었다. 고향에 있을 때는 시상을 구하기 위하여 고성까지 30리 해안가를 따라 새벽의 별을 쳐다보며 명상에 잠겨 걸어서 다녀오고는 했다.

1940년 봄 그는 고향에서 권솔을 이끌고 만주로 갔다. 처음에는 천진으로 가려고 하였으나 동랑이 개간한 땅이 있던 하르빈에서도 마차로 하루 길을 가는 연수현(煙首縣)이란 곳으로 갔다.

그 땅을 관리하며 식생활은 걱정 없이 살았다. 1942년 『국민문학(國民文學)』 3월호에 실린 시 「수(首)」라는 작품은 만주에서 실제 체험으로 얻은 작품이다. 항간에는 이 작품의 마적의 머리가, 한인(韓人)의 불쌍한 머리니 또는 독립군의 머리니 하는 설이 있는데 대하여 부인 권씨의 말은 정말 그것은 마적의 머리였다고 말한다. 일제를 피해갔던 그가 반의적인 시를 쓸 리가 없다는 것이다.

여기에 덧붙여 말하고 싶은 것은 나의 주변에는 많은 아나키스트와 그 동반자들이 있었고 따라서 내게도 항상 일제 관헌의 감시의 표딱지가 떨어지지 않고 붙어 다녔지마는 그로 말미암아 나의 초기의 작품들은 영영 잃었을 뿐 그 영광스런 돼지우

리의 구경만도 끝내 한 번이고 해 본적이 없었으니 그 점은 어떤 요행에서보다 나의
천성의 비겁할이만큼 적극성의 결핍한 소치의 결과로서 생각하면 부끄럽기 한량 없
는 일입니다.1)

그러나 일제 관헌의 눈은 이곳에서도 험악하게 빛이 나고 있었다. 그뿐만 아니라 인
간 앞에 가로막는 광막한 벌판은 인간을 원시적으로 만들었고 결국 인간의 자연에 대한
대결의 장에 서야만 했다.

> 고향도 사랑도 懷疑도 버리고,
> 여기에 굳이 立命하려는 길에
> 광야는 陰雨에 바다처럼 황막히 거칠어 ,
> 타고가는 망아지를 小舟인 양 추녀 끝에 매어두고
> 낯 설은 胡人의 客棧에 홀로 들어 앉으면
> 嗚咽인 양 悔恨이여 넋을 조아 시험하다.
> 내 여기에 소리 없이 죽기로
> 나의 인생은 다시도 기억치 않으리니.

「絶命地」 전문

이때의 「육년후(六年後)」, 「나는 믿어 좋으랴?」, 「도포(道袍)」 등의 시는 북만주 벌판
에서 헤매는 나라 잃은 백성들의 비애를 노래한 것들이다.

1945년 6월 말 시국의 위협을 느낀 그는 다시 가족을 이끌고 고향으로 돌아왔다. 그
렇게 그는 해방을 맞이했던 것이다. 새로운 천지가 그에게도 왔다. 그는 고향에 돌아오
자 문화협회를 조직하고 각 학교에 한글강습회도 나가며 분주한 생활을 하는 가운데 10
월에는 통영여중 교사로 근무하는 한편 부인 권재순이 전국준비위원회로부터 일인 유
치원을 양도받아 그것을 경영하는 동안 그의 가족은 거기 사택에서 생활했고, 청마는
다시 시를 발표하기 시작했다.

그가 시작에 몰두할 수 있었던 충무의 문화 유치원은 부인의 뜻에 따라 오늘날도 유
치원으로 존속하고 있다. 비록 청마가 시를 썼던 사택 마룻방은 새로 지은 목사 주택으
로 변했고 그가 손수 돌보았던 꽃밭도 옛날처럼 화려하지 못하지만 문화 유치원 건물은
그전 그대로다.

1947년 그는 제 2시집 『생명의 서(書)』를 내놓았다. "설한(雪寒) 뒤에 봄이라고 와보
아야 봄 같지도 않은 벌판"인 북만주 카인의 나라에서 쓰여진 시들이 대부분 실렸다.

---

1) 自作詩解說『구름에 그린다』, 新興出版社刊, 1959년. 인용문의 '돼지우리'는 감방을 뜻함.

4. 인간존재의 탐구

그는 실로 죽음과 허무 앞에서 인간 존재의 의미를 찾으려고 시를 썼던 철두철미 '시의 화신'이며 '의지의 시인'이었다.

그가 이후 거의 해마다 시집을 내어 모두 12권의 시집을 가지고 있는 것을 보더라도 다작의 시인이었음을 알 수 있다. 그럼에도 그는 자신을 시인이 아니라고 했다.

> 또한 염의도 없는 糞尿를 하듯 어찌 詩人이 詩를 일부러 낳으려고 애를 써야 하겠습니까. 참아서 능히 견딜 만하거든 아예 붓대를 들지 아니하는 것이 詩人으로서의 불행을 하나이라도 덜게 되는 것이 아니겠습니까. 나는 詩人이 아닙니다.[2]

이와 같은 말은 시란 무리없이 이루어져야 하며, 나아가서 시인이기 이전에 인간으로서의 품격을 지녀야 한다는 타인에 대한 경구처럼 들린다.

> 내가 진정한 詩人이 못 되고 따라서 나의 쓴 詩들이 人間과 人生을 보다 소중히 다루었으므로 詩가 못되더라도 내게는 하나 애석하거나 慎스러울 理는 없다.

왜냐하면 인간이 없는 곳에, 인간이 버림받는 곳에는 시고 예술이고 없다는 생각에서이다. 그래서 그의 시는 조작된 것이 아닌 인생 그 자체라 할 수 있다.

청마는 6 · 25가 발발하자 부산으로 피난하여 육군을 따라 종군생활을 하다가, 교육계에서 처음으로 교장을 지낸 것은 1954년 안의중학교에서였고, 그후 1955년에 경주중

<사진 2> 청마의 저서들. 그는 12권의 시집과 『예루살렘의 닭』 등의 이름난 수상록을 남겼다.

고등학교, 경주여중고, 대구여고, 경남여고 등의 교장을 거쳐 마지막에는 부산남여상의 교장직에 있었다. 그가 경주중고 교장 때에는 자유당 말기여서 동조하지 않는 교육자로 미움을 사 1959년에 교장직을 내놓고, 2년간 대구에서 대구매일을 통해 시와 수필로 집권당에 항거하는 투지를 보였었다.

---

2) 시집 『生命의 書』의 「序」, 英雄出版社刊, 1947년.

청마가 가고 난 후 그의 연서가 책으로 나와 한때 떠들썩 했었던 적이 있었다. 이미 청마는 이런 것을 예상이나 했듯이 『구름에 그린다』에 이렇게 적고 있었다. 시인이 된 동기가 뭐냐고 묻는다면 "서슴지 않고 연애일 게"라고. 그는 소년 시절부터 한 이성(부인)에게 애정의 편지를 썼고 그로부터 시의 윤기를 얻었다.

"나의 생애에 있어서 이 애정의 대상이 그 후 몇 번 바뀌었습니다. 이같은 절도 없는 애정의 방황은 나의 커다란 허물이 아닐 수 없습니다"라 하고, 그것은 방종의 소치만이 아니라 "마치 고독한 밤 항해에 아득히 빛나는 등대불과 같이 나의 인생에 있어 항상 얻지 못할 영혼의 어떤 갈구의 응답인 존재"였기 때문이라고 했다.

대구에 있거나 부산에 있거나 그는 천년고도(千年古都) 경주를 좋아하였다. 청마에게 사숙했던 후항 홍영기(洪永基)에 따르면 청마는 주말이면 경주에 와 홍(洪) 등과 술집이 즐비한 '쪽샘'을 거친 후 홀로 반월성이나 남산 기슭을 거닐다가 다음 날 경주를 떠나고는 했다는데 "경주 남산 기슭에 초가삼간 짓고 할망구(부인)와 단둘이 살다가 뼈를 묻겠다"고 덧붙이기도 했다. 말년에 그는 신라의 문화와 역사를 그려 넣은 요지경을 만들어 신라의 후손 경주 어린이들에게 그것을 보여 주며 1전, 2전씩 받는 돈으로 살아가기를 원했다. 전근 발령이 날 때마다 유임 데모가 있었던 인기의 교장 청마, 그는 1967년 새 학기면 경주로 다시 가게 되어 있었다. 2월 13일 밤 9시 30분 예총 모임에 참석했다가 동구 좌천동 1003번지, 그가 시집 『미류나무와 남풍(南風)』을 판 것으로 샀다는 조그만 집으로 돌아가기 위해 버스에서 내려 길을 건너다가 다른 버스에 치여 부산대학 병원으로 옮기는 도중 숨을 거뒀다.

> 죽음은 종결이 아니오.
> 하나의 완성! 씨앗이 결실을 보듯
> 흙에 떨어진 씨앗이
> 결단코 버림이 아니듯이
> 죽어 묻힘도 그리하오.
> 그러므로 씨앗이
> 떨어질 土地를 가리듯
> 묻히되 소망하는 좋은 江山
>
> 「죽음과 씨앗」

1908년 음 7월 14일 경남 충무시 태평동(속칭 동문 안)에서 유생인 부친 진주 유씨 준수
　　　　(浚秀)와 밀양 박씨 우수(又守)사이의 8남매 중 차남으로 태어남. 장남은 극작가
　　　　동랑 치진(致眞)임.
1918년 (10세) 11세까지 외가 사숙에서 한문 공부를 하며 유년시절을 보내다가 통영보통
　　　　학교에 입학.
1922년 (14세) 통영보통학교 4년을 마치고 도일, 동경 풍산중학교 입학.
1926년 (18세) 풍산중학교 4학년 때 부친의 사업 실패로 귀곡. 동래고보 5학년에 편입.
1927년 (19세) 동래고보 5년 졸업, 연희전문 문과에 입학.
1928년 (20세) 연희전문 1년 중퇴. 10월, 11세 때부터 알고 14세에 연정을 느꼈던 경성 중
　　　　앙보육 출신인 동향의 안동 권씨 재순(在順)과 결혼, 다시 도일. 이렇다 할 학적 없
　　　　이 지냄. 이 때 사진학원에 다닌 일이 있음.
1929년 (21세) 귀국. 정지용의 시에 감동. 충무에서 친형 동랑과 함께 『소제부』라는 회람
　　　　지를 발간. 장녀 인전(仁全) 출생.
1931년 (23세) 『문예월간』(제2호)에 시 「정적(靜寂)」을 발표, 문단데뷔. 차녀 춘비(春妃)
　　　　출생.
1932년 (24세) 평양으로 이주, 몇 달간 사진관을 경영하였으나 여의치 않아 그만두고 시
　　　　작에 전념. 3녀 자연(紫燕) 출생.
1934년 (26세) 부산으로 이주.
1935년 (27세) 부산 화신연쇄점에서 1년간 근무.
1937년 (29세) 통영 이주. 통영 협성상업학교 교사.
1940년 (31세) 12월 시집 『청마시초』(청색지사)간행, 「깃발」 외 53편 수록.
1940년 (32세) 봄, 가족을 거느리고 하르빈 연수현으로 이주. 농장을 관리함.
1942년 (34세) 시 「수(首)」(국민문학 3월호) 발표.
1945년 (37세) 6월 말 귀국. 충무 문화유치원을 부인이 경영함. 충무 문화협회 조직. 10월
　　　　통영여자중학교 교사.
1946년 (38세) 한국문학가협회 제1회 시인상 수상.
1947년 (39세) 5월 시집 『생명의 서』(영웅출판사)간행, 「귀고(歸故)」 외 59편 수록.
1948년 (40세) 9월, 시집 『울릉도』(행문사) 간행, 「동백꽃」 외 34편 수록. 통영여중 교사
　　　　사임.
1949년 (41세) 5월 시집 『청령일기(蜻蛉日記)』(행문사) 간행, 「심산(深山)」 외 65편 수록.
1950년 (42세) 6·25사변으로 부산으로 피난. 육군 제3사단에 종군. 1949년도 서울시 문
　　　　화상 수상.
1951년 (43세) 9월 시집 『보병과 더불어』(문예사)간행, 「호천(好天)」 외 33편 수록.
1953년 (45세) 충무로 이주. 수상록 『예루살렘의 닭』 발간.
1954년 (46세) 경남 안의중학교 교장 취임. 대한민국 예술원 회원 피선. 10월 시집 『청마

시집』(문성당) 간행, 「낙화」 외 총 111편 수록.

1955년   (47세) 안의중학 교장 사임. 경주고등학교 교장 취임.

1956년   (48세) 제1회 경북문화상 수상.

1957년   (49세) 한국 시인협회회장. 예술원 회원 재피선. 12월『제9시집』(한국출판사) 간
          행, 「춘조(春朝)」 외 38편 수록.

1958년   (50세) 아시아 재단의 자유문화상 수상. 12월『유치환선집』(정음사) 간행.

1959년   (51세) 3월 한국시인협회장 재선. 수상집『동방의 느티』(신구문화사) 간행. 12월
          자작시 해설『구름에 그린다』(신흥출판사) 간행. 경주고등학교 교장 사임. 대구
          로 이주.

1960년   (52세) 예술원 회원 재피선. 12월 시집『뜨거운 노래는 땅에 묻는다』(동서문화사)
          간행, 「봄바람에 안긴 한반도」 외 35편 수록.

1961년   (53세) 10월 경주여중고 교장.

1962년   (54세) 대구여고 교장, 예술원상 수상.

1963년   (55세) 수필집『나는 고독하지 않다』(평화사)간행.

1964년   (56세) 7월 경남여고 교장. 시집『미류나무와 남풍』(평화사)간행, 「한 그루 백양나
          무」 외 41편 수록. 부산시 문화상 수상.

1965년   (57세) 시선집『파도야 어쩌란 말이냐』(평화사) 간행.

1966년   (58세) 부산남여상 교장.

1967년   (59세) 2월 13일 하오 9시 30분 부산시 좌천동 앞길에서 버스에 치여 부산대학병
          원으로 옮기는 도중 사망. 17일 부산시 서구 하단동 산록에 묻힘. 그의 시비가 경
          주 불국사와 부산남여상에, 교훈비가 경주고에 세워짐.

◆ 도움말 주신 분(1973년 현재)

權在順   65 · 부인 · 서울 종로구 동숭동 129의 83.

柳致眞   68 · 친형 · 극작가 드라마센터 소장.

柳致善   45 · 누나 · 부산시 동대신동 1가 262의 2.

洪永基   48 · 후학 · 경주서림 주인 대의원.

金素雲   66 · 친우 · 시인 수필가.

金小順   42 · 충무시 태평동 500번지.

◆ 관계 문헌

文德守, 「青馬 柳致環論」, 『現代文學』 1957년 11 · 12월호, 1958년 1 · 2 · 3 · 5월호.

李炳基, 「柳致環論」, 『文學春秋』 1965년 2월호.

鄭在浣, 「柳致環의 詩世界」, 『文學時代』 1966년 4호.

金春洙, 「青馬의 詩와 未堂의 詩」, 『現代文學』 1967년 5월호.

崔圭復, 「青馬 柳致環論」, 『韓國詩文學研究』, 梨大 韓國詩文學會刊, 1969년 2월호.

金良注,「柳致環論」,『月刊文學』1969년 6월호.
金宇正,「柳致環論」,『現代詩學』1970년 9 · 10월호.
金允植,「柳致環論」,『現代詩學』1970년 9 · 10월호.

尹 崑 崗

(시인 1911~1950)

1. 서산 토호(土豪)의 맏아들

윤곤강은 카프 말기에 카프와 관련을 맺었다가 그 붕괴 이후인 1936~1940년에는 시대고(時代苦)에 쫓기며 암흑적 분위기의 우울하고 풍자적인 노래를 불렀다. 그가 과거 자기의 시풍을 청산하고 우리나라 고유의 정서로 돌아가서 그 실험적 작품으로 「피리」, 「살어리」 등을 내놓은 것은 해방 후의 일이었다. 그러니까 시를 쓰기 시작하여 15년이 지나서야 비로소 제 목소리를 찾았다고 할 수 있다.

그는 과거의 작품에 대해 뉘우침과 노여움으로 반성하고 새로운 각오를 가지고 고려시대의 가락을 기조로 현대와 조화시키려고 했으나, 그 후 겨우 1년 남짓 살다가 꿈을 이루지 못한 채 39세를 일기를 세상을 떠났다.

> 때가 와서, 내가 죽는 날은
> 봄, 별이 꽃처럼 흐르는 저녁도
> 여름, 소나기 시원한 대낮도
> 나뭇잎 붉게 물든 밤도, 다아 그만두고
> 다만 함박눈 소리없이 내려쌓여
> 온 누리 회게 변한 아침이거라.

「나도야」 2연

시에서 갈망해 마지않았던 것처럼 윤곤강은 잔설이 남아 있던 1950년 초, 겨울에 누을 감았다. 그의 마지막을 지내던 서울 종로구 화동 138의 2호는 지금은 남의 집이었다. 바깥벽은 타일을 박고 미용원을 냈으나 28평 대지 위의 전형적인 서울 기와집은 골격과 구조가 예전과 다름없다. 138번지 일대의 기와집을 거의 다 지었다는 그의 부친의 상업적 재간도, 아들을 이어 곧 세상을 떠난 후 모두 사라졌다. 그러나 이곳 토박이 복덕방 노인들은 그 윤영감과 정신 이상을 일으켜 말년을 병석에서 지내던 그의 아들 곤강을 기억하고 있었다. 그의 죽음이 다가오고 있던 무렵 그가 '정신이상자'였다는 것은 그를 잘 아는 사람들 사이에 떠돌았던 풍설이기는 하였으나 복덕방 노인에게서 같은 말을 들을 줄은 뜻밖이었다.

오늘날 그의 유족들은 이런 이야기를 전혀 입 밖에 내고 있지 않기 때문에 하나의 수수께끼로 남을 수밖에 없다. 게다가 이 설의 옳고 그름은 그의 문학과 관련지어 생각할 때 별로 중요하지 않다. 왜냐하면 그가 병석에 있는 동안 일체 작품을 발표하거나 쓰고 있지 않았기 때문이다.

곤강은 1911년 음력 9월 22일 충남 서산읍 동문리 777번지에서 태어났다. 칠원(漆原) 윤씨로, 부친 병규(炳奎)와 모친 광산 김씨 사이의 장남이었다. 그의 부친은 서산과 당진에 많은 토지를 가지고 있었고 후에 서울 화동으로 와서는 추수를 거둬들이고 많은 집을 지어 팔기도 했던 것으로 보이는데, 집안에 대해서는 엄격하고 완고한 사람이었다고 한다.

곤강의 본명은 붕원(朋遠·백과사전류의 明遠은 착오임)이었다. 그는 보통학교 과정을 고향에서 독선생을 데려다가 한학을 배우며 지냈다.

"그이가 13살, 나는 16살에 결혼했다. 내 집은 온양이었는데 시가인 서산에 가 보니 집안에 한문선생이 있었다. 그 이듬해 우리는 부친을 따라 서울 화동으로 왔고 그이는 보성 3학년에 편입 시험을 치러 들어갔다" 그의 시작(詩作)에 대해서 전혀 이해가 없었다는 미망인 이용완(李用完)은 그가 죽은 후 모진 세파를 겪고 일찍 귀가 어두워졌다고 탄식이다. 미망인 이씨는 지금 차남 종우(鍾宇)와 함께 서울 도봉구 수유 2동 567번지 4·19 묘지 가까운 백운대로 오르는 길가 허름한 집에서 외부와의 인연을 끊고 살고 있다.

이씨에 따르면 곤강은 1928년 보성고보를 나온 후 혜화전문에 다녔으나 의사에 맞지 않는다고 5개월 만에 그만두고 1930년에는 도일하여 전수(專修)대학에 다녔다고 하는데 무엇을 전공했는지는 알려지지 않고 있다. 도일할 때도 "그저 일본에 여행하겠다"고 이씨에게만 귀띔을 하고 갔고, 학비요청도 일본에 가서야 했다는 것이니, 그의 부친은 곤강의 학구열에 관심이 없었음을 알 수 있다. 어쨌든 이 동안에 그의 시심이 익은 것으로 보이며 3년 뒤 겨울에 귀국하여 시작에 몰두하였다.

2. 카프, 그리고 보들레르적(的)

또한 그는 카프 말기의 일원이 되어 있었던 것으로 추측되며, 1934년의 제2차 검거에 관련되어 뒤늦게 7월에 전북도(全北道) 경찰부로 붙들려 갔고, 12월에 풀려 나왔던 것이다.

"1934년 5월에 카프의 연극 단체인 '신건설(新建設)'의 전주 공연 때 삐라 사건이 발단되어 전라북도 경찰부가 착수한 검거 선풍은 1931년에 이은 제2차 검거 선풍으로 70여 명이 붙들려가 20여 명이 재판을 받았으나 윤곤강에 대해서는 아는 바가 없다"고 문학평론가 백철이 말하고 있는 것으로 보아, 당시의 그는 별로 알려진 존재는 아니었던 것 같다.

곤강은 풀려 나오자 잠시 충남 당진읍 폐곡리로 내려가서 1개월간 쉬다가 이듬해 1월 서울로 올라갔다. 1936년에 들어서 그의 시가 자주 눈에 띄었는데 병행해서 시론이나 시감상, 월평(月評) 등을 발표했다. 그러나 시를 쓰고, 일제하의 불온한 의식을 가지고 있다 하여 그의 부친 병규는 그를 못마땅해 했고 가정불화로 부친과의 사이가 원만하지 못했다. 이 때 그는 보통학교 과정의 사립학교인 서대문 밖의 화산(華山)학교 교원으로 근무한 것, 그리고 같은 학교의 여선생인 김원자와 연애하여 재동에서 딴살림을 차린 것 등은 그의 가정적인 불화에서 우러나온 것으로 보인다.

시대적 불안 의식과 함께 개인적 문제는 시에 열정을 기울이는 결과로 나타났다. 1937년부터 1940년까지 그는 매년 시집을 내었으니, 『대지(大地)』, 『만가(輓歌)』, 『동물시집(動物詩集)』, 『빙화(氷花)』가 그것이다.

쇠뭉치처럼 머리가 무거우냐?
四方을 에워싼 어둔 방안의 멀미냐?
그믐밤보다도 어둡고 슬픈 대낮이냐?
이 세상이 철퍽거리는 흙탕물을 먹었느냐?

바람(希望)은 목놓아 울고
괴롬은 오도도 떠느냐?

옻빛처럼 캄캄한 어둠의 테속—
떨어진 이불속에 흐느끼는 패부야!
몬지낀 선반우에 잠자는 굴욕아!
化石처럼 너는 굳어서 삐드러졌느냐?

그래도, 흰旗빨은 차마 못들어
검정보재기로 旗폭을 만들고 싶으냐?

검정旗빨이 가마귀울음을 부르는 밤
주검을 외우는 목청은 찢어질것을……

아아, 어대서 우느냐?

미친 듯 노하야 울부짖는 種소리!

　　　　　　「輓歌 1」 전문

　희망은 보이지 않고 거의 절망에 가까운 암울한 세계가 그의 의식의 모두였다. 그는 사회에고 가정에고, 차라리 죽음을 가까이 하면 했지 항복할 수 없는 그런 삶을 살고 있었다.

　　　아! 어둠은 어둠을 낳고/어둠은 어둠만을 사랑하고/어둠은 어둠속에 죽느냐?[1]

　어둠의 그림자에 휩싸여 주검, 묘지, 고양이, 독주(毒酒), 유령, 정적, 주문(呪文) 등의 어휘가 자주 그의 시들에 쓰여졌다. 그것은 E. A. 포우가 그의 환상적 산문에서 즐겨 등장시킨 낱말과 상통하는 바가 있다.

　"나는 1937년 동인지 『시인춘추(詩人春秋)』를 하고 있을 때 고향이 가깝고 하여 알았다. 그 후 곧 친해졌고, 나의 시집 『여정(旅程)』의 장정을 해주기도 했다. 그의 시집 『빙화』의 시들은 동인지 『시학(詩學)』에 발표한 것들이다. 그의 시풍은 일본의 추원삭태랑(萩原朔太郎)[2]의 것을 많이 닮았는데, 보들레르[3]적 요소도 강했다. 그는 술을 별로 좋아하지 않고 음악 감상과 그림 그리기를 취미로 삼았다"고 친구였던 친구 박노춘(朴魯春)은 회고하고 있다.

　그의 성격은 내성적이었고(미망인 이씨), 결벽하였으며(박노춘), 날카롭고 신경질적이었다(이마동)고 전해진다.

　곤강은 1939년 풍자적이고 우화적인 시집 『동물시집』을 냈을 때만 해도 문단적으로 외로웠던 시인이었다. 참신감에 의해 주목을 받은 것은 분명하나 반대로 혹평을 들은 것도 사실이다.

<사진 1> "나는 시인이 되리로다. 그 밖에 바랄 게 무엇이리"하며 피리를 부는 자유를 달리던 윤곤강. 1938년의 모습.

---

1)「O · SOLE · MIO」끝연.
2) 추원삭태랑(萩原朔太郎 1886~1942) 日本의 시인. 절망적인 비애와 초조로 분열할 것만 같은 심리로 응시하다가 후에「일본에의 回歸」로 전환된 詩를 씀.
3) 보들레르(1821~1867) 프랑스의 시인, 비평가. 시집 『惡의 꽃』은 근대생활의 우수, 퇴폐적인 관능미, 가톨릭적 신비감과 반역적 열정을 상징적 수법으로 썼다. 후에 상징파 시인들에게 깊은 영향을 끼침.

氏의 勞苦는 過去 十年 동안 우리 新詩가 經驗한 摸索의 歷史가, 文獻의 形式으로 잘 남아 있지 못한 까닭에, 그것을 헛되이 한 部分이 많다. 出版의 不振으로 그때그때의 詩史의 토막토막이 印刷되어 保存, 傳承되지 못한 때문에 그 뒤에 오는 사람들이 자꾸 徒勞로 거듭하게 되는 것은 遺憾이다.[4]

이것은 모더니스트 김기림이 1939년의 시단을 개관하는 글 중 『동물시집』에 대한 부분이다. 이미 10년 전에 달성한 성과를 반복하고 있다는 뜻이겠다. 이에 마음이 편치 못했던 곤강은 차제에 정지용까지 몰아붙여 다음과 같이 썼다.

그(註 · 鄭芝溶)의 詩의 '用語'는 우리의 現代詩 위에 많은 影響을 주었다. 그러나 그것 뿐이다―그의 哲學은 한 사람에게도 아무 것도 주지 못하였다. (그 까닭은 여기에서 지루하게 추구하지 안한다). 그러나 이것은 그를 위하여 그다지 홈이 될 것은 없다―라고 하는 것은 그의 뒤에 나온 主知의 詩人 金起林의 主知―실상 그것이 俗化된 위트―를 科學的 方法(?)으로 解說하다가 마침내 詩를 놓쳐버리면서 있는 것보다는 多幸한 일이다.
반드시 새로워야 할 그의 新著 『太陽의 風俗』이 실상인즉 그와 그의 辯護批評家들의 讚揚과는 正反對로 『芝溶詩集』 속에 있는 어느 作品보다도 發行年月日 以外에는 새롭지 못하다는 속일 수 없는 事實을 무엇으로 解釋해야 옳을 것이냐.[5]

그는 쉬르리얼리스트나 모더니스트는 근본적으로 로맨티시즘 계열에 속하는 한낱 혼돈의 '자기혹익자(自己惑溺者)'라고 김기림을 빗대었다. 이 글을 쓴 1940년에는 정지용은 이름난 감각파의 시인으로서 청록파 시인을 발굴하는 『문장』지의 선자(選者)였고, 김기림은 모더니스트의 기수였다.

그는 기회 있을 때마다 산문으로 사상 없는 감각, 또는 모더니즘 일변도의 시인들을 공격하고 있었다.

그러나 곤강은 『동물시집』의 작품을 결코 성공한 것이라는 자부를 가지고 있지 않았다.

주변성이 많아서
망태기를 짊어졌니?

그렇게도 목숨이 아까워

---

4) 金起林, 「詩壇」, 『文藝年鑑』, 人文社刊, 1940년.
5) 「感覺과 主知」, 東亞日報 1940년 6월.

물통마저 짊어졌니?

조상때부터 오늘까지
부려만 먹힌 슬픔도 모르는 체

널름널름 헛바닥이
종이쪽까지 받아먹는구나.

　　　　「낙타」 전문

『동물시집』은 꼭 독창적인 것이라고만은 볼 수 없다. 동서양을 막론하고 우화는 몇
천 년의 역사를 지닌다. 우화가 풍자와 연결될 때 하나의 시대적 고뇌의 소산으로 볼 수
있다는 데 가치가 있다.

1940년의 『빙화』 이후 그는 거의 침묵을 지키고 있었는데 초기의 "광범한 사회, 인
간, 생활, 애(愛), 사(死), 싸움, 이러한 것들에 정면으로 돌입하는 전신적이요 육체적인
힘"6)이 차차 잠적하고, 서정적 바탕 위에 현실을 반영하려는 노력이 진행하고 있었던
것 같다.

일제의 말기가 가까울 무렵, 그는 부친의 경제적 힘을 입지 않으려고 성대 도서관에
나가 근무하다가 1944년에는 동거하던 김씨를 사별하고 소개바람에 당진으로 낙향했
다. 그는 징용을 피하기 위하여 면서기로 일하는 굴욕의 나날을 보냈다.

그가 지금까지의 시풍을 버리고 한국 고유의 정서를 찾으려고 한 것은 그 때부터가
아닌가 한다. 사회적 불안과 야유가 시에서 얼마큼 가셔지고 있기 때문이다.

왕대 우거진 옛집에 와서
좀내 쾨쾨한 골방에 불끄고 누우면

등넘어 번져오는 머언 마을 개소리는
두고 온 마을의 흉한 소문인양

마음은 조바심의 불심지를 끄고
눈에 그리운 얼굴이 등불을 켠다

　　　　「옛집」 전문

---

6) 「詩壇回顧」, 『批判』, 1936년 11월호.

그는 '흉한 소문'에도 애써 마음의 동요를 누르고 차라리 정일의 상태로 들어가 생각하려 한다. 정면으로 충돌하는 전신적이요, 육체적인 힘은 보이지 않고 있다.

3. 고려(高麗)의 가락

1945년 8월 15일 광복을 맞자, 그는 곧 자전거를 타고 사흘 길 서울로 갔다. 이듬해 보성고보에 교사로 들어갔다. 그리고 1948년께는 중앙대에 교수로 나갔고 성균관대서 시간 강사를 맡았다.

"해방 후 문학가동맹에 가입했다는 말을 듣고 내가 아버지에게 그 진부를 물었을 때 그는 자진한 것이 아니었으며, 그것도 헤게머니 투쟁의 와중에 진저리가 나서 곧 뛰어나왔다고 했다. 그는 음보(音譜)를 만들고 캔버스를 놓고 유화를 그리고 시를 썼으나 천석꾼의 장남으로 재산 한번 만져 보지 못한 불쌍하고 고독한 사람이었다."

<사진 2> 그림과 음악에 뛰어난 재주를 지니고 있던 곤강의 판화. 이것은 시집 『만가』 1부 앞에 붙어 있는 것으로 제목은 「악실(樂室)」.

곤강을 닮아 문학을 좋아하여 이대 가사과를 중도에 그만두고 숙대 문과를 나왔다는 장녀 명복(明福)이 들려 준 말이다.

광복 후 그는 사상적인 동요를 보이지는 않은 것 같다. 그는 이 시대의 문학의 양상을 불철저하고 몽롱한 혼돈 속에 있다고 보고, 문학으로서의 구실을 하자면 문학을 온갖 속박으로부터 해방시키라고 주장하고 있었던 것을 보더라도, 그는 자기대로의 신념을 지니고 있었음을 알 수 있다.

봉건적 암흑, 자본과 기계의 아성, 편향된 유말 사상, 진부한 유심 사상 등, 외부의 압력으로부터 해방시키고, 문학의 독자적인 본연의 자세로 환원해야 한다고 역설하고 있었던 것이다.[7)

실로 놀라운 사실은 그 무렵에 일어났다. 그는 과거의 시풍을 완전히 청산한 시집 『피리』를 세상에 내놓았다. 그것은 과감한 전환이며, 일대 자기 혁신이었다.

> 나는 혼자이로다
> 텅 비인 누릿 가온대

7) 「文學의 解放」 참고. 『詩와 眞實』에 수록. 正音社刊 1948년.

뫼리도 너리도 없이
나는 혼자이로다

어느덧 초생달 이슬에 젖어
아으 구으는 잎소리와
달빛에 우니는 버레소리 없으면
나는 혼자이로다

울어라 울어라 버레야
저 달이 지도록 울어라
널라와 시름한 나도 우니노라

삶은 쓰디쓴 숲
눈 감으면 떠도는 '마아야'
아으 저문 나는 어찌 호히라

옷 홀홀 벗어 던지고
가시덤불 헤치며
알몸으로 춤이나 추리라
미친 듯 춤이나 추리라

「단장(斷章)」 전문

'서경별곡에서'라는 옛 가락의 출처를 밝히고 있는 이 시는 과거의 그의 시들을 접했던 사람들에게는 새로운 경이였다.

서구의 것과 왜(倭)의 것에 사로잡혔던 그가 「정읍사(井邑詞)」, 「청산별곡」, 「동동(動動)」, 「가시리」, 「서경별곡」, 「처용가」로 돌아가 에세이닌, 보들레르, 도기등촌(島崎藤村), 추원삭태랑(萩原朔太郎)을 버리는 계기를 이뤘다. 그리하여 그는 고월 이장희, 상화 이상화, 소월 김정식, 포석 조명희(趙明熙)를 재발견하는 혜안을 보였다.

아아, 어리석어라! 나는 다시, 나의 누리로 돌아가리라. 헛되인 꿈보다도 오히려 허망한 것은 죄다 버리고 나의 누리로, 나의 누리를 찾아, 돌아가리로다. 돌아가서, 나는 나다웁게 사오리다. 나만이 지을 수 있고, 나만이 살 수 있는 큰 집을 짓고. 남에게 바라거나, 남에게 찾으려거나, 어린 생각에 빠지지 말고.

나는 이름도 바라지 말리라. 나는 나이니, 오직 나는 나임을 자랑하고 나의 길을 걸어가리라. 어떠한 괴로움이 다 닫더라도 나는 남의 힘을 믿고 빌지말고, 나는 끝내 나대로 살리라.

나는 시인이 되리로다. 그밖에 바랄 게 무엇이리. 나에게 오직 피리 한 자루와, 그 피리를 부는 자유만을 주라. 나는 이 피리로, 이 누리에 일어나는 온갖 모습을 붙잡아 그것을 아름다운 가락 속에 집어 넣는 일에 몸을 바치리라. 오로지 그것만이 나에게 하늘이 주오신 '사명'이여라.[8]

그는 연이어 시집 『살어리』를 냈으나 과로로 신경쇠약이 되어 몸져 눕고 말았다.

그가 방황 끝에 지쳐 갖고 도착한 고장은 고려적 푸른 하늘 밑이었다. 그것을 우리 는 시집 『살어리』 속에서 알아본다. 거기에는 슬픈 환상처럼 아득한 옛 하늘이 비쳐 있다. 거기엔 인생을 혐오하며 권태하는 슬픔이 빚어 있다. ……현실과 대결하지 못 하는 기질을 타고난 그였으니 내가 그를 서정시인으로밖에 보지않는 까닭도 실로 이 런 점을 두고 하는 말이다.[9]

그는 불면의 일여 년을 보냈다. 그 무렵의 곤강을 정신에 이상을 일으킨 사람이라고 하는 소문이 세상 밖에 나돌았으나 그는 그것도 모르는 채 오직 시인이기를 바라는 '하 늘이 주오신 사명'을 다하지 못하고 1950년 음력 1월 7일에 화동 자택에서 숨을 거뒀다.

---

8) 「머리말 대신」, 시집 『피리』 서문, 正音社刊, 1948년.
9) 張萬榮, 「崑崗을 생각한다」, 『現代文學』 1963년 1월호.

1911년　음 9월 22일 충남 서산읍 동문리 777번지에서 부 칠원 윤씨 병규와 모 광산 김씨
　　　　　안수 사이의 2남 2녀 중 장남으로 출생. 본명 봉원. 아호 곤강은 천자문 '금생여수
　　　　　옥출곤강(金生麗水 玉秋崑崗)'에서 유래한 것이라 함. 부친 병구는 서산과 당진에
　　　　　서 1,500여 석을 거두던 지주였다.
1924년　(13세) 어려서부터 이때까지 서산 생가에서 한학을 배움. 충남 온양의 3세 연상인
　　　　　예안 이씨 용완과 결혼.
1925년　(14세) 부친을 따라 상경. 서울 종로구 화동 138번지에서 거주. 보성고보 3학년에
　　　　　편입.
1928년　(17세) 보성고보 졸업. 혜화전문을 5개월 다니다 중퇴. 장녀 명복(明福) 출생.
1930년　(19세) 도일, 전수대학에 입학.
1931년　(20세) 시 「옛성(城)터에서」(비판 9월호)발표. 장남 종호(鍾浩) 출생.
1932년　(21세) 시 「아침(비판 9월호), 「가을바람 불었을 때」(비판 12월호) 발표.
1933년　(22세) 전수대학 졸업, 귀국. 「1933년도의 시작 6편에 대하야」(조선일보 12월 17
　　　　　일~21일).
1934년　(23세) 「병자년 시단의 회고와 전망」(비판 5권 1 · 2호), 「소샬 리아리즘론」(신동
　　　　　아 10월호) 발표. 5월 제 2차 카프 검거 때 관련되어 7월에 전북 경찰부로 붙들려
　　　　　갔다가 12월에 석방됨. 충남 당진읍 폐곡리로 낙향.
1935년　(24세) 1월 상경. 차남 종우(鍾宇) 출생.
1936년　(25세) 시를 활발히 발표하기 시작함. 시론 「포에지에 대하여」(조선일보 2월), 「표
　　　　　현에 관한 단상」(조선문학 6월호), 「시단회고」(비판 11월호) 등 발표. 이를 전후하
　　　　　여 서대문 밖 영천 화산학교(초등학교 과정) 교원을 지냄.
1937년　(26세) 4월 제1시집 『대지』(풍림사) 간행, 재동에서 김원자와 동거 생활, 시론 「이
　　　　　데아의 상실」(조선문학 2월호) 발표.
1938년　(27세) 6월 제 2시집 『만가(輓歌)』 간행 (동광당서점 총판). 여기에 「만가」, 「동쪽」, 「야
　　　　　음화(夜陰花)」, 「적요(寂寥)」등 62편 수록. 시론 「현대시의 반성」(조선일보 6월), 「시
　　　　　의 생리」(조선일보 7월), 「감동의 가치」(비판 8월호), 「시의 삼원(三元)」(동아일보 1
　　　　　월), 서평 「산제비의 정서」(맥 9월호) 발표.
1939년　(28세) 7월 제 3시집 『동물시집』(한성도서) 간행. 이 시집의 풍자적 면모로 주목
　　　　　을 받음. 차녀 명순(明淳) 출생. 시론 「시인부정론」(조선문학 6월호), 시 「우럴어
　　　　　바뜰 나의 하늘」(인문평론 12월호) 발표. 『시학』 동인.
1940년　(29세) 8월 제4시집 『빙화』(한성도서) 간행, 월평 「코스모스의 결여」(인문평론 1
　　　　　월호), 시론 「성조론(聲調論)」(시학 2월호), 「과학과 독단」, 「시와 문명」, 「감각과
　　　　　주지」, 「람보오적 에세이닌적」 이상을 「시에 관한 변해(辨解)」라 하여 동아일보
　　　　　6얼에 연재, 「시의 의미」(조광 6월호) 등 발표.
1941년　(30세) 월평 「시정신의 저회(低徊관)」(인문평론 2월호), 시 「해풍도(海風圖)」(조
　　　　　광 1월호) 등 발표.

1942년	(31세) 3녀 명옥(明玉) 출생.
1943년	(32세) 이를 전후하여 성대 도서관 촉탁 근무.
1944년	(33세) 동거하던 김씨 사별. 가족과 함께 충남 당진읍 읍내리 368번지로 낙향. 면 서기로 근무.
1945년	(34세) 광복과 더불어 상경. 문맹(文盟사) 가입, 탈퇴.
1946년	(35세) 보성고보 교사.
1948년	(37세) 중앙대 교수, 성균관대에 출강. 1월 시집『피리』(정음사), 7월『살어리』 (시문학사)를 간행. 한국 고유의 시체(詩體)를 구현하려 했음. 8월 시론집『시와 진실』(정음사) 간행. 신경쇠약으로 병상에 눕다.
1950년	(39세) 음 1월 7일 종로구 화동 138번지 자택에서 사망. 충남 당진군 순성면 갈산 리에 안장됨.

◆ 도움말 주신 분(1973년 현재)

李用完	65 · 미망인 · 서울 도봉구 수유 2동 567번지.
尹明福	45 · 장녀 · 서울 도봉구 수유 2동 583번지.
朴魯春	61 · 친우 · 시인 경희대 교수.
李馬銅	58 · 교유 화가.
白　鐵	65 · 문학평론가 중앙대 대학원장.

◆ 관계문헌

李貞九,「動物詩集의 安着된 精神」,『詩學』1939년 4호.

尹崑崗,『詩와 眞實』, 正音社刊, 1948년.

張萬榮,「崑崗을 생각한다」,『現代文學』1963년 1월호.

白　鐵,『新文學思潮事』, 新丘文化社, 1968년.

張 萬 榮

(시인 1914~1975)

1. 부자집 3대 독자

1930년대 초 안서 김억을 통해 문단에 소개되었던 초애(草涯) 장만영은 선명한 심상을 드러내 보이는 시각적이고도 회화적인 모더니즘 계열의 시를 써 각광을 받았다. 그러나 도시적이 아닌 목가적 서정의 세계를 구축했던 그의 시는 떠나버린 이의 그리움으로 충만하고 그 자신이 떠나버린 존재가 되었을 때에는 상실한 고향이나 아름다운 과거의 추억에 대한 향수로 짙게 물들게 된다. 그는 언제나 애상어린 감성으로 행복한 상태로의 회귀를 희구하지만 그것은 찾아질 수 없는 피안의 저쪽에 이질적으로 남아 있을 뿐이다. 결국 그는 잃어버린 자였으며 이 세상에 커다란 의미를 둘 수 없었던 '길손'이었던 것이다. 장만영은 38선 이남이었으나 휴전선 이북이 되어버린 그의 생가를 이데올로기에, 그리고 후기 반생을 살았던 서울 서대문구 평동 집을 도시문명의 격랑에 잃어버렸다. 호젓하기 이를 데 없던 관상대로 오르던 길은 지금 음식점과 술집으로 가득찬 거리로 변모했다.

고려병원 정문 옆으로 난 담장을 따라 50여 미터쯤 언덕길을 올라가노라면 예전에는 그의 집으로 들어가는 좁은 골목이 있었다. 그러나 그 골목조차 개인에게 불하가 되어 사유재산이 되었고 그 뒤쪽에 있던 그의 집은 고려병원에서 산 뒤 허물어 흔적마저 찾아볼 수가 없게 사라졌다. 그는 한때 출판사도 차려보고 출판사나 잡지의 편집자도 했으나 철저히 시인을 업으로 하여 살았던 사람이었다. 그런만큼 그는 가난했다. 그러나 결코 출생이나 성장이 가난에 쪼들렸던 것은 아니었다. 그런 측면에서 그의 생애를 보면 그는 근대적 작가 시인군에 속하는 문인이었다.

누룩이 뜨는 내음새
술지게미 내음새가 훅훅 풍기든 집
방마다 광마다
그득 들어차 있는 독안에서는
술이 끓었다

술이 익었다

해수병을 앓으시는 어머니는
숨이 차서…… 기침이 나서……
겨울이면
요를 둘른채
어둔 등잔불 곁에서
긴긴 밤을 노상 밝히군 했다
아버지는 집을 나가신뒤
몇해를 두고 소식이 없으시고
오십간 가까운 크나큰 집을
어머니와 두울이서 지키는 밤은
귀신이라도 나올 것 같어……
바람소리
기왓골에 떨어져 굴르는 나뭇잎새 소리에도
나는 이불을 뒤집어 쓰고 숨도 쉬지 못하였다

「生家」전문

장만영은 1914년 1월 25일 황해도 연백군 온천면 영천리에서 3대 독자로 태어났다. 그의 아버지 장완식(張完植)은 원래 양조장을 경영하던 사람이었는데 장만영의 유년시절에 한동안 집을 비웠었다.

<사진 1> 배천 생가 서재에서의 장만영 부부. 1937년 결혼 두돌 때 사진에 취미가 있던 그는 기념사진을 찍었다. 그는 학생 때 갖고 싶은 서적은 무엇이든지 사볼 수 있는 유복한 가정환경에서 자랐다.

아버지가 언제 어째 집을 나가셨는지는 지금까지도 모르는 일이지만, 하여튼 내가 어지간히 크도록 아버지는 집에 들어오시지를 안하셨다. 따라서 나는 오직 어머니 손에서만 자랐고, 어머니가 나를 귀여워하는 그 정도란 여간이 아니었다.[1]

그의 떠난 것에 대한 기다림은 어쩌면 그의 아버지에게서부터 비롯된 것인지도 모른다. 그러나 적지 않은 머슴을 거느리고

1) 自作詩解說『里程標』, 新興出版社刊, 1958년.

술도가를 경영했던 어머니는 여장부였으나 아버지 또한 사업가적 수완을 터득한 사람이었다. 아버지 장완식은 후에(1927년) 논에서 김이 솟아오르는 것을 보고 온천을 발견하여 유명한 배천온천 호텔의 주주가 되었다.

그러므로 1927년 경성제 2고보에 진학했던 장만영은 학교에 다니기 편리하도록 그자신의 독채집을 서대문 밖 천연동에 가질 수 있었고 읽든 안 읽든 갖고 싶은 책을 마음대로 살 수 있었다. 그가 2학년이 되던 14세 때 처음으로 접한 문학서적은 도스토예프스키의 「죄와 벌」이었다. 이후 그는 1920년대의 중요한 시인들을 섭렵하면서 교내 회람지에 시를 발표하는 등 습작시대를 보냈다.

2. 맑은 음질, 고운 해조(諧調)의 세계

그가 주요한이 발행하던 『동광(東光)』에 시를 투고하기 시작한 것은 학교 상급반 때였다.

그 무렵 그가 투고하던 『동광』지와 관련을 맺고 있던 김억은 싣지 못하는 시들에 빨간 잉크로 첨삭을 하고 단평을 써 작자에게 되돌려 보내는 등 시작 지도를 맡아하고 있었다. 장만영도 그러한 경험을 가지고 있었는데 거기서 많은 것을 배웠다.

졸업을 앞두고 시험공부에 몰두하고 있던 어느 날 그의 천연동 집에 웬 낯선 사람이 찾아왔다. 그는 근처 박영희(朴英熙)의 집에 왔던 길에 잠시 들렀다고 했다. 바로 김억이었다. 그 방문은 장만영에 대한 김억의 관심을 표명한 것이었으며 그가 학교를 졸업하던 1932년, 『동광』 5월호에 그의 최초의 시 「봄노래」가 활자화되는 계기를 이루었던 것이다.

따라서 문학평론가 김용직(金容稷)은 「맑은 음절·고운 해조의 세계─장만영론」[2]에서 김억이 "정형률에 기반을 둔 음악성 추구"였던 것에 비해 장만영이 '자유시'에 "주지주의계의 기법을 원용해서 명증스러운 언어의 작품"을 썼다는 점에 현격한 차이가 있음을 지적하면서도 장만영에 대한 김억의 영향을 이렇게 설명했다. "장만영 사백의 습작기에 김억이 미친 영향은 절대적인 것이었다. 그런데 바로 그 김억이 우리 시단에 감상주의를 전파시킨 장본이었던 것이다. 그러니까 장만영의 시에 섬세함과 애상의 그림자가 깃든 까닭은 이런 데서도 추출되는 것이다"

또한 그의 초기 시를 놓고 볼 때 신석정과의 관계를 듣지 않을 수 없다.

김억이 가지고 있던 신석정의 원고를 접하고부터 신석정의 시에 감탄했던 그는 1933년 배천 고향에서 전북 부안 선운동의 신석정을 찾아 갔고 그 2년 뒤에는 신석정의

---

[2] 金容稷, 「맑은 음절·고운 諧調의 世界─張萬榮論」, 『韓國文學』 1982년 9월호.

처제와 결혼을 함으로써 동서지간의 인척 관계를 맺었던 것이다. 이런 관계 때문인지 우리는 장만영의 초기 시에서 신석정과 동류적인 인상을 받게 된다.

그것은 전원적이고 목가적인 시를 썼다는 것뿐만 아니라, 「풀밭우에 잠들고 싶어라」, 「아직도 거문고 소리가 들리지 않습니까?」와 같은 긴 제목의 시가 있다든지, 선대 한용운의 수법이긴 하지만 경어체와 의문문의 술어로 시의 결구를 삼았다든지 하는 점에서도 그렇다.

"가끔 부안에 놀러갔던 그이는 도시 여성보다는 얌전한 시골 여성과 결혼하기를 원했던 모양이에요. 그래 하루는 석정씨가 그이에게 처제가 얌전한데 소개해줄까 하고 말했대요. 그이는 저를 마음들어 했어요. 시어머니가 저의 집 만경으로 오셨지요. 그리고 성혼이 되었어요. 그이가 스물 두 살, 제가 열 일곱 살이었지요" 홀로 사는 아파트에서 행복했던 시절을 회상하던 미망인 박영규(朴榮奎)는 그의 문학적 재질을 이어받을 줄 알았던 막내 아들 성훈(成勳)을 작년에 잃은 슬픔 때문에 말을 잇지 못하고 눈시울을 붉힌다. 만경에서 배천까지는 서울에서 하룻밤을 유해야 하는 사흘 길이다. 그의 시집가는 길은 예성강 건너 토성까지 자동차 2대가 나왔던 호사스러운 여정이었다.

장만영은 결혼 전에 일본으로 건너가 동경의 삼기(三崎)영어학교에서 잠시 공부한 적이 있었으나 귀국하여 결혼하고는 주로 고향에서 시를 쓰는 데 몰두한 것 같다. 그리하여 그가 첫 시집 『양(羊)』을 낸 것은 1937년 겨울의 일이었다. 이 시집은 100부 한정판으로 자비 출판하였는데 경문서림의 송해룡(宋海龍)에 의하면 "20여 부를 친지들에게 돌리고 나머지는 팔기 쑥스러워 뒤꼍에서 태웠다"고 전한다. 이 시집에 흔히 그의 대표작으로 꼽는 「달, 포도, 잎사귀」가 실려 있다.

順伊 버레우는 古風한 뜰에
달빛이 潮水처럼 밀여왔고나!

달은 나의뜰에 고요히 앉었다
달은 과일보다 좋그럽다

東海바다 물처럼
푸른
가을
밤

葡萄는 달빛이 스며 고웁다
葡萄는 달빛을 먹음고 익는다.

順伊 葡萄넝쿨 밑에 어린잎새들이
달빛에 젖어 호젓하고나!

　　「달, 葡萄, 잎사귀」 전문

　여기에 이르러 그는 1930년대 그의 시의 독특하고도 탁월한 경지를 보여준다. 탁월
성은 시가 음풍영월의 수묵화에 머물지 않고 '달의 향기', '달빛에 익는 포도'를 입체적
으로 드러냄으로써 가능했던 것이다. 그러나 자신의 작품에 대해 만족할 수 없었던 그
는 문학공부에 열중하려고 1938년 혼자 서울로 갔다. 그 무렵 그가 거처했던 곳이 관수
동 22번지였다.

　　그전에 어떤 부잣집이었던 것을, 왜놈이 사가지고 방을 많이 들여 월세를 놓고 있
　　다고 하였다. 그런지라, 제법 방같은 건 몇 개 안 되고, 모두가 광이나 헛간, 그렇지
　　않으면 줄행랑에다가 유리창을 갖다 단 그런 방 구조였다. 아파트와도 다른, 이상야
　　릇한 집이다.3)

　그 자신 밝혔듯이 그곳은 이상의 「날
개」를 연상하면 걸 맞는 곳이었다. "바
로 관수동 22번지/ 담도 관장도 없이/
집이자, 뜰이자 방인 집은/그옛날 내가
순이와 외롭게 살던/외롭게 살며 「축
제」를 쓰던 곳"인 것이다.
　그의 글을 통해서 1930년대 말 어
둡고 암울한 시대를 산 데카당한 한
시인의 모습을 볼 수가 있다. 그가 두
번째 시집 『축제(祝祭)』(1939년)에 실

　　<사진 2> 지금은 북녘땅으로 그의 부친이 주주의 한사람이었던
배천 호텔에서 선저용으로 썼던 엽서에 담긴 1930년대의 배천읍
전경. 이곳은 계절을 가리지 않고 온천을 찾아오는 사람들로 번성
했었으나 38선이 굳어지자 1940년대 말께엔 황폐화했었다.

은 작품은 "주로 병든 소녀요, 병든 여인이요, 병든 매음부"에 관한 것이었다. 그러나 그
의 시에 자주 등장하는 '순이'는 구체적이고 특정한 여인이라기보다는 워즈워드의 '루
시'처럼 일종의 시적 표상이라고 보는 것이 옳겠다.
　시집 『축제』를 내던 무렵에 그는 심한 정신적 혼란에 빠지면서 고향과 가족에 대한
깊은 향수에 젖어 배천으로 돌아갔다.

___

3) 自作詩解說 『里程標』, 新興出版社刊, 1958년.

3. 고독한 종장(終章)

그는 고향으로 돌아가자 본가에서 걸어 20~30분 상거의 읍내 배천호텔의 일을 돌보며 일제 암흑기를 보냈다. "그러므로 인사동 통문관 위쪽에 자리 잡고 있던 오장환(吳章煥)의 '남만서방(南蠻書房)'에 모여들었던 문인들은 걸핏하면 떼를 지어 배천으로 몰려가고는 했다"(송해룡의 전언). 그는 몰려오는 그들에게 화를 내는 법 없이 치다꺼리를 해냈다.

그러나 그의 풍족했던 생활은 8·15광복과 더불어 굳어진 38선으로 말미암아 무너지기 시작했다. 배천 뒷산(속칭 치악산)에 38선이 그어지고 소련군이 마을로 넘어와 닭을 잡아갔으니 하더니 따발총 소리가 들렸고 민심이 흉흉해지면서 주민들은 살길을 찾아 남으로 떠나가기 시작했다.

그가 황폐 해버린 고향을 등지고서 서울로 온 것은 1947년이었다. 그는 회현동 2가 42번지 7호에 이층집을 마련하여 '산호장(珊瑚莊)'이란 출판사를 내어 손바닥 반만 한 크기의 '산호문고' 등을 간행하는 등 출판업에 종사했다.

"나는 그를 해방 후에야 같이 글을 쓰는 사람으로서 서로 친숙하게 지내게 되었다. 나 자신 해방 후 가족을 거느리고 월남한 사람으로 서울에서의 생활이 궁핍했다. 그는 그 때 내게 땔감을 사라고 돈을 주기도 한 고마운 사람이었다. 청렴하고 불의와 타협할 줄 몰랐던 그는 문단과 밀접한 관계를 유지하지 않았다. 가까운 친구라면 최영해(崔暎海), 김용호(金容浩), 홍이섭(洪以燮), 나 등으로 손으로 꼽을 정도였다" (정비석 회고담).

6·25전쟁을 겪으면서 그의 부모가 세상을 떠나고 산호장도 운영난으로 문을 닫게 되었다. 전쟁을 겪은 뒤 그는 회현동 집을 처분하고 부모가 살던 서대문구 평동 55번지 2호로 옮겨와 타계할 때까지 살았다. 그후 그는 서울신문사에서 발간하던 『신천지』의 주간직을 맡기도 하고 출판사인 정양사(正陽社)와 관계를 맺으며 생계를 꾸려나갔다.

"그는 결벽성이 있어 아무나 사귀지 않았다. 일에 임하는 자세는 언제나 성실했으며 책의 장정도 세밀하게 관심을 두어 만들었다. 1m 85cm의 건장한 체구였으나 술은 좋아하지 않았다"(윤재영 회고담).

장만영은 1966년 시인협회 회장직을 맡은 적도 있었지만 늘 외롭게 지냈다. 그는 말년에 시내에 나가면 자주 경문서림에 들러 송해룡과 흘러간 시절의 문단 이야기나 출판 이야기를 나누곤 했다. 송해룡이 문을 닫고 출타중이면 이런 쪽지를 문틈에 꽂아 놓았다. "송형, 산토리에서 기다리고 있습니다", "안녕하십니까? 왔다가 못 뵙고 갑니다. 다시 들르겠습니다."

1973년 1월 23일 환갑을 이틀 앞두고 전주로 몸이 불편한 신석정을 찾아갔다가 충격을 받았던지 이튿날 집으로 돌아와 누웠으나 갑자기 동맥경화증 현상을 일으킨 적이 있었다.

그리고 1975년 1월 그는 고려병원에서 위암 진단을 받았고 그해 10월 8일 새벽 2시 반 급성췌장염으로 세상을 떠났다. 그가 세상에 남기고 간 시집은 미간행된 시집까지 모두 8권이었다. 『양』, 『축제』, 『유년송(幼年頌)』, 『밤의 서정(抒情)』, 『저녁 종소리』, 『장만영시선집』, 『등불따라 놀따라』(미간행), 『저녁놀 스러지듯이』가 그것인데 시집을 낼 때마다 제목의 글자가 한 자씩 늘어가고 있음을 알 수 있다. 이제 병상에서 썼다는 한 편의 시가 한 시인의 생애에 대한 슬픈 감회에 젖게 한다.

멀지 않은 장래에
내가 숨을 거두고 눈을 감거들랑
아무도 모르게 넌즈시
화장터로 가져다가 태워버려라.
절대로 울지 말라 사랑하는 가족들아.
나는 영원으로 돌아갈 뿐이거니
문인장이니 시비니를 생각하지 말라
새까만 뼈가 남거들랑
한강이나 황해바다에 가져다 던져라
유고집이니 따위를 마음에 두지말라
이세상에 나와 그럴듯한 시한편 쓰지 못하고
그럴듯한 산문 한편 쓰지 못한
너절한 인간이고 보면 무엇을
내 후세에 바라랴
그저 태어났다 그저 훨훨
떠나는 마음만이 기쁘다
잘있거라 나의 사랑하는 가족들아

「나의 遺言」 전문

◆ 연보

1914년   1월 25일 황해도 연백군 은천면 영천리 87번지에서 부 장완식(張完植)과 모 김숙
           자(金淑子)사이의 3대 독자로 출생. 후에 부친 장완식은 배천 온천의 발견자로 배
           천온천호텔의 주주가 되었음. 호는 초애(草崖).
1927년   (13세) 배천보통학교 졸업. 경성제 2공립고등보통학교(현재 경복) 입학.
1928년   (18세) 서울 서대문구 천연동에 거주. 도스토예프스키의 「죄와 벌」을 읽음으로써
           처음으로 문학서적에 접하다. 이후 많은 서적을 탐독하면서 정현웅(鄭玄雄), 이시
           승(李時乘), 한노단(韓路壇) 등과 어울려 교내 회람지를 꾸밈.
1932년   (18세) 경성제 2고보 졸업. 김억을 알게 되다. 시 「봄노래」(동관 5월호), 「마을의
           여름밤」(동광 10월호) 등 발표.
1933년   (19세) 신석정과 친교를 맺다. 시 「정처없이 떠나고 싶지 않나? 자네는 와서」(동
           광 1 · 2월 합호), 「나비여」(신동아 10월호), 「산과 바다」(학등 12월호) 등 발표.
1934년   (20세) 일본으로 가 동경의 삼기(三崎)영어학교 고등과에 적을 두고 문학서적을
           읽다. 시 「겨울밤의 환상」(학등 4월호), 「비 걷은 아침」(신동아 4월호), 「고요한
           밤」(학등 6월호), 「고요한 오후」(신동아 5월호), 「별」(신인문학 9월호), 「아직도
           거문고 소리가 들리지 않습니까?」(신동아 10월호) 등 발표.
1935년   (21세) 귀국. 낙향. 김억의 소개로 많은 문인을 사귀다. 10월에 전북 만경 출신이
           자 신석정의 처제인 5년 연하 밀양 박씨 영규(榮奎)와 결혼. 시 「해안에서」(동아
           일보 5월 7일자), 「무지개」, 「달밤」, 「봄 들기 전」(학등 4월호), 「풍경」, 「아침창
           에서」(학등 6월호), 「외로운 섬」(학등 8월호), 「돌아오지 않는 두견이」(학등 9월
           호) 발표.
1937년   (23세) 첫 시집 『양』을 1백부 한정판으로 자비 간행. 이후 시집을 간행할 때마다
           시집 제목의 글자수가 한 자씩 늘어난 것이 특색이다.
1938년   (24세) 단신 상경하여 고나수동 22번지에서 생활. 장남 석훈(石勳) 출생. 시 「너는
           오지 않으려나」(맥 2호), 「들꽃이 핀 둔덕」(맥 3호), 「순이와 나와」(조선일보 6월
           7일자).
1939년   (25세) 시 「바다여」(청색지 제7호), 「향수」(인문평론 11월호) 등 발표. 시집 『축
           제』(인문사) 간행. 귀향.
1940년   (26세) 시 「비의 IMAGE」(조광 2월호) 「새의 무리」(인문평론 3월호), 「춘야」(태양
           2 · 3월호합고), 「서정가」(신동아 4얼호), 「수아(愁夜)」(신동아 7월호), 「뻐꾹새 감
           상」(신동아 9월호) 등 발표. 장녀 애라(愛羅) 출생.
1941년   (27세) 시 「마음 산으로 갈때」(인문평론 2월호) 발표.
1944년   (30세) 차남 광훈(光勳) 출생.
1945년   (31세) 8 · 15광복과 함께 배천 기운정(起雲亭,) 뒷산이 38선으로 굳어짐.
1947년   (33세) 여름 가족과 상경, 중구 회현동 2가 42번지 7호로 이사. 차녀 리라(理羅)
           출생.
1948년   (34세) 시 「광하문 빌딩」(백민 3월호), 「이향사(離鄕詞)」(민성 6월호) 등 발표. 회

현동집에 출판사 '산호장'을 등록. 시집 『유년송(幼年頌간)』(산호장) 간행.

1949년 (35세) 시 「정동골목」(문예 10월호), 「귀성(歸省)」(민성 6월호) 등 발표.

1950년 (36세) 시 「사랑」(신천지 1월호), 「순아에게 주는 시」(백민 3월호) 등 발표. 6 · 25 전쟁 발발. 1948년 이후 부모가 살고 있던 서대문구 평동 55번지 2호에서 숨어 지냄. 겨울 단신 피난, 부산에서 정음사 발행자 최영해(崔暎海)와 같이 지냄.

1952년 (38세) 『현대시감상』간행. 3남 영훈(榮勳) 출생.

1953년 (39세) 서울로 돌아옴. 그 사이 부모 사망. 시 「바람이 지나간다」(문예 11월호) 발표.

1954년 (40세) 서울신문사에 입사하여 『신천지』 주간. 학생문예지 『신문예』(정양사발행) 주간.

1955년 (41세) 시 「병실에서」(현대문학 2월호) 등 발표. 3녀 을라(乙羅) 출생.

1956년 (42세) 시 「어느 고을」(현대문학 3월호) 등 발표. 시집 『밤의 서정』(정양사) 간행.

1957년 (43세) 시 「사슴」(현대문학 4월호), 「게」(사상계 12월호) 등 발표. 시집 『저녁종소리』(정양사), 『현대시의 이해와 감상』(신흥출판사) 간행.

1958년 (44세) 자작시 해설 『이정표』(신흥출판사), C. D. 루이스의 『시학입문』(정음사) 번역 강행. 4남 성훈(成訓) 출생(1981년 사망).

1959년 (45세) 시 「모래벌에서」(사상계 1월호) 등 발표.

1960년 (46세) 시 「나부(裸婦)」(사상계 11월호).

1961년 (47세) 시 「침묵의 시간」(문학춘추 4월호) 등 발표. 자선시집 『장만영시선집』(성문각) 간행.

1965년 (51세) 시와 수필 『그리운 날에』(한일출판사).

1966년 (52세) 한국시인협회 회상.

1968년 (54세) 시 「조그만 동네」(현대문학 8월호) 등 발표.

1970년 (56세) 시 「여인」(신동아 2월호) 등 발표.

1973년 (59세) 1월 동맥경화증 발병. 시집 『저녁놀 스러지듯이』(규문각) 간행. 제목이 7자로 된 시집 「등불따라 놀따라」는 묶어놓은 채 발간되지 못했음.

1975년 (61세) 10월 8일 새벽 2시 반께 급성 췌장염 등 합병증으로 타계. 경기 고양군 벽제 천주교 묘지에 안장되었다가 1982년 6월 2일 용인 공원묘지로 이장. 유고시 「기별」 외 5편(한국문학 1982년 9월호) 발표.

◆ 도움말 주신 분(1982년 현재)

朴榮愛　63 · 미망인 · 서울 마포구 망원동 성신아파트 다동 303호

鄭飛石　71 · 문우 · 작가

尹在瑛　70 · 친지 · 전 정양사(正陽社) 사장

宋海龍　49 · 친지 · 경문서림 대표

◆ 관계 문헌

金容稷, 「맑은 음절 · 고운 諧調의 世界—張萬榮論」, 『韓國文學』 1982년 9월호.
文德守, 「張萬榮論」, 『韓國모더니즘時硏究』, 詩文學社刊, 1981년.

金 尙 鎔

(시인 1902~1951)

1. 연천(漣川) 산골의 한의사 자손

1930년대 중기 이후 월파(月坡) 김상용은 정한하고 명량(明亮)한 서정시를 써 관조적인 시 세계를 이룩해 갔다. 그는 인생을 수식하거나 가치 이상으로 과장하지는 않았고, 허무감에 찬 노래를 불렀으나 음울에 빠지지 않는 인생 긍정의 일면도 보였다.

"왜 사냐건 웃지오" 하는 생활 태도, "인생은 요강같다" 하는 역설적인 비유는 모두 그의 인간 편모를 말해 주는 것으로, 관조적 세계와 함께 회의적 세계라는 특성을 이룬다. 비교적 늦게 시작(詩作)을 해 49세로 타계한 그의 생애에 『망향(望鄕)』은 처녀시집이자 마지막 시집이었다.

월파가 시를 쓰기 시작할 무렵 살았던 서울 서대문 밖 행촌동 210번지 2호(현 주인 이보룡)는 사직동으로 넘는 성벽 밑 막바지 동네에 있었다. 밖으로 보면 평범한 기와집이지만 안으로 들면 조그만 이층집이 예전 그대로 남아 있다. 이 작은 벽돌집 이층이 월파가 사용하던 서재였다. 그가 손수 심었다는 향나무는 이제 이층집보다 더 높이 자랐건만 그의 시대로 그는 '한 점의 무(無)'로 돌아가 버렸으니, 그의 연민하는 서정의 향기는 아무 곳에도 없었다.

월파는 1902년 8월 27일 경기도 연천군 군남면 왕림리에서 태어났다. 그의 부친 경주 김씨 기환(基煥)은 지방 한의였다. 원래 기환의 고향은 멀리 충북 보은이었으나 어렸을 때 그의 모친은 유행병을 피해 아들 하나를 데리고 아주 고향을 등졌다.

한동안 서울서 살다가 이들 모자는 임오군란 무렵에 산간

<사진 1> 1932년께 월파가 이화여전 교수로 재직 때 사서 10여년 살았던 서울 서대문구 행촌동의 집.

<사진 2> 1932년 백두산 정복 때의 월파(오른쪽), 그는 여행가이며 등산인이었다. 이화여전 재직 시절에는 방학만 되면 여행을 하거나 산에 올랐다.

벽지 연천으로 들어가 자리를 잡으니, 기환의 나이 40여 세 때는 자수성가, 한의를 하는 동시에 땅도 만여 평 장만했었다고 한다.

"조부님은 해인사에서 수도한 바도 있다고 하는데 의학 공부를 특별히 한 것은 아니고 한문에 능해 서적에서 지식을 얻은 것 같다. 나의 생가이기도 한 선친의 생가는 6 · 25사변 때 전란을 입고 없어졌다."

월파의 장남 경호(慶浩)는 월파를 닮아서인지 산을 좋아한다면서 고향에는 조부의 묘지가 있어 때때로 찾아간다고 하였다.

월파가 처음 고향을 떠난 것은 1917년 경성 제일고등보통학교에 입학하면서부터였다. 그는 서울에서 자취 생활을 하기도 하고 연천의 대가이며 서울의 부호인 이상필(李相弼)의 집에서 서생처럼 지내기도 하며 공부를 했다. 그러나 1919년 3 · 1 운동이 터지자 그도 학생 운동에 가담했던 관계로 당분간 시골로 피신겸 낙향했다.

그의 부친은 연천에서 생활을 굳히라고 고향에 내려간 몇 달 사이에 혼사를 맺으니 신부는 그보다 1세 위인 밀양 박씨 애봉(愛鳳)이었다.

3, 4개월이 지나 서울에 다시 올라왔으나 경성제일고보에서는 제적이 되어 있었으므로 하는 수 없이 보성고보에 전학했다. 그의 고보 시절 학교 성적은 꽤 우수한 편이었고, 키는 작았으나 탄탄하게 단련되어 균형 잡힌 몸을 지니고 있었다.

월파는 보성고보를 졸업하던 다음 해인 1922년 일본으로 건너가 입교(立敎)대학 예과에 입학했다. 그리고 2년 뒤에는 같은 대학 영문과로 진학했다.

그는 이후 동경에서 해외문학파의 동인들과 사귀었으나 거기에서 활발한 활약은 하지 않았다. 그가 팔씨름으로 유명했던 것도 대학시절 때로서 "일생에 한 번 졌다"(경호회고담)는 그의 관록을 말해 주기나 하듯 러시아인과 겨뤄 이기고, 당시 조도전(早稻田)대학에서 체력으로 유명했던 전진한(錢鎭漢)도 꺾어 무색케 했다.

그는 1927년 입교대학 영문과를 졸업하자 즉시 귀국하여 보성고보에서 교편을 잡고 또 이화여자 전문학교 강사로 나갔다. 그리고 다음 해에는 이화여전 교수로 봉직하면서 이화의 '잊을 수 없는 은사'의 명예를 누렸다.

2. 전원에 대한 꿈

1932년께 시를 발표할 무렵, 그러니까 그는 이미 고향을 멀리하고 도시에 묻혀 있으면서 전원에 대한 향수, 또는 거기에 유토피아를 구한 것처럼 보인다.

南으로 窓을 내겠오
밭이 한참가리
괭이로 파고
호미로 풀을 매지오

구름이 꼬인다 갈리 있오
새 노래는 공으로 드르랴오
강냉이가 익걸랑
함께 와 자서도 좋소

왜 사냐건
웃지오.

「南으로 窓을 내겠오」 전문

월파의 관조적 시들 중의 대표작이다. 1935년 입학하여 애제자가 되었던 김일순(金一順)은 월파의 명 강의를 회고하면서 그가 없는 오늘을 무척 애석해 한다.

"선생은 귀족이었으나 인간의 모든 불행의 원인에 대해 투쟁의 생애를 바쳤던 셀리나, 그리이스 독립 전쟁에 참전하러 가다 죽은 바이런에 대한 강의 때는 강의라기보다 바로 도취였다. 그래서 우리들은 그들의 시보다도 선생의 강의에 이끌렸다."

그 때 그의 별명은 땅딸보를 상징하여 '지월공(地月公)'이라 했다. 그는 이미 1933년께 포항에서 원산까지의 도보 기행문을 조선일보엔가에 발표하고 있었다 하는데, 이화여전 교수 시절 방학 때만 되면 먼 여행과 등산길에 올랐다. 앞서 1932년에는 백두산을 등반했고, 금강산을 매년 다녀왔다.

월파는 그간에 발표했던 시들을 모아 1939년 5월에 문장사에서 시집 『망향(望鄕)』을 냈다. 한지(漢紙) 장정의 4 · 6판의 고전적인 전아한 모습을 갖춘 것이다.

『문장』지는 김일순의 오빠인 김연만(金鍊萬)이 견지동에서 발행하고 있었는데 월파와는 친교가 두터웠다. 그 때의 이태준, 정지용, 이희승 등은 월파와 더불어 『문장』 발간에 서로 '재주와 정성'을 아끼지 않고 협조하여 『문장』 발전에 심혈을 기울인 한 그룹이었다.

월파는 그의 시집『망향』에 서문을 대신한 한 줄의 글, "내 인생의 가장 진실한 느껴
움을 여기 담는다"라고 적었다. 당대 평론가 김환태(金煥泰)는 그를 이렇게 평했다.

> 生을 觀照할 수 있는 사람만이 가질 수 있는 態度…… 이와 같은 人生態度가 빚어
> 내는 理想은 아마도 窓을 南쪽으로 낸 집일 것이요, 그 집을 둘러 싼 밭일 것이요, 그
> 밭에 무르녹는 강냉이일 것이다[1]

『망향』의 대부분 시들은 관조적이면서도, 당시 가중되던 일제 탄압의 시대 상황과
관련되었음직한 인생 허무혼의 노래들이 실려 있다.

> 寂寞함께 끝내
> 낡은 거문고의
> 줄이나 고르랴오.
> 긴 歲月에게
> 追憶마저 빼앗기면
> 풀잎 우는 아츰
> 혼자 가겠오.
>
> 「서글픈 꿈」 마지막 연

결국 그 탄압의 종장은 그가 몸을 담고 있는 이화여전에서 현실로 겪어야 했다. 태평
양 전쟁이 발발하여 이화여전에서 미국인 교수들이 물러남과 함께 영문학 교육은 철폐
되었다. 이 무렵을 전후하여 일본을 여행하면서 경도(京都)에서 그의 심경을 이렇게 시
로 써냈던 것이다.

> 하늘과 물과 大氣에 길려
> 異域의 동백나무로 자라남이여,
>
> 손 없는 饗宴을 벌이고,
> 슬픔을 잔질하며 밤을 기다린다.
>
> 四十고개에 올라 生을 돌아보고
> 寂寞의 遠景에 嗚咽하나

---

1) 金煥泰, 「詩人 金尙容論」, 『文章』 1939년 7월호.

이 瞬間 모든 것을 잊은 듯
그 時節의 꿈의 거리를 徘徊하였도다.

小女야 내 시름을 간직하여
永遠히 내 가슴속 信物을 삼으리
生의 秘密은 비오는 저녁에 펴 읽고,
묻는 이 있거든 한 사나이
생각에 잠겨 고개 숙이고,
멀리 길을 간 어느 날이 있었다 하여라.

「손없는 饗宴」 전문

<사진 3> 1948년 보스턴 대학에 영문학 연구차 도미했을 때의 모습(46세). '롱펠로우가(街) 숙사'라는 간판이 보인다.

　고독과 울분의 시대, 그는 1943년 교수직을 아주 사임하기까지 학교 숲 속 그의 방에서 지냈는데, 방 안에는 의문의 아름다운 꽃 한 송이가 늘 꽂혀 있었다. 그러는 세월도 한때, 생활난에 봉착하자 마침내는 같은 학교의 영문학 교수였던 김신실(金信實·현 YMCA 이사)과 공동 투자하여 종로 2가 장안 빌딩 자리에 장안화원을 냈다. 똑같은 길을 걸었던 인연으로 그들의 우정은 적어도 1948년까지 이어졌다.

　1945년 해방을 맞이하자 꽃집을 그만두었다. 군정이 실시되고 그의 영어 실력이 인정되었던지 강원 도지사로 발령을 받았다. 그러나 부임하여 보니 행정상의 실권은 하나도 없고 통역관의 역할에 지나지 않음을 깨닫자 며칠 만에 사임하고 서울로 돌아와 이대 학무처장으로 재직하면서 교수 생활을 다시 시작했다.

3. 무하(無何) 선생의 풍자

　1946년 그는 학구 생활을 목적으로 도미하여 보스턴대학에 적을 두었다. 그러면서도 조국과 가족에 대한 걱정의 나날을 보내고 있었음이 그의 미발표 일기에 잘 나타나고 있다.

　　퍽 따뜻하다. 봄이 확실하다. 工夫時間에 한참 동안 눈이 아물거려 冊을 읽을 수가 없었다. 너무 過히 머리를 쓴 탓인가 보다. 오늘은 快히 쉬기로 하자. 트루만의 對蘇政策確實要求의 重大演說이 發表되었다. 戰爭이 일어서는 朝鮮은 쑥밭이다. 어린 것들이 걱정이다. 人類는 또 大慘劇을 일으키려는가? 집과 金信實씨에게 편지 보냈다.[2]

그런가 하면 같은 해 4월 3일 일기에서 월파는 시 쓰는 것을 천직으로 알고 있었다는 것과 지금까지의 짤막한 서정시에서 탈바꿈하여 서사시에 손을 대어 보려고 고심한 흔적을 보인다.

월파가 귀국한 것은 1949년 2월이었다. 이대에 다시 복직하였고, 이듬해 시집『망향』의 3판을 이대출판부에서 냈다. 또 같은 해에 수필집『무하선생방랑기(無何先生放浪記)』를 내니 여기에서 과거 그의 관조적 세계보다는 인생에 대한 풍자적이고 사회에 대한 비판적인 안목으로 현실에 뛰어든 지성 풍모를 볼 수 있다. 이 수필집은 무하선생이 나귀와 함께 방랑의 길을 떠나 돌아올 때까지의 이야기 형식을 빌어 그 때 각계각층 사회상을 파헤치고 각성을 바라는 내용으로 되어 있다. 동키호테 행장기가 연상되기도 한다.

> 쇼윈도의 송곳같은 流行, 피빛 목도리에 눈이 팔렸구나! 잘못 지나는 쇠입을 맞추고 容恕를 비는 거룩한 實婦人이여! 회칠한 무덤, 눈썹 그린 너 紳士여! 有志여! 개기름 같은 秋波를 던져 不治의 嘔逆症을 남겨 주고 간 너, 久遠의 醜婦여! 妖艷! 淫蕩의 시궁창, 世紀末의 뒷골목이여! 騷音과 混雜의 癎疾的인 文化여! 아아 설렁탕집 파이려, 行廊房 빈대여, 서울의 動과 靜이여, 요강 같은 存在들이여! 그 存在를 받쳐 놓은 지린내 나는 소반이여! 지금 나는 너의 巢窟을 벗어나 定處없는 길을 떠날 때, 코를 풀어 네 앞에 던지는 것이다.

이렇게 해서 무하 선생은 '요강 같은 인생', 겉은 번지르르하나 속은 오물로 차 있는 인간을 떠나 방랑길에 오른다.

"월파 선생은 박학하고 대인 관계가 활달한 분으로 두주불사(斗酒不辭)의 잘 생긴 미남이었다. 초창기 영시를 도입하면서 강단에서 많은 여성문학인을 길러 낸 공적은 크다 할 수 있다. 그가 허무에서 절망을 느끼지 않고 생을 긍정한 것은 그의 활달한 성격과 많은 관계가 있으리라 본다"(곽하신 회고담).

1950년 월파는 6·25가 발발하자 지하에 숨어 있다가 9·28 수복과 함께 당시 공보처장 김활란(金活蘭)과의 인연으로 공보처 고문 겸 구 코리아 타임즈 사장이 되었다. 1951년 6월 부산 피난지에서 정치 무대로 쓰여졌던 김활란의 집인 필승각(必勝閣) 파아티에서 게를 먹고 식중독을 일으켰다. 별 뜻 없이 집에서 치료하다가 의사의 잘못된 투약으로 6월 22일 어처구니없이 49세를 일기로 세상을 떠나니 그의 망우리 묘지에 그의 시「향수(鄕愁)」가 새겨져 있다.

---

2) 1948년 3월 17일 日記.

人跡 끊진 山속
돌을 베고
하늘을 보오.

구름이 가고
있지도 않는 故鄕이 그립소.

　　　「鄕愁」전문

◆ 연보

1902년	음 8월 27일 경기도 연천군 군남면 왕림리에서 부 경주 김씨 기환(基煥)과 모 나주 정씨 사이의 2남 2녀 중 장남으로 출생. 아호 월파. 부친은 한의. 그의 여동생 김오남(金午男)은 시조 시인임.
1912년	(10세) 연천공립보통학교 졸업.
1917년	(15세) 경성제일고등보통학교 입학.
1919년	(17세) 3 · 1운동 발발. 학생 운동 가담, 이후 낙향. 1세 연상인 18세 규수 밀양 박씨 애봉(愛鳳)과 결혼. 보성고등보통학교로 전학.
1921년	(19세) 보성고등보통학교 졸업.
1922년	(20세) 일본입교대학 예과 입학. 장녀 정호(貞浩) 출생.
1924년	(22세) 입교대학 영문학과 입학.
1927년	(25세) 입교대학 영문학과 졸업, 귀국. 보성보고 교원겸 이화여자전문학교 강사.
1928년	(26세) 이화여자전문학교 교수.
1929년	(27세) 장남 경호(慶浩) 출생.
1930년	(28세) 가족을 연천에서 서울 성북동으로 이주시킴.
1932년	(30세) 서울 서대문구 행촌동 219의 2로 이주. 차녀 명호(明浩) 출생 시 「무제(無題)」(동방평론 4월호) 발표.
1933년	(31세) 시 「무제(無題)」(신동아 3월호) 발표.
1934년	(32세) 차남 성호(聖浩) 출생.
1935년	(33세) 논문 「오모마아 카이얌의 루바이얕 연구(硏究)」(시원 1~5호) 연재. 시 「나」(시원 1호) 등 일련의 시를 『시원』에 발표.
1936년	(34세) 3녀 순호(順浩) 출생 시 「그대들에게」(신동아 3월호) 발표
1938년	(36세) 수필 「우부우어(愚夫愚語)」(삼천리문학 창간호) 발표. 4녀 선호(善浩) 출생.
1939년	(37세) 시 「어미소」, 「추억(追憶)」(이상 문장 창간호) 발표. 5월 시집 『망향(望鄕)』(문장사)을 간행. 여기에 「남으로 창을 내겠오」, 「서글픈 꿈」, 「노래 잃은 뻐꾹새」, 「반딧불」, 「괭이」, 「포구」, 「기도(祈禱)」, 「마음의 조각 1~8」, 「황혼의 한강」, 「한 잔 물」, 「눈오는 아픔」, 「어미소」, 「추억」, 「새벽 별을 잊고」, 「물고기 하나」, 「굴뚝 노래」, 「향수」, 「가을」, 「나」, 「태풍」 등 27편의 서정시를 수록.
1941년	(38세) 시 「병상음 2수(病床吟二首)」(춘추 12월호) 발표.
1942년	(40세) 3남 충호(忠浩) 출생. 돈암동으로 이주.
1943년	(41세) 일제 탄압으로 영문학 강의 철폐. 이화여자전문학교 사임. 종로 2가 장안빌딩 자리에서 장안화원을 해방까지 김신실(金信實)과 공동 경영함.
1945년	(43세) 8월 15일 해방. 군정 때 강원 도지사 발령. 수일 만에 사임. 이화여자대학교 교수, 학무처장.
1946년	(44세) 도미. 보스턴대학에서 영문학 연구.
1949년	(47세) 귀국. 이화여자대학교 학무처장.

1950년	(48세) 2월 풍자적 수필 『무하선생방랑기』(수도문화사) 간행. 시집 『망향』을 이 대출판부에서 재간행. 9·28 수복 이후 공보처 고문, 구 코리아 타임즈 사장.
1951년	(49세) 부산 피난. 6월 20일께 김활란의 부산 대청동집 필승각에서 게를 먹고 식 중독 발병. 22일 부전동 57번지 셋집에서 49세를 일기로 사망.
1955년	부산에 가매장했던 유해를 이대에서 마련한 비용으로 서울 망우리 묘지로 이장. 그의 묘비에서는 시 「향수」가 새겨져 있다.

◆ 도움말 주신 분 (1973년 현재)

金慶浩	44 · 장남 · 서울 성북구 중계동 52번지.
郭夏信	54 · 조카 · 서울 동대문구 보문동 동혜소아과의원.
金一順	56 · 제자 · 스님 · 보문사.

◆ 관계 문헌

李泰俊, 「金尙鎔의 人間과 藝術」, 『三千里文學』 1938년 4월호.
金煥泰, 「詩人 金尙鎔論」, 『文章』 1939년 7월호.
盧天命, 「金尙鎔評傳」, 『自由文學』 1956년 1월 창간호.
李熙昇, 「月坡의 印象」, 『現代文學』 1963년 2월호.

吳 一 島

(시인 1901-1946)

1. 강산어조 (江山魚鳥) 아름다운 고향

시가 현대적인 성격과 체모를 갖춰가던 1930년대 중반, 사재(私財)를 던져 『시원(詩苑)』지를 발간했던 일도 오희병(吳姬秉)은 주로 애상의 가을을 노래한 서정시인이었다.

"나에게 방랑성이 적은 것은 아니고 요즘 나의 세월이 방랑임에 틀림없음을 자인하는 바이지만은 다시 한번 생각하면 우리 인생이 다 같은 일종의 방랑이 아닐까요. 부평인생이니 역여건곤(逆旅乾坤)이니 예로부터 허다히 전하는 시가는 그만두고라도 나는 이 뜰 안으로 들어올 때에 영화 「나그네」를 연상하였습니다."

그는 1942년 낙향하기 전 원산 송도원에서 이렇게 썼듯 자못 낙천적인 사람이었다. 그의 시는 기교보다도 소박하고 유장한 가락을 띠며 동양적인 특징을 잘 드러내고 있다. 또한 그는 한시에서도 빛을 발했다. 그리고 그의 『시원』지는 시문학을 풍요롭게 한 1930년대의 원천이었다.

> 洛東江 七百里에 벌써 얼음 풀렸다.
> 生命이 넘치는 물결,
> 내 배야! 中流로 떠내노니 흘러라 흘러라.
>
> 　　　　「窓을 남쪽으로」 일부

봄빛은 강물 위에 먼저 왔다. 태백산맥 계곡을 타고 굽이굽이 흘러내리는 강가 자갈 위에 아지랭이가 피어오른다.

안동에서 영해로 넘는 태백산맥 한가운데의 영양 땅, 읍내를 20여 리 앞두고 감내(甘川) 마을은 맑은 개울물을 안고 들어 앉아 있다. 여기서부터 제법 넓은 내를 이루는 시냇물은 하류로 흘러들어 어김없이 낙동강 7백리를 이룬다. 서에는 무이산(茂夷山), 동에는 병암산(屛巖山), 창벽이 우뚝 솟아 가히 임진왜란 때 낙안(樂安) 오씨가 도장을 삼았을 법한 지세다.

그들의 표현대로 물에는 강산어조가 즐거움을 나누고 오씨 자손들은 대대로 이 앞마을에서 화수지락(花樹之樂)을 누렸을 것이다. 지금 산천도 그대로이며, 오씨 일가도 여전히 이곳을 지키고 있으나 고가의 이끼는 세월과 함께 푸르렀고 그 옛날의 위풍도 사라져 가고 있다.

<사진 1> 낙동강 7백리의 근원을 이루는 경북 영양 감내마을 앞 내는 낙안 오씨의 임진왜란 이후의 삶의 터전이었다. 이 냇가 왼쪽에 일도가 태어난 마을이 있다.

일도는 1901년 올해 2월 24일 여기 감내에서 낙안 오씨 칠원현감(漆原縣監)의 10대손이 된다. 그는 천석거부 익휴(益休)를 부친으로, 의흥(義興) 박씨를 모친으로 하여 차남으로 태어났다. 태어나자마자 종조부 시동(時東)에게 양자로 들었으나 그것은 형식적인 것이었고, 내내 생부와 어린 시절을 보냈다.

그는 사숙에서 한학을 배우다가 14세가 되던 해 3월에 역시 영양땅 일월면 주곡동의 조씨의 16세 난 규수 필현(畢賢)과 초립동이 결혼을 했다. 그리고 영양읍 보통학교에 들어갔으나 원래 나이가 들었으므로 월반하여 졸업하고 서울로 올라간 것이 1918년인 그의 나이 17세였다. 경성제일고보에 적을 두긴 했으나 졸업을 하지 않고 1922년 일본으로 건너갔다. 강습소에서 1년간 공부하고 이듬해 입교대학(入敎大學) 철학부에 입학, 졸업하고 귀국한 것이 1929년, 그의 시작(詩作)은 이 때부터인 것으로 짐작된다.

몇 해 동안 시골과 서울을 오르내리며 소일하던 그가 아예 분가하여 1931년에는 서울 견지동에서 살기 시작했다. 그리고 근화(槿花)학교에서 무료 봉사로 교편생활을 한 적도 있지만 1년 만에 그만두었다.

1930년을 전후하여 그에게도 신여성에 대한 갈구가 있었다. 당시 부유한 지식층 사이에 일어난 이혼 붐에 그도 잠시 마음이 흔들려 이혼설을 부인 조씨에게 비치기도 했던 것인데, 특정한 여인이 있었던 것은 아니어서 마음을 고쳐 잡았다.

2. 사재(私財) 내어 『시원』 창간

그가 시단에 교유를 갖게 된 것은 1934년쩨로 중학동 천변옥에 시원사(詩苑社)를 차리고부터였다. 시골 백형 희태(熙台)로부터 사재를 얻어내 순수 시잡지를 경영한다는 꿈을 이루게 된 것이다.

"집을 견지동에 두고 조그만 개천가에 조그만 집을 하나 사서 거기서 혼자 숙식을 하였다. 하도 모습이 안 되어서 나중에는 시중드는 여자를 딸려 보냈을 정도로 그는 일에 몰두하였다." 부인 조씨가 들려주듯 그는 『시원』을 내기 위해 고군분투, 마침내 이듬해인 1935년 2월에 그 창간호를 냈다.

밤새껏 저 바람 하늘에 높으니
뒷산에 우수수 감나무잎 하나도 안남았겠다.

季節의 凋落 잎잎마다 새빨간 情熱의 피를
마을 아이 다 모여서 무난히 밟겠구나

時間조차 約束할 수 없는 오오 나의 破鍾아
鬱寂의 夜空을 이대로 默守하려느내!

구름 끝 熱叫하던 기러기의 한 줄기 울음도
멀리 사라졌다. 푸른 나라로 푸른 나라로-

고요한 爐邊에 홀로 눈감으니
鄕愁의 안개비 자욱히 앞을 적시네.

꿈속같이 아득한 옛날, 오 나의 사랑아
너의 乳房에서 追放된지, 내 이미 오래다.

거친 비바람 먼 沙漠의 길을
숨가쁘게 허덕이며 내 心臟은 찢어졌다.

가슴에 안은 칼 녹 쓰는 그대로
오오 路傍의 죽음을 어이 참을 것이냐-

말없는 冷灰위에 秩序없이 글자를 따라
모든 생각이 떴다-잠겼다-또 떴다-

-앞으로 흰 눈이 펄펄 山野에 나리리라
-앞으로 해는 또 저무리라.

「爐邊의 哀歌」 전문

『시원』 창간호에 이 시를 발표함으로써 그의 진면목이 나타났다. 그것은 고향을 떠난 자가 밤마다 품는 향수의 결정체이었다.

　일도의 중학동 집은 개천변에 혼자 사는 두어 간 되는 조그마한 기와집이었다. 처자를 다 버리고 거기에 칩거하고 있었다. 낮에는 쇠를 잠가 놓고 항상 외출하니까 친구들이 찾아왔다가도 성급한 사람들은 대문을 흔들다 못해 울타리를 넘어 들어가기도 했다. 이헌구의 소개로 알게 되어 말년까지 친구로 지냈던 김광섭은 일도를 회고하면서 어느 친구는 그 집을 '유령의 집'이라 불렀다고 쓴 바 있다.[1] 그는 거기서 고독과 벗 삼으며 『시원』에의 집념을 불태웠던 것이다.

　한편 1936년에는 『을해명시선집(乙亥名詩選集)』을 간행하기도 하고, 1938년에는 『세림시집(世林詩集)』(세림은 조지훈의 백씨 동진의 호)을 간행하여 요절 시인의 시재를 추모하는 정열도 보였다. 그는 부인이 한양 조씨인 관계도 있었으나 영양의 조씨 집안과는 친분이 깊었던 것도 사실이다. 그러나 시원사는 『시원』을 부정기적으로 7, 8호를 내더니 여의치 않아 문을 닫게 되었다.

눈이여! 어서 내려다오
저, 앙상한 앞산을 고이 덮어다오.

死骸의 寒枝 위에
까마귀 운다
錦繡의 옷과 靑春의 肉體를 다 빼앗기고
寒威에 쭈그리는 검은 얼굴들.

눈이여! 펄펄 내려다오
太陽이 또 그 위에 빛나리라.

가슴아픈 옛 記憶을 묻어 보내고
싸늘한 現實을 잊고
聖域의 새 아침 흰 淨土 위에
내 靈을 내 靈을 쉬이려는 希願이오니.

　　　　「눈이여! 어서 내려다오」 3~6연

<사진 2> 1935년 일도는 순수시지 『시원』을 창간하여 시의 다양화를 꾀하는 데 공헌했다.

　민족의 암울한 시대에서 쓰라린 비애를 느낀 그는 낭만적인 감상에 자신을 맡기고 술로 마음을 달랬으며 방랑으로 속세를 잊으려 했다.

1) 金珖燮, 「사랑의 信徒 吳一島兄」, 『現代文學』 1963년 1월호.

종로 뒷골목의 화선옥(花仙屋)을 중심으로 대취하기 일쑤였고, 툭하면 한강으로 나가 모습을 감추기도 했다. 일제의 압제가 극악스럽던 무렵, 그는 참다못해 부인과 함께 낙향의 길을 걸었다. 1942년의 일이었다.

"근화학교에 잠시 다닌 것 외에 평생직장을 갖지 않았으며 결벽성이 심했고 고집이 센 편"이었다고 이헌구는 들려주는데, 그러면서도 낭만적이며 순진한 인품을 지니고 있었다는 것이다. 그는 일제에 이렇다 할 저항을 하지는 않았으나 "몇 차례 종로경찰서 고등계에 불려다닌 일도 있는"(장조카 오용목 회고담) 신간회(新幹會) 회원이기도 했다.

> 검젖은 뜰 위에
> 하나 둘……
> 말없이 내리는 누른 葡萄잎
> 오늘도 나는 비 들고
> 누른 잎을 울며 쓰나니
>
> 언제나 이 悲劇이 끝이나려나.
>
> 검젖은 뜰 위에
> 하나 둘……
> 말없이 내리는 누른 葡萄잎.
>
> 「누른 葡萄잎」 전문

고향에서 수필 「고정기(孤亭記)」를 쓰면서 산천에 숨은 마음을 달래었고, 안채 모방(모서리방) 창 앞에는 포도나무를 심었으나 지금은 그 포도나무도 없다. "그러다가 또 다시 봄이 오고 주곡동에서 조씨 집안이 놀러 오면 개울가에 나가 솔 걸어 놓고 천렵하여 술 한잔에 시 한수 읊기로 세월을 보냈다"고 일도의 일가 손자뻘이 되는 감내의 오현운(吳鉉澐)은 당시를 돌이켜 본다.

3. 시집(詩集) 없는 시인의 고독

1945년 8월 15일 그에게도 그 날은 감격스러운 날이었다. "70년 넘은 콩나물 할머니도, 대설에 휘두르며 행렬의 꼬리를 따라, 미칠 듯 뛰며 미칠 듯 만세를 부른다"(해방의 거리)는 그 날이 "우리 앞에 쉽사리 올 줄이야!" 몰랐던 그는 기쁜 나머지 8월 말 서울로 다시 올라갔다.

그러나 서울의 거리는 혼돈의 거리였다. 정상배들의 분열과 싸움을 일삼는 시국에 실망을 느낀 그는 주야로 술을 마셨고, 그의 건강은 점차 악화일로를 겪었을 뿐이다. 친구를 만나면 입버릇처럼 『시원』을 다시 내겠다고 말하던 그는 그 가을 여의대(女醫大)병원에서 간경화증이라는 병명을 받고 입원하였다. 본디 어려서부터 몸이 허약하여 약을 먹는 몸이면서, 그리고 술을 많이 할 수 있는 체질이 아니면서 폭음을 했던 그였다.

벽 하나 隔하여 밖은
나와 다른 세상
내일이면 또 거리 위로
뛰고 뛰고 외치련마는……

조그만한 이 寢臺 위에 나로
完全히 돌아오는 瞬間
나는 못나는 새라
다시 어둠을 가슴에 안고
灰色의 찬 벽을 홀로 대하나니.

「찬 壁」7~8연

<사진 3> 일본 입교대학 유학시절의 일도. 오른쪽은 그의 장조카 용목.

"병마와의 이 비통한 싸움에서도 그는 구고(舊稿)를 다시 정리하여 깨끗하게 옮겨 써서 30편의 한시를 포함한 시집을 만들어 표구까지 해놓았다"고 그의 장조카 용목은 전했다. 그 유필의 시집은 아직도 부인 조씨가 보관하고 있으나 언제 시집으로 간행되어 나올지 알 수 없다. 시집을 낼 때 서문을 받되 "위당 정인보에게 받으라" 유언처럼 말했다지만 그가 저 세상의 사람이므로 유택에서도 그것이 섧겠다.

1946년 병세는 절망적이었다. 병원을 퇴원하여 탑골승방 근처의 장자훈(壎)의 집에서 그의 생을 닫으니 2월 28일 그믐날이요, 나이 45세였다. 까치 한 마리 울지 못하게 하던 그는 그 고요를 만끽하며 눈을 감았다는 것이다. 일도는 경기도 양주군 도농(陶農)에 잠들어 있다.

天使의 걸음보다
더 가벼히

눈이 내려옵니다
눈이 내려옵니다

꿈속의 밤보다
더 고요히

냉수같은 이마 위로
밤이 흐른다.

「그믐밤」 6~9연

◆ 연보

1901년	음 2월 24일 경북 영양군 영양읍 감천동 780번지에서 부친 낙안 오씨 익휴(益休)와 모친 의흥 박씨 사이의 차남으로 출생. 본명 희병(熙秉), 아호 일도(一島).
1914년	(13세) 이 때까지 사숙에서 한문 공부를 함.
1915년	(14세) 3월 한양 조씨의 16세 규수 필현(畢賢)과 결혼. 4월 한양읍 공립보통학교에 입학.
1918년	(17세) 월반하여 보통학교를 졸업하고 경성제일고보에 입학.
1921년	(20세) 장남 훈(壎) 출생.
1922년	(21세) 제일고보를 졸업하지 않은 채 도일하여 강습소에서 수학.
1923년	(22세) 입교대학 철학부에 입학. 여름 방학에 귀국하였다가 9월 동경 대진재를 피하고 나서 다시 도일.
1925년	(24세) 차남 균(均) 출생.
1929년	(28세) 입교대학 철학부를 졸업하고 귀국.
1931년	(30세) 분가하여 부인과 함께 서울 견지동에서 생활.
1932년	(31세) 시「새해아침」,「물의 유혹(誘惑)」(이상 동광 6월호) 발표. 근화학교(덕성여중고의 전신) 교사(1년간).
1935년	(34세) 2월 서울 중학동 천변옥에서 시지 『시원』을 창간함.「노변(爐邊)의 애가」를 발표. 『시원』은 이후 부정기적으로 7, 8호를 내다가 중단함. 3남 증(增) 출생.「눈이여! 어서 내려다오」,「창을 남쪽으로」(이상 시원 제 2호) 발표.
1936년	(35세) 송현동으로 이사. 『을해명시선집』(시원사)을 발간. 여기에「5월의 화단」을 게재.
1938년	(37세) 『세림시집(世林詩集)』 간행.
1940년	(39세) 삼청동으로 이사.
1942년	(41세) 영양 감천으로 낙향. 수필「고정(孤亭)〔오이집〕記」 등을 씀.
1944년	(43세) 딸 난전(蘭田) 출생.
1945년	(44세) 8·15 광복을 맞고 8월 말경 상경, 신설동 391번지에서 삶. 자신의 시를 정리, 장조카 오용목(吳龍睦)에게 유시집을 부탁함. 가을부터 병세 악화.
1946년	(45세) 간경화증으로 여의대병원에 입원. 절망적이자 퇴원하여 장자 훈의 집으로 옮겨 2월 28일 사망. 3일장으로 미아리 묘지에 안장.
1961년	경기도 양주군 도농 가족 장지에 이장함.「내 창이 바다에 향했기에」,「가을 하늘」,「코스모스꽃」,「지하실의 달」,「봄 아침」,「봄비」,「바람이 붑니다」,「10월의 정두원(井頭園)」,「송원의 밤」,「별」,「도요새」,「백말(白沫)」,「5월 화단」,「누른 포도잎」,「노랑 가랑잎」,「벽서(壁書)」,「내 애인이여! 가까이 오렴」,「가을은」,「인생의 평야」,「눈이여! 어서 내려다오」,「아기의 눈」,「올빼미」,「돌팔매」,「노변(爐邊)의 애가(哀歌)」,「해방의 거리」,「멀리 오시는 님 어이 맞으오리까」,「찬 벽」,「검은 구름」,「그믐밤」,「저녁 놀」과 수필「고정기(孤亭記)」,「임해장(臨海莊)의 심야(深夜)」 등과 한시 및 한시역이 다수 있음.

◆ 도움말 주신 분(1973년 현재)

趙畢賢   74 · 미망인 · 낙원아파트 1402호.
吳龍睦   65 · 장조카 · 신한제분 부사장.
金珖燮   68 · 친구 · 시인.
李軒求   68 · 친구 · 문학평론가 · 이대 교수.
吳鉉澐   63 · 친지 · 경북 영양군 영양면 감천동 780.
趙愛泳   62 · 시조 시인 · 명륜동 2가 143의 3.

◆ 관계 문헌

李河潤, 「爐邊 哀歌의 詩人 吳一島兄」, 『自由文學』 1959년 3월호.
金珖燮, 「사랑의 信徒 吳一島兄」, 『現代文學』 1963년 1월호.

李 陸 史

(시인 1904~1944)

1. 퇴락한 생가(生家)

정렬(淨洌)하면서도 시간과 공간을 꿰뚫는 듯한 육사 이활(活)의 시는 일본 제국주의 치하에서 수난을 겪는 민족을 위한 광명에의 염원과 그 예언으로 시종일관한다. 그는 북경의 싸늘한 감방에서 40평생의 짤막한 생을 닫을 때까지 그 태반을 일본 제국주의의 질곡에 끌려다녔음에도, 굴하지 않고 목숨을 걸었던 사상적, 행동적 투사였다.

"나에게는 진정코 최후를 맞이할 세계가 머리의 한편에 있는 것입니다. 그것이 타오르는 순간 나는 얼마나 기쁘고 몸이 가벼우리까?"

1938년 세상을 떠나기 전 6년 앞서 수필 「계절의 오행(五行)」에서 이렇게 썼던 그는 언제든지 죽음을 곁에 두고 두려워하지 않았다.

그럼에도 그의 문학은 현실의 행동 배경에서 승화하여 폭넓은 서정시의 감동을 자아낸다. 1930년대 후반 모더니즘의 유행에서 벗어나 한국의 고유성 회복과 고전적 전통에의 복귀로 향한 그의 노력은 후대를 위한 문학사적 가교를 이룩했다.

안동에서 도산서원을 향해 북으로 치달아 육십 리 앞에 낙동강의 한 지류를 내려다보며 도산서원이 있고, 여기서 다시 십여 리에 험준한 고개를 하나 넘으면 마침내 원천(遠川)이라는 마을에 이른다. 사방은 기암괴석의 높은 산으로 둘러쳐 있고, 분지로 된 들판 한가운데는 강물이 산 사이를 휘돌아 남으로 흘러간다. 생가에는 푸른 이끼가 기와지붕을 덮고, 강가에 아름드리 홰나무가 줄지어 섰다. 정확히 이곳은 경북 안동군 도산면 원천(촌)리로 불린다. 퇴계 후손 이씨 일가가 영화를 누렸던 마을이지만 지금은 자취뿐 개화따라 흩어지고 주위는 퇴락하여 그저 고요하기만 하다.

육사는 1904년 음력 4월 4일 이 마을에서 아은(亞隱) 이가호(李家鎬)를 아버지로, 범산공(凡山公) 허형(許衡)의 딸 김해 허씨를 어머니로 5형제 중 둘째로 태어났다. 한말의 의병장 허위(許蔿)는 육사의 어머니의 숙부가 된다. 그는 부계의 한학과 모계의 기개를 받음으로써 후일 그의 문학과 항일의 행동을 조화시킬 수 있었다. 한 인간의 근원적 성격을 이루게 한 고향의 생가는 이제 사립문조차 제대로 서 있지 않고 뒷채는 아예 손질이 가지 않아 기둥이 어긋나고 토벽은 떨어져 내려 곧 무너져 버릴 듯 사람이 기거하지 않는다.

내 고장 七月은
청포도가 익어 가는 시절

이 마을 전설이 주절이 주절이 열리고
먼 데 하늘이 꿈꾸며 알알이 들어와 박혀

하늘 밑 푸른 바다가 가슴을 열고
흰 돛단배가 곱게 밀려서 오면

내가 바라는 손님은 고달픈 몸으로
淸泡를 입고 찾아 온다고 했으니

내 그를 맞아 이 포도를 따 먹으면
두 손을 함뿍 적셔도 좋으련

아이야 우리 식탁엔 은쟁반에
하이얀 모시 수건을 마련해 두렴.

「靑葡萄」 전문

왕모성에서 해가 떠 쌍봉으로 해가 지는 원천 마을이지만 이 시에서 보여 주는 마을은 단순한 마을이 아니라 육사가 늘 그리워하고 있는 조국이며 시는 그의 광복에 향한 염원으로 가득 차 있다.

2. 교동(驕童)의 어린 시절

눈물을 흘리지 말라고 배워 온 것이 세 살 때부터 버릇이었나이다.[1]

그의 어머니 허씨가 가르친 대로 어려서 눈물을 흘리지 않았다. 어린 시절, 눈물을 흘리지 않기 위하여 잘못된 짓이라고 생각되는 일은 하지 않았다. 그러므로 어느 사람의 꾸지람을 듣는 일이 생겨 주위의 사람들이 용서를 빌라 하면 어찌 거짓을 말하겠는가하고 전혀 용서를 구하지 않았다. 이와 같은 성격을 입증하듯이 아직도 원천 마을에 살고 있는 당숙 이훈호(李壎鎬)는 이렇게 회고했다.

"성격이 대쪽 같아서 어른이 야단쳐도 자신은 잘못했다 항복하지 않았다. 그가 한 행

---

1) 수필 「季節의 五行」.

<사진 1> 육사는 1936년부터 1940년까지 많은 작품을 발표하였으나 반면 건강이 나빠졌다. 그는 때때로 여행과 요양생활을 했다. 1938년 친구 최용(왼쪽), 신석초(중간)와 함께 경주 불국사에 여행했다.

동은 나름대로 옳게 판단한 뒤에 실행한 것이기 때문이다."

육사가 자라나던 시절만 해도 유가의 전통을 이은 집안다워서 그는 밤에 어른을 만나러 갈 때 등롱에 황촛불을 밝혀 하인에게 들리고 다녔다. 그는 '교동'이라 불리는 것을 조금도 개의치 않는 기질의 소년이었던 것이다.

그의 조부 치헌 이중직(李中稙)은 일찍이 개화하여 노비를 풀어 주고 그들에게 땅을 떼어 나눠 준 사람이다. 육사는 이처럼 변해 가는 집안의 정황을 보았고, 이것을 실천했던 조부로부터 한학을 배웠다. 그가 결혼한 것은 17세 때였다. 배우자는 순흥 안씨 일양(一陽)이었다. 1919년 3·1운동의 영향을 받았음인지 그 무렵에는 그의 조부가 세운 예안의 보문의숙(普文義塾)을 다니다가 그만두고 결혼 이후에는 대구 교남학교에서 수학하였다. 1922년에는 일가족이 경북 안동군 녹전면 둔번동을 거쳐 대구로 나왔다. 그는 그로부터 항일의 가시밭길을 걷기 시작했다.

3. 의열단(義烈團)의 3형제

육사의 다섯 형제는 모두 인물됨이 출중한 사람들로 그 이름은 위로부터 원기(源祺), 원록(源祿 또는 源三), 원유(源裕 또는 源一), 원조(源朝), 원창(源昌)이었고, 육사는 본명 원록, 원삼, 개명인 활(活)을 썼다. 뒤에 원기는 한학으로, 원유는 서예로, 원조는 문학평론으로, 원창은 언론인으로 그 재주를 보였다. 육사는 1925년 21세 때 홀연히 일본으로 떠났다. 동경에 머무는 동안 그는 서양문물을 접하면서 플루타르크, 시이저, 나폴레옹 등의 영웅전을 읽었다. 그리고 6개월 만에 돌아왔다.

『기려수필(騎驢隨筆)』[2]에 의하면 육사의 다섯 형제 중 3형제가 그해 9월, 독립운동 집단인 의열단에 가입했다고 기술되고 있다. 원기, 육사, 원유 3형제 가운데서도 행동적 기질이 두드러졌던 육사는 밀명을 받고 중국 북경으로 갔다. 다음해 잠시 귀국하였으나 3개월 뒤에 재차 북경길에 올랐다.

북경사관학교에 적을 두었다가 1927년 가을에 돌아왔다. 그러나 장진홍(張鎭弘) 의사

---

2) 騎驢 宋相燾의 『騎驢隨筆』의 大邱銀行에 폭탄을 투척한 義士 張鎭弘편.

의 조선은행 대구지점 폭탄사건에 폭탄 반입자로 연좌되어 체포, 3년형 언도를 받고 대구형무소에 원기, 원유와 함께 투옥되었던 것이다.

"그 고초는 이루 다 형언할 수 없었다. 가택 수색을 한다고 집 기왓장을 하나 하나 벗겨냈다. 게다가 대나무로 훑어대는 고문에 매일처럼 피옷을 받아 내야 했다……." 육사가 두터운 정을 두지는 않았으나 부군 따라 그마저 고문의 찢기는 아픔을 맛보며 지절을 지켰던 부인 안씨는 당시를 회상했다. 그때 그의 수인 번호가 64(혹은 264)이었으므로 해학적 의미를 겸하여 아호 육사를 얻은 것은 결코 우연한 것이 아니다.

그가 풀려난 것은 1929년의 일이다. 그러나 광명의 땅은 아니었다. 육사와 함께 원기, 원유, 원조 형제들에 향한 일본경찰의 주시하는 눈초리가 두려워 친구들도 가까이 하려 하지 않자 그들은 저들끼리 어울려 울분을 달래며 술을 마셨다.

그해 아들 동윤(東胤)을 보았으나 일가의 안녕과 행복은 그의 안중에 없었다. 그의 의지는 꺼질 줄 모르는 불꽃처럼 타올라 다시 북경행, 그리하여 북경대학 사회학과에 든 것은 1930년의 일이다.

> 앵무와 함께 종알대어 보지도 못하고
> 딱다구리처럼 古木을 쪼아 울지도 못하거니
> 만호보다 노란 遺傳을 원망한들 무엇하랴
> 서러운 呪文일사 못 외인 苦悶의 이빨을 갈며
> 種族과 횃(塒)을 잃어도 갈곳조차 없는
> 가엾은 박쥐여! 永遠한 보헤미안의 넋이여!
> 제 情熱에 못이겨 타서 죽는 不死鳥는 아닐망정
> 空山 잠긴 달에 울어새는 杜鵑새 흘리는 피는
> 그래도 사람의 心琴을 흔들어 눈물을 짜 내지 않는가
>
> 날카로운 발톱이 암사슴의 연한 肝을 노려도 봤을
> 너의 먼 祖先의 榮華롭던 한 시절 歷史도
> 이제는 '아이누'의 家系와도 같이 서러워라
> 가엾은 박쥐여! 滅亡하는 겨레여!
>
> 運命의 祭壇에 가늘게 타는 촛불마저 꺼졌거든
> 그 많은 새짐승에 빌붙일 愛嬌라도 가졌단말가?
> 相琴鳥처럼 고운 뺨을 채롱에 팔지도 못하는 너는
> 한 토막 꿈조차 못 꾸고 다시 洞窟로 돌아가거니
> 가엾은 박쥐여! 검은 化石의 妖精이여!
>
> 「蝙蝠」 2~5연

그는 일본 제국주의 식민지하에서 광명과 자유를 빼앗긴 채 밤의 세계로 쫓겨난 박쥐와 같은 존재임을 자인하고 있다. "그 많은 새짐승에 빌붙일 애교"가 있을 만큼 그렇게 비굴하지도 않다. 어둠의 세계로 항상 돌아가야 하는 운명이지만 이 시에서 느끼는 전체적인 감동은, 멸망하는 겨레에 대한 연민의 정과 광명으로의 복원에 대한 염원에서 얻어진다. 이 「편복(蝙蝠)」이라는 시는 "잡지에 게재되기 직전에 압수당한 시"라고 그의 다정한 친구였던 시인 신석초(申石艸)는 필자에게 밝혔다.

육사의 빈번한 북경에의 길은 인천에서 밀항선을 타고 서해를 건너 중국 상해를 거친 듯 다음 시에 잘 나타나 있다.

> 남들은 기뻤다는 젊은 날이었건만
> 밤마다 내 꿈은 西海를 密航하는 쟝크와 같애
> 소금에 절고 湖水에 부풀어 올랐다
>
> 항상 흐릿한 밤 暗礁를 벗어나면 颱風과 싸워 가고
> 傳說에 읽어 본 珊瑚島는 구경은 못 하는
> 그곳은 南十字星이 비쳐 주도 않았다.
>
> 「路程記」 2~3연

1933년 가을에 그는 다시 고국에 돌아왔다. 그 시기부터 육사 또는 활을 사용하며 세상에 작품을 내놓기 시작했다. "육사와 나의 친교는 단순히 문학으로 인하여 맺어진 것이지만(그가 처음 발표한 시작품 「황혼(黃昏)」은 내가 잠시 편집을 맡아 보았던 『신조선』지에 실린 것이다) 우리의 해후는 곧 죽마지우와 같이 친해질 수 있었다"[3]라고 신석초는 쓴 바 있다.

4. 중국문학과 노신(魯迅)의 영향

그후 육사는 시뿐만 아니라 수필, 시평, 중국문학론 등 심지어는 영화, 시나리오에까지 다방면에 걸쳐 필을 들었다. 그리고 여러 해 동안 중국에 유하고 있었던 관계로 중국문학의 영향을 받은 바 컸다. 다음의 글은 그 같은 사실을 시사하고 있다.

> "陸史의 文學은 中國 近代文學의 影響이 컸던 것이 아닌가 하는 點이다" - 一般的으로 陸史의 詩는 그의 修學期의 漢學的 素養에 힘입은 바 크다는 것이 通說로 되어 왔으나 筆者는 그렇게만은 보고 싶지가 않다. 즉, 그의 生涯나 作品年譜로 斟酌되

---

3) 申石艸, 「李陸史의 生涯와 詩」, 『思想界』 1964년 7월호.

는 바, 그 自身 北京大學에 留學했던 사실이라든지, 또는 魯迅 · 胡適 · 徐志摩와 같은 中國 近代詩人 및 作家의 作品을 飜譯 및 論評하고 있는 사실을 그 例로 들 수가 있을 것이다.[4]

육사의 장조카인 이동영(李東英) 교수는 필자와의 대화에서 육사의 사상적 측면을 "유가에서 자란 반면 혁명가적 기질을 타고나 어느 정도 사회주의 계통에 기운 면도 없지 않다. 노신의 사후 「노신추도문(魯迅追悼文)」을 쓴 것을 보더라도 그에 대한 경모심은 깊은 것이었으며, 스스로 한국의 노신이 되고자 하지 않았는지 모르겠다"라고 말하고 있다.

그가 귀국하기 1년 앞서인 1932년 6월, 중국의 민국혁명의 원로인 양행불(楊杏佛)이 남의사원(藍衣社員)에게 암살당하였을 때 만국빈의사(萬國殯儀社) 앞에서 그는 실제로 노신에게 소개되었다.

> 그때 魯迅은 R氏로부터 내가 朝鮮靑年이란 것과 늘 한번 對面의 機會를 가지려고 했더란 말을 듣고, 外國의 先輩 앞이며 處所가 處所인 만치 다만 謹愼과 恭遜할 뿐인 나의 손을 다시 한번 잡아줄 때는 그는 매우 익숙하고 친절한 친구이었다.
> 아! 그가 벌서 五十六歲를 一期로 上海 施高塔 九號에서 永逝하였다는 訃報를 받을 때에 暗然 한줄기 눈물을 지우노니 어찌 朝鮮의 한사람 後輩로써 이 붓을 잡는 나뿐이랴.[5]

1936년 노신이 죽었을 때 육사는 이렇듯 그 죽음을 애통히 여겼다.

그 무렵을 전후하여서부터 1940년까지 육사가 가장 활발히 작품 활동을 한 시기였다. 그러나 한편 건강이 좋지 않아 남쪽 지방을 두루 여행하기도 하고, 바닷가나 사찰에서 요양 생활을 보내기도 했다. 당시의 친구였던 최용(崔鎔)은 "그에게는 구국에 대한 일념과 벗과 술이 모두였다"고 술회하고 있다.

5. 육사의 최후

육사는 형제 가운데서도 인품이 무겁고 점잖은 사람으로 알려지고 있다. "그는 한시에 대해서 많은 지식을 가지고 있었다. 어떤 친구에게 경제적인 무리를 시키더라도 장안에서 가장 잘하는 양복점을 찾아가서 옷을 맞추어 입었다. 시대적 환경이 좋았다면

---

4) 金澤東, 「古月과 陸史의 遺作」, 『語文學』 1972년 3월.
5) 「魯迅追悼文」 1936년 10월 朝鮮日報에 발표했다. 魯迅이 죽은 것은 이 해 10월 19일이다.

유명한 멋장이였음에 틀림없었다"(최용 회고담)라든지 "당시 그는 별로 일반에게 알려진 시인은 아니었다. 최재서가 하던 인문평론사에 그의 아우 원조가 있어서 한때 그곳에 관계한 적도 있다. 그의 인상은 독립운동하는 사람답지 않게 얼굴이 가을 하늘 달덩이 같았고, 넥타이 한번 구기는 일 없고 단정하고 깨끗한 사람이었다. 시 읊기를 잘하고 술을 굉장히 많이 마시는 편이었다. 갑갑하면 양말을 벗는 버릇이 있었으나 술주정은 하지 않았고, 원조처럼 수다스럽지도 않은 공손한 사람이었다"(신석초 회고담). 이런 점으로 미루어 단적으로 외유내강한 성격의 소유자임을 알 수 있다.

그는 1934년 이래 서울에 살면서 주로 『조광』, 『문장』, 『인문평론』, 『풍림』, 『비판』, 『청색지』, 『춘추』 등에 작품을 발표하였다. 유작으로 발표된 「광야(曠野)」야말로 그가 1940년을 전후하여 썼던 작품들 중의 걸작이다.

까마득한 날에
하늘이 처음 열리고
어데 닭 우는 소리 들렸으랴

모든 山脈들이
바다를 戀慕해 휘달릴 때도
차마 이곳을 犯하던 못하였으리라

끊임없는 光陰을
부지런한 季節이 피여선 지고
큰 江물이 비로소 길을 열었다

지금 눈 내리고
梅花香氣 홀로 아득하니
내 여기 가난한 노래의 씨를 뿌려라

다시 千古의 뒤에
白馬타고 오는 超人이 있어
이 曠野에서 목놓아 부르게 하리라

　　　　　「曠野」전문

일본경찰의 철퇴에도 불구하고 그는 비관할 줄 몰랐다. 겨레에 비칠 서광에 대한 희원으로 백마 타고 오는 초인을 기다렸다. 그러나 그는 기다리지만은 않았다. 그 초인을 불러오고 싶었던 것일까. 1943년 초 아직 적설이 하얗던 어느 날 육사는 또 북경행에 나섰다. 그리고 4월에 돌아와서 고향에 내려가 제사를 지내고 서울로 올라왔다. 그는 신분증명서를 몸에 품고 있었는데 그것으로 루우트를 타고 북경을 오고갔음이 후일 친구들 사이에 전설처럼 전해지고 있다.

동대문 경찰서 고등계 형사들이 명륜동 집에 들이닥친 것이 6월이었다. 그리고 체포된 지 6일 만에 북경에서 그를 압송할 사나이들이 왔다. 부인 안씨가 죽을 끓여다 들여민 것이 마지막 이별이었다.

> 어느 때나 푸를 수만 있는 소나무도 永遠의 고집쟁이를 흉볼리는 없으리라. 오랑주와 같은 열매가 없다는게나 夜來香 같은 꽃이 없다고 해도 永遠의 푸를 수 있는 내 마음의 기쁨도 맛볼 때가 있을지 모릅니다. (중략) 무릇 遺言이라는 것을 쓴다는 것은 八十을 살고도 가을을 경험하지 못한 俗輩들이 하는 일이요. 그래서 나는 이 가을에도 아예 遺言을 쓸려고는 하지 않오.6)

조국 광복을 눈앞에 두고 육사 이활은 1944년 1월 16일 북경 옥사에서 40세를 일기로 눈을 감았으니 그의 유해가 돌아온 것은 그 15일 뒤이다. 그는 지금, 마을 전설이 주절이 주절이 열리던 그 원천 뒷산 낙동강을 바라보며 잠들어 있다.

---

6) 수필 「季節의 五行」.

◆ 연보

1904년 음 4월 4일 경북 안동군 도산면 원천(천)리 881번지에서 아은 이가호(李家鎬)와
범산공 허형(許蘅)의 딸 허씨 사이에서 차남으로 출생. 이퇴계 14대손. 장남 이원
기, 3남 원유(원일), 4남 원조, 5남 원창. 본명은 원록(원삼). 개명 활, 호는 육사.

1920년 (16세) 이 때까지 조부 치헌(痴軒) 중직(中稙)에게 한학을 수학하고 조부가 세운
예안의 보문의숙에서 신학문을 배움.

1921년 (17세) 2세 연하 15세의 순흥 안씨 일양(一陽)과 결혼. 대구 교남학교에서 수학.

1922년 (18세) 가족이 안동군 녹전면 둔번동(속칭 듬버리)를 거쳐 대구 상서정 23번지로
이사함.

1925년 (21세) 원기 · 원유 형제와 함께 대구에서 의영단에 가입, 일본 동경으로 건너갔다
6개월 만에 돌아옴. 이 해 중국 북경으로 감.

1926년 (22세) 귀국. 3개월 후에 다시 북경행. 북경사관학교에 적을 둠.

1927년 (23세) 가을 귀국. 의사(義士) 장진홍(長鎭弘)의 조선은행 대구지점 폭탄 사건에
연좌되어 원기, 원유와 함께 3년형을 받고 대구형무소에 투옥됨.

1929년 (25세) 아들 동윤(東胤) 출생(3세에 사망). 장진홍 의사의 검거로 3형제 석방. 광주
학생사건이 나자 예비검속됨.

1930년 (26세) 중국으로 가 북경대학 사회학과에 적을 둠.

1932년 (28세) 6월 노신(魯迅)에게 소개됨. 10월 북경 조선군관학교 국민정부 군사위원회
간부훈련반 입교.

1933년 (29세) 4월 군관학교 졸업. 9월 귀국.『신조선(新朝鮮)』지에 시「황혼」을 발표. 신
석초와 교분을 가짐.

1934년 (30세) 신조선사 근무. 이 무렵부터 서울에서 생활함. 5월 군관학교 출신자 일제
검거로 피검.

1935년 (31세) 개명인 활(活)을 사용.「위기에 임한 중국정계의 전망」(개벽 1월호),「공인
(公認) 깽그단 중국청봉비사 소고」(개벽 3월호), 시조「춘추 3제」, 시「실제(失題)」
를 씀.

1936년 (32세)「중국농촌의 현상」(신동아 8월호),「노신추도문」(조선일보 10월), 시「한
개의 별을 노래하자」(풍림 12월호), 노신의 소설「고향」(조광 12월호) 번역, 생활
기록「질투(嫉妬)의 반군성(叛軍城)」을 씀. 여름과 가을 포항, 송도에서 요양.

1937년 (33세) 시「해조사(海潮詞)」와「질투의 반군성」을『풍림』3월호에 발표.

1938년 (34세) 부친 아은의 수연(晬宴) 후 신석초, 최용(崔鎔) 등과 함께 경주 여행, 삼불암에
서 요양, 시「강건너간 노래」(7월) 지음.「조선 지식여성의 두뇌」(비판 10월호),「조
선문화는 세계문화의 일륜(一輪)」과 시「아편(鴉片)」(비판 11월호), 수필「계절의 오
행」(조선일보 12월) 발표.

1939년 (35세) 가을, 가족이 서울 종암동 62번지로 이사. 이미 육사는 명륜동서 세를 얻어
살았음. 수필「연인기(戀印記)」(조광 1월호), 평론「영화에 대한 문학적 촉망」(비
판 2월호), 시「남한산성」(비판 3월호), 평론「시나리오 문학의 특징」(청색지 5월

	호), 시 「청포도」(문장 8월호), 수필 「횡액(橫厄)」(문장 10월호) 발표.
1940년	(36세) 9월 신석초와 부여 유람. 시 「절정」(문장 1월호), 「반묘(班描)」(인문평론 3월호), 「일식(日蝕)」(문장 5월호), 수필 「청란몽(靑蘭夢)」(문장 9월호), 「교목(喬木)」(인문평론 10월호), 「빙화(氷華)」(윤곤강 시집 및 기타 신간 소개-인문평론 11월호), 수필 「현주(玄酒)·냉광(冷光)」(여성 12월호) 발표.
1941년	(37세) 친구 시인 이병각(李秉珏)을 사별. 시 「독백」(인문평론 1월호), 호적(胡適)의 논문 「중국문학 50년사·상」(문장 1월호) 초역, 시 「아미(娥眉)」(문장 4월호), 「자야곡(子夜曲)」과 「서울」 및 번역 논문 「중국문학 50년사·하」(문장 4월호), 평론 「중국현대시의 일단면」(춘추 6월호), 수필 「연륜」(조광 6월호), 수필 「산사기(山寺記)」(조광 8월호), 시 「파초」(춘추 12월호) 발표. 4월 26일 부친 이가호 사망.
1942년	(38세) 수필 「계절의 표정」(조광 1월호) 발표. 4월 2일 모친 허씨 사망. 7월 13일 백형 원기 사망. 딸 옥비(沃非) 출생.
1943년	(39세) 초에 중국 북경행. 4월 귀국. 6월에 동대문경찰서 고등계 형사에 의해 체포, 북경으로 압송됨.
1944년	(40세) 1월 16일 40세를 일기로 북경 옥중에서 사망. 15일 후에 유해 서울 도착, 미아리 공동묘지에 묻힘. 1946년 말 아우 원창의 아들 동박(東博)이 양자로 입적. 1957년 고향 원천에 이장함.
1946년	유고 초간본 『육사시집』 간행. 1956년 재간본 간행, 1964년 유고첨가본 『청포도』 간행. 1971년 유고 재첨가본 『광야』 간행(비매품). 『광야』에는 연보에서 밝히지 못한 연대 및 출처 미확인 작품- 시 「노정기(路程記)」, 「연보」, 「나의 뮤즈」, 「광야」, 「호수」, 「소년에게」, 「해후」, 「꽃」, 「편복(蝙蝠)」, 한시 「근하석정선생 육순」, 「만등동산(晩燈東山)」, 「주난흥여(酒暖興餘)」가 수록됨. 신석초 소장의 미발표 시 「바다」가 있음.
1964년	육사환력일, 이동영이 육사 시비 건립 운동을 일으켜 1968년 시비 제막, 안동시에 위치. 안동댐 건설 이후 생가 집채가 안동시로 옮겨짐.

◆ 도움말 주신 분 (1973년 현재)

安一陽	67 ·	미망인 · 대구시 상동 248의 11.
李東英	40 ·	장조카 · 영남대학교공전 교수 · 국문학.
申石艸	64 ·	친구 · 시인 · 한국일보 논설위원.
崔 鎔	63 ·	친구 · 상우회 회원.
李塤鎬	79 ·	당숙 · 경북 안동군 도산면 원천리.
權五寅	64 ·	안동지 편찬위원회 회장.

◆ 관계 문헌

陸史詩集, 『曠野』 1971年版.

申石艸,「李陸史의 生涯와 詩」,『思想界』1964년 7월호.

鄭泰鎔,「李陸史」,『現代詩學』1967년 2월호.

宋永穆,「陸史硏究」,『國語國文學硏究論文集』8집, 曉星女大刊, 1959년.

李蓮雨,「陸史와 그의 詩에 對한 一考察」,『明倫春秋』1호 安東教大刊, 1968년.

金澤東,「古月과 陸史의 遺作」,『語文學』26집, 韓國語文學會刊, 1972년.

姜銓燮,「陸史의 詩文拾遺」,『韓國語文學』8ㆍ9집 합병호, 韓國語文學會刊, 1970년.

金 末 峰

(소설가 1901~1961)

1. 가난 속에 태어난 끝봉의 꿈

"대중문학이라면 어느 정도 저속해야 되고 그 저속이 곧 대중의 취미라고 속단하는 작가배가 있다면 이것은 대중을 모욕하는 뜻이 된다. 대중은 문자 그대로 수많은 민중을 의미하는 것이다."

1935년 장편소설 「밀림(密林)」을 신문에 연재함으로써 우리나라 대중문학 성세의 시대를 열었던 작가 김말봉은 1945년 광복 후 꾸준히 저널리즘을 통해 장편소설을 써 나갔다. 건전하고 정의가 승리하는 모랄을 지니고 재미있게 읽힐 수 있도록 정신 문화를 지향해 가는 신조로 소설을 쓴 그는 스스로 대중작가임을 자처하고 '순수귀신(純粹鬼神)'들을 통박하기도 했다.

서울 중구 동자동 18의 20. 광복 이후 20여 편의 신문연재 소설을 써냈던 김말봉 문학의 산실은 지금 주인이 여러 번 갈려들었으나 그의 향훈은 세르비아꽃 만발한 화단과 함께 아직 남아 있었다.

제법 연륜을 더한 노향이며 라일락 가지와 잎이 울타리를 쳤다. 1960년 4월 중순, 그는 이 집에 살면서 세브란스 병원에 입원했었다.

> 나는 경남 부산 시내의 영주동에서 태어났다. 어머니는 계속해 딸만 다섯을 낳았는데 나는 막내딸이었다. 그래서 그런지, 더 딸을 낳지 말자는 생각에서였던지 내 이름을 끝봉이라 하였다.[1]

김말봉이 세상에 난 것은 1901년 음력 4월 3일이었다. 부친은 김해 김씨 윤중(允仲)이었고 모친은 배씨였다. 원래 모두 김해 사람으로 부친은 젊어서 심한 안질을 앓아 그 치료에 가산을 없애고 부산으로 이주했다고 한다. 그래서 그는 어린 시절을 무척 가난한 가운데 보냈다. 미국인이 경영하는 기독교 학교에 다니며 초등학교 과정을 마쳤다. 그

---

1) 수필 「나의 少年時節」.

<사진 1> 1940년대 초 부산의 지기지우들과 함께 자리를 같이 했다. 당시 그는 가정주부의 몸이었으나 이미 여류 명사로서 이름이 나 있었다. 앞줄 오른쪽 두 번째 한복을 입은 이가 김말봉.

의 모친은 아들을 낳고 싶었던 염원으로 어린 그에게 늘 사내 복장을 차리게 했다.

김말봉이 일신여학교(현 동래여중고)에 입학한 것은 13세 나던 해로, 같은 학년에 박순천(전 국회의원)이 있었는데 두 사람은 관록을 지닌 장난꾸러기였다고 한다.

"공부는 우수한 편이었는데 수학을 싫어하여 나의 노오트를 베끼고는 했다. 그가 일신에서 서울 정신으로 간 것은 3학년이 마치고였다"(박순천 회고담).

"그때만 해도 집안이 가난하여 서울로 갈 형편은 아니었으나 어머니에게 들은 이야기로는 하와이로 사진 결혼해 간 맏형 되는 분이 학비를 대어 준 것이라고 한다"(딸 이정옥 회고담).

1918년에 정신을 졸업한 김말봉은 다음 해 황해도 재령의 명신(明信)학교 교사로 지내다가 3·1운동을 당하고 뜻한 바 있어 일본으로 건너갔다. 이에 앞서 정신 졸업 뒤에 집안에서는 전라도 모 부잣집 자제와 혼약이 오갔으나 공부할 생각으로 이를 마다하고 있던 차라 일본에는 거의 도망하다시피 간 것이었다.

일본에서 송영(頌榮)여고, 고근여숙(高根女塾)을 거쳐 경도(京都)의 동지사대(同志社大) 영문과에 입학한 것이 1923년이었고, 이때 시인 정지용과 같이 공부하였다.

그는 1927년에 동지사대를 졸업하고 귀국했다. 그가 황신덕(黃信德)을 이어 중외일보 기자로 들어간 것은 1929년이었으며, 1933년께 전상범(全尙範)과 결혼했다.

사실상 이때까지만 해도 김말봉은 특별히 문학을 해야겠다고 생각해 본 적이 없었다. 그는 춘원의 「무정」을 중학 2학년 때 읽었지만 자신이 그와 같은 작품을 써 보겠다는 것은 염두에도 없었으며, 대학에서도 습작에는 관심을 갖지 않았었다. 중외일보 기자 생활에서 탐방기와 수필을 몇 편 쓰다 보니 주위의 호평에 힘입어 조금씩 창작에의 자극을 받기 시작했던 것이다.

게다가 부군 전씨는 김말봉을 누구보다도 잘 이해했고 창작생활에 활력을 부어 주었다고 한다.

2. 소설의 통속화(通俗化)

마침내 1933년 중앙일보(구) 신춘문예를 통하여 단편 「망명녀(亡命女)」로 데뷔한 그는 1934년에 단편 「고행(苦行)」, 「편지(便紙)」 등을 발표했다. 1935년에 이르러 동아일보에 설의식(薛義植), 서항석(徐恒錫)의 주선으로 장편「밀림(密林)」을 연재하게 되었고, 1937년에는 조선일보에「찔레꽃」을 연재하니 대중의 인기가 드높았다.

> 그러면 구체적으로 1935년 이후에 어떤 통속소설이 등장했는가 하면, 그 一例가 金末峰이「密林」과「찔레꽃」으로 一躍 저널리즘의 스타가 되었다는 사실이다. 金末峰이「密林」과「찔레꽃」을 갖고 등장한 것은 1930년에 韓仁澤이「旋風時代」를 갖고 등장한 것과는 그 조건이 다른 것이었다. 그뒤 東亞日報의 현상모집 소설에 沈熏의「常綠樹」가 당선된 것도 그 조건은 브나로드라는 당시의 민족주의 운동의 의사를 반영해서 된 것이다.「密林」등과 같이 순수하게 흥미 중심의 통속성을 갖고 등장한 것은 金末峰이 처음이요, 이 때에 시작되어 통속소설이 저널리즘에 영합된 氣運은 차차 현저해졌다.[2]

대중문학과 통속소설의 차이에 대한 미묘한 뉘앙스를 가지고 김말봉은 그 나름대로 자신의 존재를 밝혔다.

"삽화는 네가 그려라, 해서 나는 삽화 몇 장과 사진을 신문사로 보냈다. 그러나 220여 회를 그리면서 소설을 읽어보지 못했다. 오늘은 이렇게 이렇게 쓸 테니 거기에 알맞게 그리라고 나에게 지시하고 나서 그는 작품을 썼다. 쓰여진 것은 나를 거치치 않고 부산발 서울행 열차 기관사의 손에 직접 넘겨졌으니 그 창황함이 대단했다."

10여 세 때부터 김말봉을 아주머니로 따랐던 작가 한무숙(韓戊淑)은「밀림」당시를 이렇게 회상했다.

그는 전씨를 사별하고 이종화(李鍾河)와 결혼, 그리고「찔레꽃」을 쓴 후 1945년 광복되던 해까지 주부로서의 생활에 전념하여 작품활동을 하지 않았다.

그는 해방이 되자 사회정화 사업의 일환으로 공창(公娼) 폐지 운동에 앞장서서 나섰다.

"나는 그 때 같은 입장을 취하고 있었으나 약간 견해를 달리하고 있었다. 어쨌든 그가 앞장선 이 운동에 나도 가담하여 YMCA에서 강연회를 갖고 연사로 나가기도 했다. 필동 근처의 창녀촌을 밤마다 조사하고 그들의 태도와 반응을 알아보기도 했다. 그러나 미군이 주둔하는 동안 전적으로 없앤다는 데는 일반 여성의 희생이 클 것 같아 조사만 하는 정도였다. 결국 수년 후에 폐지되기는 했다"(박순천 회고담).

그는 1949년 하와이에 갔다가 1950년 6월 27일, 사변 발발 2일 뒤에 돌아왔다. 9·28 수복 이후에 서울에 와서 가족과 합세하여 부산으로 내려갔다.

김말봉의 문단인으로서의 진면목은 부산 피난시대에서 비롯된다.

"나는 1951년 이후부터 알게 되었다. 부산 광복동 금강다방에 문인들이 많이 모였는

---

2) 白鐵,『朝鮮新文學思潮史』, 首善社刊, 1948년.

데, 그는 자주 그 다방에 나와선 아는 사람, 모르는 사람 가리지 않고 차 사주고 술값도 내고 집에 데려다 저녁도 먹이곤 했다. 나는 제일 젊고 하여 그의 심부름도 다니고 자주 가까이 할 기회를 얻었는데, 등록금도 대어 준 고마운 분이었다. 그 때 똑똑해 보이는 청년은 무조건 집에 초대하고는 했는데 사윗감을 고르려 했는지도 모르겠다. 금강 옆에는 이봉래(李奉來) 등의 모더니스트들이 진치고 있었는데 그는 그들도 구별 없이 좋아했다"(시인 이형기 회고담).

만년 소녀 같은 마음씨로 피난 문단사회에 등장했던 그는 사실상 1952년 「태양의 권속(眷屬)」을 비롯하여 이후 매년 2, 3편의 장편소설을 쓰고 있었다. 그 해 9월에 이탈리아의 베니스에서 열린 세계 예술가 대회에 참가하고, 3년 뒤에는 미 국무성 초청으로 미국에 가서 여행하며 펄벅을 만나는 등 명사적인 행장도 다채로웠다.

"그가 문인들에게 베푼 것은 실속을 바란 것이 아니라 기독교적인 박애정신에서 우러나온 것이었으며, 천진스러운 성격에서 기인한다. 그는 팔팔하고 샐쭉하게 토라지기도 잘 하지만 금새 마음을 푼다. 조직적인 두뇌는 아니어서 일을 벌여 놓은 뒤에 시작했다"(작가 손소희 회고담).

감말봉은 신문소설 속의 인물들의 조건을 이렇게 밝힌 바 있다.

> 내 小說의 주인공은 첫째 용모가 아름다워야 하며 순결성을 잃지 않은 처녀라야
> 한다. 대개는 물질적 혜택을 받지 못한 가정에서 태어나고 그렇지 않으면 고아로, 그
> 러면서도 어디까지나 知性的이고 또 이 知性이 부드럽고 섬세한 감정과의 조화를 잃
> 지 않아야 한다.

그러면서 그는 풍부한 상상력을 구사하고, 그것은 또 기발해야 재미를 얻는다는 공식을 늘 지니고 있던 작가였다.

그의 작품은 대부분 애욕의 문제를 다루고 있다. 해방 후에 애욕의 갈등에 사회적 문제성을 보다 가미하려고 한 그의 대표작이라 할 수 있는 「생명(生命)」도 그가 밝힌 그 나름의 대중소설의 정석과 조금도 어긋나지 않는다.

> 주사 바늘이 깊숙이 창님의 왼편 팔 정맥에 꽂히자 검붉은 피가 유리관 속으로 쭉
> 빨리어 들어간다. 창님은 깊숙이 숨을 들이쉬면서 눈을 감았다. 파르르 떨리는 속눈
> 섭이 까슬까슬 주근깨가 서너 알 돋은 눈시울을 가린다. 일분 후에 창님의 눈이 다시
> 떴을 때는 오십 그람 유리관 속에 피는 절반 넘어 채워졌다.

「생명」의 첫 대목이다. 여주인공 전창님은 피를 뽑아 팔아야 할 정도로 가난한 여대

<사진 2> 1955년 11월 미 국무성 초청으로 1년간 미국을 여행하고 돌아왔다.

생. 부모도 없고 중학 다니던 남동생은 이야기 첫머리에 세상을 비관하고 한강에 투신 자살한다. 여기에 설병국이라는 동생의 담임선생이 등장하고 창님에게 사랑을 기울인다. 곁들여 창님의 동창생 정미와 그의 아버지 김한주 사장의 부패와 치부를 그리며 사회상의 한 단면을 꼬집고, 김한주의 첩 유화주의 파멸해 가는 여인상 등이 서로 얽히며 전개되어 나가다가 정의가 승리하는 해피엔드로 끝을 맺는다. 용모가 아름답고 순결성을 지키는 지성적인 창님과 아름답기는 하지만 여인이기 때문에 또 어쩔 수 없는 환경 때문에 고난과 죄악 속에서 파멸해 가는 유화주는 작품에서 대조를 이루는데, 이 광명과 암흑은 그가 즐겨 쓴 극적 배경이었다.

3. 종교와 문학의 조화

1960년 폐암이라는 병명으로 세브란스병원에 입원하기까지 그는 신문소설을 계속해서 썼다. 그동안 이씨를 사별하고 오직 교회에 충실한 크리스천으로 생활했으며, 대중 작가로서는 여전히 인기를 누리고 있었으나, 신문연재가 생활을 타개하기 위한 하나의 방편이었으므로 쓴다는 것이 그로서는 고통이 아닐 수 없었다.

> 女史의 말마따나 原稿紙 메우기가 지긋지긋해져 있었던 것이다. 심할 때는 新聞連載를 한꺼번에 셋씩이나 맡아 쓰기도 했다. 많은 食口에 中老의 女性으로서 原稿紙 칸을 메워 生活을 지탱하기란 實로 普通의 일이 아니었다.
>
> 그래서 原稿紙 칸 좀 덜 메우고 生活할 方法이 없을까 싶었던 것이다. 그런다고 選擧演說 한번에 대단한 돈이 생기리라고 알았던 것은 아니었겠지만 아무튼 原稿紙와의 싸움을 좀 덜하고 싶었던 것만은 確實한 듯했다. 그러나 실상은 選擧가 끝나고도 제대로 旅費도 못받았다는 것이었다.[3]

"교회에서 독창도 하고 피아노도 칠 만큼 음악에 소질이 있었다. 1946년의 7월 어느 날 우리 집에 놀러온 어머니(말봉)는 좋은 시조가 하나 있으니 곡을 붙여 보라고 남편 금

---

3) 李鐘桓, 「純粹鬼神버리라던 金末峰」, 『現代文學』 1962년 12월호.

수현에게 말했다. 그 자리에서 만들어진 곡, 그것이 '세모시 옥색치마……' 하는 「그네」였다." 전 남편 전상범의 소생인 전혜금(全惠金)은 이렇게 생전의 어머니의 모습을 회고한다.

이 다정다감하고 만년 소녀의 꿈을 간직했던 작가는 1961년 2월 9일 새벽 6시 옛날의 뚱뚱한 모습은 간 곳 없이 바짝 야윈 몸으로 쓸쓸하게 종로 오세헌 내과에서 눈을 감았다.

그 며칠 전 병원에 들렀던 한무숙은 거기서 한 작가보다는 고난의 생애를 의지로 뚫고 간 한 성모상을 보았다고 했다.

◆ 연보

1901년	음 4월 3일 부산 영주동에서 부 김해 김씨 윤중(允仲)과 모 배복수(裵福守) 사이의 5자매 중 막내로 출생. 윤중의 고향은 김해. 미국인 어을빈(魚乙彬)의 부인이 경영하는 기독교계 소학교에서 초등학교 과정을 마침.
1914년	(13세) 일신여학교(현 동래여중고) 입학.
1917년	(16세) 일신 3년 수료, 상경. 정신여학교 4년 편입.
1918년	(17세) 정신여학교 4년 졸업.
1919년	(18세) 황해도 재령의 명신학교 교원.
1920년	(19세) 도일, 동경의 송영고등여학교 편입.
1921년	(20세) 송영 졸업. 고근여숙 입학.
1923년	(22세) 고근여숙 졸업. 경도 동지사대 영문과 입학.
1927년	(26세) 동지사대 영문과 졸업, 귀국.
1929년	(28세) 중외일보 기자.
1933년	(32세) 전상범(全尙範)과 결혼, 부산 동구 좌천동 794번지에서 삶. 중앙일보(구)신춘문예에 단편「망명녀」당선, 문단 데뷔.
1934년	(33세) 단편「고행」,「편지」를『신가정』에 발표.
1935년	(34세) 장편「밀림」을 동아일보에 연재함으로써 대중 작가로서 등장. 삽화는 현재 작가인 한무숙이 그렸음.
1936년	(35세) 부(夫) 전씨 사망.
1937년	(36세) 장편「찔레꽃」(조선일보) 연재. 이종하(李鍾河)와 재혼, 부산 초량동 814번지에서 살다. 이후 1945년까지 붓을 들지 않고 가정 생활.
1945년	(44세) 서울 중구 동자동 18의 20으로 이주.「카인의 시장」(부인신문) 연재 중단. 공창(公娼) 폐지 운동에 앞장섬.
1949년	(48세) 하와이 시찰.
1950년	(49세) 6월 27일 귀국. 9·28 수복 이후 가족과 함께 부산 피난, 수정동에서 삶.
1952년	(51세) 9월 베니스에서 개최된 세계 예술가 대회에 한국대표로 참가. 2월 장편「태양의 권속」(서울신문) 연재, 7월에 중단. 장편「파도에 부치는 노래」(희망) 연재.
1953년	(52세) 장편「새를 보라」(영남일보),「바람의 향연」(여성계) 연재. 서울 동자동 자택으로 옮김.
1954년	(53세) 우리나라 최초의 기독교 여성 장로가 되다. 장편「푸른 날개」(조선일보),「파초의 꿈」(학원),「옥합을 열고」(새가정) 연재.
1955년	(54세) 미국무성 초청으로 도미 시찰. 장편「찬란한 독배(毒盃)」(국제신보) 연재
1956년	(55세) 미국에서 귀국. 장편「생명」(조선일보),「길」(희망) 연재
1957년	(56세) 장편「방호탑(方怙塔)」(여원),「화관의 계절」(한국일보),「푸른 장미」(국제신보) 연재.
1958년	(57세) 장편「사슴」(연합신문),「행로난(行路難)」(주부생활),「광명한 아침」(학

원), 「아담의 후예」(보건세계) 연재.

1959년   (58세) 장편 「환희」(조선일보), 「제비야 오렴」(부산일보), 「장미의 고향」(대구매일) 연재.

1960년   (59세) 4월 폐암으로 세브란스 병원에 입원. 동자동 18의 20에서 영등포구 상도동 10의 7로 이사.

1961년   (60세) 2월 종로 오세헌 내과에 재입원. 2월 9일 상오 6시 사망.

1962년   2월 9일 1주기를 맞이하여 망우리 묘지에 묘비를 세움. 그는 장편 외에 1백여 편의 단편을 썼다.

◆ 도움말 주신 분(1973년 현재)

李貞沃   36 · 딸 · 서울 영등포구 여의도 아파트 23동 122호.

全蕙金   52 · 딸 · 서울 성북구 정능동 금잔디 유치원 원장.

韓戊淑   55 · 친지 · 작가.

孫素熙   56 · 친지 · 작가.

李炳基   49 · 친지 · 시인.

◆ 관계 문헌

金文輯, 「金末峰論」, 『新家庭』 1936년 8월호.

李鐘桓, 「純粹鬼神버리라던 金末峰」, 『現代文學』 1962년 12월호.

金 煥 泰

(평론가 1909~1944)

1. 무주(茂朱)의 산촌

"나는 단지 작자에게 불변의 법령을 내리는 입법자나, 작품에 판결을 언도하는 재판 관이 되고 싶지 않다. 나는 예원의 순례자다." 1934년에 나타났다가 1940년에 절필했던 문학평론가 김환태는 문학 작품을 대함에 있어 재판관보다는 변호인 쪽을 택했다.

그의 비평 이론의 목적은 카프의 무너지는 소리와 함께 해외문학파가 활발히 움직이 고 있던 무렵, 기성 비평의 독단적 횡포를 지양하고, 예술적 측면을 앙양하고자 하는 것 이었다. 그는 문학을 정치적 임무에 굴복시키거나 문단 헤게모니 장악의 도구로 사용하 는 것에 분노했고, 극히 초보적이기는 하나 "문예비평의 대상은 문학이므로 문예 비평은 언제나 작품에 한하여야 한다"는 명제를 내세웠다. 35세라는 젊은 나이에 죽었기 때문 에 그의 비평문학을 완성된 것으로 볼 수는 없지만, 시대적 공헌은 자주 운위될 것이다.

> 사방을 山이 빽 둘러쌌다. 시내가 아침에 해도 겨우 기어오르는 屛風같은 德裕山
> 준령에서 흘러 나와 南山 기슭을 씻고 새벽달이 쉬이 넘는 降仙臺 밑을 휘돌아 나간
> 다. 봄에는 南山에 진달래가 곱고, 여름에는 시냇가 버드나무 숲이 깊고 멀리 赤城山
> 에 새빨간 불꽃이 일고, 겨울이면 먼 山새가 洞里로 눈보라를 피해 찾아온다.[1]

김환태의 고향 '이니스프리'이다. 그는 산골 무주에서 당시 산을 넘고 강을 건너 대처 로 나갔던 희귀하게 보는 지식의 갈구자였다.

후에 때때로 향수에 젖어 고향을 돌이켜 보고, 그러다가 병을 얻어, 태어난 곳으로 되돌아가서 35세의 짧은 생을 내놓고 묻힌 그는 한 곬으로 파고드는 신념에 찬 비평 정 신을 남겼으니, 고향을 떠났던 소임을 다했다 할 것이다.

김환태가 태어난 것은 1909년 11월 29일 전북 무주군 무주면 읍내리 958번지에서였 다. 위로 딸 둘을 낳았던 그의 모친 고씨가 인근 한수골 서낭당에 치성을 드려 얻은 자

---

1) 수필 「내 少年時節과 소」.

<사진 1> 생가 마을 뒷산을 넘으면 대나무, 참나무 숲에 싸인 북고사(北固寺)라 불리는 조그만 절이 있다. 예전에는 그렇지 않았지만 지금은 여승들만 있다. 김환태는 일본경찰들의 시달림을 피해 이 절에 와서 책을 읽었다고 한다.

식이라고 하여 집안에서의 기대가 컸다. 지방 한의였던 조부 김해 김씨 재우(在祐)는 서예, 묵화에 이름났고, 부친 종원(鍾元)은 면사무소에 근무하고 있었던 남부럽지 않은 중류 가정이었다.

그러나 지금 그의 생가는 남아 있지 않다. 6·25 사변을 겪으면서 폭격에 무주 일대가 막심한 피해를 입었을 때 불에 타 없어졌다. 그 터에 그의 일족이 집을 다시 지어 살았으나 그것도 남의 손으로 넘어가고, 다만 전진(戰塵) 속에서도 남아 있는 것은 돌담뿐이다.

그 자신이 표현하였듯이 무주는 산천이 아름다운 곳이며 유명한 관광지 무주 구천동으로 들어가는 기점이 된다.

그는 어려서부터 수려한 풍치에 뛰어난 감각을 동원했던 것이 사실이며, 그가 도시 태생이 아니고 자연과 가까이 하며 감성을 길렀다는 점이 뒤에 그의 비평의 방법으로 주지주의를 배격하고 인상주의를 택하고 있음과 무관한 것이 아니라고 본다.

그가 무주에서 보통학교 4년을 졸업하고 전주고보에 입학한 것은 1922년 13세 때였다. 1학년 때 병으로 1개월간 누워 있은 적이 있어 이 때 『능라도(綾羅島)』라는 신소설을 읽고부터 소설이나 시를 좋아했다.[2]

그러나 3학년 되던 1924년에는 일본인 선생 추방 동맹휴학을 벌여 퇴학당한 뒤, 서울로 올라가 보성고보(普成高普)에 편입하면서부터 문학에 대한 의식이 확고히 구축된 것으로 보인다. 보성에는 시인 월파 김상용(金尙鎔)이 선생으로 있었고, 뒤에 친히 지낸 이상(李箱)은 바로 윗 학년이었다. 1927년 그는 보성을 졸업했으나 이미 14세 때 세상을 떠난 모친 고씨가 없는 집안은 차차 기울어갔고, 더 이상 공부할 수 있는 형편이 되지 못했다.

"그는 집안의 가세를 돕는다고 학교를 마치자 고향에 돌아왔다. 양계를 했으나 장소도 좁고 게다가 경험도 없이 3백여 수나 쳐서 1년 한 것이 실패로 돌아갔다. 온순하고 침착하였으나 어머니를 닮아 집념이 강했다. 이듬해 공부를 더 하겠다고 일본으로 떠나고 말았다." 그의 둘째 누나인 김숙영(金淑英)이 전하는 말이다.

---

2) 수필 「外國文學 專攻의 辨」, 東亞日報 1939년 11월 19일자 참조.

2. 아놀드와 페이터

김환태는 동경으로 가는 길에 경도에 들렀다가 고향 친구들에게 끌려 그대로 눌러앉아 동지사대학 예과(同志社大學豫科)에 입학하게 되었다.

그러나 그는 이와 같은 학구적인 열의에도 불구하고 인간적으로는 고독했던 것 같았다. 그는 대학 2학년께 하숙집 주인의 딸과 열애에 빠져 아기까지 낳았다고 한다. 당시 그의 집에서는 학비를 대줄 만큼 넉넉하지가 않았다.

"학자금을 보내라는 소리는 끝내 하지 않았다고 한다. 나의 부친(복태 · 그는 환태의 사촌)께서 상업을 하고 있었으므로 다소 도움이 되었다고 하며, 하숙 주인이 돌봐 주었다는 말도 있으나 믿을 수가 없다. 귀향길을 마중 나갔을 때 영동역을 나오는 그의 품에는 여아가 하나 안겨 있었는데 그 때 이미 그 일본 여자는 사망했다고 했다."

그의 오촌 조카인 김영운(金榮運)은 이렇게 그의 유학 시절의 정황을 말했다. 그는 무주에서는 일본 형사들의 요시찰 인물이었다. 방학 때 귀향하면 그는 형사들을 피해서 근처 절간이나 산중에 들어가 독서로 나날을 보내곤 했다.

그는 1931년 문학적 분위기 속에서 3년간의 동지사대 예과를 마치고 다시 구주제대(九州帝大) 법문학부 영문학과에 입학했다. 그는 외국문학 전공의 변을 1939년 동아일보 앙케이트에서 다음과 같이 말한 바 있다.

> 이 世上에서 文學보다 더 고귀한 學問이 없고 또 나는 이 學問을 하기 위해서만 이 世上에 태어나온 것같이 생각이 들었다. 그리고 또 '文學' 할 때에 무엇보다도 먼저 머리에 떠오르는 것은 英文學으로, 그때 나에게 있어서 文學이라면 곧 英文學을 意味하는 것이었다. 이것은 그때에 내가 배우는 外國語가 英語였기 때문이었으리라. 그 후로 大學에 가서 英文學科에 籍을 둘 때까지 나는 단 한번도 英文學 이외의 學科를 專攻하려는 생각을 해본 적이 없다.[3]

그는 구주제대를 다니면서 많은 문학서적을 독파하고, 특히 괴테에게서 인생 철학의 큰 교훈을 얻고, 매슈 아놀드[4]와 월터 페이터[5]를 중심으로 하여 졸업 논문을 썼다.

아놀드와 페이터의 영향은 그의 비평문학의 골격을 이루기도 하며, 그가 학교 도서관에서 읽은 미학과 예술철학에 관한 서적들이 그의 비평을 빛나게 하였다.

---

3) 수필 「外國文學 專攻의 辨」.
4) 매슈 아놀드(1822~1888)는 英國의 시인 · 비평가. 그는 '무관심적 관심'이라는 비평 법칙을 천명하였다.
5) 월터 페이터(1839~1894)는 프랑스의 작가 플로베르의 "한 사물을 표현하는 데는 하나의 낱말, 작자의 의사를 표현하는 데는 하나의 구와 절이 있다"는 것을 거의 수용했던 인상주의 비평가였다.

입학한 지 얼마 되지 않아 신입생 환영회에서 정지용(鄭芝溶)을 만났고, 이후 그와 친교하면서 그의 시에 심취하여 뒷날 1938년에는 감각과 지성을 동시에 지닌 천재로서의 「정지용론(鄭芝溶論)」을 쓰게 되는 것이다.

> 그의 가장 天才의 근본적 특질은, 그의 純粹한 감정에도, 그 화려한 感覺에도 있지 않은 것은 물론, 그의 感情의 감각적 結晶에도 있지 않고, 그의 感覺과 이지의 그 神秘한 결합에 있다. (중략) 이 얼마나 아슬아슬한 知性과 感覺과 感情의 미묘한 한 하모니냐? 우리는 그 속에서 벌써 知性과 感覺과 感情을 따로 따로이 구별하지 못한다. 지성이 감각이요, 감각이 감정이요, 感情이 지성이다.6)

김환태가 많은 비평문에서 정지용의 작품이나 말을 인용하고 있는 것은 정지용의 작품세계가 그의 비평 태도를 천명함에 있어 밀접한 관계가 있다고 보았기 때문이다.

그는 「문학적 현실과 사실(寫實)」에서도 자신의 인상주의 비평을 확인시키려는 의도와, 문학을 단순히 "현실을 있는 그대로 그려라" 하는 프로문학의 독단에 반발하는 의도를 동시에 분명히 나타내고 있다.

그가 대학을 졸업하고 귀국하던 1934

<사진 2> 1936년 김환태는 시인 박용철의 누이 봉자와 서울에서 결혼했다. 앞줄 왼쪽부터 평론가 이동구(李東九), 이헌구, 김환태, 부인 박봉자, 이대교수 김갑순(金甲順), 뒷줄 왼쪽부터 작가 함대훈(咸大勳), 사촌 복태, 부친 종원, 주례 양주삼(梁柱三), 윤심덕의 동생 성덕(聖德), 박용철.

년 4월 조선일보에 발표한 「문예비평가의 태도에 대하여」를 최초로, 그의 비평 태도에 대한 글은 누누이 도처에 쓰여졌다. 그가 세상에 글을 발표하기 시작한 무렵은 박영희(朴英熙) 일파가 카프를 탈퇴하면서(1933년) 그 이론이 퇴화해 가고 있었다고는 하나, 임화(林和) 등의 소장파 그룹이 남아 있었고, 따라서 문학을 계급의식의 고취와 정치적 수단으로 사용하려는 명백한 목적이 기성문단 풍토로 잔재해 있었다. 김환태에게 있어 아놀드와 페이터는 이들 프로문학파에게 공격을 가하는 데 적절히 이용된 셈이다.

> 즉, 비평가는 언제나 실용적 정치적 관심을 버리고 作品 그것에로 돌아가서 작자가 작품을 思想한 것과 똑같은 見地에서 사상하고 음미하여야 하며, 한 思想의 이해

---

6) 「鄭芝溶論」, 『金煥泰全集』, 現代文學社刊, 1972년.

나 평가란 그 작품의 본질적 내용에 관련하여야만 眞正한 이해나 평가가 된다는 것을 언제나 잊어서는 아니됩니다.

라고 하면서 인상과 감동을 충실히 표출하는 인상주의자임을 자처하였다.

3. 비평문학의 확립을 위하여

19세기 영문학의 비평가를 통해서 얻은 지식은 그의 비평의·이론을 정연하고 확고하게 만들었다. 그리하여 거의 동시에 출현했던 최재서(崔載瑞), 김문집(金文輯)과 더불어 새로운 비평의 시대를 열었던 것이다.

1934년께 정지용의 소개로 그를 알게 된 문학평론가 이헌구(李軒求)는 그와 해외문학파의 비평문학의 의의를 필자에게 다음과 같이 말했다.

작가들에게 끈질기며 부당하게 요구했던 카프 이론은 결국 1931년~1934년의 작가 빈곤시대를 낳았을 뿐이다. 본격적인 문학을 하려는 작가를 위축시키던 시대, 우리는 그때 작가를 옹호하는 입장에서 그들과 암암리에 대립하고 있었다. 金煥泰는 비평 원리의 초보적인 것을 밝히고 방향을 제시하는 서재적 비평을 했다고 볼 수 있다.

그의 비평문학관은 계속 일관하여 1936년에 이르러서는 오늘날 많은 인용구를 지니게 된 「비평문학의 확립을 위하여」가 나타나게 되었다.

그는 그 글에서 쓰기를,

文學이란 自由의 정신의 표현이다. 究의 정신의 소산이다. 그러므로 그는 어디까지나 구속을 싫어한다. 그리하여, 그는 社會나 政治나 時代를 초월하여 그것들을 자기의 법칙 밑에 굴복시키지 않으면 안된다. 政治나 社會나 思想이 한 文藝作品에 담길 때에는 그는 벌써 제 스스로의 법칙을 抛棄하고, 文學 그것의 법칙 앞에 굴복하고 있는 것이다.

이는 결코 文學 그것을 政治나 社會나 哲學이나 倫理나 其外의 모든 文化領域의 우위에 두려는 소위 藝術至上主義者의 주장은 아니다. 다만 나는 人類의 各文化領域은 각각 그 特有한 法則과 가치를 가지고 있어, 어떠한 딴 영역의 침범도 허락하지 않는다는 것과, 그러함으로써만 그 獨自의 가치를 가장 잘 발휘할 수 있다는 것을 力說하는 것뿐이다.

라고 했던 것이다.

이러한 안목에서, 시인에서는 정지용을 일급으로 뽑았고, 소설에서는 그의 산문을 통해 볼 때 김유정(金裕貞)을 들었던 것으로 보인다.

그는 그의 이론으로 인하여 해외문학파와 가까이 지냈고, 후기 '구인회(九人會)' 동인이 되기도 했다. 그 무렵 그는 안암골의 개운사(영도사)에 거주하고 있었는데 6월 1일에는 시인 박용철의 누이동생 봉자(鳳子)와 결혼을 했다. 박용철은 그때 그의 일본 여자와의 사이를 알고 있었으면서도 그의 장래의 유망함을 보고 혼사를 맺도록 했다고 친척들 간에는 알려져 있다. 이때에는 춘원과도 가깝게 지내던 탓으로 약혼 피로연에는 도산 안창호도 초대되었다고 한다.

김환태는 1938년 서울을 떠나 황해도 재령 명신(明信) 중학교 교원으로 갔다. 그러면서 시평과 자기의 주장을 계속 잡지(신문)에 싣고 있었다. 1940년에 들어서 구주제대의 일본인 선배가 무학여고의 교장으로 오자 그 인연으로 이 학교로 와 교무주임을 지냈다.

글을 쓸 수 없다는 상황은 그에게 다른 생활의 방법을 모색하는 길을 택하게 했다. 관계(官界)에 투신해 보겠다는 생각이 그것이었다. 그러나 기후가 나빠져서 병(폐렴)을 얻고 시험일도 놓쳐 응시하지도 못한 채 돌아오고 말았다. 그의 병 증세는 계속 악화 일로를 걸어갔다.

마침내 1943년 12월 무학여고를 사직하고 고향 무주로 낙향하고 말았다.

그의 고향에서 30리가량 되는 곳에 적성산(赤城山)이란 산이 있다. 가을이 되면 빨갛게 단풍이 들기 때문에 적상산(赤裳山)이라고도 부른다. 이곳 사람들은 아기 시절에는 어머니의 품에 안겨 이 산을 바라보고, 소년 시절에는 이 산으로 나무를 패러 간다. 그리고 중년에 들면 장죽을 물고 마루 끝에 앉아 이 산을 바라보는 것이다.[7]

그러나 김환태는 아직 한 오라기 백발도 없을 나이에 고향으로 돌아가 병자의 몸으로 이 산을 바라보게 되었다. 그는 가끔 짧은 기침을 했고, 강직했으나 엷은 미소가 늘 입가에 떠돌고 있었다. 1944년 5월 26일, 35세를 일기로 하는 그의 임종이 다가오고 있었다.

---

7) 수필 「赤城山의 한여름밤」.

◆ 연보

1909년 음 11월 29일 전북 무주군 무주면 읍내리 958번지에서 부 김해 김씨 종원(鐘元)과
모 제주 고씨 사이의 2남 4녀 중 장남으로 출생. 조부 재우(在祐)는 한의였고 부친
은 면사무소에 근무. 생활 정도는 지방에서 중류에 속하였음. 뒤에는 빈한하였음.

1915년 (6세) 인근 서당에서 한문 공부.

1916년 (7세) 무주보통학교에 입학.

1921년 (12세) 무주보통학교 졸업.

1922년 (13세) 전주고보(전주북중) 입학.

1923년 (14세) 2월 21일 모 고씨 사망.

1924년 (15세) 일본인 선생 추방 동맹휴학을 벌이다가 전주고보에서 퇴학당하고, 서울 보
성고보로 전입.

1927년 (18세) 보성고보 졸업, 낙향. 가계를 돕기 위하여 양계를 했으나 실패.

1928년 (19세) 도일, 경도 동지사대학 예과에 입학, 시인 정지용과 친하게 됨.

1931년 (22세) 동지사대학 예과 수료. 복강(福岡)으로 가서 구주제대 법문학부 영문학과
입학.

1932년 (23세) 하숙집 딸 일녀(日女)와 친하여 이 사이에서 양자(良子ㆍ해방 후 사망)라는
여아를 낳았으나 그 일본 여인은 곧 사망했다 함.

1934년 (25세) 3월 30일 구주제대 법문학부 영문학과 졸업. 양자를 데리고 귀국, 번역문「예
술과 과학과 미와」(프란시스 그리슨, 조선일보 3월 10일~24일자), 평론「문예비평
가의 태도에 대하여」(조선일보 4월 21일~22일자),「매슈 아놀드의 문예사상 일고」
(조선중앙일보 8월 24일~31일자), 번역문「예술과 자명한 것」,「올더스 헉스리」(조
선일보 10월 7일~13일자), 평론「예술의 순수성」(조선중앙일보 10월 26일~30일
자),「나의 비평 태도」(조선일보 11월 23일~30일자),「상허(尙虛)의 작품과 그 예술
관」(개벽 12월호) 등 발표.

1935년 (26세) 여의대 강사.「신춘창작총평」(개벽 3월호),「페이터의 예술관」(조선중앙일
보 3월 30일~4월 6일자),「문예 시평」(조선문단 4월호),「표현과 기술」(시원 4월
호),「작가ㆍ평가ㆍ독자」(조선일보 9월1일~12일자), 수필「구대(九大) 법문학부
정문의 표정」(사해공론 10월호),「가을의 감상」,「사상가로서의 톨스토이」(조광
창간호),「1935년 조선문단회고」(사해공론 12월호),「시와 사상」(시원 5호),「회
고 올해년 문단총관」(학등 21호) 등 발표.

1936년 (27세)「구인회(九人會)」회원. 1개월간 동대문서에 수감. 이는 확실한 이유가 알
려져 있지 않으나 사상 관계로 보임. 6월 1일 시인 박용철의 동생 이화여전 출신
동갑의 박봉자(朴鳳子)와 결혼.「예술에 있어서의 영향과 독창」(사해공론 1월호),
「2월 창작계개관」(조선중앙일보 2월 19일~23일자),「북구산촌에 피는 엘리와
아르네의 사랑」(조광 4월호),「비평문학의 확립을 위하여」(조선중앙일보 4월 12
일~23일자), 수필「정체 모를 그 여인」(조광 6월호),「적성산의 한여름」(조광 7

월호), 「비평태도에 대한 변석(辨釋)」(조선일보 8월 6일~8일자), 「금년의 창작계 일별(一瞥)」(조광 12월호) 등 발표.

1937년 (28세) 8월 장남 영진(榮珍) 출생. 수필 「내 소년시절과 소」(조광 1월호), 「동향(動向) 없는 문단」(사해공론 2월호) 등 발표.

1938년 (29세) 3월 황해도 재령 명신중학교 교원. 수필 「마음속의 영상」(조광 2월호), 「싸움」(여성 2월호), 「논란받던 몇 점의 추억」(조선일보 2월 5일자), 「정지용론」(삼천리문학 4월호), 「맘물굿」(여성 5월호), 「조선팔도혼인식 순례-전라도편」(여성 11월호) 등 발표.

1939년 (30세) 「문학적 현실과 사실」(조선일보 1월 15일~21일자), 「외국문인의 제상(諸像)-내가 영향받은 외국작가」(조광 3월호), 「여(余)는 예술지상주의」(조선일보), 「신진작가 A군에게」(조광 5월호), 「시인 김상용론」(문장 7월호), 수필 「대연성포(大蓮星浦)」(조광 8월호), 「순수시비(純粹是非)」(문장 11월호), 「외국문학 전공의 변」(동아일보 11월 19일자), 수필 「독서여록(讀書餘錄)」(문장 10월호), 「영국의 대전문학」(조광 11월호), 「포우의 창작방법」(조선일보 12월 26일~30일자) 등 발표.

1940년 (31세) 4월 무학여고 근무. 8월 말 인자(仁子) 출생. 「문학의 성격과 시대」(문장 1월호), 「랑송 문학사의 방법」(인문평론 2월호), 「주제의 선택과 응시」(문장 3월호). 일제 탄압으로 붓을 꺾고 고등고시 준비에 전력, 도일했다가 귀국, 건강 악화.

1941년 (32세) 8월 차남 영석(榮錫) 출생(1945년 사망).

1943년 (34세) 12월 무학여고 사직, 낙향.

1944년 (35세) 5월 26일 35세를 일기로 사망. 무주면 당산리 공동묘지에 묻힘.

1972년 『김환태전집』(현대문학사 간행)이 아들 영진(노던일리노이대학 조교수)에 의해 간행됨. 부인 박봉자와 딸 인자도 재미중임.

◆ 도움말 주신 분 (1973년 현재)

金淑英   69 · 누나 · 청파아파트 A동 609호.

金正泰   56 · 동생 · 전북 무주군 무주면 읍내리 1130번지.

李軒求   68 · 친구 · 문학평론가 · 이대 교수.

金榮運   42 · 조카 · 무주 농협조합장.

◆ 관계 문헌

金榮珍, 『金煥泰全集』, 現代文學社刊, 1972년.

金允植, 『韓國 近代文藝批評史研究』, 한얼문고刊, 1973년.

李軒求, 「信念으로 文學을 지킨 金煥泰」, 『現代文學』 1963년 2월호.

金 珖 燮

(시인 1905~1977)

1. 비둘기와의 대화

초기 고독한 개인의 내향 세계를 다루며 관념성 짙은 시를 썼던 이산(怡山) 김광섭은 사물의 근원적 뿌리를 캐어내는 과도기를 거쳐 1960년대 후반에 이르러 드디어 관념과 현실이 완전한 통일체를 이루는 미적 공간을 획득했다. 그러나 달관의 경지에 이르는 문학적 발전은 그의 인생여정과 결코 무관하지 않다. 일찍이 "저 건너에 깃들어 있는 추상된 세계의 거울은 곧 현실이요 현실 없는 추상은 없다"라고 했듯이 그의 관념은 현실로부터 비롯된 것이었다. 그러므로 그 현실 때문에, 그는 일제가 언론을 말살하고 우리말을 송두리째 근절시키려던 그 시기에 서울 서대문구 형무소에서 3년 8개월이라는 옥고를 치러내는 고난을 겪기도 했다. 광복 후에는 때때로 문학 외적인 일에 관여하기도 했으나 끝내 그는 그것에서 일탈하여 객관적 현실을 투시하는 안광을 얻고 육신이 소진해 가는 가운데서 그의 시의 꽃을 피워낸 것이다.

<사진 1> 대표작 「성북동 비둘기」의 산실이 된 서울 성북구 성북동 168번지 34호. 그는 1961년 직접 이집을 지었으나 뇌졸중으로 쓰러진 뒤 1967년 미아리로 이사했다. 집의 구조는 그대로이지만 분위기가 달라졌다. 뜨거운 여름 한낮 정적에 묻힌 성북동 언덕에는 채석장 포성도, 자유와 평화의 상징인 비둘기도 이젠 없다.

지하철 공사가 한창인 서울 삼선교에서 개천을 따라 오르는 아스팔트길에는 35도를 육박하는 뜨거운 날씨 탓인지 행인조차 드문드문하다. 가로수 잎새마저 흐느적거리는 그 길을 따라가다 보면 왼쪽에 성북동 파출소가 있고 그 맞은편에 개천을 건너는 다리가 나온다. 서울 성북구 성북동 168번지 34호는 그 다리를 건너 골목길을 들어가다가 택시도 엔진이 꺼져 꽁무니를 앞으로 하여 밀려내려 가는 가파른 왼쪽 길 언덕 위에 자리 잡고 있었다. 지금은 물론 오래전부터 남의 집(주인 노성호)이 되었지만 김광섭이 1961년에 지었다는 그 성북동집(대지 68평, 건평 40여 평의 이층 양옥)은 그의 생애에 있어서 두 가지의 중요한 의미를 띠는 곳이다. 그 하나는 그 집에 사는 동안 뇌졸중으로 쓰러졌었다는 것이고, 다른 하나는 그 뇌졸중의 후

유중을 잃으면서도 그의 대표작으로 일컬어지는 「성북동 비둘기」를 쓰게 되는 문학의
산실이 되었기 때문이었다.

성북동산에 번지가 새로 생기면서
본래 살던 성북동 비둘기만이 번지가 없어졌다.
새벽부터 돌깨는 산울림에 떨다가
가슴에 금이 갔다.
그래도 성북동 비둘기는
하느님의 광장 같은 새파란 아침 하늘에
성북동 주민에게 축복의 메시지나 전하듯
성북동 하늘을 한바퀴 휘 돈다

성북동 메마른 골짜기에는
조용히 앉아 콩알 하나 찍어먹을
넓직한 마당은커녕 가는 데마다
채석장 포성이 메아리쳐서
피난하듯 지붕에 올라앉아
아침 구공탄 굴뚝 연기에서 향수를 느끼다가
산 1번지 채석장에 도루 가서
금방 따낸 돌 溫氣에 입을 닦는다.

예전에는 사람을 聖者처럼 보고
사람 가까이
사람과 같이 사랑하고
사람과 같이 평화를 즐기던
사랑과 평화의 새 비둘기는
이제 산도 잃고 사람도 잃고
사랑과 평화의 사상까지
낳지 못하는 쫓기는 새가 되었다.

「성북동 비둘기」 전문

누가 기르던 비둘기였을까. 채석장이라고 가리키는 곳도 집들이 그득그득 들어서서
어디쯤인지 가늠할 수가 없다. 여름 한낮 성북동 골짜기는 정적에 묻혀 있고 '사랑과 평
화의 사상'을 낳는 새는 이미 쫓기어 갔음인가 보이지 않는다. 언덕과 골짜기에 메아리
치는 것은 앓으면서 연민을 토하던 시인의 그 음성뿐이다.

그는 한 시인의 자리에서가 아니라 서민이 되어 서민 속에서 서민의 일상어로 비둘기의 이야기를 하고 있는 것이다. 이제 그는 서민 속의 자신을 확인함으로써 민중과의 위화감을 극복했고 그의 시도 내용 및 표현의 관념성이나 추상성에서 벗어날 수가 있게 된 것이다.[1]

　　이산 김광섭은 1905년 9월 22일 함경북도 경성군의 어대진이라는 동해 바닷가 어촌에서 6남매 중 장남으로 태어났다. 그가 태어났을 무렵만 하더라도 그의 부친 김인준(金寅濬)은 뚜렷하게 하는 일은 없었던 것 같다. 그의 할아버지(김인준의 양부)가 경영하던 한약국의 업으로 생계를 유지했었지만 그 할아버지가 중풍으로 세상을 떠나자 부친은 권속을 이끌고 북간도 두도구(頭道溝)로 건너갔다. 그러나 박토에서 고생하기 1년 만에 다시 고향 어대진으로 돌아왔다. 부친은 그때부터 명태 가공업을 하여 가산을 키우기 시작했다.

　　훗날 그의 민족사상은 그 고향에서부터 싹텄다. 그의 집 뒤에는 서당이 있었는데 어느 날 일본 헌병대가 서당생을 내쫓고 들어선 것이었다. 그는 애국청년과 독립군이 헌병대의 고문에 못 이겨 지르는 비명소리를 들으면서 컸다.

　　1917년 보통학교를 졸업하고 그 2년 뒤인 그의 나이 14세일 때 이순학(李順學)과 결혼을 했다. 조혼이었다. 그는 기미독립운동을 고향에서 겪고 1920년 서울 유학의 길을 떠났는데 "고향에서 첫 번째 서울 유학생이 실패한 뒤 처음 가는 서울 유학생이었다"고 한다. 그는 먼저 중앙고보(中央高普)에 입학했다가 1학년 2학기 때 중동학교(中東學校)로 옮겨 1924년 졸업했다.

2. 고독 그리고 옥고

　　그는 그 길로 일본으로 건너 가 입시준비를 했다. 그가 조도전(早稻田)대학 제1고등학원 영문과와 동경상대(東京商大) 예과에 동시 합격한 것이 1926년의 일이었다. 부친은 상대로 가라고 했으나 그는 '상(商)' 자가 싫어 부친의 뜻과는 달리 영문과를 택했다. 그해 4월, 한국인 신입생 환영회에서 평생의 친구가 된 소천 이헌구(李軒求)를 만나게 되었다. 이헌구는 한 학년 위의 불문과 학생이었지만 나이도 같았고 고향도 같은 함북의 명천(明川)이었던 것이다.

　　김광섭은 그의 「시에의 등정(登程)」에서 "그날 저녁부터 오늘날까지 반세기 동안 연애처럼 달콤한 것은 아니지만 우애(友愛)는 연애보다 높았다"고 그 우정을 밝히고 있으며 이헌구 또한 "둘은 만나는 그날—1926년 4월부터 송아지 동무가 되어 버렸다. 일상

1) 申庚林, 『文學과 民衆』, 民音社刊, 1977년.

적인 기거마저 함께 하는 사이에서 그의 하숙방, 아니면 나의 하숙방이 우리들의 우정
의 보금자리였고, 드디어는 동경 교외의 셋집을 얻어서 공동 자취생활로까지 벌어져
'백광사(白光舍)'라는 문패를 달고 지내기도 했다"라고 『김광섭시전집(金珖燮詩全集)』의
서문에 썼다.

김광섭은 1929년 제1고등학원을 거
쳐 다시 1932년에는 조도전대학 영문
과를 졸업한 뒤 귀국하여 1933년에는
모교인 중동학교 영어교사로 부임했
다. 일본유학 중 이미 '해외문학연구회'
에 가담하고 있었던 그는 국내에서 해
외문학파의 일원으로, '극예술연구회'
의 회원이 되는 등 문학 활동을 하기
시작했다.

<사진 2> 조도전대학 제1고등학원 시절의 이헌구(왼쪽)와 김
광섭.

"당초 극예술연구회 회원은 12명이었는데 나중에 김광섭과 박용철이 가담했다. 그
무렵 이헌구는 조선일보에, 나는 동아일보에 근무하고 있었으므로 우리가 직접 집필하
기보다는 각자 신문에 김광섭과 유치진을 해외문학파의 대변인 격으로 동원, 우리의 주
장을 내세우고는 했다"는 서항석(徐恒錫)의 말과 같이 김광섭은 처음부터 시를 발표하지
않고 연극관계의 글과 「수필문학소고(隨筆文學小考)」, 「풍자론(諷刺論)」 등의 평문을 썼
음을 알 수 있다.

그가 「고독(孤獨)」, 「소곡(小谷)에서」, 「고뇌(苦惱)」, 「개성(個性)」 등의 시를 『시원』
에 발표한 것은 1935년의 일이었다. 얼핏 제목에서도 느껴지지만 그의 초기 시에는 "오
랜 세기의 지층(知層)만이 나를 이끌고 있다"(고독)는 표현과 같은 개인의 내면세계를 추
구하는 관념적인 언어가 자주 등장하고 있다. 그러나 1930년대 중반 그의 시는 제3군의
새로운 시로서 박용철은 "김광섭 씨의 고독과 허준(許浚)씨의 암환(暗幻)의 세계에 대해
서는 특이한 전율을 느낀다"라고 평하여 상찬하였고 1938년에 낸 첫 시집 『동경(憧憬)』
에 대한 신간 평에서 정인섭은 "이 세대에 있어서 금후로 광섭 식의 시풍이란 것도 한
커다란 조류를 이룰 것이 추측되는바"라고 하여 그의 독특한 일면을 강조하였다.

그의 그런 관념과 추상의 이미지는 어쩌면 현실을 외형화하여 표현할 수 없었던 시
대적 상황에 기인했었던 것인지도 모른다. 1940년 8월 10일 일제가 동아·조선 양지를
강제로 해체시킬 때 "슬프다 조선일보여"라는 비통한 전보를 이헌구 앞으로 띄웠던 김
광섭의 민족주의적 현실의식의 사상은 1941년 2월 21일 이른 아침 한국인 형사들에게
서울 종로구 운니동 집을 수색당하면서 온 세상에 알려졌다. 그의 중동학교 10년 교단
은 일제가 강요하던 '황국신민서사(皇國臣民誓詞)'와 '궁성요배(宮城遙拜)'와 '일어전용'에

대항하여 조직력도 투쟁력도 없이 오로지 민족적 자존에 따라 민족의 얼을 가르쳤던 현장이었다. 그리하여 1942년 5월 31일 경성지방법원 예심계 총독부 판사인 소전기형(小田基衡)은 이렇게 예심판결서를 낭독하고 있었다.

右 被告人은 昭和七年 三月 早稻田大學 英文科를 졸업하고 昭和八年 四月 以來 中東學校 英語 담당교사로 봉직한 자로서 일찍부터 民族意識을 抱懷하고 朝鮮獨立을 意圖하여 오던 바右 敎職을 이용하여 학생을 使嗾함으로써 所期의 目的實現에 資할 것을 企劃하고, (一)……2)

그는 4년 구형에 2년 언도를 받기까지 그 수속절차만도 미결감에서 1년 10개월이 걸려 꼬박 3년 8개월간 서대문 형무소에서 옥고를 치러내지 않으면 안 되었다. 사상범의 수인번호 2223번, 간단히 23번이라 불렸다.

1941년 5월 31일, 100일 동안의 유치장 생활을 끝내고 서대문 형무소로 떠날 때 그는 종로 경찰서 벽에 시 한 수를 손톱으로 긁어 적어 놓았다.

나는야 간다
나의 사랑하는
나라를 잃어버리고
깊은 산 묏골 속에
숨어서 우는
작은 새와도 같이

나는야 간다
푸른 하늘을
눈물로 적시며
아지 못하는

그는 구속되기 전까지 밑의 여동생과 함께 장녀 진옥(眞玉)과 운니동 집에서 살았었다. 아내는 시부모를 모시느라고 고향 어대진에 있었다. 그의 부친이 이따금 면회를 다녀갔으나 형사들의 눈길이 매서웠던 시대라 친구들도 자주 면회를 가지 못했던 것 같다.

어둠 속으로
나는야 간다

---

2)『나의 獄中記』, 創作과 批評社刊, 1976년.

"아버님이 사상범이라 하여 형무소로 가신 것이 내가 경기 여학교 1학년 때의 일이었어요. 처음 1년 8개월 동안은 미결수라 하여 면회도 시켜주지 않았죠. 아버님은 독방에서 퍽 외롭게 보내셨습니다. 그전에 아버님은 부모님의 재정적 뒷받침으로 금광과 텅스텐 광산에 손을 대셨고 그것을 동생들에게 맡기고 가셨으나 운영이 여의치 않아 전당포에 재봉틀까지 잡히지 않으면 안 될 형편이었어요"(장녀 김진옥 회고담).

3. 무엇이 되어 다시 만나랴

1944년 여름 형기를 마치고 나온 김광섭은 1년 만에 광복을 맞이했다. 누구보다도 감격이 컸을 그 광복과 더불어 9월 18일 그는 새로운 결의로 박종화, 양주동, 오상순, 오종식(吳宗植) 등 민족진영의 문인들을 규합하여 중앙문화협회를 조직했다. 이 중앙문화협회는 지금의 세종문화회관 뒤쪽 세종로 187번지에 자리를 잡고 있었는데 문화 활동의 일환으로 출판도 겸하고 있었다. 이석훈(李石薰)의 「문학감상독본」과 「영랑시선」 등이 여기서 나왔다.

"김송(金松)씨가 내던 『백민』을 인수한 것이 이산이었다. 그는 1950년에 제호를 『문학』이라 고쳤다. 그러나 장 콕토 특집을 꾸미려다, 6·25 동란을 만나 중단되었다. 나는 그가 뒤에 『자유문학』을 발간할 때도 편집 일을 맡아 한 적이 있다. 그는 문학에 대해 진지하고 열정적인 면을 지니고 있었으나 경영인으로서 또는 조직가로서 전체적인 것을 조감하는 눈은 어두웠던 편이었다"(박연희 회고담). 그는 「마음」이란 시로써 현실과 조화를 이루지 못하는 그의 마음을 고요히 달래고 있었던 것일까.

나의 마음은 고요한 물결
바람이 불어도 흔들리고
구름이 지나도 그림자 지는 곳

돌을 던지는 사람
고기를 낚는 사람
노래를 부르는 사람

이 물ㅅ가 외로운 밤이면
별은 고요히 물 위에 나리고
숲은 말없이 잠드나니

훤여 白馬가 오는 날

이 물ㅅ가 어즈러울까
나는 밤마다 꿈을 덮노라

그는 1940년대 후반부터 1950년대 말까지 때로는 대통령 공보비서관, 때로는 신문사의 사장직을 맡기도 하고 문학단체의 간부로서 문학 외적인 일에 관여를 했다. 그러나 한편 1952년부터 정년퇴직까지 경희대 교수로 일관하여 재직했고, 1956년에 창간한 『자유문학』을 어떻게든 꾸려 나가려고 했으나 1960년대에 들어서면서 재정난을 겪고 잡지는 결국 휴간이란 운명을 당했다. 사람들은 그 충격이 그의 뇌졸중을 일으키는 근원적인 원인이 되지 않았을까 생각한다.

1965년 4월 22일 낮 서울운동장에서는 경희대와 고려대의 야구전이 벌어졌다. 그전 연사흘 술을 마셨던 그는 야구관전중 의식을 잃었다.

그로부터 12년 동안의 투병생활을 이끌어가면서도 끝까지 시인의 넋을 잃지 않아 『성북동 비둘기』와 『반응(反應)』이란 두 시집과 『나의 옥중기』를 펴내니 그는 그 투병기간 중에 그의 문학과 인생을 정결하고 완전하게 마무리를 지었다.

"나는 해방과 더불어 월남한 후 그분의 엄호를 받으며 늘 가까이했으며 그분의 만년에는 여의도 아파트에서 이웃으로 지냈다. 그분은 나뿐만 아니라 어려운 환경에 처해 있던 사람들을 기꺼이 돕곤 했다. 말이 별로 없어 묵중하지만 진실하고 지닌 지조가 놀라웠으며 의연한 데가 있었다"(구상 회고담).

김광섭은 1977년 5월 23일 하오 1시 30분 뇌졸중의 후유증으로 서울 여의도 삼부아파트 차남 상옥(尙玉)의 집에서 그의 생을 닫으니 그의 「저녁에」의 시구 한 구절이 새삼 떠오른다.

이렇게 정다운
너 하나 나 하나는
어디서
무엇이 되어
다시 만나랴

◆ 연보

1905년 9월 22일 새벽 함경북도 경성군 어대진 송신동 148번지에서 유생인 부친 전주 김씨
           인준(寅濬)과 모친 노옥동(盧玉童) 사이에서 3남 3녀 중 장남으로 출생, 호는 이산.

1911년 (6세) 한약방을 경영하던 조부의 사망으로 가세가 기울자 북간도 두도구로 이주.

1912년 (7세) 1년 만에 귀향, 부친 해산물 가공업에 착수, 재산을 키움. 마을 서당에서 한
           문 수학.

1915년 (10세) 경성공립보통학교 3년으로 편입.

1917년 (12세) 보통학교 졸업, 다시 한문 수학.

1919년 (14세) 이순학(李順學)과 결혼.

1920년 (15세) 서울 중앙고보에 입학. 2학기 때 중동학교 편입.

1924년 (19세) 중동학교 졸업, 도일. 대학입시 준비.

1925년 (20세) 명고옥(名古屋)의 애지의대(愛知醫大)에 응시하여 학과시험에는 합격했으
           나 색맹으로 불합격.

1926년 (21세) 조도전대학 제1고등학원 영문과 입학. 신입생 환영식에서 당시 불문과
           2학년생이던 이헌구를 만남.

1927년 (22세) 제1고등학원 조선인 동창회 발간 『알(卵)』지에 시 「모기장」 발표. 장녀 진
           옥(眞玉) 출생.

1928년 (23세) 해외문학연구회 가담.

1929년 (24세) 조도전대학 영문과 입학.

1932년 (27세) 동대학 졸업. 졸업논문 「사회극작가로서의 골즈워디연구―사회사상에 나
           타난 관점에서」. 차녀 금옥(今玉) 출생, 귀국.

1933년 (28세) 중동학교 교사. 극예술연구회 가담.

1934년 (29세) 논문 「수필문학소고」(문학 1호), 「풍자론」(문학 3호) 등 발표.

1935년 (30세) 시 「고독」(시원 2호), 「소곡에서」(시원 4호), 「연극운동과 극연」(조선 문단
           11월호) 등 발표.

1936년 (31세) 장남 재옥(在玉) 출생.

1938년 (33세) 제1 시집 『동경(憧憬)』(대동인쇄소) 간행. 시와 일련의 시 · 소설 · 평론을
           잡지 · 신문 등에 발표.

1939년 (34세) 강원도 소양강 근방의 소양금광과 홍주 텅스텐 광산을 사들이다. 시 「춘
           제일송(春 第一頌)」(동아일보 4월 24일자) 등 발표. 차남 상옥(尙玉) 출생.

1940년 (35세) 시 「시인의 윤리」(문장 2월호) 등 발표.

1941년 (36세) 중동학생들에게 민족사상 고취 이유로 일본경찰에 피체 구속.

1944년 (39세) 3년 8개월 만에 출옥.

1945년 (40세) 8 · 15 해방과 더불어 민족진영 문인들과 중앙문화협회를 창립. 시 「해방」
           을 9월 29일 문예 강연회에서 낭독.

1946년 (41세) 시 「봄을 희망하는 노래」(민성 2월호) 등 발표. 금광 및 관상 운영난으로 청산.

1947년 (42세) 민중일보 편집국장. 미 군정청 공무국장. 평론 「문학과 현실」(백민 7월호)

등 발표.

1948년　(43세) 시「겨울밤」(민성 1월호), 평론「문학의 현실성과 그 임무」(백민 1월호) 등
　　　　발표. 정부수립과 동시 이승만 대통령의 초대 공보비서관.

1949년　(44세) 제2시집『마음』(중앙문화협회) 간행.

1950년　(45세) 문학잡지『백민』을 인수,『문학』으로 개제, 5, 6월호를 낸 뒤 6·25동란으
　　　　로 중단. 피난 중 대한신문(공보처 발행) 사장.

1951년　(46세) 대통령공보비서관 사임.

1952년　(47세) 경희대학교 교수. 시「푸른 상처」(문예 5,6월 합병호) 등 발표.

1954년　(49세) 국제펜클럽 한국본부 중앙위원.

1955년　(50세) 한국자유문학자협회 회장. 시「들국화」등 발표.

1956년　(51세) 문학잡지『자유문학』발행.

1957년　(52세) 제7회 서울시문화상 수상. 제3시집『해바라기』(자유문학자협회) 간행. 유
　　　　치진과「왜 싸워?」논쟁.

1958년　(53세) 세계일보 사장. 역시집『서정시집』(보리스 파스테르나크 저) 간행.

1960년　(55세) 시「하루의 공동된 회망속에서」(사계 1월호) 등 발표.

1961년　(56세) 시「동백꽃」(현대문학 4월호) 등 발표. 서울 성북구 성북동 168번지 34호
　　　　에 자택을 지음.

1964년　(59세)『자유문학』운영난으로 휴간. 고혈압 증세를 보임.

1965년　(60세) 서울운동장에서 야구 구경 중 뇌출혈로 졸도. 메디컬센터 입원.

1967년　(62세) 모친타계, 서울 성북구 미아동 26번지 23호로 이사.

1969년　(64세) 제4시집『성북동 비둘기』(범우사) 간행. 경희대 퇴직.

1970년　(65세) 시「서울」(다리 9월호) 등 발표. 국민훈장 모란장 수장.

1971년　(66세) 시「장미」(현대문학 1월호) 등 발표. 부인 타계. 동대문구 중화 1동 304번
　　　　지 22호로 이사. 제5시집『반응』(문예출판사) 간행.

1974년　(69세) 예술원상 수상.『김광섭시전집』(일지사) 간행.

1975년　(70세) 시선집『겨울날』(창작과 비평사) 간행.

1976년　(71세) 자전문집『나의 옥중기』(창작과 비평사) 간행.

1977년　(72세) 5월 23일 하오 1시 30분 차남 상옥의 집인 서울 여의도 삼부아파트 6동 83
　　　　호에서 뇌졸중 후유증으로 타계. 27일 문인장 거행, 경기도 양주군 장흥면 삼하리
　　　　산 92번지 선영에 안장.

1981년　『김광섭—한국현대시문학대계 12』(지식산업사) 간행.

◆ 도움말 주신 분(1982년 현재)

金眞玉　55·장녀·소설가·서울 종로구 부암동 338번지 32호.

徐恒錫　83·예술원회원·연극인.

朴淵禧　64·친지·소설가.

具　常　63·친지·시인.

◆ 관계 문헌

李軒求,「片描 金珖燮君」,『三千里文學』2호, 1938년.

郭鐘元,「人間金珖燮論」,『白民』1950년 3월호.

鄭泰榕,「金珖燮論」,『現代文學』1967년 4월호.

金顯承,「金珖燮論」,『創作과 批評』13호, 1969년.

申庚林,「文學과 民衆」, 民音社刊, 1977년.

朴 榮 濬

(소설가 1911~1976)

1. 역경의 청년시절

1934년 23세의 나이로 단편 「모범경작생(模範耕作生)」이 조선일보 신춘문예에, 장편 「일년(一年)」이 『신동아』에 거의 동시에 당선되어 화려하게 문단에 등장했던 만우(晚牛) 박영준은 일련의 농민소설을 발표하더니 1945년 광복 이후에는 도시 서민의 애환과 남녀 애정의 갈등을 밀도 짙게 묘파했고 말년에는 그의 독특한 '비세속적 사생관'을 제시하기도 했다. 그러나 그 어떤 시대적 변화에 따른 작품 소재의 변모과정에서도 인간의 동물성에 대하여 혐오 또는 타매하려는 주제의 일관성을 지켰다. 그는 인간적 양심과 강한 윤리의식을 천성으로 부여받은 모럴리스트였으며 사실주의적 기법으로 그 윤리성을 옹호하는 데에 온 심혈을 기울인 작가였다. 그의 윤리의식 못지않게 또 하나 변함없이 고수한 것이 있었으니 1954년부터 1976년 세상을 떠날 때까지 살았던 서울 서대문의 북아현동(1번지 153호) 집이다. 그 집은 경기대학을 지나 북아현동 마루턱 너머 기독교 대한감리회가 세운 '인우학사'(교직자 자제 기숙사)와 골목길을 사이에 두고 마주 보는 곳에 자리 잡고 있다. 더러 옛집을 헐고 양식 이층을 올린 집들도 눈에 띄었으나 제대로 한옥집들이 들어서 있는 동네는 30년 전 그대로이다. 대지 28평 건평 18평의 그 집

<사진 1> 1950년대 중반의 문인연극의 출연진들. 앞줄 왼쪽부터 구상, 한 사람 건너 최정희, 오른쪽 끝이 박영준, 뒷줄 왼쪽에서 두 번째가 정비석.

건넌방에서 박영준은 수많은 장편과 단편들을 써 내었다. 지금은 대학생들에게 세를 주고 서울 목동에서 살고 있는 그의 장남 박승열(朴勝烈)은 이렇게 말한다.

"이 집은 선친이 아세아 자유문학상을 받았던 그해 상금 30만환에 2만환을 보태어 산 집이다. 실향민으로서 처음으로 집다운 집을 가지게 된 것이다."

박영준이 세상에 태어난 것은 일본에게 나라를 빼앗긴 이듬해인 1911년 3월 2

일 평남 강서군 함종면 발산리 688번지에서였다. 그의 부친 박석훈(朴錫薰)은 원래 강서군 신정면 신리 사람으로 평양에 있던 남산현 교회의 패기만만했던 젊은 목사였다. 박석훈은 1919년 3 · 1운동이 일어날 때 독립선언서를 낭독하는 등 만세운동에 적극적으로 가담한 열렬한 독립운동가였다. 그러나 그는 일본경찰에 끌려가 평양 형무소에 수감되었고 다음 해 고문에서 얻은 병으로 32세라는 젊은 나이로 억울하게도 옥사했다.

겨우 굶지 않을 정도의 가세였던 박영준의 집안 형편은 부친의 타계로 더욱 어려워졌다. 그의 형은 농사일에는 그다지 흥미가 없었던 듯 고생하는 모친을 신체적으로 돕지 않은 것 같다. 장작패기, 빨래하기 등 가사를 도우며 함종공립보통학교 4학년을 마친 그는 독자적으로 공부할 결심을 품고 1924년 13세 때 생가에서 1백여 리 떨어진 평양으로 나갔다.

그가 평양으로 가게 된 동기는 부친을 알고 있던 선교회의 도움을 받을 수 있다는 가능성 때문이었다. 그의 소망은 이루어졌다. 그는 중학입학 자격을 얻어 숭실중학교에 입학할 수 있었고 선교회에서 기식하며 유리창을 닦고 비질을 하면서 학비를 대었던 것이다. 그는 숭실중학에서 2학년을 마치고 광성고보에 3학년으로 편입했다.

> 경제적으로 여유가 없었기 때문에……(중략) 홀로 있기를 좋아했으며 그 시간을 메우기 위해 시나 소설 쪽으로 관심을 갖게 되었다. 아마 이때부터 문학에 취미를 갖게 된 것 같다. (중략) 그의 아버지가 일찍 돌아가시고 어머니에게서마저 어버이의 따뜻한 정에 굶주린 고독한 한 청년으로서 그는 자연 하이네나 바이런의 시를 탐독하게 되었다. 문학에 뜻을 두게 된 결정적인 동기는 가장 절친했던 친우의 갑작스런 죽음 앞에서 인생과 죽음에 대한 회의를 느끼게 되면서부터였다.
> 처음으로 「M에게」라는 시를 써서 교우지에 실리게 됨으로써 이후 문학활동을 하겠다는 의식을 가지고 문학에 전념하게 되었다.[1]

박영준은 광성고보를 졸업한 후 서울로 올라와 1929년 연희전문 문과에 입학했고 1934년에 졸업했다. 그는 선교회에서 보조금을 받기는 했으나 넉넉지 못하여 미국인 선교사 집에서 아르바이트를 하거나 한국인의 가정교사를 하면서 학비를 대었다.

연희전문을 졸업하기까지 그의 청년 시절은 고난과 역경의 가시밭길이었음에도 부지런히 책을 읽고 꾸준히 소설 습작에 열정을 기울여 졸업하던 때에 단편 「모범경작생」이 조선일보 신춘문예에, 장편 「일년(一年)」과 콩트 「새우젓」이 『신동아』에 당선되는 영광을 안았다. 그러니까 한 해에 장편 · 단편 · 콩트를 망라한 한 사람의 굳건한 소설가가 탄생했던 것이다.

---

1) 정현기, 「작가 박영준의 전기적 고찰」, 1982년.

나는 農村에서 자라났기 때문에 農村의 雰圍氣를 조금 알았고 農夫의 性格도 약간 짐작했었다. 그 農村이란 海邊에서 三十里쯤 떨어진 조그만한 僻村이었으며 가난과 無知로 얼크러진 極히 좁다란 世界였다. 그래서 나는 일찍부터 그 世界에서 離脫하려 했고 그 離脫의 努力 속에서 살아왔다.

中學을 卒業할 때 나는 船夫가 되려는 浪漫을 꿈꾸었으나 當時 弱質이었던 내 體格이 그만 그 꿈을 이루지 못하게 했지만 그러한 浪漫도 結局에는 내 좁은 世界에서의 永離를 꾀했기 때문이었다.

첫꿈이 깨지자 進學을 하여 文科를 選擇한 것은 '文'이라는 것이 어쩐지 내꿈을 이루어줄 것 같았기 때문이었다. (중략)

憎惡는 愛情과 通한다는 말이 있지만 그는 나의 境遇를 두고 말한 것 같다. 나의 浪漫과 나의 鄕愁는 역시 農村에 있는 듯했고 그 農村을 미워하고 또 아끼는 二重的인 心境도 結局은 鄕愁로 뻗치는 하나의 共通된 길인 듯했다.[2]

2. 「중독자」의 윤리관

그가 문단에 나오고부터 1940년대 초까지 그의 문학의 제1기에 속하는 시기에 발표한 작품들의 유형은 그가 밝힌 바 농촌을 배경으로 한 농민소설들이었다.

그의 첫 단편집 「목화씨 뿌릴 때」에 실린, 관권과 결탁하여 자기만 잘 살겠다는 이기심에 사로잡힌 주인공을 통해 농촌사회를 사실주의적인 수법으로 묘사한 「모범경작생」이나, 농사는 거들떠보지 않고 노름에 미쳐 유일한 재산인 송아지마저 팔아 노름빚을 갚아 버린 아들에게 현실적 자각을 일깨워 주는 「어머니」나, 농지를 가진 자의 비리를 그린 「목화씨 뿌릴 때」와 같은 작품들은 그의 초기 문학세계를 잘 나타낸 대표적 작품들이라고 할 수 있다.

"그 작품들에 나오는 배경과 인간들은 선친의 고향이고 고향 사람들이며 가정의 이야기도 된다"(박승렬 증언).

그러나 그는 그 무렵 농민소설을 쓰면서 동시에 도시적인 인간들의 일그러진 모습과 핍박받는 자에 대한 윤리 의식을 강하게 드러낸 작품들을 발표했다는 점을 결코 간과해서는 안 될 것이다.

채만식의 「레디메이드 인생」을 연상시키는 인텔리 무직자의 룸펜 생활을 유머러스하나 비애스럽게 그린 「잿티」는 전자에 속하는 것이고, 후자에 속하는 것으로는 「중독자(中毒者)」가 있다. 좀 긴 단편인 「중독자」는 그의 문학에 있어서 근원적이면서도 특이한 면을 지닌 작품이다.

---

2) 수상 「나의 文學生活自叙」, 『白民』 1948년 5월호.

근원적이라고 하는 것은 "젊은이의 감상(感傷)이 없진 않으나, (중략) 타인에게 부채 (신세)를 지지 않아야 한다는 주장은 주인공의 내폐성격과 더불어 작자의 도덕적 결백성 향을 뚜렷이 하고 있다"3)라는 「중독자」의 특징이 후기작품까지 일관하여 지속되고 있음에서이고, 특이하다는 것은 보통 단문의 사실적 문체가 이 작품에서는 심리적이고도 긴 호흡의 문장으로 이루어져 있음에서이다.

> 한끼에 삼십전씩 하는 밥을 하루 두끼씩 먹으며 화려하지 못할 것이 분명할 뿐만
> 아니라 무엇을 찾기 위하여 살려는지도 모르는 미래의 생명을 위하여 기억 안되는
> 외국어의 단자를 삼십 넘은 내가 외노라고 얼굴살을 찌푸릴 때 나의 옷을 쪽 벗기어
> 버린 내 아내는 지금 어떤 남자에게서 또한 나에게와 같은 행동을 취하고 있을까. 그
> 는 아름다운 여자라는 점에서 어떠한 사내든지 사내를 긁어 먹을 권리가 있을는지도
> 모른다. 사랑이 참(眞)이라는 것을 잊어버리고 아름다움과 기쁨을 찾으려고 할 때, 그
> 는 미운 것과 괴로움을 동시에 맛보지 않으면 안될 의무가 있다면 나의 아내는 그러
> 한 사내를 마음대로 주무를 수가 있으며, 또 그 사내에게 아름다움과 기쁨을 뺏어 갈
> 권리가 있을는지 모르나, 그 권리가 명회(내 아내이었던 여자의 이름)의 생명이고 그
> 생명이 살아 있는 동안 나와 같은 사내가 가엾어 보일 뿐이다.4)

「중독자」는 회상기체로 되어 있다. 주인공 '나'는 아내에게 전 재산을 넘겨주고 호구지책으로 코닥 사진기 하나를 메고 국경을 넘어 만주로 방랑생활을 떠난다. '나'는 굶주리며 떠도는 가운데 두 번째 여자인 매춘부를 만나 하룻밤을 기식하지만 "이나 벼룩 같은 기억을 길러내어 그놈에게 고생을 당하여 나의 마음을 사로잡히고 싶지 않아서" 여자를 손 하나 건드리지 않고 다음날 아침 도망치듯 여관을 빠져나온다.

다시 '나'는 해륜(海倫)이란 도시로 가 거기서 어떤 사진관에 취직을 하고 하숙을 얻어 사는데 만나게 되는 제 3의 여자는 러시아계 혼혈인 하숙집 하인이다. '나'는 부채를 지기 싫어 매일이다시피 매를 맞는 18세의 그 소녀를 못 본 척하려 하지만 어느 날 그녀에 대한 연민은 그녀를 육체적으로 범하는 데까지 발전한다. 그러나 '나'는 그녀의 순정을 떨쳐 버리고 그녀로부터 떠난다. 그러나 마음마저 떠났다고는 할 수 있을 것인가. '나'는 그 윤리적인 부채를 지고 아편 중독자로 전락하고 만다.

> 그러나 너를 떠나 이 먼 오지(奧地)에 와 있는 것같이 나는 내 마음에게서도 멀리
> 떠나 있다. 그래서 정신이 말똥말똥해지려는 이 순간을 단축시키기 위하여 다시 아
> 편영매소에 가야겠다. 나는 일금 이십전을 주고 이 중독 속에 빠짐으로 안식을 구하

---

3) 李善榮,「朴榮濬의 文學」,『月刊文學』1971년 8월호.
4)「中毒者」,『韓國短篇文學大系 朴榮濬편』, 三省出版社 刊, 1969년.

건만, 너는 값도 치를 수 없는 관념에 중독이 되어 얼마나 괴로와하겠니? 나를 비웃지
말아라!

「중독자」의 마지막 부분의 독백이다. 「중독자」의 '나'처럼 박영준의 도덕적 윤리관
은 고국에서 일자리를 구하지 못하고(부친의 독립운동 관계로) 일가를 거느리고 간도 땅으
로 넘어갔다가 광복 후에 돌아오고 나서도 계속 일관되었다.

3. 납북과 탈출과 휴머니스트

그는 1950년 서울 성북동 산꼭대기 무허가촌에 살
면서 고려문화사 편집국장으로 근무하던 중에 6·25
동란을 만났으나 미처 피난을 하지 못했다.

"그때 서울에 남아있던 문인들은 어떤 단체에건
가입을 하지 않으면 목숨을 부지할 수 없는 형편이
었다. 하는 수 없이 우리는 종로의 한청빌딩에 자리
잡고 있던 문학가동맹에 드문드문 나갔다. 보름쯤
지나자 우리를 선무반으로 내보낸다고 하더니 하루
는 일신국민학교에 집합시켜 괴뢰군의 감시 아래 미
아리 고개를 넘어 이북으로 끌고 가는 것이었다. 박
영준, 박계주(朴啓周), 김용호(金容浩) 등과 유명무명
의 문인들이 끌려갔다. 우리는 평양을 거쳐 개천 훈
련소까지 가서 목총으로 훈련을 받았다. 박영준씨는
그때 이미 나이가 39세였고 더욱이 각기병까지 걸
려 무척 고생을 했다. 유엔군이 인천에 상륙하자 그
들은 그 사실을 우리에게 알려 주면서 한 무리는 강

<사진 2> 등산을 좋아했던 만년의 박영준.
그는 인간적 야심과 강한 윤리의식을 부여
받은 모럴리스트였으며 사실주의적 기법으
로 그 윤리성을 옹호하는 데에 온 심혈을 기
울인 작가였다.

계 쪽으로, 한 무리는 평양을 사수하러 가야 한다고 말했다. 나는 그때 남포에 배치되어
박영준씨와는 헤어지게 되었다"(유정 회고담).

아마도 박영준은 강계까지 갔다가 돌아온 것 같다. 그해 늦가을 가지고 있던 회중시
계를 어느 농군의 옷과 바꾸어 입고 서울 집에 나타났을 때에는 거렁뱅이 같아 가족들
은 얼른 알아보지를 못했다고 한다.

후일 제1회 아시아 자유문학상을 타게 되는 그의 제3단편집 『그늘진 꽃밭』에는 「빨
치산」, 「지리산근처」 등 전쟁 또는 반공소설 10편이 실려 있는데 이것들은 납북과 종군
작가단에 있으면서 얻은 경험의 산물들이다.

그러나 『그늘진 꽃밭』의 작품들은 그의 문학의 본령은 아닐 것 같다. 그가 전쟁 발발 1년 전에 "한 평의 땅과 한 칸의 집도 없는 나로서 가장 보수적인 더구나 생소한 농촌을 찾아간다는 것은 불가능의 일"이라면서 "결국은 소시민의 생활을 토대로 새 세대에 부합되는 새로운 모델을 작품화해 보는 수밖에 없다"고 토로한 것대로 그는 전후의 새로운 윤리의식을 형상화하는 데 정력을 기울였다.

1956년 서울신문에 연재했던 「태풍지대(颱風地帶)」나 1960년 동아일보에 연재했던 「오늘의 신화(神話)」와 같은 장편들이 모두 서구문명과 더불어 무너져 가는 성윤리에 대한 반작용의 논리에서 나온 작품들이다.

박영준은 몇몇 대학에 강의를 나가다가 1962년 연세대학교 문과대학 교수로 근무하면서부터 생활의 안정을 얻었으나 그때부터 발병한 당뇨병으로 조심스럽게 건강에 유념하지 않으면 안 되게 되었다.

"그분은 서울 소공동 중국인 골목의 가화다방을 좋아해서 늘 거기에 나갔다. '황제' 복사판이 두어 번씩 되풀이 돌아가도록 별로 말이 없으신 분이어서 어떤 학생들은 '불독선생'이라고 부르기도 했으나 가까이 대하고 보면 아버지처럼 자상했다. 가령 후기의 작품인 「판잣집 아내」와 같은 작품을 보라. 거기서 우리는 가슴 뭉클한 인간애를 느낄 수 있다. 그는 누구 못지않게 감정이 풍부한 휴머니스트였다"(박기동 회고담).

그는 건강에 유의하여 거의 매주 서울 근교의 산에 올랐다. 그러나 1975년 초겨울부터 한쪽 팔을 쓰지 못해 옆에서 거들어야 옷을 입고는 했다.

"이제부터 쓰는 것이 진짜 내 문학이 될 수 있다"고 죽기 6년 전에 염원했음에도 불구하고 1976년 6월말 마지막 강의를 마치고 7월 3일 당뇨병으로 시작된 합병증의 결과, 폐결핵이란 진단을 받고 세브란스병원에 입원했으나 14일 하오 5시 25분 그의 생을 닫으니 향년 65세였다.

◆ 연보

1911년	3월 2일 평남 강서군 함종면 발산리 688번지에서 부 밀양 박씨 석훈(錫薰)과 모 하석애(河錫愛)와의 사이에 4남 중 차남으로 출생. 호는 만우(晚牛). 부친은 평양 남산현교회의 목사였음.
1919년	(8세) 3 · 1운동에 가담했던 부친 피체. 서당에서 한학 수학.
1920년	(9세) 함종공립보통학교 입학. 부친 박석훈 32세의 젊은 나이로 평양 형무소에서 옥사.
1924년	(13세) 함종공립보통학교 4년 재학중 평양으로 가 중학 입학자격을 얻어 숭실중 학교에 입학.
1926년	(15세) 평양 광성고등보통학교 3학년에 편입.
1927년	(16세) 교우지에 「M에게」라는 시를 발표.
1928년	(17세) 광성고등보통학교 졸업.
1929년	(18세) 연희전문 문과에 입학. 원 고향인 강서군 신정면 신리 19번지 본가로 이사.
1931년	(20세) 건강이 나빠 휴학. 신정면 사달학교에서 1년간 교편생활.
1934년	(23세) 연희전문 문과 졸업. 단편 「모범경작생」이 조선일보 신춘문예에 당선. 장 편 「일년(一年)」과 콩트 「새우젓」이 각각 박영준이란 본명과 박미강이란 가명으 로 신동아 2월호에 당선 발표됨. 장편 「일년」은 검열에 3분의 1가량 삭제되어 신 동아 12월호까지 연재. 4월에 경북 영주군 풍기면 성내동의 성내교회 장로인 정 호(鄭鎬)의 장녀이자 진명여고보를 거쳐 경성의전 연수 과정을 이수한 정숙용(鄭 淑龍)과 결혼. 간도 용정의 동흥중학교에서 1년간 근무.
1935년	(24세) 귀향, '독서회' 사건으로 일본경찰에 피체, 5개월간 구류. 단편 「어머니」(조 선문단 5월호) 등 발표.
1936년	(25세) 「아버지의 꿈」(사해공론 1월호), 「목화씨 뿌릴 때」(사해공론 8월호), 「한 성격」(조선문학 11월호) 등 발표. 11월 장남 승렬(勝烈) 경북 영주에서 출생.
1937년	(26세) 단편 「쥐구멍」(풍림 3월호), 「국수집(조선문학 3월호)」 등 발표.
1938년	(27세) 만주 길림성 반석현으로 이주. 장편 「쌍영(雙影)」(만선일보) 연재. 단편 「중 독자」 발표.
1939년	(28세) 단편 「의수(義手)」(문장 7월호), 수필 「방청(榜靑)」(조광 11월호) 등 발표.
1942년	(31세) 차남 승언(勝彦) 출생.
1945년	(34세) 8 · 15 광복으로 귀국, 신세대사에 입사.
1946년	(35세) 단편집 『목화씨 뿌릴 때』(서울타임즈사 출판국) 간행.
1947년	(36세) 1월 모친 별세. 6월 장녀 경림(景林) 출생. 단편 「고향없는 사람」(백민 3월 호), 「아내 돌아오다」(신세대) 등 발표.
1948년	(37세) 경향신문 문화부에 근무. 단편 「생활의 파편」(백민 1월호), 수상 「나의 문 학생활 자서(自叙)」(백민 5월호) 등 발표. 서울 성북동 155번지 2호에 살다.
1949년	(38세) 고려문화사 편집국장 근무. 단편 「여과(濾過)」(백민 1월호), 「십년후」(새

한민보 12월하순호) 등 발표.

1950년   (39세) 단편 「감정선(感情線)」(문학 6월호) 등 발표. 6 · 25 발발, 납북, 평남 개천
         에서 탈주, 가을 서울로 돌아옴. 대구로 피난.
1951년   (40세) 육군본부 종군작가단 사무국장. 단편집『풍설(風雪)』간행.
1953년   (42세) 단편집『그늘진 꽃밭』(신한문화사) 간행.
1954년   (43세) 3월『그늘진 꽃밭』으로 제1회 아세아 자유문학상 수상. 서울 서대문구 북아
         현동 1번지 153호로 이사. 장편『애정의 계곡』간행.
1955년   (44세) 연희대학교 문과대학 강사. 수도여자사범대학 강사. 화랑무공 은성훈장 수
         장. 장편『열풍』간행.
1956년   (45세) 장편『형관(荊冠)』(동아일보), 중편 「태풍지대」(서울신문) 등 연재.
1958년   (47세) 중편 「여인삼대」(사상계) 등 발표. 예술원 회원.
1959년   (48세) 한양대학교 부교수.
1960년   (49세) 장편 「오늘의 신화」(동아일보) 등 발표. 단편집『방관자』간행.
1961년   (50세) 단편 「소록도」(현대문학) 등 발표.
1962년   (51세) 연세대학교 문과대학 교수. 단편 「배리(背理)의 꽃」(사상계) 등 발표.
1964년   (53세) 장편 「결혼학교」(조선일보) 연재. 장편『오늘의 신화』, 단편집『고호(古
         壺)』간행.
1965년   (54세) 7월 제14회 예술원상 수상. 단편 「파동」(문학춘추) 등 발표.
1967년   (56세) 서울시 문화상 수상.
1968년   (57세) 장편 「가족」(월간문학) 연재. 단편집『추정(秋情)』간행.
1969년   (58세) 장편 「고속도로」(동아일보) 연재.
1970년   (59세)「이원적(二元的) 긍정」(현대문학) 등 발표.
1971년   (60세) 4월 회갑기념으로『슬픈 행복』간행.
1973년   (62세) 단편 「죽음의 장소」(현대문학) 등 발표.
1974년   (63세) 단편 「겨울삼화」(월간문학) 등 발표.
1975년   (64세) 연세대학교 문과대 학장.
1976년   (65세) 7월 14일 하오 5시 25분 세브란스병원에서 타계. 병명은 폐결핵. 고양군
         송추 운경묘원에 묻힘.

◆ 도움말 주신 분(1982년 현재)

朴勝烈   46 · 장남 · 동아일보 문화센터 기획부장.

柳　呈   60 · 시인.

정현기   42 · 제자 · 전 연세대 교수 · 문학평론가.

朴起東   39 · 제자 · 소설가.

◆ 관계 문헌

金相一, 「榮濬 또는 會長의 文學」, 『自由文學』 6권 5호.
金宇鐘, 「朴榮濬의 '외짝양말들'―論理戰爭과 孤獨의 勳章―」, 『現代文學』 1967년 2월호.
李善榮, 「朴榮濬의 文學」, 『月刊文學』 1971년 8월호.

金 顯 承

(시인 1913~1975)

1. 신앙의 태(胎) 속에서

다형(茶兄) 김현승은 자신에게 주어진 종교적 삶의 조건 아래서 지상의 것을 몸째로 천상에 바치지도 못했고 그렇다고 천상의 것을 지상에서 완강히 거부하지도 못했던, 이원적 세계에서 정신적 형극의 생애를 살았던 시인이었다. 그러므로 그에게 있어서 진실한 것은 '고독'뿐이었다. 그 고독은 인간의 체온을 의식했던 속에서의 고독이었으며 또한 신의 시선을 의식했던 가운데서의 고독이었다. '견고한 고독', '절대고독'은 그의 시였고 그 자신이었다. 그러나 그가 그의 생을 끝막음할 때까지 썼던 모든 시들을 그의 시작 연보에 포함시킨다고 할 때 그의 시가 결코 '고독'으로 끝나지는 않는다. 그의 삶의 종장에 속하는 마지막 2년 동안 그의 고독은 신에 의지함으로써 해체되어 가고 있었기 때문이다. 그럼에도 불구하고 마지막이 가장 좋은 것은 아니라는 관점(이것은 순전히 시적인 의미에서 말하는 것이다)에서 볼 때 역시 '고독'은 그의 것으로 남아야 할 것이다.

거기서
나는
옷을 벗는다.

모든 황혼이 다시는
나를 물들이지 않는
곳에서.

나는 끝나면서
나의 처음까지도 알게 된다.

神은 무한히 넘치어
내 작은 눈에는 들일 수 없고,
나는 너무 잘아서

神의 눈엔 끝내 보이지 않았다.

「고독의 끝」 1~4연

이토록 신의 구원마저 포기한 고독에 이르기까지 그의 내부에서 일어나는 소용돌이, 다시 말해서 신과의 갈등은 그의 생애의 후반기를 시종 관류하고 있는 것이지만 그 원천은 멀리 그의 모태에서부터 비롯되었다고 보아야 할 것이다.

김현승의 부친인 김창국(金昶國)은 원래 전북 익산 출신으로 평양으로 가서 평양신학교를 나온 목사였으며, 어머니 양응도(梁應道)는 황해도 은율 사람으로 독실한 기독교 신자였다. 그가 태어난 곳이 평양인 것은 그곳이 부친의 유학지였기 때문인 것으로 알려지고 있다.

> 나는 어머니의 배 속에서부터 기독교 신앙의 태(胎) 속에 있었다. 나는 유아 세례를 받았고 40대까지도 이 기독교의 신앙으로 살아왔다.[1]

그의 부친은 종교적으로 엄격하여 3남 2녀의 자녀에게 신약성서에 기록된 대로 행하도록 가정교육을 시켰다. 그러므로 차남인 김현승도 부친의 목회지인 제주시와 그리고 1919년 그가 여섯 살 때 옮겨 온 광주에서 주어진 종교를 순수하게 받아들이면서 유·소년 시절을 보냈다. 그는 기독교에 대해 순결성을 지키려고 혼신을 기울여 노력했다. 그리하여 소년시절에 맞이하던 크리스마스에 대한 회상은 나중에 가슴 설레는 기억으로 떠오르고는 했다.

<사진 1> 1970년대 교정 등나무 아래에서의 한때. 김현승에게 있어서 진실한 것은 고독뿐이었으나 말년 신에 의지함으로써 그 고독은 용해되어 갔다.

적어도 기독교에 대한 순결성은 그가 광주에서 숭일(崇一)학교를 졸업하고 진학한 평양의 숭실중학교 2학년 무렵까지는 고이 남아 있었다. 그동안 그의 부친은 광주시의 현재의 양림(楊林)교회가 분립할 때(1923년) 첫 목사로 부임하고 있었다. 김현승이 그보다 3년 연상인 그의 형 김현정(金顯晶)이 유학하고 있던 숭실중학교에 입학하게 된 것도 부친의 종교적 엄격성 때문이었다. 서울을

---

1) 수필 「커피를 끓이면서」.

거쳐 열차로도 이틀이 걸렸다고 하는 북지 평양에서 때때로 남쪽 땅 광주의 고향집을 그리며 5년제 숭실중학교를 마친 그는 1932년 다시 평양의 숭실전문대학 문과에 입학했다.

"나는 그 무렵 그보다 늦게 평양으로 가 숭실중학교에 다니고 있었는데 광주의 숭일학교 동창인 나로서는 누구 못지않게 그를 잘 알고 있던 편이다. 그는 젊어서부터 성격이 급한 편이었으며 스포츠를 즐겨 학교의 투창, 투원반, 축구 선수를 지냈다. 그러나 그에게는 다른 일면도 있었다. 그는 혼자 있기를 좋아해서 빵집이나 식당 같은 곳엘 늘 혼자 갔다. 그는 또한 영화 관람을 유별나게 즐겼다. 기숙사는 밤 9시면 문을 잠갔으므로 영화를 본 뒤에는 몰래 담을 넘어 기숙사로 들어가고는 했다"(문천식 회고담).

2. 신에서 인간으로

1933년 위장병으로 광주로 내려와 있다가 다시 복교한 그는 겨울방학 때 귀향하지 않고 기숙사에 남아 시작에 몰두하기 시작했다. "두세 명의 학생밖에 남아 있지 않은 고적한 빌딩에 머물며, 북국의 안개 속에서 값싼 거피를 마시고 돌아와 밤새도록 습작품을 가지고 뒹굴던 그 고독하고 어딘가 감미롭던 꿈"의 경험에서 얻은 것이 두 편의 장시 「쓸쓸한 겨울 저녁이 올 때 당신들은」과 「어린새벽은 우리를 찾아온다 합니다」였다.

이 두 편의 시를 1934년 봄 교지에 투고했는데 문학과 교수였던 양주동이 읽고 그를 불러 교지에 발표하기엔 아까우니 중앙지에 발표하라고 했다. 그러면서 손수 소개편지와 함께 두 편의 시를 동아일보에 보냈다. 그리하여 두 편 중 먼저 「쓸쓸한 겨울 저녁이 올 때 당신들은」이 동아일보 3월 25일자에 실리니 그것으로 갑자기 뜻밖에도 그의 문단 데뷔가 이루어진 것이다.

"아침 해의 축복과 사랑을 받지 못하는 크고 작은 유리창들이/순간의 영광답게 최후의 찬란답게 빛이 어리었음은/저기 저 찬 하늘과 추운 지평선 위에 붉은 해가 피를 뿌리고 있습니다"로 시작되는 50행이 넘는 이 장시는 저녁과 밤을 노래하고 있지만 궁극에는 다가 올 '새벽'의 이미지와 연결되어 있다.

그 후에 발표된 「어린 새벽은……」, 「아침」, 「새벽은 당신을 부르고 있습니다」, 「새벽교실(敎室)」 등의 시에서 보듯 "아침과 새벽의 이미지를 즐겨 다루게 된 것도 자세히 살펴보면 민족의 희망과 이상을 상징적으로 표현한 것"[2]으로 자연을 다루되 도피적 성향을 띤 자연이 아니라 사회적인 기지와 해학을 담아보려고 한 것이 그 무렵 그의 시세계였다.

---

2) 李盛夫, 「茶兄 金顯承의 詩世界」, 三中堂文庫 241권.

<사진 2> 1977년 6월 26일 무등산 도립공원 원효사 아래 도로가에 세워진 '다형 김현승 시비'. 비 앞면에 그의 대표작으로 불리는 「눈물」이 새겨져 있다.

그의 그런 시들이 "당시의 선배 시인이며 시평으로써 한국 시단에 보알로적 존재로서 군림하던 김기림"의 마음에 들었던지 그의 시평에도 종종 오르고 평양에 있던 그에게 간단한 엽서를 보내오기도 했던 관계로 그 자신도 김기림과 김광균 등 모더니즘 계열의 시들을 좋아했던 것 같다.

그러나 1936년 전문학교 3학년을 마친 그는 위장병이 재발하자 광주로 낙향하고 말았다. 그는 모교인 숭일학교에서 교편을 잡아 부친과 함께 일본 동경에서 체육전문학교를 다니고 있던 동생의 학비를 대었다. 그리고 이듬해에는 교회 신자 사이에 일어난 사소한 문제가 신사참배 거부 사건으로 비화하여 주모자로 몰려 15일 이상 장성경찰서에서 곤욕을 치르고 재판에 회부된 결과 대구 복심법원까지 가서 80원의 벌금형을 언도받고 풀려났으나 학교에서는 이 사건으로 말미암아 파면을 당했다.

그는 1938년 부친이 목사로 있는 양림교회의 장로인 장맹섭(張孟燮)의 영애이자 수피아고녀의 음악교사이던 장은순(張恩淳)과 결혼을 했다. 하지만 아내의 수입으로 생활을 꾸려가는 무직자이던 그는 그 고통을 견디다 못해 평남 용강군 두메산골에 있는 한 사립학교 교사의 소개로 그곳 교사로 갔다. 그러나 감옥과 같은 그 산골에서의 답답함을 더 참아내지 못하고 탈출, 그 뒤 2년 동안 황해도 홍수원과 전남 화순의 금융조합을 전전하다가 광주로 돌아와 어느 피복회사의 사원으로 취직하여 8·15해방까지 지냈다.

1937년부터 시와 동떨어져 생존에 허덕이던 그에게 해방은 그를 "다시 정신의 세계"로 돌아가게 했고 "불쌍한 시혼에 한 가닥 빛을 던져주었던" 것이다.

"내가 그를 처음 상면한 것은 1948~49년께 문단에 지우(知友)관계를 맺고자 광주에서 그가 상경했을 때였다. 나는 김동리, 조연현 등을 소개해 주었고 『문예』등 잡지에 시를 발표하도록 주선했다. 그러나 한층 더 가까워진 것은 내가 1951년 1·4후퇴 때 전주를 거쳐 1952년 광주로 가 그의 학동집 바깥채에 우리 식구가 기거하면서였다. 그는 그 무렵 조선대학교 부교수로 재직하고 있었는데 나로 하여금 그 학교에 강의를 나갈 수 있도록 주선했고 내가 급성늑막염을 앓게 되었을 때에는 의사를 데리고 와 응급가료를 하게 한 고마운 사람이었다. 그는 기개(氣槪)의 시인이지만 「눈물」과 같은 시는 빼어난 서정시이다"(서정주 회고담).

더러는
옥토에 떨어지는 작은 생명이고저……

흠도 티도,
금가지 않은
나의 全體는 오직 이뿐!

더욱 값진 것으로
드리라 하올 제,

나의 가장 나중 지니인 것도 오직 이뿐!
아름다운 나무의 꽃이 시듦을 보시고
열매를 맺게 하신 당신은,

나의 웃음을 만드신 후에
새로이 나의 눈물을 지어주시다

「눈물」 전문

그의 대표작으로 꼽히는 이 시는 1952년 이동주(李東柱)가 편집하고 서정주가 주재하여 광주에서 발간한 『시정신』 창간호에 실린 것으로 그가 어린 아들을 잃고 애통해하던 중에 쓰여진 기독교적 인고의 정신이 밑바닥에 흐르고 있는 작품이다. 그러나 기독교적이라고 말할 때, 이미 그는 전문학교 이후 계속 시를 발표하면서부터 신 중심에서보다는 인간중심으로 기울어져 가고 있었다. 그러니까 그의 '고독'의 시편들이 나타나기 시작한 것은 「눈물」이 지나간 뒤였다.

3. 절대 고독과 그 용해

학동집 이후에 그는 부친이 25년간이나 목회를 맡았던 양림교회가 올려다 보이는 양림동 90번지 1호에서 숭실대학 부교수로 취임해 가던 1960년까지 살았다. 1백여 평 터에 정원이 잘 가꾸어져 있었다던 그 집은 주인이 세 번이나 바뀌면서 두 쪽으로 나뉘어져 집 한 채가 더 들어섰고 길가 쪽은 이발소로 변했다.

"원래 다정다감한 분이었으나 결코 자식들 앞에서 내색을 하는 법이 없었다"(김문배 회고담)는 그는 이성부(李盛夫)와 더불어 그에게서 시를 배웠던 문순태(文淳太)에 의하면 "우리들이 양림동 집을 찾아가면 그분은 손수 커피를 끓여 내오셨는데 그 자신은 커피를 대접으로 마셨고 술은 마지못해 맥주 한두 잔 정도, 담배는 피우지 않았다"고 한다. 그는 커피에 관하여 「나의 커피론」을 발표할 정도로 해박한 지식을 가지고 있었다. 그가 술을 마시지 못하고 커피를 즐기게 된 것은 어렸을 때부터 그의 집을 드나들던 선교사 덕분이었다.

아무튼 그는 첫 시집 『김현승 시초(金顯承 詩抄)』를 낸 뒤 서울로 이사를 하고 계속 『옹호자(擁護者)의 노래』, 『견고(堅固)한 고독』, 『절대(絶對)고독』 등의 시집을 내면서 헬레니즘에 입각한 "신에게 대한 그의 회의는 마침내 그로 하여금 그의 정신적 발전의 마지막 단계에 이르게 한다."[3]

그는 "내 주름잡힌 손으로 어루만지며 어루만지며/더 나아갈 수도 없는 나의 손끝에서/드디어 입을 다문다—나의 시와 함께"라고 마침내 그의 '절대고독'을 선언하는 것이다.

그러나 누가 알았으랴. 보석과도 같이 옹근 열매인 그의 '고독'이 봄눈처럼 녹아날 줄이야.

1973년 3월 하순 차남의 결혼식을 치르고 태화관을 나오던 그는 고혈압으로 졸도, 한 달 만에야 겨우 정신을 되찾게 됨으로써 "자비로운 하나님께서는" 마지막으로 그에게 "회개할 기회를 주신"[4] 것이다. 그로부터 치료를 위해 서울과 광주의 진내과 병원을 오르내리는 가운데 1974년께의 어느 날 부친이 목회 일을 보던 양림교회에 들러 교회를 둘러보며 예배도 보고 갔다. 그러나 한편 경제적 사정 때문에 그는 주위의 만류도 뿌리치고 다시 숭전대학에 강의를 나가고 있었다.

"그것은 1975년 4월 11일의 채플 시간이었다. 그 시간에는 목사 설교뿐만 아니라 교수들도 신앙과 교양에 결부된 이야기를 하는 게 상례다. 기도가 끝나면 그분이 단 위로 올라가게 되어 있었다. 기도 중이었다. 그분의 머리가 앞으로 수그러졌다"(권영진 회고담).

그것이 그의 최후였다. 미당이 동양적(불교적)이라면 다형은 서구적(기독교적)이라고 시세계를 한마디로 비교 요약해서 말하는 후학 이성부에게는 죽음 직전에 쓰인 듯한 제목 없는 육필 시가 한 편 남아 있다. 지금까지 발표된 적이 없는 그 시는 그의 만년의 정신을 우리에게 드러내 보여준다.

主여, 이 고요한 시간을
당신에게 바칩니다.

主여, 이 시간은

---

3) 郭光秀, 「사라짐과 永遠性—金顯承의 詩世界」, 시집 『金顯承』, 知識産業社刊, 1982년.
4) 수필 「宗敎와 文學」.

가장 정결하게 비어 있읍니다.
빈그릇과 같이 가득차 있읍니다.

당신의 고요한 은혜로
가득차 있읍니다

主여, 이 시간엔
한 방울 한 방울
떨어지는 소리만이 들립니다.
눈물의 소리만이 들립니다.

主여, 이 시간엔 잃게 하소서.
요란한 말들을 잃게 하소서.
그리고
나의 눈물 소리와
나의 눈물 소리만이 떨어져
이 빈 시간을
채우게 하소서.

◆ 연보

1913년 4월 4일(음 2월 28일) 평남 평양에서 평양신학교 출신의 부 김해 김씨 창국(昶國)과
        황해도 은율 출신의 양응도(梁應道)와의 사이에 3남 2녀 중 차남으로 출생. 이후 6세
        까지 부친의 첫 목회지인 제주 성내교회가 있는 제주시에서 성장. 호는 다형(茶兄).
1919년 (6세) 부친의 목회지 이동으로 전남 광주시 양림동 78번지로 이사. 미션 계통의
        숭일학교 입학.
1926년 (13세) 숭일학교 졸업.
1927년 (14세) 4월 형 김현정(金顯晶)이 유학하고 있던 평양 숭실중학교 입학.
1932년 (19세) 숭실중학교 졸업. 숭실전문대학 문과에 입학.
1933년 (20세) 위장병으로 1학년을 마치고 광주로 와 1년 휴양.
1934년 (21세) 복교. 시「쓸쓸한 겨울 저녁이 올 때 당신들은」(동아일보 3월 25일자) 등
        발표.
1935년 (22세) 시「묵상 수제(默想 數題)(비애, 기쁨, 경험)」등 발표.
1936년 (23세) 위장병 재발. 숭실전문 3년 수료 후 광주로 감. 숭일학교 교사. 시「새벽 교
        실」(동아일보 2월 18일자) 등 발표.
1937년 (24세) 교회 내 작은 사건이 신사참배 거부 문제로 과장 밀고 되어 사상범으로 검
        거되었으나 80원 벌금형을 받고 출옥. 이 사건으로 숭일학교로부터 파면 당함.
1938년 (25세) 2월 교육자이며 양림교회 목사(기독교 장로회) 장맹섭(張孟燮)의 영애 장은
        순(張恩淳)과 결혼. 4월에 복교하려고 평양에 갔으나 이미 3월 31일 신사참배 거
        부로 숭실전문학교 폐교를 당함. 이로부터 시작을 중단하고 교사와 금융조합 직
        원 그리고 피복회사 사원으로 전전.
1939년 (26세) 장녀 옥배(玉培) 출생.
1942년 (29세) 장남 선배(善培) 출생.
1944년 (31세) 차남 문배(文培) 출생.
1945년 (32세) 8·15 해방과 더불어 호남신문사 기자로 입사했으나 이내 그만둠.
1946년 (33세) 숭일중학교 재건, 초대 교감. 시「내일」(민성 4월호) 등 발표.
1947년 (34세) 시「조국」,「자화상」등을 경향신문에 발표.
1948년 (35세) 숭일중학교 사직.
1950년 (37세) 부친 김창국 별세. 시「동면」(문예 3월호),「명일(明日)의 노래」(백민 3월
        호) 등 발표.
1951년 (38세) 조선대학교 문과대 부교수. 3남 청배(靑培) 출생.
1952년 (39세) 시「눈물」(시정신 창간호),「내가 나의 모국어로 시를 쓰면」(신문학 7월호).
1953년 (40세) 시「푸라타나스」(문예 6월호) 발표.
1954년 (41세) 시「내가 가난할 때」(문예 1월호) 등 발표.
1955년 (42세) 시「옹호자의 노래」(현대문학 1월호) 등 발표. 한국시인협회 제1회 시인상
        수상 거부. 전라남도 제1회 문화상 수상. 10월 형 김현정 목사 별세.

1956년   (43세) 시 「호소」(현대문학 4월호) 등 발표. 차녀 순배(順培) 출생.
1957년   (44세) 시 「인간은 고독하다」(현대문학 4월호) 등 발표. 첫 시집 『김현승시초』(문
          학사상사) 간행.
1958년   (45세) 시 「지상의 시」(현대문학 11월호) 등 발표
1959년   (46세) 시 「슬픔」(현대문학 6월호) 등 발표
1960년   (47세) 숭실대학 부교수. 이후 서울 서대문구 대흥동과 동작구 상도동 등지에서 3
          년간 하숙생활. 시 「수평선」(사상계 10월호) 등 발표.
1961년   (48세) 시 「보석」(현대문학 5월호) 등 발표.
1962년   (49세) 시 「종소리」(현대문학 1월호) 등 발표.
1963년   (50세) 시집 『옹호자의 노래』(선명문화사) 간행. 광주 집을 정리, 서울 서대문구
          수색동 119번지 110호로 이사.
1964년   (51세) 숭실대학 교수로 승진.
1965년   (52세) 시 「겨울 까마귀」(신동아 1월호), 「견고한 고독」(현대문학 10월호) 등 발표.
1967년   (54세) 평론 「현대시의 개념과 그 특성」(현대문학 11월호) 등 발표
1968년   (55세) 시집 『견고한 고독』(관동출판사) 간행. 평론 「김수영(金洙暎)의 시사적(示
          史的) 위치」(창작과 비평 11호) 등 발표.
1969년   (56세) 평론 「김광섭론」(창작과 비평 13호) 등 발표.
1970년   (57세) 시집 『절대고독』(성문각) 간행.
1972년   (59세) 숭전대학교 문과대학장. 『한국현대시해설』(관동출판사) 간행.
1973년   (60세) 3월 고혈압으로 졸도, 회복. 5월 서울시문화상 수상.
1974년   (61세) 『김현승 시전집』(관동출판사) 간행.
1975년   (62세) 4월 11일 숭전대학교 채플시간에 졸도, 하오 7시 수색동 자택에서 타계. 경
          기도 양주군 마석 모란공원 묘지에 묻히다.
1977년   유시집 『마지막 지상에서』(창작과 비평사), 산문집 『고독과 시』(지식산업사) 간행.
1980년   미망인 장은순 미국 이주.
1982년   한국현대시문학대계 17 『김현승』(지식산업사) 간행.

◆ 도움말 주신 분(1982년 현재)

金文培   38 · 차남 · 전남 광주시 운암동 운암아파트 35동 403호
徐廷柱   67 · 문우 · 시인.
文千息   72 · 친우 · 전남 광주시 양림장로교회 장로.
李盛夫   40 · 후학 · 시인.
文淳太   43 · 후학 · 소설가 · 전남 광주시 농성동 647번지 6호.
權永溙   46 · 제자 · 숭전대학교 국문학과 교수.

◆ 관계 문헌

金宗吉, 「堅固에의 執念—金顯承詩의 스타일을 중심으로」, 『創作과 批評』 1968년 봄호.

張伯逸, 「原罪를 끌고가는 孤獨—金顯承 詩世界의 탐색」, 『現代文學』 1969년 5월호.

李東柱, 「文壇人物論」, 『世代』 1970년 5월호.

鄭泰榕, 「金顯承論」, 『現代文學』 1971년 2월호.

金海星, 「金顯承論」, 『韓國現代詩人論』, 금강출판사刊, 1973년.

崔夏林, 「垂直的 世界—金顯承의 詩世界」, 『創作과 批評』 1975년 봄호.

金允植, 「信仰과 孤獨의 分別問題, 金顯承論」, 『詩文學』 1975년 7월호.

李盛夫, 「사랑의 實體」, 『創作과批評』 1976년 봄호.

_____, 「金顯承 선생의 生涯와 文學」, 金顯承 散文集 『孤獨과 詩』, 1977년.

趙載勳, 「茶兄文學論」, 『崇田語文學』 5집, 1976년.

安洙環, 「茶兄文學과 基督敎」, 『詩文學』 1977년 3~4월호.

朴利道, 「茶兄文學論 그의 詩精神을 중심으로」, 『崇田語文學』 6집, 1977년.

朴敏壽, 「茶兄金顯承論」, 『慶熙敎育論叢』, 1977년 12월.

金鍾哲, 「견고한 것들의 의미—金顯承의 詩」, 『詩와 歷史的 想像力』, 文學과 知性社刊, 1978년.

郭光秀, 「사라짐과 永遠性—金顯承의 詩世界」, 시집 『金顯承』, 知識産業社刊, 1982년.

金 裕 貞

(소설가 1908~1937)

1. 명작(名作)의 무대

"또다시 탐정소설을 번역해 보고 싶다. 그 외에는 다른 길이 없는 것이다. 허니, 네가 보던 중 아주 대중화되고, 흥미 있는 걸로 두어 권 보내주길 바란다. 그러면, 내 50일 이내로 번역하여, 너의 손으로 가게 하여주마. 허거든 네가 극력 주선하여 돈으로 바꿔서 보내다오……."

29세의 나이로 세상을 떠난 작가 김유정은 1937년 숨을 거두기 열흘 전인 3월 18일 친구(안회남)에게 닭 30마리를 고아 먹고 병마로부터 헤어나고 싶다고 이렇게 적고 있었다. 그는 작가 생활 5년, 문단 생활 3년의 짧은 기간 동안 잠시 나타났다 사라진 무지개와 같은 존재였다.

인간적으로는 겸허하였으나 한편 반항아적 기질을 거쳐 니힐에 빠져 갔고, 작품은 향토적이요, 해학적이나, 이른바 사회적 리얼리즘에 가까웠다. 그의 작품의 주인공들은 시골사람이나 도회인이나 모두 사회 밑바닥에서 무지하면서도 끈질긴 삶을 이어가는 인간군이며 그것은 당대 사회 구조의 모순성마저 암시하고 있다.

> 나의 고향은 저 강원도 산골이다. 춘천읍에서 한 이십 리가량 山을 끼고 꼬불꼬불 돌아 들어가면 내닫는 조그만 마을이다. 앞뒤 좌우에 굵직굵직한 山들이 빽 둘러섰고, 그 속에 묻힌 아늑한 마을이다. 그 山에 묻힌 모양이 마치 움푹한 떡시루 같다하여 洞名을 '실레'라 부른다. 집이래야 대개 쓰러질 듯한 헌 초가요, 그나마도 50戶밖에 못되는, 말하자면 아주 빈약한 촌락이다.[1]

『김유정전집(金裕貞全集)』에 실린 단편 25편 중 반 이상이 그가 그리던 실레 마을을 무대로 하여 전개되었다. 그 마을 앞에 서울로 가는 열차 길이 뚫리고, 국민학교가 하나 들어섰을 뿐, 이 마을은 별로 변한 것이 없는 듯싶다. 뒤에 우뚝 솟은 금병산(錦屛山)도 여전 깊어 보였고 쓰러질 듯한 헌 초가들은 연륜을 더하면서 무참하게 찌그러들었다.

---

1) 수필 「내가 그리는 新綠鄕」, 『金裕貞全集』, 現代文學社刊, 1968년.

비록 파산하여 없어진 유정의 집터는 콩밭 이랑으로 되었어도 그의 시정을 불러일으켰던 산천은 그대로요, 그가 즐겨 부르던 강원도 아리랑 타령이 어디선가 들려 올 것만 같으나 오로지 죽어 가고 태어나는 것이 사람이라, 「동백꽃」의 점순이도, 「산골 나그네」의 들병이도, 「만무방」의 응칠이도 보이지를 않는다.

실레의 오늘의 이름은 강원도 춘성군 신동면 증리(甑里). 그러나 풀어 쓰면 역시 증리는 실레이다. 그의 작품을 읽으면 실레의 자연과 인간들이 역력히 떠오른다. 봄이 되면 나물 캐며 가슴 설레는 처녀들이며, 들일의 고달픔을 한잔 술에 의지하여 들병이와 수작을 벌이는 젊은 농군들이며, 토금판에 눈독을 들여 들어왔다가 그도 저도 안 되어 노름꾼으로 전락하는 사나이들의 인간상이 강한 개성을 지니고 부각되어 온다.

<사진 1> 김유정의 고향 실레마을 가운데를 흘러내리는 시냇물. 그의 농촌을 배경으로 한 소설들은 거의 이 실레마을을 중심으로 하여 펼쳐진다. 이 마을 노인들에게 그는 개화의 선구자, 지주 김참봉의 동생으로 알려지고 있다.

　　방 안은 떠들썩하다. 벽을 두드리며 아리랑 찾는 놈에, 건으로 너털웃음치는 놈, 혹은 수군숙덕하는 놈—가지가지 각색이다. 주인이 술상을 받쳐들고 들어가니 짜기나 한 듯이 일제히 자리를 바로 잡는다.
　　그중에 얼굴넓적한 하이칼러 머리가 야리가 나서 상을 받으며 주인 귀에다 입을 비켜댄다.
　　"아주머니, 젊은 갈보 사왔다지유? 좀 보여주게유" 영문 모를 소문도 다 듣는다.
　　"갈보라니 웬 갈보?" 하고 어리뻥뻥하다 생각을 하니 턱없는 소리는 아니다. 눈치 있게 부엌으로 내려가서 보강지 앞 웅크리고 앉았는 나그네의 머리를 은근히 끌어안았다.

「산골 나그네」의 일부

　　실레에서 십여 리 떨어진 산골 쪽에 물골이란 마을이 있다. 원래 여기는 토금을 걸러내던 곳이다. 그래서 제법 흥청거리기도 해서 홍천에서 오는 들병이 (하얀 사기로 된 술병을 들고 다니며 술을 파는 작부)들은 물골을 들러 한들에 묵거나 박두고개를 넘어 실레로 들어와 며칠 묵고 옛 춘천 읍으로 빠져 나가곤 했던, 산에 싸여있긴 하나 말하자면 도보자들의 교통 요충이었다.
　　'물골'이니 '한들'이니 '박두고개'니 하는 지명은 실지와 다름없이 유정의 작품에 자주 등장하고 있다. 이처럼 자신의 고향과 신변을 적나라하게 표현한 작가도 드물다. 더구나 사방 30리 안에서는 남의 땅을 밟지 않았다던 집안의 아들로서 밑바닥 인생들의 생을 리얼하게 그려낸 것은 그가 그들과 호흡을 같이 했던 까닭이며 그들의 애환을 대변하고 있었기 때문이다.

유정은 1908년 1월 11일 부친 김춘식(金春植)씨와 모친 청송 심씨 사이에서 8남매 중 일곱째로 태어났다. 그의 출생지는 지금까지 그의 작품의 주 무대인 증리 427번지로 알려지고 있으나 사실은 서울 진골(현 종로구 운니동)에서 났다고 8남매의 유일한 생존자인 셋째누나 유경(裕庚)은 주장하고 있다.

"당시에 집안은 남부럽지 않아서 시골은 물론 서울에도 백여 간짜리 집을 지니고 남녀 노복 합해 삼십여 명의 식솔을 데리고 살았다. 부모님들은 자연 진골과 실레의 내왕이 잦았었다. 그는 서울에서 태어났으나 고향에다 호적을 올렸기 때문에 생가가 실레인 것으로 알려져 왔을 뿐이다."

<사진 2> 휘문고보 2학년 때의 김유정.

유정의 출생은 일대 경사였었다.

장남 유근(裕近) 뒤에 내리 딸만 다섯(유달, 유형, 유경, 유관, 유홍)을 낳다가 얻은 아들이므로 집안의 귀염을 독차지했다. 그의 아명은 '멱설이'—명이 길라고 붙인 이름이다. 그러나 불행하게도 1914년 모친 심씨가 병사하고 2년 후에는 부친마저 세상을 떠났다.

이때부터 그는 누나들의 손에서 자라나게 되었다. 천자문, 계몽편, 통감 등의 한문 공부를 마친 후 나이 12세에 재동공립보통학교에 입학하고, 월반을 하여 졸업하고 나서 휘문고보에 입학한 것이 1923년이었다. 바이올린, 하모니카, 아령, 야구, 축구, 스케이팅, 권투, 유도, 소설읽기 등에 심취한 것이 바로 고보시절이다. 후의 월북 작가 안회남(安懷南)과는 같은 반이어서 둘이는 잘 어울렸다. 1927년에 연희전문 문과에 입학하였으나 더 배울 것이 없다고 이듬해 중퇴하고 말았다. 그 해 많은 식구를 데리고 더 버틸 수가 없었던 그의 형 유근은 아우 유정과 아들 영수를 삼촌 집에 남겨두고 실레로 하향했던 것이다. 형 유근은 방탕해서 술로 세월을 보냈으나 가세가 점점 줄어들어 가는 판국에도 아우 유정에게만은 잘해주었다고 한다.

작품의 무대 실레를 그의 눈으로 처음 대한 것은 연희전문에 입학한 해 여름방학 때의 일이다. 그의 고향은 그에게 강렬한 인상을 주었거니와, 산천의 유려함은 감격적이었다.

2. 병마(病魔)와 들병이와

산골의 가을은 왜 이리 고적할까! 앞뒤 울타리에서 부수수하고 떨잎은 진다. 바로
그것이 귀밑에서 들리는 듯 나직나직 속삭인다. 더욱 몹쓸건 물소리, 골을 휘돌아 맑
은 샘은 흘러나리고 야릇하게도 음률을 읊는다.

퐁! 퐁! 퐁! 쪼록! 퐁!

「산골 나그네」의 일부

<사진 3> 1931년의 김유정(왼쪽). 가운데가 둘째
누나(사망). 오른쪽이 조카 김영수. 그는 두루마기를
즐겨 입고 평소 과묵한 성격이었다.

유정이 그의 고향에 애착을 가지고 머무른
때는 1931년에서 1932년 사이로 보인다. 그의
나이 23세 때 이후이다. 이미 벌써 늑막염으로
몸이 차차 쇠약해지기 시작할 무렵이었으나 겉
으로 보기에는 건강한 젊은이였다.

"유정 선생은 경우가 밝아 이치를 잘 따졌
다. 싸움이 벌어졌다 하면 어느새 두발치기로
상대방을 거꾸러뜨렸다. 개울을 건널 때면 저
희들이 바지를 치켜야 하지 않겠느냐구 물으
면, 까짓, 하면서 물구나무를 서서 징검다리를
건너가고는 했다."

유정이 야학을 열었을 때 한글을 배웠던 제
자 김태섭(金泰燮)은 아직 실레에 살고 있는데
기억이 생생하다면서 열을 올렸다.

그러나 이미 그의 성격은 돌이킬 수 없이 내성적으로 변해 있었고, 반항아적 기질마저
지니고 있었다. 앞서 1929년 가을, 21세 때 연상의 기생 박녹주(朴綠珠·국창)를 보고 매혹
당한 후 혈서까지 써서 구애를 해 보았으나 짝사랑에 그치고, 그 여자에게서 작품 「두꺼
비」의 모델을 얻었을 뿐, 집안의 몰락과 함께 그의 내면세계는 차츰 어두운 그림자로 물
들어가고 있었다.

1931년 그는 고향에 있었지만 형 집에 머무르지 않고 그가 개설한 야학의 움막이나
주막집에서 들병이들과 어울리며 날을 보냈다. 그러면 형수는 몸이 축날까 걱정이 되어
5리나 떨어진 한들의 주막까지도 마다 않고 밥과 찬을 나르고는 했다.

어느 날 들병이와 잠자리를 같이 하던 유정은 담배연기 때문에 눈을 떴다.

웃목에 화로를 끼고 앉아서 담배를 피우며 아랫목의 그와 계집을 무심한 얼굴로 내려다보고 있는 들병이의 사내를 그는 본 것입니다. 그는 필연적으로 복수의 행동이 있으리라고 믿고 경계해 마지 않았으나 사내는 아무렇지 않게 그가 눈을 뜬 것을 발견하자 "일쩍두 않은데 가 보지…" 하며 그에게는 아랑곳 없다는 듯 계집 등 뒤에 붙어 자는 어린 아이를 끌어당기며 중얼대는 것이었습니다.[2]

이것은 조카 김영수(金永壽)가 전하는 유정 생애의 한 대목이다.

「산골 나그네」는 이 같은 경험에 의해 써졌다. 그 줄거리는 이렇다. 어디서 흘러들었는지 알 수 없는 "남편 없고 몸 붙일 곳 없다"는 아낙네를 참하다 싶어 덕돌 어멈은 자신의 주막에서 일을 보게 하고 덕돌이와 성례까지 치르게 하지만 끝내는 덕돌이의 옷가지를 싸가지고 도망을 친다. 5마장쯤 떨어진 외진 물레방앗간에는 계집의 거지 남편이 기다리고 있었던 것이다.

물골 위 선골 태생으로 유정이 자주 드나들었던 당시 한들 주막집의 여인 김망수는 이제는 환갑이 지난 노파이고 그곳을 떠나 있으나 김참봉 집안의 한 중인이듯 여전히 경기도 양평군 용문면 마룡리에 예나 다름없이 술집을 벌이고 있다.

3. 사회개조의 꿈

유정의 집시 같은 생활이 어느 정도 가셔진 것은 그 다음해인 1932년의 일이다. 공회당을 짓고 성냥, 빨랫비누, 석유 등 생활필수품을 공동 구입하여 염가로 공급하고 이듬해에는 금병의숙(錦屛義塾) 개설의 인가를 얻었다. "시대적으로 보아 그의 이 운동은 어느 정도 구체적 농촌 계몽운동을 제시한 이광수의 「흙」이나 심훈의 「상록수」보다 앞서 있다"고 문학 평론가 김영기(金永琪)는 주장하고 있다.

유정의 브나로드 운동은 단순한 계몽만이 아니라 사회구조의 개선에 중심을 두었다는 것에 의의가 있다.

> 그도 오년 전에는 사랑하는 안해가 있었고, 아들이 있었고, 집도 있었고, 그때야 어딜 하루라도 집을 떨어져 보았으랴. (중략) 농사는 열심히 하는 것 같은데 알고 보면 남는 건 겨우 남의 빚뿐. (중략) 하루는 밤이 깊어서 코를 골며 자는 안해를 깨웠다. 밖에 나가 우리의 세간이 몇 개나 되는지 세어보라 하였다. (중략) 독이 세 개, 호미가 둘, 낫이 하나로부터 밥사발, 젓가락, 짚이 석단까지, 그 다음에는 제가 빚을 얻어온데 그 사람들의 이름을 쭉 적어 놓았다. 금액은 제각기 그 아래다 달아놓고. 그 옆으

---

2) 金永壽,「金裕貞의 生涯」,『金裕貞全集』.

론 조금 사이를 떼어 역시 조선문으로 나의 소유는 이것밖에 없노라. 나는 오십사원을 갚을 길이 없으매 죄진 몸이라 도망하니 그대들은 아예 싸울 게 아니고 서로 의논하여 억울치 않도록 분배하여 가기 바라노라 하는 의미의 성명서를 벽에 남기자 안으로 문들을 걸어닫고 울타리 밑구멍으로 세 식구가 빠져 나왔다.

「만무방」의 일부

이 作品의 人物들, 응칠, 응오, 성팔이 등은 능고개가 있는 마을에서는 正常的이다. 그러나, 이런 人物들이 가지고 있는 正常性은 곧 이들 水準보다 높은 自作農이나 구장, 또는 正常인 都市人의 正常性에 의하여 消滅되고 마는 것이다. 따라서 作家는 응칠型의 零細農民의 道德과 正常人의 道德的 差異가 빚어내는 社會的 葛藤을 劇化한 것이다.3)

<사진 4> 1932년 그가 설립했던 금병의숙은 6·25사변에 소실되고 그 자리에 증리—구 사무실(좌)이 들어앉았으나, 유정이 의숙 준공 때 기념식수한 느티나무는 연륜을 다하며 아름드리로 커가고 있다.

그의 작품에서는 결코 그 주제가 작가에 의해서 드러나지 않는다. 우수한 소설 구성 능력으로 농촌사회의 모순을 묘사하여 비참한 현실상황을 느끼도록 하는 것이다. 독자는 작품을 읽음으로써 작가가 무엇을 노리고 있는지 알 수 있도록 꾸며져 있다. 그런 뜻에서 「만무방」은 소설구조상 특히 뛰어난 작품이라 할 수 있다.

그러나 인간 유정은 금병의숙의 결실을 보지 못한 채 서울로 돌아오고, 그로부터 피복 공장에 나가는 둘째 누나에게 신세를 지며 비참한 생활을 하게 되었다.

이때 그의 병은 폐결핵으로 진단이 나고, 초조와 불안감을 떨쳐버릴 길 없어 연일 셋방에 틀어박혀 작품을 써나갔다.4)

1935년에 들어서 「소낙비」가 조선일보에, 「노다지」가 중앙일보에 당선됨으로써 그의 문단생활은 시작되었지만 그의 몸은 축날 대로 축나 있었다. 약을 사기 위해 작품을 부지런히 썼으나 돈이 손에 쥐어지면 마음이 달라져 친구들과 어울려 술만 마셔댔다. 이후 알고 가까이 지낸 것이 이상, 김문집(金文輯) 등이다.

---

3) 申東旭, 『韓國現代文學論』, 博英社 刊, 1972년.
4) 단편 「따라지」로 金裕貞이 사직동에 살 때의 비참한 생활의 일과를 생생하게 파악할 수 있다.

밤낮 때가 조르르 흐르는 검정 두루마기를 입고 빼빼 마른 몸으로 그는 그의 둘도
없는 친구 安某를 붙들고
"네가 나를 살려다구. 이대로 죽어갈 수는 없으니 제발 살려다고"
통곡을 하던 金裕貞.[5]

그는 생사의 갈림길에서 무척 살려고 애썼다.

그는 누이의 집에서 셋방 사는 형수의 집으로, 다시 병이 악화되자 주인집에서 꺼려
하기도 하려니와 조금 유복하달 수 있는 경기도 광주 유세준(兪世濬)의 집으로 옮겼다.
유세준은 휘문 동창일뿐더러 다섯째 누이의 남편이니 매부 처남지간이었다. 유세준의
딸 옥근은 "당시 6세의 어린 나이였으나 밤나무 들어찬 뒷산 솔다배기를 오르내리던 모
시 두루마기의 외삼촌이 아직도 눈에 선하다"고 말한다.

昨年 봄 내가 한 달포를 두고 몹시 앓았을 때 醫師를 찾아가니 그 말이, 돌아오는
가을을 넘기기가 어렵다 하였다. 말하자면 療養을 잘 한대도 危險하다는 눈치였다.
그러나 나는 술을 맘껏 먹었다. 連日 晝夜로 原稿와 다투었다. 이러고도 그 가을을 무
사히 넘기고 그담 가을 즉 올 가을을 앞에 두고 이렇게 기다리고 있는 것이다. 과학도
얼마만큼 弄談임을 알았다.[6]

죽기 1년 전 유정은 이렇게 적었으나 그의 마지막 해인 1937년에는 전년의 『조광(朝
光)』지에 번역 연재(6~11월호)했던 번다인의 「잃어버린 보석」에서 약값으로 재미를 보
았던지, 친구에게 "대중화되고 흥미 있는 걸로" 번역할 책을 보낼 것을 호소하고 있는
것이다.

그 돈이 되면, 우선 닭을 한 30마리 고아먹겠다. 그리고 땅꾼을 들여 살모사, 구렁
이를 10餘 못 먹어보겠다. 그래야 다시 살아날 것이다. 그리고 궁둥이가 쏙쏙구리 돈
을 잡아먹는다. 돈, 돈, 슬픈 일이다.[7]

그리고 열흘이 지난 한밤중 항문의 고통을 못 이겨 애쓰다가 다음날인 3월 29일 새벽
6시 30분 먼동을 맞으며 눈을 감았다. 그는 서울 서대문 밖 화장터에서 한줌의 재가 되어
무덤에조차 들지 못하고 한강물에 떠내려갔다.

유정이 타계한 지 31년이 지나 의암 호반 웃바위 위에 '김유정 문인비'가 세워지니 그

---

5) 李鳳九, 「살려고 애쓰던 金裕貞」, 『現代文學』 1963년 1월호.
6) 수필 「길—아무도 모르는 내 비밀」, 『金裕貞全集』.
7) 서간 「病魔와 싸우면서」, 『金裕貞全集』.

곳은 그가 실레를 떠나기 며칠 전 밤고기를 뜨다 마지막으로 당도한 곳으로, 펜촉 모양의 커다란 비가 질주하는 차창 밖으로 눈길을 끈다.

　註: 金裕貞 死後 3년에 金文輯은 『女性』誌에 「金裕貞의 秘戀을 公開批判함」에서 金裕貞을 미혼자로 썼고 세상에서도 그렇게 알고 있으나 金裕庚에 의하면 1935년 廷安李氏와 혼례를 올렸다 함.

◆ 연보

1908년　1월 11일 서울 종로구 진골(현 운니동)에서 부 김춘식(金春植) 모 청송 심씨의 2남 6녀 중 일곱째, 차남으로 출생. 선대의 고향은 강원도 춘성군 신동면 증리(실레) 427번지.

1914년　(6세) 3월 27일 모 심씨 사망.

1916년　(8세) 5월 21일 부친 김춘식 사망. 4년 동안 한문 공부, 진골에서 관철동으로 이사.

1920년　(12세) 재동공립보통학교 입학.

1923년　(15세) 휘문고보 입학, 김나리(金羅伊)로 불리고, 안회남과 같은 반에 있으면서 친함. 관철동에서 숭인동 80번지로 이사.

1927년　(19세) 연희전문 문과에 입학.

1928년　(20세) 연희전문 중퇴. '관계 문헌' 중 김문집에 의하면 그의 학력은 "휘문을 아마 마치지 못한 채 연전과 보전에 1,2개월씩 다녀 보았으나 가세가 경양했다기보다 재미가 없어서 일여히 집어치우고 방랑과 직업을 맛보았으니…"로 되어 있음.

1929년　(21세) 가정이 춘천으로 이사.

1930년　(22세) 늑막염으로 앓기 시작함.

1931년　(23세) 실레 마을에 야학을 열었으나 한편 금광을 전전하고, 들병이들과 어울리며 집시생활을 함.

1932년　(24세) 마음을 고쳐 잡고 본격적인 계몽운동으로 실레마을에 금병의숙을 설립.

1933년　(25세) 「소낙비」, 「산골 나그네」 집필.

1934년　(26세) 「만무방」 집필.

1935년　(27세) 「소낙비」 조선일보에 당선. 「노다지」 중앙일보에 당선. 「금따는 콩밭」(개벽 3월호), 「떡」(중앙 6월호), 「만무방」(조선일보 7월), 「산골」(조선문단 8월호), 「봄봄」(조광 12월호), 각각 발표. 누나들의 권고에 의해 숭인동에서 16세의 연안 이씨와 결혼하였으나 하루 만에 소박을 하고 이후 그에 대하여 고민함.

1936년　(28세) 「산골 나그네」(사해공론 1월호), 「옥토끼」(여성 7월호), 「동백꽃」(조광 5월호), 「정조」(조광 10월호), 「야앵(夜櫻)」(조광 7월호), 「슬픈 이야기」(여성 12월호) 등 발표.

1937년　(29세) 「따라지」(조광 2월호), 「땡볕」(여성 2월호), 「정분」(조광 5월호), 「생의 반려(伴侶)」(중앙 10 · 11월호 연재, 미완성 장편) 발표. 경기도 광주군 중부면 상산곡리 100번지의 매형 유세준(兪世濬)의 집에 옮겨 요양, 치료하다가 3월 29일 오전 6시 30분 사망.

◆ 도움말 주신 분(1973년 현재)

金永壽　59 · 조카 · 부산시 동래구 수영동 292

金永琪　35 · 문학평론가 · 강원일보 논설위원

◆ 관계 문헌

金文輯,「故金裕貞君의 藝術과 그의 內的秘密」,『朝光』1권 5호.
李炳珏,「金裕貞論」,『風林』5집.
鄭昌範,「金裕貞論」,『思想界』1955년 11월호.
鄭泰榕,「金裕貞論」,『現代文學』1958년 8월호.
尹炳魯,「金裕貞論」,『現代文學』1960년 3월호.
金永琪,「金裕貞論」,『現代文學』1967년 9월호.
金相一,「金裕貞論」,『月刊文學』1969년 6월호.
申東旭,「金裕貞의 '만무방'」,『韓國現代文學論』.

盧 天 命

(시인 1912~1957)

1. 자화상(自畫像)

여류 시인 노천명은 1935년 『시원(詩苑)』을 통해 문단에 데뷔한 이래, 줄곧 시를 통해 영원한 고향인 자연에의 향수에서 살면서 고독한 일생을 보냈다. 그는 여성 특유의 애수와 고독을 안으로 심화하고, 지성으로 감성을 절제하여 개성 있는 시를 형상화했다.

그의 시의 세계는 주정적 세계와 객관화된 향토적 세계가 거의 동시에 병행하여 나타나고 있으나, 대체적으로 중기에서 많은 향토시를 볼 수 있고, 후기에 이를수록 주정적 세계가 승하고 있다. 말년에는 그 특유의 고독의 철학을 도처에서 만나게 된다.

"대처럼 꺾어는 질망정 구리모양 휘어지기가 어려운 성격"을 지니고, 현실과 타협할 줄 몰라 대자연의 품으로 돌아가고 싶어 하는 한 마리 사슴, 그것이 노천명의 표상이다.

> 대자 한치 오푼 키에 두치가 모자라는
> 불만이 있다. 부얼부얼한 맛은 전혀
> 잊어버린 얼굴이다
> 몹시 차 보여서 좀체로 가까이 하기를
> 어려워 한다. 그린 듯 슡한 눈섭도
> 큼직한 눈에는 어울리는 듯도 싶다
> 만은—
> 전시대 같으면 환영을 받았을 삼단
> 같은 머리는 클럼지한 손에 예술품
> 답지 않게 얹혀져 가냘픈 몸에
> 무게를 준다. 조그마한 거리낌에도
> 밤잠을 못자고 괴로워하는 성미는
> 살이 머물지 못하게 학대를 했다
> 꼭 다문 입은 괴로움을 내뿜기보다
> 흔히는 혼자 삼켜 버리는 서글픈
> 버릇이 있다. 세 온스의 살만

더 있어도 무척 생색나게 내 얼굴에
쓸데가 있는 것을 잘 알지만 무디지
못한 성격과는 타협하기가 어렵다
처신을 하는 데는 산도야지처럼
대담하지 못하고 조그만 유언
비어에도 비겁하게 삼간다
대처럼 꺾어는 질망정 구리모양
휘어지기가 어려운 성격은 가끔
자신을 괴롭힌다

「自畵像」 전문

<사진 1> 사슴은 노천명의 대명사처럼 쓰이고 있다. "사슴과 돌다보니/괜히 슬퍼/사슴을 데리고 사진을 찍다" 1940년대 초 일본 나량(奈良)에 여행했을 때 공원에서 「녹원(鹿苑)」이라는 시를 지었다.

문단에 등장할 무렵에 쓴 이 시의 내용 그대로 그의 성격은 전 생애를 통하여 일관됐다. 그에게는 언제나 애수와 고독이 그림자처럼 따라다녔다. 시인의 본질이 그런 것이라면, 그는 천성으로 타고난 시인이랄 수밖에 없다. 뒤에 겪은 연애 사건이라든지, 옥중에서의 항변이나, 이상의 죽음에서처럼 "레몬을 달라"던 최후의 절규 같은 것이 모두 그의 자화상을 인정함으로써 더 확실하고 긍정적인 이해를 얻을 수 있을 것이다.

노천명이 1948년부터 사망하던 해인 1957년까지 살았던 서울 종로구 누하동 225번지 1호 조그만 기와집은 예전 그대로의 구조로 남아 있다. 그의 조카 최용정(崔用貞)의 말을 빌면 바깥벽에 타일을 붙여, 좀 더 산뜻해 보이는 것이 옛날과 다르다고 한다. 그는 외부적인 변화를 지극히 싫어하는 성격인 것 같다. 그가 1934년 이화여전을 졸업하던 해, 언니 집에서 떨어져 나와 살았던 집은 종로구 안국동 107번지 2호의 집과 누하동 집뿐이다.

천명은 1912년 9월 2일 황해도 장연군 순택면의 비석포라는 곳에서 태어났다. 비석포 마을은 당시 배가 드나들던 하구로 몽금포가 멀지 않았다. 그의 아버지 서해 노씨 계일(啓一)은 소지주로서 인천 등지의 배 거래에도 손을 대 남부럽지 않은 살림을 꾸려갔다. 뒤 울 안에는 사과나무, 앞마당에는 그의 부친이 가꾸던 아라사 버들이 늘어서 있던 생가에서 어린 시절을 행복하게 지냈다. 겨울철 눈이 내리면 부친은 노루 사냥을 나갔다. 모친 의성 김씨에게는 아들이 없어 차녀로 태어난 천명에게 부친은 사내 동생을 보라고 대여섯 살까지 하이칼라 머리에 남장을 시켰다고 한다.

"다섯 살엔가 동생은 홍역을 심히 앓아 집안에서는 내버리라는 말까지 나올 정도였는데, 살아났다 하여 그 때까지 이름인 기선(基善)을 버리고 천명이라 고쳤다."

그의 유일한 혈족인 언니 기용(基用)은 천명의 어린 시절을 이렇게 들려주었다.

그 뒤로 천명은 곧잘 앓았던 모양으로, 모친이 병풍 친 방 안에서 그를 간호하며 『옥

루몽(玉樓夢)』 읽는 소리를 듣다가 잠들기가 일쑤였다. 그는 고향에서 보통학교에 입학하였으나 8세 되던 1920년 부친이 세상을 떠나자, 모친의 고향인 서울로 이주하여 고향을 영영 등졌다. 그의 부친은 서자 2남을 두었다. 하지만 고향에서 모두 사망했다고 전해진다.

> 그후부터는 늘 우리 집을 그리워하는 사람이 되고 향수를 가슴에 새긴 채 언제나
> 마음속엔 고독이 퍼더졌다.[1]

채부동에 살면서 진명보통학교 5학년까지 다니다가 검정고시에 합격, 진명여자고등보통학교에 입학한 것이 1926년 14세 때였다.

"4년 동안 내내 기연(奇緣)처럼 반의 같은 책상에 앉았다. 천명은 두뇌가 명민해서 성적도 우수한 편이었으나 수학은 떨어졌다. 몸이 건강하다 할 수는 없었는데도 1백 미터 달리기 선수였고, 그 때부터 시를 잘 써 곧잘 학생들 앞에서 낭독을 하곤 했다. 당시는 창신동에서 학교에 다녔다. 성격은 괴팍해서 신경을 건드리면 자리에서 벌떡 일어서는 버릇이 있었는데, 이러한 성격이 그의 독특한 시 세계를 이뤄 놓은 것이 아닌가 한다."

천명의 진명여고보 동기 동창인 이용희(李龍熙)는 그의 생애가 행복했다 할 수는 없는 것으로, 오로지 시를 쓰기 위해 신의 은총을 입고 왔다간 사람이라고 말했다.

1930년 진명을 졸업하고 이전 영문과에 진학하였을 때가 그의 본격적인 시 습작기로 볼 수 있다. 『이화(梨花)』지에 시를 발표(모윤숙 증언)했고, 1934년 졸업할 때는 상당한 수준급에 올라 있었던 듯하다.

2. 이전(梨專) 나와 신문사로

노천명은 조선중앙일보 학예부 기자로 근무하면서 본격적으로 시를 쓰는 데 몰두했다. 1935년에는 마침내 시인 오일도(吳一島)가 내던 시지 『시원(詩苑)』 창간호에 「내 청춘의 배는」이 실려 문단에 나왔다. 이 시는 그의 시들 중에서 격조가 떨어지는 것같이 느껴지는데, 그의 시집에는 이 시가 수록되지 않았다.

그 무렵 그의 『시문학』에 대한 부러움과 경외심은 대단했다. 이 시지를 내었던 시인 박용철의 누이이며 뒤에 평론가 김환태의 부인이 된 박봉자와는 이전 동기 동창인 관계로 그는 자주 박용철의 집에 놀러갈 수 있었다. 다음의 글에 『시문학』에 대한 그의 동경이 잘 표현되어 있다.

---

1)「自叙小傳」,『女流短篇傑作集』, 朝光社刊, 1939년.

당시 이 상아탑 속에는 함부로 들어가지들을 못하는 것 같았다. 지금은 저명한, 모모한 시인들도 그때는 감히 여기 자리들을 차지하지 못했던 시절이다. 가톨릭 교인에게서 무슨 향기가 맡아질 거라는 것처럼, 이 『詩文學』을 손에 하면 곧 안에서 詩香이 풍겨 나오는 것만 같았다.2)

그런가 하면 그는 그 시절 해외문학파와 가까이 지냈다. 사실상 시문학파와 해외문학파가 자주 혼동되어 쓰이는 것은 이들이 서로 친분이 가까운 사이였다는 데 있다. 노천명이 시문학파를 알게 된 것은 박봉자와의 관계도 있었겠으나, 해외문학파가 일으킨 극예술연구회에 회원이 되었던 것을 지나칠 수 없다. 1938년 그는 실제로 극예술연구회가 공연하는 안톤 체호프의 「앵화원(櫻花園)」에 라네프스까야의 딸 아아냐로 출연했던 것이다. 그 때의 회원은 함대훈, 이헌구, 서항석, 조희순(曺希淳), 이시웅(李時雄), 모윤숙, 최영수(崔永秀), 김복진(金復鎭) 등이었다.

이렇게 연극을 하면서도 무언지 모르는 채 정열에 둥둥 떠서 다녔으나, 이 묘령의 처녀는 여기의 이성들하고는 얌전히 사건을 일으키지 않았는데 진짜 사건은 「앵화원」을 공회당에서 며칠 동안 상연할 때 여기의 관객으로 왔던 모 교수가 내 러브 어페어를 일으켜 주게 되었던 것은 무슨 운명적인 일이었는지 모른다. ……어째 연애를 하는 사람에게는 천지가 그렇게 좁으며 아는 사람도 그렇게 처처에 널려있는 것인지, 이렇게 와들와들 떠는 마음, 결국은 이런 마음이 내 첫사랑을 보기 좋게 날려보냈던 것이다.3)

그것은 보성전문에서 경제학을 가르치던 교수 김광진(金光鎭)과의 연애 사건이었다. 그 이전에 노천명의 차가운 응대에 "무쇠도 녹을 때가 있다"고 하며 그에게 사랑을 고백했던 어떤 시인은 어느 눈 내리는 겨울밤 그의 집 마당에 발자국을 남기기까지 하였지만, 그저 그뿐이었다. 그러나 기혼자 김광진과의 연애는 꽤 '센세이셔널'했다.4) 게다가 친구였던 유진오가 소설 「이혼(離婚)」(문장 1939년 창간호)를 씀으로써 그 내용이 비슷하다 하여 이 연애 사건은 더욱 유명해졌다. 이 소설의 남주인공은 기혼자로 회사의 회계 주임이고, 여주인공은 영문과 출신에 문학에 열을 올리고, 집이 안국동에 있으며, 신경질적 기질을 지니고 있다.

그의 연정은 기록상 1949년까지 이어지고 있다.

---

2) 수필 「詩文學時節」.
3) 수필 「나의 20代」.
4) 작가 崔貞熙의 회고담 및 회상기 「淸楚한 詩人 盧天命」, 大韓日報, 1967년 5월 11일.

그러나 한지붕 밑에서 지어미와 지아비가 되어 온갖 추태를 다 털어보이며 일생을
같이 걸어간댔자, 또 무엇이겠습니까? 물론 그렇습니다. 또 한스럽기도 합니다. 하나
구태여 모든 것을 거부함은 久遠의 상으로서 당신을 마음에 지니고 싶은 까닭입니다.
……한 城中에서도 이렇게 편지를 써야 한다는 사실이 내겐 괴롭지가 않습니다.[5]

그러나 해방 이후 고향인 평양에 다녀오겠다고 북으로 넘어간 김광진은 영영 돌아올
줄 몰랐다. 지어미와 지아비가 되어 추태를 부리는 것도, 지어미와 지아비가 되지 못하여
한스러워지는 것도, 다 마다한 이 고독한 시인의 영상은 잡힐 듯하면서도 잡히지 않는다.

노천명의 저서인 『이화70년사(梨花七十年史)』를 보면 이전(梨專) 학생들의 이상은 독
신생활을 하여 김활란(金活蘭)처럼 된다는 것이었으며, 사회 활동에 참여하는 것을 상당
한 긍지와 자부심으로 알았다고 기술되어 있다. 적어도 그가 졸업하던 해인 1934년까
지는 그런 분위기가 충만해 있었다는 것이다.

대체적인 분위기가 그랬다는 것이었겠으나 그 자신의 의식이 그런 분위기의 대표적
이었는지는 알 수 없다. 다만 학교를 나오자마자 신문사로 뛰어든 것은 사회참여 의식
의 발로가 아닌가 추리해 볼 수 있다. 그리고 김광진과의 연애가 그를 독신으로 몰아가
는 데 결정적인 역할을 하지 않았나 보여지는 것이다.

3. 시집 『산호림(珊瑚林)』

연애 사건을 일으키던 해가 1938년인데, 그 해 1월에는 이미 시집 『산호림』을 내고
있어 시인으로서도 인정을 받고 있었다. 그의 대명사라 할 「사슴」이 이 시집에 수록되
어 있다.

> 모가지가 길어서 슬픈 짐승이여
> 언제나 점잖은 편 말이 없구나
> 冠이 향기로운 너는
> 무척 높은 족속이었나 보다
> 물 속의 제 그림자를 들여다 보고
> 잃었던 전설을 생각해 내고는
> 어찌할 수 없는 향수에
> 슬픈 모가지를 하고 먼 데 산을 바라본다
>
> 「사슴」 전문

---

[5] 서간문 「어떤 친구에게」.

점잖고 말이 없는 '높은 족속'인 사슴은 잡짐승들과 어울릴 수 없어 전설에 대한 향수에 젖어 항상 고독하다. 사슴은 맹수들과 어울릴 수가 없다. 초식성의 양순한 이 동물은 어느 시대부터 고독을 자기의 것으로 하고 말았을까. 노천명은 현실에서의 생존양식을 악덕과 추함으로 보고, 사슴에게서 스스로의 모습을 발견했던 것이다.

『산호림』에서 우리는 주로 향토에서 소재를 얻어 소박하고 순정적인 정경으로 객관화시키고 있는 건강한 서정시와 접할 수 있었다. 그러나 제2시집 『창변(窓邊)』을 거치면서, 1945년 해방 이후에는 주정적 표현으로 기울고, 현실과는 이질적인 그의 고독은 더욱 깊어 간 듯이 보인다.

그는 1934년부터 1949년까지 안국동 조그만 기와집에서 조카들과 함께, 남치마 흰 저고리를 입고 약간의 골동 취미를 가지고 고전적 아름다움을 추구하며 살았다. 그리고 가난한 자들, 불우한 자들, 특히 그가 데리고 있던 식모아이에게 쏟은 인정은 매우 아름다운 것이었다.

4. 옥중에서의 시(詩)

그러나 노천명에게 있어서 1950년은 또 하나의 시련의 해였다. 민족 전체의 수난의 해였음에도 틀림없는 사실이지만, 그는 그 누구보다도 씻을 수 없는 오욕과 시련을 겪은 해로 여기지 않을 수 없었다. 6·25사변이 터졌을 때 미처 피난을 못 떠나고 서울 적 치하에 남아 있다가 노천명은 본의 아니게 문학가동맹(文學家同盟)에 나가야 했고, 9·28 수복 후에는 공산군에 협력한 죄목으로 투옥되었다가 이듬해 봄에 풀려 나왔다.

한때(1935년 또는 1936년 무렵) 노천명의 안국동집 3간 중 2간을 쓴 바 있던 시인 김광섭은 6월 25일 밤(당시 경무대 재직) 이슥토록 누하동 225의 1호 천명의 집에서 문학과 시국에 대해 이야기하다가 헤어졌는데, "수복 후 서울에 오니 시경찰국에 구금되었다는 것을 알았으며, 상상할 수 없을 정도의 실형을 언도받았다"는 것을 확인했다.

1951년 형무소에 있던 노천명으로부터 "3월 2일까지 나를 구해라" 하는 도도한 표현의 편지가 김광섭에게 날아들었고, 그와 김상용, 이헌구, 이건혁(李健赫) 등의 연서로 석방 운동을 벌였던 것이 받아들여져, 3월 2일 시한기일은 지났지만 출감했다.

'지옥'으로 표현된 그 영어(囹圄) 시절, 그는 청춘도 앗기고 문학이고 뭐고 다 버리겠다던 생각이 들었으나, 불사조처럼 마음의 잿더미 속에서 퍼덕거리는 문학에의 정열을 가눌 길 없어 제3시집 『별을 쳐다보며』를 내었다.6)

---

6) 시집 『별을 쳐다보며』 후기 참고. 1952년 11월 15일 釜山에서 쓰여졌다.

잘드는 匕首로 가슴속 샅샅이 헤쳐보아도
내 마음 祖國을 잊어본 일 정녕 없거늘
어인 일로 나 이제 기막힌 패를 달고
여기까지 흘러왔느냐

「별은 窓에」 1연

붉은 軍隊의 銃뿌리를 받아
大韓民國의 銃뿌리를 받아
샛빨가니 뒤집어쓰고
監獄에까지 들어왔다
어처구니 없어라 이는 꿈일 게다
진정 꿈일 게다

「누가 알아 주는 鬪士냐」 4연

<사진 2> 시에서처럼 그의 얼굴에도 늘 고독의 깊은 그림자가 깃들어 있다. 1940년대의 모습.

　　그 시기에 쓰여진 옥중 시는 민족에 대한 항변과 자조로 가득차 있다. 그러면서도 같은 길을 걷고 있는 여인들에게는 따뜻한 애정을 기울이고 있음을 볼 수 있다. 그는 석방되자 중앙방송국에서 일했다.

　　그러나 그에게 가해진 아픈 상처는 좀처럼 아물지 않았고, 전적으로 현실과 타협하지 못하는 괴리감(乖離感)을 낳았다. 그럼에도 불구하고 그는 오늘날 시의 소재는 현실 속에 있다고 주장하고, 시민 속으로, 군중 속으로 파고들어가야 한다고 역설했다. 그러나 의욕과 상반된 체질로 인하여 그의 시는 결코 대중을 대변하는 것이 될 수는 없었다.

아카시아꽃 핀 6月의 하늘은
사뭇 곱기만 한데
파라솔을 접듯이
마음을 접고 안으로 안으로만 들다

이 人波 속에서 孤獨이
곧 얼음모양 꼿꼿이 얼어들어옴은
어쩐 까닭이뇨

「六月의 언덕」 1~2연

　　어려서 가톨릭 집안에서 자란 천명은 1951년 4월 영세를 받고 베로니카[7]의 이름을 받았다. 천명만이 가질 수 있는 천명만의 고독과 생활고 속에서 1956년『이화70년사』 집필은 극도로 그의 몸을 쇠약케 했고, 이듬해 3월 7일 청량리 위생병원에 입원했다. 그의 병명은 재생불능성 뇌빈혈이라 했다는데, 본능적인 삶에의 애착은 강했다고 한다.

6월 15일 모윤숙이 미국 가던 날 함께 남치마 하얀 버선에 녹음 짙은 김포가도를 드라이브했다. 그는 "아무래도 죽을 것 같다"는 말을 남기고 헤어졌는데, 이튿날인 16일 새벽 1시 30분 누하동 자택에서 인간의 소박한 근원을 향한 향수에 젖은 고독을 안고 눈을 감았다. 그 일기 45세였다.

"이 세상은 가면무도회. 너도 나도 그도 저도 탈바가지를 쓰고 춤을 춘다." 인생의 걸 맞지 않은 탈바가지를 썼던 천명이 남긴 것은 뼈를 깎는 듯한 고뇌 속에서 빚어낸 청려한 시편들이다.

---

7) 성녀 베로니카ㅡ 전설에 의하면, 예수가 골고다 언덕으로 올라가고 있었을 때 그의 얼굴을 닦아 주었다는 여인. 신약에는 이에 대한 명확한 언급이 없으나 로마에는 그녀의 옷이 보관되어 있다.

1912년	9월 2일 황해도 장연군 순택면 비석포에서 부 서해 노씨 계일(啓一)과 모 의성 김씨 홍기(鴻基) 사이의 3녀 중 차녀로 출생.
1917년	(5세) 홍역으로 죽는 줄로 알았는데 살아났으므로 본명 기선(基善)을 천명으로 고침.
1930년	(18세) 진명여자고등보통학교 졸업. 이화여자전문학교 영문과 입학. 모친 사망.
1934년	(22세) 이전 영문과 졸업. 서울 종로구 안국동 107번지 2호에 이주. 조선중앙일보 학예부 기자로 근무.
1935년	(23세) 2월 『시원』 창간호에 시 「내 청춘의 배는」을 발표하면서 문단에 데뷔.
1937년	(25세) 조선중앙일보 사직. 용정, 북간도, 이두구, 연길 등을 여행함.
1938년	(26세) 1월 처녀시집 『산호림』 출간. 여기에 「자화상」, 「바다에의 향수」, 「교정」, 「슬픈 그림」, 「돌아오는 길」, 「국화제(菊花祭)」, 「황마차(幌馬車)」, 「낯선 거리」, 「포구의 밤」, 「박쥐」, 「사슴」, 「장날」, 「연잣간」, 「국경의 밤」, 「생가(生家)」 등 49편 수록. 조선일보 출판부 『여성(女性)』지 편집. 극예술연구회에 가입하여 안톤 체호프작 「앵화원」에서 라네프스까야의 딸 아아냐로 출연. 이 연극으로 그의 구원의 상인 당시 보성전문의 김광진 교수를 알게 됨.
1941년	(29세) 『여성』지 사직. 그 2년 후 매일신보사 문화부 기자로 근무함.
1944년	(32세) 「천인침(千人針)」(춘추 39호).
1945년	(33세) 2월 시집 『창변(窓邊)』 간행. 「길」, 「고향」, 「푸른 5월」, 「촌경(村景)」, 「춘향」, 「창변」, 「녹원」, 「하일산중(夏日山中)」 등 29편 수록. 서울신문사 문화부기자로 근무.
1946년	(34세) 서울신문사 사직. 부녀신문사 편집국 차장. 이듬해 부녀신문사 사직.
1948년	(36세) 10월 수필집 『산딸기』 간행.
1949년	(37세) 3월 『현대시인전집』(동지사) 간행. 제2권에 시 수록. 서울 종로구 누하동 225번지 1호로 이주.
1953년	(41세) 시집 『별을 쳐다보며』(희망출판사 간행). 「별을 쳐다보며」, 「희망」, 「설중매」, 「검정나비」, 「산념불(山念佛)」, 「북으로 북으로」, 「기계소리」, 「눈보라」 등 40편 수록. 복역 중 옥중의 고뇌를 읊은 시 21편이 포함되어 있음.
1954년	(42세) 7월 수필집 『나의 생활백서』(대조사) 간행.
1955년	(43세) 12월 『여성 서간문 독본』(박문출판사) 간행.
1956년	(44세) 5월 『이화70년사』(이대출판부) 간행. 건강 악화.
1957년	(45세) 3월 7일 뇌빈혈로 청량리 위생병원에 입원. 회복되자 퇴원. 6월 16일 새벽 1시 30분 누하동 자택에서 미혼인 채 45세를 일기로 사망. 18일 문인장으로 서울 성동구 중곡동 가톨릭 묘지에 안장. 뒤에 경기도 고양군 벽제로 이장.
1958년	6월 유고시집 『사슴의 노래』(한림사) 간행. 「6월의 언덕」 등 42편 수록.
1960년	12월 『노천명전집(시편)』(천명사) 간행.
1972년	12월 『노천명시집』(문고본 · 서문당) 간행. 여기에 「4월이」(여성 제2권 6 · 7호와

1939년 조광사 간행의 여류 단편걸작집에 수록) 외 그의 소설 3편이 수록되어 있음. 미간행 유고 『문장독본』(400여 장)이 있음.

◆ 도움말 주신 분(1973년 현재)

盧基用　67 · 언니 · 서울 종로구 원서동 77의 6.
崔用貞　45 · 조카 · 위와 같음.
金珖燮　69 · 교우 · 시인.
崔貞熙　62 · 친우 · 소설가.
毛允淑　64 · 친우 · 시인.
李龍熙　62 · 진명여고보 동기 · 서울 종로구 삼청동 28의 7.

◆ 관계 문헌

鄭泰榕,「盧天命論」,『現代文學』1967년 10월호.
趙廷來,「盧天命論」,『國語國文學論文集』, 東大刊, 1966年.
李姓敎,「盧天命研究」,『人文科學研究論文集』, 誠信女師大刊, 1968년.
朴堯順,「盧天命詩研究」,『韓國言語文學』8 · 9집, 1970년.

金 容 浩

(시인 1912~1973)

1. 생명은 꽃처럼 지고

"시는 재치로 쓰는 것이 아니다. 시는 가슴으로 써야 한다"는 자신의 지론을 지켜 나
간 학산(鶴山) 김용호는 시 「첫여름 밤 귀를 기울이다」로, 시의 다양화 양상을 보이던
1935년 문단에 나타났다.

그는 초기에 현실에 밀착한 생활을 형상화하여 질곡에서 겪는 시인의 비탄의 소리를
들려 주었고, 장시 「낙동강」에서 민족의 비분을 노래했다. 그의 현실에의 관심은 시집
『푸른 별』에서 다소 멀어진 듯이 보이지만, 후기의 『의상세례(衣裳洗禮)』에서 재생하여
그가 살았던 시대의 역사를 꾸며가고 있다.

5월의 저녁 7시, 그가 문득 세상을 떠났던 그 집 서울 용산구 용산동 2가 1의 357호
에는 지금도 그의 손길을 느낄 수 있는 오밀조밀한 꽃밭에 덩굴장미꽃은 지고 신록이
퍼졌다. 5월을 좋아한 시인인 그는 5월에 나서 5월에 간 것이다.

> 나는 무척 5월을 좋아하고 사랑합니다. 그리고 또한 인생의 언덕길에서 이 5월을
> 바라보기도 합니다. 그 하나는 나의 생월이 이 달이기 때문입니다. 이 세상에 태어났
> 다―이 엄숙한, 그리고 어쩔 수 없는 사실은 늘 나의 마음에 또 하나의 질문을 스스로
> 던져 주는 것입니다. "무엇 때문에 태어나고 무엇 때문에 사는 것일까" 하는 이것입
> 니다.[1]

김용호가 세상에 태어난 것은 1912년 5월 26일 경남 마산시 중성동 9의 4호에서였
다. 그의 부친 김해 김씨 치완(致琓)은 김용호의 어린시절 마산에서 음식점 등을 경영하
며 상업으로 생계를 이어갔으나 풍족한 생활을 꾸리지는 못했었던 것으로 알려지고 있
다. 오히려 김용호의 모친 밀양 박씨 경포(敬布)가 밀양 부잣집의 외동딸로 유산이 있어
시집을 도왔다고 한다.

---

1) 「푸르름과 그리움 속에」, 『詩園散策』, 精研社刊, 1964년.

<사진 1> 생활과 시는 근본적으로 밀착
되어야 한다는 지론을 가지고 줄기차게
시 작업을 해온 김용호. 1966년의 모습.

김용호는 8세 나던 1920년 마산공립보통학교에
들어가, 졸업 1년을 앞둔 채 1925년 마산 상업학교에
입학했다.

"16세에 학교를 졸업하고 약 2년 동안 자신이 금
성철공소를 경영하였으나 재미를 보지 못하여 거둬
치우고 당시 마산에 이름 있던 원동상회에서 1년간
취직생활을 했다. 그러나 그것도 장래성이 없다고 생
각하여 소일하다가 23세에 일본으로 건너갔다. 그동
안 그의 부친은 소실과 함께 음식점을 경영했으나 생
활은 넉넉지 못하고 구차했다."

6촌 김용재(金容載)는 그의 어린 시절을 이렇게 들
려주었다. 그의 소년 시절의 성격은 "내향적이었고
고독하고 우울하였다"고 한다.

그의 상업학교 선택과 졸업 후에 상업적인 일에 손을 대었던 것은 환경적인 데에 기
인했으나 성격상 거기에 적응하지 못했다. 후에 그가 일본에 가서 명치대 법과에 입학
한 것도 당시의 부모들이 자식의 사회적 출세와 삶의 방편삼아 학과 선택을 강요했던
하나의 예가 될 수 있다. 그러나 이미 김용호는 문학에 열을 올려 1935년에 춘성(春城)
노자영(盧子泳)의 『신인문학(新人文學)』에 「첫여름 밤 귀를 기울이다」를 발표함으로써
시인이 되고 말았던 것이다.

끝없는 暝想이 문득 새 발길을 府郡境界線 다리를 넘어서게 하다.

이제 산위로 기어오른 숨 가쁜 달은 내 발길과 함께 잠시 航海의 걸음을 멈추고 산
마루턱에 걸터앉아 내 함께 귀를 기울인다.

軌道와 같이 一直線으로 달아난 길가엔 街路의 步兵─포푸라 나무가 永遠히 平行
線인 그들의 사랑을 찬탄하고 보리는 오늘 午後 農夫들이 들려주고 간 '悲嘆의 報告'
에 마음이 상함인지 黙黙히 우울에 잠기고 있다.

멀리 輕薄한 季節의 부르조아─개구리들이
어느새 歡樂의 전당을 꾸미고 첫여름 밤의 序曲을 연주하기 시작하였다.

「첫여름 밤 귀를 기울이다」 전문

2. 양극(兩極)의 상황

김용호는 '비탄의 보고(報告)'와 '환락(歡樂)의 전당'이라는 양극의 상반된 상황에 대해 동시에 귀를 기울이는 시인이고자 선언하고 있다. "마산에서 보통학교 시절을 같이 보낸 나는 그가 당시 작품을 쓰고 있지는 않으나 문학에 깊은 관심을 나타내고는 하는 것을 볼 수 있었다"(이원수 회고담)는 점으로 미루어 상업과 법과의 이질적인 학교 과정에도 불구하고 문학에의 길은 그에게 이미 정해진 것처럼 보였다.

보다 적극적인 활약은 평양의전 출신의 의사이며 시인인 김대봉(金大鳳)이 발간하던 시지 『맥(貘)』의 동인이 되고부터였다. 그 무렵부터 1943년 김대봉이 작고하기까지 그와는 가장 가까웠던 사이인데, 그와 서신 교환이 있은 뒤 돈암동의 김대봉의 병원겸 살림집을 찾아간 것이 그들의 첫 대면이었다. 『맥』 동인이 되기 1년 먼저 그는 시집 『낙동강(洛東江)』을 내려고 계획했었다.

> 11年前(주 · 1937년) 詩集 『洛東江』을 檢閱許可까지 받고 팽개쳐 버린 것은 나의 지나친 自虐의 結果이요, 8年前 詩集 『饗宴』은 日本 東京서 發行하였으나 이미 비뚤어지던 때라 感傷의 腺病質이 아닐 수 없다. 그 다음 괴롭고 쓰리고 아프던 漠漠한 그 歲月 속에서 남 몰래 다시 詩集 『不凍港』 한 卷을 엮었으나 押收의 悲運을 만나 영영 사라지고 말았다. 結局 좋든 나쁘든 나의 피섞인 分身의 하나는 내 스스로가 죽였고 다른 하나는 그 총칼에 죽음을 당했고, 둘째놈이 겨우 命脈을 이었으나, 事實 달갑지 않은 存在다.[2]

그러나 「낙동강」은 이듬해 잡지에 발표되고 있다. 그가 「낙동강」을 『사해공론(四海公論)』에 발표하게 된 것은 임화의 소개인 것 같다. 그는 이 시를 비롯하여 「남해찬가(南海讚歌)」 등 장시 분야에서 뛰어난 작품을 많이 남겼다.

> 내 사랑의 강!
> 낙동의 강아!
> 칠백리 구비구비 흐르는 네 품 속에서 우리들의 살림살이는 시작되었다.
> 그리하여 너 함께 기리기리 살 약속은 오목조목 산비탈에 깃발처럼 세웠다.

이렇게 시작하는 「낙동강」은 넘버 10까지의 197행으로 당대 민족의 애환을 노래하고 있다.

---

2) 「책을 엮은 뒤에」, 시집 『해마다 피는 꽃』, 時文學社刊, 1948년.

이 肉聲은 容浩 詩人의 個人의 肉聲이 아니고 그 당시의 三千萬 白衣겨레가 부르
짖는 함성이다.[3]

　이 시는 평화스러운 낙동강 촌의 마을이 핍박과 재난으로 차차 설움이 가득 차 시들
어가고, 이윽고 유랑민이 떼지어 북으로 가는 참상을 그리고 있다.

　　아! 그리운 내 사랑의 강!
　　낙동의 강아!
　　너는 왜 말이 없느냐
　　너의 슬픔은 무어며
　　너의 기쁨은 무어냐

　이런 절규로 끝을 맺는 이 시에서 부조되는 것은, 기쁨은 과거의 것이고 슬픔은 현재
의 것이라는 것이다.
　1941년 시집『향연(饗宴)』이 동경에서 네덜란드 신부가 경영하는 천주교 계통 잡지
인쇄소에서 발간되었다. 김용호는『향연』이 쓰여진 시대를 가리켜 아무래도 "약한 내
가 그 현실을 박차지 못해 침전하던 시절"임을 겸손하게 자인하고 있다. 1940년 이후
일본은 한국의 지성인에게 차차 가혹하게 쐐기를 질러 넣고 있었던 것이다. 그래서 그
의 1943년의 시집『부동항(不凍港)』은 압수의 비운을 맞아 "그 총칼에 죽음을 당했다."
　개인적으로는 그는 일본에서 명치대 법과를 나오자 1942년 귀국하여 이후 해방이 될
때까지 선만경제통신사(鮮滿經濟通信社)란 곳에서 기자생활을 하고 있었다. 1943년 박순
래(朴順來)와 결혼할 때까지 서울로 온 김대봉의 돈암동 집에서 하숙을 하고 지냈다.

3. 생활과 시의 조화

　1945년 광복을 맞자 김용호는 다시금 활발히 시작 생활에 몰두했다. 그가 제2시집『해
마다 피는 꽃』을 발간한 것은 1948년의 일이다. 여기에는『부동항』시절까지의 시들 중
에서 그의 첫 시집에 빠진 시들도 수록되어 있는데, 그 중「간다 거리에서」는 그의 유학
시절의 민족의식을 느낄 수 있다.

　　제법 산듯하게 입맛을 다시며
　　김치 깍두기 마늘 냄새를 풍겨

---

3) 金海星,『韓國現代詩人論』, 금강출판사刊, 1973년.

나는 간다 거리를 지내간다

고추가루 잎 하나 둘쯤
잇발에 붙어 있어도
무어 그렇게 부끄러워 할 건 없다

흔히 때를 그냥 넘기는 날이 있어
몸 무게는 백근을 훨씬 줄어들어도
내 의욕은 까딱 않는 천근의 무게다

절렁거리는 두어푼 은전과
지폐처럼 소중이 간직한 전당표와
누구에게도 빼앗기지 않을 분노를 품고
뼈속 저리는 이 거리를 걸어간다.

문득 고향이 눈섭에서 삼삼거리면
'센진'으로 태어난 팔짜에 혹이 달려
오늘은 내 노오트엔
피가 되어 읽혀지는 글이 있다.

「간다 거리에서」 전문

그는 1947년 이후 대학에 강사로 나가다가 1958년부터는 단국대학에 봉직하면서 세상을 떠날 때까지 그곳에 몸을 담았다. 그러면서 『날개』(1956년), 『의상세례』(1962년) 등의 시집을 계속 간행했다.

그는 4·19 의거 직후에는 의거 기념 시집 『항쟁(抗爭)의 광장』을 편찬하여 말없는 시인의 응결된 내적 의지의 한 단면을 보여주기도 했다.

<사진 2> 출판기념회에서의 김용호(왼쪽에서 두 번째). 그는 말년에 시인으로보다도 대학 교수, 펜클럽 부회장으로 더 활약했다.

"그의 성격은 원만한 것 같으면서도 경우에 따라 과격한 일면을 가지고 있다." 미망인 박순래는 이렇게 말하면서 그가 낸 편찬 저서는 죽음을 예견한 듯 단국대 도서관에

기증했다고 한다. 그의 말년의 생활은 시작(詩作)과 함께 학교와 펜클럽에 쏟은 정력으로 채워질 것이다.

1973년에 들어서자 갑자기 고혈압 증세를 보여 3월부터 병원에 2개월간 입원해 있었다. 겉으로는 아무런 징후도 보이지 않았고 5월에 들어서는 증세도 호조를 보여 퇴원했다. 퇴원 1주일 만이었다.

5월 14일 하오 7시께 외출하려고 마당으로 나서던 그는 그 자리에 졸도하여 쓰러진 채 의식을 되찾지 못하고 1시간 만에 숨을 거두었다. 병원에 갔으나 이미 세상을 떠났다는 것이었다.

그는 초기에 가난하고 외롭고 슬픈 그의 청춘을 바치면서 민족적 비분을 노래했고, 차츰 생활과 밀착된 시를 써 독자의 참된 공감을 불러일으키려는 데 노력했다. 그것은 때로는 관조의 세계, 때로는 현실참여적인 세계로 나타났다.

<사진 3> 김용호의 시집 『해마다 피는 꽃』, 『푸른 별』, 『의상세례(衣裳洗禮)』 표지.

> 그러나, 난 너를 놓칠 수가 없다.
> 너는 내 앞을 떠나서는 안 된다.
>
> 죽음이 오는 마지막 그날까지
> 내 生命의 그 모든 것을
> 너에게 옮겨 彫刻해 놓아야겠다.
>
> 　復活하리라
> 　復活하리라
>
> 그러한 내 人生의 보람을 위하여
> 이 한밤중에도 난
> 굳굳이 너 함께 사는 것이다.
>
> 　　　　「原稿用紙」6~9연

◆ 연보

1912년   5월 26일 경남 마산시 중성동 9의 4에서 부 김해 김씨 치완(致玩)과 모 밀양 박씨 경
         포(敬布) 사이의 3남매 중 막내로 출생. 아호는 학산(鶴山), 야돈(耶豚), 추강(秋江).
1920년   (8세) 마산공립보통학교 입학.
1925년   (13세) 마산공립보통학교 졸업 1년을 앞두고 마산상업학교 입학.
1928년   (16세) 마산상업학교 졸업. 이후 2년간 금성 철공소를 경영.
1930년   (18세) 마산 원동상회에 1년간 취직.
1935년   (23세) 도일, 시「첫여름 밤 귀를 기울이다」를『신인문학』(9월호)에 발표함으로
         써 문단 데뷔. 어어 동지 12월호에「쓸쓸하던 그날」을 발표.
1937년   (25세) 시집『낙동강』을 간행하려고 검열 허가까지 받았으나 미간행.
1938년   (26세) 명치대 법과 입학. 장시「낙동강」을『사해공론』에 발표.『맥』동인.
1941년   (29세) 6월 동경에서 첫 시집『향연』을 간행. 여기에 시「시그널」등 25편 수록.
         12월 명치대 법과 전문부 졸업.
1942년   (30세) 3월 명치대의 신문고등연구과 수료 귀국. 6월부터 1945년 8월까지 서울
         소공동에 있던 선만(鮮滿)경제통신사 기자. 서울 돈암동 455의 13, 동인지『맥』
         을 낸 바 있는 시인 김대봉(1943년 사망) 집에서 거주.
1943년   (31세) 이 무렵 시집『부동항』을 상재하려 했으나 일제에 압수당함. 11월 박순래
         (朴順來)와 결혼.
1945년   (33세) 8 · 15 해방 후 서울 동대문구 보문동 5가 135번지에서 거주. 장남 성곤(成
         坤) 출생.
1946년   (34세) 6월 예술신문사 주간.
1947년   (35세) 이때부터 각 대학에 출강. 차남 준곤(俊坤) 출생.
1948년   (36세) 6월, 시집『해마다 피는 꽃』을 시문학사에서 간행. 여기에「해마다 피는
         꽃」,「혁명 투사에게 바치는 노래」,「낙동강」등 25편 수록.
1949년   (37세) 12월『시문학입문』간행.
1950년   (38세) 장녀 영희(英姬) 출생.
1951년   (39세) 2월부터 1957년 10월까지 대한통신사 조사부장.
1952년   (40세) 서사시집『남해찬가』(인간사) 간행.
1953년   (41세) 3남 명곤(明坤) 출생.『세계명작감상독본』(문성당) 간행.
1954년   (42세)『한국애정명시선(韓國愛情名詩選)』(대문사) 간행.
1955년   (43세) 8월 교향시「광복 10년」을 김대현 작곡으로 국립극장(구 시공관)에서 공
         연. 시집『푸른별』(대문사) 간행. 여기에 시「또 한송이 모란」등 50편 수록.『시
         적생활』(대문사) 간행.
1956년   (44세) 1월 1955년도 자유문학상 수상. 3월 시집『날개』(대문사) 간행. 5월부터
         1958년 8월 월간문학지『자유문학』주간.
1958년   (46세) 단국대 국문학과 조교수가 되면서부터 동대학에서 1959년 부교수, 1961

년 교수, 1968년 문과대학장으로 재직.

1959년	(47세) 차녀 연희(延禧) 출생.
1960년	(48세) 4월의거 기념시집 『항쟁의 광장』 간행.
1962년	(50세) 12월 시집 『의상세례』(일조각) 간행. 여기에 시 「동대문주변」 등 42편 수록. 국제 펜클럽 한국본부 부위원장.
1964년	(52세) 5월 시 감상집 『시원산책(詩園散策)』(정연사) 간행.
1965년	(53세) 3월 이후 문교부 국어교과서 편찬심의위원.
1966년	(54세) 7월 제34차 국제 펜 대회(뉴욕) 한국 정대표.
1969년	(57세) 제37차 국제 펜 대회(서울) 추진위원회 부위원장.
1971년	(59세) 서울 용산구 용산동 2가 1의 357호로 이주.
1973년	(61세) 2월 단국대로부터 명예 문학박사 학위 받음. 5월 14일 하오 7시께 고혈압으로 자택에서 사망. 신세계 공원 묘지에 안장.

◆ 도움말 주신 분(1973년 현재)

朴順來	51 · 미망인 · 서울 용산구 용산동 2가 1의 357호.
金容數	72 · 6촌 · 경남 마산시 성호동 77번지.
李元壽	62 · 동향 친우 · 시인 · 아동문학가.
朴魯春	61 · 친우 · 시인 · 경희대 교수.

◆ 관계 문헌

尹崑崗, 「詩와 眞實」, 시집 『饗宴』 서평.

金海星, 『韓國現代詩人論』, 금강출판사 刊, 1973년.

張萬榮, 「金容浩의 안과 밖」, 『文學春秋』 1964년 8월호.

鄭泰榕, 「金容浩論」, 『現代文學』 1970년 12월호.

_____, 『金容浩 詩 全集』, 大光文化史 刊, 1983년.

姜 小 泉

1. 15세 소년으로 데뷔

1930년 불과 15세의 어린 나이로 아동문학계에 선을 뵌 강소천은 이미 1930년대에 그의 대표작이라 일컫는 「닭」과 같은 수많은 동요·동시들을 발표하여 크게 주목을 받았고, 한때 일제의 극악한 우리말 탄압으로 말미암아 실의와 고독에 몸부림친 적도 있었지만, 월남 후 1950년대에 다시금 원기왕성하게 내놓은 동요·동시와 동화·아동소설로 오늘날의 아동문학계를 형성하는 데에 들보가 되었던 대표적 아동문학가 중의 한 사람이었다. 그가 월남 직후 '두고 온 산하'에 대한 그리움과 꿈으로 수놓은 작품들을 다수 씀으로써 그를 가리켜 진취성이 결여된 회고조의 문학이라 하고, 교화성(敎化性)이 짙다고 하여 예술성이 결여되었다고도 하는 평자들이 있으나 그가 남긴 작품들은 지금도 수많은 어린 독자들의 심금을 울리며 살아 있다.

> 내 고향 언제 가나 그리운 언덕
> 옛 동무를 보고 싶다, 뛰놀던 언덕.
> 오늘도 흰 구름은 산을 넘는데
> 메아리 불러본다, 나만 혼자서.
>
> 「그리운 언덕」 3~4연

7·5조체의 이 동시는 소박한 듯하면서도 그 행간에는 시인의 고향을 향한 목메이는 그리움이 깃들어 있다. 구름은 가도 사람은 갈 수 없는 철조망 저쪽의 먼 산천이다. 강소천의 고향은 함경남도 고원군 수동면의 미둔리라는 산골 마을이다. 원산에서 서북쪽으로 1백 20리 가량 산간 지방을 파고든 이 마을을 보통 뫼뚜니라고 불렀다. 주위에는 우뚝우뚝 솟은 높은 산들이 경관을 이루고 계곡 한가운데로는 덕지강을 이루는 큰 시냇물이 흘러 철따라 모습을 바꾸어가는 아름다운 고장이었다.

강소천은 1915년 9월 16일 그 마을에서 용률(龍律)이란 이름으로 세상에 태어났다.

그의 아버지 강석우(姜錫祐)는 뒤에 고원읍에 나가 상업에 종사한 독실한 기독교 신자였다. 전택부의 「소천의 고향과 나」(강소천 아동문학전집 1권, 문천사)에 따르면 "소천의 할아버지 강봉규(姜鳳奎) 씨는 관북의 성웅이라고 불리던 전계은(全啓殷) 목사의 전도를 받아 일찍이 예수를 믿고, 현재 서울에 와 있는 유관우(劉寬祐)씨의 부친 유봉휘(劉鳳輝)씨와 같이 미둔리 교회를 창설했다"라고 하여 소천이 유년기부터 기독교적 분위기의 가정에서 자라났음을 밝히고 있다. 그러나 정작 그 자신은 개구쟁이였던 듯 어른들의 애를 먹이기가 일쑤였다. 그러면서도 한편 기특하게도 심한 장난만큼이나 책 읽기에 열중하기도 했다 한다.

그가 아홉 살 나던 해인 1924년 그의 집안은 고원읍으로 이사해 나갔는데 그는 그제서야 보통학교에 입학할 수가 있었다. 왜냐하면 미둔리에는 학교가 없었기 때문이었다. 그는 1930년 함흥 영생고등보통학교에 입학하던 그때부터 동요 동시를 써 동요 「민들레와 울아기」가 조선일보 현상문예에 당선되기도 했다. 그후 그는 투고 형식으로 중앙의 여러 신문에 작품들을 발표하고 잡지로는 주로 기독교 계통의 어린이 잡지인 『아이생활』에 기고했다. 소천이 12세 때 전택부의 고향인 함남 문천군 교월리 친척집으로 놀러와서 처음 알게 되었다는 전택부는 영생고보에 한 학년 아래로 입학해 온 그를 다시 만났고, 전택부가 동맹휴학에 연루되어 퇴학당했다가 북간도에 다녀온 후 복학하게 되자 그와 4학년 같은 반에서 공부하게 되었다.

"그는 기독교적인 가정환경에서 민족주의적인 교육을 받은 사람이었고 그 자신이 아동문학을 하고 있었기 때문에 우리말에 대한 애정은 대단한 바가 있었다. 그는 너무 한쪽으로만 치우쳐 있다 할 정도로 일어나 영어나 수학 같은 과목에 대해서는 관심을 기울이지 않았다. 점차 식민지 교육이 강화되고 우리말을 배울 수 없게 되니까 그는 친구에게조차 신경질적인 반응을 보이면서 그만의 고독에 잠기기 시작했다"(전택부 회고담).

소천은 1933년 4학년 겨울방학이 되자 고향으로 돌아가더니 영영 학교로 되돌아오지 않았다고 한다.[1]

2. 1·4 후퇴 때 월남

그는 이듬해 젊은 울분을 달래며 그의 고모가 살고 있던 북간도 용정으로 건너갔다. 그곳에 그는 2년 가까이 머무르면서 그 무렵 동시를 쓰고 있던 두 살 연하의 윤동주를 만나기도 했다. 초기 윤동주의 동시들은 소천의 영향을 받은 바 컸다고 전택부는 전한

---

[1] 그러나 1961년께 강소천이 모처에 제출하기 위해 작성한 것으로 보이는 '履歷書'에는 1937년 이 학교를 졸업한 것으로 되어 있다.

다. "당시 소천이 내게 말하기를 동주는 아직 거칠기는 하지만 매우 좋다고 말했다"는 것이다. 어쨌든 아직도 소천의 대표작이라고 흔히 불리는 정형 동시 「닭」은 그곳 북간도 땅에서, 떠나온 남쪽 하늘을 그리며 쓰여진 것임에 틀림없다.

물 한 모금 입에 물고
하늘 한 번 쳐다 보고,
또 한 모금 입에 물고
구름 한 번 쳐다보고

　　　「닭」전문

원래 이 작품은 더 많은 행을 가지고 있었으나 『소년』지(조선일보 발행)에 실릴 때에 그곳에 근무하던 윤석중의 손을 거치는 과정에서 압축되었다는 것이다.

소천은 「닭」을 발표하던 무렵에 이미 고원으로 돌아와 있었다. 그리하여 1940년 초까지 그런대로 꾸준히 작품을 발표할 수 있었다. 그즈음 그는 첫 동요집을 내려고 백방으로 뛰어 보았으나 시대적인 상황과 타산

<사진 1> 1941년 강소천이 자비로 출판했다는 첫 동요집 『호박꽃초롱』을 비롯한 작품집들의 표지.

상의 이유로 거절당했다. 하는 수 없이 자신의 돈으로 책을 낼 도리밖에 없었으니 그것이 1941년 나온 『호박꽃초롱』이었다. 그 동요집에는 "호박꽃을 따서는 무얼 만드나?/무엇에 쓰나?/우리 아기 조그만 초롱 만들지,/초롱 만들지./반딧불을 잡아선 무엇에 쓰나?/무얼 만드나?/우리 아기 초롱에 촛불 켜 주지,/촛불 켜 주지" 하는 「호박꽃초롱」이라는 동요가 들어 있다.

동요집을 빛내기 위해 민족주의적 시인이요, 영생고보의 우리말 교사였던 백석(白石)이 서시를 썼는데 그 4연은 소천이 향토와 자연에 친숙했던 시인임을 시사하고 있다.

"한울은/이러한 시인이 우리들 속에 있는 것을 더욱 사랑하는데/이러한 시인이 누구인 것을 세상은 몰라도 좋으나/그러나/그 이름이 강소천인 것을 송아지와 꿀벌은 알을 것이다."

그러나 날이 갈수록 그는 작품을 발표할 지면을 잃어가고 있었다. 철저하게 우리말에만 매달렸던 그로서는 우리말 신문들과 잡지들의 잇따른 폐간이야말로 그의 숨통을 조르는 것과 다름이 없었다. 울분과 절망의 나날이었다. 그때 고향 미둔리 교회는 그에

게 그 어떤 소명의식을 불어넣어 주었다. 널리 세상에 그의 작품을 발표할 수는 없었으나 고향이라는 조그만 울타리 안에서일지언정 주일학교를 통해서 어린이들에게 동화를 가르칠 수 있었고 성경이야기를 들려줄 수 있었다.

1945년 8·15 광복을 맞을 때까지 고향에서 그렇게 주일학교 선생을 지냈던 그는, 1945년 말부터 1949년 초까지 고원중학교를 거쳐 함북의 청진여고와 청진제일고등에서 국어 교사로 근무했다.

소천이 남으로 내려온 것은 1950년 6·25 동란 중 흥남 철수와 때를 같이 해서였다. 그때 그는 유엔군이 공산주의자들을 가려내는 무리 속에 끼어 있었는데 다행스럽게도 학교 때 한 반에 있던 채마태 목사(현재 부산에 있음)가 그를 알아보고 뽑아냈다는 것이다. 그는 철수하는 미 헌병대와 함께 거제도를 거쳐 일단 부산으로 나왔다가 미군부대에 근무하고 있던 고향 친구를 찾아 대전으로 갔다.

> 1·4후퇴 뒤 2월에 뜻밖에 대전 피난지에서 남루한 옷차림을 한 그를 만났다. 집이며 세간이며 식구며 죄다 버리고, 구사 일생으로 38선을 넘어온 것이다. 그는 괴나리봇짐을 풀더니 두툼한 공책 한 권을 내보였다. 부적처럼 몸에 지니고 월남한 동요와 동화 보따리였다.2)

그러나 살아나갈 길이 막연했던 그는 다시금 부산으로 갔다. 그 무렵 문교부 편수국은 묘심사(妙心寺)를 사무실로 정하고 있었는데 편수국 편수관이었던 최태호(崔台鎬)는 학생용 『전시독본』을 만드는 데 거들어줄 사람이 필요했다.

"당시 문교부장관 비서실에 비서관으로 근무하고 있던 박창해가 내게 소천을 소개해왔다. 나는 평소 그의 「닭」을 좋아하고 있던 터였고 그의 실력을 인정하고 있었으므로 쾌히 응했다. 그는 어린이들에게 쉽게 읽혀야 한다는 뜻에서 한글 전용을 지지했다. 그의 성격은 평소 수줍고 내향적이지만 어떤 주의주장에 관계되는 한 고집스럽게 타협할 줄을 몰랐다. 나는 자주 그의 작품에 대해 감상과 비평을 가했는데, 내가 동화를 쓰게 된 것은 그의 권유 때문이었다"(최태호 회고담).

3. 꿈을 찍는 사진관, 그리운 사람들

소천은 그후 『어린이다이제스트』지와 『새벗』지의 주간으로 근무하면서 차츰 생활의 안정을 되찾아갔다. 그러나 늘 그의 머리에 어른거리는 것은 떠난 산천과 두고 온 사람들에 대한 그리움이었다. 그것은 때때로 꿈으로서 그의 작품 속에 반영되었다. 1950

---

2) 윤석중, 「소천의 시세계」, 『강소천아동문학전집 9권』, 문천사 刊, 1978년.

<사진 2> 1950년대 중반 어느 고궁에서의 강소천 부부. 그는 밖에서는 주의주장으로 이따금 격렬한 논쟁을 벌였어도 집안에서는 양처럼 순했다.

년대에 들어서 초기의 예술성 짙은 동요 동시보다 동화와 아동소설을 쓰는 경우가 그에게 부쩍 늘었다. 멍울을 풀자면 아무래도 이야기가 필요했던 것이다. 그의 작품에는 종종 '꿈'이 들어간 제목이 나타나는데 그 가운데서도 1954년에 쓴 「꿈을 찍는 사진관」은 향수가 가장 두드러지게 나타난 작품이다. 그 줄거리는 다음과 같다.

어느 따스한 봄의 일요일 나는 스케치북과 그림물감을 가지고 뒷산으로 올라갔다. 맞은편 산허리에는 계절에 맞지 않게 살구꽃이 활짝 피어 있었다. 내가 그 나무가 있는 곳으로 가보니 나무에 꿈을 찍는 사진관으로 가는 길을 안내하는 간판이 걸려 있었다.

나는 동쪽으로 5리, 남쪽으로 5리, 다시 서쪽으로 5리를 걸어서 이리저리 실망하지 않고 찾아갔다. 나는 마침내 사진관을 발견하고 사진관 주인이 내어주는 얄팍한 책 한 권을 들고 7호실로 들어가서 그 책을 읽었다. 꿈이 어떻게 찍히는가 가르치는 그 책에는 이런 구절도 들어 있었다.

그러나, 사진이란 다만 추억의 그 어느 한 순간이오, 그 전부는 아닙니다. 정말 아름다운 추억이란 흔히 사진첩 속에서는 찾아보기 어려운 것입니다.
우리는 그런 불완전한 것이나마 사변으로 인하여 거의 잃어버리고 말았습니다.
그러나 요행히 우리에겐 '꿈'이란 게 있습니다. (중략)
남북으로 갈리어 서로 만나지 못하는 사이라도 쉽게 만날 수 있습니다. 꿈길에 38선이 없습니다.

그리고 또 그 책에는 그곳에 놓인 흰 종이에 만년필로 자기가 꾸고 싶은 꿈의 내용을 적으면 그대로 그 꿈이 찍힌다고 쓰여 있었다. 그래서 나는 썼다. "살구꽃 활짝 핀 내고향 뒷산―따사한 봄볕을 쪼이며, 잔디 위에서 같이 놀던 순이, 노랑 저고리에 하늘빛 치마―할미꽃을 꺾어 들고 봄노래 부르던 순이―오늘밤 정말 우리는 만날 수 있을까?"

그리하여 얻어낸 사진 한 장, 그러나 그 속의 순이는 열두 살 그대로의 모습이었으나 나는 스무살, 지금 나이의 모습으로 나타나고만 것이었다. 어느덧 8년이란 세월이 흘러간 것이다. 그것을 보물인양 가슴에 품고 사진관을 나왔다. 그러나 내가 처음 출발했던 뒷산에 와 보니 그 사진은 좋아하던 동화집 갈피 속에 끼어 넣었던 노란 민들레 카드로 변해 있었다.

소천은 현재 있는 것보다도 고향의 '노란 민들레'와 함께 잃어버린 것에 대한 그리움과 사랑에 더 많이 집착했다. 그러나 분단의 비극은 그대로 굳어진 채로 세월만 흘렀다. 그러므로 그리움에만 안주할 수 없었다. 그는 새로운 시도와 변모를 모색했다. 과거에서 현재로 돌아오려고 한 것이다. 그 이후의 작품들은 대체로 긴 아동소설이 주류를 이루고 있는데 아동문학계 일각에서는 그의 방송국 출연과 함께 교화성을 강조한 점을 들어 질적으로 떨어지는 작품들을 양산했다는 평가도 한다.

"소천의 아동문학이 문학성보다 더 중시한 교육성에 있다면 첫째로 아동의 옳은 성장 과정을 그렸어야 할 것이다. 그러나 옳은 성장과정을 밟지 못하는 이유는 그 밑바닥에 철학이 필요했음에도 불구하고 그것이 없었기 때문이라고 할까"라고 소천과는 문학관에 있어서 반대 입장에 있던 이원수는 「소천의 아동문학」[3]에서 지적했다.

그러나 "소천의 작품 세계가 교사적인 일면을 가지게 되고 그것을 그가 교육적인 것이라고 명명한다고 해서 그것을 탓할 수만 없을 것이다. 우리는 비정상적, 병적, 기형적 세계보다는 정상적인, 더욱 안심할 수 있는 세계를 그들에게 보여주는 것이 당연한 일이기 때문이다"라는 박목월의 긍정적인 평가(「내가 본 소천문학」)도 있는 것이다. 요컨대 어효선(魚孝善)의 회고에서 보듯 "소천은 이원수와 예술성과 교육성을 놓고 전화로 1시간 반 동안이나 격렬한 논쟁을 벌였다"고 하며 소천은 둘 중에 택일을 하자면 교육성을 택하겠다고 평소 주장했다는 것이다.

1956년 서울 용산구 청파동 2가 10번지 14호의 이층집을 짓고 그 후 한국보육대학, 이대, 연대 등에 강사로 나가기도 하며 열심히 방송국에도 출연하면서 다작의 바쁜 나날을 보냈던 소천은 1961년께 성모병원에서 위암 수술을 받았다.

"그분이 과로를 한 것은 제 탓입니다. 제가 저지른 경제적 피해를 보상하느라고 그분은 열심히 묵묵히 일을 했던 것입니다."

최수정(崔壽貞) 미망인은 생전에 적극적으로 그의 건강을 보살피지 못했음을 스스로 꾸짖고 있다. 소천은 1963년 한창 활동할 나이인 48세를 일기로 세상을 떠났다.

　　　"나도 하나의 별일 수 있을까? (중략)
　　　내가 이미 이 세상에서 사라져버린 뒤에도 내 별은 남아있어 날 찾고만 있을까?"

그가 찾던 「별」은 '소천아동문학상'으로 구체화되어 오래오래 빛날 것이다.

---

3) 李元壽, 「小泉의 兒童文學」, 『아동문학』 10호, 1964년.

1915년 9월 16일 함경남도 고원군 수동면 미둔리(彌屯里)에서 부 강석우(姜錫祐)와 모 허
        석운과의 사이의 2남 4녀 중 차남으로 출생. 본적은 함남 고원군 고원면 관덕리 2
        번지로 되어 있다. 본명은 용률(龍律).
1924년 (9세) 본적지로 이사. 고원보통학교 입학.
1930년 (15세) 함흥 영생고등보통학교 입학. 동요 「민들레와 울아기」가 조선일보 현상문
        예에 당선되어 데뷔. 『아이생활』과 『신소년』 등에 「버드나무 열매」 등 발표.
1931년 (16세) 「길가에 얼음관」, 「얼굴 모르는 동무에게」, 「호박꽃과 반딧불」 등 동요,
        동시를 『아이생활』 3, 7, 8월호에 각각 발표.
1932년 (17세) 「난쟁이꽃 키다리꽃」(아이생활 9월호) 등 발표.
1933년 (18세) 입선 동요 「울엄마 젖」(어린이 5월호), 「연기야」(아이생활 1월호) 등 발표.
1934년 (19세) 겨울방학 때 잠시 고향으로 갔다가 그후 1년 반 동안 북간도 용정으로 가
        있음.
1936년 (21세) 귀향. 전택부 전언에 의하면 이 무렵을 전후하여 강소천은 영흥 출신의 전
        씨와 결혼을 했다고 함.
1937년 (22세) 「닭」(소년 창간호) 등 발표. 3월 영생고등보통학교 졸업(이 사실은 그가 썼
        다는 간단한 '이력서'에 의한 것이나 친구 전택부에 의하면 그는 1934년 겨울방학
        을 끝으로 학교를 졸업하지 않았다고 함). 이후 해방이 될 때까지 그의 할아버지
        강봉규(姜鳳奎)와 그의 친구인 유관우(劉寬祐)의 부친인 유봉휘(劉鳳輝)가 설립한
        미둔리 교회의 주일학교에서 어린이를 가르침.
1938년 (23세) 「봄비」(아이생활 4월호), 「다람쥐 노래」(소년 11월호) 등 발표.
1939년 (24세) 「달밤」(아이생활 2월호), 동화 「돌멩이」(동아일보) 등 발표
1940년 (25세) 「감과 꽃」(아이생활 2월호), 「전등과 애기별」(아이생활 8월호), 동화 「희
        성이의 두 아들」(아이생활 11월호) 등 발표.
1941년 (26세) 동요집 『호박꽃초롱』(박문서관) 간행.
1945년 (30세) 11월부터 익년 5월까지 고원중학교 교사.
1946년 (31세) 6월부터 1948년 8월까지 함경북도 청진여자고등학교 교사.
1948년 (33세) 9월부터 1949년 2월까지 청진제일고등학교 교사.
1950년 (35세) 흥남 철수 때 단신 월남, 거제도로 감.
1951년 (36세) 부산으로 감. 8월 문교부 편수국 편수원.
1952년 (37세) 7월 월간지 『어린이다이제스트』 주간. 9월 제1동화집 『조그만 사진첩』(다
        이제스트사) 간행. 동화 「진달래와 철쭉」(어린이 다이제스트) 연재.
1953년 (38세) 동화 「그리운 얼굴」(소년세계 6월호), 「꽃신」(학원 5월호) 등 발표. 제2동
        화집 『꽃신』(한국교육문화협회), 제3동화집 『진달래와 철쭉』(다이제스트사) 간
        행. 서울로 감.
1954년 (39세) 동화 「꿈을 찍는 사진관」(소년세계 3월호) 등 발표. 「어린이 문학독본」 제4

동화집 『꿈을 찍는 사진관』(홍익사) 등 간행. 8월부터 1959년 1월까지 월간지 『새
벗』주간. 문교부 교과용 도서편찬 심의위원. 황해도 해주 행정(幸町)고녀 출신의
최수정(崔壽貞)과 재혼.

1955년 (40세) 동화 「작곡가와 수풀아가씨」(소년세계) 등 발표. 장녀 남향(南香) 출생.

1956년 (41세) 소년소설 「해바라기 피는 마을」(새벗) 연재, 동명(同名)의 소년소설집 『해
바라기 피는 마을』 대동당 간행. 제5동화집 『종소리』(대한기독교서회) 간행. 서
울 용산구 청파동 2가 10번지 14호에 집을 지어 이사. 차녀 미향(美香) 출생.

1957년 (42세) 제6동화집 『무지개』(대한기독교서회) 간행.

1958년 (43세) 제7동화집 『인형의 꿈』(새글집) 간행. 한국보육대학강사.

1959년 (44세) 강소천 동화선집 『꾸러기와 몽땅연필』(새글집) 간행. 아들 현구(玄龜) 출
생. 이화여자대학교 도서관학과 강사.

1960년 (45세) 제8동화집 『대답없는 메아리』(대한기독교서회), 그림동화집 『꼬마눈사람』
등 간행. 연세대학교 도서관학과 강사.

1961년 (46세) 『강소천아동문학독본』(을유문화사) 간행. 위암수술.

1962년 (47세) 「수남이와 수남이」(아동문학 10월호) 등 발표.

1963년 (48세) 「길」(학원 2월호) 등 발표. 5월 6일 간경화증으로 서울대부속병원에서 타
계. 경기도 양주군 교문리 야산 등성이에 묻힘. 사후 5월문예상 수상.

1964년 1주기 때 강소천 동요비를 묘지에 세움. 『강소천아동문학전집 전6권』(배영사) 간행.

1965년 소천아동문학상 제정.

1978년 『강소천아동문학전집 전12권』을 소천아동문학상 운영위원회(현위원장 최태호)
가 엮어 문천사에서 간행.

◆ 도움말 주신 분(1982년 현재)

崔壽貞   64 · 미망인 · 서울 강동구 둔촌동 주공아파트 414동 807호.

전택부   68 · 친구 · YMCA명예총무.

崔台鎬   68 · 친구 · 전 춘천교육대학장.

魚孝善   57 · 후학 · 아동문학가.

◆ 관계 문헌

李在徹, 『韓國現代兒童文學史』, 一志社刊, 1978년.

李相鉉, 『韓國兒童文學論』, 同和出版公社刊, 1976년.

소천아동문학상 운영위원회편 『강소천아동문학전집 전12권』의 해설, 문천사刊, 1978년.

崔仁鶴, 「作家와 作品 姜小泉論」, 『敎育資料』125호, 1967년.

安 壽 吉

(소설가 1911~1977)

1. 영토의식(領土意識)의 확대

> 동쪽 창문이 훤했다.
> 날이 새기 시작하는가보다.
> 꼬꼬ㅡ.
> 닭이 벌써 여러 홰 울었다.
> 멍, 멍, 머멍 멍!
> 멀리서 세차게 개 짖는 소리가 단속적으로 들려온다. (중략)
> 제법 짧아진 초여름 밤, 이 밤을 남편 때문에 뜬눈으로 샌 뒷방에는 멀리서 전해오
> 는 개짖는 소리에 가슴이 뜨끔하지 않을 수 없었다. (중략)
> 개는 확실히 두만강 쪽에서 짖고 있었다.

이렇게 안수길의 장편소설 「북간도(北間島)」의 서두는 과감한 행갈이를 하면서 긴박
감 넘치게 그려져 있다. 첫머리가 두만강을 몰래 넘나드는 남편의 안녕을 비는 아내의
불안한 심경을 묘파하고 있다는 점에서 얼핏 김동환의 서사시 「국경(國境)의 밤」을 연상
하게 한다. 그러나 「북간도」는 훨씬 앞에다 시대적인 배경을 두고 있으며 「국경의 밤」
의 남편이 소금 밀수출 길을 나간 데 비해, 「북간도」의 남편 이한복은 두만강 건너 북쪽
땅에 농사를 지으러 갔다는 점이 다르다.
　주인공이 법을 어기며 두만강을 건너가서 농사를 짓고 있다는 사실은 처음부터 이
소설의 성격을 단적으로 나타내고 있다. 그것은 바로 "북간도의 농민들이 간도에 대해
서 '피땀으로 개척한 공로'와 '백두산정계비'를 내세우는 것은 안수길의 주인공들이 가
장 먼저 간도를 개척한 한민족이기 때문이기도 하겠지만, 그들 생존의 현장으로서 역사
적인 영토의식을 가지고 있기 때문이기도 하다"[1]라는 영토 의식 확대의 성격인 것이다.
　안수길이 1957년 이사하자마자 「북간도」 5부작 중 제1부를 최초로 기고했던 서울
성북구 종암 1동 123번지 71호 집은 그가 세상을 떠난 뒤 남의 소유(주인 최준식)로 되었

---

1) 金治洙, 「소설 속의 間島體驗」, 『現代文學』 1982년 3월호.

다. 미망인 김현숙(金現淑) 여사는 그의 잔영을 떨쳐 버리려는 듯 집을 처분하여 이사를 했던 것이다. 미아리 삼거리 부근 골목길을 휘돌아 들어간 곳에 자리 잡고 있는, 터가 40평 남짓한 이 집 마당에 그래도 전에는 등나무며 오동나무며 파초가 있어 운치를 자아내더니, 새 주인이 작년에 수리를 하면서 라일락나무 하나만 동그마니 남겨 놓아 한 작가의 체취는 그 어느 곳에서도 찾을 수가 없었다.

<사진 1> 만년의 안수길. 그는 "신음하면서 탐구하는 사람만을 시인할 수 있다"는 파스칼의 말을 인생의 신조로 삼아 '펜촉을 통해 피가 흘러나가는' 아픔을 인고하며 소설을 썼다.

"우리집은 북향이다. 북향이라고 하는 것은 마당이 집채의 북편에 위치해 있고, 따라서 대문이 북으로 나 있기 때문이다"라고 그가 수필집 『명아주 한포기』에 썼듯이 북향집에 조그만 남창이 나 있는 길다란 서재에서 글을 썼다. 때때로 손님이 찾아오면 그 방에서 파안대소를 하던 그의 웃음소리가 어쩌면 흘러나올 것 같기도 하지만 그 방문은 굳게 잠겨 있었다.

안수길이 북향집에서 살았던 데에는 실향민으로서의 그 어떤 염원이 있었던 것인지도 모를 일이다. 그가 태어난 것은 1911년 함흥에서였다. 그의 부친 안용호(安鎔浩)는 일찍이 서울의 중앙중학(1회)을 나와 서울, 함흥, 갑산 등지에서 교편생활을 하고 3·1독립운동에 관여하다가 간도로 넘어가 용정광명고녀의 교감을 지낸 교육자이기도 하며 뒤에는 불교에도 깊은 관계를 맺은 불교인이기도 했다.

또 그의 모친 김숙경(金淑卿)은 함남지방에 처음 우두접종을 시행한 의사이며 지주였던 김광익(金光翊)의 딸이었다. 안수길이 태어난 곳이 함흥으로 되어 있는 것은 그의 모친이 외가에 가서 그를 낳았기 때문이었다.

그는 1924년 13세가 되던 해, 고향을 떠나 부친이 있는 용정으로 가서 1926년 간도중학교를 졸업하고, 다시 함흥으로 나와 함흥고등보통학교에 1등으로 입학했다. 그 무렵 그는 영어를 썩 잘했다고 한다. 그러나 2학년 때 맹휴(盟休)의 주동자로 인정을 받아 스스로 자퇴하고는 1928년 서울 경신학교 3학년에 편입했다. 1929년은 광주학생사건이 일어난 해로 학생만세운동은 전국적으로 확대되었다. 그는 경신의 만세운동에 관계되어 일본 경찰에 체포, 15일간의 구류를 살았고 무더기 퇴학 때 함께 퇴학을 당했다.

그러나 그의 향학열은 꺾이지 않아 1930년 일본으로 건너가 경도(京都) 양양(兩洋)중학교에 들어갔다. 이듬해 졸업하는 대로 다시 동경으로 가 의예과에 시험을 치르라는 부친의 엄명을 어기고 조도전(早稻田) 대학 고등사범부 영어과에 입학을 했다.

그대신 응시한 W大 高師部에는 무난히 통과되었다. 당시 교편을 잡고 계셨던 아버지께서는 당신을 후계할 과라서인지 별로 책망은 하지 않았다. 그러나 그 후 갑작스런 親患으로 귀가하지 않을 수가 없게 되었고, 경제사정과 나 자신의 건강이 나빠져 다시 渡東 못하고 학업은 그것으로 중단되고 말았다.[2)]

2. 개척민 문학 『북원(北原)』

1932년 용정에서 30여 리 떨어진 팔도구라는 곳에 있는 소학교인 해성(海星) 학교에서 교편을 잡게 되는 시기로부터 안수길의 간도문학의 싹이 움트게 된다. 해성학교는 그의 「북간도」의 마지막 부분에 실제 같은 이름으로 등장하고 있으며, 이한복의 3대 손인 이정수가 교사로 근무하는 곳이기도 하다. 안수길은 이 학교에 1년간 근무하면서 소설 수업에 전념했고 그 결과 그의 데뷔작이 되는 「적십자병원장(赤十字病院長)」이 서울 문단에 알려진 것은 1935년의 일이었다. 『조선문단』1935년 8월 현상문예호의 공고란에는 "단편소설 당선 「적십자병원장」 간도 안수길, 콩트 당선 「붉은 목도리」 간도 안수길"로 되어 있으나 「붉은 목도리」만 실려 있고 당선 단편소설은 실려 있지 않은데 뒤에 작가가 토로한 바로는 그 소설이 검열에서 게재 불가 판정이 났기 때문이라고 했다. 그의 당선작이 실리지는 못했지만 그럼에도 불구하고 그는 "문학도 남아일생의 업"이란 확신을 갖고 소설을 쓰는 작업에 매진했다.

그의 수필집을 읽으면 그가 병을 앓았다는 이야기가 적지 않게 눈에 띈다. 이따금 훗날에 연재소설을 중단하게도 했던 것은 "어렸을 때 앓은 백일해가 만성이 되어 나중에는 한쪽 폐가 없이 삶을 살아야 했기 때문"(미망인 김현숙 증언)이었다. 폐가 약하다는 소문은 이미 그가 결혼을 하기 전부터 고향 인근에 파다하게 퍼져 있었다. 김 여사는 말한다.

"소학교 동기 동창이기도 한 그분이 당선된 뒤 내게 호소했지요. 문학에 소질이 있는 것 같은데 몸이 약해서 걱정이다. 뒷받침만 잘 해주면 성공할 자신이 있다. 혹시 마음 잡은 데는 없는가, 라고요. 집안에서 혼삿말은 오갔으나 따로 정한 남자도 없었으려니와 몸이 약하다는데 젊은 맘에 동정이 갔어요."

두 사람이 결혼을 한 것은 김 여사가 평양의 정의여고를 졸업하고 고향 흥남으로 돌아와 소학교인 동광학원에 교사로 재직하고 있던 1935년의 일이었다.

그는 아내에게 약속한 대로 그해 박영준(朴榮濬), 이주복(李周福), 김국진(金國鎭) 등과 간도의 문예동인지 『북향(北鄕)』을 간행하고 간도일보사에 근무(1936년)하다가 신경의 만선일보(滿鮮日報)로 자리를 옮기면서(1937년) 신문기자로 활약하는 한편, 중편 「벼」 등

---

2) 수필집 『명아주 한포기』, 文藝創作社 刊, 1977년.

을 동시에 발표하고 당시 유일한 재만조선인 작품집인 『싹트는 대지』에 단편 「새벽」을 싣는 등 창작에 왕성한 의욕을 보였다.

"그 무렵 나는 동아일보 특파원으로 그곳에 갔었지만 신문이 폐간 당하자 만선일보의 일을 도와주고 있는 형편이었다. 그때엔 염상섭 국장이 물러나고 일인 국장이 와 있었는데 안수길은 학예면을 맡아했다. 나는 용정에 있던 그의 집에 놀러간 적도 있었으며 여비가 떨어져 용돈을 얻어 쓰기도 했다. 그의 집은 한식 기와집의 유족한 살림살이였으나 몸은 약질이었다"(송지영 증언).

안수길은 병고와 기자생활에 쫓기면서도 틈틈이 작품을 써 1943년에는 재만작가로서는 유일한 개인 창작집인 『북원(北原)』을 펴냈다. 거기엔 「목축기(牧畜記)」를 비롯하여 12편의 작품이 수록되었다. 염상섭은 그 책의 '서(序)'에서 "금후 만주에서 우리의 손으로 개척민 문학 내지는 농민문학이 생성된다면, 그것은 『북원』에서 기점을 구하여야 할 것이 아닌가 함이오. 그 선도로서의 중임을 이 저자에게 맡겨야 할 것이라는 것이다" 하여 그의 작가적 위치를 확실히 해주었다. 고국에서는 우리말 작품을 발표할 수 없던 시기에 나온 『북원』은 신영철(申瑩撤)편의 「싹트는 대지」와 함께 우리 문학의 중요한 목록이라 할 수 있을 것이다.

그는 만선일보를 사직하고 난 뒤 용정에 있었으나 1945년 6월 가솔을 거느리고 고향 서호진으로 돌아왔다.

"해방이 되자 아버님은 어디엔가 감추어 두었던 태극기를 꺼내 펴 보이며 눈물을 글썽거렸다. 그러나 해방의 감격도 잠시, 분단이 기정사실로 굳어지자 1948년 우리 가족은 사과, 복숭아, 포도 등을 재배하던 1만여 평의 과수원을 내버려두고 38선을 넘지 않으면 안되었다"(장남 안병섭 증언).

3. 신음하며 탐구하는 작가

제2의 망향의 생활이 시작된 것이다. 그는 곧 경향신문사에 기자로 취직이 되어 근무했으나 6·25 동란은 그를 다시금 부산으로 내몰았다. 1952년 피난지에서 용산고등학교 교사로 재직하는 등 생계를 꾸려가며 열심히 작품을 썼다. 그 결과 1954년 마침내 그의 작가적 위치를 명실상부 확고히 한 제2창작집 『제삼인간형(第三人間型)』이 나오게 된 것이다.

여기에는 동란이 빚어낸 세 가지 유형의 인물이 등장한다. 한때 작가였다가 동란 통에 작가적 사명을 포기하고 자동차 사업으로 돈을 벌며 타락해 간 '조운'이란 인물이 그 하나이고, 세상 물정을 모르던 부잣집 딸이고 문학소녀였다가 고난을 겪으면서 현실에

<사진 2> "길고 긴 세월이 흐른 뒤/살은 떡갈나무에 꽂혀 있었네. 부러지지 않고……" 안수길이 평소 애송했던 롱펠로의 시「활과 노래」육필.

용감히 대처해가는 여자로 변모한 '미이'가 그 둘이다. 그러면 역시 작가이면서 교직을 업으로 호구지책을 이어가는 통한의 지식인인 '석'은 또 어떤 유형일까.

> (전략) '그러면 나는?' 눈을 감았다가 뜨며 석은 중얼거렸다. '사명을 포기하지도 그것에 충실하지도 못하고 말라가는 나는? 나도 사변이 빚어낸 한 타입이라고 할까?'

이렇듯 작품의 결구는 우유부단하지만 어쩔 수 없는 현실의 부대낌 속에서 한 가닥 양심을 잃지 않으려는 지식인의 삶에 조명을 비추고 있다.

피난 시절 소설공부를 하느라고 용산고교로 안수길을 찾아간 것이 계기가 되어 내내 그를 알고 지냈던 김동섭(金桐燮)에 의하면 "그는 그 무렵 부산 영도 태평동에 일본식 집의 방 한 칸을 세 얻어 살고 있었는데 궤짝을 놓고 앉아 글을 썼으며 늘 스탕달의 얘기를 했고 염상섭의 풍부한 어휘에 경탄을 금하지 않았다"고 한다.

1954년 서울로 돌아온 뒤『제삼인간형』을 비롯하여『초연필담(初戀筆談)』,『풍차(風車)』,『벼』등 일련의 도시생활을 그린 작품집을 내가는 사이 그가 그의 대표작이라 할「북간도」1부를 발표한 것이 1959년의 일이며, 그 전(全) 5부작을 책으로 출간한 것이 1967년이었으니 완성하는 데 만 8년이 걸린 셈이다.

이 작품의 시대적 배경은 1870년부터 1945년까지 75년간에 걸쳐 전개되며 이한복 일가의 4대를 다룬 거편에 속하는 작품이다. 안수길은 이 작품에서 이한복 일가와 북간도 비봉촌의 이주로부터 시작하여 노일전쟁에서 러시아가 패배한 뒤, 청일 사이에 이루어진 간도협약에 따라서 조선농민들이 "완전히 남의 나라에 온 '이미그런트' 유랑의 이주민"이 되는 과정을 거쳐, 청인의 박해와 일본 경찰의 만행과 그에 의한 희생, 그리고 기미독립운동 이후 독립군의 활약상 등 역사적 사건의 와중에서 간도의 조선인이 어떻게 생존해 나가는가를 극도로 감정이 절제된 필치로 펼쳐 보이며, 사실주의에 입각한 역사의식을 표출했다.

> 藝術의 本然의 길이란 作者 스스로가 말하고 있듯이 眈美가 아니라 어떻게 사느냐 하는 것을 표현해 나가는 것이라고 짐작할 때, 확실히「北間島」는 그것을 代辯해 줄만한 作品이라고 할 수 있다.3)

그러나 그의 장편소설은 여기에서 끝나지 않는다. 1968년에 그는 「통로(通路)」를 발표했으며, 1971년에는 그 속편격인 「성천강(城川江)」을 내놓았다. 안수길 자신은 써지지 않아 고심하던 끝에 면도칼로 동맥을 끊는 자살시도마저 유발했던 「북간도」보다는 「성천강」에 더 큰 애착을 느끼고 있었던 듯 생전에 이 작품이 단행본으로 발간되기를 희망했었다. 그 이유는 "「북간도」에 비해 「성천강」에 와서 구성이나 문장이 한층 더 치밀하고 정교해지고 있기 때문"(김국태의 전언)이었다.

"집에서는 늘 한복을 입고 고무신을 신고 이따금 퉁소를 불었고, 맥주를 마시다 흥에 겨우면 '이별의 부산정거장'을 곡조가 틀리게 불렀다"(오인문 증언)던 그는 또한 무척이나 성실성을 강조한 인간이었다. 그는 "신음하면서 탐구하는 사람만을 시인할 수 있다"는 파스칼의 말을 인생의 신조로 삼았고 그런 뜻에서 롱펠로의 시 「활과 노래」를 애송했다. 그는 한때 서라벌예대와 이화여대에 강의를 맡은 적이 있으나 평생을 펜 한 자루에 의지하고 살았다. 또 그는 평생을 병고에 시달리며 살았다. 그래서 그는 "펜촉을 통해 내 피가 흘러나간다"고 자신 있게 말할 수 있었을 것이다. 순천향병원에 입원할 때에도 연재소설을 중단할 수 없어 원고뭉치를 지니고 들어갔던 남석(南石) 안수길, 그러나 그는 66세를 일기로 1977년 4월 18일 영영 불귀의 몸이 되었다.

3) 申東漢, 「安壽吉作品解說」, 『한국대표문학전집 7』, 三中堂刊, 1979년.

◆ 연보

1911년   11월 3일 함남 함흥에서 북간도 용정 광명고녀의 교감을 지낸 순흥 안씨 용호(鎔浩)와 광산 김씨 숙경(淑卿)과의 사이에서 2남 1녀 중 장남으로 출생. 1916년 6세 때 고향인 함남 함주군 흥남읍(뒤에 흥남시) 서호리 190번지로 이주. 이곳이 원적임. 호는 남석(南石).

1924년   (13세) 고향에서 소학교 동진학원 4년을 졸업하고 부모가 있는 북간도 용정으로 감.

1926년   (15세) 용정의 간도중학교 졸업. 다시 함흥으로 나와 함흥고등보통학교에 입학.

1927년   (16세) 함흥고보 2학년 때 맹휴사건에 관계되어 2학기 때 자퇴.

1928년   (17세) 3월 서울 경신학교 3학년에 편입.

1929년   (18세) 11월 광주학생 사건이 터지자 경신에서도 만세운동이 일어남. 그때 일본 경찰에 체포되어 15일간 구류, 퇴학.

1930년   (19세) 일본으로 건너감. 3월 경도(京都) 양양(兩洋)중학교에 편입.

1931년   (20세) 2월 양양중학교 졸업. 3월 동경 조도전대학 고등사범부 영어과에 입학. 부친 병환으로 귀국.

1932년   (21세) 용정에서 30여리 떨어진 팔도구에 있는 천주교계의 소학교 해성학교에서 교편을 잡으면서 문학공부에 전념.

1933년   (22세) 질환으로 교편생활 그만두고 전지요양.

1935년   (24세) 단편 「적십자병원장」과 콩트 「붉은 목도리」가 『조선문단』(8월 현상문예호)에 당선. 소학교 동창이자 개화기 때 하와이를 세 차례나 왕래한 바 있는 함흥지주 김성진(金成振)의 영애인 청주 김씨 현숙(現淑)과 결혼. 단편 「호가(胡歌)네 지팡」을 씀. 박영준, 이주복, 김국진 등과 함께 문예동인지 『북향』 간행.

1936년   (25세) 용정에 있던 간도일보사 기자 근무. 장남 병섭(柄燮) 출생.

1937년   (26세) 간도일보와 신경의 만몽일보가 만선일보로 발족하자 신경으로 가서 근무.

1940년   (29세) 중편 「벼 단편」, 「4호실」, 「한여름 밤」을 만선일보에 발표. 단편 「새벽」(「호가네 지팡」으로 개제)을 재만(在滿)조선인 작품집 『싹트는 대지』(신영철편)에 수록. 차남 병환(柄煥) 출생.

1943년   (32세) 단편 「목축기」(춘추 4월호) 발표. 제1창작집 『북원』(예문당) 간행.

1944년   (33세) 처녀장편 「북향보(北鄕譜)」를 만선일보 연재.

1945년   (34세) 장녀 순희(筍嬉) 출생. 6월 건강 나빠 귀향. 광복 이후 흥남 후농리 과수원에서 3년간 요양.

1948년   (37세) 차녀 순원(筍嫄) 출생. 7월 월남. 경향신문사 입사. 문화부 차장.

1949년   (38세) 단편 「여수(旅愁)」(백민 6월호) 등 발표. 경향신문 조사부장.

1950년   (39세) 안암동에 살던 중 6·25동란으로 부산 피난. 3남 병찬(柄燦) 출생.

1951년   (40세) 해군 정훈감실 문관 근무.

1952년   (41세) 피난지 부산의 용산고등학교 교사. 단편 「명암(明暗)」(자유평론) 등 발표.

1953년   (42세) 단편 「제삼인간형」(자유세계) 발표.

1954년	(43세) 환도, 서라벌예대 문예창작과 과장. 창작집『제삼인간형』(을유문화사) 간행. 위 창작집으로 이듬해 제2회 아세아 자유문학상 수상.
1955년	(44세) 창작집『초연필담(初戀筆談)』(글벗집) 간행.
1956년	(45세) 동아일보에 장편「가장행렬(假裝行列)」연재중 병발, 중단. 서라벌예대 사직.
1957년	(46세) 종암 1동 123번지 71호로 이사.
1959년	(48세) 이대 국문과 출강. 장편「북간도」제1부(사상계 4월호) 등 발표.
1961년	(50세)「북간도」제2부(사상계 4월호) 발표.
1963년	(52세)「북간도」제3부(사상계 1월호) 발표. 창작집『풍차』(동민문화사) 간행.
1965년	(54세) 창작집『벼』(정음사) 간행.
1966년	(55세) 장편「내일은 풍우(風雨)」(한국일보) 연재.
1967년	(56세)「북간도」4·5부 전작으로 완성. 전 5부(삼중당) 간행.
1968년	(57세) 서울시문화상 수상. 장편「통로(通路)」제1부(현대문학 11월~익년 11월호) 연재.
1971년	(60세)「통로」의 속편격인 장편「성천강」(신동아 1월호)을 이후 3년간 걸쳐 연재.
1973년	(62세) 제14회 3·1문화상 수상.
1976년	(65세) 창작집『망명시인(亡命詩人)』(일지사) 간행.
1977년	(66세) 역사소설「이화에 월백하고」(경향신문 연재) 집필 중 4월 18일 아침 7시 만성폐쇄성 폐질환으로 사망. 경기도 마석 모란공원에 안장. 9월 수필집『명아주 한포기』(문예창작사) 간행.

◆ 도움말 주신 분(1982년 현재)

金現淑	73 · 미망인 · 서울 도봉구 수유동 526번지 11호.
安柄變	46 · 장남 · 서울예술전문대학 교수.
宋志英	66 · 친구 · 문예진흥원 원장.
金桐變	57 · 후학 · 강남구 은마아파트 3동 204호.
吳仁文	40 · 제자 · 작가.
金國泰	45 · 사위 · 작가.

◆ 관계 문헌

郭鐘元,「安壽吉論」,『新太陽』4권 4호, 1955년.

金禹昌,『궁핍한 시대의 詩人』, 民音社 刊, 1977년.

金允植,『(속)韓國近代作家論攷』, 一志社 刊, 1981년.

金治洙,「소설 속의 間島體驗」,『現代文學』1982년 3월호.

申 石 艸

(시인 1909~1975)

1. 명문 유가(儒家)의 혈통

전통적인 유가(儒家)의 집안에서 태어나 한시(漢詩)의 먼지더미에서 자라났던 신석초는 1930년대 전반기 폴 발레리의 동양적 사유와 순수시론에 심취하면서부터 현대시를 쓰기 시작했다. 그로부터 그는 평생을 일관하여 현실에 대한 목적의식을 지닌 시를 일체 거부하면서 "시는 어디까지나 시이어야 한다"는 신념으로 언어의 탁마에 심혈을 기울였다. 인간의 탈속으로 향한 오뇌의 몸부림이 환시적 세계처럼 펼쳐져 있는 그의 대표 장편시 「바라춤」은 1941년부터 1959년까지 18년간에 걸쳐 완성한 것으로 거기서 우리는 그의 시작(詩作) 태도에 대한 치열성이 어느 만큼인지 가늠할 수가 있다.

> 골패 짝 같은 것들, 물감들인
> 종이 조각 같은 것들,
> 立春날 액맥이로 뿌려 논
> 종이 돈같은 것들
>
> 줄줄이 늘어 서서
> 모두 꼭 같은 문 꼭 같은 담
> 꼭 같은 지붕
> 類型의 인간 집들이어
> (중략)
> 달을 바라보며 임을 기다릴
> 숲이 없구나
> 조용히 기대설 정자도 없고
> 아침 이슬을 길을 연못도 없고
> 비밀한 몸짓을 가리울
> 완자창도 없구나
> (중략)

오오 낯이 부끄러운
다락같은 山水의 둘레여
한국의 푸른 하늘 밑이여

남의 집같은 이 뜨락에서
우리는 아들 딸들을 길러야 한다.
뒷날 나라가 번영하여
이곳에 소슬대문이 서고
꽃밭이 우거질 것을 꿈꾸며
우리는 살아가야 한다.

「新興住宅街」에서

　외국의 자재원조를 받아 국민주택형으로 지어졌던, 그리하여 한국다움을 잃어버린 모습에 대한 비애를 시로써 삭이게끔 했던 그 집에서 석초는 1963년부터 세상을 떠나던 1975년까지 살았었다. 자력으로 마련한 집이었음에도 불구하고 그에게는 기쁨보다도 '청풍 오백간(淸風 五百間)' 한산 고향의 고가(古家)를 버리고 떠나야 했던 사람의 슬픈 만감이 착잡하게 가슴을 뒤흔들었던 것인지도 모를 일이다.

　서울 도봉구 수유동 472번지 71호는 화계사와 삼양동으로 갈라지는 네거리 귀퉁이 경남약국을 끼고 들어가는 골목 안 어린이 놀이터 부근에 자리 잡고 있다. 그러나 지금의 집은 '침류장(枕流莊)'이나 '자정향관(紫丁香館)'이라는 옥호를 가졌던 옛집은 아니다.

　앞의 시에서 석초가 소망했듯 대를 물린 그의 아들 신달순(申撻淳)은 옛집을 허물고 그 터에 '소슬대문'은 아니지만 기와 얹은 커다란 대문을 세우고 이층 양옥을 다시 지었다.

　마당에는 새로 정원수가 들어찼다. 그 가운데에 '자정향관'의 내력이 있는 석초의 자색 라일락도 연륜을 더하며 어우러져 서 있다. 그가 실제로 거처하지는 못했으나 그의 서가와 고서로 꾸며진 이층 서재엔 깔끔한 보료가 깔려 있어 "감성의 우주를 방황하는 나그네"는 잠시 자리를 비운 듯, 홀연 등 뒤에서 나타날 것만 같은 분위기이다.

　석초가 태어난 곳은 충남 서천군 화양면 활동리 17번지였다. 그는 그곳을 예스럽게 한산 숭문동이라고 부르기를 좋아했다. 그는 그곳에서 소지주였던 신긍우(申肯雨)를 아버지로, 강긍선(姜肯善)을 어머니로 하여 2남 2녀 중 장남으로 태어났다. 그의 아우 신하식(申夏植)에 따르면 13대조 신영원(申永源)이 고려 말의 문식 목은 이색(李穡)의 문중 자손인 한산 이씨와 혼인을 맺어 산 이래 한산은 석초 집안이 대를 이어온 뿌리의 땅이라고 한다. 후에(1973년) 그 자신이 역주를 했던 「석북집(石北集)」의 장본인인 석북 신광수(申光洙)는 조선조 영조 때 글씨와 그림에 뛰어났고 벼슬이 우승지에 이른 이로 그의 7대조가 된다. 그가 아호를 석초라 한 것도 석북의 문통을 잇는다는 의도가 잠재했던 것이 아닌가 여겨진다.

> 그래요. 나는 忠南 韓山의 낡은 儒家에서 그것도 長男으로 태어났어요. 내 父親은 아주 엄격하고 知的이고 현명한 분이셨지. 두 사람의 家庭교사를 두고 어린 나에게 漢字와 新學問을 가르치셨지. 13세에 四書三經을 떼게 하고 초등학교 3학년에 편입을 시켰는데 2년 후엔 檢定考試를 보고 京畿第1高普에 들어갔어요. 아버지는 남에게 굽히지 않는 人物이 돼야 한다고, 法律을 배우라 하셨는데 그게 나에게는 싫어. 15세 때 결혼을 했지. 이런 일들을 나는 苦憫하게 되고. 한 마디로 거기에서 탈출하고 싶은 욕망이 詩로 나온 것인지도 모르지.[1]

그러나 제1고보 3학년이 되는 1927년 신병으로 휴학을 하게 되었고 그 이듬해에는 요양겸 석왕사를 찾았다. 그는 복학하는 것을 포기하고 20세가 되던 1929년 곧장 일본 동경으로 가 조도전대학과 법정대학 철학과의 청강생이 되어 1934년 2월까지 하숙을 전전하며 머물렀다. 그가 귀국한 것은 그해 4월이었는데 3월에 맹장염을 앓았던 것이 귀국길에 오른 원인이 된 것 같다. 그해 여름에 재차 석왕사를 찾았던 그는 11월에 장질부사를 앓아 사경을 헤매기도 했었다. 그러니까 전통적 유가의 장남으로서의 압박감과 20대를 전후로 한 나이로부터 줄곧 따라다닌 신병으로 말미암은 육체적 고통에서 오는 자의식 등은 그로 하여금 하나의 정신적 돌파구를 갈망하게 하였을 것으로 보여 지는 것이다. 정신적 돌파구, 그것이 시에의 길이었다.

2. 장시 「바라춤」의 세계

그가 폴 발레리의 「테스트씨와의 하룻밤」을 읽은 것은 1933년 일본에 있었을 때의 일이었다. 그는 그동안 로망 롤랭, 투르게니에프, 괴테, 보들레르, 입센을 읽었지만 거기서 그 자신의 사상을 형성할 만한 지주를 찾지 못했었다. 그는 주위의 환경과 개인에게 가해지는 인위적인 압박에도 불구하고 자기의 신념대로 생활을 영위해 가는 행동철학을 테스트씨에게서 배운 것이다. 그러므로 그에게 있어서 초기의 발레리의 영향은 시에서보다 삶의 철학에서 비롯되었다.

그러나 석초는 거기에 머물지 않고 발레리의 순수시 이론에 열중하는 탐구정신을 발휘하면서부터 시의 창작태도에 있어서도 동감하여 적지 않은 영향을 받아왔음은 사실이었다. 그는 「봐레리이 연구단편」에서 시란 감동과 제작의 두 면이 완전한 합일을 이

---

1) 申石艸－金后蘭 對談, 「感性의 宇宙를 방황하는 나그네」, 『心象』 1973년 11월호.

룰 때 절대시가 탄생한다고 설명하고 있다.

> 茫漠한 沆澧의 暮陽에 天涯로 퍼지는 落輝를 接할 때 漁夫는 詩를 느낌에 틀림이 없
> 지만, 그 自身이 곧 詩人은 아니며, 또 그 風景도 詩的이기는 하지만 詩作品은 아니다.[2]

고 하여 일차적인 감동에 이어서 이차적으로 축적된 지성에 의한 제작기술을 보다
강조하였는데 그것이 곧바로 석초의 창작태도가 되었던 것이다. 그가 그의 시에서 처음
에는 붙였던 쉼표나 마침표나 느낌표를 나중에는 없앴다든지 장시 「바라춤」을 여러 번
개작했다든지 1935년 최초의 발표 시인 「비취단장(翡翠斷章)」을 그 5년 뒤 『문장』지에
개작하여 실었고 그것을 다시 시집 『바라춤』에서 고쳐 싣고 있다든지 하는 것들은 그
좋은 예가 될 것이다.

석초가 서울 혜화동 72번지로 솔가하여 이사한 것은 1935년께의 일이었다. 그는 그
해 "월간지 『신조선』이 경영난에 허덕일 때 위당(爲堂) 선생으로 하여 가끔 잡지사에
들르던 게 인연이 되어 육사와 함께 그 잡지의 편집을 돌보게 되었고, 잡지의 지면을
메우기 위해 서로의 작품을 고선(考選)하여 싣게 된 것이라고 술회하고 있다"[3]에서 보
듯이 『신조선』을 매개로 이육사와의 교분이 시작됨과 동시 최초의 작품이 발표되었음
을 알 수 있다.

翡翠! 내 轉身의 절 안에
산란한 時間의 발자취
茶毘의 낡은 혼적이 어릴제
너는 魅惑하는 손에 이끌리어
限없는 愛撫 속에도 오히려
不滅하는 純粹한 빛을 던진다.

나는 꿈꾸는 裸身을 안고
數 많은 虛無의 欲求를 사루면서
혼자서 헐린 뜰을 나리려 한다.
저곳에 시들은 蘭꽃 한떨기!
또, 저곳엔 石階우에 꿈결 같이
떠오르는 永遠한 處女의 자태!

「翡翠斷章」 4~5연

<사진 1> 석초는 수유동집에 마련된 자신의 서재에서 머물러
본 적이 없으나 평소 아끼던 책들과 유품들이 그대로 있어 잠시
자리를 뜬 것 같은 착각을 불러일으킨다.

---

2) 『文章』 1941년 4월호.
3) 金后蘭, 「人物論―石艸申應植」, 『新聞과 放送』 1980년 4월호.

번뇌에 떨면서도 청옥처럼 불멸하는 혼을 그의 정신으로 다잡아두려는 의지를 노래한 「비취단장」 이후 1941년 부친의 환후로 낙향할 때까지 그는 『자오선』과 『시학』과 『문장』을 통해 활발하게 시를 발표하고 그의 정신의 일단을 피력하는 산문을 썼다.

그의 이육사와의 교분은 무척 깊었던 듯 두 사람이 함께 경주와 부여 등지를 여행하기도 했었다.

"혜화동에 살 때 이원조(李源朝)를 비롯한 육사 3형제가 빨래를 해댈 정도로 늘 와서 살다시피 했다. 석초는 멋을 부려 양복도 자주 해 입었는데 한번 입은 양복은 육사 등에게 주어 집에는 헌 양복이 없었다. 그는 시 외에 영화에도 관심을 보여 「지하촌(地下村)」이란 영화를 제작하기도 하고 『창공』이란 잡지를 만들려다가 실패하기도 했었다. 그는 이재를 축적하기보다는 소모하는 쪽의 사람이었다"(신하식 부부 회고담).

석초가 장시 「바라춤」을 발표하기 시작한 것은 1941년 『문장』지를 통해서였다. 그러나 「바라춤 서사(序詞)」가 쓰여진 것은 1957년 『현대문학』지를 통해서였고 1959년 시집 『바라춤』을 냄으로써 완결을 보았다.

> 묻히리란다. 靑山에 묻히리란다.
> 靑山이야 변할이 없어라.
> 내몸 언제나 꺾이지 않은 無垢한
> 꽃이언만
> 깊은 절 속에 덧없이 시들어 지느니
> 생각하면 갈갈이 찢어지는 내 맘
> 서러 어찌 하리라.
>
> 묻히리란다. 靑山에 묻히리란다.
> 나는 혼자이로라. 찔레 얽어진
> 숲 사이로 표범이 불러 에우고
> 재올리 바라ㅅ소리 뷘山을 울려
> 쩡쩡 우는 山울림과 밤이면
> 달 피해 우는 杜鵑이 없으면
> 나는 혼자 이로다.
>
> 「바라춤 序詞」 1~2연

이 시는 74행의 「바라춤 서사」와 350행의 「바라춤」으로 이루어져 있다. 이 시에서 구태여 하나의 이야기를 끄집어내면 열반에 들기를 꿈꾸어 깊은 산사에 든 한 영혼이 차마 떨치지 못하는 사바의 어지러운 번뇌로 종소리 끊긴 이슥한 밤부터 태양이 장미꽃으로 벌어질 때까지 몸부림을 치는 과정을 형상화한 것이라고 말할 수 있다. 그러나 중요한 것은 이야기가 아니고 순간순간의 영감과 내적인 목소리의 울림 같은 것을 보다 귀하게 취해야 할 것이다.

3. 멋쟁이며 미식가(美食家)

<사진 2> 1933년 10월 동경에서의 석초. 이때 그는 발레리의 「테스트씨와의 하룻밤」을 읽은 이래 발레리의 행동철학에 심취하면서 그의 순수시론에도 열중하여 그에 따른 일관적인 시작태도를 유지했다.

석초는 「바라춤」 이후 「푸로메데우스서곡」들과 「처용은 말한다」, 「폭풍의 노래」 등으로 발전적인 변모를 시도하지만 그 근본은 그려 보여주기보다는 본질을 추구하는 쪽에 심혈을 기울였다는 데 귀일한다.

"나는 그의 선비적이고 도학자적인 인품에 끌려 그분을 매우 좋아했다. 그는 멋쟁이에 미식가였다. 누가 머플러를 선물하면 자신의 머플러에다 그 머플러를 이중으로 얹어 매었다. 그는 1950년대에도 일급 레스토랑을 즐겨 출입했고 코피맛이 좋다고 생각하는 다방이 있으면 택시를 잡아타고 가고는 했다"(성춘복 회고담)든가 "현대적이고 진취적인 성격의 소유자이면서도 가정을 잘 지키면서 혼자의 고독을 즐긴 고풍스런 멋이 있는 동양신사였다"(김후란 회고담)든가 "자녀 교육에 있어서도 옛날 양반이지만 개화적인 사상을 지닌 민주주의적인 분이었다"(신달순 회고담)이라든가에서 보는 것과 같이 그는 여러 사람에게 통일된 인상을 풍겼다. 그는 날카로운 코에 훌쩍한 키로 언제부턴가 어깨가 굽어 학 같은 모습을 연상시켰다.

한때 고향에서 관민이 떠맡겨 면장을 지낸 적도 있었으나 부친이 타계한 후 1955년에는 고향집을 처분하고 아예 서울로 올라오고 말았다. 남에게 넘어간 넓다란 고가는 그후 모두 허물어 내어 밭으로 변하고 말았다 한다.

서울로 온 그는 1957년부터 한국일보사와 인연을 맺어 문화부장겸 논설위원으로 활약하기 시작했고 몇 년 뒤엔 문화부장직을 그만두고 1974년까지 논설위원으로만 재직했다. 1952년 면장직을 맡고 있을 때부터 기침과 천식으로 고생을 해온 석초는 1974년께부터는 그 병으로 무척 시달리기 시작하더니 급기야는 장출혈이라는 합병증마저 얻어 1975년 3월 8일 영면했다. 그 6년 전 그의 부인이 타계했을 때 그가 바쳤던 「만사(輓詞)」가 또 다른 여운을 남긴다.

죽은 사람에게 무슨 서러움이 있을 건가
산 사람에게 무슨 낙이 있을 건가
세상은 수논 꽃밭 속인데
다락같은 집에 봉황같이
사는 사람도 많아라
하루아침 꽃상여에 실려가서
싸리밭 황토 속에 묻히면
만사가 꿈이어라

말년에 발레리에 관한 논문을 한 권 책이 될 분량으로 정리하고 떠난 그는 지금 경기도 양주군 장흥의 신세계 공원묘지에 잠들어 있다.

◆ 연보

1909년   6월 4일 충남 서천군 화양면 활동리(한산 숭문동) 17번지에서 부 고령 신씨 긍우(肯雨)와 모 강궁선(姜肯善)과의 사이의 2남 2녀 중 장남으로 출생. 본명 웅식(應植) 호는 석초(石艸) 또는 석초(石草).

1914년   (5세) 향제(鄕第)에서 가정교사로부터 한학 수학.

1921년   (12세) 13세 때 사서삼경을 뗌.

1923년   (14세) 한산보통학교 3학년 편입.

1924년   (15세) 봄에 경기 안성 출신의 2세 연상인 강영식(姜永植)과 결혼.

1925년   (16세) 보통학교 5학년 때 검정고시를 거쳐 경성제일고등보통학교에 입학.

1927년   (18세) 신병으로 학교 휴학.

1928년   (19세) 여름에 석왕사를 찾음.

1929년   (20세) 일본으로 건너가 조도전대(早稻田大) 청강생.

1930년   (21세) 장남 기순(起淳) 출생.

1931년   (22세) 법정대 철학과에서 수강.

1933년   (24세) 이두(伊豆) 해안을 소요, 폴 발레리를 탐독.

1934년   (25세) 3월 맹장염을 앓아 경응대병원에서 가료, 4월 귀국. 여름에 재차 석왕사를 찾다. 11월 장질부사를 심하게 앓음.

1935년   (26세) 2남 달순(達淳) 출생. 서울 혜화동 72번지로 솔가 이사. 이육사와 함께『신조선』지에서 편집을 맡아봄. 시「비취단장(翡翠斷章)」, 산문「함레트의 명상을 주제로」(이상 신조선 6월호) 발표.

1936년   (27세) 1월 해운대 여행.

1937년   (28세) 장녀 길순(吉淳) 출생. 시「호접(胡蝶)」, 「무녀의 춤」(이상 자오선 12월창간호 발표).

1938년   (29세) 가을 육사와 경주 여행,「서라벌 단장」, 「처용은 말한다」 구상. 논문「테스트씨」(조선일보) 발표.

1939년   (30세) 서울 명륜동 4가로 이사. 시「파초」(시학 3월 1집),「가야금」평론「이상과 능력의 문제」(이상 시학 5 · 6월 합호 2집), 시「배암」(시학 8월 3집),「묘(墓)」(시학 10월 4집) 등 발표.

1940년   (31세) 봄에 일본 동경 여행. 여름 남원 여행. 시「검무랑(劍舞娘)」(문장 1월호),「비취단장」(문장 10월호) 발표. 차녀 명순(明淳) 출생. 가을에 육사와 부여를 찾음.

1941년   (32세)논문「멋 설(設)」(문장 3월호),「봐레리이 연구단편」, 시「바라춤」,「궁시(弓矢)」(이상 문장 4월호) 발표. 부친 환후로 귀향.

1943년   (34세) 3녀 민순(敏淳) 출생.

1945년   (36세) 광복. 수필「서울의 상모(狀貌)」(신천지) 발표.

1946년   (37세)『석초시집』(을유문화사) 간행. 논문「안재홍론(安在鴻論)」(신천지) 발표.

1948년   (39세) 시「여명(黎明)」(학풍) 발표. 한국문학가협회 중앙위원.

1949년	(40세) 시「푸로메데우스서곡」(민성), 「춘설」(서울신문), 수필「분매기(盆梅記)」(학풍) 등 발표. 부친 타계.
1950년	(41세) 6·25동란 반발. 서울서 공부하던 자녀들 귀향. 장남 대전에서 사망
1951년	(42세) 4녀 찬순(讚淳) 출생. 8월 충남 서천군 화양면장.
1952년	(43세) 천식을 앓다. 면장직 사직.
1954년	(45세) 부영 청양 등지로 사냥.
1955년	(46세) 서울 성북동으로 이사. 시「바라춤」(현대문학 2월호) 발표.
1956년	(47세) 시 「서라벌단장」(현대문학 1월호), 「성지의 부(城址의 賦)」(현대문학 3월호) 등 발표.
1957년	(48세) 시 「바라춤」(현대문학 1월호), 「바라춤 서사」(현대문학 3월호), 「바라춤」(현대문학 5·6·8월호), 수필「'시학'의 추억」(현대문학 4월호), 「구라파와 동상」(현대문학 10월~익년 1월호) 등 발표. 한국일보사 논설 위원겸 문화부장.
1958년	(50세) 제 2 시집『바라춤』(통문관) 간행.
1960년	(51세) 예술원회원. 시「미녀에게」(사상계 4월호) 등 발표.
1961년	(52세) 서라벌예대 강사.
1963년	(54세) 서울 성북구 수유동 472번지 71호로 이사. 발레리연구「발레리와 유럽정신」(예술원예술논문집) 발표.
1964년	(55세) 시「처용은 말한다」(현대문학 4월호) 등 발표.
1965년	(56세) 한국시인협회장. 시「4월에」(신동아 3월호) 등 발표.
1966년	(57세) 시「춘설」(시문학 5월호) 등 발표.
1967년	(59세) 시「불춤」(월간문학 12월호) 등 발표.
1969년	(60세) 부인 타계.
1970년	(61세) 시집『폭풍의 노래』(한국시인협회) 간행. 시「지상의 노래」등 10편 예술원보에 발표.
1973년	(64세) 시 「수렵도」(문학사상 9월호) 발표.『석북집(石北集)』,『자하시집(紫霞詩渠)』을 역주함.
1974년	(65세) 한국일보 논설위원직 사직. 시집『수유동운(水踰洞韻)』,『처용은 말한다』(이상 조광출판사) 간행.
1975년	(66세) 「시전(時傳)」번역을 완료.「발레리연구」, 「어위당잡문(語葦堂雜文)」및「시전집(時全集)」간행을 위해 원고 정리. 장시「천지(天地)」집필에 착수. 3월 8일 객담 및 장출혈로 수유동 집에서 타계. 문인장으로 경기도 양주군 장흥 신세계 공원묘지에 안장.

◆ 도움말 주신 분 (1982년 현재)

申夏植	70·동생·서울 종로구 명륜동 1가 5번지 3호.
申達淳	47·아들·조흥은행 신당동 지점장.
成春福	48·후학·시인.

金后蘭   48 · 후학 · 시인.

◆ 관계 문헌

鄭泰榕, 「申石艸論」, 『現代文學』 1970년 11월호.
金后蘭, 「人物論―石艸 申應植」, 『新聞과 放送』 1980년 4월호.

金 來 成

(소설가 1909~1957)

1. 청춘극장 (青春劇場)의 무대

"만일 문학이 행복한 소수자라는 특정 계급만이 이것을 향락할 수 있다면 그리고 불행한 다수자와는 하등의 인연도 갖지 않기를 원한다면 그것이야말로 문학 자체의 존재 이유를 의심하지 않을 수 없는 일이다."

일찍이 전인미답의 탐정소설 분야를 개척하였던 김래성은 광복 후 보다 폭넓게 문학의 존재 이유를 설명하면서 '불행의 다수자'를 위한 대중문학에의 소신을 밝혔던 것이다.

그는 늘 새로운 것에의 탈바꿈을 시도했다. 「청춘극장」을 써서 인기작가로서의 발판을 굳혔던 그는, 「실락원의 별」에서 본격 문학작품으로서의 발돋움을 시도했으나 나이 48세, 갑자기 세상을 떠나고 말았다.

> 미아리 고갯길과 정릉으로 빠지는 신작로가 그리는 직각(直角) 속에 위치해 있다.
> 대문 밖이 곧 산기슭이요, 산책로이다. 이 산책로를 따라 올라가서 산허리를 삥 돌아
> 치면 신작로가 아리랑 고개를 바로 넘어선 지점이 된다. 거기서 먼지 이는 신작로를
> 피하여 산기슭 뒷길로 접어들어 집으로 돌아오는 산책 코스가 약 삼십 분 마침한 거
> 리였다.

<사진 1> 돈암교회 앞 그의 집 안뜰에는 그가 심었다는 등나무만 해를 거듭하여 줄기를 뻗어간다. 그는 오른쪽 문이 열려 있는 방에서 작품을 썼고 거기서 세상을 떠났다.

「자연의 혜택 속에서」란 수필에서 김래성은 해방 직후부터 9년 동안 살다가 타계한 성북구 동선동 4가 234번지 집에 대하여 이렇게 썼다. 그는 여기서 「청춘극장(青春劇場)」, 「인생화보(人生畫報)」, 「애인(愛人)」, 「실락원(失樂園)원의 별」 등 일련의 인기 작품을 써 났다. 아직도 미망인 김영순(金泳順)은 이곳을 지키며 추억 속에 살고 있다.

그가 심은 등나무는 어우러지게 조그만 뜰을 덮었고, 그가 좋아하는 대분 밖 산책로는 말끔히 포장된 신작로가 되었다.

김래성은 1090년 음력 5월 29일 평남 대동군 남곳면 월내리에서 3남 4녀 중 2남으로 태어났다.

> 이름이 달읍섬이로되 글자 그대로 섬이 아니고 平壤外城서 머터니(馬攄里) 나루
> 를 건너면 陸路로 30里길이다.

이 월내리는 뒤에 부분적으로 소설 「청춘극장」의 무대가 되었다.

대동강 지류에 위치한 이 '아름다운 마을'에서 소지주의 아들로 그는 동심을 키우며 자라났으나 그의 부친은 꽤 엄격한 사람이었던 듯, 5세 때부터 기미독립운동이 나던 해인 10세까지 한문 공부를 시켜 『사략(史略)』까지 마치게 했다. 그가 보통학교에 들어간 것이 그 해였다.

다시 말하면 그가 이렇게 정규 학교를 늦게 다니게 된 것은 그의 부친이 배일적 사상, 신학문에 대한 불신과 관계된다. 그의 부친은 일본 신체제 교육은 일본인으로서 동화, 또는 그들 전쟁의 방패막이로 이용될 것이라는 것을 간파하고 있었다는 것이다.

부친이 이듬해 사망했으나 이미 작정해 놓은 혼처가 있어 집안 의사에 따라 겨우 12세에 조혼의 길을 걸었다. 5세가 연상인 그 여인에게 어린 래성은 압박감을 느꼈고 이로 인하여 차차 우울증에 사로 잡혀 갔다.

그는 1925년에 평양공립고등보통학교에 입학했는데, 이때부터 시와 소설을 열심히 읽은 것도 문학작품 속에서 우울을 달랠 수 있는 위안감을 찾아내기 위해서였다고 한다. 한편 그는 『서광(瑞光)』 동인이 되어 파랑(波浪)이라는 이름으로 동요, 시, 소설 등을 발표하기 시작했다.

김래성이 탐정소설을 탐독한 것은 평양고보 1학년 때부터다. 그의 기(奇)의 세계에 대한 굶주린 감각을 최대한도로 자극했던 작가들은 영국의 코넌 도일, 미국의 에드가 알런 포우, 그와 같은 발음을 딴 일본의 강호천란보(江戸川亂步-에도가와다란 뽀)였다.

문학에의 꿈을 키우면서 그가 조혼의 폐단을 이유로 들어 이혼을 한 것은 평양 고보를 졸업하기 1년 전인 20세 때였다.

"래성과 나는 평양고보 18회 동창이다. 3학년 때 그와 함께 창전리 한학자 한치기(韓致璣) 집에서 하숙을 했다. 교내에서 특별한 활동이나 운동은 하지 않았으나 작문에 소질을 보였다. 일본 영화를 보고 나서는 창작으로 영화 스토리를 써 보기도 했다. 그는 이혼으로 양심적인 가책을 느꼈으나 그보다 이상을 향한 집념이 강했다. 학교 졸업 후 1년 동안 개인적인 일을 마무리 짓고 1931년 일본으로 떠났다."

김래성이 타계하기까지 가장 우의를 두텁게 해온 김웅규(金雄奎)는 학생시절을 이렇게 회상했다.

김래성은 1931년 조도전(早稻田)대학 제2 고등학원 문과에 입학했다가 1933년에는 같은 대학 독법과(獨法科)에 진학했다. 그는 이 무렵에 작가가 되기를 희망했으나 작가적 소질이 의심되었고, 한편 변호사가 되고 싶은 생각도 있어서 법과를 지망했다고 한다. 그러나 그는 문학을 버리지 못했다. 이 법률 공부로 그는 탐정소설을 쓰기 앞서 이론적이고 체계적인 사고방식을 기르는 데 많은 도움을 받았다고 후에 술회하고 있다.

> 學部 2학년 때 나는 극도의 염세증에 걸려 매일처럼 自殺을 생각하고 있었다. 그러던 어느 날 學校에서 돌아오는 길거리. 古册店에서 탐정소설 전문지 『프로필』을 서너 卷 사가지고 왔다. 해방 전까지는 『新靑年』의 다음 가는 壽命을 가진 잡지이다. (중략) 60매의 작품을 1편 써서 투고를 하였다. 두 달 後에 입선 통지서가 왔다. 사진과 입선 소감을 보내라는 것이다. 1934년 늦가을의 일이다.[1]

1935년 3월 『프로필』에 발표되어 호평을 받은 「타원형(楕圓形)의 거울」이 처녀작품이었다. 이 해 여름 특별 현상소설 모집에 나서 「탐정소설가의 살인」을 응모하여 당선되었고 처음으로 유불란(劉不亂)이란 필명을 써 『모던 일본』에 「연문기담(戀文綺譚)」을 응모, 역시 입선되어 발표됨으로써 탐정소설가로서의 첫 출발을 한 것이다.

이 해에 원산 루시고녀와 중앙보육원을 나온 김영순(金泳順)과 약혼을 하고 이듬해 조도전을 졸업하는 즉시 귀국하여 서울 식도원에서 결혼식을 올렸다.

"그이는 내 백모의 의동생으로서 어려서부터 보아 알고 있었으니까 중매 반 연애 반의 결혼이었다. 둔중하였지만 원만한 성격이라고 볼 수는 없었다. 타협할 줄 모르고 고집이 센 사람이었다"(김영순 회고담).

김래성은 1937년 1월에 「탐정소설가의 살인」을 「가상범인(假想犯人)」으로 개제 조선일보에 발표하고, 8월부터 『소년』지에 「백가면(白假面)」을 연재하더니 이듬해에는 이런 연고로 조선일보사에 입사하여 월간 『조광』편집 일을 맡아보았다.

<사진 2> 1948년 김래성의 가족, 앞줄 왼쪽부터 장녀 문혜. 아들 유현, 래성, 차녀 도혜, 뒷줄 오른쪽이 부인 김씨.

---

1) 수필 「處女作品回想」.

"나의 「성황당(城隍堂)」이 당선된 1년 후 나는 그와 알게 되었다. 그가 일련의 탐정소설을 발표하기 시작하여 1938년께 「마인(魔人)」을 조선일보에 연재하였을 때 그의 탐정소설가로서의 인기는 대단한 것이었다. 그것이 단행본으로 출판되자 낙양(洛陽)의 종이 값이 껑충 뛰어올랐다. 그는 일본 유학시절에는 강호천란보(江戶川亂步)의 문하에 드나든 것으로 알고 있다."

작가 정비석은 1930년대 말의 김래성은 탐정작가로서의 독보적인 존재로 그 위치를 굳혔다고 회고했다. 홍의의 악마며 파계승인 해월(海月)과 요부 은몽(恩夢)에게 가하는 복수, 그러나 해월의 정체는 좀처럼 보이지 않는다. 여기에 명탐정 유불란이 뛰어들어 변호사 오상억의 가면을 벗기고 해월과 오상억, 그리고 유탐정의 애욕의 삼각관계를 펼치면서 전개되는 「마인」은 탐정소설의 정석을 충실히 따른 작품이다. 그는 이때 아인(雅人)이라는 호를 사용해 보기도 했으나 오래 쓰지는 않았다.

김래성은 조선일보가 폐간되자 1941년에는 화신백화점에 들어가 문방구 책임자로 일을 하기도 했는데, 이때까지 발표한 그의 소설에는 '백'씨 성을 가진 주인공이 등장 하고 있다. 「백가면」, 「황금굴(黃金窟)」의 백희, 「연문기담」의 백장주, 「무마(霧魔)」의 백웅, 「시유리(屍琉璃)」의 백추, 「살인예술가(殺人藝術家)」의 백상몽, 「백사도(白蛇圖)」의 백화, 「심야의 공포」의 백린, 「마인」의 백영호씨 일가 등을 들 수 있다.

> 主人公의 이름이 나의 취미에 맞지 않으면 아무리 훌륭한 主題랄지라도 그것을 충분히 살리지 못하는 苦境에 빠진다. 절대로 평범한 이름이어서는 안 될 뿐만 아니라 그 이름이 그 人物의 性格 내지 분위기를 상징해야만 되는데[2]

백씨 성이 그의 구미에 맞는다는 것이다.

1944년 5월 말께 그는 심장병으로 정양하기 위하여 가족을 데리고 처가가 가까운 함남 석왕사 뒷산 마을로 갔다. 「청춘극장」제1부를 기고(起稿)한 것이 이곳에서였다. 학도병, 징병, 보국대 등 일제의 말기적 현상이 두드러진 그 때, 그는 관헌의 눈을 피해 밤에만 집필을 했다고 한다.

그가 다시 서울로 온 것은 1945년 11월이었고 이듬해에는 가족을 모두 거느리고 월남했다.

한 때 그는 「태풍(颱風)」, 「백사도」, 「이단자의 사랑」, 「시유리」 등을 써 '예술파적 탐정소설'을 시도하려는 노력을 기울인 적이 있었는데, 광복 직후에는 본격적인 순문학 쪽으로 방향을 바꿔 보려는 생각을 가지고 있었다.

---

2) 수필 「蒼白한 腦髓」.

1946년에 발표한 단편 「행복의 위치」, 「부부일기(夫婦日記)」, 「인생안내(人生案內)」, 「혼혈아(混血兒)」, 「유곡지(幽谷誌)」 등은 그런 의식의 결과로 쓰여졌다.

2. 대중문학(大衆文學)에의 신념

1949년 「청춘극장」이 구 한국일보에 연재되기 시작하자 그의 인기는 폭발적이었다.

"그는 첫째로 통속성과 대중성을 엄격히 구별해야 한다고 주장하였다. 소설에서 통속성은 배척될 것이지만 대중성은 소설적인 문학성으로 중시되어야 한다고 확고한 이론을 내세웠다. 본격 소설과 대중 소설을 합치려는 노력을 기울였는데 「청춘극장」이후 이런 의식은 더욱 강해졌다고 보인다. 이와 같은 각도에서 그의 문학사적 의의가 다뤄져야 할 것이다"라고 친구였던 문학평론가 백철은 말하고 있다.

「청춘극장」은 전 5부로 된 긴 장편소설이다. 남주인공 백영민(白榮民)은 일제시대 말기 한 의식을 지닌 지성인, 여주인공 허운옥(許雲玉)은 전형적인 한국의 여인상을 지닌 여필종부의 여인이다.

여기에 허운옥과 대조적인 성격의 현대 여성 오유경(吳有瓊)을 등장시키고, 시대적인 상황을 깔며 대통령이란 별명을 가진 장일수, 일제의 앞잡이 최달근, 박준길 등을 등장시켜 짜임새 있는 구성으로 인간 드라마를 펼쳐가고 있다.

김래성은 「청춘극장」에서 백영민을 통하여 오유경을 이상화시키고 있다. 백영민은 모든 유혹을 뿌리치고 자신에게 바치는 허운옥의 사랑을 저버리고 끝내 오유경의 뒤를 따라 자살한다.

<사진 3> 1954년의 모습.

허운옥의 인내와 순종은 미덕이라기 보다 노예적인 근성을 보고 시대의 희생물로 바쳐지고 있다. 그리고 오유경은 자립정신의 첨단적이고 반역적인 미덕으로 미화시켰다.

이 같은 정신 위에 무대를 한국, 일본, 중국 등에 두고 벌어지는 사건의 기복은 독자의 구미에 맞았고, 대중소설로서의 성공을 거두며 독자 저변확대에 기여했다. 사건의 우연성, 인물 묘사의 불일치 등이 엿보이기도 하지만 재미는 이런 단점을 누르고 있다.

이 소설은 6·25사변으로 연재가 중단되었다가 부산 피난지에서 다시 1952년까지 연재 되었다. 이

것이 책으로 출판되었을 때 피난시절이었음에도 1만부 이상이 팔리는 반응을 보였던 것이다.

1954년 3월 그는 부산에서 서울로 올라왔다. 부산에서 「인생화보(人生畵報)」를, 서울에 오자 「애인」을 썼다. 또 추리물을 곁들인 「사상(思想)의 장미」를 썼다. 그의 인기는 날로 상승하고 있었다.

1957년 그는 「실락원의 별」을 경향신문에 연재하고 있었다.

그는 이 작품에서 비상한 양심과 정열을 기울여 본격적인 문학성의 추구를 시도하려고 했다. 벼랑 밑에 있는 대중을 벼랑 위까지 끌어올리려는 그의 이론을 작품으로 구현해 보이려고 한 것이다.

그는 이 무렵 "이번 작품이 끝나면 좀 쉬었다가 정성들여 자서전이나 한번 썼으면…" 하고 말하고 있었다.

겹친 과로 끝에 그에게 뇌일혈이 발병한 것은 2월 14일, 그리고 수도의과병원에서 4일을 지내고 의식이 없는 가운데 돌아와 분도라는 이름으로 영세를 받고 19일 아침 7시 15분 고요히 눈을 감았다.

그는 지금 도봉 산록 가톨릭 묘지에 잠들어 있다.

1909년	음 5월 29일 평남 대동군 남곳면 월내리에서 청주 김씨 영한(榮漢)의 3남 4녀 중 2남으로 출생. 모친은 강신선(康信仙). 부친은 소지주. 아호는 아인(雅人).
1914년	(5세) 동리 서당으로 한학 공부.
1919년	(10세) 평양 육로리에서 살다. 강남(江南)공립보통학교 입학.
1920년	(11세) 부친 사망.
1921년	(12세) 12세 소년으로 17세 연상 여성과 조혼.
1923년	(14세) 강남공립보통학교 졸업 (4년제). 평양약송공립보통학교 편입.
1925년	(16세) 평양공립고등보통학교 입학. 「정원의 황혼」이라는 소품을 교우지 『대동강』에 발표.
1926년	(17세) '서광(曙光)'동인이 되어 동인지『서광』에 파랑(波浪)이라는 이름으로 동요, 시, 소설 등을 발표. 이때부터 탐정소설을 탐독.
1929년	(20세) 조혼한 아내와 이혼.
1930년	(21세) 평양공립고등보통학교 졸업.
1931년	(22세) 조도전대학 제 2고등학원 문과 입학.
1933년	(24세) 1년 동안 개인적인 일을 마무리 짓고 도일. 조도전대 독법과(獨法科) 입학. 변호사가 되고 싶은 생각이 있었으나 문학을 생리적으로 좋아하였다.
1935년	(26세) 탐정 전문지『프로필』에 「타원형의 거울」, 「탐정소설가의 살인」, 『모던 일본』에 「연문기담」을 투고 당선됨.『월간탐정』에 「탐정소설의 형식적 요건과 실질적 요건」 발표.
1936년	(27세) 조도전대 독법과 졸업, 귀국. 5월에 원산 루시고녀, 중앙보육 출신의 김해김씨 영순(泳順)과 결혼. 서울 종로구 가회동에서 생활.
1937년	(28세) 탐정소설 「가상범인」(조선일보), 「백가면」(소년) 등을 발표. 장녀 문혜(文惠) 출생.
1938년	(29세) 조선일보사 입사, 『조광』 편집. 「살인 예술가」(조광 3,4월호), 「광상시인(狂想詩人)」(조광), 「황금굴(黃金窟)」(동아일보), 「저금통장」(조광 타임즈), 「무마(霧魔)」(신세계), 「잊히지 않는 일초」(아이생활), 「마인」(조선일보 연재) 등 발표. 일본에서 간행된『신작탐정소설선집』에 수록됨.
1939년	(30세) 서울 종로구 명륜동 3가 65번지로 이사.
1940년	(31세) 장남 자훈(子薰) 출생. 탐정소설 「복수지」, 「제일석간(第一夕刊)」, 「그림자」, 「보굴왕(寶窟王)」 등을 발표.
1941년	(32세) 탐정소설 「괴암성(怪巖城)」(조광 1월호부터 연재). 화신백화점 문방구 책임자로 근무. 자훈 사망.
1942년	(33세) 차녀 도혜(道惠) 출생.
1943년	(34세) 「태풍」, 「백사도」, 「이단자의 사랑」, 「악마파(구제 시유리)」 등을 발표. 성북동으로 이사.
1944년	(35세) 심장병으로 함남 석왕사 뒷산 학익리에서 정양. 장편 「청춘극장」 집필.

1945년	(36세) 11월 월남.
1946년	(37세) 가족을 모두 거느리고 월남. 차남 유헌(有憲) 출생. 단편 「행복의 위치」, 「부부일기」, 「혼혈아」, 「인생 안내」, 「유곡지(幽谷誌)」등을 발표하면서 순소설 방향으로 문학적 전환을 시도.
1947년	(38세) 장편 「진주탑」, 「보굴왕」, 「마공불공(魔公佛公)」, 「비밀의 가면」, 단편 「비밀의 문」 등 발표.
1948년	(39세) 성북구 동선동 4가 324번지로 이사.
1949년	(40세) 「청춘극장」(구 한국일보 연재) 발표 시작. 11월 『청춘극장』(청운사) 1 · 2부 간행.
1950년	(41세) 3남 세헌(世憲) 출생.
1951년	(42세) 부산 동대신동에서 피난 생활. 장편 「인생화보」 발표. 장편 『청춘극장』(전 5부), 단편집 『부부일기』(청운사) 간행.
1954년	(45세) 장편 「인생화보」, 「사상의 장미」(신태양), 「백조의 곡」(여성계), 「검은별」(학원), 「도깨비 감투」(학원) 등 발표.
1956년	(47세) 『사상의 장미』(전 3부), 『애인』, 『꿈꾸는 바다』, 『심야의 공포』, 『검은별』, 『괴기의 수첩』, 『쌍무지개 뜨는 언덕』, 『도깨비 감투』 등을 간행.
1957년	(48세) 「실락원의 별」을 경향신문에 연재 도중 2월 19일 뇌일혈로 사망. 도봉산록 가톨릭 묘지에 안장.
1958년	『소설계』 주관으로 '래성문학상' 제정.

◆ 도움말 주신 분 (1973년 현재)

金泳順 58세 · 미망인 · 서울 성북구 동선동 4가 243번지.

金雄奎 64세 · 친구 · 김웅규외과 원장.

白　鐵 65세 · 친구 · 문학평론가.

鄭飛石 62세 · 친구 · 작가.

◆ 관계 문헌

金來成, 「探偵小說隨感」, 『신동아』 1933년 4월호.

金來成, 「探偵小說論」, 『새벽』 1956년 3월호.

金來成, 「新聞小說의 形式과 本質」, 『現代文學』 1957년 2월호.

白　鐵, 「金來成篇」, 『새벽』 1957년 4월호.

郭鍾元, 「金來成의 片貌」, 『現代文學』 1963년 2월호.

朴 啓 周

(소설가 1913~1966)

1. 간도(間島)에서의 고행

1935년부터 1940년 사이 한국문학은 다기적 현상을 보여주고 있었는데, 그 중에 하나가 대중소설의 유행이였다. 김말봉의 「밀림」(1935년)을 비롯하여 김래성의 「마인」(1938년)이 저널리즘의 후광을 받고 대중에게 접근하고 있을 무렵, 서운(曙雲)박계주는 매일신보 형상 장편을 통해 「순애보(殉愛譜)」를 들고 나왔는데 그것이 단행본으로 발간되자 4개월 만에 4판을 찍어 내는 인기를 얻어 일약 유명해졌다.

"사랑은 주는 것이요. 가지는 것이 아니다"라는 그리스도의 정신을 구현하고자 한 이 작품은 오늘날까지 70여 판을 거듭하면서 많은 독자를 보유하고 있는 사랑의 고전판이기도 하다.

박계주가 3년 투병 중 마지막 1년을 보낸 집은 미아리 고개 막바지에 있었다. 미아리 고개 버스정류소에서 오른쪽 길로 접어 꼬불꼬불한 언덕길을 1백 미터 가량 올라가면 돈암동 19의 241호와 만날 수 있다. 축대 위에 올라 서 있는 40여 평 대지의 조그만 집은 말년 병고에 시달리던 그의 불행을 말해주듯 쓸쓸한 감회를 자아낸다. 그의 아들 진(眞)은 모친마저 3개월 뒤 세상을 떠나자 집을 팔아, 현재는 남의 소유로 되어 있다.

<사진 1> 1939년 박문서관에 근무할 무렵. 왼쪽이 박계주, 가운데가 방용구.

박계주가 태어난 적은 1913년 음력 7월 26일 간도 용정(龍井)에서 였다. 원래 그의 부모는 함흥 사람이며, 부친 인근(仁根)은 문과에 급제한 이로 사사(仕事)하였으며, 그곳에 전토와 과수원을 가지고 있었으나 1910년 국치을 당하자 홀연 땅과 집을 내버리고 용정으로 건너갔다. 그러나 생후 8개월 만에 부친이 세상을 떠났으므로 모친 원희진(元姬鎭)과 형, 그리고 계주 세 식구는 어려운 나날을

보내게 되었다. 1919년 3월 12일 용정에도 독립운동의 만세가 터져 나왔으나 조선인에
대한 일본경찰의 무참한 학살을 보게 되자 가족은 이도구(二道構)로 피해 갔다.

그는 1926년 5년제 구산(邱山)소학교 졸업하고 용정에 있는 6년제 영신소학교에 편
입했을 때부터 쌀짐과 돼지사료 따위를 져 나르며 고학을 했다고 한다. 1927년 영신중
학교에 입학하여 1932년 졸업할 때지야 말로 그가 문학에 열정을 갖게 된 시절이며
유려한 문장과 묘미 있는 대화의 체득을 이루게 되니 문학 수련기이었다.

> 1930년 즉, 내가 만 열일곱 살 때에「赤貧」이라는 단편소설을 써서 신문 신춘문예
> 현상모집에 응모했던 바 당시 당선작은 없고, 내 단편이 선의 가작으로 뽑혀 신문에 며
> 칠간 연재된 것이 내 처녀작이자 첫 활자화된 소설이었던 것이다.1)

그 뒤 1931년 중학교 5학년 때「혁명전선에 나서는 소년 형제」,「월아(月夜)」가 각기
신문에 발표되었으나 그 당시에는 소설보다도 시를 더 많이 써서 발표했다고 한다.

그 무렵 그는 학교에서 파인 김동환의 시집『구경의 밤』을 친구 간에 빼앗아 가며 읽
었고, 용정에 살면서 타국으로 떠나가는 농민들과 망명객들의 한숨과 눈물을 보고 가슴
아프게 받아들이기도 했다.

그는 당시 신흥 장개석 정권이 내는 일간기관지인『민성보(民聲報)』,「잡초(雜草)」,
「두만강(豆滿腔)」,「우리는 탑 쌓는 무리외다」등 민족정신을 고취하는 시를 발표했
다.「우리는 탑…」하는 시는 1932년『신동아』에 발표하려 했으나 총독부 검열로 발
표 금지를 당했다 한다.

> 코 흘리는 조무래기들에게 휩싸여
> 사뭇 영웅이 되어 보는 나는
> 골목에서 골목으로 유랑하는
> 장타령에 늘씬해지는 슈바리에
>
> 때로는 골목이 다하여
> 동구 밖에 나서고 산촌에 이르면
> 보리와 감자와 쌀을 받고
> 젊은 시악시이길래
> 엿 한 가락 더 떼어 주는 접시.
>
> 절컥 절컥

---

1) 회상「文壇回顧錄」.

왼종일 가위로 햇빛을 자르다 못하여
지금은 달빛을 뚝뚝 자르며 발길을 돌려야 하는
내 눈 앞에는 무수한 시악시의 얼굴들이 아물거린다.

「엿장수」 3~5연

박계주는 그의 시가 검열에 통과되지 못한 뒤부터 주로 풍경이나 계절을 읊었는데, 「엿장수」는 그가 좋아하던 시의 하나였다. 어쩌면 그것은 간도 땅을 유랑하는 한인의 서글픈 모습인지도 모른다.

그는 1932년 영신중학교를 졸업하고 잠시 윤근영(尹克榮)이 조직한 여성 계몽운동의 하나인 '백합대(白合隊)'에서 일을 보다가 소만(蘇滿) 국경 근처 구사평(九沙坪)이라는 한촌의 감리교 계통 소학교 교원으로 부임해 갔다. 그러나 그의 꿈인 동경은 가지 못할망정 서울 유학의 길에라도 오르는 것이었다. 그래서 이듬해에는 이도구로 돌아갔다가 부모의 고향에 남아 있는 땅을 처분하고 서울로 가려고 함흥에 갔다. 그러나 그가 지망했던 서울 감리교 신학교에는 연령이 미달되어 원산에 주저앉았다가, 곧이어 평양으로 갔다. 이 후 평양 중앙선도원이 발행하는 월간 『예수』지를 창간하면서 4년간 근무하게 되었다.

사실상 박계주가 의식적으로 기독교와 깊은 관계를 맺기는 중학 4년 때 '정임'이라는 한 여인과의 관계를 계기로 교회를 나가고부터였다. 그의 자전 소설 「잊을 수 없는 여인들」에 의하면 그는 그 후 '조' 'H'라는 여인과 차례로 사랑을 하게 되는데, 그것은 항상 기독교적인 참회와 당시의 사회관습으로 말미암아 이루지 못하는 사랑으로 끝나고 있다. 그런 가운데서도 주일학교 선생으로 꾸준히 일했다. 그에게서 배운 사람 중 에는 시인 윤동주의 고종이자 일본 복강(福岡)형무소에서 윤동주와 함께 사상범으로 옥사한 송몽규(宋夢奎)도 끼어 있었다.

2. 출세작 「순애보(殉愛譜)」

『예수』지의 편집장 겸 주간을 보던 그가 평양을 떠난 것은 1936년이다. 서울로 와서 종로구 내자 아파트 가까이 오동나무집이라는 데서 하숙하다가 원산, 금강산, 이도구를 여행하고 다시 서울로 왔다. 전영택이 주재하던 『새사람』의 편집 일을 맡아 그 때부터 전(田)의 소개로 춘원 이광수를 알게 되어 사사하게 되었다.

박계주가 그의 출세작이자 대표작을 쓴 것은 1938년이며, 그것이 매일신보 1천원 현상에 당선되어 신문에 연재되기는 1939년 1월 1일부터 약 8개월간에 걸친다.

매일신보 사회부장이며 선자의 한 사람이던 팔봉 김기진은 이광수로부터 낙선되어도 좋으니 작가가 읽어 보아 달라고 한다는 편지를 받고 다음과 같이 답했다.

그런데「殉愛譜」의 작품이 春園선생의 작품과 모랄도 같고, 문장도 유려창달할뿐더러 글씨마저 춘원선생의 글씨와 비슷하여 의아를 느끼고 있던 참이며 그렇잖아도 사람을 보내거나 직접 찾아뵈려 했사온데 전혀 신인이라 하니 더욱 기쁩니다.[2]

「순애보」의 대강 줄거리는 이렇다.

일제의 총살형을 당한 독립지사의 아들 최문선은 원상 해수욕장에서 유치원에 나가는 인순이라는 여인을 알게 되었으나 그의 가슴을 차지하고 있는 여인은 어릴 때 같이 자란 윤명희였다.

문선과 명희는 재회가 이루어지고부터 사랑에 빠지게 된다. 어느 날 인순의 요구에 응해 문선은 인순을 방문한다. 그 때 문선은 괴한이 던진 화변에 눈을 맞아 실명하고, 인순은 살해되었는데, 혐의가 문선에게 걸려 투옥된다. 그러나 범인은 문선의 박애정신에 감동되어 자수하고 문선은 세상에 나왔으나 불구의 몸이 되었음으로 명희의 앞날을 위해 원산으로 숨어버린다. 그러나 끝내 명희는 무선을 찾아내어 결혼을 한다. 여기에 곁들여 해순, 이철진, 옥련, 형식 등의 애정극이 펼쳐져 소설의 흥미를 돋우고 있다.

사건 전개의 우연성, 문선의 그리스도적 성격으로의 급진전 등 문제점을 지니고 있으나 선과 악 사이에서의 인간적 고민과 갈등을 잘 그려내고 있다.

가장 높고 가장 깨끗한 사랑에 저를 殉한다는 것이 殉愛譜라는 題號의 由來라고 作者는 말한다. 나는 이「殉愛譜」의 藝術的 標値如何를 말하려 하지 않는다. 그것은 讀者 스스로 判斷하실 것이니 나는 오직 作者가 이 小說에서 表現하려고 한 큰 動機만을 讀者에게 推奬하고 싶다.[3]

1939년 2월, 그는 선천의 안동 김씨 문중의 20세 난 응신(應信)과 결혼했다. 응신은 개성 호수돈여고를 졸업하고 동경 의학전문을 중퇴한 인텔리로 1년 전부터 가까이 지내던 여인이었다. 그들은 이광수 등이 참석한 가운데 전영택의 주례로 결혼식을 올렸다. 박계주는 '박문(博文)'과 삼천리에 근무하면서 단편에도 주력하여 순수문학 작가로서 인정받으려고 노력했다. 1940년의 단편「오랑캐」,『문장』지 검열 결과 삭제된「처녀지(處女地)」, 1943년의「유방(乳房)」등의 작품이 그 소산이었다.

---

2) 회상「文壇回顧錄」의 인용문.
3) 李光洙,『殉愛譜』序文, 每日申報社刊, 1939년.

"삼천리에서 함께 일하고 있을 때 그는 술을 못했다. 음식점에서 맥주를 마시면 그는 사이다만 마셔, 내가 '무슨 소설가가 술도 못 마시느냐'고 핀잔을 준 뒤에야 조금씩 술을 들기 시작했다. 그는 첫인상이 청교도적 냄새를 풍기는 사람이었다고 선량했으며 나에게「나의 사랑 마블린!」등의 서양 민요를 가르쳐 주기도 했다"라고 작가 최정희는『삼천리』시대를 돌이켜본다.

1942년 5월『삼천리』의 제호를『대동아(大東亞)』로 바꾸고 주인 김동환이 완전히 친일적인 잡지로 만들어 가고 있었을 때 간도에서『국경의 밤』을 읽으며 받았던 감동이 차츰 괴로움으로 변질해 갔고 몇 번이나 잡지사를 그만두어야겠다고 생각했다.4)

"내가 그를 안 것은 그가 출판사 '박문'에 있을 때 구 출판사 주인의 아들 노성석과 친구였던 관계로 그 곳에 놀러가서부터였다. 무척 가까이 지내 1944년 그가 소개(疏開)로 시골에 내려갔다가 1945년 광복을 맞고 가을에 나의 집에 왔을 때 여러 달 묵기도 했다. 그는 본적을 춘원의 집으로 할까 하다가 어쩐 일인지 나의 집 삼청동 35의 88로 하여 지금도 그대로, 본적으로 남아 있다. 평생 성실하고 진실되게 살려고 한 사람이었다."

현재 국제대학장인 방용구(龐溶九)는 이렇게 지난날을 돌이켜 그 인간됨을 말한다.

3. 반신불수의 말년

1945년 그는 소개에서 서울로 돌아와 김영수, 윤석중, 조풍연, 정현웅, 임병철, 채정근, 최영수 등과 고려문화사를 조직하고 출판사업에 주력하면서 계속 소설을 썼다.『어린이 신문』,『민성(民聲)』지 주간을 한 것도 그 때였다.

1945년, 특히 1951년 이후 단편도 많이 썼으나 주로 장편에 주력하여 신문소설을 계속 써 갔다.「진리(眞理)의 밤」,「구원(久遠)의 정화(情火)」,「별아 내 가슴에」,「대지(大地)의 성좌(星座)」, 연재 중단된「여수(旅愁)」등이 유명했으며 대부분 영화화되었다.

1950년 9·28 수복 전에 아군에 밀려 북한군이 패주할 때 그는 작가 박영준, 시인 김용호 등과 함께 납북되어 가다가 각기 탈주에 성공했다.

<사진 2> 1963년 가스 중독을 일으켰다가 잠시 회복의 기미를 보였을 때의 모습.

---

4) 朴啓周,「拉致된 國境의 밤의 詩人」,『自由文學』1962년 12월호.

미아리 고개를 넘어가는 아버지를 보았다는 그의 장남 진(眞)에 의하면 나중에 육군 포병 중사가 된 차대길(車大吉)이라는 북한군의 도움으로 그는 영변에서 국군 6사단과 조우할 수 있었다고 한다.

1·4후퇴 후 박계주는 해군·육군 작가단으로 종군했다. 그리고 그가 1953년 서울로 돌아오니 돈암동 산 72의 1번지(현재 동선동 4가 302번지)는 전쟁의 폐허로 변해 있었다.

한 동안 돈암동 98의 1에서 전세로 살다가 정능 부흥주택 685의 23호로 집을 사 간 것이 1956년이었다.

1962년 그는 오스트리아 여행에서 돌아온 뒤 장편 「여수」를 동아일보에 연재하였다. 그는 이 작품에서 성 문제를 과감하게 다루어 인간의 본질을 파헤쳐 보려 했으나 필화 사건을 입어 중단되고 말았다.

이러한 주위의 불리한 여건에도 불구하고 1963년 5월 21일 연탄 가스중독으로 병을 얻기까지 그는 단란한 가정을 꾸려가고 있었다. 입원과 치료의 반신불수의 2년, 그와 가족들은 집을 팔고 미아리 고개 막바지로 가야만 했다.

거기서 1년이 지난 1966년 4월 7일 밤 9시께 그는 끝내 눈을 감고 말았다.

서운 박계주-그를 위해 헌신적으로 간호하다 지친 부인 김응신 마저 3개월 뒤에 간경화증으로 세상을 떠나니, 「순애보」의 애절한 사랑이었달까. 지금 경기 파주군 아동면 검산리 감리교 묘지에 부부가 다정히 잠들어 있다.

◆ 연보

1913년	음 7월 26일 간도 용정에서 부 밀양 박씨 인근(仁根)과 모 원희진(元姬鎭)의 차남으로 출생. 부친의 고향은 함흥, 그의 출생 후 8개월 만에 사망. 아호는 서운(曙雲).
1919년	(6세) 3·1운동 후 이도구(二道構)로 이주. 1918년부터 서당에서 공부.
1920년	(7세) 구산(邱山)소학교 입학.
1926년	(13세) 구산소학교(5년제) 졸업. 용정의 영신(永新)소학교 6학년에 입학. 이 때 부터 쌀짐과 돼지 사료 등을 져 나르며 고학.
1927년	(14세) 영신중학교 입학.
1931년	(18세) 단편「혁명전선에 나서는 소년형제」(장개석 정권 일간 기관지 민성보 한글판)발표. 콩트「월야」(민성보) 발표. 이로부터 2, 3년간 간도일보와 민성보에「잡초」,「두만강」,「우리는 탑 쌓는 무리외다」,「해란강」,「북망산」,「중추소곡(仲秋小曲)」,「소하의 세레나데」,「엿장수」등의 시 50여 편 발표.
1932년	(19세) 시「황혼(黃昏)의 바다」(신동아 12월호) 발표. 영신중학교(5년제) 졸업. 소만(蘇滿) 국경의 한촌(寒村) 구사평에서 감리교 계통 소학교 교원.
1933년	(20세) 서울로의 유학비를 마련하기 위하여 부모가 두고 간 집과 과수원 처분 차 부모의 고향 함흥에 감. 그 후 원산에 가서 백남계(白南桂) 목사집에 유함. 가을 평양 중앙선도원으로 감.
1934년	(21세) 1월, 중앙선도원 발행 월간『예수』지 창간.
1936년	(23세) 싱경, 현 내자 아파트 부근 오동나무집에서 하숙. 다시 여름에 원산을 거쳐 금강산 여행 중 백정봉에서「순애보」구상. 모친이 있는 간도로 감.
1937년	(24세) 상경. 전영택 주재 원간『새사람』지 편집. 전(田)의 소개로 이광수를 알게 됨. 7월『새사람』폐간, 실직. 가을 평양행, 재차『예수』지 편집.
1938년	(25세) 서울 내자동 하숙집에 돌아와 장편「순애보」쓰고, 12월 매일신보 1천원 현상 장편소설에 박진(朴進)이라는 이름으로 당선. 단편「인간제물(人間祭物)」(삼천리),「화성녀(火星女)」(신세기),「애광자(愛狂者)」(실화) 등 발표.
1939년	(26세) 2월, 동경 의학전문 중퇴의 안동 김씨 응신(應信)과 결혼, 장남 진(眞) 출생, 박문서관 출판부 입사. 월간『박문』편집. 10월『순애보』(매일신보사) 간행.
1940년	(27세) 1월 월간『삼천리』편집. 단편「오랑캐」(뒤에 사형수로 개제·삼천리),「처녀지」(검열에서 삭제·문장) 등 발표.
1941년	(28세) 단편「향토」(춘추),「탈출」(반도지광),「죽음보다 강한 것」(매일신보)등 발표. 장녀 선(善) 출생. 장편『애로역정(愛路歷程)』제1부(매일신보사) 간행.
1943년	(30세) 단편「유방」(조광 2월호),「딸따리족」,「오리온 성좌」(조광 3월호)등 발표.『삼천리』지 폐간.『신시대』편집부장.
1944년	(31세) 단편「향토(鄕土)」(춘추 3월호) 발표. 시골로 소개.
1945년	(32세) 차남 철(哲) 출생. 8·15 광복 후 상경. 김영수, 윤석중, 조풍연, 최영수 등과 고려문화사 조직. 단편「지옥」,「예술시대」등 발표.
1946년	(33세)『민성』지 주간.

1947년	(34세) 영화 「죄 없는 죄인」 원작 영화화. 차남 철(哲) 사망.
1948년	(35세) 단편 「유물철학(唯物哲學)」 등과 장편 「진리의 밤」(경향신문) 등 연재. 단편집 『처녀지』 간행. 3남 훈(焄) 출생.
1949년	(36세) 한성일보사 취체역 겸 편집 고문. 단편 「다방 에덴」(신천지) 등 발표.
1950년	(37세) 장편 『진리의 밤』(上·下) 간행. 6·25 발발, 박영준, 김용호 등과 납북 연행도중 탈출.
1951년	(38세) 단편 「혈연」(희망) 발표. 이 후 해군·육군에 종군.
1952년	(39세) 4남 현(炫) 출생.
1953년	(40세) 장편 「피의 제전」(국제신보), 「구원의 정화」(경향신문) 등 연재.
1954년	(41세) 장편 「별아 내 가슴에」(서울신문) 등 연재.
1955년	(42세) 장편 「자나깨나」(연합신문) 등 연재.
1956년	(43세) 5남 일(日) 출생.
1957년	(44세) 장편 「대지의 성좌」(동아일보) 연재.
1959년	(46세) 장편 「장미와 태양」(평화신문) 등 연재.
1960년	(47세) 구미 제국 여행.
1962년	(49세) 장편 「여수」(동아일보) 연재 중 필화사건으로 집필 중단.
1963년	(50세) 5월 21일 연탄가스 중독으로 와병.
1966년	(53세) 투병 중 4월 7일 하오 9시께 성북구 돈암동 19의 241 자택에서 사망. 경기 파주군 아동면 검산리 감리교 묘지에 묻힘.

◆ 도움말 주신 분 (1973년 현재)

朴 眞	34세 · 장남 · 흥국상가 해상부 근무.
麗容九	59세 · 친우 · 국제대학장.
崔貞熙	61세 · 교우 · 작가.
朴營濬	62세 · 교우 · 작가.

◆ 관계 문헌

정홍권, 「·殉愛譜'에 나타난 基督敎思想」, 『國語國文學』, 釜山大 外國語文學會刊, 1967년 2월.

金 利 錫

(소설가 1914~1964)

1. 평양 부상(富商)의 차남

안으로 파고드는 비애감으로 마침내는 마음의 정화
에 다다르게 되는, 그만이 가지는 독특한 소설들을 남
긴 김이석은 1930년대 말 한국의 모더니즘의 한 운동
이었던 『단층(斷層)』동인으로 출발하여 6·25사변을
겪으면서 비극에 팽개쳐진 인간들을 통해 슬픔과 설움
을 들려 준 작가였다.

구호가 아닌 구호 이상의 효과를 거두고, 예술적 마
력으로 작품을 다뤘던 그는, 그러나 자신의 외곬으로
일관된 세계에 대해 늘 불만이었다. "사실로 작가에게
정체(停滯)처럼 두렵고 싫은 것은 없다. 새로운 발견으

<사진 1> 1953년께의 덕수궁에서.

로써 자기의 생활을 정복하지 않고서는 자기의 주장이 서지 않기 때문이다."

그는 세상을 떠나던 1964년에도 이렇듯 의욕을 꺾지 않고 자기 극복의 길을 가고 있
었다.

> 그는 자기가 살던 거리를 다시 걷기가 싫어서, 북쪽 길을 걸어 시청 앞으로 내려왔
> 다. 그러고는 목적 없이 걸어가다가, 무너진 미카도 앞을 지나 남문 시장 앞에 와서
> 술집이 눈에 띄는 대로 들어가 앉았다. 그는 주인이 부어 주는 대포를 쭉 단숨에 들이
> 키었다.

1950년 6·25의 전화, 아비규환의 평양을 다루고 있는 단편소설 「광풍 속에서」의
"무너진 미카도"는 김이석의 부친의 소유였던 평양에서 꼽히는 상가 빌딩이었다.

그가 "수만석을 했을 것"이라는 이 부자집이 차남으로 태어난 것은 1914년 7월 16일
평양시 창전리 89의 22에서였고, 그의 부친은 영안 김씨 치화(致和), 그의 어머니는 이득
화(李得和)였다. 남부러운 것 없이 자라난 구가 1921년 종로보통학교에 들어갔을 때, 재

담군으로서의 소질을 보여 주어 때로는 친구들과 거짓말도 정말인 것처럼 태연히 말하고는 했다. 그러나 그의 성격은 결단성이 없었고 소극적이었다고 하니, 이런 면은 그의 작품에 있어서 한정된 소재를 갖게 된 요인이 된 것 같다.

김이석은 11세 나던 해 동요 「돌배나무」를 지어 주위 사람들의 칭찬을 받았고, 곡조가 붙어 노래로도 불러졌다.

1928년 광성고등보통학교에 입학하여 1933년에 졸업했는데 학교시절에는 운동으로 축구를 좋아했다고 한다. 이 후 집에서 쉬다가 3년이 지난 1936년에야 서울에 올라가 연희전문 문과에 입학했다.

"이 무렵 나는 일본에 가 있었는데 어느 방학 때 만나니 학교를 그만두었다고 했다. 그 이유는 시시하기 때문이라는 것이었다. 부유한데다가 기독교 신자의 개화한 집안에서 공부를 더 할 수 있었음에도 그는 그것을 마다했던 것이다"

김이석의 죽마고우인 이근배(李根培)는 그 이후 1938년 『단층』 동인 시절이 그의 인생의 행복했던 때였다고 말했다. 그는 1938년 동아일보에 단편 「부어(腐魚)」가 입선하였던 것을 전후하여 열심히 소설 쓰는데 전념했던 것으로 보인다.

> 그 때 나는 학교를 집어치우고 집에 내려갈 생각도 없이 서울서 딩굴고 있었다. 소설을 쓴다는 핑계였다. 이러한 나에게 집에서는 꼬박꼬박 학비를 부쳐줄 리는 없었다. 내려와서 집의 일이나 도우라는 엽서가 이따만큼씩 올 뿐이었다.

이것은 소설 「재회(再會)」의 한 대목이지만 당시의 포부를 표현한 것인지도 모른다. "사회적 양심과 심리를 가지면서도 그것을 신념에까지 윤리화시킬 수 없는 인텔리의 회의와 고민을 분석적으로 그리려는 것이 공통된 성향이다"(최재서·단층파의 심리주의적 경향)라고 한 당시의 평문에서 알 수 있듯이, 김이석은 후의 작품에서 볼 수 없는 「감정세포의 전복(顚覆)」이니 「환등(幻燈)」 같은 제목들을 달음으로써 단층화를 대표하고 있었다. 그는 한편 집안에서 경영하는 황해도의 개간 사업과 옵셋 인쇄소의 일을 돕기도 하고, 조선곡, 산주식회사에 근무하기도 하는가 하면, 또 교원생활도 했다. 그 사이에 그가 27세 되던 1941년에는 최순옥과 중매결혼을 했다.

"그 후 해방을 맞이했으나 분단된 상황 하에서 공산주의자들과 월북파가 주름을 잡았던 그 시절, 대부분 단층파 사람들은 칩거의 나날을 보내고 있었다. 김이석도 예외는 아니었는데 단 하나 농민·농촌을 다룬 희곡 「소」를 써 그 공연을 가졌으나 만 하루 만에 이데올로기가 약하다 하여 공연 금지를 당해 나는 그것을 관람할 수 없었다. 그러나 이 작품으로 김이석은 다소 유명해졌다."

그의 광성 1년 후배이며 친구였던 원응서(元應瑞)는 북에서 무기력했던 때를 이렇게 돌이켜보았다.

2. 피난의 비애를 작품화

김이석은 1950년 말의 후퇴 때 서울에 왔다가 1·4후퇴로 다시 대구까지 내려갔다. 평양에서는 시내와 시외가 교통 차단이 되어 있었음으로 시골로 피난을 가 있던 그의 가족들을 만나볼 틈도 없이 황급히 두 아우와 함께 남으로 길을 재촉했던 것이다.

> 1·4 후퇴로 대구에 피난 내려가서 우리들이 묵고 있던 집은 화장터 굴뚝이 바라보이는 대신동 한 끝 쪽에 있는 목재 바라크였다. (중략)
> 우리들은 모두가 너무나도 많은 슬픔과 설움을 갖고 있었다. 고향을 잃은 슬픔, 가족을 잃은 설움, 배고픈 슬픔, 추위에 떨고 있는 설움, 앓는 친구를 멍청하니 보고만 있는 슬픔-생각하면 생각할수록 우리들의 가슴 속에는 슬픔과 설움뿐이었고, 가슴 속에 가득 찬 그 슬픔과 설움은 자꾸만 부풀어오르는 것만 같았다.
> 그 슬픔과 설움은 우리들이 목을 놓아 우는 대신에 그 종소리가 울어주는 셈이다. 아니, 확실히 울어주는 것이었다.[1]

이러한 비애는 김이석 자신의 것이다.

> 大邱 피난 가서 몸소 겪은 生活을 土臺로 쓴 作品이다. 나는 그 때 꼬박 석 달 동안 을 정말 冬眠 같은 생활을 한 셈이다.

단편집 『동면(冬眠)』 후기에 썼듯, 그 때의 서럽고 슬픈 처지를 짐작 할 수 있다. 그 뒤 그는 동면에서 깨어나 종군 작가단의 일원으로 중부전선에 나갔다.

"법 없이도 하는 굉장히 착한 사람은 자칫 잘못 생각되면 용기가 없는 사람으로 보이는 수가 있지만 그분은 결코 용기가 없었던 것이 아니

<사진 2> 1958년 6월 박순녀와 결혼 당시의 모습.

---

1) 「冬眠」.

다. 아첨이나 불의에는 견디지 못하는 성격이며, 타협을 하지 않는 용기가 있었다."

그가 세상을 떠나기 전 이미 작가로 문단에 등장한 미망인 박순녀(朴順女)는 그의 인간됨을 이렇게 전했다.

김이석의 대표작으로 꼽기는 대체로 「실비명(失碑銘)」을 들고 있으나 그 자신은 「동면」을 더 높이 샀다고 한다. 두 작품이 변함없이 따뜻한 인정의 세계를 다루고 있음은 동일한데, 전자는 슬픔 속의 슬픔으로 끝나는 대신 후자는 슬픔 속에 희망이 있고 좀 더 현실감 있게 어필해 온다는 점이 다르다.

그럼에도 일반적으로 「실비명」을 드는 데는 마음의 순화작용을 일으키는 그 특유의 잔잔한 묘사법과 강한 향수를 불러 일으키는 서민층의 비애가 연연하게 가슴을 치기 때문이다.

> 그 때 어느 햇가 권번(券番)의 인력거꾼이 마라돈에 3등을 했다. 그것이 바로 덕구였다. 그는 상장과 부상으로 광목 세 통을 탔다. 상장보다도 기실 실속있는 광목을 짊어지고 그의 집에 들어갔을 때 그의 아내는 딸의 예장이나 받은 것처럼 기뻐했다. 그렇게 기뻐하던 그의 아내가 그 해 겨울에 급성폐렴으로 가스랑거리는 가래와 함께 숨이 넘어가고 말았다.

이 처럼 실마리를 풀고 있는 「실비명」은 1920년대 현진건의 「운수 좋은 날」에서와 같이 인력거군이 주인공으로 되어 있다. 그러나 빈곤의 암울한 면을 내세우기보다는 인정의 아름다움을 펼쳐 보인다. 그러면서도 빈곤의 사회에서 당하는 슬픔을, 강압적인 현실 묘사를 통하여 강요하지 않으면서, 체홉의 단편이 주는 쓸쓸하고 훈훈한 감동을 느끼게 해주는 특징이 있다.

덕구가 바라는 것은 오직 의사가 된 그의 딸 도화를 태우고 인력거를 끌어 보는 것이었다.

학교에서 우등을 하던 도화였으나 여학교에서 인력거군의 딸이라는 것이 밝혀지자 기생학교에 다니는 연실이와 어울리고, 마침내는 '아마추어 협회'라는 극단에 들어간다. 그러나 불온하다는 이유로 극단이 해산되고 도화는 학교에서 불량소녀의 딱지가 붙어 쫓겨난다.

그 후 의사를 시키겠다는 아버지 덕구의 일념으로 도화를 간호사로 일하게 하였으나 어느 하루 인력거를 끈 채 병원을 찾아가니 도화의 얼굴이 말이 아니게 여위어 있었다. 그 자리에서 덕구는 딸의 짐을 싸게 하여 끌고 나온다.

눈이 왔다. 얼마 안 가서 큰 거리로 나서자 이번에는 인도 옆으로 인력거를 대 놓으면 "어서 올라 타구 빨리 가자 꾸나"한다. 도화는 "싫다는데두"하고 울상을 짓는다. 얼마 동안 가다가 남문 거리로 들어서자 갑자기 그는 인력거를 놓고 나서 "정말 못 타간" 하고 벌컥 소리를 지른다. 기어이 도하를 올려 태우고 왕년의 마라톤을 뛰던 기세로 달렸으나 덕구는 마주오는 차에 깔리고 만다.

끝내 연실이와 함께 기생학교에 들어가 기생이 된 도화는 언제나 집으로 돌아올 때면 아버지를 생각하고 인력거를 타지 않는다. 그러던 어느 한식날 도화는 아버지 덕구의 비(碑)를 세워 준다. 그러나 딸이기에 자식의 이름마저 새기지 못하는 실비명이다.

이 소설은 무덤가에서 소나무를 북 삼고 가슴 속에 울리는 인력거의 바퀴 소리를 또 북삼아 비조(飛鳥)처럼 춤을 추는 딸 도화, 안으로 파고드는 설움을 안은 도화의 모습이 눈 앞에 선히 떠오르게 해 주는 수작(秀作)이다.

3. 역사물(歷史物)에의 의욕

김이석은 「실비명」을 발표하고부터 꾸준히 창작생활에 몰두했다. 실상 환도한 후의 그의 생활은 자취 또는 하숙으로 후암도, 을지로 4가 등을 전전한 가난에 쪼들린 무궤도한 생활의 연속이었다.

"내가 그를 안 것은 1956년께 명동의 살롱 '동방'에서 친구 시인 구상을 통해서였다. 아세아자유문학상을 타기 전이었는데 북아현동에 있던 그의 창고 같은 하숙, 겨울에도 불 때지 않는 냉방에 웅크리고 있기가 일쑤였다. 그러나 외출할 때의 모습은 단정한 스타일리스트였다. 인생은 넓게 잡아 살겠다고 말했지만 감수성이 너무 예민해서 외곬으로 파고들어 그 포부대로 발전하지 못했다."

그의 후기 친구였던 석영학(石榮鶴)은 그가 인생의 깊이을 재볼 수 있었던 사람이었다고 했다.

이 시기 김이석은 화가 이중섭과 가까이 지내면서 그의 그림을 관리하고 그것을 팔기도 하였으며, 이중섭이 정신병원에 있을 때도 그를 도왔다. 그림에 조예가 깊었던 김이석은 그가 세상을 떠나자 "1백년에 하나 날까 말까한 화가가 죽었다"고 애통해 했다.

1957년에는 성동고등학교에 나가던 5년간의 강사생활도 끝장내고,

<사진 3> 이중섭의 개인전에서 이중섭과 김이석(오른쪽).

이번에는 마포구 현석동 177번지 옛 대원군 별장이던 집 한구석에서 자취를 하며 원고료로 생활을 꾸려나갔다.

그는 요리하기를 좋아했고 특기라 하리만큼 그 맛이 훌륭했다. 그의 요리 솜씨는 한식과 양식에 두루 통했다. 동료들은 때때로 그가 풀 먹인 와이샤쓰를 손바닥에 놓고 한손으로 두드리면서 풍로 위에 찌개를 끓이는 것을 볼 수 있었다.

> 나는 서강에서 방을 하나 얻어갖고 자취도 아니고 매식도 아닌 그런 생활을 하고 있었다. 그 집은 비바람이나 겨우 막을 수 있는 형편없는 집이었다. (중략) 아침은 구질스럽게 밥을 짓기도 귀찮아 빵과 치즈에 맹물로 뗐고, 저녁은 영양보충을 위해서만 아니라 운동도 겸하여 매식을 했다. 한종일 앉아 있어야 하는 나에게는 운동이 무엇보다도 필요했던 것이다.[2]

안정되지 못한 그의 생활은 1958년 6월 박순녀와의 결혼으로 청산되었다. 서대문구 문화촌에 새 집도 마련했고 의욕적인 작품 활동을 계속했다.

장편 역사물에도 손을 대기 시작한 그는 1962년 한국일보에 「난세비화(亂世飛花)」로 대중의 인기를 얻었다. 이 작품이 끝나자 한국일보의 자료 수집비를 얻어 「대원군(大院君)」의 구상과 자료 수집 차 강화도에 다녀오는 등 동분서주하기도 하였다. 제14회 서울시 문화상을 수상하던 1964년도 그는 역시 장편 역사소설 「신홍길동전(新洪吉童傳)」을 집필하고 있었다.

9월 18일 하오 5시가 가까워 2회 분을 써 놓고 과로 끝에 긴장이 풀려 기지개를 켜다 고혈압으로 쓰러졌다. 6시 40분께 창졸간에 세상을 떠났으니 그의 향년이 50세였다.

---

2)「再會」의 한 구절.

1914년	7월 16일 평양시 창전리 89의 22에서 부 연안 김 씨 치화(致和)와 모 이득화(李得和) 사이의 4남 3녀 중 차남으로 출생. 부친은 평양 중심가에 미카도 빌딩을 소유하고 있던 재산가, 교회 장로.
1921년	(7세) 평양 종로공립보통학교 입학.
1925년	(11세) 동요 「돌배나무」 발표.
1927년	(13세) 종로공립보통학교 졸업.
1928년	(14세) 평양 광성고등보통학교 입학.
1933년	(19세) 광성고등보통학교 졸업.
1936년	(22세) 상경, 연희전문학교 문과 입학.
1937년	(23세) 단편 「환등」 발표.
1938년	(24세) 연전 중퇴, 동아일보에 단편 「부어」 입선. 평양에서 구연묵, 김조규, 유환림, 양운한, 김화청, 김성집 등과 함께 동인지 『단층』 발간. 단편 「감정세포의전복」(단층 제1집), 「환등」(단층 제3집) 등 발표.
1940년	(26세) 조선곡산주식회사 연구실 근무, 단편 「공간」, 「밀어」 등 발표.
1941년	(27세) 조선곡산주식회사 사임. 평양 명륜(明倫)여자상업고등학교 교사. 최순옥(崔順玉) 과 결혼.
1943년	(29세) 명륜여자상업고등학교 사임. 양백(良伯 · 남) 출생.
1944년	(30세) 양엽(良葉 · 여) 출생.
1946년	(32세) 평양미술전문학교 강사.
1947년	(33세) 양익(良翼 · 남) 출생.
1951년	(37세) 1 · 4후퇴 때 가족을 두고 3형제가 월남, 대구에서 생활. 중부전선 작가단으로 종군.
1952년	(38세) 단편 「실비명」, 「소녀 태숙(台淑)의 이야기」 등 발표.
1953년	(39세) 『문화예술』 편집위원, 성동고등학교 강사, 「굴수(掘手)」, 「분별(分別)」 등 발표. 후암동에서 하숙.
1954년	(40세) 「외뿔소」(신태양), 「달과 더불어」 등 발표.
1955년	(41세) 「춘한(春恨)」(문학예술 7월호) 발표. 이 무렵 북아현동에서 하숙.
1965년	(42세) 「추운(秋雲)」(문학예술 1월호), 「학춤」(신태양 9월호), 「파경」 등 발표. 단편집 『실비명』(청구출판사) 간행. 제 4회 아세아자유문학상 수상.
1957년	(43세) 성동고등학교 사임. 「광풍 속에서」(자유문학 창간호), 「뻐꾸기」(문학예술 5월호), 「발정(發程)」(문학예술 11월호), 「비풍(悲風)」(현대문학) 등 발표. 중편 「아름다운 행렬」을 조선일보에 연재. 마포구 현석동 177번지에서 자취 생활.
1958년	(44세) 「한일(閒日)」(신태양 1월호), 「풍속(風俗)」(자유문학 1월호), 「화병」(희망 1월호), 「한풍」(신청년 2월호), 「어떤 여인」(자유세계 2월호), 「청포도」(신태양 7월호), 「동면」(사상계 7 · 8월호), 「잊어버린 이야기」(사조 9월호) 등 발표. 6월 박

순녀(朴順女)와 결혼, 서대문구 문화촌 47호에 새집을 마련하여 이거.

1959년   (45세)「적중(的中)」(자유문학 3월호),「세상(世相)」,「기억」 등 발표. 아동소설 「해와 달은 누구를 위해」를 『새벗』에 연재.

1960년   (46세)「지게 부대」(현대문학 8월호),「흐름 속에서」(사상계 8월호) 등 발표. 장편「흑하(黑何)」를 민국일보(民國日報)에 10월부터 연재, 양하(良河 · 여) 출생.

1961년   (47세)「밀주(密酒)」(자유문학 10월호),「허민선생」(사상계 12월호),「창녀와 나」(자유문학) 등 발표. 『문장작법』(수험사) 간행.

1962년   (48세)「관앞골 기억」(자유문학) 발표,「난세비화」를 한국일보에 11월부터 연재.

1963년   (49세)「장대현시절(章臺峴時節)」(사상계),「편심(偏心)」 등 발표.

1964년   (50세)「교련과 나」(신세계 3월호),「탈피」(사상계 5월호),「금붕어」(여상 8월호),「재회」(현대문학 10월호) 등 발표. 장편「신홍길동전」을 대한일보에 5월부터 연재. 단편집 『동면』(민중서관), 장편 『홍길동전』(을유문화사), 아동 장편 『해와 달은 누구를 위해』(구미서관)를 간행. 제 14회 서울시 문화상 수상. 9월 18일 하오 6시 40분경 문화촌 자택에서 급서, 망우리 묘지에 묻힘.

◆ 도움말 주신 분(1973년 현재)

朴順女   45 · 미망인 · 작가.
李根培   60 · 친구 · 중앙대 의대 교수.
元應瑞   59 · 친구 · 외국문학가.
石營鶴   57 · 친구 · 현대경제 논설위원.

◆ 관계 문헌

金 松,「속에 가득찬 서러움-金利錫의 人間과 文學」,『現代文學』 1964년 2월호.
李炳基,「金利錫論」,『文學春秋』 1964년 12월호.

朴 木 月

(시인 1916~1978)

1. 자연과 인간과 신의 세계

 "참으로 창조자로서 나 자신은 과거의 작품에 대한 관심이나 애착보다 오늘 빚은 일에 애정과 정열을 가지게 되며 그것을 위하여 혼신의 노력을 집중하게 되는 것이다"라고 했던 박목월은 그러한 시작에 임하는 진지한 태도의 결과로 괴어 있는 늪이 아니라 흐르는 물처럼 끊임없는 변모의 과정을 거쳐 간, 우리나라의 두드러진 서정시인으로 손꼽히게 되었다. 그는 초기 언어구사에 탁월한 재능을 지니고 향토적 풍경과 정서를 노래하여 많은 독자를 사로잡았고, 중기에 자아의식의 세계에 관심을 기울였으며, 나중에는 신과의 화해의 길에까지 도달했던 것이다. 그러므로 그의 시는 자연과 인간과 신의 세계를 넘나들며 일종의 우주적 통일체를 이루는 조화의 미학이었다고 볼 수가 있다.

> 옛날 驛마을에
> 가랑비 왔다.
> 초롱불 희미한 밤
> 가랑비 왔다.
>
> 초롱은 종이초롱
> 하얀 驛초롱
> 毛良驛 세 글자
> 젖어뵈는데
>
> 옛날 驛마을에
> 가랑비 왔다.
>
> 「가랑비」 전문

 시인으로 하여금 향수로 흐느끼게 하던 조선의 그 역마을은 오늘날 눈 여겨 보지 않으면 그냥 지나쳐버릴, 쓸쓸하고 한적한 철로가 마을이 되었다. 모량역은 경주시 복판에서 대구 쪽으로 8킬로미터, 시계(市界) 바로 밖에 위치한다. 옛날에는 경북 경주군 서면 모량리라고 했다지만 지금은 월성군 건천읍 모량리로 불린다. 뒤로는 단석산이 버티었고 앞으로는 그리 넓지 않은 살구정 들판이 펼쳐져 있는데 그 사이로 옛 국도가 달린다. 박목월의 고향집은 그 역마을에서도 1킬로미터 쯤 서쪽으로 더 들어간 단석산 묏줄기 남쪽 기슭 끝에 자리 잡고 있다. 모량 2리 571번지, 그곳 150여 평의 터가 그의 어린 시절의 본향이다.

<사진 1> 1970년 서울 용산구 원효로 4가 자택 서재에서 朴木月. 그는 초기의 향토적 서정시에 머무르지 않고 꾸준히 변모를 시도했다.

그러나 이사 온 지 5년이 되었다는 주인(손세익)은 옛집을 허물고 새집을 지어 당시의 모습을 어림으로만 짐작케 해줄 뿐이다.

"지금은 감나무와 대나무 숲이 많지만 예전엔 살구나무가 많아 이곳을 행정(杏亭) 마을이라고 불렀다. 또 보리 모(牟)자를 써 모량리라고 부른 적도 있었다. 그 와는 어려서부터 앞뒷집의 이웃으로 지냈는데 대구 계성중학교에 다닐 때에도 본가는 여기 있었다. 어머니가 교인이어서 얌전한 아이였었다"

뒷집의 죽마고우였던 오봉숙(吳鳳淑)이 기억을 더듬으며 들려주는 말이었다.

원래 목월이 태어난 곳은 경남 고성이었다. 대구농업학교를 나와 당시 수리조합의 기사였던 아버지 박준필(朴準弼)의 근무지가 그곳이었기 때문이었다. 그러나 목월은 태어나던 1916년 그 해, 채 백일도 되지 않아 고향 모량으로 돌아와 유·소년 시절을 그곳에서 보냈다. 고향에서 보통학교를 마친 그는 1932년 16세 때 기독교 계통인 대구 계성중학교에 입학했다. 그는 그 때부터 문학에 뜻을 두어 1933년에는 학생의 신분으로 『어린이』지에 「통딱딱 통딱딱」 등의 자유형의 동시를 발표하기 시작했다. 처음에 박창용(朴彰龍)이란 가명을 썼던 그는 주로 본명인 영종(泳鐘)을 필명으로 썼다. 1930년대 전반기 목월이 아닌 박영종으로 활약한 그는 한국 아동문학사에서도 커다란 비중을 차지하고 있다.

우리 童詩史에서 소위 自由童詩가 하나의 장르로서 확립된 것을 1937년에 등장한 金英一의 自由時論 이후로 잡고 보면, 1933년의 출발로 미루어 木月이 차지하는 위치는 가히 선구적인 것이라 할 것이다.1)

목월은 천성이 다정다감한 사람이었다. 미망인 유익순(劉益順)에 따르면 "나도 들은 얘기지만, 중학 입학시험을 치를 때 마을에서는 그 분과 다른 한 친구가 대구로 갔는데 그 분은 시험에 합격하고 친구는 낙방을 했다. 그 친구는 몹시 가난했던 모양으로 시험을 치르느라고 며칠 학교 기숙사에서 숙식을 하고 나니 노자돈이 떨어졌다. 그 분의 수중에도 한 사람 기차 삯 밖에 없어 그것을 친구에게 털어주고 그 분은 180리, 이틀하고도 낮 길을 꼬박 걸어서 집으로 돌아왔다"는 것이다. 그는 처음 원고료를 탔을 때엔 몽땅 과자를 사서 학생들에게 나누어 주기도 했다. 그 무렵 그의 소망은 "한국에서 제일 가는 시인이 되는 것"이었다. 그래서 계성중학교 나무에 '시인'이라는 글자를 새겨두기도 했다.

그러므로 목월은 박영종으로 머물러 있을 수만은 없었던 것 같다. 1935년 학교를 졸업하고 고향 가까운 곳에 있고 싶어 경주 금융조합에 들어간 그는 경주에서 하숙을 하면서 일반시를 쓰는 작업에 열중했다.

2. 목월시가 조선시이다

어느 동짓달은
항상 降雪하는 풍경처럼
외로왔다.
그저 샛하얀
洋屋
흰벽이 잠기는 黃昏이면
色酒집 문전에
추운 등불이 켜지고
처마밑으로
머리가 텁수룩한 도스토예프스키가
지팡이도 없이
어정거렸다.

「11월의 황혼의 인상」 전문

20대 문학청년 시절에 쓰여진 이 시에 목월은 후에 다음과 같은 해설을 붙임으로써 그 시절 그의 감상적이고 낭만적인 심경을 토로한 바 있다.

---

1) 李在撤, 『現代兒童文學史』, 一志社刊, 1978년.

경주 박물관 옆길 북천(北川)으로 이어져 있었다. 쇠리쇠리한 초겨울의 영혼이 으스스해 오는 어둠사리 속에 북천내로 나가는 길은 자갈 한 개마다 희뿌옇게 추위 속에 퇴색하고, 오들오들 떨고 있었다.

그 길을 나는 그야말로 키가 훤칠한 도스토예프스키처럼 심각한 얼굴을 하고 낡은 오버자락을 휘날리며 오고가곤 하였던 것이다. 마음을 의지할 곳이라곤 없는 추위 속에서 색주집 문전에 켜지는, 새록새록 켜지는 등불의 그 서러운 빛줄기-²⁾

그러나 그는 담배도 필 줄 몰랐고 술이라고 해야 고작 구멍가게에서 서너 잔 마시는 정도였다.

그 무렵 경주는 현대 문학에 있어서는 불모의 땅이나 마찬가지였다. 이미 문단에 나왔던 "김동리는 일찍 다솔사로 떠나버렸고" 그 외 한두 사람이 있었지만 정열이 식어버린 사람들이었다.

1938년 목월은 충남 공주 지주 유승열(劉承烈)의 영애 익순(益順)과 결혼을 하고, 1939년과 1940년에 걸쳐 일본과 우리나라 동해안을 떠돌면서 처음으로 목월이란 호를 필명으로 써 『문장』지에 3회 추천을 완료함으로써 마침내 서정시인으로서의 진가를 과시하기 시작했다.

사늘한 그늘 한나절
저물을 무렵에
머언산 오리木 산길로
살살살 날리는 늦가을 어스름

숱한 콩밭머리 마다
가을 바람은 타고
靑石 돌담 가으로
구구구 저녁 비둘기

　　　　「가을 어스름」 1~2연

이 시는 1940년 마지막 추천을 받을 때의 작품이다. 추천자인 정지용(鄭芝溶)은 그 「시선후(時選後)」에서 그를 소월과 비교하면서 이렇게 칭찬했다.

北에 金素月이 있었거니 南에 朴木月이 날만하다. 素月의 툭툭 불거지는 朔州 龜

---

2)『朴木月自選集 2권 · 구름에 달가듯』, 三中堂刊, 1973년.

城調 지금 읽어도 좋더니 木月이 못지않어 아기자기 纖細한 맛이 좋다. 民謠風에서
時에 進展하기까지 木月의 苦心이 더 크다. 素月이 天才的이요 獨創的이었던 것이 神
經 感覺 猫鯊까지 미치기는 너무도 '民謠'에 終始하고 말았더니 木月이 謠的 데쌩 練
習에서 時까지 콤포지슌에는 謠 가 머뭇거리고 있다. 謠的修辭를 다분히 整理하고 나
면 木月의 時가 바로 朝鮮時다.

그의 아호 목월의 표상은 "나목에 걸릴 달"을 뜻한다고 하는데 처음 김동리의 백씨
김기봉이 소월을 좋아했던 목월에게 '소원(素園)'이라는 호를 지어 주었으나 그 자신이
'소'자보다는 소월의 '월'자를 택하는 것이 낫겠다 하여 '목월'로 했다는 것이다.

아무튼 그는 목월로 등단했으나 일제하 주체적 문예지였던 『문장』지는 폐간당하고
암울한 나날을 보내면서도 시를 쓰는 일을 계속했다.

그때 만났던 문인이라고는 같은 『문장』지를 통해 나왔던 조지훈이 유일한 사람이었다.

이들은 해방 후 1946년 박두진과 더불어 3인 시집 『청록집(青鹿集)』을 내게 되는 바
시 세계가 같아서가 아니라 『문장』지를 통해 나왔다는 공통점에 조풍연이 착안한 결과
을유문화사에서 간행되었던 것이다. 이 시집에 "머언 산 靑雲寺/ 낡은 기와집"으로 시
작되는 「청노루」라든지 흔히 그의 대표작의 하나로 일컬어지는 「나그네」 등이 실렸다.

江나루 건너서
밀밭 길을

구름에 달 가듯이
가는 나그네

길은 외줄기
南道 三白里

술 익은 마을마다
타는 저녁 놀

구름에 달 가듯이
가는 나그네

「나그네」 전문

많은 사람들이 그의 시를 애송하는 것은 아마도 '청운사'라는 세상에 존재하지 않는

허구적인 세계와 '남도 삼백리'라는 막연한 거리가 제 가끔의 그 어떤 향수를 불러일으키기 때문인지도 모른다. 김동리는 목월의 시에 대해서 "목월의 시는 보통 다른 사람의 시와 다른 게 있다 자유율 시의 리듬 속에 그의 비밀이 숨어 있는데 그것은 체질과 성격과 생리를 바탕으로 언어를 통해 저절로 나타나는 천부적인 것이다"라고 언급한다.

여러 사람이 「나그네」를 대표작으로 쳐도 목월은 결코 그것을 대표작으로 여기거나 애착을 가지지 않았다. 목월이 발간하던 『시문학』지에 「연닢」이라는 시를 보낸 바 있고 대구 피난 시절에 처음 그를 만났었다는 황금찬(黃錦燦)은 "나는 완성된 게 없다. 언제나 미숙하지"라고 그가 말해왔다고 전한다. "그는 꾸준히 자시 변모를 시도했다. 그의 변모를 3단계로 나누면 『청록집』과 그의 첫 시집이 되는 『산도화(山挑化)』에는 약한 시상이긴 하나 시재가 번쩍거리고 『난 · 기타 (蘭 · 其他)』, 『청담(晴曇)』에서는 사회에 대한 회의가 스며 있으며 마지막으로 『경상도의 가랑잎』, 『사력질(砂礫質)』 등에는 죽음에 대한 문제와 이에 대처라는 신앙적인 면이 상당한 심화성을 띠고 나타난다"(황금찬의 평).

3. 고향(故鄕)의 시를 써라

8 · 15 광복 이후 목월은 사회적으로는 대부분의 세월을 학교 강단에서 보냈다. 1945년 모교일 계성중학교 교사를 시발로 1948년에는 이화여중으로, 1953년에는 서라벌예술대학과 홍익대학 강사로 나갔다. 1962년에는 한양대학교 문리대 국문과 조교수가 되었고, 1976년에는 동대학 문리과 대 학장으로 취임했었다. 그의 초기의 감상적인 기질에도 불구하고 그의 생애의 전반부은 경주 일원에서 보냈고 후반부는 서울 그것도 원효로 3가와 4가의 국한된 지역에서 보낸 토착적인 사람이기도 했다.

이화여중으로 올 때 학교에서 사준 집이 용산구 원효로 3가 집이었고 그 후 1965년에 지어 이사해온 집이 아직도 그의 유족들이 살고 있는 원효로 4가의 집이다.

경주의 후학들인 정민호(鄭珉浩), 서영수(徐英洙) 두 시인은 "그 분은 부드럽고 세밀하고 자상하기가 그지없는 분이었지만 노하면 태풍과 같았다. 고향에 가끔 내려오면 그 분은 자네들은 고향에 살고 있으니 고향에 묻혀 있는 소재들을 찾아내 시를 쓰라고 당부하고는 했다"면서 일일이 목월의 고향을 안내하며 목월의 고향에 대한 향수을 들려준 바 있었다.

> 뭐라카노, 저편 강기슭에서[3]
> 니 뭐라카노, 바람에 불려서

---

3) 鄭芝溶, 「詩選集」, 『文章』 1940년 9월호.

이승 아니믄 저승으로 떠나는 뱃머리에서
나의 목소리도 바람에 날려서

뭐라카노 뭐라카노
썩어서 동아밧줄은 삭아내리는데

하직을 말자 하직 말자
인연은 갈밭을 건너는 바람

「離別歌」 1~4연

저승의 죽음을 그림자와 대화를 나누었던 목월은 1978년 원효로 효동 장로교회에서 장로 안수를 받았다.

그 해 3월 24일 새벽 산책길에서 돌아온 그는 3년 전부터 지병이던 고혈압으로 눕더니 "의사를 불러오라"하고 그대로 고요히 눈을 감았다.

나사렛 예수여 / 나사렛 예수여 / 못박힌 자국이 /모든 것을 증거해 주는 / 불의 손이 /나를 태운다 하는 그의 「노래」에서처럼 그는 시인으로서 또 기독교 신자로서 말년을 보내, 그의 62세의 임종에는 경건함이 떠돌았다.

◆ 연 보

1959년	(43세) 시집 『난ㆍ기타(蘭ㆍ其他)』(신구문학사), 수필집 『여인의 서(書)』(홍자출판사) 간행.

1959년   (43세) 시집 『난ㆍ기타(蘭ㆍ其他)』(신구문학사), 수필집 『여인의 서(書)』(홍자출판사) 간행.

1962년   (46세) 동시집 『산새알 물새알』(여원사) 간행 한양대학교 문리대 국문과 조교수.

1963년   (47세) 『동시의 세계』(배영사) 간행.

1964년   (48세) 시집 『청담(晴曇)』(일조각), 수필집 『행복의 얼굴』(청운출판사)』, 『여성과 서간』(삼중당) 간행. 이듬해 서울 용산구 원효로 4가 5번지에 집 지어 이사.

1966년   (50세) 수상집 『밤에 쓴 인생론』(삼중당) 간행.

1967년   (51세) 영작시집 『어머니』(삼중당) 간행.

1968년   (52세) 제 7회 대한민국문예상 수상. 시집 『경상도의 가랑잎』(민중서관), 조지훈, 박두진과의 공저 『청록집 기타』, 『청록집 이후』(이상 현암사), 수필집 『불이 꺼진 창에도』(홍익출판사) 간행.

1969년   (53세) 서울시문화상 수상.

1970년   (54세) 수필집 『뜨거운 점 하나』(지식산업사), 『문장의 기술』(현암사) 간행. 시 「사력질(砂礫質)」(현대시학 5월호~익년 4월호) 연재.

1972년   (56세) 국민훈장 모란장 수장.

1973년   (57세) 시와 산문으로 된 『박목월 자선집 10권』(삼중당) 간행. 10월 월간시지 『심상(心象)』 발행.

1974년   (59세) 선시집 『101편의 시』(삼중당) 간행.

1976년   (60세) 시집 『무순(無順)』 간행. 전기 『육영수 여사』(삼중당) 간행. 한양대학교 문리과대 학장.

1978년   (62세) 3월 24일 지병인 고혈압으로 타계. 용인 모란공원에 안장.

1979년   유시집(遺詩集) 『크고 부드러운 손』 간행.

1981년   『한국현대시문학대계 18 박목월』(지식산업사) 간행.

◆ 도움말 주신 분 (1982년 현재)

劉益順   63ㆍ미망인ㆍ서울 용산구 원효로 4가 5번지.

金東里   69ㆍ문우ㆍ작가.

黃錦燦   64ㆍ문우ㆍ시인

鄭旼浩   43ㆍ후학ㆍ시인ㆍ경주 근화여자고등학교.

徐泳洙   44ㆍ후학ㆍ시인ㆍ경주고등학교.

◆ 관계 문헌

金東里, 「自然의 發見」, 『文學과 人間』, 1952년.

全鳳健, 「木月, 카멜레온의 素描」, 『世代』, 1964년 5월호.

金春洙, 「文章推薦詩人群의 詩形態」, 『韓國現代詩刑態論』, 海東文化社刊, 1968년.

金春洙, 「自由詩의 展開」, 『靑鹿集 其他』, 玄岩社刊, 1968년.

鄭漢模, 「靑鹿派의 詩史的 意義」, 『靑鹿集 其他』, 玄岩社刊, 1968년.

金宇正, 「朴木月論」, 『靑鹿集 其他』, 玄岩社刊, 1968년.

金禹昌, 「韓國時의 形而上」, 『世代』 1968년 8월호.

徐廷柱, 「朴木月의 時」, 『韓國의 現代時』, 一志社刊, 1969년.

朴斗鎭, 「木月의 時世界」, 『韓國現代時論』, 一潮閣社, 1970년.

金宗吉, 「鄕愁의 美學」, 『文學과 知性』 1971년 가을호.

金時泰, 「이미지와 아뜰리에」, 『現代文學』 1973년 5월호.

金光林, 「朴木月의 時世界」, 『百一篇의 時』, 三中堂刊, 1975년.

李昇薰, 「두 시인의 變貌」 『文學과 知性』 1977년 여름호.

崔元圭, 「木月의 時精神 연구」, 『韓國近代時論』, 學文社刊, 1977년.

尹在根, 「朴木月의 志向性」, 『心象』 1978년 5월호.

尹在根, 「木月의 時世界」, 『現代文學』 1978년 6월호.

申東旭, 「朴木月의 時와 외로움」, 『모岳語文硏究』 1978년 12월호.

金兂植, 「도라지빛 하늘꼭지에 이르는 길」, 『心象』 1979년 3월호.

金容稷, 「諧調와 技法」, 『心象』 1979년 3월호.

鄭昌範, 「朴木月의 詩的 變容」, 『現代文學』 1979년 2·3월호.

金烈圭, 「정서적 인식과 종교적 위탁」, 『心象』 1980년 3월호.

黃錦燦, 「朴木月의 信仰과 時」, 『心象』 1980년 3월호.

李在徹, 「木月童詩의 構造分析」, 『心象』 1980년 3월.

李承薰, 「事物로 통하는 하나의 窓」, 『韓國現代時文學大事 제 18권 朴木月』, 智識産業社刊, 1981년.

甘泰浚, 「未堂과 木月의 初期時對比硏究」, 漢陽大學校 大學院 碩士學位 논문, 1983년.

趙 芝 薰

(시인 1920~1968)

1. 태백 연봉 속의 향리(鄕里)

1930년대 말 암흑과 혼미의 시대고를 뚫고 영원한 자연의 고향을 찾아 나섰던 청록파의 한 시인이던 조지훈은 전아(典雅)한 우리말로 회고적 에스프리를 노래하면서 시단에 나왔다. 그는 민족 정서와 전통에의 향수를 세련된 언어와 서정적인 율조로써 얽고 짜내니 이름하여 '신고전'이란 말을 얻기까지 했다. 뿐만 아니라 학자로, 지사로, 논객(論客)으로 활약한 다양한 생애는 바로 시대의 탁류 속에서 울린 한 줄기의 청렬(淸冽)한 음악이며 증언이기도 하다.

그는 1968년 48세를 일기로 갔지만 이미 약관에 "고유한 푸른 하늘 바탕이나 고매한 자기(磁器) 살결에 무시로 거래하는 일말운하(一抹雲霞)와 같이 자연과 인공의 극치"의 경지에 들어 생명의 본질을 끈덕지게 추구함으로써 이룬 그 완성은 이순(耳順)을 넘어 산 일생과 다름없었다.

> 패어난 보리이삭은 아직 달착지근한 물이 마르지 않고 농가에서는 모자라는 양식에 넘기기 어려운 보릿고개가 오기 때문에 나무 찍는 머슴애와 산뽕 따는 가시내는 한나절 만발한 찔레꽃 그늘에 흐르는 산골 샘물을 마시러 오기가 일쑤입니다. 그저 아늑하고 고요하면서도 나른하고 서글픈 것이 사월달입니다.[1]

나른하고 서글픈, 그 고향의 음력 4월이지만 보리 이삭은 채 패지 않았다. 낙동강의 근원을 이루는 냇가 마을은 그저 아늑한 정적에 묻혀 있다. 뒤로는 매방산이요, 앞으로는 노적봉, 연적봉, 필봉, 갈비봉 등 대소 연봉들이 병풍처럼 둘러치고, 멀리 일월산의 태고연한 모습이 보인다. 여기 산곡을 타고 물은 모두 앞 냇가로 흘러드니 산수가 빼어나 실로 시인의 향기 서림 고향임직하다.

지훈의 생가 마을인 경북 영양군 일월면 주곡동은 군청 소재지에서도 20여리 태백산맥의 뫼뿌리 속으로 더 들어가야 한다.

---

1) 「少女歲時記」 수상집, 『窓에 기대어』, 凡潮社刊, 1956년.

14대조 호은공(壺隱公) 조전(趙佺)이 자리 잡은 오늘의 90여 호 이 마을은 한양 조씨 일색으로 지훈의 생가 202번지가 '종가집'으로 통한다

500여 평 대지에 50여 건평의 고래등 같은 기와집은 과연 위풍이 그럴 듯하다.

부친 조헌영(趙憲泳)은 1·2대 국회의원이었고 그의 형제들이 관직에 있었기 때문에 여순 반란 무렵 이곳 지방 공산주의자들에 의해 구가는 불 질러졌지만 그 자리 그 모양 대로 다시 지었다는데, 벌써 기왓장에는 청태가 푸릇푸릇 끼었다.

이 고가는 지훈의 조모가 홀로 넓은 집을 지키고 있을 뿐 한 시대의 회오리바람이 지나간 종가는 마을보다 더 깊은 고요에 휩싸였다.

> 얇은 紗 하이얀 고깔은
> 고이 접어서 나빌레라.
>
> 파르라니 깎은 머리
> 薄紗 고깔에 감추오고,
>
> 두 볼에 흐르는 빛이
> 정작으로 고아서 서러워라.
>
> 빈 臺에 黃燭불이 말없이 녹는 밤에
> 오동잎 잎새마다 달이 지는데
>
> 소매는 길어서 하늘은 넓고
> 돌아설 듯 날아가며 사뿐이 접어 올린 외씨보선이어.
>
> 까만 눈동자 살포시 들어
> 먼 하늘 한 개 별빛에 모도우고
>
> 복사꽃 고운 뺨에 아롱질 듯 두 방울이야
> 세사에 시달려도 煩惱는 별빛이라
>
> 휘어져 감기우고 다시 접어 뻗는 손이
> 깊은 마음속 거룩한 合掌이냥 하고
>
> 이밤사 귀또리도 지새는 三更인데
> 얇은 紗 하이얀 고깔은 고이 접어서 나빌레라.
>
> 「僧舞」 전문

19세의 나이에 이 시를 쓴 주인은 지금 세상에 없지만 그가 이룩한 율조의 환영은 어디든지 있었다.

지훈은 1920년 12월 3일 세상에 났다. 본명은 동탁(東卓)이었다. 그의 조부 인석(寅錫)은 천석군의 부호일 뿐 아니라 시문(詩文)에 뛰어났고, 부친 헌영은 앞서 말했듯이 뒤에 제헌 국회의원(납북)이 되었으며, 그의 형은 세상에 『세림시집(世林詩集)』으로

<사진 1> 지훈이 시심의 뿌리를 내린 5백 평 생가에는 옛 주인들은 없고 깊은 정적만 묻혀 있다.

알려진 요절 시인 동진(東振 · 21세에 사망)이었으니 지훈은 선비 가풍에서 태어난 시인이었다.

그의 부친은 그가 3세 때 분가하였으나 집은 여전히 생가와 지척이었다. 그는 보통학교를 3년간 다녔다 하지만 주로 조부로부터 한문을 배워 『대학(大學)』까지 마쳤다.

그러니까 그는 그의 부친이 동경 유학을 다녀온 데 비해 정규적인 신교육을 받지 못했다. 그것은 조부의 의도에 의한 것이었지만, 시대적인 변천과 지훈의 재질을 아낀 조부는 후에 그가 곁을 떠나는 데 동의했다.

> 쉽게 말해서 芝薰은 정규적인 日帝教育을 받지 않음으로써 知的인 교양에 있어서는 손해를 보았고, 성격 형성에 있어서는 덕을 보았다고 할 수 있다. 그가 만약 日帝의 것이나마 정규적인 교육을 받았던들 學者로서의 그에게는 더욱 유리했을 것이지만 한편 동양적 내지 한국적 교양인으로서, 그리고 志士로서의 成家에는 불리했을 것이기 때문이다. 이러한 판단은 日本教育이 근대적인 기능인 양성에서는 도움이 되었으나 한편 인격 형성에는 日本的인 矮小性과 閉鎖性을 강요한 점을 상기하면 쉽게 수긍될 수 있을 것이다.2)

그러나 그는 한학을 수학하면서도 한편 그 시대에 발간된 잡지류 또는 신학문의 신간류에 대하여 관심을 가지고 독서에 게을리하지 않은 것으로 보인다. 이미 아홉 살에 그가 당시 유행하던 프로 문학에 민감한 반응을 보여 프로 경향의 동요를 짓기도 했다는 것은, 그가 직접 서적을 구하지는 않았을지라도 부친과 세림형의 책들을 읽고 있었던 것으로 추측되는 것이다.

---

2) 金宗吉, 「趙芝薰論」, 『靑鹿集 其他』, 玄岩社刊, 1968년.

내가 新聞雜誌를 처음 읽을 줄 알던 시절은 이른바 傾向文學이 擡頭하기 시작할 무렵이었다. 글이랍시고 쓰기 시작한 것은 아홉 살 때 童謠를 지어 본 것이 처음인데 이 童謠란 것이 그 무렵에 盛하던 프로 文學의 影響을 받은 것이었음을 記憶한다.[3]

그는 1936년 상경하여 그의 꿈을 펼쳐 보일 기회를 만들어갔다. 그는 한때 영양(英陽) 동향의 시인 일도(一島) 오희병(吳熙秉)이 『시원(詩苑)』을 만들어 내던 시원사에 머무르면서 시문학파의 영향을 입고, 보들레르와 와일드를 탐독하고 또 민족문화에 대한 학술서를 읽기 시작했다. 1939년을 전후하여 그의 부친이 상경하여 서울 명륜동에서 살게 되자 지훈은 혜화전문학교(현 동국대의 전신) 문과에 입학하였다. 그는 어느 날 강의 시간에 낙서삼아 쓴 시 「고풍의상(古風衣裳)」을 그대로 우체통에 넣었는데 이것이 『문장』지 선자(정지용)의 눈에 들었던 것이다.

趙君의 懷古的 에스프리는 애초에 名所古蹟에서 捏造한 것이 아닙니다. 차라리 固有한 푸른 하늘 바탕이나 高邁한 磁器 살결에 無時로 去來하는 一抹雲霞와 같이 自然과 人工의 極致일까 합니다.[4]

라는 상찬의 평과 함께 발표되니 이로써 그는 시인으로서의 발길을 내디뎠다. 이어 「승무(僧舞)」, 「봉황수(鳳凰愁)」를 내어 추천을 완료했는데, 그 시들은 지훈의 초기 작품 '전통에의 향수'류에 드는 것이며, 이 부류의 대표작으로 꼽히기도 한다. 그 무렵을 전후하여 『문장』 추천통과 시인은 김종한(金鍾漢), 이한직(李漢稷), 박두진, 박남수, 박목월 등이 나왔으니 일제하 주체적 문예지를 통해 나온 거의 말기적인 시인들이었다. 지훈은 11개월 간 추천을 받는 기간 중에 『백지(白紙)』라는 동인지를 내었으나 동인들의 검거로 3호로 끝내고 말았다.

벌레 먹은 두리기둥 빛 낡은 丹靑 풍경 소리 날러간 추녀 끝에는 산새도 비둘기도 둥주리를 마구 쳤다. 큰나라 섬기다 거미줄 친 玉座 위엔 知意珠 희롱하는 雙龍 대신에 두 마리 봉황새를 틀어 올렸다. 어느 땐들 봉황이 울었으랴만 푸르른 하늘 밑 鼇石을 밟고 가는 나의 그림자. 패옥 소리도 없었다. 品石 옆에서 正一品 從九品 어느 줄에도 나의 몸 둘 곳은 바이 없었다. 눈물이 속된 줄을 모르량이면 봉황새야 九天에 呼哭하리라.

「鳳凰愁」 전문

---

3) 「나의 歷程」, 『古代文化』 1집.
4) 趙芝薰, 「選者評」, 『文場』 1940년 2월호.

2. 월정사(月精寺)에서의 선(禪)과 서양철학의 교감(交感)

1941년 혜화전문을 졸업하자 그는 오대산 월정사로 가서 불교강원(佛教講院) 외전강사(外典講師) 자리를 얻었다. 그것이 그의 나이로 21세 때 일로, '자기 침잠'의 공부를 하고 그의 기묘주의는 선으로부터 생기는 무기묘주의로 변모했고, 자연과의 깊은 교감으로 관조의 세계에 들었다. 그의 철학의 성숙기로 불서(佛書)에 경도하고, 노장(老莊), 스피노자, 헤겔, 베르그송을 읽었다고 한다.

<사진 2> 오대산 월정사 불교강원 강사 시절의 모습(21세). "우주의 환영. 하나의 인간이 있으되 그는 이름이 없었으나 세상 사람이 짐짓 동탁이라 부르더라. 이제 그를 묘사함은 환영의 환영이라"라는 글귀가 사진 뒷면에 적혀 있는데 불교적 사고의 일단을 엿볼 수 있다.

사실상 그가 월정사로 가기 전까지 동양과 서양이라는 두 가지 전통에 따라 시도 두 가지 흐름을 병행하여 쓰여지고 있었다. 그는 극단의 기묘주의를 서구시에서 얻고, 선의 미학에서 무기묘주의를 체득하였던 것이다. 그는 추천을 받는 동안 「고풍의상」, 「승무」, 「봉황수」, 「향문(香紋)」 등에 속하지 않는 이른바 서구시 계열의 「계산표(計算表)」, 「진단서(診斷書)」의 시를 동인지 『백지』에 발표하고 있었다.

그러던 그가 무기묘주의로 경도한 것은 월정사에서 선의 세계에 들고부터였다. 시와 선이 일체가 되어 정서와 주관을 배제하고 단시형으로 시어를 절약하는 경향을 띠었다.

월정사에서 『문장』 폐간호를 받은 뒤 싱가폴의 함락이 전해지고 주재소 일본경찰이 와서 축하 행렬을 명령하던 날, 그는 온종일 주막에서 통음(痛飮)으로 울분을 달랬으나 졸도하는 불행을 겪지 않으면 안될 만큼 건강은 나빠 있었던 것이다.

그는 부친을 따라 서울로 돌아가서 요양생활을 했고, 조선어학회 『큰사전』의 편찬을 돕기로 예정되어 있었다. 그런 계획 가운데 경주의 박목월을 찾아갔던 것이 1942년의 봄이었다.

"지훈이 추천을 받고 경주에 놀러 온 적이 있어 처음 대면했다. 그는 조숙한 인간으로 출발 때부터 자기 시세계를 완성한 시인이었다. 그 나이에 달관의 경지에 들어가 있었다." 청록파의 한 시인인 박목월은 이렇게 전하는데, 당시 나이도 젊은데다가 허우대가 좋아 건강 따위는 문제로 삼지 않고 있었다는 것이다. 그러나 그의 몸은 어려서부터 약질이어서 잔병을 자주 앓았다 한다(조모 김석현 증언).

3. 청록파(靑鹿派)의 탄생

그 해 가을 조선어학회에 일제의 검거가 시작되자 전전긍긍하고 있었으나 회원도 직원도 아니던 그는 무사했다. 결국 1943년 그는 아예 낙향하여 해방까지 고향에서 보냈다. 폐침윤에 신경성 위(胃)아토니라는 야릇한 병명을 받은 것이 이때의 일이다.

"형님은 고향에서 청년회를 조직하여 몰래 한글을 가르쳤다. 지금 글줄이나 읽는 것도 그 덕이다."

지훈의 생가에서 일을 보고 있는 팔촌 아우 동명은 그의 지사적 풍모를 자랑했다.

건강이 나빴음에도 불구하고 그는 광복이 되자 많은 일을 정열적으로 해냈다. 우익 문화단체에 앞장서서 좌익 테러분자들과 과감히 맞서서 싸우는 한편, 3인 시집 『청록집(靑鹿集)』을 내놓아 세상에 '청록파'란 이름을 남기게 된 것은 1946년 6월이었다.

"을유문화사에서 『문장』지 추천 시인의 시집을 꾸미려는 기획을 세웠다. 이들이 문화운동이 불가능했던 시대의 최후의 사람들이라는 데 착안한 것이다. 그래서 자연히 관심의 대상이 되어 왔는데, 당시 김종한은 이미 타계했고, 박남수는 이북에 있었고, 이한직은 연락이 닿지 않아 목월, 지훈, 두진 세 사람만이 수록되었다. 그 후 세 사람은 시세계는 달랐으나 동인적인 성격을 띠게 되었고 더욱 인연이 가까워졌다."

시인 박두진은 『청록집』 발간의 연유를 이렇게 말하고, 광복 뒤에 지훈은 사회적인 데 관심을 쏟았으나 그의 시세계는 일관성을 띠었는데 그것은 민족성·민족적 전통의 표현이라고 덧붙였다.

> 은둔과 폐쇄와 소극적 반항, 회의와 방황과 갈구, 靜觀과 法悅과 立命의 詩心이 교착하던 나의 詩는 해방을 계기로 一大 轉換點에 들게 되었다. 내 詩정신의 基調는 역시 出世間的인 것이었으나 오랫동안 막아 두었던 정열은 하나의 사명감과 함께 나를 世間的인 것으로 이 현실의 탁류 속에 뛰어들게 했던 것이다.[5]

이처럼 그의 정열은 저항과 지조로 일관하면서 1960년 4·19를 맞을 때까지 이어진다.

그의 사회 참여적 시집 『역사 앞에서』와 시론집 『지조론(志操論)』은 그의 사명감이 무엇이었던가를 여실히 보여주고 있는 것이다. 그는 지사적 인격을 갖추고 과감히 현실에 뛰어 들고 있었다.

> 너희 그 착하디 착한 마음을 짓밟는 不義한 努力에 抵抗하라.

---

5) 「나의 詩의 遍歷」, 『靑鹿集 以後』, 玄岩社刊, 1968년.

사슴을 가리켜 말이라 하는 세상에 그것을 그런양 하려는 너희 그 더러운 마음을
告發하라.
　보리를 콩이라 짐짓 눈 감으려는 거짓 超然한 마음을 침뱉으라.

「箴言」 앞부분

<사진 3> 48세로 일생을 마친 1960년대의 모습.

　1959년 자유당 말기의 비윤리적이고 발악적 횡포로 말미암아 멍든 국민 앞에 지훈은 절규하고 있었다. 일부의 정치인들과 문인들이 대의명분에 위배되는 행위들을 자행하고 있었을 때, 그는 그들 변절자를 위하여 "지조란 것은 순일한 정신을 지키기 위한 불타는 신념이요, 눈물겨운 정성이며, 냉철한 확집이요, 고귀한 투쟁이기까지 하다"[6]고 주장하면서 지조가 국민을 교화하는 힘이 얼마나 크며 그 값진 것을 지키기 얼마나 괴로운가를 가르쳐 주고 있다.
　그런가 하면 그는 1947년 이후 20년 근속의 발을 들여 놓은 고려대학교에서 민족문화사에 대한 연구에 심신을 바치기도 했다. 『한국민족운동사』, 『한국문화사서설』 등의 저작은 그 대표적인 것이다.
　오늘날 그를 흠앙하는 제자들은 다음과 같이 말하고 있다.
　"내가 선생의 강의를 받은 것은 1956년이었다. 현대문학사조사, 시론, 가요 문학론, 문학개론을 배웠는데 그 이후에는 더욱 심했지만 건강이 좋지 않아 휴강이 많았으나 한 시간이라도 들으면 흐뭇함을 느꼈다"(제자 인권환 증언)고 그의 명강의를 말하는가 하면,
　"선생의 처음 인상은 체구가 당당하고 장발이어서 얼른 봐도 시인풍, 선비풍, 지사풍이었다. 흥이 나면 3, 4명의 학생을 앉혀 놓고도 1백분 강의를 마치 신들린 사람처럼 끌고 나갔다"(제자 박노준 증언)라고 그의 매력적인 면모를 말한다.
　"티 없이 살다 옥같이 갔다. 민족문화연구소 초대 소장으로 민족문화에 바친 공헌은 큰 바 있다"(제자 홍일식 증언)라고 그의 민족문화연구에 바친 업적을 전해 주기도 한다.
　1968년 2월, 3년 전부터 시름시름하던 병이 악화되었다. 그 때부터 세상을 떠나기까지 3개월간 그는 병석에 누워 있었다. 기관지 파열로 토혈이 심했고, 그의 '12도 주도(12

6) 『志操論』.

道 酒道)'도 버려야만 했다. 병원에 가지 않고 한약만으로 치료하려던 그 고집도 마침내 꺾이고 말았다. 5월 16일 아침 그는 메디컬 센터에 입원하여 만 하루 만인 17일 새벽 5시 40분 말없이 임종했다.

얼마나 많은 時間 속에
새겨진 모습입니까

찢어진 심장을 위하여
기도하여 주십시오

가난한 눈물로 하여
영 시들어버릴 수가 없는

이 서러움의 싹을 위하여
기도하여 주십시오.

나를 위하여 기도하는 당신의
그 음성 속에

나를 살게 하여 주십시요
나를 잠들게 하여 주십시요

하는 애절한 「기도(祈禱)」가 그 누구에게 들렸단 말인가.

1920년   12월 3일 경북 영양군 일월면 주곡동 202에서 부 한양 조씨 헌영(憲泳)과 모 전주
         이씨 사이의 4남매 중 차남으로 출생. 본명 동탁(東卓). 부 조헌영은 제헌국회, 2
         대 국회의원으로 6 · 25 때 납북. 형 동진(東振 · 세림)은 요절 시인.
1922년   (2세) 주곡동 218로 이주하여 17세까지 삶.
1928년   (8세) 신문, 잡지를 읽고 처음으로 동요를 지음. 조부 조인석(趙寅錫)으로부터 한
         문을 공부, 17세에는『대학』까지 마침. 보통학교는 3년간만 수학.
1936년   (16세) 상경, 동향의 시인 오일도의 시원사에 머무르면서 시습작을 함. 보들레르,
         도스토예프스키, 플로베르, 와일드 등에 탐닉.
1939년   (19세) 혜화전문학교 문과 입학, 서울 명륜동 거주. 4월『문장』지에 시「고풍의상」
         이 추천됨으로써 문단 데뷔, 11월「승무」(문장) 발표.
1940년   (20세) 2월「봉황수」(문장)를 발표, 추천 완료. 동인지『백지』발간. 그 1집에 시
         「계산표」,「귀곡지(鬼哭誌)」등 발표.『백지』는 3집으로 끝남. 안동의 선성(宣
         城) 김씨 성규(性奎)댁의 19세 규수 난희(蘭嬉)와 결혼.
1941년   (21세) 혜화전문학교 문과 졸업. 오대산 월정사 불교전문강원 강사.「금강경오
         가해」,「화엄경」,「전등록(傳燈錄)」,「염송(拈頌)」탐독하고 당시를 읽음. 가을
         상경.
1942년   (22세) 3월 조선어학회『큰사전』편찬원. 성북구 성북동 60의 44로 이주, 사망시
         까지 여기서 삶.
1943년   (23세) 가을 낙향. 이듬해 폐침윤에 신경성 위아토니라는 병명의 진단을 받음.
1945년   (25세) 9월 초 상경. 조선문화건설협회 회원. 명륜전문학교 강사. 한글학회 국어 교
         본, 진단학회 국사 교본 편찬원. 장남 광열(光烈) 출생.
1946년   (26세) 6월 박두진, 박목월과 함께 3인 시집『청록집』(을유문화사) 간행.「봉황수」,
         「고풍의상」,「무고(無鼓)」,「낙화」,「피리를 불면」,「고사(古寺)1」,「고사2」,「완
         화삼(玩花衫)」,「율객(律客)」,「산방(山房)」,「파초우(芭蕉雨)」,「승무」등 수록. 경
         기여고 교사, 서울여자의대 교수, 전국문필가협회 중앙위원, 청년문학가협회 고전
         문학부장.
1947년   (27세) 동국대 강사, 고대 문과대 교수(20년 7개월 근속),「전국문화단체」창립위원.
1948년   (28세) 차남 학렬(學 · 鶴烈)출생.
1949년   (29세) 한국문학가협회 창립위원.
1950년   (30세) 7월 문총구국대 기획위원장. 이듬해 종군문인단 부단장.
1952년   (32세) 시집『풀잎단장』간행. 장녀 혜경(惠璟) 출생.
1955년   (35세) 3남 태열(兌烈) 출생.
1956년   (36세)『조지훈시선』(정음사) 간행.「지옥기」,「풀잎단장」,「달밤」,「파초우」,「고
         풍의상」등 1937년부터 쓰고 발표한 시 70편을 자선 수록. 수상집『창에 기대어』
         (범조사) 간행, 자유문학상 수상.
1959년   (39세) 민권수호 국민총연맹 중앙위원. 공명선거 추진 전국위원회 중앙위원. 시집

『역사 앞에서』, 시론『시의원리』(신구문화사) 간행, 에세이집『시와 인생』(박영
사) 간행, 역서『채근담』등 발간.

1961년	(41세) 9월, 국제시인 벨기에 회의에 한국 대표로 참석.
1962년	(42세) 평론집『지조론』발간.
1963년	(43세) 고대 민족문화연구소 초대소장.『한국문화사대계』기획 편찬. 그 1권(1946 년) 간행,『한국민족운동사』집필.
1964년	(44세) 동대 동국역경원(東國譯經院)위원. 시집『여운(餘韻)』(1957년~1964년의 시 28편 수록. 일조각), 간행, 에세이집『돌의 미학』,『한국문화사서설』발간.
1965년	(45세) 성대 대동문화연구원 편찬위원.
1966년	(46세) 민족문화 추진위원회 편집위원.
1967년	(47세) 한국 시인협회장, 한국 신시 60년 기념사업회 회장.
1968년	(48세) 5월 17일 새벽 5시 40분 메디컬 센터에서 기관지 확장이라는 병명으로 사 망. 21일 경기도 양주군 마석리 송라산 기슭에 안장.
1972년	남산에 조지훈 시비가 세워짐.

◆ 도움말 주신 분(1973년 현재)

金蘭嬉	52 · 부인 · 서울 성북구 수유 1동 410의 217.
金錫鉉	80 · 조모 · 경북 영양군 일월면 주곡동 202.
趙東明	51 · 친척 · 위와 같음.
趙進泳	59 · 재종숙 · 부인.
朴斗鎭	57 · 청록파 시인.
朴木月	57 · 청록파 시인.
洪一植	38 · 제자 · 고대 교수.
印權煥	37 · 제자 · 고대 교수.
朴魯墡	37 · 제자 · 강원대 교수.

◆ 관계 문헌

『青鹿集 其他』·『青鹿集 以後』, 玄岩社刊, 1968년.

金春秋,「青鹿集의 詩世界」,『世代』1963년 6월호.

申東旭,「趙芝薰論」,『現代文學』1965년 11월호.

朴斗鎭,「趙芝薰論」,『思想界』1968년 7월호.

朴木月,「지금도 芝薰의 絶糾가」,『新東亞』1968년 7월호.

金宗吉,「芝薰詩의 系譜」,『教養』, 高大 教養學部, 1968년 12월.

金海星,『韓國現代詩人論』, 금강출판사刊, 1973년.

李 鎬 雨

(시인 1912~1970)

1. 한학과 한시의 향기

가람 이병기(李秉岐)로부터 비롯되는 현대시조의 맥을 이어받고 초정(艸汀) 김상옥(金相沃)과 함께 시조계를 이끌어 왔던 이호우는 "오늘날의 시조에 대한 시단일각의 논평이야 어떻든 우리 시조는 날로 독자를 잃고 있는 시인만이 읽는 시이기보다는 쉽게 그리고 즐겨 읽는 온겨레의 시가(詩歌)이고 싶은 것이다"라는 신조를 지니고 가능한 한 감상을 억제하고 목가적 자연에 은둔하기를 배문하면서 강인한 의지력과 현실비판의 정신으로 시조의 새로운 경지를 개척한 시인이었다. 이호우의 고향인 경북 청도군 대성면 내호동은 지금은 청도읍에 속한 유호동이라 불린다. 읍이 30리 길, 초행인 사람은 오히려 경부선 철도의 유천역을 이용하는 것이 찾기에 편리한 곳이다. 유호동은 역이 지척인 유천냇가에 자리잡고 있기 때문이다. 그곳은 철도 연변에 위치한 마을로서는 아마도 남한에서 가장 경관이 빼어난 마을 중의 하나일 것이다. 사방으로 병풍 같은 산악이 성큼 다가서 있고 그 사이를 낙동강 지류가 굽이쳐 흘러간다. 마을은 유천 북쪽에 경남땅

<시진 1> 1960년대의 이호우.

을 바라보며 강 따라 길게 뻗어 있다. 청도에서 떠난 버스가 유천에 이르러서 경남땅으로 들어서는가 싶더니 눈 깜짝할 사이 급회전을 하며 다시 경북땅으로 들어선다. 그러니까 강은 이곳에서 경북과 경남을 가르는 경계선 역할을 한다.

그는 1912년 음력 3월 2일 이 마을에서 아버지 이종수(李鍾洙)와 어머니 구봉래(具鳳來) 사이의 2남 2녀 중 차남으로 태어났다. 그의 할아버지인 이규현(李圭峴)은 한말 밀양 영남루(嶺南樓)의 거두로 한학과 한시에 뛰어났다고 한다. 여류 시조시인 이영도는 그의 친누이 동생으로 가문에 대해 이렇게 쓴 적이 있다.

나의 曾祖父님께서는 乙巳條約 뒤 亡國의 恨을 僧服자락에 감싸고 鄕里의 뒷山인 龍角山 깊숙이 大雲庵이란 庵子를 지어 俗世를 등지셨고 祖父님께서는 敵治下에선 벼슬을 단념하시고 농사를 지어 生計를 이어 가면서 鄕里에다 義明學堂이란 사립학교를 세워 농촌의 子弟들에게 新學問을 가르치시는 데 心血을 기울이셨다고 한다. (중략) 그렇게까지 해서 新文學을 가르쳐 놓은 나의 아버지는 조상의 뜻을 저버리고 창피스럽게도 日帝 때 官職을 맡아 고을을 옮기며 小室을 거느리고 他鄕을 돌았기 때문에 우리 三男妹는 아버지 여읜 자식처럼 祖父母님의 愛至속에 어린 시절을 자랐던 것이다.[1]

　　아버지 이종수는 군수로서 영천을 마지막으로 경북의 고을들을 거의 반이나 돌았을 만큼 일제 관직에 깊이 관여했던 사람이었다. 소실을 몇 사람씩 거느렸다는 아버지는 한 해에 한 번 정도 고향집에 들르고는 했다. 그러니까 이호우는 어려서 아버지로부터의 교육은 거의 받지 못했다고 봐야 할 것이다. 그가 과묵한 사람이었다고는 해도 나중까지 무척 가까이 지낸 사람에게조차 남이라면 아버지의 이야기를 입에 올리지 않았다.

　　洛東江 빈나루에 달빛이 푸릅니다
　　무엔지 그리운밤 지향없이 가곺어서
　　흐르는 금빛노을에 배를맡겨 봅니다
　　낯익은 風景이되 달아래 고쳐 보니
　　돌아올 기약없는 먼길이나 떠나온듯
　　뒤지는 들과 山들이 돌아돌아 뵙니다

　　아득히 그림속에 淨化된 草家집들
　　할머니 趙雄傳에 잠들든 그날밤도
　　할버진 律지으시고 달이 밝았더니다
　　미움도 더러움도 아름다운 사랑으로
　　온세상 쉬는 숨결 한갈래로 맑습니다
　　차라리 외로울망정 이밤 더디 새소서

　　　　　　　　「달밤」 전문

　　할아버지가 율(律)을 지었다는 유호동 259번지 고가 대문은 사라호 태풍 때 물결에 쓸리고 대신 녹색의 철문이 달렸다. 문을 밀고 안으로 들어가니 마당에 갖가지 나무들이 울창하다.

---

1) 이영도, 「亡國의 僧服」, 『韓國文學』, 1975년 7월호.

돌담으로 둘러쳐진 200여 평 터에 안채와 사랑채 두 동 기와집이 들어서 있다. 그 집에 살고 있는, 시인의 육촌 아우가 된다는 이복우(李福雨)가 "증조부님이 지었으니 확실한 햇수는 알 수 없으나 꽤 오래된 집이다. 저 뜰에 섰는 감나무만 하더라도 환갑은 됐을 것이다. 진달래나무, 석류나무, 벽오동나무는 호우씨가 직접 심으신 걸로 알고 있다"고 일일이 손가락으로 가리키는 대로 눈을 던져 새삼 보니 감나무에는 줄잡아 400여 개의 감이 달렸고 석류나무 열매는 주렁주렁 가지가 무겁게 한껏 부풀어 올랐다.

2. 강인한 의지, 현실비판의 정신

이호우는 1924년 12세 때 여기 향리에서 보통학교를 졸업하고 서울로 가 경성제일고등 보통학교에 입학했다. 그러나 대구고보 1회 입학생이었던 친형 이석우(李錫雨)가 젊은 나이로 요절하자 충격을 받고 신경쇠약 증세를 일으켜 4년 만인 1928년에 낙향하고 말았다. 이듬해 학구열을 누를 수 없어 도일하여 동경 예술대학에 입학했으나 1년 만에 신경쇠약 증세가 재발하고 위장병으로 발병함으로써 아예 학업을 포기하고 귀국했다.

그것이 1930년의 일이었다. 그리고 그 4년 뒤인 22세 때 칠곡 군수 김진희(金晋熙)의 영애인 순남(順南)과 결혼을 하여 일가를 이루는 가장으로 성장해 갔다.

이호우가 할아버지로부터 익힌 한학 실력으로 한시를 짓고 시조를 쓰기 시작한 것이 이 무렵을 전후해서가 아닌가 여겨진다. 한학의 소양, 고향의 아름다운 풍치, 개인적인 고독감 같은 것들은 한 사람의 시인을 길러내는 데에 충분한 조건이 될 수 있었을 것이다. 1930년대 후반 동아일보 독자 투고란에 본명으로 또는 이호우(爾豪愚)라는 진귀한 필명으로 「우맥(雨麥)」이라는 한시와 「낙엽(落葉)」이라는 시조 등을 보내 발표하더니 1940년에 가람 이병기의 추천으로 『문장』지를 통해 정식으로 문단에 나오게 되었다. 그 작품이 앞에 인용한 「달밤」이었다. 가람은 「달밤」에 대하여 다음과 같은 찬사를 보내었다.

> 그러나 爾豪愚씨의 「달밤」은 爾豪愚로서의 느낌과 用語를 썼다. 새롭고 깨끗하고 술술하다. 아무 억지도 없고 꾸밈도 없고 구김도 없다. (중략) 詩는 그런 野心보다도 그 靈感을 얻어야 한다. (중략) 과연 이 「달밤」은 凡常한 題材를 가지고 이와같은 좋은 詩를 지은 건 그의 天稟과 造詣가 어떠함을 능히 짐작하겠으며 우리 詩壇의 한자리를 그에 許與치 않을 수 없다.[2]

---

2) 李秉岐, 「詩調選後」, 『文章』 1940년 6 · 7월 합호.

<사진 2> 시인의 생가마을인 경북 청도군 청도읍 유호동. 경부선 유천역에서 지척인 이 마을은 산수의 경관이 빼어나기로 유명하다. 이 호우는 마을앞 낙동강 지류인 유천둑에서 시상을 얻고 가람 이병기 등으로부터 시작되는 현대시조사의 맥을 이어가는 시조를 썼다.

그러나 1940년대 문학이 암흑기에 접어들면서 시조가 제구실을 할 지면이 없어지자 그의 이름도 잠적해 버린 듯이 보였다. 오히려 그는 문학보다도 고향에서 땅을 팔아 생업에 몰두한 것 같다.

처음에는 정미소를 경영해보기도 하고 만물상을 차려보기도 하고 해방되기까지 2, 3년 사이에는 '흥아임업(興亞林業)'이라 하여 친구와 함께 꽤 큰 제재소를 경영하기도 했다. 하지만 어떤 사업에도 크게 성공하지는 못했다.

광복 이듬해인 1946년, 그는 고향의 기산을 정리하여 대구시 대봉동으로 나왔다. 1945년 12월 대구서 『건국공론(建國公論)』지를 창간했던 조상원(趙相元)은 1946년, 1947년께 그를 자주 만났었는데 그 무렵의 그를 이렇게 전한다.

"그는 세상을 비판적으로 보고 때때로 격하면 기고만장하는 성격이었으나 인정적이기도 했다. 이따금 둘이 술자리에도 어울렸다. 그러나 주호는 아니었다. 그는 시조에 대한 불만을 느낀 듯 한때 자유시와 타협하려는 시조체를 모색하며 어떠냐고 의논도 한적은 있지만 그것을 결코 발표하지는 않았다."

이호우는 정부수립 이후 대구고등법원 재무과장에 잠시 근무했다. 그러나 그의 생애는 평탄치가 않았다. 그의 차남 이상린(李相麟)에 따르면 "남로당 간부로 모략을 받아 당시 검거된 군인들과 함께 고등군법회의에 회부되어 사형언도까지 받았다. 그런데 대통령 공보비서관이던 시인 김광섭의 진언으로 아무런 관련이 없음이 인정되어 1950년 봄에 겨우 풀려날 수가 잇었다"고 한다.

그는 6·25 동란 이후 얼마간 대구일보의 문화부장, 논설위원, 서울지사장을 지냈고 1956년 4월부터 1957년 7월까지 대구매일신문의 편집국장을 역임했다. 그의 언론에 대한 경력은 현실상황에 대하여 날카로운 비판 안목을 지니게 하는 요소가 되었다. 그는 1950년대 언론에 종사하고 있을 때거나 그렇지 않을 때거나 그의 사설이 시조로 하여 자유당 정권으로부터 여러번 필화를 겪었다.

그가 1955년 첫 시조집인 『이호우시조집(爾豪愚時調集)』을 간행하기 수개월 전에 발표했던 「바람벌」은 반공법에 저촉된다는 이유로 구설수에 오르기도 했었다.

그 눈물 고인 눈으로 순아 보질 말라

미움도 사랑을 앞선 이 각박한 거리에서
꽃같이 살아 보자고 아아 살아보자고

辱이 祖上에 이르러도 깨다를 줄 모르는 무리
차라리 남이었다면 피를 이은 겨레여

벗아 너마저 미치고 외로 선 바람벌에
찢어진 꿈의 旗幅인양 날리는 옷자락
더불어 미쳐보지 못함이 내 도리야 설구나

단 하나인 목숨과 목숨 바쳤음도 남았음도
오직 祖國의 밝음을 기약함에 아니던가
일찌기 믿음아래 가신이는 福되기도 했어라

「바람벌」 전문

시인은 자유당 정권하에서 믿음조차 잃어버린 현실을 슬픔이 깃든 격앙된 음성으로 항의하고 있는 것이다. 이 계열에 속하는 생명의 불꽃을 사르는 듯한 또 하나의 시조인 「기(旗)빨」을 두고 문학평론가 김윤식은 "나는 이호우의 정신적 가열성(苛烈性)의 두 가지 형태를 살펴보고자 한다. 그 하나는 의지의 강인성이며 다른 하나는 비수와 같은 현실비판의 정신으로 파악된다"[3]고 하여 그 의지의 뜨거움을 강조했다.

3. 고독과 다방과 죽음

한편 그는 1960년대를 고비로 하는 어간에서 일체 공직과 인연을 끊고 시조마저 절 필한 듯 4년 동안 작품을 발표하지 않았다. 그 무렵부터 타계하기 3년 전까지 그는 사람 사귀기를 싫어하여 가까왔던 사람과의 교분도 멀어졌다. 시내 외출은 자주 했으나 문단 사람이 그가 나가는 다방을 알기만 하면 이내 다른 다방으로 옮기고는 했다. 그런 중에 도 유일하다시피 교분을 허락한 문인이 1958년계부터 친분을 맺기 시작했던 정완영(鄭 椀永)이었다. 그는 그 무렵 김천에 살고 있었는데 '비밀 통로'를 통해 만날 장소를 가르쳐 주고는 했다.

"초정(艸汀)이 나긋나긋하여 시에서의 미당(未堂)이라고 한다면, 호우는 악산(岳山)과 같아 시에서의 청마(靑馬)라 할 수 있을 것이다. 그의 산에는 풀과 나무가 없다. 그가 이

---

3) 金允植, 「李鎬雨論」, 『現代詩學』 1970년 8월호.

따금 파격(破格)을 하지만 결코 시조의 생명인 율을 깨뜨리는 파격은 하지 않는다. 그의 파격은 하나를 잃고 열을 얻는 이유있는 파격이다"라고 정완영은 이호우의 작품세계를 명쾌하게 요약하여 말한다.

무슨 業緣이기 먼먼 남의 骨肉戰을
생때같은 목숨값에 아아 던져진 三弗 軍票여
그래도 祖國의 하늘이 고와 그 못 감고 갔을 눈

1966년에 발표한 것으로서 여기에는 월남에 파병되어 덧없이 죽은 어느 하사의 죽음에 대한 노여움이 담겨져 있다. 그가 시조 끝에 단 '부기(附記)'가 유난히 눈길을 끈다.

(상략) 베트콩과 最前方에서 맞부딪쳐 싸우는 士兵들은 하루에 1달러. 청룡부대
K下士가 캄란에 上陸한 지 사흘 만에 죽었다. 부대재무관은 사흘 만에 고향으로 돌
아가는 K下士의 유해 위에 3달러를 올려놓고 눈물을 뿌렸다. 사흘 복무했으니 3달러
가 나왔던 것이다.

이호우의 50대 중반에 들어선 연령에서도 결코 현실비판의 치열성을 버리지 않았음에도 불구하고 인생적으로 허무감에 잠겨 있었던 것으로 보인다. 시내 외출할 때면 늘 3만 원 정도는 주머니에 넣고 나와 다방에서 남녀 대학생과 어울리기도 하면서 그 돈을 다 쓰고야 귀가했다. 그리고 대구에 있거나 서울에 가거나 그의 주위에는 젊은 여자가 따라다녔다.

"그분은 조직을 만드는 것을 기피해 왔는데 타계 3년 전 시조 동호회를 만들자고 모시니까 동조해 주었다. 그것이 이듬해인 1968년 『낙강(洛江)』 동인으로 정식 발족한 영남시조문학회였다"고 동인의 한 사람인 김종윤(金鍾潤)은 전한다. 그는 그해 제 2시조집이자 마지막 시조집이 되는 『휴화산(休火山)』을 이영도와 함께 '비가 오고 바람이 붑니다'라는 대표제목으로 냈다. 대표작으로 「바위 앞에서」, 「바람벌」, 「청수(聽愁)」, 「오(午)」, 「개화(開花)」, 「하(河)」 등을 들 수 있는데, 이상범(李相範)에 따르면 그는 "가람과 오늘의 시조를 잇는 가교역할을 담당하는 시조사적 공적"을 남겼다.

그는 1970년 1월 6일 밤, 대구 동문다방에서 귀가하기 위해 문학소녀들과 함께 지하 층계를 올라와 조금 앞서 가던 중 뒤를 돌아보며 누군가의 이름을 부르면서 거리에 쓰러졌다. 그는 그 앞에 서 있던 보초 군인들의 눈에 띄어 경북대학교 부속병원으로 옮겨졌으나 옮기는 도중에 이미 숨이 끊기니 그의 1956년에 쓴 「묘비명(墓碑銘)」이 예언이듯 실감나게 다가선다.

여기 한 詩人이 비로소 잠들었도다
뼈에 저리도록 인정에 울었노니
누구도 이러니 저러니 아예 말하지 말라.

1912년	음 3월 2일 경상북도 청도군 대성면(현재 청도읍 유호동) 내호동 259번지에서 부 경주 이씨 종수(鍾洙)와 모 구봉래(具鳳來) 사이의 2남 2녀 중 차남으로 출생. 필명 이호우(爾豪愚). 시조시인 이영도는 누이동생.
1924년	(12세) 향리의 의명학당을 거쳐 밀양 보통학교 졸업. 경성제일고등보통학교 입학.
1928년	(16세) 신경쇠약 증세로 낙향.
1929년	(17세) 일본의 동경 예술대학에 유학.
1930년	(18세) 신경쇠약 증세 재발과 위장병으로 학업 포기, 귀국.
1934년	(22세) 경북 칠곡의 김해 김씨 진희(晋熙)의 영애 순남(順南)과 결혼.
1935년	(23세) 장남 상봉(相鵬) 출생.
1937년	(25세) 시조 『이향(離鄕)』 등을 지음. 차남 상린(相麟) 출생.
1939년	(27세) 동아일보 투고란에 시조 『낙엽』을 발표.
1940년	(28세) 시조 『달밤』이 『문장』(6 · 7월호 합호)에 이병기 추천으로 게재 발표.
1941년	(29세) 3남 상국(相國)출생. 이때부터 1945년까지 고향에서 정미소, 만물상, 제재소(흥아임업회사) 등을 경영.
1946년	(34세) 고향의 가산을 정리하여 대구 대봉동으로 이사. 이후 한때 대구고등법원 재무과장, 적산인 문화극장(현재 한일극장) 사무국장.
1949년	(37세) 남로당 도(道)간부로 모략을 받아 군법회의에서 사형언도를 받음.
1950년	(38세) 봄에 무죄로 석방됨.
1952년	(40세) 이후 대구일보 문화부장, 논설위원, 서울지사장.
1953년	(41세) 대구시 화전동 43번지로 이사.
1955년	(43세) 시조 「바람벌」(현대문학 3월호) 발표, 이 작품이 반공법에 저촉된다 하여 필화. 첫시조집 『이호우시조집(爾豪愚時調集)』(영웅출판사) 간행. 이 시조집에 6 · 25전까지의 시조 70편을 수록.
1956년	(44세) 「시조 3수 · 발자국 · 실제(失題) · 묘비명」(현대문학 2월호) 등 발표. 4월부터 익년 7월까지 대구 매일신문 편집국장.
1958년	(46세) KNA기 납북사건 때 매일신문 사설로 필화. 「시조 3수 · 낙엽 · 단풍 · 국화」(현대문학 5월호) 등 발표.
1960년	(48세) 경북 반민주행위자 조사위원회 위원. 이후 일체 공직에 나가지 않음. 대구시 대명동 1805번지로 이사.
1962년	(50세) 「시조 3수 · 겨울 · 독백 · 개화」(현대문학 5월호), 「청수(聽愁)」(현대문학 10월호) 등 발표.
1963년	(51세) 시조 「나목(裸木)」(현대문학 4월호) 등 발표.
1964년	(52세) 「시조 2제 · 비원(悲願) · 단층에서」(현대문학 3월호) 등 발표.
1966년	(54세) 「시조 2제 · 사슴 · 곰」(현대문학 4월호), 「시조 2제 · 비키니섬 · 삼불야(三弗也)」 등 발표.

1967년	(55세) 「시조 2제·난로·꽃샘」(현대문학 9월호) 등 발표. '시조 동호회'(1968년 부터 영남시조문학회)를 조직. 동인지 『낙강(洛江)』발간에 기여.
1968년	(56세) 시조 「낙동강」(현대문학 3월호), 「석굴암석불」(현대문학 6월호) 등 발표. 제 2시조집 『휴화산』(중앙출판공사) 간행.
1969년	(57세) 시조 「실진(失眞)」(현대문학 10월호) 등 발표
1970년	(58세) 1월 6일 밤 대구 거리에서 심장마비로 졸도, 경북대학교 부속병원으로 옮기는 도중 타계, 고향 선산에 안장.
1972년	대구 앞산 공원에 '고 이호우시비' 제막.

◆ 도움말 주신 분(1982년 현재)

李相麟　45·차남·대구시 수성구 수성동 1가 96번지 50호.
鄭椀永　63·친지·시인·서울 강남구 은마아파트 23동 105호.
趙相元　69·차남·도서출판 현암사 회장
李福雨　60·6촌·경북 청도군 청도읍 유호동 259.
李相範　47·후학·시인.
金鍾潤　39·후학·대구 흐름사 대표.

◆ 관계 문헌

金洙暎,「現代詩에의 自學」, 平和新聞 1955년 7월 14일자.
金潤成,「이호우 時調集評」, 한국일보 1955년 7월 14일자.
金濟鉉,「이호우論―時調史的 位置를 兼하여」, 『現代文學』 1970년 3월호.
鄭在椀,「李鎬雨先生의 人間과 文學」, 『時調文學』 1970년 6월호.
金允植,「李鎬雨論」, 『現代詩學』 1970년 8월호.
徐　伐,「李鎬雨의 詩」, 『現代詩學』 1973년 10월호.
韓春燮,「爾豪愚論」, 『時調文學』 1976년 겨울호.
愼鏞玭,「李鎬雨 時調의 硏究」, 高麗大學校 대학원 석사학위논문 1981년.

尹 東 柱

(시인 1917~1945)

1. 북간도 명동촌(明東村)의 시인

1940년대 일제하의 어둠을 몰아내려고 민족 광복에의 염원으로 괴로워 하며 늠렬(凜烈)한 시를 썼던 지하시인 윤동주는 그 의식으로 말미암아 28세라는 젊은 나이로 남의 나라 일본의 혹독한 옥창에서 민족을 대신하여 작품에서 예언하듯 "십자가를 지고" 고고하게 순절하였다.

"죽는 날까지 하늘을 우러러 한 점 부끄럼이 없기를" 바란 천부의 시인이며 시대의 제물인 그는 유고로 남은 단 한 권의 시집에 그 시인의 온정신이 깃들어 있다.

"병원이 인간의 병을 고친다면 나의 시는 사회의 병을 고칠 수는 없을까" 그의 자필 시집 『하늘과 바람과 별과 시』에는 '병원'이라는 또 다른 제명을 쓴 흔적이 있는데 그것은 바로 그의 순교자적 기혼(氣魂)을 말해 주는 것이라 하겠다.

연희전문 문과 시절에 하숙을 했다는 30평 안팎의 ㄷ자형 조그만 그 기와집에서는 시인 윤동주를 몰랐다. 주인이 바뀌어 들기도 몇 번, 옆 뒤로는 새로운 양옥집이 섰으나 종로구 누상동 9번지(주인 김윤경) 그 집의 모양새는 옛날 그대로다. 인왕산 기슭을 향해 올라가는 누상동 길, 오른쪽으로 불탄 일이 있는 전 언커어크 건물의 칙칙한 모습이 올려다 보이는 곳이다.

"1940년 일제의 침략전쟁 관계로 기숙사의 식사가 좋지 않았다. 그래서 동주형과 나는 기숙사를 나와 하숙을 구한 것이다" 이 집까지 안내해 준 윤동주의 연전 2년 후배인 정병욱(鄭炳昱)은 그와 함께 기거했던 그 시절 그 집을 돌아보고 감개 깊어 했다. 그 때 그들은 학업이 끝나면 신촌에서 통근 열차를 타고 서울역에 내려 충무로의 신간 서점을 한 바퀴 돌고 '남풍장'이란 다방에서 차 한 잔에 음악을 즐기다가 관훈동 고서점을 돌아본 후 안국동을 지나 누상동 집으로 돌아오고는 했다. 술이라면 중국집에서 배갈 몇 잔 정도, 일단 하숙집에 돌아오면 외출하는 일은 드물었다.

시는 한밤중에 썼다. 정병욱이 문득 깨어나 보면 책상 앞에 앉은 그의 모습을 볼 수 있었고, 다시 아침에 일어나 보면 그의 머리맡에 시편들이 놓여 있고는 했다는 것이다.

이 집에서 1년 남짓 살다가, 굴레방 다리의 옛 간이역 앞으로 하숙을 옮겼으나 그곳은 6 · 25사변에 모습도 전혀 다른 집으로 변해서, 그때 살았던 곳이 겨우 어디쯤이라는 것을 어림할 뿐이다.

윤동주는 학교를 졸업하자 일본으로 유학 갔고 그 뒤 정병욱은 학병으로 끌려갔다. 윤동주가 일본으로 떠날 때 정병욱에게 자필의 시집 『하늘과 바람과 별과 시』를 주었는데, 그것이 정의 집에 보관되어 오다가 광복 후에 햇빛을 보아 오늘도 윤동주를 기리게 되는 것이다.

> 죽는 날까지 하늘을 우러러
> 한점 부끄럼이 없기를,
> 잎새에 이는 바람에도
> 나는 괴로와했다.
> 별을 노래하는 마음으로
> 모든 죽어가는 것을 사랑해야지
> 그리고 나한테 주어진 길을
> 걸어가야겠다.
>
> 오늘밤에도 별이 바람에 스치운다.

　　　　　「序詩」 전문

<사진 1> 윤동주는 1938년부터 1941년까지 연희전문 문과에 다녔다. 그의 시와 정신을 기려서 1968년 11월에 연세대학교 '연세춘추사' 앞에 그의 시비가 세워졌다. 사진에 보이는 건물이 현 연세춘추사로 전에는 기숙사로 쓰였다. 그는 여기서 한때 기숙사 생활을 했었던 것이다. 시비에는 그의 「서시」가 새겨져 있다.

이처럼 숭고한 시와 인생의 정신으로 살다 간 윤동주가 태어난 땅은 지금은 남의 땅인 북간도 명동촌이다. 그는 1917년 12월 30일 중국과 일본에 유학했던 지식인 파평 윤씨 영석(永錫)을 부친으로, 전주 김씨 용(龍)을 모친으로 하여 세상에 났다. 그의 증조부 윤재옥(尹在玉)이 1886년 함북 종성에서 북간도 자동으로 이주하여 북간도가 그의 고향이 되었고, 다시 명동촌으로 이주한 조부는 근실하고 관유한 기독교 장로로 그 영향을 입은 바 크다 한다.

그는 1931년 명동소학교를 졸업하고 10리 떨어진 대랍자(大拉子)란 곳에서 중국인 관립소학교에 1년을 더 다녔다. 1932년에는 일가가 용정으로 이주하는 것과 때를 같이 하여 용정 은진(恩眞)중학교에 입학, 1935년에 평양 숭실중학교로 옮겼으나 신사참배 문제로 숭실이 관에 접수되고 말았다. 그래서 다시 고향으로 돌아와 1938년 용정의 광명중학교를 졸업했다. 이후 연전 문과에 입학하는 것을 계기로 방학 때 외에는 고향을 떠난 객지생활이었다.

"명동이란 곳은 한인(韓人)만이 개척한 마을로 형님의 생가도 조부가 손수 벌재하여 지으신 기와집이었다. 그 조부는 기독교가 들어오자 장로가 되셨고 마을에서는 흠앙을 받던 분이었다. 부친은 문학에 뜻을 두고 북경과 동경에 유학하시고 돌아온 뒤 명동에서 교편을 잡고 계셨다" 친동생 윤일주(尹一柱)가 들려주는 말로는 윤동주는 기독교적 분위기와 학구열의 기질을 나면서부터 지니고 있었다는 것이다.

또한 윤동주와 외사촌 간이 되는 김정우(金楨宇)는 "동주형은 기독교적 독립운동의 고장이자 사시사철 자연의 변화가 뚜렷한 풍광을 지닌 고장인 명동에서 자라났기 때문에 동주형의 시에서 볼 수 있는 저항정신과 서정정신이 생명으로 성장해 갈 수 있었다" 라고 윤동주 정신의 뿌리를 설명한다.

그는 1934년 그의 나이 불과 17세에 「삶과 죽음」, 「초 한 대」 등의 뛰어난 시를 쓰고 있었다. 그러나 그의 시가 좀 더 윤동주다운 시로 발전한 것은 송몽규(宋夢奎)와 함께 연전 문과에 입학한 1938년 무렵으로 보인다.

이 두 사람은 서로 성격이 판이했다. 윤동주가 치밀하고 내향적인데 반해, 송몽규는 과격하고 행동적인 성격이었다. 동아일보에 단편이 당선된 경험이 있는 송몽규는 자타가 인정하는 문학도였으나 윤동주에게서는 그런 기미가 밖으로 나타나 있지 않았다.

"그는 계산된 의식보다는 바탕이 시인임을 연전 때도 스스로 믿고 있었던 것 같다" (정병욱 회고담)고 하는 것처럼, 시를 안 쓰고는 배겨나지 못하는 천부의 시인이었다.

> 그후 우리는 서로 길이 갈렸다. 그는 문학 공부하러 서울로, 나는 신학을 공부하러 동경으로 떠났다. 그러나 방학이 되면 으레이 서로 만나서 시간 가는 줄도 모르고 속을 털어 이야기를 주고 받았다. 물론 문학에 관해서는 언제나 내가 듣는 편이었다. 아

무튼 나는 인생의 민감한 형성기에 그와 함께 유랑하면서 인생과 시를 배웠다.

그가 우리의 추억 속에 남겨 놓고 간 그 귀중한 것들은 그렇게 극적인 것은 아니다. 그에게 와서는, 풍파는 잠을 잤고 다들 양같이 유순하고 호수같이 맑아지는 것이었다. 그러나 그의 넋 속에는 남모르는 깊은 격동이 있었다. 호수같이 잔잔한 해면 밑 깊은 데는 아무것으로도 막을 수 없는 해류의 흐름이 있듯이! 그는 아주 고요하게 내면적인 사람이었다. 그래서 그는 친구들 사이에 말없는 사람으로 통했다. 그렇다고 아무도 그를 건방지다고 생각하지 않는다.[1]

2. 자필(自筆)의 유고 시집

이와 같은 글에서 보듯 윤동주의 성격은 과격하고 행동적인 기질은 아니었던 것 같다. 그러나 안으로 응결되는 의식의 세계는 꺾을 수도, 부술 수도 없는 확고한 것이었다.

> 쫓아오는 햇빛인데
> 지금 敎會堂 꼭대기
> 十字架에 걸리었읍니다.
>
> 尖塔이 저렇게도 높은데
> 어떻게 올라갈 수 있을까요.
>
> 鐘소리도 들려 오지 않는데
> 휘파람이나 불며 서성거리다가,
> 괴로웠던 사나이,
> 幸福한 예수 그리스도에게
> 처럼
> 十字架가 許諾된다면
>
> 모가지를 드리우고
> 꽃처럼 붉은 피를
> 어두워 가는 하늘 밑에
> 조용히 흘리겠읍니다.
>
> 「十字架」 전문

1) 文益煥, 「동주형의 추억」, 尹東柱 詩集『하늘과 바람과 별과 詩』부록, 正音社刊, 1972년.

1941년 그는 이 시를 쓰면서 순교자가 되어 "모가지를 드리우고" 그의 청춘을 암흑을 헤매는 민족 앞에 바치기를 주저치 않았던 것이 아닌가.

> 티없고 맑은 孤獨과 깊은 宗敎的인 사랑으로까지 傾倒했던 그의 人間性, 民族과 時代的 現實에서 不滅의 價値로써 奪還하지 않으면 안 되었던 自由와 正義에 대한 不屈의 抵抗精神 을 그는 아울러서 所有하고 있었다.[2]

<사진 2> 1938년 12월 소학교 동창들과 함께 찍은 사진이다. 그는 이 때 연전 1학년생이었다. 앞줄 왼쪽이 윤동주, 앞줄 오른쪽이 고종인 송몽규. 송몽규는 윤동주보다 25일쯤 늦게 역시 복강(福岡) 형무소에서 옥사했다.

그는 방학 때가 되어 고향에 돌아가면 학생복을 벗어 버리고 배바지, 베적삼으로 갈아입고 밀짚모자를 쓰고 촌부다운 모습으로 돌아가고는 했다. 그는 기회 있을 때마다 목관화를 해 보고 싶다는 말을 아우 윤일주에게 들려주었다고 한다. 그는 앙드레 지드와 도스토에프크키, 발레리를 탐독했고, 그가 연전 졸업 무렵 애독하던 서적으로 여러 사람에게 기억을 남긴 책은 키에르케고르의 것이었다. 문익환의 경우 그가 신학생이었으면서도 윤동주의 키에르케고르에 관한 이해를 따를 수 없었다고 고백하고 있는 점만 보더라도 문학서적과 함께 철학서적을 많이 읽었던 것이다. 윤동주는 후에 스스로 시가 쉽게 쓰여진다고 한탄한 적이 있지만 그것 역시 종교적이고 철학적인 깊은 사유 끝에 이루어졌다는 것을 알아야 한다. 가령 키에르케고르의 유아주의(唯我主義), 즉 자기의 체험을 토대로 독자의 개인주의를 주장했다는 것, 1800년대 전반의 서구 기독교를 날카롭게 비판하고, 신과의 새로운 관계를 이루어 보려는 노력을 윤동주의 기독교적 생애와 그가 처했던 시대와의 어떤 연관을 지어 생각해 보는 것은 유익한 일일 것이다.

그는 이해 연전을 졸업하면서 자필시집 『하늘과 바람과 별과 시』 초판 70부를 발간하려 하였으나 뜻대로 되지 않아 그것을 자필로 3부를 만들어 그 하나를 정병욱에게 주며 일본으로 떠났다. 1942년 봄 그는 동경 입교(立敎)대학 영문과에 입학했다.

"그 때 나는 명치학원 대학에서 강의를 나가고 있었는데, 일본으로 오게 한 것도 나의 의견이 많이 받아들여졌기 때문이다. 결과가 죽음으로 끝나 그 가친에게 얼마나 송구스

---

2) 朴斗鎭, 「尹東柱의 詩」, 尹東柱詩集 『하늘과 바람과 별과 詩』부록, 正音社刊.

러웠는지 몰랐다." 윤동주의 5촌 당숙인 시인 윤영춘(尹永春)은 이렇게 전제하고 윤동주 시체 인수까지의 일본에서의 기억은 아직도 생생하게 떠오른다며 당시를 더듬었다.

윤동주는 입교대학에 입학하던 해 여름 방학에 용정을 다녀간 것이 가족과는 마지막 이별이었다. 가을, 그는 경도(京都) 동지사대학 영문과로 옮겼다. 그 이유를 윤영춘은 동지사가 영·미문학면에서는 뛰어난 학교였다는 것을 들고 있으며, 윤일주는 "아마도 조용한 도시에의 향수가 아닐까" 점쳐 보지만 확실한 근거는 없다.

窓밖에 밤비가 속살거려
六疊房은 남의 나라,

詩人이란 슬픈 天命인 줄 알면서도
한 줄 詩를 적어 볼가,

땀내와 사랑내 포근히 품긴
보내 주신 學費封套를 받어

大學 노―트를 끼고
늙은 敎授의 講義 들으려 간다.

생각해 보면 어린때 동무들
하나, 둘, 죄다 잃어 버리고

나는 무얼 바라
나는 다만, 홀로 沈澱하는 것일가?

人生은 살기 어렵다는데
詩가 이렇게 쉽게 씨워지는 것은
부끄러운 일이다.

六疊房은 남의 나라
窓밖에 밤비가 속살거리는데,

등불을 밝혀 어둠을 조곰 내몰고,
時代처럼 올 아침을 기다리는 最後의 나,

나는 나에게 적은 손을 내밀어

눈물과 慰安으로 잡는 最初의 握手.

「쉽게 쓰여진 詩」 전문

이 시는 동경시절 서울의 글벗에게 보낸 것으로 안으로 파고드는 저항의식이 강하게
나타나 있다.

3. 복강(福岡)에서의 순절(殉節)

1943년 여름 방학, 귀향길에 오르려고 차표까지 사 놓은 7월 어느 날 경도 압천(鴨川)
경찰서에서 형사가 그를 연행해 갔다. '아침을 기다리는 최후의 나'인 윤동주마저 어둠
속으로 끌려간 것이다.

"동주가 체포된 지 2개월쯤 지났을까. 동경에서 경도로 면회 갔었다. 매미 소리가 요란
했던 초가을, 원래 흰 얼굴이 핼쑥하게 여위어 있었다. 아래위로 베잠방이를 걸친 그는 그
저 잘 있다는 안부를 고향 어른들에게 전해 달라고 할 뿐, 감시 때문에 뼈 있는 말을 들을
수 없었다"고 윤영춘은 당시 윤동주의 부자유스럽고 고뇌에 찬 모습을 들려주었다.

그 당시 그를 취조하고 있던 형사부장 고오로기3)라는 사나이는 안경을 쓴 인상이 독
살스럽게 생긴 사람으로 물론 시국에 관한 이야기는 일체 금지했으며, "번역이 끝나면
곧 나갈 수 있지 않겠느냐"고 능청을 떨더라는 것이다. 번역이란 윤동주가 쓴 7~8천장
가량의 원고뭉치를 일어로 번역하는 일이었다. 그의 사상 경향을 포착하기 위한 그들
목적에 이용되고 있었던 셈이다.

1년이나 끌던 끝에 그는 1944년 6월, 2년형의 언도를 받고 구주(九州)의 복강 형무소
에 수감되었다. 이 때 송몽규도 2년 6개월형을 받고 같은 형무소에 갇혀 있었다.

1945년 2월, 초순이면 꼭 배달되던 엽서 대신 중순도 넘어서야 "2월 16일 동주 사망,
시체 가져가라"는 전보가 복강 형무소로부터 날아들었다. 윤동주는 그렇게 이역의 매
설찬 감방 돌마루에서 눈을 감았던 것이다. 그의 부친과 함께 시체를 찾는 길에 동행한
윤영춘은 우선 산 사람부터 만나야겠다 해서 송몽규를 먼저 면회했다. 3월 10일, 같은
운명으로 숨진 송몽규, 그는 잔금이 수없이 간 한 쪽이 깨진 안경을 쓰고 백골이 다 된
모습이어서 산 사람으로 여겨지지 않았다. 송몽규에게 말을 들으니 매일처럼 이름 모를
주사를 맞느라고 피골이 상접했더라는 것이다. 이 주사는 노동에 시달려 지친 복역수들

---

3) 鴻農映二는 「태워져버린 尹東柱의 遺稿」(現代文學 1984년 8월호)에서 日本 趙日新聞社刊의 金
贊汀著 『抵抗詩人, 尹東柱의 죽음』을 인용, 고오로기는 興梠라고 쓰고 鴨川경찰서는 下鴨경찰서
가 맞으며 체포된 날짜는 7월 14일 이라고 밝힘. 興梠형사는 현재(84년) 86세로 생존해 있다함.

에게 다음 날 다시 일할 수 있도록 주어진 영양제라고 했으나 사실상 마취제로 추정되고 있다.

윤영춘에 의하면 그가 죽을 때 무엇인가 외마디 소리를 쳤다고 그를 흠앙하던 일본인 간수 한 사람이 전해주었다고 한다.

그의 아버지와 윤영춘이 시체 인수하러 복강에 가 있는 동안 사망 전보보다 10일 늦게 또 하나의 전보가 날아들었다. "동주 위독하니 보석할 수 있음. 만일 사망 시에는 시체는 가져가거나 불연이면 구주제대에 해부용으로 제공함. 속답하시압."

그는 이렇게 일제의 악랄한 수법에 희생된 것이다.

그는 한 줌의 재가 되어 부친의 품에 안겨 고향 용정에 와 묻혔다.

故鄕에 돌아온 날 밤에
내 白骨이 따라와 한 방에 누웠다.

어두운 房은 宇宙로 通하고
하늘에선가 소리처럼 바람이 불어온다.

어둠 속에서 곱게 風化作用하는
白骨을 드려다보며
눈물 짓는 것이 내가 우는 것이냐
白骨이 우는 것이냐
아름다운 魂이 우는 것이냐

志操 높은 개는
밤을 새워 어둠을 짖는다.

어둠을 짖는 개는
나를 쫓는 것일게다.

가자 가자
쫓기우는 사람처럼 가자
白骨 몰래
아름다운 또 다른 故鄕에 가자.

「또 다른 故鄕」 전문

그러나 그는 이 시에서처럼 영원한 부활을 한 것이다.

◆ 연보

1917년	12월 30일 북간도 명동촌에서 부 파평 윤씨 영석(永錫)과 모 전주 김씨 용(龍) 사이의 7남매 중 장남으로 출생. 아명은 해환(海煥).
1923년	(6세) 여동생 혜원(惠媛) 출생.
1925년	(8세) 명동소학교 입학.
1930년	(13세) 고종사촌 송몽규(宋夢奎)와 함께 『새명동』이란 등사판의 월간 잡지를 발간.
1931년	(14세) 명동소학교 졸업. 명동에서 10리 떨어진 대납자의 중국인 관립학교에서 수학.
1932년	(15세) 용정 은진중학교 입학. 가족이 명동촌에서 용정으로 이사.
1933년	(16세) 동생 광주(光柱) 출생.
1934년	(17세) 「초 한 대」, 「삶과 죽음」 등 우수한 작품을 쓰고 있었음.
1935년	(18세) 봄, 평양 숭실중학교에 전학.
1936년	(19세) 숭실중학교가 신사참배 문제로 관에 접수케 되자 용정으로 돌아와 광명중학교에 전학. 간도 연길(延吉)에서 발행하던 『가톨릭 소년』지에 동시 「병아리」, 「빗자루」(12월호)를 발표.
1937년	(20세) 『가톨릭 소년』을 동시 「오줌싸개 지도」(1월호), 「무얼 먹구 사나」(3월호), 「거짓부리」(10월호) 등 발표.
1938년	(21세) 봄, 광명중학교 졸업. 송몽규와 함께 연희전문학교 문과에 입학. 학교 기숙사에서 생활함.
1939년	(22세) 산문 「달을 쏘다」(조선일보 학생란 1월), 동요 「산울림」(소년) 발표.
1940년	(23세) 연전 2년 후배인 정병욱과 친교를 맺음. 5월 기숙사를 나와 종로구 누상동 9에서 정병욱과 함께 하숙.
1941년	(24세) 봄에 정병욱과 함께 누상동에서 서대문구 북아현동으로 하숙을 옮김. 12월 연전 졸업. 자선시집 『하늘과 바람과 별과 시』(모두 18편)를 출간하려 하였으나 뜻을 이루지 못함.
1942년	(25세) 일본 동경 입교대학 영문과에 입학. 하기 방학을 마지막으로 고향 용정을 다녀감. 가을, 경도 동지사대학 영문과에 편입. 다케다 아파트에서 하숙.
1943년	(26세) 7월, 하기 방학으로 귀향길에 오르기 전 사상범으로 경도 압천경찰서에 피체. 경도대의 송몽규도 동시에 붙들림. 이 경찰서에서 고오로기라는 형사부장의 취조를 받으며 7~8천 장의 자신의 원고를 일어로 옮겨 쓰고 있었음.
1944년	(27세) 6월, 2년형의 언도를 받고 구주 복강형무소에 수감됨. 송몽규도 2년 6개월 형을 받고 같은 형무소에 수감됨.
1945년	(28세) 2월 16일 28세를 일기로 복강형무소에서 사망. 시체 인수 때 5촌 당숙 윤영춘이 확인한 수감자 기록에 의하면 ① 사상 불온, 독립운동 ② 비일본 신민 ③ 온건하나 서구사상이 농후하다는 등등의 죄목이 열거되어 있었다고 함. 3월 초 유해가 고향 용정 동산교회 묘지에 묻힘. 3월 10일 송몽규도 옥사.
1946년	유고 「쉽게 쓰여진 시」(경향신문) 발표.

1947년   2월 16일 서울 플로워 다방에서 추도회 거행.
1948년   1월 30일 유고 30편을 모아 『하늘과 바람과 별과 시』(정음사) 간행.
1955년   10주기를 맞아 유고 88편을 모아 시집 『하늘과 바람과 별과 시』를 간행.
1968년   11월 2일 연세대 총학생회 주관으로 윤동주 시비 제막. 동시에 윤동주 장학금 설치.

◆ 도움을 주신 분(1973년 현재)

尹一柱   47 · 동생 · 성균관대학교 이공대학 교수
鄭炳昱   51 · 후배 · 성균관대학교 이공대학 교수
尹永春   62 · 5촌 당숙 · 성균관대학교 이공대학 교수
金楨宇   56 · 외사촌 · 성균관대학교 이공대학 교수

◆ 관계 문헌

尹東柱詩集 『하늘과 바람과 별과 시』, 正音社刊, 1972년.
尹永春, 「故尹東柱에 對하여」, 『文藝』 1952년 5월호.
崔洪奎, 「故尹東柱說」, 『국문학』 통권 5호, 高大刊, 1961년.
金烈圭, 「尹東柱論」, 『국어국문학』 통권 17호, 국어국문학회刊, 1964년.

柳 周 鉉

(소설가 1921 ~ 1982)

1. 대문호에의 꿈

"사람 누구나의 고민은 '나'로부터 출발한다. 나에게서부터 출발해서 남을 생각하다가 결국엔 나로 돌아와 나를 발견하면 사람 누구나의 사색은 그것으로 끝난다"고 했던 묵사 (黙史) 유주현은 바로 그와 같은 사색의 여정을 따라 자신의 작품세계를 펼쳐 보였다.

1940년대 말 혼란기의 와중에서 등단하던 초기에는 '나'와 대사회와의 괴리관계를, 1960년대를 고비로 하던 시기에는 '나'를 떠나 사회비판적인 태도를, 그리고 1970년대 에 들어서면서부터는 철저히 인간존재의 문제에 천착하기 시작, 그의 문학의 완성을 꾀 했다. 그러한 과정 속에서 그는 시종 인간과 사회에 대한 냉철한 관찰자로서의 역할을 유지했고 그 결과 그의 소설은 모순관계와 '반어적인 구조'를 통한 비극적 인식론에 이르 고 있다.

뿐만 아니라 그는 양적으로도 많은 작품을 써내 「조선총독부(朝鮮總督府)」 등 실록 · 역사소설류를 포함하여 24편의 장편, 5편의 중편, 그리고 90여 편의 단편을 남긴 경이로 운 작가였다. 지난 20년 동안 그의 문학의 산실이었던 서울 인왕산 서편 기슭 홍제동 집 응접실에는 거상(居喪) 막이 차려져 있어 그것을 보는 순간 문득 숙연해지는 것을 어쩔 수가 없다.

그가 하나하나 자리를 잡아놓았다는 골동품과 수석의 위치도 그대로요, 이층 서재의 책상과 의자와 책들도 그의 생존 시와 다름없는 자리에 놓여 있다.

명을 달리한 사람에 대한 슬픔 때문에 아직도 외부인의 내방을 꺼리는 미망인 조점 봉(趙點鳳)은, 그러나 애잔하고 차분한 음성으로 옛일들을 더듬는다.

"농사를 짓던 집을 떠나 방랑생활을 하셨던 걸 보면 어려서부터 커다란 꿈을 간직하 고 계셨던 모양이에요. 그분은 결심한 것은 무엇이든지 실천해 내고야마는 성격이셨는 데 그것은 어렸을 때 고생하시면서 얻어진 것인 듯해요. 젊었을 때에도 넉넉지 못해서 그랬지 속을 썩인 일은 한번도 없었답니다."

유주현은 1921년 음력으로 6월 3일 여주군 능서면 번두리에서 부친 유기하(柳基夏)

와 모친 구리곡(具理谷)과의 사이에서 3남 2녀 중 차남으로 태어났다. 그러나 세 살 나던 해 그는 부모를 따라 고향을 등지지 않으면 안 되었다. 그의 조부 유세열(柳世烈)이 지방에서 의병항쟁을 했기 때문이었다.

나의 할아버지도 그런 독립운동자의 그 지방 우두머리였읍니다. 총독부의 관헌과 일본헌병들은 독립운동자인 나의 할아버지를 잡으려고 3년 동안이나 쫓아다녔는데도 나의 할아버지가 그야말로 동에 가서 번쩍 서에 가서 번쩍 글자 그대로 신출귀몰하면 서 잡히지를 않는 바람에 독이 머리끝까지 올랐던 것 같습니다. 그들 일본 관헌들은 약 이 오르고 화가 나는 바람에 우리집에다 석유를 뿌리고 불을 질렀다지 뭡니까.[1]

<사진 1> 1967년 유주현은 『조선총독부』 전5권을 간행하고 출판기념회를 열었다. 왼쪽부터 박영준, 유주현, 최정희, 강신재, 김동리.

그리하여 그의 일가가 자리를 잡은 곳 이 서울 변두리인 경기도 양주군 노혜면 상계리(현재 서울 도봉구 상계동)였다. 그의 부친은 이곳에서 농사를 지으며 가난하게 살았다.

그는 8세에 의정부에 있는 양주공립 보통학교에 입학하여 14세가 되던 1935 년 이 학교를 졸업했으나 상급학교에 들 어갈 만큼 집안 형편이 넉넉지 못하였다. 그는 자력으로 돈을 벌어서 학교에 다닐 생각으로 무작정 집을 떠났다.

그는 처음에 서울로 들어가 일자리를 구했으나 여의치가 않았다. 일단 집으로 돌아 온 그는 1936년에는 원산으로, 1937년에는 청진으로 올라갔다. 일본으로 가기 위해서 였다. 그는 청진에서 어느 어업회사의 사환노릇을 하며 푼푼이 여비를 모았다. 그러면 서 어업회사에 드나든 경찰서의 일본인 경부를 사귀어 도항증을 얻어내어 마침내 일본 동경으로 간 것이 1939년 2월의 일이었다.

그가 어떤 학교를 다녔는지 자세히 알려져 있지는 않으나 고학으로 1943년 조도전 대학 전문부(專門部) 문과를 수학했었다고 한다.

그가 문학에 뜻을 두기로 결심하게 되는 결정적인 계기는 14세 나던 해 보통학교를 졸업하고 단신 서울로 갔을 때였다. 무턱대고 서울거리를 방황하고 있던 어느 날 저녁 무렵 남대문 근처에서 우연히도 6학년 때의 담임선생을 만나게 되었다. 담임선생은 그 의 친척이 되는 사람이 경영하는 사업소에 제자를 취직시켜 주면서 제자의 작문 실력을

---

1) 수필집 『情 그리고 知』, 汎曙出版社刊, 1978년.

높이 평가하여 장차 춘원선생과 같은 대문호가 되라고 격려했다. 어린 유주현은 그 격려의 말을 두고두고 가슴에 새기고 있었던 것이다.

그는 일본에서 돌아온 이듬해인 1944년 3월 서울 출신의 조점봉과 결혼을 하고 상계소학교에서 교사생활을 했다.

"그 분과 저의 결혼은 친척의 중매로 이루어졌어요. 그 무렵 가난한 살림 중에도 그분은 열심히 작품을 쓰셨지요"(조점봉 회고담).

그 때 그의 생활이란 문학을 논할 친구도 없는 처지여서, 문학이란 대상과 타개해야 할 가난이란 대상과의 싸움의 연속이었다.

2. 타락한 사회에 대한 비판정신

1945년 광복을 맞자 그도 남들과 마찬가지로 희망을 품고 서울로 갔다. 이것 저것 사업에 손을 대보기도 했으나 행운은 따르지 않았다.

결국 그의 운명을 개척하는 길이란 문학을 통해서만 성취될 수 있을 것 같았다. 아직 신문의 '신춘문예'가 부활하지 않고 있던 1948년 그는 신인작품의 응모를 기다리고 있던 『백민(白民)』지에 작품 하나를 투고했다.

"내가 경영하고 있던 백민문화사로 「번요(煩搖)의 거리」란 단편이 들어왔었다. 읽어보니 문장에 묘한 매력이 있었고 표현력도 좋았다. 그래서 나 혼자 결정하여 실었다. 발표된 뒤 작가 유주현이 찾아왔었다. 작품에 나타난 것으로 미루어 그는 고생을 많이 한 사람 같았다"(김송 회고담).

그의 문학생활의 최초의 작품이 되는 「번요의 거리」는 백민 1948년 10월 1일자 발행의 추계특대호에 실려 있다.

책을 팔아 술을 마시는 사람과 책을 팔아 책을 사는 사람이 같은 教室 같은 책상에 앉아 같은 敎師의 같은 講義를 듣는다는 것은 人生社會의 斷面을 如實히 나타낸 한폭의 靑寫眞이라 할 수 있을 것이다.

이렇게 시작되는 이 소설은 가난한 문과대 고학생인 형식이 충무로 거리에서 책을 파는 과정에서 진숙이라는 여대생의 액땜의 대상이 되는 이야기를 줄거리로 하고 있다. 홍기삼(洪起三)은 앞의 인용한 문장을 분석하여 유주현은 "풍속적인 것, 역사적인 것, 도덕적인 것에 작가적 관심이 더 경주될 수밖에 없을 것이다"[2]라고 하면서 그의 문학의

---

2) 洪起三, 「유주현 연구」, 『문학사의 기술과 이해』, 평민사刊, 1978년.

기질과 미래를 암시하는 충분한 단서가 될 것이라고 예증했고, 신동욱(申東旭)은 이 작품이 "사회적 상황과 한 개인의 대응적 의미구조로 짜여져 있음을 명확히 보여준다 하겠다"고 설명하고 있다. 이와 같은 관심을 보더라도 그의 최초의 작품인 「번요의 거리」는 그의 문학의 특질을 이해하는 데 기점이 되는 중요한 작품이었다는 것을 알 수 있다.

아무튼 그 작품을 인연으로 유주현은 김송(金松)이 김광섭과 『백민』을 꾸려가고 있을 무렵 『백민』에 잠시 있으면서 「군상(群像)」이란 작품을 발표하고 6·25 전란을 맞았다. 양주 형집에 숨어 있던 그는 수복 후 서울로 돌아와 국방부 정훈국 편집실원이 되었다. 그해 크리스마스이브에 정훈국을 따라 서울을 떠나 대구로 가족을 두고 홀로 내려갔다. 그리하여 공군 종

<사진 2> 1960년 서울 서대문구 홍제동 21번지 4호 단층집으로 이사했던 유주현은 그 집을 뒤에 2층집으로 개축했다. 그는 이 집에서 숱한 작품을 집필하고 세상을 떠났다.

군문인단에 속해 있으면서 활발히 작품 활동을 했다. 김송의 소개로 황준성(黃俊性) 주관의 월간지인 『신태양(新太陽)』지 편집에 참여하기 시작한 것이 1952년의 일이었다. 나중에 그는 이 잡지의 주간이 되었고 1973년 사임하기까지 20년이 넘도록 인연을 맺게 되는 것이다. 1954년에 그의 가족이 살고 있는 서울 중구의 인현동 집으로 돌아오고 「태양의 유산」 등 많은 단편을 써 1958년에는 제 6회 아세아자유문학상을 수상하기도 했다.

문학평론가들은 그의 문학의 제 2기를 혼희 1959년에 발표된 「장씨일가(張氏一家)」로 잡는다. 이 작품은 자유당 말기의 아버지가 국회의원 주요 간부며 아들이 예비역 대령인 가정의 풍속도를 그려 보이면서 부패 타락한 사회현실을 신랄하게 비판하고 있는 단편소설이다.

> 「장씨일가」는 自由黨 말기에 썼는데 당시의 『사상계』지 편집주간이던 시인 朴南秀씨마저도 발표 책임을 지기 어렵다는 전화를 걸어와 국방부 정훈국 차장이던 李榮治 대령에게 부탁, 잡지사로 찾아가 그 원고를 읽어보게 했더니, 작가가 그까짓 정도의 발언도 못하면 차라리 붓을 꺾으라고 격려해 주면서도 몇몇 부분은 손을 대는 게 좋겠다고 하여 첨삭을 했던 일을 기억한다.[3]

---

3) 수필집 『情 그리고 知』.

동시에 이 시기는 그가 신문연재를 소설 또는 대하 역사 소설류에 정력을 기울이기 시작한 때이기도 하다. 1960년대 초부터 그의 신문연재 소설 삽화를 그리기 시작하여 그의 신문연재 소설이라면 모두 다 그렸다고 하는 화가 김세종(金世鍾)은 "의리랄까 그에게는 그런 기질이 있었는데 그렇다고 원고 넘기는 일을 게을리 하지 않았다. 내가 연재해 본 사람들 가운데서 가장 원고를 잘 주는 분이었다. 보통 10회분 이상은 내게 넘겨주어 나도 정성껏 그림에 임할 수가 있었다"고 술회한다.

3. '신의 눈초리'의 발견

1960년대를 지내오면서 신경쇠약으로 늘 두통을 호소하면서도 그는 실로 놀랄 만큼 왕성한 창작의욕을 보여 「조선총독부」, 「대원군(大院君)」, 「대한제국(大韓帝國)」 등 역사를 되짚어 보는 대하소설들 외에도 11편의 장편소설을 발표하고 있었다.

많은 평자들은 그의 문학의 제3기를 나(我)에 대한 자각을 다룬 단편 「경자(鏡子)의 집」이 발표된 1970년부터로 잡는 데 주저하지 않는다. 홍기삼은 앞서의 「유주현 연구」에서 이 시기를 "사회인식과 역사인식이라는 외부적 관심의 방향을 크게 수정해서 개인의 내면세계, 환상과 신비, 죽음과 내세 등 문학적 관심을 구심화하기"시작한 시기로 보고 있다.

그것을 아마도 수석을 수집하고 고미술에 매혹되고 서계에 집착한 것과 무관하지 않을 것이다. 테니스를 즐기고 여행도 하고 산에도 오르는 사이 그의 건강도 좋아져 갔다. 1973년 그는 신태양사를 사임하고 이듬해에는 중앙대학교 예술대학 문예창작과에 출강하더니 교수로 취임했고 한국소설가협회를 창립하여 초대 회장이 되었는가 하면 일본을 여행하는 등 의욕적인 사회활동도 벌였다. 이러한 창작 외적인 활동도 일종의 자아를 확인하는 적극적인 행위가 아니었을까.

오직 그의 문학세계와 그의 건강을 관련시켜 생각할 때 건강이 나빴던 시기에는 사회적인 관심이 많았고 오히려 건강이 좋아지기 시작하던 시기에 자아에 대해 천착했다는 것은 그의 문학의 특질이며 아이러니이기도 하다.

그의 말기의 대표작으로 꼽히는 「신(神)의 눈초리」와 「죽음이 보이는 안경」이 발표된 것은 1946년과 1977년 사이였다. 그는 이미 1973년에 '신의 눈초리'를 발견하고 있었다.

> 사람들은 죄를 짓고 노하고 고민할 때일수록 마음 속에서 신의 눈초리를 발견한다. 신은 하늘에 존재하는 것이 아니라 사람들 가슴 속에 숨어 있다. 불세출(不世出)의 영웅이 섬약한 소녀의 가슴을 유린할 때도 반드시 그는 신의 날카로운 눈초리에

부딪친다. 사람들이 그 신의 눈초리를 의식할 수 있는 동안에는 우리에게 문학이 필요하다.[4]

작품 「신의 눈초리」는 전직이 정신과 의사이지만 이제는 중풍환자가 된 아버지와 가발수출업을 하고 있는 아들과의 심리적 적대관계를 다루고 있다. 환자는 날마다 어느 시간이 되면 집 마당에 나와 의지하고 있던 지팡이를 세워놓고 생존을 위해 처절한 몸짓으로 운동을 한다. 그러나 아들은 그를 살아봤자 소용없는 존재, 원시적인 욕망과 집념으로 일그러진 추한 괴물로 표현하면서 은연중 환자인 나에게 그는 죽어 없어져야 할 사람이라는 암시를 던진다. 그러나 정작에 죽은 사람은 건강하기만 하던 그 아들이었다. 그것도 어처구니없게도 복상사라는 이름으로 죽은 것이다. 이 작품은 독자에 따라서 여러 가지 해석을 내릴 수 있다. 살 사람이 죽고 죽을 사람이 살았다는 인생의 모순을 지적했다고 하면 그만일지도 모른다.

그러나 좀 더 깊이 파고 들어가 보면 절망을 딛고 일어서려는 아버지의 내면적 의지와 외면적인 욕망에만 집착하는 아들의 세속적인 갈등과의 대치를 엿볼 수가 있다. 따라서 '신의 눈초리'를 두려워하고 있는 쪽은 아버지가 아니라 아들이었고 그 눈초리의 섭리로 말미암아 아들은 횡사하는 것이다. 「죽음이 보이는 안경」과 더불어 「신의 눈초리」는 유주현 문학 중 가장 확실한 예술적 승리라 할 것이다.

그의 인간적인 성품은 "차분하고 순했고"(조점봉) "본래 자기 얘기를 많이 하지 않는 사람"(김송)이었으며 "술은 못했지만 자리에 잘 어울린다"(김세종)고 하나 그의 사위 오인문(吳仁文)의 전언에 따르면 언젠가 박영준과 함께 강화도에 놀러갔을 때 작가도 한번쯤 객기를 부려야 한다면서 택시를 타야 옳을 것을 강화읍에서 전등사까지 시골버스를 대절하여 운전기사와 단 셋이서 노래를 부르며 타고 가는 호방한 일면도 보였다는 것이다.

"그분이 척추 골절로 와병하고 있던 1979년 이후 중앙일보 연재소설 원고관계로 자주 찾아뵐 일이 있었다. 그는 투병 중에도 연재소설을 마무리짓지 못해 몹시 안타까와했다. 젊었을 때 너무 많이 써 건강을 해친 것 같다고 하면서 내게 건강에 유이할 것을 당부했다. 그는 궁극적으로 윤회설을 믿고 있었던 듯이 보였다"(정규웅 회고담).

대작가가 되겠다는 야망에서가 아니라 직장 근무하듯 하루에 50여 매씩(오인문의 추정) 열심히 썼던 말년의 그는 척추골절 이후 잠시 병세가 호전되는 듯했으나 1982년에 들어서 다시 악화하여 5월 26일 하오 4시 40분 서울 서대문구 홍제동 21번지 14호 자택에서 골수염 등 합병증으로 영면했다.

---

4) 수필집 『情 그리고 知』.

◆ 연보

1921년   음 6월 3일 경기 여주 능서면 번두리에서 부 문화 유씨 기하(基夏)와 모 구리곡(具理谷)과의 사이에서 3남 2녀 중 차남으로 출생. 호는 묵사(黙史). 조부 유세열(柳世烈)은 한말의 의병장이었다 함.

1923년   (2세) 봄, 유세열을 검거하려다 실패한 일제관헌이 고향집을 불지름. 경기 양주군 노혜면 상계리(현 서울 상계동)로 이주.

1928년   (7세) 조부 유세열로부터 한학 수학.

1929년   (8세) 의정부에 있던 양주공립보통학교 입학.

1935년   (14세) 보통학교 졸업. 집을 떠나 원산, 웅기, 청진 등지를 방황.

1939년   (18세) 일본 동경으로 건너가 고학.

1943년   (22세) 조도전대학 전문부 문과 수학.

1944년   (23세) 3월, 4세 연하의 서울 출신 조점봉(趙點鳳)과 결혼. 상계소학교 교사.

1945년   (24세) 광복 뒤 상경, 사업에 손을 댔으나 실패. 장녀 호진(浩珍) 출생.

1947년   (26세) 차녀 호정(浩貞) 출생.

1948년   (27세) 단편 「번요의 거리」가 『백민』지 추계특대호에 신인추천작으로 게재 발표됨.

1949년   (28세) 수필 「사색과 계절」(백민 3월호) 발표. 수개월간 『백민』지에 근무. 모친 타계.

1950년   (29세) 단편 「군상(群像)」(백민 2월 창간 4주년 기념호) 등 발표. 9·28수복 후 국방부 편집실 편수관. 『국방』지 편집. 겨울에 단신 대구로 피난.

1951년   (30세) 공군문인단 창설에 참가. 『창공』지 편집간사. 이때부터 단편 「피와 눈물」, 「여인의 노래」 등을 발표하면서 창작활동 활발해짐.

1952년   (31세) 신태양사 근무.

1953년   (32세) 첫창작집 『자매계보(姉妹系譜)』(동아문화사) 간행.

1954년   (33세) 상경, 6·25 이전에 거주하던 중구 인현동 집으로 귀가, 장남 호창(浩昌) 출생. 장편 「바람 옥문을 열라」(신태양) 연재.

1955년   (34세) 단편 「노염(老焰)」(현대문학 4월호), 「유전(流轉)24시」 등 발표.

1956년   (35세) 단편 「암흑의 풍속」(현대문학 4월호) 등 발표.

1957년   (36세) 단편 「태양의 유산」(문학예술 3월호), 「허구의 종말」(현대문학 6월호) 등 발표.

1958년   (37세) 창작집 『태양의 유산』 장편 『바람 옥문을 열라』 간행. 아우 광현(光鉉) 군 복무중 사고사. 단편 「언덕을 향하여」(자유문학 6월호)로 제 6회 아세아자유문학상 수상.

1959년   (38세) 단편 「장씨일가」(사상계 5월호) 등 발표. 서울 서대문구 홍제동 문화촌으로 이사.

1960년   (39세) 신경쇠약 증세를 보임. 중편 「잃어버린 여정(旅程)」 등 발표. 장편 「분노의 강」(부산일보) 연재. 서대문구 홍제동 21번지 14호로 이사.

1961년 (40세) 단편「밀고자」등 발표.

1962년 (41세) 단편「임진강」등 발표.

1963년 (42세) 장편「장미부인」(한국일보) 연재. 장편『강건너 정인(情人)들』(구제『분노의 강』)을 유문화사) 간행.

1964년 (43세) 중편「남한산성」등 발표. 소설「조선총독부」(신동아) 연재.

1965년 (44세) 장편「대원군」(조선일보) 연재.

1966년 (45세) 단편「삐에로」(계간 한국문학 봄호) 등 발표. 건강상태 계속 좋지 않음.

1967년 (46세)『조선총독부』전5권 (신태양사),『대원군』전3권(삼성출판사) 간행.

1968년 (47세)『조선총독부』로 제 8회 한국출판문화상 저작부문 본상 수상. 장편「대한제국」(신동아) 연재.

1969년 (48세) 장편「통곡(慟哭)」(동아일보),「군학도(群鶴圖)」(서울신문) 연재.『유주현선집』전 6권 (신태양사) 간행.

1970년 (49세) 장편「상아(象牙)의 문」(중앙일보) 연재. 단편「경자(鏡子)의 집」(월간중앙 3월호) 등 발표.

1972년 (51세) 장편「황녀(皇女)」(문학사상 10월～1975년 2월호) 연재.

1973년 (52세) 장편「파천무(破天舞)」(중앙일보),「대치선생(大痴先生)」(서울신문) 연재.『유주현 역사소설군 대전집』전10권(신태양사) 간행. 20여 년간 근무하던 신태양사 사임.

1974년 (53세) 단편「어떤 파괴」(현대문학 6월호),「축생기(畜生記)」(한국문학 7월호) 등 발표. 중앙대학교 예술대학 문예창작과 출강. 한국소설가협회 창립 초대회장.

1975년 (54세) 장편「인간군도」(한국문학 3월호부터) 연재. 위 대학 교수취임. 장편『황녀』(동화출판사) 간행.

1976년 (55세) 단편「신의 눈초리」(한국문학 7월호)발표. 장편「금환식(金環蝕)」(중앙일보) 연재. 문화예술원상 본상 수상.

1977년 (56세) 중편「죽음이 보이는 안경」(한국문학 11월호), 단편「어느 하오의 혼돈」(문학사상 5월호) 등 발표. 수필집『정(情) 그리고 지(知)』(범서출판사) 간행.

1978년 (57세) 출판「소복입은 묵시(黙示)」(문학사상 10월호), 단편「이제 어디로」(한국문학 11월호) 등 발표. 수필집『정(情) 그리고 지(知)』(범서출판사) 간행.

1979년 (58세) 척추 골절로 와병, 장편「금환식」연재 중단. 창작집『죽음이 보이는 안경』(문학사상사),『유주현 대표작선집』전12권(경미문화사) 간행.

1981년 (60세) 병세 호전하여 대학 출강 등 사회활동.

1982년 (61세) 병세 악화로 서울대부속병원 입원. 5월 26일 하오 4시 40분 자택에서 골수염 등 합병증으로 타계. 경기 여주 가남면 태평리 선산에 안장.

◆ 도움을 주신 분(1982년 현재)

趙點鳳   57 · 미망인 · 서울 서대문구 홍제동 21번지 14호.

金　松   75 · 작가.

金世種   51 · 화가.

鄭奎雄　　42 · 문학평론가.
吳仁文　　40 · 사위 · 작가.

◆ 관계 문헌

申東旭, 「모순의 발견과 견딤의 뜻」, 『韓國文學』 1982년 7월호.
洪起三, 『문학사의 기술과 이해』, 평민사刊, 1978년.
金相善, 「柳周鉉의 極限意識」, 『韓國現代文學全集 21』, 三省出版刊, 1978년.

金 洙 暎

(시인 1921 ~ 1968)

1. 서울 태생, 도시의 서정(抒情)

김수영은 1945년 이후 모더니즘의 한 기수로 출발하여 시 세계의 확대에 선구적 역할을 담당했었다. 그가 횡사의 불행을 맞이할 때까지 써 냈던 시들은, 격변하는 사회 속에서 겪어야 했던 지성의 방황과 고민의 육성이었다.

그것은 어디까지나 다수인의 생활에 밀착시킨 절제된 지적 언어였다. 한국 고유의 율조나 향토적 애수의 노래가 아니라 메카니즘의 소용돌이에서 살고 있는 현대인의 감각에 호소한 서정세계, 그는 그러한 시의 호흡을 혼탁한 시대에서 부대끼며 숨 쉬며 표출한 것이다.

동대문이 2백여 미터 거리, 종로 쪽에서 바라보아 왼쪽에는 시계포니 조류 공판장이니 인쇄소니 서너 채의 상점이 연달아 선 자리가 김수영의 집안에서 10간 지전(紙廛) 도매상을 하던 가게 터이다. 지금의 이층 상가도 꽤 오래된 건물이지만 원래는 단층의 한옥이었다. 그 뒤로 살림채가 달려 2백여 평 대지 위에 있었으나 세월 따라 몇 집으로 분할되고 사이사이 보이는 구옥이 도시의 소음 속에 묻혀 있다. 김수영이 첫돌을 맞을 무렵 이사 온 서울 종로구 종로 6가 117번지는 이제 아무런 연고도 없는 남의 집이다.

그가 태어나기는 1921년 11월 27일 종로 관철동 골목에 들어 바로 오른쪽에 있던 큰 기와집이었으나 지금은 흔적도 없다.

어린 시절을 종로 6가 양사(養士)골 그 집에서 보내며 조부모의 귀염 속에서 자랐다.

장남이었던 데다가 백부에게는 자손이 없었던 때문이기도 했다. 4세 때부터 2년간 유치원(조양)에 다니고 그 후에는 근처 고씨 서당에서 한문 공부를 했다.

"일곱 살 적령기에 효제보통학교에 입학했다. 6년 동안 쭉 반장을 하고 공부도 잘 했지만 어려서부터 밖에 나가 노는 법이 없고 좀 괴벽스러운 성격도 있었다." 정정한 그의 노모 안씨는 아들을 '그 사람'이라는 객관적인 표현으로 부르면서 그가 장성하여 정열로 쏟았던 문학에 대해서는 머리를 흔들었다고 한다.

김수영에게 최초로 닥친 큰 수난은 1933년 보통학교 6학년 때 찾아든 뇌막염이었다.

<사진 1> 김수영은 배리의 현실 속에서 생과 시와의 고투의 나날을 보내다가 1968년 교통사고로 세상을 떠났다. 사진은 사망하던 해의 모습.

그것은 그의 수난사이며 또한 가족의 수난사이기도 했다. 그는 학교를 졸업하지 못한 채 중단, 병원에 입원이다, 금강산 요양이다 하여 드디어 2년 만에 양사골의 가옥을 팔고 서대문 밖 영천으로 살림을 줄여 가야만 했다. 그가 선린상업에 입학한 것은 투병 3년 만이었다. 그의 성적은 늘 우수했고 교내 주산대회와 상업미술에 특기를 보여 1등을 차지하기도 했다. 그가 선린을 졸업하던 1941년에 일본으로 건너가 이듬해까지 경도 제 3고와 동경 제 1고에 낙방한 연속적인 실패는 후일에도 씁쓸한 회상으로 이야기되고는 했다. 1942년에는 동경상대 전문부에 입학은 했으나 1943년에 이르러 조선인 학병 징집을 피해 서울로 돌아오고 말았다.

1944년 그의 가족들은 만주 길림으로 이주해 살았는데 그동안 집안 몰락의 경제적 사정도 있었다고 하지만 그의 학병 징집을 피해서라는 이유도 없지 않았다. 8남매라는 많은 형제를 가진 대가족이었으나 그의 집안은 오로지 장남 수영을 위해 살았다는 인상이 짙다. 그러나 "괴벽스럽고 개인적이며 정직하고 결벽한 성격"(모친 안씨)은 결코 집안을 위해 봉사하는 데 도움이 되지는 않았다.

김수영은 길림에서 교원 생활을 잠시 한 적이 있는데 이때에는 연극에 경도했었다.

그는 광복이 되자 돌아와서 연희대학교 영문과 4년에 편입했으나 졸업을 하지 않고 ECA 통역으로 있다가 그것도 며칠 만에 그만두고 직장을 갖지 않았다.

"1946년께 명동 술집 라포엠에서 그를 처음 만났다. 나는 『백맥(白脈)』이니 『시탑(詩塔)』 동인을 하고 있을 때이고 수영은 박인환이 하던 종로 책사(마리서사)에 나가 그들과 어울렸을 때였다. 혼란기 속에서 시를 썼지만 문단에 인정이 되지 않던 암울한 시대였고, 패기와 오만이 충만하던 시대였다. 그는 그 뒤 모더니스트 시인들의 선구자적 업적을 남긴 시인으로 서정시를 썼으나 복고적이고 자연적인 것을 지양하고, 그때부터 사회 비판적이고 지성적인 시를 썼다" 친구인 시인 김윤성(金潤成)은 그를 가리켜 시종 불의를 참지 못하고 정의에 양순했던 시대의 증언자라고 했다. 1949년 합동 시집 『새로운 도시와 시민들의 합창』이 나옴으로써 김수영은 모더니스트로서, 새로운 것을 추구하는 전위시인으로서 찬사와 각광을 받기 시작했다.

누이야
諷刺가 아니면 解說이다.

너는 이 말의 뜻을 아느냐
너의 방에 걸어 놓은 오빠의 寫眞
나에게는 '동생의 寫眞'을 보고도
나는 몇 번이고 그의 鎭魂歌를 피해 왔다.
그 전에 돌아간 아버지의 鎭魂歌가 우스꽝스러웠던 것을 생각하고
그래서 나는 그 寫眞을 10년만에 곰곰이 正視하면서
이내 거북해서 너의 방을 뛰쳐 나오고 말았다.
10년이란 한사람이 준 傷處를 다스리기에는 너무나 짧은 歲月이다

「新婦去來‧六」1연

그의 부친은 1948년에 세상을 떠났다. 이 시는 1962년에 발표된 시이지만, 그가 부
친과는 정이 없는 관계를 유지하고 있었음을 알 수 있다. 부친과의 갈등과 가족에 대한
회오는 언제나 그의 가슴 속을 차지하고 있었다. 1950년에 쓰여진 「아버지의 사진」에
서도 이러한 인상이 짙게 나타나고 있는 것이다.

1950년 4월에 그는 친구의 조카가 되는 6세 연하 이대 출신의 김현경(金顯敬)과 결혼
을 하고 음식점을 하던 충무로 4가의 집에서 나와 성북동에서 신혼살림을 차렸으나 그
4개월 뒤인 8월 30일 공산군에게 징집되었다. 그가 포로로 거제도 수용소에 있다가 풀
려난 것은 1952년 여름이었다.

2. 거제 포로수용소로부터

"그 분의 정신적인 성장은 이 시기에 이뤄졌다고 봐야 할 것이다. 수용소 병원 원장
의 통역으로 있었기 때문에 그 자신은 어느 정도 자유스러운 환경에 있었던 것 같다."
학교 시절부터 김수영의 팬이었던 미망인 김현경은 그의 시 한 편 한 편을 정서했던 사
람으로 천부적 시인의 시들을 깊이 이해하고 있었다.

그는 포로수용소에서 나오자 물들인 유엔 잠바를 걸치고 부산 거리를 배회했었다.
미 8군의 통역도 하고 또 대구로 가서 교통부에 취직도 하고 다시 부산으로 와 윤치영
(尹致暎)이 내던 『주간 태평양』에 근무하기도 하며 당시 조병옥의 『자유세계』 주간으로
있던 박연희(朴淵禧) 등과 어울려 술을 마셨다.

팽이가 돈다.
어린아해이고 어른이고 살아가는 것이 신기로와
물끄러미 보고 있기를 좋아하는 나의 너무 큰 눈앞에서

아해가 팽이를 돌린다.
살림을 사는 아해들도 아름다웁듯이
노는 아해도 아름다워 보인다고 생각하면서
손님으로 온 나는 이집 주인과의 이야기도 잊어버리고
또 한번 팽이를 돌려주었으면 하고 원하는 것이다.
都會안에서 쫓겨 다니는 듯이 사는 나의 일이며
어느 小說보다도 신기로운 나의 生活이며
모두 다 내던지고
점잖이 앉은 나의 나이와 나이가 준 나의 무게를 생각하면서
정말 속임없는 눈으로
지금 팽이가 까맣게 변하여 서서 있는 것이다.
누구 집을 가 보아도 나 사는 곳보다 餘裕가 있고
바쁘지도 않으니 마치 別世界같이 보인다.

「달나라의 장난」 전반

김수영은 부산에서 방황하던 무렵 이 시를 썼다. 아주 쉽게 읽히면서도 그 시절의 고독과 슬픔이 행마다 잔잔히 스며 있다. 그러나 결코 올 수 없는 "영원히 나 자신을 고쳐가야 할 운명과 사명"을 인식한다. 그것은 '밤'으로 상징될 시대에 깨닫는 지성의 자각인 것이다.

그 시절 그를 처음 본 후 거의 매일 함께 통술집을 드나들던 작가 박연희는 그때의 교유를 이렇게 들려준다.

"내가 주간으로 있던 『자유세계』의 편집부장 임긍재(林肯載)가 멋있는 놈이 하나 나와 있으니 만나보라 해서 어느 다방에서 만났다. 머리는 장발로 기르고 눈이 디글디글한 놈이 물들인 유엔잠바를 걸치고 있었다. 그 뒤

<사진 2> 1967년부터 그의 모친이 있는 서울 도봉구 도봉동 131번지에서 집필과 시적을 하며 조용히 살고 싶어 했다. 사진은 그 무렵의 김수영 부부. 그의 무덤은 뒤쪽 나무 숲 속에 있다.

술을 좋아해 부산에 그가 있을 때는 매일 어울렸는데 좋은 점이 많은 사람이었다. 극도로 고독했던 것만은 틀림없었다. 그 인간은 자기 개성을 발휘하면 자기 유지가 어렵다고 생각하는 강박관념을 지니고 있었고, 현실을 긍정하고 살지만 자기가 그리워하는 시

대에 상반된 세계에서 어리둥절해 했다. 그는 많은 시에서 생활에 렌즈를 맞췄고 그러
므로써 가장 민주주의적 의식이 강한 시를 썼다고 보여 진다"

그는 의치였다. 술을 마시다가 격렬한 감정에 사로잡히면 무의식중에 의치를 술통
위에 올려 놓고 열변을 토하다가 그대로 집으로 간다든지 하는 무수한 '의치의 수난'도
있었지만 그것은 우스꽝스러움보다도 한 지성인의 비애에 어떤 표상을 더해 주는 역할
을 했다.

1954년에 그는 가족과 만나 성북동에 잠시 살다가 1955년에는 마포구 구수동 41의
2로 이사했고, 여기서 이듬해부터 양계를 시작했다. 그가 「에머슨 논문집」의 번역을 맡
고 과로하여 현기증으로 고생한 것은 1955년의 일이다. 그는 어려서부터 다병이었는데
병명만도 기관지염, 치질, 간과 위장기능 약화 등을 가지고 있었다.

3. 현실의 비정(非情) 속에서

1958년에 이르러 그의 첫 시집 『달나라의 장난』이 춘조사에서 나오니 여기에 실린
40편의 시들은 어느 하나도 수준이 떨어지지 않는 주옥같은 것들이다. 이어 1960년에
들면서 부쩍 시작(詩作)이 왕성하여졌고 4·19를 전후하여 사회 참여적 비판정신이 시
에서 더욱 강하게 드러나기 시작했다.

> 風景이 風景을 반성하지 않는 것처럼
> 곰팡이 곰팡을 반성하지 않는 것처럼
> 여름이 여름을 반성하지 않는 것처럼
> 速度가 速度를 반성하지 않는 것처럼
> 拙劣과 수치가 그들 자신을 반성하지 않는 것처럼
> 바람은 딴 데에서도 오고
> 救援은 예기치 않은 순간에 오고
> 絶望은 끝까지 그 자신을 반성하지 않는다.

「絶望」전문

그의 시는 종전보다 발랄하고 대담하게 변화하고 있는 것을 볼 수 있다.

"그러나 덤핑 출판사의 20원짜리나 20원 이하의 고료를 받고 일하는" 자기나 불쌍한
동료들이 삶의 사이사이에 꾸며내는 1965년의 「이 한국문학사」의 서글픈 현실을, 김수
영은 비판하는 것이 아니라 무기력하게 살고 있는 자신을 보여줄 뿐이다.

시인 자신의 말대로 지금도 부드러운 마음씨와 섬세한 말씨가 없는 것은 아닌데 「달나라의 장난」 같은 고운 詩를 기대하는 독자의 어린 마음을 그야말로 잔인하게 짓밟고 있다. …… 하지만 현재의 좌절이 그렇다고 없어지지 않는, 시인의 삶에 뿌리를 둔 것이다.[1)]

그것은 1960년 초의 사회 비판적 태도와는 달리 차차 좌절의 심연으로 빠져들고, 그는 결국 현실을 떠나고 싶어 했다. 「꽃잎」을 쓰던 1967년께는 자주 도봉동의 조그만 서재에 들어가 책과 시작(詩作)에 파묻혀 있을 때가 많았다.

나에게는 아직도 해결하지 못하고 있는 그리고 앞으로도 좀처럼 해결하지 못할 것 같은 세 가지 문제가 있다. 죽음과 가난과 賣名이다. 죽음의 구원, 아직도 나는 시를 통한 구원을 받지 못하고 있는 것처럼 죽음에 대한 구원을 받지 못하고 있다.

수필 「마리서사」에 썼던 자기 추구와 완성에 경주했던 지성인 김수영은 청마처럼 비명에 갔다. 1968년 6월 15일, 그날 그는 문인 몇몇 사람들과 저녁 5시부터 술을 마셨다. 그다지 즐거운 자리는 아니었다. 대취한 그는 버스를 탔다. 밤 11시 10분께 마포구 구수동에서 버스를 내려 집으로 가는 길을 건너려고 했다. 그때 그는 좌석 버스에 치였다. 의식이 없는 채로 적십자병원으로 옮겨졌으나 이튿날 아침 생을 닫으니 그의 나이 47세였다.

---

1) 白樂晴, 「金洙暎의 詩世界」, 『現代文學』 1968년 8월호.

1921년	11월 27일 서울 종로구 관철동에서 부 김해 김씨 태욱(泰旭)과 모 순흥 안씨 형순 (亨順) 사이의 8남매 중 장남으로 출생. 부친 태욱은 경기 파주, 문산, 김포, 강원, 홍천 등지에 4백여 석의 추수를 했음.
1922년	(1세) 서울 종로구 종로 6가 117로 이거.
1925년	(4세) 조양 유치원 취학. 이듬해 서당에서 한문 공부.
1927년	(6세) 효제보통학교 입학. 6학년 때 뇌막염을 앓고 학교 중단.
1935년	(14세) 서대문 밖 영천으로 이거. 이듬해 선린상업 입학.
1941년	(20세) 선린상업 졸업, 도일. 경도(京都) 제 3 고 낙방.
1942년	(21세) 동경(東京) 제 1 고 낙방. 동경상대 전문부 입학. 이듬해 조선인 학병 징집 을 피해 귀국.
1944년	(23세) 가족과 함께 만주 길림성으로 이주. 길림 제 6 고 교원, 연극에 경도함.
1945년	(24세) 8 · 15 광복과 함께 더불어 귀국. 서울 충무로 4가로 이거. ECA 통역. 「묘 정(廟廷)의 노래」(예술부락) 발표. 연희대학 영문과 4년 편입. 1948년 부친 사망.
1949년	(28세) 김경린(金璟麟) · 임호권(林虎權) · 박인환 · 양병식(梁炳植) 등과 함께 5인 시집『새로운 도시와 시민들의 합창』간행. 모더니스트로 각광을 받음.
1950년	(29세) 4월, 6세 연하 김해 김씨 현경(顯敬)과 결혼. 8월 30일 공산군에 징집됨. 1945~1950년 사이의 시작품은 「아버지의 사진」, 「웃음」, 「거리」, 「토끼」, 「가 까이 할 수 없는 서적」, 「아메리카 타임지」, 「공자의 생활난」, 「이(虱)」, 「손」, 「신 문이 커진다」 등. 1951년 장남 준(儁) 출생.
1952년	(31세) 여름, 포로수용소에서 석방. 석방 후 부산 미 8 군에서 통역, 대구의 교통 부, 부산의『주간 태평양』등의 직장을 전전.
1954년	(33세) 1 · 4 후퇴 이후 수원에 있던 가족과 합류, 서울 성북구 성북동에 이거. 번역 에 종사. 1953~1954년 사이의 시 작품은 「달나라의 장난」, 「나의 가족」, 「도취의 피안」, 「풍뎅이」, 「시골 선물」, 「너를 잃고」, 「부탁」, 「애정지둔(愛情遲鈍)」, 「거미」, 「나 비의 무덤」, 「더러운 향로」, 「구슬픈 육체」, 「구라중화(九羅重花)」, 「네이팜탄(彈)」 등.
1955년	(34세) 평화신문 문화부 차장 근무 (6개월 간). 마포구 구수동 41의 2로 이거. 차남 우(瑀) 출생.
1956년	(35세) 자택에서 양계업에 종사. 1957년 합동 시집『평화에의 증언』간행.
1958년	(37세) 시집『달나라의 장난』(춘조사) 발간. 「사령(死靈)」, 「달밤」 등 시 40편 수록.
1960년	(39세) 4 · 19 이전까지 (시집『달나라의 장난』이후) 시 작품은 「영롱한 목표」, 「미스터 리에게」, 「하……그림자가 없다」, 「파밭가에서」, 「말복」, 「반주곡」, 「싸 리꽃 핀 벌판」, 「동야(凍野)」, 「가옥찬가」, 「파리와 더불어」, 「꽃」 등. 4 · 19 이 후 「기도(祈禱)」, 「푸른 하늘을」, 「만시지탄(晩時之歎)은 있지만」, 「육법전서 와 혁명」, 「가다오 나가다오」, 「중용에 대하여」, 「허튼 소리」 등.
1961년	(40세) 「쌀난리」, 「4 · 19 시(詩)」, 「황혼」, 「눈」, 「사랑」, 「먼곳에서부터」, 신귀 거래(新歸去來)의 연작시로 「여편네의 방에 와서」, 「격문」, 「등나무」, 「술과 어

린 고양이」,「모르지?」,「누이야 장하고나!」,「누이의 방」,「이놈이 무엇이지」와
「복중(伏中)」 등 발표. 1961년 8월~1962년의 것으로「절망」,「파자마 바람으로」,
「마아케팅」,「백지에서부터」,「적」,「여수」,「아픈 몸이」,「시(詩)」,「만주의 여
자」,「전향기」,「장시①②」,「만용에게」 등.

1963년	(42세) 시「절망」,「피아노」,「반달」,「깨꽃」,「후란넬저고리」,「여자」,「돈」,「우리들의 웃음」,「참음은」 등.
1964년	(43세)「거대한 뿌리」,「시(詩)」,「거위소리」,「강가에서」,「X에서 Y로」,「이사(移舍)」,「현대식교량」 등.
1965년	(44세) 시「1965년의 새해」,「제임스 딘」,「미역국」,「어느날 고궁을 나오면서」,「이한국문학사」 등.
1966년	(45세) 시「H」,「이혼취소」,「눈」,「식목」,「풀의 영상」,「적①②」,「설사의 알리바이」,「금성라디오」,「도적」,「엔카운터지(誌)」,「네 얼굴은」 등. 1968년까지 서라벌예대 강사. 서울대, 연세대, 이대 특강.
1967년	(46세) 시「VOGUE야」,「사랑의 변주곡」,「꽃잎①②③」,「여름밤」,「미농(美濃)인찰지」,「세계일주」,「거짓말의 여운 속에서」,「라디오계(界)」,「먼지」,「미인」 등.
1968년	(47세) 시「성(性)」,「원효대사」,「의자가 많아서 걸린다」,「풀」, 등. 6월 15일 하오 11시 10분께 대취하여, 귀가 하다가 마포구 구수동 66 앞길에서 좌석 버스에 치여 적십자병원에서 응급 가료하였으나 16일 상오 8시 50분께 숨을 거둠. 도봉구 도봉동 131 선영에 묻힘.
1969년	1주기를 맞아 도봉동에 시비 제막. 그가 남긴 시는 2백여 편. 역서로『에머슨 논문집』,『20세기의 문학평론』,『문화 · 정치 · 예술』,『현대문학의 영역』(A.데이트 저) 등.

◆ 도움말 주신 분(1973년 현재)

安亨順	75 · 모친 · 서울 도봉구 도봉동 131번지.
金顯敬	46 · 미망인 · 서울 영등포구 여의도 아파트 11동 11호.
朴淵禧	54 · 친구 · 소설가 · 서울 성북구 정능동 289번지.
金潤成	48 · 친구 · 시인.

◆ 관계 문헌

金洙暎,「詩人의 精神은 未知」,『現代文學』1964년 9월호.

金顯承,「金洙暎의 詩史的 位置와 業績」,『創作과 批評』1968년 가을호.

白樂晴,「金洙暎의 詩世界」,『現代文學』1968년 8월호.

金桂演,「1945년 이후 詩人槪觀」,『現代韓國文學의 理論』, 民音社刊, 1973년.

廉武雄,「金洙暎論」,『民衆時代의 文學』, 創作과 批評社刊, 1979년.

朴南喆,「金洙暎 詩文學의 第1時代研究」, 경희대학교 대학원 논문집 제11집, 1983년 12월.

朴 寅 煥

(시인 1926~1956)

1. 전화(戰禍)의 황량한 거리에서

"인생은 소모품, 그러나 정신의 섭렵을 계속하자." 1956년 이상(李霜) 19주 기일에 이렇게 썼던 시인 박인환은 예감이나 하였듯이 그 3일 뒤 30세라는 청춘에 문득 세상을 떠났다.

김기림으로부터 모더니즘의 유망 시인으로 찬사를 받았던 그는 광복 후 혼란의 소용돌이와 전란의 황폐 가운데서 '검은 준열의 시대'를 의식하며 시를 써냈다. 그러나 그의 정신세계는 결코 암흑에 그치지 않고 전후의 피폐한 상황 하에서 서광에의 열망과 온정에의 향수를 노래했다. 그러면서 그는 또 말했다.

"시를 쓴다는 것은 내가 사회를 살아가는 데 있어서 가장 의지할 수 있는 마지막 것이었다."

　　지금 그 사람의 이름은 잊었으나

　　그의 눈동자 입술은
　　내 가슴에 있네.

　　바람이 불고
　　비가 올 때도
　　나는 저 유리창 밖
　　가로등 그늘의 밤을 잊지 못하네

　　사랑은 가고
　　과거는 남는 것
　　여름날의 호숫가
　　가을의 공원
　　그 벤치 위에

나무 잎은 떨어지고
나무 잎은 흙이 되고
나무 잎에 덮여
우리의 사랑이 사라진다 해도
지금 그 사람의 이름은 잊었으나
그의 눈동자 입술은
내 가슴에 있네
내 서늘한 가슴에 있건만.

「歲月이 가면」 전문

환도 후 전화의 황량한 잔해가 명동 거리에 그림자를 던지고 있던 1956년 새봄과 함께 '아름다운 세상'을 갈망했던 이봉구(李鳳九), 이진섭(李眞燮). 송지영(宋志英), 김광주(金光洲), 김규동(金圭東)들은 술집에서 박인환에게 이 시를 써 내게 했다. 이진섭은 샹송곡을 달았으며 테너 임만섭(林萬燮)이 노래를 불렀다.

그리고 1주일 후에 박인환은 가고 몸은 나뭇잎처럼 흙이 되었지만 지금 이 노래는 많은 사람의 가슴 속에 애조를 지닌 채 간직되어 오고 있다.

그가 세상에 태어난 것은 1926년 8월 15일 강원도 인제군 인제면 상동리 소양강의 원류를 이루는 강가 마을에서였다. 부친 밀양 박씨 광선(光善)은 궁색하지 않을 정도의 토지를 가지고 있었고, 면사무소에 근무했었다. 인환은 광선과 모친 양근 함(咸)씨 사이의 장남으로, 어려서부터 재기가 넘치고 활달한 성격을 지녀 남과 어울리기를 좋아했다. 그의 생가는 경오년(1930년) 홍수에 떠내려가고 새 집을 다시 지었으나 동심의 요람은 전쟁과 함께 사라져 버렸다. 그는 전쟁이 남긴 뼈아픈 상처를 뒷날 이렇게 되새기고 있었던 것이다.

갈대만이 限없이 茂盛한 土地가
지금은 내 故鄕.

山과 江물은 어느날의 繪畵
피묻은 電信柱 위에
太極旗 또는 作業帽가 걸렸다.

學校도 郡廳도 내집도
무수한 砲彈의 炸裂과 함께
世上엔 없다.

人間이 사라진 孤獨한 神의 土地
거기 나는 銅像처럼 서있었다.
내 귓전엔 싸늘한 바람이 설레이고
그림자는 亡靈과도 같이 무섭다.

　　　　　「故鄕에 가서」 1~4연

박인환은 1933년 7세에 고향에서 인제공립보통학교에 입학하였으나 10세 나던 4학년 때 부친이 서울로 생활 터전을 옮김으로써 홀로 첫 서울길을 밟았다.

"그는 보통학교 때부터 매우 활발한 편이었고, 좀 덜렁덜렁하여 차분하지가 못했으며, 결점이라면 너무 시원하다는 것이었다. 버스표만 사주면 서울 아버지를 찾아갈 수 있다기에 그렇게 했더니 춘천에서 제대로 바꿔 타기를 해서 아침에 떠나 저녁 7시께 서울 집을 찾았다고 기특하게 편지 보내기를 잊지 않았다. 이어서 내가 서울로 갔으니 우리 세 식구는 각기 혼자서 서울 이주를 한 셈이다" 병환의 노모 함씨는 아들이 두고 간 영상의 실마리를 이렇게 풀어 나갔다.

박인환은 부모와 함께 종로구 원서동 언덕빼기 134의 8에 살면서 덕수공립보통학교에 전학했다. 그리고 1939년에 졸업하고 이어 경성제일고보에 입학했다. 학교 성적은 늘 우수했고 기억력이 좋았다고 한다.

그가 시를 쓰기 시작한 것은 원서동 215로 내려오던 중학 2학년 때부터였고, 중얼중얼 암송하는 버릇은 그때 이후에 생긴 것이다. 그러나 부친은 문학을 하는 아들에 대해 이해심이 없었다.

"사실 안 된 말이지만 죽기 전까지 문학을 하는지 뭘 하는지 몰랐다. 나는 그가 의사나 교사가 될 것을 강요하고 있었다. 1년을 다니다 만 것이었지만 평양의전을 들어가게 된 것도 그런 의미가 있었다. 죽은 지 17년, 수명이 짧아 애석하더니 세월이 약이다. 자식이지만 청렴 결백하고 의리가 있었던 사람임을 자부한다." 그의 부친 박광선은 인환의 생존 때 그의 문학을 이해하지 않았음을 안타까운 듯이 말했다.

평양의전의 학업도 1945년 광복과 함께 중단되고, 그것으로 그의 학창생활도 끝이 났다.

2. 책방 '마리서사(茉莉書肆)'

그는 서울에 돌아와서 얼마 있지 않아 찻값이라도 벌 양으로 서점 '마리서사'를 냈다. 이 '마리서사'는 교동 골목 초입에서 종로 3가로 향하여 세 번째 집이었다. 여기가 1945

년 이후 2, 3년간 혼란의 와중기에, 1930년대부터 활약하던 김기림을 머리로 하는 모더니즘 시 운동의 본거지 역할을 했던 곳이다. 김기림, 김광균, 오장환(吳章煥), 김경린, 김수영, 이진섭, 김병욱(金秉旭) 등이 모여서 시를 이야기하고 시론을 전개했었다.

"그때 시 비평을 하던 관계로 박인환 등과 알게 되고 새터디 레뷰우, 리터러처 예일 레뷰우, 캐년 레뷰우 등을 서로 돌려 보며 시를 말했다. 그가 심취했던 시인으로는 영국의 딜란 토마스, 일본의 목원효일(木原孝一), 점천시부(鮎川侍夫) 등이었다. 그는 시를 퇴고하는 일이 없었는데 눈을 부리부리 굴렸다 하면 시가 나오고는 했다. 그는 또한 영화에 대해서 높은 안식을 지니고 있었으며, 시인은 영화를 알아야 한다고 주장했다." 1945년부터 세상을 떠나는 날까지 같이 어울렸던 이진섭은 박인환을 가리켜 예감적인 시인이라고 말한다.

<사진 1> 광복 후 그가 집에 있던 책들을 내다가 종로에 차렸던 책방 '마리서사'는 당시 모더니스트들의 본거지였다. 오른쪽부터 박인환, 한 사람 건너 오장환, 이한직(李漢稷)

그가 지껄이는 이야기란 주로 외국의 젊은 예술가들에 대한 것이지만, 나는 그가 까십에 가까운 그들 이야기를 그처럼 많이 알고 있는데 놀라지 않을 수 없었다. 한참 떠드는 이야기를 듣고 있노라면 나까지 청춘 같아졌다. 그리고 때로는 여기가 서울인지, 프랑스의 파리인지를 분간키 어려웠다.

확실히 그에게 서구적인 기질과 풍토가 있었다. 옷차림이나 사람을 대하는 태도가 또한 그러하였다. 그런 면에서 그는 젊은 여성들의 마음을 사로잡을 수 있는 품격을 지니고 있었다고 생각한다.

지금은 다 쓸데없는 잠꼬대가 되고 말았지만, 해외에 나가 있었더라면 이렇게 빨리 죽지도 않았을 것이요, 좀더 뻗어나갈 수 있지 않았을까 하는 생각이 든다.[1]

그가 최초로 시를 발표한 것은 1946년께 자유신문 지상인 것으로 알려지고 있다. 그는 1947년을 전후하여 자유신문 기자로 근무하면서부터 1955년까지 경향신문, 평화신문 등의 사회부, 문화부 기자생활을 하였다. 1948년 22세 나던 4월 그는 진명여고 출신의 1년 연하의 이정숙(李丁淑)과 결혼했다.

"내가 신천지의 기자로 있을 때 시를 가지고 온 그를 보았다. 새로운 스타일의 시인

---

1) 張萬榮, 「不安한 年代의 朴寅煥」, 『現代文學』 1962년 12월호.

으로 소개받은 나는 얼마 후 내 사촌 정숙에게 소개했다. 그것이 그들의 인연이었다."

이정숙의 사촌이 되는 이석희(李釋姬)는 그들의 연애시절을 이렇게 돌이켰다.

두 사람이 명동의 다방을 탐방하고 에덴을 거쳐 종로로 나와 '서라벌 다방'에 들르면 하루해가 졌다고 하는 말이 있듯이 그의 생활은 가히 보헤미안적이었던 것 같다.

그는 원서동 본가에서 나와 처가에서 살림을 했다. 그의 부인이 외동딸이었으므로 장인, 장모의 요청을 받아들인 것이다. 20세에 시단에 나가겠다는 열망에 차 있던 그는 동료들에게 4~5세를 연장하여 말해 왔는데, 그것은 결혼 때도 마찬가지였다. 동료들에 대한 이러한 속임수는 그가 타계하여 드러날 때까지 철저했다.

"원서동에서 세종로로 내려올 때 책이 수레 두 대 분이었다. '마리서사'를 거둬 치우고 남은 것으로, 하나하나 빼다가 차를 사 마시기도 했다. 그 시절만 해도 술을 몰랐다. 전쟁통에 술을 마시기 시작했다. 그러나 가족에게 기울인 애정은 깊은 것이었다"라고 미망인 이정숙은 말했다.

> 機銃과 砲聲의 요란함을 받아
> 가면서 너는 세상에 태어났다.
> 죽음의 世界로 그리하여 너는
> 잘 울지도 못하고 힘없이 자란다.
> 엄마는 너를 껴안고 三개월간에 일곱 번이나 이사를 했다.
> 서울에 피의 비와
> 눈바람이 섞여 추위가 닥쳐오던 날
> 너는 입은 옷도 없이 벌거숭이로
> 貨車 위 별을 헤아리면서 南으로 왔다.

「어린 딸에게」 1~2연

이 시는 1950년 9·28 수복의 시가전이 벌어지던 무렵에 태어난 딸 세화(世華)를 위하여 12월 대구로 피난 가서 쓴 것으로 암울한 심경이 그려져 있다. 이것은 그 시대에 겪었던 모두의 비극을 대변해 주기도 한다.

그는 1953년 환도까지 대구, 부산 등지로 돌며 피난생활을 했다. 경향신문사에 있으면서 일선에 종군하고, 그럴 때마다 시대의 증언자처럼 시를 써냈다. 조향(趙鄕), 이봉래(李奉來), 김경린(金璟麟), 이진섭, 김규동, 김차영(金次榮), 박태진(朴泰鎭) 등과 더불어 후반기 동인의 대표적 시인으로 활약했다.

"그는 서구적인 현대시를 한국에 토착화하는 데 연관성을 가지려고 했다. 신선한 언어와 감각을 내세운 시인, 도시적이면서도 인생적이라는데 공감을 불러일으킨 시인이었다.

그것은 도시적인 서정성이라 할 수도 있다. 그러면서도 참여적인 요소도 많았다." 1949년부터 가까이 지냈던 시인 조병화는 그를 가리켜 "날카로운 모더니스트"라고 했다.

3. 검은 준열(峻烈)의 시대

"한 잔의 술을 마시고/ 우리는 버지니어 울프의 생애와/ 목마를 타고 떠난 숙녀의 옷자락을 이야기한다"로 시작하는 그의 대표작의 하나 「목마와 숙녀」를 써낸 후 신문사를 그만두고 쉬다가 1955년 대한해운공사에 들어갔다.

> 솔직한 말로서 나는 아무 計劃도 期待도 없이 '南海號'라는 배로 떠났다. 詩를 쓴다는 것이나 映畵評論을 한다는 일이 이 나라에서는 生活的인 職業이 되지 못하여 나는 大韓海運公社의 그늘진 冊床 옆을 몇 개월간을 나갔다.[2]

기대도 없이 떠났다 했지만 "새로운 세계에 대한 지식의 열망은 대단했으며, 아마도 해운공사에 취직한 것도 그 때문"(이정숙 회고담)일 것으로 추측된다. 아무튼 박인환은 '남해호'로 3개월간 여행하면서 특별히 「아메리카 시초(詩抄)」라는 우수한 시들을 남기게 된 것이다.

> 나는 나도 모르는 사이에 먼 나라로
> 여행의 길을 떠났다.
> 수중엔 돈도 없이
> 집엔 쌀도 없는 시인이
>
> 누구의 속임인가
> 나의 환상인가
> 거저 배를 타고
> 많은 인간이 죽은 바다를 건너
> 낯설은 나라를 돌아 다니게 되었다.
>
> 「여행」

그는 돌아오자 『박인환선시집(朴寅煥選詩集)』(산호장 간행)을 냈다. 이 시집을 낸 산호장(珊瑚莊)은 장만영이 등록한 출판사로, 책을 얼마 내지 못하고 있었는데 그는 꼭 그 출

---

2) 「19日間의 아메리카」, 朝鮮日報 1955년 5월 13일~17일자.

판사의 이름으로 내야겠다고 해서 된 것이다. 그는 죽음을 예견이나 했듯이 처음이자 마지막인 이 시집을 꾸몄던 것이 원래 '검은 준열의 시대'라고 이름 붙이려던 것이었으나 어떤 이유에서인지 앞서의 것으로 고쳐냈다고 시집 후기에 고백하고 있다.

> 나는 우리가 걸어온 길과 갈 길 그리고 우리들 自身의 分裂한 精神을 우리가 사는 現實 社會에서 어떻게 나타내 보이며 純粹한 本能과 體驗을 通해 본 不安과 希望의 두 世界에서 어떠한 것을 써야 하는가를 항상 생각하면서 여기에 실은 作品들을 發表했었다.

폐허의 명동에서 단골로 다니던 집은 동방문화회관 앞의 '경상도댁'이라는 허름한 막걸리집이었다.

수주(樹州)가 절주할 무렵에는 "술 먹는 사람 술 안 먹으면 선생이 아니므로 선생 존칭을 빼겠다"고 맞대고 으름장을 놓기도 했다. 이진섭이 "요절할 상이다" 하면 "나는 턱이 뾰족해 너보다 오래 산다"고 큰소리도 쳤다.

죽기 1주일 전에 「세월이 가면」을 쓰고 3일 전에는 '인생은 소모품' 운운하면서 그는 마침표를 유난히 크게 찍어 놓고 "혹시 알아? 절필이 될는지……" 하던 박인환, 그는 1956년 3월 20일 저녁 '바커스'에서 술을 마시고 먼저 집으로 돌아가던 도중 김순기(金淳基)를 만나 '신신 바아'에서 한잔 더 했다. 하오 9시께 귀가하여 "답답해, 답답해!"를 연발하다가 자정을 넘기지 못하고 눈을 감으니 병명은 심장마비, 겨우 30세였다.

망우리 그의 묘비에는 「세월이 가면」의 한 구절이 적혔다. 그는 그 현대의 비가를 앞에 안고 산상에 잠들어 있다.

1926년   8월 15일 강원도 인제군 인제면 상동리 159에서 부 밀양 박씨 광선(光善)과 모 양근 함씨 사이의 3남매 중 장남으로 출생.

1933년   (7세) 인제공립보통학교 입학.

1936년   (10세) 서울 종로구 원서동 134의 8로 이주. 덕수공립보통학교 4학년 전학.

1939년   (13세) 덕수보통학교 졸업. 경성제일고등보통학교 입학.

1940년   (14세) 종로구 원서동 215로 이거.

1941년   (15세) 중학 2학년 때부터 시를 짓기 시작함.

1945년   (19세) 경성제일고보 졸업. 평양의전 입학. 8·15 광복을 맞음과 함께 평양의전 학업 중단. 종로 2가와 3가 사이의 '마리서사'라는 서점을 경영. 이때부터 김기림, 오장환, 김광균 등을 알게 되고 김경린, 김수영, 김병욱 등과 어울림.

1946년   (20세) 시 「거리」 등 발표.

1947년   (21세) 시 「군상」 등 발표. 자유신문 문화부 기자. 「아메리카영화시론」(신천지)을 발표하면서부터 이후 신문, 잡지 등에 많은 영화평을 씀. 그의 시 발표지는 자유신문, 『신천지』 등이었음.

1948년   (22세) 시 「나의 생애에 흐르는 시간들」(세계일보 1월 1일자), 「일곱개의 층계」 등 발표. 4월, 진명 출신의 이성숙(李丁淑)과 결혼. 처가인 종로구 세종로 135로 이주. 장남 세형(世馨) 출생.

1949년   (23세) 5인 합동시집 『새로운 도시와 시민들의 합창』 간행. 여기에 초기시 「열차」, 「지하실」, 「인천항」, 「인도네시아 인민에게 주는 시」 등을 수록. 김경린, 임호권, 김수영, 양병식 등과 함께 김기림 이후의 모더니즘 일파로 각광을 받음. 동인지 『시와 시론』 1집 간행. 경향신문 사회부 기자.

1950년   (24세) 6·25사변 발발과 함께 서울에서 피신. 장녀 세화(世華) 출생. 시 「유엔군을 환영하는 노래」를 씀. 12월 대구시 동인동으로 피난.

1951년   (25세) 부산시 광복동, 대청동 등지에서 피난생활, 종군기자. 시 「고향에 가서」, 「살아있는 것이 있다면」 등 발표. 『후반기(後半期)』 동인.

1952년   (26세) 시 「부드러운 목소리로 이야기할 때」 등 발표.

1953년   (27세) 환도. 시 「1953년의 여자들에게」 등 발표.

1955년   (29세) 대한해운공사 입사. 3월, 남해호에 승선, 미국에 다녀옴. 『박인환시선집』 (산호장) 간행, 「목마와 숙녀」 등 56편 수록. 「욕망이라는 이름의 전차」를 번역 시공관에서 공연(신협).

1956년   (30세) 3월, 시 「세월이 가면」을 씀. 3월 20일 하오 9시 음주 귀가 후 심장마비를 일으켜 30세를 일기로 사망함. 시인장으로 망우리 묘지에 묻힘.

◆ 도움말 주신 분(1973년 현재)

朴光善   73·부친·서울 서대문구 진관동 기자촌 338호.

咸淑亭　　72 · 모친 · 위와 같음.
李丁淑　　47 · 미망인 · 서울 성북구 미아 10동 187의 19.
李眞燮　　51 · 친구 · 극작가 · 방송공사 심의위원.
趙炳華　　52 · 친구 · 시인 · 경희대 문리대 학장.
李釋嬉　　48 · 처사촌 · 서울 서대문구 홍제동 문화촌 105호.

韓 何 雲

(시인 1919~1975)

1. 천형으로 팔도를 방랑

"시가 나에게는 제 2의 생명이다. 아니 전생명을 지배하고 있다. 소망을 잃어버린 어두운 나에게 스스로 백광같은 빛을 마련해 주고 용기와 의지의 청조(晴條)길로 나를 인도한다"라고 했듯이 나병 시인 한하운은 시 작업을 그의 모든 것과 일치시킴으로써 절망과 고독을 딛고 나병을 극복했을 뿐만 아니라 「보리 피리」와 같은 한스러움이 넘쳐 차라리 아름다운 한국적 가락을 읊어내는 위대함을 보여주었다. 그는 1940년대 말 방랑 끝에 문득 문단의 국외자로서 등장했다. 그러나 '유리(遊離)의 가두(街頭)'에서 하루아침에 시인이 되었던 그의 생애는 평탄한 것만은 아니었다. 그는 세상으로부터 자신의 정체에 대한 의심을 받았고 나병 시인이라는 선입관 때문에 홀대를 감수하기도 했다.

> 원한이 하늘을 찢고 우는 노고지리도
> 험살이 돋친 쑥대밭이 제 고향인데
> 人木도 등 넘으면
>
> 알아보는 제 고향 인정이래도
> 나는 산 넘어 산 넘어 봐도
> 고향도 인정도 아니더라
>
> 이제부터 峻嶺을 넘어넘어
> 고향 없는 마을을 볼지
> 마을 없는 인정을 볼지

「故鄕」 전문

어려서부터 객지를 떠돌았던 한하운에게는 인정만 있다면 어디든지 그의 고향이 될 수 있었다. 그러나 세상인심은 야박했고 고향은 좀처럼 나타나지 않았다. 그리하여 때

<사진 1> 만년의 한하운.

때로 "지금 나는 옛날 성하던 계절에 서 있고/ 지금의 나는 여기에 있는 것 같지도 않다"고 절규하면서 육신의 고향으로 상념의 나래를 펼치고는 했던 것이다.

자서전이라 할 『나의 슬픈 반생기(半生記)』에 따르면 한하운은 1919년 음력 3월 10일 함경남도 함주군 동촌면 쌍봉리에서 한종규(韓鍾奎)의 2남 3녀 중 장남으로 태어났다. 그의 본명은 태영(泰英)이었다. "부계(父系)의 가문을 살피면 대대로 선비의 집안으로 과거를 3대나 계속하여 급제한 집이며 함흥지방에서는 떵떵 울리고 권세 좋게 살던 집안"이었다.

그의 아버지는 장남을 공부시키기 위해 그가 여섯 살 나던 1925년 함흥으로 이사하여 나갔다. 이듬해 그는 함흥 제일공립보통학교에 입학하여 예능계통에

뛰어난 재주를 보이며 죽 우등생으로 다녔다. 그러나 그가 5학년이 되던 1931년 봄, 몸이 무겁게 부어서 아버지를 따라 한 달 남짓 온천과 삼방약수터를 다니며 요양을 한 적이 있었다. 그때만 하더라도 그것이 나병의 시초라고는 짐작도 하지 못했었다.

그는 1932년 보통학교를 졸업하자 아버지의 의사를 좇아 이른바 '내선공학(內鮮共學)'이라는 이리농림학교에 들어가 수의축산을 공부하게 되었다. 이리농림학교는 입학하기가 매우 어려웠던 듯 함남도청 관내 19명의 응시자 중 유독 그만이 합격이 되었다고 한다. 그는 이 학교에서 1학년 때부터 장거리 육상선수로 활약했다. 그러나 상급학교 수험공부를 하라는 꾸지람 때문에 3학년 겨울부터 운동을 단념하지 않을 수 없었다. 발자크, 앙드레 지드, 헤르만 헤세 등의 번역소설을 열심히 탐독하고 시의 습작을 하기 시작한 것이 그 무렵이었다. 그가 나중에 월남할 때까지 그의 병고의 아픔을 같이 나누고 병간호를 했다는 R이라는 고향의 여학생을 만난 것도 그때였다.

5학년 졸업반 때이던 1936년의 봄이었다. 몸 전체의 말초부 양역(陽域)에 콩알 같은 결절(結節)이 생기고 끝없이 퍼져나가자 여기저기 진찰을 받다가 성대(현 서울대)부속병원으로 갔다.

북촌청일(北村淸一)박사는 신경을 만지고 바늘로 피부를 찌르곤 하였다. 진찰이 끝난 뒤에 조용한 방에 나를 불러 놓고 마치 재판장이 죄수에게 말하듯이 문둥병이라 하면서 소록도로 가서 치료를 하면 낫는다고 하면서 걱정할 것 없다고 하였다. 나는 뇌성병력 같은 이 선고에 앞이 캄캄하였다.[1]

1937년 이리농림학교를 졸업할 때에 그의 병은 다소 낫는 듯했다. 그래서 일본 동경으로 건너가 성혜(成蹊)고등학교라는 곳에 입학했다. 그러나 2년 남짓 지나면서 다시 병세가 악화하여 학교를 중도에 그만두고 귀국했다. 열심히 치료를 하면 병은 또 나아지는 것 같았다.

이번에는 중국 북경으로 가서 북경대학 농학원(農學院) 축목학계(畜牧學系)에 입학했고 「조선축산사(朝鮮畜産史)」라는 논문을 제출하고 졸업했다. 그것이 1943년의 일이었다. 그때까지만 해도 환부가 겉으로 나타나지는 않았다.

귀국하여 일단 고향으로 간 그에게 아버지는 기분 전환을 하라고 함남도청 축산과에 그를 취직시켰으나 집에서 다니기가 싫었던 그는 도내 장진군 개마고원으로 들어갔다. 황무지를 개척한다는 집념에도 불구하고 그의 병은 추위에 견디기가 어려웠다. 그는 다시 남쪽 지방을 지원하여 경기도 용인군으로 전근해 갔다. 1945년 봄이었다.

> 결절이 콩알같이 스물스물 양역(陽域)에 울뚝불뚝 나타나는 것이었다. 검은 눈썹은 자고나면 자꾸만 없어진다. 코가 막혀서 숨을 제대로 쉬지 못하고 말은 코먹은 소리다. 거울을 쳐다보니 얼굴은 사람의 얼굴이 아니라 바로 문둥이 그 화상(畵像)이었다.[2]

직장의 상사마저 그가 나환자라는 것을 알아챘었다. 그는 다시 함흥 중앙동 고향집으로 돌아갔다. 그는 그때부터 두문불출, 꼭 나가야 할 일이 있을 때는 낯익은 이목을 피해 밤을 이용했다. 전신에 고름이 흐르고 방안에는 악취가 풍겼다.

2. 명동거리의 구걸시인

그 무렵부터 1948년 그가 월남할 때까지 4년간이 가장 처절한 투병기간이었다. 그는 죽음을 통해서 자유를 구가하려고 했다. 이름마저 본명을 버리고 하운이라 고쳤다.

나는
나는
죽어서
파랑새되어

푸른 하늘
푸른 들

---

1) 『나의 슬픈 半世記』, 人間社刊, 1957년.
2) 위의 책.

날아다니며

푸른 노래
푸른 울음
울어예으리

나는
나는
죽어서
파랑새되어

「파랑새」 전문

'파랑새'가 되고자 하는 것은 동경이요, 이상이었다. 현실은 지옥도였다. 살아가는 것은 '한번밖에 없는 자살을 아끼기' 위해서였다.

게다가 기뻐해야 할 8·15 광복은 그에게 이중 삼중의 고통을 안겨주었다. 공산주의자들에게 자산을 몽땅 빼앗기고 나자 입에 풀칠을 하기 위해 아우의 뒷전을 따라다니며 노점 책장사를 했고 돈이 조금 모이자 '건국서사'라는 책점을 차렸으나 그것도 잠시였다.

1946년 3월 13일 함흥 학생데모를 구경하다가 혐의를 받고 경찰서로 끌려갔다 나오는 곤욕을 치렀던 그는 1947년 4월 북괴를 전복하겠다는 의거를 꿈꾸던 아우가 체포되는 바람에 그도 연루되어 원산 형무소까지 갔었으나 나병이 악화되자 겨우 병보석이라는 명목으로 가석방되었다. 그러나 그를 정성껏 간호해왔던 R여인도 아우와 함께 끌려갔고 그 전 해에 어머니는 세상을 떠나고 없었다. 그때 그는 38선을 넘어 남쪽으로 왔는데 아마도 목적은 자신의 약을 구해보려는 데에 있었던 것 같다. 그는 서울을 거쳐 나병환자들이 살고 있는 대구의 애락원(愛樂園)을, 부산의 나요양소인 상애원(相愛園)을 방문하기도 했다. 그는 결국 대구 동산병원에서 '다이야송' 60알과 서울의 천우당 약방에서 '대풍자유(大楓子油)' 3병을 구해 6월 하순에 다시 월북, 고향으로 향했다. 그러나 불심검문에 걸린 그는 병보석을 어기고 남한에 다녀왔다는 죄목으로 다시금 원산 송도원이 가까운 어느 건물에 갇히는 몸이 되었다.

그는 거기서 보초자를 속이고 탈주를 감행하여 도보로 동두천을 거쳐 재차 월남을 했으니 그것이 그해 8월이었다.

자유를 찾았으나 나환자인 그에게는 몸을 쉬일 단칸 초옥 하나 없었다. 그는 유리표박(流離漂泊)의 집시처럼 남한 각지를 떠돌며 깡통을 들고 구걸을 했다. 그러다가 다시 서울로 와 1947년 동지까지는 헌 가마니 한 장으로 쓰레기통 가에서 밤을 지새며 보냈다. 밤사이 옆에서 자던 한 동료 거지가 죽었다. 무서웠다. 어떻게 해서든지 살아야 했다. 명동 거리에서 바아, 다방, 음식점, 상점 같은 곳의 출입구를 막아서서 돈을 받아내거나 시를 팔아 연명을 했다.

어느덧 명동 거리에서 시(詩)를 파는 사람으로 유명해진 한하운은 몇몇 문인들을 사귀게 된 것 같다. 그리하여 1949년 『신천지(新天地)』 4월호에 「한하운시초(韓何雲詩抄)」라 하여 무려 13편의 시가 한꺼번에 실렸다. 선자(選者) 이병철(李秉哲)은 거기 「한하운시초를 엮으면서」라는 글에서 "내가 불우의 시인 천작의 죄수 하운 형을 처음 만난 것은 작년 첫여름이었다. 외우(畏友) 박용주(朴龍周) 형의 간곡한 소개로 정처 없는 유리의 가두에서 방황하고 섰는 걸인 하나를 알게 되었던 것이다"라고 쓰면서 그의 시를 처절한 생명의 노래요, 높은 리얼리티를 살린 문학이라고 소개했다.

> 가도 가도 붉은 황토길
> 숨막히는 더위뿐이더라.
>
> 낯선 친구 만나면
> 우리들 문둥이끼리 반갑다.
>
> 天安 삼거리를 지나도
> 쑤새미같은 해는 西山에 남는데,
>
> 가도 가도 붉은 황토길
> 숨막히는 더위속으로 쩔룸거리며
> 가는 길…….
>
> 신을 벗으면
> 버드나무 밑에서 지까다비를 벗으면
> 발꼬락이 또 한 개 없다.
>
> 앞으로 남은 두개의 발꼬락이 잘릴 때까지
> 가도 가도 千里 먼 全羅道길.
>
> 　　　　　　「全羅道길」 전문

'소록도로 가는 길에'란 부제가 붙은 이 시는 커다란 반응을 일으켜 정음사에서는 무조건 시집을 내겠다고 해서 그는 명동 성당의 방공호에서 원고를 정리했다. 그리하여 그의 첫 시집인『한하운시초』(26편 수록)가 빛을 보게 된 것이다.

그해 8월 경기도 수원 세유동 나환자 정착촌인 하천부락에 입주한 그는 이듬해 경기 부평 소재의 성혜원(成蹊園)으로 이주, 회장이 되고 1952년에는 그곳 도로 건너에 신명 보육원을 창설하여 세상에서 천대받는 미감아 아동을 10여 명 수용(현 신명보육원장 원도 상 회고담)했다. 그 이후 그가 나환자 구호사업에 얼마나 헌신했느냐 하는 것은 연보에 나타나 있는 것으로도 알 수가 있다.

3. 빨갱이 오해 속에서 나온「보리 피리」의 가락

그러던 1953년 여름 그와 그의 시가 구설수에 오르기 시작했다. 그것은 이른바 '나시 인 사건'으로, 발단은 아마도『한하운시초』재판이 6월에 나오면서 부터로 보인다.

> 1953년 8월 1일부터 주간지『新聞의 新聞』이「문 둥이 詩人 韓何雲의 正體」라는 타이틀로 韓何雲을 문화빨치산이라 말한 데서 사건은 일어나고 (중략) 심지어 韓何 雲이라는 나의 雅號마저 국가 멸망의 저주를 상징하는 것이라 하며 詩의 내용마저 적 색이라는 것이며…… 또한 혹독하게도 나 자신마저 허구의 인물이라고 날조하여 떠 들어댔다.[3]

여기에 사실 확인을 하기 위해 취재를 지시한 사람이 서울신문사 사회부장으로 있던 오소백(吳蘇白)이었다.

"최초의『한하운시초』중에「데모」라는 시가 실려있었는데 거기에 '피빛 기빨이 간 다'라는 표현이 있었다. 당시 평론가 임모라는 사람이 정음사와 관계가 좋지 않았던 모 양으로 문제를 일으킨 것 같다. 동기는 시시했다. 그러나 이 문제는 경찰뿐만 아니라 국 회에까지 논란이 되었으나 한하운이란 인물이 실존함은 물론, 그의 시도 불온하지 않다 는 것이 밝혀졌다"(오소백 회고담).

이 사건을 취재토록 하면서 사건을 확대했다 하여 오소백과 사회부 차장이었던 문제 안(文濟安)기자가 신문사로부터 파면을 당하는 불행을 겪었다. 그러나 그 취재 과정에서 한하운으로부터 그의 대표작인「보리 피리」를 얻어 내었다. 신문사를 찾아왔던 그는 자 신이 그 시인임을 증명하기 위하여 편집국 안에서 즉석에「보리 피리」를 썼던 것이다.

보리 피리 불며
봄 언덕

---

3)「보리피리에 관하여」· 金昌稷 편저『가도가도 황톳길』에서 재인용.

고향 그리워
필-닐니리

보리 피리 불며
꽃靑山
어린 때 그리워
필-닐니리

보리 피리 불며
人寰의 거리
人間事 그리워
필-닐니리

보리 피리 불며
방랑의 幾山河
눈물의 언덕을 지나
필-닐니리

　　「보리 피리」 전문

　　이 시는 1955년 간행된 제2시집 표제시가 되었다.

　　이 시를 가리켜 평론가 김윤식(金允植)은 "성한 사람이 되려는 희원이 성한 사람에의 적의를 동반하지 않고, 그 단계를 넘어서서, 멀리 거리를 두고 바라다보는 상태에 이 시는 도달되어 있다. 또한 이 시는 한국적 서정의 가장 아름다운 부분을 담고 있다. 이 점에서 보면 한하운의 서정적 가락은 한국시사에 길이 남을 수 있을 것이다"[4] 라고 쓰고 있다.

　　1956년부터 그를 사귀었던 김창직(金昌稷)은 "그는 떡대가 크고 씨름대장처럼 생겼지만 보기보다는 내성적이고 깐깐한 편이었다"고 그의 성격을 말하면서 술도 보통 이상으로 잘 마셨다고 한다.

　　인천의 '내항문학회'의 동인이자 한하운에 대해 깊은 관심을 지닌 신연수(申連洙)의 도움을 받아 그가 그의 집으로 삼아 살았던 인천 북구 십정동 산 39번지를 찾아갔을 때, 20여 년 간 같이 살았다는 경북 칠곡군 출신의 유임수(兪任守)도 그의 성격을 "남한테는 잘 하지만 나에게는 까다로웠던 분"이라고 말한다.

---

4) 金允植,「韓何雲의 文學과 生涯」,『새빛』 1975년 3월호.

그의 시에 대한 평가는 「보리 피리」 이후의 작품들이 그 전의 작품들에 비해 처진다는 데에 일치한다. 나병이 치유되고 유명해짐으로써 그만큼 치열성이 줄어들었기 때문일까. 아니면 아직도 문단의 일각에서 추리하고 있는 것처럼 어떤 사람(李秉哲)의 첨삭이 들어 있었던 까닭일까. 그렇다면 그가 남 앞에서 직접 쓴 「보리 피리」의 탁월성은 어떻게 설명이 될 수 있을까. 어쨌든 「보리 피리」 이후에도, 유수한 문예지에는 그의 시가 거의 실리지 않았다.

그는 1973년 여름 중수회혐의로 당국에 구속되었다가 오소백 등의 진정으로 풀려나왔다. 그리고 그때부터 지병인 간경화를 앓다가 1975년 2월 28일 오전 10시 45분 십정동 자택에서 가톨릭 성사를 받고 세상을 떠났다. "나는 문둥이가 아니올시다/ 나는 정말로 문둥이가 아닌/ 성한 사람올시다" 그리하여 그의 피맺힌 절규도 끝났다.

◆ 연보

1919년   음 3월 10일 함남 함주군 동촌면 쌍봉리에서 부 한종규(韓鍾奎)의 2남 3녀 중 장
           남으로 출생. 본명 태영(泰英). 가계는 3대를 과거에 급제한 선비의 집안으로 지방
           지주였음.

1925년   (6세) 함흥으로 이사.

1926년   (7세) 함흥 제일공립보통학교 입학. 내내 우등생, 음악과 미술에 뛰어남.

1931년   (12세) 봄, 몸이 무겁고 붓기 시작함 (나병 발병의 시초).

1932년   (13세) 보통학교 졸업. 이리농림학교 입학. 수의축산과 전공.

1934년   (15세) 시와 소설을 습작. 순정의 여인 R(당시 여학생)을 사귐.

1936년   (17세) 봄, 성대부속병원(현 서울대부속병원)서 나병 확정 진단.

1937년   (18세) 이리농림학교 졸업. 일본 동경 성혜고등학교 입학.

1939년   (20세) 동경 성혜고등학교 2년 수료. 나병 악화. 귀국 요양. 10월 중국 북경으로 감.

1941년   (22세) 중국 북경대학 농학원 축목학계(畜牧學系) 입학.

1943년   (24세) 동 농학원 졸업. 귀국.

1944년   (25세) 함경남도 도청 축산과 근무. 5월, 도내 장진군으로 의원(依願) 전근. 가을에
           경기도 용인군으로 의원 전근.

1945년   (26세) 봄, 나병 악화, 관직을 사직. 함흥 중앙동으로 귀가, R의 도움을 받아가며
           치료. 본명 태영 대신 하운을 씀. 문학공부에 전념. 8·15 광복 후 가산을 몰수, 노
           점 책장수, 건국서사 경영.

1946년   (27세) 3월 13일 함흥 학생데모사건에 혐의받고 체포되었다 풀려남. 여름 어머니
           타계.

1949년   (30세) 『신천지』 4월호에 「나시인 한하운시초」라 하여 시 「전라도길-소록도로
           가는 길에」의 12편이 이병철 선으로 실리게 됨. 첫시집 『한하운시초』(정음사)가
           5월에 간행됨. 시 26편 수록. 8월, 경기도 수원시 세류동 나환자 정착촌인 하천부
           락에 입주.

1950년   (31세) 3월 경기도 부평 소재 나환자 정착촌인 성혜원으로 이주. 자치회장에 선임.

1952년   (33세) 5월, 부평에 신명보육원 창설, 원장.

1953년   (34세) 경기도 용인에 동진원 창설. 6월, 재판(再版) 『한하운시초』에 시 5편 추가
           간행. 8월 이후 4개월간 신문과 국회에서 한하운의 시집과 관련, 그의 정체에 대
           한 논란. 시 「보리 피리」(서울신문 10월 15일자)발표.

1954년   (35세) 대한 한센총연맹 결성, 그 위원장.

1955년   (36세) 3월, 제 2 시집 『보리피리』(인간사) 간해. 시 「비창(悲愴)」(평화신문 4월 5
           일자)발표. 자서전 「나의 슬픈 반생기」(희망 5월~1957년 1월호) 연재.

1956년   (37세) 6월 『한하운시전집』(인간사) 간행. 시 48편 수록. 수필 「나의 시작수업」(현
           대문학 12월~익년 1월호), 시 「은진미륵불(恩津彌勒佛)」(자유문학 12월호)발표.

1957년   (38세) 10월, 자서전 『나의 슬픈 반생기』(인간사) 간행.

1958년　(39세) 3월, 청운보육원 설립, 원장. 수필「큰 코 다친다」(신문예 7월호),「인간에 대한 반항정신으로」(신문예 9월호),「어느날의 단상(斷想)」(신문예 12월호), 시「인간추방」, 수필「사진에 대한 불연속적 관견(觀見)」(이상 사진문화 12호) 등 발표.

1959년　(40세) 4월 『한하운자작시 해설집』(인간사) 간행. 시「어느 velt는 살고 있다」(서울대 수의대학보 2집),「벽화에 붙이는 글」(이리농림학교 새싹 6호), 수필「영원한 민족의 서정시-소월의 시를 말한다」(신문예 8·9월 합호) 등 발표. 나병 음성으로 진단, 사회복귀, 한미제약회사 창사, 취체역회장.

1960년　(41세) 7월 서울 명동에 출판사 무하문화사(無何文化社)설립. 8월, 자작시 해설집 『황토길』(신홍출판사) 간행. 수필「첫사랑의 요오델가」(여원 3월호), 수필「방랑과 향수」(새벽 10월호)발표.

1963년　(44세) 시「세월이여」,「오마도」(이상 새빛), 수필「애염전(愛染箋)」(여상) 등 발표.

1964년　(45세) 시「포인세치아 꽃」(국회평론 창간호),「천하대장군 지하여장군」(계간 시 문예 1호), 수필「분뇨소」(새교실 5월호) 등 발표.

1965년　(46세) 수필「물전쟁」(재무 120호) 발표.

1966년　(47세) 시「회심(回心)」(인천신문 1월 1일자),「금유월(今六月)」(일요신문 6월 27일자) 발표.

1968년　(49세) 시「올 봄에도 꽃은 피는데」(새길 151호),「장승」(사상계 5월호), 수필「나의 소하(銷夏)」(새교실) 발표. 4월 간경화증 발병.

1969년　(50세) 시「귀향」(새길 159호) 발표.

1970년　(51세) 시「춘일지지」,「낙엽」,「춘와」,「파고다공원」,「포인세치아 꽃」(이상 시인 1·2월 합호), 시「귀로」(교정 129호),「어떤 인생」(새길 168호),「자유당」(한국문학 전집 52인 시집 신구문화사) 등 발표.

1973년　(54세) 전남 고흥군 도양면 소록도에 시비 만듦.

1975년　(56세) 2월 28일 오전 10시 45분 인천시 십정동 산 39번지 14통 2반에서 간경화증으로 타계. 경기 김포군 계양산 장릉 공원묘지에 안장.

1977년　유고시「백목란꽃」외 19편(한국문학 6월호) 발표됨.

1982년　김창직 편저 『가도가도 황톳길』(지문사) 간행됨.

◆ 도움말 주신 분(1982년 현재)

俞壬守　51 · 미망인 · 인천시 북구 십정동 산 39번지.

吳蘇白　62 · 홍보연구소 대표.

金昌稷　52 · 친지 · 시인.

元道常　60 · 신명보육원장.

申連洙　28 · 한국사진사연구소.

◆ 관계 문헌

吳蘇白, 『올챙이記者 放浪記』.

金允植, 「韓何雲의 文學과 生涯」, 『새빛』 1975년 3월호.

金昌稷 편저, 『가도가도 황톳길』, 知文社刊, 1982년.

李 東 柱

1. 해남의 양 참판 가문

'무기교(無技巧) 상태'에서 잉태되는 시만이 가장 훌륭한 시라고 했던 심호(心湖) 이동
주는 외래사조에 대한 그 어떤 주의도 기울이지 않고 오로지 절제된 언어로 민족의 전
통적 정한(情恨)을 남도가락에 실어 읊었던 천성적인 서정시인이었다. 그는 신경쇠약에
걸릴 만큼 '현대'라는 용어와 개념에 대하여 혐오감을 지니고 있었으며, 물질문명의 삭
막한 이 시대에서 인정과 정서와 분위기를 회복하고자 하는 정신으로 시를 썼다. 그것
이 홍수에 밀릴 한낱 가녀린 냇물이었다 할지라도 거기에 그의 삶의 전가치를 두었다는
점에서 우리는 홍수를 막고 냇물을 보존해야 할 의무가 없는지 다시금 음미하게 되는
것이다.

> 他關밤에 잔뼈가 굵은
> 오, 나의 祈禱여!
>
> 가고파라
> 花源産 무명옷 다시 입고.
>
> 더러는 앞서 간 사람들의
> 슬픈 소식이
>
> 12층 '빌딩'에 가린
> 남쪽을 보게 한다.
>
> 이제 내게 남은 것은
> 그리운 친구들의 이름뿐.
>
> 　　　「望鄕歌」 6~10연

이동주가 때때로 들렀으면서도 늘상 그리워했던 그의 고향은 전라남도 해남. 읍에서도 남쪽 바닷가로 더 내려가 대둔산 대흥사(大興寺) 기슭에 자리 잡고 있는 현산면의 풍치 좋은 읍호리(挹湖里)이다.

그는 여기서 1920년 음력으로 2월 28일 전주 이씨 해영(海瑛)을 아버지로 덕수 이씨 현숙(賢淑)을 어머니로 1남 1녀 가운데 장남으로 태어났다.

해남은 고산 윤선도로도 또는 고승(高僧) 초의대사(草衣大師)와 추사 김정희와의 우정이 꽃피었던 곳으로도 유명하지만, 이동주의 가문으로도 유명한 곳이다. 해남에는 전주이씨의 양 참판이 거했는데 황산면 우항리에 큰 참판이, 현산면 읍호리에 작은 참판이 자리를 잡고 있었다. 큰 참판댁은 만석을 했고 작은 참판댁은 오천 석을 했다니까 양 참판의 가세의 규모를 알만도 하다. 이동주는 바로 작은 참판, 다시 말해 이조(吏曹) 참판 이재범(李載範)의 증손자로 태어난 것이다.

법도가 있는 선비적 가풍 속에서 부족함을 모르고 유년시절을 보냈던 그는 1927년 7세 때 증조부가 사랑에 사재를 들여세운 달산학교(후에 면소재지로 옮겨 현산보통학교가 됨)에 입학하여 1933년에 졸업을 했다. 그러나 그의 아버지는 별 하는 일없이 지낸 유생으로 그가 보통학교를 나올 무렵부터 가세가 기울기 시작하자 충남 공주 출신의 그의 어머니는 그를 외가로 보냈다.

그 자신이 어디에서 중등교육 과정을 마쳤는지 밝히지를 않아 모호하지만 그의 여동생 이금주(李錦柱)에 따르면 외가에 있으면서 공주고등보통학교를 나왔다고 한다.

그러나 그가 1939년에 서울에 있었던 것만은 틀림없다.

> 모두들 상급학교엘 간다는데 나는 가정 형편이 허락질 않았다. 그도 전부터 옹색한 형편이었으며 그러려니 체념도 했겠지만, 부유가 일시에 빈궁으로 탈바꿈한 우리집이었기에 슬픔은 더했다. (중략) 서울 생활은 그야말로 비참했다. 신문도 돌렸고, 우유도 배달했다. 빵도 팔았다. 노동도 했다. 닥치는 대로 해냈다.[1]

궁핍 속에서 관공서에 취직하거나 돈을 버는 것만이 성공으로 여겼던 그가 어쩌다 그 무렵 『문장』지를 통해 나온 신예 조지훈의 시 「승무」를 읽고 그와 그의 시를 경모하여 그가 다니고 있던 혜화전문학교 불교과에 입학한 것이 1940년의 일이었다.

> 내가 惠化專門(지금의 東國大學)에 들어갔을 때, 아무것도 눈에 보이질 않고 오색 무지개 속에 감긴 사나이가 나를 황홀케 했는데 그가 바로 지훈이었다. (중략) 나는

---

1) 수필 「靑春은 아름다워라」, 隨筆集 『그 두려운 永遠에서』, 태창문화사刊, 1982년.

이 趙선배로 인해서 하필이면 취직 길도 막히는 그 학교를 택했고 안할 고생을 숱하
게 했었지만 여태껏 뉘우친 적이 없다.[2]

이동주는 그때부터 열심히 시를 썼던 것 같다. 그리하여 『조광』지에 시를 투고하여
「귀농(歸農)」, 「상열(喪列)」, 「별리부(別離賦)」 등의 작품이 게재되기도 했었다. 그러나
1942년 혜화전문을 중퇴하고 낙향하여 한 1년 남짓 일본에 가 있다 왔다. 그러다가
1945년 광복이 될 무렵에는 잠시 목포시청과 황산면 면사무소에 근무하기도 했었다.

"내가 그를 알게 된 것은 그가 혜화전문에 다닐 때로 해남 고향에서 재향인 팀과 유
학생(해남 외에서 학교에 다니는 사람)팀 사이에 친목 축구대회가 열렸을 때였다. 그는 유학
생 팀으로 뛰었는데 가냘픈 몸매였음에도 공을 잘 찼다. 그 무렵만 해도 그는 이참판댁
의 중손자라는 점에서 그리고 그의 부드러운 언동으로 말미암아 주위에서 일종의 우상
처럼 떠받들렸었다. 그의 어머니는 글씨를 잘 썼는데 시재를 타고 난 것은 어머니 쪽의
영향인 듯하다."

광복 이후에 더 가까이 사귀게 되어 그가 타계할 때까지 물과 고기의 사이처럼 지냈
던 김봉호(金鳳皓)는 광복 후에도 그가 호남신문 목포 주재 기자로 있었던 적도 있으나
품격을 지녔던 과거의 『문장』지에 대한 향수를 떨쳐버리지 못하고 시를 쓰는데 열중했
었다고 들려준다.

2. 영언(永言)의 가락

이동주는 이미 1940년대 초에 몇 편의 시를 발표하고 광복 후에는 『네 동무』라는 4
인 시집을 내 보기도 했으나 정식으로 문단에 나설 생각으로 『문예』지에 투고를 했
다. 그리하여 미당 서정주의 추천을 받은 것이 1950년대 초의 일이었다.

琴瑟은 구구 비둘기……
열 두 屛風
疊疊 山谷인데
七寶 황홀히 오롯이 나의 방석

오오 어느 나라 公主오니까
다소곳 내 앞에 받들었소이다

---

2) 수필 「무지개 잡던 시절」, 위의 책.

어른일사 圓衫을 입혔는데
수실 단 부전 香囊이 애릿해라

黃燭 갈고 갈아
첫닭이 우는데
깨알같은 情話가 스스로워

눈으로 당기면 고즈너기 끌려와 혀 끝에 떨어지는 이름
사르르 온몸에 휘감기는 비단이라
내사 스스로 義의 長劍을 찬 王子

어느새 늙어버린 누님같은 아내여
쇠갈퀴 손을 잡고 歲月이 원통해 눈을 감으면
살포시 찾아오는 그대 아직 新婦고녀

琴瑟은 구구 비둘기

「婚夜」 전문

　이 「혼야」와 양반집 가문의 법도를 따르는 한의 여인
상을 읊은 「새댁」 등을 『문예』지에 추천했던 미당은 그
의 시를 가리켜 한마디로 "옛 선비의 가풍에 배어있는 습
속과 정취를 형상화한 것"이라고 말한다. 그에 의하면 이
동주는 그의 앞에서 늘 무릎을 꿇어앉았으므로 "이 선생, 함
께 나이 들어가며 왜 그러느냐"고 해도 끝내 그 몸가짐을
버리지 못했다고 한다.
　그의 시에는 조선시대의 여인상이 자주 나타나는데 그
것은 바로 그의 어머니 상이기도 했다. "울어머니 꽃은 층
층탑 밑에 더디 피었다고 한다./ 잔털 밀고 무거운 비녀를
꽂은 지 여러 해 지나서야 보도시 피었다고 한다./ 어른이
너무 많아 기를 펴지 못해서다"의 시 「사모곡(思母曲)」서
두에서 보듯 어머니는 더디기는 하지만 결국 피어나는 꽃

<사진 1> 1970년대 초 덕수궁 돌담
가에서의 이동주.

으로 형상화된다. 꽃잎에는 정한(情恨)이 서려 있지만 그렇게 피어나는 꽃은 지극히 아
름답다. 그래서 그의 시에는 불평이나 원한의 자극적인 언어가 없다.

> 詩人 李東柱는 우리의 詩人이 되려고 命을 달리할 때까지 그의 現代詩가 永言이
> 되게 우리말의 소리를 詩로 읊어두려고 했었다. 그에게는 詩의 想이나 象보다도 율이
> 더 귀하게 여겨졌었다. 李東柱의 詩를 읊어보면 律을 살리기 위하여 詩의 想과 象이
> 희생되어버린 경우를 자주 마주치게 된다. 永言은 詠이 되어야 한다는 우리의 詩觀을
> 확고하게 詩作에 반영한 셈이다.[3]

그는 읊는 시를 만들어내기 위해 남다른 각고의 노력을 기울였다. 그는 「해녀(海女)」
를 쓰기 위해 세 번이나 제주도로 여행을 했고 1960년대 초 이리에서 살 때엔 「산조(散
調)」 한 편을 얻기 위해 한 달 수입의 반을 선뜻 투자하여 가야금을 사놓고 "청춘을 멋으
로 보냈다는 어떤 분을 데려다가 눈감고 앉아 산조(散調)로 한(恨)을 뽑으라"고 했었다.

3. 표표히 떠도는 방랑객

그렇듯 그는 한 편의 시를 쓰기 위해 시적 대상 속으로 깊숙이 빠져 들어가지 않으면
안 되었다. 그는 결코 한자리에 눌러 앉아서 영감으로만 시를 쓰지는 않았다.

그는 "대문 밖만 나서면 표표히 떠돌아다니는 바람"[4]이어서 "일생 안주를 못한 사
람"(서정주 회고담)이었고 "문단에서 둘째가라면 서러워 할 방랑객"(김봉호 회고담)이 되었
던 것이다.

"그분은 느닷없이 집을 나서면 두세 달 엽서 한통 없었지요. 그래서 집안에서는 그를
'이삿갓'이란 별명으로 부르기도 했답니다"(미망인 회고담).

그는 환도 직후 서울로 와 육군신문과 연합신문 등 언론계에 근무하기도 하고 1950
년대 말과 1960년대 초에는 이리와 전주에 살면서 교사생활도 하고 1963년에는 서울로
다시 와 1960년대 말까지 성신여대, 숭실대, 서라벌예대 등 두루두루 출강하기도 했으
나 차분히 직장에 매어있지는 못했다.

그가 어쩌다가 서울에 몇 달 눌러 있을 양이면 방방곡곡에서 계산서가 날아드는데
그 가운데엔 관광호텔의 계산서도 끼어 있었다고 한다. 그러니까 그는 생활인으로서는
낙제생이었다. "머리를 배코로 치고/ 대추나무 지팡이로 턱을 고이면// 구름도 마음놓고
쉬어간다.// 蒙古맛에/ 연사흘 게을렀더니// 배꼽이 열리도록 살이 쪘다"는 「대흥사(大興
寺)」를 읽으면 속세를 떨쳐버린 낙천가의 심경이 부럽게 다가서기도 한다.

1967년과 1968년 사이 서라벌예대에서 시 강의를 들었던 제자 감태준(甘泰俊)은 그
를 가리켜 법 없이도 세상을 살아갈 사람이라고 전제하고 그러나 시에 한해서만은 "전

---

3) 尹在根, 「李東柱論」, 『現代文學』 1979년 6월호.
4) 崔美娜, 「바람과 詩의 情人」, 『月刊文學』 1979년 4월호.

통시율을 정확히 파악하고 있던 분으로 영랑과 미당의 남도율의 맥을 잇는 훌륭한 시인이었다"고 평한다.

그는 어려서부터 약질이었는데다가 성장하여서는 위가 좋지 않았고 술을 한잔만 해도 얼굴이 붉어지는 체질이었다. 그는 비굴할 정도로 겸손하고 인정이 많았다. 돈이 없을 때 고향에서 친구가 올라오면 다방에서 기다리라 해놓고 그때부터 2시간이고 3시간이고 대접할 돈을 꾸러다니기도 하는 등 무엇이든지 수중에 있으면 남에게 주기를 좋아했다.

그러던 그가 문협 이사장 권한대행으로 있던 1978년 5월 어느 날 한양대 부속병원으로 가 진찰을 받아보니 위암이라는 진단이 나왔다.

窓 너머 즐거운 움직임이
나와는 무관하다.

祈禱와 贖罪로
마음을 밝혔다.

배에 칼질을 하겠다니
그런 受侮가 없겠지만

물그릇을 비워둔 채
고분고분 착해졌다.

어둠으로 向하는 두려움이
한결 가셨다.

홑이불로 가려서
돌아와도,

禮를 갖추어
거친 말은 삼가시오.

울음소리는
담 안에 가둘 일,

視野가 흐리거든

외면하구려.

「病床日記」1~9연

그는 처음에 위암이라는 것을 모르고 위궤양 정도로만 알고 있으면서 없는 가산이나마 없어질까 수술을 받으려 하지 않았다는 것이다. 그러다가 친구 김봉호가 옆에 있으면 수술을 받겠다고 하여 그가 해남에서 올라오자 비로소 수술을 받았다. 그는 수술 뒤 경과가 좋은 듯하여 다시 대구, 부산, 해남 등지로 떠돌아 다니기도 하고 연작시「산조여록(散調餘錄)」을『현대문학』에 연재하는 마지막 열정을 보이기도 했다. 그러나 이듬해 1월 26일 연신 딸꾹질을 하더니 그 이틀 뒤인 1월 28일 하오 3시 40분 서울 역촌동 자택에서 영영 세상을 떠났다. 그의 시신은 문협장으로 그가 생전에 조상을 이장했던 경기 장흥 신세계 공원묘지에 안장되었다. 그리하여 그의 시는 다시금 이어진다.

弔客들이 흩어진 뒤라면야
긴 속눈썹에 이슬을 달아도 좋소

흙이 되어
지킬 테니

기죽지
말아주오.

시든 꽃잎이
다시 피듯

血色 도는
꿈같은 보름.

「病床日記」10~14연

<사진 2> 심호 이동주 시비. 거기에 "여울에 몰린 은어 떼/ 가웅가웅 수워얼레에/ 목을 빼면 서름이 솟고"로 시작되는 시「강강 술래」가 새겨져 있다.

◆ 연보

1920년	음 2월 28일 전남 해남군 현산면 읍호리에서 부 전주 이씨 해영(海瑛)과 모 덕수 이씨 현숙(賢淑)과의 사이에 1남 2녀 중 장남으로 출생. 호는 심호(心湖). 그의 증조부 이재범(李載範)은 이조참판을 지냈음.
1927년	(7세) 향리에서 이재범이 세운 달산학교(후에 현산보통학교) 입학.
1933년	(13세) 외가인 충남 공주로 가 공주고등보통학교 입학.
1939년	(19세) 공주고등보통학교 졸업. 서울로 감. 신문배달, 우유배달, 빵장사, 노동 등으로 생활을 함. 학원에 다님.
1940년	(20세) 시 「귀농(歸農)」(조광 6월호)을 투고형식으로 발표, 혜화전문 불교과 입학.
1942년	(22세) 혜화전문 2년 중퇴, 일본에 다녀옴.
1943년	(23세) 시 「상열(喪列)」(조광 9월호), 「별리부(別離賦)」(조광 11월호)를 투고 형식으로 발표.
1944년	(24세) 전남 목포 시청에 근무.
1945년	(25세) 전남 해남군 황산면 면사무소에 근무. 전처 소생의 장남 우선(愚先) 출생.
1946년	(26세) 4인 시집 『네 동무』를 간행. 호남신문 목포 주재 기자.
1949년	(29세) 전처 소생의 차남 우명(愚明) 출생.
1950년	(30세) 시 「황혼」(문예 1월호), 「새댁」(문예 3월호), 「혼야(婚夜)」(문예 4월호) 등을 발표, 정식으로 문단에 데뷔.
1951년	(31세) 시집 『혼야』(호남공론사) 간행.
1954년	(34세) 시 「목련 · 봄」(신천지 4월호), 「진달래」(현대공론 5월호) 등 발표.
1955년	(35세) 시 「대불(大佛)」(현대문학 2월호), 「초상」(문학예술 8월호) 등 발표.
1956년	(36세) 시 「꽃샘」(현대문학 6월호) 등 발표.
1957년	(37세) 시 「마을」(현대문학 4월호), 「노을」(현대문학 9월호), 「고도산견(古都散見)」(현대문학 11월호) 등 발표.
1958년	(38세) 시 「뮤즈의 초상」(현대문학 3월호), 「우주엽신(宇宙葉信)」(현대문학 8월호), 「홍타령」(현대문학 10월호), 「낙엽」(사조 12월호) 등 발표, 전남문화상 수상.
1959년	(39세) 시 「산조(散調)」(현대문학 3월호), 「5월의 시」(여원 5월호) 등 발표. 시집 『강강술래』 간행. 전북 이리 남성고등학교 교사. 이리시 갈산동에 살다. 전북대 강사.
1960년	(40세) 시 「산조」(현대문학 4월호), 「태교(胎教)」(사상계 7월호) 등 발표. 한국문협상 수상. 장녀 애정(愛晶) 출생.
1961년	(41세) 시 「한(恨)」(현대문학 1월호) 발표.
1962년	(42세) 시 「광한루(廣寒樓)」(현대문학 8월호) 발표, 전주로 이사.
1963년	(43세) 시 「독백」(현대문학 1월호), 「분화(焚花)」(사상계 12월호) 등 발표, 5월문예상 장려상 수상, 서울로 이사.
1964년	(44세) 시 「수렵」(문학춘추 5월호), 평론 「현대시와 서정의 문제」(문학춘추 11월호) 등 발표
1965년	(45세) 시 「꽃과 여인」(시문학 10월호) 등 발표.

1966년	(46세) 시 「나의 피」(현대문학 4월호), 「춘한(春恨)」(문학 6월호), 「파고다공원」(시 문학 7월호), 「가을과 호수」(사상계 10월호) 등 발표.
1967년	(47세) 시 「강강술래」(현대문학 12월호) 등 발표. 『현대문학』지에 이광수, 김동 인, 박종화 등 문인에 대한 실명소설을 발표하기 시작함. 서라벌예대 출강.
1968년	(48세) 시 「삼등열차」(현대문학 8월호), 「여수(旅愁)」(사상계 5월호), 「잔월(殘月)」 (월간문학 11월호) 등 발표. 평론 「무기교(舞技巧)상태의 기교라야 최고다」(월간문 학 6월호) 발표.
1969년	(49세) 시 「잡가(雜歌)」(현대문학 1월호) 발표.
1970년	(50세) 시 「금지구역」(현대문학 1월호), 「박수(拍手)」(한국일보 1월 11일자)등 발표.
1974년	(54세) 시 「꽃」(현대문학 7월호) 발표.
1975년	(55세) 시 「사나이는」(현대문학 5월호), 평론 「김현승론(金顯承論)-시와 차(茶)와 고독한 산책」(현대문학) 발표.
1976년	(56세) 시 「휘파람」 외 (현대문학 5월호) 발표.
1977년	(57세) 시 「우리들의 가난은」(현대문학 8월호) 발표.
1978년	(58세) 시 「선유도(仙遊圖)」(월간문학 8월호), 연작시 「산조여록(散調餘錄)」 I ~ VIII(현대문학 8월호~익년 3월호) 발표. 문협 이사장 권한대행. 5월, 한양대부속병 원입원, 위암수술.
1979년	(59세) 투병중 1월 28일 하오 3시 40분, 서울 은평구 역촌동 1번지 30호 A동 1호 에서 위암으로 타계. 경기 장흥 신세계 공원묘지 안장. 이동주시선집 『산조』(우 일문화사)간행. 이동주 실명소설 『빛에 싸인 군무(群舞)』(문예비평사) 간행.
1980년	이동주시집 『산조여록』(서래헌) 간행. 11월 3일 해남 대흥사 입구에 '심호 이동주 시비'가 세워짐.

◆ 도움말 주신 분(1982년 현재)

崔美娜	미망인 · 서울 은평구 역촌동 1번지 30호 A동 1호.
李錦柱	누이동생 · 서울 관악구 신림3동 610번지 293.
徐廷柱	67 · 친지 · 시인.
金鳳皓	58 · 친구 · 작가.
甘泰俊	제자 · 시인.

◆ 관계 문헌

尹在根, 「李東柱論」, 『현대문학』 1979년 6월호.

崔美娜, 「바람과 詩의 情人」, 『月刊文學』 1979년 4월호.

채규관, 「작품을 중심으로 한 李東柱 詩의 비평적인 연구」, 李東柱隨想集 『그 두러운 永遠에서』, 태창문화사刊, 1982년.

吳 永 壽

(소설가 1911~1979)

1. 고향을 작품화

1949년 38세라는 비교적 연만한 나이에 소설가로서의 면모를 문단에 드러내 보인 오영수는 평생을 장인적인 기질을 가지고 토속적이고도 서정성 짙은 단편소설들을 써 우리나라 소설문학의 독특한 위치를 확보했다. 그의 작업에 대해 '현실도피의 리리시즘'이니 테마가 '비현실적'이니 하는 비판의 소리를 스스로 감내했던 그는 "생명이 쓰레기보다도 더 천대를 당하고 생(生)이 불안과 절망에 밟히고 쫓겨야 하는 현실을 이를 갈면서 나는 증오한다"고 할 만큼 현실에 혐오감을 나타내면서 자신의 '인간에의 순화작업'을 옹호했다. 그러기에 그의 문학은 오염되지 않은 환경에 대한 꿈과 향수로 채색되어 있다.

> 그의 고향은 산이 깊고 물이 맑고 미나리로 널리 알려진 조그만 산간 촌읍이다.
> (중략) 여름철에는 남천강의 천어도 일품이고 가을철의 과일도 풍성하다. (중략) 시궁
> 창뻘 속에서만이 살찌는 미꾸라지도 있고 계류의 모래 밑이라야 사는 기름치도 있다.

오영수가 「삼호강(三湖江)」이란 단편소설에서 그려 보인 '그의 고향'이란 다름 아닌 경남 울주군의 언양(彦陽), 오영수의 고향이다. 그러나 그 고향도 옛 고향은 아니었다. 서울서 출발하는 울산행 버스는 친절하게도 언양 사람들을 위해서 언양 인터체인지에서 정차한다. 거기서 택시를 잡거나 버스를 기다리느니보다는 싱그러운 들바람을 쐬며 걷는 것이 더 좋다. 고속도로 밑 굴다리를 지나면 바로 언양 중심지로 들어서게 되기 때문이다.

거리로 들어서기 전에는 한 무더기의 그 유명한 미나리밭도 눈에 띄었으나 굴다리를 지나니까 넓은 거리 저쪽의 시가가 마치 서부영화에 나오는 개척기의 가을처럼 썰렁하고 삭막하게 다가선다. "고속도로 공사로 해서 각지에서 모여든 뜨내기 노동자들이 근두 해 동안이나 들끓고 묵는 동안 색주가와 다방이 판을 치고, 미나리 강마을 살결 고운 가시내들은 눈두덩에 멍 자국 같은 칠을 하고 울저지에 샌들을 끌고 다니게끔 돼 버렸다"고 한 단편 「삼호강」에서처럼 고속도로가 뚫리게 된 이후 그렇게 언양은 옛 것과 새

로운 것이 뒤범벅이 되는 곤욕을 치르었고 아직도 그 상흔은 완전한 형태로 아물지 못한 채 남아 있었다.

오영수가 1911년 태어난 동부리 313번지는 언양국민학교를 오른쪽으로 둔 골목 안에 자리 잡고 있었다. 초가였던 본채는 기와로 바뀌었고 앞마당 채마밭에는 또 한 채의 집이 들어섰다. 옛날을 상기시키는 것은 뒷돌담과 감나무뿐이었다.

그는 이곳에서 넉넉치 못한 향리 유생인 아버지 오시영(吳時泳)과 어머니 손필옥(孫必玉)과의 사이에서 4남 3녀 중 장남으로 태어났다. 오시영의 선대는 언양에서 중농의 여유 있는 생활을 했으나 막내인 오시영에게는 논 두어 마지기밖에 물려주지 않았다. 게다가 오시영은 언양 작천정(酌川亭)에서 열리는 한시회(漢詩會)에나 참가하여 음풍농월의 세월을 보낸 사람으로 집안에는 늘 가난의 그림자가 떠나지 않았다. 그러나 한학과 한시에 능했던 모양으로 작천정에는 오영수의 할아버지를 비롯한 오씨들의 한시가 걸려 있고 정자 주변 바위에는 오씨들의 이름이 여럿 새겨져 있다.

<사진 1> 1970년대 초 우이동집에서의 오영수.

오영수는 10세 전후까지 서당에서 한문을 배우고 1928년 그의 나이 17세 때에야 비로소 언양보통학교를 졸업하게 되었다. 아우 오양근(吳良根)의 회고담에 따르면 "어려서부터 글과 글씨에 뛰어난 재질을 보였던 그는 학교를 졸업하자 가계를 돕기 위해 면사무소에 나가 잡일로부터 서기일까지 두루두루 맡아 일을 했다"고 한다.

끓어오르는 학구열을 누를 길 없어 그가 일본으로 건너간 것은 1932년의 일이었다. 그는 대판(大阪)의 랑속(浪速)중학교 속성과를 수료하고 1935년에는 일본대학 전문부에 적을 두기도 했으나 각기병으로 일단 귀국했다. 1937년 그는 재차 도일하여 이듬해에는 국민예술원을 졸업했다. 그 두 번의 일본에서의 생활은 고학과 굶주림의 나날이었다. 그 자신은 일본에 더 머물려고 했으나 "어머니가 병환이 났고 귀국해서 생활을 이끌어 가야 하지 않느냐"고 하는 아버지의 편지를 받고 고향으로 돌아오고 말았다.

그후 그는 향리에서 '청년회관'을 열고 마을 젊은이들에게 역사와 한글, 연극과 음악 등을 혼자 가르쳐 일본 경찰의 눈총을 받기도 했다. 그 무렵 그는 동래 일신여고 출신의 7세 연하인 김정선(金貞善)과 결혼을 한 몸이었으나 일제의 한글 말살정책으로 말미암아 '청년회관'이 문을 닫게 되자 1943년까지 만주 신경 등지를 방랑하였다.

그의 대표작의 하나인 「갯마을」의 무대가 되는 경남 울주군 일광(日光)으로 이사를 한 것은 만주에서 돌아온 직후의 일로 그곳에서 교편(기장보통학교)을 잡고 있었기 때문이었다. 그는 1945년 광복이 되자 부산 경남여고의 미술과 국어를 가르치는 교사로 부임했다. 그리고 그 이듬해에는 가족이 부산으로 이사를 했다.

2. 「갯마을」과 그 현장

오영수가 본격적으로 문학가로 입신하겠다고 결심한 것은 일광에 있을 때부터인 것 같다. 일광에는 김동리의 백씨인 범부(凡父)가 은거하고 있었는데 오영수는 가끔 범부를 찾은 모양이었고 그 범부를 통해 마침 들르러 온 동리를 만났다. 그때 두 사람이 주고 받은 대화[1]에 의하면 이미 그는 그림뿐만 아니라 아동문학에도 깊은 관심을 기울이고 있었음을 알 수 있다. 그러나 경남여고에 재직 시 시인으로 나설 것인가 소설가로 나설 것인가를 확고하게 결정짓지는 못하고 있었던 듯싶다. 그의 작품이 『문예(文藝)』지에 최초로 활자화하여 게재된 것은 '선자=박두진, 조지훈씨'가 붙은 「산골아가」[2]였고 그 뒤에 「6월의 아침」[3]을 같은 잡지에 발표하였다.

그가 소설가로서 정식 등단한 것은 1949년 김동리를 통해 『신천지(新天地)』에 발표한 「남이와 엿장수」에 이어 「머루」가 서울신문 신춘문예에 입선하고부터였다. 이 두 작품을 비교할 때, 전자는 바닷가 언덕 마을을, 후자는 산골을 배경으로 하는 점이 다르지만, 남녀의 이루지 못하는 애틋하고도 순결한 사랑을 다루었다는 점에서는 같은 계열의 작품이다.

오영수가 그의 대표작으로 꼽히는 「갯마을」을 발표한 것은 1953년 『문예』 12월호를 통해서였다.

> 서(西)로 멀리 기차 소리를 바람결에 들으며, 어쩌면 동해 파도가 돌각담 밑을 찰 싹대는 H라는 조그만 갯마을이 있다.
> 덧게덧게 굴딱지가 붙은 모 없는 돌로 담을 쌓고, 낡은 삿갓모양 옹기종기 엎딘 초 가가 스무집 될까말까? 조그마한 멸치 후리막이 있고, 미역으로 이름이 있으나, 이 마을 사내들은 대부분 철따라 원양출어(遠洋出漁)에 품팔이를 나간다. 고기잡이 아낙네들은 썰물이면 조개나 해초를 캐고, 밀물이면 채마밭이나 매는 것으로 여느 갯마을이나 별다름 없다. 다르다고 하면 이 마을에는 유독 과부가 많은 것이라고나 할까?

---

1) 金東里, 「吳永壽兄에 대하여」, 『韓國文學』 1979년 7월호.
2) 『白民』 1948년 10월호.
3) 『白民』 1949년 6월호.

<사진 2>「갯마을」의 무대인 경남 양산군의 일광포구. 서쪽으로는 동해남부선의 철로가 있고 포구 뒤 언덕배기의 당집도 다름산도 의연한 모습 그대로였으나 멸치떼는 그때처럼 몰려들지 않는다 한다. 농촌으로 개가했다가 다시 ‘갯마을’로 도망나온 해녀의 딸 해순이의 모습은 막걸리 주막의 할머니 얼굴에서나 찾아볼 수 있을까. 포구도 현대화의 물결에 휩쓸리고 있었다.

「갯마을」의 서두이다. 보재기(해녀)의 딸인 해순이는 배를 타고 바다로 고등어잡이를 나갔다가 돌아오지 않는 남편 성구를 기다리며 멸치 후리막에서 남정네와 그물을 잡아당기는 일을 하기도 하고 미역철이 되면 잠수를 하여 미역을 베어내어 끼니를 이으며 살아가고 있다. 그런데 그녀의 앞에 한 남자가 나타난다. 후리막에서 일을 보고 있는 상수다. 그는 그녀더러 "내캉살자"고 한다. "내하고 우리 고향에 가 살자. 우리 집엔 논도 있고 밭도 있다!"

싫다고 버티던 해순이도 강렬하게 접근하는 사내의 체취에 몸을 허락하고 시어머니의 권고를 받아들여 상수와 개가를 하여 갯마을을 뒤로 하고 농촌으로 떠난다.

하지만 고등어철이 돌아왔을 때 해순이는 바다가 그리워 견딜 수가 없어 바다를 보려고 기를 쓰고 산꼭대기로 올라간다. 그러나 산골에서는 바다가 보이지 않는다. 그런 일이 있은 후 시가에서는 해순이에게 매구(여우) 혼이 씌었다고 굿을 차린다. 그녀는 그 북새통을 빠져나와 갯마을로 달린다. 저녁때가 되자 꽹과리 소리를 들으며 그녀는 마을 아낙네들과 함께 후리막으로 나간다.

맨발에 식은 모래가 해순이는 오장육부에 간지럽도록 시원했다.
다름산 마루에 초아흐렛 달이 걸렸다. 달그림자를 따라 멸치떼가 들었다.
─데에야 데야─
드물게 보는 멸치떼였다.

포구의 지금 모습은 「갯마을」에 등장하는 배경들을 아직도 간직하고 있었다. 서쪽으로는 동해남부선의 일광역이 있고 언덕배기의 당집도 그대로 남아 있으며 해순이가 돌아온 날 달이 떴다는 다름산도 의연한 모습 그대로였다. 갯가에서 망태기를 지고 조개를 줍는 아낙네의 모습도 볼 수가 있었다.

그러나 한때 이곳 면사무소에 근무했던 오영수를 기억하고 「갯마을」에 대해서도 잘 알고 있는 주민 강대근(姜大根)은 언제부터인지 멸치 떼가 옛날처럼 들어오지 않는다고 했다. 오히려 이 마을은 여름 한 철의 해수욕장으로 더 유명해져 가고 있는 것 같다.

작품 「갯마을」의 내용을 더 압축시켜 보면 갯마을에서 태어난 해순이가 농촌으로 개가했다가 갯마을이 그리워 되돌아온다는 매우 단순한 이야기가 된다. 그는 그려 보여주는 관조의 미학을 추구할 뿐 결코 주장하려고 하지는 않는다. 그러나 우리는 이 작품에서 그의 거의 모든 작품들의 기조를 이루는 회귀성의 철학을 읽을 수 있다.

> 그의 문학적 소재나 관심의 방향은 비교적 다양하다고 할 수 있지만, 그러나 앞서 말한 바 그의 문학적 개성만은 완고한 일관성을 보이고 있다. 문학적 소재나 관심의 방향이 어떻든 개개의 작품마다에서 그는 애당초 자신이 간직하고 있는 속성만을 이모저모로 고집스럽게 확인하고 있을 따름이다.
>
> 이점에서 그는 지극히 폐쇄적인 작가라 할 수 있다. 애당초부터 자신이 간직하지 않은 요소, 생소한 외래적 요소에 대해서 그는 아예 관심이 없을 뿐만 아니라, 강한 혐오감마저 드러낸다. 이점에서 그는 또 완고한 보수파이다.4)

3. 청조우독(晴釣雨讀)의 이상향

그러기에 그가 추구하는 것은 아름다움이다. 문학평론가 신경득(辛卿得)은 「공동사회의 불꽃－오영수론」5)에서 그의 작품의 패턴을 첫째 소박한 인정세태를 그리며 갈등을 보이지 않는 것, 둘째 소박한 인정을 바탕으로 하면서 역사적 배리와 같은 종류의 갈등을 보여주는 것, 셋째 인정을 바탕으로 일종의 이상향을 그리려 한 것의 세 갈래로 보았다.

한마디로 오영수의 작품세계는 정신적이든 현실적이든 이상향을 지향한다. 그것은 자신이 말했듯 "흙탕물에서 질식 상태에 빠진 고기가 맑은 물을 따라 상류로 올라가는 것"을 뜻한다.

"그분은 고집이 대단하여 자신의 소설을 대한민국에서 최고 가는 소설이라고 했다.

---

4) 千二斗, 「吳永壽의 文學」, 『韓國現代文學全集 25』, 三省出版社刊, 1981년 중판.
5) 『現代文學』 1979년 9월호.

그분이 좋아한 작가는 일본의 지하직재(志賀直哉)였다. 나로서는 곡기윤일랑(谷崎潤一郎) 이 더 훌륭하다고 했지만 그건 모르는 소리라고 일축했다"(박재삼 회고담).

오영수는 어느 작품에서건 그다운 향기를 발산했는데 그것은 주로 자전적 사소설을 많이 썼던 지하직재의 영향이 암암리에 작용했으리라는 가능성도 배제하지 못한다.

『현대문학』 창간 때부터 조연현(趙演鉉)과 함께 산파역을 담당했고 11년간이나 편집 장으로 근무했던 그는 두 번의 위궤양 수술을 받은 뒤, 1977년 5월 결국 "고기가 맑은 물을 따라 상류로 올라가는 것"과 같이 역사와 문명의 탁류를 거슬러 고향 언양이 산 너머인 경남 울주군 웅촌면 곡천리로 내려가 그만의 이상향을 가꾸어보려고 했다.

"아버지는 1974년 2백 평 터가 있는 서울 우이동 집을 파셨을 때부터 시골로 내려가 야겠다는 강한 집착력을 보이셨어요. 삶을 소박하고 아름답게 살려던 꿈의 의지라고나 할까요"(장녀 오숙희 회고담).

그 집착력은 이상해 보일 만큼 강렬했다. 그의 감정적 반응은 극도로 예민해졌다. 그 가 우이동에서 쌍문동으로 갔다가 다시 고향 근처의 곡천으로 내려갈 때에는 그 누구에 게 의논도 하지 않고 단독으로 결정했다. 그는 모습이 바뀌어버린 고향으로 가고 싶어 하지는 않았다.

그가 이상향으로 결정한 곳은 누이동생이 살고 있는 곡천 마을이었다. 그는 그곳에 서 대숲에 싸인 조그만 집에서 처음에는 손수 식사를 마련하며 혼자 살았다.

"내가 1977년 8월 여름방학 때 찾아가니 선생은 싸리문 앞에 '침죽재(沈竹齋)'라는 옥 호를 달아놓고 있었다. 그는 '청조우독(晴釣雨讀)'의 생활에 자족하면서 그러나 대나무 숲을 스치는 바람소리에도 귀를 기울이며 흘러간 얼굴들을 그리워하는 남 보기에는 쓸 쓸한 나날을 보내고 있었다"(김용철 회고담).

그는 시계를 좋아하지 않는 대신 거울을 좋아해 책상에는 늘 거울을 놓아두었고, 오 토바이를 타고 울산으로 볼일을 보러 나가기도 하고 초가집을 기와집으로 바꾸는 데 소 일하기도 했다.

수도자의 고행과 같은 문학에 대해 끝까지 성실하겠다고 피력한 바 있는 오영수는 안타깝고 불행하게도 1979년 초 「특질고(特質考)」의 필화사건을 겪고 심신으로 돌이킬 수 없는 충격을 받은 것 같다. 서울 나들이를 할 때에는 변장을 할 정도로 소심해진 그 는 그해 5월 15일 상오 7시 30분 그의 이상향이던 곡천리에서 간염으로 세상을 떠났다. 그 나흘 뒤 그의 영구는 언양으로 옮겨져 선영에 묻혔다.

◆ 연보

1911년 2월 11일 경남 울주군 언양면 동부리 313번지에서 부 해주 오씨 시영(時泳)과 모 경주 손씨 필옥(必玉)과의 사이에 4남 3녀 중 장남으로 출생(호적상으로는 1909 년생으로 되어 있음). 호는 월주(月州) 또는 난계(蘭溪). 10세 전후까지 서당에서 한문 수학.

1928년 (17세) 언양공립보통학교 졸업. 면사무소에서 수년간 근무.

1932년 (21세) 일본으로 건너가 대판의 양속(浪速)중학교 속성과 수료.

1935년 (24세) 일본대학 전문부에 적을 두었으나 각기병으로 귀국. 조선일보, 동아일보 등에 동시를 발표.

1937년 (26세) 다시 도일. 동경 국민예술원 입학.

1938년 (27세) 국민예술원 졸업, 귀국. 고향에 '청년회관'을 열다. 동래 일신여고(현재 동 래여고) 출신의 김정선(金貞善)과 결혼.

1939년 (28세) 장녀 숙희(淑姬) 출생. 만주 신경으로 가 방랑생활.

1943년 (32세) 귀국. 모친 타계. 처가가 있는 경남 양산군 일광면 산전리로 이사. 그곳에 은거하고 있던 김범부(金凡父)를 통해 범부의 아우 김동리를 사귀게 되다.

1944년 (33세) 부친 타계.

1945년 (34세) 광복. 부산 경남여고 미술 교사. 후에는 국어를 가르침.

1946년 (35세) 부산시 낙민동 242번지로 이사. 장남 윤(潤) 출생.

1948년 (37세) 시 「산골아가」(백민 10월호) 발표.

1949년 (38세) 시 「6월의 아침」(백민 6월호), 단편 「남이와 엿장수」(신천지 7월호) 발표. 차남 건(建) 출생.

1950년 (39세) 서울신문 신춘문예에 단편 「머루」 입선. 단편 「대장깐 두칠이」(민주신보) 발표. 6·25를 맞아 청마와 함께 동부전선 종군.

1951년 (40세) 단편 「두 피난민」(주간국제), 「이사(移徙)」(문예) 등 발표. 차녀 영아(玲娥) 출생. 부산중학교 교사.

1952년 (41세) 단편 「화산댁이」(문예 1월호), 「노파와 소년과 닭」(문예 2월호), 「윤이와 소」(중학국어 1학년) 등 발표.

1953년 (42세) 단편 「두 노인」(문예 9월호), 「갯마을」(문예 12월호) 등 발표.

1954년 (43세) 「어떤 여인상」(문학과 예술 4월호) 등 발표. 현대문학사 사장이자 동향인 인 김기오(金琪午)의 위촉으로 『현대문학』 창간을 위해 상경, 아우 오양근 집에서 기거. 첫 창작집 『머루』(문화당) 간행.

1955년 (44세) 『현대문학』 편집장(주간은 조연현)으로 근무. 1월 창간호 편집. 단편 「학 도란 사나이」(현대문학 3월호·뒤에 「박학도(朴學道)」로 개제), 「어떤 죽음」(신 태양 3월호), 「비오리」(현대문학 10월호) 등 발표. 한국문학가협회상 수상.

1956년 (45세) 「어느 나루 풍경」(문학예술 1월호), 「응혈(凝血)」(현대문학 3월호) 등 발 표, 창작집 『갯마을』 간행.

1957년 (46세) 단편 「여우」(현대문학 6월호), 「제비」(현대문학 10월호) 등 발표. 서울 성

	북구 돈암동 250번지로 이사. 이 무렵부터 신경성 위궤양을 앓다.
1958년	(47세) 단편 「후조(候鳥)」(현대문학 3월호), 「명암(明暗)」(현대문학 6월호), 「내일의 삽화」(사상계 9월호) 등 발표. 창작집 『명암』(백수사) 간행.
1959년	(48세) 단편 「메아리」(현대문학 4월호) 등 발표. 아세아자유문학상 수상.
1960년	(49세) 단편 「한(恨)」(현대문학 2월호), 「후일담(後日譚)」(현대문학 6월호) 등 발표. 창작집 『메아리』(백수사) 간행.
1961년	(50세) 단편 「은냇골 이야기」(현대문학 4월호), 「수연」(현대문학 10월호) 등 발표.
1962년	(51세) 단편 「소쩍새」(현대문학 7월호), 「낚시광」(사상계 9월 중간호) 등 발표.
1963년	(52세) 서울 도봉구 우이동 골짜기로 이사.
1964년	(53세) 단편 「난(蘭)」(현대문학 3월호) 등 발표.
1965년	(54세) 창작집 『수련』 간행.
1966년	(55세) 단편 「수변춘추(水邊春秋)」(현대문학 1월호) 발표. 위궤양으로 현대문학사 실무에서 떠남.
1967년	(56세) 「요람기(搖籃期)」(현대문학 9월호) 등 발표.
1968년	(57세) 단편 「명촌(鳴村) 할아버지」(사상계 3월호) 등 발표.
1969년	(58세) 단편 「뚝섬할머니」(월간문학 2월호) 등 발표.
1970년	(59세) 단편 「산딸기」(월간중앙 2월호) 등 발표.
1972년	(61세) 단편 「축견기(畜犬記)」(문학사상 10월호) 등 발표. 12월부터 위궤양 악화로 서울대병원에서 재수술.
1973년	(62세) 1월 퇴원. 단편 「입원기」(현대문학 5월호) 발표.
1974년	(63세) 단편 「섬에서」(문학사상 1월호). 『오영수대표작선집』(동림출판사) 간행. 도봉구 쌍문동 486번지로 이사.
1975년	(64세) 단편 「어느 여름밤의 대화」(현대문학 1월호), 「어린 상록수」(현대문학 8월호) 등 발표.
1976년	(65세) 창작집 『황혼』(창작과 비평사) 간행.
1977년	(66세) 단편 「술」(현대문학 5월호) 등 발표. 5월에 고향이 가까운 경남 울주군 웅촌면 곡천리로 이사. 예술원상 수상.
1978년	(67세) 단편 「녹슨 칼」(현대문학 10월호) 등 발표. 창작집 『잃어버린 도원(桃園)』(율성사) 간행.
1979년	(68세) 「특질고(特質考)」(문학사상 1월호) 발표로 필화. 5월 15일 상오 7시 30분 곡천리 자택에서 간염으로 타계. 언양면 송태리 선영에 안장.

◆ 도움말 주신 분(1982년 현재)

吳良根 54 · 아우 · 서울 도봉구 수유동 292번지 13호.
吳淑姫 43 · 장녀 · 화가 · 동성중학교 교사.
朴在森 49 · 친지 · 시인.
金容喆 45 · 후학 · 소설가.

◆ 관계 문헌

李炯基, 「吳永壽」, 『文學春秋』 1964년 1권 8호.

金炳傑, 「吳永壽의 兩義性」, 『現代文學』 1967년 8월호.

金東里, 「吳永壽兄에 대하여」, 『韓國文學』 1979년 7월호.

辛卿得, 「共同社會의 불꽃—吳永壽論」, 『現代文學』 1979년 9월호.

千二斗, 「吳永壽의 文學」, 『韓國現代文學全集 25』, 三省出版社刊, 1981년 중판.

宋 稶

(시인 1925~1980)

1. 언제나 수석을 차지한 수재

1950년 초 관능적이면서도 탐미주의적 경향을 띤 「장미(薔薇)」, 「비오는 창」과 같은 시로 서정주의 추천을 받아 시단에 나타났던 송욱은 그후 1961년에 "한국어는 나의 또 하나 다른 육체이다. 나는 이 육체로써, 보고 듣고 생각하고 웃고 울려고 한다. 나의 모국 어는 나의 법신(法身)이다. 한국어는 나의 조국이다"라고 선언하면서 우리말의 음악성을 실험하고 사회적 문제를 비판하는 시집 『하여지향(何如之鄕)』을 내더니, 다시 10년 뒤에는 시집 「월정가(月精歌)」에서 불교사상을 바탕으로 자연과의 교감을 내용으로 하는 시작(詩作)에 주력함으로써 전진적 변모 과정을 밟은 시인이었다. 그는 또한 영문학자요, 비평가 로서도 괄목할 만한 역저를 남겼는데 『시학평전(詩學評傳)』, 『문학평전(文學評傳)』, 『님의 침묵 전편해설(全篇解說)』 등이 그것이었다.

큰 길 길갓집을
울타리 삼아
막다른 골목에서
가만히 산다.
(골목대장도
곤란하기에.)

우물 안에 가라앉은
두레박처럼
불꽃을 길어올릴
꿈을 꾸다가
잃은 넋이 간판이다,
거리를 가면.

비행기도 타지 않고

모내기도 하지 않고
하늘을 가는
神仙이란 모조리
도적놈들―
젖을 칠까,
간장을 팔까.

바라볼 것은
(다리 밑 땅군도
간판이 있어,)
대폿집 지붕 위에
솟은 푸른 山
모진 꿈을 바람을
막고 솟은 山,
그 너머 놀에
하늘처럼 미친다

　　　「三仙橋」 전문

<사진 1> 송욱이 1972년 가을 서울대에서 문학박사 학위를 받았을 때 기념사진. 왼쪽부터 한우근(韓沽劤), 허웅(許雄), 민석홍(閔錫泓), 송욱, 김원용(金元龍), 정한모.

간판을 가지고 있던 다리 밑 땅군도 푸른 산 너머 미치도록 좋던 놀도 모두 20년 저쪽 세월 속에 묻혀 지금 삼선교는 지하철 공사로 한창 어수선하고 골짜기마다 들어선 집들로 푸른 산이 어디메쯤 솟았는지 가늠하기조차 어렵다. 다만 시인이 20년 넘도록 "길갓집을 울타리 삼아" 살았던 막다른 골목 끝의 서울 성북구 성북동 175번지 5호 조그만 한옥만은 그대로 남아 있었다.

"1954년 피난지에서 서울로 와 종로구 사간동 11번지에 7년 정도 살다가 이 집으로 이사를 해 눌러 살게 되었지요." 장남 부부와 함께 여전히 이 집을 지키고 사는 미망인 인봉희(印鳳姬)는 그렇게 오랜 세월을 한 집에서 살게 된 것은 "그 분이 교수로 나가던 학교"(동숭동에 있었을 때의 서울대를 뜻함)가 가까웠기 때문이라고 하는데 이재에 밝지 못했던 시인의 기질 탓도 있었을 법하다.

송욱이 태어난 것은 1925년 4월 19일 충남 홍성에서였다. 3남 7녀 중 3남이었으며 위로 누님이 세 사람 있었다고 한다. 그의 부친 송양호(宋良浩)는 원래 전북 김제 출신으로 독학으로 군수의 직까지 따낸 면학도였다. 그는 송욱의 유년 시에 경기도 강화 군수를 지냈었다는데 송욱이 세 살 나던 1928년 일체의 관직을 떠나 서울 종로구 화동 135번지로 아주 이주를 해왔다. 송욱은 재동소학교에 다닐 때부터 책을 손에서 놓지 않는 '책벌레'였고 반에서는 늘 수석을 차지하는 우등생이었다.

"경기중학에 진학했을 때에도 계속 수석이었다. 오빠는 그 무렵 결핵성 관절염을 앓고 있어서 건강을 염려했던 집안사람들이 좀 쉬라고 해도 책을 손에서 놓지 않았다. 학교 선생님이 집에 찾아와 학생의 실력이 선생의 실력을 앞지르니 공부를 그만 시키라고 했다는 일화도 있다"(누이동생 송경 회고담).

부친의 아들 교육에 대한 열의도 대단했다. 부친은 한의가 아니면서 한약 봉지를 천장에 주렁주렁 매달아놓고 허약한 아들에게 약을 지어 먹이는 한편, 한문 독선생과 세브란스 병원에서 외국인 영어선생까지 초치해서 공부를 시켰다고 한다.

송욱은 1942년 봄, 경기중학 4년을 수료한 뒤 일본으로 건너가 녹아도(鹿兒島) 제 7고등학교에 입학했다. 그는 이곳에서 영어뿐만 아니라 독어도 주력하여 공부했다. 그는 그곳에서도 수석을 했지만 국적이 한국인이라서 차석으로 밀려나는 비애를 맛보기도 했다.

2. 육체의 충동, 장미

경기중학 4년을 함께 수료하고 일본으로 갔었던 서울대 교수 민석홍(閔錫泓)에 따르면 송욱이 시를 쓰기 시작한 것은 고등학교 2학년 후반기였다. 그는 중학교 때부터 철학에 관해 심각하게 경도해 있었고 고등학교 때는 천주교 신자이면서 선종(禪宗) 스님을 찾아다니며 인생문제에 대한 질문도 했다는 것이다.

그런 뜻에서 그의 시작(詩作)은 일종의 철학이며 종교였는지도 모른다. 3년제였던 고등학교가 전쟁 말기라 2년 반 졸업으로 단축되어, 그는 1944년 8월에 제7고등학교를 졸업하고 경도제대 문학부 사학과에 입학했다가 징병을 피할 생각으로 웅본의대(熊本醫大)에 편입했다. 그러나 그는 1944년 말에 서울로 돌아왔고 경성제대의 의학부에 다시 편입, 광복을 맞으면서 "의학이 도저히 적성에 맞지 않아" 서울대 문리대 영문과로 적을 옮겼던 것이다.

그가 서울대 문리대 영문과를 졸업한 것이 1948년이었고 그 2년 뒤인 1950년 봄에 시인으로서의 첫 데뷔를 했다. 그는 그동안 열심히 시를 써 대학노트 몇 권을 채웠으나 "어느날 그 시들이 온통 비시(非詩)로 보여 아궁이에 넣어버리고 말았다. 그리고는 일대

각성을 하고 쓴 시가 「장미」, 「비오는 창」. 그것을 어느 날 중학 동창생인 시인 이원섭 (李元燮)씨가 와서 보고는 '좋다'고 하면서 서정주씨에게 갖다주었다. 서정주씨가 보고 또 '좋다'고 『문예』에 한꺼번에 추천했었다"[1])는 것이다.

> 薔薇밭이다.
> 붉은 꽃닢 바로 옆에
> 푸른 잎이 우거져
> 가시도 햇살 받고
> 서슬이 푸르렀다.
>
> 벌거숭이 그대로
> 춤을 추리라.
> 눈물에 씻기운
> 발을 뻗고서
> 붉은 해가 지도록
> 춤을 추리라.
>
> 薔薇밭이다.
> 핏방울 지면
> 꽃닢이 먹고
> 푸른 잎을 두르고
> 기진하며는
> 가시마다 살이 묻은
> 꽃이 피리라.
>
> 「薔薇」 전문

<사진 2> 송욱의 시집들. 오른쪽부터 『유혹』(1954년), 『하 여지향』(1961년), 『월정가』(1971년).

문학평론가 김용직(金容稷)은 그의 시의 특징의 하나로 시에 있어서의 '감정의 통제'를 들면서 "시집 『유혹(誘惑)』에 수록되어 있는 이 작품 「장미」에서 우리는 강한 육체의 충동을 본다. 정작 우리 시에 육신의 몸부림을 등장시킨 예는 송욱 교수 이전에도 그 보기가 있었다. 송욱 교수가 시인론의 대상으로 택한 서정주가 바로 그다. 그러나 여기 나타나는 송욱 교수의 육체는 서정주의 경우와 본질적으로 다른 의미 내용을 가진다. 서정주의 경우 우리 자신의 육신은 정신의 한 부분으로 또는 그와 병행해서 강한 충동에 사로잡힌 것이었다. 그것이 송욱 교수의 경우에는 육체가 제일의(第一義)적인 것으로 나

---

1) 인터뷰 「詩集 月情歌의 詩人 宋穉씨」, 讀書新聞, 1971년 11월 21일자.

타난다. 그리하여 자연물인 장미까지가 인간의 살점과 핏자국으로 변용, 제시되어 있는 것이다"2)라고 말하고 있다.

송욱의 시가 탐미적이며 관능적이라는 관점은 그의 초기 시에서 두드러지게 나타나는 것 같다.

그는 6·25 전쟁 때 피난하여 해군 장교로 입대했다. "결혼은 그분이 진해 해군사관학교 교관으로 있던 무렵에 했다. 오라버니(인양환)가 함께 장교로 근무하고 있었기 때문에 중매가 된 것이다"(미망인 인봉희 회고담).

1952년에 결혼한 그는 이듬해 군에서 제대를 하고 부산으로 가 미 대사관에 잠시 있다가 서울로 온 뒤 타계할 때까지 서울대 교수라는 직업에 시종일관했다.

3. 비평으로서 문학의 폭을 확대

그는 학자이기보다는 시인이기를 더 바라면서 시작을 꾸준히 계속하여 1954년에는 『유혹』이란 첫 시집을 발간했고 1961년에는 과학자적인 냉철성을 유지하면서 사회적 부조리를 풍자적으로 비판한 시집 『하여지향』을 내놓았으며 다시 10년 뒤에는 동서양의 정신세계를 조화시키려고 애쓴 시집 『월정가』를 펴내기에 이른다.

한 굽이를 돌아
이슬비를 맞고
다음 굽이를 가며
햇살을 안는다
山줄기 사이마다
새로 트이는 하늘!

善德 眞德
女王마마가
지금도 미역감는
개울물이여
흐르는 寶石이다
하얀 비단 송이마다
소란스럽게 용솟음친다!

女王마마가

---

2) 金容稷, 「宋稶―그 인간과 시세계」, 大學新聞 1980년 4월 21일자.

귓전을 스쳐
어깨를 넘쳐흘러
젖가슴을 덮는다!
수풀처럼 비치는
소담스런 머리채여!

「月精歌」1~3연

송욱은『하여지향』에서『월정가』로 이르는 도정을 '전진'이라고 스스로 평가하면서 그 10년의 기간을 통해 얻은 것이란 바슐라르적이며 한용운적인 꿈과 사랑이었고, 1965년 여름 지리산을 시초로 1971년 소백산 월정사에 이르기까지의 고산(高山) 등정 또는 답사로부터 자연과 전통사상과의 결합을 시도해야 한다는 깨달음이었다고 고백한 바 있다.

그는 발레리, 보들레르, 엘리어트의 영향을 크게 받고 영어, 불어, 독어, 한문에 능통했던 학자였음에도 불구하고 그 누구보다도 한국적인 것과 우리말을 사랑했던 시인이었다. 1958년부터 알게 되어 가까이 지냈던 정명환(鄭明煥)은 그의 시에 대하여 이렇게 말한다. "모더니즘에서 밴 언어를 가지고 한국인 내지 동양인으로서의 시야에서는 볼 수 없는 비합리적인 것을 적절히 표현하려고 한 것이 아닐까.『하여지향』을 거쳐 말기 작품으로 올수록 그의 시는 초기『유혹』의 감성적인 것으로 회귀하는 경향을 띠었으며, 육감적인 것이 확대 형상화되면서 불교와 노자 등의 사상이 조화를 이루어감을 산발적으로 보여 주었다. 이러한 과정은 일본의 작가 천단강성(川端康成)이 걸어간 문학적 여정과 같은 것이라 할 것이다."

그는 시를 쓰는 외에도 학자로서의 면모를 발휘하여 1962년과 1963년에 걸쳐『사상계』지에 영·미·불에서 행해지는 비평의 방법을 우리의 시와 시론에 적용한『시학평전』을 발표하고, 1969년에는 소설에까지 그 폭을 넓힌『문학평전』을 간행했으며 1974년에는『님의 침묵 전편해설』을 내는 등 일련의 비평작업을 해왔다.

"그는『전편해설』을 통해 소월에게만 관심을 기울이고 있던 시 비평계에 한용운에 대한 관심을 고조케 한 역할을 했다. 이제는 다시 소월쪽으로 기울고 있지만, 시사적(詩史的) 측면에서 그는 미당의 관능적인 면을 우주적인 차원으로 확대했다고 볼 수 있으며 「하여지향」에서는 김지하 등에게 풍자시의 길을 열어준 대목도 있으리라 본다"(문학평론가 김현의 진단).

중학교 시절 다리를 절 만큼 심한 관절염을 앓았던 그는 당시 등산으로 그것을 고칠 정도로 의지가 강했던 사람이었다. 그런만큼 자기중심적이어서 대인관계는 원만치 않

<사진 3> 1968년 프랑스, 독일, 영국을 여행했을 때 베를린에서의 송욱.

았다고 한다. 그는 술도 주로 혼자 마셨고 정월 초하루에도 연구실에 나갔던 '괴팍한' 성격이었으며 몇몇 서울대 문리대 '괴물'들 중에 손꼽히는 사람이기도 했다. 모든 방면에서 비타협적인 그의 성격은 사회적으로는 불행한 면이 있었으나 타성에 대한 경각심으로도 작용했다.

문학을 "언어 및 형식과의 투쟁이다"라고 엄격하게 규정지었던 그는 틈틈이 기록을 하는 버릇을 가지고 있었으며, 누울 자리만 남기고 사방에 책들이 천장에 닿도록 쌓아 두었던 성북동 그의 방으로 돌아가면 여전히 책을 보거나 시상에 잠겨 음악을 듣고는 했다.

평소에 혈압이 높았던 그는 4시 반이면 일어나 성북동 산으로 조깅을 나갔다가 목욕탕에 들러 오고는 했다. 그러나 타계 6개월 전부터 그것을 중단하면서 그의 몸은 점점 여위어 갔다. 부인이 병원에 가자고 하면 말라서 죽지는 않는다며 막무가내로 병원 가기를 기피했던 그는 1980년 4월 15일 밤잠에서 깨어나 앉았다가 병원으로 실려가 숨을 거두었다.

　　죽기 전에 남아도는 것처럼 보이는 한없이 많은 시간에 결코 무릎을 꿇지 말아라……
　　속지 말아라……

라고 그는 1979년 12월 14일 썼다.

◆ 연보

1925년   4월 19일 충남 홍성에서 부 여산(礪山) 송씨 양호(良浩)와 모 경주 김씨 동성(東成) 사이의 3남 7녀 중 3남(7녀 중 누님이 3명 있었음)으로 출생. 부친 송양호는 원래 전북 김제 출신으로 독학을 하며 군청에 있던 이로 나중 송욱의 유년시에는 충남 당진과 경기 강화의 군수를 지냈다고 함.

1928년   (3세) 전가족이 강화에서 서울 종로구 화동 135번지로 이주.

1932년   (7세) 서울 제동공립보통학교 입학. 보통학교 때부터 공부는 물론 작문에도 뛰어난 재질을 보임.

1938년   (13세) 재동 심상소학교 졸업. 경기중학교 입학. 학교에서 계속 수석을 함. 가정교사를 두고 한문과 영어를 배움.

1942년   (17세) 경기중학교 4년을 수료. 봄에 일본으로 가 녹아도(鹿兒島) 제7고등학교 입학. 영어와 독어에 주력.

1944년   (19세) 철학에 관심을 갖는 한편 시를 쓰기 시작. 8월에 제7고등학교 졸업. 경도제대 문학부 사학과 입학. 웅본(熊本)의대를 거쳐 경성제대 의학부에 편입학.

1945년   (20세) 8·15 광복을 맞은 뒤 서울대 문리대 영문과로 편입학.

1948년   (23세) 서울대 문리대 영문과 졸업. 경기중학교 교사, 서울대 강사.

1950년   (25세) 시 「장미」(문예 3월호), 「비오는 창」(문예 4월호)으로 서정주의 추천을 받다. 6·25 전쟁 발발. 해군 장교로 입대.

1952년   (27세) 진해 해군사관학교 영어 교관. 12월에 충남 당진(唐津) 출신의 4세 연하 인봉희(印鳳姬)와 결혼.

1953년   (28세) 시 「꽃」(문예 초하호)으로 추천 완료. 평론 「서정주론」(문예 10~11월호) 발표. 10월 해군 대위로 제대. 부산으로 가 미대사관 근무.

1954년   (29세) 평론 「현대 영시와 그 전통」(문예 신춘호) 발표. 3월 시집 『유혹』(사상계) 간행. 봄에 서울 종로구 사간동 11번지로 이주. 10월 서울대 문리대 전임강사. 장남 정렬(正烈) 출생.

1956년   (31세) 서울대 문리대 조교수. 시 「하여지향(何如之鄕)」(사상계 12월호), 평론 「시와 지성」(문학예술 1월호) 등 발표. 컨리프저 『미국문학사』(을유문화사) 번역.

1957년   (32세) 시 「하여지향」(현대문학 7월호), 평론 「작가의 형성과 환경」(사상계 6월호) 등 발표. 이듬해까지 미시카고대 교환교수. 차남 동렬(東烈) 출생.

1958년   (33세) 시 「하여지향」(사상계 8월호·현대문학 12월호) 발표.

1959년   (34세) 시 「하여지향」(신태양 1월호·자유공론 1월호·사상계 2월호), 「무극설(無極說)」(자유문학 5월호), 「해인연가(海印戀歌) 4」(사상계 9월호) 등 발표.

1960년   (35세) 시 「우주가족」(현대문학 1월호), 「해인연가」(사상계 2월호·8월호) 「한 일자(一字)를 껴안고」(현대문학 9월호) 등 발표. 서울대 문리대 부교수.

1961년   (36세) 시 「제 2창세기(第二創世記)」(사상계 2월호), 「혁명환상곡」(현대문학 6월호), 「겨울 산에서」(사상계 9월호) 등 발표. 제 2시집 『하여지향』(일조각) 간행. 서울 성북구 성북동 175번지 5호로 이사.

1962년   (37세) 시「이웃사촌」(자유문학 6월호), 「알림 어림 아가씨」(사상계 11월호), 평
        론「시학평전」(사상계 3월호~1963년 5월호) 등 발표. 3남 명렬(明烈) 출생.
1963년   (38세) 시「별너머 향수」(신사조 10월호), 「영자(影子)의 안목」(사상계 10월호) 등
        발표. 비평서『시학평전』(일조각) 간행. 한국일보 출판문화상 저작상 수상.
1964년   (39세) 시「포옹」(문학춘추 6월호), 평론「상상세계의 철학」(신동아 12월호) 등
        발표. 서울시문화상 수상.
1965년   (40세) 시「또 제 2창세기」(사상계 8월호), 평론「비평과 행동」(사상계 7월호) 등
        발표. 서울대 문리대 교수.
1966년   (41세) 평론「자기기만(自己欺瞞)의 윤리」(아세아학보 2호) 등 발표.
1967년   (42세) 시「왕족이 될까 보아」(현대문학 12월호) 발표.
1968년   (43세) 시「지리산 찬가」(현대문학 4월호), 「지리산 이야기」(사상계 7월호) 등 발
        표. 11월 프랑스, 독일, 영국을 약 2개월간 여행.
1969년   (44세) 시「나무는 즐겁다」(신동아 10월호), 「제주섬이 꿈꾼다」(월간문학 10월
        호) 등 발표. 비평서『문학평전』(일조각) 간행.
1970년   (45세) 시「나를 주면」(월간중앙 3월호), 「지리산 메아리」(월간문학 4월호), 「바
        다」 외 1편(문학과 지성 1호) 등 발표.
1971년   (46세) 시「아악(雅樂)」(문학과 지성 여름호) 등 발표. 제 3시집『월정가』(일조각)
        간행.
1972년   (47세) 시「난로」(월간문학 7월호) 등 발표.
1973년   (48세) 시「여의주(如意珠)」(박물관지 1월 1일자) 등 발표.
1974년   (49세)『님의 침묵 전편해설』(과학사) 간행.
1975년   (50세) 서울대 인문대학장(3년간).
1978년   (53세) 시선집『나무는 즐겁다』(민음사), 평론집『문물(文物)의 타작(打作)』(문학
        과 지성사) 간행.
1980년   (55세) 4월 15일 하오 11시 40분께 뇌졸중(혹은 심장마비)으로 타계. 경기 마석 모
        란공원묘지에 안장.
1981년   유고집『시신(詩神)의 주소』(일조각) 간행.

◆ 도움말 주신 분(1982년 현재)

印鳳姬   54 · 미망인 · 서울 성북구 성북동 175번지 5호.
宋 璟   47 · 누이동생 · 화가.
鄭明煥   54 · 친지 · 성심여대 교수.
김 현   41 · 후학 · 서울대 교수.

◆ 관계 문헌

김 현,『文學과 유토피아』, 文學과 知性社 刊, 1980년.

金 冠 植

(시인 1934~1970)

1. 신동 또는 미친 아이

어려서부터 한학과 글씨에 뛰어난 재주를 보여 일찍이 고향 논산과 강경에서 신동으로 불렸고 육당(六堂) 최남선의 문하생이 되었던 김관식은 1955년 시단에 나타났다가 동양적 사유의 시와 숱한 기행을 남기고 10여 년 병고 끝에 그의 뜻을 더 넓게 펴보이지 못한 채 1970년 불과 36세의 나이로 요절했다. "우리는 혈연이라는 것을 무시할 수는 없다. 심각하게 반성하고 고민해야 할 시기는 이르러 온 것이다. 나는 발레리이나 릴케보다는 도연명과 두자미(杜子美) 또는 육방옹(陸放翁), 왕마힐(王摩詰)을 더 좋아한다. 오든이나 엘리옽, 스펜더, 푸레이저의 경우도 또한 그렇다. 피카소나 마이오르의 회화와 조각에서 받는 소박한 인상에 비해 저 남화(南畵)의 평화로운 색조에서 오는 애정과 체온이 훨씬 더 절실하고 감명깊은 까닭은 무엇인가"[1]라고 하여 그 자신이 '동양인'임을 선언했다. 그것은 6 · 25 전란 이후 물밀 듯 밀려오는 서구적 풍조에 대해 반기를 든 것이자 동시에 잃어버린 자아를 회복하고자 하는 그의 보수주의적 성향의 발로이기도 했다.

> 窓밖에 무슨 소리가 들리는데
> 가을이던가
> 鹿車에 家具를 싣고
> 가랑잎 솔솔 내리는
> 이끼 긴 숲길
> 영각소릴 쩔렁쩔렁 울리며
> 어디로든지
> 떠나고 싶다
> 그러나 내게는 아무도 없네
> 반겨 맞아 줄 고향도 집도.

---

1) 『金冠植詩選』, 自由世界社刊, 1957년.

순채나물
鱸漁膾
江東으로 갈거나
歐陽修
글을 읽는
이 가을 밤에.

　　　「이 가을에」 전문

　어느 해 가을, 반겨 맞아줄 고향도 집도 없다고 쓸쓸히 읊었던 시인의 고향은 충남 논산군 연무읍 소룡(巢龍)리 505번지이다. 그는 이곳에서 1934년 음력 3월 3일 강남 갔던 제비가 돌아온다는 삼짇날 사천 김씨 낙희(洛義)를 아버지로 정성녀(政姓女)를 어머니로 2남 3녀 중 차남으로 태어났다. 대전 은행동에서 생문방 한의원을 경영하고 있는 그의 가형 김창규(金昌奎 · 원명 우식)에 따르면 아버지 김낙희는 "논산과 강경에서 약방을 하시며 서원의 전교도 하고 향교에 나가서 제관도 한 분"이었다. 김관식의 유아시절 본가가 강경으로 이사한 뒤로는 "싼 약값과 병이 잘 치유되어" 일대에서는 유명한 한약방이 되었다. 그러므로 김관식은 어려서부터 경제적 궁핍이란 것이 무엇인지 모르고 유복하게 자라난 셈이었다. 더욱이 만득자인데다가 일찍이 한문에 대한 비상한 재질을 보여 아버지는 그를 몹시 귀여워했다.

　<사진 1> 1950년대 말 서울상업고등학교 교사로 재직 시 어느 학생과 함께 포즈를 취한 김관식. 그는 가정방문을 핑계로 학생 집에 가서 술을 내오게 하고 학생들과 더불어 술을 마시며 노래를 불렀던 기인이었다.

　1940년 6세 때 그는 강경의 중앙(옛이름 중정) 공립보통학교에 입학했는데 그때부터 강경의 좁은 세계에 만족치 못하고 반년씩 괴나리봇짐을 지고 인근의 부여와 청양 등지를 쏘다니며 외부의 문물을 익히는 비범함을 보였다고 한다. 그 괴이한 행적 때문에 고향 사람들은 '신동'이라 하기도 하고 '미친 아이'라고도 했다는 것이다. 그 무렵 같은 학년 같은 반에서 공부했고 뒤에 역시 시인이 되었던 송혁(宋赫)은 그때의 일화 하나를 이렇게 들려준다.

　"8 · 15광복 직후 학생들이 한글을 제대로 모를 때 학교에서 시험을 치르게 되었다. 그런데 관식은 그 해답을 모두 한문으로 썼던 것이다. 선생님은 그를 세워놓고 한글로 써야한다고 타이르기는 했으나 그 실력에 놀라움을 금치 못했다."

　그는 한학에서뿐만 아니라 한자 서예에서도 두각을 나타내 미당 서정주의 회고담에 따르면 "그는 일본 서예전에서 입선하였다고 하며 그 부상으로 받았다는 추사 글씨 두 폭중 한 폭을 내게 주기도 했으며, 가람의 사랑을 받아 강경상고 1학년 때인가 가람이 한글을 쓰고 그가 한자를 쓴 습자책을 만들기도 했었다"는 것이다.

김관식은 암기력에 있어서도 천재적인 면모를 과시했다. 중고등학교를 다른 학교에서 다녔던 송혁은 방학 때 금강(錦江)가에서 그를 만나고는 했는데 그때 십리 둑길을 다 걷도록 바이런, 하이네 등의 시와 서정주 등 한국 시인의 시들을 끊임없이 외었다고 전하면서 그가 외고 있던 시가 수백, 수천 편이 되지 않았을까 회상한다.

그는 학교공부보다는 외지로 방랑하면서 한학의 대가나 이름난 시인들을 만나 그들의 학식과 사상과 시세계를 섭렵하는 데에 더 많은 시간을 할애했다.

"내가 6ㆍ25전란 때 (1951년) 전주로 피난가 전주고등학교에서 국어를 가르치고 있을 때였다. 웬 고등학교 모자를 쓴 학생 하나가 한발 높이가 되는 한서를 보자기에 싸들고 찾아왔다. 그게 무엇이냐 물었더니 주자대전(朱子大典)이라고 하면서 최병심(崔秉心) 선생(성리학의 마지막 법통)에게 가르침을 받고자 왔던 길에 들렀다는 것이다. 한번 읽어보라고 하니까 죽죽 낭송을 하는데 놀라웠다. 마침 방 하나가 비었으므로 우리집에 기거하라고 했더니 일주일 가량 묵고 갔다"(서정주 회고담).

그러나 그때 서정주도 천재 소년에게 베푼 은정으로 말미암아 김관식과 동서간의 기연을 맺게 될 줄은 꿈에도 상상하지 못했었다. 김관식은 서정주의 집에 걸려 있는 한글 족자를 보고 그것이 누구 글씨냐 물어 서정주의 처제 글씨라는 대답을 듣고 그 처제와 결혼할 결심을 굳혔다.

그는 서정주의 처제 방옥례(方玉禮)가 있는 정읍의 주소를 알아내 그곳을 찾아가서 구혼했다. 그러나 정읍에서 은행에 다니고 있던 방옥례는 나이가 4세나 위인데다가 그가 학생의 신분이었으므로 상대도 하지 않았다.

> 규수가 청혼을 받아들을 마음이 전혀 없다는 사실을 깨닫자 관식은 그 무렵 하숙을 하고 있던 집으로 읍내의 구두닦이들을 모두 불러 유인물을 나누어주고 읍내 곳곳에 뿌리게 했다. 그 유인물의 내용은 관식과 그 규수가 이미 사랑하는 사이라는 것이었다. 그 규수는 너무 창피해서 다니던 은행도 그만두고 집안에 들어박혔다. 이웃 지방으로 도망가 있기도 했다. 그러나 끝내는 관식의 끈질김에 져서 그의 아내가 되고 말았다.[2]

그것이 1954년 1월 1일 김관식이 구애를 시작한 지 3년, 고등학교를 졸업한 지 2년이 지난 그의 나이 겨우 20세가 되던 때의 일이었다.

---

2) 신경림, 「시인 김관식」, 『한국인』 1982년 8월 창간호.

2. 21세의 관념적 서정

그러나 그는 육당 최남선이 주례를 설 만큼 그의 애제자가 되어 있었고 오세창에게서는 만오(晚悟)라는, 조지훈에게서는 추수(秋水)라는 아호를 받고 있었으며 『낙화집(洛花集)』(1952년 간행)이라는 어엿한 시집도 갖고 있는 조숙할대로 조숙한 청년이었다. 그는 결혼을 하자 생활을 꾸려가기 위해 최남선의 소개로 그해 봄 경기도의 여주농고를 시발점으로 가을에 서울공고로, 다시 이듬해인 1955년에는 서울상고에 몸을 담는 교사가 되었다. 그러는 한편 아버지가 사준 세검정 골짜기의 2천 4백평 과수원을 경영했다.

<사진 2> 김관식의 글씨. 그는 어려서부터 한학문에서뿐만 아니라 서도에서도 탁월한 재능을 보여 오세창(吳世昌), 최남선, 이병기(李秉技)로부터 깊은 사랑을 받았다.

그는 한 권의 시집을 낸 바 있으나 정식으로 시단에 나온 것은 그해 『현대문학』지를 통해 서정주의 추천을 받게 되고부터였다.

나는 잠자리에 대한 세밀한 관찰을 하나의 잔잔한 그림으로 보여준 「연(蓮)」과 "사람이 사는 길은 물이 흘러가는 길. / 산마을 어느 집 물항아리에 나는 물이 되어 고여 있다가 바람에 출렁거려 한줄기 가느다란 시냇물처럼 여기에 흘러왔을 따름인 것이다"의 「자하문(紫霞門) 밖」과 같은 관념적 서정의 세계가 그의 초기의 시 경향이었다.

그리하여 1957년 『김관식시선(金冠植詩選)』이 나올 때 임긍재(林肯載)는 그 시집 발문에서 "즉 이 시인의 유리알처럼 가다듬어지고 보석처럼 박힌 낱낱의 시작(詩作)들이 동양적인 사색이 빚은 극치의 주옥편이 아닌 것이 없고 흑단(黑檀)처럼 칠칠한 윤기와 아치(雅致)에 풍요한 품위가 어디 전쟁이라던가 사회의식에 침식되지 않은 신대륙을 발견한 듯 황홀한 인상을 주기 때문이다"라고 찬사를 아끼지 않았다.

하지만 이 문단의 천재는 그의 시세계와는 딴판으로 이따금 벌이는 기이한 행적 때문에 그가 몸을 담고 있는 학교나 문단으로부터 눈총을 받기가 일쑤였다. 그는 학교에서 담임을 맡고 있지 않아 가정방문을 갈 수 없었음에도 불구하고 학생을 시켜서 여유 있는 집안의 학생집으로 그가 가정방문을 가게끔 되어 있는 것처럼 위장하여 가정방문을 하고는 대접용으로 다과류가 나오면 은근히 술을 내오라 하여 학생과 함께 술을 마시고 노래를 불렀는가 하면, 방문한 곳이 어쩌다 시내일 때에는 전차대신 지게꾼을 불러 지게 위에 올라타고 집으로 돌아가고는 했었다(제자 김문숙 회고담).

그가 후줄근한 옷을 입고 다녔기 때문에 새로 부임한 교장이 그를 급사로 오인했다든지, 시험 때는 공부 잘하는 학생더러 못하는 학생에게 시험지를 보여주라고 했다든지, 학생들을 시켜 개를 잡게 했다든지, 그가 존경하지 않는 사람들을, 심지어는 박종화까지를 군으로 불렀다든지, 출판기념회 같은 모임에 술을 마시고 나타나 마이크를 빼앗고는 "야, 돼지 같은 자식들아. 여기 저기 벌려 잘도 처먹었구나!"라고 외쳤다든지 하는 일화는 이루 다 헤아릴 수 없을 만큼 많았다.

김관식은 1959년에 자의반 타의반 학교를 사직하고 김광섭(金珖燮)이 세계일보 사장 때 그 신문의 논설위원으로 근무한 적도 있으나 그것도 1년을 못 채우고 그만두었다.

1960년 4·19혁명이 일어나고 자유당 정권이 붕괴되었을 때 그는 그 무렵 최고의 인기 정치인이라 할 장면(張勉)과 겨루기 위해 제5대 민의원 입후보자로 용산 갑구에서 출마를 했다. 결국 26세의 오기는 오기로 끝나고 말았다. 그의 득표 결과는 최하위를 면한 5위에 그치고 말았던 것이다.

"출마하기 위해 그 분은 유산으로 받은 강경의 논 5마지기와 집을 처분했었지요. 우린 그 이듬해 과수원을 팔고 홍은동 산 1번지로 이사를 했어요. 그분은 그곳 국유지에다 과수원을 팔고 남은 돈으로 나무를 잔뜩 심었어요. 하지만 과음은 벌써 몸을 해치고 있었어요. 병원에 가 진찰을 받아보니 위도 나쁘고 폐결핵도 와 있었고요. 아는 것은 많았지만 학력이 없으니 어디 발붙일 곳이 있어야지요. 그저 아침부터 저녁까지 술만 마셔대는 거예요. 악순환이었어요."

미망인 방옥례는 먼 세월을 돌이키며 한숨짓는다. 그러나 결혼 초부터 방옥례는 남편만 믿고 살 수 없다는 것을 알고 서라벌예대를 거쳐 고려대학 국문학과를 졸업하였고 갖은 고초를 겪으면서 생활전선에 뛰어들어 이제는 아들딸들을 어엿한 사회인으로 키워내었고, 그 자신도 올해 『신동아』지의 '논픽션' 현상모집에 당선되었으므로 뒤늦게 소설로나마 남편의 문학에의 뜻을 이어보고자 한다고 술회한다.

3. 산중재상의 복고주의풍

김관식은 병중에서도 홍은동에서 인근의 거친 일꾼들을 이끌고 무허가 블로크 집을 지어 파는 일종의 부동산업을 하기도 했었다. 문학적 작업을 제외한 그의 일생은 거의 기행으로 일관한 것 같다. 그는 조선시대의 기인 김시습을 연상시킨다. 그의 기행은 세속적인 인간들에 대한 신랄한 해학, 바로 그것이었다. 그의 대표작이라 할 「산중재상(山中宰相)」을 읽으면 그의 진심이 어디에 있었던지 조금은 알 듯도 하다.

山中에 무엇이 있다더뇨.
嶺 위에 흰구름이 피고 지지 않습니까.

다만 혼자서 즐길 수야 있지만
가져다 임에게 바칠 수야 있나요……

山中宰相은
그림자가 山에서 떠난 적 없어
城市의 티끌을 발에 묻히지 않는다.
三層樓 위에 몸을 기대어
늙은 소나무에 風樂을 잡히면
絲竹이 아니래도 劉呵한 鶴唳!

―이 그림을 보라. 그럼 알 것이다.

굴레 벗은 소는
물가에 閑暇로이 풀을 뜯으나
金龍으로 머리를 豪奢한 소는
채쩍을 잡고 막대로 몬다.

햇빛을 좀 비켜 서 다오!
帝王의 배 위에 두 다리 들어얹고 낮잠이나 잘까.

山中宰相은
臨終할 때도 그린 듯한 눈썹에
또렷한 눈매
運身이 自由로와
잠자듯 꿈꾸듯 고운 顏色 그대로,
香내음새 날을 두고 피어나리라.

「山中宰相」 전문

1960년대 초부터 시를 발표하지 않았던 김관식은 육당을 사모한다는 뜻에서 본채에서 50여미터 떨어진 언덕에 서재 육모정(六慕亭)을 짓고 그곳에서 1966년께부터 다시 시를 쓰기 시작했고, 1968년에는 사서삼경 가운데 가장 어렵다는 「서경」을 번역하는 정열을 보이기도 했다.

"그의 시는 한시의 영향을 받아 유장한 맛이 있었다. 하지만 민주주의 사회에 대한 신념이 없었던 듯이 보이며 그의 참여시라고 하는 것도 복고주의풍의 시였다"라고 등단 초기부터 그와 가까이 사귀었던 신경림(申庚林)은 그의 시를 평한다. 또 1969년부터 그의 집에서 자취를 했고 결혼한 뒤에도 그곳에서 살았던 조태일(趙泰一)은 그의 성격을 "몸이 쇠잔했던 탓인지 밖에서 들은 것과는 다르게 말을 함부로 하지 않았으며 점잖고 차분했었다"고 들려준다.

그는 그무렵 술이 자신을 죽인다고 하여 술주전자를 발로 우그러뜨려 육모정 천장에 매달아 놓고 술을 끊겠다고 선언했으나 음주는 여전히 계속되었다. 그의 몸은 점점 여위어 갔다. 그는 하루 종일 육모정 옆 바위에 앉아서 무엇인가 골똘히 생각에 잠겨 있기도 했다.

> 가여운 아내 아들딸들아.
> 아이예, 불쌍한 울음일랑 들레지 말라.
> 그동안 신세끼친 旅宿을 떠나
> 永遠한 本宅으로 돌아가는 길이다
>
> 　　　　　「나의 臨終은」 3연

라고 했듯이 그는 이미 자신의 죽음을 예감하고 있었다.

1970년 6월, 요양차 대전에서 한약방을 경영하고 있던 가형의 집에 머물렀다가 2개월 만에 홍은동으로 돌아온 지 이틀 후인 8월 30일 아침에 출근하는 아내가 삶은 달걀을 먹으라 내놓았으나 그것을 도로 아내의 도시락에 넣어 보낸 뒤 10시에서 11시 사이 장남 영문(暎文)만이 지켜보는 가운데 속세를 떠났다. 여기에 천상병(千祥炳)은 「김관식(金冠植)의 입관(入棺)」에서 울음 울듯 이렇게 읊었다.

> 心痛한 바람이었을 게다. 네 길잡이는.
> 고단한 이 땅에 슬슬 와서는,
> 한다는 일이
> 가슴에서는 숱한 구슬.
> 입에서는 독한 먼지.
> 터지게 吐해놓고,
> 오늘은 별일없다는 듯이
> 싸구려 棺 속에
> 삼베옷 걸치고
> 또 슬슬 들어간다.

1934년	음 3월 3일 충남 논산군 연무읍 소룡리 505번지에서 부 사천 김씨 낙희(洛羲)와 모 정성녀(鄭姓女)와의 사이에 2남 3녀 중 차남으로 출생. 호는 추수(秋水) 또는 만오(晩悟). 부친은 지방에서 한약방을 경영하면서 서원의 전교와 향교의 제관을 함.
1936년	(2세) 이 무렵 논산군 강경으로 이사. 어려서부터 한문 수학.
1940년	(6세) 강경 중앙공립보통학교 입학.
1946년	(12세) 강경 중앙공립보통학교 졸업. 강경상업학교 입학.
1951년	(17세) 남한 각지를 떠돌며 문인들을 만남. 동서고금의 시 수천 편을 외다. 『성리대전(性理大典)』을 떼다. 전주로 서정주를 찾다. 성리학의 마지막 법통인 최병심을 찾다. 전주 전시연합대학 청강.
1952년	(18세) 강경상업고등학교 졸업. 충남대학교 입학. 고려대학교 전학. 조지훈을 알다. 처녀시집 『낙화집』(신한문화사) 간행.
1953년	(19세) 동국대학교 농과대학으로 전학. 최남선, 오세창 등에게서 성리학, 동양학, 서예 등을 사사받다.
1954년	(20세) 3년간 구애 끝에 1월 1일 정읍 출신의 4세 연상의 방옥례(方玉禮)와 결혼. 방옥례는 서정주의 처제임. 봄에 최남선의 소개로 경기 여주농고 교사. 가을에 서울 영등포의 서울공고 교사.
1955년	(21세) 서울상고 교사. 서울 세검정으로 이사. 다시 구기동(현 상명여사대 뒤) 골짜기로 이사. 2천 4백여평의 과수원을 경영. 장남 영문(映文) 출생. 시 「연(蓮)」(현대문학 5월호), 「계곡에서」(현대문학 6월호), 「자하문 근처」(현대문학 11월호)로 서정주로부터 3회 추천을 받아 등단. 시 「산길」(중도일보 7월 16일자) 발표. 시집 「해 넘어 가기 전의 기도」(현대문학사) 공저 간행.
1956년	(22세) 시 「승가사(僧伽寺)에서」(현대문학 4월호) 발표.
1957년	(23세) 시 「성인초(聖人抄)」(현대문학 6월호), 「사계절」(문학예술 7월호) 등 발표. 시집 『김관식시선』(자유세계사) 간행. 차남 영출(映出) 출생.
1958년	(24세) 시 「자도소묘(紫桃素描)」(현대문학 1월호) 등 발표. 부친 타계.
1959년	(25세) 시 「서광」, 「귀전원거(歸田園居)」, 「비서(飛鼠)」(이상 자유문학 7월호) 등 발표. 서울상고 사직. 세계일보 논설위원. 장녀 남순(藍筍) 출생.
1960년	(26세) 세계일보 사직. 7월 장면(張勉)과 겨루기 위해 서울 용산 갑구 민의원에 출마, 낙선. 이 무렵부터 건강 악화(위장병과 폐결핵).
1961년	(27세) 과수원을 처분, 서울 서대문구 홍은동 산 1번지로 이사. 이후 국유지 6백여평에 나무를 심고 꽃을 가꾸는 한편 10여 채의 무허가 블로크집을 지어 팔기도 함.
1964년	(30세) 차녀 영희(映熹) 출생.
1966년	(32세) 시 「의고풍(擬古風)」, 「장생부(長栍賦)」(이상 현대문학 6월호) 발표.
1967년	(33세) 3녀 서경(瑞京) 출생. 시 「녹야원(鹿野苑)」(현대문학 12월호), 「자다가 일어나 보니 배추밭에서」(조선일보 11월 2일자), 「나의 스승 육당」(동아일보 10월 10일자) 등 발표.

1968년	(34세) 시 「송학(松鶴)매」(현대문학 5월호), 「가난 예찬」(동아일보 8월 29일자), 「무검(撫劍)의 서」(사상계) 등 발표. 사서삼경 중 가장 어렵다는 『서경』을 번역 (현암사) 간행.
1969년	(35세) 시 「한강수 타령」(월간문학), 「지치장(舐痔莊)에게」(시인) 등 발표.
1970년	(36세) 시 「죽림부(竹林賦)」(월간문학), 「풍요조(諷謠調)」「정(情)·단장(斷章)」, 「거산호(居山好) Ⅱ」, 「폐가(廢家)에 부쳐」, 「병상록」, 「호피(虎皮) 위에서」(이상 창작과 비평 여름호) 등 발표. 6월, 병요양차 대전에서 한약방을 경영하는 가형 김창규(金昶奎)를 찾다. 2개월 만에 홍은동 집으로 돌아와 그 이틀 뒤인 8월 30일 오전 11시께 간염으로 타계. 고향 소룡리에 안장. 유시 「임원생활지(林園生活志)」, 「모정」(이상 창작과 비평 겨울호) 발표.
1976년	『김관식시전집―다시 광야에』(창작과 비평사) 간행됨.

◆ 도움말 주신 분(1982년 현재)

方玉禮	53 · 미망인 · 서울 동작구 사당동 303번지 44호.
金昌奎	55 · 형 · 대전시 은행동 생문방한의원장.
徐廷柱	68 · 동서 · 시인.
宋 赫	49 · 동향인 · 시인 · 동국대 교수.
申庚林	48 · 친구 · 시인.
趙泰一	41 · 후학 · 시인.

◆ 관계 문헌

신경림, 「시인 김관식」, 『한국인』 1982년 8월 창간호.
方玉禮, 『대한민국 김관식』, 東文出版社刊, 1984년.

李 範 宣

(소설가 1920~1982)

1. 학마을에서 태어나다

35세라는 비교적 늦은 나이로 1950년대 중반에 등단한 학촌(鶴村) 이범선은 그것을 보전(補塡)이라도 하려는 듯이 최근 타계할 때까지 줄곧 왕성하게 작품을 발표해왔다. 그의 작품세계는 다양한 쪽이지만 그것이 개인적이든 세태적이든 또는 고발적이든 그 밑바탕에는 휴머니티와 서정성이 짙게 깔려 있다는 공통점을 지니고 있다. 그러기에 그가 창조해 내는 인물들은 현실에 살고 있으면서도 현실에 도전적이기보다는 과거에 대한 향수에 젖어 있고 한 가닥 양심 때문에 현실의 부조리와 비리 속에서 파멸하는 종장에 다다른다. 그는 드러내 보여줄 뿐, 해결하지는 않았다. 그의 역할은 눈물겹도록 감동적인 작품을 우리에게 던져줌으로써 우리에게 해결의 의무를 부과하는 것이었다. 「오발탄(誤發彈)」이 바로 그러한 작품이었다.

시장이 멀지 않은 주택가 골목안 서울 동대문구 답십리동 29번지 9호. 그가 세상을 떠난 지 수개월이 지났지만 가고 없음을 실감할 수 없는 탓일까. 대문에는 '이범선(李範宣)'이라는 나무 문패가 그대로 걸려 있다. 자그마한 키의 미망인 홍순보(洪順輔)는 미리 전화를 받았던 탓인지 매우 침착하고 자상하게 그의 인품을 전한다.

"요 근래 3년 동안 부드러워지기는 했지만 대꼬치 같은 분이었죠. 매사가 분명하여 타협을 할 줄 모르셨고요. 아이들에게도 늘 이렇게 말씀했어요. 정직하게 살아라, 시간을 지켜라, 남에게서 돈을 꿔쓰지 말아라."

마루에 걸린 커다란 사진이 없는 주인을 대신하지만 변한 것은 없다. 이층 그의 서재도 책 하나 그림 한 장이 모두 그대로이다. 이범선은 바로 붙은 윗집에서 7년, 아랫집이 되는 이 집에서 20년을 동네가 생길 때부터 살아온 그야말로 답십리 토박이라 할 수 있었다.

그러나 많은 문인들이 그렇듯 그 또한 풍족한 재산과 아름다운 고향을 두고 38선을 넘어왔던 한스러운 망향인이었다. 평남 안주군 신안주면 운학리 19번지가 그의 고향집이다. 그는 그곳에서 1920년 12월 30일 부친 전주 이씨 계하(癸夏)와 모친 유심건(劉心健)

사이의 5남 4녀 중 차남으로 태어났다. 그의 여동생 이경선(李慶宣)에 따르면 아버지는 신안주의 대지주였으며 어머니 유씨도 안주 갑부의 딸이었다고 한다. 운학리는 청천강가에 자리 잡고 있어서 이름 그대로 학이 구름처럼 하얗게 날아오는 것이 멀리 보이곤 하던 마을이었다. 그러므로 그가 무대를 강원도로 잡기는 했으나 「학마을 사람들」이라

<사진 1> 1980년 회갑기념으로 경주를 여행하여 천마총을 찾았던 이범선 부부.

는 작품을 쓰고 그 자신의 아호를 학촌(鶴村)이라고 한 것도 고향 마을에 연유하는 것임을 쉽게 짐작할 수 있다.

그가 그곳에서 5리 가량 떨어져 있던 청강(淸江)보통학교를 나온 것은 1933년 그의 나이 13세 때 일이었다. 그 길로 5년제인 진남포 공립상공학교로 유학을 갔다. 왜 그가 진남포의 상공학교를 택했는지는 알려져 있지 않다. 어쩐 일인지 그 자신도 청소년 시절에 관한 정확한 기록을 남기지 않고 있다. 자전적 요소가 강한 「흰 까마귀의 수기」나 「당원(黨員)의 미소」에서도 주인공은 신안주의 대지주의 아들이라는 것이 밝혀져 있기는 하지만 이범선과 주인공이 동등한 인물이라는 그 어떠한 유추도 불허한다. 오직 막연하게나마 추측할 수 있는 것은 지주였던 아버지의 요망에 따른 것이 아니었을까 하는 것과 그가 나중에 다닌 직장들의 성격으로 보아 학교에서 상과 계통의 공부를 한 것 같다는 것뿐이다.

1938년 학교를 졸업한 뒤 그는 "일본에 유학하려고 했으나 학도병으로 끌려 나갈지도 모른다는 염려"(이경선 회고담) 때문에 포기하지 않을 수 없었다. 그는 평양에서 금융계통에 근무하기도 하고 만주로 건너가 회사원직에 있기도 했었다.

그러나 1940년께에 그는 고향에 돌아와 있었던 것 같다. 그해 그는 장질부사를 심하게 앓았고 몸이 허약해진 끝에 척추마저 병들어 꼬박 20개월 동안 병상생활을 하지 않으면 안되었다. '병상에 누운 분들에게 주는 편지'라는 부제가 붙은 「병든 조개만이 진주를 품는다」는, 그러나 앓은 시기가 불분명한 수필에는 이런 구절이 나온다.

　　그저 제 발로 걸을 수만 있다면 그 밖의 모든 것은 원치 않으리라 하고 진정으로
생각하던 때가 있었습니다. (중략) 아니, 아니, 척추가 아프지 않게 되어서 재채기만
한번 마음놓고 할 수 있어도 얼마나 좋으랴 하고 생각하던 때가 있었습니다.

그러나 그는 그 병고를 극복하고 다시 일어났다. 그리고 신안주 금융조합에 근무하면서 1943년 10월에 결혼을 했다. 신부는 평남 중화군 출신으로 숭의여학교 중퇴의 홍순보였다. 그들은 친척의 중매로 알게 되어 3개월간 교제 끝에 결혼을 한 것이다.

그는 결혼을 하고 한 달 뒤 징용을 피하고자 처남이 간부로 있는 평북 봉천탄광으로 아내와 함께 가서 경리사무를 맡아 근무했다.

2. 불행한 상황에서의 양심, 오발탄

1945년 광복이 되자 그는 집안에 소유하고 있던 토지를 소작인들에게 나누어 주고 1946년 38선을 넘었다. 서울에서 가족과 합류한 것은 이듬해 1월이었다. 가족이 내려오자 그는 이북 청년들이 기거를 하고 있던 '명동공제회'에서 나와, 신설동에 사글세방을 얻어 1948년 연희대학 교무과에 직장을 구해 연대 사택으로 옮기기까지 그곳에서 살았다.

"그를 처음 만나게 된 것은 내가 1946년 7월 금강 전구회사에 입사했을 때였다. 그는 나보다 한 달 앞서 회계과에 입사해 있었다. 나는 그때 1945년부터 문학동인에 관계하고 있었으나 대화 중에는 문학에 대해 문외한으로 여겨질 만큼 그는 관심을 표명하지 않았다. 그러나 그의 책상머리에 정지용의 시 「향수」를 압정으로 꽂아놓았던 것이 인상적이었다"(구경서 회고담).

이범선은 연대 교무과에 근무하던 중에 갑자기 6·25를 맞았다. 피난할 새도 없이 3개월을 지하에 숨어 살았다. 9·28 수복 때는 뺨과 다리에 파편을 맞아 다리의 흉터는 끝내 없어지지 않았다.

그가 소설에 관심을 두고 습작을 하기 시작한 것은 1·4후퇴 때 부산으로 피난을 갔다가 우연히 만난 백낙준(白樂濬)의 소개로 1951년 가을 거제도 장승포의 거제고등학교에서 교직생활을 하게 되었을 때부터인 것 같다.

> 자기 作品을 처음 활자화한 것이 곧 이 『現代文學』誌였다. 1955年 『現代文學』通卷 4號에 실린 「暗標」라는 짧은 作品이 바로 그것이다. 巨濟島에서 避難生活을 하면서 응모한 作品이 金東里先生 推薦으로 실렸던 것이다.[1]

1954년 그는 서울로 돌아왔다. 그 무렵 서울중고등학교에서 교편을 잡고 있던 김광식(金光植)은 회현동 집으로 가면서 으레 상업은행 건너편의 '문예싸롱'에 들렀는데 그해 가을 그곳에서 이범선을 만났다. "그것은 그가 문단에 나오기 전이었다. 그의 첫인상은

---

1) 「宿題로 이뤄진 作品들」, 『現代文學』 1971년 8월호.

오랫동안 직장생활을 했음인지 매우 깔끔해 보였다."

깔끔하다는 것은 성실성과 통한다. 그는 문단에 나온 이후 초기부터 작품에 있어서 다양한 면모를 보였다. 「학마을 사람들」, 「갈매기」와 같은 서정성 짙은 작품들로부터 1959년의 일종의 고발문학인 「오발탄」에 이르기까지 꾸준한 정진을 보였다. 「학마을 사람들」로 작가적 역량을 인정받았던 그는 「오발탄」에서 1950년대의 대표적 작가 중의 한 사람으로서 그 위치를 다졌다. 「오발탄」은 6·25 이후의 암담하고 비참한 현실을 해방촌을 무대로 하여 적나라하게 반영한 암울한 분위기의 작품이었다.

> 계리사(計理士) 사무실 서기 송철호(宋哲浩)는 여섯시가 넘도록 사무실 한구석 자기 자리에 멍청하니 앉아 있었다. 무슨 미진한 사무가 있는 것도 아니었다. (중략) 딴 친구들은 눈으로 시계바늘을 밀어 올리다시피 다섯시를 기다려 후딱 나가버렸다. 그런데 점심도 못먹은 철호는 허기가 나서만이 아니라 갈 데도 없었다.

단편 「오발탄」의 첫머리이다. 보리차물로 점심을 때우는 해군 작업복 차림의 송철호가 갈 곳이라고는 25환 전차 값도 없어 십리 길을 터덜터덜 걸어가야 하는 해방촌의 레이션갑으로 지붕을 덮은 그의 집뿐이다. 그러나 가 보았자 그곳에는 불행한 현실밖에 기다리는 것이라곤 없다. 전에는 음악공부를 했던, 미인이었다는 것을 잊고 만삭이 된 몸으로 양말을 깁고 있는 아내, 영양실조의 가냘프기만 한 어린 딸, 양공주가 된 누이동생, 38선 너머에 두고 온 고향을 그리워하다가 미쳐버린 나머지 "가자, 가자"만을 되뇌이는 어머니, 그 어머니의 원수를 갚겠다고 입대했다가 상이군인이 되어 돌아와 2년이 지나도록 취직을 하지 못하고 있는 아우 영호가 매달려 있을 따름이다.

이야기가 진전됨에 따라 철호더러 "양심이라는 가시"를 빼어버리고 남들처럼 적당히 부정직한 짓을 하면서라도 돈을 벌어야 한다고 주장하던 영호가 권총강도를 하다가 경찰에 붙잡힌다. 아우와 면회를 하고 집에 돌아와 보니 만삭이던 아내는 병원에 실려가 아이를 낳다가 죽는다. 철호는 죽은 아내를 병원에 놓아둔 채 거리로 나온다. 주머니에는 병원비로 쓰라고 양공주인 여동생이 쥐어준 돈이 있었다. 그는 그것으로 앓던 이를 한꺼번에 두 개씩이나 빼고는 몽롱한 의식 속에서 택시를 탔지만 갈 길을 몰라 헤맨다. 그는 택시 조수더러 '해방촌'으로 가자 하고 "아니야, S병원으로 가"하다가 다시 "아니야, X경

<사진 2> 이범선이 자녀들을 위해 쓴 가훈. 그는 평소에 자녀들이 저녁 7시까지 집에 돌아와 있지 않으면 몹시 불안해 했다.

찰서로 가"라고 횡설수설 말한다. 그는 갈 곳이 너무 많은 것도 같고 전혀 없는 것도 같다. 나중에는 눈을 감은 채 "가", "글쎄 가!" 만을 중얼거리는 그에게 운전사는 "어쩌다 오발탄 같은 손님이 걸렸어. 자기 갈 곳도 모르게"라고 말하는 것이다.

이범선이 「오발탄」의 무대인 해방촌과는 어떤 관계에 있었는지 알 수는 없다. 해방촌이 이북에서 남하한 실향민들이 이룩한 동네라는 점에서 그의 친지가 살고 있었을 수도 있고 그 자신 취재를 했을 가능성도 있으나 아직까지는 그 어떤 확증도 얻을 수가 없다. 해방촌은 행정구역상 용산구 용산 2가동에 위치한다. 원래 그곳은 일제 시대 일본군의 사격장으로 떡갈나무, 밤나무, 아카시아, 소나무 등이 울창하던 야산이었다. 해방 후 영락교회가 월남 난민 구호사업으로 당국과 협의하여 5백 여 명을 임시 이주시킴으로써 해방촌의 역사가 시작되었던 것이다. 6 · 25동란이 휩쓸고 지나면서 해방촌은 커다란 판자촌으로 변했고 민족 수난의 역사적 현장으로서의 축도판이라고 할 만큼 비극적인 요소를 흠씬 지니고 있었다. 지금은 판자집이 사라지고 대신 빌딩들도 듬성듬성 들어섰으나 아직도 당시의 집의 규모를 알아볼 수 있는 작은 집들이 골목골목에 남아 있다.

> 그러나 이 작품의 핵심적 의미는 단순히 사회의 비참하고 불행한 면을 고발하는 데 그치는 것이 아니다. 오히려 그처럼 비참하고 불행한 상황 속에서 인간의 양심은 어떻게 있어야 할 것인가? 그리고 어떻게 그 올바른 行方을 찾아야 할 것인가를 모색한 작품이기 때문이다.[2]

그러나 "조물주의 오발탄"이라고 스스로를 자인하면서도 "어디건 가긴 가야 한다"고 생각하는 주인공 송철호는 끝내 의식을 잃고 만다. 5 · 16 직후 전국에 상영 중이던 유현목(兪賢穆) 감독의 「오발탄」이 일시 중단된 것도 그 암울한 색채 때문이었다고 한다.

3. 수요회와 낚시

이범선은 「오발탄」을 쓴 후 그동안 몸을 담고 있던 대광고등학교를 사직하고 한국외국어대학과 인연을 맺게 되었다. 그는 외국어대학의 교무직으로부터 출발하여 만년에는 교수직에까지 올랐다. 조향록, 김봉삼, 황금찬, 김광식, 강형용, 김세익, 노정팔, 홍성걸 등과 함께 이범선이 끼어 있던 '수요회'(지금은 목요회) 멤버의 한 사람인 장하구(張河龜)는 이범선을 가리켜 "자상한 인정과 섬세한 우정, 그리고 투철한 정의감을 지닌 사람"이라고 하고 정치적인 면에 있어서는 "친여적인 견해"를 품고 있었다고 전한다. 그

---

2) 千二斗, 「誤發彈의 行方」, 『現代韓國文學全集』, 新丘文化社刊, 1971년.

는 수요회의 회원 가운데에서는 고 주태익(朱泰益)과 매우 가까웠었으나 '수요회'의 친구라면 술집을 아홉 군데나 찾아 헤맬 정도로 깊은 우정의 일단을 보였다. 그의 취미는 '수요회' 친구들과 여행을 하는 것과 이따금 문우들과 어울려 낚시를 가는 것이었다. "그가 20년 낚시에 월척을 한 것은 작년이었다. 잡은 고기는 누가 가져갈 사람이 없으면 도로 주루룩 쏟아 방생을 했다"(김국태 회고담).

장편 10여 편과 중단편 70여 편을 썼던 이범선의 문학적 생애는 이제부터인지도 모른다. 그러나 그는 펜을 놓은 것이다. 그가 1982년 1월에 20여 일 남짓 둘째 딸이 거주하고 있는 캐나다에 다녀온 것이 2월 12일이었다. 그 보름 뒤인 27일 녹원문학상 시상식에 참석했던 그는 그 이튿날 뇌일혈로 졸도하여 경희의료원에서 가료 중 의식을 회복하지 못한 채 3월 13일 자택에서 세상을 떠났다.

그것은 참 애석한 죽음이라고 하겠다. 마지막 한 번, 그 한 번을 더 뛸 수는 정말 없었을까?[3)]

---

3) 수필 「마지막 한번」.

1920년	12월 30일 평안남도 안주군 신안주면 운학리 19번지에서 부 전주 이씨 계하(癸夏)와 모 유심건(劉心健) 사이에 5남 4녀 중 차남으로 출생. 호는 학촌(鶴村).
1933년	(13세) 신안주 청강보통학교 졸업. 진남포 공립상공학교 입학.
1938년	(18세) 진남포 공립상공학교 졸업. 이후 평양에서 은행원을 하기도 하고 만주에 가서 회사의 사무직 계통에 근무하기도 함.
1943년	(23세) 신안주 금융조합에 근무. 10월, 평남 중화군 풍덕면 풍덕리 출신의 3세 연하인 남양 홍씨 순보(順輔)와 결혼. 11월, 일제의 징용을 피해 처남이 간부로 있던 평북 봉천탄광으로 가 경리계 근무.
1945년	(25세) 광복과 더불어 귀향.
1946년	(26세) 연초, 단신 월남. 군정청 통위부 근무. 금강 전구회사 회계과 근무. 동국대 전문부 입학.
1947년	(27세) 부인 월남 합류.
1948년	(28세) 연희대학교 교무과 근무, 연대 사택에서 살다.
1949년	(29세) 동국대 전문부 졸업.
1950년	(30세) 4월, 장남 근종(槿鍾) 출생. 6·25동란 발발, 서울서 숨어 지냄. 1·4후퇴 때 부산으로 피난.
1951년	(31세) 부산 부민동 교회에서 살다가 가을 백낙준의 소개로 거제도 장승포 거제고 등학교 교사로 부임, 이후 3년간 근무. 3월 차녀 정순(正順) 출생.
1954년	(34세) 대광고등학교 근무, 서울 동대문구 답십리동 29번지 8호에 집을 마련. 『현대문학』지에 단편 「암표(暗標)」(4월호), 「일요일」(12월호)로 김동리의 추천을 받아 문단 데뷔.
1956년	(36세) 단편 「이웃」(현대문학 5월호) 등 발표.
1957년	(37세) 단편 「학마을 사람들」, 「미꾸라지」를 현대문학 1·9월호에 각각 발표.
1958년	(38세) 단편 「토정비결」(현대문학 1월호), 「사망보류(死亡保留)」(사상계 2월호), 「몸전체로」(사상계 5월호), 「갈매기」(현대문학 12월호) 등 발표. 첫창작집 『학마을 사람들』(오리문화사) 간행.
1959년	(39세) 단편 「오발탄」(현대문학 10월호), 「환원」(사상계 10월호) 등 발표. 제2창작집 『오발탄』(신흥출판사) 간행. 대광고등학교 사임. 한국외국어대학 교무주임.
1960년	(40세) 단편 「태양은 부른다」(새벽 3월호), 「아내」(현대문학 5월호), 장편 「동트는 하늘 밑에서」(현대문학 10월호~1961년 9월호) 등 발표. 한국외국어대학 사임. 제4회 현대문학 신인상 수상.
1961년	(41세) 장편 「삭풍(朔風)」(부산일보) 연재. 제5회 동인문학상 후보작 수상. 한국외국어대학, 서라벌예술대학 출강.
1962년	(42세) 단편 「월광곡(月光曲)」(사상계 2월호) 등 발표. 한국외국어대학 전임강사. 5월문예상 장려상 수상. 답십리동 29번지 9호로 이사.
1963년	(43세) 단편 「분수령(分水嶺)」(현대문학 11월호) 등 발표. 제3창작집 『피해자』

(일지사) 간행.

1964년   (44세) 단편 「네온싸인」(현대문학 7월호), 「살모사(殺母蛇)」(사상계 11월호) 등
           발표. 장편 「밤에 핀 해바라기」(국제신보) 연재.
1965년   (45세) 단편 「화환(花環)」(현대문학 1월호), 장편 「하오(下午)의 무지개」(대한일
           보) 연재 발표.
1966년   (46세) 단편 「혼례기(婚禮記)」(현대문학) 등 발표.
1967년   (47세) 장편 「춤추는 선인장」(조선일보), 「구름을 보는 여인」(전남일보) 등 연재.
1968년   (48세) 「쇠를 먹고 사는 사람들」(현대문학) 등 발표.
1969년   (49세) 단편 「태자(太子)까치」(아세아), 장편 「거울」(부산일보) 연재 발표.
1970년   (50세) 장편 「당원(黨員)의 미소」(월간문학 10월호부터) 연재 발표. 제 5회 월탄문
           학상 수상.
1972년   (52세) 단편 「표구(表具)된 휴지(休紙)」(문학사상 1월호) 등 발표.
1973년   (53세) 한국외국어대학 부교수.
1975년   (55세) 단편 「배나무 주인」 등 발표. 수상집 『전쟁과 배나무』(관동출판사) 간행.
1976년   (56세) 단편집 「표구된 휴지」(관동출판사) 간행.
1978년   (58세) 장편 「흰 까마귀의 수기」(현대문학 1월호부터) 연재. 장편 『검은 해협』(태창
           문화사) 간행.
1979년   (59세) 장편 「흰 까마귀의 수기」(여원문화사) 간행.
1980년   (60세) 단편 「두메의 어벙이」(문학사상 1월호) 등 발표. 장편 『당원의 미소』(명성
           출판사), 『밤에 핀 해바라기』(신여원사) 간행.
1981년   (61세) 대한민국예술상 수상. 예술원 회원.
1982년   (62세) 1월 21일 캐나다 여행. 2월 12일 귀국. 2월 28일 뇌일혈로 졸도, 경희의료
           원에 입원. 3월 13일 오전 3시 45분 타계. 경기도 용인군 모현면 용인 공원묘지에
           안장. 사후 단편집 『두메의 어멍이』(홍성사) 간행됨.

◆ 도움말 주신 분(1982년 현재)

洪順輔   59 · 미망인 · 서울 동대문구 답십리동 29번지 9호.
李慶宣   49 · 여동생 · 서울 마포구 하수동 16번지 10호.
金光植   61 · 친우 · 작가.
具慶書   61 · 친우 · 시인.
張河龜   65 · 친우 · 종로서적센터 회장.
金國泰   45 · 후학 · 작가.

◆ 관계 문헌

金宇正, 「李範宣論」, 『文學春秋』 2권 2호.
千二斗, 「誤發彈의 行方」, 『現代韓國文學全集』, 新丘文化社刑, 1971년.

具 滋 雲

(시인 1926~1972)

1. 불구(不具)로 형상화한 순수서정

소아마비라는 불구의 몸을 딛고 일어서서 1955년부터 1957년에 걸쳐 「청자수병(靑磁水瓶)」 등의 시로 『현대문학』지에 추천을 받음으로써 열띤 주목을 받으며 문단에 등장했던 구자운은 46세란 나이로 세상을 떠날 때까지 오로지 시작업을 위해 전생애를 바친 서정시인이었다.

<사진 1> 1960년대의 구자운. 소아마비의 몸으로 역경을 딛고 문학에 정진, 1955년 문단에 첫선을 보였던 그는 순수서정의 민족적 언어로 우리의 현대시를 개척하려고 했다. 그러나 그는 그 뜻을 다 펴지 못한 채 가난과 병고에 시달리다 1972년 46세의 나이로 세상을 떠났다.

그는 자연과 인간사물에서 오는 흥을 붙잡아서 생동하는 목숨을 불어 넣는 것을 순수서정이라고 보아 "우리는 순수서정에 발디딤을 하여 민족적 언어—시조로부터 이어온 우리의 현대시를 이룩해야 한다"고 주장하면서 한국적, 넓게는 동양적 미의식을 시에 투영하려고 노력했었다. 늘 바이런과 같은 시인이 되겠다고 했던 그는 초기에는 옛 항아리나 병에서 느낄 수 있는 그윽한 정적미를 세련된 언어로 형상화했고 1960년대를 지나면서 사회현실에 대한 문제에도 열정을 보였으나 풍요가 약속되던 1970년대 초 그의 포부를 펴 보이지 못한 채 한 가난한 셋방에서 외롭게 세상을 등졌다.

서울 종로구 견지동 91번지. 시인 구자운이 1945년 이후 24년 동안을 살았던 곳이다. 겨울비가 추적추적 내리는 주차장 건너 저쪽에 종로예식장 건물을 배경으로 3층짜리 안마시술소가 덩그러니 서 있다. 혹시나 하고 다가서서 주소를 확인하니 안마시술소가 그 터였다. 구자운이 부친의 유산이었던 한옥을 처분했던 것이 1969년이었고 그 해에 헐리면서 곧바로 3층짜리 여관이 들어섰고 근래에는 안마시술소로 그 모습이 바뀌었다. 시내 한복판이어서 1950년대 후반 밤마다 시우(詩友)와 주붕(酒朋)

이 모여들어 고담준론(高談峻論)을 벌였던 그 집은 이제 흔적조차 없다.

구자운은 1926년 11월 3일 부산시 부용동 177번지에서 구명회(具明會)를 부친으로 김쌍남(金雙男)을 모친으로 하여 누이동생 셋을 두는 맏이로 태어났다.

부친 구명회는 경기도 여주군 대신면 후포리가 고향으로 그곳은 대대로 구씨 일가가 모여 사는 고장이었다. 그러나 장남이 아니었던 구명회는 일찍이 짚신 신고 고향을 떠나 일본으로 가서 고학으로 명치대(공과)를 나와 자수성가했다고 한다. 부산이 고향인 모친 김쌍남은 경기고녀 재학시 일본으로 수학여행을 갔다가 구명회를 만나 인연이 되어 그와 결혼을 했다. 그러니까 구자운이 부산에서 태어나게 된 것은 그의 부친이 처가 쪽에서 삶의 터전을 닦은 탓이었다.

그는 2세 때 불행하게도 심한 열병을 앓고 소아마비가 되어 평생 한쪽 다리를 저는 불구자가 되었다. 그런 가운데 유·소년 시절을 부산에서 보내며 부산진보통학교와 입정상업학교(현 해동고등학교)를 졸업했다. 학교를 졸업하던 해인 1944년 그는 경기 여주 고향으로 돌아갔다. 아마도 그림에 열중하고 문학에 심취한 것이 그 무렵부터가 아닌가 여겨진다. 그는 그림에 뛰어난 재주를 가지고 있었던 듯이 보이며 그것이 나중에 그의 시의 세련된 미의식으로 승화하는 바탕이 된 것 같다.

1945년 광복을 맞은 뒤 그의 부친이 서울 고려방직회사의 공장장겸 이사로 발탁되면서 서울 종로구 견지동 91번지로 이사하게 되었는데 그것이 언제인지 확실한 연대를 알기가 어렵다. 사실상 구자운 자신은 자기에 대한 그 어떤 자세한 연보나 신상에 관한 산문적 기록을 남기지 않았을 뿐더러 주위의 친지들도 확증을 하지 못한다. 그가 1949년 동양외국어전문 노어과(露語科)를 다니고 있었던 것만은 틀림없는데 그때 그가 몇 학년이었는지조차 알려져 있니 않다.

부친은 자신이 고등교육을 받은 사람임에도 불구하고 불구인 아들의 교육에 대해서는 몹시 인색했던 것 같다. 전해지는 말에 따르면 부친은 그가 상업학교를 졸업한 뒤 좀 더 공부를 하겠다는 열망에 대해 "불구된 몸이 공부는 더 해서 무엇하겠나. 이발 기술이나 배워 이발소에나 들어가지"라는 말로 찬물을 끼얹었다고 한다.

하지만 그는 영어실력이 만만치 않았던 모양으로 동양외국어전문을 다니던 무렵의 3년간 서울 종로 3가 개업의였던 최규식의 가정교사를 했다. 그의 학업은 1950년 6·25 전쟁으로 끝났다.

전쟁 당시 여주로 피난 가서 지냈던 그는 여주 읍사무소의 직원으로 근무하면서 적극적으로 시작에 몰두했다. 1953년이나 1954년께 서울로 돌아와 대한광업회에 취직했고 1954년 5월 여주 출신의 납북 인사의 영애 김형선과 친척의 중매로 결혼을 했다.

김형선에 의하면 "그 분은 당시 낙원동에 사무실이 있던 대한광업회에 부장으로 근무했었다. 부친께서는 고려방직 공장장을 하시다 나중에는 고문직으로 물러났는데 견지동집 외에도 서울에 10여 채의 집을 소유하고 있었다고 한다. 견지동집은 원래 여관이었지만 그곳으로 가족이 이사한 뒤로는 여관업은 하지 않았다"는 것이다.

2. 항아리와 병과 동양

구자운이 『현대문학』을 통해 서정주의 첫회 추천을 받은 작품은 「균열(龜裂)」이란 시였다. 그것이 1955년 『현대문학』지 3월호에 실렸다. 그후 그는 1년마다 한 번씩 추천을 받아 시를 발표하여 1957년 『현대문학』지 6월호에 「매(梅)」를 게재함으로써 3회 추천을 완료하고 정식 시인으로 등단했다. 서정주는 2회 추천 때의 작품인 「청자수병(靑磁水甁)」에 대한 추천사를 다음과 같이 썼다.

> 具君의 「靑磁水甁」은 보시는 바와 같이 먼저 形式 洗鍊에 있어 近來에 보기 드문 力作이다. 이만큼 詩 의 말솜씨를 流暢하게 마련해 가지기도 여간 어려운 일이 아니다. 昨年 봄 그가 처음으로 우리에게 보였던 作品 「龜裂」의 意味 中心의 詩業에서부터 1年 잘 되는 동안에 그는 그의 精神의 韻律까지를 마련하는 데 成功해 가고 있는 것을 이 作品에서 보여주어 여간 반갑지 않다.[1]

아련히 번저 내려
구슬을 이루었네
버레들 살며시
풀포기를 헤치듯
어머니의 젖빛
아롱진 이 水甁으로
이윽고 이르렀네.

눈물인들
또 머흐는 하늘의 구름인들
오롯한 이 자리
어이 따를손가!
서려서 슴슴히
희맑게 엉긴 것이랑
여민 입

---

1) 徐廷株, 『現代文學』 1956년 5월호.

은은히 구을른 부풀음이랑
궁글르는 바다의
둥긋이 웃음지은 달이랗거니.

아롱아롱
묽게 무늬지어 어우러진 雲鶴
엷고 아스라하여라
있음이여!
오, 적이 죽음과 이웃하여
꽃다움으로 애설푸레 시름을
어루만지어라.

오늘
뉘 사랑 이렇듯 아늑하리야?
꽃잎이 팔랑거려
손으로 새는 달빛을 주우려는 듯
나는 왔다.

오, 水瓶이여!
나의 목마름을 다스려
어릿광대
바람도 선선히 오는데
안타까움이야
호젓이 雨露에 젖는 양
가슴에 번져 내려
아렴풋 옥을 이루었네

「青磁水瓶」 전문

서정주의 극찬뿐만 아니라 많은 독자들로 동양적인 사상(事象)의 그윽한 정적미를 세련된 언어로 표출한 「매」, 「시가(詩歌)」, 「포도도(葡萄圖)」, 「고도이품(古陶二品)」, 「고기류취(古器類翠)」 등 일련의 작품들이 발표되었던 1950년대 후반을 그의 극성기로 평가하는 데 주저하지 않는다. 그 무렵 그의 작품에는 항아리와 병과 같은 고기(古器)에 관한 시어들이 자주 등장한다. 초기의 성과로 그는 1959년 현대문학사 제정 제4회 신인문학상을 받았다. 그 수상 소감인 「동양적 방법」에서 그의 시의 향방을 가늠할 수가 있다.

윌리엄 포크너의 「사아터리스」에 言及하여 "人間이란 그가 가진 過去의 累積만이 아니고 未來에 있다. 人間은 未來에서 달라진다"라고 말한 사르트르 等의 實在主義的 方法과 "懷疑란 基督敎 神學에 있어서 信仰에 들어가는 啓示의 한 形式이다"라고 「파스칼論」에서 말한 T. S. 엘리어트의 가톨리시즘的 方法이 西洋의 知性人으로서의 방법이라면 응당 東洋의 方法이 있어야 할 것이다. 深奧하고 智慧로운 東洋古典의 叢林은 반드시 우리에게 새로운 方法을 提示할 것이다(중략). 그리고 文學에 있어서 西洋의 知性人들에게 東洋的 方法을 提示함은 결코 意義없는 일이 아닐 것이다.

그가 구체적으로 동양적 방법론을 제시하지는 못했지만 그는 동양을 바탕으로 하여 세계로 뻗어나가고자 한 원대한 시 정신을 지니고 있었다.

"그의 시 「균열」은 내가 그를 만나기 전부터 시단의 화제작이었고 「청자수병」은 신인으로서는 격조가 높은 작품이었다. 나는 그를 명동의 어느 다방에서 김관식의 소개로 알게 되었다. 그 무렵 갓 문단에 나온 신인들과 문학청년들이 그의 견지동 집을 거의 매일 밤 찾아가 술을 마시고 잠을 자는 등 폐를 끼쳤었다. 김관식은 그를 가리켜 한국의 바이런이라 했다"(박희진 회고담).

현대문학사에 근무하고 있었던 연유로 그와 가까이 지냈던 박재삼(朴在森)도 "미당이 그의 「균열」과 「청자수병」을 자랑하는 것을 보았다"고 하면서 "그는 초기의 좋은 세계를 끝까지 못 끌고 간 것 같다"고 말한다.

당시 많은 문인들이 견지동 집의 신세를 졌던 것은 사실이며 천상병(千祥炳)의 전언에 따르면 구자운의 모친은 "네겐 어째서 김관식, 천상병이 같은 사람만 찾아오느냐? 황순원, 김동리 같은 사람은 오지 않고"라고 꾸중을 했다는 것이다.

3. 젊은, 짙은 피로써 물들인 큰길

1960년 4·19를 정점으로 하여 그의 시세계는 차츰 대사회적인 관점으로 기울어 갔다. 이에 대하여 시인 민영(閔暎)은 구자운시전집 『벌거숭이 바다』의 「편집을 마치고」에서 "역사적 격동기 속에서 시인이 마땅히 해야 할 사명을 자각한 그는, 그 시대의 모든 이들과 고뇌를 함께 하기 위하여 관념의 상아탑을 박차고 거리로 나왔습니다. 좀 너무나 성급한 전환인 듯한 느낌이 없진 않으나 「너희들 잠에서 깨어날 때」, 「젊은 짙은 피로써 물들인 큰길에서」와 같은 시편은 이때의 감격을 시원하게 읊은 이시인의 육성입니다"라고 해설하고 있다.

우리 젊은, 짙은 피로써
물들인 큰길에서

엉클어질 때,
목숨의 어우러진 물굽이는
후르륵 후륵
흐느끼어라.

아리따움은 바로 여기
터지는 총탄아래,
모두다 벗어버리고
넘어선 담장에서,
하늘이 웃음지어
우리를 반기는데,
아, 허공을 꿰뚫고
타오르는 불기둥 !

「젊은 짙은 피로써 물들인 큰길에서」 1~2연

　　자유당 독재 정권을 무너뜨린 길목에서의 감격을 노래했던 구자운은, 당시 젊은 시인 작가군이었던 고은, 권태웅, 김동립, 박성룡, 박희진, 서기원, 송기동, 송병수, 안동림, 이경남, 이문희, 이호철, 정인영, 주명영, 최진우 등과 함께 '전후문인협회' 조직에 참가하고 그 간사직을 맡는가 하면, '60년대사화집(六十年代詞華集)' 동인으로도 가담하는 등 1960년 4월 이후 가장 활발한 문학 활동을 전개하면서 다년간 그의 직장이었던 대한광업회를 사임했다.

　　"시인이 직장을 가져서는 제대로 글을 쓸 수 없다는 이유에서였다. 그는 물욕이 없는 순수한 사람으로 그 자신 다리를 저는 것을 조금도 의식하지 않는 것 같았다. 당시 사회 분위기에서 나타날 수 있던 기백의 하나로 생각되지만 그는 문예지를 만들어 헬리콥터를 타고 공중에서 뿌리자고 할 만큼 낭만적인 기질을 갖고 있기도 했었다"(박성룡 회고담).

　　시인이 직장을 그만두었으니 집안 살림살이는 날이 갈수록 궁색해 갔다. 끼니쌀조차 넉넉지 못한 처지에 날마다 찾아오는 문인들의 뒤치다꺼리를 해댔던 김형선은 그를 가리켜 "코트를 벗어주고 술을 사 먹일 정도로 남주기를 좋아하고 집안에 대해서는 전혀 신경을 쓰지 않았다. 나는 될 수 있는 한 문학을 이해하려고 했으나 그런 생활 속에서는 절망밖에 없었다"고 회고한다.

　　구자운이 국제신보 논설위원이 되어 부산으로 내려가게 되던 1962년께 김형선은 서울에 남았고 부부는 별거생활을 시작했다. 그러나 논설위원직도 2년 만에 그만두고 1964년 겨울에 다시 서울로 왔던 그는 출판사의 원고를 번역해 주거나 잠시 『월간스포츠』 잡지의 편집장으로 근무하는 등 어려운 살림을 꾸려갔다.

<사진 2> 1960년에 결성된 '전후문인협회'의 핵심 멤버들과 함께. 앞줄 왼쪽부터 정인영(鄭麟永), 안동림(安東林), 이호철(李浩哲), 김동립(金東立), 권태웅(權泰雄), 송병수(宋炳洙), 박성용(朴成龍), 뒷줄 왼쪽부터 송기동(宋基東), 박희진(朴喜璡), 고은(高銀), 주명영(朱命永), 서기원(徐基源), 구자운, 이경남(李敬南), 이문희(李文熙), 최진우(崔鎭宇). 이 무렵 구자운은 그의 생애 가장 왕성한 문학 활동을 전개했다.

"나는 바다에서 돌아오는 길이요 / 나는 다시금 우리집 등불을 갖고 싶다오 // 여기엔 내 책상이 있소 / 그녀는 이미 없어요 // 이조의 백자 조용히 맑은 얼굴로 / 밤의 넓이에 묻혀 빈 어린아이 마음을 채웠소"라고 「귀가(歸家)」에서 읊었지만 '등불'은 끝내 밝혀지지 않았다.

1969년 견지동 집을 팔아 미아리로 나가 10여 채의 집을 지어 집장사를 했지만 자재값을 물지 못해 그나마 파산으로 이르고 1971년 봄 동대문구 면목동 73번지 9호 셋방으로 두 아들과 함께 이사를 갔다.

그의 부친은 1957년에, 그의 모친은 1969년에 이미 이승을 등진 뒤였다. 먼발치에서 아들들의 학비를 도왔던 김형선은 1972년 그가 타계하기 5, 6개월 전 그를 만난 적이 있는데 그때 그는 몹시 여위었었다고 한다. 위가 나쁘다는 그의 말을 듣고 김형선이 자신의 위궤양 치료에 쓰던 독일제 알약을 구입해주니까 고맙다고 했지만 그와의 생면은 그것이 마지막이었다.

사뭇 추워오는 대문을 들어서면
한겨울의 난파선,
초롱초롱한 아이들의
눈이, 여름밤의 별인양하고

파릇한 촉감 돋우어 신비의 귀를 쫑긋거리는 아쉬움으로 서랍을 열어본다.
아무도 모르는 지하 3천척의 나의 서랍

「밤길」에서

결코 생활인이 못됐던 이 '산각도인(山脚道人)'은 그해 12월 15일 오전 10시께 면목동 셋 방에서 고등학교와 중학교를 다니던 두 아들을 남기고 쓸쓸히 눈을 감았다. 사후에 의사의 검진으로 알려진 바 그의 병명은 위암이었다.

◆ 연 보

1926년	11월 3일 부산시 중구 부용동 177번지에서 부 구명회(具明會)와 모 김쌍남(金雙男) 사이의 1남 3녀 중 독자로 출생. 아버지 구명회는 원래 경기도 여주군 대신면 후포리 사람으로 일본 명치대 출신이고 어머니 김쌍남은 중등교육을 받은 부산 사람이었다.
1928년	(2세) 심한 열병을 앓은 뒤 끝에 소아마비로 다리를 절게 됨.
1933년	(7세) 부산진보통학교 입학.
1939년	(13세) 보통학교 졸업. 부산 입정상업학교(현 해동고등학교) 입학.
1944년	(18세) 입정상업학교 졸업. 경기 여주 고향으로 돌아옴. 문학과 그림에 열중하기 시작함.
1945년	(19세) 8·15 광복 이후 가족이 서울 종로구 견지동 91번지로 이주. 부친은 서울 영등포 고려방직회사의 공장장 겸 이사.
1949년	(23세) 동양외국어전문학교 노어과 수료. 이때까지 3년간 당시 종로 3가 개업의의 영어 가정교사를 함.
1950년	(24세) 6·25 전쟁 발발 후 경기도 여주로 피난감. 그후 여주 읍사무소에서 근무. 부친은 여주농업학교 교원.
1954년	(28세) 대한광업회 경리직원으로 근무. 5월, 여주 출신의 김형선과 결혼.
1955년	(29세) 서정주 추천으로 시 (「균열」(현대문학 3월호) 발표. 장남 본희(本熹) 출생.
1956년	(30세) 시 「청자수병」(현대문학 5월호) 발표.
1957년	(31세) 시 「매(梅)」(현대문학 6월호)를 발표함으로써 3회 추천완료. 시 「포도도(葡萄圖)」(현대문학 8월호), 「도가(禱歌)」(현대문학 10월호) 발표. 11월 부친 타계.
1958년	(32세) 시 「고도이품(古陶二品)」, 「위마(魏馬)」, 「화본초병(禾本草甁)」(현대문학 3월호), 「묘비명(墓碑銘)」(현대문학 6월호), 「이향이수(異香二首) 「추일(秋日)」, 「주사병초(朱砂甁秒)」(현대문학 12월호) 발표. 차남 본우(本禑) 출생.
1959년	(33세) 시 「유상(有償)의 거리에서」(현대문학 7월호), 「가랑잎과 여자의 마음'에서」 발표. 제 4회 현대문학사 제정 신인문학상 수상.
1960년	(34세) 시 「묵시」(자유문학 9월호), 「위문」(사상계 11월호), 「설야수」(한국시단), 「젊은 짙은 피로써 물들인 큰길에서」, 수필 「영국풍의 의젓한 시인 박희진」(현대문학 3월호), 「석초선생의 시와 현대성」(현대문학 5월호), 「영문(營門)」(현대문학 9월호), 「육당의 수필」(현대문학 10월호)등 발표. '전후문인협회' 결성, 간사. 『60년대사화집(六十年代詞華集)』 창간 동인, 대한광업회 사임.
1961년	(35세) 시 「우리들은 샘물에」(사상계 12월 100호 중간호), 「난초문병(蘭草紋甁)」(60년대사화집 제2집) 등 발표.
1962년	(36세) 시 「성(城)」(신사조 2월호) 등 발표. 국제신보 논설위원. 이후 부인과 별거생활.
1963년	(37세) 시 「대교(大橋)에서」(현대문학 5월호) 등 발표.
1964년	(38세) 시 「벌거숭이 바다」(현대문학 5월호), 「바다로부터 오다」(문학춘추 12월

호)등 발표. 신문사 논설위원 사임. 12월 서울로 돌아옴.

1965년	(39세) 시 「두 얼굴」(현대문학 1월호), 「친화(親和)」(신동아 1월호), 「농가의 어둠」(시문학 4월호) 등 발표.
1966년	(40세) 시 「목애일기초(木愛日記抄)」(시문학 10월호), 수필 「불가사의한 버스」(현대문학 5월호) 발표. 『월간스포츠』 편집장.
1967년	(41세) 시 「목애시편(木愛詩篇)」(현대문학 4월호), 「귀가(歸家)」(한국일보 8월 8일자), 「벌거숭이 바다」(현대문학 12월호), 「움직여 돌아다니는 힘」(60년대사화집 제12집) 발표.
1968년	(42세) 시 「다솔사(多率寺)」(한국일보 1968년 5월 12일자) 등 발표. 『월간스포츠』 사임.
1969년	(43세) 시 「도성(濤聲)」(월간문학 3월호), 월평 「음유(吟遊)시인의 눈」(월간문학 10월호), 평론 「시의 언어와 역사의식」(아세아 10월호) 등 발표. 시집 『청자수병』(삼애사) 간행. 서울 종로구 견지동 91번지 집을 처분, 미아리에서 건축업을 함. 모친 타계.
1970년	(44세) 시 「명암」(신동아 12월호), 평론 「시의 한국어의 소슬(蕭瑟)한 맛」(월간문학 1월호), 「시대 중화운동의 이론」(현대시학 4월호) 등 발표.
1971년	(45세) 시 「사람들은 그 소리를 듣고」(월간문학 3월호), 「불가사의한 공」(현대문학 3월호), 「금화(金貨)」(한국일보 5월 11일자), 「선호」, 「네온사인」, 「실직」, 「횡단」(이상 시문학 11월호), 「다솔사IV」(현대한국시선), 월평 「침체의 시경향」(현대시집 7월호) 등 발표. 건축업 파산. 봄에 미아리에서 동대문구 면목동 73번지 9호 셋방으로 이사.
1972년	(46세) 시 「봄, 그리고 죽은 그들」(한국일보 2월 27일자), 「일하는 자의 손에 대해서」(월간문학 1월호)발표. 봄부터 건강 악화. 12월 15일 하오 5시 면목동 셋방에서 위암으로 타계. 경기도 여주군 대신면 후포리 선산에 안장.
1973년	유고시 「세검정의 노래」, 「오늘의 성자(聖者)」, 「정형소곡(定型小曲)」, 「밤길」, 「힘」, 「일하는 자와 일하지 않는 자」(현대문학 5월호) 발표됨.
1976년	구자운시전집 『벌거숭이 바다』(창작과 비평사) 간행됨.

◆ 도움말 주신 분 (1982년 현재)

具本熹	27 · 장남 · 서울 관악구 신림 6동 15번지 12호.
朴喜璉	51 · 문우 · 시인.
朴在森	49 · 문우 · 시인.
朴成龍	50 · 문우 · 시인.

朴 龍 來

(시인 1925~1980)

1. 눈물의 시인

"고향은 언제나 백로가 외다리로 섰는 위치에 있다. 마음의 고향까지도. 이 먹물처럼 번지는 고향을, 황토어린 능선을 달팽이가 등에 집을 업듯 업고 왔다. 먼 길을 터벅터벅 왔다. 비오는 날은 오히려 날 듯했달까" 세상을 떠나기 1년 전에 토로했듯이 박용래는 1955년 문단에 나온 이래 25년 동안 줄곧 고향을 등에 업고 정한(情恨)의 노래를 직조해 왔던 흙내 물씬 나는 향토 시인이었다. 그는 메마른 문명사회 속에서 아련한 유년기를 찾아 헤매면서, 사라지는 것들에 대한 하염없는 연민의 눈물을 흘렸다. 한번 눈물보가 터지면 밤새도록 울었다. 그리하여 사람들은 그를 가리켜 '황색(黃色)의 시인'이라기도 하고 또는 '눈물의 시인'이라기도 한다.

한 오라기 지풀일레

아이들이 놀다 간
모래城
무덤을
쓰을고 쓰는
江둑의 버들꽃
버들꽃 사이
누비는
햇제비
입에 문
한 오라기 지풀일레

새 알,
흙으로
빚은 경단에

묻은 지푸일레
窓을 내린
下行列車
곳간에 실린

한 마리 눈(雪) 속 羊일레.

　　「自畵像」 전문

　　박용래는 스스로를 한 오라기 지푸라기나 한 마리의 양으로 거울에 반사해 본다. 겨우 작은 제비가 집을 짓는데 소용이 닿는 지푸라기와 같은 무생물이 아니면 자신의 운명을 알 수 없는 곳간차에 실린 순박한 양과 같은 동물인 것이다. 그는 정물화의 정물처럼 놓여져 있을 뿐 의지력이 없다. 그가 즐겨 다루던 소재들도 그렇다. 강아지풀, 엉경퀴, 각시풀, 호박꽃, 상치꽃, 아욱꽃처럼 하마터면 그냥 대수롭지 않게 지나쳐 버릴 보잘 것 없는 것들과 호롱불, 손거울, 나막신, 우렁 껍질, 조랑말, 창호지처럼 이 시대에서 사라져 가고 있는 것들이 그의 관심의 대상이 된다.

<사진 1> 1978년 여름 자택에서 박용래 부부. 그는 술을 밤새 곤죽이 되도록 마시면서 하염없이 눈물짓는 '눈물의 시인'이었으나 시를 쓰는 태도는 매우 엄격하여 "옷을 깁고 싶다. 당사실 같은 언어로 떨어진 시인의 옷을 깁고 싶다"고 말하기도 했다.

　　그런 것들에 흥미를 가지고 그가 등에 지고 왔다던 고향의 실체를 거슬러 찾아가 보았다. 논산에서 강경은 지척이었다. 논산내 따라가는 푸른 들판에는 한창 벼이삭이 패고 있었다. 봄, 여름, 가을, 겨울 없이 들길을 거닐며 추억의 실타래를 엮어 갔던 '시의 고향'은 옛것 그대로 남아 있지는 않았다. 황토길은 아스팔트로, 조랑말은 '딸딸이'로, 호롱불은 전등불로 시세 따라 바뀌었고, 채운산의 성황당 허수아비도 없다.

　　다만 그대로 있는 것은 강경읍내 상업학교의 벽돌 건물뿐이다. 옥녀봉으로 오르는 중앙동의 구장터 어디쯤에 있었다던 그의 생가도 찾아볼 길이 없다.

　　박용래가 세상에 태어난 것은 1925년 음력 1월 14일, 논산군 강경읍 중앙동에서였다. 원래 부친 박원태(朴元泰)는 부여군 부여면 관북리(70번지) 유생으로 남달리 교육에 관심이 있어 소지주로서 재산을 정리, 솔가하여 강경으로 나왔다. 내포평야를 끼고 금강하류에 위치한 강경은 그 무렵 대구, 평양과 더불어 조선의 3대 시장으로 꼽힐 만큼 상공업과 어업이 발달했던 곳이었다. 강을 따라 호서지방의 농산물이 군산항으로 이어졌고 그곳으로부터 새로운 가공품들이 내륙으로 들어왔다. 지금은 나루터마저 녹슬어 기껏 고깃배나 드나들고 강 건너 부여를 사이에 두고 발동선 나룻배가 오고 가지만 한 때는 꽤나 번성했던 곳임에는 틀림없다. 그런 뜻에서 그곳은 군산과 함께 일본제국주의의 수탈의 현장들 가운데 하나이기도 했던 것이다.

아무튼 박원태는 강경 중앙동에 자리를 잡고 봉래(鳳來), 학래(鶴來), 홍래(鴻來)에 이어 용래를 낳았다. 그는 바로 위 홍래 누나와는 열 살 이상이나 터울이 지는 막내동생이었다. 그는 유·소년 시절을 부러울 것 없는 귀염둥이로 자라났다. 그러나 그가 14살인 1939년 강경상업학교를 입학하던 무렵에는 어떤 이유에선지 가세가 돌이킬 수 없을 만큼 기울어 있었다.

박용래의 시의 소재 중의 하나가 '홍래누이'인데 그는 분명히 그 누이에게서 시적인 모티브를 얻은 듯이 보인다.

> 나는 어릴 때부터 허약했다. 여름이면 입맛을 잃고 자주 앓았다. 이슬 먹은 익모초, 박하사탕, 정구에 미치다시피한 내게 미소지으며 도시락을 챙겨주던 누님. 내가 소학교 때 성적이 좋았던 것도 누님의 덕분이다.
> 전깃불이 한껏 귀한 때라 집에선 석유 호롱을 켜고 있었으나 누님이 거처하는 방만은 이슥토록 촛불이 밝았다.
> 그 홍래누님이 시집가서 1년도 못돼 세상을 떠났다. 산후 대출혈. 슬픈 전갈은 야심, 강건너 마을에서 왔다. 어머니는 가슴을 치며 길길이 뛰어다 기절을 하고 아버지는 온 울안을 대낮처럼 등불로 밝히고 혹시나 기적을 기다리며 밤을 새웠다. 중학교 2학년, 나는 울지도 못했다.[1]

그는 중학시절 「부활」, 「죄와 벌」, 「탁목시집(啄木詩集)」 등을 읽으며 문학적 소양을 기르는 한편 '홍래누님'에 대한 추억의 실타래를 풀며 습작의 시를 쓰기도 했다.

그가 강경상업학교를 졸업한 것은 1943년 12월. 이듬해 군산으로 가서 조선은행 입행시험을 치르고 서울 본점에 근무했다.

그리고 다시 대전 지점으로 자리를 옮겼으나 광복이 되던 해 돈을 센다는 일이 선천적으로 생리에 맞지 않았던지 은행을 사직하고 말았다. 그러나 은행을 사직한 덧가로 일제말기 제 2기 징집에 해당되어 총알받이로 끌려 나가게 되어 있던 차에 광복을 맞았다.

"8·15 광복의 감격이야말로 내 긴 인생항로에 있어 일대 전환점을 가져왔던가. 어느 계열의 전단, 어느 계열의 테러에도 가담한 일은 없으나 8·15 광복의 감격은 끝내 안일무사한 직장생활을 더 이상 견딜 수 없게 했다."

---

1) 산문 「鴻來누님」, 『現代詩學』 1971년 11월호.

2. 응축과 생략의 단형시

그의 나이 21세, 무엇이든지 가능하게 보였던 그는 다신 은행으로 돌아가지 않았다. 그때 그가 한 일은 부산 동래에서 농장을 경영하고 있던 김소운(金素雲)을 찾아 나선 것이었다.

강경의 들판을 놓고 구태여 동래로 간 것은 김소운에 대한 외경심이 작용해서였다. "김소운씨가 일제가 말기적인 조짐을 보일 즈음 일본에 살며 한국의 민요들을 일역하여 암파문고(岩波文庫)로 간행하고 있었거니와, 김소운씨에 대한 박시인의 경외는 1939년에 간행된 『조선민요선집』에서 임진왜란의 침략군을 버젓이 '왜장'이라 번역했던 뚝심(또는 애국심)에 깊이 감동을 받은 결과였다"[2]는 것이다. 불과 50여 일의 농장 더부살이를 끝내고 부둣가 하치장의 인부가 되려고 어정거리기도 했다. 그 여행에서 그는 생활을 잃고 문학을 얻었다.

1946년, 생활고에 지친 박용래는 궁여지책으로 계룡학숙(鷄龍學塾)에 교사자리를 얻어 상업과 국어를 가르쳤다. 그는 그곳에서 박희선(朴喜宣)을 만났다. 그들은 정신적인 교분을 지니고 있던 정훈(丁薰), 이재복(李在福), 하유상(河有祥), 원영한(元英漢)들과 함께 동인회를 구성하니 그것이 바로 '동백시회(冬栢詩會)'였다.

<사진 2> 강경 옥녀봉에서 바라본 금강. 박용래는 말년에 이따금 이곳에 찾아와서 그의 시의 모티브가 된 '홍래 누님'을 그리워하며 누님이 시집갔다는 강 건너 임천 쪽을 바라보고는 했다.

---

2) 李文求, 「호박잎에 모이는 빗소리」, 『여고시대』 1982년 4월호.

그 무렵 그는 우연히 대전에서 『청록집(靑鹿集)』을 갓 내었던 박목월을 만났는데 그 것은 '홍래누님'과 김소운에 이어지는 장차 시인이 될 한 인간의 가교를 이루었다.

여러번 시도하던 끝에 마지막으로 여기고 우편함에 던진 원고가 박두진에 의해 『현 대문학』에 추천된 것이 1955년의 일이었다.

나 하나
나 하나뿐 생각했을 때
멀리 끝까지 달려갔다 무너져
돌아온다

어슴프레 燈皮처럼 흐리는 黃昏

나 하나
나 하나만도 아니랬을 때
머리 위에
은하
우러러 항시 나는 업드려 우는건가

「땅」 1~3연

그는 「가을의 노래」, 「황토길」 그리고 1956년 「땅」으로 3회 추천을 완료하고 문단 에 정식으로 나왔다. 중학교 국어과 준교사 자격을 얻어 대전 철도학교에 취직해 있던 그가 거의 같은 시기에 박두진의 추천을 받고 있던 임강빈(任剛彬)을 만난 것은 그해 여 름이었다.

"한국의 서정을 바탕에 깔고 있다는 것은 다 평자들이 하는 얘기이지만 그의 시의 특 색은 단형(短型)이라는 데 있다. 중국의 오언절구나 일본의 배구(俳句)처럼 응축과 생략 법을 대담하게 구사한다. 그는 또한 미의식이 무척 강해 소묘적인 시를 썼다. 벌써 이 무렵부터 눈물이 풍부했는데 그의 정의에 의하면 눈물은 아름다운 보석이었다"(임강빈 회고담).

시인이 되었다는 것이 용기를 북돋았을까. 평생 독신으로 지내겠다는 주장을 꺾고 32세의 박용래가 결혼을 결심하게 된 것은 화가이자 시인인 이종학(李鍾學)의 다락방에 서 열흘동안 앓다가 내린 용단이었다. 1956년의 겨울, 그는 아무런 준비도 없이 전기기 사의 딸이자 대전간호학교 출신(1949년)의 6세 연하인 이태준(李台俊)을 신부로 맞이했 다. 그러나 생활인으로서의 박용래는 낙제생이었다. 이 학교를 그만두고 저 학교로 직장을 구하고는 하다가 충남 당진의 송악중학교를 마지막으로 1965년에는 교직생활을 끝내고 말았다. 생계는 간호원 계통의 공직자 생활을 시작한 아내가 꾸려갔다. 그가 그때 가정을 위해서 한 것이라고는 퇴직금을 보태어 대전시 중구 오류동 17번지 15호에 대지 50여 평에 15평 초가를 마련한 것(이 집은 1973년에 양옥으로 말끔히 다시 지어졌다)이었다. 그는 그때부터 마당에 상치, 아욱 같은 채소와 대추, 석류, 라일락, 감나무, 오동나무 등을 심고 가꾸면서 아이들이나 돌보며 '청포사(靑㤼舍)'란 당호 아래서 시를 짓는 어김없는 시인이 된 것이었다.

3. 옥녀봉의 정한

"우리가 차츰 커가면서 아버지는 누가 옆에서 말벗이 되어 도와주는 이 없으면 몹시 쓸쓸해 하는 어린아이와 같았어요. 어쩌다 우리가 벙어리장갑을 짜드리면 그걸 끼고 서울 나들이를 하시고는 했지요."

이대 서양화과를 졸업하고 대학원 과정 준비를 하고 있다는 둘째 딸 연(燕)이 수줍게 들려주는 말이었다. 어려서부터 그림에 재능이 있던 둘째 딸을 아버지는 무척 자랑스럽게 여겼다. 다음은 1977년 가을에 서울에서 공부하고 있던 딸에게 보낸 편지 한 구절이다.

> 가족과 민족을 등한시하는 사람이 어찌 세계와 이상인들 쫓겠느냐. 아빠 실격이란다. 마당에 지는 낙엽을 쓸며쓸며 허공에다 실격, 실격을 외쳐본다. 그래도 목숨은 아름다운 것, 아름다움을 위해 끝까지 가련다.

그러기에 한창 참여시가 유행하던 1960년대 말에도 세상 현실에 눈돌림 없이 그만의 시세계를 구축해 갔는지도 모를 일이다.

> 늦은 저녁 때 오는 눈발은 말집 호롱불 밑에 붐비다.
> 늦은 저녁 때 오는 눈발은 조랑말 발굽 밑에 붐비다.
> 늦은 저녁 때 오는 눈발은 여물써는 소리에 붐비다.
> 늦은 저녁 때 오는 눈발은 변두리 빈터만 다니며 붐비다.

「저녁눈」 전문

1969년에 발표하여 그 해에 낸 첫시집 『싸락눈』(이 시집에 「싸락눈」이란 시는 없다)에 실은 이 짧막한 4행시에 대해선 그 어떤 설명도 군더더기일 뿐이다. 한 폭의 그림을 대하듯 저녁 때 흩날리는 눈발의 정경이 환히 떠오르기 때문이다. 송재영(宋在英)은 박용래의 제2시집 『강아지풀』의 해설 「동화(同化) 혹은 자기소멸」에서 박용래 시의 특질을 '유년기에의 회상'과 '농촌적·전원적인 풍경묘사'와 '향토에 깃든 정한(情恨)의 세계'로 나누어 보면서 이렇게 언급하고 있다.

> 대체 오늘날, 이 不條理의 세계에 살면서 感傷的인 抒情과 현실 도피적인 土俗的 趣向으로 내닫기만 하면 되겠는가.(중략) 그러나 명백한 것은 우리는 시인에게 그 아무것도 强要할 수 없다는 점이다. 시인은 스스로 想像力에 있어서 自由人이요 이미지의 創造者일 뿐, 한낱 口號의 提唱에 말려들어서는 안된다.

그는 거의 매일 곤죽이 되도록 술을 마셨다. "박목월이 언젠가 그렇게 술을 마시다가는 정신병원에 가게 될 것이라고 한 말에 충격을 받아 서너 달 술을 끊은 적도 있었으나"(홍희표 회고담) 세상을 떠나기 전날까지도 술을 마셨다. 그의 집에는 부부가 다 내다버려 술잔이 없었다. 손님이라도 찾아올 양이면 하는 수 없이 접시에다 소주를 따라 대접했다.

그는 방학 때가 되면 집 보는 일을 자녀들에게 맡기고 1973년 이후 논산 기민중학교의 교사로 가 있는 화가 강성열(姜聲烈)을 찾아가서는 고향 강경행을 동행하고는 했다. "그는 옥녀봉으로 올라가 망연히 서서 홍래누님이 시집갔다는 강건너 임천 쪽을 바라보고는 했었다. 그리곤 시장바닥 욕쟁이집으로 내려와 막걸리 사발을 앞에 놓고 아, 옥녀봉! 하면서 눈물짓던 것이다"(강성열 회고담).

1980년 여름 갑자기 천둥이 치며 쏟아지는 소나비. 취중에 길을 건너다 택시에 치여 3개월 동안이나 입원을 했다. 기브스를 떼고 큰딸의 혼례를 치른 얼마 뒤의 11월 20일 밤 소주를 마시고 돌아왔다. 다음날 아침 소주를 사오라 해서 소주를 사왔지만 그저 바라만 보고 있었다. 그는 셋째 딸 수명(水明)이 점심으로 콩나물죽을 끓이고 있는 사이 안방에서 잠자듯 조용히 눈을 감았다. 심장마비였다.

그는 세상을 떠나기 이틀 전 아내에게 동요풍의 「감새」라는 시를 써 보여주었다. 아내는 면박을 주었다. "이 양반이 점점 동시작가가 될래나" 늘 생활전선에서 쫓기며 살아온 이태준 미망인은 이 말이 못내 마음에 걸린다고 입술을 떨었다.

1925년	음 1월 14일 충청남도 논산군 강경읍 중앙동에서 밀양 박씨 원태(元泰)와 김정자(金正子)와의 사이에서 3남 1녀 중 막내로 출생.
1939년	(14세) 강경의 중앙보통학교 졸업 후 강경상업학교 입학. 중학시절 「탁목시집(啄木詩集)」, 「부활」, 「죄와벌」, 「빈꿈물어(貧乏物語)」 등을 읽다.
1940년	(15세) 시적 모티브가 되는 누나 홍래(鴻來) 사망.
1943년	(18세) 12월, 강경상업학교 졸업.
1944년	(19세) 1월, 조선은행 본점에 입행. 다시 조선은행 대전지점 근무.
1946년	(21세) 대전에서 정훈, 박희선 등과 동인 '동백시회(柊栢時會)'를 조직, 시를 쓰기 시작. 계룡학숙에서 상업과 국어를 담당.
1948년	(23세) 9월 호서중학교를 시발로 덕소중학교, 한밭중학교, 당진의 송악중학교 등을 전전하며 1965년까지 교직생활을 하다.
1955년	(30세) 『현대문학』 6월호에 시 「가을의 노래」가 박두진 추천으로 게재.
1956년	(31세) 시 「황토길」(현대문학 1월호), 「땅」(현대문학 4월호)으로 추천완료. 「엉겅퀴」(현대문학 10월호) 발표. 대전간호학교 출신의 전주 이씨 태준(台俊)과 결혼. 시인 임강빈과 만나다.
1957년	(32세) 장녀 노아(魯雅) 출생. 시 「코스모스」(현대문학 11월호) 발표.
1958년	(33세) 시 「소묘」(현대문학 3월호), 「소묘」(현대문학 6월호), 「뜨락」(현대문학 9월호) 등 발표.
1959년	(34세) 차녀 연(燕) 출생. 시 「울타리 밖에도」, 「조락(凋落)의 장(章)」, 「잡목림(雜木林)」을 현대문학 2·6·8월호에 각각 발표.
1960년	(35세) 시 「추일(秋日)」, 「둘레」를 현대문학 2·9월호에 각각 발표.
1961년	(36세) 3녀 수명(水明) 출생. 제 5회 충남문화상 수상. 시 「엽서에」(현대문학 12월호) 등 발표.
1965년	(40세) 대전시 중구 오류동 17번지 15호에 자택을 마련.
1966년	(41세) 4녀 진아(眞雅) 출생.
1969년	(44세) 시 「저녁눈」(월간문학 5월호) 발표. '오늘의 한국시인선집'으로 첫시집 『싸락눈』(삼애사) 간행.
1970년	(45세) 「저녁눈」 기타로 현대시학사 제정 제 1회 작품상 수상.
1971년	(46세) 외동아들 노성(魯城) 출생. 시 「사면(斜面)」(월간문학 2월호) 발표. 산문 「나루터」, 「풍금소리」, 「홍래누님」, 「대추알」, 「노적가리」, 「살무사」, 「장갑(掌匣)」, 「모교(母校)」, 「목탄차(木炭車)」, 「봇물」을 현대시학 9월호부터 익년 6월호까지 매달 발표. 한성기(韓性祺), 임강빈(任剛彬), 최원규(崔元圭), 조남익(趙南翼), 홍희표(洪禧杓) 등 대전의 시인들과 6인시집 『청와집(靑蛙集)』 간행.
1973년	(48세) 시 「시락죽」(문학사상 5월호), 「꽃물」(한국문학 12월호) 등 발표.
1974년	(49세) 산문 「시의 마무리를 어떻게 하는가」(현대시학 4월호), 「나의 시 - 상처속의 미」(한국문학 7월호) 등 발표. 한국문인협회 충남 지부장.

1975년	(50세) 시「눈오는 날」(문학과 지성), 산문「선비기질의 풍류음식」(월간중앙 10
	월호) 등 발표. 제 2시집『강아지풀』(민음사) 간행.
1976년	(51세) 산문「가장 사랑하는 한 마디의 말 - 강아지풀」(문학사상 6월호) 이후「호
	박잎에 모이는 빗소리」란 제목으로 문학사상 12월호까지 산문 연재. 시「콩밭머
	리」(한국문학 6월호) 등 발표.
1977년	(52세) 시「바람속」(세대 3월호),「동요풍(童謠風)」(문학사상 11월호), 산문「왜
	나는 문학을 선택했는가 - 벗어라, 옷을 벗어라」등 발표.
1978년	(53세) 시「매미」(문학사상 8월호),「제비꽃」(문예중앙 겨울호),「목월선생님」
	(심상 5월호) 등 발표.
1979년	(54세) 시「이문구/쇠죽가마」(문학사상 4월호),「저물녘」(문학사상 11월호), 산
	문「산호잠(珊瑚簪)」(한국문학 10월호) 등 발표. 제 3시집『백발(白髮)의 꽃대궁』
	(문학예술사) 간행.
1980년	(55세) 시「부여」(심상 3월호),「보름」(한국문학 5월호),「버드나무길」(현대시학
	4월호),「앵두꽃 살구꽃 피면」,「열사흘」(이상 현대문학 8월호),「먼바다」(한국
	문학 9월호),「음화」,「육십의 가을」,「첫눈」(이상 세계의 문학 겨울호) 발표. 이
	해 여름 교통사고로 다리를 다쳐 3개월간 입원. 11월 21일 오후 1시 심장마비로
	자택에서 타계. 대전 천주교 공원묘지에 안장. 12월 시「먼 바다」와 시집『백발
	의 꽃대궁』으로 제 7회 한국문학작가상(한국문학사 제정) 수상.

◆ 도움말 주신 분 (1982년 현재)

李台俊   53 · 미망인 · 충남 대전시 동구 보건소 모자보건원 계장.
朴 燕   23 · 차녀 · 충남 대전시 중구 용문동 한진주택 가동 101호.
任剛彬   51 · 문우 · 시인 · 충남 대덕군 진잠면 진잠중학교 교감.
洪禧杓   36 · 후학 · 시인 · 목원대 교수.
姜聲烈   39 · 친지 · 화가 · 논산 기민중학교 교사.

◆ 관계 문헌

宋在英,「同化 혹은 자기소멸」, 박용래 시집『강이지 풀』해설, 民音社刊, 1975년.
李文求,「호박잎에 모이는 빗소리」,『여고시대』1982년 4월호..

申 東 曄

(시인 1930~1969)

1. 황토와 금강

1959년에 등단하여 1969년 불혹의 나이도 채우지 못하고 세상을 떠나기까지 겨우 10년간 시작활동을 하면서 그토록 강렬한 인상을 남기고 간 시인은 광복 이후엔 없었다. 그는 나름대로의 역사와 현실 인식의 바탕에 서서 시를 통해 비리에 저항하고 시를 통해 사회를 개조하려는 의지로 1960년대를 살았다. 삭막한 현대문명 속에서 그는 인간의 '다수운' 체온을 그리워했고 '영원의 하늘'과 '영원의 강물'을 보게 되기를 원했다. 또한 그는 한반도의 민족주의자였고 서사시 「금강(錦江)」을 통해서 그의 정신을 구체적으로 형상화시켰다. 그런 뜻에서 보면 그는 시인인 동시에 정신개혁의 운동가였다.

> 누가 하늘을 보았다 하는가
> 누가 구름 한 송이 없이 맑은
> 하늘을 보았다 하는가.
>
> 네가 본 건, 먹구름
> 그걸 하늘로 알고
> 一生을 살아갔다.
>
> 네가 본 건, 지붕 덮은
> 쇠 항아리,
> 그걸 하늘로 알고
> 인생을 살아갔다.
>
> 닦아라, 사람들아
> 네 마음속 구름
> 찢어라, 사람들아,
> 네 머리 덮은 쇠 항아리.

아침 저녁
네 마음속 구름을 닦고
티 없이 맑은 永遠의 하늘
볼 수 있는 사람은
畏敬을
알리라.

「누가 하늘을 보았다 하는가」 1~5연

그의 시를 읽고 있노라면 구약성서의 그 어떤 예언자적인 입김을 느끼게 되는데 그
것은 독특한 경구적인 언어에서 비롯되는 것인지도 모른다. 그는 1930년 부여읍 동남
리에서 태어났다. 그의 부친 신연순(申淵淳)은 본디 경상북도 금릉군 사람으로 가세가
쇠락하자 어려서 부친 전(前)참봉 신상희를 따라 경기도 광주, 충청남도 서천군 판교 등
지를 전전하다가 신상희가 세상을 떠나자 부여군 옥산면 홍연이란 동네로 옮겼고, 다시
부여읍 동남리로 이사하였던 것이다. 신연순은 무척 총명하였던 듯 그렇게 떠도는 생활
중에도 여러 스승을 찾아다니며 통감을 배웠다. 그러나 기운 가세는 그를 공부에만 전
념하도록 내버려 두지는 않았다. 그는 농사를 짓기도 하고 한때는 모시 장사를 하며 남
도를 떠돌기도 했다. 하지만 그의 그런 안간힘에도 불구하고 신동엽이 태어났을 때에도
여전히 가난은 그의 것으로 남아 있었다.

내 고향은
강언덕에 있었다
해마다 봄이 오면
피어나는 가난.

지금도
흰 물 내려다 보이는 언덕
무너진 토방가선
시퍼런 풀줄기 우그려 넣고 있을
아, 죄 없이 눈만 큰 어린것들

　　「4월은 갈아엎는 달」 1~2연

논산이나 강경에서 부여로 들어가던 먼 황토길
도, 그 길가에 쓰러질 듯 옹그리고 있던 토방집도,

<사진 1> 1960년대 중반무렵의 신동엽.

툇마루가에 있던 죽사발과 요강들도 이제는 옛것 그대로이지는 않았다. 적어도 아스팔트길 따라가는 차창가에서 내다보이는 풍경은 그저 한 폭의 평화스러운 그림만 같았다. 그러나 그의 「시인정신론(詩人精神論)」에서 보듯, 오늘날이 태초의 싸움이 없었던 '원수성(原數性)'세계로부터 이행해 온 불안, 공포, 부도덕이 만연된 '차수성(次數性)세계'로 표현되는 한에는 온건한 태초의 대지로의 귀의, 즉 '귀수성(歸數性)세계'로의 복귀를 위해서 저 한 폭의 평화스런 그림 안에도 이겨내지 않으면 안 될 그 어떤 아픔이 있을 것이라는 느낌이 들었다.

신동엽이 국민학교에 들어가던 해에 이사했다는 부여읍내 동남리 집(501번지 3호)에도 구질스럽던 가난의 때는 남아 있지 않았다. 초가는 함석, 울타리는 블록담으로 바뀌었고 근처 채소밭이었던 자리에는 새로 집들이 가지런히 들어섰다. 하나뿐인 아들을 저 세상으로 앞세우며 한스럽게 살아온 그의 부친 신연순 옹은 아직도 그 집을 지키고 있다.

"나도 이젠 그만 가야 하건만" 나지막이 말문을 열던 그는 묻는 말에 일일이 설명하기가 괴로웠던지 차라리 그 자신과 동엽의 생애를 간략히 적어 놓은 노트를 하나 꺼내와 펼쳐보인다. 10년 전에 쓴 것으로 거기 기록에 따르면 다음과 같다.

"1학년부터 6학년까지 우등생으로 매년 성적상을 타게 되어 빈한한 가정에도 일맥의 희망을 걸고" 뒷바라지를 했다. 상급학교에 진학할 때에는 "공주중학은 학비가 많이 들고 전주사범학교는 관비라" 자신이 없었지만 전주사범을 지원토록 했다. "전주가서 보니 각처에서 시험보러 온 학생이 우글거리며 부여서도 25명이나 와서 있으니 합격될 가망"은 없어 보였다. 그러나 합격자 발표날 게시 명단에는 "부여사람 다 떨어지고 신동엽 명자(名字)가 게기되었음을 보고" 기쁜 마음에 감격의 눈물을 흘렸다는 것이다. 신 옹은 이 외아들에 대해 남다른 애정을 쏟은 듯이 보인다.

일제 말엽 흡사 병영생활과 다름없는 학교생활과 부실한 식사가 못내 눈물겨워 한 달에 서너 차례 떡 같은 음식물을 만들어 자전거로 전주까지 90리 길을 오고가며 아들의 건강을 보살폈다.

"그는 그 무렵 기숙사에 있었다. 그는 키가 작아 교실 앞자리에 앉았었고 내향적인 성격이어서 학생들과는 잘 어울리지 않는 것 같았다. 그에 비하면 나는 키가 큰 육상선수에 외향적이었으므로 학교시절 아주 썩 가까운 친구라고는 할 수 없었다. 그러나 그는 기숙사와 교실을 오고갈 때 옆구리에 세계문학전집 같은 문학서적을 끼고 다녔으며 우리는 서로가 문학공부를 하고 있다는 것을 알고 있었다. 1948년 내가 교원으로 나갈 때 조당래(趙鏜來·시인)와 신동엽이랑 함께 사진을 찍었었는데 유감스럽게도 그 사진이 없다"(하근찬 회고담).

신동엽은 전주사범을 나온 뒤 학비를 대기가 어려우니 집에서 한학이나 공부하면서 좋은 때를 기다리라는 부친의 말을 마다하고 단국대학교에 입학하여 부산 피난지에서 동국대학교 사학과를 졸업했다.

부친 신웅은 아들의 발병은 피난중 너무나 굶주린 데서 온 것이 아닌가 추측한다. 또 훗날 다시 만나게 된 하근찬에 따르면 신동엽은 술을 많이 하는 편은 아니었는데 "그 원인은 군대 위생병으로 있을 때 술 대용으로 물에 알콜을 타 마시곤 해서 위를 다쳤기 때문이다"라는 것이었다.

2. 강인한 민족의식

그가 서울 성북구 돈암동 네거리 근처에서 풍로불에 밥을 끓여 간장 하나로 찬을 삼는 자취생활을 시작한 것은 1955년이나 1956년께인 것 같다. 그는 그곳에 기거하면서 네거리 2, 3층 건물 사이에 난 틈바구니에다 헌 책방을 내어 팔며 겨우 끼니를 이어가고 있었다.

"나는 수복 후 광주에서 서울로 올라왔다. 같은 문학청년으로서 그를 사귀게 되었는데 우리는 거의 날마다 만났으며 툭하면 돈암동 언덕으로 올라갔다. 그는 내면이 가라앉은 과묵한 사람이었고 정신적으로 조숙하여 이미 빈곤을 개인의 것이 아니라 민족적인 것으로 파악하는 의식을 형성하고 있었다"(현재훈 회고담).

문학청년들은 문단에 나온 뒤에 결혼을 하는 것이 보통 있는 일이었지만 신동엽은 뚜렷한 직장도 없이 먼저 결혼을 했다. 그것이 1957년의 일이었다. 신부는 서울 문리대 철학과 3학년에 다니던 23세의 이병선(印炳善)이었다. 그녀의 부친은 6·25 동란 때 납북된 동국대 교수이자 우리나라 농촌경제학의 권위자였던 인정식(印貞植)이었다. "우리 집이 그 책방 근처여서 자주 들렀는데 내가 『타임』이나 『뉴스위크』와 같은 잡지들을 사니까 유심히 보아두었던 것 같았어요. 자연히 이야기가 오고가는 사이 목까지 여민 군인 잠바에 큰 눈밖에 보이지 않는 그분에게서 뿜어져 나오는 체온과 시가 다섯 살이나 연하인 나의 마음을 강하게 사로잡았다고 할까요"(미망인 인병선의 말).

그해 딸 정섭(貞燮)을 얻은 신동엽은 생활을 위해서라도 뚜렷한 직장을 구해야했다. 그리하여 이듬해 가족을 거느리고 충남 보령군의 주산농고에 교직을 얻어 내려갔다. 그러나 그것도 잠시고 겨울방학을 며칠 앞둔 어느 날 그는 간디스토마로 토혈을 하고 고향 부여로 돌아가 요양을 하지 않으면 안 되게 되었다.

그 병중에서 쓰여진 장시가 1959년 조선일보 신춘문예에 입선한 「이야기하는 쟁기꾼의 대지(大地)」이다. 원초적인 대지와 함께 호흡하는 사람들에게 향한 찬가며 향수인 동시에 현대문명과 권위주의에 대한 날카로운 비판의 노래인 이 시는 그러나 '몸부림든 사상'이 썩는 자리에서 '무삼 꽃이 내일 날엔 피어날 것인가'에서 보듯 절망의 절규이기 보다는 희망에의 가능성을 타진하고 있다.

입선을 계기로 신동엽은 그동안 서울 처가에 있던 가족과 다시 합류하여 이후 「진달래 산천」 등의 시를 발표하면서 1961년 4·19가 나던 해에는 끓는 정신으로 『학생혁명시집(學生革命詩集)』을 펴내더니 1961년부터는 명성여고 야간부에서(타계할 때까지) 교편생활을 하기 시작했다. 그가 명성에 교직을 얻을 때, 여러 가지 구차한 이야기를 생략한 채 자신의 시편들을 붙여 놓은 스크래북 한 권을 심상진 교장 앞에 내어 놓고 돌아가 통고를 기다렸다는 유명한 일화가 남아 있다.

"내가 그를 알게 된 것은 1960년대 초 신동한(申東漢)씨와 동석한 청계천변 술좌석에서였다. 시는 강골이었지만 인간은 무척 부드러웠다. 그는 노자(老子)풍의 아주 큰 사람이었다. 그의 '원수성 세계'니 '차수성 세계'니 '귀수성 세계'니 하는 독특한 우주관이 그것을 뜻한다. 우리는 그것을 「금강」에서 확인할 수 있다"(구중서 회고담).

신동엽이 그의 시혼과 사상을 한군데 집약하여 쏟아 넣은, 그리하여 그의 황토빛 알몸뚱이를 드러내 보인 장편 서사시 「금강」을 발표한 것은 1967년도 저물어 가던 때였다. 그것은 개인시집이 아닌 펜클럽작가 기금으로 쓰여진 3인시집이었으나 그는 그 한 편으로 평단에 커다란 파문을 일으켰다.

우리들의
어렸을 적
황토 벗은 고갯마을
할머니 등에 업혀
누님과 난, 곧잘
파랑새 노랠 배웠다.
울타리마다 담쟁이넌출 익어가고
밭머리에 수수모감 보일 때면
어디서라 없이 새보는 소리가 들린다.

우이여! 휘어이!

쇠방울소리 뿌리면서
순사의 자전거가 아득한 길을 사라지고
그럴 때면 우리들은 흙토방 아래
가슴 두근 거리며
노래 배워주던 그 양품장수 할머닐 기다렸다.

「금강」의 첫머리는 이제는 없는 배다른 누님(신웅의 전처 박씨 소생)과 함께 파랑새 노래를 배우기 위해 양품장수 할머니를 기다리던 시인 자신의 멀고 애절한 회상으로부터 시작한다. 그리고 그것은 개인에 관한 것이 아니라 역사적인 사건, 즉 1960년의 4·19에서 1919년의 기미 독립 운동으로, 다시 1894년의 동학혁명으로 소급해 올라가면서 서화(序話)가 끝나고 동학혁명을 내용으로 하는 총 26장에 걸친 서사시가 펼쳐지는 것이다. 그렇다고 거기엔 동학혁명만 묘사되고 있지는 않다. 간간이 시인 자신의 정신과 사상이 삽입되어 있고 시인의 의식의 전화신인 듯 보이는 '신하늬'라는 가상의 인물이 실제 인물인 최제우(崔濟愚)나 해월(海月)과 함께 등장한다.

"우리들에게도 / 생활의 시대는 있었다.(중략) // 가을이면 영고(迎鼓), 무천(舞天) / 겨울이면 씨름, 윷놀이, / 오, 지금도 살아 있는 그 흥겨운 / 농악(農樂)이여. (중략) // 지주(地主)도 없었고 / 관리(官吏)도, 은행주(銀行主)도, 특권층도 없었다"던 사회에 권력국가 사회가 등장하고 착취 관리에 못배겨 낸 농민들이 민란을 일으키고, 이어 동학은 그러한 비리와 폭력에 항거하여 일어난 '빛나는 눈동자'며 '열린 하늘'이었다.

> 시인은 이 시에서, 연민을 느끼는 데 주저앉아 버리지 않고 연민의 근원을 생각하고 연민의 상황을 만들어 내는 사회의 不意에 대하여 맹렬한 분노를 폭발시킨다. 東學의 이야기는 오늘날 각자가 느끼는 연민과 분노의 뜨거운 열 속에서 직관적으로 파악된다. 그는 東學의 이야기에서 오늘날의 상황에 대응하는 과거를 발견한 것이다.[1]

그의 분노는 직접적 반사적인 것은 아니었다. 또 구중서는 그의 「신동엽론(申東曄論)」[2]에서 신동엽의 사유형태는 테이야르 드 샤르댕의 "만인의 윤리적 연대성 및 합일에 바탕을 둔 사랑의 메시지"를 참조케 한다면서 "동학, 기미, 4·19로 이어진 정신사적 맥락도 결국 신동엽 특유의 귀수성적 생명의 대지에 연결되기를 바란 것이며, 그러한 정신적 차원에의 지향점들은 서사시 「금강」 안에 누이나 나타나 있다"고 논했다.

그러한 그의 시혼을 동학혁명이 실패로 돌아갔을 때 제 23장의 마지막 부분에서도 찾아볼 수 있다.

百濟,
옛부터 이곳은 모여
썩는 곳,

---

1) 金禹昌, 「궁핍한 시대의 詩人」, 民音社刊, 1977년.
2) 具仲書, 「分斷時代의 文學」, 전예원刊.

망하고, 대신
거름을 남기는 곳,
錦江,
옛부터 이곳은 모여
썩는 곳, 망하고, 대신
정신을 남기는 곳

바람버섯도
찢기우면, 사방팔방으로
날아가 새 씨가 된다.

3. 불교와 도교와 기독교에 심취

그는 명성여고에 8년간을 봉직했는데 그의 가르침은 대학입시를 위주로 한 것이 아
니라, 사람이란 무엇이며 삶이란 어떤 것이어야 하는가에 역점을 두었고 그런 면에서
인기가 있었다. 그는 불교와 도교 그리고 기독교에 대해서도 깊은 관심을 가지고 있었
다. 그의 종교적인 이해를 돕고자 부인은 화장실에 신·구약을 비치해 놓기도 했다.

대표작 「금강」을 내놓고 그는 분단의 문제를 다룰 장편 서사시 「임진강(臨津江)」을
쓰고자 문산에도 몇 번 다녀왔다. 뿐만 아니라 장안의 종이 값을 올릴 만한 소설도 쓰겠
다고 장담했다.

<사진 2> 1970년 4월 부여 금강 기슭 나성지에 세워진 '신동엽 시비'. 앞면에 시 [山에 언덕에]가 새겨져 있다.

"향그러운 흙 가슴만 남고 / 그, 모오든 쇠붙이는 가라"라고 한 「껍데기는 가라」를 읽고 김수영은 그가 쇼비니즘으로 흐르지 않을까 의구심을 나타낼 만큼 신동엽은 열렬한 민족주의자였으나 쇼비니즘의 속성인 호전성을 배제한 반전주의자이기도 했다. 그는 머리모양도 머리타래를 땋아 올린 트레머리를 하고 싶어 했다.

"그는 말년에 천도교사를 서사시로 쓰기 위해 천도교 측과 계약 단계까지 갔었던 걸로 알고 있다"(하근찬 회고담).

세상을 떠나기 일주일 전 그는 현재훈을 만나 동인지 같은 얇다란 책을 내놓으며 누군가 「금강」을 헐뜯었다고 불쾌해 했다. 두 사람은 명보극장 뒤쪽 추어탕집에서 밀주를 마셨다.

그러나 이미 3월 중순께 간암 진단이 내려졌던 그, 배에 물이 차면서 몸져눕게 되고 4월 7일 오후 영영 눈을 감으니 가난과 병고와 저항의 40년, 그를 아는 이들은 그 나이를 못내 안타까와 했다. 그는 이미 죽기 6년 전 마치 자신의 운명에 대한 예언과 같은 시를 남기고 있었다.

> 그리운 그의 얼굴 다시 찾을 수 없어도
> 화사한 그의 꽃
> 山에 언덕에 피어날지어이.
>
> 그리운 그의 노래 다시 들을 수 없어도
> 맑은 그 숨결
> 들에 숲속에 살아갈지어이.
>
> 　　　　「山에 언덕에」 1~2연

1930년   8월 18일 충남 부여읍 동남리 294번지에서 평산 신씨 연순(淵淳)과 광산 김씨 영희(永姬) 사이의 1남 4녀 중 장남으로 출생.

1937년   (7세) 부여국민학교 입학. 동남리 501번지 3호로 이사.

1943년   (13세) 부여국민학교 졸업.

1948년   (18세) 전주사범학교 졸업.

1952년   (22세) 단국대학교 사학과 졸업.

1957년   (27세) 전 동국대 교수였고 농촌경제학자였던 인정식(印貞植)의 장녀 병선(炳善)과 결혼. 장녀 정섭(貞燮) 출생.

1958년   (28세) 충남 보령군 주산농업고등학교에서 교편생활. 건강이 나빠 12월 사직함.

1959년   (29세) 장시 「이야기하는 쟁기꾼의 대지」가 석림(石林)이라는 필명으로 조선일보 신춘문예에 입선. 시 「진달래 산천」(조선일보 3월 24일자), 「새로 열리는 땅」(세계일보 11월 2일자) 등 발표. 장남 좌섭(左燮) 출생.

1960년   (30세) 월간 교육평론사 입사. 서울 성북구 동선동에서 셋방살이를 하다. 시 「풍경」(현대문학 2월호) 등 발표. 『학생혁명시집』 편저(교육평론사 간행)에 자신의 시 「아사녀(阿斯女)」 수록.

1961년   (31세) 명성여자고등학교(야간)에서 교편생활. 이후 타계할 때까지 근무. 시론 「시인정신론」(자유문학 2월호), 시 「아사녀의 울리는 축고(祝鼓)」(자유문학 11월호) 등 발표.

1962년   (32세) 시 「나의 나」(신사조 6월호), 「이곳은」(현대문학 8월호), 수필 「서둘고 싶지 않다」(동아일보 6월 5일자) 등 발표. 차남 우섭(祐燮) 출생.

1963년   (33세) 시집 『아사녀』(문학사) 간행. 여기에 「이야기하는 쟁기꾼의 대지」, 「진달래산천」, 「아니오」 등 18편 수록. 성북구 동선동 5가 46번지 자택 마련하다. 시 「주린땅의 지도원리」, 평론 「시와 사상성 - 기교비평에의 충언(忠言)」, 수필 「금강잡기(錦江雜記)」(재무 1963년 10월) 등 발표.

1964년   (34세) 시 「진이(眞伊)의 체온」(동아일보 12월 19일자)발표. 건국대학교 대학원 국문과 이수.

1965년   (35세) 시 「3월」(현대문학 5월호), 「초가을」(사상계 10월호) 등 발표.

1966년   (36세) 시 「밤」(현대문학 3월호), 「4월은 갈아엎는 달」(조선일보 4월), 「산에도 분수를」(신동아 11월호), 「담배 연기처럼」(한글문학 겨울호) 등 발표. 시극 「그 입술에 파인 그늘」을 최일수 연출로 6월에 국립극장에서 상연.

1967년   (37세) 현대문학전집 18권 『52인 시집』(신구문화사 간행)에 「껍데기는 가라」, 「3월」, 「원추리」 등 7편 수록. 시 「창가에서」(자유공론 4월호), 「종로 5가」(동서춘수 6월호) 발표. 『한국현대신작전집 5권』(을유문화사 간행)에 장편 서사시 「금강」을 수록. 월평 「7월의 문단-공예품 같은 현대시」, 「8월의 문단 - 낯선 외래어의 작회(作戱)」, 「9月의 문단 - 확트인 이야기로 빛을 본 모국어들」(이상 중앙일보) 발표.

1968년   (38세) 오페레타 「석가탑」(전5집 · 백병동 작곡)을 5월에 드라마센터에서 상연,

시 「보리밭」 등 5편(창작과 비평 여름호), 「봄」(한국일보 2월 4일자), 「여름고개」 (신동아 8월호), 「산문시 I」(월간문학 11월 창간호), 김수영을 위한 조사 「지맥 속의 분수」(한국일보 6월) 등 발표.

1969년   (39세) 장시 「여자의 삶」(여성동아 1월호), 평론 「시인 · 가인(歌人) · 시업가(詩業家)」(대학신문 3월 24일자), 「선우휘씨의 홍두깨」(월간문학 4월호) 등 발표. 4월 7일 간암으로 서울 성북구 동선동 5가 46번지 자택에서 타계. 경기도 파주군 금촌읍 월룡산 기슭에 안장. 유작시 「누가 하늘을 보았다 하는가」(고대문화 5월), 「조국」(월간문학 6월호), 「영(影)」(현대문학 8월호), 「서울」(상황 창간호) 발표.

1970년   시 「좋은 언어」, 「마려운 사람들」(이상 사상계 4월호), 「봄의 소식」, 「너에게」, 「강」, 「살덩이」, 「만지(蠻地)의 음악」(이상 창작과 비평 봄호) 수록 발표. 4월 부여읍 군수리 나성터 금강 기슭에 시비가 세워지다.

1975년   『신동엽전집』(창작과 비평사) 간행.

1979년   시선집『누가 하늘을 보았다 하는가』(창작과 비평사) 간행.

◆ 도움말 주신 분(1982년 현재)

申淵淳   89 · 부친 · 충남 부여읍 동남리 501번지 3호.

印炳善   47 · 미망인 · 서울 강남구 압구정동 한양아파트 8동 1205호.

河瑾燦   51 · 친우 · 소설가.

玄在勳   49 · 친우 · 소설가.

具仲書   46 · 친지 · 문학평론가.

◆ 관계 문헌

金禹昌,『궁핍한 시대의 詩人』民音社刊 1977년.

具仲書,『分斷時代의 文學』전예원刊.

金柱演, 「詩에 있어서의 참여 문제」,『現代韓國文學의 理論』(金炳翼 · 金柱演 · 金治洙 · 김현 공저), 民音社刊, 1972년.

색   인

한국현대문학사탐방

초판 1쇄 인쇄일	2011년 11월 11일
초판 1쇄 발행일	2011년 11월 14일

지은이	김용성
펴낸이	정구형
출판이사	김성달
편집이사	박지연
책임편집	정유진
본문편집	이하나 김현경
디자인	정문희 장정옥
마케팅	정찬용
영업관리	한미애 김정훈 안성민
인쇄처	DS디자인
펴낸곳	**국학자료원**

등록일 2006 11 02 제2007-12호.
서울시 강동구 성내동 447-11 현영빌딩 2층
Tel 442-4623 Fax 442-4625
www.kookhak.co.kr
kookhak2001@hanmail.net

ISBN	978-89-279-0146-4 *93800
가격	29,000원